国家出版基金项目

三國戲曲集成

○ 胡世厚 主編

第八卷 當代卷（上）

○ 校理 胡世厚

復旦大學出版社

元代卷	胡世厚　校理
明代卷	楊　波　校理
清代雜劇傳奇卷（上下）	胡世厚　衛紹生　校理
清代花部卷	衛紹生　楊　波　胡世厚　校理
晚清昆曲京劇卷	胡世厚　校理
現代京劇卷（上中下）	胡世厚　校理
山西地方戲卷	王增斌　田同旭　啜希忱　校理
當代卷（上下）	胡世厚　校理

《三國戲曲集成》編委會

顧　問　劉世德

主　任　胡世厚

副主任　范光耀　關四平　鄭鐵生　衛紹生　張蕊青

委　員　（按姓氏筆畫排列）

　　　　　王增斌　毛小曼　田同旭　啜希忱　康守勤

　　　　　張競雄　楊　波　趙　青　劉永成

主　編　胡世厚

◎戲圖 《連環計》◎
選自趙夢林《中國京劇人物》

上集
第三場 議劍
左：王允
右：曹操

第四場 獻劍
左：曹操
右：董卓

下集
第三場 小宴
左起：翠環
　　　貂蟬
　　　王允
　　　呂布

◎劇照　昆曲《連環記》◎
選自《中國昆曲精選劇目曲譜大成》

第五場 梳妝
左起：丫環甲
　　　貂蟬
　　　丫環乙
　　　呂布

第六場 擲戟
左起：董卓
　　　貂蟬
　　　呂布

第六場 擲戟
左起：貂蟬
　　　董卓
　　　呂布

◎劇照　昆曲《連環記》◎
選自《中國昆曲精選劇目曲譜大成》

◎劇照　潮劇《曹營戀歌》◎
潮州市潮劇團演出

◎劇照　潮劇《曹營戀歌》◎
潮州市潮劇團演出

大眾劇場

前門外鮮魚口小橋　電話（七）二八一○
一九五三年六月九日星期二夜戲

北京市京劇一團　李萬春領銜主演演出

編劇：方·山

廉吏風

導演：李萬春　龍文瑋

白玉春	毛慶來	李慶春	車忠勝	李鳴升	李鳴鶴	周萬春	徐鳴岐	高世宸	陶博陵	張龍春	萬少亭	趙嘯甫	劉玉信	劉蘊金	錢喜貴	龍鳴裳	蘆邦彥
張程業	張亮	鄧貴	班頭	鄧祥	王剛	李通	班頭	許常	周鳳	王彪	崔嚴	趙彰	班頭	鄧氏	劉氏	吳俊	班頭	李忠	黃敏

編劇：東勝利北京軍區劇團

猴王鬧龍宮　淹水山雲摩

導演：李萬春

白玉春	洪鳴珠	張樹陸	馬玉茹	白鳴秋	裴韻香	馬世英	徐慶宴	李鳴春	藉德蘊	王寶山	王鳴祿	錢忠筆	車王英	劉永喜	馬孫英來	毛連山	王慶春	李小永	金福泉	賈壽鶴	方鳴藻	邢鳴岐	周萬春	李
牛魔童	〃	〃	牛女	〃	〃	〃	牛王	鐵扇公主	蝦將	水妖	〃	〃	〃	〃	〃	〃	〃	小龍王	〃	〃	〃	〃	〃	美猴王

三市尺以下兒童謝絕入場　　三市尺以上兒童購票入場

◎戲單　京劇《廉吏風》◎
選自《菊苑留痕——首都圖書館藏北京各京劇院團老戲單（1951—1966）》

◎劇照　京劇《鳳凰二喬》◎
張雲溪飾孫策(左),李和曾飾喬玄(中),江世玉飾周瑜
選自《中國京劇藝術百科全書》

◎劇照 徽劇《曹操‧關羽‧貂蟬》◎
安徽徽劇院演出

◎劇照 徽劇《曹操·關羽·貂蟬》◎
安徽徽劇院演出

◎劇照 京劇《曹操父子》◎
天津市青年京劇團演出 選自《中國京劇藝術百科全書》

◎劇照　秦腔《三曹父子》中曹植◎
西安秦腔劇院演出

◎劇照 秦腔《三曹父子》◎
西安秦腔劇院演出

◎劇照　京劇《洛神》◎
梅葆玖飾洛神　選自《中國京劇藝術百科全書》

◎戲圖 《洛神》宓妃◎
選自趙夢林《中國京劇人物》

◎劇照 京劇《初出茅廬》◎
國家京劇院演出 選自《中國京劇藝術百科全書》

◎劇照　京劇《赤壁之戰》◎
李和曾飾張昭　選自《中國京劇藝術百科全書》

◎劇照 京劇《赤壁之戰》◎
孫盛武飾蔣幹 選自《中國京劇藝術百科全書》

◎劇照 《赤壁之戰》◎
譚富英飾劉備,馬連良飾諸葛亮,李少春飾魯肅
選自《中國京劇史》

◎劇照 《赤壁之戰》◎
裘盛戎飾黃蓋,葉盛蘭飾周瑜
選自《中國京劇史》

◎劇照 婺劇《赤壁周郎》◎
浙江義烏婺劇團演出

◎劇照 婺劇《赤壁周郎》◎
浙江義烏婺劇團演出

◎劇照 黃梅戲《小喬初嫁》◎
安徽省黃梅戲劇院演出

◎劇照 黃梅戲《小喬初嫁》◎
安徽省黃梅戲劇院演出

◎劇照　越調《諸葛亮弔孝》◎
申鳳梅飾諸葛亮　河南省越調劇團演出

◎劇照 越調《諸葛亮弔孝》◎
申小梅飾諸葛亮 河南省越調劇團演出

○戲單 京劇《初出茅廬》○
選自《菊苑留痕——首都圖書館藏北京各京劇院團老戲單（1951—1966）》

◎戲單　京劇《赤壁之戰》◎
中國京劇院北京京劇團演出
選自《菊苑留痕——首都圖書館藏北京各京劇院團老戲單(1951—1966)》

◎**戲單** 京劇《討荊州》《單刀會》《戰合肥》《逍遙津》◎
選自《菊苑留痕——首都圖書館藏北京各京劇院團老戲單（1951—1966）》

總　　序

　　魏、蜀、吴三國形成經鼎立至滅亡，即從漢靈帝中平元年(184)黄巾起義起，到吴亡於晉武帝太康元年(280)一統，共九十七年，是我國歷史上一個獨具特色的時代。這一時期，漢室傾頹，天下大亂，群雄爭霸，割據稱强，戰爭頻仍，生靈塗炭，然而時勢造英雄，湧現出一大批文韜武略功績卓著的英雄人物。他們南征北戰，鬥智鬥勇，演繹出了一場國家從統一到分裂再從分裂到統一的可歌可泣、有聲有色、威武雄壯的活劇。

一

　　記載這一段歷史比較完整的史書，有晉陳壽的《三國志》和南朝宋裴松之的注、南朝宋范曄的《後漢書》、北宋司馬光的《資治通鑑》以及南宋朱熹的《通鑑綱目》。西晉以來，豐富多彩的三國故事在民間流傳。魏晉六朝的筆記小説，如裴啓的《裴子語林》、南朝宋劉義慶的《世説新語》和南朝梁殷芸的《小説》都記載了不少有關以三國人和事爲對象的故事，特别是有關曹操、諸葛亮、劉備等人的故事。到了唐代，三國故事已很流行。唐初道宣的《四分律删繁補闕行事鈔》、唐開元時大覺的《四分律行事鈔批》和晚唐景霄的《四分律行事鈔簡正記》，都記述了忠貞智慧的孔明爲劉備重用和"死諸葛怖生仲達"的傳説故事。到了宋代，三國故事流傳更廣，而且出現了專門説三國故事的藝人。宋蘇軾的《東坡志林》、孟元老的《東京夢華録》都記有專門"説三分"的，但脚本没有流傳下來。今天只能看到宋人話本中提到的三國人物和事件。

　　中國戲曲從萌芽到成熟的各個時期，三國歷史故事都是重要的題材來源，作品數量衆多，影響巨大，搬上舞臺也較早。據舊題顏師古《大業拾遺記·水師圖經》記載，隋煬帝時，就已用木偶戲的形式扮演三國故事。唐人李商隱《驕兒詩》"或謔張飛胡，或笑鄧艾吃"的詩句，説明當時已使用某種藝術形式表演了三國故事，爲兒童所模仿。宋人高承《事物紀原》與張耒《明道雜志》都記載有傀儡戲、影戲表演情節連貫、人物形象鮮明的三國故事戲。隨着宋雜劇的出現，由藝人扮演三國人物的三國故事登上了戲曲舞臺。今見最早著錄三國劇目的是陶宗儀《南村輟耕錄》，記載金院本三國戲劇目有 5 種：《赤壁鏖兵》《刺董卓》《襄陽會》《大劉備》《罵吕布》；宋元南戲三國戲劇目中有 10 種：《貂蟬女》《甄皇后》《銅雀妓》《周小郎月夜戲小喬》《關大王古城會》《劉先主跳檀溪》《何郎敷粉》《瀘江祭》《劉備》《斬蔡陽》。然而這些作品的劇本都没有流傳下來，今僅存宋元南戲 3 種劇本的幾支殘曲。儘管如此，從中也可以看出金、南宋時代的戲曲藝人，根據史書記載和民間傳説，已把三國故事搬上了戲曲舞臺。

　　元代，雜劇已經成熟，出現繁盛景象。元代戲曲作家特別是戲曲大家關漢卿、王實甫、高文秀、鄭光祖等對三國故事題材十分青睞，他們在宋、金三國戲文和院本的基礎上，以三國史籍和廣爲流傳的三國故事以及稍後的《三國志平話》爲題材，以自己的歷史觀、社會觀、戲曲觀、審美觀創作了大量的三國戲，曲折地反映了元代現實生活，具有鮮明的時代精神。據元鍾嗣成《録鬼簿》、明賈仲明《録鬼簿續編》、明朱權《太和正音譜》、清黄丕烈《也是園藏書古今雜劇目録》和近人傅惜華《元人雜劇全目》、邵曾祺《元明北雜劇總目考略》、莊一拂《古典戲曲存目彙考》、陳翔華《三國故事戲考略》等記載，元代（含元明之間）三國雜劇有 62 種，現存劇本有 21 種：關漢卿的《關大王單刀會》《關張雙赴西蜀夢》、高文秀的《劉玄德獨赴襄陽會》、鄭光祖的《虎牢關三戰吕布》《醉思鄉王粲登樓》、朱凱的《劉玄德醉走黄鶴樓》、無名氏的《錦雲堂暗定連環計》《諸葛亮博望燒屯》《關雲長千里獨行》《兩軍師隔江鬥智》《劉關張桃園三結義》《關雲長單刀劈四寇》《張翼德大破杏林莊》《張翼德單戰吕布》《張翼德三出小沛》《莽張飛大鬧石榴園》《走鳳雛龐統掠四郡》《曹操夜走陳倉路》《陽平關五馬破曹》《壽亭侯怒斬關平》《周公瑾得志娶小喬》。又存劇本殘曲 7 種：高文秀的《周瑜謁魯肅》、王仲文的《諸葛亮軍屯五丈原》、武漢臣的《虎牢關三戰吕布》、花李郎的《相府院曹公勘吉平》、無名氏的《千里獨行》《斬蔡陽》《諸葛亮挂印氣張飛》。今存劇目 34 種。在這 62 種今存劇目中，三國時期的重要歷史事件和重要人物劉備、關羽、張飛、趙雲、諸葛亮、孫權、周瑜、魯肅、曹操、袁紹、董卓、吕布、馬超、蔡琰、貂蟬、王粲、司馬懿、司馬昭等都被寫進了劇本，登上了戲曲舞臺。從這些劇目敷演的故事來看，元代的戲劇作家已把最精彩的三國故事搬上了戲曲舞臺，而且以蜀漢爲正統、尊劉貶曹抑孫、崇尚仁義忠孝智勇的思想傾向已很突出，故事情節已相當連貫和完整，人物形象亦相當鮮明，特別是一些主要人物性格特徵、造型已定格，成了範式，如劉備、關羽、張飛、諸葛亮、曹操、周瑜等。

明代三國戲，在繼承元雜劇、宋元南戲的三國戲的基礎上又有了新的發展，尤其是生活於元明之際羅貫中《三國志通俗演義》在明代中期刊刻問世後，不僅給廣大讀者提供了喜愛的讀物，而且爲戲曲作家提供了創作三國戲的素材。據《古典戲曲存目彙考》、陳翔華《明清三國故事戲考略》記載，明代雜劇寫三國故事的有18種，今存劇本有5種：朱有燉《關雲長義勇辭金》、汪道昆《陳思王洛水生悲》、陳與郊《文姬入塞》、徐渭《狂鼓吏漁陽三弄》、無名氏《慶冬至共享太平宴》；今存殘折1種：丘汝成《諸葛平蜀》；今存劇目12種：張國籌《茅廬》、諸葛味水《女豪傑》、凌濛初《禰正平》、蔣安然《胡笳十八拍》、凌星卿《關岳交代》、鄧雲霄《竹林小紀》、無名氏《銅雀春深》《黃鶴樓》《碧蓮會》《竹林勝集》《斬貂蟬》《氣伏張飛》。明傳奇寫三國故事的32種，今存劇本7種：王濟《連環記》、鄒玉卿《青虹嘯》、無名氏《古城記》《草廬記》《七勝記》《東吳記》《三國志大全》；今存殘曲14種：無名氏《桃園記》（七齣）、《草廬記》、沈璟《十孝記》中的《徐庶見母》（一齣）、《古城記》、《連環記》、無名氏《青梅記》（一齣）、《赤壁記》、《單刀記》（一齣）、《三國記》、《四郡記》、《關雲長訓子》、《魯肅請計喬公》、《五關記》（一齣）、《興劉記》（一齣）；今存劇目14種：馬佶人《借東風》、金成初《荊州記》、長嘯山人《試劍記》、許自昌《報主記》、王異《保主記》、穆成章《雙星記》、黃粹吾《胡笳記》、彭南溟《玉珮記》、汪宗臣《續緣記》、劉藍生《雙忠孝》、孟稱舜《二橋記》、無名氏《猇亭記》《射鹿記》《試劍記》。

從現存的三國戲劇本內容和劇目可以看出，明代的三國戲又有了新的發展，不僅內容豐富，而且表現形式也有突破，出現了敷演複雜故事的多達幾十齣的傳奇，其故事情節更加曲折動人，結構更加緊湊出奇，人物形象更加生動鮮明，曲文典雅富有文采，念白通俗易懂。

二

到了清代，三國戲呈現出相當繁榮的局面，編演三國戲的不僅有雜劇、傳奇，還有花部各種地方劇種，衆多的劇目，幾乎把《三國演義》的主要人物和精彩情節都改編爲戲劇，搬上了舞臺。清代的三國戲，思想內容更加豐富，人物形象更加鮮明，藝術樣式更加多樣，觀衆更多。據《曲海總目提要》

《清代雜劇總目》《古典戲曲存目彙考》記載，清代雜劇三國戲有 22 種，其中存本 15 種：南山逸史的《中郎女》、來集之的《阮步兵鄰廟啼紅》、鄭瑜的《鸚鵡洲》、尤侗的《弔琵琶》、徐石麟的《大轉輪》、嵇永仁的《憤司馬夢裏罵閻羅》、邊汝元的《鞭督郵》、唐英的《笳騷》、楊潮觀的《諸葛亮夜祭瀘江》《窮阮籍醉罵財神》、周樂清的《定中原》（《丞相亮祚綿東漢》）、《真情種遠覓返魂香》（《波弋香》）、黃燮清的《凌波影》、無名氏的《祭瀘江》《耒陽判事》；存目 7 種：萬樹的《罵東風》、許多崙的《梅花三弄》、張維敬的《三分案》、張瘦桐的《中郎女》、無名氏的《反西凉》《文姬歸漢》《黃鶴樓》。清傳奇三國戲有 25 種，其中今存劇本有 13 種：范希哲的《補天記》、曹寅的《續琵琶》、夏綸的《南陽樂》、維安居士的《三國志》、無名氏的《錦繡圖》、《平蠻圖》（中國國家圖書館藏清鈔本）、《西川圖》、《賢星聚》、《雙和合》、《世外歡》、《平蠻圖》（綏中吳氏藏鈔本）、《樊榭記》、周祥鈺的《鼎峙春秋》；今存劇目有 12 種：劉晉充《小桃園》、李玉《銅雀臺》、劉百章《七步吟》、容美田《古城記》、雲槎外史《桃園記》、鳳凰臺上吹簫人《斬五將》、顧彩《後琵琶記》、石子斐《龍鳳衫》、無名氏《八陣圖》《青鋼嘯》《三虎賺》《古城記》。

有一些劇作家，不滿於現實，不滿於《三國演義》三分一統於晉的結局，他們爲泄胸中之氣，翻歷史事實及小說所寫的結局，創作了一些補恨翻案戲。如周樂清的雜劇《丞相亮祚綿東漢》，范希哲的傳奇《補天記》，夏綸的傳奇《南陽樂》，漢爲正統的思想與擁劉貶曹抑孫傾向明顯加强。《丞相亮祚綿東漢》讓諸葛亮滅魏、吳統一天下，《補天記》讓曹操下阿鼻地獄受苦，《南陽樂》讓諸葛亮殺司馬師、擒司馬懿、下許昌囚曹丕、戮曹操屍、收東吳、囚孫權，劉禪禪位給北地王劉諶、諸葛亮功成辭歸南陽。

還有一些劇本，取三國時人名，杜撰故事，反映社會生活，抒發胸中塊壘，曲折地反映針砭時弊的情懷。如嵇永仁的雜劇《憤司馬夢裏罵閻羅》與楊潮觀的雜劇《窮阮籍醉罵財神》。

縱觀清代雜劇、傳奇三國戲，繼承了元明雜劇、傳奇三國戲傳統，但又有自己的特點。這些劇本大多是清初至道光間文人創作的作品，雜劇多側重抒情，表達劇作家的思想理念；傳奇則長於敘述故事，特別是情節複雜、人物衆多、跨度時間長的內容，寫成多本百餘齣甚至二百四十齣劇本。然而，清代的雜劇、傳奇僅知《鼎峙春秋》在宮廷全部連演過兩次，宮廷與民間則選演過其中的一些單齣戲，《南陽樂》及少數劇目演出過，大多未見演出的記載，實際成爲案頭戲曲文學。

上述元明清雜劇、傳奇三國戲的收錄情況，囊括了今知的全部劇本，是戲曲文學的珍貴文獻資料。

三

清初，我國戲曲除以昆腔、京腔演唱傳奇之外，又出現了許多新興的聲腔劇種，據乾隆六十年(1795)，李斗《揚州畫舫錄》載："兩淮鹽務，例蓄花雅兩部，以備大戲。雅部即昆山腔；花部爲京腔、秦腔、弋陽腔、梆子腔、羅羅腔、二簧調，統謂之亂彈。"花、雅兩部，後來演變爲對一類劇種的總稱，雅部專指昆曲，花部成爲新興的地方戲。花、雅經歷了長期的競爭，儘管宮廷官府崇尚保護昆曲，但難阻慷慨激昂、通俗易懂的花部贏得廣大民衆的喜愛，蓬勃興盛，昆曲則逐漸衰落。而傳統三國戲，亦爲花部諸腔青睐，尤其是花部諸腔以老生爲主，因而改編、創作了許多以老生、武生爲主的三國戲，使花部三國戲更爲豐富興盛。花部三國戲劇目衆多，且都是經過舞臺實踐、邊演邊改的演出本。據金登才《清代花部戲研究》"花部劇作"考查，乾隆年間三國戲有 5 種：《斬貂》《博望坡》《漢陽院》《龍鳳呈祥》《截江救主》；嘉慶年間三國戲有 21 種：《桃園結義》《四(汜)水關》《賜環》《戰宛城》《白門樓》《白逼宮》《斬顏良》《關公挑袍》《過五關》《薦諸葛》《三顧茅廬》《長坂坡》《三氣周瑜》《黃鶴樓》《單刀會》《祭江》《斬馬謖》《葫蘆峪》《五丈原》《鐵籠山》《哭祖廟》；道光年間三國戲有 59 種：《溫明園》《捉放曹》《虎牢關》《磐河戰》《借趙雲》《戰濮陽》《轅門射戟》《奪小沛》《鳳凰臺》《許田射獵》《聞雷失箸》《擊鼓罵曹》《卧牛山》《馬跳檀溪》《金鎖陣》《漢津口》《祭風臺》《舌戰群儒》《臨江會》《群英會》《借箭打蓋》《祭東風》《赤壁記》《華容道》《取南郡》《取桂陽》《取長沙》《戰合肥》《討荆州》《柴桑口》《斬馬騰》《反西涼》《戰渭南》《西川圖》《取雒城》《冀州城》《戰歷城》《葭萌關》《獻成都》《百壽圖》《瓦口關》《定軍山》《陽平關》《收龐德》《玉泉山》《戰山》《受禪臺》《興漢圖》《造白袍》《伐東吳》《白帝城》《英雄志》《渡瀘江》《鳳鳴關》《天水關》《罵王朗》《失街亭》《隴上麥》《葫蘆峪》，三朝共有三國戲 85 種，其中有一種《葫蘆峪》相重。這些劇本大多收錄在《故宮珍本叢刊》《昇平署檔案集成》《車王府藏曲本》與《楚曲十種》中。我們從中得到 88 種，另有 5 種劇目內容相重未收，而《花部戲曲研究》考查的劇目，尚有 24 種，而未找到劇本。從搜集到的花部三國戲劇本看，劇本都是鈔本或轉錄本，大多無標點，文字差錯較多。劇本有長有短，長者有十本九十六齣，短者一齣。其思想傾向，仍然繼承了以前雜劇傳奇的宗漢尊劉、貶曹抑孫，頌忠義仁孝智勇，斥奸佞專橫殘暴不仁不義；在藝術上突出的是"音樂慷慨動人，文詞直樸易懂"，舞臺動作性強，人物性格鮮明。

　　清乾隆五十五年（1790），四大徽班中的三慶班首先進京，爲慶祝乾隆八十大壽演出之後，留京演出，徽班的四喜班、和春班、春臺班亦相繼進京演出。徽班以唱二簧、昆腔爲主。19世紀初的嘉、道年間，湖北漢調藝人進京加入徽班，漢調以唱西皮爲主，於是出現了徽、漢合流。徽班爲了與昆曲、秦腔、京腔爭勝，在繼承徽、漢二調基礎上，廣泛吸取其他聲腔劇種之長，於道光二十年（1840）前後，逐步形成了藝術風格和表演方式相當完整的皮黃戲，即後來的京劇。同、光年間，京劇已經趨於成熟，呈現出繁榮局面。三慶班主程長庚請盧勝奎執筆，據《三國演義》和其他三國戲，編寫了連臺戲三十六本的京戲《三國志》，從劉備投荆襄起到取南郡止。遺憾的是劇本未能全部保留下來，留藏在藝人之手的尚有十九本。這些劇本，經多年舞臺實踐，邊演邊改，如今已成京劇經典作品。除此之外，四大徽班還各有自己名伶擅演的代表性三國劇目，收錄在《梨園集成》《醉白集》《繪圖京都三慶班真正京調全集》中。清末京劇改良先驅汪笑儂還改編創作了四部刺世貶時富有時代精神的三國戲：《獻西川》《受禪臺》《罵王朗》《哭祖廟》。

　　我們從上述京劇集中選錄京劇三國戲47種，這些劇本有一個非常突出的特點，是伶人編寫、演出的文本，代表了京劇形成繁榮時期的文學藝術水平，起着承前啓後的作用，既將傳統三國戲整飾加工，使其更加精彩，又針對現實創作了一些針砭時弊、喚醒民衆發奮、救亡強國的戲曲劇本。這些劇本不僅爲現代京劇和各種地方戲提供了文學劇本和創作經驗，而且有許多劇至今仍活躍在舞臺上。

　　昆曲到晚清，已呈衰落之勢，三國戲雖未出現有影響的新創劇作，但藝人們從元雜劇關漢卿的《關大王單刀會》和明傳奇王濟的《連環記》、無名氏的《古城記》等傳統劇目中，選擇一些精彩片段改編爲單齣戲，常演出於宮廷與民間戲曲舞臺。流傳下來的劇本，均係手抄本，收錄在《故宮珍本叢刊》《昇平署檔案集成》《車王府藏曲本》等戲曲文獻中。我們從中收錄三國戲30種。雖然多是單齣折子戲，但匡扶漢室、擁劉貶曹的思想傾向突出，故事情節生動精彩，人物形象性格鮮明，言語文雅，唱腔動聽，不僅是流傳下來的藝術精品、珍貴的戲曲文獻，而且有些戲如《單刀會》《貂蟬拜月》《梳妝擲戟》《灞橋餞別》《古城相會》《徐母擊曹》等仍演出於當今舞臺。

四

　　從1919年五四運動起，到1949年中華人民共和國成立，這一時期，文學界多稱爲現代。這一時期的二三十年代，京劇名家輩出，流派紛呈，是京劇的鼎盛時期。就是在八年抗日戰爭期間，有些京劇名家爲抗日明志罷演，但京劇仍然活躍在國統區、淪陷區、敵後抗日根據地的解放區。抗日戰爭勝利之後，京劇舞臺又活躍起來。因此可以説，這一時期，京劇興盛繁榮，流布於大江南北、長城內外，被譽爲"國劇"。在舊中國日漸淪於半封建、半殖民地的境況下，長於急管繁弦、慷慨激越的京劇，在民生凋敝、國勢艱危、日寇入侵之際，承擔起"歌民病""喚民醒"的重任，湧現出許多借古諷今、切中時弊的優秀劇目，生動、深切地折射出國家政局的演變與廣大民眾的心聲。而三國故事尤爲京劇作家和藝人青睞，他們在繼承前代三國戲的基礎上，改編、移植、創作了許多三國戲。據陶君起《京劇劇目初探》著錄三國戲劇目有154種，曾白融《京劇劇目辭典》著錄三國戲劇目511種（其中有一些是一劇多名）。流傳下來的三國戲劇本極其豐富。從這一時期前後出版的劇本集來看，1915年的《戲考》，收錄三國戲劇本77種；1933年的《戲學指南》，收錄三國戲劇本23種；1948年的《戲典》，收錄三國戲劇本18種；1955年的《京劇叢刊》，收錄三國戲劇本20種；1957年的《京劇彙編》，收錄三國戲109種；1957年的上海市《傳統劇目彙編》京劇集，收錄三國戲劇本42種；1962年的《關羽戲集·李洪春演出本》，收錄關羽戲27種。此外，尚有民國年間出版的《京調大觀》《戲曲大全》《舊劇集成》等京劇劇本集，也收錄一些三國戲劇本。有些劇本集，雖然是中華人民共和國成立以後出版的，但收錄的却是民國年間的藝人演出本。現從眾多刊印的京劇劇本集中遴選出146種。這些劇本中有許多是清代名伶編演，傳給弟子、家人或戲班，爲現代京劇名家演出所用而收藏。並且京劇名家在演出過程中，根據本人及時代情況，又進行加工修飾，使情節更加合理，結構更加緊凑，人物性格更加鮮明，語言更加曉暢易懂，且不失文采。

　　這一時期劇本創作出現了一種可喜的新情況，劇作家與藝人合作編劇，而且是一位劇作家專爲某位名伶或幾位名伶編劇。他們量體裁衣，針對某個藝術家的特點，創作出適合該藝術家演出的劇本，這不僅提高了劇本的文學性，也增強了劇本的動作性。比如劇作家齊如山，專爲梅蘭芳寫戲，爲梅蘭芳改編、創作了30多個劇目,其中有三國戲《洛神》。作者依據《洛神賦》和明雜劇《陳思王洛水生悲》、清雜劇《凌波影》進行改編,塑造了超凡脫俗、冷艷情深的宓妃,鑄造了宓妃與曹植"若有情""似無情""欲笑還顰,最斷人腸"的境界。又如劇作家金仲蓀專爲程硯秋寫戲,針對程硯秋的特點量體裁衣,特別注重立意,反映現實。1931年,金仲蓀針對蔣、馮、閻、桂軍閥開戰給民衆造成的災難,創作了《春閨夢》,描寫漢末公孫瓚與劉虞爲爭疆土開戰,強徵兵丁,迫使新婚的王恢從軍戰死。其妻張氏獨守空房,思念丈夫,憂思成夢。夢見丈夫回來,夫妻重溫舊情;又夢見戰場刀光劍影、尸橫遍野,丈夫戰死沙場。劇作家借此情揭露痛訴軍閥戰争的殘酷與罪惡,深切同情遭受苦難的民衆。1933年,金仲蓀針對"九一八"事變之後,國民政府實行不抵抗政策,東北三省很快淪入敵手的情況,根據地方戲《江油關》改編爲京劇《亡蜀鑒》,批判了蜀漢江油守將馬邈在強敵壓境之際,不思抵抗、投敵叛國的罪行;歌頌了馬妻李氏深明大義,苦苦勸夫抵抗,後得知丈夫出城投降、江油失守,悲傷欲絕、自盡而亡的民族氣節和愛國情懷,表達了對日本侵略者必須抵抗的決心,喚起民衆反對投降、寧死不做亡國奴的愛國思想,反映了當時民衆的心聲。

　　山西地方戲歷史悠久,源遠流長,從漢代到宋代,經過一千多年的孕育演變,戲曲日趨成形。北宋時晉南、晉東南的一些鄉村已出現了大戲臺專供演員演戲。元代雜劇盛行,山西的平陽(今臨汾)與大都(今北京)是並列的雜劇藝術中心,平陽的雜劇演出盛况無與倫比。

　　山西地方戲劇種,有50多種,居全國省市之首。然最著名的有四大梆子:蒲劇、中路梆子(晉劇)、北路梆子、上黨梆子。山西地方戲劇目甚多,傳本亦豐,三國戲亦然。據《山西地方戲彙編》收錄三國戲147種。另有一些劇本收藏在某劇團或藝人手中。今從《彙編》和劇團、藝人所藏中遴選三國戲64種,其中有晉劇、蒲劇、北路梆子、上黨梆子、鄜鄂、鐃鼓雜戲等。這些劇本的寫作年代不知,大多是清代、民國流傳下來的傳統的三國戲,也有新改新編和創作的三國戲,其思想傾向爲尊劉貶曹、張揚忠義,貶斥奸佞不道之行。而部分新改新編的劇本如晉劇《關公與貂蟬》《貂蟬軼事》,描寫細膩,注重心理刻畫,與傳統三國戲以叙述故事情節爲主、粗綫條表現人物有所不同。

　　中華人民共和國成立之後,我國戲曲文學在"百花齊放,推陳出新"方針和"發展現代戲,改編傳統戲,創作歷史劇"三並舉政策的指導下,前十七年出現了繁榮的喜人局面，可以説是我國戲曲發展的黄金時期。"文革"期間，我國戲曲遭受嚴重摧殘，新創作的現代戲、已經改編出新的傳統戲和新編歷史劇統統成爲"封、資、修"的東西，遭到批判和禁演。各地京劇和地方戲改編、新創的劇本極少，除八個樣板戲之外，幾乎無戲可演。粉碎"四人幫"之後，特别改革開放以來，我國戲曲又迎來陽光明媚的春天，戲曲文學呈現出百花争艷的繁榮景象。這期間儘管受到影視藝術、通俗歌曲的影响，戲曲文學仍然改編創作出一批反映生活貼近時代的優秀劇目。

三國戲隨着時代的變化，戲曲的發展，也出現了令人欣喜的繁榮景象，改編整理許多傳統三國戲，新創作一批富有時代精神的三國戲。我們從1949年中華人民共和國成立到2014年六十五年間出版的戲曲文學書刊中，選選出18個劇種改編或創作的39部三國戲。其中改編的19部、新創的20部。無論是改編傳統三國戲，還是新創三國戲，劇作家都以現代觀念、審美理想，觀照歷史，既尊重歷史事實，又虛構歷史細節和人物，力求在思想内容、人物形象方面出新、創新，使其貼近生活，貼近時代，寓教於樂，以古鑒今，給人以新的認識和啟迪。當代這39部戲，突破了以往以蜀漢爲主的題材，改變了尊劉貶曹抑孫的思想傾向，給曹操、周瑜以公正的評價，擦掉了曹操臉上的白粉，去掉了周瑜心胸狹窄、妒賢嫉能的性格缺陷，並且塑造了許多新的女性形象。

五

綜上所述，我們從歷代三國戲中，彙集587種，其中完整劇本471種，殘曲、存目116種，編爲《三國戲曲集成》，内分八卷：《元代卷》、《明代傳奇卷》、《清代雜劇傳奇卷》（上下卷）、《清代花部卷》、《晚清昆曲京劇卷》、《現代京劇卷》（上中下卷）、《山西地方戲卷》、《當代卷》（上下卷）。縱觀《三國戲曲集成》，亮點有三：

第一，開荒創新，填補空白。我國古代長篇小説有四大名著：《三國演義》《水滸傳》《西遊記》《紅樓夢》，編演、留存戲曲劇本最多的是三國戲。然而，《水滸戲曲集》《西遊記戲曲集》《紅樓夢戲曲集》都已先後出版，唯獨《三國戲曲集》没有問世。也許因爲歷代三國戲多，版本複雜，存本分散，搜集整理難度大，工程浩繁，因而學界無人問津。如今，《三國戲曲集成》的整理出版，作爲一項拓荒創新性的工作，填補了這一領域的空白。

第二，劇本衆多，彙集完備。元代以降的三國戲曲存本、存目衆多。存目分別著錄在許多古籍、書目著作中，有的未見著錄。存本分藏全國各地，版本十分複雜，有刻本、覆刻本、鈔本、轉鈔本，其中有許多是罕見的善本、孤本。有的孤本長期深藏某地書庫，幾乎没人見過。我們從北京、上海、南京、杭州、鄭州、太原等地的圖書館、博物館，查遍記述戲曲劇目及學界研究論著，搜集劇本的各種版本。因而，該集元明清雜劇、傳奇搜集齊全，清花部、京戲、現當代戲曲甚多難以盡録，即便如此，也是當今彙集三國戲最多、最全、最爲完備的一部文獻價值極高之書。

第三，版本較好，校勘精細。今存劇本，元雜劇有所整理，但其版本較多，校勘甚難。明清三國戲劇本刊本少，鈔本多，僅有個別劇本經過整理，絶大部分未經整理，因而，曲白異文多，錯別字多，簡寫字不規範，文字有脱落、字迹漫漶不清、錯簡缺頁，多未斷句標點。因而，我們選用較好的版本作底本，精細審慎，務求存真地進行校勘，凡屬異文、誤字、漫漶、空缺、墨丁、脱漏、衍文、倒錯、妄增、誤删等處，皆分别校正，記入校記。凡不明者，注明待考。該集可謂是一部版本較好、校勘精細、存真少誤、可讀可用的戲曲集，而且又具極高的學術價值。

我國人民群衆了解三國歷史、三國人物，並非是因爲讀過陳壽《三國志》和羅貫中《三國演義》，大多是從看三國戲而獲知的。因而，我們校勘整理《三國戲曲集成》，是一件功在當代、澤被後世的工作，將爲繼承傳統優秀文化遺產、爲廣大專家學者提供寶貴的研究文獻資料，爲全國衆多的戲曲劇團和戲曲作家提供資料創作、改編、移植、演出的劇本，爲廣大戲曲愛好者及廣大群衆提供一個完備的三國戲曲讀本，爲衆多文藝形式提供創作素材，爲繼承弘揚優秀傳統戲曲文化，促進當代戲曲振興，推動文化大發展大繁榮都有重要意義。

鑒於我們的學識水平、時間精力所限，收録劇本或有遺珠，校勘有不妥之處，懇請學界專家學者和廣大讀者批評指正。

凡　　例

一、本書所收劇本敷演三國故事的時間自東漢靈帝中平元年(184)黄巾起義起,至晉武帝太康元年(280)吴亡三國統一于晉止。凡敷演這段歷史故事的戲,統稱三國戲。本書廣泛搜集三國戲曲資料,訂其訛誤,補其缺佚,爲廣大讀者和研究者整理出一部完整的《三國戲曲集成》。

二、本書校勘,以保留原本面貌爲主要原則,訂正文字時,既校異同,又校是非。即從諸本中選用善本作爲底本,以其他版本作爲參校本,對於確屬訛誤衍脱需要校訂改正者,均出校記。若原本有塗改之處,且不知何人所校,未睹真迹,不辨朱墨,又須採其説入校者,均稱"原校"。殘本處理情況同上。劇本若僅存孤本,無他本參校,則用本校法、理校法進行校勘。

三、校勘過程中出現的訛、脱、衍、倒等情況,採取統一格式處理。凡認爲某字爲訛字,則于正文中直接訂正;凡認爲某字脱去,則在正文中增加此字;凡認爲某字爲衍字,則删去;凡出現文字前後倒置的現象,則直接在對應處乙正,上述情況均出校記加以説明;凡是不辨正誤者,則一律注明待考。

四、劇本作者,依前人考定,一一補題。原本劇本多用簡稱,今均依題目正名改用全稱。原本未標楔子、折數、唱詞宫調曲牌名者,一仍其舊,一般不出校記。有些劇本過長,未分折、齣,今依劇情分折、分齣,出校説明。唱、白、科介或曲牌等提示,置於括弧之内。

五、區别對待異體字、通假字和通用字。全書中異體字加以統一。通假字不校不改。反映元明時期特殊用字習慣的通用字,如"們"作"每","杖"作"仗","賠"作"倍"或"陪","跟"作"根",等等,一般不作改動;若爲避免發生歧義而有所改動,則一律出校記説明。

六、關於劇中角色的唱詞、賓白和科介的次序,一般按照"××唱""曲牌名""唱詞"(或"唱詞＋賓白")的格式處理。若賓白或科介未標明所屬角色者,則需補充清楚並出校記;若遇"××唱"置於"曲牌名"之後,則在校記中注明"依例前移"。

七、本書採用通行的新式標點符號,版式爲繁體橫排,曲、白分開排。曲牌用黑月牙【　】;唱詞用五號宋體,賓白用五號仿宋體;襯字一般不特別標出,與唱詞字體同,若原本已標出,則用五號仿宋體;上下場詩同唱詞,用五號宋體;唱、念、白、科介等説明性文字用五號仿宋,置於圓括弧之内。

八、曲文斷句,均以曲譜定格,間遇文義斷裂之處,酌情改從文讀。雜劇、傳奇、花部、昆曲唱詞與賓白自然分段;同一支曲,唱中有夾白不分段,换曲牌則另起一段。京劇、現代戲唱詞與賓白,則按《後六十種曲》中京劇《曹操與楊修》體例分段分行。

九、劇本按元、明、清、現、當代分卷,若一卷劇本多,則分上、下册。每卷先雜劇,後戲文、傳奇;先完本、殘本,後存目。元、明、清雜劇傳奇諸卷每卷均以作者年代先後爲序。清代花部、晚清昆曲京劇、現當代京劇及地方戲諸卷,以三國故事發生的時間先後排列。有的劇本時間跨度較長,或故事發生時間難以考定,則酌情處理。

十、每劇解題,略述劇種、作者姓名及其簡介、劇目著録情況、劇本內容、本事來源、版本情況、以何種版本作底本、參校何種版本、歷年校點情況等,力求簡明扼要。戲曲存目,則須寫明作者、年代、著録、劇情、本事、版本情況等。清代部分某些劇目聲腔不詳者,一律按花部處理。

十一、每劇均按劇名、作者、解題、正文爲序排列。作者不知姓名者,清代之前署"無名氏",現、當代署"佚名"。

十二、歷代三國人物故事畫、劇本書影,置於每卷正文之前,作爲扉畫,不作插圖,標明出處。

2015 年 7 月 31 日　校理者識

《三國戲曲集成·當代卷》前言

胡世厚

1949年10月1日,中華人民共和國成立,我國發生了天翻地覆的變化。我國戲曲文學在"百花齊放,推陳出新"方針和"發展現代戲,改編傳統戲,創作歷史劇"三並舉政策的指導下,經過"改戲,改人,改制",前十七年出現了繁榮的喜人局面,可以說是我國戲曲發展的黃金時期。"文革"期間,我國戲曲遭受嚴重摧殘,新創作的現代戲、已改編過的傳統戲和新編的歷史劇,成爲"封、資、修"的東西遭受批判禁演,京劇和地方戲除八個樣板戲之外,無戲可演。粉碎"四人幫"之後,特別是改革開放以來,我國戲曲的發展又迎來陽光明媚的春天,戲曲文學呈現出百花盛開的繁榮景象。這期間,雖然戲曲舞臺受到西方文化、影視藝術、通俗歌曲的影響,觀衆大減,但戲曲文學仍然改編創作出一批優秀戲曲作品。

三國故事是歷代劇作家青睞的題材,創作了大量的爲人們所喜愛的三國戲,搬演三國戲的劇種之多、劇目之豐,比任何一個歷史朝代的故事戲都多。這期間改編、整理許多傳統三國戲,新創作一批新三國戲,數量之多,質量之優,贏得觀衆喜愛。從1949年新中國成立到2014年的六十五年間出版的戲曲文學書刊中,我們遴選出18個劇種中的39部三國戲進行整理,彙編爲《三國戲曲集成·當代卷》。該卷所收錄的三國戲,有四大亮點。

一、改編舊戲出新 創作新戲意深

當代卷選收的39部三國戲,其中在傳統三國戲的基礎上改編的有:《連環計》《火燒濮陽》《鳳凰二喬》《曹操·關羽·貂蟬》《官渡之戰》《洛神賦》《初出茅廬》《赤壁之戰》《諸葛亮弔孝》《蔡文姬》《關公斬子》《金殿阻計·單刀赴會》《水淹七軍》《鼓滾劉封》《七步吟》《彝陵之戰》《白帝托孤》《祭長江》《收姜維》《北地王》,共20部;新創作的三國戲有:《曹營戀歌》《廉吏風》《曹操與關羽》《關羽》《曹操父子》《三曹父子》《赤壁周郎》《小喬初嫁》《建安軼事》《迎賢記》《曹操舉賢》《曹操與楊修》《陸遜拜將》《御前侍醫》《東吳郡主》《孫尚香》《瀘水彝山》《孫權與張昭》《夕照祁山》,共 19 部。

　　無論是改編傳統三國戲,還是新創三國戲,劇作家都以現代觀念和審美理想觀照歷史,既尊重歷史事實,又虛構歷史細節,力求在思想內容、人物形象方面出新,使其貼近生活,貼近時代,寓教於樂,以古鑒今,給人以新的認識和啓迪。比如:在傳統劇目《三顧茅廬》《博望坡》兩劇基礎上改編的京劇《初出茅廬》,增加了孔明新婚親朋相賀、孔明出山與友人勸阻、孔明夫人黃月英支持丈夫出山扶明主建功業的情節。該劇塑造的劉備,是一位求賢若渴、禮賢下士、勵精圖治、匡扶漢室的明主;孔明是一位不甘於終老林泉、願扶明主施展鴻才而成就大業的年輕有爲之士。孔明由傳統道士扮相的老生改爲風姿瀟灑的小生。初出茅廬,即遇曹軍攻伐。新改編的戲將傳統戲着力渲染孔明的神機妙算,改寫爲孔明調查研究,實地勘察地形,據情調兵遣將,取得初戰勝利,既顯示了孔明才能,又折服了張飛,從而確立了他在軍中的權威地位。又如:根據越調編演本《七擒孟獲》改編的《瀘水彝山》,從六擒六縱寫起,孟獲六擒被放,仍然不服,搬藤甲軍助戰,其妻祝融夫人遭擒被放後醒悟,堅決反對,孟獲以死要挾,搶走調兵信物寶弓。藤甲兵兇猛,蜀軍難敵敗退。衆將懇請孔明以火攻,破藤甲兵。孔明不忍燒死衆多生靈,不肯發令。藤甲兵攻至轅門,孟獲之姐孟齊在此危急時刻趕來,勸弟撤兵,孟獲不允,孟齊反被藤甲兵亂箭射死。孔明心疼無奈,下令火燒藤甲兵,孟獲七次被擒。瀘江邊,關索憤怒鞭打孟獲,孔明趕來,怒斥關索。孟獲面對此情,心感愧疚。眼望血染的瀘江,孔明爲不能阻止戰爭而自責,祈求蒼天降罪於己,並親至江邊祭奠彝漢戰死將士的亡魂。孔明的一番肺腑之言和虔誠行動,令孟獲猛醒。他折箭盟誓,"心悅誠服你漢丞相,從今後漢彝和好再不動刀槍"。通過孔明爲穩定邊疆促進民族團結、七擒七縱孟獲的曲折過程的描述,突出地表現了呼喚和平、反對戰爭、民族和諧、以德安邦的思想傾向,極具時代精神。

　　再如,1951 年孫方山創作的京劇《廉吏風》,寫三國時魏將李通的岳父鄧貴,恃強凌弱,將佃農打傷致死。苦主狀告縣衙。鄧貴逼其女冒李通之名,向縣令趙儼説情。趙儼不畏權勢,堅決拒絕。李通回家得知此情,責備妻子,急趕縣衙説明情況,表明態度。但其時趙儼已按律秉公處理,將鄧貴判罪。李通知趙儼執法不阿,趙儼見李通不循私情,二人相互敬愛,結拜爲兄弟。像這樣歌頌趙儼廉正清明、不畏權勢、秉公執法、爲民伸冤以及李通不循私情的戲，出現在新中國成立之初，其意義深遠，至今仍可爲鑒。

再如，吴金泰創作的閩劇《御前侍醫》，是一部題材、情節、人物、思想全新的三國戲。寫魏王曹丕欲奪帝位，假借治病，把傷寒當做霍亂治，想害死漢獻帝。曹丕之妹皇后曹節詔告天下，求醫爲帝治病。張仲景揭榜爲獻帝治傷寒，遭遇到重重困難，甚至是殺頭之危，然而張仲景頂住壓力，冒死爲帝治病。劇作家在這裏塑造了一位醫術超人、醫德高尚、不畏權勢、濟世救人的張仲景，堪稱可欽可敬的一代醫聖。同時通過對曹節識破兄長陰謀，衝破阻力，招民醫爲夫治病艱難曲折的描寫，表現了她對漢獻帝的忠誠和一片真情。這是一個嶄新的有膽識、有魄力、有真情的女性形象。

新編潮劇《曹營戀歌》，是一部贊頌曹操的戲。劇作家用新的視角，將群雄爭霸、兵戈交戰的血腥沙場，移向曹軍後營，隱去了正面交鋒，暗淡了刀光劍影，突出了人物内心世界的描寫。通過描述歌女來鶯兒與曹操及其部將王圖的一段感情糾葛，塑造了三個性格鮮明、生動豐滿的人物形象，特別是從另一個側面，塑造了一個嶄新的歷史人物曹操。劇寫東漢末年，董卓燒毁洛陽，一歌班逃難遭遇吕布將士欺凌。危急時，曹操部將王圖殺死吕布二將，救了歌班。歌女來鶯兒對王圖產生好感。歌班無處存身，曹操收留隨營。三月之後，歌班在曹營爲將士歌舞，士氣大振。曹操召見歌女來鶯兒，來鶯兒竟將曹操之詩入曲吟唱，曹操大喜，既喜其人貌美，又喜其有才藝。忽報吕布率兵五萬殺來，曹操命三將率兵埋伏，命王圖率兵潛入吕營放火，伏兵見火而襲殺。王圖與歌女來鶯兒在竹林幽會，貽誤軍機，按律當斬。來鶯兒向曹操求情，願代王圖而死。曹操不忍殺爲情而死的來鶯兒，限其一月，調教一名與其才藝相同的歌女，讓她代王圖死，否則斬王圖。來鶯兒悉心調教歌女，果然教出了一個潘巧兒。來鶯兒讓曹操赦王圖，自代死，但不願再去見王圖。曹操傳王圖，欲放其遠走他鄉。王圖爲仕途説其對來鶯兒非真心，是逢場作戲，是來鶯兒勾引他，亦不願見她。曹操聞言大怒，但爲了兑現諾言，還是放他走了。曹操讓歌班班主玉姑勸慰來鶯兒。來鶯兒被囚，絶食，玉姑勸説無效。來鶯兒看出曹操有愛己之意。玉姑將王圖誣陷之言告來鶯兒。來鶯兒不信。曹操來看，來鶯兒不見，及見，求曹操放其回鄉。曹操欲得其心，乃允其請，並派兵及玉姑護送她回鄉。曹操發現所送斗篷未穿，乃單騎追趕而去。王圖投靠吕布，率兵襲曹營，欲殺曹操，報奪妻之仇。來鶯兒返鄉，恰遇王圖。王圖殺死護送來鶯兒的曹兵。王圖責問來鶯兒與曹操的關係，來鶯兒直言清清白白。玉姑揭穿王圖爲保命陛遷而誣來鶯兒勾引他之情，被王圖殺死。來鶯兒始知王圖是無情負義小人，摔碎訂情物玉連環。曹操送斗篷趕來，遇上王圖。王圖責操，操坦言難捨才貌雙全爲情願死的女英賢。王圖欲殺曹操，來鶯兒願代曹操死，讓王圖放走曹操。王圖劍刺曹操，來鶯兒身擋中劍。夏侯惇率兵趕來，操命其追殺王圖，讓來鶯兒回營治傷。來鶯兒帶傷爲曹操歌唱一曲作酬謝而死。曹操爲"終得紅顏知己之心，願已足矣"而苦笑。顯然，劇作批判了對愛情的虛偽、嫉妒、猜疑、背叛的人間卑鄙小人王圖；歌頌了有情有義、善良純真、潔來潔去的來鶯兒，贊美了胸懷博大、人格高尚、情深義篤、富有人情味的曹操。

二、突破以蜀漢爲主的題材　改變尊劉貶曹抑孫思想

當代卷的三國戲，在題材上突破了傳統戲以敷演蜀漢爲主的格局，出現了魏蜀吳三國戲三分秋色的局面。歷代傳統三國戲受蜀漢正統思想的影響，尊劉貶曹抑孫，因而敷演以蜀漢人物、故事爲主的戲特別多，歌頌他們仁德、忠義、智慧、英勇，特別是上報國家，下安黎庶，匡扶漢室的宏偉大志。而寫曹魏、孫吳人物、故事爲主的戲較少，且褒的少，貶的多，甚至將人物扭曲、醜化，而當代三國戲則完全不同。在這39種戲曲中，以曹魏人物故事爲主的有《曹營戀歌》《火燒濮陽》《廉吏風》《曹操·關羽·貂蟬》《曹操與關羽》《曹操與父子》《三曹父子》《官渡之戰》《洛神賦》《蔡文姬》《建安軼事》《曹操舉賢》《曹操與楊修》《御前侍醫》《七步吟》，共15種；寫孫吳人物故事爲主的有《鳳凰二喬》《赤壁之戰》《赤壁周郎》《小喬初嫁》《陸遜拜將》《彝陵之戰》《東吳郡主》《孫尚香》《祭長江》《孫權與張昭》，共10種；以蜀漢人物故事爲主的有《關羽》《初出茅廬》《諸葛亮弔孝》《迎賢記》《關公斬子》《金殿阻計·單刀赴會》《水淹七軍》《鼓滾劉封》《白帝托孤》《瀘水彝山》《收姜維》《夕照祁山》《北地王》，共13種，而《諸葛亮弔孝》《金殿阻計·單刀赴會》二劇多半是寫孫吳人物故事的。當然，《曹操·關羽·貂蟬》《曹操與關羽》也有一半是寫關羽的。此外，尚有一種《連環記》，其中寫了曹操、貂蟬，似可歸入寫曹魏的。《廉吏風》沒有直接寫曹操，但人物是曹操的部將，事件發生在曹魏統治下的地方，是曹操治國理政的業績，當然此劇應置於曹魏戲之中。

歷代寫曹魏的三國戲，主要是貶曹操的。曹操在歷代三國戲文中，既是一位有雄才大略、剿滅群雄、統一北方的大漢丞相，又是狡詐多疑、心狠手辣、上欺天子、下壓群臣的一代奸雄，在戲曲舞臺上則是一位名爲漢相實爲

漢賊、挾天子以令諸侯的白臉奸臣。這種臉譜化的反面人物，不是歷史上的真實人物曹操，而是被歪曲了的戲曲人物。在新編三國戲中，大多改變了這種局面，塑造出的曹操是一位接近歷史的具有宏偉抱負、雄才大略、詩人氣質、愛才憐民、富有人情味的政治家、軍事家形象。然而他不是完人，他還有妒賢嫉能、殘忍狠毒、狡詐奸猾、專權獨裁、唯我獨尊的一面。這樣的形象，在新編京劇《曹操與楊修》中表現得非常充分。曹操兵敗赤壁之後，悟出人才的重要，他在憑弔才智出衆而早逝的郭嘉時，得到了時任倉曹主簿的楊修毛遂自薦，接受了楊修舉薦的與己有殺父之仇的孔文岱，爲了讓楊修之才爲己所用，他提拔楊修爲丞相主簿，將自己的錦袍贈給他，把親生女兒嫁給他，想盡一切辦法籠絡他，可謂是愛才如命，求賢若渴。然而，曹操多疑，聽信讒言，誤殺了有功的孔文岱。曹操爲了維護尊嚴不認錯，竟然殺了與他患難與共十餘年的妻子。曹操出師漢中，明知不利，但爲了維護唯我獨尊的權威，多次拒絕楊修退兵的建議，並以違背軍令、擾亂軍心之名，殺掉了才智高於自己的女婿楊修。由此可見，曹操既是一位胸懷大志銳意進取、求賢若渴禮讓謙恭的政治家，又是狡詐多疑、兇暴殘忍、唯我獨尊的獨裁者。這是一個真實的有血有肉豐滿鮮活的奸雄形象。

在京劇《關羽》、徽劇《曹操·關羽·貂蟬》、戲曲《曹操與關羽》三部戲中，寫了曹操的胸懷博大、尊重賢才。他禮待關羽，贈金賜袍，賜貂蟬，奏封關羽爲漢壽亭侯，可以說用金錢、爵位、美女來收買他、籠絡他，這應該說是真心，其目的是想讓關羽留在曹營爲他所用。當關羽知道劉備消息後，即掛印封金辭別而走時，許多文臣武將要求殺關羽，均被曹操制止，而且恪守信用，贈赤兔馬，禮送關羽。在這裏，曹操是被贊頌的，是尊重人才、信守諾言的正面人物。在《曹操父子》《三曹父子》《蔡文姬》《建安軼事》《曹操舉賢》中的曹操都是以正面形象出現的。

在以往傳統三國戲中，貶抑孫吳最突出的地方，表現在對周瑜形象的塑造上。周瑜是歷代三國戲的重要人物，劇作家爲了貶抑孫吳，不顧歷史，將周瑜塑造成一位雖有雄才大略，但心胸狹窄、妒賢嫉能的悲劇人物，爲討荆州不顧孫劉聯盟，謀殺劉備、諸葛亮，終以計謀未成而被活活氣死。而新編婺劇《赤壁周郎》一反傳統，重塑了一個新的周瑜形象。赤壁之戰，曹操率百萬大軍下江南伐吳，東吳文武皆云"降者易安、戰者難保"，是降是戰，孫權猶豫不決，等待周瑜回來決策。魯肅請來諸葛亮共商破曹大計，周瑜自視才高，不相信魯肅所說諸葛亮有過人奇能，要當面一試。諸葛進帳，舌戰群儒。

周瑜以爲諸葛亮不過是一個説客，賜酒一壇、猪兩頭，讓其回轉夏口。這説明周瑜高傲自大，根本看不起諸葛亮。諸葛欲走，但機智地用"攬二喬於東南兮，樂朝夕之與共"相激，使周瑜下定決心，聯劉破曹。當周瑜得知諸葛亮早知自己借刀殺蔡瑁、張允之計，頓起妒忌之心，欲借造箭之事殺掉諸葛亮，魯肅不同意，周瑜則讓魯肅私放其走，而自己則於路上截住諸葛，羞辱他，讓其屈服。諸葛亮草船借箭成功，周瑜知諸葛計謀高其一籌，殺心驟增。令徐盛設伏，待破曹之後，將其射殺。周瑜爲諸葛設宴慶功，親自操琴，歌女唱吴歌。諸葛稱贊歌音絶妙，但指出歌詞"共扶明主"的"共"字不妥，應改爲"各扶明主"。周瑜由此知諸葛難以留吴。破曹用火攻無東南風，使周瑜憂愁成病。諸葛知周瑜患的是"心病"，説出病因，周瑜跪請諸葛相助。諸葛在周瑜真誠感動下，願借三日三夜東風破曹。周瑜説果能如此，先生功莫大焉。諸葛提借瑶琴時説"謝都督厚誼"，莫忘那句"與君同攜手"，周瑜接吟"各保其主"。此時的瑜、亮，成了肝膽相照、同心破曹的盟友。周瑜已設計令黄蓋詐降，火船已備，等待東風起。張昭傳吴主口諭："諸葛如不能爲我所用，日後必成大患，務必設計殺之，决不能使其返回夏口。"是放是殺，在周瑜心裏翻騰爭鬥。東風已起，人報諸葛亮不見了。周瑜立即趕往南屏山，令徐盛：只要諸葛小船駛出灘口，即令弓弩手，亂箭齊發。這時，突然傳來諸葛亮的琴聲，唤起周瑜人格良知，戰勝了嫉妒的自我。爲了知音、誠信、君子約，毅然不遵吴主口諭，頂住衆文武要殺的壓力，下令"所有伏兵放下弓弩，禮送諸葛先生"！戲至此，一位文武兼備、才智超群、高傲自大、克己自律、維護孫劉聯盟、風流儒雅的英雄形象呈現在人們面前。

在尊劉的傳統三國戲中，諸葛亮是家喻户曉、人人敬仰的智慧絶倫、超人近神、忠心事主、鞠躬盡瘁的賢明丞相的典型。但戲曲作家把他神化了，使他一見魏延就知魏延腦後長有反骨，久後必反。因而對他有成見，用而有疑，終被逼反被殺。諸葛亮冤殺魏延，後人不平，清代夏綸的傳奇《南陽樂》和周樂清的雜劇《定中原》，都違背歷史，重寫諸葛亮與魏延的關係，爲諸葛亮補恨，爲魏延翻案。如今魏明倫創作的川劇《夕照祁山》，把諸葛亮請下神壇，既無"魏延腦後長有反骨"的神算，又無禳星乞壽的神壇鬧劇。劇寫諸葛亮六出祁山，對智勇雙全、功勛卓著的帥才大將魏延既欣賞重用，又疑其難以駕馭的複雜心理狀態。諸葛亮爲了蜀漢後主能够安枕無憂，在五虎上將逐漸殞國的情况下，撑着孱弱身軀六出祁山，屢敗屢戰，以進爲守，知其不可爲而爲之，因而用兵過於謹慎，拒不採納魏延多次提出的兵出子午谷良策。

諸葛亮因魏延粗豪直爽，不拘小節，快人快語，對後主不够恭敬，疑其對蜀漢不利，加以聽信了小人楊儀的讒言，引發了諸葛亮的大忌。於是，設計"葫蘆峪"，用火燒死司馬懿和魏延，以除外憂內患。這裏諸葛亮並無私心，一是爲蜀漢除內患，二可保魏延的名節。然而一場大雨使魏延僥倖逃生，但諸葛亮臨死還不忘除去隱患，留遺言讓馬岱斬殺魏延。當其妻阿醜勸說魏延萬萬不能殺，讓其收回密殺令時，諸葛突然悔悟，但爲時已晚，口不能言，手不能寫，難以收回成命，只好聽憑馬岱斬殺魏延，遺憾九泉，給諸葛亮潔白如玉的一生，留下了斑點、瑕疵。魏延對葫蘆峪被火燒未死雖有不滿，但從未懷疑是他敬重的諸葛亮下的毒手。侍妾魅娘說明自己是黃巾義軍後人身份，要他一同造反時，魏延却怒殺魅娘和策反的內奸，表明他對蜀漢和諸葛亮忠心耿耿。直到他最後被馬岱斬首時，他還對着諸葛亮的遺像高喊我的反骨到底長在哪裏。其忠誠被冤殺，一目了然。

三、女性人物增多　形象新穎靚麗

歷代三國戲，以女性人物爲主角的甚少，可謂鳳毛麟角。當代三國戲改變了這個局面，在今收的三十九部戲中，以女性爲主角或女性人物戲份重、地位特別的劇本有《曹營戀歌》《鳳凰二喬》《曹操・關羽・貂蟬》《曹操與關羽》《關羽》《曹操父子》《三曹父子》《洛神賦》《赤壁周郎》《小喬初嫁》《蔡文姬》《建安軼事》《御前侍醫》《七步吟》《東吳郡主》《孫尚香》《祭長江》《瀘水彝山》等18種，還有一些在劇中不佔重要地位，但却是劇本不可缺少的人物，如《曹操與楊修》中虛構的曹操之妻及曹操之女、楊修之妻鹿鳴女；《陸遜拜將》中的孫策之女、陸遜之妻如玉；《孫權與張昭》中的孫登太子妃、張昭之女張捷及其夫人，孫權原配夫人；《初出茅廬》中諸葛亮之妻黃月英；《關公斬子》《水淹七軍》中的關羽之妻關夫人；《瀘水彝山》中的祝融夫人和孟齊；《夕照祁山》中魏延的外室小妾魅娘；《北地王》中的劉諶妻崔氏等等。在這二十多個女性人物中，有一些是人們熟知的，如貂蟬、蔡文姬、甄妃、小喬、孫尚香，如今是以新的精神面貌出現在劇本中、活躍在舞臺上，光彩靚麗，令人喜愛，而新創的女性人物，更是令人刮目相看，個性鮮明，形象動人。這就豐富了三國人物畫廊，使三國戲更接近時代，接近生活，更富有藝術魅力。

在歷代三國戲中，曹操的結髮妻子卞夫人很少出現，然在當代三國戲中，卞夫人出現在八部戲中，她是一個明大義、有見識、講誠信、懂人情的賢妻良母。在京劇《曹操父子》中，當曹操將甄宓賜給有心計、下手狠毒的曹丕時，她了解曹植癡愛甄宓的痛苦心情，但她無奈，只好勸慰曹植"忘痛傷，放眼量，立大志，挺胸膛，不做那溪邊花草做棟梁"。慈母心腸一目了然。當曹操兵敗赤壁悔恨交加、諸子爭嗣明爭暗鬥而心疼生病之時，卞夫人持衣送藥慰藉曹操，勸其早定世子，免得兄弟明爭暗鬥不相讓。風雨同舟四十年的老夫老妻，情意綿綿，是一個賢妻。當漢獻帝以封魏王之名召曹操進京欲誅之時，曹彰欲殺獻帝，卞夫人阻止，認爲弑君篡位青史落罵名萬萬不可，是一位有見識的女丈夫。當曹丕謀殺皇后、國丈以清君側，並將其妹充後宮之時，卞夫人怒斥曹丕，但也無奈，只得痛哭捨女，忠漢之心可見。卞夫人聽到曹丕要殺父謀位，讓曹操吃斷腸丹，卞夫人面對殘暴狠毒不仁不義的兒子曹丕，她只有痛苦、哭泣、無奈，這是一個善良正直的母親不願看到的。在《曹操與關羽》中，卞夫人勸曹操留下關羽，不要殺重義有難的關羽，並親去見甘夫人和糜夫人，讓其勸劉備歸順曹操，共創大業，解民之倒懸。關羽得兄信掛印封金辭曹，卞夫人勸曹操不能殺關羽，不能作失信的人，使曹操阻止要殺關羽的文臣武將，並同曹操一起，賜盤費、賜赤兔馬，禮送關羽。其誠信之高尚品格，令人敬慕。

在歷來衆多的關羽戲中，除元雜劇《關雲長怒斬關平》外，很少見到關夫人的形象。在當代改編的秦腔《關公斬子》和昆劇《水淹七軍》中，關夫人兩度出現。秦腔《關公斬子》，寫關興乘馬郊外練武，烈馬受驚，急奔狂馳踏死一名幼童，闖下大禍。苦主誤認闖禍的是關平，告到縣衙。關平代弟受過，關夫人並不知情。關夫人爲救義子，向縣令贈扇求情，遭到關羽訓斥。關羽依法從嚴要斬關平，關夫人爲了維護法紀，支持丈夫，寧願犧牲自己的親子關興代兄償命，此舉感動得威震華夏的關羽熱淚盈眸。關夫人親到法場，爲關平送別酒飯，傾訴母子相處之情，詢問有何後事，溫暖情深，感人淚下。當行刑之時，關興趕到刑場自首，說明真相，關羽赦關平怒斬關興。關夫人則對關羽說：關興犯罪，爲妻有責，請求關羽賜死，與兒關興同歸九泉。一個令人敬佩的支持丈夫執法、斬子爲民償命的賢妻慈母形象呈現在眼前。在昆劇《水淹七軍》中，關羽初戰失利，情勢危急，軍心動蕩，傳言撤回荆州。爲穩軍心，關羽讓關夫人來前綫軍營安撫軍隊。關夫人接信，立即與外甥女關平未婚妻桂英冒雨夜馳軍營。關夫人送來襄江之魚，啓發了關羽苦思冥想的破敵之策——以襄江之水淹曹七軍。夫妻二人乘雨夜勘察地形，關羽令人築壩截水，暗備船隻，移兵高處；關夫人建議留下空營，麻痹曹軍。關羽下令,決裹江堤,水淹七軍,擒于禁,斬龐德,威震華夏。而桂英在兩軍交戰中被敵箭射死。在這裏讓人們看到了與丈夫患難與共、同生共死、智勇兼備的賢內助女丈夫的光輝形象。

與關羽夫人一樣,諸葛亮夫人在三國戲亦很罕見。在新改編的京劇《初出茅廬》中,諸葛亮新婚三月的妻子黃月英,了解丈夫,支持諸葛亮出山建功立業;譏諷阻止丈夫出山、樂於山林的好友;暗示二顧的劉備一定要面見諸葛亮;爲丈夫捧酒壯行,"願君妙手展經綸、息烽火,掃煙塵,經天緯地天下平"。黃月英的超常見識,祈望丈夫建功立業、使天下太平的思想,令人耳目一新。更令人敬佩的是在川劇《夕照祁山》中,諸葛亮彌留之際,幻覺中出現了諸葛夫人阿醜,她跪下爲魏延求情,請諸葛亮召回馬岱,改寫誅殺魏延的密令,以免冤殺忠臣。阿醜懇切地說,殺魏大將軍萬萬不可,"蜀川大半江山,乃是魏大將軍和黃忠兩位先鋒打出來的,所謂'反骨',是你疑神疑鬼,雖然事出有因,却又查無實據,密殺令一下,倘若造成冤案,相爺一生白璧豈不添上幾絲瑕疵,九泉後悔,千秋遺憾"。諸葛亮聞言極爲震動,大悟,啊呀,夫人!"一席話石破天驚,我不及巾幗胸懷,改改改,另安排。快快快,招馬岱。招招招,招轉來"。然而爲時已晚,諸葛亮口不能言,手不能握筆,難以收回成命,只得冤殺忠良,遺憾九泉。然而,一個清醒理智、洞察是非、眼光長遠的女丈夫形象躍然紙上。

周瑜夫人小喬,比起前述三位夫人幸運,在歷來傳統三國戲中出現得多一點,但給人印象不深。在當代新改編新創作的京劇《鳳凰二喬》、越調《諸葛亮弔孝》、婺劇《赤壁周郎》、黃梅戲《小喬初嫁》四部戲中,小喬都是被稱頌的人物,並各具特色。在《小喬初嫁》中,曹操率八十三萬大兵下江南伐吳,兵臨赤壁,小喬送新婚不久的丈夫周瑜掛帥出征。曹操使離間計傳言,他若得到小喬可以罷兵。小喬爲了天下百姓,私自悄悄闖進曹營,說"莫道此去難回轉,莫道是以身飼虎狼。此去曹操重然諾,換取天下蒼生得安康。此去曹操背信義,戳穿他的彌天謊。喚起萬衆破强敵,小喬含笑九泉壤"。小喬面見曹操,令其退兵,曹操豈能信守諾言罷兵,詭計被揭穿。曹操讓華佗勸其弟子小喬歸順他,華佗不願做媒婆,被曹操責打關押。曹操威逼小喬,小喬抓起華佗刮骨療毒的小刀欲自刎,外面傳來"小喬已來,丞相爲何不罷兵回鄉";又傳來周瑜率戰艦千艘,殺過江來了;船帳燃起大火。曹操突然頭痛欲裂,癱倒在椅子上,小喬丟下小刀,用銀針治好其病,曹操坐起來,尊稱小喬夫人。這是一個平民化、有人性味、富有生活氣息的年輕貌美、心地善良、愛國愛民、勇於獻身的女丈夫,可歌、可泣、可愛、可敬。

劉備夫人孫尚香,是戲文、舞臺常見的人物,當代新編的潮劇《東吳郡主》、河北梆子《孫尚香》中的孫夫人,則與傳統戲中的孫尚香迥然不同。《東吳郡主》中的孫尚香希望嫁一個天下英雄,當她嫁給了扶危平亂、志扶漢室的劉備,遂願後纔識破長兄孫權的困龍之計,便幫助丈夫逃回荆州。劉備進取西川,孫尚香被孫權以母病危騙回東吳,禁鎖深宮,孫尚香深切地懷念着劉備,期望找機會回轉西蜀。東吳襲取荆州,關羽敗走麥城被殺,劉備爲弟報仇,率兵七十五萬伐吳,節節勝利,兵至彝陵。孫尚香爲了江南百姓不受戰爭之塗炭,禀大義、闖蜀營,勸夫君劉備允諾"孫權割讓州城求和解,望夫君罷戰允和安江南","莫爲私仇起兵燹,乞爲蒼生息戰端"。劉備不允,決心報仇不息戰。孫夫人勸劉備"捨仇取義,顧大局,明大義,息戰聯吳共討國賊","求夫君,全大義,棄私仇,聯吳伐魏,匡濟天下,不負民望,不負漢家邦"。劉備則以先小義滅吳,後全大義伐魏相拒。孫尚香無奈,拜辭劉備,"尚香雖爲蜀婦,然心存故土,願與東吳百姓共存亡"。孫尚香阻戰不成,失望而歸,吳蜀交兵大戰,東吳陸遜火燒連營,劉備慘敗,晏駕白帝城。孫尚香聞訊,憑江弔夫,哭訴拜祭,跳江"殉夢也殉郎"。劇作家爲我們塑造了一位有理想、有追求、有智慧、明大義、憂國憂民、多情多義、爲江南百姓諫夫阻戰、投江殉夫的巾幗英雄。孫尚香形象閃耀着光照千古的人格美、道義美、思想美。

以曹植、曹丕兄弟相殘爲主題的戲曲從古至今有許多,他們爲了爭奪王位,鬥得你死我活,然而最爲突出的是爭奪甄宓。這部《七步吟》選擇的題材與以往戲曲相同,但以新的觀念、新的視角塑造人物,編造情節。人人都知道,曹丕以七步爲限,詩成則免曹植一死,詩不成則殺曹植。曹植應聲七步之内成詩。然而,曹丕爲了殺曹植,却要無賴,硬説是八步。正當借此由要殺曹植的時候,甄宓急出,更加重了兄弟的矛盾,激化了兄必殺弟的決心。甄宓説怎麽選擇?她既傾心曹植的詩情才華和對他的不可挽回的真誠愛情,又佩服曹丕的治國謀略和已成夫婦的現實,她只有一死,既可救曹植,又可使他們兄弟死心,不再爲她争得你死我活。甄宓的死正如《七步吟》創作者所説:"她只能選擇一種死,一種慷慨悲歌的凛然悽愴。一個弱女子的魂歸天際,是用生命譜寫的曲章。此一死,吶喊了人性中那未泯的善良,亦唤醒了血脉相連的骨肉親情;此一死,非關纏綿的小愛,而是自己解脱、昭示良知的人間大愛。這是一個女子的凄楚人生,也是一個女子的生命悲壯。"

至於人們熟知的貂蟬、蔡文姬,在新改新編的衆多劇目中的衆多女性形象,都是以新的面貌出現的,人樣好,人品好,令人尊敬喜愛。

四、語言精煉易懂　身份個性鮮明

戲曲爲代言體,需要通過戲曲人物的語言——唱詞、説白叙述故事,描寫人物心理情感,表達思想,贏得讀者,征服觀衆。歷代三國戲,大多是因爲故事好,語言好,唱詞雋永,韻味濃郁,説白流利,琅琅上口,使戲曲劇本流傳下來,使一些名曲唱段廣爲傳唱。當代劇作家在改編和創作三國故事戲時,都非常重視語言的錘煉,使語言簡潔、清新、生動,叙事流暢,人物唱白符合身份,個性突出,性格鮮明,力求取得聞聲知人、聽言知心的效果。比如:在京劇《建安軼事》裏,董祀犯法當斬,蔡文姬急往相府,向曹操求情赦免死罪,請看:

卞夫人　文姬,我可聽説那董祀婚後待你並無恩愛,他死了,你豈不解脱?

蔡文姬　董祀與文姬,雖不如膠似漆,却也情同姐弟,況且,彼此相知相愛,恰正與日俱增,他若猝然一死,文姬斷無生念。

曹　操　你是真的捨不得董祀?

蔡文姬　捨不得,捨不得,捨不得呀!

曹　操　爲何?

蔡文姬　丞相、夫人容稟!（唱）
　　　　　未言淚先淌,哀哀訴衷腸,回望過來路,一步一重傷。十七唯父母,嫁與少年郎。成婚未經歲,丈夫暴病亡。新寡遭離亂,裹挾到北疆。弱女無所寄,勉從左賢王。漫漫十二載,始得回家鄉。幼子忍離棄,淚濕乾衣裳。欲留欲歸去,左右兩傍徨。又適中郎將,三做新嫁娘。知其不得已,也曾怨上蒼。無奈退路斷,離合惹惆悵。喜他少城府,喜他心善良。喜他知音律,喜他識宫商。但願日長久,終可比鳳凰。誰料中道散,孑孑遺孤孀。

這一段唱詞,蔡文姬訴傾了自己的不幸身世和悲慘遭遇,如泣如訴,如像一首叙事的悲憤詩,卞夫人聽了連忙説:"別説了,別説了,聽得人肝腸寸斷!"我們難道不感動嗎?

在潮劇《東吴郡主》中,孫尚香江邊祭夫君,"蜀王,我的夫君,你在哪裏,你在哪裏啊!(唱)魂斷夢殘,憑江弔夫王。江流爲我咽,悲風爲我旋。夫君啊,你魂歸何方?想當年你過江聯姻豪情萬丈,不避斧鉞鳳求凰。我敬你胸懷社稷仁德廣,我愛你蓋世英雄韜略藏。我憐你半生戎馬長飄蕩,我與你假姻緣翻作美姻緣。嫁英雄尚香遂了閨中願,託終生矢志追隨英雄郎。助夫歸,我叛兄别母荆江去;困東吴,我十年望蜀歸夢難。實指望,金戈鐵馬傳佳報,夫君重整漢江山;實指望,蜀水吴水春風化雨,孫劉仇解夫妻團圓。那時節,我一手拉着我兄長,一手牽着我劉郎。周遊赤壁温舊夢,共用長平好時光。有誰知,千般寄望萬般盼,盼來了揮師滅吴的蜀劉王。鼙鼓驚破女兒夢,諫夫難阻霸心狂。戰煙未滅心已殆,大江東去水茫茫。孫尚香祭夫也自祭、殉夢也殉郎。淚愁盡付東流水,此恨綿綿天地間"。這段唱詞叙事與抒情相結合,表現了孫尚香爲夫爲國爲民的美好理想破滅而殉身的高尚品德與光彩人格。

在秦腔《三曹父子》中,曹丕有意將曹植灌醉,貽誤軍機。曹植心知肚明,痛心地説:"你可是我一母同胞的親哥哥呀!你不是説手足不可割離嗎!可是今日爲了一頂王冠,你竟然置大局於不顧,視軍情如兒戲,置你親兄弟於死地。以餞行爲名,使我貽誤軍機。借玉枕之事,對我苦苦相逼。你行此不仁不義,可謂費盡心機。縱然一時得逞,只怕天理難欺。事到如今,我就成全於你!(唱)催肝裂膽今日事,至親骨肉成仇敵。同室操戈一旦起,四海難有昇平時,父王老痛何依寄呀!自歎難歌動地詩。(揮淚)魏王位兄長你儘管承繼,小弟我咸禮讓不敢相欺。只要兄救黎庶莫違父意,只要兄行仁義志在統一。只要兄對衆兄不再猜忌,只要兄遠聲色自强不息。只要兄憐念我孤妻弱子,周身血項上頭也甘抛擲。"一席真誠擲地有聲的話,批判長兄曹丕爲奪王位而不擇手段,勸曹丕拯黎民促一統愛手足,表明了善良正直的曹植不爭王位、不爭權位而爲國憂民憐兄弟的高尚人品。

在豫劇《洛神賦》中,甄洛雖被曹丕奪走,貴爲皇后,但曹丕却得不到她的愛、她的心,她心中只有曹植。當曹植無奈傷心地摔了定情玉珮與甄洛分别時,甄洛撿起碎玉,淒厲地泣訴:"一塊玉一塊玉難拼難整,甄洛我心如刀絞陣陣痛。雲蕭折斷我的心也斷,這斷蕭兒難連難合我泣無聲。曾記得洛河岸玉珮雲蕭兩相贈,海誓山盟心相通。只盼望琴瑟和諧成佳偶,只盼得洛水岸邊結伴行。誰知道袁紹擄我三年整,囚禁我身難囚情。只道是曹軍一到是救星,又誰知出了虎口進了牢籠。深宮似海淒淒冷,子建如水暖寒冰。絲絲縷縷難忘記,恩恩怨怨兩分明。高墻難斷連心路,深院相思情更濃。夜夜更深尋殘夢,秋蟬寒雀夜夜驚。莫道是在宮院前呼後擁權位重,可曾見爾虞我詐,手足相殘,黑色漩渦有血腥。望洛水霧蒙蒙風平浪靜,那篷船悠悠然各自西東。採桑女多輕盈再現當年景,一陣陣傳過來兒時的笑聲。甄洛我既捨青春何惜命,可就是欠了子建未了情。爲子建生來爲子建死,爲子建紅顔薄命鴻毛輕。爲子建赴湯蹈火無所懼,爲子建忍辱負重,且與虎狼結伴行。"這段唱,甄洛叙述了她早年與曹植盟誓相愛互贈信物和後來遭受摧殘的悲慘命運,表達了忍辱負重心繫曹植之情,情深深,意濃濃,字字血,聲聲淚,動人心弦。

　　總之,當代三國戲在立意、選材、編故事、安排情節、塑造人物、運用語言等方面都有新的突破和創造,思想性、藝術性、戲曲性都有新的提高,寓教於樂,以史爲鑒,有時代感和現實意義。當然不能說每部戲都是十全十美,毫無瑕疵。許多戲都仍然需要在今後長期的舞臺演出實踐中,邊演邊改,多演多唱,千錘百煉,逐步打磨成劇團的有代表性的保留劇目,成爲人們耳熟能詳、流行傳唱的戲曲精品,成爲傳世的戲曲文學經典。

目　　錄

上冊

連環記	昆劇	余懋盛 改編	1
曹營戀歌	潮劇	郭克貴 翁曉明 撰	66
火燒濮陽	川劇·胡琴	戴德源 許金門 整理	100
廉吏風	京劇	孫方山 撰	116
鳳凰二喬	京劇	阿甲 翁偶虹 編劇	151
曹操·關羽·貂蟬	徽劇	周德平 撰	189
曹操與關羽	戲曲	方同德 撰	221
關　羽	京劇	王昌言 楊利 撰	255
官渡之戰	京劇	孫承佩 編劇	291
曹操父子	京劇	賈璐 編劇	322
三曹父子	秦腔	蔡立人 編劇	354
洛神賦	豫劇	姚夢松 撰	389
初出茅廬	京劇	馬少波 范鈞宏 呂瑞明 改編	431
赤壁之戰	京劇	任桂林 李綸 翁偶虹 阿甲 馬少波 改編	479
赤壁周郎	婺劇	姚金城 王衛國 撰	533
小喬初嫁	黃梅戲	盛和煜 撰	563
諸葛亮弔孝	越調	閔彬 張鄉樸 整理	593

下冊

蔡文姬	昆劇	鄭拾風 改編	625
建安軼事	京劇	羅懷臻 撰	658
迎賢記	漢劇	蘭天明 撰	691
曹操舉賢	錫劇	周竹寒 撰	743
曹操與楊修	京劇	陳亞先 撰	759

關公斬子	秦腔	胡文龍 改編	791
金殿阻計・單刀赴會	京劇	周信芳 整理	826
水淹七軍	崑劇	王　亘　陳　奔　編劇	850
陸遜拜將	川劇	劉鳴泰　陳澤愷　撰	876
鼓滾劉封	滇劇	楊　明　整理	921
御前侍醫	閩劇	吳金泰　撰	936
七步吟	桂劇	呂育忠　撰	970
彝陵之戰	京劇	任桂林　樊　放　編劇	994
白帝托孤	川劇・胡琴	張廷秀　整理	1023
東吳郡主	潮劇	范莎俠　撰	1030
孫尚香	河北梆子	高文瀾　編劇	1063
祭長江	漢劇	佚　名　改編	1089
瀘水彝山	京劇	吳　江　呂慧軍　高牧坤　編劇	1098
收姜維	越調	李　蘇　改編	1119
孫權與張昭	閩劇	周祥先　吳永藝　撰	1138
夕照祁山	川劇	魏明倫　撰	1173
北地王	越劇	莊　志　編劇　張　勇　整理	1213

《三國戲曲集成》三國戲圖目錄	胡世厚　趙　青	1243
主要參考文獻		1256
跋	胡世厚	1266

連 環 記

余懋盛　改編

解　題

　　昆劇。余懋盛改編。余懋盛，1957年畢業於中山大學中文系，任教於郴州師範學院。1960年以後，歷任郴州地區湘劇團、湖北省昆劇團編劇、省昆劇團黨支部書記。著有昆曲《蘇仙嶺傳奇》《霧失樓臺》《千種風情》，改編湘昆傳統劇目《連環記》《白兔記》等多種劇本。該劇《中國昆劇大辭典》著錄，題新編《連環記》，一爲北方昆曲劇院整理縮編本，一爲上海昆劇團整理改編本，未提湖南省昆劇團整理改編本。該本爲湖南省昆劇團改編整理本，分上、下集，共15場。劇寫東漢末，董卓專權，欲廢少帝，假立陳留王，自謀篡位。董卓在温明園召群臣，議廢長立幼事，袁紹反對，憤而回冀州。丁建陽率吕布起兵勤王除董卓。董卓以赤兔馬、白玉帶、金銀財寶、官爵收買吕布。吕布殺了丁建陽投靠董卓。司徒王允請曹操過府商議劍刺董卓之策。曹操帶劍進董府行刺，未能得逞逃出京城。吕布、董卓看出破綻，董卓令畫操圖形，捉拿曹操。曹操回鄉興師，約會十八路諸侯，推袁紹爲盟主，討伐董卓。兵至汜水關，董卓大將華雄，連斬諸侯十多個大將。袁紹大驚。曹操舉薦投軍報效而來的安喜縣令劉備與馬弓手關羽、步弓手張飛。袁紹命關羽出戰，賜酒壯行，關羽上陣力斬華雄，提華雄首級進帳，杯酒尚温。董卓聞情，命吕布出守虎牢關拒敵。吕布出戰，諸侯衆將不敵，孫堅棄頭盔敗逃。劉關張三英出戰吕布，吕布不敵，乃説三人戰一人不是好漢。張飛一人單戰，槍挑吕布紫金冠，吕布不敵，逃回虎牢關。王允得知十八路諸侯聯盟討伐董卓無功而散，吕布鎮守虎牢關，十分憂愁。忽然心生一計，欲借歌女貂蟬除奸，於是去花園尋其計議。不料貂蟬正在花園拜月，爲王允祈禱。王允知貂蟬深明大義，憂國憂民，甘願獻身，乃賜玉連環，認其爲義女。義父女爲除董卓，定下美人連環計。王允設小宴請吕布，席筵上王允借故出席，讓女兒貂蟬陪宴敬酒，吕布羡貂蟬美貌，向其求婚，二人互贈定情信物。王允回來看見，先責備後允婚。次日設大宴請董卓，命貂蟬領歌女歌舞侑酒，卓看上貂蟬美色，王允獻貂蟬，隨董卓回府。呂布從虎牢關回，知卓奪娶貂蟬，闖入鳳儀亭私會貂蟬。貂蟬訴苦欲跳水而死，呂布急抱入懷，恰被董卓撞見。董卓責呂布調戲愛妾，持戟怒擲呂布，義父子爲爭貂蟬反目成仇。王允先說服到府的呂布殺卓，後說服追捕呂布到府的李肅，矯詔去請董卓入朝受禪。次日董卓中計，行至午門，王允宣讀詔書，呂布奉詔討賊，誅殺董卓。本事出於《三國演義》。元雜劇有《王允暗定連環計》、明傳奇《連環記》、清傳奇《鼎峙春秋》、京劇《鳳儀亭》均寫有此事。該劇是依明王濟傳奇《連環記》改編整理。版本今見《中國崑曲精選劇目曲譜大成》本。今據以收錄整理。該劇由李楚池配曲，湖南省崑曲團演出。

上　集

第一場　霸　朝

（溫明園議事廳）
（李傕、郭汜、張濟、樊稠四將起霸上）

李　傕　（念）西涼大將入京城，
郭　汜　（念）韜略武勇冠三軍。
張　濟　（念）一朝時至風雲會，
樊　稠　（念）願做從龍輔弼臣。
李　傕　俺大將李傕。
郭　汜　郭汜。
張　濟　張濟。
樊　稠　樊稠。
李　傕　衆位將軍，我等自西涼起兵以來，相隨董太師東征西討，遂蒙重用，今日奉太師鈞旨，傳百官溫明園議事，命我等帶兵環衛。百官中如有異議不從者，即時斬首。聽金鼓之聲太師來也。你我兩廂侍候！
衆　將　請！
（衆校尉、李肅、李儒擁董卓上）

四　將　參見太師！

董　卓　兩廂護駕。（四將應）

（念）殿上袞衣明日月，
　　　軍中旗影動人蛇。
　　　縱橫天下三千旅，
　　　笑看丹墀日已斜。

想我董卓起兵入京，朝政皆歸吾掌。欲乘此機會假立陳留王爲名，自謀篡位，有何不可。今日設酒在溫明園中遍請文武百官到來。順吾者加官晉爵[1]，阻俺者剜目斷舌，决不饒他！

（偏將上）

偏　將　飛騎城中去，相邀將相來。禀太師，文武百官都已到齊了。

董　卓　傳衆文武排班進見。

偏　將　遵命。太師有令，宣百官排班進見。

（袁紹、王允、蔡邕、曹操上）

袁　紹　列位大人請了。

衆　官　袁大將軍請了。

偏　將　太師有令，隨從不得擅入。

袁　紹　太師一入朝就要發號施令！

曹　操　大將軍這又何妨。王司徒請你領班，我等依次進見。

王　允　既如此，衆位大人請。

衆　官　請！（衆進）

王　允　太師在上，下官王允參見。（衆見禮）

董　卓　諸公少禮，請坐。

衆　官　告坐。（袁紹、王允分坐兩側）

董　卓　蔡學士、曹驍騎爲何不坐？

曹　操　小官列於太師門下，焉敢望坐。

董　卓　老夫命你們坐就坐罷了。

曹　操　告坐。

董　卓　驍騎，前日剿滅黃巾得勝有功，還未陞賞。

曹　操　全仗太師虎威，何勞挂懷。

董　卓　吾當論功行賞！

曹　操　多謝太師！

蔡　邕　曹驍騎,賀喜了!
曹　操　不敢。
王　允　太師今日相召,不知有何臺旨?
董　卓　今日要商議天下大事。爾等聽者。
眾　官　是。
董　卓　我想爲天子者乃萬乘之尊,四海之主,君臨天下,福布八荒。如今少帝無威儀聖德,不可奉宗廟主社稷。先帝有密詔:"劉辯輕浮無智,不可爲君;次子劉協聰明好學,可承大漢宗廟。"吾欲效伊尹、霍光故事,廢帝爲王;立陳留王爲天子,以正大漢宗室。諸位大人以爲如何?
王　允　宗廟大事,尚須廣徵群臣政見。
曹　操　正是,正是。
董　卓　廢立之事,豈容久議。
袁　紹　太師差矣!我聞太甲不明,伊尹纔放之桐宮;昌邑有罪,霍光方廢之。如今少帝春秋正富,未有不善。太師欲廢嫡立庶,莫非要篡位乎!
董　卓　袁紹,大膽!天下事在我,誰敢不從!你道我匣中劍不利乎!
袁　紹　你劍利,我袁紹的劍獨不利乎!
王　允　二位,有話好商量,好商量。
曹　操　袁將軍請息怒!
袁　紹　列位大人,你們看。他纔得一朝權在手,爲何便把令來行!顏良、文醜!
　　　　　(顏良、文醜持劍上)
董　卓　眾將何在!
　　　　　(李傕、郭汜、張濟、樊稠持劍上。雙方對峙)
王　允　太師,同朝爲臣,有事慢慢商量。
蔡　邕　太師息怒!
袁　紹　隨俺回冀州去者。
　　　　　(顏良、文醜隨袁紹下)
　　　　　(李肅示意四將下)
董　卓　可惱呀!可惱!
　　　　　(唱)治天下令行四方,

　　　　　　護幼主匡扶廟廊，
　　　　　　定乾坤易如反掌。
　　　　　　誰敢不欽遵景仰？
衆　　　（唱）誰敢不欽遵景仰？
　　　　（探子甲上）
探子甲　　報！
董　卓　　所報何事？
探子甲　　邠州丁建陽，兵馬臨城廂。
董　卓　　到此何幹？
探子甲　　道太師亂朝綱，篡逆壞家邦。因此勤王靖難來相抗。
董　卓　　一介丁建陽何足挂齒！
李　肅　　太師，他有個義兒呂布有萬夫不當之勇！
董　卓　　難道那呂布有三頭六臂不成？
李　肅　　那呂布呵！
　　　　（唱）【江兒水】
　　　　　　束髮金冠耀，
　　　　　　方天畫戟長。
　　　　　　唐猊鐵甲神威壯。
　　　　　　獅蠻寶帶征袍靚，
　　　　　　腰大十圍身一丈。
　　　　　　他弓馬嫻熟誰擋？
　　　　　　早早提防，
　　　　　　免教敵騎猖狂！
董　卓　　再探。
探子甲　　得令。
　　　　（探子甲下）
董　卓　（唱）【五供養】
　　　　　　丁原不知自量，
　　　　　　竟敢提兵遠到洛陽。
　　　　　　寡焉能敵衆，
　　　　　　弱豈敢逞強！
　　　　　　丁原狂妄，

　　　　　憑一旅輕動刀槍。
　　　　　笑看車轍下，
　　　　　巨輪碾螳螂！
　　　　列位各自回衙理事！
　　　　　速整王師，
　　　　　烟塵掃蕩！

董　卓　李肅，丁原引着呂布前來犯我，我欲先擒呂布，那丁原不戰自服，你看如何？

李　肅　主公，肅知呂布有萬夫不當之勇，若與交鋒，恐難取勝。若派一説客，勸他來助主公，何愁不得天下！

董　卓　好！只是如何勸得呂布來降？

李　肅　主公勿憂。肅與呂布乃是同鄉，素知其人勇而無謀，貪而無義；肅憑三寸不爛之舌，當勸説呂布拱手來降。

董　卓　你將甚麼東西去説他？

李　肅　主公，可將赤兔馬、白玉帶二物，以利結其心，呂布必反丁原來投主公。

董　卓　既如此，你就將赤兔馬、白玉帶，再加上些金銀珍寶前去勸降。
　　　（唱）【川撥棹】
　　　　　你持玉帶跨赤兔投虎帳。
　　　　　只説是你的微忱，

李　肅　（唱）只説是我的微忱，
　　　　　叙鄉情傾訴衷腸。

董　卓　（唱）物相留，
　　　　　人可降，
　　　　　方説出我行藏。
　　　　　臨行再囑中郎將，
　　　　　教他棄暗投明莫彷徨。
　　　　　憑你巧舌如簧好錦囊！

　　　　（董卓、李肅等分下）

校記

［1］加官晉爵："晉"，原作"進"，據文意改。

第二場 起　　布

（呂布營帳）
（衆軍士引呂布上）

呂　布　（唱）【生查子】
　　　　　膂力勝凡流，
　　　　　浩氣衝斗牛！
　　　　　談笑覓封侯，
　　　　　回首功成就。
　　　（念）未表食牛豪邁志，
　　　　　沉埋射虎雄威，
　　　　　封侯畢竟屬吾徒！
　　　　　雲臺諸將後，
　　　　　廟像許誰摹？
　　　　　到處爭鋒持畫戟，
　　　　　怒來叱咤暗鳴。
　　　　　千人辟易氣消磨。
　　　　　不須黃石略，
　　　　　只用論孫吳。
　　俺姓呂名布字奉先，西川五原郡人氏。幼習武藝，頗有兼人之勇；欲慕封侯，不辭汗馬之勞。爲此遠投邠州刺史丁建陽麾下，爲驍騎都尉，拜丁建陽爲義父。近因董卓弄權，殘虐生靈，因此隨義父起兵討賊。連日來攻城不下，好一場鏖戰也。
　　　（唱）【泣顏回】
　　　　　羽檄會諸侯，
　　　　　逞雄威陣擁貔貅。
　　　　　同心協力，
　　　　　斬賊臣拂拭吳鈎。
　　　　　嘆蒙塵冕旒，
　　　　　挽狂瀾恢復舊神州！
　　　　　大丈夫豈落人後，

好河山一統全收!

（呂布下）

（李肅騎馬上）

李　肅　（念）赤兔玉帶作釣餌，利動他心志可移。
　　　　這裏可是呂將軍大營？

小　軍　正是呂將軍大營。

李　肅　相煩通報，就說鄉親李肅求見。

小　軍　候着。有請呂將軍。

　　　　（呂布上）

呂　布　（念）欲圖遠大奇功，不愧蠅隨驥尾。

小　軍　啓稟將軍，有位鄉親李肅求見。

呂　布　李肅麼！他乃我鄉兄，快快有請。

小　軍　將軍有請。

呂　布　鄉兄請！

李　肅　賢弟請！

呂　布　鄉兄請上，受小弟一拜。

李　肅　賢弟請上，愚兄也有一拜。久別尊顏，常懷渴想。

呂　布　萍水相逢，不勝欣喜！鄉兄請坐。

李　肅　賢弟同坐。

呂　布　鄉兄現居何職？因何到此？

李　肅　李肅不才，今在朝爲虎賁中郎將之職。聞聽賢弟舉兵到此，匡扶社稷。肅偶得良馬一匹，日行千里，渡水登山，如履平地。

呂　布　此馬何名？

李　肅　名曰追風赤兔馬！

呂　布　追風赤兔馬麼？

李　肅　此馬暴劣，肅不敢乘坐。特來獻與賢弟，以壯虎威。

呂　布　多蒙賢兄厚意，帶馬一觀。

李　肅　現在營外，請賢弟出營一觀。（二人携手出營）

李　肅　將馬帶了過來。

　　　　（馬夫牽馬上）

馬　夫　赤兔馬在此！

李　肅　賢弟請看。

呂　布　（以手摸馬，馬嘶鳴）果然是一匹好馬！
　　　　（唱）【鬥鵪鶉】
　　　　　　猛見那寶馬赤兔，
　　　　　　猛見那寶馬赤兔，
　　　　　　紅殷殷毛似塗朱。
　　　　　　這騏驥如彪似虎，
　　　　　　這騏驥如彪似虎。
　　　　　　待跨上龍駒神駑，
　　　　　　笑看它追風千里關山度，
　　　　　　奮鐵蹄驊騮踏踏敵虜！
　　　　　　哎！俺、俺今日校場試馬，
　　　　　　俺今日校場試馬，
　　　　　　要把這驍騎降伏！
呂　布　鄉兄，我要試馬一回。
李　肅　賢弟請上馬一試。
呂　布　帶馬。
馬　夫　是！
　　　　（呂布上馬，馬狂跳嘶鳴）
呂　布　（唱）【上小樓】
　　　　　　只見它咆哮怒，
　　　　　　只聽它吼聲粗。
　　　　　　急忙裏駕跨神駒，
　　　　　　急忙裏駕跨神駒，
　　　　　　尾掃雲霞，
　　　　　　蹄揚塵土。
　　　　　　哎！我、我這裏縱馬揚鞭，
　　　　　　我這裏縱馬揚鞭，
　　　　　　風馳電掣，
　　　　　　穿雲破霧。
　　　　　　赤兔馬，
　　　　　　看今日呂布顯神武！
　　　　（呂布試馬後，下馬）

吕　　布　好馬！好馬！來！將馬帶在後槽。
馬　　夫　是！
　　　　　（馬夫牽馬下）
　　　　　（吕布與李肅同入營）
吕　　布　布受此寶駒，何以爲報？
李　　肅　肅爲兄弟情義，豈望報乎？
吕　　布　如此多謝鄉兄深情厚意！
李　　肅　豈敢。賢弟，今日此馬不可對令尊說是我送的。
吕　　布　鄉兄差矣！先父棄世多年，對誰說去？
李　　肅　我是說的丁刺史。
吕　　布　軍校回避。
　　　　　（衆軍應下）
吕　　布　我拜那丁建陽爲義父，也是不得已耳。
李　　肅　賢弟！我看你武藝絕倫，有擎天駕海之才，四海誰不畏服？取功名如探囊取物耳，豈可鬱鬱久居人下。自古道良禽且擇木而栖，人豈可不擇主而事？請賢弟三思。
吕　　布　布欲大展奇能，只恨未逢賢主。鄉兄在朝，觀何人爲蓋世能臣？
李　　肅　李肅久在朝堂，遍觀大臣皆不如……
吕　　布　哪位大臣？
李　　肅　皆不如董太師！
吕　　布　董太師麼？他弄權亂國，人道漢賊！
李　　肅　賢弟休聽謠傳。董太師興兵勤王，匡扶漢室，功德巍巍。他禮賢下士，寬仁厚德，賞罰分明。他日終成大業，軍士們取玉帶金珠過來。
　　　　　（軍士捧玉帶金珠上）
吕　　布　鄉兄何來此物？
李　　肅　皆因董太師仰慕賢弟英名[1]，特令李肅前來敬贈。那赤兔馬亦是董太師所賜也！
吕　　布　我聞聽人言董太師乃是奸臣，故與丁建陽領兵前來征討。誰知道他原來是個好人。咳！某此來差矣！
李　　肅　賢弟，想愚兄這等不才，尚爲虎賁中郎將之職；若賢弟投彼，必然貴不可言。功名富貴反掌之間！只恐賢弟難棄丁刺史。
吕　　布　鄉兄，丁建陽我與他名爲父子，却每每受他侮慢。視我如奴僕，驅我如犬馬。既然董太師汪洋大度，布敢不敬從所招。

李　肅　賢弟！

（唱）【駐馬聽】

　　若肯棄暗投明，
　　權重當朝志凌雲。
　　管教你登壇拜將，
　　金印懸腰，
　　手握雄兵。
　　一似遷鶯出谷上青雲，
　　且看皂雕展翅滄溟境。
　　做一個棟梁賢臣，
　　要把山河重整，
　　建立奇勳！

呂　布　（唱）【前腔】

　　深感隆情，
　　歧路迷途指教明。
　　今日受帶圍白玉，
　　馬似龍駒感謝難明。
　　若得太師相垂青，
　　我赤膽忠心獻葵誠。
　　做一個棟梁賢臣，
　　要把山河重整，
　　建立奇勳！

李　肅　賢弟，就此同去如何？

呂　布　且慢！丁建陽正在後帳歇息。待我取了丁建陽首級，再去見太師。

（唱）【桂枝香】

　　看如今更深時候，
　　滿營中燈輝如晝。
　　後帳內鼻息雷吼，
　　想必他安然睡久。
　　我乃人間丈夫，
　　我乃人間丈夫，

怎做兒曹相守？
使我忍辱含羞！
我待要闖後帳，
闖後帳取賊頭，
仗吳鈎須臾國賊休，
教俺今日壯志酬！

（呂布、李肅持劍下）

校記

［１］仰慕賢弟英明："慕"，原作"幕"，據文意改。

第三場　議　　劍

（王允府客廳）
（王允踱上）

王　允　（唱）【步蟾宮】
　　　　官僚不合生矛盾，
　　　　漫教晝夜縈心。
　　　　上方假劍斬奸臣，
　　　　何日利吾霜刃？
　　　（念）赤手難將捋虎鬚，
　　　　勞心焦思日躊躇；
　　　　亂臣賊子春秋例，
　　　　記得人人盡可誅！
　　　前日聞得丁建陽與呂布提兵前來征討董賊，這兩日不知消息如何？為此我派人前去打聽，待他回來便知分曉。
　　　（家院上）

家　院　（念）忙將意外事，報與老爺知。
　　　　參見老爺。

王　允　你回來了，打聽事體如何？

家　院　老爺大事不好了！

王　允　何事驚慌？

家　院　那呂布殺了丁建陽反投入董府去了！

王　允　啊！那呂布殺了丁建陽反投靠董府去了！甚麼要緊事？這等大驚小怪！來，到我書房中取古史一冊，寶劍一口，再着人去請曹驍騎過府議事。

家　院　是。

（家院下）

王　允　啊呀不好！吾聞呂布有萬夫不當之勇。如今殺了丁建陽反投董卓，真個是虎添雙翼也！

（唱）【錦纏道】

　　　　滿胸臆報國憂頭將變白。

　　　　他收猛士有萬人敵，

　　　　哎！我怪奸賊猶如虎添雙翼！

　　　　我欲斬海中鰲撐持四極，

　　　　又欲煉火中丹補修天隙。

　　　　這嘉謀漫籌劃，

　　　　夢常繞洛陽故國。

　　　　仰天空淚滴，

　　　　想鬼磷明滅空庭草碧。

　　　漢天子呀漢天子！

　　　　嘆中原恢復不知是何日？

（家院捧書劍上）

家　院　（念）古史書堪讀，青鋒劍可磨。

　　　　古史、寶劍在此。

王　允　放下。曹驍騎可曾去請？

家　院　已派人去請，即刻就到。

王　允　他若到時，急忙通報。

家　院　是。

（王允與家院分下，二小軍引曹操上）

曹　操　（念）【引】

　　　　鮑瓜不識人休訝，

　　　　我壯懷自惜年華！

　　　下官曹操。適纔王司徒大人相招，只得前去走遭。打道！

二小軍　　到了！
曹　操　　上前通報。
小軍甲　　門上哪位在？
　　　　　（家院上）
家　院　　甚麼人？
小軍甲　　曹驍騎到了。
家　院　　少待。有請老爺，曹驍騎到了。
　　　　　（王允上）
王　允　　道我有請。
家　院　　家爺出迎。
曹　操　　把馬帶了下去，不要髒了王老爺的地方。
二小軍　　是。
　　　　　（二小軍牽馬下）
王　允　　驍騎，驍騎！
曹　操　　啊！老大人！
王　允　　驍騎請！
曹　操　　老大人請！
王　允　　驍騎是客，禮當先請。
曹　操　　老大人乃三朝元老，曹操這裏年渺職微，承蒙寵召，恐拂臺命而來，焉敢僭越！
王　允　　說哪裏話來！驍騎一則漢相之後，二則又在太師門下，非比其他。請。
曹　操　　老大人說我漢相之後，不勝惶恐；若說是太師門下，曹操這裏斗膽了！
王　允　　請呀！
曹　操　　不敢，不敢！還是老大人請。
王　允　　既如此，你我同進了！
曹　操　　同進了，同進了。（二人進門）
王　允　　驍騎請。
曹　操　　這是哪個坐的？
王　允　　驍騎坐的。
曹　操　　老大人又來了！曹操晚生小輩只合侍立，焉敢望坐。

王　　允　相邀到此，未免有幾句話談談，豈有不坐之理。
曹　　操　既如此，待我旁坐了吧。
王　　允　把椅兒移上些。
曹　　操　夠了。
王　　允　請坐。
曹　　操　如此告坐。
王　　允　驍騎，我們是哪裏一會，直到今日了？
曹　　操　啊，還是在溫明園中一會直至今日了。
王　　允　是呀！還是在溫明園中一會直至今日。
曹　　操　老大人，那日溫明園中袁將軍的言語也許忒性急了些。
王　　允　那袁本初是個有肝膽之人，他見太師言語忒過分了，所以有此一番舉動。
曹　　操　那日還虧老大人在彼調停，不然幾乎了不得！
王　　允　那日若不是驍騎在彼周旋，幾乎鬧出事來！
曹　　操　全仗老大人。
王　　允　驍騎，外面這幾日可有甚麼新聞？
曹　　操　新聞倒沒有，倒有一樁奇事！
王　　允　甚麼奇事？
曹　　操　那呂布殺了丁建陽，反投入董府去了。
王　　允　啊！果然是新聞奇事！好呀！老太師又添了一員虎將。我等該去奉賀。
曹　　操　賀甚麼？吉凶未定！
王　　允　哈哈，好個吉凶未定！
　　　　　（曹操驚自己失言。家院送茶上）
王　　允　驍騎，請用茶。
曹　　操　（鎮定下來）請！（接茶飲用）
王　　允　驍騎，下官偶得寶劍一口，未識何名？古史一册，又蠹損了一句。久聞驍騎學識淵博，敢以請教。
曹　　操　老大人又來難為學生了，學生志在溫飽，不過飲酒吃肉而已。那古董行中一點也不懂，前日有個人拿了兩幅畫來賣，一幅是戴嵩的牛。
王　　允　另一幅呢？

曹　操　另一幅是韓幹的馬。我對那人説道："這牛又耕不得田,這馬又騎不得人,要它何用!你那裏若有牛糞馬糞,我這裏倒也用得着。"
王　允　要它何用?
曹　操　肥田而已。
王　允　休得取笑。請觀此劍!
曹　操　妙呀!好劍!
王　允　敢問此劍何名?
曹　操　乞借一觀。
王　允　(交劍與曹)請看。
曹　操　嘖嘖嘖!你看紋如星行,光若波溢。昔日吳國姬光用此劍刺殺王僚。果然非豪曹可比,此乃純鈎寶劍也!
王　允　豪曹是何物?
曹　操　也是劍名,只是它不如純鈎削鐵如泥,透甲傷人!
王　允　豪曹不能透甲傷人,豈不是無用之物了!
曹　操　怎説無用,只是欠剛而已。
王　允　好個欠剛而已!古史一册,蠹損了一句。
曹　操　不消看得。蠹損的是上文,還是下文?
王　允　是下文。
曹　操　上文是甚麼?
王　允　"城門失火"。
曹　操　這有何難!下文定是"殃及池魚"。
王　允　是"殃及池魚"?你也知"殃及池魚"!
曹　操　這老兒好生古怪!老大人,明人不必細説,曹操這裏明白了!
王　允　驍騎明白甚麼?
曹　操　適聞所言。僕雖在董府門下,彼爲惡不能諫阻,必至殃及池魚。實不相瞞,下官豈是池中之物。眼見董卓專權亂國,早欲招集義兵,明正其罪。近聞呂布又歸順了他,故而遲遲行事耳!
王　允　驍騎,你既在董賊門下出入,何不將此劍前去行——
曹　操　行甚麼?(二人交耳密談)
王　允　行刺!也免得大動干戈,紛擾軍民,驍騎功莫大焉!
曹　操　既如此,乞借寶劍一用。
王　允　孟德若有此心,王允這裏跪送了!驍騎,他近日呵!

(唱)【四邊靜】
　　他公然出入侔鑾駕，
　　龍袍恣披挂，
　　六尺擅稱孤，
　　一心要圖霸。
　　純鈎出靶，
　　風雲叱咤，
　　乘隙刺奸邪，
　　成功最爲大！

曹　操　老大人！
(唱)【前腔】
　　我承顏順旨防疑訝，
　　謙謙實爲詐，
　　兵甲運胸中，
　　眉睫仰天下。
　　純鈎出靶，
　　風雲叱咤，
　　乘隙刺奸邪，
　　成功最爲大！

王　允　(念)李肅能謀吕布雄，
曹　操　(念)紛紛牙爪護身龍。
王　允　(念)敵國舟中難持險，
曹　操　(念)須知殺羿有逢蒙！
　　　　請了。
王　允　驍騎到彼，須要小心行事。
曹　操　老大人，此事只有——
王　允　天知，
曹　操　地知，
王　允　你知，我知。
　　　　(曹操抱劍下)
王　允　妙呀！下官日夜焦勞，欲除董賊。不想今日曹孟德慷慨前往。老天呀老天！若能一劍除奸臣，我辦炷明香答上蒼！

（王允下）

第四場　獻　劍

（董府內室）
（曹操捧劍上）

曹　操　（念）屠夫割肉須刀刃，樵子入山操斧斤。
昨蒙王司徒着我行刺，悄悄來到此間。董卓晨睡未起，且將此劍藏在門外。待他出來，見機行事便了。正是：
（念）獵户裝弩窺虎出，漁翁垂釣候魚來。
（曹操下，董卓上）

董　卓　（唱）【浣紗溪】
　　　　人如蟻附驥雲行，
　　　　大業堪誇羽翼成。
　　　　國士無雙我獨權。
　　　　西凉兵馬入中原；
　　　　武有呂布誰能敵？
　　　　文憑曹操智謀全。

（曹操上）

曹　操　纔説曹操，曹操就到，參見太師。
董　卓　驍騎你每日來遲，今日爲何來得忒早？
曹　操　僕因馬瘦步慢，今日故此早來伺候。
董　卓　我兒呂布哪裏？
呂　布　（內）來也。
（呂布上）
呂　布　（念）麟閣森森劍戟排，
　　　　威風凛凛黃金鎧。
　　　　雄冠一怒驚雷動，
　　　　擎天倒海蓋世才！
拜見相父！
董　卓　吾兒，曹驍騎説，他因馬瘦每日來遲，你去廐中選一匹好馬，送與驍騎。

呂　布　是！鹽車驥困無人識，伯樂相逢便解嘶！
　　　　（呂布下）
董　卓　驍騎，有一事問你。
曹　操　太師垂問，當盡所知。
董　卓　吾欲登大山以觀四方，此間山皆小，如之奈何？
曹　操　有了。有一名山喚做武當山，若登之可以一望天下。
董　卓　可上得去？
曹　操　怎麼上不去，不過只有大英雄大膽量之人纔可上得去。
董　卓　你若上去者？
曹　操　這叫做不知進退。
董　卓　倘跌下來？
曹　操　這就不知死活了！
董　卓　你且回避。
曹　操　想太師早起久話，尊體困倦，僕在外厢伺候。（出門取劍）
董　卓　我連日不曾對鏡，待我對鏡照看龍影如何？（照鏡，曹操潛入拔劍欲刺）驍騎，你去了爲何又來？
曹　操　昨得一劍，欲獻太師，適纔閑話，因此忘了。今故來獻。
董　卓　啊！取上來我看。好劍！好劍！此劍從何得來！
曹　操　太師！
　　　　（唱）【鎖南枝】
　　　　　　聽拜啓，
　　　　　　恩相前，
　　　　　　寒微一介蒙俯憐。
　　　　　　重價買龍泉，
　　　　　　掣時電光見，
　　　　　　這是奇異物寶氣纏，
　　　　　　特將來府中獻。
董　卓　（唱）【前腔】
　　　　　　門下士，
　　　　　　唯汝賢，
　　　　　　爲咱求劍費萬錢。
　　　　　　早晚去朝天，

　　　　　　　腰懸上金殿，
　　　　　　　吾總攬文武權，
　　　　　　　仗威風鎮八面。
　　　（呂布牽馬上）
呂　　布　（念）客豈登龍客，翁非失馬翁。
　　　　　　稟太師，馬已牽在外面。
董　　卓　驍騎，你就騎了去吧。
曹　　操　多謝太師！（出門急上馬）
　　　（念）鰲魚脫却金鈎釣，擺尾搖頭再不來！
　　　（曹操與呂布照面急馳馬下。呂布目送曹操下後急回身）
呂　　布　太師，適纔曹操到此作甚？
董　　卓　特來獻劍。
呂　　布　獻劍麽？曹操狡詐，他來獻劍，恐有行刺之心。他今乘馬而去，料不再來。
董　　卓　他好意獻劍，不要錯怪了他。
呂　　布　相父！
　　　（唱）【孝南枝】
　　　　　　　他行詭異，
　　　　　　　敢冒險，
　　　　　　　曹瞞反常驚晝眠！
　　　　　　　假意獻龍泉，
　　　　　　　居心實不善，
　　　　　　　這廝隨機應變，
　　　　　　　欲刺太師，
　　　　　　　被咱撞見。
董　　卓　說的也是。我方纔在鏡中曾見他拔出寶劍！如此看來，這廝心懷不軌也！
呂　　布　（唱）多感天相吉人，
　　　　　　　鏡裏分明現。
　　　　　　　他乘馬去，
　　　　　　　決不還，
　　　　　　　勸相父火速閉重關！

董　卓	吩咐畫影圖形遍挂四方。如有拿住曹操者，千金賞，萬戶侯，若藏匿者，與曹操同罪！
呂　布	是！
董　卓	（念）不信城中有亂臣，
呂　布	（念）果然人熟不相親。
董　卓	（念）曹瞞學得弄權術，
呂　布	（念）害人從來害自身。
董　卓	呂布聽令。命你佩上此劍，跨下赤兔，速速趕上前去。取曹操首級回話！
呂　布	得令！

（董卓、呂布分下）

第五場　斬　雄

（袁紹大帳）

（衆軍士大擺隊上，袁紹上陞帳）

袁　紹	（唱）【生查子】 　　英雄氣軒昂， 　　起兵爲勤王； 　　劍指汜水關， 　　靖難掃豺狼！ 本帥大將軍冀州刺史袁紹。只因董卓弄權，因此與曹操會合十八路諸侯，鏖戰於汜水關。誰知那董卓大將華雄，勇猛無比，連斬我數將。今日烏程侯孫堅領兵再戰，也不知勝負如何？未見回報。

（四小軍引曹操上）

曹　操	（念）諸侯戮力除奸惡，扶漢興劉建奇勳！ 盟主大人請了！
袁　紹	孟德，那孫堅將軍出戰勝負如何？
曹　操	盟主呀！那華雄真個驍勇，連斬諸侯十餘將。孫堅將軍如今也不知下落，勝敗難料。
袁　紹	那華雄勇猛猖獗，我大將顏良、文醜又在河北，這便如何是好？
曹　操	盟主放心，昨日前來投效的劉備兄弟三人，俱是武藝超群。可拒華

雄,可敵呂布!
袁　紹　現在哪裏?
曹　操　現在轅門,未敢擅入。
袁　紹　請來相見。
曹　操　有請劉使君兄弟。
　　　　(劉備、關羽、張飛上)
劉　備　(念)勤王靖難報國恩,桃園三傑敢除奸。
　　　　安喜縣令劉備參見盟主大人。
袁　紹　劉使君免禮。你本漢室宗親。請坐。
劉　備　不敢。
袁　紹　這二位可是使君義弟關羽、張飛?
劉　備　正是。
袁　紹　二位英雄現居何職?
劉　備　關羽爲馬弓手,張飛乃步弓手。
鮑　忠　哈哈,兩個小兵小卒也逞英雄?
祖　茂　鮑將軍言之有理!
　　　　(探子上)
探　子　報!華雄討戰!
袁　紹　再探!劉使君,你兄弟三人帶領人馬去迎戰華雄,爲國出力如何!
劉　備　聽候盟主調遣。
鮑　忠　且慢!若叫馬弓手、步弓手出戰,豈不是太小看我諸侯無人!盟主,待俺擒那華雄來見。
袁　紹　既如此,鮑將軍小心迎敵。
鮑　忠　抬槍帶馬!
　　　　(鮑忠下)
曹　操　劉使君今日初到,何不擺酒爲劉使君接風洗塵。
袁　紹　言之有理,看酒!
　　　　(唱)【解三酲】
　　　　　　領群英氾關陣排,
　　　　　　約諸侯大軍齊來。
　　　　　　董賊空把心術壞,
　　　　　　深辜負位極三臺。

祖　茂　（唱）俺諸侯將廣多英才，
　　　　　　　何必小卒逞能耐！
曹　操　（唱）勤王事建功立業何論將帥！
　　　　（探子上）
探　子　報！
　　　　（唱）【滴溜子】
　　　　　　戰鼓響，
　　　　　　戰鼓響，
　　　　　　轅門洞開，
　　　　　　鑾鈴響，
　　　　　　鑾鈴響，
　　　　　　旌旗風擺。
　　　　　　那華雄驕狂態。
　　　　　　鮑忠跨馬出，
　　　　　　剛剛離寨，
　　　　　　被他一刀，
　　　　　　命捐荒垓！
袁　紹　那鮑忠被華雄斬了！誰敢出戰！
祖　茂　待祖某爲鮑將軍報仇！
劉　備　祖將軍，還是讓我兄弟三人去吧。
祖　茂　小小縣令，休誇海口！若讓你們出戰，豈不讓華雄笑話！帶馬！
　　　　（祖茂乘馬下）
曹　操　劉使君稍安勿燥，報國不分先後，靜待時機。
　　　　（戰鼓齊鳴，探子上）
探　子　報！
袁　紹　戰況如何？
探　子　（唱）【前腔】
　　　　　　賊華雄，
　　　　　　賊華雄，
　　　　　　重將陣排，
　　　　　　連聲喊，
　　　　　　連聲喊，

　　　　　漢兵出來。
　　　　　祖茂縱馬出寨，
　　　　　兩軍來接戰，
　　　　　我兵復敗。（袁紹夾白：祖將軍呢？）
　　　　　被賊一刀，
　　　　　命捐荒垓！
袁　紹　祖將軍也陣亡了！再探！
　　　　（探子下）
袁　紹　可惜折了我兩員大將！
　　　　（唱）【醉太平】
　　　　　我軍兩敗，
　　　　　人人驚駭，
　　　　　鮑忠、祖茂喪荒垓。
　　　　　勇華雄眞利害！
　　　　　我今爲國擧將才，
　　　　　誰能出馬破敵寨，
　　　　　跪送美酒添壯懷，
　　　　　奪雄關，
　　　　　早奏凱！
關　羽　盟主大人，待關羽前去擒拿華雄！
袁　紹　好！請壯士滿飲此杯，以壯行色！
關　羽　且將此酒放在軍帳之中，待關某斬了華雄，再飲此杯！
袁　紹　好！（放酒於案桌上）祝將軍馬到成功！
關　羽　帶馬！（騎馬提刀）
　　　　（唱）【朝天子】
　　　　　俺不用馬隊排，
　　　　　也不用步卒挨，
　　　　　憑着俺匹馬單刀快！
　　　　　豪情滿懷！
　　　　　看關羽出寨，
　　　　　追風馬蕩塵埃，
　　　　　讓敵軍膽駭，

　　　　　看諸侯喝彩。
　　　　　壯哉！
　　　　　今日裏翻江倒海，
　　　　　翻江倒海，
　　　　　馬兒疾刀兒快，
　　　　　馬兒疾刀兒快！
　　　　（關羽乘馬下）
曹　操　（念）只盼捷音傳，探子快報來。
　　　　（戰鼓響，眾企盼不安）
　　　　（探子上）
探　子　報！一個紅臉將軍提着華雄首級回來了！
　　　　（關羽提刀持華雄首級上）
關　羽　（唱）【尾聲】
　　　　　纔騎戰馬出營外，
　　　　　無暇重將陣勢排，
　　　　　且看俺斬將揚鞭報捷來！
　　　　華雄首級在此，交令！
袁　紹　關將軍真乃虎將也！
　眾　　關將軍真乃虎將也！
袁　紹　我袁紹今日跪敬美酒！
關　羽　關某怎敢消受。
曹　操　盟主，我曹操代勞了！
關　羽　既如此，還將方纔那杯酒吧！
曹　操　酒在此，你看杯中之酒尚溫，已取華雄首級。
袁　紹　關將軍今日是溫酒斬華雄！
　眾　　關將軍溫酒斬華雄！哈哈哈……
　　　　（眾分下）

第六場　問　探

（呂布大帳）
（眾軍士引呂布上）

吕　布　（唱）【點絳唇】
　　　　　　手握兵符，
　　　　　　關當要路，
　　　　　　張威武！
　　　　　　劍戟森森，
　　　　　　要把虎狼伏。
　　　　（念）百萬貔貅威勢雄，
　　　　　　軍旗冽冽劍氣冲；
　　　　　　將軍已定安邦策，
　　　　　　奪取中原第一功。
　　　　可恨袁紹、曹操會合十八路諸侯，前來侵犯。俺奉董太師將令，帶領人馬，鎮守虎牢關。不知汜水關戰事如何。已差能行探子前去打聽，待他回來便知分曉。
　　　　（探子甲上）
探子甲　（念）打聽軍情事，
　　　　　　人稱夜不收。
　　　　　　日間藏草內，
　　　　　　黑夜過荒丘。
　　　　俺，能行探子是也！奉吕將軍之命，差我打探汜水關戰事。那十八路諸侯果然來得洶湧，須速回復去也。
　　　　（唱）【醉花陰】
　　　　　　虎嘯龍吟起狂飆，
　　　　　　黑漫漫風雲也那亂擾。
　　　　　　恰覷覷着那雄兵百萬逞英豪，
　　　　　　也唬唬得俺汗似湯澆。
　　　　　　緊緊的將那麻鞋捎，
　　　　　　恰密密悄悄奔走荒郊。
　　　　　　直闖轅門聽小校說分曉。
吕　布　探子，看你短甲隨身衲襖齊，兩腳賽過千里驥，汜水關前今如何，華雄將軍安與危？
探子甲　吕將軍穩坐中軍，聽小校慢慢說來。
　　　　（唱）【喜遷鶯】

　　　　　　打聽得各軍來到，
　　　　　　展旌旗，
　　　　　　將戰馬連鑣。
　　　　　　只這周遭，
　　　　　　鬧攘攘爭先鼓噪，
　　　　　　盡打着白旗兒將義字兒標。
　　　　　　聲聲道肅宇宙斬除妖，
　　　　　　奮威風掃蕩得這塵囂。
呂　　布　（念）白旗標義字，
　　　　　　汜水關屯兵，
　　　　　　華雄可出戰，
　　　　　　勝負說分明。
探子甲　　容稟。
　　　　（唱）【出隊子】
　　　　　　俺只見關前兵交，
　　　　　　那猛華雄他膽氣豪，
　　　　　　恰便似黑煞神，
　　　　　　降下碧雲霄。
　　　　　　手握着屠龍刀，
　　　　　　教敵軍魂銷，
　　　　　　斬鮑忠、劈祖茂，
　　　　　　孫堅敗逃！
呂　　布　華雄果然好虎將！汜水關無憂也。
探子甲　　將軍！
　　　　（唱）【刮地風】
　　　　　　哎呀！俺只見敵陣雲長氣勇驍，
　　　　　　倒拖着偃月金刀，
　　　　　　焰騰騰策馬紅纓飄，
　　　　　　撲通通縱馬蹄突陣咆哮！
　　　　　　電光閃沙場起塵囂，
　　　　　　斬華雄只憑一刀。
　　　　　　這壁廂那壁廂金鼓齊敲，

　　　　　天聲振星斗搖，
　　　　　地、地軸翻沸起波濤。
　　　　　中軍帳號令出袁紹，
　　　　　汜水關、關失守望風逃。
呂　　布　那關羽是何等樣人？如此驍勇？
探子甲　那關羽面如重棗唇若朱，一雙鳳眼臥蠶眉，腰大十圍身一丈，五綹鬚長八尺餘。能使青龍偃月刀，曾破黃巾名始知，跨下追風千里馬，桃園三義稱二弟。
呂　　布　甚麼？他還有兩個結義兄弟麼？此二人有何能耐？
探子甲　那劉備本是帝室裔，面如貫月七尺軀，白袍素鎧銀鬃馬，百步穿楊箭術奇。還有個三弟猛張飛，豹頭環眼相貌奇，丈八蛇矛能征戰，跨下烏錐奔如飛。
呂　　布　任他勇關羽、猛張飛、狡劉備，千軍萬馬何足慮！掃狼烟憑俺方天戟！
探子甲　將軍呀！
　　　（唱）【四門子】
　　　　　亂紛紛甲胄知多少？
　　　　　擺隊伍分旗號。
　　　　　步隊兒低，
　　　　　馬隊兒高，
　　　　　把城池蟻聚蜂屯繞。
　　　　　左哨兒攻，
　　　　　右哨兒挑，
　　　　　呀！滿乾坤烟塵暗了！
呂　　布　他那裏人馬雖多，俺這裏人馬也不少。待俺束髮金冠雉尾插，獅蠻寶帶連環甲，手提畫杆方天戟，跨下赤兔敵營踏。
　　　（唱）【水仙子】
　　　　　忙忙的挂戰袍，
　　　　　忙忙的挂戰袍，
　　　　　掃、掃、掃，掃蕩烟塵領兵須及早，
　　　　　快、快、快，騎駿馬，走赤兔，
　　　　　持畫戟，鬼哭神嚎！

　　　　　緊、緊、緊，虎牢關堅守着。
　　　　　任、任、任，任群雄眼下生奸狡！
　　　　　蠢、蠢、蠢，這群雄不日氣自消，
　　　　　咱、咱、咱，截住了關隘咽喉道，
　　　　　望、望、望，望策應助神勞。
　　　探子，你辛苦了，賞你一頭羊，一缸酒，銀牌十面，歇息去吧。
探子甲　謝將軍賞賜。（下）
呂　布　（唱）【尾聲】
　　　　　俺這裏領將驅兵赴征討！
　　　　　一個個都要挂甲披袍。
　　　俺可要騎着赤兔馬，
　　　　　破敵兵把名標！
（衆兵引呂布下）

第七場　三　　戰

（虎牢關前戰場）
（衆軍引楊鳳持盔甲上）

楊　鳳　俺楊鳳，奉了呂將軍將令，將這孫堅頭盔前去羞辱衆家刺史。呔！衆位刺史聽了。這是你家勇將烏程侯孫堅頭盔，被俺家呂將軍挑落在此！
　　　（念）長沙孫堅太滑稽，臨陣脫逃棄頭盔。
　　　　　　戰袍挂在樹枝頭，可憐做了鬥輸雞。
（張飛持矛上）

張　飛　呔！
楊　鳳　啊！晴天打雷了！
張　飛　將頭盔拿來與我！
楊　鳳　你是甚麼人，我怎麼與你？
張　飛　爺爺張飛！
楊　鳳　甚麼張飛，憑甚麼給你？
張　飛　不給，吃我一槍。
楊　鳳　啊！

（楊鳳不敵棄盔逃下，張飛拾盔追下）
（衆軍士引呂布上）

衆　軍　（齊唱）【出隊子】
　　　　　虎牢關擂鼓搖旗，
　　　　　看刀槍耀日輝。
　　　　　只聽得吶喊聲，
　　　　　人人揚武威！
（呂布引兵下）
（劉備、關羽引兵上）

衆　軍　（齊唱）看萬馬奔戰雲飛，
　　　　　人披甲頂銀盔，
　　　　　桃園傑英雄會關前對壘。
（張飛上）

張　飛　大哥，二哥，這是孫堅頭盔，被我奪來在此，拿回本營，看他孫堅羞也不羞？

劉　備　賢弟不可無禮，衆軍士迎戰呂布去者！
（衆軍引呂布上。兩軍交陣，大擺陣）

衆　軍　（齊唱）【馱環著】
　　　　　門旗下交馳，
　　　　　門旗下交馳，
　　　　　塵揚霧迷。
　　　　　鏖戰虎牢，
　　　　　風雲際會！

呂　布　（唱）看俺一杆畫戟，
　　　　　上下翻飛，
　　　　　何懼他三騎連環合圍。
（三英戰呂布，車輪大戰）

劉　備　（唱）雙股劍飛龍出海，

關　羽　（唱）青龍刀猛虎添翼！

張　飛　（唱）丈八矛風雷激！
　　　　　沒情面趕向東來殺向西。
　　　　　料他不識俺是誰？

　　　　　他手忙腳亂難支持。

呂　布　住了！三人戰一人不是好漢。

張　飛　誰要你兩個來幫忙？如今被呂布說了大話。他道我們三人戰一人，不是好漢。你二人退後，待我一人擒他便了！

　　　　（唱）看一槍挑落呂布紫金盔！

　　　　（二人開打，呂布金冠被挑落，敗下）

張　飛　哈哈……呂布的紫金冠失落戰場，被俺挑在此了。

劉　備　追殺上前！

　　　　（劉、關、張引兵追下。呂布逃上）

呂　布　眾將官放箭，把虎牢關緊閉者。

　　　　（呂布下。劉、關、張追上）

劉　備　呂布敗進虎牢關，收兵回營！

　　　　（劉、關、張引兵下）

下　集

第一場　拜　月

（司徒府後花園）
（王允思緒萬千上）

王　允　（唱）【二郎神】
　　　　嘆諸侯虎牢關一場空爭鬥，
　　　　枉費那千軍萬馬稠。
　　　　呂布雖敗，
　　　　利劍未斬賊頭。
　　　　何日裏恢復舊神州？
下官日夜焦思，想得一計，可除董賊，只是要借重貂蟬，不免去花園尋她計議便了。
　　　　（接唱）俺待要運施奇謀，
　　　　　　　石補蒼天漏。

借女色賽過貔貅！

（貂蟬上）

貂　蟬　（念）清夜無眠暗自吁，
　　　　　　　花陰月轉粉墻西。
　　　　　　　欲知無限含情處，
　　　　　　　十二欄杆不語時。

奴家貂蟬，自幼蒙老爺夫人教養成人，學習歌舞，粗知文墨。這兩日老爺眉頭不展，面帶憂容，想是爲了朝廷有難決之事；老爺面前不敢多言，徒懷憂鬱而已。看此月明良夜，不免到花園焚香拜禱一番。

（唱）【羅江怨】
　　　　茶蘼徑裏行，
　　　　香風暗引，
　　　　天空雲淡籟無聲。
　　　　畫欄杆外，
　　　　花影倚娉婷也。
　　　　這環珮叮當，
　　　　宿鳥枝頭驚醒。
　　　　鳳頭鞋，
　　　　步月行。
（念）移步上瑤臺，
　　　焚香拜明月。
　　　恩主劍如霜，
　　　早把奸邪滅。
（接唱）螺甲香，
　　　　拜月明，
　　　　頓忘却風透羅襦冷。

（王允暗上）

王　允　咄！你爲何半夜三更一人在此？莫非有甚私情麽？

（貂蟬跪）

王　允　（唱）【園林好】
　　　　　　　長吁氣在茶蘼架邊，

何所思過牡丹亭畔？
為甚幽徑流連？
這裏是百花園，
你休錯認武陵源。
隨我到亭子上來。

貂　蟬　（唱）【嘉慶子】
偶來拜月閒自遣，
端不為麗情相牽。
連日不忍見爹行愁臉，
因此上告蒼天，
願百事遂心田。

王　允　想不到你有這番心思，快快起來！

貂　蟬　（唱）【伊令】
蒙養育深恩眷戀，
教技藝安居庭院。

王　允　自小我未曾凌賤於你。

貂　蟬　（接唱）未曾把奴凌賤，
幾曾把奴輕慢？
自小相隨勝嫡女，
相看已有年。

王　允　唉！好煩悶人也！

貂　蟬　（唱）【品令】
爹行為何鎮日兩眉攢？
形容憔悴，珠淚雙懸。
莫非為國難運籌除奸險？
奴不敢問，
只得禱告蒼天憐念。
武偃文修，
免得寢餐不安。

王　允　（唱）【豆葉黃】
這國家大事，
女兒家休言。

　　　　　　看多少元宰勳臣，
　　　　　　都無計把奸雄驅遣。
　　　　　　任他圖篡，有誰擅言？
　　　　　　你是個閨門中之弱質，
　　　　　　你是個閨門中之弱質，
　　　　　　怎分得君憂，
　　　　　　解得黎民倒懸？
貂　蟬　（唱）【玉交枝】
　　　　　　不須愁嘆，
　　　　　　獻嘉謀乞采奴言。
　　　　　　論來男女有別，
　　　　　　盡忠義一般。
　　　　　　休辨西施興越敗吳邦，
　　　　　　緹縈救父除刑患。
　　　　　　若用妾決不畏難，
　　　　　　這賤軀何惜棄捐！
王　允　（唱）【品令】
　　　　　　你肯爲國家排難，
　　　　　　頓教人憂懷放寬。
　　　　　　念君臣有累卵之危，
　　　　　　時刻熬煎，
　　　　　　百姓有倒懸之苦，
　　　　　　不能瓦全。
　　　　　　枉把你來埋怨，
　　　　　　恕急處言語倒顛。
貂　蟬　老爺，那董卓近日行事如何？
王　允　兒呀，那董賊近日行事呵！
　　　　（唱）【江兒水】
　　　　　　他奪篡機謀遠，
　　　　　　他有個義兒呂布，
　　　　　　助惡羽翼聯。
貂　蟬　何不遣人行刺？

王　允	禁聲。（兩邊觀察）
	（唱）我也曾令人暗刺，
	反失純鉤劍。
貂　蟬	如今不是有十八路諸侯起兵討伐國賊？
王　允	（唱）諸侯異心空勞戰。
貂　蟬	難道說就無法除奸了麼？
王　允	啊呀兒呀，我倒有一計，可滅奸賊！
貂　蟬	老爺有何妙計？
王　允	嘆呀且住！她是一介年輕女流，倘若意志不堅，事機不密，被老賊識破。王允一死不足惜，只怕連累全家，禍延忠義，漢室江山，從此休矣！不可呀不可！
貂　蟬	啊呀老爺呀！奴雖年輕，能識忠奸，若有用兒之處，萬死不辭！
王　允	如此請上受老夫一拜！
貂　蟬	老爺，折殺奴婢了！
王　允	貂蟬，今日爹爹就收你爲義女！
貂　蟬	如此爹爹請上，受女兒一拜！
王　允	起來！我這裏有白玉連環贈送與兒爲記。
貂　蟬	謝爹爹。（接過玉連環）
	（唱）【集賢賓】
	這無瑕白璧真罕有！
	冰肌潤澤溫柔。
王　允	（唱）婉轉連環雙扣扭，
	這圈套有誰能分剖？
貂　蟬	（唱）玉環細玩在手，
	連環套是巧計良謀？
王　允	兒呀！吾觀董卓、呂布二人皆爲酒色之徒。我欲將你先許呂布，後獻董卓。
	（唱）你去東西就，
	圓活處兩通情竇。
貂　蟬	（唱）玉琢連環藏機縠，
	教人出乖露醜，
	人前賣笑獻風流。

　　　　　思沉沉含羞擔憂。
　　　　　休沉吟哀愁，
　　　　　爲邦家忍辱含垢。
　　　　　青春付水流，
　　　　　且作個破釜沉舟！
王　允　（唱）【貓兒墜】
　　　　　連環雙扣，
　　　　　計謀羞出口，
　　　　　弱質裙衩赴國仇，
　　　　　朝堂男兒盡含羞。
　　　　　隱憂！
　　　　　切莫要計謀不慎，
　　　　　風聲泄漏。
貂　蟬　（唱）【尾聲】
　　　　　甘獻青春領嘉謀，
　　　　　行反間兩通情寶。
王　允
貂　蟬　（唱）端只爲憂國憂民志未酬。

　　　（王允、貂蟬同下）

第二場　送　冠

　　　（董府偏廳）
　　　（董卓上）
董　卓　【引】
　　　　（唱）虎牢關前正鏖兵，
　　　　　　　欲避刀鋒，
　　　　　　　遷都長安城！
　　　可恨袁紹、曹操興兵來犯。我差呂布前往虎牢關退敵，連日未聞捷報，好生悶懷！
　　　（校尉上）
校　尉　啓稟太師，溫侯得勝回府！

董　卓　呵，温侯得勝回府？可喜可賀！吩咐後堂排宴。
　　　　（校尉應下）
　　　　（衆小軍引呂布上）
呂　布　【引】
　　　　（唱）重關緊閉，
　　　　　　　收兵暫回歸。
　　　　參見相父。
董　卓　我兒得勝回來，可喜可賀呀！看坐。
呂　布　告坐。
董　卓　我兒且把交戰之事，説與爲父知道。
呂　布　布賴相父虎威，連戰退敵兵兩陣。不意第三陣伏兵四起。劉關張勇冠三軍，鋭氣正盛。布聞兵法有云"避其鋭，擊其歸"。爲此暫且收兵而回。
董　卓　好！好個"避其鋭，擊其歸"。爲將者正該如此。吾當論功行賞！
呂　布　多謝相父。
董　卓　我兒，你的金冠爲何不戴？
呂　布　這，相父，布自知有罪。
董　卓　你是有功之人，何罪之有？
呂　布　金冠丢失在戰場之上了。
董　卓　啊！怎麽説？金冠丢失，反説得勝回來！惶恐呀！惶恐呀！
呂　布　紫金冠雖失，虎牢關尚在。料他們不日兵自潰也！
董　卓　無功而回，動摇軍心。
呂　布　（唱）【桂枝香】
　　　　　　　關張勇悍，
　　　　　　　虎牢大戰，
　　　　　　　諸侯兵多將廣，
　　　　　　　只得收兵暫轉。
董　卓　（唱）你無功來獻，
　　　　　　　你無功來獻。
　　　　　　　還師何面？
　　　　　　　全不顧虎牢兵變！
　　　　呂布呀呂布，人人説你有萬夫不當之勇，反被那劉關張三人戰敗，

　　　　　　你的勇在哪裏？
　　　　（唱）好羞慚！
　　　　　　　空使方天畫戟，
　　　　　　　笑你難保束髮冠！
　　　　（家院捧金冠上）
家　院　（念）手捧紫金冠，
　　　　　　　送入溫侯府。
　　　　相煩通報：司徒王允差院子送紫金冠與溫侯爺的。
校　尉　候着。啓太師爺，王司徒差院子送紫金冠，與溫侯爺。
董　卓　收不收？你自去打發。
　　　　（董卓下）
呂　布　着他進來。
校　尉　着你進來。
家　院　曉得。（進門）院子叩頭。
呂　布　到此何幹？
家　院　家爺聞知溫侯爺失了金冠，把明珠數顆嵌成一頂新冠，特遣院子送來。
呂　布　我正失了金冠，多承王司徒贈冠。你回去多多拜上，説我明日自來拜謝。
家　院　是！
　　　　（家院下）
　　　　（董卓上）
董　卓　呂布，我且問你，王司徒送來金冠，你真的受了？
呂　布　受了。
董　卓　你道他是好意，還是歹意？
呂　布　他好意送冠，怎麼説是歹意？
董　卓　嘿，嘿，那王司徒乃奸詐之人，他送金冠，分明嘲笑與你。
　　　　（唱）【琥珀貓兒墜】
　　　　　　　在虎牢交戰，
　　　　　　　失却紫金冠，
　　　　　　　如今教人作笑談。
呂　布　（唱）相父何須閑話添。

盤算？
我誓殺却曹劉關張，
滅除後患！

董　卓　你自己失了金冠，反道我說你閑話，羞也不羞？喂！那王司徒老兒處，也該去謝他一謝。啊？

呂　布　曉得！

董　卓　曉得，做老子說了你幾句，就這等使性子。後堂有筵。（呂布不應）怎麼了？嘿！
（董卓下）

呂　布　可惱呀可惱！我就失了一頂金冠，算得甚麼大事？爲何就在衆軍面前把我這等羞辱。
唉！正是：
（念）人情似紙張張薄，
　　　到底相疏不相親！
回府！

衆　軍　是！
（衆軍引呂布下）

第三場　小　　　宴

（司徒府客廳）
（四小軍引呂布上）

呂　布　（唱）【步蟾宮】
柳營夜宿懸刁斗，
虎牢關多事之秋！

衆　軍　溫侯到了！
（院子上）

院　子　老爺有請。
（王允上）

王　允　何事？

院　子　溫侯到了。
（院子下）

王　允　有請。温侯!

吕　布　司徒!

王　允　温侯請!

吕　布　司徒大人請!

王　允　不知温侯駕到,有失遠迎,望乞恕罪。

吕　布　豈敢!蒙賜金冠,壯我威容,特來拜謝。

王　允　微物拜瀆,何勞致謝。請坐。

吕　布　大人請。

王　允　近聞袁紹兵敗,實乃温侯堅守之妙策!

吕　布　惶恐呀惶恐!

王　允　温侯禦敵遠勞,且喜凱旋,幸蒙駕臨,聊備小酌,與温侯洗塵。

吕　布　多謝大人!

王　允　看酒來!

　　　　（院子捧酒上,王允定席,院子下）

吕　布　小將乃相府將佐,司徒係朝廷大臣,過蒙錯愛,焉敢僭越。

王　允　説哪裏話!方今天下別無英雄,唯有將軍一人耳!允非敬將軍之職,乃敬將軍之才耳!

吕　布　哈哈……

　　　　（王允定席畢）

王　允　温侯請。

吕　布　大人請。

王　允
吕　布　（同唱）【畫眉序】

　　　　　　美酒泛金甌,
　　　　　　小集華堂洗塵垢。
　　　　　　喜雄兵星散高出奇謀。
　　　　　　據虎關氣吐虹霓,
　　　　　　標麟閣名垂宇宙。
　　　　　　洞天深處同歡笑,
　　　　　　直飲到月明時候。

　　　　（院子上）

院　子　啓稟老爺,衆軍士飯已齊備。

王　　允　温侯,衆軍有餐小飯,請出軍令!
呂　　布　多謝大人費心。衆軍過來,謝了王老爺。
衆軍士　　是。
　　　　　(院子引衆軍士下)
王　　允　請問温侯,前日虎牢關大戰,老夫願聞其詳。
呂　　布　大人聽禀!
　　　　　(唱)【前腔】
　　　　　　　三戰怯曹劉,
　　　　　　　一杆畫戟鬼神愁。
　　　　　　　把雄關固守,
　　　　　　　莫笑兵收,
　　　　　　　讓戰功金冠棄丢。
王　　允　呵,温侯是有意抛出金冠,不是人言被張飛這樣一矛。
呂　　布　呃,司徒公,想金冠在布的頭上,若是被張飛一矛挑出,還有人麽……前日在虎牢關上,殺得那十八路諸侯,
　　　　　(唱)盡倒戈雲奔電走。
呂　　布
王　　允　(同唱)洞天深處同歡笑,
　　　　　　　　直飲到月明時候。
　　　　　(院子上)
院　　子　啓禀老爺,西府差人請老爺議事。
王　　允　知道了,説我就來。
院　　子　是!
　　　　　(院子下)
呂　　布　司徒,告辭了。
王　　允　酒還未飲,請坐。請問温侯,昨日送上金冠可中意麽?
呂　　布　甚是精美,勝似我舊時戴的。但不知哪位良工所制?
王　　允　哪裏是良工所制,乃是小女貂蟬親手所制。
呂　　布　啊!是令媛所制,天下有這等聰明智慧的小姐!
王　　允　女工是她的本等,又且善於音律。待下官喚出小女,敬奉温侯一杯。
呂　　布　實不敢當。
王　　允　來,吩咐翠環服侍小姐出堂。

院　子　（院子上）
　　　　是，翠環服侍小姐出堂。
　　　　（院子下）
翠　環　（內應）來了。
　　　　（翠環引貂蟬上）
貂　蟬　（唱）【前腔】
　　　　　　妝罷下紅樓，
　　　　　　笑折花枝在纖手，
　　　　　　惹偷香粉蝶，
　　　　　　飛上枝頭。
翠　環　老爺，小姐來了！
貂　蟬　爹爹！
王　允　過來見了溫侯。溫侯，小女拜見。
　　　　（呂布凝視貂蟬）
貂　蟬　溫侯有禮。
呂　布　小姐還禮。
王　允　兒呀，歌唱一曲，敬奉溫侯一杯。
呂　布　豈敢。
貂　蟬　溫侯請！
　　　　（唱）捧霞觴琥珀光浮，
　　　　　　敲象板宮商節奏。
貂　蟬
　　　　（同唱）洞天深處同歡笑，
呂　布
　　　　　　直飲到月明時候！
　　　　（呂布色迷迷癡看貂蟬）
王　允　溫侯請酒。溫侯，請酒！
呂　布　呵，請哪，請哪，哈哈。
　　　　（院子上）
院　子　稟老爺，西府又差人前來。請老爺速速前去，商議機密要事。
王　允　下去！
院　子　是！（後退碰了翠環）
翠　環　哎喲！踩了我的脚！
院　子　翠環姐，莫怪。

翠　環		幸好踩到我，若是踩到小姐那還了得！
		（家院諾諾下）
呂　布		司徒大人，甚麼機密事？
王　允		呵，就是令尊大人要我過府議事，唉！我若去了，溫侯在此無人奉陪，我若不去，又違了太師。這怎麼處？
呂　布		既如此，小將告辭了。
王　允		豈有此理！酒還未飲，怎麼就去？還請溫侯在此再飲幾杯，老夫去去就來。
呂　布		司徒公去了，難道教布獨飲不成？
王　允		啊，有了！我兒你在此奉敬溫侯幾杯，我去去就來。
呂　布		這却怎敢！
王　允		溫侯，你我是通家之好，這又何妨。
貂　蟬		爹爹！
翠　環		老爺，小姐怕醜！
王　允		兒呀！我與溫侯是通家，你們就如同兄妹一般。哎呀呀！失言了！待我吃杯告罪酒。唔！酒都冷了，去換暖酒來。
翠　環		明明燙手，還要換甚麼暖酒來？
		（翠環下）
呂　布		司徒公，你要早去早回。
王　允		呵！不是溫侯提醒，我倒忘懷了。失陪了！
呂　布		請便。
		（王允下）
呂　布		小姐，呂布這廂有禮了。
貂　蟬		還禮。
呂　布		小姐請坐。
貂　蟬		溫侯請坐。
呂　布		小姐，請再受小將一禮。
貂　蟬		爲何又要見禮？
呂　布		蒙小姐惠贈金冠，壯我威容，特此拜謝。
貂　蟬		只是技藝不精，溫侯笑納。
呂　布		此冠精妙，可愛人也！
貂　蟬		久仰將軍英名，未睹雄姿，今日相見，三生有幸。待奴敬上一杯！

呂　布　這就不敢！
貂　蟬　（唱）【二犯畫眉序】
　　　　　　美酒敬溫侯。
　　　　　　他那裏色眼情勾，
　　　　　　俺這裏含羞低首。
呂　布　（唱）兀凝眸！
　　　　　　見她貌似桃花腰如柳，
　　　　　　輕盈體態嬌又柔。
　　　　　　今宵似夢魂悠悠。
貂　蟬　（唱）引得蜂狂蝶浪遊。
呂　布　（唱）若與她成佳偶，何羨萬戶侯！
貂　蟬　（唱）施千般嫵媚綢繆，且作個半推半就。
呂　布　（唱）難道美貌嬋娟未結彩樓？
貂　蟬　（唱）十八年華空閨獨守。
呂　布　（唱）正豆蔻爲何錯過鳳鸞儔？
貂　蟬　（唱）可嘆深閨何處寄紅豆？
呂　布　小姐，
　　　　（唱）可知窈窕淑女君子好逑？
貂　蟬　（唱）只因未遇英雄結佳偶。
呂　布　英雄麼？哈哈……想俺呂布，赤兔馬踏平天下，畫杆戟指點乾坤！小將可算英雄否？
貂　蟬　溫侯天下英雄，誰不敬仰？
呂　布　小姐，既知布是英雄，小將願——
貂　蟬　願甚麼？
呂　布　願與小姐成就百年之好！
貂　蟬　蒙將軍錯愛，奴家願侍巾櫛。
呂　布　多蒙小姐厚意，小將先把鳳頭簪爲記便了！
貂　蟬　蒙溫侯先以鳳頭簪爲記，奴家就將玉連環相贈溫侯。
呂　布　多謝小姐，請來——
貂　蟬　則甚？
呂　布　海誓山盟！（二人同跪）

|呂　布||（同唱）【滴溜子】|
|貂　蟬|||

　　　　　連環結，
　　　　　連環結，
　　　　　同心共守。
　　　　　鳳頭簪，
　　　　　鳳頭簪，
　　　　　雙飛並偶。
　　　　　蜜意深情相媾。
　　　　　調和琴瑟弦，
　　　　　休停素手。
　　　　　海誓山盟，
　　　　　天長地久。

　　（王允上）

王　允　嘟！

　　（唱）【前腔】
　　　　　男共女，
　　　　　男共女，
　　　　　立不接肘。
　　　　　怎生的，
　　　　　怎生的，
　　　　　並肩攜手？
　　　小女呵！
　　　　　豆蔻含香包秀，
　　　　　休猜作牆外枝，
　　　　　章臺楊柳。
　　　你們一同跪着！
　　　　　可怪當場出乖露醜！
　　　溫侯，你是世上奇男子，人間大丈夫！爲何行此苟且之事？我好意喚小女出來奉酒，你爲何竟調戲她？這明明是欺壓老夫！是何道理？氣死我也！

呂　布　（裝酒醉態）呂布一時酒醉錯亂，非敢無禮，望乞恕罪。（半跪）

王　允　温侯真的醉了麽？
呂　布　呃，小將醉了！
王　允　我却不信。
呂　布　醉得利害呢。
王　允　抬起頭來。（聞布酒氣）嗯！倒像是真醉了！
呂　布　實是醉了。
王　允　醉了就罷了，起來。
呂　布　啊！
王　允　請起呀！
呂　布　多謝大人。
王　允　温侯，你是個男子漢大丈夫，行此苟且之事，豈不壞了自家名聲。你若看中小女，就明對老夫言講，下官何惜一女。温侯不嫌小女貌醜，情願許配温侯，終身有托，吾無憂矣！
呂　布　司徒大人不可戲言！
王　允　婚姻大事，豈有戲言？
呂　布　如此岳父大人請上受小婿一拜。
王　允　且慢，恐温侯酒醉，醒後失信。
呂　布　不提小姐終身，俺布就醉了；提到小姐終身麽，司徒公請來聞，酒氣都沒有了。
王　允　哈哈……
呂　布　你爲何發笑？
王　允　我笑我府中的酒，醉也醉得快！醒也醒得快！
呂　布　取笑了，請問何日來迎小姐？
王　允　今日是十三？
呂　布　就是今日吧。
王　允　哪裏來得及！明天十四是個月忌。
呂　布　月忌也無妨。
王　允　後日十五乃是團圓之夜，老夫送小女過府成親便了。
呂　布　得成鸞鳳之交，顧效犬馬之勞！啊，司徒……
王　允　嗯？
呂　布　啊……岳……岳父大人請上受小婿一拜。
王　允　不消！

呂　　布　（唱）【雙聲子】
　　　　　　　　拿雲手拿雲手反作了偷香手，
　　　　　　　　洗塵酒洗塵酒倒作了合歡酒。
王　　允　（唱）開笑口計謀就，
　　　　　　　　看呂布上鈎，
　　　　　　　　暗喜心頭。
呂　　布　（唱）【尾聲】
　　　　　　　　天緣兩地誇輻輳，
　　　　　　　　佳期準擬在中秋。
王　　允　（唱）月正團圓照彩樓。
王　　允　（念）指日門闌喜氣濃，
　　　　　　　　中秋佳節近乘龍。
呂　　布　（念）有緣千里來相會，
王　　允　（念）無緣對面不相逢。
呂　　布　要相逢！
王　　允　要相逢！哈哈。
呂　　布　帶馬！
　　　　　（衆軍牽馬上，呂布上馬）
呂　　布　請！
　　　　　（呂布下。院子暗上）
王　　允　來！明日持我名帖，請太師過府飲宴。
院　　子　曉得！
　　　　　（院子下）
王　　允　（念）連環施巧計，
　　　　　　　　麗色惑奸臣！
　　　　　（王允隨院子下）

第四場　大　　宴

　　　　　（司徒府大堂）
　　　　　（衆侍衛引董卓上）
衆侍衛　（唱）【出隊子】

　　　　　太師威儀，
　　　　　侍衛簇簇擁龍輿。
　　　　　虎名雄威揚海宇，
　　　　　看朝内如今有誰？
衆侍衛　太師爺到！
王　允　動樂有請！（吹打聲中王允出迎）參見太師。請！
董　卓　司徒，今日此酒爲何而設？
王　允　這……耳目甚衆……
董　卓　爾等回避。
　　　　（衆侍衛下）
董　卓　司徒，爲何要叱退左右？
王　允　老太師旬日之間，必登九五之位！則君臣之分已定，恐不能叙僚屬之情，爲此屈駕過府一叙。
董　卓　恐怕未必！
王　允　王允幼習天文，夜觀乾象，見漢家氣數已盡。太師功德巍巍，天下仰望，正合天心人意。
董　卓　當真有此天意麽？
王　允　天下者非一人之天下，乃天下人之天下。自古無德讓有德，有道伐無道。
董　卓　只怕不成。
王　允　得成。
董　卓　哈哈，江山如果歸我，司徒當爲元宰。
王　允　謝主隆恩。
董　卓　呃！怎麽就分起君臣來了？
王　允　遲早總要分的。
董　卓　當真？
王　允　當真。
　　　　（家院上）
家　院　酒宴齊備。
王　允　擺宴。（起吹打聲）太師請！
董　卓　請！
王　允　吩咐庭下起樂。

家　院　庭下起樂。

董　卓　且慢！司徒，聽說貴府女樂歌舞甚佳，何不歌舞一回。

王　允　喚女樂。

家　院　女樂走動。

（貂蟬、翠環及衆歌姬上）

貂　蟬　參見太師！

王　允　你們好生歌舞，太師有賞！

衆歌女　遵命！

（唱）【惜奴嬌】

繡帷銀屏，
看宴前玉饌，
酒泛金樽，
且從容暢飲。
高歌《白雪陽春》，
總關情，
檀板輕敲揚清韻。
動群仙停杯聽，
快爽心！
恰似天風兩腋，
跨鶴登瀛。

董　卓　歌舞得好！

王　允　（敬酒）太師請！

董　卓　司徒請！哈哈，何不在女樂中挑選一女席前奉酒？

王　允　聽憑太師。掌燈！（董卓離桌下位看）

翠　環　太師，你看我！

董　卓　（搖頭）嘖，嘖。（看貂蟬）就選中間那位穿紅的罷。

王　允　那是小女。

董　卓　使不得，另選，另選。

王　允　小女正該敬奉太師。我兒過來，拜見太師。

貂　蟬　太師在上，奴家叩頭。

董　卓　請起。內侍，取金子一錠，送與小姐買脂粉。

王　允　我兒快快謝過太師。

貂　蟬　多謝太師。
董　卓　不用謝,司徒,令愛叫何芳名?
王　允　小字貂蟬。
董　卓　小姐能歌善舞,請小姐獨歌一曲如何?
王　允　兒呀,太師如此誇獎,快快歌來。
貂　蟬　遵命!
　　　　(唱)【二郎神】
　　　　　　朝雨後看海棠似胭脂濕透,
　　　　　　笑眷戀花心蝴蝶瘦。
　　　　　　繁華庭院,
　　　　　　春來錦簇香浮。
　　　　　　這檀板金樽雙勸酒,
　　　　　　好風光怎生能够?
　　　　　　慕甚麽仙遊?
　　　　　　羨人間自有丹邱!
董　卓　歌得好!歌得好!哈哈……(下位扶貂蟬)
王　允　太師請酒!
董　卓　醉了!
　　　　(唱)【耍孩兒】
　　　　　　醉悠悠清歌妙舞體輕柔,
　　　　　　嫣然笑,
　　　　　　秋波留,
　　　　　　惹動老年風流。
　　　　　　佳人多風韻,
　　　　　　休怪君子好逑,
　　　　　　笑迎神女把懷投。
　　　　司徒,
　　　　　　可知襄王巫山遊?
王　允　這倒不知。
董　卓　你仔細想想。
王　允　太師,王允明白了。
董　卓　明白何來?

王　允	小女頗知音律，願奉太師。
董　卓	司徒不可戲言！
王　允	怎敢戲言？
董　卓	內侍，取我玉帶為聘。
王　允	我兒收了玉帶，過來謝了太師。
貂　蟬	謝太師。
董　卓	不消，不消。司徒請上，老夫就要拜過老……
王　允	老甚麼？
董　卓	啊哈哈……老岳丈。
王　允	老岳丈？老太師請起。
董　卓	告辭！
王　允	我兒快隨太師回府。
董　卓	哈哈……司徒公，你不但知趣，而且通情竅！擺駕！
王　允	打車，掌燈！

（眾侍衛推車執紗燈上，貂蟬乘車下）

董　卓	請！

（眾侍衛引董卓下）

王　允	送過太師！哈哈……

（王允下）

（二小軍執紗燈引呂布上）

呂　布	（唱）【六幺令】

　　　　心中蹊蹺，
　　　　見太師鳳輦迎嬌，
　　　　鴟梟潛佔鳳凰巢，
　　　　迷楚岫，
　　　　斷蘭橋。

適纔虎牢關收兵回來，路見太師吹吹打打車馬迎親。路旁打聽，原來是太師迎了我的愛妻貂蟬回府，使俺不勝激憤，且到王允那老兒處問個端的。軍士，打道司徒府！

　　　　（唱）騰騰火起祆神廟，
　　　　　　　騰騰火起祆神廟！

軍　士	到了司徒府。

呂　布　上前叫門。

軍　士　溫侯到。

（王允迎上）

王　允　啊！溫侯爲何夤夜到此？

呂　布　王司徒！（一把抓住王允）你既將貂蟬許我爲妻，爲何又送與太師？

王　允　此話從何説起？

呂　布　適纔，我虎牢關收兵回來，親眼得見太師迎了貂蟬回府！

王　允　將軍有所不知，昨日太師在朝堂中對老夫説："我有一事，明日要到你家。"允因此準備小宴款待。太師飲酒時説道："我聞你有一女，名喚貂蟬，已許吾兒奉先。我恐你言未準，特來相求，並請一見。"老夫不敢有違，遂命貂蟬出拜公公。太師説："今日良辰，吾當迎此女回府，配與奉先。"將軍還不快快回府拜堂成親，反來責問於我，真正豈有此理！

呂　布　原來如此。是布一時魯莽，岳父大人休怪！明日再來負荆請罪。

王　允　大喜之日，哪個怪罪於你，快回府成親去吧。

呂　布　小婿告辭。

王　允　（唱）泰山休罪莽兒曹，
　　　　　　　速回府莫誤良宵。

（呂布急下）

（唱）但願得二虎相争兩敗消。

（王允下）

第五場　梳　妝

（董府内室卧房）

（呂布持戟上）

呂　布　（念）恨小非君子，無毒不丈夫！
可恨老賊不念父子之情，奪我夫妻之愛，不勝焦急！夜來司徒之言，未可輕信。不免潛入後堂，打聽貂蟬動静則個。
（唱）【懶畫眉】
　　　　只因俺滯虎牢關，
　　　　失却明珠淚暗彈。

　　　　　　好姻緣反做惡姻緣！
　　　　　　潛身轉過雕欄畔，
　　　　　　試聽貂蟬有甚言？
　　　　（二丫環引貂蟬晨妝上）

貂　蟬　（唱）【前腔】
　　　　　　輕移蓮步出蘭房，
　　　　　　只見紅日瞳瞳上瑣窗。
　　　　　　昨宵獻身爲家邦。
　　　　　　嬌花無奈風雨創，
　　　　　　忍辱含垢懶傍妝。

呂　布　（唱）【前腔】
　　　　　　日移花影上紗窗，
　　　　　　一陣風來粉黛香。
　　　　　　呀！
　　　　　　那人在窗下試新妝，
　　　　　　分明是一枝紅杏在墻頭上，
　　　　　　惹得遊蜂特地忙。

貂　蟬　（唱）【前腔】
　　　　　　錦雲拂鏡整殘妝，
　　　　　　忽見窗外那人企首偷窺望。
　　　　　　且作淚容盼情郎！
　　　　　　呀！
　　　　　　是誰在窗外行踪響？
　　　　　　喂呀溫侯呀！
　　　　　　不覺滿面羞慚淚兩行！

董　卓　（內聲）貂蟬，梳妝完了，前庭早膳。
　　　　（貂蟬急指呂布，呂布潛下，董卓上）

董　卓　（唱）【二犯朝天子】
　　　　　　殢雨尤雲一夢回，
　　　　　　日轉瑤階去始起來。
　　　　　　漫携仙子下陽臺，
　　　　　　覷香腮，

　　　　　　　猶思枕上情懷，
　　　　貂　蟬！
　　　　　　　你好風流快樂哉！
　　　　　　　好風流快樂哉！
　　　　（呂布上）
呂　布　（念）今日見不得，有時還再來。
　　　　（貂蟬避下）
董　卓　慢些走，慢些走。是奉先麼！
呂　布　正是呂布。
董　卓　老子曉得你是呂布。回得府來爲何不報門？
呂　布　自家府宅，報甚麼門？
董　卓　啊！自家府宅進門都不報了！十四、十五該是你值禁。因你不在，我教李肅替了你。也該去謝他一聲。
呂　布　他哪裏曉得禁中之事？教他替我？他替不了！
董　卓　人家好意替了你，還說人家替不了。你就這樣回來，不怕虎牢關出事麼？
呂　布　虎牢關倒不怕出事，只怕府中有人壞了我的事！
董　卓　府中有爲父的在，又有誰敢壞你的事？
呂　布　就是你。
董　卓　哈哈，你呀，你呀！你看你那副樣子。
呂　布　你看你那口鬍子！
董　卓　鬍子？爲父尚未梳洗。有事無事？
呂　布　無事！
董　卓　隨爲父前廳早膳。
呂　布　不用，我飽了！
董　卓　咳！
　　　　　　（念）酒逢知己千杯少，
　　　　　　　　　話不投機半句多！
　　　　（董卓下）
呂　布　老賊呀，老賊！
　　　　　　（唱）【前腔】
　　　　　　　　　說甚麼話不投機半句多！

此老胡爲事，
奈爾何！
簾間隱約露嫦娥，
轉秋波。
甚時再得相逢，
我把心來試她！
我把心來試她！

（念）一段姻緣不得成，
　　　可憐淑女侍奸臣。
　　　侯門一入深如海，
　　　從此蕭郎是外人！
（呂布下）

第六場　擲　　戟

（董府後園鳳儀亭）
（貂蟬漫步花園中）

貂　蟬　（唱）【山坡羊】
　　　淚盈盈佳人青春付水流！
　　　哎呀孤零零陪狼伴虎誰援手？
　　　悲切切終朝忍辱含羞垢。
　　　心揪揪未知何日脫虎口？
這兩日太師身子勞倦，不時高臥。且喜他又睡着了，不免到後花園中閒步一回，少解悶懷。
　　　悄地下紅樓，
　　　一腔幽怨向誰投？
　　　哎呀何人能解萬斛愁？
　　　這淚落怕人見，暗暗流。
　　　心憂！甚時石補蒼天漏？
　　　哀愁！何年何月遂嘉謀？
（呂布踱上）

呂　布　（念）偶來鳳儀亭，

     悶把欄杆倚。
     欲采芙蓉花，
     可憐隔秋水。
   那亭邊好似貂蟬，我且躲在太湖石畔聽她説些甚麼？（隱於亭邊）

貂　　蟬　（唱）【鎖南枝】
     妾薄命，淚暗流，
     無媒徑路羞錯走，
     勉强侍衾裯，
     見人還自醜。
     嘆沉溺，誰援救？
     我欲見溫侯，
     哎呀溫侯呀！
     怎能够！
 （呂布上前相見）

呂　　布　（唱）【前腔】
     青青柳，嬌又柔，
     一枝已折在他人手。
     把往事付東流。
     良緣嘆不偶。
     簪可惜雙鳳頭，
     這玉連環空在手！

貂　　蟬　啊呀！溫侯，你好負心呀！
呂　　布　是你爹爹失信，將你送與太師，怎麼倒説我負心？
貂　　蟬　天呀！中秋夜我爹爹送奴家與溫侯成親。不知你往哪裏去了？
呂　　布　虎牢關巡視去了。
貂　　蟬　太師將奴接回府中頓起不仁之心，當夜竟被他……
呂　　布　他便怎樣？
貂　　蟬　淫污了！
呂　　布　啊，老賊！
貂　　蟬　今日得見溫侯，奴死瞑目矣！
呂　　布　聽小姐之言，與司徒無二。小姐、司徒未改初心。不知小姐如今意欲如何？
貂　蟬　奴家誓死願從溫侯！
呂　布　咳！罷、罷、罷！只恨我虎牢關上來遲了！
　　　（唱）【紅衲襖】
　　　　　實指望上秦樓吹鳳簫，
　　　　　又誰知抱琵琶彈別調？
　　　　　香退了含宿雨梨花貌，
　　　　　帶寬了舞東風楊柳腰。
　　　　　不能夠畫春山眉黛巧，
　　　　　羞見你轉秋波顏色嬌。
　　　　　早知道相見難為情思也，
　　　　　何不當初不見高！
貂　蟬　（唱）【前腔】
　　　　　你只圖虎牢關功業高，
　　　　　頓忘了鳳頭簪恩義好。
　　　　　同心帶急攘攘被他扯斷了！
　　　　　玉連環屹崢崢想你錘碎了？
　　　呂布夾白：你好生服侍太師去罷！
　　　　　若不與溫侯同到老，
　　　　　願死在波心，恨始消！
　　　哎呀溫侯呀！恨我被污，早不欲生；今得親訴，願死君前，以明妾志！
呂　布　小姐不可。罷！我今生若不娶你為妻，非蓋世英雄也！
貂　蟬　奴家度日如年，望君相救。
呂　布　小姐放心。呀！我偷空而來，恐老賊醒來見疑。某當暫避。
貂　蟬　久仰將軍英名，方托終身，不料將軍如此懼怕老賊，奴將無望得見天日。罷！不如投水一死罷了！（欲跳水）
呂　布　小姐不可，小姐不可！（抱住貂蟬）
貂　蟬　（唱）你若念夫妻情義也，
　　　　　　　把奴尸骸覆草茅。
　　　（董卓急上）
董　卓　貂蟬，貂蟬！（見狀驚）

（貂蟬急下）

董　卓　你不去虎牢關上理事,反在鳳儀亭調戲我的愛姬。是何道理?

呂　布　你住了!王司徒將貂蟬許配與我,被你強納爲妾,反說我調戲你的愛姬!

董　卓　反了!反了!畜生!
　　　　（唱）【撲燈蛾】
　　　　　　你潛身鳳儀亭,
　　　　　　潛身鳳儀亭,
　　　　　　把我愛姬來勾引。
　　　　　　巧弄如簧舌,
　　　　　　禮義全不思忖也。
　　　　　　做出這般醜行徑!
　　　　　　父子昧人倫,
　　　　　　頓教人心中無名火氣生,
　　　　　　我把畫戟擲下你殘生!

呂　布　老淫賊!
　　　　（唱）【前腔】
　　　　　　你錦屏多玉人,
　　　　　　錦屏多玉人,
　　　　　　珠翠相輝映。
　　　　　　嬌嬈裙釵女,
　　　　　　何必欺心霸佔也!

董　卓　霸佔,霸佔,難道老子霸佔你的不成?

呂　布　不是你霸佔俺的,是誰霸佔俺的?

董　卓　囉!囉!囉!他倒說我霸佔他的!

呂　布　（唱）休得要笑中藏刃,
　　　　　　害我百年夫妻割恩情!

董　卓　（唱）頓教人心中無名火氣生,
　　　　　　我把畫戟擲下你殘生!
　　　　（董卓用戟擲向呂布,呂布奪戟）
　　　　（李儒急上勸阻）

呂　布　呸!

（推倒李儒在地，董卓按住李儒就打）
（呂布持戟憤憤下）

董　卓　（騎住李儒，白）畜生，這下你跑！拿刀來！
李　儒　我是李儒！
董　卓　我打的就是呂布！
李　儒　太師你回頭看清，你誤打了李儒呀！
董　卓　呀呸！（放李儒）你早不來，遲不來，偏偏此時來鬧死鬧魂！
李　儒　太師爲何發怒？
董　卓　反了呀反了！
李　儒　哪個反了？
董　卓　呂布反了！
李　儒　呂布怎麼了？
董　卓　（輕聲）他不去虎牢關理事[1]，反到鳳儀亭調戲我的愛姬貂蟬，真是丟臉！
李　儒　原來如此。太師請息怒，聽李儒一言相勸。豈不聞楚莊王不計戲姬之讐，終成霸業的故事麼？
董　卓　住口！這等時候還講甚麼故事！
李　儒　主公富貴已極，何惜一女，而失一將乎？他既所愛，何不將貂蟬賜之。天下已得，何愁沒有美女！
（貂蟬暗上偷聽）
董　卓　天下已得何愁沒有美女？好！你快快選個良辰來。
（李儒應下）
董　卓　好個天下已得，何愁沒有美女！
貂　蟬　（哭啼啼）太師！
董　卓　你與呂布私通，叫我何來？
貂　蟬　啊呀！太師冤枉奴家了？
董　卓　老夫親眼所見，何言冤枉？
貂　蟬　啊呀！
（唱）【賺】
　　掩袖悲啼，
　　　舊恥新羞眉鎖翠。
董　卓　（唱）看你珠淚垂，

　　　　　似梨花一枝輕帶雨。
　　　　　你爲何將身倒入人懷裏？
　　　　　全不顧禮義綱常是與非。
貂　蟬　太師呀，妾身只道溫侯乃太師之子，甚相敬重。誰想今日乘太師高臥，他持戟入後堂戲妾。妾逃於鳳儀亭上，他又趕來調戲奴家。妾身不從，意欲投水，被他抱住。正在生死之間，幸得太師來到，救了奴家性命！
董　卓　（唱）我怪狂徒，
　　　　　敢探虎穴尋鴛侶！
貂　蟬　（唱）使人驚愧！
董　卓　（唱）何須驚愧。
　　　　只怪你父親沒分曉，把你許了我就罷了，怎麼又許呂布？
貂　蟬　我爹爹只教我服侍太師，並不曾許甚麼呂布！
董　卓　想你一人去到鳳儀亭，丫環不帶一個，這次不打，難免下次。這次我是要打幾下的。
貂　蟬　太師要打，請打！
董　卓　難道捨不得打你不成？待我來打！
貂　蟬　嗚呀！
董　卓　罷了，（用手掌打）待我來打，（貂蟬假哭）待我來打！（貂蟬嬌）哈哈……起來。貂蟬，我看你與呂布一個年少，一個青春，老夫將你賜予呂布，你意下如何？
貂　蟬　太師何出此言？
董　卓　謀士李儒所言。
貂　蟬　李儒與呂布交情甚厚，故出此言。太師不怕人耻笑，聽信胡言，妾願一死！
　　　　（拔劍）
董　卓　（奪劍）出言相戲耳，愛姬免悲。
　　　　（李儒捧曆書上）
李　儒　子、丑、寅、卯，今天正好。
董　卓　過了今天呢？
李　儒　就是葬期。
董　卓　就要死你。

李　儒　太師何出此言？
董　卓　我問你，你的老婆肯與人麼？
李　儒　呂布喜的是貂蟬美貌，我的老婆花嘴花臉這如何使得？
董　卓　你的使不得，孤家的就使得！滾！
李　儒　（念）紅粉殺人不用刀，
　　　　　　　虎牢大戰枉徒勞。
董　卓　快喚李肅前來！
　　　　（李儒應下。校尉上）
校　尉　太師傳喚李肅將軍。
　　　　（校尉下。李肅上）
李　肅　太師喚末將何事？
董　卓　狗才！
李　肅　太師爲何發怒？
董　卓　你薦得好人！
李　肅　李肅没有薦錯甚麼人呀。
董　卓　那呂布可是你薦的？
李　肅　呂布威鎮虎牢，有何不好？
董　卓　好，好，好！他不到虎牢關上理事，反在這鳳儀亭上戲我愛姬！
李　肅　有這等事？
董　卓　你明日到王司徒家中問他，貂蟬他到底送與哪個？爲何送得不清不楚？惹得我父子在家爭風吃醋。説得明白便罷。説不明白，取他首級回話。
李　肅　遵命。
　　　　（李肅下）
董　卓　愛姬，此處不可久留，恐被呂布所圖。我與你去往郿塢，那裏有三十年糧草，外有甲兵數萬，待事成之後封你爲貴妃。
貂　蟬　多謝太師！
董　卓　隨我來。
　　　　（董卓、貂蟬下）

校記

[1] 他不去虎牢關理事："牢"，原無，據下文補。

第七場　計　盟

（衆校尉引董卓、貂蟬乘車上。王允及衆官送上）
（呂布佩劍騎馬上癡望）

衆校尉　（唱）【催拍】
　　　　往郿塢新城，
　　　　往郿塢新城。
　　　　糧足兵精，
　　　　造金屋自有玉人。
　　　　一朝成新君，
　　　　享安樂朝朝美景良辰。
　　　　儀從護衛隨行，
　　　　浩浩蕩蕩車輪滾。

（衆官分下）

呂　布　（唱）【不是路】
　　　　車駕去，香滿塵，
　　　　好花偏將遊蜂引，
　　　　空逐東風不見春！

王　允　溫侯，溫侯不隨太師駕轉郿塢，爲何在此長嘆？

呂　布　此處不是說話之所，請過府一敘。（二人進府入坐）

王　允　溫侯，小女如今如何了！你可曾見過小女？

呂　布　司徒！
　　　　（唱）【啄木兒】
　　　　消閒悶信步行，
　　　　相會貂蟬在鳳儀亭。
　　　　她訴衷腸涕淚交淋，
　　　　方信她未改婚盟。
　　　　老賊睡起隨後偷竊聽，
　　　　他猛然一見生焦忿，
　　　　擲戟三番險些喪了身。

王　允　太師竟做這樣無廉恥事來，真正可惡！

(唱)【前腔】
　　雖是我年老不足稱，
　　只可惜將軍損英名。
　　人都説你蓋世英雄，
　　不能保閨閫佳人。
　　他公然霸佔亂人倫！

呂　布　我要殺此老賊，方解此恨！

王　允　禁聲，溫侯説話不慎，反連累老夫有滅門之禍！

呂　布　唉！怎奈有父子之情，不忍下手。

王　允　溫侯差矣！
(唱)分明董呂非同姓，
　　擲戟焉能有甚父子情？

呂　布　好！我誓殺老賊！
(家院上)

家　院　啓禀老爺，虎賁中郎將闖進府來了。

王　允　定是太師差他來的。溫侯且藏屏風後，聽他説些甚麼來。

呂　布　是！(藏於屏風後)
(衆小軍引李肅上)

李　肅　(唱)【歸朝歡】
　　太師的、太師的山嶽令行，
　　肅敢不欽遵順承。
　　司徒，
　　貂蟬女、貂蟬女姻緣已成，
　　却緣何又納了溫侯之聘？

王　允　將軍有所不知，實是先許溫侯，被太師謀佔也！
(唱)假若君家以禮先爲聘，
　　豈肯容人強佔爲妾媵？
　　你與溫侯乃是兄弟，太師佔了溫侯的妻室，將軍又有何面目？
　　你若體察其情怒亦增！

李　肅　告辭！

王　允　將軍往哪裏去？

李　肅　去尋溫侯！

王　允　溫侯已在此。溫侯有請！
呂　布　（從屏風後出）鄉兄請了。
李　肅　溫侯，適纔司徒所言，可是實情？
呂　布　鄉兄呀，那老賊奪我妻室，如今竟往郿塢享樂去了。我欲殺他，怎生是好？
李　肅　此情委實可惱！賢弟果要殺他，李肅願助一臂之力。
王　允　二位將軍，王允有一言相告。
李　肅　司徒有何見教？
王　允　古人有歃血訂盟。出王允之口，入二位將軍之耳。只可三人知之，不可泄漏。明日會百官，俱朝服於午門等候。着李將軍矯詔去請董卓入朝受禪。待我宣讀詔書，着呂將軍誅殺董卓！
呂　布　此計甚好！
王　允　此盟既設，金石不移！
李　肅　三人同心，其利斷金！
呂　布　若有負盟，天必誅之！
王　允　（念）計就月中擒玉兔，
呂　布　（念）謀成日裏捉金烏！
　　　　（衆人分下）

第八場　誅　　卓

（午門前）
（呂布頂盔披甲持戟率御林軍上）
（王允及衆文武袍服上）
王　允　（唱）【神仗兒】
　　　　胸藏詔書，
　　　　胸藏詔書。
　　　　儀仗隊伍，
　　　　此去午門埋伏。
　　　　一見登時斬取，
　　　　將屍首棄街衢，
　　　　將屍首棄街衢。

（眾校尉上，李肅引董卓上）

呂　布　兒臣接駕。
董　卓　隨後保駕。
呂　布　新主登基，奉詔兵紮午門之外，違令者斬！
　　　　（眾校尉應下）
王　允　聖旨下。跪聽宣讀。
董　卓　怎麼，還要我跪？
李　肅　皇天后土，只跪最後一次了。
董　卓　只跪最後一次。吾皇萬歲！
王　允　逆賊董卓：誅殺大臣，擅殺后妃，欺君誤國，圖謀篡逆，着溫侯呂布即行梟斬！
董　卓　啊！你敢謀反？
王　允　武士何在？
　　　　（眾御林軍圍住董卓）
董　卓　吾兒奉先保駕！
呂　布　奉詔討賊！（呂布用戟刺死董卓，眾歡呼）
　眾　　（齊唱）【香柳娘】
　　　　　　論賊臣妄為，
　　　　　　論賊臣妄為，
　　　　　　劫遷君父，
　　　　　　誅戮大臣殺后妃！
　　　　　　犯逆天大罪，
　　　　　　犯逆天大罪，
　　　　　　妄想篡中都，
　　　　　　奸雄到末路。
　　　　　　喜今朝伏誅，
　　　　　　喜今朝伏誅，
　　　　　　市曹暴露，
　　　　　　萬民歡呼！

　　　　（幕閉）

──劇終

曹營戀歌

郭克貴　翁曉明　撰

解　題

潮劇。郭克貴、翁曉明撰。郭克貴,廣東潮州市潮劇團編劇、中國戲劇家協會會員。創作改編戲劇《海瑞平冤》、《曹營戀歌》(合作)等劇本二十部。翁曉明,潮州市群衆藝術館幹部、中國戲劇家協會會員。著有《山楂》、《曹營戀歌》(合作)等多部戲劇劇本。該劇未見著錄。劇寫東漢末年,董卓燒毀洛陽,一歌班逃難遭遇吕布將士欺凌。危急時,曹操部將王圖殺死吕布二將,救了歌班。歌班無處存身,曹操收留隨營。三月之後,歌班在曹營爲將士歌舞,士氣大振。歌女來鶯兒將曹操之詩入曲吟唱,曹操大喜,既喜其人俊而又喜其有才藝。忽報吕布率兵五萬殺來。曹操命三將率兵埋伏,命王圖率兵潛入吕營放火,伏兵見火而襲殺。王圖因與來鶯兒在竹林幽會,貽誤軍機,按律當斬。來鶯兒向曹操求情,願代王圖而死。曹操不忍,限其一月,調教一名與其才藝相同的歌女。來鶯兒果然教出了一個潘巧兒,讓曹操赦王圖,自代死,但不願再去見王圖。曹操傳王圖,欲放其遠走他鄉,王圖爲仕途說其對鶯兒非真心,是逢場作戲,是鶯兒勾引他,亦不願見她。曹操聞言大怒,但爲了兑現諾言,還是放他走了。曹操讓玉姑勸慰鶯兒。鶯兒被囚,絶食,玉姑勸説無效。鶯兒看出曹操有愛己之意。玉姑將王圖誣陷之言告鶯兒。鶯兒不信。曹操來看,鶯兒不見,及見,求曹操放其回鄉。曹操欲得其心,乃允其請,並派兵及玉姑護送她回鄉。曹操發現所送斗篷未穿,乃單騎追趕而去。王圖投靠吕布,率兵襲曹營,欲殺曹操,報奪妻之仇。鶯兒返鄉,恰遇王圖。王圖殺死護送鶯兒的曹兵。王圖責問鶯兒與曹操的關係,鶯兒直言清清白白。玉姑揭穿王圖爲保命陞遷而誣鶯兒勾引他之情,被王圖殺死。鶯兒始知王圖是無情負義小人,摔碎定情物玉連環。曹操送斗篷趕來,遇上王圖。王圖劍刺曹操,鶯兒身擋中劍。夏侯惇率兵趕來,操命其追殺王圖,讓鶯兒回營治傷。鶯兒帶傷爲曹操歌唱一曲而死。曹操爲"終得紅顏知己之心,願已足矣"而苦笑。本事出於舒暢《中國名妓評傳》。版本見《劇本》2008 年第 2 期。今據以收錄整理。該劇曾於 2007 年由潮州潮劇團排練,在潮州、揭陽、香港等地演出。

第 一 場

　　　　(東漢末年,洛陽城外)
　　　　(幕後伴唱)董卓兇狂把都遷,
　　　　　　　　　吕布奉命燒洛陽。
　　　　　　　　　皇城四方起大火,
　　　　　　　　　百姓哭聲響連天!
　　　　(濃烟滾滾,衆難民扶老携幼過場)
　　　　(一隊騎兵凶猛過場)
　　　　(衆歌女内唱:"烈火熊熊人心慌——")
　　　　(劉玉姑帶衆歌女上)
衆歌女　(接唱)衆姐妹,相依爲命走倉皇。
來鶯兒　(唱)烟塵滾滾眼紛亂,
　　　　　　　蹄聲陣陣耳欲聾。
劉玉姑　(唱)驚弓之鳥巢丢失,
　　　　　　　回望都城淚潸潸。
來鶯兒　(唱)荒郊無宿店,
　　　　　　　四野路茫茫。
　　　　　　　誰人可依靠?
衆歌女　(接唱)何處把身安?
劉玉姑　是呀,到處兵荒馬亂,我等投寄何方!
　　　　(呂布屬下甲、乙二將策馬上)
將　甲　兄臺且慢!你看路邊這麼多美女。
將　乙　呵,這不是歌女來鶯兒嗎?俺看過你歌舞。
來鶯兒　請問二位軍爺,因何要火燒洛陽?
將　乙　董太師遷都長安,怕曹操佔了洛陽,當然把它燒毀。
來鶯兒　官兵爲何不顧黎民百姓?

將　乙　黎民百姓不值錢,只可憐你來鶯兒,若能跟俺睡一覺,帶你到長安賺大錢!

來鶯兒　你!

劉玉姑　二位軍爺有所不知,來鶯兒一向賣藝不賣身,還請軍爺諒情。

將　乙　一個歌女,擺甚麼臭架子!

將　甲　不用多説,一劍將她殺了,看她賣藝還是賣身!

將　乙　看劍!

　　　　(幕後喊聲驟起,王圖帶曹兵衝上,甲、乙二呂將被殺)

劉玉姑　多謝軍爺救命之恩!

王　圖　不用。你等是何人?

劉玉姑　我等乃洛陽歌班,小婦是領班劉玉姑,伏望軍爺庇護。

王　圖　不用怕,本將乃鎮東大將軍曹操部下,軍紀嚴明,不會傷害無辜。

劉玉姑　曹大將軍真是好人。

王　圖　洛陽歌班不是有個名歌女叫來鶯兒嗎?

劉玉姑　有的有的。鶯兒,快上前見過軍爺。

來鶯兒　叩見軍爺。

王　圖　免禮。(走近來鶯兒)啊——

　　　　(唱)戰地荒蕪罩濃烟,
　　　　　　猶有牡丹現眼前。
　　　　　　嬌妍艷麗獨挺秀,
　　　　　　難怪百里名聲揚。

來鶯兒　(唱)觀他威武又英俊,
　　　　　　身爲驍將也溫良。
　　　　　　人前謙謙一君子,
　　　　　　秋毫無犯堪敬仰。

王　圖　姑娘,聽你口音,好像濮陽人氏?

來鶯兒　民女故鄉正是濮陽。

王　圖　如此説來,你我算是同鄉。

劉玉姑　同鄉就好。鶯兒,快求軍爺作保,我等纔免四處奔逃。

來鶯兒　軍爺,洛陽已成廢墟,歌班無處投寄,望軍爺設法收留。

王　圖　這個……等我向主公稟報。

　　　　(幕後聲:"曹大將軍到!"曹操策馬上,夏侯惇、典韋、于禁隨上)

王　　圖	參見主公。
曹　　操	敵軍逃遁,爲何不乘勝追擊?
王　　圖	主公,軍士長途奔襲,腹中饑餓,再也跑不動了。
曹　　操	典韋、于禁,即於河邊安營。
典　　韋 于　　禁	領命!(下)
曹　　操	何來這些女人?
王　　圖	稟主公,這是洛陽歌班。
曹　　操	戰場瞬息萬變,你却有閑工夫兒觀賞歌女!
王　　圖	只因歌班來鶯兒與末將同鄉,故與她叙談幾句。
曹　　操	來鶯兒?
王　　圖	來鶯兒,快上前拜見主公。
來鶯兒	(上前,白)叩見大將軍。
曹　　操	(驚艷)啊……(恢復常態)起來吧。
王　　圖	主公,洛陽城已被燒毀,衆伶女無家可歸,可否讓歌班隨軍演唱?
曹　　操	夏侯惇,你看呢?
夏侯惇	主公,軍士每日行軍作戰,困倦饑餓,還聽甚麽演唱!
王　　圖	歌聲可調劑軍士精神。
夏侯惇	我看此議,甚爲荒唐!
王　　圖	主公?
曹　　操	你等可曾讀過《呂氏春秋》?
王　　圖 夏侯惇	《呂氏春秋》……
曹　　操	(念)孔子斷糧七日——
王　　圖	(接念)仍撫琴而歌。
	(曹操撫鬚微笑下)
王　　圖	我明白了!主公是命我們將歌班收留。
夏侯惇	何以見得?
王　　圖	《呂氏春秋》有載,孔子斷糧七日,仍撫琴而歌。音樂最能鼓舞士氣。主公之意,不言而喻。衆伶女聽着:即日起你等跟隨後營,爲將士演唱!
衆歌女	謝軍爺!

夏侯惇　慢！剛纔主公並無言及收留，你是自作聰明，還是自作多情？
王　圖　來將自能猜透主公心思。
夏侯惇　你是在自尋死路！
　　　　（切光）

第　二　場

（光啓）
（三個月後，營外竹林）
（曹操身披斗篷，神采奕奕上）

曹　操　（唱）晨光輝映，
　　　　　　　　紅霞滿天，
　　　　　　　　山川盡染，
　　　　　　　　好一個錦繡天然！
　　　　（聽到林子裏飄來歌女的歌聲，接唱）
　　　　　　　　自古用兵貴精練，
　　　　　　　　誰敢後營攜歌班？
　　　　我曹孟德便敢！也該誇王圖小子，猜中我意。果然三個月來，弦歌鼓動，士氣大振。
　　　　（劉玉姑內聲："姑娘們，主公來啦！"帶眾歌女上）
眾歌女　叩見主公。
曹　操　免禮。
劉玉姑　哇！主公今日披上這大紅鑲金斗篷，更加展現雄風。
曹　操　此乃曹某平賊之功，聖上所賜。
劉玉姑　主公南征北討，還收留歌班，我等感激不盡。
曹　操　不用感激於我，此乃王將軍之主意。
來鶯兒　請問主公，因何數日不見王將軍？
曹　操　他自有軍務，這些你等不得過問。
來鶯兒　是。
潘巧兒　鶯兒姐姐，（將來鶯兒拉過一旁）你與王將軍真是一日不見，如隔三秋。
來鶯兒　巧兒！

曹　　操　她兩人在講甚麼？
劉玉姑　兩位姑娘定是在贊頌主公。
曹　　操　好了，都退下吧。
劉玉姑　是。姑娘們，河邊練唱去吧。
衆歌女　主公告辭。
　　　　（劉玉姑領衆歌女下）
曹　　操　來鶯兒。
來鶯兒　（轉回）主公。
曹　　操　昨夜觀你舞姿，可謂妙極。
來鶯兒　多謝主公誇獎。
曹　　操　想不到，你竟將曹某新詩，也編入歌文。
來鶯兒　主公大作，氣勢雄偉，情景交融，正宜配樂唱頌。但恐鶯兒藝拙，俗樂難配華章。
曹　　操　哪裏哪裏。
　　　　（唱）多少年，戰車馬蹄響耳側，
　　　　　　軍鼓號角悶心胸：
　　　　　　自從來了優伶女，
　　　　　　方聞營中有歌聲。
　　　　　　最是姑娘才藝絕，
　　　　　　一曲未罷四座驚。
　　　　　　喜今後，倚馬吟詩抒壯志，
　　　　　　對酒當歌添豪情！
來鶯兒　（唱）主公雄才蓋天下，
　　　　　　詩文豪放不驕矜。
　　　　　　胸中壯闊容海嶽，
　　　　　　筆下常念衆蒼生。
　　　　　　痛惜"白骨露於野"，
　　　　　　驚嘆"千里無雞鳴"。
　　　　　　我等小民蒙蔭庇，
　　　　　　惟以歌舞表忠誠。
曹　　操　啊——（旁唱）
　　　　　　她懂我詩文知用意，

>
> 天生麗質又聰明。
> 多少豪門千金女，
> 遠不及她有才情。

來鶯兒，今後若戰事稍鬆，你就每晚到大帳中踏歌起舞。

來鶯兒 遵命。

（王圖內聲："主公，主公——"上）

王　圖 參見主公。

曹　操 免禮。

來鶯兒 王將軍！

王　圖 來鶯兒！

曹　操 王圖，軍情如何？

王　圖 稟主公，呂布帶領五萬大軍，氣勢洶洶而來，前軍已迫近橫嶺。

曹　操 呂布匹夫，甚爲猖狂！看來，明日必有一場生死較量。

來鶯兒 主公，民女告退。（下）

（王圖目送來鶯兒）

曹　操 （自語）此番若能除掉呂布，不但天下可安，曹某夜寢貼席矣。王圖，（發現王圖神情專注地看着來鶯兒的背影）嗯？

王　圖 主公。

曹　操 計其路程，敵軍何時到達？

王　圖 敵軍日夜兼程，三更之後可越過橫嶺。主公，我軍何不避其銳氣，暫且退讓？

曹　操 退讓？曹某何時向人退讓？我要進擊！今夜即往橫嶺峽谷埋伏，先襲其後營糧草，放起大火，敵軍一亂，我三面夾攻，必擒呂布。

王　圖 主公此計甚妙。

曹　操 快傳衆將上來。

王　圖 領命。主公有命，衆將上來！

（夏侯惇、典章、于禁及衆將應聲上）

衆　將 主公有何吩咐？

曹　操 呂布來犯，今夜此戰，生死攸關。

衆　將 末將願聽將令，奮勇殺敵！

曹　操 夏侯惇、典章、于禁聽令！

夏侯惇
典　韋　在！
于　禁
曹　操　你等各領精兵一萬，於橫嶺三面埋伏，但見敵軍後營起火，即衝殺下山。
夏侯惇
典　韋　得令！
于　禁
曹　操　王圖聽令！
王　圖　在！
曹　操　今夜帶領二百軍士，潛入敵軍後營，襲其糧草，三更準時點火，不得有誤！
王　圖　這……
曹　操　嗯？
王　圖　得令！
曹　操　各自回營，調撥人馬！
衆　將　得令！
　　　　（燈暗）
　　　　（竹林夜景，月光隱約）
　　　　（王圖、來鶯兒幽會，現剪影）
　　　　（幕後伴唱）
　　　　　　　月兒彎彎照竹枝，
　　　　　　　滿腔心事訴別離……
王　圖　鶯兒，呂布乃當今豪傑，今夜此行，王圖吉凶難卜。
來鶯兒　將軍莫說不祥之話。但願你今夜不負使命，平安歸來。
王　圖　若能平安歸來。你還須在主公面前多多替我美言。
來鶯兒　替你美言？
王　圖　不錯。你如今常近主公，可求他擢陞我爲帳前督軍，免得經常衝鋒陷陣，命如懸絲。
來鶯兒　主公不讓我等過問軍務，奴家只能相機而行。
王　圖　有賴你了。鶯兒呀！
　　　　（唱）我王圖，胸有大志比天高，
　　　　　　　幾年來，南征北討不辭勞。

祈求陞遷不如願，
軍旅枯燥夜難熬。
閑來獨坐常嗟嘆，
濁酒一壺澆苦惱。
自從洛陽相見面，
你猶如明月挂樹梢。
照我胸懷清如鏡，
幾多憂愁轉眼拋。
每思來日結連理，
甜蜜滋味湧心頭！

來鶯兒　（唱）何幸將軍心相印，
金銀難買情義深。
奴家自幼爹娘喪，
學歌舞，賣藝不賣身。
紈袴子弟我憎惡，
多年未見意中人。
天成全，遇知己，
三月情篤互傾心。
將軍呀，莫道軍旅多枯燥，
有鶯兒，相依相偎鳥投林。

王　圖　王圖真是三生有幸。（取出玉連環）鶯兒，你看這是甚麼？

來鶯兒　玉連環！

王　圖　它就如你我相親相愛，天長地久，永不分離！（贈玉連環）

來鶯兒　（接玉連環，白）縱然人分離，兩心永不離，玉環爲物證，相約到百年。

王　圖　好呀！雖無美酒餞行，今宵之情令人沉醉。王圖此生，縱然玉堂金馬，榮華富貴，也當携卿之手，與卿偕老！

來鶯兒　（激動）將軍！

王　圖　鶯兒，娘子！

來鶯兒　王——郎！

（王圖，來鶯兒兩人步入竹林深處）

（幕後伴唱）

　　　　　幽幽曲徑十八彎，
　　　　　　柔情繾綣忘更闌。
　　　（劉玉姑內喊："將軍，將軍"上）

王　圖　
來鶯兒　玉姑！

劉玉姑　王將軍，大事不好了！

王　圖　何事慌張？

劉玉姑　各營兵將連夜出動，主公四處找你，老身料你在此，急來報知。

王　圖　啊！此刻是何時辰？

劉玉姑　二更已過，營中空無一人。

王　圖　二更已過，壞了壞了，貽誤軍機了！這……這便如何是好！（渾身發抖）

來鶯兒　快去參戰，將功抵罪。

王　圖　晚了！這回不單斷送前程，連性命也難保了！

來鶯兒　莫再躊躇，快向主公認錯去吧！

王　圖　這……

來鶯兒　快去！

　　　（王圖六神無主地下）

劉玉姑　（關切地）鶯兒……

來鶯兒　是我累了將軍！（撲向劉玉姑而泣）

　　　（切光）

第　三　場

（光復明）

（翌日，大帳）

（于禁、典韋內聲："氣煞呀！"上）

于　禁　（念）圍住大魚偏漏網，

典　韋　（念）縱虎容易縛虎難！

于　禁　該罵王圖，誤了點火。幸得主公當機立斷，鳴炮進攻，方能擊退強敵。

典　韋　可惜讓呂布僥幸逃脫。

于　禁　此遭王圖難辭其咎。
　　　　（夏侯惇上）

夏侯惇　于禁、典韋！

于　禁
典　韋　督軍司馬。

夏侯惇　王圖小子,已被我拘拿。主公惱氣騰騰,定會重重懲治。

于　禁　王圖貪生怕死,臨陣逃走。枉主公對他提拔,真是日久見人心！

典　韋　此人平日誇誇其談,言行不一,終難成大器。不過我等還是保他一
　　　　命吧。

夏侯惇　哼,他因何誤了將令,本督軍一清二楚,今日定要他自食惡果！
　　　　（幕後聲："大將軍有命,陞帳伺候！"）
　　　　（眾兵將上,曹操登上帥臺）

曹　操　（念）孰成孰敗等閑看,
　　　　　　　違紀違令不容寬！
　　　　押王圖上來！

夏侯惇　主公有令,押王圖上來！
　　　　（二兵押王圖上）

王　圖　（惶恐仆跪）主公恕罪,主公恕罪！

曹　操　昨夜之戰,關係我軍生死存亡,你竟敢違抗將令,貽誤軍機,該當
　　　　何罪？

王　圖　末將知罪,伏望主公開恩寬赦。

曹　操　你平時唯命是從,昨夜突然置軍令於不顧,是何原因？

王　圖　這個……只因連日馬上奔波,精神疲倦,昨夜又喝了些酒,故酣睡
　　　　誤事。

曹　操　飲酒誤事,乃軍中大忌,論罪當斬！

于　禁　主公,王圖雖有罪責,姑諒他事屬初犯,請從寬發落。

典　韋　主公,王圖既已認罪,末將願保他一命。

曹　操　夏侯惇,你看呢？

夏侯惇　主公,王圖並非飲酒誤事。他昨夜與來鶯兒竹林幽會,誤了時辰,
　　　　今早末將追問劉玉姑,她也不敢否認,可知王圖故意隱瞞實情！

曹　操　（大感意外）怎說？

夏侯惇　王圖與來鶯兒幽會,故意隱瞞實情。

曹　操　王圖，有無此事？

王　圖　主公……

曹　操　講！

王　圖　是來鶯兒約我相見。只怪她言辭拖泥帶水，喋喋不休，以致……

曹　操　住口！你與那來鶯兒幽會，却謊稱飲酒誤事！曹某最恨這敢做不敢當之人。王圖呀王圖！你違抗軍令，編造謊言，私會伶女，敗壞綱紀！若不殺你，何以明軍紀，何以服衆人！

王　圖　主公……

曹　操　將王圖押下去，午時三刻，斬首示衆！

衆　兵　領命！

王　圖　主公饒命……

　　　　（衆兵綁王圖下）

夏侯惇　主公，那班伶女，終是禍根，何不……

曹　操　此事改日再議，退帳！

衆兵將　遵命。

　　　　（夏侯惇、于禁、典韋及衆將下）

曹　操　（望着營外，怒氣未消）可惱呀！

　　　　（唱）輕薄小子太可惡，

　　　　　　　懼怕沙場獻身軀。

　　　　　　　沉迷美色忘將令，

　　　　　　　終因伶女掉頭顱。

　　　　　　　狂蝶采花，王圖觸法罪該死，

　　　　　　　紅杏出墻，鶯兒也應受懲處。

　　　　　　　怎奈是，天生才女實難得，

　　　　　　　每憶她，文思奇妙舞姿殊。

　　　　　　　欲將歌班逐，

　　　　　　　難捨此明珠……

　　　　（兵甲上）

兵　甲　禀主公，歌女來鶯兒求見。

曹　操　不見！

　　　　（來鶯兒內喊："刀下留人！"衝上）

兵　甲　私闖大帳，罪該斬首！

| 來鶯兒 | 主公諒情！
| 曹　操 | 你還有面目來此求情，只恐連你一同治罪！
| 來鶯兒 | 主公讓我把話說完，鶯兒聽憑處治。

（曹操示意兵甲下）

| 曹　操 | 你有何言？
| 來鶯兒 | 王將軍雖犯大錯，求主公開恩，赦他一死。
| 曹　操 | 赦他一死。我為何要赦他一死？
| 來鶯兒 | （被曹操之威所嚇，但仍繼續進言）主公，依民女看來，王將軍之罪有三可赦。
| 曹　操 | 哦？
| 來鶯兒 | 其一，他雖然貽誤軍機，但我軍並未遭敗，還打了勝仗。
| 曹　操 | 其二？
| 來鶯兒 | 王將軍年紀輕輕，前程無量，一向跟隨主公，鞍前馬後，忠心耿耿。
| 曹　操 | 其三？
| 來鶯兒 | 主公雄才大略，志在掃平天下，正需用人，不宜輕易斬殺良將。
| 曹　操 | 哼！正因王圖年輕，你纔會與他幽會，以致他誤了軍機。正因曹某志在掃平天下，纔不能放鬆軍紀，寬赦罪犯！
| 來鶯兒 | 主公……
| 曹　操 | 王圖必斬無疑，毋須再講了！
| 來鶯兒 | 主公！

　　（唱）王圖刀下將受死，
　　　　　民女悲痛難自持。
　　　　　我與他三月相愛似魚水，
　　　　　良緣夙締兩心知。
　　　　　昨夜將軍膺重任，
　　　　　臨行相會情依依。
　　　　　都怪我，三番纏綿四叮囑，
　　　　　害他滯留誤軍機。
　　　　　既然主公明律典，
　　　　　罪責原在來鶯兒。
　　　　　只要王圖得寬赦，
　　　　　我願受刀斧赴陰司！

曹　　操　怎説！你願領罪代死？

來鶯兒　正是。當日王將軍救我一命，三月來待我情深意重，鶯兒願代他一死。

曹　　操　你兩人都該死！

來鶯兒　來鶯兒死不足惜，但王將軍對主公還有用，還可助你打天下。

曹　　操　錯了！曹營中猛將如雲。何缺他一個無名小將。倒是你……

來鶯兒　我？

曹　　操　曹某要讓你活。

來鶯兒　如此説來，主公不會寬赦王圖？

曹　　操　對，軍法無情，王圖必死！

　　　　（靜場）

來鶯兒　（絕望地）民女告退。（緩緩離開）

曹　　操　（突然想到甚麼）轉來！你意欲何往？

來鶯兒　時辰將到，往刑場去送王將軍。

曹　　操　然後呢？

來鶯兒　然後……

　　　　（唱）主公一言定生死，
　　　　　　　民女之心不改移。
　　　　　　　即去備辦三杯酒，
　　　　　　　二杯奠王郎，一杯奠自己。
　　　　　　　速離曹營傷心地，
　　　　　　　另向絕處尋生機。
　　　　　　　與郎約會黃泉路，
　　　　　　　相依相伴做夫妻。

曹　　操　你真想隨王圖而去？

來鶯兒　此心已定。

曹　　操　不想留下？

來鶯兒　不想留下。

曹　　操　（惱火）你就去吧！

來鶯兒　是。（欲下）

曹　　操　且慢！（緩和口氣）曹某尚有一言。

來鶯兒　何言？

曹　操　（唱）王圖獲罪，你心悲痛我也痛，
　　　　　　　衆目睽睽，想欲寬赦令難施。
　　　　　　　你願代他獻生命，
　　　　　　　焉能阻你全大義？
　　　　　　　却奈何，一代名伶魂歸去。
　　　　　　　誰爲我，再展歌喉舞腰肢？
來鶯兒　歌班衆多姐妹，何愁没人爲主公獻舞。
曹　操　有一個比得上你來鶯兒嗎？
來鶯兒　當然有。
曹　操　哦……若果然有，曹某就遂你所願，允你代死！
來鶯兒　此話當真？
曹　操　決不虛言。
來鶯兒　那就請主公容我一月時間，培植人才。
曹　操　這個……
來鶯兒　你反悔了？
曹　操　也罷，曹某就來一次"將軍脯上可跑馬，宰相肚内可撐船"。但一月之内若無人與你媲美，王圖便應伏罪，而你來鶯兒則應留營歌舞。
來鶯兒　一言爲定？
曹　操　決不食言。
來鶯兒　叩謝主公，告辭了。（下）
曹　操　（自語）若非天上掉下，一月之内，哪能有人頂替於她。好個來鶯兒，她尚不知，這是曹某送與她的空頭人情。哈……
　　　　（夏侯惇上）
夏侯惇　禀主公，午時三刻已到。
曹　操　傳令下去，緩刑一月。
夏侯惇　主公，軍令如山，遲疑不得。
曹　操　囉嗦甚麽，速速傳令！
夏侯惇　是。
　　　　（切光）

第 四 場

（光復明）
（兵營外，晨光穿透竹林）
（幕後伴唱）

    雲淡天高雁飛南，
    一月苦練捱時光。
    日沐晨曦夜沐露，
    姐妹人人衣帶寬。

（音樂聲中，眾歌女分組練功造型）

潘巧兒　嗨，一個月來。天沒亮就練至月照竹林，太累了！
歌女甲　累雖累，但我們在鶯兒姐姐指點下，學了不少技藝。
歌女乙　只是姐妹們個個都消瘦了。
歌女丙　這也是應該的，一月來你我都得到鶯兒姐姐不少賞錢。
歌女丁　是呀，鶯兒姐定把私蓄全花光了。
潘巧兒　其實鶯兒姐是為了解救那個王將軍。
歌女甲　是不是歌舞跳得好，主公就會放了王將軍，讓他與鶯兒姐成親？
潘巧兒　這個我曾問過，但鶯兒姐不答，我猜一定是的。
（劉玉姑上）
劉玉姑　姑娘們，趕緊準備，主公就要來觀賞歌舞了。
潘巧兒　玉姑，鶯兒姐呢？
劉玉姑　她已上大帳，請主公到來。
（夏侯惇內聲："嗯哼！"上）
劉玉姑　見過督軍大人。
夏侯惇　喂，今日天氣晴明，本部要在這草地練習弓箭，你等快些滾開！
劉玉姑　稟大人，主公要來這裏觀看歌舞。
夏侯惇　你們這些賤人，總是拿主公作箭牌。
劉玉姑　民婦不敢，只是這歌舞……
夏侯惇　歌舞歌舞！夜間歌舞倒也罷了，大白天搞甚麼名堂！
劉玉姑　今日實在事出有因。
夏侯惇　別再講了！都是你等賤貨，攪得軍中不寧，月前王圖便是為那來鶯

潘巧兒	鶯兒姐姐伴主公來了。
	（來鶯兒內聲："主公這裏來。"引曹操上）
衆　人	叩見主公。
曹　操	免禮。督軍也在這裏，甚好，一同看了歌舞，便拿王圖正法。
夏侯惇	遵命。
來鶯兒	主公還未看過歌舞，怎能先作定論？
曹　操	（不以爲然）哦，那就獻舞上來。（就座）
	（歌女端上酒壺。妙音清響，舒展的樂章中，潘巧兒與衆歌女翩翩起舞）
衆歌女	（唱）鳥兒成雙唱和鳴，
	河上沙洲聲聲情。
	賢淑女兒身靈巧，
	君子一見動心旌。
	琴瑟輕彈多融洽，
	敲起鐘鼓把親迎！
夏侯惇	主公，哪來這莫名其妙的歌詞？
曹　操	這定是來鶯兒借用《詩經》之句，重新編排的。
劉玉姑	主公真是慧眼慧心，博古通今！
	（衆歌女施展舞姿。曹操慢慢爲之吸引）
衆歌女	（同唱）桃之夭夭花灼灼，
	含苞待放美不勝。
	綠葉爲她作陪襯，
	錦枝爲她作依憑。
	世間萬物有仁愛，
	英雄豪傑豈無情？
曹　操	（大爲動容）妙呀！
	（唱）歌喉暖響伴仙樂，
	舞姿輕盈百媚生。
	未飲醇醪心已醉，
	滿眼秀色倍溫馨！
	（衆歌女繼續踏舞。潘巧兒技藝超群，曹操看呆）

劉玉姑　　主公請飲酒。
曹　操　　（目不轉睛）此女何名？
劉玉姑　　主公，她叫潘巧兒。
曹　操　　（喃喃自語）真是嬌俏別致，腰肢靈巧！
來鶯兒　　（乘機試問）巧兒舞得如何？
曹　操　　（目不轉睛）舞得好，舞得妙，比起鶯兒也不遜色。
來鶯兒　　（跪地）叩謝主公！
　　　　　（音樂啞然）
曹　操　　叩謝何來？
來鶯兒　　主公曾答應，只要操練出與鶯兒一般的歌女，便讓鶯兒代王將軍一死。適纔主公稱贊巧兒，豈不諾言兌現？
曹　操　　（後悔）曹某稱贊巧兒了嗎？
來鶯兒　　大丈夫言出如山！
劉玉姑　　主公呀，看在鶯兒一片癡情，你就免了王將軍死刑，讓他兩人締結鴛盟。
曹　操　　大膽！（遷怒）與我滾下！
　　　　　（劉玉姑與眾歌女驚慌地下）
夏侯惇　　主公，末將奉命，等待行刑。
來鶯兒　　督軍可行刑了，但服刑不該是王將軍，應是來鶯兒。
曹　操　　夏侯惇，你且退下候命。
夏侯惇　　是，末將去準備刑場了。（下）
曹　操　　萬沒想到，你竟如此費盡心機。
來鶯兒　　不錯。我每天只睡兩個時辰，爲了酬謝眾姐妹，我花費了所有私蓄，千金散盡，唯求一死。
曹　操　　你豆蔻年華，難道真的視死如歸？
來鶯兒　　人之將死，豈無哀傷，但爲情而死，死而無怨。請主公成全！（跪）
曹　操　　（頗有感觸）啊——
　　　　　（背唱）想曹某，槍林箭雨幾十載，
　　　　　　　　龍爭虎鬥逞英雄。
　　　　　　　　却不知人間愛戀這般重，
　　　　　　　　女子情意這般濃。
　　　　　　　　多年來妻妾同床異夢，

  何來靈犀一點通？
  倘若我身遭危難，
  誰願捨命表貞忠？
  來鶯兒，本是重義多情女，
  實不該，代受極刑伏刀鋒！
來鶯兒，念你苦心一片，我今赦了王圖死罪，命他遠走他鄉。

來鶯兒　謝主公！

曹　操　至於你，戰爭本是男人之事，不該拿一個女子來作犧牲。你可回到歌班，依舊操練歌舞。

來鶯兒　主公不殺鶯兒，但鶯兒不得不死。

曹　操　此話怎講？

來鶯兒　鶯兒願為王將軍頂罪，此事已在軍中傳揚，眼下怎能苟活偷生！

曹　操　這……王圖就要遠走高飛了，你先與他見上一面吧？

來鶯兒　民女不想與他見面了。

曹　操　却是為何？

來鶯兒　主公！
  （唱）世間遺恨不能免，
    百年壽考有餘悲。
    鶯兒此生曾愛戀，
    心已滿足願已遂。
    為救王郎離刀口，
    甘滴我血效子規。
    這時刻，
    情緣算圓滿，
    撫心已無虧。
    相會又何益，
    徒令心魂摧。
    不求今生重聚首，
    但等來世與他比翼飛！

曹　操　如此說來，你決意一死？

來鶯兒　對。王將軍得以寬赦，鶯兒心願已償。再不頂罪服刑，眾將必說主公治軍不嚴，日後主公如何統帥三軍？莫再勸阻，夏侯大人已在刑

　　　　　場，民女拜別了！
曹　操　來鶯兒！
　　　　（來鶯兒徑直出帳）
曹　操　（動了真情，唱）
　　　　　　奇女言辭慨而慷，
　　　　　　醍醐灌頂我心震蕩！
　　　　　　她不與王圖再相見，
　　　　　　願將悲痛獨承擔。
　　　　　　爲保曹某軍威在，
　　　　　　服刑赴死心自甘。
　　　　　　一諾千鈞，清風明月好豪爽，
　　　　　　大義無悔，昆山白玉志如磐。
　　　　　　天下美女千千萬，
　　　　　　誰能與她一般同？
　　　　　　想往時，戰場慘敗置一笑，
　　　　　　今日裏，爲何喉頭咽哽淚盈眶？
　　　　不，曹某決不流淚……
　　　　（夏侯惇內聲："刀斧手，準備用刑——"）
曹　操　（驚覺）來人！
　　　　（兵甲上）
兵　甲　主公有何吩咐？
曹　操　速傳我命，把來鶯兒暫且囚禁，解王圖上來。
兵　甲　遵命。（下）
曹　操　想不到我曹孟德也有心慈手軟之時！
　　　　（王圖戰戰兢兢由二兵押上）
王　圖　叩見主公！
曹　操　事隔一月，諒你有所悔悟。
王　圖　末將違反將令，貽誤軍機，自知罪責沉重。主公憐惜部屬，不忍誅殺，末將感激涕零……
曹　操　夠了。我今赦你死罪，解甲歸田去吧。
王　圖　主公寬宏大量，勝似王圖再生父母，只是……
曹　操　嗯？

王　圖	末將乞求主公，讓我依舊留營，於主公鞍前馬後，戴罪立功。
曹　操	你還想提官升職？
王　圖	蒙主公一向栽培，王圖理當終生報效。
曹　操	你捨不得離開曹營，是要與她再度竹林幽會？
王　圖	（惶恐）哎呀主公，末將與來鶯兒，只是同鄉多聚，並非真想結爲夫妻。
曹　操	（一愣）哦，你對她並無真心？
王　圖	哪有甚麼真心？末將只不過是逢場作戲，尋個開心。
曹　操	（怒而逼視）看我眼睛！我再問你，想不想與來鶯兒再見一面？
王　圖	不不不！蒙主公不殺，末將當痛改前非，何敢再次犯科！回憶幾次幽會，都是鶯兒獻媚勾引。那夜貽誤軍機，也是她再三糾纏所致，似這等水性楊花，風吹浮萍之女，還要見她作甚！
曹　操	（手發抖）你上前一步。
王　圖	主公……
曹　操	狗才！

　　（一腳踢去，唱）

　　　　七尺身軀好容貌，
　　　　五內肝腸太骯髒。
　　　　忘恩負義奴才相。
　　　　貪生怕死可憐蟲！
　　　　竟然説，屢次幽會被勾引，
　　　　男人氣節全丟光。
　　　　可嘆鶯兒女，
　　　　捨命保個負情人。
　　　　與她相對照，
　　　　你應自羞慚。
　　　　平時未見真面目，
　　　　今日方知你天良喪。
　　　　越思越想越憤激，
　　　　一劍送你見閻王！

　　（拔劍進逼）

| 王　圖 | （驚惶退避）主公饒命！主公心事，王圖已知。我不該失口指摘來

	鶯兒。從今以後,我自當識趣退讓,再也不敢與她有半點糾葛……
曹　操	你!(忍怒)可惜我已答應來鶯兒寬赦於你,不然今日不會留你狗命!你滾,不要讓我再看到你這卑劣小人!
王　圖	主公……
曹　操	快滾!

(二兵強推王圖下,夏侯惇上)

夏侯惇	稟主公,末將已把來鶯兒囚禁,可是她不斷捶門,口口聲聲請求一死。
曹　操	我偏不讓她死!
夏侯惇	主公若喜歡此女,待小弟今夜把她綁到帳中就是了。
曹　操	胡言!
夏侯惇	是。
曹　操	快去吩咐劉玉姑,好好勸解來鶯兒,若有半點差錯,拿她是問。
夏侯惇	遵命。(下)
曹　操	(自語)得人易,得心難……越難越要得!曹某馳騁天下,多少英雄豪傑皆被我征服,難道征服不了一個女人?(端起酒壺一飲而盡)

(切光)

第　五　場

(光復明)

(幾天後,小屋。屋外有士兵巡邏)

(來鶯兒滿懷傷感,遙望窗外)

來鶯兒	(唱)籠中之鳥苦難捱,
	數日被禁實可哀。
	惟寬慰,王郎已出天羅網,
	迎風展翼飛天涯。

(撫玉連環,接唱)

　　　最難忘,竹林幽會贈信物,
　　　月下盟好,兩情深似海。
　　　鶯兒我,心隨王郎千里遠,
　　　嘆只嘆,身困曹營萬般無奈!

　　　　人皆道，曹公梟雄性奸險，
　　　　依我看，
　　　　却是多情豪傑別有氣概。
　　　　他憐香惜玉將我護，
　　　　其中愛意何難猜。
　　　　鶯兒之心有歸屬，
　　　　一江東流水，哪能掉頭反向西！
　　　　曹公越關照，
　　　　我心越驚駭。
　　　　如不及早作了斷，
　　　　只恐舊債未消新債來！
　　（劉玉姑內聲："鶯兒——"捧湯圓上）
劉玉姑　鶯兒，這是老身特意爲你做的糯米湯圓，快來嘗一嘗。
來鶯兒　多謝玉姑，我不想吃。
劉玉姑　幾日來你總是愁眉不展，水米不沾，再這樣下去，只怕要當神仙！
來鶯兒　生已無益，死又何妨。
劉玉姑　哎呀，螻蟻尚能惜命，你一個如花似玉的姑娘，怎甘把命捨。
來鶯兒　玉姑，我與王將軍之事，已在軍中傳揚，致使歌班清名受損，我還有何面目活在人世。
劉玉姑　鶯兒！
　　（唱）莫道醜事已傳揚，
　　　　究其實，歌班清名未受沾。
　　　　男歡女愛平常事，
　　　　何須自疚愁斷腸。
　　　　主公對你並無加罪責，
　　　　還遂你願，王圖終免受罪愆。
　　　　他今遠走他鄉去，
　　　　有朝一日，或能月缺又重圓。
　　　　世間最貴千金體，
　　　　切莫輕生，來日方長！
來鶯兒　主公將我囚禁，豈無弦外之音。鶯兒早有盟誓，我應對得起王將軍，以死殉情！

劉玉姑	甚麼以死殉情,我看你太不聰明!我曾聽軍士言講,那日王將軍被主公一罵,便說他對你並無愛意,只是逢場作戲。
來鶯兒	傳言無稽,我不相信。
劉玉姑	不信?他還說幾次約會,都是你勾引獻媚,從今後,他再也不願與你相見……唉,男人就是這樣,你也不用太過認真,太過癡心!
來鶯兒	啊……

  (唱)玉姑言語震胸膛,
    教人疑惑神不安。
    難道是,一曲知音琴弦斷,
    癡心女子偏遇負心人?
  不,絕非如此!
  (接唱)王郎他,泰山壓頂遭威逼,
    何敢率直吐真言。
    一時説出違心話,
    原爲忍辱渡難關。
    須堅信,月下竹林情永久,
    莫聽他人亂誹謗!
  玉姑,多謝你幾天來日夜照顧,還是回去歇息吧。

劉玉姑	你這般愁緒滿懷,我哪敢走開!

  (幕後聲:"主公到")

劉玉姑	主公來了!
來鶯兒	鶯兒不想與他見面!(急避內房)
劉玉姑	鶯兒……

  (曹操上,侍衛甲、乙隨上,侍衛甲托着盛放斗篷的玉盤)

曹 操	(念)欲得其心豈畏難,
	鐵杵也要磨成針。
劉玉姑	叩見主公。
曹 操	來鶯兒呢?
劉玉姑	她……身體不適,在房中睡了。
曹 操	非是睡了,是知曹某到來,有意迴避。
劉玉姑	這……
曹 操	曹某今天特爲她送來禮物。

劉玉姑　鑲金斗篷，真漂亮呀！鶯兒，快出來吧。主公給你送來厚禮了！
　　　　（靜場）
曹　操　這幾天她在作甚？
劉玉姑　稟主公，鶯兒一向固執孤僻，自從被困小屋，就一直不進飲食。
曹　操　命她出來見我！
劉玉姑　是。鶯兒，快出來拜見主公。（見無動靜）稟主公，房內上閂，如何是好？
曹　操　劉玉姑，命你好言勸解於她，如今却弄成這般模樣，你可知罪？
劉玉姑　主公諒情。
　　　　（潘巧兒內喊："玉姑，玉姑！"急上）
曹　操　叫嚷甚麼！
潘巧兒　（發現曹操）叩見主公。
劉玉姑　巧兒，何事慌張？
潘巧兒　督軍大人要把歌班姐妹全部趕走！
劉玉姑　却是爲何？
潘巧兒　督軍大人説道，主公已連日不看歌舞，歌班留之無益，只會惹事生非，誘惑軍士。
劉玉姑　（求助地）主公……
曹　操　（自語）是呀，眼前歌班，留之何益？
潘巧兒　可爲主公獻舞呀。鶯兒姐不出場，還有我呢。主公已經説過，巧兒比鶯兒姐毫不遜色……
曹　操　住口！真是淺薄之女，快與我滾下！
潘巧兒　（驚怕）是。（下）
　　　　（來鶯兒急上）
來鶯兒　叩見主公。
曹　操　你終於露面。
來鶯兒　鶯兒有罪，一人承當，求主公不要驅逐歌班姐妹。
曹　操　曹某何曾驅逐歌班，此乃督軍所爲。（對侍衛乙）即向夏侯惇傳命，不得打擾歌班。
侍衛乙　領命。（下）
劉玉姑　多謝主公！
曹　操　來鶯兒！你究有何求，無妨直講。

來鶯兒	我之所求，主公能應允嗎？
曹　操	能。只要不求死。
來鶯兒	那好，鶯兒求死不得，就求主公放我返回故鄉，永不拋頭露面。
曹　操	怎講，你想離開曹營？
來鶯兒	請主公恩准。
曹　操	這個……
來鶯兒	主公若不恩准，就請回大帳，不必再管鶯兒了。
曹　操	（背唱）她心如鐵石不搖擺，
	倒教曹某意徘徊。
	看她數日形消瘦，
	亂了雲鬢鎖了眉。
	倘若香魂歸泉壤，
	豈非天地同悲哀。
	不如打開籠門放囚鳥，
	等她回心轉意重飛來。
	罷——
	（接唱）鶯兒呀，要返故鄉我相送，
	調理心病驅陰霾。
	切莫再把王圖找，
	免使你，清竹遭折委塵埃。
	明年春暖花開日，
	駟馬高車迎你歸回來！
來鶯兒	謝主公。但不知何時讓我啓行？
曹　操	你先好好進食，明日由劉玉姑送你回鄉。
來鶯兒	鶯兒歸心似箭，伏望立即啓行。
曹　操	這……來人！
	（侍衛乙上）
侍　衛	主公有何吩咐？
曹　操	你二人即用車馬，送她二人前往濮陽。
侍衛甲 侍衛乙	遵命！
來鶯兒	主公，告辭了。

曹　操　去吧。(不忍看)
來鶯兒　玉姑快走。
　　　　(侍衛甲、乙與來鶯兒、劉玉姑下)
曹　操　她走了！魚歸江海鳥歸林,何日方能聞佳音？(忽見斗篷)糟了！斗篷還沒送她……
　　　　(出門)來人！
　　　　(士兵甲、乙上)
士兵甲　主公。
曹　操　快快帶馬！
士兵甲　是！
　　　　(士兵乙帶馬,曹操披斗篷、跨馬)
士兵甲　主公,要不要我等跟隨？
曹　操　不用,曹某獨往獨來！(拍馬急下)
士兵甲　主公這樣單獨出營,俺應向督軍大人稟報一聲。
士兵乙　對,走！
　　　　(士兵甲、乙下,切光)

第 六 場

(光復明)
(山野)
(急驟的鑼鼓聲,王圖帶衆呂兵上)
王　圖　可恨曹賊太猖狂,依仗權勢霸紅妝。王某保命遭凌辱,此仇不報枉爲人！俺大難不死,必有洪福。今投了呂布,領得三千軍士,圖報大仇！近聞報說,來鶯兒已歸順曹賊,於小屋合歡,真教人妒恨！只因曹賊兵多將廣,不可明攻,宜當暗取。俺還須後山埋伏,等今夜三更,便去曹營放火。衆軍士！
衆呂兵　在！
王　圖　埋伏後山,今夜三更,聽令行事！
衆呂兵　遵命！(下)
王　圖　(察看地形)遠處有一馬車,向這裏而來,待俺隱蔽,看個究竟。(下)

　　　　　（二侍衛策馬，來鶯兒和劉玉姑乘車上）
來鶯兒　（唱）車輪滾滾輕飛旋。
　　　　　　　從此遠離是非地，
　　　　　　　亂藤剪斷心放寬。
劉玉姑　（唱）送你回鄉後，
　　　　　　　我須返歌班。
　　　　　　　相見不知在何日，
　　　　　　　一想心頭酸！
來鶯兒　（唱）良伴傷離別，
　　　　　　　人世多滄桑。
　　　　　　　但願玉姑常康健，
　　　　　　　歌班姐妹無災難。
劉玉姑　（唱）願你柳暗花明交好運，
　　　　　　　嫁個稱心如意好夫郎！
侍衛甲　眼前有大路小路，該走哪一條？
來鶯兒　往山後小路，可近十里。
侍衛乙　好，就走山後小路。
　　　　　（馬車圓場）
王　圖　（突現高處，指揮衆兵）衆軍士，劫下馬車！
　　　　　（衆呂兵衝上，侍衛甲、乙反抗被殺）
呂兵甲　禀將軍，抓到兩個女人。
王　圖　（近前）啊，是你！
來鶯兒　王將軍！（欣喜上前）
王　圖　（對衆兵）原地埋伏！
衆呂兵　遵命！（下）
來鶯兒　（動情地）王郎，莫非我此刻是在夢中？
王　圖　（冷漠地）非在夢中，確是王某在此。
來鶯兒　王郎，你帶的是甚麼兵？
王　圖　呂布之兵。
來鶯兒　你投靠了呂布？
王　圖　功名何處不可求，我如今已是呂布麾下一名先鋒。
來鶯兒　你變節了！

王　　圖　甚麼變節,你還有臉與我談變節!
來鶯兒　我便如何?
王　　圖　你如何,等我殺了曹賊,報了大仇,再跟你講!
來鶯兒　啊,你要報仇,要殺主公。你究竟有甚麼仇可報?
王　　圖　受辱之恨,奪妻之仇,焉能不報!
來鶯兒　主公對我禮待有加,你哪來奪妻之仇?
王　　圖　如此說來,我倒要感戴於他?
劉玉姑　是呀,主公不讓鶯兒尋死,勸她保重身體,如今還放她回歸故里。
王　　圖　真是關懷備至。(對來鶯兒)恭喜你當上了曹夫人,衣錦回鄉!
來鶯兒　你……
劉玉姑　哎呀,將軍切莫胡言,哪有這等事!
王　　圖　曹賊奸雄,天下皆知,哪有將口中肥肉吐出,輕易將大美人放回,還派兵護送。老婆子,天下哪有這等好事?
劉玉姑　明明就有。
來鶯兒　你這梟情絕義之人,梟情於我,絕義於主公。我問你,主公若無惻隱之心,寬容之量,哪有你今日?
王　　圖　開口閉口主公主公,你真會感念他惻隱之心。可恨呀!這奪妻之奇恥大辱令俺恨之入骨!
來鶯兒　住了!你莫詆毀主公,又污辱於我!來鶯兒與主公一向清清白白。
王　　圖　天知地知。鹹井通污池,何來清白!
來鶯兒　王圖!
　　　　(唱)爲了你,鶯兒赴死不惜命,
　　　　　　爲了你,鶯兒絕食棄殘生。
　　　　　　心中長把情郎念,
　　　　　　惟求來世結鴛盟。
　　　　　　孰料相逢變了臉,
　　　　　　惡語中傷令人心驚。
　　　　　　回想起,當日滿口說恩愛,
　　　　　　却原來,要我助鋪前程可遷陞!
　　　　　　而今猜疑成仇恨,
　　　　　　一旦反目露猙獰。

　　　　　玉連環啊玉連環……
　　　　（接唱）騙我相思做美夢，
　　　　　　　從此叫你附泥濘！
　　　　（擲玉連環，接唱）
　　　　　　　天啊天，緣何叫他來相見，
　　　　　　　毀我心中癡癡一片情！
王　圖　哼！
　　　　（唱）何須抬頭把天怨，
　　　　　　　伶女演技不難看清。
　　　　　　　待我先把曹賊殺，
　　　　　　　再叫你，皮鞭之下吐實情！
劉玉姑　哇……你這個人，強詞奪理，厚顏無恥！當時月下盟誓，老身親見。不想你爲了活命，便説全無愛意，是鶯兒勾引獻媚！問你王圖當時圖的是甚麼，難道只圖她在主公而前爲你美言提攜？王圖呀王圖！你貌似英雄，實是狗熊。良心喪盡，天地難容！
王　圖　老婆子竟敢多嘴多舌，出口咒罵，豈能容得……看殺！（拔劍殺劉玉姑）
　　　　（來鶯兒阻攔，被王圖拖開，劉玉姑死於王圖劍下）
來鶯兒　玉姑──
　　　　（唱）鮮血淋淋死得慘，
　　　　　　　觸目驚心我淚成行！
　　　　　　　可恨僞君子，
　　　　　　　本性乃豺狼。
　　　　　　　這遍地血腥呀……
　　　　　　　警醒世上多情人！
　　　　王圖呀王圖！
　　　　（接唱）你仇火亂焚必自毁，
　　　　　　　到頭來，定然身敗名裂屍難全！
王　圖　你等着瞧吧，今夜三更一把火，先叫曹賊屍不全！
　　　　（吕兵甲急上）
吕兵甲　禀將軍，山前有人飛奔而來！
王　圖　來了多少人馬？

吕兵甲　只有一人一騎。
王　圖　拖下屍骸,準備廝殺!
吕兵甲　遵命!
　　　　(衆兵拖下劉玉姑屍體。來鶯兒、王圖同時遥望)
來鶯兒　啊,原來是他!
王　圖　來得正好!
來鶯兒　(要向曹操報警)主公……
王　圖　賤人!(一掌打下)
來鶯兒　(跌倒,喊)主公快回!
　　　　(曹操内聲:"來鶯兒——"策馬上)
曹　操　來鶯兒——(見王圖)啊,是你!
王　圖　對。正是我王圖。
曹　操　你來此作甚?
王　圖　奉朝廷中郎將吕布之命,來取你人頭!
曹　操　啊……(要拔劍)
王　圖　衆軍士!
　　　　(吕兵蜂擁而上)
王　圖　老賊,今日得天相助,我王圖大仇可報了!
曹　操　小人得志,何須炫耀。
來鶯兒　主公因何前來?
曹　操　爲送你斗篷而來,不料你不走大道,偏走小路。
王　圖　來鶯兒,斗篷乃曹賊最爲心愛之物,而今他親自追送,私情不言而喻,虧你剛纔還自詡清白。
來鶯兒　野外風冷,送來斗篷,這是主公大恩大德,有何不清白?
王　圖　這個彼此心知肚明。老賊,你一向最恨敢做不敢當之人,如今難道不敢講出,你與來鶯兒,是何等干繫?
曹　操　你想知道嗎?你聽——
　　　　(唱)曹某揮戈十餘年,
　　　　　　　心腸最硬志最堅。
　　　　　　　橫掃千軍如卷席,
　　　　　　　從未優柔費思量。
　　　　　　　孰料見識來鶯女,

　　　　　忽有情絲繞心田。
　　　　我愛她，通曉詩文好才藝，
　　　　更羨她，爲情甘把性命捐。
　　　　心靈閃光美無限，
　　　　令人驚嘆，神魂倒顚。
　　　　我願三年五載施恩惠，
　　　　定要感化美嬋娟。
　　　　普天之人可捨棄，
　　　　獨不捨棄女英賢！

王　圖　說甚麼女英賢，實已臭名昭彰。此等殘羹剩菜，還有人稀罕嗎？
來鶯兒　王圖你……
曹　操　（自嘆）曹某一生制服了無數卑鄙小人，不料今朝被這卑鄙小人所欺辱！
王　圖　何止欺辱，今日落在我手，必取你人頭！
曹　操　虎落平陽被犬欺，你就來吧！
來鶯兒　且慢！王圖，當日鶯兒情願一死，換取你的性命。今日我求你一事如何？
王　圖　何事？
來鶯兒　爲保主公性命，鶯兒願代一死。
曹　操　（感動）鶯兒！
王　圖　不！我今日定要割下曹賊頭顱，回去邀功！
來鶯兒　你可謂禽獸不如！
曹　操　曹某半生厮殺，何畏一死。來鶯兒，眼前情勢，只怕連累了你，你快離開吧。
　　　　（解下斗篷送鶯兒）
來鶯兒　（接過）主公，你我洛陽相識，承蒙收留營中。民女獲罪，屢得寬赦。此恩此德，惟有來生結草銜環相報……
王　圖　（切齒）死到臨頭，還在卿卿我我……今天我先殺曹賊，再殺賤人，看劍！
　　　　（揮劍刺曹操）
　　　　（來鶯兒急抵擋，中劍）
曹　操　（大驚）鶯兒！

（王圖揮劍再刺，突然殺聲震天）

吕兵甲　王將軍，曹營人馬殺過來了！

王　圖　啊？快快迎敵！

（夏侯惇、于禁、典韋帶兵衝上，王圖不堪一擊，倉皇逃下）

（于禁、典韋帶兵追下）

夏侯惇　主公，末將救援來遲了！

曹　操　（大呼）快快追上王圖，把他碎屍萬段！

夏侯惇　遵命！（下）

曹　操　鶯兒，你傷勢如何？

來鶯兒　無妨。

曹　操　山風驟起，快隨我上馬，曹某送你回營治傷。

來鶯兒　不用了。

曹　操　鶯兒，你不能死，曹某日後還要聽你歌唱。

來鶯兒　主公，我此時就為你再歌一曲。

曹　操　你身負重傷，不歌也罷。

來鶯兒　惟有引吭高歌，方能分解傷痛。

曹　操　（激動）鶯兒……

來鶯兒　（百感交集，忍痛而歌）

　　　　大風起，沙石動，
　　　　黃塵滾滾漫長空。
　　　　鳥之將亡聲悲切，
　　　　驪歌一曲獻曹公！
　　　　人生一世，
　　　　來去匆匆。
　　　　萍水多相識，
　　　　知音何曾逢？
　　　　良禽誤擇木，
　　　　善始難善終。
　　　　甜言蜜語化利劍，
　　　　孽海情天恨無窮！
　　　　心碎，
　　　　神倦。

何依，
何從？
問默默大地，
茫茫蒼穹！
伶女何幸，
得見曹公。
亂世真豪傑，
天下大英雄。
恩德如山海，
真情銘五中。
三度寬容赦弱質，
單騎越嶺贈斗篷。
心領，神會，
難依，難從。
願來生重聚，
細訴情衷！

曹　操　（情感迸發）鶯兒——（上前緊抱來鶯兒）
來鶯兒　（緩緩地）倘若人死後真有靈魂……鶯兒之靈魂，會陪伴主公，助你實現霸業……
　　　　（死去）
曹　操　（大慟）鶯——兒！（抱起來鶯兒）曹某此生，終於得到一個紅顏知己之心，願已足矣，願已足矣……
　　　　（幕後無字歌響起）
　　　　（夏侯惇、于禁、典韋及眾軍士悄悄上）
夏侯惇　稟，王圖已被剁為肉醬。
曹　操　（狂笑變苦笑）哈，哈……
　　　　（追光漸聚於曹操、來鶯兒）
　　　　（幕徐閉）

——劇終

火燒濮陽

戴德源　許金門　整理

解　題

　　川劇·胡琴。戴德源、許金門整理。戴德源,筆名白瑪、戴戈,1937年生,四川成都人。成都市川劇藝術研究所副所長、副研究員。著有《四川戲曲史料》《川劇藝術漫談》,主編《成都川劇志》。許金門,其生平事歷不詳。該劇未見著錄。劇寫東漢末年,呂布佔領濮陽,曹操率兵攻濮陽。呂布用陳宮之計,使百姓田舍翁詐降爲內應,賺曹操入城,縱火焚之。曹操果然中計,幸得典韋相救。本事出於《三國志·魏書·武帝紀》、袁曄《獻帝春秋》、《三國演義》第十一回"呂溫侯濮陽破曹操"。清傳奇嘉慶本《鼎峙春秋》有一齣《濮陽破曹》,現代京劇有《戰濮陽》。情節各有不同。該劇版本今見《紀念改革開放三十週年四川戲劇選》本。今據以收錄整理。

第一場　兵下濮陽

（沉悶的軍鼓聲後,轉入雄壯的嗩吶曲牌套打。旌旗飛揚,兵卒擁曹營八將載歌載舞上）
（八將同唱【昆腔·點將】曲牌變奏）
　　　　大將出征膽氣豪,
　　　　腰橫秋月雁翎刀。
　　　　雄兵一出山岳動,
　　　　風捲旌旗日月高。
（曹操、典韋同上）
曹　操　（念）（詩）
　　　　高祖提劍入咸陽,

艷艷紅日照扶桑。
杯中美酒英雄血，
留與兒孫慢慢嘗。

老夫，曹操。漢主駕下爲臣，職居車騎大將軍。惱恨袁紹稱雄於鄴郡，袁術占號於壽春，呂布小兒獨踞濮陽，若不帶兵剿滅，終爲國家之患，故爾領兵攻打。本相大令下！兵發濮陽！

衆　（唱）【昆腔・唐朝二犯・小工調】
　　　　擂戰鼓，鳴金鑼，
　　　　跨征鞍，躍馬橫戈。
　　　　旌旗蔽日月，（重）
　　　　刀槍放光華，待旦枕戈，
　　　　塵土飛揚，萬蹄翻滾，
　　　　震撼五嶽。
　　　　殺！殺！殺！
　　　　殺向濮陽，直搗賊窩。（衆下）

第二場　定計破曹

呂　布　（內唱）【頭子】
　　　　呂奉先鎮濮陽施令發號，
　　（兵卒吼【翻山調】。兩廂上四將配合。呂布上）

呂　布　（唱）奪兗州敵喪膽威懾群僚。
　　　　殺丁原誅董卓替天行道，
　　　　此一舉震朝野四海名揚。
　　　　鄙袁紹和袁術行事渺小，
　　　　蔑張邈與張超智謀不高。
　　　　某新收八員將蕭真、曹豹，
　　　　陳公臺善用謀百計張遼。
　　　　非誇口某把群雄藐，
　　　　俺呂布獨手擎天要興漢朝。

（突然一擊點聲傳來）

呂　布　何人擊點？（內應：陳公臺！）公臺擊點必有軍務要事，有請！

陳公臺　（唱）【二流】
　　　　　　　陳公臺中牟縣棄官不做,
　　　　　　　曹孟德鴻鵠志某甚佩服。
　　　　　　　投呂莊方知他胸無大度,
　　　　　　　殺伯奢更見他心狠手毒。
　　　　　　　陳皋店留詩句揚鑣分路,
　　　　　　　濮陽城輔溫侯盡展宏圖。（齊）
　　　　　公臺參見溫侯。
呂　布　公臺兄免禮。請問公臺,進帳有何軍情要報？
陳公臺　正有軍情,曹操興兵攻我濮陽來了！
呂　布　哈哈……了得！
　　　　（唱）【快二流】
　　　　　　　聽此言不由我敞聲大笑,
　　　　　　　曹操賊竟膽敢興兵出巢。
　　　　　　　他不來某也要領兵征剿,
　　　　　　　誅阿瞞滅群雄取代漢朝。（齊）
　　　　　本都令下,出戰破曹！
陳公臺　溫侯不可！
呂　布　公臺爲何阻令？
陳公臺　溫侯請聽。曹操此番興兵前來,必然氣勢洶洶,非同尋常！溫侯雖然能征慣戰,猶恐寡不敵衆,還需以計禦敵！
呂　布　公臺有何良策？
陳公臺　請聽！
　　　　（唱）【二流】
　　　　　　　他出兵必然經過泰山道,
　　　　　　　奪兗州再尋溫侯把戰交。
　　　　　　　倒不如遣二將蕭真、曹豹,
　　　　　　　守兗州將纛旗插上城壕。
　　　　　　　他以爲溫侯坐鎮兗州道,
　　　　　　　他便會先取濮陽到城郊。
　　　　　　　到那時溫侯出馬將賊剿,
　　　　　　　管教他片甲不留難脱逃！

呂　　布	好，好，好！

(唱)【快二流】

　　陳公臺真算得能謀善料，
　　知兵法胸懷着三略六韜。
　　兄料定賊必經泰山小道，
　　他哪知某在此先設籠牢。
　　兗州城先插起白旗爲號，
　　撒下香餌釣金鰲。（齊）

呂　　布
陳公臺　哈哈哈哈……（下）

第三場　首戰濮陽

曹　　操　(唱)【昆嗩呐曲牌】

　　曹孟德坐馬上揚威耀武——

（典韋、衆將、兵卒上）

曹　　操　(唱)某心中惱恨那三姓家奴。
　　此一番下濮陽生擒呂布，
　　剿不盡殺不絕我操不服。（齊）

兵　　卒　禀丞相，來此已是泰山小道，山險路窄，只能過得一人一騎。

曹　　操　列開前隊，待我看來。（觀望。吹打）我想此地隔兗州不遠，呂布小兒必然坐守濮陽，老夫不免先取兗州，後攻濮陽，打他一個措手不及！衆將官聽我一令：

(唱)【二流】

　　衆將官下馬來手挽手走——（兵將舞蹈，武功過山過場）

兵　　卒　過了泰山小道！

曹　　操　(接唱)絕壁懸崖神鬼愁。（齊）
　　舉起旗來！（吹打）

兵　　卒　未損一兵一將！

曹　　操　好呀！

(唱)【二流】

　　泰山巍巍神鬼怕，

　　　　　怪石奇峰路窄狭。
　　　　　倘若是此地埋伏十騎馬,
　　　　　某定然全軍將士葬黃沙。(齊)

兵　卒　禀丞相,來到兗州城外。此城四門未開,城樓之上插有白旗一杆!
曹　操　待我看來……(浪子)嘿嘿,好哇!觀看兗州城樓之上插有白旗,莫非呂布小兒未在濮陽,他兵犁兗州?趁此時刻,老夫撥馬回去,先打濮陽,後取兗州,兩座城池,我唾手可得!眾將官!聽我一令!
　　　　(唱)【二流】
　　　　　曹孟德傳大令前隊改後,
　　　　　先攻下濮陽城再打兗州。(齊)(眾下)
　　　(金鼓齊鳴,殺聲震天。曹操、呂布分上,各站高處)

曹　操　兵下濮陽擒呂布!
呂　布　殺進中原剿阿瞞!
曹　操　那是奉先,請了!
呂　布　那是明公,請了!請問明公,帶領人馬來在濮陽何事?
曹　操　袁紹稱雄於鄴郡,袁術佔號於壽春,他二人犯有叛逆大罪。爾有討董卓之功,又何得棄前功而助逆賊?聽我相勸,歸順曹某馬前,依然同朝輔國,殿下稱臣,不少你封侯賜爵。你意如何?
呂　布　住口!江山非一人之江山,社稷非一人之社稷,難道你獨霸漢室不成?
曹　操　呔!老夫善言相勸,你敢惡言回答?來呀!典將軍出上一陣!
　　　(典韋出馬,曹操下。典韋與呂布對陣。典韋敗下。曹操與眾將、兵卒復上)
曹　操　眾將官!勝敗如何?
眾　將　賊兵兇猛,敗了……
曹　操　敗了?哼!(氣極下,眾將、兵卒隨下)

第四場　再謀滅曹

　　　(在歡慶的音樂氣氛中,眾歌姬翩翩起舞)
呂　布　(內"公臺兄請")公臺,你看本都的戰法如何?
陳公臺　溫侯,你看某的計策如何?

吕　　布　好！（二人大笑）
　　　　　（唱）【昆腔】
　　　　　　　此一計決勝於千里之外，
　　　　　　　曹孟德果然是中計而來。
　　　　　　　賀公臺建奇功今把宴擺，
　　　　　　　翩躚舞，奏鶯歌，快哉，樂哉！
陳公臺　（唱）【老調】
　　　　　　　方纔間在高碑某觀勝敗，
　　　　　　　但則見前鋒高舉得勝牌。
　　　　　（唱）【二流】
　　　　　　　知我軍回營慶功把宴擺，
　　　　　　　曹孟德定然率軍偷營來。
　　　　　　　趁此時我軍悄然設關隘，
　　　　　　　遣諸將四門隱蔽暗伏埋。
　　　　　　　到那時人馬汹湧殺出寨，
　　　　　　　生擒那曹孟德方顯君才！
吕　　布　着呀，不錯！
　　　　　（唱）兵不厭詐古訓載，
　　　　　　　端等曹賊入甕來。（齊）
　　　　　（二人同笑：哈哈哈哈……携手下，衆歌姬消逝）

第五場　夜劫濮陽

曹　操　（内放【頭子】）
　　　　　　　濮陽城打一仗我行兵失利——（上）
　　　　　　　敗了……這一戰太蹊蹺好生懷疑。
　　　　　　　一定是陳公臺出謀劃計，
　　　　　　　若不然我怎能息鼓偃旗。
　　　　　　　吕奉先有勇無謀我不慮，
　　　　　　　曹家軍英勇善戰能對敵。
　　　　　　　吕奉先好色徒曾亂綱紀，
　　　　　　　他不該納貂蟬娶母爲妻。

先叫娘，後叫妻……呸！成何道理？
（于禁上）

于　禁　（接唱）有于禁見明公躬身屈膝。（齊）
　　　　于禁參見明公。

曹　操　先生免禮，請坐。

于　禁　謝坐。

曹　操　唉，濮陽難得呀，濮陽難得喲！

于　禁　濮陽易得呀，濮陽易得呀！

曹　操　哦，先生何言濮陽易得？

于　禁　明公請聽。昨日明公與呂布交戰，小某在高碑望陣：明公雖敗，兵士未亂；呂布雖勝，軍陣不齊。呂布乃有勇無謀之輩，回得營去，必然要與衆將賀功，趁此時機，不如今夜領兵前去偷營劫寨。定然一戰功成！明公，你看此計可使否？

曹　操　此計爾可拿得穩？

于　禁　拿得穩！

曹　操　料得就？

于　禁　料得就！

曹　操　哦、哦、哦，哈哈哈……
　　　　（唱）危難時于大夫你出了妙計，
　　　　　　　静悄悄偷營劫寨只待今夕。

于　禁　聽我的不得拐！

曹　操　（唱）某與先生出營去，
　　　　　　　速通傳衆將官寶帳聚齊。（齊）
　　　　起鼓聚將！（鼓聲起）
　　　　（衆將分上）

衆　將　明公爲何夜静不眠，陞帳何事？

曹　操　非是老夫夜静不眠，想那呂布小兒得了全勝，必要與諸將賀功設宴，今夜晚上，老夫有心偷營劫寨，殺他個片甲不留！衆將官意下如何？

衆　將　明公高見！

曹　操　既然如此，令下！摘掉馬上銅鈴，將士銜枚而進，攻襲濮陽！
　　　　（衆將、兵卒行軍過場。曹操驅馬督隊）

兵　卒	來在濮陽城外！
曹　操	列隊！（觀察四周，生疑）哎呀不好！觀看城內靜靜悄悄，老夫莫非中計？
	（思慮過場，以手勢與衆將交流己意，突然金鼓齊鳴，殺聲震天，呂布殺出，戰敗衆將之後再戰曹操，曹操敗下。于禁出迎曹操，曹狼狽復上）
于　禁	恭喜丞相，偸營成功！
曹　操	成你娘的南華宮！（打了于禁一鞭子）老夫中了埋伏。除了此計，你還有別策麼？
于　禁	除了此計，另無別策了。
曹　操	呸喲！你若再有一策呀，只怕你要把老夫送進鬼門關去了！
	（倉皇而下）
于　禁	這是昨個的喃？（從懷中取出兵書一看）嗨呀！我翻夾頁了，你昨個不遭嘛！（吹打。下）

第六場　定計下書

（呂布、陳公臺上）

呂　布	（唱）【二流】
	公臺兄定奇謀巧妙無比，
	只殺得曹孟德措手不及。
陳公臺	（唱）曹孟德生性詐多疑多慮，
	他定然賊心不死尋戰機。
	趁此時令他不防再施計，
	遣一名細心人假送機密。
	就言道濮陽百姓怨恨你，
	蕭眞、曹豹擾民怒不息。
	切盼着曹操入城安民意，
	要與他裏應外合攻城區！（齊）
呂　布	這呀，不錯。公臺兄，你看誰人前往方爲妥當？
陳公臺	依某之見，命張文遠前去爲好。文遠有膽有略，萬無一失。文遠去後，溫侯傳令，將濮陽曝爲空城一座，四門多備硫黃焰硝，曹賊進城

之後，四門放火，曹賊必誅！
呂　　布　此言有理，傳文遠進帳。
陳公臺　溫侯有令，傳張文遠進帳！
張文遠　來了！自幼習兵機，百戰無不利。見過溫侯。
呂　　布　免禮，公臺兄有差。
張文遠　見過公臺兄。
陳公臺　賢弟請坐。
張文遠　公臺兄有何差遣？
陳公臺　命賢弟假扮田舍翁之家奴，去至曹營下書。你可願往？
張文遠　軍務所差，焉敢言辭。
陳公臺　既如此，請下面更衣。
張文選　請公臺兄修書。
陳公臺　不妥。昔日我與曹操夜宿陳皋旅店之時，我在粉壁牆上題有詩句，我的筆迹曹賊識認，恐賊生疑，理當我來口述，請溫侯執筆爲好。
呂　　布　此言有理，啓開朱盒。
　　　　（張文遠下。在悠揚的間奏曲中，衆歌姬輾座磨墨。下場爲呂布修書座位，中場一椅爲陳公臺之座）
陳公臺　（唱）【頭子】
　　　　　田舍翁修書信躬身頂禮，
　　　（轉一字）
　　　　　盼只盼曹明公破城有期。
　　　　　恨蕭真和曾豹橫行鄉里，
　　　　　賊不該奪民財霸佔民妻。
　　　　　特修書請丞相安撫民意，
　　　　　接明公進城來挂榜插旗。
　　　（走至桌前）
　　　　　觀溫侯行筆如風好得體，
　　　　　這字迹鐵畫銀鈎世間奇。
呂　　布　公臺兄過獎了。
陳公臺　（唱）請文遠進帳來某有話叙。
　　　　（張文遠更衣上）
張文遠　（唱）扮就了田舍奴粗布舊衣。（齊）

(陳公臺與張文遠使眼色,哄呂布可否認出。文遠行至桌前將呂布推離座位,呂布轉身怒斥)

呂　　布　咦！哪來的山野莽夫,如此膽大,抓住嚴懲！

陳公臺　（上前阻止）溫侯且慢,你看他是誰呀？

呂　　布　（審視良久）唔……太像、太像,本都也認不出了！

陳公臺　文遠弟。你的肌膚太白,來來來,我還要與你打扮打扮,（用墨點在張文遠臉上,三人大笑）書信在此。賢弟過目還須記下。曹賊狡詐,你要多加小心。

張文遠　小弟知道,告辭溫侯、公臺兄。（下）

（以上都在悠揚的間奏聲中進行）

呂　　布　本都令下：四門多設硫黃焰硝！曹操呀,匹夫！你若來時,管教你全軍化為灰燼！

第七場　曹操接書

曹　　操　（內放【頭子】）
　　　　　　　打一仗只殺得鷹飛兔走,
（架橋,曹操觀書上場）
（唱）衆兒郎一個個緊鎖眉頭。
　　　　昨夜晚去偷營險遭毒手,
　　　　呂奉先設陷阱早有預謀。
　　　　恨不得將呂布生擒斬首,
　　　　恨不得將陳宮剝皮筋抽,
　　　　恨不得將呂布剁腳宰手,
　　　　恨不得將陳宮剮骨熬油。
　　　　千思想萬思量一計無有……（留腔）

于　　禁　（唱）進帳來見明公于某叩頭。（齊）于禁叩見明公。

曹　　操　（不滿地）你……坐嘛！

于　　禁　謝坐。

曹　　操　唉,濮陽難得呀,濮陽難得呀！

于　　禁　濮陽易得呀,濮陽易得呀！

曹　　操　先生,莫非又要我去偷營劫寨嗎？

于　禁　哪里，哪里！
曹　操　何言濮陽易得？
于　禁　濮陽田舍翁差人前來下書，求見明公。
曹　操　可曾搜檢明白？
于　禁　已曾搜檢明白。
曹　操　押進帳來。（背坐）
于　禁　將田舍翁的家奴押進帳來！
　　　　（張文遠內應"來了"，入帳下跪）
張文遠　小的見過丞相。
曹　操　下跪何人？
張文遠　濮陽田舍翁的家奴。
曹　操　到此做甚？
張文遠　奉了主人所差，前來下書。
曹　操　將書信呈來，老夫一觀。
張文遠　丞相請觀。（于禁接，轉曹操）
曹　操　這書中的情由？
張文遠　小人知道。
曹　操　唗！你家主人的書信，汝怎知其中的內容？
張文遠　回稟丞相，家爺修書，小的在一旁磨墨侍候，因此我看得清楚，記得明白！
曹　操　（思索有時）爾朝東跪下，將書中的情由一字不差地説來。若有差錯，立斬不饒！
張文遠　丞相請聽。

　　　　（唱）【二流】
　　　　　　田舍翁修書信躬身頂禮，
　　　　　　盼只盼曹明公破城有期。
　　　　　　恨蕭真和曹豹橫行鄉里，
　　　　　　賊不該奪民財霸佔民妻。
　　　　　　特修書請丞相安撫民意，
　　　　　　接明公進城來挂榜插旗。（架橋）
曹　操　與我輾座。（移座下場門）田舍翁的家奴，你站起來答話。老夫問你，那呂布小兒現在何處？
張文遠　回稟丞相，據小人所知，呂布已往兖州去了。

（曹操起坐打量文遠）

曹　操　既是接本相進城，那麼何時進城爲好？
張文遠　黃昏時分爲好。
（曹操急轉於椅後）
曹　操　殺！（文遠急跪）叫老夫黃昏進城，莫非要暗算老夫?！
張文遠　（故作驚恐）回稟丞相，爲讓蕭真、曹豹不解，一時皂白難分，這黃昏時分，就好打他個黃昏仗嘛！
于　禁　對對對，皂白難分，就好打他個麻麻雜雜的黃昏仗嘛！
曹　操　（怒）啥叫麻麻雜雜的黃昏仗?！（重）
于　禁　丞相息怒！我說忙了，黃昏仗、黃昏仗。
曹　操　（略思）好！我來問你，甚麼爲號？
張文遠　白旗爲號！
曹　操　呔！這其中有詐！想呂布小兒打的是白旗，老夫進城也打白旗，莫非要殺老夫一個"白白難分"？
于　禁　哎呀，明公，想這黑夜之間，明公也打白旗，使蕭真、曹豹一見，以爲是呂布回城來了。明公此番進城，打白旗爲號，有個應兆了啊！
曹　操　甚麼應兆？
于　禁　這叫"百事順遂"喲！
曹　操　哦，百事順遂，還百事順遂！嘿嘿，呂布，你娃娃的死期到了！我再問你，甚麼爲記？
張文遠　烟火爲記。
曹　操　拉去殺了！
于　禁　明公且慢，爲何要殺他？
曹　操　烟火爲記，這其中有詐！
于　禁　明公，黑夜行兵，不掌燈火，怎麼看得見路喃？有了烟火，舍翁見了，他好來接應你嘛！明公，這又有個應兆呀！
曹　操　甚麼應兆？
于　禁　這叫"火速奉行"哪！
曹　操　好一個"火速奉行"。
于　禁　一戰功成！
曹　操　嗯，嗯，好一個一戰功成呀！
（唱）【浪裏鑽】

>　　聽他言來我微微喜，
>　　田舍翁助我一臂力。
>　　恨蕭真和曹豹傷天害理，
>　　他不該奪民財霸佔民妻。
>　　因此上田舍翁纔把書寄，
>　　接老夫進城去挂榜插旗。
>　　哪怕他呂奉先虎生雙翼，
>　　此一戰定教他身首分離。（齊）

　　田舍翁的家奴，回稟爾的家爺，言老夫隨書而來，出營去吧。

張文遠　遵命。（與于禁對面，文遠顯微妙表情後下）
　　　　（于禁似乎感覺到甚麼）
于　禁　糟了！要遭！
曹　操　先生你在說甚麼？誰要遭？
于　禁　明公，你猜嘛。
曹　操　那呂布娃娃要遭？
于　禁　呂布能征善戰，他不得遭。
曹　操　哦，那陳公臺要遭？
于　禁　陳公臺足智多謀，他不得遭。
曹　操　那張文遠要遭？
于　禁　人稱百計張遼，他也不得遭。
曹　操　先生，莫非你要失算？
于　禁　我又不去，怎麼會遭？
曹　操　莫非老夫要遭？
于　禁　明公兵多將廣，你也不得遭。
曹　操　（扳手指算）呂布不得遭，陳公臺不得遭，張文遠不得遭，你也不得遭。老夫也不得遭，那又是誰要遭喃？
于　禁　明公，豈不聞二虎相爭，必有一損，總有一個要遭嘛！
曹　操　一口兩舌，叉了出去！
于　禁　（對觀衆）大家慢慢看嘛，就是他要遭！（指曹操。下）
曹　操　起鼓聚將！（鼓聲）
　　　　（典韋等衆兵將分上）
衆　將　明公聚將何事？

曹　操　濮陽田舍翁修書前來，接老夫進城挂榜安民！
典　韋　丞相不可，猶恐中計！
曹　操　此乃田舍翁美意，不必多疑。典韋將軍聽令：帶領一支人馬駐紮城外，城內若有動靜，出兵接應！
典　韋　得令！
曹　操　眾將官，隨老夫兵進濮陽！（眾下場）

第八場　火　燒　濮　陽

（靜場片刻，更鼓漸起。張文遠四處張望，曹操率兵詭秘而上）

張文遠　田舍翁的家奴迎接丞相！
曹　操　田舍翁的家奴，你真不失信啊！
張文遠　小人焉敢失信。
曹　操　你家主人呢？
張文遠　正在城內恭候丞相。
曹　操　好哇！與我帶路進城！
　　　　（唱）【二流】
　　　　　　田舍翁不失信把我等待，
　　　　　　接老夫進濮陽挂榜前來。
　　　　　　小家奴在前面快把路帶——（繞場，張文遠暗下）
兵　卒　稟丞相，家奴不見！
曹　操　（唱）小家奴突不見事有疑猜！（齊）
　　　　來呀！叫田舍翁見我！
兵　卒　城中未見田舍翁！
曹　操　滿城百姓呢？
兵　卒　並無百姓！
曹　操　豬雞鵝鴨總有嘛？
兵　卒　乃是空城一座！
曹　操　喳！（過場，意識自己中了圈套）哎呀！老夫又中計了！
　　　　（吹【炮火門】，呂布兵將包抄上，兩軍開戰。曹軍敗，呂布率軍追下）
曹　操　（唱）【三板】
　　　　　　呂布小兒好奸詐——

（呂布追殺上）

呂　布　哪裏走！（追殺曹操下）

（曹操復上）

曹　操　（唱）殺得老夫兩眼花，——（呂布追曹操）

　　　　　　逃追擊脫袍把冠挂。——（呂布追擊）

（曹操跌倒臺左，拾一斗笠遮臉，呂布舉戟問曹）

呂　布　可曾得見曹操？！

曹　操　（言語支吾）哦哦哦（指另一方，呂布往所指方向追去。曹操拿起斗笠）

　　　　（唱）它纔是我的救命王菩薩！（狠狠下）

（張文遠、呂布兩邊分上）

張文遠　溫侯，你爲何見了曹操不殺？

呂　布　誰是曹操？

張文遠　適纔你提戟刺者便是曹操。

呂　布　啥？他就是曹操？！（自悔）方天戟呀，方天戟，你見了曹操怎麽不刺呀！（吹【風兒松】本都令下：四門放火！曹操啊，匹夫！量你難逃火攻之災！（下）

（八火旗上，打粉火）

曹　操　（唱）這一把無情火實難招架，（變鬚髮，八火旗配合）

　　　　　　往西門，燒掉我的鬚和髮。（變衣服，八火旗配合）

　　　　　　逃南門，熊熊烈火沖天大。（耍斗笠，演員個人技巧）

　　　　　　轉北門，火舌舔臉似油炸。（變紅臉，八火旗配合）

　　　　　　天哪！眼看屋梁要燒垮——（變黑臉，八火旗配合）

（火焰中吞没曹操，八火旗各展技巧，翻、打、騰、跳，高潮極致）

（典韋衝上）

典　韋　（唱）【三板】

　　　　　　典韋拔火猛衝殺。

　　　　　　舉雙戟忙把火梁架，（尋視）

　　　　　　不見明公在哪噠。（上四卒打殺）

　　　　　　捨死忘生去救駕，

　　　　　　葬火海也要尋着他！（八火旗打粉火配合，典韋變黑臉下）

（閃電、雷鳴、滂沱大雨）

曹　操　（內放【頭子】）蒼天有靈滂沱下——（幕內撒出一排粉火，耍眼睛，被燒壞了雙手，疼痛難忍。尋水，浸泡雙手，口渴，飲水……）
　　　　（唱）【陰三板】
　　　　　　燒得我面如灶王似夜叉。
　　　　　　這一戰燒死了我的胯下馬，
　　　　　　這一戰燒壞了我的鬚和髮。
　　　　　　濮陽城中火攻我丟醜太大，
　　　　　　曹家軍鳥獸四散落天涯。
　　　　　　眼前無人來救駕，
　　　　　　想一聲曹氏門中的先人板板嘞，
　　　　　　未必你們把雙眼瞎！
　　　　　　耳邊廂又聽銅鈴炸——（呂布追上，執戟刺曹，曹操雙手抱戟）
呂　布　你莫非是曹操？
曹　操　我不是曹操，我是放牛的，（指）曹操騎馬過去了。
呂　布　你站過來！
　　　　（以戟掃曹一杆，追下）
曹　操　（摘下斗笠。唱）
　　　　　　呂奉先，認不出曹明公，
　　　　　　你娃娃真把雙眼瞎。（齊）
　　　　（曹操體力不支，"耍杴人"癱倒在地。眾將兵卒兩邊分上，扶起曹操坐於中場椅上）
眾　將　明公蘇醒！（吹打）
曹　操　（醒來）哈哈哈哈……（站於椅上）
眾　將　明公爲何大笑？
曹　操　諸位將軍，呂布小兒定下火攻之計，他這一燒，倒把老夫的計燒出來了！呂布娃娃以爲老夫燒死在濮陽城中，嗨，嗨，我就假設喪車回朝，內裝硫黃焰硝。呂布小兒必要攔路劫喪，他若來時，我依然這樣一燒！（椅下突然噴出火焰，曹操跳離）你們誰的身上有火？！
眾　將　是明公身上餘火未盡！
曹　操　嗨呀！老天爺！好大的火呀！收兵！
　　　　（塑像、定格、落幕）
　　　　　　　　　　　　　　　　　　——劇終

廉 吏 風

孫方山 撰

解 題

京劇。孫方山撰。孫方山(1911—1970),原名孫遜先、孫光祖,又名張方山、高直,筆名方山,山西襄汾人,學生時期參加社聯、學生盟會。1937年赴延安,先後在陝北公學、延安大學學習,歷任陝甘寧邊區劇團主任、延安市政府教育科長、延安平劇院政治協理員、山東平原縣委宣傳部長、北京市委機關黨委宣傳部長、北京市人民政府人事局長、北京市委副秘書長兼辦公廳主任、北京市委監察委員會副書記等職,爲中國劇協會員、北京市戲劇家協會理事。曾參與歷史劇《洪承疇》《孔雀膽》創作,著有《西門豹》《廉吏風》等戲曲作品。該劇《京劇劇目辭典》著錄,題《廉吏風》,未署作者。劇寫東漢末,曹將李通岳父鄧貴,恃强凌弱將佃農打傷身死。死者家屬到縣衙告狀。縣令趙儼爲官清廉公正,命人傅鄧貴。鄧貴得到消息,讓其妻往李通家,逼令其女冒李通之名,向縣令趙儼説情。趙儼不畏懼權勢,堅決拒絶。李通回家得知此情,責備妻子不明事理,趕至縣衙,説明情況及自己的態度。但其時趙儼已秉公處理,將鄧貴判罪。李通知趙儼執法不阿,趙儼見李通不循私情,二人互相敬愛,結拜爲兄弟。本事出於《三國志・魏書・李通傳》。《資治通鑑》卷六十二亦載有其事。版本有1951年上海雜誌公司《大衆戲曲叢書》本,該本封面題京劇《廉吏風》,署方山著。今據以收録整理。

第 一 場

許　常　(上念)當年領火簽,心中好喜歡;
　　　　　　　提拿老鄧貴,
　　　　　　　嘿嘿,鄧亭長呀!你也有今天。

(白)夥計們走上！
(衙役甲、乙、丙、丁同上)

衙役甲　甚麼事呀？許班頭！
許　常　今天有好差事啦。
衙役甲　甚麼好差事呀？自從這位趙縣令上任以來，黑錢不敢使，二毛不許吃，還有甚麼好差事？
許　常　我問你，鄧亭長為人如何？
衙役甲　你說是他……有錢有勢，可算第一，甚麼錢也敢使，甚麼人也敢欺。就是一件，光有他的，沒有咱的。
許　常　你想在他手下沾光？我許常當班頭十幾年來倒是沾了他不少光。
衙役甲　你呀，你自然可以沾得上——
許　常　(打甲一耳光)耳光！
衙役乙　老亭長當了幾十年啦！佢女婿李通，又是咱陽安都尉，上馬管軍，下馬管民。有這檔子親戚，別說咱們，就是縣令老爺，哪一個不買他的賬(兒)？
許　常　嘿嘿，現在可不行了。
衙役乙　不行了又怎麼樣？
許　常　怎麼樣？(取出火簽)
四衙役　(同白)啊！
衙役乙
衙役丙　老亭長犯了哪一案？
衙役甲　哪一案也夠他受！
衙役乙　我看老亭長不是好惹的。
許　常　甚麼好惹不好惹？(雙關地)聽老爺的吩咐！
四衙役　(同白)喳！
許　常　這次見了鄧貴，一不許作揖，二不許叩頭，三不許嬉皮笑臉，四還不許膽戰心驚。拿出官差架子，看我眼色行事。
四衙役　(同白)喳！
許　常　走著！
(眾人同下)

第 二 場

　　　　（李通、崔彪同上）

李　通　（唱）歷年擾攘戰方酣，
　　　　　　　軍糧民食最爲先，
　　　　　　　招撫流民勤耕耘，
　　　　　　　整飭賦稅屯軍田。
　　　　　　　衙內諸事安排就，（進門介）
　　　　（鄧氏、李忠上）

鄧　氏　（接唱）只見老爺轉回還。
　　　　（白）老爺回來了？

李　通　回來了，夫人！我今即往駐馬店巡察屯田，不知夫人朗陵拜壽之事，可曾準備齊備？

鄧　氏　俱已齊備。後日乃伯父六十正壽，還望老爺能與爲妻一同前去拜壽。

鄧　貴　（內白）何人吵鬧？

鄧　祥　許常打人。

鄧　貴　（內白）待我看來。
　　　　（四家丁引鄧貴上）

鄧　貴　啊！你等前來做甚？

許　常　對不起，趙縣令請亭長馬上過衙議事！

鄧　貴　回衙稟報，我今日身體不爽，改日前去。（轉身欲下）

許　常　好大的派頭。鄧亭長，今天不比從前，我們是奉令拿人！

鄧　貴　你拿哪個？

許　常　拿的就是你！

鄧　貴　哼！只怕爾等不敢。

許　常　奉有老爺命令。

鄧　貴　有何爲證？

許　常　火籤爲證！
　　　　（鄧氏暗上，驚，望火籤）

鄧　貴　（冷笑）呵呵，呵呵，呵……好惱！

（唱）鄧亭長在朗陵縣誰不知曉？
爾大膽敢說拿唧唧嘈嘈！
就是那趙縣令親自來到，
也不敢動亭長半根毫毛！
（白）看你們哪個大膽的敢拿？

許　常　哈哈！你此火簽還厲害。來！帶了！
（衙役甲、丙上前，乙猶豫不動，丁看乙觀望不前）
鄧　祥　（急擋住衙役甲、丙）許班頭！不必生氣，有話慢慢講。
劉　氏　亭長究竟犯了何罪？
許　常　哼！（不理）
鄧　祥　（向衙役乙）究竟為了何事？
衙役乙　許多人遞呈子，張亮也告狀了。
許　常　廢話！（踢乙一腳）帶了！
鄧　貴　竟敢如此無理，這眾家丁！
四家丁　（上前）有！
鄧　貴　與我轟了出去！
許　常　啊！你敢轟！（有點驚慌，又想鎮定）
鄧　祥　亭長慢來！火簽既是縣令所發，要是鬧翻了，只怕這縣令也不是好惹的。
劉　氏　難道叫亭長跟他們前去不成？
鄧　祥　這也未必。（對許常）就煩許班頭回衙，好話多說，亭長明日自己前去也就是了。
許　常　縣令當堂吩咐，今晚一定帶到。
鄧　祥　亭長，依老奴看來，就是去上一趟，諒也無妨。
劉　氏　去不得！後天就是亭長六十大壽，今日去了，如若回轉不來，如何是好？
鄧　祥　趙縣令秉性剛強，今日不去，只怕明天還來找事，反為不妙。倒不如今日給他留下面子，想他該不會一定和亭長為難。
劉　氏　我看還是不去的好。
鄧　貴　也罷。會一會趙儼，看他把我怎樣。安人，趕快派人告知女兒纔是。（向許常）走！
許　常　走！

（衆人出門介，四家丁内下）

許　常　王法要緊，你們還是與我帶了吧！（以目示衆衙役）

（四衙役擁上，加繩於鄧貴）

鄧　貴　（冷笑）哈……

鄧　氏　（乘車上，見狀，急下車）啊！爹爹！爹爹！爹爹！這是何故？

鄧　貴　爲父去縣衙，諒也無妨。我兒快請姑爺設法纔是。

許　常　走！

（衆人推鄧貴下）

鄧　氏　爹爹！爹爹！

劉　氏　亭長！（欲撲去，鄧祥攔擋）

　　　　（唱）【哭頭】
　　　　　　一見亭長遭了難，
　　　　　　心中好似滾油煎。

鄧　氏　（接唱）母親且請回家轉，
　　　　　　設法搭救爹爹還。

（同進門介）

劉　氏　鄧祥，起快派人去至縣衙，打聽消息。

鄧　祥　是。（下）

劉　氏　兒呀，你爹爹被人帶往縣衙，事體非小，就該快快設法搭救纔是。

鄧　氏　帶走爹爹，不知究竟爲了何事？

劉　氏　兒呀！近來逃亡外處的難民，紛紛回鄉，言説咱家佔了他們田地，分文不給，强要奪田。內有一人名叫張成業，竟敢辱罵你父，家丁們責打他幾下，回得家去，暴病而死。他父去至縣衙，狀告你爹爹打死人命，實在寬枉呐！

　　　　（唱）趙縣令接訴狀輕信莽撞，
　　　　　　差衙役強抓人要把命償。
　　　　　　我的兒你就該去把情講，
　　　　　　救爹爹出禍坑孝子名揚。

（鄧祥暗上，點燈）

鄧　氏　（唱）聽母親把事由細講一遍，
　　　　　　老爹爹遭下了牢獄之冤，
　　　　　　怕只怕趙縣令不講情面，

　　　　　倒叫我鄧氏女愁難萬千。
　　　　（想介，白）這，這便怎麼處？鄧祥，田壯打人之事，你可曾看見？

鄧　祥　倒也看見，當場好像並未打死。唉！說起來，亭長也有不是。如今上司招撫流亡，還鄉種田，無地者還分賜田地。咱家田地甚多，何必強佔難民的荒地，不予退還？

劉　氏　他們撇下莊田，逃亡外鄉，咱家管理，已有數載，怎樣還是他們的田地？

鄧　祥　不管誰家田地也罷，不遵法令，死傷人命，反偏遇着這位趙老爺！我看非是姑老爺出面，此事恐怕難辦。

劉　氏　我兒就該快快設法搭救纔是。

鄧　氏　母親，兒夫前去駐馬店巡查屯田，明日後日想必趕來拜壽，那時求他講情就是。

劉　氏　兒呀，後天是你爹爹六十正壽，明日若不回來，如何是好？況且人言這趙縣令作事莽撞，設或明日陞堂，問成定案，那時縱有人情，只怕也難辦了！

鄧　氏　孩兒女流之輩，夫君不在，有何能爲？

劉　氏　就該用李姑爺名義，修書一封，下與趙縣令，要他必須諒情。

鄧　氏　這個……非是孩兒不寫，奈兒夫時常教導，婦道人家，休管外事。這幾年來，他的脾氣也大大不比從前。冒名修書，孩兒不敢！

劉　氏　冒名修書，縱有不是，你們夫妻之間，李姑爺還能將我兒怎樣呀？

鄧　氏　孩兒就是明日去至公堂，代父抵罪，這書信也是不敢寫的。

劉　氏　你寫也不寫？

鄧　氏　孩兒實在不敢寫。

劉　氏　好奴才！
　　　　（唱）從小將你嬌養慣，
　　　　　　　枉把孝經念幾篇！
　　　　　　今日你父遭大難，
　　　　　　　竟然袖手一旁觀。
　　　　　　眼望舉家生離散，
　　　　　　　奴才懷具何心肝？

鄧　氏　母親呀！
　　　　（唱）一見母親出怨言，

　　　　　　不由鄧氏左右難！
　　　　　　有心冒名寫書束，
　　　　　　君夫知曉不容寬。
　　　　　　不寫書信被娘怨，
　　　　　　忤逆罪名怎承擔？
　　　　　　左思右想無主見，
　　　　　　徒喚奈何呼蒼天！
家丁甲　（上）回稟老夫人，亭長去至縣衙，未曾問話，押入大牢去了。
劉　氏　你待怎講？
家丁甲　押入大牢去了！（下）
劉　氏　不好了！
鄧　氏　（同時叫）不好了！
劉　氏　（唱）聽説亭長押大牢，
鄧　氏　（唱）不由人悲痛哭年高！
劉　氏　（唱）我兒不管不管罷，
　　　　　　捨出年邁命一條！
　　　　（白）平日父子是父子，親戚是親戚；今日大難臨頭，連女兒都不肯出力搭救。眼看家破人亡，我不如早些死去，免人討厭！（以頭碰墻尋死）
鄧　氏　（急拉之）哎呀母親，使不得！
劉　氏　做你的都尉夫人去吧，誰要你管我二老之事！（不理）
鄧　氏　母親呀！
　　　　（唱）母親不必再埋怨，
　　　　　　埋怨女兒也枉然。
　　　　　　明日縣衙去投案，
　　　　　　替父贖罪也心甘。
劉　氏　又是贖身！
鄧　祥　姑娘！趙縣令要是想和亭長作對，你縱願替父贖身，誠恐他也不允。看來，還得另想辦法。
鄧　氏　這便怎處？
劉　氏　我來問你，搭救你父，兒是真心？還是假意？
鄧　氏　自然真心，哪有假意？

劉　氏　既是真心，爲娘倒有一計。
鄧　氏　母親有何妙計？
劉　氏　聞聽人言，趙縣令之母，老太夫人隨在衙內，我兒就該前去拜訪與她，求她説個人情。
鄧　氏　這個？……只怕趙太夫人也作不了縣令的主。
劉　氏　哎！看你這樣推推託託，想是不肯前去，豈不知父難不救，乃是大大的不孝！……呵，我倒明白了，原爲我二老不是你生身父母，你不是我夫妻親身女兒，也罷，怨我二老瞎了雙眼，白白養了你一場，從今往後，你做你的都尉夫人，我們就此恩斷義絕了！
鄧　氏　母親，母親！噢呀！
　　　　（唱）【哭頭】
　　　　　　　母親講出絕情話，
　　　　　　　好似鋼刀將心扎！
　　　　　　　罷罷罷即刻去衙下，
　　　　　　　是火坑刀山不怕他。
　　　　（白）母親不必生氣，一面打發李忠，連夜前往駐馬店去請都尉，孩兒即刻就去縣衙，央求趙太夫人，你看如何？
劉　氏　這便纔是。
鄧　氏　李忠，趕快備馬去找老爺，請他立即前來。
李　忠　老爺公務要緊，只怕不肯立即前來。
鄧　氏　這？……有了，就説我染重病，人事不省，倘若一步來遲，恐怕難以相見了。
李　忠　是。（下）
鄧　氏　鄧祥，吩咐打轎。
鄧　祥　天時已快二更，趕到縣衙，誠恐趙太夫人已經安息了。
劉　氏　也罷。就等明日一早前去也就是了。
鄧　氏　兒遵命。爹爹呀！（同下）

第　四　場

李　忠　（內唱）不分晝夜往前趕，
　　　　（上接唱）人困馬乏兩腿酸，

　　　　　抖擻精神強扎挣，
（趲馬）一交甩下了馬雕鞍。（跌倒）
（起，白）哎喲喲！真是老不中用了，方纔一天一夜不曾休息，連馬背也是坐它不住了。好好好，待我牽馬而行。（繞場）眼看天已大明，太陽就要昇起，我還是馬上加鞭，免得誤了大事。（上馬，繞場介）
（小軍甲、乙上，作守門狀）

李　忠　呵呵，這纔到了。門上哪位在？
小　軍　作甚麼的？
李　忠　我是李都尉家人李忠，現有緊急之事，面見老爺。
小　軍　少待。請崔爺！
李　忠　這可該休息一下了。（坐地，入睡）
崔　彪　（上白）何事？
小　軍　有一李忠，自稱都尉家人，要見都尉。
崔　彪　現在哪裏？
小　軍　營門以外。（下）
崔　彪　這老頭兒趕來作甚？（出門介）李忠，（找介）李忠！他倒睡着了。（上前）呔，李忠！
李　忠　（驚醒）呵呵，崔彪，老爺可曾起床？
崔　彪　起床來了。看你這般樣兒！
李　忠　我有要事要見老爺。（看自己）呵，真是一身的泥土。（拂土整衣介）
崔　彪　隨我來。請老爺！
李　通　（上念）廣與農事勤察巡，強兵足餉安庶民。
李　忠　參見老爺。
李　通　為何這般光景？
李　忠　老爺不好了！
李　通　何事驚慌？
李　忠　那鄧……
李　通　鄧甚麼？
李　忠　這……我家夫人昨日去到鄧家，忽染重病，人事不省，等、等候老爺急速前去。

李　通　有這等事？
李　忠　（含糊地）是，是，是。
李　通　夫人平日身體健壯，爲何忽染重病？（想介，看李忠介，點頭）其中必有緣故。李忠，你家夫人何時到家？
李　忠　黃昏時分。
李　通　何時染病？
李　忠　半夜三更。
李　通　你何時啓程？
李　忠　四鼓以後。
李　通　這就不對了，想你偌大年紀，一天一夜不曾休息，四鼓以後動身，現時如何能夠趕到此地？
李　忠　這個？……老奴爲了趕路加鞭，還從馬上摔下來了！
李　通　看你言語支吾，其中必然有詐。老爺面前，還不從實説來！
李　忠　是，是，是！（猶豫）
李　通　快講！
李　忠　是，老爺。老奴方纔所講乃是謊言，是夫人教導於我。
李　通　快快從實講來！
李　忠　是是。昨日黃昏，趕到鄧府門首，只見一夥衙役，氣勢洶洶，帶走亭長，聽説是難民告狀，還牽連人命在內。鄧家老少，哭哭啼啼，要夫人設法搭救。
李　通　你家夫人，她可曾設法搭救？
李　忠　先説給趙縣令寫信，又説進衙拜見趙太夫人。
李　通　（抓李忠袖急問）我來問你，這信可曾寫了？縣衙可曾拜過？
李　忠　信還不曾寫！縣衙，聽説昨晚就要前去；老奴連夜趕來，後事就不知道了。
李　通　噢呀！
　　　　（唱）曹將軍三令五申嚴，
　　　　　　貽誤糧政不容寬！
　　　　　　官宦親戚逞勢炎，
　　　　　　鄧亭長作事理不端！
　　　　　　趙儼烈性甚果斷，
　　　　　　疾惡如仇法如山。

　　　　李通不管這宗事，
　　　　知法就該避疑嫌。
　　（白）且住，我今前去，岳母、夫人必然央求說請。若還不允，哭哭啼啼，實難處理。嗯，有了，李忠，回去告知夫人，說我巡查屯田，行止不定，你空跑了一趟。未曾得見。

李　忠　老爺，夫人教老奴說謊，你怎麼也教老奴說起謊來了？

李　通　唔……

李　忠　明天將是鄧亭長六十正壽，親戚友朋都來拜賀，如若趙縣令不肯放人，這場大喜事，可就不成樣兒了。

李　通　多口！

李　忠　老爺不去，倒也罷了。夫人縣衙求情，若還不允，於老爺面上，也不光彩。

李　通　哦！
　　（唱）李忠一言提醒我，
　　　　此事還須費琢磨[1]。
　　　　夫人講情承允諾，
　　　　曹將軍知曉我罪難脫，
　　　　趙儼如若不允可，
　　　　怪我縱妻把情說。
　　　　袖手不管也有錯，
　　　　倒落個弄巧反成拙。
　　（白）哎呀且住，我李通縱然不管此事，怎奈夫人既要寫信疏通，又要當面求情。外人不知，必然說我暗中慫恿，叫我如何擔當得起？如令去也不是，不去也不是，這便怎麼處？（想介）哦，有了，我還是去找夫人，問個明白，再對那趙儼講說清楚，自然擺脫這場是非。夫人哪，夫人！你若未曾講情倒還罷了，倘若私講人情，我李通豈能與你干休！
　　（唱）可惱夫人作事差，
　　　　蔑視國紀敗家法，
　　　　崔彪與爺快備馬，
　　　　朗陵縣裏問根芽。

　　（同下）

校記

［1］此事還須費琢磨："琢磨",原作"酌摸",據文意改。

第 五 場

劉　氏　（上唱）心兒裏惱恨那縣令趙儼,
　　　　　　　　苦苦的害亭長却爲哪般?
　　　　　　　　假若還不允情遭下大難,
　　　　　　　　從今起舉家人有誰可憐?
　　　　（白）我兒去至縣衙求情,這般時候,爲何還不回來?
　　　　（鄧氏、鄧祥同上）

鄧　氏　（唱）羞羞慚慚離衙下,
　　　　　　　悲悲淒淒轉回家。
　　　　（進門介）母親萬福。

劉　氏　我兒回來了? 求情之事,怎麼樣了?

鄧　氏　唉! 母親!
　　　　（唱）太夫人年紀邁深居後院,
　　　　　　　她言説衙内事從不多言。

劉　氏　難道再無别的辦法可以通融了麼?

鄧　氏　唉! 只有等待都尉前來,再作道理。

鄧　祥　老夫人還不知道,這城裏關外,大街小巷,都在紛紛議論,言道亭長作惡多端,今日纔算有了報應。

劉　氏　啊! 有這等事?……你可曾見過王師爺?

鄧　祥　見過了。王師爺言講,縣令執一不二,鐵面無私,他與張師爺很想替亭長分辯,只是無處插嘴。

劉　氏　這,這便怎麼處?

鄧　氏　苦呀!

鄧　祥　王師爺還説,李姑爺官居都尉,乃縣令頂頭上司,央他提叙一二,不怕趙縣令不肯諒情。

劉　氏　這般時候,姑爺怎麼還不來呀?

鄧　氏　真真急煞人了!

鄧　祥　非是老奴多口，今日之事，實由亭長得罪人多；倘若衆苦主不肯罷訴，誠恐麻煩還多。
劉　氏　大家多想辦法纔好。
鄧　氏　這個……
鄧　祥　依老奴之見，苦主裏面，張亮、吳俊爲首，我們央人說和，多花銀錢，只要求得私下了結，想那趙縣令未必一定要和亭長作對。
劉　氏　言之有理。（取銀介）這是紋銀二百兩，快快拿去，央人說和；這一百兩，交與王師爺，要他衙内上下打點。
鄧　祥　這點銀子，只怕辦不了大事。
劉　氏　你先拿去央人疏通，只要事情有成，需用多少，儘管來取。
鄧　祥　是。（下）
　　　　（李通偕崔彪上）
李　通　（唱）一路思量好氣悶，
　　　　　　　不覺來到鄧家門。
　　　　（下馬，進門，衆人迎介）
劉　氏　你這纔來了！
　　　　（鄧祥急爲搬坐介）
李　通　岳母好？
劉　氏　好好，姑爺你好？
李　通　（問鄧氏）夫人！我且問你，可曾與趙縣令修書求情？
鄧　氏　（見勢不佳，小心地）不曾修書。
劉　氏　（不識好歹地）真該早寫了。
李　通　可曾去到縣衙，求見趙太夫人？
鄧　氏　方纔見過回來。
李　通　你與我作的好事！（氣，坐前臺角）
　　　　（劉氏以目、手示鄧氏賠禮，問話）
鄧　氏　（趨前）都是爲妻的不是！
李　通　見了趙太夫人，講說何來？
鄧　氏　只說伯父年邁糊塗，求老太夫人諒情。
李　通　太夫人怎樣回答？
鄧　氏　是她言講，從來不問衙内之事。
李　通　啊！你倒問起衙内之事來了……我且問你，縣府官衙是甚麼去處？

鄧　氏	爲官轄民之地。
李　通	趙縣令他是何人？
鄧　氏	本縣父母官。
李　通	你是何人？
鄧　氏	治下小民。
李　通	進衙講情，憑着何來？
鄧　氏	這個……
李　通	甚麼？你説！

　　　　（唱）休要巧言哄李通，
　　　　　　　小民憑甚講人情，
　　　　　　　進衙依仗哪一件？
　　　　　　　不講實話定難容。

鄧　氏　（背身唱）夫君進門把氣生，
　　　　　　　問的我理短話又窮。
　　　　（轉問李）老爺苦把詩書念，
　　　　　　　爲妻也曾讀孝經，
　　　　　　　自古孝心感天地，
　　　　　　　父母官難罪人子情。

李　通　（唱）爲父行孝人稱贊，
　　　　　　　因私害公理不通。
　　　　　　　不憑丈夫官職大，
　　　　　　　你怎能縣衙內外行！

鄧　氏　（唱）妻往衙內求人情，
　　　　　　　未曾冒借老爺名。
　　　　　　　若還不信縣衙問，
　　　　　　　趙太夫人是證明。
　　　　（白）爲妻拜衙，未敢冒用老爺名諱，如其不信，就該問過趙太夫人。

李　通	自然要問！
劉　氏	李姑爺這就不是了！我家遭了牢獄之災，半夜三更派人請你前來，原爲出禍濟難。是你進得門來，不問青紅皂白，先把我女兒責罵一頓，我兒究竟犯了何罪？
李　通	岳母有所不知，曹將軍治國轄民嚴峻認真；我李通新隨曹公，又蒙

	知遇重托，豈能縱容家人，毀紀賣法？
劉 氏	只怕我兒不曾毀紀賣法，倒是縣令冤枉好人！
李 通	啊！有這等事？
李 忠	老爺也好慢慢問個明白！
李 通	嗯，但不知帶走岳丈，究竟爲了何事？
劉 氏	賢婿呀！

（唱）四鄉難民要莊田，
　　　辱罵亭長實難堪；
　　　爭吵不下打了架，
　　　張成業帶傷回家園；
　　　到家中暴病死故了，
　　　告亭長殺人實在冤。
　　　縣令只聽話一面，
　　　把亭長綁去下牢監。
　　　求姑爺諒情多憐念，
　　　搭救亭長活命還！

李　通　（唱）岳母夫人休埋怨，
　　　　　　李通言來聽心間。

（白）岳母夫人只知求情疏通，怎知屯田糧政，乃是軍中要務，岳丈違法阻撓，罪過非輕，又偏遇見這位趙縣令……他的爲人，岳母夫人想該知曉。

劉　氏　倒還不知。

鄧　氏　請問老爺，那趙儼爲人到底怎樣？

李　通　岳母大人聽了！那趙儼乃豫州潁川人氏[1]，自幼飽讀詩書，操行孤高，怎奈遇着桓靈二帝，寵倖宦官外戚，排斥忠臣良將；昏庸腐敗，朝政日非，使有志之士報國無門。他乃隱居家園，不就仕途。及至董卓當權，更是專橫暴行，結黨營私，關東諸郡興兵討卓，中原混戰，他又偕友避難荆州，以觀天下大勢。荆州劉表，待他甚厚，是他見那劉表懦弱，並非撥亂濟世之主，終不肯爲之出謀主事。後來聞知曹將軍接納賢士，招撫流亡，興農屯田，整飭紀綱，這纔辭了劉表，投奔曹操。曹公甚爲器重與他，托以朗陵縣政。上任以來，勵精圖治，號令嚴明，他豈是貪贓賣法，徇情營私之輩？

劉　氏　老身並非央求姑爺行賄賣法，但請在縣令面前，提叙一二，想那趙儼也非木石之人，略抬貴手，此事也就好辦了。

李　通　此事麽？……誠恐徒勞而無功！

鄧　氏　老爺，如此說來，伯父之事，豈非無救了？

李　通　也難逆料。

鄧　氏　老爺呀！

（唱）爲妻自幼失雙親，
　　　伯父母教養纔成人。
　　　養育恩情不得報，
　　　何顏再回娘家門？

李　通　夫人講說此話，難道就不知下官的苦處？前者，袁紹令劉備統率大軍圍攻陽安，直困得內無糧草，外無救兵，是他又派了使臣，以征南將軍封號，誘我投降。荆州差人前來，許以高官厚禄，要我背叛曹公。那時，城內親戚，部下官兵，見情勢危急，袁紹勢衆，一個個勸我獻城歸降，是我排除衆議，殺了袁紹使節，趕走劉表說客。無非認定曹公明哲，必能安定天下。而今方纔投奔，正好努力報效，以圖前程，怎能毀紀賣法，因私害公？夫人，你這樣相强，豈非置我李通於不忠不義之地？

鄧　氏　老爺，可曾記得，就在陽安被困，兵荒馬亂之中，爲妻住在伯父家中，生養你我那小兒麽？如今伯父遭難，眼巴巴望着不管，難道就問心得過麽？

李　通　夫人哪！

（唱）囉嗦言語休多講，
　　　免討敗興臉無光。
　　　惹惱了趙儼非小可，
　　　加罪岳丈更難當。

（白）夫人哪！你可知岳父犯的是甚等罪過？這田政賦稅，乃是當今首要急務。袁紹在河北，軍人靠吃桑椹野菜强充饑；袁術在江淮，士兵憑吃蚌殼螺螄以度日；山東諸將，紛紛瓦解，都因糧餉無着，不攻自破。曹將軍深知此理，故而招撫流亡，興農業，屯軍田，雷厲風行，法令森嚴；岳父身爲亭長，竟敢違抗軍令，再若講情毀法，不單加倍治罪，只怕牽連舉家，同遭禍殃。

鄧　氏　爲妻情願捨身行孝，替父抵罪。

李　通　志氣雖然可嘉，只怕趙縣令不許你抵罪。

劉　氏　只要保得亭長性命，就是傾家蕩產，亦所不惜，但請姑老爺憐念一二。

（李通不語，劉氏以目手示意鄧氏跪求）

鄧　氏　倘若伯父性命不保，爲妻也不願貪生了。（跪介）今日之事；就看老爺如何？

李　通　夫人請起，從長商議。

（劉氏示意鄧氏不起）

鄧　氏　老爺不允爲妻請求。今日跪死在地下，也不起來了。

（李通躊躇不語）

劉　氏　姑老爺若還不允，老身也要與你跪倒了[2]。（跪介）

李　通　哎呀：

（唱）岳母夫人苦哀求，
　　　倒叫李通犯憂愁。
　　　本想不管這等事，（劉氏、鄧氏哭介）
　　　他母女跪前跪後不甘休。
　　　欲待講情難開口，
　　　惹人非議無來由。
　　　曹將軍若還知道了，
　　　功名前程一旦丟。（想介）

（白）想我李通，乃是英雄男兒，豈能折節於眼淚膝下啊！

（接唱）大丈夫臨難要果斷，
　　　　豈能優柔隨俗流？

（白）岳母、夫人請起，我李通即刻去見縣令，也就是了。

（劉氏、鄧氏同起）

劉　氏　早去早回！

鄧　氏　老爺早去早回！

李　通　（出門介）馬來！（上馬介）且住，此番前去問個明白，夫人倘若冒名求情，定不與她干休！（下，崔彪隨下）

鄧　氏　母親請到二堂休息。

（劉氏、鄧氏同下）

校記

［1］那趙儼乃豫州潁川人氏：“潁”，原作“穎”，據《三國志·魏書·趙儼傳》改。
［2］老身也要與你跪倒了：“倒”，原作“到”，據文意改。

第 六 場

（趙儼上）

趙　儼　（念）【引子】治亂世，用重典，法不容寬。（坐介）

　　　　（念）半生志願今方酬，
　　　　　　撥亂濟世運智謀，
　　　　　　國法綱紀崇嚴峻，
　　　　　　除却惡霸恨方休！

（趙僕暗上，侍立）

趙　儼　（接白）且住，是我日來連接數狀，控告鄧貴，罪惡多端，故而拿問在監。那李通之妻爲此來向家母求情。我想李夫人遠自陽安而來，此事李通必然知曉。求情不允，難免他要親自前來。嗯，我自有道理，請王師爺。

趙　僕　請王師爺！

王師爺　（上念）爲了鄧家事，叫人好擔心。

　　　　（白）方纔鄧府送來銀兩，命我上下打點，這趙縣令十分清正嚴厲，叫我何處下手？只得見機而行。

鄧　祥　（追上）王師爺，縣令如若陞堂，一切統要你照應纔是。

王師爺　知道，快去，快去。

鄧　祥　用錢多少，只管說來。

王師爺　快去，快去。（望鄧祥下，進門介）老爺在上，學生有禮。

趙　儼　鄧貴一案，人犯可曾傳齊？

王師爺　俱已傳齊。不過……這鄧貴乃地方上多年亭長，歷任縣令俱甚器重。這次被人控告，無非因他任職年久，得罪人多。還望老爺詳情。

趙　儼　偏袒豪民，私改稅率，阻撓田政，打死良民，這些罪狀，是真是假？

王師爺　也許是他手下人所爲。

趙　儼　嗯！王師爺，本縣上任不久，對於地方情形，甚是生疏，今日審問鄧貴一案，還要你多多提醒！

王師爺　學生不敢。

趙　儼　你與那鄧貴同僚多年，他的底細，想你必然一概盡知，何言不敢？

王師爺　學生實……實在不知道。

趙　儼　知道也罷，不知也罷，在本縣台前聽差，要你小心從事！

王師爺　是，是，是。

趙　儼　吩咐陞堂！

王師爺　陞堂！

（許常、四衙役上）

趙　儼　傳張亮等上堂！

許　常　是。

（許常行至上場門，帶張亮、王剛、周風、吳俊同上）

張　亮　捨命來告狀，只爲慘死的小兒郎！

（四人跪介）

四　人　（同白）叩見老爺！

趙　儼　（一邊閱卷，一邊問）張亮，你告鄧貴霸佔田產，打死人命，可有實證？

張　亮　當場鄉里，都可證明。

趙　儼　王剛，狀告鄧貴爲了何事？

王　剛　他霸佔小人房產，硬不交還。

趙　儼　周風，你呢？

周　風　那鄧貴私派攤款，任意加徵，小人繳納不起，田地牛羊，統被他訛詐去了。

趙　儼　吳俊，這鄧貴受賄賣法，私改稅率，何物爲證？

吳　俊　都有他的收據。

趙　儼　你們所告，俱是實情？

四　人　（同白）一點不差。

趙　儼　誣告謊狀，國法不容？

四　人　（同白）干當法令。

趙　儼　你們可知鄧貴是多年亭長，錢廣勢大？

四　人　（同白）小人等反正無有活路，就與他拼上了！

| 趙 儼 | 這衙内也還有他耳目呀？
| 四 人 | （同白）有老爺公斷，小人等不怕。
| 趙 儼 | 他有高親貴戚，官位顯赫，可是不好惹的！
| 張 亮 | 朗陵告他不倒，官司打到京城許昌，也不能與他善罷甘休[1]！
| 王 剛
| 周 風 | （同白）但憑老爺作主。
| 吳 俊
| 趙 儼 | 好哇！

（唱）衆百姓一個個理直氣壯，
　　　我趙儼認法理不懼豪强，
　　　有冤枉公堂上儘管來講，
　　　自有我爲爾等代作主張。

（白）本縣奉命，整飭賦稅，充實軍餉，法出令隨，決不寬貸！你等不怕土豪惡棍，本縣也不懼權門貴親。少時提審鄧貴，你等儘管依實講來！

| 四 人 | （同白）多謝老爺。
| 趙 儼 | 起來，帶鄧貴！（張亮四人同起）
| 許 常 | 是。（去至上場門）帶鄧貴。
| 鄧 貴 | （内唱）可惱縣令理不通，
　　　　（上接唱）鄧某面前逞威風。
　　　　　　　親朋官紳多和少，
　　　　　　　看你把我怎樣行。
| 許 常 | 鄧貴告進！
| 鄧 貴 | （站立一旁）縣令在上，鄧某有禮了。
| 趙 儼 | 啊！？好你大膽鄧貴，見了本縣，竟敢立而不跪！來，扯去衣冠，與我打！
　　　　（許常與衆衙役扯衣帽介，許常執棍示打狀）
　　　　（王師爺示意許常留情）
　　　　（許常不聽，又怕他，以棍壓鄧貴使跪）
| 趙 儼 | （注視王師爺）嗯！
　　　　（王師爺急裝無事，許常膽壯，一棍將鄧貴打倒）
　　　　（鄧貴反身切齒、恨許常）

赵 俨　咄！大胆邓贵，你可知罪？
邓 贵　不知罪犯哪条？
赵 俨　阻挠田政，打死良民。
邓 贵　他们都是逃难亡命之徒，诬告谎状，血口喷人！
赵 俨　张亮，与他理辩！
张 亮　邓贵呀！老狗！你等土豪恶棍，仗势欺人，逼着我们小民倾家破产，逃离家园。如今上司招抚回乡，是你霸占我家田地，非但不予退还，反将我儿活活打死，是何理也？
　　　　（唱）邓贵休得出恶言，
　　　　　　　离地三尺有青天，
　　　　　　　纵然你钱广势力大，
　　　　　　　血债也要血来还！
邓 贵　休得张狂！我来问你，斗殴打架，是在何处？
张 亮　东南田庄。
邓 贵　你儿尸首，现在何处？
张 亮　现在我家。
邓 贵　却有来，自古死尸不离寸地，你儿既是被我打死，尸首怎能停在你家？
张 亮　是你老狗派了家丁，强把尸首抬至我家，岂容抵赖？
邓 贵　打死人命，可是哪个亲眼得见？
周风王刚　（同白）我等就是当场见证！
邓 贵　这个……
张 亮　甚么？
邓 贵　你等串通一气，诬告好人。回的家去，定不与你们甘休？
张 亮　哪个怕你不成！
邓 贵　哼！
张 亮　哼！
赵 俨　咄！好你大胆邓贵，公堂之上，还敢如此蛮横。张亮！往下讲。
张 亮　方缠他的管家，拿了银两，强逼小人不来催案，王师爷也帮助邓家，叫小人撤回原状。
　　　　（王师爷以目示张亮令其勿言，见无效，惶恐）。

趙　儼　王師爺！

王師爺　（一驚）老爺！

趙　儼　可有此事？

王師爺　學生不……不敢！

趙　儼　暫且記下。鄧貴，貪贓賣法，私改稅率，你該當何罪？

鄧　貴　全是挾嫌誣告，縣令諒情！

趙　儼　吳俊，上前質對！

吳　俊　是。鄧貴！徵收賦稅，你可知道稅率？

鄧　貴　焉能不知？

吳　俊　每畝徵稅，粟糧多少？

鄧　貴　四升。

吳　俊　你實徵多少？

鄧　貴　這個……

吳　俊　不用這個那個的，每畝應繳四升，是你實收六升、七升。我再問你，每戶應出絲絹多少？絲綿若干？

鄧　貴　絲絹二匹，四棉二斤。

趙　儼　你又實徵多少？

鄧　貴　記它不清了。

趙　儼　胡說！

吳　俊　不要緊，有你的收據為憑。每戶應繳絲絹二匹，實徵三匹；應交絲綿二斤，實收四斤。你說是也不是？

鄧　貴　民家有貧有富，徵收有多有少，並非一概多徵。

吳　俊　是呀，富豪行賄，少繳賦稅；貧家缺乏油水，照例多要幾斤。（以收據示之）現有收據為憑，哪怕你生就的巧嘴利舌！

鄧　貴　既有收據，拿來我看！

吳　俊　（急將收據入懷）怎樣？你還想將它扯碎嗎？

趙　儼　（對張亮等）吳俊所告諸事，你等可曾知曉？

張　等　件件屬實，毫無虛假。

趙　儼　鄧貴，人證物證，俱已在此，你可認罪？

鄧　貴　這……（想介）縱然認罪，又待何妨？

趙　儼　少時叫你知道法紀森嚴！

周 風	（同白）要你賠償！
吳 俊	
王 剛	要你抵罪！
張 亮	要你償命！
鄧 貴	呀！

    （背弓唱）我只說認罪莫要緊，
        提起了償命掉三魂。
        還須得巧言多辯論，
        扭轉身忙把縣令尊。
    （白）啊，縣令！侵佔田地，多收賦稅，事屬真情，甘願照賠。唯有這人命之事，確係鬥毆打架，實出誤傷，還請縣令諒情！

張 亮	哎呀，老爺！我兒分明被他家丁毒打身死，何言誤傷？
趙 儼	你等誰可證明？（對王剛、周風等）
王 剛	老爺容稟，鄧貴親率家丁，將張成業綁在樹上，皮鞭棍棒，混身亂打，慢說鬥毆打架，就連還手之功也是無有。
周 風	張成業被打得通身創痕，血肉不分，實在令人痛心！
張 亮	張成業，兒呀！為父今天捨出這條老命，定要與你報仇！老爺！此仇不報，我情願死在公堂，也不罷休！
趙 儼	鄧貴，你可曾聽見？
鄧 貴	老爺！小人實是冤枉呀！
趙 儼	咄！

    （唱）休喊冤枉圖僥倖，
        要想抵賴萬不能。
        當堂現有人物證，
        哪怕你狡辯不招承！

| 鄧 貴 | 縣令啊！ |

    （唱）縣令且慢動怒容，
        事到臨頭三思行。
        李通陽安把兵領，
        我是他的老親翁！

| 趙 儼 | 好惱！ |

    （唱）老狗休誇根底深，

　　　　　　王子犯法同庶民。
　　　　　　不提李通還罷了，
　　　　　　提起李通加罪刑。
　　　　（白）鄧貴！老匹夫！本縣親奉曹將軍之托，只知法紀森嚴，任你有高親貴戚，那李通也奈何我趙儼不得！

鄧　貴　這個？……
　　　　（內喊：李都尉駕到！）
許　常　李都尉駕到。
趙　儼　啊！？那李通他，他，他果然來了？
許　常　正是。
趙　儼　想他此來，定是以上壓下，要我徇私枉法，密案准情。也罷！今天倒要叫他看看我趙儼的爲人。
李　通　（上，唱）亭長被執作犯囚，
　　　　　　　岳母夫人鬧不休！
　　　　　　　方與曹公圖大事，
　　　　　　　豈肯徇私把情求？
　　　　　　　來此已是縣衙口，
　　　　　　　見了趙儼說情由。
　　　　（白）崔彪速快轉稟！
崔　彪　哪個在？往內傳稟，李都尉駕到！
許　常　是。稟老爺，李都尉來在堂口，要見老爺。
趙　儼　（笑）傳話出去，就說上司到來，本當恭迎請教，怎奈要事在身[2]，無暇接待。單等明日，登門謝罪。
許　常　是……
王師爺　且慢，老爺，李都尉乃頂頭上司，今日不見，誠恐……
趙　儼　大膽！多嘴！（對許常）快去傳話！
許　常　是。回稟周都尉，我家老爺言講：上司到來，本該恭迎候教，怎奈要事在身，無暇接待。單等明日登門謝罪。
李　通　啊呀！
　　　　（唱）趙儼今日不接待，
　　　　　　　定是爲我講情來，
　　　　　　　這團疑雲若不解，

人前笑我太無才。

（白）再去傳話，就說我也爲了要事相見。

崔　彪　小小縣令，這大架子，就說我家大人，一定要見！

許　常　是！稟老爺，李都尉二次傳話，一定要見。

趙　儼　啊！是我及早審理此案，原爲避免人情絮叨，不料他偏偏與我作對。許常，再去傳話，道我正在陛堂審案，今日實難相見。

（兩次傳話，堂上的人，各有相當表情）

許　常　是。回稟都尉，我家老爺言講，正在陛堂審案，一定不能相見。

李　通　啊呀！……趙儼哪，趙儼！你今一再不肯相見，縱有爲難之處，叫我李通顏面置於何地呀？

崔　彪　就該闖了進去！

李　通　哦！闖了進去？

（崔彪作欲闖進介）

李　通　且慢！哦，哦，是了。定是賤人冒了我的名諱，以官挾勢，惹怒趙儼。我若闖進強見，難免落人恥笑。也罷，待我去找賤人，回來說個明白。帶馬！

（唱）趙儼執意不肯見，

　　　定是賤人惹禍端。

　　　適纔花言巧遮辯，

　　　今番與你臉無顏。

（上馬急下，劊子手暗上）

許　常　（望之下，點頭示李通，又示趙儼，豎拇指，進介）稟老爺，李都尉去了。

趙　儼　呵哈……

（唱）李通做事欠思量，

　　　縣衙自討臉無光。

　　　非是趙儼多莽撞，

　　　爲官首要振紀綱。

鄧　貴　（背弓）哎呀且住，趙儼爲人，剛強忒甚，我還須善自應付；如若不然，權且應在身旁，然後慢慢設法。（對趙儼）老爺呀！卑職年邁糊塗，作事荒疏，終請恩典諒情！

趙　儼　爲何不請你那賢婿講情？

鄧　貴	還是老爺恩典!
趙　儼	我且問你,張成業可是你打死?
鄧　貴	是……是。
趙　儼	霸佔田産,私改稅率,可是真情?
鄧　貴	是……是真情。
趙　儼	當堂畫押!
鄧　貴	老爺諒情!
趙　儼	畫也不畫?
鄧　貴	(望王師爺,王師爺故作鎮定)我畫……我畫!(畫押)
張　亮	老爺,鄧貴既已招認,就請按律治罪!
王　剛 周　風 吳　俊	(同白)請老爺按律治罪!
趙　儼	好哇!

　　　　(唱)一見鄧貴畫了供,
　　　　　　件件罪狀屬真情。
　　　　　　吩咐兩旁劊子手,
　　　　　　押赴街頭問斬刑!

　　　(白)鄧貴呀,老匹夫! 是你任職亭長,二十餘載,知法犯法,罪惡多端,今日惡貫滿盈,難逃法網。劊子手!

劊子手	有。
趙　儼	將鄧貴押赴街頭,開刀問斬!
鄧　貴	求老爺緩刑!
趙　儼	綁了出去!

　　　(劊子手綁鄧貴,擁下)

趙　儼	(下堂,目送之)李都尉呀,李通! 如今案已發落,那怕你再來講情! (望王師爺)王師爺! 王師爺!
王師爺	(惶恐戰慄)呃……呃! 老爺。
趙　儼	你這是爲何哇?
王師爺	(更戰慄,然又故示鎮定)不,不怎麼樣……小人有這個病根兒。
趙　儼	本縣審判此案,你看公也不公?
王師爺	明見清晰,萬分公正。

趙 儼　這裏面還有你在內？

王師爺　此事與……與學生無干。

吳 俊　稟老爺，他是多年惡吏，與鄧貴俱是一夥。

趙 儼　本縣早有所聞，來！

許 常　有。

趙 儼　將他押進監牢，聽候審理。

許 常　是。

王師爺　(不走)老爺，小人……

許 常　(踢王師爺一腳)走吧，該你歇歇啦！(押下)

　　　　(劊子手上)

劊子手　鄧貴業已斬決！

趙 儼　呵哈！

　　　　(唱)鄧貴作惡多凶悍，
　　　　　　難逃國法綱紀嚴。(對衆衙役)
　　　　　　堪與你等作印鑒，
　　　　　　干犯法紀不容寬。(對張亮等)
　　　　　　豪民惡吏勿懼憚，
　　　　　　仗勢作惡就告官。

　　　　(白)去吧。

張 亮　(唱)多謝老爺清明斷，

王 剛
周 風　(同唱)回家好好務莊田。(同笑……下)
吳 俊

趙 儼　(回身取請帖)(接唱)

　　　　　　桌案取來一請柬，
　　　　　　請都尉飲宴到衙前。

　　　　(白)許常，這是請帖一紙，請李都尉過衙飲宴。退堂。

　　　　(衆人同下)

校記

［1］也不能與他善罷甘休："甘"，原作"干"，據文意改。下同。

［2］怎奈要事在身："要事"，原作"要公"，據文意改。

第 七 場

李　通　（內唱）適纔路過大街上，（急上）
　　　　　　　兩旁人等鬧嚷嚷。
　　　　　　　交頭接耳把話講，
　　　　　　　激憤怒容嘆聲長。
　　　　　　　莫不是議論鄧亭長，
　　　　　　　橫行鄉里欺善良？
　　　　　　　趙儼為官堪誇獎，
　　　　　　　公正廉潔義氣強。
　　　　　　　莫非又把我誹謗，
　　　　　　　縱然家人犯紀綱？
　　　　　　　親身去至縣衙往，
　　　　　　　碰壁而還臉無光。
　　　　　　　思來想去心悶悵，（下馬介）
　　　　　　　怨賤人作事不商量。（進門介）
　　　　（劉氏、鄧氏迎上）

劉　氏　姑老爺回來了？
鄧　氏　老爺回來了？
李　通　（一把抓住鄧氏）賤人！
鄧　氏　老爺，這是為何？
李　通　你去縣衙，講說何來？
鄧　氏　老爺見過老太夫人，想是已經明白，何必再問？
李　通　快快講出實話，還則罷了。如其不然，今日定不與你干休！
鄧　氏　啊！老爺，那趙太夫人，她，她講說何來？
李　通　賤人！
　　　　（唱）方纔去把趙儼找，
　　　　　　　執意不見為哪條？
　　　　　　　滿衙人等將我笑，
　　　　　　　為官清名一旦拋，
　　　　　　　此事令人多氣惱，

不講實話命難逃！

（白）今日若不從實講來，我這懷中寶劍，（抽出示鄧）定要將你斬首！（以劍擲地）

鄧　氏　（向前，欲有申述，白）老爺，老爺！爲妻冤，冤……

李　通　賤人！（一脚踢之倒地）

劉　氏　哈哈！好你李通！亭長遭此大難，特地請你搭救，是你忘恩負義，非但不肯講情，反要殺害我兒，老身與你拼了！（以頭撞李通）

鄧　氏　（已起，急拉劉氏）母親使不得，母親使不得！

劉　氏　真真氣煞人也！

鄧　氏　母親呀！

　　　　（唱）母親不必和他辯，
　　　　　　天大禍事兒承擔。（對李通）
　　　　　　夫君道妻把罪犯，
　　　　　　就該明白講面前。

李　通　賤人！

　　　　（唱）趙儼惱怒不容見，
　　　　　　李通爲你碰壁還。

鄧　氏　（唱）縣令錯把你怠慢，
　　　　　　就該問他何根源？

李　通　（唱）不必再問理淺顯，
　　　　　　怕見求情的上司官。

鄧　氏　（唱）求情與否全在你，
　　　　　　那怕別人生疑端？

李　通　（唱）真情實況誰看見，
　　　　　　人言可畏自古傳。
　　　　　　官官相護惡習慣，
　　　　　　你冒名罪過不容寬！

鄧　氏　（唱）冒名證據今何在？
　　　　　　拿將出來爲妻觀。

李　通　（唱）趙儼態度是證見，
　　　　　　再想隱瞞難上難！

鄧　氏　（唱）如不然三曹去對案，

縱然一死也心甘。

李　忠　（拾劍還李通）老爺，夫人所講正是，就該同去縣衙質對。

李　通　原要你三曹對案！（還劍入鞘）帶馬！

劉　氏　去不得，去不得！

（劉氏拉鄧氏，鄧氏推倒劉氏，李通、鄧氏、崔彪同下）

（劉氏望之下，轉身）

鄧　祥　（急上）夫人，大事不好了！

劉　氏　何事驚慌？

鄧　祥　亭長被斬身死！

劉　氏　怎麼講？

鄧　祥　被斬身死！

劉　氏　哎呀！

（【叫頭】，唱）聽罷言來肝腸斷！

（白）亭長，員外呀！

（接唱）市曹問斬實可憐。
　　　　事到臨頭無人管，
　　　　高親貴戚也等閒。
　　　　鄧祥隨我去收殮，
　　　　主僕一同奔街前。

（同下）

第 八 場

（李通、鄧氏、崔彪、李忠、許常分上）

許　常　迎接都尉大人。

李　通　罷了。稟報你家老爺，就說李都尉拜見。

許　常　是。（進門介）

李　通　崔彪，將夫人領至監獄，聽候傳訊。李忠，少不了還要你作證。

（崔彪、鄧氏、李忠同下）

許　常　請老爺！

趙　儼　（上念）斬却惡霸人稱快，治平三要勤正嚴。

（白）何事？

許　常　李都尉駕到。
趙　儼　有請。（吹牌子）都尉！
李　通　縣令！
趙　儼　請到衙內！請！
李　通　請。（同進分坐介）
趙　儼　午前陞堂審案，未便迎接大人，怠慢之罪，萬祈海涵！
李　通　豈敢。縣令勤政體民，實堪欽佩！
趙　儼　過獎了。大人到來，下官有一事不明，當面領教！
李　通　有話請講。
趙　儼　本縣有一土劣小吏，受賄買法，私改稅率，阻撓田政，打死良民，不知該當何罪？
李　通　依貴縣高見？
趙　儼　依下官看來，本該處決，怎奈他任職年久，同類不少，這且莫言；此人還有一至親，官高勢大，縱容庇護，因而下官甚感棘手。
李　通　（背面自忖）官官相護，自古皆然。縣令就該高抬貴手，諒情一二。
趙　儼　怎奈法令森嚴，苦主不肯罷訴。
李　通　縣令也知法令森嚴，小民疾苦麼？
趙　儼　身爲親民之官，焉能不知？
李　通　就該依法判處。
趙　儼　下官不敢作主。
李　通　怕着何來？
趙　儼　怕他那至親高官。
李　通　這就是你的不是了。豈不知王子犯法，庶民同罪，知法犯法，罪加一等！
趙　儼　依都尉講來，此人該當何罪？
李　通　輕者斬首，重者凌遲。
趙　儼　謝過都尉！
李　通　這謝爲何？
趙　儼　下官大膽，把他斬決了！
李　通　哦！怎麼說，已經處斬了？
趙　儼　正是。
李　通　貴縣的明斷！

趙 儼　豈敢，都尉過獎。

李 通　（自忖）那位仗勢求情的至親高官，你又把他怎麼樣了？

趙 儼　尚未處理。

李 通　爲着何來？

趙 儼　此人先前不曾出面，着令他的夫人來訪家母，探聽口氣，縱容家人行賄賣法。見事不成，他纔探訪縣衙。

李 通　你可曾接見於他？

趙 儼　下官又大膽擋駕了！

李 通　這又是你的不是了。

趙 儼　怎見得？

李 通　我且問你，定罪判案，憑着何來？

趙 儼　真贓實犯。

李 通　着哇，既要真贓實犯，就該迎他到衙，看他如何行賄賣法，你怎麼反倒拒見擋駕？

趙 儼　這……只怕見面，反爲不便。夫人訪衙，家院行賄，鐵證已足，何須其他。

李 通　諒也未必？

趙 儼　定然無疑。

李 通　審判如何？

趙 儼　尚未緝拿歸案。

李 通　又爲何來？

趙 儼　下官不敢？

李 通　怕着何來？

趙 儼　此人上馬管軍，下馬管民，下官誠恐惹他不起！

李 通　縱是皇親國舅，諒他也難逃法網！但不知是哪一家？

趙 儼　小人不敢講。

李 通　本尉與你作主。

趙 儼　此人非他。

李 通　他是哪個？

趙 儼　他……

李 通　他到底是哪一個呢？

趙 儼　就是李都尉！

李　通　怎麽?! 是我?

趙　儼　正是都尉。

李　通　呵呵,哈哈……講來講去,講到本尉頭上來了。縣令!本尉不曾犯罪,只怕縣令倒犯了錯怪好人之罪了。

趙　儼　差遣夫人拜衙,縱容家院行賄,何言無罪?

李　通　我且問你,何時拿的鄧貴?

趙　儼　昨天傍晚。

李　通　拙荆何時拜衙?

趙　儼　今日清早。

李　通　你這朗陵去我陽安多少路程?

趙　儼　百里之遥。

李　通　往返需要多少時辰?

趙　儼　一日一夜。

李　通　着哇!鄧貴昨日傍晚犯案,拙荆今日清晨拜衙,一夜之間,本尉遠在陽安,焉能知曉?縱然知曉,差遣妻子前來,又焉能於今晨趕到哇?

趙　儼　這個……

李　通　所云家院行賄,但不知是何人家院?

趙　儼　不是李府,便是鄧家。

李　通　我那拙荆與家院俱已帶到,縣令就可陞堂審問。

趙　儼　少時自然要問。……大人!講來講去,都是下官的不是。午前大人駕臨敝衙,一再要見下官,如非爲了講情,是來做甚?

李　通　你問的是這,哈……

　　　　(唱)縣令休把人錯怪,

　　　　　　爲你解除顧慮來。

趙　儼　怎麽?爲下官解除顧慮而來?

李　通　本尉正在駐馬店巡查屯田,聞知拙荆將要進衙拜訪令堂,本尉怕她假借名義,仗勢求情,又恐貴縣猜疑本尉唆使,故而趕來說明原委,免招誤會;不料誤會反由此而生,貴令大發雷霆,一再拒見,本尉落得碰壁而還!

趙　儼　如此,又是下官莽撞了。

李　通　乃是貴令的嚴正也!

|趙　儼|（唱）貴令剛強多嚴正，
　　　　品高不與常人同。
　　　　不懼權勢堪欽敬，
　　　　從此樹立廉吏風。

趙　儼　大人！
　　　　（唱）蒙承都尉多誇獎，
　　　　才學淺陋不敢當，
　　　　但願不負民仰望，
　　　　同心協力定家邦。

李　通　好哇！
　　　　（唱）縣令此話講得好，
　　　　倒叫李通喜眉梢。
　　　　君子相交貴以道，
　　　　願結蘭盟金石交。

趙　儼　（唱）高風亮節同心照，
　　　　且請後堂飲羊羔。
　　　　（白）多蒙都尉不棄，願結蘭盟。請至後堂，見過家母。痛飲三杯。

李　通　明日把仁兄德政，奏明上司，討來封賞，那時少不了還要吃仁兄幾杯。

趙　儼　賢弟不以私害公，大義凜凜，上司必然也要嘉獎。

李　通　如今天下混亂，豪傑爭雄，我等俱是新到曹將軍帳下，理當盡力報效，以圖前程。

趙　儼　但願如此！

崔　彪　（上）稟大人，夫人已在監獄等候多時。

李　通　帶上堂來！

趙　儼　爲何又要帶上堂來？

李　通　問她一個假借名義，仗勢求情之罪！

趙　儼　實則夫人並未假借名義，仗勢求情，不過探聽口氣，觀察風色而已。

李　通　私訪縣衙，也該有罪。

趙　儼　如此，愚兄就不便多口了。

李　通　叫她到老夫人堂前賠罪。

崔　彪　是。（下）

趙　儼　請至後堂。
李　通　請。正是：
　　　　（念）亂世執法須嚴正,清廉果斷數仁兄。
趙　儼　（對李通）私不廢公堪欽敬,何愁政令不暢行？請。
　　　　（同下）

　　　　　　　　　　　　　　　　　　　　　　　——劇終

鳳凰二喬

阿甲 翁偶虹 編劇

解 題

　　京劇。阿甲、翁偶虹編劇。阿甲(1907—1994)原名符律衡，曾用名符正，江蘇武進人。自幼喜愛京劇，曾參與票房演出。1938年，任延安魯藝實驗劇團平劇研究班編導，後任延安平劇研究院研究室主任。1948年任華北平劇研究院副院長。1949年4月以後，歷任文化部藝術處副處長、中國戲曲研究院副院長、中國京劇院名譽院長、中國戲劇家協會副主席、中國藝術研究院顧問、戲曲理論博士生導師。編著有京劇《宋景詩》、《赤壁之戰》(合作)、《鳳凰二喬》(合作)、《安源罷工》、《白雲紅旗》、《柯山紅日》(合作)及《戲曲表演論集》《論戲曲表演藝術》《生活的真實和戲曲表演藝術的真實》等。翁偶虹(1910—1994)，原名麟聲，筆名藕紅、偶虹，北京人。初學京劇，以票友登臺。1935年任中華戲曲學校戲曲改良會主任，曾爲程硯秋、金少山、葉盛蘭、葉盛章、李世芳編寫劇本。曾任中國京劇院(今國家京劇院)藝委會委員、編劇，一生編戲118齣，演出80餘齣。出版有《翁偶虹戲曲論文集》《翁偶虹編劇生涯》《翁偶虹劇作選》及散文集《北京話舊》等。該劇《中國京劇藝術百科全書》著錄，題《鳳凰二喬》，署翁偶虹編劇。《京劇劇目辭典》著錄，題《鳳凰二喬》，署阿甲、翁偶虹編劇。劇寫東漢末年，群雄並起，江東嚴白虎自稱東吳德王，建都吳郡。嚴以武力脅迫會稽、丹陽、烏程、豫章四郡太守結盟歸服。丹陽喬玄，爵高國老，告老還鄉。喬玄有二女，長名靚，稱大喬；次名婉，稱小喬，能文能武，爲重整基業，招納天下賢才，令二女把守鳳凰寨。嚴白虎欲請喬玄出山爲丞相，納二喬爲妃，遭喬玄拒絕。孫策在袁術部下爲將，屢勸發兵剿滅嚴白虎，袁術拒而不聽。孫策遂以傳國玉璽爲質，向袁術借兵三千，開闢江東。軍無糧草，向丹陽鳳凰寨喬玄借糧，約舒城好友周瑜同往。喬玄願與孫策、周瑜合兵下江東，開創大業，又慧眼識英才，將大喬嫁與孫策，小喬嫁與周瑜。婚前大喬與孫策鬥陣，孫策刮目以待，而小喬以大局爲重，亦得周瑜欽敬。婚禮剛成，嚴白虎派兵到鳳凰寨，欲搶奪二喬。孫策命黃蓋、喬嶠打頭陣，周瑜、喬玄守寨，並派人知會四郡太守，合兵一處。孫策、大喬率衆大破嚴兵，刺死嚴白虎。本事出於《三國志・吳書・孫策傳》與同書《周瑜傳》以及注引《江表傳》、《三國演義》第十五回。清傳奇嘉慶本《鼎峙春秋》有《質璽借兵》一齣，近現代京劇有京劇《鳳凰臺》《周瑜》。該劇據京劇《鳳凰臺》改編，有1959年北京出版社出版的《鳳凰二喬》單行本。今據以收錄整理。該劇1960年由中國京劇院二團首演。

第 一 場

（【急急風】，衆兵士、四將——嚴輿、周昕、崔翀、潘鬬站門。四大旗引嚴白虎上，後一大纛上寫"東吳德王"。四大旗在臺口分開，嚴白虎一亮）

嚴白虎 （快【點絳唇】）
　　　　雄兵浩蕩！
衆　將 參見大王。
嚴白虎 站下！
　　　　（接念）自立爲王，
　　　　　　誰敢不尊仰！
　　　　（吹打。嚴白虎上高臺）
嚴白虎 （詩）大地山河擺戰場，
　　　　　　虎踞吳郡自稱王。
　　　　　　江東半壁歸某掌，
　　　　　　指日群雄盡歸降。
　　　　某，東吳德王嚴白虎。圖霸江東，建都吳郡。只有會稽、丹陽、烏程、豫章四路，未曾降服。今日操演人馬，邀那四郡太守前來，看看某的軍威，叫他們不戰而降。已命軍師，前去邀請，未見回報。
　　　　（王瓊上）
王　瓊 （念）雄師百萬衆，四郡敢不從！
　　　　啓大王：四郡太守到。
嚴白虎 嗯……下一個"請"字，叫他們自來參拜。

王　瓊	遵旨。——有請。
	（吹打。會稽太守王朗、丹陽太守徐炎、烏程太守徐凌、豫章太守張煥同上）
四太守	（同）啊，大王……
嚴白虎	嗯！有話少時再談。
王　瓊	是啊，操演之後，有話再談。
嚴白虎	御弟聽旨。
嚴　輿	在。
嚴白虎	今日操演人馬，必須要鎧甲整齊，刀槍閃光，龍騰虎嘯，氣吞長江。與我開操！
嚴　輿	得令。——眾將官，開操！
	（眾兵士兩邊上，操演，畢）
嚴白虎	哈哈！哈哈！啊哈哈哈……
嚴　輿	各歸隊伍。
嚴白虎	列位太守，觀看孤家兵勢如何？
王　朗	我觀大王兵勢，稱得是人如虎，
徐　炎	馬如龍。
徐　凌	好煞氣！
張　煥	好威風！
四太守	（同）天下無敵，威震江東。
嚴白虎	怎麼講？
四太守	威震江東。
嚴白虎	啊哈哈哈……既知威震江東，某當施仁德之心；就在四郡境內，安駐人馬，保全爾等。
四太守	這……
徐　炎	啊大王，我等雖屬彈丸之地，尚能保境安民，何勞大王興動人馬，如此費心！
四太守	（同）我等擔當不起。
嚴白虎	住口！孤好心與爾等同結盟好，怎奈爾等不識抬舉。今後若不來往，只是孤的大兵一到哇……
	（這時王瓊拿着盟單和筆等待着，又是立逼着）
四太守	我等願結盟好。

嚴白虎　好哇！從今以後，孤王人馬，分紮四郡，(鑼)就地籌糧，(鑼)郡內兵旅，統歸孤王節制！(鑼)就此立盟！

（吹打，香案抬上，四太守在香案前輪流畫押）

四太守　我等告辭了。（黯然銷魂而下）

探　子　(上)啓禀大王：今有丹陽喬玄，招募義軍，自立鳳凰寨，特來報知。

嚴白虎　知道了。

探　子　啊！(下)

嚴白虎　哈哈！哈哈！啊哈哈哈……

王　瓊　啊大王，爲何發笑？

嚴白虎　丹陽喬玄，人稱國老，此人德隆望重，如今自立鳳凰寨，這個老兒雄心勃勃，倒有些不服老。好，將他請來輔佐孤家，以收衆望。

王　瓊　好好好！大王若是招納喬玄，小臣正有一計獻上。

嚴白虎　有何妙計？

王　瓊　喬玄有兩個女兒，長女喬靚，人稱大喬，精通武藝；次名喬婉，人稱小喬，飽讀兵書。此二女者國色天香也。大王何不納二喬爲妃，自得泰山之助啊？

嚴白虎　好，就命你準備厚禮，會同丹陽太守徐炎前去。他若不從，兵進丹陽。

王　瓊　遵旨。

嚴白虎　既得姜呂望，

王　瓊　又來二鳳凰。

嚴白虎
王　瓊　(同)哈哈哈……

（王瓊下）

嚴白虎　回操！

嚴　輿　回操！

衆　　　(同唱)【北朝天子】

　　　　　遍江南，獨我尊。
　　　　　氣凌雲，湖海吞！
　　　　　看威風四海聲名震，
　　　　　鳳儀丹庭，納娥皇、女英。
　　　　　致聖德，學堯舜，

致聖德，學堯舜。

（衆同下）

第 二 場

喬　玄　（內）嗯哼！（上）
　　　　（念）老夫耄矣，心不老，要與少年試比高。
　　　　（詩）干戈四起無時休，
　　　　　　一人爭霸萬民愁；
　　　　　　英雄立舉擎天手，
　　　　　　掃盡狼烟定春秋。
　　　　老夫喬玄。世居丹陽，爵高國老，只因年邁，告老還鄉；怎奈刀兵四起，風雲變幻，因此老夫招納天下賢才，重整基業。膝下無子，所生二女，能文能武；這鳳凰寨有二女把守，老夫是高枕無憂矣！

（喬福上）

喬　福　啓禀家爺：吳郡王瓊備得一份厚禮，求見家爺。
喬　玄　王瓊？與他素無來往，說我不在莊中。
喬　福　還有本地太守徐大人陪同前來。
喬　玄　徐大人也來了。說我有請。
喬　福　有請。

（徐炎、王瓊上）

徐　炎　國老！
喬　玄　父母官！哈哈哈……

（同進門）

喬　玄　父母官到此必有所爲？
徐　炎　晚生無事不敢打擾，只因陪同吳郡王大人特來拜訪。——王大人，這就是喬公。
王　瓊　啊呀呀，老相國，久聞其名，未見其人。今日一見，其貌，如清風皓月；其品，如翠竹蒼松；眞乃仁壽之相也！啊呵，哈哈哈……
喬　玄　請坐。
王　瓊　有坐。

（同坐）

喬　玄　王大人，到此何事？

王　瓊　只因東吳德王，仰慕高賢，如饑如渴，特派晚生前來，恭請出山拜相。若承應允，猶如姜吕望八十遇文王，此乃江東之大幸哪！哈哈哈……

喬　玄　老耄無能，哪堪再步朝廊！

徐　炎　（念）常言老當益壯。

喬　玄　（念）朽木難當棟梁。

王　瓊　好好好，國老既然謙讓，請允喜事一椿。久聞令嬡兩鳳凰，有道是，良臣擇君而事，良禽擇木而栖。既是瑞鳥，當配神龍。此番去得吳郡，定是昭陽執掌。——來！將彩禮呈上來！

喬　玄　慢來慢來！小女無福享受，還請代辭德王。——來，將彩禮抬了出去！

王　瓊　咳咳！喬公，你要有遠見纔是啊！如今東吳德王，雄師百萬，戰將千員，懾服四郡，萬民景從；一手獨握江東，眼看席捲四海。真是呼嘯則長江倒流，叱咤則風雲變色。

喬　玄　喬福！槽頭上的驢兒，多加草料，不要這樣的長號怪叫。

徐　炎　喬公，你老人家還是應允了吧，如若不然，慢説你那兩個女兒，就是我這丹陽地面也難保安全。

王　瓊　是呀，大兵一到，朝夕難保……喬公，你不要敬酒不吃，吃罰酒，落得一場無趣呀！

喬　玄　怎麼，王大人你要吃酒？可惜備辦不及。——喬福，奉茶。

喬　福　送客！

王　瓊　啃！倒也乾净。——喬公，事要三思，免致後悔；今日不談了，改日再作商量，你我後會有期。

喬　玄　不送！

王　瓊　我們自己走。

大　喬　（内）兵士們，回莊啊！

徐　炎　二喬回來了。

王　瓊　我們不走了。

（四女兵、喬嶠、大喬、小喬同上）

王　瓊　二位小姐留步。恭喜二位小姐，賀喜二位小姐！

小　喬　你是何人？

大　喬	給我們姐妹道的甚麼喜哪？
王　瓊	下官王瓊。奉東吳德王之命，詔迎二位小姐作貴妃來了。
小　喬	狂徒無恥！
王　瓊	不要罵人。罵了我，就如同罵了嚴大王一樣！
大　喬	怎麼喳，你說的就是那個嚴白虎嗎？
王　瓊	正是東吳德王。
大　喬	嚴白虎這個人我倒是久仰啦。
王　瓊	是啊，我家大王，好威風，好煞氣！好似一只斑斕猛虎。如今屈駕求婚，真乃是不世之寵；今日迎小姐，明日拜貴妃；下官不才，與二位小姐賀喜！（拜揖）
大　喬	你可真會張牙舞爪。
王　瓊	確實如此啊。
大　喬	過來，過來，我有樣東西，你給嚴白虎帶回去。
王　瓊	哦，莫非小姐有甚麼表記相贈麼？（近前）
大　喬	不錯，正有表記相贈。過來，過來！（打王瓊嘴巴）給我走！
王　瓊	你打得好，你打得好……（同徐炎下）
	（大喬、小喬等同進入）
大　喬	參見爹爹。
喬　玄	你們回來了？
大　喬	回來啦。王瓊被孩兒給打跑啦。
喬　玄	怎麼，王瓊被你們打跑了？
大　喬	嗯。
喬　玄	打得好，打得好！只是……那嚴白虎興兵前來，鳳凰寨寡不敵衆，如何是好？
喬　嶠	（叫頭）老爺爺！咱們鳳凰寨，人人是好漢，個個是英雄，有大小姐這樣的好師傅，又有我這樣的好徒弟，還有老爺爺您一肚子的老八卦，不用說是嚴白虎，就是金剛杵，也叫他吃不了兜着走！
喬　玄	小小年紀，不要說大話呀！
喬　嶠	嗐！爺爺，你不要長他人的志氣，滅咱們的威風呀！
喬　玄	要長自己的志氣，滅他人的威風。
喬　嶠	這就對啦。
喬　玄	有心胸！

喬　嶠　本來有心胸！
喬　玄　兒呀！這個娃娃雖然年幼，你要好好教導於他，後生可畏呀！
大　喬　是。
喬　玄　好，這鳳凰寨安危，就交付爾等了。
喬　嶠　没錯兒，您就交給我們啦。管保萬無一失。
喬　玄　怎麽，萬無一失？
大　喬　嗯，萬無一失。
喬　玄　哦，萬無一失。
小　喬　是啊，萬無一失！
喬　玄　鳳凰寨的威風不小呀，啊哈哈哈……
　　　　（唱）【西皮流水板】
　　　　　　小喬兒温文讀詩篇，
　　　　　　大喬兒豪氣薄雲天。
　　　　　　還有個喬嶠小好漢，
　　　　　　翻江倒海不怕難。
　　　　　　嚴白虎江東爲禍患，
　　　　　　我父女豈肯附腥羶；
　　　　　　話不投機顏色變，
　　　　　　逐走王瓊回江南，
　　　　　　今後難免起禍端。
　　　　　　鳳凰寨雖然把兵練，
　　　　　　敵衆我寡難以周全。
　　　　　　老夫耄矣無才幹，
　　　　　　但願得育英才，納高賢，
　　　　　　廣羅虎質龍文好少年。
　　　　　　願將紅珠繫紅綫，
　　　　　　騰龍起鳳闖江山。
大　喬　兵士們，緊守寨門去者！
四女兵　啊！
　　　　（衆同下）

第 三 場

（孫策上，趟馬）

孫　策　（詩）明月照濁流，
　　　　　　不改月色清；
　　　　　　孤松盤曲徑，
　　　　　　不改松性貞。
　　　　　　天地生孫策，
　　　　　　再把天地生。
　　　　　　不憚饒舌諫——

袁　術　（內）眾將官，射獵去者！

孫　策　（接念）馬前去請纓。
　　　　（牌子，兵士、黃蓋、程普、呂範、袁術上，後隨傘蓋上）

袁　術　前道爲何不行？

兵士甲　孫將軍求見。

袁　術　人馬列開。

兵　士　啊。

孫　策　孫策參見元帥。

袁　術　罷了。孫策侄兒，你來得正好。試爾穿楊箭，射獵來消遣。——弓箭伺候，弓箭伺候！

孫　策　且慢！元帥以有用之身，當作有爲之事，如今江東動蕩，正好用兵，怎能終日遊山玩水，行圍射獵，豈是興邦之道！

袁　術　不然，不然。豈不聞：人生七十古來稀，前除幼年後除老，中間光景不多時，追歡行樂須及早！

孫　策　啊元帥……

袁　術　不談了，不談了。——來，催馬！
　　　　（眾引袁術，起【合頭】下）

呂　範　孫將軍，你且往明堂等候，我自有妙法，催促元帥早些回獵，有話再講不遲。（下）

孫　策　多謝呂先生。
　　　　（呂範下）

孫　策　噫！看袁術優柔寡斷；苟安偷生，好不令人焦躁也！
　　　　（唱）【西皮摇板】
　　　　　　他那裏圖安寧恣意歡樂，
　　　　　　俺定要挽住了東海逝波。
　　　　（起【抽頭】，孫策拉馬下）
　　　　（接【抽頭】，兵士、呂範、袁術上）
袁　術　（唱）【西皮摇板】
　　　　　　罷圍場回明堂再尋歡樂，
　　　　　　下盤棋賭酒喝博一個醉顏酡。
　　　　安棋、擺酒！
　　　　（牌子。兵士下。兩旗牌上，設棋、擺酒。袁術與呂範對坐下棋）
　　　　（牌子住）
袁　術　呂先生，適纔本帥郊外射獵，乃是演武；如今下棋乃是習文，怎說不是興邦之道呀！
呂　範　元帥，想這下棋、射獵，若是消遣則可；若把它當作興邦之道則不可啊。
袁　術　哎！你怎麼也來了！來來來，下棋，下棋！
　　　　（二人下棋）
　　　　（孫策上）
孫　策　（念）雄韜如龍虎，躍躍在心頭。
　　　　參見元帥。
袁　術　（目注棋盤）孫策侄兒，你來得正好，你看本帥我這馬後炮。（舉起棋子）打！（得意）哈哈哈……！
孫　策　元帥，休要紙上談兵，應在沙場決鬥。孫策不才，願請一支將令，操演勁旅，爲元帥效勞！
　　　　（袁術神注下棋，未答覆）
孫　策　元帥，孫策願請一支將令，操演勁旅，爲元帥效勞！
袁　術　（舉起棋子）過河。
孫　策　（以爲他同意渡江去打嚴白虎，興奮地應聲）過河正好，如今那嚴白虎……
袁　術　哎，甚麼嚴白虎啊，本帥講的乃是卒子過河，哪個叫你過河去打嚴白虎啊！不要魯莽！

呂　範　啊元帥,想那嚴白虎乃心腹之患,理當先發制人;孫將軍操演勁旅,正其時也。
袁　術　不然,不然。用兵之道,各有奧妙不同。我的人馬乃是王道之師,不殺人的,又何必操練哪!
孫　策　元帥,有道是:仁義之師,秋毫無犯。正要軍紀嚴明,怎能不嚴加操練?
袁　術　(注視下棋)跳馬!
孫　策　元帥。
袁　術　跳回來。
孫　策　元帥。
袁　術　再跳回來。
孫　策　哎呀元帥呀!用兵之道,久安則疲,多促則振。
袁　術　哎呀哎呀!你把本帥我都鬧糊塗了,我的孫將軍!(仍下棋)我再跳個窩心馬。
呂　範　啊元帥,這局棋,元帥你輸定了哇!
袁　術　怎見得?
呂　範　只求自保,不求進攻,豈不是輸定了嗎!
孫　策　着啊,元帥三復斯言。
袁　術　唉!將軍呀!
　　　　(唱)【西皮搖板】
　　　　　　聖人云治天下仁義爲本,
　　　　　　動干戈行霸業叛道離經。
　　　　　　孫將軍血氣盛你不明先訓,
　　　　去吧!
孫　策　咳!
　　　　(孫策下)
　　　　(【啞笛】。二人仍下棋)
呂　範　元帥,這局棋……
袁　術　這局棋,這局棋我輸了!
呂　範　罰酒,罰酒……
袁　術　嗯,好,罰酒,罰酒。
　　　　(接唱)

輸了棋贏了酒原無輸贏。

老呂，我是有意飲酒，故意輸棋，此乃欲擒先縱之術也。哈哈哈……

（旗牌奉酒）

（孫策上）

孫　策　參見元帥。

袁　術　你怎麼又來了！

孫　策　非是孫策饒舌，適纔聞報，嚴白虎欺壓四郡，衆叛親離，乘虛攻之，渠魁可滅！

袁　術　哎！壽星曲兒，還是老調。孫將軍，我對你講，嚴是嚴，袁是袁，他幹他的，我幹我的；他不犯我，我又何必去犯他呀！

孫　策　元帥，嚴白虎狼子野心，必來侵犯。元帥就該聯合各郡，大舉興邦，席捲江東，大展鴻圖。

袁　術　哎呀，動不得，動不得！豈不聞：君子獨善其身。聯合各郡，麻煩多，好處少。況且，嚴白虎並不曾犯我，我若聯合各郡，豈不是燒香引鬼！

呂　範　啊元帥……

袁　術　好了，好了。發兵不行，吃酒現成。請！哈哈哈……

（唱）【山歌】

　　　從來君子當禮讓，

孫　策　元帥，嚴白虎犯我壽春，又當如何？

袁　術　（接唱）讓他幾陣又何妨！

孫　策　元帥，你把大業耽誤了。

袁　術　（接唱）長城萬里今猶在，

　　　　　不見當年秦始皇！（醉倒）

（呂範與旗牌扶袁術下）

（閉二幕）

孫　策　豈有此理！（小圓場）

（程普、黄蓋迎上）

程　普
黄　蓋　公子！

孫　策　可惱啊可惱！

| 程　普 |
| 黃　蓋 | 啊，公子爲何這等煩惱？

孫　策　（叫頭）二位將軍！我等寄居袁術帳下，指望輔佐於他，興邦立業，誰想他苟安偷生，不圖上進。適纔俺三諫袁術，請纓出征，誰知這老兒呵！

　　　　（唱）【泣顏回】
　　　　　　苟安圖自保，
　　　　　　激得俺餘忿難消！

程　普　公子！君子有過，猶如日月之蝕，公子休得負氣，耐心輔佐方好。

黃　蓋　老將軍此言差矣！

　　　　（唱）【西皮散板】
　　　　　　破虜將軍是英雄，
　　　　（轉）【快板】
　　　　　　公子豈能墜家聲？
　　　　　　壯志雄心實可敬，
　　　　　　大好江山待題名。
　　　　　　意志不投，尋他徑。
　　　　　　你我當催馬加鞭相助把功成。
　　　　　　說甚麼忍耐須待命，
　　　　　　大丈夫珍重那錦繡前程！

程　普　呀！

　　　　（唱）【西皮搖板】
　　　　　　句句猶如春雷震，
　　　　　　頓覺黑髮又新生。
　　　　　　公子快把良謀定——

孫　策　孫策若得三千人馬，定能平定江東。

程　普　公子啊！

　　　　（接唱）【西皮散板】
　　　　　　　你與他借人馬……

黃　蓋　　　定江東……

程　普
黃　蓋　（同接唱）

　　　　　　　虎躍龍騰。
呂　範　（暗上）好哇！
　　　　（唱）【西皮小導板】
　　　　　　　欲借人馬問呂範——
孫　策　呂範，你……
呂　範　公子啊！
　　　　（唱）【西皮散板】
　　　　　　　我有妙策獻君前。
（【叫頭】）公子！公子胸懷大志，三諫袁術，令人欽佩。呂範不才，早有附驥之心，願助公子一臂之力。（鑼）如今欲借人馬，開闢江東，真乃時機。我來問你，有件東西，可在公子身旁？
孫　策　何物？請講。
呂　範　聞得令先尊曾得傳國玉璽，此玉璽可在公子身邊？
孫　策　在，便怎麼樣？
呂　範　公子啊！袁術事事聽從天命，久想得此玉璽，以爲成帝之兆，你何不捧此玉璽作爲押質，向他借兵，這三千人馬，豈不唾手而得！
孫　策　這玉璽麼……
黃　蓋　嗳呀！興亡在人不在璽，死寶換得活寶來；戰馬踏出花世界！
呂　範　原物交還主人懷。
孫　策　好哇！待俺捧定玉璽，即刻進帳借兵。還望先生暗中相助。
呂　範　公子放心，此番他不但借你三千人馬，他還要派遣一名小卒，追隨公子左右！
孫　策　是哪一位？
呂　範　區區不才。
孫　策　多謝先生。（欲趨拜）
呂　範　公子啊！
　　　　（唱）【西皮散板】
　　　　　　　投其所好遂我願——
（呂範、孫策同下）
程　普
黃　蓋　哈哈哈……
程　普　（接唱）

	且待風雷震雲天。
黃　蓋	（接唱）
	麒麟有種是好漢，
	（孫策、呂範引兵士興奮地上）
孫　策	（接唱）
	果然借得人馬還。
黃　蓋	公子，三千人馬？
孫　策	整裝待發。
黃　蓋 程　普	好公子！
孫　策	好先生！
衆	（同笑）啊哈哈哈……
黃　蓋	就請公子傳令，兵發江東。
孫　策	且慢！袁術只借人馬，不發糧草，還須籌備一二。
呂　範	這却不難。此去江東，必從丹陽經過，丹陽喬玄自立鳳凰寨，頗有糧草；公子若能與他結盟，何愁糧草不足！
孫　策	好，我有一好友，姓周名瑜字公瑾，現在舒城居住。就煩公覆將軍，繞道約請，在丹陽鳳凰寨相會。
黃　蓋	遵命。正是：
	風虎雲龍齊耀彩，
	赤幘將軍又飛來！（下）
孫　策	衆將官！
兵　士	啊！
孫　策	聽我吩咐啊！（引衆同念【四邊靜】）
衆	（念）齊縱馬，紫霧開，
	英姿銳發展雄懷。
	要把天邊星斗摘！
	鵬摩天，龍入海，
	看一看，英雄氣派。（同亮相）
孫　策	兵發江東！
	（孫策引衆同下）

第 四 場

（周瑜、黃蓋打馬上）

周　瑜　（唱）【西皮搖板】
　　　　亂世紛紛何時休，
　　　　英雄談笑不發愁，
　　　　掌握時機休放走，
　　　　莫等閑白了少年頭。
　　俺，周瑜。孫策仁兄著人相約，兵定江東，來此已是江東地面。——老將軍，孫將軍人馬今在何處？

黃　蓋　現在鳳凰寨。

周　瑜　就此馬上加鞭！
　　　（唱）【西皮搖板】
　　　　我與孫策好朋友——
　　　　同聲相應展鴻猷。
　　（打馬，同下）

第 五 場

（大喬、小喬同上）

大　喬　（唱）【西皮原板】
　　　　惡草當途須刈剪，

小　喬　（接唱）剪草應防有蛇潛。

大　喬　（接唱）我自有芒碭斬蛇的崆峒劍，

小　喬　（接唱）休留毒焰在人間。
　　　　嚴白虎霸江東兵驕將悍，
　　　　鳳凰寨豈容他肆意橫蠻。

大　喬　（夾白）鳳凰寨有爹爹足智多謀，有你我姊妹能文能武，何怕那嚴白虎哪！

小　喬　（接唱）喬家兵須戒忌孤軍作戰，
　　　　必須要識英雄納賢士調度謹嚴。

大　喬	（夾白）言之有理。	
小　喬	（接唱）老爹爹論英雄頗有識見，	
	說道是成大業展經綸還看少年。	

（喬玄上）

喬　玄	（接唱）【原板】	
	笑徐炎鼠膽輩又來強勸，	
大　喬	（夾白）爹爹，他又説些甚麽？	
小　喬	（夾白）爹爹，他又説些甚麽？	
喬　玄	（接唱）還不是勸爲父將爾等送入深淵。	
大　喬 小　喬	（夾白）真乃妄想！	
喬　玄	（接唱）鳳凰寨抗强暴有備無患。	
大　喬 小　喬	（夾白）怕他何來！	
喬　玄	（接唱）二嬌兒愧煞鬚眉男兒漢，	
	老喬玄忙裏偷閑學少年。	
	掌中珠放異采豪傑入選——	
大　喬 小　喬	（夾白）爹爹又説起笑話來了。	
喬　玄	（接唱）選乘龍擇佳婿怎説笑談！	

（喬嶠上）

喬　嶠	啓禀老爺爺：莊外有一支人馬，直奔我莊而來。
喬　玄	可有旗號？
喬　嶠	並無旗號。
喬　玄	再去打探。
喬　嶠	是。
大　喬	慢着！不用打探，定是那嚴白虎興兵前來，待女兒迎頭痛擊，打他個落花流水！
喬　玄	噯！問個明白……
大　喬	爹爹休管。——喬嶠，帶兵出莊。
喬　嶠	是啦。（同大喬下）

（喬福上）

喬　福		啓禀家爺：莊外那支人馬，從壽春而來，爲首之人，乃江東孫策。
喬　玄 小　喬		哦，孫策。
喬　玄		就是那破虜將軍之子孫策麽？
喬　福		正是此人。
小　喬		爹爹，快快出莊，阻止姐姐，千萬不可動手。
喬　玄		是啊！想孫策，乃當世英雄，他今此來必有公幹。——家院，快快帶路！
小　喬		爹爹速往。

（【掃頭】，分下）

第　六　場

（孫策引程普、吕範、兵士，大喬引喬嶠、兵士兩邊上。會陣）

孫　策		且慢動手，我們是借糧來的。
大　喬		哈哈！昨兒個來霸婚，今兒個來借糧，鳳凰寨就是這麽好欺負嗒嗎？
孫　策 吕　範		且慢動手。
喬　嶠		打他！

（喬福引喬玄上）

喬　玄		（攔大喬）打不得，打不得！
大　喬		怎麽打不得，怎麽打不得？
喬　玄		大英雄到了。
大　喬		甚麽大英雄到了？
喬　玄		孫策孫將軍到了。
大　喬		啊！……（退）
喬　嶠		師傅，怎麽不打了？
大　喬		喬嶠，別打了，咱倆打錯人啦。
喬　嶠		那怎麽辦哪？
大　喬		回去吧！
喬　嶠		回去？哎，來得猛，收得快，得啦，回去吧！（隨大喬、兵士下）

喬　玄　啊，孫將軍，老朽這廂有禮了。
孫　策　豈敢！請問長者上姓？
喬　玄　老夫喬玄。
孫　策　哦，你就是喬國老喬伯父麼！
喬　玄　不敢，不敢。
孫　策　老伯父呀！小侄特來拜莊，怎奈……
喬　玄　哎呀，小女無知，我這廂賠禮了。
孫　策　這就不敢。
周　瑜　（內）孫仁兄慢走！
　　　　（周瑜同黃蓋上）
孫　策　公瑾弟！
周　瑜　孫仁兄！
孫　策　
周　瑜　（同）幸會呀，哈哈哈……
孫　策　這位是喬國老喬伯父。來來來，一齊拜見。
　衆　　參見國老。
喬　立　此位是……
周　瑜　周瑜。
呂　範　呂範。
程　普　程普。
黃　蓋　黃蓋。
喬　玄　哎呀呀，真是風雲際會，鳳凰寨增光不淺。來來來，請到莊中一敘。
孫　策　正要拜莊。——公瑾賢弟，隨我前往，列位莊外紮營。
　　　　（吹打。呂範、程普、黃蓋等，喬玄、孫策、周瑜等分下）
　　　　（連場。喬嶠拉乳娘上）
喬　嶠　媽，媽，聽我跟您說：剛纔我跟我師傅打仗去啦，打了半天，打錯人啦。
乳　娘　哎呀！怎麼打錯人了？
喬　嶠　不是嚴白虎。
乳　娘　是哪一個呀？
喬　嶠　叫，叫甚麼策。哦，姓孫叫孫策。人高馬大，回頭都到咱們這兒來啦，您去瞧瞧去吧。

乳　娘	好，好，我去看看，我去看看。（二人在暗處窺視）

（喬玄引周瑜、孫策上，大喬、小喬迎上）

大　喬 小　喬	參見爹爹。

（在讓坐間，喬嶠指孫策，乳娘注視，比式與大喬正是一對佳偶。又注視周瑜，問喬嶠，喬嶠搖頭不知，乳娘暗指周瑜與小喬又是一對佳偶，歡悦，暗下）

喬　玄	二位將軍來到敝莊，蓬蓽生輝，有失遠迎，當面恕罪。
孫　策 周　瑜	豈敢！今日得見尊面，乃三生之幸。
喬　玄	大家有幸。二位將軍，這是長女大喬，次女小喬。——這是孫策孫將軍，這是周瑜周將軍，你等見過。
大　喬 小　喬	二位將軍！
周　瑜 孫　策	二位小姐！
大　喬	不知將軍駕臨敝寨，有失遠迎。適纔在寨外我可太莽撞啦。
孫　策	豈敢！孫策來得倉猝，小姐休怪。
大　喬	不怪將軍，我太莽撞啦。
孫　策	孫策倉猝。
大　喬	我太莽撞啦。
周　瑜	這算何意啊？
大　喬	這個……
孫　策	還是孫策倉猝。
大　喬	哎呀，不怪將軍，還是我莽撞啦。
孫　策	我倉猝……
喬　玄	哎呀呀，這纔是不打不相識噢！哈哈哈……
周　瑜	啊國老，他二人爲何爭鬥起來？
喬　玄	將軍哪！

（唱）【西皮快板】

　　嚴白虎欲霸鳳凰寨，
　　差來王瓊狗奴才，
　　信口狂言難忍耐，

　　　　　將他逐出鳳凰臺。
　　　　　將軍此來出意外，
　　　　　倉猝之間動起手來！
　　　　　若知將軍們到敝寨，
　　　　　放號炮，寨門開，設儀仗，兩邊排，
　　　　　有老夫迎上來，如此風雲際會好不快哉！
周　瑜　原來如此。
喬　玄　將軍，聞得你在袁術帳下，頗爲重用，今日領兵何往？
孫　策　只因嚴白虎江東爲患，小侄三諫袁術，掃滅此賊，怎奈他優柔寡斷，苟安偷生。小侄以傳國玉璽爲質，借來兵馬要保定江東。
喬　玄　哦！怎麼？將軍你爲了借兵，將傳國玉璽付於袁術了嗎？
孫　策　興亡在人不在璽，死寶換得活寶來。
喬　玄　真乃大英雄也！
孫　策　豈敢！只因軍中缺少糧草，特來拜莊，還望國老多多賜教。
喬　玄　將軍但放寬心，軍中糧草，包在老夫身上。
孫　策　多謝國老！
小　喬　啊將軍，那嚴白虎聲勢浩大，但不知將軍是怎樣撲滅此賊？
周　瑜　想那嚴白虎欺壓四郡，衆叛親離，趁虛攻之，江東可定矣！
喬　玄　是啊。不知將軍帶來多少人馬？
孫　策　兵三千，馬五百。
喬　玄　哎呀，忒少了啊！
孫　策　兵在精而不在多。
喬　玄　豈不聞，韓信用兵是多多益善！
周　瑜　是呀，韓信用兵是多多益善哪！（向孫使眼色）
喬　玄　若不嫌棄，這鳳凰寨的人馬，供將軍驅遣如何？
孫　策　
周　瑜　承蒙相助，乃天賜也，多謝國老！（同拜）
喬　玄　快快請起。
大　喬　孫將軍，那嚴白虎恃強凌弱，爲患江東；將軍意欲聲討，實實令人欽佩。我大喬不才，願隨從將軍掃滅嚴白虎，再助將軍開基創業，不知將軍意下如何哪？
孫　策　啊小姐，嚴白虎的兵馬，乃烏合之衆，何足爲慮！承賜兵馬，於願足矣！何勞小姐同行？且看俺孫策馬到成功，獨定江東。

喬　玄　好大的口氣呀！

大　喬　將軍，你雖有大才，只是這鳳凰寨的人馬，是我親手教練，若論排兵布陣，還略有獨到之處。不是小看將軍，大喬若不同行，將軍一人統帥這支人馬，未必指揮如意，得心應手吧！

喬　玄　女兒說得對呀！

孫　策　哈哈哈……孫策熟讀兵書，深通戰策，若論排兵布陣，統帥三軍，俺孫策也有獨到之處。

大　喬　怎麼着？你說你熟讀兵書、精通戰略、排兵布陣、統帥三軍，頗有獨到之處？不才我倒要領教領教。

孫　策　願聞賜教。

大　喬　將軍，明日乃是元宵佳節。我在花園擺一陣勢，請將軍前來破陣，無非是拋磚引玉，不知尊意如何哪？

孫　策　俺孫策倒要班門弄斧，奉陪小姐。

大　喬　那麼我一定要請教。

孫　策　一定要奉陪。

大　喬　一定請教。

孫　策　一定奉陪。

喬　玄　好好好，明日乃元宵佳節，比武消遣，我們是以武會友，不可認真厮殺，還要打出個名堂來！

周　瑜　甚麼名堂？

喬　玄　穿花蛺蝶翩翩舞，點水蜻蜓款款飛。這叫作和風如意呀！

小　喬　呀！

（唱）【二六板】

　　　　看姐姐留青在眼角，
　　　　紅鸞光透紫雲霄。
　　　　此陣已伏結縭兆，
　　　　暗祝姐姐配英豪。
　　　　還有個多才公瑾英雄年少，
　　　　風雅更比孫策高，猶如小喬比大喬。
　　　　巧言何必細細講，

（轉）【快板】

　　　　　響鼓不用重重敲。
　　　　　留心觀察周郎貌，
　　　　　氣宇軒昂風格高。
　　　　　先讓姐姐乘龍配，
　　　　　再向那公瑾將軍吐情苗。
　　　　　運籌帷幄安排好，
　　　　　且把婚姻試略韜。
喬　玄　（唱）【西皮搖板】
　　　　　孫策大喬不相讓，
　　　　　待等明日定收場，
　　　　　大喬本領強，小喬智謀廣，
　　　　　幫孫策，助周郎，開基創業，旗鼓正相當。
　　　　　轉面再對將軍講——
　　　　將軍！
　　　　　不論勝敗，我自有主張。
孫　策　國老！
　　　　（接唱）元宵佳節擺戰場，
　　　　　　　消遣幾陣又何妨。
大　喬　（接唱）明日比武分勝敗——
　　　　陣上見！
　　　　（大喬同孫策分下，喬玄隨下）
周　瑜　（接唱）國老此舉欠思量。
小　喬　將軍何出此言？
周　瑜　小姐呀！適纔孫仁兄一時失言，惹得令姐要擺陣比武，國老不但不從中阻攔，反而助長他們，只恐此事……
小　喬　怎樣？
周　瑜　有些失算了。
小　喬　啊將軍，我爹爹與我家姐姐，不過是逢場作戲。將軍乃是聰明之人，難道說還看不出來我爹爹的心意麼？
周　瑜　小姐，國老的心意，我是怎能不知，只是他二人……
小　喬　怎樣？
周　瑜　小姐呀！

(唱)【流水板】
　　萬一孫兄難破陣，
　　英雄無顏再登門，
　　隻手縱能把天擎，
　　何如衆志可成城，
　　應向令姐來提醒，
　　解鈴還須繫鈴人。

小　喬　呀！
　　（接唱）英雄自有英雄品行，
　　　　　不肯退讓半毫分。
　　　　　喬家若要留周公瑾，
　　　　　必須是穩住孫策在喬家門。
　　　　　這件事應向姐姐來提醒，
　　　　　成全大局要讓人！（轉向周瑜）
　　　　　明日裏巧排鴛鴦陣，
　　　　　勸姐姐陣上抬舉那孫將軍。

周　瑜　（夾白）小姐你果有遠見！
小　喬　將軍哪！
　　（接唱）明日到此來破陣，
　　　　　勝券必屬孫將軍。
　　　　　孫喬成敗何足論，
　　　　　兩家攜手整乾坤。

周　瑜　（接唱）聽得清來看得準，
　　　　　喬家父女是有心人。
　　　　　聰明的小喬擺虛陣，
　　　　　她爲大喬調瑟琴，其中巧彈弦外之音。（向小喬）
　　　　　小姑娘你要拿得穩，
　　　　　扭轉棋局定輸贏。
　　　　　你爲我兄長把心盡，
　　　　　周郎顧曲善知音！
　　（二人會心一笑，周瑜下。乳娘上。行弦）

乳　娘　二小姐。

小　喬　哦,乳娘,我正要找你。
乳　娘　找我何事呀?
　　　　（小喬向乳娘耳語）
乳　娘　好好好,包在我的身上。
　　　　（小喬下）
乳　娘　哈哈哈……
　　　　（唱）【流水板】
　　　　　　二小姐果然智謀高,
　　　　　　暗定錦囊計一條;
　　　　　　繫鈴解鈴爲和好,
　　　　　　同心協力展略韜;
　　　　　　先把陣勢探奧妙,
　　　　　　此事還須用喬嶠。
　　　　　　忙把嬌兒去尋找,
　　　　　　這一樁機密事要他走一遭。（下）

第　七　場

（大喬上）
大　喬　（唱）【南梆子】
　　　　　　那孫策威定江東郡,
　　　　　　我豈能交臂失英雄。
　　　　　　怎奈他恃才驕傲甚,
　　　　　　明日裏比武定輸贏,
　　　　　　要把他傲慢一掃凈,
　　　　　　再論婚配我與他站得一般平。
　　　　（小喬、乳娘上）
小　喬　（唱）【西皮搖板】
　　　　　　不以成敗來論事,
　　　　　　要從大度去看人。
　　　　姐姐!
大　喬　妹妹來啦。

小　喬　恭喜姐姐，賀喜姐姐！
大　喬　妹妹，我喜的是甚麼哪？
小　喬　啊姐姐，想那孫策乃江東有名的英雄，姐姐你又是巾幗奇才，你二人若是統領人馬，親臨江東，剿滅那嚴白虎，我們鳳凰寨的威風可不小啊！
乳　娘　啊，不錯不錯，那時我們鳳凰寨的威風可不小啊。
大　喬　不是姐姐誇口，就憑我的武藝，能夠跟我走幾個回合的人可還不多見。那孫策居然跟我打了個平手，他可真不含糊。要說他的武藝，不能不叫人欽佩。
小　喬　姐姐既然欽佩那孫策，他自然是位英雄。
大　喬　不錯，是個英雄。所以爹爹借兵借糧，我情願跟他一塊兒掃滅嚴白虎哪。
小　喬　既然如此，姐姐的婚姻之事，就該托付於他呀。
大　喬　妹妹！（羞介）
乳　娘　二小姐這句話問得好啊。
大　喬　咳咳咳，你們說話別這麼拐彎抹角兒好不好啊。乾脆跟你們說，如今要叫我嫁他，我是心平氣和，沒甚麼說嗒。
乳　娘　哎呀呀……她倒爽快呀！
小　喬　既然如此，你又爲何與他比武較量呢？
大　喬　妹妹你不知道，孫策雖然是個英雄，可是他未免的有點太傲氣啦，居然看不起咱們女孩兒家；明日比武，非得給他點厲害看看不可，經過這一回交手之後，日後再幫他闖江山打天下，他再也不敢小看人啦。妹妹，你說對不對呀？
小　喬　姐姐，你雖是一番好意，只恐把事弄糟了。
大　喬　怎麼把事情給弄糟啦哪？
小　喬　姐姐呀！
　　　　（唱）【流水板】
　　　　　　只爲孫策說大話，
　　　　　　引得兩家比陣法。
　　　　　　姐姐擺陣他把陣來打，
　　　　　　未免有意顯才華。
大　喬　（接唱）【快板】

演陣本是家常話，
六花四獸非自誇。
且看我施展黃石法，
管叫他四周三復陷入黃沙！

小　喬　（接唱）演陣無非作戲耍，
權當一盞和事茶。
姐姐呀，既然願下嫁，
此陣何不讓一讓他？

大　喬　（接唱）他既然開口說大話，
不服氣的人兒我不能讓他。

小　喬　（接唱）讓他並非貶身價，
若不然一氣他離我家！

大　喬　（接唱）你可知將軍不下馬？

小　喬　（接唱）你可知英雄一去莽莽天涯？

大　喬　（接唱）你可知四海三江大？

小　喬　（接唱）你可知失去了明珠難見光華？

大　喬　噯！
　　　　（唱）【西皮搖板】
賢妹休說掃興話，
我大喬噓氣爲虹散作朝霞。

小　喬　（接唱）難道說這一陣他真難招架？

大　喬　妹妹！
　　　　（接唱）擺一個雲鳥陣我定要伏他！（接【啞笛】）

乳　娘　（夾白）雲鳥陣，好個新奇的名字啊！（示意小喬）

小　喬　呀！
　　　　（接唱）問姐姐此陣有何妙法？
說出來待小妹我與你參查。

大　喬　好妹妹！
　　　　（接唱）姊妹還是親姊妹，
顧慮周詳意可嘉。
此陣本是反八卦——
賢妹，你來看！

（【掃頭】。大喬領起圓場，乳娘向後招呼喬嬌；喬嬌出來走矮子，隨在大喬、小喬身後，圓場走完，大喬說陣式。喬嬌注意聽）

大　喬　景、杜、傷、驚、死，五門藏略韜。鷺、鶴、鶯、燕、鵲，展翅各逍遙。輕覷此門弱，陷入便難逃！（説時各作身段）

小　喬　姐姐擺的原來是個反陣。

大　喬　不錯。妹妹你猜着啦。

乳　娘　哦，原來是個反陣哪。

小　喬　是個反陣。

喬　嬌　喝，原來是個反陣！（被大喬看見）

大　喬　喬嬌，是你呀，你甚麽時候來的？

喬　嬌　師傅，我早就來啦，我是到這兒練武來啦。聽說師傅您要擺陣哪，我就藏在後頭偷聽，可是，您剛纔擺的那個陣，我沒有看見過，也沒有聽説過，甬説，您是新琢磨出來的吧？

大　喬　不錯。此陣是顛倒八卦，反道而行，從前的人，還沒有這樣擺的哪！喬嬌，你怎麽能看見過哪！

喬　嬌　師傅，您説這個陣這麽厲害，有法兒破沒有啊？

大　喬　有陣就有破，哪兒能沒有破法呀！

喬　嬌　那您就説説，到底怎麽破哪？

大　喬　喬嬌你還小哪，往後我再慢慢兒的跟你説。

喬　嬌　得啦。師傅您説説我聽聽得啦。

大　喬　嗨！沒跟你説嗎，你歲數還小哪，往後再慢慢兒教給你。這囉嗦勁兒嗒！

喬　嬌　（問乳娘）得，這不怨我吧，我師傅不教，我看這怎麽辦！

乳　娘　嗨！你這個孩子啊，真真的無有出息啊，不成材，有這樣的好師傅會教不出好徒弟來。哎呀，真正的無有出息，無有出息！

大　喬　喂，喂，喂！我説乳娘別那麽説話呀，我教的徒弟沒有不聰明的。

乳　娘　我就不信他有此聰明哪！

大　喬　我不教便罷，我一教他就會。

乳　娘　我就不信他學得會啊！

喬　嬌　聰明倒有，我就是不學。

乳　娘　怎麽不學呀？

喬　嬌　太難啦嘛！學不會啊！

乳　娘　開口太難,閉口太難,真正不成材,不成材!
小　喬　乳娘,你不要責備於他,此陣是難哪!
乳　娘　哎呀二小姐呀!當初大小姐收他作爲門徒,我說他是不成材的,大小姐言道包在她的身上,如今看來,果然是不成材的,可惜大小姐枉費一番力氣,一場心機!(向喬嶠)你不要在此氣我,你與我走,與我走,與我走了出去!
大　喬　怎麼啦!我的徒弟左一個不成材,右一個不成材,瞧你們這通兒褒貶勁兒嗒!——喬嶠過來,你爭口氣,今兒個我非教你學會這一手兒不可!
喬　嶠　師傅,我行嗎?
大　喬　怎麼不行啊,拿槍去!
喬　嶠　哎!(下,取槍上)
乳　娘　二小姐啊,我就不信他學得會呀!
大　喬　我就不信他學不會!
小　喬　實在的難哪。——喬嶠,好好看你師傅的門道。
大　喬　喬嶠這兒來,我教你破陣,你要用心學來。
喬　嶠　是啦。
大　喬　(唱)【西皮快板】(在唱中喬嶠與大喬同作身段)
　　　　這五門虛擺嬌弱鳥,
　　　　爲的是垂餌把魚招。
　　　　生、休、開三陽有奧妙,
　　　　一隻鴇鷉一隻雕。
　　　　你要這樣攻!
　　　　還要這樣繞!
　　　　先把生門衝!
　　　　再走休、開道;
　　　　趁勢便把那五門抄,
　　　　傷、杜、景三門一齊掃,
　　　　驚、死兩門如雪消。
　　　　提綱挈領說路道,
　　　　聰明的徒兒你要切記牢!
　　　　喬嶠!

喬　嶠　哎！
大　喬　我説的你聽清楚了没有？
喬　嶠　都聽清楚啦。
大　喬　好,我教你破陣。(身段,喬嶠隨作身段)喬嶠,瞧明白了没有？
喬　嶠　都會啦。
大　喬　都會啦？不行,師傅還有個絶招兒哪。
喬　嶠　甚麽絶招兒啊？
大　喬　回馬鎖喉槍。
喬　嶠　哦,甭説,這一手兒厲害！——師傅,那您就把這個絶招兒教給我吧。您别留一手兒啊。
大　喬　只要你記得住,我全教給你。
喬　嶠　我記得住,您就教吧。
大　喬　看槍。
　　　　(大喬、喬嶠二人互作身段。最後喬嶠敗)
喬　嶠　唷,好厲害啊。
大　喬　這就叫回馬鎖喉槍！
喬　嶠　哦,這就叫回馬鎖喉槍啊！
大　喬　哎。躲過這一槍去,這反八卦陣就算破啦。
喬　嶠　行啦。師傅,我學會嘍！
　　　　(唱)【西皮散板】
　　　　　　多承師傅來指教——
大　喬　(接唱)個中奥妙細推敲。
喬　嶠　媽,您看見没有？學會啦。
大　喬　瞧瞧怎麽樣？到了兒把他給教會啦吧。
乳　娘　還是你師傅教得好啊。
小　喬　喬嶠,外面玩耍去吧。
喬　嶠　哎！——師傅,您没有别的事兒,我出去玩兒去啦。——媽,我出去玩兒去啦。
乳　娘　玩耍去吧。
喬　嶠　我呀,我也教徒弟去嘍。(下)
小　喬　啊姐姐,此陣厲害,明日比武,那孫策他是輸定了。
乳　娘　是啊,他是輸定了。

大　喬　他非輸到底兒不可。
小　喬
乳　娘　（同）輸定了，輸定了，哈哈哈……
大　喬

（同下）

第 八 場

（小鑼【抽頭】。喬嶠上，走圓場）

喬　嶠　（念）喬嶠走，走悄悄！
　　　　　　喬嶠悄悄走一遭，走一遭！
　　　　　　我的師傅性情剛，
　　　　　　偏偏孫策也性傲；
　　　　　　一個剛強一個驕，
　　　　　　兩人怎能打交道。
　　　　　　釜底抽薪變和局，
　　　　　　喬嶠去把門路報，門路報！
　　　　喂！到啦。這麼大營門連個人也沒有，我往裏闖。
　　　　（黃蓋上。喬嶠入。一擋、兩擋）
黃　蓋　嗯！何處來的小娃娃，竟敢擅闖營門？
喬　嶠　我有事。老頭兒，這可是孫策孫將軍的營門哪？
黃　蓋　正是。
喬　嶠　有位周瑜周公子在裏邊兒嗎？
黃　蓋　現在裏面。
喬　嶠　你給我回稟一聲，我有要緊的話跟他說。
黃　蓋　你是哪裏來的？
喬　嶠　我是鳳凰寨來嗒。
黃　蓋　周公子與孫將軍正商議大事，你少時再來。
喬　嶠　不成不成。老頭兒，老頭兒，我謝謝你啦，你就說我有機密大事。
黃　蓋　哎！你這小小的娃娃，還有甚麼機密大事啊！
喬　嶠　喂，我說你這老頭兒，挺長的鬍子啦，你怎麼瞧不起人哪？小孩兒就不許有機密大事啦？

黄　盖　好，待我與你通禀。
喬　嬌　這不結啦。
黄　盖　有請周公子！
　　　　（周瑜上）
周　瑜　何事？
黄　盖　鳳凰寨來了個小娃娃，要面見公子。
周　瑜　哦！快快喚他進來。
黄　盖　是。——小娃娃，你隨我進來。
喬　嬌　來啦。——參見周公子。
周　瑜　喬嬌，你做甚麼來了？
喬　嬌　周公子啊！我偷偷兒的給你們送陣圖來啦。
周　瑜　甚麼陣圖？
喬　嬌　甚麼陣圖？不是明兒個我師傅擺陣，孫將軍去打陣嗎？
周　瑜　是啊。
喬　嬌　那麼，我師傅擺的甚麼陣，他知道嗎？
周　瑜　不曉得啊。
喬　嬌　那麼明兒他去打陣，他贏了還好，輸了怎麼辦哪？我把陣圖給他一看，他不就贏了，輸不了啦嗎？
周　瑜　哦，好好好，你在此稍等。——有請孫仁兄。
　　　　（孫策、呂範上）
孫　策　（念）自悔失言多孟浪，
　　　　　　　明日破陣費思量。
周　瑜　啊仁兄，鳳凰寨命人送陣圖來了。
孫　策　這……
周　瑜　啊仁兄，兩家携手，同定江東事大。——喬嬌，快將陣圖拿來。
喬　嬌　不行，你們這兒人太多。
周　瑜　列位暫退。
黄　盖
呂　範　這個娃娃他倒精細得很哪！（下）
周　瑜　喬嬌，快將陣圖拿來。
喬　嬌　嗯，我拿不出來。
周　瑜　怎麼？

喬 嶠	都在我肚子裏哪。
周 瑜	這個……
喬 嶠	你看,我都記着哪,我說給你們聽,不是一樣嗎!
孫 策 周 瑜	快快講來。
喬 嶠	好,你們聽着。待我說來。(身段)景、杜、傷、驚、死,五門藏略韜。鸞、鶴、鶯、燕、鵲,展翅各逍遙。輕覷此門弱,陷入便難逃。
孫 策	原來是八卦陣。
喬 嶠	八卦陣哪?反八卦陣!
孫 策	可有破法?
喬 嶠	有陣就有破唄!
孫 策	怎樣破法?
喬 嶠	你要知道啊?那我教給你啊!
孫 策	好,多承指教啊!
喬 嶠	這不結啦。把衣裳脫了,拿兩枝槍來!
孫 策	哦,是是是!
喬 嶠	周公子,一會兒,我教他破陣,你拿枝筆,拿張紙,在旁邊兒幫着記記,成嗎?
周 瑜	好好好!待我記上一記。
喬 嶠	我教你破陣,你要用心學來。
	(喬嶠作身段,孫策隨着作身段)
喬 嶠	(念)生、休、開三門有奧妙, 　　　一隻鶬鶊一隻雕。 　　　你要這樣攻, 　　　還要這樣繞, 　　　先把生門衝,
孫 策	(接念)再走休、開道。
喬 嶠	對! (接念)趁勢便把那五門抄, 　　　傷、杜、景三門一齊掃。
孫 策	(接念)驚、死兩門如雪消。
喬 嶠	你還挺聰明,一下兒你就會啦。會了不成,我師傅還有絕招兒哪。

孫　策　還有甚麼招數呢?
喬　嶠　先不能告拆你。你接招兒吧!
　　　　(二人對槍)
喬　嶠　看槍!
　　　　(孫策破了喬嶠槍法)
孫　策　這叫回馬鎖喉槍。
喬　嶠　行啊,有兩下子啊。我師傅的絕招兒你都給破啦。行,行,行,好樣兒嘚!
孫　策　哈哈哈……
周　瑜　喬嶠,你看我記得可對啊?
喬　嶠　甭看了,他輸不了啦。
孫　策　多謝小師傅賜教!
喬　嶠　孫將軍別謝我,要謝我家二師姑,這是她的主意。
孫　策　哦,哦,哦!
周　瑜　吃杯茶吧。
喬　嶠　不喝茶啦。明兒可就瞧你的啦。我走啦啊。
孫　策
周　瑜　不送了。
　　　　(呂範上)
喬　嶠　(欲行,又返回)不成,我還有事兒。
周　瑜　怎麼,又回來了?
喬　嶠　孫將軍,你明天打陣哪,正好是我擂鼓。你打陣的時候,聽我鼓聲要是輕一些,你可別往裏衝,那是死門兒。你聽我鼓"咚不嚨咚"使勁兒打,你就往裏闖,没錯兒。我走嘍。(下)
孫　策　多謝了!哎呀,若非喬嶠前來送信,明日破陣還要大費周旋。
周　瑜　喬家父女,頗有大志,今命喬嶠前來送信,爲的是兩家携手共定江東,仁兄速决進軍之策。
呂　範　公子何不修下書信,聯合各郡共滅嚴賊。
孫　策　就請先生修書前往,聯合各郡一同進軍。
呂　範　遵命。
孫　策　正是:
呂　範　大地龍蛇春雷動,(下)

孫　策 周　瑜	風雲際會定江東。（同下）

第 九 場

喬　玄	（內唱）【西皮導板】
	吉日良辰多歡忭，
	（喬福、乳娘、小喬、喬玄同上）
喬　玄	（接唱）【原板】
	春滿乾坤花滿園。
	孫策周瑜有才幹，
	三軍奪帥不費難。
	老夫識人有慧眼，
	這樣的少年哪一個不喜歡。
	恃強好勝休去管，
	（轉）【二六、流水板】
	喬家的姑娘不偷閑，
	銅打的金剛，鐵打的羅漢，
	苟安偷閑不算好兒男。
	此番交鋒輸贏見，
	威武要讓孫策來佔先，
	雙管齊下把韜略展，
	巧締鴛盟妙連環。
	這纔是一言解凍春風暖，
	花燈陣擺出個人月雙圓。
	（吹打，周瑜、黃蓋、程普上。兩邊高臺分坐。喬嶠暗上。擂鼓。孫策、大喬分上。對陣）
喬　玄	兒啊，你要小心了！
	（大喬與孫策舞槍架子）
大　喬	看孫策，戰法新奇多奧妙，
孫　策	看大喬，槍尖起落逞英豪，
大　喬	他，鱗甲飛騰龍探爪，

孫　策	她，彩羽紛披鳳翅嬌。
大　喬	我二人若結比翼騰雲表，
孫　策	定江東開基創業待孫喬。

　　　（大喬領女兵上，擺陣，孫策破陣，最後小開打。孫策抓着大喬之槍）

大　喬	將軍，你好槍法！
孫　策	小姐，你好陣勢，好陣勢啊！哈哈哈……

　　　（衆下高臺）

喬　玄	哈哈哈……

　　　（唱）【西皮散板】
　　　　　和風如意笑顏開，
　　　　　心心相印慕英才。
　　　二位將軍！

程　普黃　蓋	國老！
喬　玄	（接唱）二位將軍爲媒證，
三　人	（同笑）哈哈哈……

　　　（接唱）人月雙圓鳳凰臺。

喬　玄	喬嬌！

　　　（喬嬌已準備好大紅彩綢）

喬　嬌	老爺爺，您瞧瞧這個！
喬　玄	哎呀，聰明的娃娃！哈哈哈……

　　　（起喜樂。孫、周、大喬、小喬同披彩綢拜天地）
　　　（呂範在喜樂中上）

呂　範	好熱鬧呀！恭喜恭喜！
喬　玄	大家同喜，大家同喜！
呂　範	還有一喜，
喬　玄	甚麼喜事？
呂　範	四郡太守接得公子書信，情願追隨公子左右，共掃嚴賊。
喬　玄	真是大喜之事呀！
喬　福	（上）啓禀家爺：今有嚴白虎帶領人馬，奪取鳳凰寨來了。
孫　策	此賊前來送死，趁此機會，正好殺他個落花流水。

小　喬	那嚴白虎聲勢浩大，你二人何不擺陣擒他？
喬　玄	是啊，擺陣擒他。
孫　策	伯父前來傳令。
喬　玄	你們安排，你們安排。
孫　策	小姐傳令，
大　喬	將軍傳令，
孫　策	一同傳令。
孫　策 大　喬	衆將走上！
衆	（同）衆將走上！

（衆兵士上）

孫　策	黃蓋、喬嶠聽令！
黃　蓋 喬　嶠	在！
孫　策	攻打頭陣。
黃　蓋 喬　嶠	得令！
孫　策	周瑜賢弟，陪同國老看守鳳凰寨。
周　瑜	遵命。
孫　策 大　喬	迎敵者！
喬　玄 呂　範 周　瑜	（同）一戰成功！

（衆分下）

第　十　場

（王瓊、嚴輿、周昕引兵士上）

王　瓊	奉了大王之命，兵進丹陽擄取二喬。——衆將官！
衆	有。
王　瓊	兵發丹陽。
衆	啊！

　　　　　（圓場。黃蓋引兵士上，會陣）
王　瓊　怎麼殺出個老頭兒來了！
黃　蓋　孫伯符平定江東，休走看鞭！
王　瓊　奮勇當先！
眾兵士　啊！
　　　　　（起打，喬嶠引兵士上，加入起打）
　　　　　（喬嶠打王瓊等敗下）
喬　嶠　老頭兒，你看小孩兒怎麼樣？
黃　蓋　好娃娃，好娃娃，追！
喬　嶠　追！（引兵追下）
　　　　　（王朗、張煥、徐炎、徐凌兩邊上。響應孫策，前往會師，過場下）
　　　　　（眾兵士，崔翀、潘翮、嚴白虎上。王瓊、嚴輿、周昕敗上。嚴白虎示意迎敵）
　　　　　（眾兵士、程普、黃蓋、喬嶠、大喬、孫策上）
　　　　　（原場。嚴白虎引眾上，與孫策等開打，孫策等伴敗下）
　　　　　（連場。大喬引眾上，擺陣）
　　　　　（嚴白虎引眾追孫策等上，入陣，被圍）
　　　　　（大喬追嚴白虎下）
　　　　　（孫策槍挑周昕，潘翮、喬嶠、黃蓋、程普等殺死崔翀、嚴輿）
　　　　　（孫策橫掃嚴軍）
　　　　　（嚴白虎逃上，跑圓場。王朗、張煥率兵上。嚴白虎逃下，王朗、張煥追下）
　　　　　（嚴白虎再逃上，徐炎、徐凌殺上，王朗、張煥續上）
　　　　　（孫策、大喬引眾上。眾圍嚴白虎，嚴白虎被刺死）
　　　　　（喬玄、小喬、周瑜、呂範等上，齊向孫策、大喬慶賀。起大尾聲）
　　　　　（幕落）

——劇終

曹操・關羽・貂蟬

周德平　撰

解　　題

　　徽劇。周德平撰。周德平，1952年生，安徽泗縣文藝創作室一級編劇。該劇未見著録。劇寫曹操愛關羽雄才，用程昱計，以貂蟬贈關羽以留羽。關羽將貂蟬奉侍二嫂。關羽爲報曹操知遇之恩，斬顏良誅文醜。程昱設計，讓曹醉扮河北商人，説劉備被袁紹殺死。關羽痛不欲生，貂蟬説此信未實請三思。程昱對關羽説，袁紹叔袁隆在許昌，關羽要殺袁隆爲兄報讐。曹操看出程昱之計，不忍殺大儒，説明劉備未死真相。關羽怒殺曹醉。曹操恨羽殺其侄曹醉，乃擺宴設伏，欲擒殺關羽。曹操讓關羽跪祭曹醉，羽不允；又讓跪萬民匾，關羽指責曹操受此匾將漢天子置於何地？曹操聞言立即砸匾，並下令不准再送萬民匾，撤伏兵。夏侯惇三更欲燒關府，程昱將關羽灌醉。貂蟬讓關童從水道出向張遼報信，請曹操來救。夏侯惇將關羽捆綁欲殺。曹操急到，程昱説，不殺關羽要冷了衆將心。曹操以雙面皆爲文之錢，假天意既不殺關羽，又安撫衆將。關羽得知劉備信，欲辭曹。貂蟬有救關羽、二嫂之恩，關羽懇請曹操允帶貂蟬。貂蟬言説曹操之恩，未能完成留住關羽的使命；若相隨，又有損關羽潔來潔去的聲譽，乃借關羽劍自刎。關羽挂印封金護二嫂出許昌，夏侯惇率十萬鐵軍圍截，曹操到，阻厮殺。程昱要殺，張遼不同意。曹操不僅不殺，還贈赤兔馬，禮送關羽。關羽下馬，三拜相謝而別，並留下異日相逢以死相報的諾言。本事出於《三國演義》，元明間雜劇有《關大王月下斬貂蟬》（佚），明雜劇有《斬貂蟬》（佚），清花部有《斬貂蟬》，晚清京劇有《斬貂蟬》，現代京劇有《月下斬貂蟬》《月下贊貂蟬》，情節各不相同。本劇係采小説、戲曲題材，以新的視角，重新創作。版本今見1989年第2期《安徽新戲》本、《安徽優秀劇作選》（1990—2004年）本。今以《安徽優秀劇作選》本爲底本，校勘整理。按：該劇曾獲"田漢戲劇獎"劇本三等獎；1991年該劇易名《情義千秋》，由安徽省徽劇團演出，參加香港"中國地方戲曲展演"；同年，參加文化部、安徽省人民政府聯合舉辦的"紀念程長庚誕生一百八十週年"演出；1992年參加"全國'天下第一團'優秀劇目調演"，獲劇目獎。

第一場　賜　姬

（文臣武將簇擁關羽，上）

關　羽　（唱）桃園結義勝同胞，
　　　　　　　立誓報國、血染征袍。
　　　　　　　下邳兵敗俺威不倒，
　　　　　　　關羽降漢不降曹。

文臣武將　曹丞相請將軍赴宴！

關　羽　（接唱）堂前辭別兩位皇嫂，
　　　　　　　丞相待某禮重情高。

（關羽隨眾下）

（二幕啟。丞相府花園，亭榭秀美，花木扶疏）

（曹操、程昱、張遼、夏侯惇同上）

曹　操　千軍容易得，一將最難求。當今干戈擾攘，豪強並起，得人才者方可掃蕩群雄，平定天下。

眾　人　丞相之言，真乃千古不滅之理也！

曹　操　關羽歸降，我當誠心相待，使他真心歸順，共舉大業。

程　昱　丞相恩比天高，可是關羽却念念不忘劉備呀！

曹　操　不忘舊主，情所當然！

程　昱　我看關羽終難爲丞相所用，一旦他得知劉備下落，可就走之乎也。

曹　操　仲德有何妙計，能留下關羽不走？

程　昱　關羽年近四十，孑然一身，一旦使他心有所戀，情有所繫……

曹　操　就要浮雲化雨，飄萍生根。（沉思地）倒是一條好計，不過本相還要給他來個雙管齊下！

內　報　關將軍到！

曹　操　有請！

（關羽上）

曹　操　曹某半日不見雲長,恍若隔年。
關　羽　蒙丞相錯愛。今日相召,不知有何見諭?
曹　操　想當年我與劉皇叔青梅煮酒,縱論天下英雄,何其快哉!而後皇叔遠去,此園雖存,却已物是人非,每念及此,不勝嗟嘆。今梅子又青,煮酒恰熟,幸喜雲長在此,正當歡聚一場。
關　羽　丞相盛情,末將愧受了。
曹　操　將軍,豈不聞:(吟誦)

　　　　　　呦呦鹿鳴,食野之苹[1];
　　　　　　我有佳賓,鼓瑟吹笙。

　　　　擺宴,鼓樂!
近　侍　歌伎上呵——
　　　　(貂蟬淡裝斂容,領衆歌伎上)
歌　伎　拜見丞相!
曹　操　速將新排歌舞,演將上來!
歌　伎　是。(衆環擁貂蟬,邊舞邊唱)

　　　　　　紅牙催拍燕飛忙,
　　　　　　　一片行雲送馨香。
　　　　　　舞罷偷閃秋波望,
　　　　　　不知誰是楚襄王。

夏侯惇　妙哇!美人兒,我就是楚襄王!
曹　操　元讓不得鼓噪!(引關羽下座。衆歌伎退場)雲長認識這位姑娘麽?
關　羽　關某不識。
曹　操　雲長不會忘記呂布大鬧鳳儀亭的故事吧?
關　羽　(肅然起敬)哎呀,原來是貂蟬姑娘,關某有禮了!
貂　蟬　將軍少禮!
夏侯惇　嘿嘿,關將軍當世英雄,居然也會拜在石榴裙下。
關　羽　(正色地)不然。當年董卓荼毒天下,人神共憤。我等虎牢關前空鏖兵,凱歌却奏鳳儀亭。貂蟬姑娘功在漢室,關某實實敬佩得很哩!
貂　蟬　(深望關羽一眼,一聲長嘆)唉——
曹　操　雲長説得好、説得好啊!貂蟬姑娘,今有知音在此,願請賞賜一曲。

貂　蟬　諸公請坐，容妾一吐心中塊壘！（撫琴，唱）
　　　　　舒歌喉、弄絲桐，
　　　　　尊前一曲嘆飄零……
程　昱　哎呀且住！今日丞相爲關公設宴，姑娘爲何出此哀切悲涼之聲？
關　羽　程公差矣！樂也陶陶，悲也陶陶，比强顏作色好得多呵！
曹　操　好一個樂也陶陶、悲也陶陶！凡大英雄能真本色，率性而爲是謂真。雲長説得好，姑娘唱得好！唱下去，唱下去！
貂　蟬　謝丞相、謝將軍！
　　　　（唱）舒歌喉、弄絲桐，
　　　　　尊前一曲唱飄零。
　　　　　戰塵爲粉刀作鏡，
　　　　　腥風血雨沐佳人。
　　　　　紅顏何曾離鞍馬，
　　　　　浪打波折是飄萍。
　　　　　西子功成有歸處，
　　　　　貂蟬難覓陶朱公。
　　　　　往事堪傷流逝去，
　　　　　長夜雁啼明月中。
　　　　　枕邊淚共階前雨，
　　　　　點點滴滴到天明。
曹　操　雲長，貂蟬唱得如何？
關　羽　噢……果然玉樂仙音，人間難得一聞。
曹　操　貂蟬妙音，雲長高論，堪稱珠聯璧合。
程　昱　如此説來，就請丞相將貂蟬賜予雲長，美人英雄，相映生輝。
關　羽　末將不敢！（背唱）
　　　　　聞此言戒意陡然上心頭，
　　　　　笑曹操欲以美人來引誘。
　　　　　堂堂丈夫志四海，
　　　　　關羽豈是呂溫侯。
曹　操　我想雲長的兩位皇嫂，身邊少人侍候，就命貂蟬早晚侍候兩位夫人，雲長你看如何？
關　羽　如此……關某代皇嫂謝領了。

（夏侯惇目視貂蟬，如醉如癡）

夏侯惇　嗐，俺夏侯惇真是流年不順，想那貂蟬美人兒是俺從呂布軍中所得。原只說丞相早晚會賞賜給我，想不到魚弔臭了，貓弔瘦了，倒讓那姓關的小子輕輕巧巧佔了便宜。俺這心中怎不又疼又癢又酸又麻！

（近侍上）

近　侍　禀丞相有緊急軍情！

（曹操示意歌女、貂蟬等退下）

關　羽　丞相軍務繁忙，關某告辭了！

曹　操　雲長何妨留下，共商軍情。

近　侍　河北袁紹派顏良、文醜率十萬大軍將白馬團團圍住，白馬危在旦夕。

張　遼　丞相火速派遣精兵良將，解白馬之危！

夏侯惇　顏良、文醜乃河北名將，只怕是不好惹的呀！

（衆面面相覷）

關　羽　丞相，關某不才願解白馬之危！

張　遼　雲長恐去不得。

曹　操　這？

關　羽　關某自來許都，蒙丞相三日一小宴、五日一大宴，上馬金、下馬銀，深情厚意，無以爲報，故而願誅顏良、文醜以報丞相知遇之恩。

程　昱　丞相，看來只有如此了。（對關羽）關將軍，軍中無戲言。

關　羽　某願立軍令狀！

曹　操　好，這就有勞將軍了。救兵如救火，將軍即日啓程。兩位皇嫂，即命貂蟬侍候，請將軍放心。

關　羽　雲長即刻披挂出征。告辭！（急下）

曹　操　仲德公。你看這是不是雙管齊下？

程　昱　丞相妙計啊！

夏侯惇　我看不出妙在哪裏？

程　昱　元讓兄且聽我說。劉備已投河北袁紹，眼下關羽尚且不知。關羽若解白馬之危，袁紹一怒，劉備就要腦袋搬家。這就叫借刀殺人！劉備既死，又有貂蟬蛾眉惑人，關羽還會走到哪裏去？

夏侯惇　嘿嘿，真有你的……關羽若要敗仗呢？

曹　操　本相另有安排。
曹　醉　小侄也要一試身手，叔父只管靜候佳音。
曹　操　哈哈！好，靜候佳音。
　　　　（切光）

校記

[1] 食野之苹："苹"，原作"萍"，據《詩經·小雅·鹿鳴》改。

第二場　審　謊

（貂蟬遙望雲天，思緒萬千）
貂　蟬　（唱）貂蟬受命關府進，
　　　　　　　朝夕相伴二夫人。
　　　　　　　景好人好溢春暉，
　　　　　　　始知人間有温馨。
　　　　（門子內呼："關將軍白馬解圍凱旋回府！"關羽上）
貂　蟬　（禮）迎接關將軍凱旋歸來！
關　羽　請姑娘傳報二嫂，小弟求見。
貂　蟬　（向內）二位夫人，關將軍請見。
　　　　（甘、糜二夫人上）
關　羽　二嫂安好。
甘夫人
糜夫人　叔叔安好。
關　羽　小弟解白馬之圍回朝後聽說，兄長兵敗，已投奔河北袁紹去了。爲此，小弟連日心神不安。
甘夫人　既知皇叔消息，可喜可賀。叔叔却爲何心神不安？
關　羽　嫂嫂不知，那袁紹氣量狹窄，難以容人。小弟這次殺了顏良、文醜，只怕會牽連兄長，凶多吉少。
糜夫人　聽叔叔這一說，爲嫂不由想起昨夜夢見皇叔身陷泥坑，鮮血淋漓，難道，難道……
關　羽　（驚慌地）哎呀，兄長如有不測，小弟萬死難贖呀！
貂　蟬　劉皇叔吉人天相，自會遇難呈祥，將軍還是想開的好。

（關童上）

關　童　　將爺，門外來了一位河北客商，自稱知道皇叔消息，特來稟告。

甘夫人
糜夫人　　請他進來。

關　童　　請客商進見。

（曹醉喬裝易容上）

曹　醉　　叩見二位夫人，叩見將軍。

關　羽　　你知道皇叔消息？

曹　醉　　小人知道！

（唱）【數板】

　　　　　將爺神勇震九州，
　　　　　殺了顏良殺文醜，
　　　　　河北袁紹疼又恨，
　　　　　一氣砍掉皇叔的頭。

甘夫人
糜夫人　　（驚呆）啊！

關　羽　　（拔劍而起）你敢胡言亂語，我把你碎屍萬段！

曹　醉　　小人不敢。

關　羽　　皇叔怎樣了，你老老實實地講！

曹　醉　　是。

關　羽　　你何以知曉？

曹　醉　　皇叔就在冀州府大衙門前被難，小人親眼所見。

（關羽驚煞駭極，肝膽俱裂）

關　羽　　啊呀！呀——呀——

（曹醉心喜難抑，忍不住詭秘一笑，暗下，門子隨下）

（貂蟬察覺有異，示意關童追下）

貂　蟬　　將軍節哀，夫人清醒！

甘夫人
糜夫人　　哎呀，皇叔呀——

（唱）倏忽一聲霹靂動，
　　　　　離人血淚滴滴紅。
　　　　　昨夜噩夢有預兆，

　　　　　今日果然天地傾！
關　羽　兄長呵——
　　　　（唱）俺只說兄弟不日得重逢，
　　　　　　不料你壯志未酬命先終。
　　　　　　桃園結義誓生死，
　　　　　　我與你幽冥界裏結伴行！（欲自刎）
　　　　（貂蟬急上）
貂　蟬　將軍！
關　羽　讓開！
貂　蟬　將軍如此輕生，皇叔死不瞑目了！
關　羽　此言何意？
貂　蟬　將軍，我想袁紹必不敢加害皇叔！
關　羽　他爲何不敢？
貂　蟬　就因爲將軍在此！
關　羽　啊！？
貂　蟬　將軍誅顏良、斬文醜，河北兵將聞名喪膽，那袁紹不怕將軍率兵爲皇叔報仇麼？
關　羽　……
貂　蟬　再說，袁紹留下皇叔，要皇叔修書前來，將軍定會前往，那他失了武將，却能得英名蓋世的英雄呀！
關　羽　……
貂　蟬　我看那商人似乎有點面熟，來得奇怪去得鬼祟，請將軍三思……
　　　　（程昱急上）
程　昱　貂蟬姑娘——說得好呵！
關　羽　程公，今聞皇叔已爲袁紹所害，關某豈能苟活於世？
貂　蟬　將軍……
程　昱　姑娘，爲防不測，請姑娘扶二位夫人去好好照看。
貂　蟬　將軍，你要多加珍重……
程　昱　有我在，姑娘盡放寬心！
　　　　（貂蟬無奈，扶二位夫人下）
程　昱　關公節哀，操辦大事要緊。（扶起關羽）設靈堂、祭皇叔，豈可草草？可惜此時只有三牲，能得袁氏一人頭血祭，皇叔英靈有知，定感欣慰。
關　羽　難道袁氏宗族無一人在京？
程　昱　袁紹的叔父，人稱當代大儒的袁隆前日來京朝見天子。
關　羽　袁隆？袁隆在京？
程　昱　是呵！想那袁隆既是袁紹親叔，又在河北參贊軍機，嘿嘿，殺害皇叔是不是他的主意，這也説不定哩！
關　羽　關某定要殺他。（仗劍欲下）
　　　　（曹操上，夏侯惇、張遼隨上）
曹　操　（驚詫地）雲長，你這是爲何？
關　羽　哎呀丞相，劉皇叔已被袁紹殺害，請丞相做主，爲關公報仇！
曹　操　甚麽，皇叔已被袁紹殺害？（看一眼程昱。恍然）噢，是的，是的。顔良、文醜乃袁紹愛將，竟死於關公之手，袁紹因愛而痛，因痛而恨，因恨而怒，因怒而……殺了劉皇叔，也是有的。
關　羽　殺兄之仇，不共戴天。丞相，關某要殺袁隆，祭皇叔！
曹　操　（一驚）甚麽，殺袁隆？
程　昱　不殺袁隆，關公怒火難平；殺了袁隆……丞相，就能一順百順——
曹　操　一順百順？
程　昱　如願以償！
曹　操　（怦然心動）如願以償！
程　昱　丞相明鑒！
曹　操　哦，我明白了！
　　　　（唱）正愁河北無動静，
　　　　　　　仲德又把妙計生。
　　　　　　　詐稱劉備已被難，
　　　　　　　逼着雲長殺袁隆。
　　　　　　　殺袁隆就是殺劉備，
　　　　　　　關雲長從此相依把根生。
　　　　（不禁手舞足蹈）啊哈，好哇！
程　昱　丞相説好，關公速行！
關　羽　謝丞相！（欲下）
曹　操　（突然想起）哎呀，不好！雲長慢行，慢行！
　　　　（背唱）猛想起事一端心緒難寧！

袁隆賢播四海世人稱頌，
雲長義昭日月玉潔冰清。
倘若我依了這條計，
眼見着冤殺大賢，妄動刀兵。
玷辱了關雲長忠義大節儒將盛譽、赫赫英名！
雲長，行不得，行不得呀！

關　羽　（怒形於色）丞相爲何出爾反爾？

曹　操　這個……噢，雲長，疑似之辭，不可不察。我身爲丞相，這等大事竟然不知，可見其中有……（瞟一眼程昱）有點兒不明白。

程　昱　丞相，不是已經明明白白了！

曹　操　不明白，不明白喲！

張　遼　是有點不明白，雲長兄，皇叔消息來自何處？

關　羽　適纔有一位冀州客商報信。

張　遼　一個商人，怎知這等大事？個中必有弊端，請丞相查證明白。

曹　操　（含糊其辭地）唔，唔，唔——唉！

關　羽　（唱）觀顏察色暗自省，
看來此中有隱情。
强按怒火再留神，
勘破底蘊十二層！

曹　操　雲長，你看……

關　羽　（冷笑）丞相如有難言之隱，不查也罷！今日關某只望借一顆腦袋祭祀兄長，如蒙見允，存歿同感！

曹　操　（有所觸動地）借一顆腦袋？（沉吟）

關　羽　謝丞相！

曹　操　傳那商人！

程　昱　行商走販，早已無影無踪，何處去傳？

關　羽　（懊喪地）哎！
　　　　（關童內聲："來也——"押曹醉上）

關　童　稟丞相，將爺，小人捉得這商人在此。

曹　操　正愁無法了賬，這下好了！

曹　醉　（不在乎地）叩見相爺！

曹　操　（驚疑地）呀，這聲音怎麼這般耳熟？

程　昱　想是他常在中州行商，丞相聽來耳熟。
曹　操　(審視曹醉，情不自禁地)啊！你，你是——
程　昱　他是冀州客商！
曹　操　唔，唔……
關　羽　關某正洗耳恭聽丞相審問！
曹　操　(無奈，苦笑)雲長，不用審了。實不相瞞，皇叔確在河北。爲袁紹所害云云，純屬子虛烏有。如若不信，可問河北袁隆，他剛剛帶來皇叔奏疏一件。
關　羽　(指曹醉)不知他爲何要報謊哄騙關某？
曹　操　大膽奴才，竟敢胡言亂語，還不快向關將軍請罪！
曹　醉　(輕描淡寫地)小人不該信口胡言，關將軍大人海量，請多多寬諒，多多寬諒呵！
關　羽　(大怒，拔劍而起)丞相有言在先，關某要開殺戒了！
　　　　(曹醉魂飛天外，嚇癱於地)
程　昱　將軍手下留情！
曹　操　雲長，看我的薄面，就饒了他吧！
關　羽　(冷峻地)丞相從來言出如山，今日爲何言而無信？
曹　操　(語塞)這個……
張　遼　雲長兄，個中自是一片苦心，請你體諒。
關　羽　(怒不可遏)險乎害了二嫂，陷關某於不仁不義，這一片苦心，關某不敢領受！(冷不防出劍刺殺曹醉)
曹　醉　(挣扎地)叔父……(死)
曹　操　(急扶)醉兒……
張　遼　雲長兄知道嗎？你殺的是丞相愛侄曹醉呵！
關　羽　(嘿嘿一聲冷笑)我只知殺的是無恥小人！
　　　　(曹操緩緩站起，冷哼一聲)
　　　　(切光)

第三場　砸　匾

(緊接前場)
(相府中堂，正面挂一幅布幔)

　　　　　（曹操神情陰沉，徘徊不定）
　　　　　（內傳陣陣悲哭聲）
曹　操　唉！
　　　　　（唱）悲醉兒，淚暗飲，
　　　　　　　　滴滴如刃刺我心。
　　　　　　　　深怨雲長心太狠，
　　　　　　　　咬碎牙根合血吞！
　　　　　（程昱、夏侯惇急上）
程　昱　曹醉屍骨未寒，丞相又要設宴請他，莫非……
夏侯惇　丞相，千萬別輕饒了那小子！
程　昱　順我者昌，逆我者亡，乃千古至理，丞相無須傷感。
　　　　　（武士過場）
夏侯惇　丞相，一切準備就緒！
曹　操　（重振精神）好！聽我摔杯為令，切勿輕舉妄動！
　　　　　（內聲："關將軍到——"程昱、夏侯惇急下）
曹　操　請！
　　　　　（關羽上）
關　羽　（唱）莫道相府有風浪，
　　　　　　　　不是強龍不過江！
　　　　　　　　身藏五寸魚腸劍，
　　　　　　　　壯士一怒起蒼黃！
曹　操　雲長來得好快！
關　羽　丞相相召，不敢怠慢！
曹　操　好！今天這裏只有你我二人，且慢酌細飲，與雲長壓驚。（延坐）請坐！
關　羽　謝坐。
曹　操　（舉杯）雲長，請！
關　羽　請！（持杯在手，猛彈一指，酒杯錚然有聲。內隱傳刀劍相撞聲）
　　　　　（曹操不動聲色）
關　羽　啊呀！
　　　　　（唱）耳旁隱隱刀劍鳴，
　　　　　　　　果然幛內有伏兵！

　　　　堂堂男兒何懼死？
　　　　皺一皺眉頭非英雄！（飲酒）

曹　操　雲長，你聽——
關　羽　隱隱劍鳴！
曹　操　是呵，曹某也聽到了！
關　羽　既然如此，丞相是想——
曹　操　我想雲長是位神劍手。
關　羽　（微微一笑）關某人前只耍大刀，至於這劍術麼，也自信不弱！
曹　操　曹某有幸見過。想剛纔雲長殺我醉兒，的確運劍如神！
關　羽　（冷冷地）想不到丞相依然耿耿於懷！
曹　操　曹某有言在先，不敢怪罪雲長。不過，曹某不恭，請雲長靈前祭拜一番，以慰亡靈！
關　羽　不知丞相要關某如何祭拜？
曹　操　靈前一跪，如此而已！
關　羽　（勃然變色）丞相要關某靈前一跪？
曹　操　（咄咄逼人）嘿嘿，雲長不允？
關　羽　哈哈哈，丞相有所不知！（傲然而起）想我關某雖非鐵打的直膝蓋，此一生也只有三跪！
曹　操　（陰沉地）雲長有哪三跪？
關　羽　一跪聖人天子，二跪父母高堂，三跪兄長劉玄德！
曹　操　（強按怒火）好，好，好，醉兒人微命賤，不配雲長一跪！（猛地拉開布幔，現一案，案置"萬民匾"，上書"敬天愛民，興滅繼絕"八字）你看此物可配一跪！
關　羽　關某不知此為何物？
曹　操　（矜持地）此乃京畿父老所送"萬民匾"，後經天子恩准，皇親國戚，滿朝文臣見之無有不跪！不知雲長跪也不跪？
關　羽　（指匾）你"敬天愛民"？
曹　操　（威嚴地）你看如何？
關　羽　你"興滅繼絕"？
曹　操　你看如何？
關　羽　曹丞相！
曹　操　（一怔）關將軍！

關　羽　曹操！

曹　操　（一驚）關羽！

關　羽　曹阿瞞！

曹　操　（驚怒）你！

關　羽　（唱）見匾文，心氣惱，

　　　　　　　曹瞞膽大把天包！

　　　　　　　僭越欺上太狂傲，

　　　　　　　不臣之心更昭昭！

曹　操　嗚呀呀，關羽你欺人太甚！

　　　　（唱）聞罵聲止不住怒火中燒，

　　　　　　　惡語傷人恨難消。

　　　　　　　憤然舉起手中杯——

關　羽　（走進一步，探手入懷，接唱）

　　　　　　　他酒杯一落動槍刀！

　　　　　　　荊軻何曾懼強秦，

　　　　　　　易水河畔風蕭蕭！

　　　　　　　一步贏得魚腸劍，

　　　　　　　兩腔熱血俱滔滔。

　　　　（僵持片刻）

曹　操　（冷冷地）關將軍，你罵得好！

關　羽　關某人一吐爲快！

曹　操　（威逼地）一言生禍，你將遺憾終身！

關　羽　言之有據，我自心安理得！

曹　操　（怒極反笑）哈哈，我倒要聽聽你理在哪裏？據在哪裏？

關　羽　想當年高祖皇帝除暴秦，建一統，蒼生感德，頌揚高皇"敬天愛民"。你雖位高權重，畢竟還是人臣，竟然僭稱"敬天愛民"，不知將當今天子、列祖列宗置於何地？

曹　操　（大驚）啊！

關　羽　今日四海雖亂，九州方圓仍是漢家天下，不知你興的甚麼"滅"？繼的甚麼"絕"？

曹　操　（震驚異常，瞠目結舌）啊呀，這，這……

關　羽　你以爲大權在握，兵精將廣，就可以爲所欲爲嗎？殊不知衆人爲保

　　　　　漢家天下而來,一旦醒悟,那時只怕就要離心離德,風飄雲散!

曹　操　(冷汗淋漓,急放杯,拭汗)哎呀!
　　　　(唱)一席話恰似那晴天霹靂,
　　　　　　驚得我心如鼓冷汗淋漓!
　　　　　　逆耳言強勝似良藥一劑,
　　　　　　對雲長生報顏辭窮理屈。
　　　　　　雖說是這匾文實非本意,
　　　　　　瓜田中李樹下應避嫌疑。
　　　　　　保漢室圖中興大業方興,
　　　　　　怎容讓不慎間分崩離析。
　　　　　　從此後再不可任性使氣,
　　　　　　戒昏昏更自慎見賢思齊。
　　　　(拿起"萬民匾")萬民匾,哎呀你這"萬民匾"——
　　　　(怒砸"萬民匾")
　　　　(程昱急上)

程　昱　丞相,你這是為何?
曹　操　(嚴峻地)速拿此碎片,傳諭軍民人等,自此以後,凡送萬民匾者,嚴懲不貸!
　　　　(程昱默默接碎匾欲下)
曹　操　慢,請仲德公代本相擬表上奏天子,曹操驕縱失法,自貶三級,讓出朝廷封縣!
程　昱　丞相,不可如此自毀聲譽!此匾不過是京畿父老一片心意,豈有他哉!怎可任人望文生義,吹毛求疵!
曹　操　(沉重地)現在看來,話不能這般說了!不怕吹毛,只怕求疵;防微杜漸,切切在心!仲德公,請速去辦理!
程　昱　是!(悻悻而下)
關　羽　(激情難抑地)哎呀呀,好一個曹丞相啊!
　　　　(唱)耳聽得砸匾聲殷殷如雷,
　　　　　　似黃鐘勝大呂震人心扉。
　　　　　　我見他心真誠納諫如流,
　　　　　　我見他坦蕩蕩明辨是非。
　　　　　　果然是股肱臣氣度恢宏,

　　　　　　難怪他得人心群英追隨。
　　　　　　說甚麼砸了罎自毀聲譽，
　　　　　　分明是又樹起無形豐碑！
　　　　　　似如此大英雄令人感佩……
　　　　（捧起酒杯）丞相──
　　　　（接唱）請受下關雲長敬酒一杯！
曹　操　（驚喜）有雲長體諒，曹某心有何憾！（飲酒、斟酒）來，曹某也敬你一杯！
關　羽　謝丞相！（欲飲）
曹　操　（意在言外）漢丞相敬的是漢將軍喲！
關　羽　（莊重地）關某生爲大漢人，死爲大漢鬼，一息尚存，矢志不移！（飲酒）
曹　操　（大喜）但願雲長不負此言！
關　羽　如若食言，（持杯作勢欲摔）身如此杯──
曹　操　（大驚，急阻攔）雲長，摔不得呀！
關　羽　（故作驚詫地）怎麼，這酒杯──
曹　操　這酒杯──噢噢，巧奪天工，精美絕倫，碎了豈不可惜。
關　羽　果然精美絕倫！（還杯）丞相可要拿穩了！
曹　操　（稍猶豫）這……既然雲長見愛，就請收此杯供閒暇賞玩。
關　羽　（一怔，意會，取出短劍）丞相，此劍雖短，却也鋒利。投桃報李，關某請丞相收下此劍，既可防身，也可禦敵！
　　　　（二人交換，各自審視手中之物）
曹　操
關　羽　（情不自禁地）哎呀，好險呀！（猛然驚悟，對視一眼）
曹　操　雲長你說甚麼？　好劍！
關　羽　丞相　　　　　　好杯！（爽朗大笑）哈……
　　　　（切光）

第四場　解　危

　　（關府後花園）
　　（夕雨甫止，月白風清）

（侍女挑燈上）

侍　女　姑娘，這邊煞是好看，快來呀。

（貂蟬上）

貂　蟬　（唱）欲覓知己訴心願，
　　　　　　　拜月初進後花園。
　　　　　　　俺見那銀河隱隱星淡淡，
　　　　　　　桂影婆娑雲纖纖。
　　　　　　　風送清荷香短短，
　　　　　　　水搖碧池聲潺潺。
　　　　　　　明月相知意姍姍，
　　　　　　　清波向我語喃喃。

（門子上）

門　子　小人見過姑娘。

貂　蟬　你來作甚？

門　子　夏侯將軍命小人來請姑娘，有事相商。

貂　蟬　（羞憤地）不見！

門　子　哎呀，請不出姑娘，只怕夏侯將軍要砍我的腦袋！這……哎，只好實話實說了。姑娘，夏侯將軍正在調動御林軍，子時三更，就要火焚關府！

貂　蟬　（大驚）你說甚麼？

門　子　三更子時，御林軍數千支火把就要投進關府，那時只怕要玉石俱焚，良莠同殁了！

貂　蟬　（聞言驚怔）啊！

門　子　（遲疑地）姑娘，你還是隨我一起走吧！

貂　蟬　你先去稟告，我隨後就來！

門　子　是，是。（下）

侍　女　姑娘，怎麼辦呢？

貂　蟬　速向將軍稟報險情！

（關童持刀上）

關　童　何人在此喧嘩！

侍　女　哎呀關童大哥……（對關童耳語）

關　童　啊！這，這，如何是好？

貂　蟬　快請關將軍！

關　童　姑娘不知，今日程昱程大人與我家將軍飲酒，將爺大醉酩酊，已是沉睡不醒！

侍　女　哎呀，怎麼這般巧呀！那就快快報與二位夫人知道！

貂　蟬　不可！驚壞二位夫人，徒勞無益！（沉思）

侍　女
關　童　哎呀，這，這，這……

貂　蟬　你識得水性麼？

關　童　小人識得。

貂　蟬　後院荷花池連通墻外小河，只要穿過水洞，潛過小河，不遠處就是張遼將軍府第。

關　童　明白了。

貂　蟬　速隨我來！（引關童、侍女下）

（程昱、夏侯惇上）

程　昱　事不宜遲，先抓住關羽，殺了再說！

夏侯惇　也好！關羽早已爛醉如泥，敢保手到擒來，走！（與衆武將衝進屋去，將關羽綁架而出）

關　羽　（猶自醉意朦朧）你們這是——

夏侯惇　嘿嘿，關羽，你的死期到了！

關　羽　（猛然驚醒）無恥小人，竟然暗算於我！

程　昱　元讓兄，休得與他囉嗦，快快動手！

（夏侯惇欲殺關羽，突然傳來喊聲："丞相駕到！"）

（夏侯惇與衆武將皆驚慌失措）

（曹操衣衫凌亂，髮冠不整，策馬急上。張遼隨上）

曹　操　（唱）忽聽文遠報凶信，

　　　　　　　關府未焚我的心先焚！

　　　　　　縱馬急來解危困……（馬驚，曹操勒馬，騰身躍下）

程　昱　丞相爲何深夜到此？

曹　操　（故作輕鬆地）我麼？哈哈——

　　　　（接唱）信馬賞月不計辰！

　　　　（發現關羽）雲長你——噢，你們這是與雲長開玩笑吧？還不快快鬆開！

程　昱　不是玩笑,我等要殺關羽!
曹　操　(故作吃驚地)雲長何罪?
程　昱　我等與雲長無讐無恨,只爲丞相大業,不得不除患於未然!
曹　操　仲德公危言聳聽了!雲長曾對天盟誓,他生爲大漢人,死爲大漢鬼,何罪之有?何患之有?快給雲長鬆綁謝罪!
　　　　(衆武將猶豫)
程　昱　丞相,依程某之見,關羽背離丞相已成定局,日後爲敵,我等説不定都是他刀下之鬼!(暗向衆將示意)
衆　將　是呵,我等説不定都是他刀下之鬼!
曹　操　不,不,仲德公爲言尚早!只要雲長在我的身邊,我總要竭盡心力。快給雲長鬆綁!怎麽,本相之命,你等竟抗而不遵嗎!
　　　　(衆將悚然,欲爲關羽鬆綁)
程　昱　(語氣凝重地)慢,丞相之命,我等不敢不遵。不過,丞相爲他關羽一人,就不怕冷了衆將之心嗎?
曹　操　(深受震撼)甚麽!(審視衆將)我冷了衆將之心?
衆　將　請丞相三思!
曹　操　哎呀,我,我……哎!
　　　　(唱)仲德一言逾千鈞,
　　　　　　不由我心中驚凛暗失魂!
　　　　　　原只説一聲令下救雲長,
　　　　　　曹孟德怎敢冷了衆將心!
　　　　　　五内俱亂心不定——
關　羽　丞相情誼,關某心領了。
曹　操　(悲傷難抑)曹某有負雲長……
關　羽　既然衆人不殺關某不快,關某願引頸就戮!只可嘆七尺男兒不能爲國馬革裹屍,却死於小人暗算,實乃天意亡我,夫復何言!
曹　操　天意?天意!哎呀!
　　　　(接唱)説天意陡然驚悟困中人!
程　昱　丞相,該到一了百了的時候了!
曹　操　且慢!殺不殺雲長,我説了不算,你説了也不算,應當慎重處置!文遠!
張　遼　在!

曹　操　速回相府,將我床頭鐵匣取來。

張　遼　是!(急下)

程　昱　丞相……

曹　操　關羽當世英雄,名重四海,更非一般兵卒可比,此時該殺該不殺,還是知道天意為好。

程　昱　丞相說笑了,人神路隔,怎知天意如何!

曹　操　曹某早年曾得異人傳授,粗通占卜之術。

夏侯惇　(敬服地)是啊是啊。

程　昱　不知丞相今日如何占卜?

　　　　(張遼捧鐵匣急上)

張　遼　丞相,鐵匣取到!

曹　操　好!(接匣,開蓋)諸位請看,鐵匣內有古錢百枚,皆上古遺物,頗具靈性,以此占卜,可預知吉凶,決策疑難。(向眾示匣)

曹　操　(取出一枚,遞給夏侯惇)元讓,你看古錢兩面有何不同?

夏侯惇　一面有文,一面無文。

曹　操　(莊重肅穆地)無文者死,有文者生,天理昭彰,無所不在;若違天命,必遭天譴!

　　　　(唱)天命難違最靈驗,

　　　　(猛然傾翻鐵匣,古錢嘩嘩落地)

眾　　　(圍觀,驚詫地)呀!

　　　　(接唱)百枚文面盡朝天。

曹　操　啊!不殺關羽,乃是天意!(拾古錢)

程　昱　(懷疑地)我倒不信竟是這般靈驗!

　　　　(程昱上前,欲檢驗古錢)

曹　操　(急躬身施禮,誠懇地)仲德公一片忠心,勞累辛苦,曹某點滴在心。

程　昱　(心中明瞭,長嘆一聲)哎,為丞相大業,不敢言苦。罷了,罷了。丞相執意如此,程昱只有遵命了。(下)

曹　操　諸位也都勞累辛苦,早點回去安歇去吧!

　　　　(夏侯惇與眾將告辭下)

曹　操　(忙給關羽鬆綁)雲長受驚了!

關　羽　不是丞相占卜神術,關某焉有此命?謝蒼天垂憐!(朝天一拜)

曹　操　(微微一笑)夜已深沉,曹某告辭,有文遠在外警戒,雲長盡可高枕

關　羽　送丞相！
（曹操下。關童上）

關　童　將爺,好險啊！這古錢盡通天意,真是神物。呀,這裏還遺下一枚！（撿起,驚詫地）呀！將爺你看,這古錢兩面一樣,都是文面！

關　羽　（震動地）甚麼！（接古錢細看）哎呀！我明白了。此乃"雙面錢"也！

關　童　雙面錢？

關　羽　定是丞相暗地鑄造,以備必要時用它激勵將士,不想今日為我……（十分激動）哎呀！丞相啊——
（唱）只說是蒼天垂憐救下民,
　　　哪知道此錢竟是兩面文。
　　　為解危丞相耗盡一腔血,
　　　點點滴滴潤透了我的心。
　　　人非草木皆有情,
　　　不禁我心潮激蕩似奔騰。
　　　滴水恩定當湧泉報,
　　　關雲長不做忘恩負義人。
　　　我有心追隨丞相永歸順,
　　　又難忘桃園結義手足親;
　　　倘若我離曹營去尋兄長,
　　　關雲長此生怎報丞相恩？
（更鼓聲聲,明月皎皎,關羽仰天悵望）
（幕後合唱）
　　　人說他身在曹營心在漢,
　　　又誰知這段情愫這片心。
（燈漸暗）

第五場　姬　　別

（關府花園）
（內聲："二位夫人請。""姑娘請——"）

（貂蟬引甘、糜兩夫人上。侍女隨上）

貂　蟬　難得二位夫人愁眉暫開，今日可要盡興一遊。

甘夫人　說的是，危情既解，又得皇叔消息，心中着實寬慰得多了。

貂　蟬　夫人你看，此園草增綠、花添香，比往日更著一番風采。

糜夫人　果然是個好去處。不知雲長可曾來過。

貂　蟬　（言在意外）他麼，心中哪有這些紅花綠草。

（二位夫人會心地一笑）

糜夫人　昨夜多虧姑娘，我嫂叔方化險爲夷。我家叔叔十分感激，他要向你致謝哩。

貂　蟬　妾自進府，和二位夫人情若同懷，休戚與共，昨夜之事，本屬分內，何言一個謝字？不敢當，不敢當！

甘夫人　叔叔今晚來此當面道謝，姑娘不願見麼？

貂　蟬　（驚喜地）甚麼，將軍要當面……

糜夫人　（玩笑地）姑娘不必爲難，不願見那就罷了。

貂　蟬　（情急）哎呀二位夫人，妾願……（羞赧不語）

甘夫人　（哈哈一笑）請姑娘在此稍候，我等不陪了。

貂　蟬　送二位夫人。

（甘、糜二夫人下）

（貂蟬驚喜交集，如醉如癡）

侍　女　姑娘，你怎麼癡呆呆的，像個木頭人？

貂　蟬　丫頭，你哪裏知道姑娘的心思！

（唱）風淅淅，夜澹澹，
　　　思緒飛湧逐雲天。
　　　將軍今日初約見，
　　　豈知我一片情愫早纏綿。
　　　相府乍見暗欽敬，
　　　再見益發慕奇男。
　　　古井突有漣漪動，
　　　情種一粒栽心田。
　　　飄萍終有落根時，
　　　蒼天賜我今日緣。

侍　女　姑娘你看，月娘娘昇天了！

貂　蟬　（驚喜地）呀——

　　　　（唱）見幾回銀漢無聲轉玉盤，
　　　　　　　惟今夜十分皓月更娟娟。
　　　　　　　傳呼快馬迎新月，
　　　　　　　又戀海棠溢清烟。
　　　　　　　花影點點月窺人，
　　　　　　　金波溶溶潤紅顏。
　　　　　　　明月莫笑貂蟬癡，
　　　　　　　今晚你圓我也圓。

侍　女　姑娘你聽，腳步聲聲，關將軍來了！

貂　蟬　你要看仔細了！（與侍女隱於花叢中）

　　　　（關羽上）

關　羽　（唱）幸喜昨夜脫風險，
　　　　　　　又得兄長來書函。
　　　　　　　臨別難捺情如潮，
　　　　　　　關羽月夜會貂蟬。

侍　女　（探頭張望）姑娘，是關將軍，你快去吧！（推出貂蟬，暗下）

貂　蟬　（低呼）丫頭回來！（看一眼關羽，心意慌亂）哎呀，我……

　　　　（唱）與將軍月下會且喜且驚，
　　　　　　　心怯怯意惶惶似走似停。
　　　　　　　看明月纏薄雲時隱時現，
　　　　　　　聽夜風梳楊柳乍重乍輕。

　　　　（伴唱）你呀你……
　　　　　　　說不盡一個甜滋滋的喜呵，
　　　　　　　止不住一個顫悠悠的驚……

關　羽　（驚覺）姑娘安好！

貂　蟬　將軍安好！

關　羽　昨夜幸蒙姑娘搭救，關某謹此致謝。

貂　蟬　將軍不知，昨夜已有九分月圓……

關　羽　怠慢之處尚望姑娘寬諒。

貂　蟬　將軍你看，今夜正是十分月圓。

關　羽　（頗覺不安地）關某一介武夫，粗陋魯莽，讓姑娘見笑了。

貂　蟬　將軍義昭天地,勇冠三軍,妾欽佩得很哩!
關　羽　姑娘過獎了!
貂　蟬　將軍過謙了。
　　　　(同笑)
貂　蟬　二位夫人剛剛歸去,言語之間頗見寬慰。
關　羽　不日當與皇叔團聚,怎不令人歡欣鼓舞!
貂　蟬　怎麼,將軍果真要走麼?
關　羽　明日拜辭丞相,即可動身。
貂　蟬　只恐丞相難以應允。
關　羽　丞相如若不允,關某惟死而已。
貂　蟬　難道將軍就不念丞相厚愛之情?說走就走,也不怕人說你忘恩負義麼?
關　羽　姑娘說的是,丞相與皇叔,對我都是恩重如山。關某若留,就是背棄皇叔,忘恩負義;關某若走,就是背棄丞相,豈不也是忘恩負義?是走是留,何去何從,一日來關某九回腸斷呵!
貂　蟬　哎呀將軍,這確是難煞人也!
關　羽　不料剛剛收到皇叔手書一封,關某就不得不走了。
貂　蟬　原來如此,妾明白了。實不相瞞,丞相命我設法留住將軍,一念丞相當日救妾於水火之恩,二念丞相握髮吐哺之情,妾理當設法留住將軍。哎,此刻麼……
關　羽　此刻怎樣?
貂　蟬　只望將軍早日與皇叔歡聚!
關　羽　(激動地)姑娘!
貂　蟬　　　　　　將軍!
　　　　(唱)她通情達理令人感佩,
　　　　　　他大義凜然
　　　　　　欲開口復忍聲情思紛飛。
關　羽　(唱)果然是奇女子溫厚賢慧,
　　　　　　可嘆我時不順有願難遂。
貂　蟬　(唱)將此身委斯人貂蟬無愧,
　　　　　　情相通心相印風雨同歸。
關　羽　關某即將遠行,只是……

貂　蟬　將軍有言，但說無妨。
關　羽　(唱)千里尋兄、風緊浪狂，
貂　蟬　(唱)將軍神勇、遇難呈祥。
關　羽　(唱)單騎奉嫂、任重路長，
貂　蟬　(唱)妾身隨行、分艱險擔勞累辛苦同嘗。
　　　　妾願一路伺候將軍和二位夫人。
關　羽　哎呀，姑娘盛情，關某心領，只是關某此生以義爲重，不敢有虧德行。
貂　蟬　將軍此言何意？
關　羽　關某乃敗軍之將，幸蒙丞相見愛，禮德甚厚，涓埃未報，已自有愧在心，今又辭別而去，丞相所贈之物，豈能攜之而走？
貂　蟬　丞相所贈之物，理當一一奉還。
關　羽　姑娘你麼……關某也要辭別了！
貂　蟬　(震驚地)怎麼，在將軍眼中，妾身只是一物麼？
關　羽　非也。姑娘絕代佳人，名滿天下，關某更不敢唐突行事。下邳歸降，已非得已，今既辭別，只求潔來潔去，來去明白。若攜姑娘而走，愧對丞相，愧對兄長，愧對天下人！
貂　蟬　將軍，你，你的主意已定了？
關　羽　關某主意已定，姑娘你……
貂　蟬　(痛絕)將軍莫說、莫說了！
　　　　(唱)與君空約黃昏後，
　　　　　　圓月枉上柳梢頭，
　　　　　　滿園花木景依舊，
　　　　　　清輝化作滿天愁。
　　　　　　柔腸百結深深怨，
　　　　　　悲痛欲絕無淚流……
　　　　(伴唱)柔腸哪堪這多愁，
　　　　　　淚已盡、怎得流！
貂　蟬　(接唱)應知飄萍難生根，
　　　　　　貂蟬枉自思綢繆。
　　　　　　怨恨深深當天訴，
　　　　　　極目蒼天何處求。(哀慟不止)

關　　羽　天呵！
　　　　　（唱）花濺淚鳥驚心月也凉透，
　　　　　　　　聞悲聲不由我疚愧悠悠！
　　　　　　　　百戰身何曾有紅顏知己，
　　　　　　　　此時刻對貂蟬情深怎酬？
　　　　　　　　情切切忙把姑娘扶——

貂　　蟬　將軍！

關　　羽　姑娘——
　　　　　（唱）鐵心腸也作寸寸柔！

貂　　蟬　將軍心中真有貂蟬麼？

關　　羽　銘心鏤骨，沒齒不忘。

貂　　蟬　（激動地）將軍此言當真？

關　　羽　天地作證。倘若姑娘不棄，關某願與心神相通，魂牽夢縈！

貂　　蟬　（欣慰地）將軍有此言，妾已心滿意足。情有所鍾，魂有所繫，蒼天有眼，貂蟬幸甚！（喜極而泣）

關　　羽　（決斷地）罷！姑娘不須傷悲，關某自去懇請丞相，允你隨我而去。

貂　　蟬　丞相早將妾送與將軍，何須懇請。只是妾也想開了，將軍處境尷尬，合當潔來潔去。十譽不足，一毀有餘。妾若同行，只恐有損將軍清譽。

關　　羽　姑娘你……

貂　　蟬　貂蟬薄命，此身如風捲楊花，難以自主。自遇丞相，始得安寧。丞相命妾留住將軍，今將軍既走，妾有辱使命，愧對丞相呵！

關　　羽　丞相大度，自會善待姑娘。

貂　　蟬　不須勞動丞相了。酬知己、謝丞相，妾主意已定！

關　　羽　（驚疑地）姑娘何出此言？

貂　　蟬　（凄然一笑）不說也罷。將軍即將遠行，妾無以為別，乞借佩劍一用，歌舞相送。

關　　羽　多謝姑娘厚意！（遞劍）

貂　　蟬　（接劍）相見方恨晚，倏忽又離別！將軍啊——
　　　　　（舞劍，唱）舒纖袖、舞龍吟，
　　　　　　　　　　貂蟬有緣能識君。
　　　　　　　　　　身似飄萍苦無主，

　　　　　亂世不幸生佳人；
　　　　　弱質偏具剛烈性，
　　　　　纖髮難繫壯士心。
　　　　　毀譽由人難自理，
　　　　　含垢忍辱愧偷生。
　　　　　春風頻送三更夢，
　　　　　兩心同懷一般情。
　　　　　森森劍影可作證，
　　　　　皎皎明月映此身。
　　　　　知心不在生或死，
　　　　　化作精魂伴君行。
　　　（貂蟬橫劍自刎）
　　　（關羽大驚，急趨相扶）
關　羽　姑娘！姑娘！
貂　蟬　將軍你看，今夜好圓的月呵！（死）
關　羽　貂蟬，貂蟬，關羽害你！關羽誤你啊！
　　　（幕內合唱）
　　　　　問天地情為何物？
　　　　　問千古義為何物？
　　　　　負却貂蟬一腔血，
　　　　　芳魂渺渺知有無。
　　　（光漸暗）

第六場　禮　送

（相府中堂）

曹　操　唉！雲長，你終究要走麼？
　　　（唱）關雲長尋皇叔心堅意定，
　　　　　激起我一腔熱血如潮奔。
　　　　　看當今眾豪強擁兵自重，
　　　　　亂紛紛動殺伐天下沸騰。
　　　　　嘆蒼生百遺一田園荒廢，

　　　　　嘆白骨蔽於野遍地哀鴻。
　　　　　曹孟德志欲在解民倒懸,
　　　　　扶危漢圖中興憤起義兵。
　　　　　求賢能舉隱逸惟纔是用,
　　　　　學周公三吐哺天下歸心。
　　　　　雲長啊雲長,你真的竟要離我而去麼?
　　　　　(程昱、張遼上)

程　昱　　丞相!
張　遼

曹　操　(急切地)雲長情況如何?

張　遼　雲長必走!

程　昱　覆水難收!

曹　操　咳咳,難道……

程　昱　今日麼,依程某之見,斷不可一誤再誤,縱虎歸山!

張　遼　丞相,雲長大義,四海皆知,富貴不淫、貧賤不移、威武不屈,實爲英雄本色。當初關羽歸降之時,曾有三事相約,丞相允其得知皇叔下落,即刻投奔……

曹　操　是不能失信於英雄,失信於天下。

程　昱　哎呀丞相,今河北袁紹,虎視眈眈;劉備梟雄,更是大敵,關羽歸去,不啻與虎添翼,他不知會傷害我多少兵將。古人云:"一日縱敵,萬世爲患。"丞相,不殺關羽,後患無窮!

張　遼　殺不得!

程　昱　殺得!

張　遼　殺不得!

程　昱　殺得!

曹　操　(心煩意亂)哎呀,不要爭吵!容吾深思。
　　　　　(程昱、張遼欲言又止)
　　　　　(門子上)

門　子　禀相爺,關將軍挂印封金,離別許都而去!

曹　操　(驚,一把抓住門子)你説甚麽?

門　子　關羽挂印封金走了……

曹　操　(摔下門子)哎呀關羽,你竟然挂印封金!你竟敢挂印封金!你、

　　　　你、你……
　　　（唱）你不該挂印封金，
　　　　　　你不該悖我深情，
　　　　　　你不該誤貂蟬紅顏薄命，
　　　　　　你不該投袁紹反叛朝廷。
　　　（抽出壁上劍）
　　　　眾將官，火速發兵，追趕關羽！
　　　（曹操、程昱、張遼等急下）
　　　（暗轉）
　　　（關羽內唱）
　　　　　　挂印封金闖出城，
　　　（關童前引，關羽戎裝策馬上）

關　羽　（接唱）回首許都霧沉沉。
　　　　二位嫂嫂，許都城外，道路坷坎不平，小心了。
　　　（甘、糜二夫人乘車上）

甘夫人
糜夫人　叔叔小心了！

甘夫人　（唱）雲長千里走單騎，
糜夫人　（唱）但願一路風波平。
關　羽　（對關童）小心帶路！
關　童　將爺不好！前面有兵馬擋道！
關　羽　護住二位夫人！
關　童　是！
　　　（夏侯惇率眾兵士上）
夏侯惇　哈哈，仲德公神機妙算，果然被我截住了！關羽要往哪裏去？
關　羽　欲投河北尋兄長劉玄德。
夏侯惇　說的輕巧，前天沒能殺死你這個忘恩負義之徒。今天嘛，你真的就是天神，也休想闖出我十萬鐵甲軍。眾軍士，先拿住那兩個婆娘！
　　　（眾軍士吶喊圍住甘、糜二夫人，開打）

甘夫人
糜夫人　（哀慟）皇叔啊！

（張遼縱馬急上）

張　遼　住手，丞相駕到！

（曹操率程昱及文臣武將上）

曹　操　雲長、元讓，休得爭戰！

（關羽、夏侯惇住手）

夏侯惇　（氣忿地）丞相，你你你……

曹　操　元讓，十萬鐵甲軍殺一關羽，豈不被天下英雄耻笑。

夏侯惇　呀呀呀……

曹　操　（對程昱等）逞一時之忿、圖一時之快，殺一信義昭著、智勇雙全的名將，豈不失盡天下人心。鐵甲軍速退！

（衆軍士下）

曹　操　孟德送行來遲，雲長受驚了！

關　羽　謝丞相，關某就此拜別！

（二位夫人下，關羽欲下）

曹　操　二位夫人不妨先行，請雲長稍候片刻，以慰曹某惜別之情。雲長爲何走得這般匆忙？

關　羽　爲救兄長，不由關某不急。行前累次造府，不得參見，故挂印封金，不辭而別。望丞相勿忘昔日之言。

曹　操　雲長多慮了。曹某不才，也知天地之間人爲貴。他人待賢，視若勁弓走狗，曹某待賢，尊爲良師益友。合則留，不合則去，安敢強留。

關　羽　丞相湖海胸懷，關某不勝欽佩。

曹　操　恨我福薄，愛君義重，留不得雲長。今日一別，不知何時重逢！

關　羽　丞相禮遇之恩，關某點滴在心！

曹　操　送君千里，終有一別。雲長，去吧！

關　羽　謝丞相！

（關羽急策馬欲行，馬嘶，險失前蹄，關童急勒馬，顛簸而下）

曹　操　雲長速回，雲長回來！

（關羽復上）

關　羽　丞相有何見教？

曹　操　（下馬）看我這坐騎如何？

關　羽　莫非當年呂布坐騎赤兔馬？

曹　操　雲長好眼力！

	（唱）追雲躡影疾如風，
	日行千里火驕龍。
	贈君寶馬尋兄去，
	他日疆場建奇功。
關　羽	（震驚地）這、這、這如何使得！
曹　操	文遠，將赤兔馬送與雲長。
張　遼	（送馬）丞相一片赤誠，雲長兄收下吧！
關　羽	哎呀！
	（唱）聽此言不由我內心驚震，
	贈赤兔更見他情切意真。
	驀然間想起了多少往事，
	感丞相傷別情思緒紛紛。
張　遼	雲長兄，請換過赤兔馬。
關　羽	（急棄刀，下馬）
	（唱）自從兵敗暫歸順，
	常蒙盛情重千鈞。
	關羽粗陋尚知義，
	愧對丞相禮遇恩。
	此生既遇劉皇叔，
	爲何今日又逢君？
	新恩重、舊義深，
	只恨此身難兩分。
	莫非蒼天惡捉弄，
	害我成了不義人。
曹　操	雲長！
	（唱）言有窮，情難盡，
	自古英雄惜英雄。
	他日與君再重逢，
	當記曹某一片心！
關　羽	（唱）他日若有重逢時，
	關某以死報深恩。
曹　操	言重了，言重了。他日果真相逢，雲長能網開一面，不叫曹某做刀

　　　　　下之鬼,曹某已深感盛情了。
關　羽　（語音哽咽）丞相……
曹　操　二位夫人車仗已遠,去吧,去吧!
　　　　　（曹操黯然垂首;關羽肅容整衣）
關　羽　（誠摯地）丞相,分別在即,請受關羽三拜!
曹　操　（驚）雲長不必如此……
　　　　　（幕內合唱聲起）
　　　　　　　　山不厭高,水不厭深;
　　　　　　　　周公吐哺,天下歸心。
　　　　（在合唱聲中關羽三拜）
　　　　（程昱、張遼、夏侯惇,感動非常,口呼丞相,長拜不起）
　　　　（曹操扶關羽上赤兔馬）
　　　　（關羽三回首,曹操昂首目送）
　　　　（落幕）

　　　　　　　　　　　　　　　　　　　　　　——劇終

曹操與關羽

方同德 撰

解 題

　　戲曲。方同德撰。方同德，男，曾任江蘇省文化廳藝術處處長。該劇未見著録。劇寫關羽兵敗下邳。張遼來説關羽降曹操。關羽爲保護二嫂，無奈歸降曹操。關羽見曹操，提出降漢不降曹、知兄信必走等三條件，曹操一一應允。曹操知劉備在袁紹處，夏侯惇要殺關羽，曹操則不忍殺，誠心相留，願與劉備聯合，共創大業，解百姓於倒懸，贈銀賜馬。卞夫人後堂奉香祭非親生子曹昂，祭陳宫，祭戰死的兵將和遭難的百姓，曹操甚爲感動接過第三支香深深一拜，"願世人得安康人心同歸"。卞夫人勸曹操不要殺重義的關羽，曹操讓卞夫人去見甘、糜二夫人，讓其勸劉備歸順曹營。關羽報恩斬顔良，曹操奏封關羽爲漢壽亭侯。曹操命荀彧即刻鑄漢壽亭侯金印，又命夏侯惇帶兵到甘、糜二夫人住地好生伺候，荀彧説丞相叫我留關羽，叫夏侯惇，是留是殺丞相最後纔能决斷。關羽見二嫂告知他見兄在袁紹處，但看得不甚確，待再戰時探得仔細，再作主張。卞夫人深夜訪甘、糜夫人，告甘夫人"關將軍義重如山，丞相對關將軍欽佩有加，不管關將軍何去何從，丞相决不會對關將軍兵刃相見"。甘夫人深信不疑。關羽誅文醜之後，確知劉備下落，挂印封金辭曹去尋劉備。曹操知關羽重義難留，决意放行。卞夫人陪同甘、糜夫人見曹操，二夫人謝曹操，曹操讓謝卞夫人，是她不讓曹操作失信的人。卞夫人説，今日丞相和我不是放行，而是送行，並贈盤費、赤兔馬。八年後，曹操赤壁戰敗，率殘兵逃過華容道，遇關羽。曹操與關羽叙舊情，關羽違令，願用自己之頭代替曹操之頭，爲曹操送行。本事出於《三國志平話》《三國演義》，明傳奇《草廬記》、清傳奇《鼎峙春秋》、晚清盧勝奎《三國志》京劇、現代京劇多寫有曹操與關羽故事。該劇依史傳和小説、傳統戲曲，重新創作，塑造了不同於前人所創造的曹操。版本見《新劇本》本（2007年第6期）。今據以收録整理。

序　幕

（下邳城郊。烟塵滾滾）
（兵強馬壯的曹操將士正在圍追落荒而逃的關羽麾下殘兵）
（關羽勇猛非凡，終因寡不敵衆拍馬而逃）
（城頭上曹操將士們興奮地嘶囂："抓住他！""殺死他！"）

曹　操　（狡黠地）哈哈哈！
　　　　（城頭上曹操將士們的喧囂聲更加猛烈："殺死他！""殺死他！"）
曹　操　（忽然收起笑聲）退兵！
　　　　（衆疑惑）
曹　操　窮寇勿追！
　　　　（衆將士面面相覷）
荀　彧　丞相憐愛那落荒之人？
曹　操　（呻吟良久）猛將者，雲長也！可惜他心系劉備，難歸曹營！
張　遼　丞相若真憐愛關羽，吾願前去勸降。
曹　操　你？
張　遼　（深深一揖）……
曹　操　（高興地，白）如此，煩張將軍策馬一試！
　　　　（收光）

第一場　勸　降

（下邳城郊一土丘）
（一棵孤零零的大樹在蕭瑟秋風中颯颯作響）
（關羽提大刀上，周倉跟上）

關　羽　（唱）這一仗直戰得血浸山崗，
　　　　　　　那老賊逼得我神迷意惶。
　　　　　　　忍不住站在高丘向西一望，
　　　　　　　焉不知兄嫂她們是否安康。
　　　　周倉，此地離下邳城內約有多少路程？
周　倉　約有二十里路程。

關　羽	速令衆將士，立即隨我回城救護兄嫂！	
周　倉	將軍，如今曹操那老賊已把下邳城團團圍住，只怕我們已進不得城了。	
關　羽	啊呀！這可如何得了！	
	（一士兵急上）	
士　兵	報，有一人要面見將軍。	
關　羽	（警覺地）何人？	
士　兵	是曹營中一位將軍。	
關　羽	哦！命他前來見我。	
	（兩士兵押張遼上）	
張　遼	雲長兄，你還認識小弟嗎？	
關　羽	你是……	
張　遼	末將當年乃呂布手下一員戰將，那年白門樓一戰，呂布殉命，張遼我也險險作了刀下之鬼，幸得將軍在曹丞相面前懇求，末將纔保得一命。救命之恩，一直無緣面謝，今日相見，請受小弟一拜。	
	（張遼跪拜）	
關　羽	你就是當年那個戰敗之後痛罵曹操，罵得曹操恨之入骨，那曹操老賊一心要殺的張遼張將軍？	
張　遼	正是小弟。	
關　羽	（譏諷地）當年那個痛斥曹賊的英雄，今日怎麼竟成了他手下的一員戰將？	
張　遼	蒙雲長兄抬愛，蒙曹丞相開恩，小弟纔幸存至今。	
關　羽	張將軍請起！不知將軍今日前來，有何見教？	
張　遼	小弟今日前來是奉曹丞相之命，請雲長兄到曹營一敘。	
關　羽	哦，原來如此。	
	（唱）當年的囚俘驀現身，	
	竟成了說客勸降人。	
	將軍今日前來是充當曹操說客，勸我歸順？	
張　遼	（唱）兄長休得怒目噴，	
	小弟我，今日是一片誠意來報恩。	
關　羽	（唱）既是報恩就應即刻放我行，	
	却爲何勸我向曹賊去稱臣？	

張　遼　雲長兄，言重了！我怎敢要兄長去屈駕稱臣？
關　羽　曹操這老賊向來心狠手辣，我若前去豈非白白送死？
張　遼　依小弟看來，那倒未必。
關　羽　何以見得？
張　遼　人都道曹丞相心狠手辣，殊不知他惜才如金。
關　羽　那老賊殺人如麻，死在他手上的人還少嗎？
張　遼　曹丞相他確確實實殺了許多不該殺的人，却也放了許多該殺的人。譬如小弟，就是他想殺而沒殺的人。
關　羽　（鄙夷地）他緣何不殺你？可憐？如憐一條搖尾乞憐的喪家之犬？
張　遼　（忍辱地）曹丞相不殺張遼，許是出於可憐，但如果不是關將軍說情，也許早就成了刀下之鬼，可見關將軍在曹丞相心中是何等舉足輕重。當年我在呂布將軍手下，是曹丞相不共戴天的仇敵，他連我都沒殺，何況是你——堂堂劉皇叔之弟，威震天下的將軍。
關　羽　俺兄長劉備乃漢室之後，力保社稷不淪奸臣之手乃我們兄弟義結金蘭時對天盟詞，我豈能背信棄義負我兄長？
張　遼　我一直敬聞將軍義重如山，然而我今天的一片誠意，也望將軍體察。
關　羽　（惻隱地）既然如此，你且回吧！曹操他能不殺你，必要殺我。
張　遼　兄長此言差矣！你現在已被團團圍困，縱然插翅，也難逃跑，一旦被抓，必死無疑。如你現在與曹丞相相見，他決不會輕易殺你。
關　羽　我寧願斷頭，也決不背叛我兄長玄德。
張　遼　雲長兄果然義薄雲天！但你不要忘記劉皇叔的兩位夫人——甘夫人、糜夫人現今正困在下邳城内，他們若有甚麽三長兩短，你可如何向劉皇叔交代。
關　羽　這個……
張　遼　望將軍三思。
關　羽　（沉思，唱）聽他言直覺得滿面蒙羞，
　　　　　　　　不由我何去何從難運籌。
　　　　　　　　大哥呀，爲救嫂夫人安然脱魔手，
　　　　　　　　我只得暫低下昂昂七尺男兒的頭。
　　　　　　　　罷罷罷！我就依你之見去見曹……
　　　　曹丞相，不過必得依我三個條件。

張　遼　將軍所言的條件，請向曹丞相面陳。
　　　　（切光）

第二場　宴　　會

（緊接前場）
（曹營帳中。氣氛緊張肅穆）
（荀彧、夏侯惇[1]上）

夏侯惇　（念）血刃下邳烽烟起，
荀　彧　（念）戰火熊熊人心迷。
夏侯惇　荀公，下邳一戰，我方勢如破竹，如今劉備逃竄異地，關羽也成甕中之鱉。曹丞相着張遼去勸降關羽，我看他降也罷，不降也罷，必死無疑。
荀　彧　夏侯將軍[2]，你是說，曹丞相他要殺關羽？
夏侯惇　必殺無疑。曹丞相他心……
荀　彧　（輕聲地）你是說，曹丞相他心狠手辣？
夏侯惇　（同樣輕聲地）他心裏難道不明白，如不殺關羽必定後患無窮。
荀　彧　（一笑）夏侯將軍觀曹丞相之心，竟如此清澈見底！
夏侯惇　（自負地）身在曹營多年，曹丞相的脾氣我了如指掌！
荀　彧　可許多你我都認為該殺的人，曹丞相他却都放了。
夏侯惇　何人？
荀　彧　譬如我，當年袁紹手下的一名食客；又譬如那個去充任勸降說客的張遼，當年呂布手下的一名戰將。我們都是丞相想殺也該殺而最終沒有殺的人。
夏侯惇　這……這倒也是。這次曹丞相如果和關羽會面，會是甚麼結果？
荀　彧　曹公與敗將會面，歷來是兩種結果，一是刀會……
夏侯惇　你是說殺……殺頭！那第二種呢？
荀　彧　那第二種就是宴會……
夏侯惇　何謂宴會？
荀　彧　丞相以禮待客，你我又可飽餐一頓。
　　　　（張遼上）
張　遼　荀司馬、夏侯將軍在此，可知曹丞相現在何處？

荀　彧　　張將軍勸降關羽,莫非有了消息?
張　遼　　關羽他願降,我此刻要即刻稟報丞相[3]。
荀　彧　　丞相即刻就到。
　　　　　(曹操上)
曹　操　　(唱)對酒當歌,人生幾何?
　　　　　　　譬如朝露,去日苦多。
　　　　　　　二十年征戰匆匆過,
　　　　　　　歷盡了人間滄桑世事磨。
　　　　　　　我欲乘風歸去夢南柯,
　　　　　　　嘆只嘆歲月易逝總蹉跎。
　　　　　　　人道是老驥伏櫪意欲何?
　　　　　　　盼只盼揚鞭奮蹄踏清波。
　　　　　(曹操坐定。衆人拜見曹操)
張　遼　　曹丞相,末將已與關羽見過,關羽他願意投降。
曹　操　　(喜悅地)呵呵。
張　遼　　不過關羽他有三個條件,要面陳丞相。
曹　操　　哦,他還有三個條件?如若我不允他的條件呢?
張　遼　　丞相如若不允他的條件,他就誓不歸降。
曹　操　　好一個誓不歸降!誓不歸降之人,老夫見着多了。(得意地)速速
　　　　　命他前來見我。
張　遼　　是。
　　　　　(張遼退下,少頃引關羽上)
關　羽　　(唱)趨步行勉從虎穴暫栖身,
　　　　　　　望定了眼前這殺氣騰騰兇殘人。
　　　　　(曹操離席走到關羽面前)
曹　操　　雲長老弟,久違了!
關　羽　　曹……丞相,久違了!
曹　操　　當年吾與玄德青梅煮酒,縱論天下,老弟你也在一旁,轉眼已有數
　　　　　年,人生聚散無常,今日再會,幸哉,幸哉!
關　羽　　此一時,彼一時,如今我只是你手下一名俘將。
曹　操　　老弟此言差矣!老夫久慕雲長老弟英氣美名,早就想與你並轡疆
　　　　　場,共圖天下。老夫日前有一詩爲證:"青青子衿,悠悠我心。但爲

關　羽	君故,沉吟至今。"詩寫得不好,心却是誠的。
關　羽	(吟誦)"呦呦鹿鳴,食野之苹。我有嘉賓,鼓瑟吹笙。"
曹　操	老夫拙詩,想不到老弟也還記得。今日嘉賓登門,怎不見鼓瑟吹笙?
	(音樂起)
關　羽	(嫋嫋音樂聲中似有所觸動)
	(唱)我只聞老賊殘忍惡滿盈,
	却不知他竟懷一番拳拳情。
	是真是假且不問,
	我不能失禮悖情怒氣太盛。
曹　操	(唱)只見他進門時怒目圓睜[4],
	一番話頓使他幡然識荆。
	果然是烈烈義士負英名,
	不枉我慧眼識君喜難平。
曹　操	聽張遼言道,雲長老弟來得曹營,有三個條件,願聞其詳。
關　羽	丞相當真願聞?
曹　操	當真願聞。
關　羽	這一,我與兄長玄德早有盟誓,共扶漢室,故而我今只降漢帝,不降曹營。
	(衆驚。夏侯惇舉手示意荀彧,作殺頭狀)
曹　操	(出人意料)此言正合吾意。吾乃漢相,漢即吾也,吾即漢也。這二……
關　羽	這二,我兩位嫂嫂,望丞相好生供養,一應上下人等,皆不得驚擾。
曹　操	皇嫂安危,曹某理當時刻放在心上。這三……
關　羽	這三,我與兄長玄德情同手足,一旦得知兄長下落,我當即刻投奔。
	(衆大驚。夏侯惇再次舉手示意荀彧,作殺頭狀)
夏侯惇	(旁唱)關羽他出言不遜如此張狂,
	看來是死期到要魂歸他鄉。
荀　彧	(旁唱)夏侯將軍休得要胡亂思量,
	今晚上又有一頓美餐飽嘗。
曹　操	(唱)聽他言不由我暗自神傷,
	這樣的義士我怎不早早尋訪。

　　　　　坦蕩蕩的話毫不躲藏，
　　　　　赤誠誠的心令人敬仰。
　　　　　孟德我豈能忘義殺賢良，
　　　　　我定要他回心轉意投我營房。
　　　（忽然仰天大笑）雲長老弟果然錚錚鐵骨真義士也！擺宴！
　　　（張遼不由伸出大拇指，不知是誇贊曹操還是誇贊關羽）
　　　（夏侯惇大驚）
　　　（荀彧不動聲色站立一旁）
關　羽　謝丞相恩賜。
曹　操　雲長老弟，我剛纔念的那首詩，還有幾句："契闊談宴，心念舊恩。月明星稀，烏鵲南飛。繞樹三匝，何枝可依。"來來來，我們一邊喝酒，一邊談心。

校記

［1］夏侯惇："惇"，原作"淳"。《三國志·魏書》有夏侯惇傳，《三國演義》有夏侯惇，今據改。下同。
［2］夏侯將軍："侯"，原無，據夏侯爲復姓補。下同。
［3］稟報丞相："稟"，原作"秉"，據文意改。下同。
［4］怒目圓睁："圓"，原作"圚"，據文意改。

第三場　釋　義

　　　（距前場數天後）
　　　（曹操書房。曹操獨自一人執壺自飲）
曹　操　（邊飲邊吟）
　　　　　慨當以慷，
　　　　　憂思難忘。
　　　　　何以解憂，
　　　　　唯有杜康。
　　　這關羽來我營已有數日，也不知何因，竟攪得我坐卧不安，心神不定。初見那日，他對我言道，如若得知劉備下落，他將即刻前往投奔。如此義士，放之怎能？殺之又何忍？

（唱）舉玉盅暗沉吟思緒綿綿，
　　　放不能殺不忍浮想翩翩。
　　　莫道是英雄膽魄氣衝霄漢，
　　　事臨頭我也只得喟然長嘆。
　　　我若狠心殺良賢，
　　　怎禁得日後靈魂受熬煎。
　　　人生百年轉眼間，
　　　後人評說難有憖。
　　　我若慈悲生憫憐，
　　　又恐怕日後遭遇斷頭險。
　　　身逢亂世人心奸，
　　　心存多疑如臨淵。
　　　難難難，難難難，
　　　不由我心潮澎湃熱淚漣漣。

這殺人一命，僅需舉刀之力。放人一命，却有千鈞之沉。人説我曹操乃"治世之能臣，亂世之奸雄"，今人胡言，權當放屁！呸！（狂笑）欲識曹某胸襟，留待千年後人。

（荀彧上）

曹　操　（抬頭）你怎麼來了？
荀　彧　曹丞相，不是你吩咐我來的嗎？
曹　操　哦，是我叫你來的？來得正好，陪我一起喝杯酒。
荀　彧　丞相喝酒向來豪氣衝天，今日怎麼獨自苦吞悶酒？
曹　操　荀公，你最知孟德性情，你可知今日之酒苦在哪裏？
荀　彧　丞相之苦，莫過於殺人。莫非丞相今天又想殺人？
曹　操　（警覺地）我想殺誰？
荀　彧　關羽。
曹　操　（驚）你怎知我要殺他？
荀　彧　從你的眼神。然而，丞相的眼神又是如此飄忽不定，看來你是想殺而又不忍殺。
曹　操　（忽然仰天大笑）荀公果然是聰明之人。曹某想殺關羽竟被你看出來了，不忍殺關羽也被你看出來了。
荀　彧　（得意地）丞相之苦正在於此。

曹　操　可惜你只看出我一半心思。
荀　彧　難道丞相還另有意圖？
曹　操　想殺而不忍殺，此乃一；即使忍殺也不能殺，此乃二。荀公只知其一，不知其二。
荀　彧　（頓悟）丞相果然高瞻遠矚。
曹　操　（如遇知音）那你說說這其二……
荀　彧　這其二，丞相是擔心劉備投奔袁紹。方今之勢，袁紹力強而乏謀，劉備則多謀而乏力。劉袁結盟，勇謀相濟，日後與丞相爭天下者，非袁紹，實乃劉備也。
曹　操　（笑）此乃玄機，不可泄漏。（舉杯）荀公請！
荀　彧　（舉杯）丞相請！
　　　　（夏侯惇、張遼急上）
夏侯惇　啓稟丞相，有一要事相報。
曹　操　何事報來？
夏侯惇　劉備他已投奔袁紹去了。
曹　操　（驚愕地）此消息可靠？
夏侯惇　可靠。
曹　操　果真？
夏侯惇　果真。
曹　操　（站起）啊呀！
　　　　（唱）聞言語，吃一驚，
　　　　　　劉備他果然與袁賊結同盟。
夏侯惇　（唱）勸丞相速速將關羽正法刑，
　　　　　　免得日後留禍根。
張　遼　（唱）但見得丞相臉色發了青，
　　　　　　不由我渾身顫抖心發緊。
荀　彧　（唱）荀彧我不由暗暗贊一聲，
　　　　　　丞相他果然是料事如神。
曹　操　（立即鎮静下來，重又坐定）依你們之見，那關羽，殺還是不殺？
夏侯惇　依我之見，立即殺！如今劉備投奔袁紹，已是如狼添虎；如果關羽再去投奔劉備，豈不是如虎添翼？
曹　操　（故意地）依荀公之見呢？

荀　彧　（略頓）丞相不是早有主見？
曹　操　我且問你！
荀　彧　殺之不忍，放之不能。如逞匹夫之勇，殺了爽快；如圖宏偉大業，殺了麻煩。孰去孰從，此事還要丞相定奪。
曹　操　依荀公之見，不殺，也不放，那就一留？
夏侯惇　留？能留得下來嗎？
張　遼　（急切地）我與荀公原都不是丞相麾下之人，不是都留下來了嗎？（自覺失言）丞相胸懷如海，世人人人敬仰，關羽縱然鐵石心腸，也定會回心轉意。
曹　操　（下決心）關羽他義重如山，我曹操義薄雲天！劉備能使他視死如歸，我怎不能叫他回心轉意？即刻傳令，請雲長老弟叙話。
張　遼　是！
曹　操　慢！（輕聲）劉備已投奔袁紹一事，不能走漏風聲。
荀　彧
夏侯惇　是！
張　遼

　　　　（張遼下。少頃張遼引關羽復上）
曹　操　雲長老弟來到曹營已有數日，一切都好？
關　羽　蒙丞相照應，一切都好。
曹　操　嫂夫人也好？
關　羽　也好。
曹　操　你好，我好，嫂夫人也好，只是玄德他如今不知下落如何，實是令人不安。
關　羽　啊！
　　　　（唱）聽他言似盤問又似慰藉[1]，
　　　　　　　曹操他向來是難揣心機。
　　　　　　　我只得不露聲色含糊其辭，
　　　　　　　免得他驚恐不安又生懷疑。
　　　　承蒙丞相關心我兄安危，雲長在此多謝了！
曹　操　（唱）只見他喜怒不露閃爍躲避，
　　　　　　　眉宇間却明明流露出憂愁端倪。
　　　　　　　我這裏旁敲側擊將話柄轉移，

打消他惴惴不安對我的滿腹狐疑。

雲長老弟,想當年你與玄德、翼德在我這裏,我們也是肝膽相照,情同手足。想不到你們竟不辭而別,令老夫好生思念。今日你我又能重聚,真是緣分不淺。

關　羽　雲長能在此與丞相重聚,却是緣分。

曹　操　既然如此,你又何必一定要離我而去?

關　羽　我與丞相只是萍水之緣,而我與兄長玄德却是生死之情。前人曰:"君子義以爲上。"我豈能背信棄義而圖一己之安康?

曹　操　說得好!"君子義以爲上。"此話乃孔丘所言。我記得他還說過:"君子有勇而無義爲亂,小人有勇而無義爲盜。"勇有大勇小勇之分,匹夫之勇乃小勇。義也有大義小義之別,專私一人之義乃小義。只認兄弟之義,不識統業之理,此爲大丈夫之所不爲。

關　羽　(鄙夷地)丞相謂之大義,望不吝賜教。

曹　操　當今之世,乃上下相疑之秋也。父子成讐,兄弟反目,此乃常事。你與玄德,情同手足,雖身臨逆境,仍心念舊恩。此等情義,實實令人欽佩。(激昂地)然而你再看看如今之天下,干戈相殘,餓殍遍野,既爲義士,能不觸目驚心!

關　羽　(譏諷地)那丞相何以擁兵自重?

曹　操　設使國家無有孤,不知當幾人稱帝,幾人稱王!天下大亂,百姓遭殃。天下一統,萬民歡暢。如今能一統大業者,唯玄德與曹某也。玄德與我理應聯合,創曠世之大業,解百姓於倒懸。此乃大義也。

關　羽　(一時語塞)……

曹　操　(自言自語)"契闊談宴,心念舊恩。月明星稀,烏鵲南飛。繞樹三匝,何枝可依。"

關　羽　(沉思)"契闊談宴,心念舊恩……繞樹三匝,何枝可依。"

曹　操　雲長老弟,嫂夫人在此,一定花銷不少。來人!(二兵士抬一盒上)這裏一千兩紋銀,不成敬意,你且拿去用了。

關　羽　丞相,這……

曹　操　牽馬來!(對關羽)雲長弟,隨我來!

(曹操、關羽出書房。荀彧、夏侯惇、張遼等隨之)

(一兵士牽馬上)

曹　操　雲長弟認得此馬否?

關　羽　（端詳）此馬遍體烏亮,渾身赤炭,莫非當年呂布所騎赤兔馬?
曹　操　正是！它舊主殉命,在我這兒已伏櫪多時,好馬須配好鞍,更須好騎手。老夫把此馬送與老弟了！
關　羽　（喜不自禁）哎呀！此馬日行千里,夜行八百,我得此馬,日後若知兄長玄德下落,可一日見面矣。
　　　　（衆驚）
曹　操　（大笑）哈哈哈,哈哈哈！老弟既能識馬,必能識人。
　　　　（曹操下。荀彧、夏侯惇隨下）
　　　　（張遼走到關羽身邊）
張　遼　將軍,你剛纔處變不驚,真讓我爲你捏一把冷汗。我說丞相不會殺你吧？
　　　　（關羽望着曹操走去的方向沉思）
　　　　（燈漸滅）

校記

[1]慰藉:"藉",原作"籍",據文意改。

第四場　祭　　靈

（緊接前場）
（卞夫人內房）
（卞夫人靜坐在案邊,一手執佛珠,一手擊木魚）
（在清脆的木魚聲中燈漸亮）
（曹操上）

曹　操　（唱）離却了喧囂營地到後堂,
　　　　　　　只聽得静悄悄的木魚聲聲震耳旁。
　　　　　　　那幽静的磬聲旋空回蕩,
　　　　　　　我心中怎覺得如此悲愴。
　　　　　　　嘆人世,太淒惶,
　　　　　　　陰陽間,兩茫茫,
　　　　　　　今日的露珠明朝的瓦霜,
　　　　　　　難言的隱情只得深深埋藏。

　　　　（曹操推門入內）
　　　　（卞夫人依然擊木魚）
　　　　（曹操輕輕走到卞夫人身邊）
曹　操　夫人！
卞夫人　相爺，你回來了？
曹　操　（落坐）近來我怎覺得如此疲乏？
卞夫人　相爺你戎馬倥傯，日理萬機，勞累了。
曹　操　是勞累了。我累在朝堂，累在戰場，更……累在心上。
卞夫人　大丈夫立言在朝堂，立功在戰場，立德在心上。相爺之累，乃古人所云：立德、立功、立言，善莫大焉。
曹　操　如今我立言易如反掌，立功遊刃有餘，唯有這立德——却讓我累得心力交瘁。
卞夫人　相爺有立德之宏願，已屬不易，只是不要太勞累了。寧靜以致遠，心慈德自立。
曹　操　夫人勸言，我當時時銘刻在心。
卞夫人　（見機規勸）佛祖箴規，慈悲為懷。得放手處且放手，得讓人處且讓人。
曹　操　（自恃地）夫人所言極是，當年劉備不辭而別，我不是放了他嗎？張遼來降，我不是收了他嗎？
卞夫人　劉備、張遼與你無隙，理當放之。
曹　操　（不服氣）那張繡與我有殺子之仇，俺老命險乎也喪在他的手中，我不是也沒有殺他，還與他結成兒女之姻？
　　　　（唱）想起了當年事似滾油熬煎，
　　　　　　　失子痛終身恨我永銘心間。
　　　　　　　嘆只嘆為酬宏圖將世事周全，
　　　　　　　這滿腔的憤懣向誰人言傳。
　　　　（背白）兩年前，曹昂小兒死於疆場，死在那可恨可惱可敬可畏的張繡手中。兩年來，每每想起此事，我便難禁悲憤。然而我這悲憤又能向誰人訴説？昂兒非卞夫人親生，想必她也難解我這番撕心裂肺之痛。
卞夫人　（遞上一支清香）相爺，還記得今天是甚麼日子？
曹　操　今天是甚麼日子？

卞夫人　今天乃昂兒歸天兩周年忌日。
曹　操　啊！
　　　　（唱）我道是螟蛉之子難關情，
　　　　　　　想不到她竟把昂兒視作親生。
　　　　　　　夫人，我的好賢妻啊！
　　　　　　　嘆茫茫塵世離亂紛爭，
　　　　　　　唯有你賢德妻知我豪情。
　　　　（接過清香，接唱）
　　　　　　　昂兒啊這支香你且熏聞，
　　　　　　　這是你在世的父母爲你祭靈。
　　　　（哭）兒啊！
卞夫人　（唱）見相爺手捧清香淚縱橫，
　　　　　　　難掩那至親骨肉父子情深。
　　　　　　　相爺啊兵戈相殘血淒腥，
　　　　　　　死於戰禍豈止昂兒一個人。
　　　　（卞氏遞上第二支清香）
曹　操　（對卞氏一望）夫人你……？
卞夫人　陳宮老母承你照料，她那死去的兒子在九泉之中不會忘記你的恩情！
曹　操　啊呀！陳宮老弟，當年白門樓一戰，呂布殉命，老夫勸你歸順，你却死不從命，臨死之前，你要我好生照料你那白髮老母，我，我聽命了！然而你那白髮老母至今還不知道她的兒子已永遠離她而去了！（接過第二支清香）陳宮老弟！
　　　　（唱）那時節你倔強我任性，
　　　　　　　男人的剛烈送了你的命，
　　　　　　　留給我却是無限的悔恨！
　　　　　　　如今我一支清香祭亡靈，
　　　　　　　也不知你九泉之下可知情？
卞夫人　相爺，兵燹離亂，最苦的是芸芸衆生。中平建安以來，又有多少無辜死於非命，每每念及，妻便憂心如焚。縱然我在内房自設靈堂，也難超度苦難的亡靈，撫平我内心的不安。（點燃第三支清香）
曹　操　（如箭穿心地）夫人……！（惶恐不安）我三番帶兵入彭城，城内城外,每次都血流成河。這一幕幕慘烈場景,常常入我夜夢。難道我,我,我竟是千古罪人?

（唱）當年興兵討群兇,
　　　雄心壯志在咸陽。
　　　胸懷着兼濟天下凌雲志,
　　　大丈夫甘拋頭顱赴國殤。
　　　誰料想鐵蹄踏處民遭殃,
　　　神州遍地兵馬荒。
　　　鎧甲生蟣虱,
　　　萬姓以死亡,
　　　白骨露於野,
　　　念之斷人腸。

（曹操接過卞氏手中第三支清香,深深一拜）
　　　如今是壯志未酬我已兩鬢染霜,
　　　誰憑想錚錚鐵漢在此黯然神傷。

卞夫人　（唱）相爺他情真切感人心扉,
　　　天應知地可鑒日月同輝。
　　　人世茫茫願常違,
　　　誰人識得是與非。
　　　我只得手捧酒杯來安慰。

卞夫人　（雙手敬上酒杯）相爺心懷,天知地鑒。
曹　操　（接唱）願世人得安康人心回歸。
　　　（接過酒杯,灑酒於她）我之所爲,不求感天動地,但念人心體憫。
卞夫人　相爺心懷,不求今人體察,但求後世流傳。
曹　操　（感激地）夫人,你真乃是我的知音!
卞夫人　（突然地）相爺,不知日前來降的關羽,近日可好?
曹　操　（頗感意外）夫人怎會惦念起他來啦?
卞夫人　我早有聞知,關羽乃是一位重義之人,他與劉備義結金蘭,如今護送兩位嫂嫂來到此地,相爺可得好生安撫。
曹　操　夫人所言極是,我對他三日一小宴,五日一大宴,上馬金,下馬銀,今日又將鍾愛的赤兔馬贈送於他,孤人對他一片真情,天知地鑒!

卞夫人　君子喻於義，小人喻於利。相爺義舉，必得人心。
　　　　（曹操默然）
卞夫人　爲妻但有一事相問，相爺莫非是想留住關羽？
曹　操　正是。
卞夫人　如若他不願留此，相爺又將如何處置？
曹　操　這個……夫人何作此問？
卞夫人　相爺剛纔祭酒灑地，亡靈應知。
曹　操　你是說，前車之鑒不可復轍，從今往後再也不能殺生？
卞夫人　爲妻只是提醒相爺，如此義士，你若放了，必得後人萬世稱頌。
曹　操　（唱）多謝夫人來提醒，
　　　　　　　　孟德我會牢牢記在心。
　　　　　　　　夫人啊，我今有一事煩相請，
　　　　　　　　望夫人助我一臂之力來調停。
卞夫人　請相爺明言。
曹　操　關羽與劉備義重如山，只要勸得玄德歸順，關羽必然不會走，且我又將如虎添翼。
卞夫人[1]　此事何以求我？
曹　操　我想請夫人與甘、糜兩位夫人一晤，勸劉備歸順曹營。
卞夫人　（未曾料到，猶豫）這個……相爺，如我負命，我也有一事相求。
曹　操　夫人請講！
卞夫人　此事不管結果如何，相爺都不能殺關羽。
曹　操　這個……
卞夫人　莫非相爺有難言之隱？
曹　操　（略加思考，頓下決心）遵夫人吩咐！
卞夫人　如此遵命！
曹　操　如此多謝夫人！
　　　　（收光）

校記

[1] 卞夫人："卞夫人"，原無，據文意補。

第五場　酬　恩

（數日後）
（曹營帳中）
（荀彧、夏侯惇上）

荀　彧　（念）袁紹興兵侵擾我營，
　　　　　　　連折兩將節節敗陣。
夏侯惇　（念）丞相大怒電閃雷霆，
　　　　　　　衆將摩拳紛紛請纓。
夏侯惇　荀公，那袁紹老賊此番來犯氣勢洶洶，我營已連折兩將，丞相緣何遲遲不再派人前去應戰？
荀　彧　其實丞相心中早有一員驍將。
夏侯惇　誰？
荀　彧　（回避）只怕此將一出馬，敗固可悲，勝亦麻煩。
　　　　（夏侯惇不解）
　　　　（曹操上；張遼、許褚、徐晃、蔡陽等隨上）
　　　　（曹操居中坐定）
曹　操　衆將軍，此番與袁賊對陣，我方已連折兩將，如今誰人還敢再上戰場？
衆　將　末將願往。
曹　操　如再折將，豈不被人嘲笑我軍中無人？
衆　將　這個……
曹　操　（唱）衆將士齊請纓摩拳擦掌，
　　　　　　　他們怎知我心中隱隱憂傷。
　　　　　　　關羽來此已多日，
　　　　　　　我欲投壺試忠良。
　　　　　　　怕只怕他們兄弟相見在戰場，
　　　　　　　他若一去不回我只能徒嘆悲凉。
　　　　　　　此事我必須細細思量，
　　　　　　　投鼠忌器我不得不防。
　　　　荀公，你看派誰前往爲好？

荀　彧　我看有一將軍可以前往，而且必能取勝，只怕這是一步險棋。
曹　操　誰？
荀　彧　關羽。
曹　操　(警覺地)你說他能拿下顏良？
荀　彧　關羽他心氣正盛，拿下顏良自不在話下。只是……
曹　操　只是他拿下了顏良，見到了兄長，報答了恩情，就要離我而去？
荀　彧　丞相明察。
曹　操　(轟然站起)啊！
　　　　(唱)荀彧他果然知我胸中棋，
　　　　　　我正是舉棋不定心存疑。
　　　　　　關羽他報恩之心我早知，
　　　　　　只怕是酬恩之期即是他離去時。
　　　　　　我豈能爲區區小棋失大勢，
　　　　　　需知曉棋錯一着後悔遲。
曹　操　如派關羽前往，他們弟兄能見到面嗎？
荀　彧　兩軍對壘，實難預料。
曹　操　依荀公之見，此棋能用不能用？
荀　彧　丞相，我估計關羽拿下了顏良，即便見到了劉備，也必得回來。
曹　操　何也？
荀　彧　他還有兩位嫂嫂，劉備的兩位夫人還在丞相掌控之下。
曹　操　啊呀呀，你看我竟把此事給忘了。(得意地)荀公，你我手談之時，我每每總喜歡下險着，而且每每總能取勝。棋局也罷，戰場也罷，企圖不冒風險而輕易取勝，實乃懦夫所思所爲。
荀　彧　此棋雖險，用意頗深，一來可平丞相折將的怨氣，二來可試關羽酬恩的義氣，三來他們兄弟遲早總得相見，遲見不如早見。
曹　操　荀公明見。來人，請關將軍帳中來見！
　　　　(內喊：丞相請關將軍帳中相見)
　　　　(關羽上)
關　羽　(唱)乍聽得沙場激戰擂鼓聲，
　　　　　　却原來袁紹發兵勢凶狠。
　　　　　　曹操他軍帳督陣親點兵，
　　　　　　却爲何偏偏瞞却了我關某人。

丞相在上，關羽來見。

曹　操　原來是關將軍，近日可好？

關　羽　兩軍交戰，丞相何必再禮儀客套？

曹　操　你我之間，不用客套？

關　羽　此乃軍帳，丞相親自督陣，雲長前來請纓。

曹　操　（喜）將軍欲爲孟德出陣？

關　羽　丞相待雲長恩重情長，雲長早就想報丞相之恩。

曹　操　（驚喜）孟德待你僅一時之恩，這一時之恩將軍何必時時挂念？

關　羽　人言道，滴水之恩當湧泉相報。丞相一時恩，雲長百年情。

曹　操　（大喜）將軍果然是大義之士！如此將軍小心了！

關　羽　丞相放心。手中有雲長善施的偃月刀，胯下有丞相所賜的赤兔馬，我定然會凱旋而歸。

曹　操　將軍必定得歸？

關　羽　俺焉能不歸？

曹　操　如遇不測？

關　羽　（不解）末將尚未出陣，丞相何出不祥之語？

曹　操　不不，我是說，將軍如遇爲難之事，爲難之人，也必定能凱旋而歸？

關　羽　（更爲不解）兩軍對壘，豈能兒戲？丞相如若不信，我願立下軍令狀！

曹　操　雲長弟，老夫多慮了。如此，我在此備下慶功宴，但等將軍歸來痛飲！

（關羽急下）

（衆人見關羽下，議論紛紛）

曹　操　（唱）見雲長英姿颯颯出門轅，
　　　　不由我忐忐忑忑心不安。
　　　　人道是勝敗常事休怨煩，
　　　　怎奈我患得患失難承歡。
　　　　緊繃的絲弦在我心中亂彈，
　　　　我是盼他凱旋又怕他更張易弦。

（一探子來報："啓稟丞相，關將軍將顏良斬於馬下。"）

（衆驚喜）

（曹操大喜）

曹　操　（沉吟）青青子衿，悠悠我心。
　　　　　　　　但爲君故，沉吟至今。
　　　　　　　　呦呦鹿鳴，食野之苹。
　　　　　　　　我有嘉賓，鼓瑟吹笙。
張　遼　關將軍班師回朝，奏樂迎接！
　　　　（音樂起。關羽在莊嚴的樂曲聲中上）
關　羽　（唱）適纔間在沙場塵烟漫漫，
　　　　　　　似見得大哥他在城樓觀戰。
　　　　　　　將信將疑心中亂，
　　　　　　　是真是假我難判斷。
　　　　我大哥如在袁紹那裏，曹操應該清楚。
　　　　（觀曹操神色）
　　　　（接唱）但見他似喜似憂面露不安，
　　　　　　　却原來他早知兄長的去踪秘而不宣。
　　　　曹丞相，你不該將大哥的消息秘而不宣！
　　　　（接唱）如今我曹操的恩情已報全，
　　　　　　　我急需見嫂夫人，
　　　　　　　免得她們魂繫夢牽。
曹　操　關將軍果然凱旋歸來。
關　羽　末將回命了。
曹　操　關將軍豐功至偉，待孟德即奏漢帝，敕封你爲漢壽亭侯。
關　羽　多謝丞相。
曹　操　擺宴！
關　羽　（急攔）丞相，雲長纔下戰場，兩位嫂夫人定在府中惦念，我要即刻回去拜見嫂嫂。
曹　操　宴罷再去不成？
關　羽　恐怕嫂嫂着急。
曹　操　（狐疑地）是有緊要話與嫂夫人言講？
關　羽　（掩飾地）那倒沒有。
曹　操　（沉思良久）那——你去罷。慶功宴改日再擺吧[1]。
　　　　（關羽急下）
　　　　（曹操急喚荀彧）

曹　操　（輕聲地）此番袁紹來犯，劉備是否同來？
荀　彧　應該同來。
曹　操　如此說來，他定然知道了劉備的下落？
荀　彧　應該知道。
夏侯惇　剛纔我看關羽神色慌張，定是準備潛逃，此事望丞相早作定奪。
曹　操　（下決心）衆將聽令！
　衆　　有！
曹　操　（少頃，頹然地）你們各自回去吧！
　　　　（衆欲下）
曹　操　且慢！荀公，夏侯將軍，你們暫且留下！
　　　　（張遼、許褚、徐晃、蔡陽等下）
曹　操　（對荀彧）荀公，你即刻去鑄造一顆金印，上鐫"漢壽亭侯"四字，今晚給關將軍送去！
荀　彧　是。
曹　操　（對夏侯惇）你即刻帶兵到劉皇叔夫人的住地，好生侍候！
　　　　（曹操下）
夏侯惇　丞相意欲何爲？
荀　彧　丞相叫我留關羽，叫你殺關羽。
夏侯惇　究竟是"留"還是"殺"？
荀　彧　丞相的決斷往往要在最後一刻纔能作出！
　　　　（切光）

校記

［1］慶功宴改日再擺吧："慶"，原作"親"，據文意改。

第六場　夜　　訪

　　　　（當天晚上）
　　　　（甘夫人、糜夫人客堂）
　　　　（客堂內香烟嫋嫋，甘夫人正在焚香求平安）
甘夫人　（唱）一輪明月吐清寒，
　　　　　　　焚香祝禱求平安。

>　　但願得皇叔安康脫險難，
>
>　　盼只盼夫妻承歡得團圓。

糜夫人　姐姐，二叔又有多日未來，不知皇叔他近日景況如何？

甘夫人　妹妹，二叔他一定在奮力打探皇叔下落，一旦有消息，必定會來告知我們。

糜夫人　姐姐，曹操那老賊將我們姐妹困在此處，必不安好心，皇叔如知此情，也要擔憂。

甘夫人　妹妹言之有理，只是我們現在身不由己，也只能既來之則安之。

　　（一丫環上）

丫　環　稟兩位夫人，關將軍求見。

甘夫人　速速請進。

　　（丫環下）

　　（關羽急上）

關　羽　雲長見過兩位嫂嫂。

甘夫人　二叔請坐。我們剛纔還提起二叔，不知二叔可知皇叔下落？

關　羽　兩位嫂嫂，雲長已探得大哥下落！

甘夫人　（興奮地）此話怎講？二叔快快細細道來。

關　羽　今日我奉曹操之命出征沙場，不料正與顏良殺得性起，抬頭一望，卻望見大哥站立在城牆之上。大哥他……他已投奔袁紹去了。

糜夫人　二叔可看仔細了？

關　羽　大哥面影，我怎會看錯？

甘夫人　你已探得皇叔下落，此事曹操可曾知曉？

關　羽　他尚未知曉。

糜夫人　姐姐，我們即刻啟程，速去投奔皇叔。

甘夫人　此事萬萬不得莽撞。我們現在身處曹營，事事處處都在曹操掌控之下；若想潛逃，只怕插翅難飛。何況皇叔現今境況，我們也不甚清楚，倉促而走，只怕壞事。

糜夫人　那依姐姐之見呢？

甘夫人　此事硬攻只能引火自焚，我們但且安下心來，伺機而動。

關　羽　我今日斬了顏良，袁紹豈肯罷休，待來日我再請纓殺上戰場，探得大哥底細，我們再作主張。

甘夫人　如此甚好。

（一丫環上）

丫　環　稟夫人，丞相夫人求見。

關　羽　（震驚）嫂夫人，我曾明言，不准任何人來到門上，曹操怎能不守信諾，此事萬望夫人謹慎處之，不見爲好。

甘夫人　（鎮靜地）不可。我早就耳聞卞夫人賢惠善良，一直無緣相見，今日來訪，怎能不見？（對丫環）速速有請！

（丫環下）

關　羽　如此雲長告辭了！

糜夫人　姐姐，我也暫且回避。

（關羽下）

（糜夫人也下）

（丫環引卞夫人上）

卞夫人　（唱）遵夫命來到此憂心忡忡，
　　　　　　　只怕是願難遂步履沉重。
　　　　　　　沙場征戰本是男兒事，
　　　　　　　誰料想女流輩也能建奇功。
　　　　甘夫人，卞氏深夜造訪，實是冒昧。

甘夫人　丞相夫人來訪，有失遠迎，乞望海涵。只是夜深行走不便，辛苦了丞相夫人。

卞夫人　夜深纔得人靜，日間來訪，怕諸多不便。

甘夫人　（唱）果然是名不虛傳賢德人，
　　　　　　　但見她彬彬有禮令人親。
　　　　　　　如不是兩軍相壘刀光劍影，
　　　　　　　我只道鄰里來訪倍感親近。
　　　　　　　她既來之必有原因，
　　　　　　　我還需時時提防不露迹痕。
　　　　丞相夫人，請坐。

（兩人坐下）

卞夫人　兩位夫人來到此地，一直未來問候，不知起居可安？

甘夫人　蒙丞相照應，一切都好。丞相夫人今日前來，有何見教？

卞夫人　我今日前來，只是問候。疆場征戰，那是男兒們的事，我們女流之輩只求丈夫平安，家室安康。

甘夫人　夫人所言，句句感人肺腑。（傷感地）但不知我那夫君現今安危如何？（試探地）夫人可知玄德下落？
卞夫人　皇叔現今的下落，我尚不知。
甘夫人　夫人真的不知？
卞夫人　女流之輩怎管得天下大事，皇叔下落我真的不知。但我倒是天天焚香，祈望他能平安來到此地，一則你們夫妻可以團聚，二則皇叔與丞相合力征戰，天下必能太平。
甘夫人　丞相欲與玄德合力征戰？
卞夫人　丞相他朝思暮想欲與皇叔聯盟。
甘夫人　聯盟？
卞夫人　（唱）只見她欲言又止臉含顰，
　　　　　　　分明是不知進退難啓唇。
甘夫人　（唱）只見她和顏悅色面含春，
　　　　　　　但不知款款細語是假還是真。
卞夫人　（唱）相爺的衷曲似晦似明，
　　　　　　　難怪她忐忑不安疑鬼疑神。
甘夫人　（唱）馬落懸崖總歸魂受驚，
　　　　　　　人在檐下還需多留神。
　　　　（掩飾）剛纔夫人所言極是，疆場征戰，那是男兒們的事；我們女流之輩只求丈夫平安，家室安康。
卞夫人　此言甚是。日後不管皇叔身在何處，丞相必定會讓你們夫妻團聚。
甘夫人　此言是真？
卞夫人　此乃丞相親口所言。
甘夫人　我二弟生性耿直，定有冒犯丞相之處，也請丞相多多包涵。
卞夫人　關將軍義重如山，丞相對關將軍欽佩有加。
甘夫人　如此說來，丞相不會殺雲長？
卞夫人　夫人何言"殺"字？
甘夫人　這個……
卞夫人　（寬慰地）人都道丞相心狠手辣，我與他夫妻一場，深知他的脾性。他是遇事處置果決，遇人善惡分明。不管關將軍今後何去何從，丞相決不會對關將軍兵刃相見。
甘夫人　此言也真？

卞夫人　此言也是丞相親口所言。
甘夫人　啊！
　　　　（唱）聞聽此言吃一驚，
　　　　　　　不由疑慮暗自生。
　　　　　　　都說曹操性殘忍，
　　　　　　　難道他惺惺相惜也有情。
卞夫人　（唱）見她吃驚我心也驚，
　　　　　　　相爺啊，爲甚麼人們總是只記你的恨，難記你的情。
　　　　　　　我此刻費盡心血也難爲憑，
　　　　　　　相爺的行動定會讓她寬心。
甘夫人　（唱）我這裏欲將真情再探明，
卞夫人　夫人，時已不早，我得告辭了。
　　　　（唱）待來日再登門重叙衷情。
　　　　（卞夫人下）
　　　　（糜夫人上）
甘夫人　（對糜夫人）剛纔我們所言，你都聽到了？
糜夫人　（頗感詫異）聽到了。難道她說的都是真的？
甘夫人　他人信其假，我願信其真。
　　　　（切光）

第七場　送　行

（關羽居所）
（關羽捧金印急急上）
關　羽　（唱）戰場上文醜他泄露真情，
　　　　　　　大哥他果然與袁紹結成同盟。
　　　　　　　時不宜遲防變更，
　　　　　　　猶豫不決怕枝節橫生。
　　　　剛纔我在戰場上與文醜對陣，開打之前，他對我言道，大哥玄德確已在袁紹營中。如今我誅了文醜，便匆匆來到此地。（將金印高高舉起）曹丞相，自從關羽來到曹營，你是三日一小宴，五日一大宴，上馬金，下馬銀，又蒙啓奏獻帝，賜我"漢壽亭侯"金印，雲長在此心領了。如今我已得知大哥的下落,我,我要走了!
(接唱)謝丞相多日來款待盡周,
　　　　對雲長意懇切苦苦勸留。
　　　　為報答丞相的情深誼厚,
　　　　我已在戰場上斬了顏良誅了文醜。
　　　　不殺之恩情已酬,
　　　　願此情似滾滾長江水長流。
(置金印於案上)曹丞相,我今挂印而去,莫怪雲長失禮了。丞相待我,恰如你親口所言,這一時之恩,怎比得我與大哥玄德情深如海。有恩不報非丈夫,仗義捐軀真君子。我,我,我要走了。
(荀彧上)

荀　彧　關將軍!
關　羽　(顯得有點慌張)荀公,你怎麼來了?
荀　彧　關將軍戰功赫赫,我特來道賀!(看案上金印)怎麼,將軍要挂印而去?
關　羽　荀公怎知?
荀　彧　將軍把金印放在案上,人不明言印自言。此金印乃丞相命我特為將軍所辦,多少人想得此印而難求,將軍却視若芥草,可敬可佩!
關　羽　蒙丞相厚愛,雲長愧受此印。
荀　彧　莫非將軍已知令兄下落?
關　羽　(緊張)荀公怎知我已知大哥下落?
荀　彧　將軍來曹營之初就曾明言,一旦得知令兄下落,即刻就要投奔。
關　羽　(只得默認)此事望荀公宥諒。
荀　彧　我宥諒又有何用?此事需要丞相海量。
關　羽　難道此事丞相已經知曉?
荀　彧　(淡淡一笑)丞相命我先來一步,他即刻就到。
關　羽　啊呀,不好!
　　　　(唱)我以為神不知鬼不覺無人知曉,
　　　　　　却原來此事機關早泄盡人昭昭。
　　　　　　曹操他向來是心胸狹小,
　　　　　　啊呀,兄長,嫂嫂!看來是此一番凶多吉少。
荀公,小弟當初曾與丞相言講,一旦得知兄長下落,我當即刻投奔。

	想必丞相不會忘記自己的諾言。
荀 彧	丞相的記性有時很好,有時却很差。
關 羽	這個……那還望荀公能在丞相面前提醒一二。
荀 彧	此事由我來提醒丞相,恐怕於事無補。
關 羽	那麽荀公就爲我在丞相面前美言兩句。
荀 彧	丞相的脾氣最看不得的便是卑躬屈膝向他求饒。
關 羽	如此説來,丞相今天是不會放我走了?
荀 彧	難道將軍就不能不走?
關 羽	雲長既知大哥下落,怎能不走?
荀 彧	將軍如一定要走,我且提醒將軍一句話:求他放行,未必能行;仗義執言,也許事成。

(内喊:"曹丞相到。")

(曹操上)

關 羽	(鎮静地)丞相今日怎會到此?
曹 操	關將軍,老夫今日到此,特來面謝。
關 羽	謝我何來?
曹 操	謝將軍沙場建功,斬顔良,誅文醜,解我鬱悶,除我舊恨,此恩此情,老夫永銘。
關 羽	丞相,雲長早就對你説過:丞相一時恩,雲長百年情。這區區小事,丞相何足挂齒。
曹 操	好哇! 如今是:將軍一時恩,老夫百年情!
關 羽	丞相,百年之情留待百年之後再講,雲長今日且有一事相求。
曹 操	將軍請講!
關 羽	(欲言又止)丞相,我,我日夜思念兄長玄德,因此我想……即刻啓程,去尋訪大哥。
曹 操	莫非將軍已知玄德下落?
關 羽	(極其尷尬地)我已探得消息,大哥他現在袁紹營中。
曹 操	就是你剛剛殺了他兩員大將、與俺曹操對壘戰場的那個袁紹?
關 羽	正是。
曹 操	而你……你現在就要從俺曹操這兒去投奔那個怒氣未消、對你恨之入骨的袁紹?(少頃)你就不怕袁紹用你的頭來祭顔良、文醜的亡靈?

關　　羽　　俺不問袁紹他對雲長如何,俺只知大哥現在他的營中。(正氣凜然地)雲長既知大哥的下落,就得即刻前去與他團聚,其他不容多想。

曹　　操　　那你可知俺曹操會放你而去嗎?

關　　羽　　這個……

曹　　操　　你就不怕我在你未行之前就把你殺了?

關　　羽　　我若怕死,就不想走了。既然要走,就沒有想到死。

曹　　操　　將軍義氣,可敬可佩!(長嘆一聲)唉!既然將軍與我如此絕情,我只得揮淚……

荀　　彧　　(着急地)丞相……

曹　　操　　放行!(淒愴地)我原想讓你們兄弟在此團聚,思來想去,玄德如來曹營,我看袁紹他未必有我曹操的雅量。我千不怕,萬不怕,只怕玄德老弟性命難保!

關　　羽　　啊!

　　　　　　(唱)一句話説得我淚眼汪汪,
　　　　　　　　未曾想他竟有如此雅量。
　　　　　　　　躬身一拜深深謝,
　　　　　　　　丞相的恩情永世難忘。

曹　　操　　雲長老弟!
　　　　　　(唱)你我兩次相聚本是情緣一場,
　　　　　　　　嘆人間有多少世態炎涼。
　　　　　　　　莫道前途歷滄桑,
　　　　　　　　英雄聚散本尋常。
　　　　　　　　臨行時道一聲珍重語短情長,
　　　　　　　　期盼着有朝一日再叙衷腸。

曹　　操　　拿酒來!(一士兵送酒上)將軍,你斬顏良,誅文醜,都還未曾喝慶功酒,這杯酒權作慶功,也算老夫爲你送行!

　　　　　　(兩人一飲而盡)

關　　羽　　如此多謝丞相!待我前去請兩位嫂夫人與雲長同行。

曹　　操　　將軍不必操心,兩位夫人即刻就到。見到了玄德老弟,也請代爲問候。

　　　　　　(卞夫人陪甘夫人、糜夫人上)

　　　　　　(關羽大吃一驚)

甘夫人
糜夫人　多謝丞相、丞相夫人放行！

曹　操　此事不必謝我。（對卞夫人）多謝夫人叮嚀，使曹操不作失信之人。

卞夫人　兩位夫人,今日丞相和我不是放行,而是送行！

曹　操　送行！（一士兵托盤上）關將軍，這裏有紋銀千兩，以備路用。將軍所騎赤兔馬，也請隨將軍同行。

關　羽　丞相之恩，雲長來日再報！（欲下）

曹　操　將軍且慢！孟德還有一卷書簡請將軍笑納。

（曹操從一士兵手中拿過一卷書簡交與關羽）

（關羽接過書簡）

曹　操　（幕外音，唱）青青子衿，
　　　　　　　悠悠我心。
　　　　　　　但爲君故，
　　　　　　　沉吟至今。
　　　　　　　山不厭高，
　　　　　　　海不厭深。
　　　　　　　周公吐哺，
　　　　　　　天下歸心。

（在畫外音中，光漸暗）

第八場　放　曹

（八年後，即建安十三年，公元 208 年）

（華容道上，狹路泥濘）

（畫外音接前場，但已不是曹操的聲音：世事滄桑，物換星移。曹操中計，兵敗赤壁。奈何天機，魂何歸兮？歸兮歸兮，千古之謎）

（時已深秋，朔風凜冽。在一片混亂和彌漫的烟火中，戰敗後的衆將簇擁着曹操上）

曹　操　（唱）赤壁一戰泣鬼神，
　　　　　　世事難料恰氤氳。
　　　　　　想當年金戈鐵馬叱咤風雲，
　　　　　　如今是兵敗山倒懾魄驚魂。

(歲月無情,此時的曹操已比八年前明顯蒼老了許多,但建議演員不必改妝,因為此時的曹操仍然雄心猶在,秉性難移)

曹　操　此處已是甚麼地方?

荀　彧　此地已是華容道。

曹　操　華容道!(大笑)
　　　　(唱)我笑劉備用兵太愚蠢,
　　　　　　他竟失算在此處埋伏兵。
　　　　　　人道是神機妙算諸葛孔明,
　　　　　　竟也會漏算一着讓我逃生。

曹　操　荀司馬,此番赤壁一戰,我看孔明用兵,真是着着精明,唯有這最後一着,却是個大敗着!華容道乃是我必經之道,如若換了我,嘿嘿,哪裏還有俺曹操逃生之路!

　　　　(眾皆不語)
　　　　(突然遠處傳來一片嚣殺之聲)
　　　　(眾人皆驚)

曹　操　(故作鎮靜地)何來喧囂之聲?
　　　　(一士兵急上)

士　兵　啓稟丞相,前有一列兵馬擋住去路。

曹　操　可曾看清,領將誰人?

荀　彧　(遙望)丞相,領將大纛,上書"關"字。

曹　操　(欣喜地)莫非是關羽,關雲長,關將軍!

荀　彧　正是!

曹　操　真是天不絕我也!當年老夫待關羽,可謂仁至義盡,今日在此相遇,他怎會忘却舊日的恩情?劉備啊劉備,孔明啊孔明,你們派誰不行,偏偏派關羽來到華容道,真是不知其人不善其任啊!

荀　彧　丞相,在荀某看來,這正是諸葛先生知人善任之處。

曹　操　何也?

荀　彧　諸葛先生早有神算,天下三分,劉備只得其一。況且丞相是漢室的棟梁,就像你當年不殺劉備一樣,誰敢對丞相亂開殺戒?

曹　操　你是說孔明他不想殺我?

荀　彧　不想,也不敢。

曹　操　(似覺有理)那劉備難道也不想置老夫於死地?

荀　彧　　當年丞相放了關羽,也放了劉備的兩位夫人,此恩此情劉備豈能忘
　　　　　懷?劉備乃是大義之人,必會報此大恩。
曹　操　（唱）聽罷言不由我暗暗吃驚。
　　　　　　　荀彧他機敏處勝我三分。
　　　　　　　我日後對他要多留神,
　　　　　　　今日裏且聽他論理縱橫。
　　　　　　　荀公啊,關羽見了曹某人,
　　　　　　　他是秉公執事還是徇私放行?
荀　彧　（唱）關將軍他義重如山正氣凜凜,
　　　　　　　我看他此番是二分猶豫八分放行。
曹　操　（唱）如何消除他二分猶豫心,
　　　　　　　還請荀司馬點撥言分明。
荀　彧　（唱）關羽他只怕回去難交令,
　　　　　　　你只需把劉備的良苦用心對他講清。
曹　操　（唱）謝荀公一番話指點迷津,
　　　　　　　我是茅塞頓開深深謝恩。
　　　　　衆將閃開,請關將軍前來!
　　　　　（曹操暫避,衆人退下）
　　　　　（關羽率兵上。周倉隨上）
關　羽　（念）奉令扼守華容道,
　　　　　　　胸中焦慮似火燎。
　　　　　　　只怕曹操又中計,
　　　　　　　厄運難逃命難保。
　　　　　赤壁一戰,諸葛先生用兵如神,殺得曹操丟盔卸甲,落荒而逃。如
　　　　　今,先生命我在華容道扼守,曹操啊曹操,你,你千萬不能慌不擇
　　　　　路,又中了先生之計!
　　　　　（曹操上）
曹　操　（上前）關將軍!
關　羽　（驚）丞……丞相,你,你果然在此!
曹　操　俺曹操在此恭候將軍久矣。
關　羽　俺奉諸葛先生之命在此恭候丞相也久矣。
曹　操　如此説來,你我畢竟緣分未盡。八年前,我送將軍的情景恍如昨

　　　　　日,如今又在華容道相逢,不知將軍別來可好?

關　羽　(唱)八年前的情景猶在眼前,
　　　　　　　不由我心怦然思緒萬千。
　　　　　　　舊事重提他用意明顯,
　　　　　　　身處兩難我羞愧難言。

曹　操　(手指關羽胯下之馬)將軍所騎仍是那匹赤兔馬,它,它隨將軍馳騁疆場,想必也功勳卓著?(撫馬)赤兔馬,你日行千里,夜行八百,可知你的舊主如今已身陷圖圄,憺魄落難?

關　羽　(唱)曹操他指赤兔如認故友,
　　　　　　　更令我低下頭滿臉蒙羞。
　　　　　　　此馬本是他心愛物,
　　　　　　　却跟隨了我馳騁疆場八個春秋。

曹　操　八年前,你我分別之時,我曾囑托問候玄德老弟,不知此番玄德他有否問候於我?

關　羽　(唱)啊呀呀,他明知故問似念舊,
　　　　　　　我欲言還休心內疚。
　　　　　　　丞相啊,當年你我共一舟,
　　　　　　　如今是,對壘戰場成敵仇。

曹　操　(念)對酒當歌,人生幾何?
　　　　　　　譬如朝露,去日苦多。
　　　　　當年的朋友,今日的怨仇。(喟然長嘆)如今我們疆場征戰拼個你死我活,又誰知百年之後却又成了人們茶餘飯後的笑談。玄德老弟真是個大義大德大徹大悟之人,將軍回去請務必向玄德老弟轉告他放行之恩。

關　羽　丞相此話怎講?

曹　操　將軍難道真的還不知玄德的用意?華容道乃我必經之道,他不派其他人來扼守,唯獨派將軍前來,知將軍義重如山,定會放行。這就是玄德老弟帶來的問候,這也是玄德老弟對我盛情送行。

關　羽　(唱)一番話說得我醍醐灌頂,
　　　　　　　大哥他心仁慈受恩永銘。
　　　　　　　殺曹操本非我願心何忍,
　　　　　　　華容道天賜良機報舊恩。

（關羽下馬）

關　羽　丞相,你我今日華容道重逢,許是諸葛先生安排,也是上蒼賜緣。八年來,大哥玄德倒是時時提到丞相,他……

曹　操　他說到我甚麼?

關　羽　他說你奸……

曹　操　還說甚麼?

關　羽　他還說你義重如山!

曹　操　（仰天大笑）哈,哈哈,哈哈哈!世上之人,知我孟德一二者,玄德也。將軍又如何看待曹某?

關　羽　丞相之心像大海一樣撲朔迷離,令人難測。

曹　操　那今天將軍是取我人頭歸去復命,還是閃開道路讓我前行?

關　羽　當年丞相不殺之恩,雲長沒齒難忘。容小弟報恩,請丞相前行!

曹　操　如此說來,將軍放行了?

關　羽　雲長願效丞相當年,不是放行,乃是送行!

（周倉在一旁焦急萬分）

周　倉　將軍莫忘諸葛先生等你復命!

關　羽　休得胡言,我願用我頭顱代替丞相的頭顱回去復命!

曹　操　如此多謝將軍!

關　羽　送行!

（關羽所率士兵閃開兩邊,讓出道路）

（曹操率人馬下）

（幕後唱）關羽義釋曹操留下英名,
　　　　　二千年的故事流傳至今。
　　　　　且聽那東逝流水拍岸聲。
　　　　　今人再把舊事細細品評。

（光漸暗）

——劇終

關 羽

王昌言 楊利 撰

解 題

  京劇。王昌言、楊利撰。王昌言，河北省邢臺縣人。一級編劇。1940年參加革命工作，曾任小學老師、縣政府科員、邢臺專區文工團、河北省戲劇研究室、河北省河北梆子劇院編劇。著有戲劇《寶蓮燈》、《八仙過海》、《哪咤》（合作）、《關羽》（合作），電視連續劇《大唐名相》（合作）。出版有《王昌言劇作選》。楊利，劇作家，著有《夢斷蕭墻》、《關羽》（合作）等劇。該劇未見著錄。劇寫關羽兵困土山，下邳失守，二皇嫂被擒作人質。關羽爲保皇嫂，約三事降曹。元宵節，二皇嫂來見關羽，關羽勸其不要過分悲傷，但知皇叔下落，即刻往投。曹操命張遼送金銀來，羽不受。曹操來見，擺宴飲酒。曹操命貂蟬領衆歌姬歌舞助酒。關羽見貂蟬心有所動，問是何人。曹操説是吕布之妻，將其賜予關羽，關羽留之侍奉二嫂。關羽喜愛貂蟬而又不敢動情，思想鬥爭激烈、欲殺貂蟬。貂蟬鍾情關羽，送來親做錦袍，羽不受。關羽拔劍欲殺，貂蟬擋劍傾訴敬愛之情，情願死在關羽劍下。真情感動了關羽，將劍入鞘。而貂蟬突然拔劍自刎，劍被關羽奪下，人被抱入懷中。關羽白馬坡斬顏良誅文醜，戰關平時知劉備下落。關羽辭曹，曹操欲留他，挂出免見牌不見。關羽無奈，挂印封金，辭曹而去。行至霸陵橋，貂蟬趕來，願與同行，關羽謂前途兇險，留下爲好，愧對你一片真心。貂蟬又敬又恨，立誓不求同生，但求同死，關將軍離世之日，便是我貂蟬殉身之時。曹操趕來送行，見狀，言將關羽所居府第即歸貂蟬獨守。曹操贈金作盤費。許褚、徐晃、程昱等抬酒趕來，爲關羽餞行。關羽欲飲，曹操看出有詐，命以酒祭青龍寶刀，刀變色。關羽感動，欲速走。曹操又帶來貂蟬所做錦袍，昔日未受，今日披上，莫忘數月之情。關羽爲防不測，刀挑錦袍，拱手而去。許褚欲箭射關羽，被曹操所阻。赤壁之戰，曹操敗走華容道，恰遇關羽。曹操哀求關羽念往日之情，關羽幾次舉刀，都放下，甘願違犯軍令，放走曹操。關羽割斷錦袍，讓張遼轉與曹操，以了舊情。關羽率師攻樊城。東吳襲取了荊州。關羽撤兵往救荊州，陷於吳兵重圍。貂蟬持曹操信來勸降，信言歸降後仍令鎮守荊州，爵封王侯。貂蟬說當年可以挂印封金，千里尋兄；這次荊州到手，君侯不是也可以任意而行嗎！關羽言再次降曹，是對皇叔不忠；言而無信，是對丞相不義。貂蟬告辭，說回許都告稟丞相搭救將軍。關平要殺貂蟬，關羽怒斥，命人送走貂蟬。東吳軍殺來，關平戰死，關羽被擒。貂蟬回稟曹操，關羽寧肯盡忠一死，不肯再次歸順。貂蟬請曹操速救關羽。曹操命人飛馬加鞭，傳命孫權，將關羽即刻押解許昌，並說關羽來後，斷袍還得貂蟬縫合。然而爲時已晚，張遼捧關羽頭木匣見曹操。貂蟬萬分悲痛，曹操讓貂蟬將斷袍蓋在木匣上。貂蟬爲關羽重歌一曲，拔頭上金簪刺心臟而殉身。曹操激動萬分，說悲哉女傑，壯哉貂蟬，得此知己，也該瞑目了。然而關羽未有瞑目，一眼睁，一眼閉，曹操見狀驚恐而仰面倒下。本事出於《三國志》。元雜劇有《單刀會》《千里獨行》，明傳奇有《古城記》，清末以來敷演關羽故事的京劇有三四十種。該劇乃是以斬貂蟬、白馬坡、灞橋挑袍、華容道、走麥城等關羽故事爲題材，重新創作的一部新戲。版本有 1991 年《大舞臺》本、1994 年《王昌言劇作選》本。今以《王昌言劇作選》本爲底本，校勘整理。該劇由石家莊地區京劇團演出，榮獲第四屆河北省文藝振興獎、第三屆戲劇節榮譽獎。劇本獲 1990 年度河北省新劇作二等獎。

序　幕

（東漢建安五年，即公元 200 年下邳附近）
（幕後合唱）折戟沉沙鐵未朽，
　　　　　　代代烽烟燃神州。
　　　　　　英雄總被浪淘盡，
　　　　　　各領風騷幾春秋？
（戰鼓鼕鼕，號角悲鳴。在一片厮殺聲中帷幕徐啓）
（關羽與曹操雙方對陣，兵將殺得難解難分。許褚横馬殺出，揮舞長刀，關兵紛紛敗退）
（忽聞戰鼓震天，馬童引，關羽手持青龍偃月刀上場，威風凛凛，猶如一尊金剛）

許　褚　（輕蔑地）來將通名！

關　羽　關羽在此，看刀！

　　　　（二人開打，關羽只一合，許褚長刀頓斷，敗下，關兵擁上）

關　羽　追敵去者！

　　　　（探馬甲上）

探馬甲　報——曹兵如潮，我軍被三面合圍，只留土山一面。

關　羽　（遙望，驚）啊！一時不慎，誤中曹賊之計，衆三軍，兵退下邳城！

　　　　（探馬乙上）

探馬乙　報——下邳城失守，二位皇娘被曹兵擄去！

關　羽　（大驚）呀！二位皇嫂啊！兵退土山。

　　　　（曹兵擁張遼、許褚、曹操上。曹操腰懸長劍，十分威嚴。勒馬投鞭，拔劍指向土山）

曹　操　將土山團團圍住了！

　　　　（號角驟起，戰鼓愈急。徐晃率曹兵押甘、糜二夫人乘車上。二夫人已成爲人質）

　　　　（關羽被逼上土山——舞臺右側高臺上，望見二夫人，手握青龍刀，有力難展）

關　羽　（大呼）二位皇嫂！

甘夫人
糜夫人　二弟！

曹　操　關將軍，快快歸降！哈……

　　　　（關羽如籠中困獸）

關　羽　皇嫂……

　　　　（大幕急落）

　　　　（光暗）

第　一　場

（許昌，曹操爲關羽新置的府第。紗窗、屏風、几案。屏風上懸劍一口）

（幕啓，時值元宵。窗外風卷雲飛，日色陰晦。關羽站立窗前，遙望長天，十分傷感）

關　羽　（唱）元月堪悲，
　　　　　　風卷日晦！
　　　　　　何以慰？（拔劍）
　　　　　　利劍翻飛，（舞劍）
　　　　　　難洗心頭愧！
　　　　時值元宵，兄弟失散，身降曹營，好不羞愧！大哥，三弟，你們在何處啊？
　　　　（唱）青鋒劍可斬得金開玉碎，
　　　　　　斬不斷桃園情心頭縈回。
　　　　　　似望見大哥思弟暗垂淚，
　　　　　　似聽見三弟呼兄聲如雷。
　　　　　　保皇嫂身陷敵營壘，
　　　　　　是鵾鵬有翅也難飛！
　　　　　　到何日風雲重聚會，
　　　　　　匡扶漢室再振雄威。
　　　　（馬童上）
馬　童　稟將軍，二位皇娘來見。
關　羽　有請。
　　　　（甘、糜二夫人上，馬童下）
甘夫人　（唱）思親人難禁傷心淚。
糜夫人　（唱）如困囚籠鎖雙眉！
關　羽　參見二位皇嫂。
甘夫人　罷了，二弟可還記得，今日是何節日？
關　羽　正月元宵。遇此佳節，讓皇嫂與大哥一家離散，關羽之罪也！（賠罪，施禮）
糜夫人　此乃曹賊奸詐，賢弟何罪之有！
關　羽　二位皇嫂被擄之日，曹賊部下可敢無禮？
甘夫人　曹賊部下，到也秋毫無犯。
關　羽　皇叔寶眷，諒他們不敢觸犯！
糜夫人　但不知何日纔能與皇叔相見！（哭）
甘夫人　（同哭）喂呀……
關　羽　嫂嫂啊！（急說）小弟歸降，曾與曹操約下三事：降漢不降曹；將皇叔俸祿奉養皇嫂；一旦得知大哥去向，不管千里萬里，即保皇嫂歸去。切望皇嫂不可過分傷感！

甘夫人　皇叔！（與糜夫人抱頭痛哭）
　　　　（馬童上）
馬　童　稟將軍，張遼、徐晃來訪。
關　羽　二位皇嫂暫請回避。
　　　　（甘、糜二夫人下）
　　　　（張遼、徐晃上，二侍從各托禮盤隨上）
張　遼
徐　晃　張遼、徐晃拜見二將軍。
關　羽　文遠、公明免禮。
張　遼　今日元宵佳節，丞相命我二人送來黃金十鎰，白銀千兩，望將軍笑納。
關　羽　如此厚禮，關羽不敢收受，望二位將軍原禮帶回。
張　遼　土山之上，雲長兄所約三事，丞相件件應允。雲長兄請將劉皇叔的俸祿，奉養二位皇娘。這金銀乃皇叔的俸祿啊！
關　羽　我大哥的俸銀哪有如此之巨？
徐　晃　還有丞相對二將軍的饋贈。
關　羽　常言道，無功不受祿！
徐　晃　受祿必有功。
關　羽　我若不收呢？
徐　晃　（軟中有硬）二將軍還是收下的好！
關　羽　久聞曹丞相心計多端，變化莫測，莫非先禮而後兵麼？俺關羽英雄一世，死而何懼，任他金山銀海，刀山劍樹，其奈我何！
　　　　（內聲："曹丞相駕到！"）
張　遼　曹丞相前來拜訪，你我一同出迎。
　　　　（曹操率程昱、許褚上）
關　羽　參見丞相。
曹　操　將軍免禮，許褚、程昱，拜見關將軍。
　　　　（許褚不情願地）
許　褚
程　昱　許褚、程昱，拜見關將軍！

關　羽　免。
　　　　（曹操與關羽分賓主入座，衆侍立兩旁）
曹　操　關將軍可將禮物收下？
張　遼　關將軍不肯收禮。
曹　操　（大笑）哈……將軍多慮了！（收起笑臉）曹某一介凡夫，生逢亂世，爲免戰亂之苦，力掃群雄，只望一統神州。久仰將軍神威，若能共圖大業，實我華夏之幸，區區薄禮，何足道哉！
關　羽　我與丞相有約在先，一旦得知大哥音訊，即保二位皇嫂歸去。望丞相勿食前言。
曹　操　曹某一言既出，豈能失信於天下！
關　羽　如此多謝丞相。（行大禮）
　　　　（張遼命二侍從將禮盤送下）
曹　操　哈哈哈！（看）我觀將軍，面隱愁雲，定是感慨元宵佳節未能與親人團聚。何以解憂？唯有杜康！安排酒宴！
　　　　（二侍從端酒上，擺酒）
曹　操　關將軍！
　　　　（唱）一年一度元宵景，
　　　　　　今歲許都早春風。
　　　　　　將軍英名人傳頌，
　　　　　　借杜康表一表敬慕之情！
　　　　將軍請酒！
關　羽　（手擎酒杯，思緒萬千）
　　　　（唱）手捧玉盞心血湧，
　　　　　　更憶當年桃園情。
　　　　　　三杯水酒爲鑒證，
　　　　　　誓同生死結義盟。
　　　　　　今昔對酒兩番景，
　　　　　　杯中盡是淚千重！
曹　操　將軍爲何舉杯不飲？
關　羽　思念皇叔，難以下咽！
曹　操　（欲顯示武力，以收關羽之心）二將軍舊義不忘，令人欽佩！將軍武藝絕倫，想必願以武伴飲，哪位將軍獻舞助興？

許　褚　俺許褚願來獻醜！刀來！

（二侍從抬刀上，許褚接刀起舞，刀刀逼向關羽，以示其威）

關　羽　請問丞相，許將軍莫非欲效當年項莊麼？

許　褚　項莊又待如何？

關　羽　（拔劍怒目相對）關羽願來陪舞！

（許褚舉刀向前，關羽以劍抵刀）

曹　操　（聲色俱厲）來人！

（眾武士應聲持刀上）

（眾驚，表情各異。關羽怒目而視，準備廝殺。氣氛緊張異常）

曹　操　許褚違吾初衷，將他綁下，重責八十軍棍！

許　褚　（不服）丞相！

曹　操　綁了下去！

（眾武士綁許褚欲下，曹操轉身暗向許褚示意。武士綁許褚下）

曹　操　關將軍，是曹某訓教無方，觸犯尊顏，吾這裏當面賠罪！（關不語，曹向侍從）喚歌姬前來，與關將軍歌舞壓驚。

侍　從　是！（喊）歌姬獻舞上來！

（一隊舞女擁貂蟬舞上，長袖翻飛，舞姿婆娑。眾舞女下，貂蟬獨舞）

貂　蟬　（邊舞、邊唱曹操之《短歌行》）

　　　　（唱）對酒當歌，人生幾何！

　　　　　　　譬如朝露，去日苦多。

　　　　　　　慨當以慷，憂思難忘。

　　　　　　　何以解憂，唯有杜康。

　　　　　　　青青子衿，悠悠我心。

　　　　　　　但爲君故，沉吟至今……

（關羽，凝視貂蟬，貂蟬也向關羽頻遞秋波）

曹　操　將軍請酒！（舉杯）

關　羽　（舉杯同飲）乾！

（貂蟬再視關羽，脉脉含情下）

曹　操　哈……關將軍，曹某之《短歌行》可中聽否？

關　羽　詩句壯美，但不知歌舞者她是何人？

曹　操　呂布之妻貂蟬。

關　　羽　噢，貂蟬！（誇贊地）果然是位多才女子！
曹　　操　是一位多才女子，今將她贈予將軍，英雄得配美人，不知將軍意下如何？
關　　羽　（不好回答）這……
曹　　操　（已看出關羽心態）貂蟬快來。
　　　　　（貂蟬上）
貂　　蟬　參見相爺。
曹　　操　今將你留下，陪伴關將軍，你可願意？
貂　　蟬　久聞將軍盛名，能得近威儀，是奴三生有幸，將軍請飲此杯。
　　　　　（貂蟬與關羽斟酒）
關　　羽　（言不由衷）留下你陪伴二位皇嫂。
曹　　操　（舉杯）將軍請酒，乾！
　　　　　（關羽也一飲而盡）
曹　　操　（唱）人言關羽鋼鐵漢，
　　　　　　　　看起來英雄難過這美人關。
　　　　　　　　烈馬何惜金韁挽，
　　　　　　　　曹孟德又添了虎將一員！
　　　　　哈……
　　　　　（光暗）

第 二 場

（夜，窗外寒星數點，冷月半輪）
（距前一月後，已是早春季節）
（幕啓，關羽秉燭閱讀《春秋》）
關　　羽　（唱）青史正氣貫宇宙，
　　　　　　　　紅燭含淚照《春秋》。
　　　　　　　　五霸興衰難長久，
　　　　　　　　皆因忠義不到頭！
（音樂聲中，關羽邊讀邊想，變換着閱讀時的不同造型。然後放下書本，起身離案）
　　　　　（唱）桃園舊情天地厚，

　　　　　丞相新恩情意稠。
　　　　思新交,念故舊……
（幕後合唱）
　　　　　鳳眼微啓心悠悠。
關　羽　自來許昌,丞相敬如上賓,三日小宴,五日大宴。我關羽戎馬半生,風塵萬里,何曾享此清福！那貂蟬柔情萬種,令人動懷。只是想起桃園誓盟,實實讓人坐卧不安也！
（關羽愁緒重重,竟自斟酒,連飲數杯）
（燈漸暗,燈光將關羽身影照在天幕左側）
左身影　關羽呀關羽,你以忠義名揚四海,桃園之盟,切勿忘懷。
關　羽　要生同生,要死同死,桃園舊情,怎能忘懷？
（燈光將關羽身影照在天幕右側）
右身影　關羽呀關羽,自到許昌,金銀美女,應有盡有,其樂無窮也！
關　羽　丞相厚愛,終日如仙喲！
左身影　哼！你已被貂蟬所惑,桃園之情,早已烟消雲散了！
關　羽　不,不！桃園之情,我無日不思,無日不想。
左身影　曹賊亂世奸雄,貂蟬粉面蛇心,日後必受其害。
關　羽　丞相待我真心,貂蟬並無歹意。
（兩個身影漸漸合二爲一）
合　影　自古以來,妖嬈美女,消磨英雄志氣。你已被貂蟬所惑,英雄氣短,兒女情長,回歸無期,你的忠義美譽,將化爲烏有。斬除妖孽,君當速斷！
（"斬除妖孽,君當速斷！"叠聲震耳）
關　羽　哎呀！
（唱）耳旁陣陣風雨驟。
　　　　激流滾滾湧心頭。
　　　　赤面豈能染污垢,
　　　　兒女柔腸一筆勾！
待我立斬貂蟬,以明英雄之志,以示忠義之心！（提劍欲下）
（貂蟬捧錦袍上）
關　羽　貂蟬！
貂　蟬　將軍！

關　羽　你來作甚？

貂　蟬　夜深天寒，特與將軍送來錦袍取暖。

關　羽　嗯，此事不用你管！

貂　蟬　將軍自到許昌，神思茫然，日漸消瘦，奴深爲不安。今親手縫得錦袍一件，以表貂蟬之心，不知將軍合體否？

關　羽　這錦袍麽，俺關羽用它不着！

貂　蟬　噢，原來將軍舞興正酣，我與將軍端茶去。

關　羽　（厲聲）轉來！

貂　蟬　將軍言講甚麽？

關　羽　這茶麽，也不用了！

貂　蟬　適纔舞劍，身上發暖，熱汗落去，易受風寒。將軍戎馬半生，枕戈披霜，已留寒疾在身，更須多加保重，如不用茶，還是將錦袍披上爲好。

關　羽　（唱）良言娓娓心慚痛，

　　　　　　溫柔莫過貂蟬情！

　　　　　　你不該日日綢繆恩千種，

　　　　　　你不該夜夜伴讀到三更。

　　　　　　你不該心地善良才出衆，

　　　　　　你不該輕歌曼舞百媚生。

　　　　　　你怎知芳心招來刀加頸，

　　　　　　傾國貌將你推進枉死城！

　　　　（吃力地）貂蟬！

貂　蟬　將軍。

關　羽　你……你可聽得此劍錚錚作響？

貂　蟬　奴未曾聽見。寶劍作響，莫非有甚麽預兆不成？

關　羽　這柄神劍，自到關羽之手，已響過三次了。

貂　蟬　第一次？

關　羽　氾水關前斬華雄。

貂　蟬　第二次？

關　羽　白門樓下誅呂布！

貂　蟬　這第三次呢？

關　羽　這第三次麽……（艱難地終於說出）眼前並無旁人，只怕要應在你的身上！

貂　蟬　（一震）將軍怎講？

關　羽　只怕應在你的身上！

（貂蟬大驚，悲樂聲起）

貂　蟬　（唱）劈雷轟頂燭光暗，
　　　　　　　點點熱淚挂腮邊。
　　　　　　　神劍鳴響皆虛幻，
　　　　　　　將軍你莫非與奴作戲言？

關　羽　（唱）華雄、呂布皆被斬，
　　　　　　　哪個與你作戲言？
　　　　看劍！

（關羽舉劍刺貂蟬，被貂蟬托住手腕）

貂　蟬　（唱）青鋒寶劍寒光閃，
　　　　　　　生死已在頃刻間！
　　　　　　　臨終再把將軍看，
　　　　　　　貂蟬尚有未盡言。
　　　　　　　自幼出身本微賤，
　　　　　　　朱門歌舞撫琴弦。
　　　　　　　遇將軍雨後殘花重吐艷，
　　　　　　　一片癡情伴君前。
　　　　　　　慕將軍朗朗正氣渾身膽，
　　　　　　　慕將軍忠義美名天下傳。
　　　　　　　今日幸飲將軍劍，
　　　　　　　垂喜淚，跪君前，我縱死含笑在九泉！
　　　　將軍，貂蟬芳期已過，倒不如早日做一個自在的鬼魂！只恨我這軟弱的雙手，無力割斷這殘喘的咽喉，今能死在將軍的劍下，是奴天大的福分！你，你就成全了我吧！

（貂蟬跪下，引頸就戮）

（關羽不敢正眼相視，手中劍顫抖不已）

關　羽　哎呀！
　　　　（唱）聞言驚魄心抖顫，
　　　　　　　好一個溫柔多情女貂蟬！

　　　　難得她字字真情心一片，
　　　　每日裏相陪伴慰我孤單。
　　　罷罷罷！
　　　　青鋒劍專殺無義漢，
　　　　怎斬這曠世弱女遭笑談！
　　（關羽將劍入鞘）

貂　蟬　將軍，你……你就成全了我吧！
　　（貂蟬膝行向前，關羽後退。貂蟬乘其不備，突然抽出關羽的寶劍欲自刎。關羽見狀大驚。上前捉住貂蟬手腕。寶劍落地）
　　（貂蟬凝視着關羽，大惑不解）
貂　蟬　將軍——（暈厥）
　　（關羽感情複雜地將貂蟬扶擁入懷）
　　（光暗）

第　三　場

　　（前場後數日）
　　（白馬坡前）
　　（戰鼓聲聲，號角齊鳴）
　　（幕啓，曹操身披戰袍，腰懸長劍馳馬急上。徐晃、許褚、程昱、張遼及眾兵隨上）

曹　操　（唱）袁紹竟將許都犯，
　　　　中原戰火熊熊燃。
　　　　恨不能倒將天河挽，
　　　　洗净萬里好江山！
　　（探馬上）
探　馬　報！袁紹大將顏良，統兵十萬，直向白馬坡殺來！
曹　操　再探。（探馬下）眾將士，就此安營。
眾　　　啊！
曹　操　程昱先生。
程　昱　丞相。
曹　操　發兵之時，可曾調關羽從征？

程　昱　已調關羽從征。關將軍言道，安頓了二位皇嫂，隨後即到。
　　　　（戰鼓聲大作）
　　　　（探馬上）
探　馬　報！顏良討戰。
曹　操　再探。（探馬下）顏良討戰，哪位將軍，出馬迎敵？
徐　晃　末將願立斬顏良！
曹　操　徐將軍，小心了！
徐　晃　得令，帶馬！（上馬，下）
　　　　（戰鼓愈烈，曹操登高觀戰）
曹　操　（唱）白馬坡前驅虎豹！
　　　　（探馬上）
探　馬　報！徐將軍負傷落荒而逃，宋憲、魏續兩位副將，被顏良刀劈馬下！
　　　　（曹操驚，衆嘩然）
曹　操　（接唱）顏良進兵勢如潮。
　　　　　　　　連失三將實難料，
　　　　（顏良飛馬橫刀上）
顏　良　（接唱）勒繮立馬冷眼瞧，
　　　　　　　　千軍萬騎似雀鳥，
　　　　　　　　怎抵蒼鷹下九霄！
　　　　　　　　大吼一聲如虎嘯──
　　　　曹操老賊，爾命休矣！哇呀……
　　　　（顏良直取曹操，許褚迎上前去，雙方交手只幾回合，許褚落馬）
顏　良　（大笑）哈哈，哈哈；啊哈……
　　　　（顏良如入無人之境，關羽突上）
關　羽　休得猖狂，關羽來也！
　　　　（唱）借爾的人頭祭寶刀！
　　　　（邊唱邊打，只一回合，將顏良劈於馬下，關羽亮相）
　　　　（衆皆驚嘆）
曹　操　關將軍飛馬趕來，刀劈顏良，真乃神人也！看酒。
　　　　（一侍衛捧酒上。曹操親爲關羽斟酒。關羽馬上一飲而盡）
關　羽　謝丞相！
　　　　（馬嘶聲緊接戰鼓聲）

曹　操　關將軍,坐下戰馬,遍體生津,怎能再戰。馬童,牽老夫的赤兔馬來!
　　　　（馬童拉赤兔馬上,赤兔馬咆哮,馬童奮力拉馬）
關　羽　敢問丞相,此馬可是呂布的赤兔馬?
曹　操　正是呂布的赤兔馬,今贈予將軍,奮勇殺敵!
關　羽　（十分感激）謝丞相!（下馬,向曹操大禮拜謝）
探　馬　報!袁紹又一大將,前來討戰。
曹　操　哪位將軍出馬迎敵?
關　羽　關羽願往,帶馬!
　　　　（馬童帶赤兔馬,關羽上馬）
　　　　（關平殺上）
關　平　與顏將軍抵命來!
　　　　（關羽抵住關平,二人互看,十分驚訝。戰鼓急催,無奈交手）
關　羽　（唱）父子奇遇似夢境,
關　平　（唱）離情千萬難出聲。
關　羽　（唱）他因何爲袁紹跨馬馳騁?
關　平　（唱）爹爹何故在曹營?
關　羽　（唱）皇叔下落兒定知究竟,
關　平　（唱）縱馬荒郊説詳情。
　　　　（二人邊打邊下）
曹　操　（看出破綻）啊!適纔關將軍刀劈顏良,如迅雷之勢,與這一小將交鋒,爲何手下留情?
許　褚　莫非這一小將與關羽有甚麼瓜葛不成?
程　昱　莫非那劉備在袁紹大營?
曹　操　唔乎呀,劉備若在袁紹大營,關羽他——（倒吸一口涼氣）
程　昱　定會乘機脱逃!
許　褚　丞相傳令,俺許褚帶領馬弓手,趕上前去,將關羽亂箭射死!
曹　操　慢!
許　褚　丞相,莫要放虎歸山!
程　昱　（話帶譏諷）丞相贈予他赤兔馬,你怎能追趕得上!
許　褚　嘿!
曹　操　關羽乃忠義之士,自到許昌,我以誠相待,料他不會棄我而去。
　　　　（戰鼓聲又傳來,衆齊遥望）

程　昱　啊,那關羽又與一員大將殺在了一起。
許　褚　這是河北名將文醜,他有萬夫不當之勇。
　　　　(戰鼓聲大作)
程　昱　關羽將文醜刀劈馬下!
曹　操　(激動地抓住程昱手腕)你待怎講?
程　昱　關羽將文醜刀劈馬下!
曹　操　哈……
　　　　(唱)關羽連把二將斬,
　　　　　　　春風陣陣蕩胸間。
　　　　　　　投桃報李誠相見,
　　　　　　　凱旋後晉爵加高官。
　　　　傳我將令,乘機衝殺!
衆　　　殺!
　　　　(造型)
　　　　(光暗)

第 四 場

(曹操班師回許昌後)
(相府中廳)
(幕啓,曹操心神不定,在中廳來回踱步)
(幕後伴唱)
　　　　　建功得封侯,
　　　　　將軍可願留?
　　　　　一統山河秀,
　　　　　唯憑人才稠。
(程昱、張遼上)
程　昱　啓稟丞相,天子准丞相所奏,封關羽爲漢壽亭侯。御賜亭侯大印在此。
曹　操　命你將亭侯大印,速速送與關將軍。
程　昱　是。(下)
曹　操　文遠。

張　遼　丞相。

曹　操　你與關羽有舊,可曾問他,那日與他交鋒的小將,他是何人?

張　遼　末將問過關羽,是他言道,他與那一小將並不相識,因見他乳臭未乾,不忍傷害,故而刀下留情。

曹　操　關羽真義士也!(仍不放心)文遠,那關羽出征歸來,可有何動靜?

張　遼　每日在府中讀書作畫,毫無離去之意。

曹　操　(深感興趣)以你之見,那關羽他是不走的了?

張　遼　依末將看來,丞相待他如此恩德,又官封漢壽亭侯,他是不會走的了。

曹　操　(高興地露出幾分天真)如此說來,關羽他真的留下了?

張　遼　他真的留下了。

曹　操　(期盼地)不走了?

張　遼　(肯定地)不走了。

曹　操　嘿嘿,哈……

張　遼　呵呵,哈……

曹　操　(笑容陡斂,還不放心)文遠,我來問你,你道關羽已無離去之意,還有何據呢?

張　遼　想那關羽,是個熱血男兒,劉玄德待他不過恩厚而已。如今丞相恩倍於劉,這新恩日厚,舊義漸淡,此乃人之常情呀。

曹　操　(大笑)哈……知我者,文遠也!(豪氣陡長,疑雲頓消)
　　　　(唱)疑團解盡心振奮,
　　　　　　留關羽爲繫萬民心。
　　　　　　海內豪傑俱歸順,
　　　　　　猛將如雨士如雲。
　　　　　　掃清六合靠才俊,
　　　　　　喜見衆星拱北辰。
　　　　(詩興大發,提筆吟詠)山不厭高,水不厭深。周公吐哺,天下歸心!
　　　　(燈漸暗,曹操出現幻覺)
　　　　(天幕出現九龍御座)
　　　　(張遼隱下,程昱上)

程　昱　啓禀丞相,關羽深感丞相保奏之恩,特來拜謝。

曹　操　關將軍在哪裏?關將軍請進。

(假面人戴關羽面上)

假面人　末將關羽，拜謝丞相保奏之恩。(跪)

曹　操　關將軍請起，莫非關將軍已無歸意了麼？

假面人　不僅關羽誓隨丞相，我已將大哥劉皇叔招來，共扶漢室。

曹　操　(驚喜)玄德公也來了麼？快快有請。

(假面人摘下關羽面具，換上劉備假面)

假面人　豫州牧劉備，拜見曹丞相。(跪)

曹　操　皇叔免禮。(攙起假面人)玄德公，曾記得青梅煮酒論英雄。我曾言道：天下英雄，皇叔與操耳！今日皇叔來歸，天下一統，指日何待也！

(張遼上)

張　遼　啟禀丞相，東吳孫權，前來歸順。

曹　操　噢，快快請進。

(假面人摘下劉備面具，換成碧眼紫鬚的孫權假面)

假面人　臣孫權率江東八十一郡百姓，俯首歸降。(跪)

曹　操　(大喜過望)仲謀快快請起。今日英雄群聚，天下歸心，神州萬民之幸也！

假面人　丞相恩澤四海，德及萬民，恰如紅日當空，實神州之幸！

(假面人雙手各持假面一具，向曹操跪拜，如同三人同拜)

劉　備
關　羽　(同唱)　丞相功德高萬仞，
　　　　　　　　旱苗望雨降甘霖。

孫　權　(唱)【帶南昆旋律】
　　　　　　　願獻上東吳九州八十一郡，

劉　備　(唱)【帶河北老調旋律】
　　　　　　　我桃園弟兄皆稱臣。

關　羽　(唱)【帶晉劇旋律】
　　　　　　　赤面赤心將忠盡，

三　人　(同唱，幕後伴唱)
　　　　　　　願丞相龍飛九五，四海為尊！

曹　操　(內心激動不已)諸公請起。曹某馳騁沙場，出生入死。不望九五之尊，只望消除割據，創一個太平盛世。老夫有幸能目睹今日之盛況，足慰平生之願也！哈哈哈……

(假面人下，燈光復明，幻覺消失)

（張遼、程昱急上）

張　遼
程　昱　啟稟丞相！

曹　操　（定睛細看）仲德、文遠，所稟何事？

張　遼　府門外關羽求見。

曹　操　（急問）想必是來謝恩的？

程　昱　來與丞相辭行！

曹　操　（一震）怎麼，他……？

程　昱　他在白馬坡前獲悉了劉備的下落。

曹　操　（驚）啊！（計上心頭）速將回避牌挂起，老夫不見，諒他不能不辭而別！

張　遼　是。（拿回避牌下）

曹　操　（思緒不定）關羽他，他果然要辭我而去！仲德，你有何計留住關羽？

程　昱　可留則留，既留不住，不如斬草除根！

（一使女上）

侍　女　稟相爺，貂蟬求見。

曹　操　貂蟬來了，快快請她進見。

侍　女　丞相請貂蟬大姐進見！

（貂蟬捧一畫軸上）

貂　蟬　參見丞相。

曹　操　罷了，可是關將軍命你來的？

貂　蟬　正是關將軍命奴婢前來。

曹　操　他可有離去之意？

貂　蟬　將軍確有離去之意。

曹　操　咄！老夫命你感化關羽，你竟有辱使命，該當何罪？

貂　蟬　（急跪）奴婢縱然能歌善舞，實實難動關將軍桃園之情，相爺鑒諒！

曹　操　唉！也是老夫看錯了關羽！他命你前來何事？

貂　蟬　關將軍畫了一幅畫圖，命我獻與丞相。

曹　操　展開了！

（貂蟬與使女將畫軸展開。曹操、程昱同看）

程　昱　乃是一幅風雨墨竹圖。

曹　操　　畫上有兩行題款,(讀)"原奉劉皇叔惠存,今轉贈曹丞相留念。"
程　昱　　看這竹葉之中,似有字迹隱藏。
曹　操　　(細觀)原是一幅藏字畫兒,待我看來,(邊認邊念)"不謝東君意,丹青獨立名。莫嫌孤葉淡,終久不凋零。"(苦笑[1],艱難地)"不謝東君意"……我枉費了心機,關羽他……他果然要去了!
　　　　　(張遼急上,許褚、徐晃隨上)
張　遼　　禀丞相,關羽見丞相挂起回避牌,他將亭侯大印,懸在中廳,丞相所賜金銀,封存入庫,保定二位皇嫂,不辭而去!
曹　操　　(震驚)怎麽,他竟不辭而去了?我以誠相待,他却如此無禮!
程　昱　　不辭而別,實實有瀆丞相尊威!
曹　操　　(惱怒)張遼,傳我將令,各路關口,不准放行!
張　遼　　是。(欲下)
曹　操　　慢!(猶豫)
貂　蟬　　啓禀丞相,丞相有言在先,今若自食前言,豈不失信於天下!
曹　操　　這……貂蟬所言甚是,文遠且慢傳令。貂蟬,老夫命你趕上前去,送關將軍一程。
貂　蟬　　遵命。
　　　　　(貂蟬帶使女急下)
許　褚　　丞相,那關羽不辭而別,豈能放虎歸山,待俺率領三千鐵騎,將關羽生擒來見!
曹　操　　(誠摯地)慢,關羽不忘故主。財帛不動其心,爵祿不移其志。爾等皆當效之。(淒凉、無力地)傳我將令,趕上關羽,送他一程!
衆　　　　是。
　　　　　(程昱背對曹操,向許褚等示意追殺關羽。許褚等點頭)
　　　　　(光暗)

校記

[1] 苦笑:"苦",原作"哭",據文意改。下同。

第　五　場

　　　　　(緊接前場)

（許昌城外灞橋畔）
（一聲戰馬嘶鳴）
（關羽內唱：赤兔咆哮寶刀亮！）
（馬童帶馬引關羽上。亮相。衆隨從護甘、糜二夫人乘車上）

關　羽　（接唱）挂玉印，封金箱，
　　　　　　　保護皇嫂出羅網，
　　　　　　　一塵不染離許昌！
　　　　　　　曹營內旌旗展戈矛聲響，
　　　　　　　闖龍潭出虎穴須加提防。
　　　　　　　猛回頭將許城最後一望。
　　　　　　　實難禁情思一縷心中藏。

（幕內伴唱）
　　　　許都情，情豪放。
　　　　倩女心，心善良。
　　　　潁河水[1]，水清爽，
　　　　杜康酒，酒醇香！

關　羽　（接唱）終日思兄心嚮往，
　　　　　　　却怎麼欲別離時又牽腸！
　　　　　　　欲別又牽腸！

馬　童　禀將軍，來到灞橋。

關　羽　噢！纔到灞橋麼？走的也忒慢了，馬上加鞭！
　　　　（貂蟬內喊："關將軍慢走！"）

關　羽　（驚喜）是貂蟬來了，馬童，你等保護二位主母，過得橋去，只管奔大路行走，我隨後便到。

馬　童　遵命。
　　　　（馬童、衆隨從保甘、糜二夫人下）
　　　　（貂蟬同使女上，使女身背包裹）

貂　蟬　將軍！

關　羽　貂蟬！

貂　蟬　將軍真的要走了麼？

關　羽　要走了！

貂　蟬　（激動地）將軍就這樣離我而去？

關　　羽　（悲愴地）已然得知皇叔下落，只得去了！
貂　　蟬　將軍去了，貂蟬我呢？
關　　羽　前途兇險，你還是留下爲好。
貂　　蟬　怎麼，留下爲好……
關　　羽　貂蟬……（聲咽）
貂　　蟬　將軍……（淚下）
　　　　　（二人淒然凝視）
貂　　蟬　（唱）心淒淒，意愴愴，
　　　　　　　　欲從難從淚兩行！
關　　羽　（唱）心沉沉，意徨徨，
　　　　　　　　欲離難離情思長！
貂　　蟬　（唱）多少次月下並肩將梅賞，
　　　　　　　　多少次夜讀雙影照紗窗。
關　　羽　（唱）怎能忘清歌驅我心惆悵，
　　　　　　　　怎能忘軟語爲我解憂傷。
貂　　蟬　（唱）君一去舊恩得報——
關　　羽　（接唱）又將新情想，
貂　　蟬　（唱）冰雪盡，翠竹綠——
關　　羽　（接唱）又添一層霜！
　　　　　（幕內伴唱）
　　　　　　　　風淒淒，雁北翔，
　　　　　　　　浮雲聚散期渺茫。
　　　　　　　　從此年年灞橋水，
　　　　　　　　聲聲悲鳴斷柔腸！
關　　羽　（動情地）貂蟬，我有前盟在先，只得上路了！我關羽愧對你一片真心。從此以後，你要將我忘掉，好好侍奉曹丞相。
貂　　蟬　（傷感地）數月之情意，怎能忘懷！將軍，你對前盟如此信守，貂蟬我又敬又恨，敬君天下義士，恨君冷漠無情！（哭咽）也罷！我今也與將軍表明心迹，訂立誓盟。（下馬，跪）蒼天在上，我與關將軍不求同生，但求同死。關將軍離世之日，便是我貂蟬殉身之時！
關　　羽　（不敢再聽下去）貂蟬且莫如此癡情，關羽告辭了！（欲下）
　　　　　（曹操與張遼上。二侍從隨上）

曹　操　關將軍。
關　羽　曹丞相。
曹　操　將軍爲何急急離去？
關　羽　雲長與丞相有約在先，一旦聞知皇叔下落，即刻歸去，怎敢有違！
曹　操　（雙關地）關將軍，這灞橋風光，許都人情，難道將軍一點也不動懷麽？
關　羽　關羽以忠義名揚天下，豈能毀於一旦，望丞相體諒關羽苦衷。
曹　操　（慷慨地）關將軍去心已定，吾不強留，你走之後，所居府第即歸貂蟬獨守。天下事變化無常，你何時歸來，老夫仍以上賓相待。貂蟬，你還有何言相囑？
貂　蟬　妾心已碎了！（哭）
　　　　（貂蟬止淚，然後轉向關羽）
貂　蟬　將軍！
關　羽　貂蟬！
　　　　（貂蟬深情地凝視着關羽，突然掩面與使女下）
　　　　（關羽、曹操目送貂蟬遠去）
曹　操　（強露苦笑）關將軍，孟德自知留你不住，特來送行。聊備黃金百兩，以作將軍路途盤費。
　　　　（一侍從捧黃金上）
關　羽　丞相之恩，關羽感激不盡，此禮斷不能再收了。
　　　　（內喊："關將軍慢走！"許褚、徐晃、程昱等領侍從抬酒上）
許　褚　聞關將軍要去，我等備下薄酒，來與將軍餞行。望將軍一飲爲快，取酒來！
　　　　（一侍從托酒盤，許褚斟酒，雙手捧杯，走向關羽）
關　羽　許昌數月，蒙諸君厚愛，關羽甚爲感念，今日又置酒餞行，關羽愧領了。
　　　　（關羽接杯欲飲，曹操似有所悟）
曹　操　慢！既是餞行，豈能獨飲，老夫奉陪一杯。許褚斟酒！
　　　　（許褚等面帶難色）
許　褚　丞相……！（向曹操暗遞眼色）
　　　　（曹操已知酒中有詐，關羽也看出破綻，停杯不飲，但不露聲色）
許　褚　（決意以命相抵）俺許褚願陪關將軍同飲，酒來！（斟酒）關將軍請！

（關羽見狀，蠶眉倒豎。場上氣氛異常緊張）

關　羽　許將軍請！
　　　（許褚舉杯欲飲）
曹　操　（突然喝住）住手！（不願說破）關將軍屢建奇功，全憑着青龍寶刀，這杯餞行酒，就祭了寶刀如何？
許　褚　（不情願地）丞相……
曹　操　老夫之意，哪個敢違！
　　　（關羽會意，激動萬分）
關　羽　就依丞相！
　　　（唱）丞相胸襟天地寬，
　　　　　　不料杯中起狂瀾。
　　　　　　傾酒祭刀……
　　　（關羽將酒傾於刀上）
　　　（接唱）刀色變。
　　　（關羽深感後怕）
　　　（唱）速速離開這虎狼關！
　　　多謝丞相前來相送，關羽去了！（欲下）
曹　操　且慢！
關　羽　（驚）丞相還有何事吩咐？
曹　操　（從侍從手中取過錦袍）貂蟬與將軍做有錦袍一件，將軍未受，我今特意帶來。這件錦袍，針針綫綫，寄托深情，望將軍穿在身上，莫忘許都數月之情！
　　　（曹操捧袍向前，關羽目掃衆將，爲防不測，用刀挑起錦袍，激動不已）
關　羽　謝丞相！
　　　（唱）丞相恩德實難忘，
　　　　　　一領錦袍飄餘香。
　　　　　　刀上袍兒無斤兩，
　　　　　　只覺得英雄氣短難承當！
　　　　　　力可拔山神刀壯，
　　　　　　托不起千鈞情意袍中藏。
　　　丞相！

　　　　　　恕關羽失禮多鑒諒，
　　　　　　今日之恩來日償。
　　　（關羽搭袍於臂，向曹操一拱手，催馬急下）
許　褚　（張弓搭箭，白）待俺將他射於馬下！
曹　操　（抓住許褚的手，白）許褚，你欲讓我失信於天下不成麼？
許　褚　丞相，就白白放他走了麼？
曹　操　（雙手顫抖、望着關羽的去向）不可造次，回府！
　　　（程昱再向許褚打手勢追殺關羽）
　　　（光暗）

校記

[1] 潁河水："潁"，原作"穎"，據《三國志》改。

第　六　場

　　　（八年後，建安十三年冬）
　　　（幕啓，燈光黑暗，風聲、濤聲、戰鼓聲、廝殺聲連成一片）
　　　（天幕上，江水洶湧，火光映天）
　　　（幕後合唱）
　　　　　　火光映天江水紅，
　　　　　　赤壁樓船一掃空。
　　　　　　魏公雄心成一統，
　　　　　　十萬貔貅付東風！
　　　（合唱聲中，一隊隊殘兵敗將，肩扛半卷的"曹"字大旗，倉皇過場）
　　　（天幕上江濤火光漸隱，死一般寂靜。片刻，舞臺光漸漸轉亮）
　　　（曹操內唱：萬里長江騰烈焰！）
　　　（曹操衣冠被燒得襤褸不堪，乘馬惶悚而上。張遼、許褚、程昱、徐晃及眾兵狼狽上）
曹　操　（接唱）闖火海，衝刀山，
　　　　　　一葉小舟登江岸，
　　　　　　損兵折將好不凄慘！
　　　　　　仰面我把東風怨。

　　　　你因何助孫劉火燒戰船？
　　　　可嘆我艦艫蔽江雄兵百萬，
　　　　只剩下這殘兵敗將一十八員！
　　　　求蒼天降神力解我危難，
　　　　再征江南一統河山！

張　遼　丞相保重，切莫過度悲傷。
曹　操　唉！可憐我戰船千艘，付之一炬，雄兵百萬，葬身汪洋！半生心血，一腔宏願，頓時灰飛烟滅。思想起來，怎不令人痛心呀！（淚下）
程　昱　勝敗乃兵家常事，望丞相節哀。
曹　操　我曹孟德東征西討，身經百戰，幾時敗得這般慘痛啊！
許　褚　禀丞相，前面來到華容道。
曹　操　噢，華容道？（觀看，大笑）哈……！真乃天不滅曹也！
許　褚　此話怎講？
曹　操　這華容道險峻異常，倘那諸葛亮在此暗伏一旅之師，我等均要束手被擒了！
張　遼　丞相言之有理，過去華容道，就是曹仁將軍的大營了。
曹　操　（精神振奮，鞭指前方）速速通過華容道！
　衆　　是！
　　　　（突然，戰鼓雷動，關羽、關平帶人馬突上，曹兵將驚駭萬分）
曹　操　（驚呼）來將何人？
關　羽　（威風凛凛）關羽在此等候多時了！
　　　　（曹操與衆將戰抖不已）
曹　操　（忽看到一綫生機）是關將軍，已別數載，人世滄桑，而今將軍坐下的赤兔依舊，將軍却平添了十分豪氣，陡長了百倍威風，不知將軍（試探地）可還記得老夫否？
關　羽　（威嚴地）關羽奉軍師將令，在此等候丞相。今日兩軍相對，誰與你講往日私情，你、你看刀！
　　　　（關羽舉刀直取曹操，張遼急用劍架住）
張　遼　將軍，休傷我主！（哀求地）君侯莫忘舊日之情！
曹　操　（上前壓下張遼手中劍）文遠，此時我等俱是關將軍網中之魚，今非昔比，老夫有幾句肺腑之言，要與將軍言講，你等退後了！
許　褚　丞相？

曹　操　退後！

（張遼及衆人擔心地退下）

（關羽暗示關平,關平率衆兵亦退下）

（曹操、關羽相互凝視,感慨萬千。静場）

曹　操　（淒凉地）二君侯！

關　羽　（真摯地）曹丞相！

曹　操　二將軍！

（唱）今逢華容道,憶昔別灞橋。
君爲俎上肉,我爲厨下庖,
今昔已顛倒,君還記舊交？

（幕内伴唱）
今昔已顛倒,君還記舊交？

關　羽　（唱）今逢華容道,昔日別灞橋。
昔日俎與肉,今作燕與梟。
天公安排巧,相逢皆刀矛！

（幕内伴唱）
天公安排巧,相逢皆刀矛！

曹　操　（唱）莫忘記許昌城百般照料,
封侯賜印爵位高[1]。

關　羽　（唱）白馬坡誅顔良早已回報,
挂印封金未取分毫。

曹　操　（唱）灞橋畔將軍遇險我暗保,
華容道求君放開生路一條。

關　羽　（憶起舊情,心神不安,背唱）
灞橋畔活命之恩難忘掉,
華容道不由慢移青龍刀。

（幕内伴唱）舊情未忘掉,心中湧波濤。

（曹操暗觀關羽臉色變化,見青龍刀顫抖,面露喜色）

曹　操　（唱）他心已動時機到——（揮鞭欲下）

（關羽心情復雜,突然轉身）

關　羽　呀！

（唱）一念之差罪難饒！

　　　　（厲聲）丞相轉來！
曹　操　（一驚）二將軍有何話講？
關　羽　我關羽險些為了舊情，壞了今朝大事。曹丞相，兩軍交戰，各為其主。我奉了軍師將令，特來華容道埋伏，盡誅敵酋。昔日之恩，早已烟消雲散；今日狹路相逢，休怪關羽無情了！你……你看刀！
　　　　（關羽舉刀，曹操滾鞍下馬，跪拜求饒）
關　羽　（唱）馬前跪倒曹丞相，
　　　　　　　且聽關羽話衷腸。
　　　　　　　臨出兵立下軍令狀，
　　　　　　　豈容我因私廢公遺禍殃！
　　　　　　　休怪我不把舊情講，
　　　　　　　軍令如山，不由關羽自主張！
　　　　看刀！
曹　操　（抓住關羽刀）君侯！
　　　　（唱）聞言難禁淚水淌，
　　　　　　　不料曹某今日亡！
　　　　　　　你本是大義凜然英雄將，
　　　　　　　我縱死刀下也增光。
　　　　　　　只莫忘，土山之約我把信義講，
　　　　　　　只莫忘，贈君貂蟬慰寂涼。
　　　　　　　只莫忘，灞橋杯酒排惡浪，
　　　　　　　只莫忘，刀托錦袍淚成行。
　　　　　　　曹某雖喪心明亮，
　　　　　　　軍令狀委屈了你的義烈心腸！
　　　　（曹操不禁淚下）
　　　　（關羽痛苦萬狀，幾次舉刀，但又收回）
關　羽　（唱）胸中湧起濤萬丈，
　　　　　　　偃月刀暗顫抖頓失鋒芒。
　　　　　　　他本是野心勃勃一奸相，
　　　　　　　却待我恩深義厚菩薩心腸。
　　　　　　　我若是戀舊情將他釋放，
　　　　　　　悖主棄忠罪難當！

　　　　　　　我若是寶刀一揮斷情網，
　　　　　　　義烈美名赴汪洋[2]！
　　　（幕內伴唱）
　　　　　　　難擒又難放，難煞忠義郎！
曹　操　（唱）他那裏進退維谷暗思量，
　　　　　　　猛然見風吹外衣露內裳。
　　　　二將軍，某有一事相問。
關　羽　丞相有話請講。
曹　操　敢問將軍，體內所穿可是灞橋我親手相贈之錦袍麼？
關　羽　（撩袍）正是此袍。
曹　操　昔日錦袍貼身，足見將軍以往深情，灞橋之上，將軍曾許下諾言，可還記得麼？
關　羽　（舊情衝動，無力自持）曹丞相！
曹　操　二將軍！
　　　（二人無言，久久互視）
　　　（幕內傳出當年貂蟬的歌聲）
　　　　　　　青青子衿，悠悠我心
　　　　　　　但為君故，沉吟至今。……
　　　（關羽激情難禁，青龍刀顫抖不已。艱難地將刀托於背後）
關　羽　（低沉地）你去吧！
曹　操　將軍大仁大義，你我後會有期！（急上馬揮鞭下）
　　　（許褚、徐晃等，悄然跟下）
　　　（關平率兵上）
關　平　爹爹，為何放曹賊逃走？（欲追）
關　羽　平兒，由他去吧！
　　　（張遼上，被關平攔住）
張　遼　君侯饒命！
關　羽　（心情沮喪）今日恩怨已了，你將這半段錦袍，帶回交與曹丞相。他日相逢，定當以死相拼！
　　　（關羽用刀割下身上錦袍，擲與張遼，張遼接袍，抱頭而去）
關　平　（大惑不解）爹爹……！
　　　（光暗）

校記

［1］封侯賜印爵位高："侯"，原作"候"，據文意改。
［2］義烈美名赴汪洋："洋"，原作"技"，據文意改。

第 七 場

（建安二十四年，冬）
（襄樊郊野）
（幕後合唱）歲歲烽火照沙場，
　　　　　　三分天下各爭强。
　　　　　　孫曹聯兵布羅網，
　　　　　　腹背受敵失荆襄。
（幕啓，大戰正熾，關平率兵力戰曹軍，曹軍敗下）

關　平　衆三軍，兵圍樊城！（率衆追下）
　　　　（馬童帶馬引關羽上。關羽美髯已花白，馬童亦生短鬚）
關　羽　（唱）偃月刀光寒，
　　　　　　　赤兔馬如炭。
　　　　　　　威震江漢，
　　　　　　　虎視平原，
　　　　　　　氣吞萬里河山。
　　　　　　　敢令孫曹喪膽！
馬　童　禀將軍，少將軍已將樊城團團圍住了。
關　羽　傳我將令，衆三軍隨本帥一起攻城！
　　　　（探馬上）
探　馬　報，魏吳聯軍使我腹背受敵，孫權大兵已過長江，進逼荆州。
關　羽　（震怒）一派胡言！我軍江防堅固，那吳兵焉能渡江？
探　馬　那吳兵扮作客商模樣，趁漫江大霧，連夜登岸。
關　羽　（驚）啊！傳我將令，停止攻城！
馬　童　少將軍，元帥有令，停止攻城。
　　　　（一支冷箭飛來，正中關羽右臂）
關　羽　哎呀！

（關平急上）

關　平　（驚）父帥……！

關　羽　一支流矢，不必驚慌。（拔箭擲於地下）平兒，適纔探馬報道，吳兵纂夜渡江，速速兵回荊州！

關　平　（驚）啊！

（戰鼓驟起，徐晃帶兵殺上）

徐　晃　關將軍住馬！

關　羽　來者敢是徐晃將軍？

徐　晃　（施禮）自別君侯，倏忽數載，君侯鬚髮蒼白了！

關　羽　關某老當益壯，膂力不減當年。望將軍念在往日之情，容我去解荊州之急。（欲走）

徐　晃　慢，我奉丞相將令，特來截殺於你，哪個與你講往日之情。殺！

關　羽　（怒）看刀！

（二人戰在一起，徐晃不敵敗下）

關　羽　兵返荊州！

衆　　　啊。

（關羽率軍回馬奔馳）

（一探馬迎面上）

探　馬　報，前面不遠發現曹營伏兵！

關　羽　唔？（思索）改道前進！

衆　　　啊。

（關羽轉向奔馳）

（一探馬上）

探　馬　報，前方吳兵嚴陣以待！

關　羽　呀！改走山路，快馬加鞭！

衆　　　啊。

（關兵又轉路倉皇急奔）

（一探馬上）

探　馬　禀將軍，荊州失守！

關　羽　（色變）你怎樣講？

探　馬　荊州失守了！

關　羽　（大驚）哎呀！

（唱）探馬稟報如雷震，
　　　鬚髮倒豎冷汗淋！
　　　長江門户負重任，
　　　豈能拱手讓他人！
（衆已疲憊不堪，聞言驚狀各異）

關　羽　荆州乃長江門户，誓與此城同生共死。衆三軍，急速進兵，奪回荆州！

衆　　（無力鬆弛地）啊。
（衆狼狽不堪，緩慢而行）
（關羽奮力策馬，赤兔悲鳴。馬童氣喘吁吁，力不從心，艱難前進）
（幕後喊聲："荆州弟兄聽者，荆州失陷，吳兵入城，秋毫無犯。你們家眷平安，速速歸來吧。"）
（衆兵紛紛逃去，人越來越少）

關　羽　（一聲長嘆）哎呀！
（忽然馬失前蹄，關羽跌下馬來，馬童隨之倒地）

關　平　（驚）父帥！（急攙扶關羽）

關　羽　（搖晃站立）馬童，帶……馬！
（馬童卧地未動）

關　羽　（憤然、厲聲）馬童，你與我帶馬！

馬　童　（氣喘力微）將軍，小人實實地是走不動了！

關　羽　怎麽！你在我身邊多年，難道也要中途退陣不成？

馬　童　（聞言急跪）將軍吶，小人跟隨多年，赤膽忠心，絕無二意。眼下荆州失守，軍心渙散，縱然有心殺敵，只恐無力回天！小人隨從將軍二十餘載，如此慘敗，實實不願看見，請將軍一刀結束了小人的性命，等待來世，小人再與將軍牽馬墜鐙，效忠君前！

關　羽　（受到强烈刺激）哎呀！（暈厥欲倒）

關　平　（扶住關羽）父帥！父帥……

馬　童　（悲痛地）將軍！將軍！（欲撲向前去）

衆　　元帥！
（關羽漸醒，看看身邊不多的士兵，向關平搖手示意）

關　平　爾等後退，暫且歇息。
（衆兵下，關平感慨地下）

關　羽　（唱）四面楚歌軍心亂！
　　　　（身邊赤兔馬一聲長嘶，關羽踉蹌向前，撫摸馬背）
關　羽　（接唱）赤兔馬聲聲悲如呼蒼天！
　　　　　　　往日裏四蹄咆哮追風逐電，
　　　　　　　今日却雙目昏暗老淚漕漕。
　　　　　　　兵如山倒處處怨，
　　　　　　　青龍刀光暗淡血迹斑斑！
　　　　　　　錚錚神威因何減？
　　　　　　　淒淒慘景不堪言！
　　　　　　　頓首皇兄千里遠，
　　　　　　　愧對主命甚羞慚！
　　　　　　　寶刀一橫斷塵念！（欲自刎）
　　　　　　　怎能學項羽烏江自摧殘。
　　　（關平帶貂蟬男裝上）
關　平　父帥，曹營差人前來，要面見父帥。
貂　蟬　拜見君侯。
關　羽　（聽口音甚熟，但不敢認）爾來作甚？
貂　蟬　丞相命小人前來下書。
關　羽　書信呈上。
　　　（貂蟬將信交關平，關平轉呈關羽）
關　羽　（拆信念）拜上二君侯，一別十數秋。
　　　　　　　　孫曹今携手，君已失荆州。
　　　　　　　　二度來歸降，再作許昌遊。
　　　　　　　　荆襄交君守，晉爵漢王侯。
　　　（關羽雙手顫抖，撕碎信箋）
關　平　（大怒）一派胡言，真乃欺人太甚！（拔劍直逼貂蟬）
關　羽　關平，你、你休得魯莽！
關　平　父帥！……
關　羽　（威嚴地）你與我退下！
關　平　父帥……
關　羽　（厲聲）退下！
　　　（關平無奈、悻悻然下）

（關羽強壓怒氣，與貂蟬對視）

貂　蟬　關將軍，歲月如流，世事多變，你我相貌雖改，但人間真情，永世長存。

關　羽　（疑）你……？

貂　蟬　許昌數月，坦誠相守。（摘下頭巾，露出秀髮）將軍可還認識否？

關　羽　啊！你、你是貂蟬！

貂　蟬　（情深地）將軍！

（音樂綿綿起奏）

（幕後伴唱）連年烽烟恍如夢，
　　　　　　荒郊絕境奇相逢。
　　　　　　幾度風霜音依舊，
　　　　　　歲月悠悠心可同？

貂　蟬　君侯，離別十載，你已兩鬢斑白了！

關　羽　你也不是當年的貂蟬了！曹丞相之意，我已盡曉，你、你回去了吧。

貂　蟬　將軍，念及丞相愛才心切，貂蟬思君舊情，望將軍速作決斷，重回許昌。

關　羽　（一字一頓）棄主悖忠，關羽不為！

貂　蟬　君侯，曹丞相答應君侯，依然鎮守荊州，當年可以挂印封金，千里尋兄；這次荊州到手，君侯不是也可以任意而行嗎？

關　羽　這……（心有所動）說甚麼任意而行，關某一生忠義，再次降曹，是對皇叔不忠，言而無信，是對丞相不義，關某豈能反覆無常，貽笑天下！

（關平悄然上，竊聽）

貂　蟬　（悲切地）將軍不降，眼看危在旦夕，（真情難禁）你要的是忠義之名，貂蟬要的是你平安康泰！

關　羽　（極力克制）貂蟬，你我當年之緣，乃蒼天錯鑄，前事已了，望你莫再癡心，你、你就回去吧！

貂　蟬　（絕望）將軍！貂蟬懷舊前來，不想將軍心如鐵石。也罷，今日一睹尊容，略償心願。我要急稟丞相，打救將軍，離此險境！（欲走）

關　平　曹營奸細，休想逃走，關平在此！（拔劍殺向貂蟬）

關　羽　（按住關平劍柄）平兒，休得亂行！

關　平　（掀開關羽）不斬此奸細，誓不為人！（撲向貂蟬）

關　羽　（一步向前，攥住關平手腕）兩國交兵，不斬來使！
關　平　（不服）今日怕是由不得父帥了！（還欲向前）
關　羽　（大怒）你大膽！
　　　　（關羽按住關平手腕，二人較力。關平終不敵，被關羽將劍奪過，掀關平於地下）
　　　　（眾兵上）
關　羽　（聲色俱厲）爾等與我將曹使速速送走！
　眾　　啊。
貂　蟬　（慘叫）將軍！將軍！（被眾兵押下）
　　　　（關羽緩步移向關平，躬身將平扶起）
關　羽　（疼愛地）平兒，為父手重了！
關　平　（憤然地）父帥，你好糊塗啊！那曹賊聯結東吳，奪我荊州，陷我重圍，先令徐晃截殺於前，又派奸細引誘於後。可你却將奸細放走，奸細已知我之虛實，我等今日只怕是死無葬身之地了！（淚下）
　　　　（一片喊殺聲傳來，眾驚）
馬　童　不好了！四面敵軍如潮，正向我軍撲來！
　　　　（關羽強支身軀觀望）
關　羽　（氣微）馬、馬童，與我帶、帶馬！
　　　　（突然戰鼓雷動，一吳將率兵蜂擁而上）
　　　　（關羽勉強與吳將交手。關平被吳兵殺死。關羽刀被吳將磕飛）
吳　將　將關羽拿下了！
　　　　（眾吳軍將關羽圍在中間）
　　　　（一束紅光直照關羽。造型）
　　　　（光暗）

尾　聲

　　　　（緊接前場。冬夜）
　　　　（許昌，曹操寢室）
　　　　（幕啓，殘燭搖曳。氣氛陰冷，曹操已兩鬢斑白）
曹　操　（手執斷袍，默視良久）關羽身陷重圍，貂蟬携信勸降，但願天隨人意,英雄重歸。

(感慨地)關將軍,美髯公,錦袍兩斷,舊情還在否?

(貂蟬急上)

貂　蟬　丞相!

曹　操　嗯,(似感意外)貂蟬,那關羽可曾隨來許昌?

貂　蟬　關將軍他……

曹　操　(急促地)他怎樣了?

貂　蟬　他寧肯盡忠一死,不肯再次歸順。

曹　操　關將軍,你空讓老夫懸望了! 如此看來,那關羽難逃一死了?

貂　蟬　還求丞相火速致信東吳,讓他們莫傷害關將軍性命。

曹　操　來人!

(一侍從上)

侍　從　丞相有何吩咐?

曹　操　飛馬加鞭,傳命孫權,將關羽即刻押解許昌。

侍　從　是。(急下)

貂　蟬　多謝丞相。

(曹操捧過斷袍)

曹　操　貂蟬,這件斷袍,乃關將軍割袍斷義,轉與老夫;那半段定還留在身邊,他若前來,還需你親手縫合到一起。

(張遼捧木匣上,悲哀地雙手顫抖)

張　遼　丞相!

曹　操　文遠,何事驚慌?

張　遼　關將軍已死! 東吳派人將首級送來了!

曹　操
貂　蟬　(驚)啊!

(靜場,突然強烈的悲樂聲驟起,震人心眩)

(曹操、貂蟬凝視着木匣)

貂　蟬　(撲上前去)關將軍!

(張遼恭恭敬敬地將木匣置於几案之上,悄悄退下。貂蟬看着木匣,極度悲傷)

曹　操　(真摯而悲切地)關將軍,你今身亡,實非老夫之意。唉!世事叵測,蒼天無情! 你我生逢亂世,恩恩怨怨,想不到如此了結了!

貂　蟬　（哭）關將軍！

曹　操　貂蟬，這件斷袍，你就與將軍披上吧！

（貂蟬接過錦袍，雙手顫抖，淚如雨下，將錦袍輕輕地覆蓋於木匣之上）

（靜場）

貂　蟬　關將軍，請聽貂蟬再爲君作最後一次詠唱吧！

（凄凉地樂曲徐起，貂蟬深情地且歌且舞。

　　　青青子衿，悠悠我心。
　　　但爲君故，沉吟至今……）

（歌聲戛然而止，貂蟬拔下金釵，刺入心臟，倒地而死）

曹　操　（激動萬分）悲哉女傑！壯哉貂蟬！關將軍，貂蟬隨你去了！得此知己，你也該瞑目了。（注視木匣，忽然驚恐起來）關將軍，你爲何一隻眼睜，一隻眼閉？（失態地）你……你是在哭？還是在笑呢……？

（窗外風聲哀鳴，匣内人頭鬚髮飄動，燭光驟暗）

曹　操　（驚恐萬狀）哎呀！

（曹操渾身顫抖，仰面倒下）

（幕後伴唱）

　　　情難斷，怨未消。
　　　哀風瑟瑟嘆英豪！

　　　　　　　　　　　　　　　　——劇終

官渡之戰

孫承佩　編劇

解　題

　　京劇。孫承佩編劇。孫承佩(1915—1990)，原名耿殿文，山東桓臺人。1935年參加一二·九運動，1936年參加民族解放先鋒隊，1946年加入九三學社，1947年加入中國共產黨。曾任《光明日報》采訪部主任、總編室副主任，《新建設》雜誌代主編，北京市文化局副局長。曾當選九三學社第六屆和第七屆中央副主席、第八屆中央常務副主席；二、三、四屆全國政協委員，五、六、七屆全國政協常委。編有京劇《官渡之戰》等。《京劇劇目辭典》《中國京劇藝術百科全書》著錄，均題《官渡之戰》，署孫承佩編劇。劇寫東漢末年，袁紹虎踞河北，雄兵十萬，欲滅曹操，成就帝業。袁紹命陳琳作討曹檄文，佈告天下，起兵伐曹，謀士田豐、審配對何時起兵意見不一。許攸催糧回城，告袁紹豪族審氏拒交，審配辯解補交。袁紹命許攸赴許昌説降曹操，命顏良兵取白馬。曹操見陳琳討曹檄文，一笑了之，贊陳琳有文才。許攸前往許昌，曹操以禮相待，説操降不成，反被操勸留許昌。臨返河北，曹操贈馬與錦袍。袁紹探知曹操兵發延津，勢將斷其後路，乃轉道迎擊，關羽在白馬斬顏良，曹軍在延津斬文醜。曹操兵少難敵衆敵，退守官渡。田豐見顏良、文醜被斬，士氣大挫，再次勸袁紹懸崖勒馬，不可兵進官渡。袁紹怒而不聽，斬了田豐。許攸説降曹操未成，審配向袁紹進讒，謂其受曹操厚禮，泄漏軍機。袁紹不允許攸往冀州催糧，恐其激怒豪強，留其參與軍務，却使審配前往催糧。袁紹命衆將兵發官渡。曹操堅守不出。時過半年，曹操軍中缺糧，寫信給荀彧，令人星夜趕往許昌催糧。審配押糧千車往官渡，並將許攸全家押往官渡，聽袁紹發落。曹操派許褚救下許攸全家，成了審配手中誣陷許攸通曹操的鐵證。許攸得到被截獲的曹操致荀彧的催糧信，往見袁紹，勸其兵分兩路，一攻官渡，一取許昌，曹操可擒。袁紹看信，疑爲誘敵之計，拒而不納。審配押糧回來見袁紹，誣陷許攸私通曹操，寫信給其家小，其家小在冀州散佈袁紹縱容豪強，必敗於曹操，引起小民抗糧不交。袁紹大怒，命許攸三日內自裁。許攸無奈欲自裁，被老軍阻止，勸其往投曹操。許攸前往官渡見曹操，告曹操袁紹在烏巢囤積大量糧草，守糧官好酒之情。曹操立即親自領兵由許攸隨同前往烏巢，放火燒糧，生擒守糧官淳于瓊。袁紹領兵前來救援，被曹操打敗，袁紹嘔血而逃。本事出於《三國志·魏書·武帝紀》及裴松之注引《漢晉春秋》。《三國演義》第三十回"戰官渡本初敗績，劫烏巢孟德燒糧"，故事與史基本相同。現代京劇有《戰官渡》。該劇版本見 1963 年北京出版社出版的單行本《官渡之戰》。今據以收錄整理。該劇 1960 年由北京京劇團首演，裘盛戎飾曹操，譚富英飾袁紹，馬連良飾許攸，存有實況全部錄音，並有音配像，收錄於《中國京劇音配像精粹》。

第 一 場

（顏良、文醜、淳于瓊、袁譚、袁尚等八將及袁兵殺氣騰騰，列隊上場。四龍套、審配、田豐、陳琳引袁紹上）

袁　紹　【引】四世三公，爲盟主，天下稱雄。擁雄兵，據河北，衆諸侯誰敢抗衡！
　　　　（詩）袁家門第最清高，
　　　　　　　河北四州多富饒。
　　　　　　　諸侯曾推爲盟主，
　　　　　　　袁術今又歸帝號。
　　　　老夫、姓袁名紹字本初。四世三公，門多故吏，虎據冀青幽并四州，雄兵十萬。如今漢家氣數已盡，天子之位，該我袁家承當。只恨曹操忽而尊奉天子，維持漢家名號，必須先滅曹操，纔能成就大事。如今冬去春來，正好興兵。陳大夫！
陳　琳　主公！
袁　紹　老夫命你作討曹檄文，布告天下，可曾作好？
陳　琳　已然作好。
袁　紹　當帳讀來。
陳　琳　主公聽者！
　　　　（念）曹操本是宦官後，

　　　　　世代不齒於清流。
　　　　　因緣時會霸兗豫，
　　　　　劫持天子壓諸侯。
　　　　　袁公不忿舉義兵，
　　　　　爲民除害討禍首。
　　　　　殺曹頭者賞千萬，
　　　　　還要官封萬戶侯。
袁　紹　（與衆同笑）哈哈哈……
　　　　（唱）【西皮散板】
　　　　　文章光芒沖牛斗，
　　　　　藐視曹操如馬牛。
　　　　陳大夫，就命你帶人多多抄寫幾份，差人分送各路諸侯，許昌城內尤須要多多張貼。
陳　琳　遵命。（下）
袁　紹　（手舉令旗）衆將官，聽我令下，起兵伐曹。
田　豐　且慢！
袁　紹　田大夫爲何阻令？
田　豐　爲臣有言奏上。
袁　紹　講！
田　豐　啓稟主公：想那曹操，尊奉天子，移都許昌，新破劉備，軍威大振，此時伐曹，只恐難以取勝。不如稍待一時，待有良機，再來伐曹不晚。
審　配　啓稟主公，曹操新到許昌，根本未立，正好乘此機會將他掃滅；再待數年，他羽翼已成，必爲後患。如今是敵弱我強，田大夫反倒長他人威風，滅自己的銳氣，眞眞不識時務！
袁　紹　不識時務？
審　配　不識時務！
袁　紹
審　配　（同笑）哈哈哈……
田　豐　（冷笑）哈哈哈……
袁　紹　田大夫爲何發笑？
田　豐　我笑這不識時務。

袁　紹　哪一個不識時務？

田　豐　前者曹操東伐劉備，許昌空虛，那時我奉勸主公乘虛攻取許昌，使曹操首尾不能相顧；誰知公子偶感風寒，主公就不肯出兵。如今曹操已破劉備，良機已失，反來興兵伐曹，這不識時務四字，爲臣愧不敢當。

審　配　咳呀主公啊！田豐這篇言語，分明是譏笑於你，就該……（手做殺勢）

袁　紹　老夫不殺田豐，還要重用於他。

審　配　却是爲何？

袁　紹　待等老夫破了曹操，還要委屈田豐以爲許昌太守，到那時節，要他自羞自愧也。

（唱）【西皮散板】

　　袁家兵有如那山崩海嘯，

　　量曹操他不敢來動槍刀！

　　他本是宦官後蟻鼠膽小，

　　不投降他只有望風而逃。

（中軍上）

中　軍　許攸催糧回來，帳外候令。

袁　紹　傳他進帳。

中　軍　許大夫進帳！

（許攸上）

許　攸　（唱）【西皮流水板】

　　奉命冀州催軍糧，

　　升斗入庫糧滿倉。

　　小民已然交租賦，

（轉）【西皮散板】

　　唯有豪強不納糧。

參見主公！

袁　紹　許大夫，催糧回來了？

許　攸　回來了。

袁　紹　軍糧可曾收齊？

許　攸　小民錢糧俱已收齊，唯有豪強大户抗命不交。

袁　紹　豪強大戶抗命不交？是哪一家呢？

許　攸　就是審大夫府上！他家倚仗族大兵強，不交租賦，還要霸佔小民爲他家佃戶，只向他家交租，不向主公納糧。

審　配　啟稟主公：非是爲臣不肯交納，實是許攸無禮，引起爲臣不忿。如今許攸旣然回來，爲臣就命家下交納就是。

許　攸　啟稟主公：審大夫口說納糧，實是轉嫁小民，於軍不利。

審　配　這個……咳呀主公啊！許攸分明是有意與我作對。(威脅地)再若如此，主公之事，爲臣就無法效勞了。

袁　紹　只要大夫納糧，其他之事，容後再談。(向許攸)許大夫，你催糧回來，老夫記你功勞一件。

許　攸　謝主公。

袁　紹　如今出兵伐曹，還有一事相煩於你。

許　攸　但不知何事可以效勞？

袁　紹　你與曹操乃是故舊之交，我有意命你前往許昌，順說曹操來降，不失他封侯之位。

許　攸　只恐那曹操不肯吧？

袁　紹　就是曹操不降，你去許昌勸說，他的軍心必亂，也是你奇功一件。準備行裝，早日起程去吧！

許　攸　遵命。
　　　　(唱)奉命即刻往，
　　　　　　勸曹來歸降。

審　配　(敵意地)許大夫，早去早回！

許　攸　(冷笑)哈哈哈……(下)

袁　紹　顏良聽令！

顏　良　在！

袁　紹　命你帶領本部兵將，直取白馬，不得有誤！

顏　良　得令！

袁　紹　餘下衆將，隨同老夫即日破曹去者。
　　　　(【牌子】。同下)

第 二 場

（張遼、許褚持檄文上）

張　遼　（唱）【西皮散板】
　　　　　丞相應早決大計，

許　褚　（接唱）是和是戰莫遲疑。

張　遼　許將軍，袁紹起兵殺來，檄文貼遍許昌，是和是戰，也不知丞相作何打算。昨日我等兩次求見，皆未如願。你我今日前去，是必要見。

許　褚　問個明白。

張　遼　請！

　　　　（張遼、許褚圓場）

張　遼　裏面哪位在？

　　　　（門官上）

門　官　二位又來啦？

張　遼
許　褚　我等身有要事，今日是必要見丞相。

門　官　丞相有令，一概免見！

張　遼
許　褚　我等一定要見！

門　官　一概免見！

張　遼
許　褚　你與我閃開了！

　　　　（張遼、許褚闖入）

曹　操　（內）門外何人喧嘩？

門　官　啟稟丞相：張遼、許褚兩位將軍擅闖府門，一定要見丞相。

曹　操　（內）何事求見？

門　官　軍情緊急，身有要事。

曹　操　（內）傳他二人，二堂相見。

門　官　二位請吧！（下）

　　　　（曹操上）

曹　操　（念）河北風雲緊，安閑自有人。

張遼
許褚　參見丞相！

曹操　二位將軍要見老夫，爲了何事呢？

張遼　咳呀丞相啊！袁紹起兵殺來，檄文貼遍許昌，是和是戰，丞相早決大計。

曹操　噢，袁紹有檄文到來？老夫只顧議論軍國大事，這檄文倒未曾看過。呈上來。

張遼　丞相不看也罷。

曹操　却是爲何？

張遼　只怕氣壞丞相。

曹操　袁紹起兵，老夫尚且不惱，何況一紙檄文？呈上來。

（張遼呈檄文）

曹操　（念）曹操本是宦官後，
　　　　　世代不齒於清流。
　　　　　因緣時會霸兗豫，
　　　　　劫持天子壓諸侯。
　　　（大怒，隨即轉爲平靜）二位將軍，可曾打聽清楚，這檄文是何人所作？

許褚　乃是陳琳所作。

曹操　噢，陳琳！（大笑）哈哈哈……

許褚　陳琳辱罵丞相，就該擒而殺之，丞相爲何發笑？

曹操　將軍哪裏知道，老夫正患頭風之症，讀此檄文，出了一身冷汗，不覺一時痊愈，老夫倒要感謝他一二，哈哈哈……

張遼　袁紹起兵，丞相到底作何打算？

曹操　依二位將軍之見，老夫與袁貂爭鬥，可能取勝否？

張遼
許褚　這個……縱然不能取勝，也只好一死相拚。

曹操　將是好將，只是老夫怎能捨得你們白白送死？

張遼
許褚　難道就罷了不成？

曹操　聽諸君之言，是要與那袁紹決一死戰？

張遼
許褚　要與袁紹決一死戰！

曹　操　只是又懼怕那袁紹兵多將廣。
張　遼
許　褚　這個……
　　　　（荀攸上）
荀　攸　啓禀丞相：今有許攸來到許昌，求見丞相。
曹　操　許攸？
張　遼　許攸此來，必是袁紹説客。
許　褚　舌辯之徒，就該一刀兩斷！
曹　操　且待老夫會他，爾等帳外靜聽，便知分曉。
　　　　（張遼、許褚猶疑下）
曹　操　來，有請許大夫。
荀　攸　有請許大夫！（下）
　　　　（許攸上，曹操出迎）
許　攸　別來多年，丞相玉體一向可好？
曹　操　老夫天下未平，這身體豈敢不好，豈敢不壯！哈哈哈……
許　攸　（會意）啊？哈哈哈……
　　　　（曹操、許攸入坐）
許　攸　丞相適纔言道，要平定天下，但不知是怎樣平法呢？
曹　操　老夫平定天下，要先滅袁紹。
許　攸　丞相要滅袁紹，殊不知袁紹也要滅你。
曹　操　不定誰勝誰敗。
許　攸　依某看來，袁紹必勝。
曹　操　請道其詳。
許　攸　袁紹四世三公，門生故吏，遍布天下，一聲號令，天下響應，衆諸侯推爲盟主。這門第清高，可是丞相比得？
曹　操　比不得。
許　攸　袁紹雄兵十萬，戰將甚多，丞相之兵不過一萬有餘，帳下戰將不過張遼、許褚之輩。這兵多將廣，可是丞相比得？
曹　操　比不得。
許　攸　況且袁紹與江東孫策交好甚厚，他二人訂下盟約，要夾攻許昌，平分土地。這諸侯相助，可是丞相比得？
曹　操　比不得。

許　攸　着哇！有此三件大事，丞相都比不過袁紹，要與袁紹爭鬥，豈不是自取滅亡？

曹　操　依你之見呢？

許　攸　不如歸順袁紹。以丞相之才，封侯之位，易如反掌。

曹　操　（大笑）哈哈哈……老夫若是希圖封侯之位，到可歸順袁紹；只是爲了平定天下，就斷斷不可。

許　攸　却是爲何呢？

曹　操　老夫出世以來，專意壓制豪强，如今袁紹縱容豪强，欺壓小民，說甚麼歸順於他，老夫恨不得殺過河去，生擒袁紹！

許　攸　只怕你心有餘而力不足吧。

曹　操　想那袁紹外强中乾，哪放老夫心上！
（唱）【西皮散板】
　　袁紹爲人見識淺，
（接唱）【西皮流水板】
　　盜竊虛名全靠祖先。
　　好謀無斷少主見，
　　色厲膽薄法度不嚴。
　　想當年討董卓擁兵不戰，
　　衆諸侯起內訌兄弟相殘。
　　他如今佔冀州威福自擅，
　　犯許昌窺九鼎獲罪於天。
　　我料他罪滿盈敗滅不遠，
　　滅此賊我纔能平定中原。

許　攸　（唱）【西皮散板】
　　群雄逐鹿在中原，
　　袁家勢力半邊天。
　　袁公馬首天下瞻，
　　你何德何能敢阻攔？

曹　操　（唱）【西皮散板】
　　奉戴天子在身邊，
　　籌糧許下興屯田，
　　破格重用英雄漢，

　　　　　　　曹某不才敢阻攔。
許　攸　（唱）【西皮散板】
　　　　　　　袁紹劉表結姻眷，
　　　　　　　二人同心滅曹瞞。
　　　　　　　一從北來一從南，
　　　　　　　指日大軍會中原。
曹　操　（唱）【西皮散板】
　　　　　　　劉表本是守戶犬，
　　　　　　　無有大志圖中原；
　　　　　　　吟風弄月多散懶，
　　　　　　　飲酒賦詩在花前。
許　攸　（唱）【西皮散板】
　　　　　　　田豐有識也有膽，
曹　操　（接唱）袁紹不聽也枉然。
許　攸　（接唱）顏良文醜英雄漢，
曹　操　（接唱）老夫看來只等閑。
許　攸　（唱）【西皮散板】
　　　　　　　袁紹佔地大無邊，
　　　　　　　許昌不過如彈丸。
　　　　　　　丞相縱有千般計，
　　　　　　　隻手怎能抗泰山！
曹　操　子遠！
　　　　（唱）【二六板】
　　　　　　　袁紹佔地大無邊，
　　　　　　　致命之傷有一端：
　　　　　　　部下豪強逞私見，
　　　　　　　爾詐我虞自傷殘。
　　　　　　　欺壓小民人心散，
　　　　（轉）【西皮快板】
　　　　　　　欺壓小民如欺天。
　　　　　　　老夫佔地雖然淺，
　　　　　　　行事與他不一般：

　　　　　　興修水利勸農戰，
　　　　　　壓制豪強興屯田。
　　　　　　強弱不在兵將廣，
　　　　　　萬衆一心人勝天。
許　攸　（暗中心服）呀！
　　　　（唱）【西皮快板】
　　　　　　曹操目光如炬電，
　　　　　　千里之外似眼前。
　　　　　　一路行來我親眼見，
　　　　　　許昌臣民樂安然。
　　　　　　袁曹此番來交戰，
　　　　　　難說誰勝誰佔先。
　　　　　　低下頭來暗盤算，
　　　　主公，你的勢力勝過曹操十倍，就差在這壓制豪強啊！
　　　　（接唱）【散板】
　　　　　　回營去對主公再來進言。
　　　　丞相必欲交戰，許攸告辭。
曹　操　此番出兵，袁紹必敗，子遠大才，就在此處與老夫共事如何？
許　攸　跟隨袁紹多年，兩軍交戰之際，我要助他一臂之力。
曹　操　你是怎樣助他呢？
許　攸　勸他壓制豪強。
曹　操　你要壓制豪強，豪強豈不壓你？
許　攸　自有主公作主。許攸不能久留，告辭了。
曹　操　既然如此，老夫備酒相送。來，看酒備禮。
　　　　（小軍持酒、牽馬、捧袍上。曹操、許攸飲酒）
許　攸　（唱）【西皮原板】
　　　　　　多謝丞相賜佳釀，
　　　　　　美酒一杯暖心房。
曹　操　這有良馬一匹，錦袍一領，送與子遠，抵擋一路風霜。
許　攸　愧領了！
　　　　（唱）【西皮散板】
　　　　　　錦袍一領禦風霜，

　　　　故人情意山高水長。
　　　　此去河北有良驥，
　　　　足下生雲歸故鄉。
曹　操　子遠，此番回到河北，倘有不得意之處，還望前來我營，老夫是必傾誠相待。
許　攸　（唱）【西皮搖板】
　　　　這句話來心意長，
　　　　説出他愛才熱心腸。
　　　　扭轉頭來把話講，
　　　　丞相金言，我却之不恭，受之有愧，難道其詳。
　　　　辭別丞相把馬上，
　　　　願丞相松柏長青永安康。（下）
曹　操　（唱）【西皮散板】
　　　　兩軍交戰攻心爲上，
　　　　許攸歸去意彷徨。
　　　　（荀攸上）
荀　攸　啓禀丞相：今有顏良攻取白馬。
曹　操　啊？袁紹小看老夫，必然以爲老夫困守許昌，趁此時機，正好出其不意，先斬顏良。
荀　攸　丞相要斬顏良，某有計獻上。
曹　操　有何妙計？
荀　攸　丞相領兵先到延津，裝作渡河模樣，袁紹必然以爲丞相要抄他後路，自然捨了顏良，移兵西往，那時顏良成了孤軍，一戰可擒也。
曹　操　正合我意。傳令下去，大小三軍，校場聽點。
　　　　（同下）

第 三 場

　　　　（袁兵、衆將、審配、田豐、"袁"字大旗引袁紹上）
袁　紹　（唱）【西皮散板】
　　　　顏良英勇是好將，
　　　　（接唱）【西皮快板】

　　　　　白馬坡前擺戰場。
　　　　　曹操不派救兵往，
　　　　　想必困守在許昌。
　　　　　老夫兵強將又廣，
　　　　　生擒曹操如探囊。
　　（探子上）
探　子　報！曹操兵發延津，有切斷我軍後路之意。（下）
袁　紹　哎呀且住！曹操兵發延津，要想切斷我軍後路，豈能容他猖狂！老夫正好轉路延津，迎頭痛擊。衆將官，轉路延津去者！
　　（唱）【西皮散板】
　　　　　老夫轉路延津往，
　　　　　定把曹軍一掃光。
　　　　　三軍催馬往前闖，
　　（倒領圓場）
袁　兵　來到延津。
袁　紹　（接唱）【西皮散板】
　　　　　不見曹兵爲哪樁？
　　（衆將搜場）
衆　將　無有曹兵。
　　（衆驚疑）
袁　紹　啊啊是了！老夫中了曹操調虎離山、聲東擊西之計，只怕顏良孤軍難保。
　　（探子上）
探　子　曹操大兵偸襲白馬，又將關羽激下土山，斬了顏良。
　　（衆將震驚）
袁　紹　那曹操呢？
探　子　大兵直奔官渡而去。（下）
田　豐　啓稟主公：我軍出師不利，就該回轉冀州，徐圖良策。
審　配　啓稟主公：我軍多於曹操十倍，但只向前，必獲全勝。（向田豐）田大夫，你家父子若是貪生怕死，就去後方安享榮華。
袁　紹　不必爭吵，老夫自有安排。文醜聽令！
文　醜　在！

袁　紹　命你追殺曹操，不得有誤！
文　醜　得令！
　　　　（文醜率兵下）
袁　紹　衆將官！隨我接應文醜去者！
　　　　（衆同下）

第　四　場

（曹兵、衆將引曹操上，過場下）
（袁兵引文醜追上，過場下）
（曹兵、衆將引曹操上）

曹　操　（唱）【西皮散板】
　　　　　　　文醜小兒緊追趕，
　　　　　　　好似魚兒追釣竿。（鼓聲）
　　　　　　　三軍急上南山阪，
　　　　（曹操登土山）
曹　操　（接唱）
　　　　　　　文醜小兒到陣前。
　　　　（袁兵引文醜上，過場下）
曹　操　他果然來了。（向張遼）傳令下去：我軍連日行軍，有些辛苦，就在此處歇息；只有糧車上道先行，袁兵來搶，不可阻攔。
張　遼　這……
曹　操　不必遲疑，速速前去！
張　遼　得令！（下）
許　褚　文醜搶劫糧草，豈不斷了我軍糧道？
曹　操　老夫自有安排。
　　　　（曹軍糧車上，袁兵引文醜上劫糧草，糧車故意引誘袁軍亂轉，糧車引袁兵分下，文醜左顧右盼追下）
許　褚　待某將糧車奪回！
曹　操　袁兵只顧搶奪糧草，人馬已亂。正好乘此機會，殺死文醜，奪回糧草。
衆　將　得令！（下）

曹　操　（唱）【西皮散板】
　　　　　今日裏好一似河邊垂釣，
　　　　　捨輜重作香餌引誘龍蛟。
　　　　　眼看着小文醜中我機巧，
　　　　　那袁紹怎知我妙計千條。
　　　（文醜率兵追糧車上，曹將上，讓過糧車，截住文醜廝殺，曹將斬文醜）
張　遼　（向曹操）文醜已死。
許　褚　糧車奪回。
曹　操　眾位將軍之功也！
許　褚　顏良、文醜俱已被斬，就該趁此機會，殺過河去，生擒袁紹。
曹　操　我等雖然連勝二陣，袁紹兵將依然多我幾倍，要破袁紹，還要兵退官渡。
許　褚　到了官渡之後呢？
曹　操　堅守不戰，待等袁兵驕傲懈怠，用計破之。
許　褚　連勝二陣，還要一退再退，叫某好不明白。
曹　操　老夫安排已定，將軍不必多疑。眾將官，兵退官渡。
　　　（眾同下）

第　五　場

（田豐上）
田　豐　（唱）【西皮散板】
　　　　　主公此行鑄大錯，
　　　　　連喪二將銳氣挫。
　　　　　一意孤行不改過，
　　　　　大兵還要渡黃河。
　　　咳！主公不聽我言，連敗二陣，如今還要兵發官渡。似此一意孤行，只怕全軍覆沒。管他聽與不聽，惱與不惱，我是必好言相勸。來此已是轅門，待我擊鼓。
　　　（田豐擊鼓，袁兵、審配、中軍引袁紹上）
袁　紹　何人擊鼓？

中　　軍　田豐擊鼓。
袁　　紹　田豐？他莫非要來羞辱老夫不成？來，傳他進帳！
中　　軍　田大夫進帳。
田　　豐　參見主公。
袁　　紹　你爲何擊動堂鼓？
田　　豐　顏良、文醜被斬，士氣大挫，如今就該懸崖勒馬，免招大禍，這兵發官渡，是萬萬不可！
袁　　紹　老夫自有妙算，用不着你來多嘴！
田　　豐　主公不聽臣言，只怕顏良、文醜就是前車之鑒！
袁　　紹　你待怎講？
田　　豐　必敗無疑！
袁　　紹　大膽！

　　　　　（唱）【西皮散板】
　　　　　　出兵以來你盡阻撓，
　　　　　　我自有妙計破賊曹。
　　　　　　大敵當前你膽量小，
　　　　　　惑亂軍心難輕饒。
　　　　　　人來與我忙綁了，
田　　豐　（接唱）【西皮散板】
　　　　　　袁家基業火化冰消。
　　　　　（二袁兵押田豐下，二袁兵再上）
二袁兵　斬首已畢。
袁　　紹　起過了。
審　　配　啓禀主公：聞得許攸到了曹營，並未真心勸説曹操歸降，反倒受了曹操厚禮，爲他出謀劃策，斬了顏良、文醜。
袁　　紹　待我查明，再來處置。
　　　　　（許攸上）
許　　攸　（念）忙將勸曹事，報與主公知。
　　　　　參見主公！
袁　　紹　你回來了。
許　　攸　回來了。
袁　　紹　你還回來做甚哪？

許　攸　此話從何說起？
袁　紹　我來問你：你爲何背主降曹？
許　攸　此乃誹謗之言，主公不可聽信。
袁　紹　我再來問你：這錦袍、良馬是何人所贈？
許　攸　曹操所贈。
袁　紹　却又來！你不降曹，他爲何送你這等厚禮？
許　攸　此乃曹操朋友之義，主公不可多疑。
審　配　啓禀主公：許攸回營，莫非有詐？
袁　紹　有詐無詐，須要小心。（向許攸）自今以後，不准你參與軍務！
許　攸　唉！
袁　紹　審大夫，老夫兵發官渡，軍糧必須源源接濟。如今冀州糧草，征收不易，糧道又遠，須有專人回到冀州催征催運方好。
審　配　那個自然。
許　攸　啓禀主公：催取糧草，許攸願往。
審　配　且慢！許攸前番征糧，惹惱豪强大户，今番前去，只恐大户又要抗交。
袁　紹　這個……還是審大夫當此重任。
許　攸　啓禀主公：審配前去，必然欺壓小民，惹起百姓騷亂，於軍不利。
袁　紹　你去惹惱豪强，豈不誤了大事！一派胡言，出帳去吧！（向審配）審大夫，你也起程去吧。
審　配　（向許攸）許大夫，冀州百姓，你倒不必操心。（惡意地）只是大夫家下在冀州横行不法，我是必加意照看。
　　　　（審配傲然下場，許攸目送，頓足下）
袁　紹　中軍，兵發官渡，人馬可曾齊備？
中　軍　齊備多時。
袁　紹　衆將走上，兵發官渡。
　　　　（袁將、袁兵、旗手持"袁"字大旗上，袁紹上馬）
袁　紹　（唱）【嗩呐腔】
　　　　　　領雄兵渡黄河氣吞山嶽，
　　　　　　大河上四十里盡是戈矛。
　　　　　　耳聽得人喊馬叫如海嘯，
　　　　　　又只見旌旗招展地動山摇。

　　　　　　衆三軍一個個如虎豹，
　　　　　　輜重車如流水糧堆山高。
　　　　　　此去定擒賊曹操，
　　　　　　不滅曹操恨不消。
　　　　　　催馬來到官渡口，
袁　兵　來到官渡。
袁　紹　人馬列開。
　　　　（接唱）
　　　　　　快叫曹操把兵交。
　　　　（下場門設城，"曹"字大旗空中招展）
曹　操　（内唱）【西皮倒板】
　　　　　　耳邊廂又聽得人聲馬叫，
　　　　（曹操上站城，左右張遼、許褚）
曹　操　（接唱）【西皮原板】
　　　　　　看陣前袁家軍有如海潮，
袁　紹　曹操！
曹　操　（接唱）却原來袁紹公領兵來到，
袁　紹　老夫此來，就爲親自會你。
曹　操　（接唱）曹孟德在官渡久候故交。
袁　紹　一片花言巧語，到底敢是不敢？
曹　操　（接唱）先施禮後打仗君子之道，
　　　　　　我豈能勞大駕空走一遭。
袁　紹　呸！
　　　　（唱）【二六板】
　　　　　　曹孟德你不必花言語巧，
　　　　　　分明是不敢戰妄想脱逃。
　　　　　　普天下俱聽我袁家令號，
　　　　　　我料你退守官渡，兵少糧缺，難動槍刀，哪放在我的心梢！
　　　　　　我勸你識時務歸降乘早，
　　　　　　你若是不遲延，我留你性命一條。
曹　操　（唱）【西皮快板】
　　　　　　袁紹把話講錯了，

　　　　　老夫豈肯降爾曹！
　　　　　捨曹某有何人天子扶保，
　　　　　捨曹某有何人輔佐當朝，
　　　　　捨曹某有何人群雄平掃，
　　　　　捨曹某有何人壓制強豪！
　　　（轉）【西皮原板】
　　　　　爲天下我曹操不畏強暴，
　　　　　爲天下我曹操不怕槍刀，
　　　　　爲天下我曹操不怕譏笑，
　　　　　爲天下我曹操不辭辛勞。
　　　　　因此上領雄兵把你征剿，
　　　　　定把你豪強首除根拔苗。
袁　紹　（唱）【西皮原板】
　　　　　聽他言不由我心頭氣惱，
　　　　　官渡口彈丸地掃滅在今朝。
　　　　　霎時間我若將城池破了，
　　　　　到那時叫爾等鬼哭神嚎。
曹　操　（唱）【西皮快板】
　　　　　叫袁紹你那裏不必急躁，
　　　　　戰不戰全在我隨意而挑。
　　　　　白馬坡用巧計顏良斬了，
　　　　　捨輜重誅文醜小試牛刀。
　　　　　我勸你緊提防入我圈套，
　　　　　官渡口早爲你放下籠牢。
袁　紹　（唱）【西皮散板】
　　　　　人來與我賊擒了！
　　　（袁軍攻城，張遼、許褚放箭抵住）
曹　操　（接唱）【西皮散板】
　　　　　既來之則安之，我任你逍遙。
　　　請了，請了。
　　　（曹操、張遼、許褚下）
袁　紹　（唱）【西皮散板】

官渡擺下天羅網,
定叫曹操無處藏。
他兵少糧缺難持久,
不出三月命必亡。

衆將官,將官渡團團圍住,日夜攻打!

(袁紹下,袁軍雙抄下)

第 六 場

(曹兵甲、乙上)

曹兵甲 (念)官渡戰袁兵,

曹兵乙 (念)半載有餘零。

曹兵甲 我説兄弟,咱們丞相怎麽改了脾氣啦?

曹兵乙 怎麽改了脾氣啦?

曹兵甲 早先領着咱們打仗,總是聲東擊西,虛虛實實,把敵兵誘進圈套,一下子就給收拾了。這回來到官渡都半年多了,既不交鋒,也不打仗,咱們整天不是挖壕溝,就是築營寨,這够多没勁哪!

曹兵乙 兄弟,不是我説你,你真是沉不住氣。

曹兵甲 我怎麽沉不住氣?

曹兵乙 這回跟袁紹打仗,非同小可,袁紹兵多,咱們兵少,要滅袁紹也不是三天五早晨就能行啊。再者説,咱們丞相過去用的是聲東擊西之計,瞅冷子吃他一口。這回呢,看樣子是想放開肚子,來個連鍋端,所以纔在這裏一守就是半年,等把袁紹耗得差不多了,瞅準了機會,就是這麽一下子,就把袁紹的老底都給端了。你説是不是?

曹兵甲 你這麽説,咱們丞相這回是變了招兒啦?

曹兵乙 變了招兒啦,咱們丞相用兵,向來是變化無常,叫敵人猜不透,摸不着。哪能像你似的,小胡同裏趕猪——

曹兵甲 此話怎講?

曹兵乙 直去直來嗎!

曹兵甲 算你説得有理。可是那群袁兵,仗着他們糧多,欺負咱們糧少,日夜攻打之後,還要大喊三聲:"餓死曹操,困死曹操,曹操挨餓,我們好笑",大模大樣的,就像眼裏全没咱們似的,達股氣可是受不了啊。

曹兵乙　你就生得這個氣啊？説不定丞相正在高興哪。袁兵越驕傲，就越好打，等他們笑夠了，就該哭啦。（鼓聲）聽，袁兵又在攻打，我們還是巡營去吧。
曹兵甲　好，巡營去。
（曹兵甲、乙下）
（曹操上）
曹　操　（唱）【二黄散板】
　　　　　官渡口聚雄兵曹袁決鬥，
　　　　　觀大勢不由人一喜一憂。
　　　　　憂的是糧草盡難以持久，
　　　　　喜的是驕兵計袁紹上鉤。
　　　　　決勝敗這正是機微關頭，
　　　　　日夜裏嘔心血苦想苦搜。
（起二更）
有了。
（曹操提筆寫信）
（接唱）【二黄慢板】
　　　　　畫夜裏修書信去把糧求，
（接唱）【二黄原板】
　　　　　危難處我定要決心死守。
　　　　　那袁紹士卒惰我已看透，
　　　　　我何不出其不意轉守爲攻別出奇謀？
要破袁紹，必須別出奇謀，出其不意。只是這計在何處呢？（尋思，看見求糧書信，計上心來）老夫兵少，懼怕糧絕，袁紹兵多，又是遠離本土，一旦糧絕，軍心必亂。況且袁紹將官渡團團圍住，萬不料老夫深入敵後，燒劫糧草，定能出其不意，大獲全勝也。
（接唱）【二黄原板】
　　　　　但不知這糧草何人把守？
想這敵後劫糧，哪道而去，哪道而回，何人把守，兵將多少，必須一一查明。如若不然，必定大敗。
（接唱）【二黄散板】
　　　　　臨大事還須要細細謀籌。

　　　　　　思過來想過去眉頭緊皺,(鼓聲)
　　　　(許褚上)
許　褚　(接唱)恨袁兵日夜裏攻打不休。
　　　　啓稟丞相:袁紹知道我軍糧草將盡,日夜攻打,却是驕傲無備,何不趁此機會,大開營門,與他決一死戰?
曹　操　將軍不必急躁,老夫已有妙計,不出十日,就可破袁。
許　褚　只怕十日之後,我軍已然糧盡了。
曹　操　老夫就要許昌火速送來糧草。來,下書人進帳。
　　　　(下書人上)
下書人　(念)黲夜呼喚我,必定有軍情。
　　　　參見丞相。
曹　操　這有機密書信,命你星夜送往許昌,不得有誤。
下書人　遵命。(欲下)
曹　操　轉來。一路之上必須喬裝改扮,多加小心。
下書人　是。(下)
　　　　(荀攸上)
荀　攸　(唱)【西皮散板】
　　　　　　山窮水復疑無路,
　　　　　　柳暗花明又一村。
　　　　啓稟丞相:探馬報道,審配冀州征糧,將許攸全家下獄,如今押了大批糧草,隨帶許攸全家老小,從冀州往官渡而來,離袁紹大營,已然不遠。
曹　操　果有此事?
荀　攸　果有此事。
曹　操　哎呀且住。聞道許攸回去之後,審配道他暗通老夫,袁紹起了疑心,不加重用。如今審配又押解他全家大小……(尋思,向荀攸)軍師,老夫有意派遣一哨人馬,將許攸全家,救回老夫營中,你看如何?
荀　攸　那審配呢?
曹　操　放他過去。
荀　攸　那糧草呢?
曹　操　也放它過去。
荀　攸　丞相之意,莫非……(手做離間之勢)

曹　操	（會心一笑）哈哈……許褚聽令。命你帶領一哨人馬，救來許攸全家大小，前來見我。
許　褚	現有袁兵不打，何必多管許攸的閒事？
荀　攸	將軍速去，此乃丞相……
曹　操	（攔住）軍師，隨我來。（下）
	（荀攸會心一笑，隨曹操下）
許　褚	（唱）情願不情願，
	軍令大如山。
	走。（下）

第　七　場

（袁兵押糧車及許攸家小，引審配上）

審　配	（唱）【西皮散板】
	冀州押來車千輛，
	見了主公有風光。
	且住。可恨許攸與冀州家中通信，言道主公縱容豪強，必然敗於曹操之手，引起小民抗糧不交。是我將許攸全家下獄，纔將糧草收齊。如今就將糧草與許攸家小，一併押往官渡，聽候主公發落。軍士們，已離官渡不遠，放心趲行者。
	（許褚及曹兵上）
許　褚	留下糧車，饒你不死。
審　配	搭話何人？
許　褚	大將許褚。
	（審配驚慌逃下。曹兵救許攸全家下）
許　褚	回營交令。（下）
袁　兵	大夫請轉。
	（審配復上）
審　配	許褚走了？
袁　兵	走了。
審　配	劫去多少糧草？
袁　兵	糧草一粒不少，單單救去許攸全家。

審　配　啊？許攸啊許攸，此番見了主公，這就是你私通曹操的鐵證。軍士們，官渡去者。

（眾同下）

第　八　場

許　攸　（內唱）【西皮倒板】

　　　　主公不聽忠言告，（上）

　　　（接唱）【快板】

　　　　欺我一遭又一遭。
　　　　征糧不能冀州去，
　　　　營中難把軍務操。
　　　　進退無門難壞了，
　　　　日坐愁城似囚牢。

（老軍押下書人上）

老　軍　啟稟大夫：出外巡哨，拿獲奸細，請大夫發落。

許　攸　膽大奸細，汝奉何人所差，從實招來！

下書人　我乃行路之人，被他們錯認了。

許　攸　渾身搜來！

（老軍搜下書人）

老　軍　並無夾帶。

許　攸　頭上搜來！

（老軍搜出書信，交許攸）

許　攸　（看信）"許昌荀彧收啟"，哎呀，這乃是曹操的書信，待吾拆開一觀。（讀信）"軍中糧草已盡，請即籌辦大宗糧餉，火速運來軍前接濟，不得有誤！"（向老軍）來，將奸細暫押後帳。

（老軍押下書人下）

許　攸　好機會也。

　　　（唱）【西皮散板】

　　　　曹營既然缺糧餉，
　　　　正好分兵取許昌。
　　　　急忙前往中軍帳，（圓場）

見了主公說端詳。

許攸求見主公。

（四龍套引袁紹上）

袁　紹　大夫何事？

許　攸　適纔軍士擒獲奸細，携有曹操書信，言道軍糧已盡，乘此機會，我軍分兵兩路，一攻官渡，一取許昌，曹操可擒也。（呈書信）

袁　紹　（看信）我明白了。曹操見老夫兵多將廣，無法取勝，故意修此假書，誘我出動，他好於中取事，此乃誘敵之計也。

許　攸　分明是曹營糧盡，失此機會，將來後悔無及。

袁　紹　旦夕之間，曹操糧盡，自然瓦解，何必輕舉妄動！

（中軍上）

中　軍　啓稟主公：審大夫自冀州運來大批糧草，請示主公屯於何處？

袁　紹　糧草運往烏巢，審大夫進帳回話。

中　軍　糧草運往烏巢，審大夫進帳回話。（下）

（審配上）

審　配　（念）忙將途中事，
　　　　　　　報與主公知。

參見主公。

袁　紹　大夫運來大批糧草，乃是大功一件。

審　配　為臣還有一事機密大事，主公請過來。

袁　紹　甚麼機密大事？

審　配　許攸家下煽動小民抗糧不交，為臣將他等拿下，押來官渡。誰知半路途中遇見曹營許褚，他不劫糧草，單將許攸家小救回曹營。許攸通敵，豈不是鐵證如山？

袁　紹　有這等事？啊，我明白了。（向許攸）你哪裏是來獻計，分明是曹操無計可施，買通於你，叫你來獻調虎離山之計，你道是也不是？

許　攸　許攸一片忠心，主公道我私通曹操，豈不是血口噴人？

袁　紹　咄！說甚麼血口噴人，前番命你順說曹操，曹操不肯歸降，反贈你錦袍良馬，是何緣故？你與家中寫信，毀謗老夫必然敗於曹操之手，今日曹操又救去你全家大小，又是何緣故？似你這等匹夫之輩，本當立即斬首。念在故舊之交，限你三日之內，自盡一死。左右，轟了出去！

　　　　（龍套推許攸出門，袁紹、審配、四龍套下）
許　攸　（唱）【西皮搖板】
　　　　　　誰知袁紹志量小，
　　　　　　只落得一身無下梢。
　　　　　　許攸不該將他保！（圓場，回帳）
　　　　想我許攸投奔袁紹，本想助他成就大事，誰知他縱容豪强，殘害忠良。許攸忠心耿耿，不但一事無成，反倒家破人亡！
　　　　（接唱）【西皮搖板】
　　　　　　這纔是目不識人禍自招。
　　　　　　空有堂堂七尺表，
　　　　　　空有八斗才學高。
　　　　　　可嘆我誤入歧途招人笑，
　　　　（轉）【西皮快板】
　　　　　　錯把袁紹當英豪。
　　　　　　良言相勸他全不曉，
　　　　　　聽信讒言害故交。
　　　　　　我量他難以破曹操，
　　　　　　我量他瓦解在今朝。
　　　　　　我量他死期將來到，
　　　　　　袁家基業一旦抛。
　　　　（轉）【西皮搖板】
　　　　　　越思越想心煩惱，
　　　　（許攸拔刀自刎，老軍上，救止）
老　軍　（接唱）【散板】
　　　　　　大夫輕生爲哪條？
許　攸　袁紹不聽忠言，反要我自盡一死，我誤入歧途，還有何面目再生世上！
老　軍　大夫不可如此。自古道，良禽擇木而棲，賢臣擇主而事。袁紹不納忠言，日後必爲曹操所敗。想那曹操，禮賢下士，仁義待人，况且又與大夫舊有故交，大夫若是投奔於他，他是必然重用。你若助他一臂之力，滅了袁紹，一來成就大事，二來救你全家老小。你看好是不好哪？
許　攸　幸得你提醒於我，速速備馬伺候。

(許攸上馬,老軍暗下)

許　攸　袁紹啊袁紹,是你不仁,休怪我不義。
　　　　（唱）【西皮快板】
　　　　　　曹操治國有懷抱,
　　　　　　禮賢下士待英豪。
　　　　　　我今去把曹操保,
　　　　　　掃滅袁紹恨方消。
　　　　　　耳邊喧嘩人馬噪,
　　　　（幕內:呔,閑人閃開,糧車來也!）
　　　　（袁紹兵將押糧車上,過場下,許攸躲藏偷看）

許　攸　（唱）【西皮散板】
　　　　　　冀州糧車奔烏巢。
　　　　　　我勸曹操劫糧草,
　　　　　　四面放火照天燒。
　　　　　　縱然有十萬大軍如虎豹,
　　　　　　一夜之間成餓殍!（下）

第　九　場

（四龍套引曹操上）

曹　操　（唱）【西皮散板】
　　　　　　已有良謀腹內藏,
　　　　　　燒糧只等事一樁。
　　　　　　日夜不離中軍帳,
　　　　　　賺來許攸破強梁。
（荀攸上）

荀　攸　啟稟丞相:袁紹逼許攸自盡一死,許攸憤而來投,求見丞相。
曹　操　現在何處?
荀　攸　現在帳外。
曹　操　說我出迎。
荀　攸　有請許大夫! 丞相出迎。（下）
　　　　（許攸上,曹操、許攸相見大笑,相攜入帳）

曹　操　前者老夫誠心相留，是你執意不肯。自你走後，老夫日夕盼望於你，今日相會，真乃三生有幸！

許　攸　悔不聽丞相之言，如今家破人亡，隻身來投，還望丞相不棄。

曹　操　子遠遭此不幸，實實令人可憫。若是早聽老夫之言，何至落到這般光景！

許　攸　（背供）哎呀且住！聽曹操言來語去，似有笑我不早歸順之意，我不免試試他的心意如何。（向曹操）許攸見事不明，自招大禍，真乃愧殺人也！

曹　操　子遠不必悲傷，待我破了袁紹，與你報仇雪恨。如今軍情緊急，敢問袁紹營中動靜如何？

許　攸　也曾有人出謀畫策要他分兵兩路，一路攻打官渡，一路攻取許昌，使丞相首尾不能相顧。

曹　操　但不知何人獻此計策？

許　攸　不才就是我。

曹　操　你爲何去獻此計？

許　攸　我料丞相就怕此計。

曹　操　我料袁紹未必聽從。

許　攸　何以見得呢？

曹　操　袁紹若是聽從，你就不會前來見我了！

許　攸　啊？

曹　操　啊？

許　攸
曹　操　（同笑）哈哈哈……

許　攸　丞相與袁紹在此相持，敢問軍中還有幾日糧草？

曹　操　這糧草嗎……可足一年。

許　攸　未必吧？

曹　操　少說半載有餘。

許　攸　告辭！

曹　操　子遠爲何去心太急？

許　攸　許攸誠心來投，丞相假意相待，日後恐難相處。

曹　操　來，兩廂退下！

　　　　　（四龍套下）

曹　操　哎呀子遠哪，非是老夫不肯實言相告，只因左右耳目甚多。我就對你實說，老夫糧草已盡，專候良機破袁。這等機密大事，老夫已然和盤托出，這能否和好相處，就全在於你。

許　攸　呀！
　　　　（唱）【西皮散板】
　　　　　　一見曹操披肝膽，
　　　　　　倒叫許攸心不安。
　　　　　　難得丞相不小看，
　　　　　　推心置腹吐真言。
　　　　　　還望不嫌相投晚，
　　　　　　從此效力在帳前。

曹　操　（唱）【西皮散板】
　　　　　　故友之交誠相見，
　　　　　　老夫敬你是英賢。
　　　　　　有幸共圖天下事，
　　　　　　請助老夫來破袁。

許　攸　丞相啊！
　　　　（唱）【西皮快板】
　　　　　　袁紹大兵有十萬，
　　　　　　烏巢屯糧堆如山。
　　　　　　請丞相劫糧草就此一戰，
　　　　　　十萬眾自潰散彈指之間。

曹　操　（唱）【西皮快板】
　　　　　　屯糧處豈無有能將看管？
許　攸　（接唱）淳于瓊好吃酒戒備不嚴。
曹　操　（接唱）從官渡到烏巢路有多遠？
許　攸　（接唱）四十里一夜間可以往還。
曹　操　（接唱）路途中有人盤如何分辯？
許　攸　（接唱）就說是袁家軍前去增援。
　　　　　　夜行軍有嚮導纔為方便，
　　　　　　我許攸隨丞相一馬當先。

曹　操　好哇！

（唱）【西皮散板】
　　　走上前施一禮謝過子遠，
　　　果然是故人來勝似雄兵萬千。
　　　叫人來傳將令衆將來見，
（張遼、許褚、徐晃、曹洪、樂進等八將上）

曹　操　（接唱）今夜裏隨老夫前去破袁。
　　　今晚烏巢劫糧，沿路之上，人銜枚，馬去鈴；到之後，四面放火，一齊攻殺。

衆　將　啊！

曹　操　曹洪、樂進把守大營，兩廂埋伏，防備袁紹偷劫寨。

曹　洪
樂　進　得令！

曹　操　餘下衆將，打上袁紹旗號，隨老夫烏巢劫糧。

張遼等　得令！

曹　操　帶馬前往！

（同下）

第 十 場

（四袁兵引淳于瓊上）

淳于瓊　看守糧草在烏巢，
　　　終朝飲酒樂逍遥。
　　　（旗牌上）

旗　牌　冀州糧到。

淳于瓊　運入後庫。

旗　牌　下面聽者！糧草運入後庫！（下）

淳于瓊　哈哈哈……如今糧草俱已到齊，我營兵精糧足，何懼那曹操！來，軍士們連日運糧辛苦，賞他們美酒，各自去飲。
　　　（淳于瓊、四袁兵下）
　　　（張遼、許褚領兵上，抄過，四面火起，淳于瓊狼狽上，張遼、許褚上，擒住淳于瓊，曹操率衆將上）

曹　操　你是何人？

淳于瓊　我乃守糧大將淳于瓊。你們怕我不怕？
曹　操　這廝酒尚未醒,將他耳鼻割去,放他回去,羞辱袁紹。
　　　　（許褚刀砍淳于瓊下）
　　　　（探子上）
探　子　報！袁紹領兵前來截殺！
曹　操　袁紹此來,正合我意,待老夫四面埋伏,一戰成功。徐晃聽令！
徐　晃　在！
曹　操　命你詐敗誘敵,不得有誤。
徐　晃　得令！
曹　操　餘下衆將,四面埋伏,一齊攻殺。
　　　　（曹操及衆將下。袁紹率衆將上,徐晃上,開打,徐晃敗下,袁紹追入埋伏,四面兵起,大開打,除袁譚、袁尚外,袁將全部被斬,袁紹敗下,曹將追下）
袁　紹　（內唱）【西皮倒板】
　　　　　　誤中奸計全軍喪,（狼狽上）
　　　　（接唱）【西皮散板】
　　　　　　四面埋伏實難防。
　　　　　　勒馬橫刀四下望,
　　　　（轉）【西皮快板】
　　　　　　烏巢糧草化火光。
　　　　　　耳邊又聽金鼓響,
　　　　　　曹兵追趕在後方。
　　　　　　倉皇之間無處往,
　　　　（張遼、許褚追上）
張　遼　（接唱）【西皮散板】
　　　　　　殺你個丟盔——
許　褚　（接唱）卸甲亡！
　　　　（起打,袁紹嘔血,袁譚、袁尚上,袁譚救袁紹下。袁尚與曹將開打,袁尚敗下,曹操率衆將上）
曹　操　衆將官,乘勝追趕。
　　　　（幕落）

——劇終

曹操父子

賈璐 編劇

解題

京劇。賈璐編劇。賈璐，1959年生，河南浚縣人。畢業於河南大學。現爲河南省濮陽市戲劇創作研究所一級編劇。係中國戲劇家協會會員、河南省戲劇家協會常務理事、濮陽市戲劇家協會主席。著有新編歷史劇《曹操父子》《劉邦與蕭何》《齊桓公選相》《虞美人》和大型現代戲《能人百不成》《萬全油借牛》《村官》等多種。《曹操父子》曾獲曹禺戲劇文學獎、文化部"文華新劇目獎"、中宣部"五一工程"獎等多種獎項。該劇未見著錄。劇寫漢末曹操攻破鄴城，甄宓被囚袁紹府中，希望得到早年的戀人曹植護佑。二人相見，互訴離情。曹植爲照顧甄宓身體，不願乘人之危而求歡，讓其保重。曹操命許褚持"百辟刀"，不許任何人擅進袁府。而曹丕不顧父命，擅闖袁府，強佔甄宓。曹操雖想佔有甄宓，但曹丕已生米做成熟飯，曹操只好將甄宓賜給曹丕，並安慰曹植，讓其以功業爲重，賜予象徵權力的"百辟刀"。曹操命曹植代己領兵下江南伐孫劉，曹丕頓起妒意。曹丕設陷阱，在曹植出征之前，借餞行之名，讓曹植喝得酩酊大醉。曹操明知是曹丕陷害，也只得收回帥印，自己親自出征。赤壁之戰大敗，曹操爲國事家事憂愁成病。下夫人侍奉湯藥，勸夫早定世子。許褚領趙達夜見曹操，告知皇帝與伏后下密詔於國丈伏完，假借晉封丞相爲魏王之名，誘丞相進京謝恩而誅殺。曹操借此試探三個兒子的謀略，結果曹丕的殺伏后、伏完清君側之謀爲曹操看好，即命曹丕赴京處置。曹操爲立世子，是曹植還是曹丕，絞盡腦汁，費盡心思，夜憂難寐。曹丕爲奪權却在藥中下毒，欲殺其父。曹操看破曹丕之狠毒，但爲曹魏事業，仍然將"百辟刀"摔地，立曹丕爲世子。本事出於《三國志·魏書》，情節多爲虛構。元雜劇、明清傳奇、小說《三國演義》均有寫此題材的，但情節、人物大不相同。版本今見1992年10期《劇本》，題名《寶刀歌》；2002年中國戲劇出版社出版的《賈璐劇作選》，易名《曹操父子》。今以《賈璐劇作選》本爲底本,參考《劇本》本校勘整理。該劇曾由天津青年京劇團演出。

第 一 場

(伴唱)驚濤裂岸大江東,
　　　浪淘盡多少英雄。
　　　千古興廢成往事,
　　　唯有這江上明月古今同!
(曹操一聲沉雄豪邁的內唱:"破鄴城指顧間威震燕幽——")
(鄴城,袁府)
(甄宓急上,侍女隨上)

甄　宓　(唱)孤弱女遭巨變做了楚囚。
　　　　　　蒲柳質怎禁得風狂雨驟?
　　　　　　倒不如一死萬事休!
侍　女　(忙阻)夫人,萬萬不可輕生啊!
甄　宓　你難道讓我受辱不成?
侍　女　夫人,如今只有一人可以護佑於你。
甄　宓　他是哪個?
侍　女　曹四公子。
甄　宓　曹子建?
侍　女　當年那曹四公子對你一片深情,你何不求他護佑於你呢?
甄　宓　他!
　　　　(唱)世事變幻今非昨,
　　　　　　提起他難忍淚滂沱。
　　　　　　悔當初謹從父命錯錯錯,
　　　　　　情絲萬縷強分割。
　　　　　　到如今他才高名重傾朝野,
　　　　　　我却成霜侵風摧敗柳殘荷,
　　　　　　有何顏再與他把奈何說?
侍　女　這事全怪老爺,你和曹四公子多好的一對兒!老爺却嫌他祖父是宦官的養子,竟另攀高門,把你許給了袁家,到如今……

甄　宓　（制止）過往之事，提它做甚！
　　　　（曹植急上）
曹　植　（衝動地）宓姐——
甄　宓　（驚喜交並）子建——
曹　植
甄　宓　（唱）是真？是夢？是虛幻？
　　　　　　　亦喜，亦驚，亦潸然。
曹　植　（唱）但見她，
　　　　　　　珠淚零落芙蓉面，
　　　　　　　梨花帶雨愈堪憐。
甄　宓　（唱）但見他，
　　　　　　　征塵滿衣氣喘喘，
　　　　　　　星眸灼灼情暗含。
　　　　　　　忘不了——
曹　植
甄　宓　（唱）邙山頭悄悄常相伴，
　　　　　　　洛水濱偷偷任留連。
曹　植　（唱）我曾指邙山發誓願，
甄　宓　（唱）我跪對洛水禱蒼天。
曹　植　（唱）我許她邙山可老情不老，
甄　宓　（唱）我許他洛水可乾情不乾。
曹　植
甄　宓　（唱）有誰知蓬山迢遙雲烟阻，
　　　　　　　硬拆散有情勞燕恨綿綿。
曹　植　（唱）不堪回首咀舊夢，
甄　宓　（唱）紅豆暗拋泣杜鵑。
曹　植
甄　宓　（唱）只道是今生難見宓姐／子建面，
　　　　　　　誰料到今夕相會在此間。
甄　宓　（唱）又相見，花已殘，
　　　　　　　他焉會重抱琵琶彈舊弦？
　　　　　　　強把這萬般情愫收拾起，
　　　　　　　我已是未亡人，還求的甚麼愛，
　　　　　　　言的甚麼歡？
　　　　（奔入內室）

曹　植　宓姐——（深情地輕呼一聲，欲追又止，唱）
　　　　　　多少回悱惻纏綣，
　　　　　　多少回夢繞魂牽。
　　　　　　今日重睹宓姐面，
　　　　　　禁不住胸中撞鹿意馬心猿。
　　　　　　看光景她心中仍有曹子建，
　　　　　　我就該依香偎翠訴纏綿。
　　（忘情地往內室急走幾步，又止，唱）
　　　　　　如今她驚巨變、芳心亂，
　　　　　　正需我憐香護花做雕欄。
　　　　　　怎能夠乘人之危求歡娛，
　　　　　　生出這非非之想應羞慚。
　　　　　　且止步，休莽亂，
　　　　　　待到她痛定神安玉體健，
　　　　　　俺再來濃情軟語慰嬋娟。
　　（對內一揖）宓姐保重！（下）
　　（許褚率曹兵甲、乙上）
許　褚　吒！丞相的"百辟刀"在此，不管何人一律不得擅入袁府！（對二曹兵）爾等要好生守護！（下）
二曹兵　遵命。
　　（曹丕急上）
曹　丕　（唱）急匆匆奔袁府頻催戰馬，
　　　　　　怕他人捷足先登折嬌花。
二曹兵　（舉刀相阻）丞相的"百辟刀"在此，不管何人不得擅入袁府！
曹　丕　啊！
　　（唱）看起來父相也有佔花意，
　　　　　　他先行派人守袁家。
　　　　　　就此轉身走了罷，
　　（欲走不甘，猶豫再三，決絕地）
　　　　　　當取不取後悔煞！
　　　　　　趁此時父未言明先下手——
　　　　　　一旦木已成舟，憑父相的為人，也斷不會因一女子而讓天下恥笑，

　　　　　　縱使他真的發怒,哼哼!
　　　　　　(唱)我見機行事巧作回答!
二曹兵　(忙阻)二公子止步!
曹　丕　(拔劍)爾等怕父相之刀,難道就不怕本公子之劍嗎?
二曹兵　這——
曹　丕　閃開了!(挑開百辟刀,大步入內)
二曹兵　這、這……
　　　　(內呼:"丞相駕到——")
　　　　(曹操內唱:"曹孟德靖亂世群雄掃蕩——"興冲冲上,眾僚屬隨上)
曹　操　(唱)收拾起殘缺金甌囊中裝。
　　　　　　雖然説建功立業在疆場,
　　　　　　大英雄亦有那兒女情腸。
　　　　　　幾十年南征北戰東殺西擋,
　　　　　　辜負了風流逞情的好時光。
　　　　　　忙裏偷閒離軍帳,
　　　　　　來會會舉世無儔的絕代嬌娘。
二曹兵　(慌忙跪倒)丞相,小的有罪!小的有罪!
曹　操　嗯?(轉瞬明白了)誰敢擅闖袁府?
二曹兵　二、二公子……
曹　操　啊!
　　　　(唱)血脈賁張火上撞,
　　　　　　怒妒交攻滿胸膛。
　　　　(狠狠地)來!(突止,唱)
　　　　　　此事若是欠慎重,
　　　　　　定有人借題發揮作文章。
　　　　　　既然是木已成舟難回挽,
　　　　　　我只得忍痛割愛順水使槳。
　　　　(恨聲地)傳子桓!
二曹兵　丞相有令,傳二公子!
　　　　(曹丕衣冠不整地上,思慮有頃又下,扯甄宓復上)
曹　丕　(小心地)參見父相,這是甄夫人,孩兒……
曹　操　(搶白地)你、你也太心急了!

莫　質　（焦急地思考了片刻，忙趨前）諸位請看，二公子雄姿英發，甄夫人天生麗質，真是天生的一對，地造的一雙。丞相，卑職給您道喜了！

曹　操　（轉問衆人）諸位以爲如何？

衆僚屬　（逢迎討好曹操）美滿姻緣，千秋佳話！

曹　操　（趕忙借"梯"下"樓"）既然如此，老夫就將她賜予子桓！

曹　丕　謝父相——

（忽然傳來曹植急切的喊聲："父相——"，場上所有人神情各異地一震。曹植急上，卞夫人隨上）

曹　植　（看見甄宓，驚喜地）宓姐正好也在這裏，父相……

曹　操　她如今是你二嫂了！

曹　植　（一震）二嫂？

卞夫人　丞相，剛纔子建對我道破心迹，這究竟是怎麼回事？

曹　操　老夫作主，將甄氏賜予了子桓！

曹　植　（如雷轟頂）啊！當真如此？

曹　丕　（對甄宓）還不快叫四弟！快叫啊！

甄　宓　（顫聲）四——弟——（踉蹌奔下）

曹　植　（唱）一聲四弟如雷震，
　　　　　　猶似天塌地也傾。
　　　　　　都說是有情人終能結連理，
　　　　　　却爲何一往情深，兩度相逢，
　　　　　　海誓山盟俱成空？
　　　　　　天兮天兮何不公？
　　　　　　人兮人兮忒無情！

（衆僚屬悄下，只剩下曹操、卞夫人和曹植）

卞夫人　（心疼地扶曹植坐）植兒——

曹　植　（夢囈般地）原來奪我宓姐的是袁熙，想不到如今奪我宓姐的，竟是我的親哥哥！（欲下）

曹　操　且慢！你已經失去了甄氏，（取百辟刀）難道這"百辟刀"你也要失去嗎？

（曹植止步）

曹　操　（借機教誨）子建，大丈夫當以事業功名爲重，萬不可因一女子而失態喪志、一蹶不振哪！

卞夫人　子建，兒啊！

(唱)静下心來想一想,
　　　你父相語重意更長。
　　　百辟刀寄托着你父厚望,
　　　願我兒,忘痛傷,放眼量,
　　　立大志,挺胸膛,
　　　不做那溪邊花草做棟梁!
(曹植有所感悟,緩緩托起百辟刀)
(曹操突然一陣眩暈,欲倒)

卞夫人 (驚呼)快來人,丞相的頭風病犯了!
(切光)

第 二 場

(玄武湖畔)
(千帆林立,戰旗獵獵——曹軍正在操練)
(許褚上)

許　褚 衆將官!
衆 有!
許　褚 丞相檢閱三軍,爾等須抖擻精神,振作士氣,勁催戰鼓,高懸旌旗,謹遵號令,操練雄師!
衆 遵命!
(内呼:"丞相駕到——"衆僚屬擁與致勃勃的曹操上)
曹　操 (登臺閲軍,大喜)哈哈……
(唱)看勁旅士氣如虹軍威壯,
　　　難抑我一陣陣豪情激昂。
　　　説甚麽長江萬里天然屏障,
　　　且看我
　　　統貔貅,率猛將,駕艨艟,驅艫檣,
　　　舳艫千里,虎躍龍驤。
　　　諸葛亮,小周郎,
　　　笑你們螳臂擋車不自量,
　　　定叫爾望風披靡俯首稱降!

　　　　　衆將官！
衆　　　有！
曹　操　披堅執銳，敵愾同仇；鋒鏑南指，誓滅孫劉；凱歌早奏，拜將封侯！
衆　　　（山呼）三軍雄壯，效命疆場；捨身忘家，以報丞相！
衆大臣　丞相，不知委派何人爲前軍主帥？
曹　操　（微微一笑，對許褚）傳！
許　褚　傳前軍主帥！
　　　　（內次第傳呼。曹植意氣風發地上）
曹　植　（唱）暫把那兒女情一旁擱放，
　　　　　　　曹子建儒將軍風流倜儻！
　　　　前軍主帥曹植拜見父相！
曹　丕　（唱）子建代父去征戰，
　　　　　　　其中用意盡了然。
　　　　　　　此去若能奏凱旋，
　　　　　　　他定會身價增、根本固，
　　　　　　　衆望所歸我挽回難！
　　　　　　　豈能够讓他把我來越僭——
　　　　（緊張地思考對策）
莫　質　（看見曹丕焦急的神情，趕快趨前）丞相，兵者，詭道也。兩軍陣前變幻無窮、險象橫生，諸葛亮與周瑜又是一代英雄，四公子年紀尚幼，此去……
曹　丕　（怦然心動，唱）
　　　　　　　來一個欲擒故縱該周旋處且周旋！
　　　　莫先生此言差矣！
莫　質　（莫名所以地）二公子，你……
曹　丕　（暗止莫質）我家父相二十歲就任京都北部尉之職，因政績卓著而譽滿京都，怎能以長幼論賢愚呢？
曹　操　（不無得意地）哈哈……
曹　丕　再說，知子莫若父，父相又以知人善任著稱。四弟自幼飽讀兵書，略精韜熟，此去定能不負父望，早傳捷音！
曹　操　我的子建馬上擊强虜，馬下精詩書，頗有爲父之風也！（抽刀）此乃本相親佩之百辟寶刀，上鑄"百煉利器，以辟不祥"八個大字，幾十

　　　　　年它隨本相南征北戰，逢凶化吉。本相將它賜予子建，刀在猶如本
　　　　　相在，望諸位與子建精誠一心、共建奇功！
衆　　　唯前軍主帥之命是從，赴湯蹈火，在所不辭！
曹　彰　父相，兒願率領人馬，輔助四弟，破敵立功！
曹　操　（興奮地）好！我的子文勇武過人，你和子建一文一武、剛柔相濟，
　　　　　真乃如虎添翼。爲父准你所請！
曹　彰　謝父相！
曹　操　前軍主帥接刀！
曹　植　（跪，雙手接刀）謝父相！
曹　操　（扶起曹植）子建，兒啊！
　　　　（唱）兒此去伐孫劉非同以往，
　　　　　　　將爲父肺腑言牢記心房：
　　　　　　　作主帥任比山重應節酒，
　　　　　　　兩軍陣事倥傯少賦詩章；
　　　　　　　明軍紀有過必罰有功必賞，
　　　　　　　對百姓秋毫無犯莫擾農桑；
　　　　　　　不恥下問博采衆議集思益廣，
　　　　　　　敵愾同仇衆志成城方能逞强。
　　　　　　　待到我兒凱旋歸，
　　　　　　　父定然詣金闕、進奏章、請朝廷封兒爲……
　　　　（突然意識到甚麽，突轉）
　　　　　　　定讓你美名兒萬古傳揚。
曹　丕　四弟！
　　　　（唱）四弟你驅馳疆場可敬可賞，
　　　　　　　兄不能爲父盡孝暗自神傷。
　　　　　　　弟猶如鯤鵬鳥扶搖直上，
　　　　　　　兄好比鷦與雀低飛草堂。
　　　　　　　願四弟乘長風破萬里浪，
　　　　　　　將父相的厚望爲兄的重托一肩當。
　　　　　　　兄盼弟早日班師凱歌唱，
　　　　　　　咱兄弟詩酒交酬訴衷腸。
曹　植　父相，二哥！

(唱)父兄教誨記心上，
　　激勵曹植當自強。
　　此去定把孫劉敗，
　　讓天下看一看父相的兒郎！

曹　操　走，隨為父檢閱三軍！
（眾僚屬擁曹操、曹植下，只剩曹丕子立着。遠處不斷傳來曹操朗朗的笑聲和其他人的逢迎聲）
（風也瑟瑟，葉亦紛紛）

曹　丕　（一陣惶悚湧上心頭，唱）
　　朔風瑟瑟漳水咽，
　　我猶如孤雁落荒灘。
　　他那邊眾星捧月曹子建，
　　我這裏形影相弔曹子桓；
　　他那邊鬧哄哄笑聲喧，
　　我這裏冷清清寂寂然；
　　他那邊春風得意容光發煥，
　　我這裏心灰意冷自哀自憐。
　　怨四弟不該把兄來越僭，
　　怨父相疏長親幼心何偏？
　　你那邊用心良苦費盤算，
　　我這裏未雨綢繆防未然。
　　定叫你看一看兒的手段，
　　絕不能袖手甘做壁上觀！
（收光）

第 三 場

（宮帷深深，刁斗聲聲）
（曹丕府邸，甄宓在憂鬱地自彈自唱）

甄　宓　（唱）刁斗聲頻更漏殘，
　　香閨衾冷入眠難。
　　雙栖已非舊時伴，

　　　　　　夢裏猶尋故所歡。
　　　　　　東風不助三春柳，
　　　　　　香消玉減淚偷彈。
　　　（曹丕上）

曹　丕　夫人——
　　　（甄宓猝不及防地趕快掩飾自己的愁容）
曹　丕　（"體貼地"）夫人不要過於憂鬱，我擔心你多愁傷身哪！
　　　（甄宓不語）
曹　丕　夫人，不知父相是怎麼想的，竟要子建率軍出征，去討孫劉。
　　　（甄宓驚得一下站起來）
曹　丕　子建明晨便要出發，我們今晚擺宴設酒，爲他壯行如何？
甄　宓　（懷疑地）爲他壯行？
曹　丕　子建代父出征，你我作爲兄嫂，難道不該爲他設宴置酒、一壯行色嗎？
甄　宓　只是我——
曹　丕　夫人莫不是礙於你和他之間……唉，那早已是過往之事，我尚不介意，夫人何必計較呢？
甄　宓　這個——
曹　丕　（故意往甄宓疼處說）兩軍陣前刀光劍影、險象環生，四弟萬一有個山高水低，你我却在他出征之時連杯壯行酒都未曾敬過，豈不要追悔終生嗎？
甄　宓　（一震）這……
曹　丕　夫人先去歇息，子建來了，我再喚你不遲。（送其下場）擺酒！
　　　（侍女擺酒布菜。一陣刁斗聲傳來，曹丕凝神諦聽）
　　　（莫質上）
莫　質　（悄聲）他來了。
曹　丕　請！
莫　質　是。（下）
　　　（曹植上）
曹　植　二哥，深夜相召有何賜教？
曹　丕　四弟明晨就要出征，爲兄特設薄宴，一則表一表爲兄的敬佩之情，二則叙一叙咱弟兄的離情別緒。

曹　植　　小弟明晨便要出征,萬一酒醉貽誤軍機如何使得?
曹　丕　　你我弟兄少飲幾盞又有何妨?
曹　植　　軍務在身,一盞也不敢飲!
曹　丕　　四弟,
　　　　　(唱)你莫要用軍務搪塞爲兄,
　　　　　　　　誰不知四弟你酒量千盅?
　　　　　　　　既然你視功名比山還重,
　　　　　　要走你就走吧,
　　　　　　　　莫讓你多情的哥哥、無用的兄長誤你的前程!
　　　　　(傷感得幾欲淚下)
曹　植　　(無奈地)那就依二哥吧!
曹　丕　　既然如此,四弟請上座!
曹　植　　二哥在此,小弟怎敢越位?
曹　丕　　四弟爲父代勞、替兄盡孝,理應上座。(舉盞)四弟,這第一盞爲兄敬你文武兼備、忠孝兩全!
曹　植　　謝二哥!(飲酒)
曹　丕　　(斟酒)這第二盞爲兄祝你旗開得勝、馬到功成!
曹　植　　謝二哥!(飲酒)
曹　丕　　(斟酒)這第三盞——
曹　植　　(忙阻)二哥且住!
曹　丕　　怎麼?
曹　植　　你我不是說要少飲幾盞嗎?
曹　丕　　(做猛然醒悟狀)唔,對對對,少飲,少飲!
　　　　　(又一陣刀斗聲傳來)
曹　植　　(猛然站起)二哥,小弟該走了。
曹　丕　　(按下曹植)爲時尚早,四弟何必着急?(故作唷嘆)唉,四弟,每逢打仗爲兄就想起張繡兵變,四弟可還記得?
曹　植　　(入其彀中)怎麼不記得!那一年張繡兵變起橫禍,咱父母倉惶難顧雛與孺;好大哥捨身將咱護,可憐他年紀輕輕被賊屠;你我躲在枯井內,抱成團、打着戰,連氣也不敢出……
　　　　　(唱)淚臉挨淚臉,
　　　　　　　胸脯貼胸脯;

曹　丕　（唱）喊也不敢喊，
　　　　　　　哭也不敢哭。

曹　植　（唱）好似涸轍之鮒以沫相濡。
曹　丕

曹　植　（唱）你貼着耳朵安慰我，
曹　丕　四弟，有哥在，別害怕，就是咱真的死了——
　　　　（唱）到來世咱還要轉成親手足！

曹　植　（唱）往事歷歷如在目，
曹　丕　（唱）樁樁件件依清楚。

曹　植　（背唱）爲何年齡越大心越遠？
曹　丕　　　　　手足情越來越模糊？
　　　　（二人都陷入深深的思考中）
　　　　（又一陣刁斗聲傳來）

曹　丕　（猛地一震）呀！
　　　　（唱）刁斗聲聲催人緊，
　　　　　　　我焉能優柔寡斷效婦孺！
　　　　（狠了狠心，舉酒）四弟，回首往事如甘如飴，我們弟兄更該暢飲啊！

曹　植　（從思考中醒轉）正是，二哥請！（飲酒）
　　　　（曹丕又斟酒）

曹　植　（攔住）二哥，小弟真該走了！（欲走）
曹　丕　慢！四弟，你二嫂對你出征之事甚爲關切，她還要爲你壯行呢。
曹　植　（止步）她？不必了。
曹　丕　此乃人之常情，四弟何必推阻！（對內）有請夫人。
　　　　（甄宓持酒盞上，與曹植期待的目光相撞，二人俱悚然一震。伴唱）
　　　　　　　盼相見，怕相見，
　　　　　　　一霎時枯死的井水起波瀾。

曹　丕　夫人，快敬四弟壯行酒啊！
甄　宓　（唱）一盞酒，重如山，
　　　　　　　兩臂沉沉難舉腕。

曹　丕　夫人，快敬啊！
甄　宓　（唱）挪一步難一步步步打顫，
　　　　　　　目恍惚心兒顫履如踏綿。

(雙手顫顫,珠淚閃閃)子建,這酒——

曹　植　謝宓……謝嫂……嫂……(搶過酒盞一飲而盡)
曹　丕　子建,此酒乃是你二嫂所敬,你可要多斟多飲哪!
　　　　(曹植連連自斟自飲,大醉)
甄　宓　子建!(欲阻)
曹　丕　(忙阻)夫人,四弟海量,你就放心吧!(假作眩暈)
曹　植　二哥,你?
曹　丕　我不勝酒力,頭痛欲裂,失陪了。夫人,你可要代我好生陪伴四弟呀!
　　　　(踉蹌而下)
曹　植　(醉眼惺忪地盯着甄宓)宓姐——
甄　宓　(感觸萬端地)子建——
　　　　(曹植一陣眩暈)
甄　宓　(忙扶)子建……
曹　植　宓姐,你可知我爲你寫過多少詩?我要吟給你聽!
甄　宓　(驚恐地頻頻四顧)子建,別吟了,我不聽!
曹　植　宓姐,這是我用心、用血寫的啊!(不管不顧地吟詩,如歌似哭)

　　　　　　竊托音於往昔,
　　　　　　迄來春之不從。
　　　　　　思同遊而無路,
　　　　　　情壅隔而靡通。
　　　　　　哀莫哀於永絕,
　　　　　　悲莫悲於生離。
　　　　　　欲輕飛而從之,
　　　　　　迫禮防之我拘……

(甄宓不能自恃,欲撲到曹植懷裏,忽然又一陣刁斗聲傳來,甄宓突止)

甄　宓　(推曹植)刁斗頻催,子建,你快走吧!
曹　植　甚麼刁斗?甚麼軍務?我都不要了,我就要你,宓姐!(緊緊擁抱甄宓)
甄　宓　(唱)子建他目癡神迷訴衷情,
　　　　　　難禁我熱浪陣陣滾心胸。

　　　　　　　子建哪——
　　　　　　　你我名份既已定，
　　　　　　　今生今世再不能。
　　　　　　　唯願你務必以功名爲重，
　　　　　　　且莫要爲我誤了你前程。
曹　植　宓姐呀，
　　　　（唱）説甚麼功？道甚麼名？
　　　　　　　要甚麼錦繡好前程？
　　　　　　　若能與你長厮守，
　　　　　　　甘抛利祿與功名！
甄　宓　（情不能已，長呼一聲，）子建！（撲到曹植懷裏）
　　　　（曹植緊緊摟住甄宓）
　　　　（莫質引曹操率曹彰、武士急上）
曹　操　（厲聲）子建！
　　　　（曹植一驚，甄宓趕快從其懷中挣出）
曹　植　（癡迷地）你們是誰？你們不能再搶走宓姐！（又撲向甄宓）
曹　操　放肆！將他的百辟刀下掉！
　　　　（曹彰趕忙下掉曹植的百辟刀，呈給曹操）
曹　操　（對武士）將他送了回去！
曹　植　（挣扎着）我不走！你們不能再搶走宓姐！（被拖下）
莫　質　（推波助瀾地）大軍將發，想不到前軍主帥竟醉得如此之甚。
曹　彰　（惱怒地）哪裏用你多嘴？
曹　操　（對甄宓）子桓呢？
甄　宓　他……他醉……醉了。
曹　操　醉了？讓他速來見我！
　　　　（甄宓掩面奔下）
　　　　（曹丕"醉"態十足地上）
曹　丕　孩、孩兒迎接父、父相。
曹　操　你醉了？
曹　丕　兒醉了。
曹　操　你真的醉了？
曹　丕　兒真的醉了。

曹　操　你果然醉了？
曹　丕　兒果然醉了。
曹　操　（一陣攝人心魄的冷笑）哼哼……哈哈，（陡地）只怕你是爲它而醉！（將百辟刀猛地撊到曹丕脚下，審視曹丕良久，輕蔑地）把刀給爲父撿起來！
　　　　（曹丕撿刀，呈給曹操）
曹　操　（又抽出刀來，眈視着曹丕把玩，沉緩地）這刀老夫是不會輕易授人的。
　　　　（陡地）子文聽令！
曹　彰　在。
曹　操　曉喻三軍，馬上彎鞍，船升風帆，搬運糧草，加派哨探，吹響號角，張挂旗幡，隨同老夫，雄師征南！
　　　　（切光）
　　　　（用大寫意的手法描述曹兵進軍、交戰、兵敗的過程）
　　　　（伴唱）鼙鼓驚天風雷動，
　　　　　　　　旌旗如雲映日紅。
　　　　　　　　投鞭可斷長江水，
　　　　　　　　折戟沉沙亦英雄！

第 四 場

（疲憊不堪的曹兵甲、乙上）
曹兵甲　唉，慘哪，八十三萬、八十三萬哪，說没就没了！
曹兵乙　到底是宰相肚裏能撑船哪，你看人家丞相，跟没事兒一樣。
曹兵甲　没事兒？那叫大英雄心裏有事兒不挂在臉兒上。其實丞相心裏沉着哪，你看他的燈哪天不點到天亮？
曹兵乙　這家裏的事兒國家的事兒一嘟嚕一串兒的，也真够丞相操心了。
曹兵甲　咱甭給孔夫子説媒——替聖人操心了，快走吧。
　　　　（曹兵甲、乙下）
　　　　（文昌殿，壁挂曹操的《步出夏門行·龜雖壽》。曹操正在徘徊沉吟）
曹　操　神龜雖壽，猶有竟時；騰蛇乘霧，終爲土灰……

（唱）星斗斜夜露冷更深人靜，
　　　家事國事天下事紛紛擾擾、萬緒千頭，
　　　猶如那長江叠浪湧我心。
　　　為創業我染上頭風白了雙鬢，
　　　掙來了美名也招來罵名。
　　　褒我者說我是功比桓文德追伊呂，
　　　罵我者說我是心在帝位大奸似忠。
　　　在人前我談笑風生從容鎮定，
　　　哪知我夜難安枕一夕數驚。
　　　有道是功高震主重臣危，
　　　木秀於林易招風。
　　　雖然說漢室衰微氣數盡，
　　　仍需要姑尊其號謹言慎行。
　　　此一戰誓滅孫劉成泡影，
　　　平天下遠非是舉手之功。
　　　眼見得大業未竟人先老，
　　　我已是瓦上之霜風前燈。
　　　人已老，業未竟，
　　　英雄暮年更孤零。
　　　更堪憂蕭墻之內伏隱患，
　　　他弟兄為嗣位明鬥暗爭。
　　　兩軍對壘我從未優柔寡斷，
　　　為立嗣却為何畏首畏尾、舉棋難定、惶惶恐恐、戰戰兢兢？
　　　干係重，要權衡，
　　　一失足成千古恨遺患無窮。
　（疲憊地憑几而眠）
　（卞夫人持衣端藥上，見狀嘆息）

卞夫人　（唱）見丞相抱病獨處文昌殿，
　　　　老妻我又是心疼又是憐。
　　　　花甲人怎比得當年體健？
　　　　難怪他憂病交攻寢難安。
　　　　常言道少年夫妻老來伴，

　　　　　我與他煎湯藥再把衣添。
　　　　（放下藥，給曹操披衣）
曹　操　（驚起）何人？
卞夫人　爲妻給你送藥來了。
曹　操　煎湯送藥自有侍女，何勞夫人操心？
卞夫人　他人煎藥，爲妻放心不下。
曹　操　（溫情頓生）夫人，種田人説的好，近地老妻家中寶，只有老妻你纔是我知冷知暖之人哪！
卞夫人　（又喜又驚）丞相……
曹　操　（閉目喃語）人間但有真情在，勝似千里覓封侯啊！
卞夫人　（幸福地依偎着曹操）丞相……
曹　操　別叫我丞相，再叫我一聲阿瞞吧，我也再叫你一聲阿慧。
　　　　（卞夫人熱淚盈盈，激動地叫不出）
曹　操　（期待地）叫、叫啊！
卞夫人　阿——瞞——（撲到曹操懷裏）
曹　操　阿——慧——（緊緊擁抱卞夫人）
　　　　（二人都沉浸在對美好往事的回憶中。伴唱）
　　　　　　久違了的呼喚，
　　　　　　淡漠了的真情。
　　　　　　多少悲和歡，
　　　　　　幾度雨共風。
　　　　　　驀然回首，
　　　　　　似喜還驚。
曹　操　阿慧！
　　　　（唱）四十年風雨同舟兩未忘，
　　　　　　留下了多少遺憾多少惆悵。
　　　　　　我雖然位極人臣貴爲丞相，
　　　　　　細想起愧對你呀我的妻房。
　　　　　　四十年——
　　　　　　你爲我受過多少顛沛苦，
　　　　　　你爲我擔過多少驚和慌，
　　　　　　你爲我雙親膝前盡孝道，

　　　　　你爲我茹苦含辛育兒郎，
　　　　　你爲我心操碎啊汗流盡，
　　　　　你爲我年未花甲兩鬢飛霜。
　　　　　雖然說夫妻一體是古訓，
　　　　　夫也該投桃報李慰糟糠。
　　　　　可是我呀，
　　　　　四十年來追功逐名在疆場，
　　　　　哪與妻傾過肺腑話過暖涼？
　　　　　老馬方知槽櫪暖，
　　　　　烈士暮年重情腸。
　　　　　實可嘆來日無多黃昏近……
　　　　　阿慧呀，我的老妻呀，
　　　　　你的德也重，情也廣，功也高，意也長，
　　　　　恨只恨阿瞞我今世難補償，
　　　　　我鐵石男兒也心傷！
卞夫人　（唱）滿眼熱淚勸丞相，
　　　　　且莫要自煩自擾自尋悲傷。
　　　　　夫妻本是同林鳥，
　　　　　分甚麼彼此與短長？
　　　　　爲妻此生無別念，
　　　　　唯願自舉家和睦福壽綿長。
　　　　　勸丞相早把世子定，
　　　　　好免得他弟兄明爭暗鬥不相讓，
　　　　　咱老夫老妻時時刻刻挂心房！
曹　操　老夫正是爲此事夙夜難安哪……
　　　　（許褚急上）
曹　操　爲何深夜闖宮？
許　褚　丞相派在京城監視朝廷的趙達求見。
曹　操　啊！快請！
許　褚　遵命。（急下）
　　　　（蒙面人——趙達上）
趙　達　（取下面罩）趙達參見丞相、夫人。

曹　操
卞夫人　趙校事,有何要事稟告?

趙　達　萬歲和伏皇后下密詔給國丈伏完,假借晉封丞相爲魏王之名,誘使丞相進京謝恩,誅殺丞相!

曹　操
卞夫人　啊!

趙　達　丞相可要早下決斷,聖旨即日就到。

卞夫人　(驚恐地)丞相……

曹　操　(思慮有頃)趙校事,你要連夜趕回京城,密切監視朝廷,有新的動靜速速稟告。

趙　達　遵命。(戴上面罩,急下)

曹　操　許褚將軍。

　　　　(許褚上)

許　褚　丞相有何吩咐?

曹　操　密傳子桓、子文、子建前來議事。

許　褚　遵命。(下)

卞夫人　丞相啊,禍從天降,勢若燃眉,你要早做決斷啊!

曹　操　些許小事,何必如此張惶失措?我正好利用此事試探一下諸兒的謀略。

　　　　(曹丕、曹彰、曹植上)

三　人　拜見父相、母親,深夜召兒爲了何事?

卞夫人　哎呀兒啊,方纔接到趙達密報,萬歲和皇后下密詔給國丈伏完,假意封你父爲魏王,誘使你父進京謝恩,趁機誅殺!

曹　彰　好惱!

　　　　(念)皇帝老兒真可惱,
　　　　　　全不念咱家功勞高。
　　　　　　求父相快快點兵馬,
　　　　　　兒代父去把昏君討。
　　　　　　昏君奸臣全殺掉,
　　　　　　扶保父相穿龍袍!

卞夫人　彰兒
曹　植　三哥　萬萬不可!

曹　彰　有何不可？

曹　植　（念）弑君篡位干係重，
　　　　　　　千載青史落罵名！

曹　彰　（念）死後萬事都成空，
　　　　　　　管他青史落啥名！

曹　操　子建，依你之見呢？

曹　植　（念）只因父相威名重，
　　　　　　　位高震主當朝驚。
　　　　　　　一張辭表京城送，
　　　　　　　相權兵權歸朝廷。
　　　　　　　無兵無權危自解，
　　　　　　　做一個功成身退的陶朱公。

曹　彰　得了吧四弟，如今父相有兵有權，皇帝老兒還要加害，一旦父相解了兵權、歸了相權，他想加害父相，還不跟殺隻小雞兒一樣？父相，還是聽我的，趕快發兵吧！

曹　植　父相，萬萬不可！

曹　操　子桓，依你之見呢？

曹　丕　兒以爲，若按三弟之策行事，必將激起共憤，成爲衆矢之的，實乃魯莽之舉！

曹　彰　你……

曹　操　（抬手止住曹彰）子建之策呢？

曹　丕　四弟之策乃是慕虛名而招實禍，實爲迂腐之談！

曹　彰
曹　植　你……請講你的高見！

曹　操
卞夫人　是啊，依你之見呢？

曹　丕　依兒之見，當分兩步而行。

曹　操　你先說這一？

曹　丕　殺皇后，誅國丈，以清君側！

　衆　　殺皇后，誅國丈，以清君側？

曹　丕　正是！拿到證據，詔告天下：說他們妖言惑上，營私結黨，謀誅重臣，罪在必亡！如此，一則儆戒群臣，二則震懾朝廷！

曹　操　這二呢？
曹　丕　殺掉皇后，後宮無主，請父相將兒的妹妹獻給漢帝，以充後宮之虛！
卞夫人　（責斥）子桓，你怎麼能讓你妹妹……
曹　操　（止住卞夫人）往下講！
曹　丕　如此，明者，可讓天下知曉父相仍然忠於朝廷，並無不臣之心；暗者，可更緊密地把持朝政，這實爲敲山震虎、暗渡陳倉、釜底抽薪、撤柱換梁之術也！
曹　操　（由衷地贊嘆）呀！
　　　　（唱）此兒眞須另眼看，
　　　　　　關鍵時刻非等閑。
　　　　　　大事臨頭不慌亂，
　　　　　　條分縷析侃侃談。
　　　　　　果敢沉雄多善斷，
　　　　　　我心裏竟有些暗暗喜歡。
　　　　　　事急情迫當立斷，
　　　　　　豈能够優柔寡斷姑息養奸！
　　　　子桓，你速到京城搜取密詔，拿到證據，依計行事！
曹　丕　遵命！（下）
曹　操　子文，你速帶十萬人馬進駐京郊，以爲你二哥之助！
曹　彰　遵命！（下）
卞夫人　（悲從中來）我的女兒啊……（哭下）
　　　　（空曠的舞臺上只剩下曹操和曹植，二人相向良久，曹植緩緩而去）
曹　操　（憐憫之情頓生）子建……
曹　植　（轉身）父相……（趨到曹操膝前跪下，仰視着父親的臉，像期待着甚麼）
曹　操　（深情地）我兒若是生於太平之時，聖不讓唐堯，賢可比虞舜，兒生不逢時啊！
　　　　（唱）非是父無情，
　　　　　　非是兒無能。
　　　　　　非是父賢愚不分，
　　　　　　非是兒不精不誠。
　　　　　　皆只爲世事多艱風險浪兇，

　　　　　　難容你忠厚心、真性情，
　　　　　　漂搖的船兒你難駕難撐。
　　　　　　從今後兒須要自保自重，
　　　　　　廣結友，陶性情，多讀書，勤筆耕，
　　　　　　用詩章譜寫兒的萬古之名。
曹　植　（感情複雜地）父相……
　　　　（父子二人緊緊擁抱）
　　　　（收光）

第　五　場

　　　　（曹兵丙、丁上）
曹兵丙　魏王染病，
曹兵丁　太子攝政……
曹兵丙　（糾正）不是太子，是二公子。
曹兵丁　（不服）如今已經讓二公子代魏王攝政了，這太子遲早還不是二公子的？
曹兵丙　那可不一定，魏王的主意就像六月的天兒、小孩兒的臉兒，變得快著呢。
曹兵丁　唉，真是一朝天子一朝臣哪！這不，二公子剛代父攝政，連巡營查夜這差事兒也換成咱哥倆了。
曹兵丙　你可甭小看這差事兒，通個風兒，報個信兒，查個人兒，探個秘兒……
曹兵丁　噓——那邊來的好像是魏王？
曹兵丙　（仔細打量）正是魏王。他病臥在床，爲何深夜到此？走，咱躲到暗處看看。
　　　　（二曹兵悄下）
　　　　（曹操病態十足地上）
曹　操　（唱）憂一重，慮一重，憂心忡忡，
　　　　　　我強打精神，拖着病體，獨自悄悄來巡營。
　　　　　　讓子桓代我暫攝政，
　　　　　　是對是錯難說清，

　　　　　我心似淡雲遮月時暗時明。
　　　　　非是我首鼠兩端多疑性，
　　　　　風雨飄搖，時勢非常，我怎敢把心放鬆？
　　　　　心事滿腹察看動靜——
　　（卞夫人持披風上）
卞夫人　（唱）勸魏王保重貴體快回宮。
　　（曹操有所發現，忙掩卞夫人口，將其拉到暗處）
　　（曹植憤怨地退上）
曹　植　（唱）一聲低了一聲高，
　　　　　文昌殿歡聲笑語鬧嘈嘈。
　　　　　看他們諛詞諂言贊子桓，
　　　　　一個個趨炎附勢競折腰。
　　　　　我恰似孤舟擱淺沙灘上，
　　　　　無人助篙共扶搖。
　　　　　望長空殘月如鈎寒星耀，
　　　　　冷冷把我照，悄悄把我瞧。
　　　　　聊將這寒星殘月當知己，
　　　　　舉杯相邀慰寂寥。
　　（解下隨身攜帶的酒葫蘆，對天一舉，以示相邀，狂飲）
　　（曹操、卞夫人心疼地欲上前勸阻。忽然傳來曹丕的喊聲："子建——"曹操和卞夫人忙又躲於暗處。曹丕上，他已微醉了）
曹　丕　啊哈……四弟，今日乃我們曹家的大喜日子，正該你用生花妙筆譜成詩章、以傳萬代，却爲何在此自斟自飲？走，隨爲兄去舉盞飲美酒、揮毫賦新詩！（拉曹植）
曹　植　（甩掉曹丕）情動於中方能形之於辭，情無所動，哪會有詩？
曹　丕　哦？如此說四弟無有詩興？
曹　植　……
曹　丕　（一笑，仰頭望月，吟詠）"明明上天，爛然星陳；日月光華，弘於一人。"四弟，此詩出於何處？
曹　植　（冷冷地）出自《八伯歌》。
曹　丕　《八伯歌》真乃絕妙好詩，我今晚纔發現，月亮真好啊！
曹　植　可惜只有半輪。

曹　丕　它現在雖然只有半輪，但用不了多久就會成滿月，就會光華照寰宇，萬人仰頭看了。

曹　植　（不無譏諷地）哼哼，二哥的意思無非是說，今日你代父攝政，將來就是魏國的太子，再以後就是君臨天下的天子嘍？

曹　丕　（不無得意地）哈哈……好一個聰明的四弟。（真摯地）四弟，月亮雖亮也要有群星的拱衛，衆星捧月啊！

曹　植　（針鋒相對）然則，星星離月亮越近星星越暗，月明星稀呀！

曹　丕　（略含威脅）四弟不願做拱月之星？

曹　植　（反唇相譏）二哥執意要做長天孤月？

曹　丕　（想了想，似乎下了決心）四弟，在這月朗風清之夜，舉家歡慶之時，你我弟兄披肝瀝膽、一訴衷曲如何？

曹　植　披肝瀝膽？一訴衷曲？

曹　丕　四弟，你一直也在爭太子之位，父王也確曾屬意於你。然而，你捫心自問，值此天下擾攘、弱肉強食之際，你能縱橫捭闔，翦滅群雄，一統天下？

　　　　（曹植一怔）

曹　丕　一旦時機成熟，你能順天應時，改天換地，開一代帝王之業？

　　　　（曹植又一怔）

曹　丕　四弟，你不該棄你所長求你所短哪！

曹　植　我之所長？我之所短？

曹　丕　（侃侃而談）歷代帝王雖然煊赫當世，富貴終生，死後却毀譽交並，褒貶互至。唯獨對文人，後人却十分寬容，即使對他們的污點也是如此。孔丘因著《論語》而成聖人，有誰還糾纏他摸眉調情偷歡於南子？司馬相如以《上林》、《子虛》二賦佔盡文壇風流，有誰還計較他始亂終厭、負情於當壚之文君？古今文人寄情於翰墨、屬意於篇籍，不借史官之筆即可自揚聲名於後世。四弟，文章實爲千古不朽之盛事啊！你文比班、馬，才追屈、宋，本該專心於文章之事，以成就萬古不朽之名，却爲何也要像爲兄一樣，追求這虛名浮貴呢？（懇切地）四弟，去作你的詩吧，去吟你的賦吧，別跟爲兄爭了！即使父王執意立你爲太子，等他百年之後……（猛然頓住）

曹　植　（緊張地）父王百年之後你要怎樣？

曹　丕　（自知失言，趕快掩飾）父王百年之後，你能擔得起這副重擔嗎？

　　　　（曹植鬆了一口氣）
曹　丕　（又進一步掩飾）對酒當歌,人生一樂,今夕何夕,豈能無歌?四弟,眾人都在等你當酒吟詩呢,快走吧!(拉曹植下）
　　　　（曹操、卞夫人由暗處上）
卞夫人　（擔心地）魏王,適纔子桓之言你可聽得清楚?
曹　操　（反問）怎麼樣?
卞夫人　可真讓我害怕呀!
曹　操　夫人怕些甚麼?
卞夫人　你百年以後……?
曹　操　（左右看看）此處不是說話之處,你我回宮再作道理。(與卞夫人下)
　　　　（曹丕與曹兵丁由兩側同時上）
曹兵丁　二公子,方纔魏王與王后躲在暗處,將你和四公子之言聽了個一清二楚。
曹　丕　（一驚）聽了個一清二楚?
　　　　（莫質急上）
莫　質　二公子,魏王密派許褚給三公子送信,要他率領兵馬火速趕回。
曹　丕　你如何知曉?
莫　質　許褚已被我等擒獲,密信在此。
曹　丕　你怎敢截父王的信使?
莫　質　你不是說不准一人一騎出城嗎?
　　　　（曹兵丙上）
曹兵丙　二公子,許褚逃走了!
曹　丕　逃走了?
曹兵丙　掙斷繩索,逃走了!
曹　丕　許褚逃走,定去向父王察報,這……
　　　　（曹兵甲上）
曹兵甲　魏王有旨,宣二公子前往延秋宮議事。(下)
曹　丕　父王向來多疑善猜,乾綱獨斷,定是剛纔聽了我的酒後之言,又有新的打算。如今我又截了他的信使,他、他豈能放得過我?這、這便如何是好?（焦急地來回踱步）
莫　質　二公子,事到如今,如魚在網,不是魚死,便是網破!

曹　丕　魚死網破？

莫　質　如今在鄴城居二公子之上者祇有何人？

曹　丕　祇有父王。

莫　質　如果魏王暴病而薨呢？

曹　丕　暴病而薨？

莫　質　如果此時魏王"暴病而薨"，鄴城豈不就是二公子一手遮天了嗎？

曹　丕　你是要我逼宮殺……？

莫　質　不！用它！（舉起一丸藥）

曹　丕　它？

莫　質　斷腸丹！

曹　丕　斷腸丹？（驚得退倒幾步，有頃，又撲上前去從莫質手中搶過斷腸丹，審視着，鬥爭着，陡地）莫質！你截父王的密使，拆父王的密信，竟還要我向父王下此毒手！你——（拔劍）

莫　質　二、二公子，我可是爲你……（被曹丕刺中）啊——（死去）

　　（曹丕舉起斷腸丹，凝視）

　　（收光）

第　六　場

　　（延秋宮）

　　（許褚帶傷邊喊邊上："魏王——"）

　　（曹操、卞夫人、曹植等人急上）

曹　操　許褚將軍，爲何這般模樣？

許　褚　臣剛到城門，即被莫質拿住。

曹　操　你爲何不說是受老夫所差？

許　褚　爲臣正是這樣講，不料，那莫質言道，二公子有令，不論何人一律不得出城！

曹　操　密書呢？

許　褚　被莫質搜去。

曹　操　老夫尚在，莫質竟敢如此無禮，你速將莫質拿來見我！

　　（內傳呼："二公子進宮——"）

曹　操　來得好！（暗示）許褚將軍，還不快快"回避"！

許　褚　（心領神會）遵命！（進入內室）
　　　　（曹丕上。曹兵丙、丁分托一盤上）
　　　　（曹操和曹丕互相審慎地打量良久）
曹　丕　（指托盤）莫賫目無尊上，劫持父王信使，已被兒斬首！
曹　操　（大出意外）怎麽，你將他殺了？
曹　丕　兒將他殺了！
曹　操　（指另一托盤）這是甚麽？
曹　丕　這是兒千方百計爲父王尋到的"千金追風湯"。
衆　　　千金追風湯？
曹　丕　專治父王頭風之疾的千金追風湯！
曹　操　（逼視曹丕）此藥專治爲父之頭風？
曹　丕　一劑即可痊愈！
曹　操　此藥當真如此靈驗？
曹　丕　當真！
曹　操　果然？
曹　丕　果然！
曹　操　好，待爲父飲來……（接藥）
曹　植　且慢！二哥爲父王獻藥，一片孝心感人肺腑，我也要盡一盡孝心，替父王嘗一嘗此藥的滋味如何？
衆　　　（神情各異地）你要替父嘗藥？
曹　植　正是。
曹　操　（語帶雙敲地）子建，常言道是藥三分毒，你嘗了此藥倘有不測……
曹　植　天下可以沒有孩兒，不能沒有父王，倘若嘗了此藥真有不測，孩兒無憾！
曹　操　（大爲動情）呀！
　　　　（唱）一生一死真情現，
　　　　　　熱浪滾胸淚欲潸。
　　　　　　冷眼再把子桓看，
　　　　　　只見他殺氣隱含眉宇間，
　　　　　　藥中有詐已昭然。
　　　　　　堪笑逆子忒大膽……
　　　　夫人、子建，你們暫且回避，

（唱）老夫有肺腑語對子桓談。
（卞夫人、曹植等人下）

曹　操　子桓，此間只有你我父子二人，你要實言相告，此藥真是專治爲父頭風的良藥？

曹　丕　當真！

曹　操　只怕未必！

曹　丕　定然可治！

曹　操　爲這頭風之疾，爲父曾訪遍名醫，搜盡良方，就連那有起死回生之術的華佗也莫可奈何，兒怎可斷言這小小的一盞湯藥就如此效驗呢？

曹　丕　父王怎麼忘了，爲醫之道，妙在對症下藥！

曹　操　這對症下藥嗎？好！（舉藥進逼）你就學一學子建，替爲父嘗來！

曹　丕　這、這藥豈是別人嘗得的？

曹　操　子建嘗得，你爲何嘗不得？

曹　丕　這個……

曹　操　哼哼，爲父明白了。

曹　丕　明白甚麼？

曹　操　恐怕此藥……

曹　丕　此藥麼……

曹　操　怎樣？

曹　丕　有效的很哪！

曹　操　哼哼，爲父這一雙老眼洞若觀火，可是容不得半點欺詐呀！

曹　丕　這……

曹　操　怎麼，你還要將此戲演下去嗎？

曹　丕　父王既然已經識破，何用孩兒多説？

曹　操　你爲何要如此對待爲父？

曹　丕　兒爲父王所迫，不得不出此下策！

曹　操　何出此言？

曹　丕　你既托兒以大事，爲何遲遲不立兒爲太子？你既委兒攝政，爲何又密召三弟率十萬兵馬火速趕回？

曹　操　還有，你截我信使，拆我密信，怕我治罪於你！

曹　丕　更令兒擔心者，還是父王這反復無常、多疑善猜的性情！

曹　操　（一怔）反復無常？多疑善猜？爲父若是飲下此藥，你如何向天下人交待？

曹　丕　外人只知父王乃是"暴病而薨"！

曹　操　暴病而薨！（氣得顫抖，一陣眩暈，強自挣扎）兒啊，你往後邊看！
（帳後人影隱然）

曹　丕　（大驚）啊！

曹　操　爲父一生上山捉虎豹，下海擒蛟龍，豈能讓你這小小的雁兒啄去眼睛？

曹　丕　父王也該知道，猛虎無犬子，強父有健兒！

曹　操　爲父只要輕輕一揮手，即刻就叫兒人頭落地，血濺宮墻！

曹　丕　（一陣冷笑）哼哼……父王！
（唱）莫怪兒父子之情全不念，
　　　莫怪兒心如蛇蝎逞兇殘。
　　　皆只爲父王殺伐又決斷，
　　　緊相逼令兒心驚膽也寒。
　　　絕境求生方弄險，
　　　孤注一擲在斷腸丹。
　　　既然蒼天不助我，
　　　這斷腸丹，兒自備自飲在父王面前！
（抓藥欲飲）

曹　操　（一把抓住）且慢！
（唱）五内如焚心潮卷，
　　　縱然是事在料中也慘然。
　　　創下這萬世基業爲兒女，
　　　竟落得親生之子將父殘。
　　　有心嚴把逆子懲，
　　　曹家大業何人傳？
　　　英雄末路也氣短，
　　　心中如搗，難……難壞了阿瞞！
（不禁愴然泣下）

曹　丕　（略爲動容）父王……

曹　操　（傷感地）烏鵲反哺，羔羊跪乳，鳥獸尚有慈親之意，而你……你如此對待爲父,不就是爲了這百辟刀嗎?

曹丕　父王既知此刀之重,就該趁你健在之時選定太子,將此刀傳授於他。如其不然,萬一父王遽然仙逝,恐怕⋯⋯

曹操　(緊逼)恐怕甚麼?

曹丕　前車之鑒,後事之師,何用孩兒多説?

曹操　依你之見,這太子之位⋯⋯?

曹丕　非兒莫屬!

曹操　非你莫屬?

曹丕　父王!
　　　(唱)兒知你傾心於子建,
　　　　　他確實錦心繡口比聖賢。
　　　　　但可知群雄際會風雲變,
　　　　　他焉能縱橫捭闔亂世間?

曹操　(唱)你雖然沉雄又決斷,
　　　　　智謀韜略非等閑。
　　　　　只是少了那容人量,
　　　　　權在手怕你把手足殘!

曹丕　(唱)想不到父王英雄也氣短,
　　　　　效婦孺兒女之情放在前。
　　　　　兒不是逐賊防盜的看家犬,
　　　　　要做那破霧的蛟龍騰九天!

曹操　(唱)我若立你爲太子。

曹丕　(唱)曹家大業擔在肩。

曹操　(唱)天下擾攘紛紛亂,

曹丕　(唱)掃平宇内統河山。

曹操　(唱)我兒還須目光遠,

曹丕　(唱)定讓漢帝把位禪。
　　　　　請父王相信兒的宏圖願——

曹操　(唱)要讓我曹家的基業代代永傳!

曹丕　兒記下了!

曹操　你可知爲父調回子文所爲何事?

曹丕　爲了何事?

曹　操　正是要立兒爲太子。
曹　丕　當真如此？
曹　操　去問你母。
曹　丕　父王，你、你爲何不明告孩兒？
曹　操　你當知謀事不密，必生禍患呀！
曹　丕　（大爲震動，撲通跪地）父王，孩兒錯了。
曹　操　（沉緩地）爲父不知是兒錯了，還是爲父錯了。（猛地傾藥於地）來人！
　　　　（衆人上）
曹　操　子桓所獻之藥老夫飲後神清目爽，果然效驗。子桓德才兼備，忠孝兩全，太子之位非他莫屬。傳老夫旨意，立子桓爲魏國太子，擇定吉日，典禮册封！
　　　　（內次第傳呼，如空谷傳聲）
曹　操　（精疲力竭地解下百辟刀，緩緩托起）子桓接刀！
曹　丕　謝父王！（跪，欲接刀）
　　　　（曹操手中的刀突然嗆啷落地，僵立）
衆　　　（驚呼）魏王！
　　　　　　　　　父王！
　　　　（定格）
　　　　（冷月如鈎，清輝似水）
　　　　（字幕：公元二二零年正月，魏王曹操病薨於洛陽。十月，曹丕代漢自立，隨即逼曹植等弟兄離京就藩。次年六月，賜甄宓死。二六六年，曹魏又被司馬氏所滅）
　　　　（在出字幕時伴唱）
　　　　　　驚濤裂岸大江東，
　　　　　　浪淘盡多少英雄。
　　　　　　千古興廢成往事，
　　　　　　唯有這江上明月古今同！

　　　　　　　　　　　　　　　　　　——劇終

三曹父子

蔡立人 編劇

解 題

秦腔。蔡立人編劇。蔡立人，曾用名黄鶴、鄭軒，1936年生，四川閬中人。中國劇協陝西分會會員，西安市五一劇團二級編劇。著有新編歷史劇《三曹父子》，曾於1989年陝西省第二届藝術節獲奬。該劇由西安市五一劇團演出。該劇未見著録。劇寫東漢建安初年，曹植從洛陽回許昌，在洛水之濱，與逃難美女甄宓相遇。曹植贈金解難，二人互相萌發愛慕之情。交談間，袁紹軍突然撲來，搶走甄宓。曹植寡不敵衆，被迫離去。兩年後，曹軍佔領鄴城，曹植欲進袁府，被守護曹將所阻。曹丕帶兵趕來，殺死守門曹將闖入袁紹府邸，擄去已成爲袁紹兒媳的甄宓。曹操愛甄宓，又看出二子均愛甄宓，但他欲立曹植爲嗣，勸其不要因小失大，兄弟相争，遂將甄宓配與曹丕爲妻。十年之後，曹丕嫉賢妒能，狡詐陰險，爲奪王嗣和割斷曹植與甄宓的情絲，在曹植奉父命領兵解襄陽之圍，出征之前，以餞行爲名，設陷阱欲灌醉曹植。甄宓看出曹丕之意，乃以歌提醒曹植。曹植悟出甄宓之意，當面指責曹丕，爲了一頂王冠，竟然置親兄弟於死地，以餞行爲名，使我貽誤軍機；借玉枕之事，對親弟苦苦相逼。曹植看透人世的冷酷，成全其兄，甘願自投陷阱，狂飲大醉，以致貽誤軍機，被父貶爲臨淄侯，改立曹丕。曹丕篡漢稱帝後，聽信讒言，誅殺異己，逼死五弟，毒死三哥，又欲迫害曹植，命植行七步賦詩一首。曹植未行七步，即吟詩一首："煮豆燃豆萁，豆在釜中泣。本是同根生，相煎何太急。"方免一死。曹丕的逆行，激起了青州兵變，而要安撫青州軍又非曹植不可，他恐曹植不肯，便利用甄宓與曹植的情誼，讓甄宓去勸説曹植。甄宓見曹植後，互吐心曲，曹丕忿而賜甄宓自縊，甄宓則投入洛水自盡。曹植抱着甄宓當年定情的金縷玉帶枕，憤而走至當年甄宓站立的洛水之濱，將其投入洛水之中，魂斷心殘，長恨綿綿。本事出於《三國志·魏書·曹植傳》。宋元戲文有《甄皇后》，元明間雜劇有《陳思王洛浦懷舊》，元明間小説

《三國演義》有"兄逼弟曹植賦詩"一節,明雜劇有《陳思王洛水生悲》,清雜劇有《凌波影》,清傳奇有《七步吟》,現代京劇有《洛神》。這些戲曲、小說所寫題材相同,故事情節各異。版本見《西安秦腔劇本精編》本。今據以收錄整理。

(漢建安初年的一個秋日。洛水之濱)

(昏暗的天空,陰沉的洛河。甄宓立於岸邊崖上,在蘆花襯托下,宛若一尊凌波而翔的女神)

(一股火光從天際昇起。悲風呼號,孤雁哀鳴)

甄　宓　呀!

　　　　(唱)悲風起雁兒落雲愁水怨,
　　　　　　望鄉關無覓處四顧茫然。
　　　　　　求洛神降祥瑞救苦救難,
　　　　　　懲豪強除禍患賜福人間。(祈禱)

　　　　(蘭芝上)

蘭　芝　姑娘,不好了!

甄　宓　蘭芝,又怎麼了?

蘭　芝　剛把羹湯煮好,就被幾個逃難的搶走了!

甄　宓　這……就將那金縷玉帶枕拿去變賣了吧。

蘭　芝　姑娘,金縷玉帶枕乃姑娘祖傳之寶,夫人將它留給你作婚嫁之物,怎能賣與他人呢?

甄　宓　唉,國將不國,家已無家,還談甚麼婚嫁!你快去吧。

蘭　芝　……是。(下)

　　　　(曹植催馬上)

曹　植　(唱)聞袁紹逞兇焰驅兵南向,
　　　　　　回許都赴戎機告別洛陽。
　　　　　　何日裏遂壯志掃滅烟瘴,
　　　　　　上報國下惠民永世留芳。(望見甄宓)

　　　　啊……

　　　　(甄宓見有來人,急忙轉身下崖,進入庵中去了)

曹　植　(驚疑,下馬觀望)水雲庵!水雲庵!傳說伏羲氏的女兒死在這裏,

遂爲洛水之神，人稱宓妃。想必此庵供奉的就是她了……（欲入）
（蘭芝手捧金縷玉帶枕迎上）

蘭　芝　這位公子，要買金縷玉帶枕嗎？
曹　植　金縷玉帶枕……
蘭　芝　我家主人說，不拘多少，好歹給些銀兩就是。
曹　植　爲何要貴以賤賣？
蘭　芝　這……
曹　植　啊，明白了。（解囊）姐姐，在下有薄金相贈。至於此枕麽，分明閨中之物，怎能輕易與人！還請帶回。
蘭　芝　……多謝公子。（接金）
曹　植　請問姐姐，適纔有一女子進入庵中，姐姐可曾看見？
蘭　芝　（警戒地）這……没有見！
曹　植　啊……（幻惑地）莫非洛神出現在此……
蘭　芝　洛神?!
曹　植　嗯，是她！一定是她呀！
　　　　（唱）她翩若驚鴻拂水面，
　　　　　　　宛如遊龍起波間[1]。
　　　　　　　榮曜秋菊流光艷，
　　　　　　　華茂春松氣若蘭。
　　　　　　　仿佛輕雲蔽月面，
　　　　　　　飄摇如風回雪旋。
　　　　　　　皎若日出朝霞現，
　　　　　　　灼如芙蕖映碧潭。
　　　　　　　這樣的美姐姐塵世罕見，
　　　　　　　定然是洛神宓妃到人寰。
蘭　芝　（笑）哎喲，看你説到哪裏去了！實話對你説了吧，那是我家姑娘。
曹　植　怎麽，她是你家姑娘……
蘭　芝　是的。（誇耀地）只因夫人生她之時，夢見洛神，就取了個和宓妃相同的名字，叫甄宓……哎喲，姑娘不准將她姓名告訴别人，這……
曹　植　姐姐放心，曹植絶不告訴他人！
蘭　芝　曹植?!莫非你就是曹丞相的公子曹子建？
曹　植　正是！

蘭　芝　就是那個會吟詩作賦的曹子建?
曹　植　啊,是的!
蘭　芝　就是那個愛酒如命、酒後發狂的曹子建?
曹　植　這……對!對!對呀!
蘭　芝　真是聞名不如見面。我家姑娘常說,當今文壇盟主應推三曹父子。父子三人中,子建居首!
曹　植　過獎,過獎。
　　　　(甄宓上)
甄　宓　蘭芝!(取枕走向曹植)公子仗義,銘感肺腑。只是若不留下此枕,惠賜銀兩實不敢收。(奉枕)
曹　植　這……
甄　宓　蘭芝,快將公子所贈奉還。
蘭　芝　姑娘……(轉對曹植)公子……(示意將枕收下)
曹　植　好!曹植暫且收下,日後定當璧還。(接枕)
甄　宓　不必了!此物能歸公子,算是它的幸運……(見有人來)啊,告辭了!
　　　　(忙與蘭芝下)
曹　植　姐姐……
　　　　(灌均急上)
灌　均　公子……公子速快躲避,那旁出現袁紹兵馬!
曹　植　(驚)啊!
灌　均　(牽馬)公子快走!(催促曹植下)
　　　　(袁軍校尉帶衆兵上)
校　尉　搜!
　　　　(衆袁兵撲向庵內,將甄宓和蘭芝搜出)
校　尉　啊哈,甄小姐,你叫我們好找哇!
甄　宓　你們要幹甚麼?
校　尉　幹甚麼?袁大將軍還缺個兒媳哩!
甄　宓　(驚)啊……(奔向河崖,欲投洛水)
校　尉　(攔阻)你想死?實話告訴你,你母可在袁大將軍手裏!
甄　宓　(震顫)啊,母親……(昏眩)
校　尉　帶走!

（校尉與眾袁兵擄甄宓下）

蘭　芝　姑娘……（追下）

（曹植持劍上，灌均隨上）

灌　均　（攔阻）公子。敵眾我寡，救不了她！

曹　植　閃開！（推開灌均，急下）

灌　均　（手捧金縷玉帶枕）公子！公子……（追下）

（濁浪排空，烽烟滾滾）

（兩年之後。鄴城）

（金鼓聲震，號角悲鳴。曹軍戰旗飛舞，青州兵奔殺過場）

（喊殺聲中，傳來一陣呼叫："曹兵進城了！曹兵進城了……"）

（幾個袁兵倉皇逃上。袁軍校尉急上）

袁　兵　報！青州兵……曹操的青州兵殺進城來了！

校　尉　來呀！隨我殺出重圍，保護袁大將軍家眷逃走！（府內袁兵保護眾家眷逃走）

（一曹將帶兵殺上，眾家眷驚叫着躲下。曹將殺死袁軍校尉，眾袁兵四散逃下，曹兵追下）

（稍頃，一曹兵上）

曹　兵　報！已經攻佔袁府！

曹　將　丞相有令，把守袁府！（帶曹兵下）

（曹植內唱："兵入鄴城勢無擋"，上）

曹　植　（唱）白馬金鞍慨而慷。

　　　　　　當初甄宓被賊搶，

　　　　　　不知如今存與亡。

　　　　　　急奔袁府細查訪，

　　　　　　救她脫險免禍殃。

（二袁軍散兵暗上，持刀撲向曹植，曹植拔劍抵擋。危急間，曹丕趕到，揮劍殺死二袁兵）

曹　丕　子建……

曹　植　兄長！

曹　丕　你不守在父母身邊，來此作甚？

曹　植　這……啊，小弟是來看看袁紹這個大豪强的府第呀。

（吳質帶甲士上）

吴　质　子桓，袁军全部归降！
曹　丕　好！吴季重，随我进入袁府，杀他个鸡犬不留！
曹　植　兄长，袁绍已死，何必伤其家小。
曹　丕　袁绍，罪该灭族！
曹　植　只恐其中尚有无辜啊。
曹　丕　甚么无辜！袁绍曾发檄文，辱骂父相，侮我祖宗。定要诛其满门，方解心头之恨！
曹　植　（阻）兄长……
曹　丕　闪开了！（欲入）
　　　　（曹将带二曹兵上，拦住曹丕）
曹　将　公子，丞相有令，无论何人，不得私入袁府。
吴　质　公子进府，又当别论！
曹　将　可有令箭？
曹　丕　（沉下脸来）若无令箭呢？
曹　将　这……休怪小将无礼[2]！（按剑）
曹　丕　大胆！你这黄巾馀党，还想犯上作乱吗？
曹　植　（劝解）兄长，他乃奉命行事，怎叫犯上作乱！再说，他们当年虽投青州黄巾，乃係豪强横行，逼而造反。自从归顺父相以来，东征西杀，屡建战功，深得父相倚重。你我理当善待纔是。
曹　丕　小小年纪，懂得甚么！哼，一帮草寇……本性难移！
曹　植　兄长……
曹　将　（止住曹植）公子……无论怎讲，今日若无丞相令箭，就是杀了末将，也休想进府！
曹　丕　（恼羞成怒）休得多言，令箭在此！（拔剑刺杀曹将）
曹　将　（捂腹，怒向曹丕）你……你……
　　　　（曹丕复又一剑，曹将倒地死去）
二曹兵　（惊呼）将军……（奔向死者）
曹　植　（对曹丕）兄长你……
　　　　（二曹兵转身持刀怒向曹丕）
曹　丕　（横剑）谁敢拒我！
　　　　（二曹兵愤然退下）
曹　丕　进府！（进府。吴质带甲士随入）

曹　植　　待我速禀父相！（急下）
　　　　　（袁紹府内）
　　　　　（曹丕進入袁府廳堂）
　　　　　（吳質與甲士搜出袁紹後妻劉氏及甄宓）
　　　　　（曹丕橫劍逼視）

劉　氏　　將軍饒命！將軍饒命……（躲於甄宓身後）

曹　丕　　（正欲動手，瞥見甄宓，急止）啊！
　　　　　（唱）只説進府來抄斬，
　　　　　　　　忽見佳麗站堂前。
　　　　　　　　一派光明耀人眼，
　　　　　　　　心蕩神移舉劍難。（收劍）

劉　氏　　將軍饒命，將軍饒命！

曹　丕　　（轉面帶笑）不必驚慌！我乃曹丞相之子曹丕，特來保全爾等性命。
　　　　　（目不轉睛地望着甄宓）

劉　氏　　（若有所悟）啊……多謝公子。
　　　　　（内聲："丞相駕到！"）
　　　　　（衛士引曹操上，曹植隨上）

曹　丕　　（急忙上前）參見父相！

曹　操　　（坐）子桓，爲何私入此府！

曹　丕　　啊，父相，適纔孩兒路經此地，子建正要進府，守門軍將也不阻攔……

曹　操　　怎麼，你是説子建要進此府？

曹　丕　　正是！

曹　操　　（笑對曹植）你這娃娃總愛惹事。

曹　植　　（想要辯解）父相……

曹　丕　　（不容曹植分辯）父相，子建年幼，還望寬恕於他。

曹　操　　（點頭）嗯，像個兄長的樣子。這守門軍將被殺，却是爲何？

曹　丕　　是他監守自盜，欲行不軌！

曹　植　　（欲言）父相……

曹　丕　　（再次阻止，對吳質）吳質，可是實情？

吳　質　　俱是實情。

曹　操　　既入此府，可曾亂我法度？

曹　丕　孩兒不敢。
吳　質　袁紹家小現在這裏，可爲佐證。
劉　氏　（慌忙上前）賤妾劉氏拜見丞相。
曹　操　罷了！吾兒進府可曾亂我法度？
劉　氏　啓禀丞相，若非公子在此，妾身全家難保。
曹　操　啊，這就是了。吾曾下令把守此府，就是爲了保全爾等性命。
劉　氏　丞相盛德，無以爲報。爲感相救之恩，願將兒媳甄氏獻與公子。
曹　操　甚麼?!
劉　氏　啊，她乃上蔡令甄逸之女，曾配次男袁熙，只因袁熙遠在幽州，不肯相從，故留此地。
曹　操　（起身）啊……可是甄宓？
劉　氏　正是。
曹　植　（一怔）甄宓……
曹　操　（窺見曹植神情）啊?!
劉　氏　（對甄宓）快來見過丞相！
　衆　　（望見甄宓，騷動）啊……
曹　操　（審視甄宓，回顧左右，大笑）哈哈……
　　　　（唱）早聞此女世無雙，
　　　　　　果然是絕代姿容賽王嬙。
　　　　　　子桓兒一見便把刀劍放，
　　　　　　子建兒神不守舍意惶惶。
　　　　　　休道他兄弟倆如此情狀，
　　　　　　老夫見了也動柔腸。
　　　　　　安定下心神細思想，
　　　　　　大丈夫豈能戀紅妝。
　　　　　　但不知他弟兄胸襟怎樣，
　　　　　　正好趁此識行藏。
　　　　　　如若是他弟兄相爭不讓，
　　　　　　借這顆美人頭做戒兒郎。
　　　　　　倘若是有一個似我志向，
　　　　　　將此女配一兒又有何妨。（對甄宓）
　　　　見了老夫，爲何不跪？

劉　氏　（推甄宓）丞相恕你不死，還不跪下謝恩！
甄　宓　生於亂世，苟且偷生，既無過錯，又無死罪，何言恕我！
曹　操　哼！袁氏罪不容誅。你乃袁氏兒媳，豈能無過！
甄　宓　袁氏逼婚，舉家罹難。母作人質，強爲婚配，何過之有！
曹　操　嗯！一派胡言！來呀，與我推出去……（窺探二子神情）……砍了！
曹　植　（急攔）慢！父相，甄小姐所言俱是實情！
曹　操　你怎樣得知？
曹　植　啊，父相……
曹　操　（揮手）……
　　　　（吳質與衆衛士帶劉氏、甄宓下）
曹　操　（對曹植）講！
曹　植　父相！
　　　　（唱）兩年前孩兒路過洛水畔，
　　　　　　　遇見她躲兵荒流落廟前。
　　　　　　　表同情贈薄金解她急難，
　　　　　　　袁兵到她遭劫擄受屈含冤。
曹　操　啊！子建，你既與她相識，又有饋贈之情。將她配你如何？（瞥視曹丕）子桓，你看怎樣？
曹　丕
曹　植　（同白）這……
　　　　（同唱）父相分明在試探，
　　　　　　　　此事叫人好作難。
曹　丕　（唱）寧叫佳人碧血染，
　　　　　　　豈讓子建得紅顔。
曹　植　（唱）若把真情講當面，
　　　　　　　誠恐相爭惹禍端。
　　　　罷罷罷，
　　　　（唱）爲救甄宓免遭難，
　　　　　　　忍痛割斷未了緣。（對曹操）
　　　　父相！
　　　　（唱）山河破碎民遭難，
　　　　　　　不敢偷安爲紅顔。

　　　　　　燕雀之志非兒願，
　　　　　　匡濟天下效先賢。
曹　丕　（暗驚，若有所思）啊……
曹　操　（對曹植）此話當真？
曹　植　（吟）名編壯士籍，
　　　　　　不得中顧私。
　　　　　　捐軀赴國難，
　　　　　　視死忽如歸。
曹　操　（點頭）嗯……
　　　　（吟）"青青子衿，
　　　　　　悠悠我心"哪！
　　　　子桓，你……
曹　丕　（吟）俯視清水波，
　　　　　　仰望明月光！
曹　操　（大笑）哈哈哈哈！好一個"仰望明月光"！有請甄小姐。
曹　丕　有請甄小姐！
　　　　（衛士引甄宓上，衛士下）
曹　操　（躬身）甄小姐！適纔老夫多有冒犯，還望小姐海涵。我有心將你配與我兒子桓，不知你可情願？如若不然，香車寶馬送你回還。
甄　宓　這……
　　　　（唱）只說是城破巢傾災禍降，
　　　　　　未料到婚嫁事亂我愁腸。
　　　　　　生亂世似蒿蓬苦無依傍，
　　　　　　陷袁府遭凌辱恨比天長。
　　　　　　若允婚嫁子桓尊命丞相，
　　　　　　哪堪這意中人就在身旁。
　　　　　　洛水情常令我朝思暮想，
　　　　　　悔當初留玉枕未表衷腸。
　　　　　　嘆今朝咫尺天涯空相望，
　　　　　　依然是鏡花水月夢一場。
　　　　　　恨月老不該把紅繩亂綁，
　　　　　　怨丞相沒來由錯點鴛鴦。

　　　　　倘落得舊債未還又欠新賬，
　　　　　兄弟叔嫂尷尷尬尬，
　　　　　憂憂傷傷憤憤怨怨，
　　　　　天長日久起風浪……
　　　　　又何須要嫁與曹氏兒郎！（躊躇，眼望曹植）

曹　操　（見狀）嗯……？！
曹　丕　（近前躬身）小姐……
　　　　（甄宓轉過臉去，垂淚不語）
曹　操　（豪爽地）哈哈哈哈……子建，還不上前拜見你家嫂嫂！
曹　植　（心頭一緊）……嫂嫂？！
曹　操　（逼視）快去拜見你家嫂嫂！
曹　植　這……
曹　操　（威逼）拜……
曹　植　（低頭上前）拜見嫂……嫂……（跪）
甄　宓　（無可名狀地）啊……（站立不定），
曹　丕　（急扶）小姐……小姐……（擁甄宓下）
曹　操　子建，如今袁紹雖滅，北方初定。然大業未成，任重道遠。看來，能繼我志者，非你莫屬。你可莫要因小失大……
曹　植　孩兒明白！
曹　操　（威嚴地）休要負我！（下）
　　　　（一輛宮車將甄宓推出，在曹丕伴隨和甲士護衛下過場）
　　　　（無字歌聲驟起：啊啊啊啊……）
曹　植　（悵然相望）……嫂……嫂……（下）
　　　　（黃塵漫漫，兵車轔轔）
　　　　（十年之後）
　　　　（甄宓所住的芝田館外，遠處是森聳的銅雀臺。碧天如洗，月明如畫）
　　　　（侍衛引曹丕上）
曹　丕　（唱）滅袁後又經歷十年征戰，
　　　　　父封王我弟兄位列朝班。
　　　　　但如今父年邁又把病患，
　　　　　我爲長承後嗣理所當然。

怨父王不立我要立子建,
借夜宴試才能其心昭然。
恨甄宓不向我却向子建,
説子建領風騷獨步文壇。
父王他聞此言更是稱贊,
誇子建八斗才又授兵權。
回府去與郭氏再作謀算,
不奪得世子位決不心甘。

（郭氏上）

郭　氏　（唱）人稱我"女中之王"如花眷,
居人後作偏房豈肯心甘。
（白）參見將軍！

曹　丕　唉,罷了！

郭　氏　將軍如此煩惱,莫非世子之位已歸子建了麽？

曹　丕　那倒未曾。父王正欲議立後嗣,忽報襄陽告急。便將兵權授予子建,命他率領青州兵將,去解襄陽之危。一旦得勝還朝,這世子之位必定歸他無疑了！

郭　氏　這……妾有一言,不知……

曹　丕　講！

郭　氏　子建好酒,將軍不妨去至軍中爲他餞行……

曹　丕　你是説讓他因酒誤事……不,父王明察秋毫,只恐自賈其禍。

郭　氏　父王深不可測,安知所得非福。

曹　丕　我與子建乃是手足同胞,怎忍見他……

郭　氏　只恐子建不似將軍仁義心腸呀。如若不然,他怎會爭這世子之位呢！

曹　丕　這……

郭　氏　將軍,如今漢運已衰,氣數將盡。只要將軍能繼魏王之位,日後就有天子之份。事不宜遲,可要當機立斷呀！

曹　丕　（心動）……子建聰明過人,豈能不防！

郭　氏　哼！只要有那麽一個人同你前去,他就防不勝防了！

曹　丕　誰？

郭　氏　甄宓！你那心肝寶貝,你的美人兒！

曹　丕　（觸及心病，慍怒）你這賤人，想要離間我夫妻之情麼！
郭　氏　哼，本是同床異夢，何用他人離間！何况，還有一個金縷玉帶枕呢。
曹　丕　（一怔）金縷玉帶枕……
郭　氏　是甄姐姐當初給子建的定情之物，至今還在子建手裏。
曹　丕　此話當真？
郭　氏　是跟隨子建的灌均親口對我講的！
曹　丕　（審視郭氏，突然仰天大笑）哈哈哈哈……
郭　氏　將軍……
曹　丕　去吧，我自有主意。（下）
郭　氏　（望着曹丕背影，竊笑）哼哼……哈哈哈！（下）
　　　　（少頃，甄宓披一身月光款款走來）
甄　宓　（唱）碧天净冰輪騰玉繩低轉，
　　　　　　　銅雀臺依然是紅燈高懸。
　　　　　　　步花蔭如來在蓬萊閬苑，
　　　　　　　望高臺又好似乍臨廣寒。
　　　　　　　怪不得在赤壁驕兵失算，
　　　　　　　競豪奢怎能不斷檣折帆。
　　　　　　　到如今魏王老雄圖難展，
　　　　　　　爲嗣位他弟兄暗結仇冤。
　　　　　　　我也曾對子桓好言規勸，
　　　　　　　没料想反遭到燕疑鶯讒。
　　　　　　　守長夜數更漏愁懷難遣，
　　　　　　　只有在舊夢裏老却紅顔。（憑欄悵望，神思。飛越）
　　　　（景物逐漸隱去。只有一輪碩大無比的圓月，輝映於天地之間）
　　　　（月光中，衆軍士引曹植上，隨即傳來豪邁的歌聲）
　　　　　　　才高八斗中郎將，
　　　　　　　旌旗十萬赴襄陽。
　　　　　　　盡掃六合靖九壤，
　　　　　　　惠澤遠揚寧四方……
甄　宓　（自嘆）唉！他弟兄難消積怨，怎麽辦？真叫人坐立不安！
曹　植　（自語）我今日執掌兵權，解救急難。從此後鯤鵬翅展，也不枉我當初痛斷情緣。可是嫂嫂她已受兄長冷淡，形隻影單！適纔父王試才爲立嗣,她不顧猜忌,竟對我大加誇贊……

甄 宓　(自忖)……我不過稟公評判,顧不了甚麼瓜李之嫌!

曹 植　(自思)這件事,兄長定要忌恨!我怎能够不把心擔!

甄 宓　(自解)休挂牽!世間事,難得兩全,顧了公允,顧不了夫妻情面,更難顧我自身危安!子建啊,只盼你莫辜負父王重托,早奏凱歌還!

曹 植　(自勵)軍情急,枕戈待旦!我只能盼嫂嫂永保平安!

　　　　　托明月寄我心願,暗地裏祝告蒼天……(二人相遇)

甄 宓　(同時)兄弟……猛然間,忽相見……他怎麼來到芝田館……唉!
曹 植　　　　嫂嫂　　　　　　　　　　她　　　　　軍營前
　　　　這真是剪不斷,理還亂……想相見又怕相見!

甄 宓　子建……

曹 植　啊,嫂嫂……

甄 宓　……當初相逢洛水畔,我贈你金縷玉帶枕,如今可在身邊?

曹 植　見它如見嫂嫂面,我怎能不緊藏身邊。

甄 宓　這……你不是說日後將它歸還?

曹 植　嫂嫂已嫁兄長,難道這身外之物留給我……你都不願!

甄 宓　恐你兄長知曉,要生誤會,起禍端。

曹 植　哼……你嫁與他纔是天大的誤會,地大的禍端!

甄 宓　子建……(急掩其口)

曹 植　姐姐,當初我在袁府,爲了救你,在父相面前,不能表明心願。難道你看不出我有苦難言!

甄 宓　這……已往事,莫提起,提也……枉然。

曹 植　我來問你,兄長待你如何?

甄 宓　……甚好。

曹 植　不,你苦在心間。

甄 宓　(實在控制不住感情,伏在曹植肩頭痛哭)子建……

曹 植　(淚眼望天)唉……(茫然)

甄 宓　(逐漸恢復理智,用袖擦去曹植臉上淚痕)事到如今,只盼你們兄弟和好,親密無間。我就是再受孤苦也心甘?!

曹 植　小弟何嘗不願如此。只是兄長難以相容,你叫我怎麼辦?

　　　　(幻境中曹丕突然持劍上)

曹 丕　住口!是你對她懷有邪念,還想奪我世子之位,我豈能容你。

看劍！

（刺向曹植）

甄　宓　（急擋）子桓……（竟被刺中）啊……我知道……遲早會有這……這一天……

（緊捂胸口，站立不定）

（景物復現。曹植、曹丕等消失）

（宮女引卞后、曹操上）

甄　宓　（定下心神）……參見母后、父王！

卞　后　兒媳，夜靜更深，你獨自一人在此作甚？

曹　操　宓兒，看你如此神情，莫非有甚麼心事不成？

甄　宓　啊，兒媳這……

卞　后　該不是子桓又與你吵鬧了麼？

甄　宓　啊，不，不……

曹　操　那又是爲了甚麼？

甄　宓　父王啊！自從父王爲魏公以來，六年未立子嗣。今日試才，兒媳見他弟兄爲此相爭，甚是不安。如今外患未除天下未定，倘若再爲立嗣之事而起内亂，不但父王的夙願難酬，就連父王創下的這半壁江山……恐也難保了！

曹　操　啊……

　　　　（唱）聽罷言來暗思想，
　　　　　　　欲防難防犯愁腸。
　　　　　　　立子建本是孤多年願望，
　　　　　　　怕的是子桓日後亂家邦。
　　　　　　　如若是依舊例立嗣以長，
　　　　　　　又擔心難繼我治國主張。
　　　　　　　孤一生縱橫天下無敵手，
　　　　　　　却難解二子相爭事一樁。
　　　　　　　猛然間只覺得頭裂腦脹……

卞　后　（急）大王……
甄　宓　　　　父王……

曹　操　（鎮定下來）啊，不妨事！不妨事……（強笑）哈哈哈哈……

　　　　（接唱）待子建凱旋歸承嗣爲王。

（曹操在笑聲中下，卞后隨下。甄宓拜送）

（曹丕暗上）

曹　丕　夫人！

甄　宓　（一驚）你……來此作甚？

曹　丕　（湊近）來與賢妻歡度良宵，說是你快隨我來，哈哈哈哈……（攜甄宓下）

（秋風蕭瑟，號角連營）

（翌日）

（曹植的中軍帳裏）

（衆軍將引曹植上）

曹　植　（念）銅雀臺上奉王命，
　　　　　　　　金戈鐵馬萬里征。
　　　　　　　　同仇敵愾齊奮勇，
　　　　　　　　誓保襄陽奏凱聲。

　　　　衆將官！

衆　　　啊！

曹　植　午時三刻，校場點兵，不得有誤！

衆　　　啊！（下）

（灌均上）

灌　均　稟君侯，五官中郎將與甄夫人前來餞行！

曹　植　這……有請！

灌　均　有請！（退下）

（侍從捧酒罈，侍女端菜肴上）

（曹丕與甄宓上）

曹　植　（上前）參見兄長！參見嫂嫂！

曹　丕　賢弟免禮！（攙扶）

曹　植　（讓座）請！

曹　丕　請！（與甄宓入座）酒宴伺候！

（衆侍女排宴下）

曹　植　兄長，午時三刻便要發兵。這酒宴麼……就免了吧。

曹　丕　哎，愚兄與你餞行，焉有不飲之理呀！（目逼甄宓）再說，這也是你嫂嫂的一片心意喲。

曹　植　（猶疑）嫂嫂的心意……

甄　宓　兄弟，你就少飲幾杯吧。

曹　植　看酒！

（甄宓把盞，捧與曹植，曹植急忙接酒）

曹　丕　兄弟，此乃內廷新釀御酒，是聖上所賜。你就多飲幾杯！

曹　植　啊，聖上所賜……（飲）嗯，好酒，好酒。

曹　丕　改日愚兄送你一罈！

曹　植　多謝兄長！

曹　丕　（舉杯）請！

曹　植　兄長請！（舉杯）嫂嫂請！

曹　丕　她不善飲！（對甄宓）夫人，你何不爲賢弟撫琴一曲，以壯行色。

甄　宓　恐難爲聽。

曹　丕　自家兄弟，何必多慮。琴案伺候！

（侍女上，置琴案，下）

（曹丕親自把盞勸酒）

甄　宓　（走向琴案，回頭忽見曹丕暗中將酒潑去，大驚）啊！

（唱）見他將酒潑地面，

　　　却原來明爲餞行暗藏奸。

　　　自悔未識廬山面，

　　　我粗心上了無底船。

　　　子建忠厚失防範，

　　　不測風雲在眼前。

　　　今日好似鴻門宴……

曹　丕　快快彈唱！

曹　植　有勞嫂嫂！

甄　宓　嗯！

（唱）且用這弦外音敲破機關！（撫琴而歌）

　　　高臺多悲風，

　　　朝日照北林。

　　　之子在萬里，

　　　江湖迥且深。

　　　方舟安可極，

　　　　　離思故難任。
　　　　　孤雁飛南遊,
　　　　　過庭長哀吟。
　　　　　翹思慕遠人,
　　　　　願欲托遺音……
曹　植　（停杯）啊……
　　　　（唱）清歌一曲藏險韻,
　　　　　分明弦外別有音。
曹　丕　（唱）賤人行事實可恨,
　　　　　不如借題亂假真。（伴笑）
　　　　哈！這不是賢弟的佳作《高臺多悲風》麼！
曹　植　是的！
曹　丕　你可知她彈唱此詩的心意嗎？
曹　植　小弟不知。（反詰）兄長可知呀？
曹　丕　賢弟此詩是借寫離情而言朝政險惡,如今經她這麼一彈一唱……賢弟呀,你可莫要誤會喲！
曹　植　誤會甚麼？
曹　丕　誤以爲她是在對你抒發一腔離情別恨呀！
曹　植　（正色）你……
曹　丕　（滿面堆笑）賢弟呀！
　　　　（唱）正因爲她見高臺悲風緊,
　　　　　纔把這滿腹心事付瑤琴。
　　　　　昨夜我不知父意失謙遜,
　　　　　你嫂嫂又怕又擔心。
　　　　　她怕你一朝執掌魏王印,
　　　　　會對愚兄行不仁。
　　　　　還怕你因她對我懷深恨……
　　　　　更怕你……
曹　植
甄　宓　（驚顫）啊……
曹　丕　（冷笑）哼哼……（變色）
　　　　（接唱）欺兄霸嫂悖人倫！

曹植
甄宓　（同唱）他血口噴人舌如刃，
　　　　　　借題發揮冷言惡語藏禍心。

曹植　（唱）本想與他把理論，
　　　　　當着嫂嫂難啟唇。
　　　　　強忍怒火把酒飲……（痛飲）

甄宓　（唱）見他飲酒我心如焚！
　　　賢弟……（欲阻）

曹丕　（怒視）嗯……

甄宓　（不禁後退，焦急地）啊……
　　　（唱）事到此哪顧得夫妻情分，（決然上前，對曹植）
　　　兄弟呀！
　　　（唱）你莫飲酒，莫氣悶，
　　　　　莫將他心當我心。
　　　　　軍情緊，如火焚，
　　　　　負重任，繫千鈞，
　　　　　你你你……你快抽身！（欲下）

曹丕　（攔阻）你……

甄宓　（怨憤地）……哼！（拂袖而下）
　　　（曹植見狀，擲杯而起）

曹丕　（瞥見，急切中突發狂笑）哈哈哈哈……只恨我當初不該對她一見鍾情！只恨我當初不知她的真心！只恨我才疏學淺，難比別人！只恨我無有德能，失去父王寵信！到如今……父王見棄，兄弟忌恨，一切都因為這個女人……

曹植　你這是甚麼話！

曹丕　兄弟，自古常言：兄弟者，手足也；女人者，衣服也。手足不可割離，衣服卻能取捨。兄弟，你既傾心於她，她也有意於你。為了手足之情，愚兄我就將她……讓給你！

曹植　（正色）她可是你患難與共的妻子！是我至親侄兒的生母！是小弟我敬重的長嫂！你身為兄長，怎麼能出這非禮之言！

曹丕　（單刀直入）哼，你既知我是你的兄長，那麼，我來問你，自古以來，立嗣以長。以庶代宗，乃先世之戒。賢弟素稱仁孝，注重禮讓,事關宗親之義絕不妄爲。今日你爲何要爭我這世子之位耶?!

曹　植　這……

曹　丕　再説,你既知她是你敬重的長嫂。這金縷玉帶枕至今還在你的手裏,又該作何而論!

曹　植　金縷玉帶枕……乃是嫂嫂當初賤賣於小弟的。

曹　丕　怎麽從未見你提起?

曹　植　弟怕有礙兄嫂和睦。

曹　丕　自家兄弟把話講明,豈不更好!何況你若不講,難道別人也不會講嗎?

曹　植　(疑惑)別人……莫非嫂嫂她……

曹　丕　(詭譎地)哼哼……

曹　植　(一驚)啊!(隨即搖頭)不,不……(迷亂地)她怎麽會……她怎麽能……怎麽……

曹　丕　嘿嘿……人心難測呀!

曹　植　(愧悔難當)啊!

(唱)一言猶如霹靂震,

　　　驚醒十年夢中人。

　　　他夫妻今日裏心機費盡,

　　　爲嗣位竟對我不義不仁。

　　　我真是自釀苦酒自己飲,

　　　自作自受怨何人。

　　　誰能與我解憂憤……

　　　一腔苦水和血噴!

啊呀……(吐介)

曹　丕　(見狀不忍)啊……這……

曹　植　(唱)悠悠蒼天何太狠,

(幕後催軍鼓響)

曹　丕
曹　植　(同時一驚)啊!

曹　植　(唱)戰鼓聲聲催人魂。

　　　今日裏還你金縷玉帶枕,

曹　丕　（唱）見子建痛心疾首我動惻隱，
　　　　　　　一母同胞何忍心！
　　　　　　　倒不如就此罷手作輔臣……
　　　　（催軍鼓又響）
　　　　不能！
　　　　　　　這到手的江山怎讓人。
　　　　　　　父王曾把梟雄困，
　　　　　　　青梅煮酒留禍根。
　　　　　　　項王筵前撤兵刃，
　　　　　　　血染烏江遺恨深。
　　　　　　　當仁不讓何須論，
　　　　　　　父王銘言湧上心……
　　　　"寧教我負天下人，不教天下人負我！"
　　　　（曹植取金縷玉帶枕上）
曹　植　（唱）我將此物交與你，
　　　　　　　願你們天長地久不離分！
曹　丕　（接枕）哎呀呀，兄弟之間把話講明也就是了，何必如此當真呀！
　　　　（暗加思索，將枕留在案上。捧盞）來來來，滿飲此杯，愚兄爲你舞
　　　　劍助酒！
曹　植　（沉靜地）不必了！
曹　丕　兄弟你……
曹　植　（爆發地）哈哈哈哈……你不就是要把我灌醉！我喝就是了！
　　　　喝……（連飲數杯）唉，可惜這酒中……無毒哇！
曹　丕　啊……
曹　植　兄長呀！你也知道，只要我酒醉誤了軍機，父王手中還有那誅殺罪
　　　　臣的鋼刀……
　　　　（催軍鼓聲大作）
　　　　（灌均急上）
灌　均　禀君侯，午時三刻已過！
曹　植　知道了……你且下去！
　　　　（灌均下）

斬斷無情絲一根。（下）

曹　植　兄長，三軍等我發令，你說我是去呢還是不去？
曹　丕　（陰冷地）……你說呢？
曹　植　（苦笑）父王那誅殺罪臣的鋼刀已經架到小弟的脖子上了！
曹　丕　（憂從中來）倘若父王降罪，首先輪到的是我！
曹　植　（淒然）這纔更叫人痛心……兄長，你可是我一母同胞的親哥哥呀！你不是說手足不可割離麼！可是今日爲了一頂王冠，你竟然置大局於不顧，視軍情如兒戲，置你親兄弟於死他。以餞行爲名，使我貽誤軍機。借玉枕之事，對我苦苦相逼。你行此不仁不義，可謂費盡心機。縱然一時得逞，只怕天理難欺。事到如今，我就成全於你！
　　　　（唱）摧肝裂膽今日事，
　　　　　　至親骨肉成讎敵。
　　　　　　同室操戈一旦起，
　　　　　　四海難有昇平時，
　　　　　　父王老病何依寄呀……
　　　　　　自嘆難歌動地詩！（揮淚）
　　　　　　魏王位兄長你盡管承繼，
　　　　　　小弟我咸禮讓不敢相欺。
　　　　　　只要兄救黎庶莫違父意，
　　　　　　只要兄行仁政志在統一。
　　　　　　只要兄對衆弟不再猜忌，
　　　　　　只要兄遠聲色自强不息。
　　　　　　只要兄憐念我孤妻弱子，
　　　　　　周身血項上頭也甘拋擲。
　　　　（灌均上）
灌　均　稟君侯[3]，三軍等候多時，未見君侯到來。魏王大怒，命你進宮領罪。君侯，你貽誤軍機，大禍臨頭了！
曹　植　……去吧！
　　　　（灌均下）
曹　丕　兄弟……
曹　植　（冷冷地）你也該走了！
曹　丕　（窘）這……（竟不能舉步）

曹　植　難道要讓父王也治你之罪嗎？
曹　丕　（慌亂）啊……
曹　植　（厲聲）還不快走！（一掌將曹丕推出）
　　　　（甄宓上。曹丕逼甄宓下）
　　　　（內呼："曹植進宮領罪……"）
曹　植　（在陣陣傳呼聲中佇立，突然一陣狂笑）哈哈哈哈……（抱起酒罈狂飲）酒……酒……酒呀……哈哈哈哈……（酒盡，醉極，抱着酒罈倒下）
　　　　（靜場）
　　　　（少頃，幕後高呼："魏王駕到！"）
　　　　（內侍引曹操急上，灌均與衆侍衛隨上）
曹　操　（望見曹植）奴才！
　　　　（唱）三軍校場把兒等，
　　　　　　　你却酒醉臥兵營。
　　　　　　　貽誤軍機辱王命，
　　　　　　　毀我大計罪非輕。
　　　　與我拖了起來！
　　　　（衆侍衛上前架起曹植）
曹　操　灌均，何人在此與他飲酒？
灌　均　五官中郎將與甄夫人前來餞行……
曹　操　甚麼，子桓與他餞行！
灌　均　正是！
曹　操　（後悔不迭）果真如此……既是餞行，爲何喝得如此爛醉？
灌　均　稟大王，他們飲酒之時忽然提起金縷玉帶枕……君侯便喝醉了！
曹　操　甚麼？金縷玉帶枕……
灌　均　乃是當年甄夫人贈予君侯之物！（從案上取枕呈上）
曹　植　（酒稍醒）父王……父王……
曹　操　（大怒）奴才！
　　　　（唱）奴才做事失德行，
　　　　　　　恨不能將爾大火烹。
　　　　　　　當初你在袁府親口應，
　　　　　　　牢記我言斷私情。

你自食前言違我命，
罪上加罪難逃生。
我多年的期望成泡影哪，
奴才你空有個吟詩作賦的好名聲！
與我推出去……斬了！
（眾侍衛一聲吼，將曹植推下）
（下后急上）

卞　后　刀下留人！
曹　操　你來作甚？
卞　后　要殺我兒，豈能不來！
曹　操　今日之事，休要多嘴！
卞　后　斷得不公，自然要講！
曹　操　軍令如山，國法無情。言何不公！
卞　后　既是如此，爲何只殺其弟而不問罪其兄呢？
曹　操　（猛省）這個……帶曹丕！
卞　后　慢！你帶子桓，意欲何爲？
曹　操　依你之言，一同問罪！
卞　后　那他又因何犯罪呢？
曹　操　（語塞）這……唉！
卞　后　大王！
　　　　（唱）今日之事要尋根，
　　　　　　　兄弟爭嗣是禍因。
　　　　　　　立嗣以長古有訓，
　　　　　　　子桓應是繼位人。
　　　　　　　你若早日定名分，
　　　　　　　哪有今朝骨肉分。
　　　　　　　若將他們全殺盡，
　　　　　　　不如讓妾命歸陰。（大哭）
　　　　子建，兒啊！你且等着，爲娘與你一同去了……（奔下）
曹　操　（唱）王后聲聲把我怨，
　　　　　　　此心早似亂箭穿。
　　　　　　　我今尚在且如此，

　　　　　日後難免更相殘。
　　　　　這真是當斷不斷反生亂,
　　　　　立嗣不能再拖延。
　　　　　處亂世更需要多謀變,
　　　　　子建兒太仁厚難掌王權。
　　　　　事到此只得按照舊例辦……
　　　　子建,兒啊!
　　　　　　生不逢時奈何天!
　　　來呀,傳孤旨意:貶曹植為臨淄侯,即日趕赴封地,非召……不得來京!
內　　侍　遵旨!
曹　　操　傳曹丕!
內　　侍　中郎將進見!（下）
　　　　（曹丕上）
曹　　丕　參見父王!
曹　　操　子桓,你可知罪?
曹　　丕　父王,子建因酒誤事,孩兒也有不是!
曹　　操　哼,豈止不是!你苦心設計陷害你的親兄弟,你……你於心何忍哪!
曹　　丕　孩兒知罪!孩兒罪該萬死!（跪）
曹　　操　……唉!為父今日就立你為嗣,你該如願以償了吧!
曹　　丕　多謝父王……（伏地而泣）
曹　　操　起來吧!（扶起曹丕）子桓,為父決意親自去解襄陽之危!
曹　　丕　父王,還是讓孩兒前去吧!
曹　　操　不!
　　　　（唱）天下三分難遂願,
　　　　　　自當馬革裹屍還。
　　　　　　悠悠此心無別念,
　　　　　　望兒遠圖勿燕安。
　　　　　　青州軍你要善待看,
　　　　　　莫讓豪門弄兵權。
　　　　　　往事切勿怨子建,

　　　　　要怨怨我心有偏。
　　　　只求你一筆勾銷舊時怨,
　　　　　一母同胞莫相殘!
曹　丕　孩兒不敢!
曹　操　(搖頭)爲父在日,你尚且如此。日後如何……
曹　丕　兒願對天盟誓……
曹　操　賭咒發願,能有何用?就看他娃娃的命了!
曹　丕　父王……
曹　操　傳我軍令,校場點兵!
曹　丕　是!(下)
　　　　(卞后上)
卞　后　大王,子建前來辭行!
曹　操　……不見也罷!
卞　后　(落淚)你過去對他百般疼愛,怎麼今日臨別一面也不願見麼!
曹　操　(老淚縱橫)我是於心不忍哪……叫他好自爲之!事到如今,孤王我……我也顧不了許多了……(頭痛病發作)
卞　后　(驚呼)大王!大王……
　　　　(曹植奔上)
曹　植　父王!父王!(跪地哀呼)父王呀……
曹　操　(悲愴地)兒啊……
　　　　(唱)非是爲父心腸硬,
　　　　　國法軍規難容情。
　　　　　可嘆兒空懷壯志難用命,
　　　　　可嘆兒青春便作嫠婦行。
　　　　　從今後再勿爭強勝,
　　　　　也免得遭猜忌身毀巢崩。
　　　　　克讓遠防多自省,
　　　　　自種桑麻度殘生。
　　　　　爲父我只此言別無留贈,
　　　　　臨淄侯不過是徒有空名。
　　　　罷了!
　　　　　叫人來快與王牽馬墜鐙,

到校場點兵將親赴南征。

（內侍牽馬上，曹操難上雕鞍。曹植跪扶操上馬，卞后上前拉住馬韁。曹操推開卞后，挣扎着揮鞭縱馬下。衆侍衛隨下）

卞　后　大王……（追下）

曹　植　父王……（欲送）

　　　　（灌均帶武士上）

灌　均　（攔住曹植）臨淄侯，該上路了！

曹　植　（意外地）你……

灌　均　是我奉了世子之命，封爲監國使者。從今往後，你可就得聽我的了！

曹　植　你這勢利小人……

灌　均　（厲聲）走！

　　　　（衆武士押曹植下）

　　　　（甄宓急上，灌均上前阻攔。甄宓無奈，只得目送曹植遠去）

　　　　（吳質帶侍衛上）

吳　質　（對甄宓）世子有命，請夫人回府！（侍衛帶甄宓下）

　　　　（馬蹄聲碎，喇叭聲咽）

　　　　（三年後。洛陽。曹丕的偏殿）

　　　　（內侍、官人引曹丕上）

曹　丕　（念）廢漢立魏行禪讓，
　　　　　　　飢民作亂犯愁腸。
　　　　　　　又恐衆弟結朋黨，
　　　　　　　須防内禍起蕭牆。

內　侍　萬歲有旨，衆位大臣進宮！

　　　　（衆内應："領旨！"）

　　　　（吳質與衆朝臣上）

　衆　　參見吾皇萬歲！

曹　丕　平身！

　衆　　萬歲！萬萬歲！

曹　丕　衆位愛卿，近聞山東大旱，亂民反叛，匪盜蜂起。陳愛卿，傳旨青州軍即刻前往清剿！

陳　群　遵旨！（下）

曹　丕	賈愛卿！	
賈　詡	臣在！	
曹　丕	孤曾兩次下詔，冊立甄宓爲后，她皆上表謙辭。孤今命你再去宣詔！	
賈　詡	遵旨！（下）	
曹　丕	（對吳質）曹植爲何還未解來？	
吳　質	臨淄侯已被太后迎入後宮去了！	
曹　丕	這⋯⋯	
華　歆	萬歲！子建素懷大志，終非池中之物。今日不除，必爲後患。	
曹　丕	可母后⋯⋯	
華　歆	後宮干預朝政，乃歷代之大忌呀！	
曹　丕	（對吳質）這是尚方寶劍，速押曹植來見！	
吳　質	（接劍）領旨！（下）	
	（內聲："曹植帶到！"）	
	（吳質與衆御林軍押曹植上）	
曹　丕	臨淄侯，父王病故，爲何不來奔喪？	
曹　植	無有兄長之命，小弟怎敢來京！	
曹　丕	孤皇已登大寶，爲何不來朝拜？	
曹　植	小弟不知兄長登基，又無人來傳達旨意！	
曹　丕	那你因何怨激而哭？	
曹　植	人爲刀俎，我爲魚肉，能不哭麼？	
曹　丕	哼！你倚仗文才，縱酒疏狂，目無君父，侮謾尊長，罪在不赦！	
曹　植	（冷笑）哈，文才也竟然成了罪名了！如果小弟是目無君父，侮謾尊長，那麼，違背父王遺願，置大計於不顧，溺燕安而忘遠圖，聽信讒言，誅殺異己，發泄私憤，殘害骨肉，嫉賢妒能之人又該當何罪？	
曹　丕	（怒）你⋯⋯（按劍）	
曹　植	你逼死五弟，毒死三哥。怎麼，連我這手無寸鐵的皇家囚徒也不放過麼？	
曹　丕	厲害⋯⋯怪不得父王誇你才高八斗！先王在日，你嘗以文章詩賦誇飾於人。今日，不知你能否以文章詩賦保你一命？	
曹　植	嗯。	

曹　丕　好！孤今命你行走七步賦詩一首。若能成詩，可免一死。如若不能，數罪俱罰，決不寬容！

曹　植　酒……你還欠我一罎皇封御酒！

曹　丕　（哭笑不得）哼，死到臨頭，還忘不了酒！

曹　植　無酒焉能賦詩！

曹　丕　賜酒與他！

曹　植　菜……

曹　丕　……你敢戲弄孤皇？

曹　植　無菜酒難下喉！

曹　丕　煮些豆料與他！

內　侍　……遵旨！（下）

曹　丕　（厲聲）武士們！

御林軍　啊！

曹　丕　七步成詩，可免一死。如若不能，立斬不赦！

御林軍　（齊吼）啊！！（拔刀出鞘，逼向曹植）

　　　　（內侍端酒、豆上）

內　侍　臨淄侯，請……

曹　植　多謝了！（自斟自飲畢）以何爲題？

曹　丕　你我既是君臣，又是一母同胞，就以此爲題。只是詩中不准有"兄弟""昆仲"等字樣！

曹　植　這有何難！（接口而吟）

　　　　　　煮豆燃豆萁，
　　　　　　豆在釜中泣。
　　　　　　本是同根生，
　　　　　　相煎何太急。

　　　　（曹植未滿七步而詩成）

曹　丕　（觸動）啊……（潸然）

曹　植　（激憤地）相煎何太急！相煎……何太急呀！

　　　　（唱）無情海又掀起驚濤駭浪，
　　　　　　淚盡聲咽憤欲狂。
　　　　　　這仇根恨種是誰釀，
　　　　　　這無邊的苦水來何方？

　　　　　兄與弟到此時恩義俱喪，
　　　　　骨肉情到此時冷若冰霜。
　　　　　休道是生殺予奪你執掌，
　　　　　豈不知天理人心不可傷。
　　　　　七步詩了却冤孽賬，
　　　　　仰天大笑出朝堂。（狂笑而下）
　　　哈哈哈哈……
　　　（御林軍收刀隨下）
　　　（有頃，幕後鼓聲大作）
曹　丕　（震驚）是何聲音？
　　　（陳群急上）
陳　群　萬歲，青州軍……青州軍……
曹　丕　青州軍怎麼樣了？
陳　群　青州軍將不願回鄉征剿，又聞臨淄侯要被問罪，數十萬衆鳴鼓而散！
曹　丕　（目瞪口呆）啊……（驚恐地聽着遠去的吶喊聲）快去安撫！快去安撫……
吳　質　萬歲，若要安撫青州軍，非臨淄侯不可！
曹　丕　就依卿言，速快召回子建！
華　歆
陳　群　這……萬歲……
曹　丕　（不由分說）快召子建！快召子建！（衆下）
　　　（郭氏上）
郭　氏　萬歲，事到如今，再召子建，他能來麼？
曹　丕　這……
郭　氏　萬歲，依臣妾看來，若要子建安撫青州軍，還得甄宓出面！
曹　丕　哼，孤曾兩次下詔，册立她爲皇后，她都抗旨不遵。怎能爲孤出面！
郭　氏　甄宓不願爲后，皆因子建被貶之故。如今事關子建，她能袖手旁觀？
曹　丕　如此……孤就命你去傳甄宓！
郭　氏　遵旨。（下）

曹　丕　（唱）召子建也是孤權宜之計，
　　　　　　　　先安撫青州軍以解燃眉。
　　　　（甄宓上）
甄　宓　（唱）郭妃對我傳王命，
　　　　　　　　難避嫌怨上龍廷。
曹　丕　你總算來了！
甄　宓　萬歲宣召，豈敢不來！
曹　丕　好一個"豈敢不來"！孤今命你勸說子建，安撫青州軍將！
甄　宓　這……
曹　丕　（對內侍）傳與曹植，就說甄娘娘有請！
內　侍　遵旨！（下）
曹　丕　（對甄宓）你要仔細了！（下）
　　　　（內聲："曹植到！"）
　　　　（曹植上）
曹　植　參見……嫂……嫂！
甄　宓　（不忍相看）兄弟……請……坐！
曹　植　……謝嫂嫂！
甄　宓　兄弟，已往之事，都怪爲嫂累你受苦。如今你兄長初登帝位，還望
　　　　兄弟捐棄前嫌，安撫青州軍將，共建大業纔是！
曹　植　這是嫂嫂之意，還是兄長之意？
甄　宓　自然是你兄長之意。
曹　植　爲何却要你出面？
甄　宓　因你弟兄猜忌日久，故命爲嫂代傳……
曹　植　（苦笑）哼，難道對嫂嫂你……就沒有猜忌了麽？！
甄　宓　（一怔）這……
曹　植　嫂嫂！
　　　　（唱）小弟我生就的愚頑劣鈍，
　　　　　　　　性狂放不彫勵孤傲不群。
　　　　　　　　數年來歷盡桑滄多窘困，
　　　　　　　　往昔的豪情壯志化烟塵。
　　　　　　　　弟只願深山幽谷把身隱，
　　　　　　　　荷鋤歸來卧松雲。

|||弟只求三杯淡酒消愁悶，
|||清泉石畔撫瑤琴。
|||望嫂嫂原宥我兄長恩准，
|||讓小弟落一個明哲保身。
甄　宓|（唱）一番話寒徹骨渾如霜刃，
|||他竟然與當年判若兩人。
|||再不似白馬金鞍馳豪俊，
|||再不似登臺作賦動鬼神。
|||勸子建休爲往事自傷損，
|||哪堪你八斗奇才永埋沉。
曹　植|（唱）八斗才難抵一紙誣告信，
|||親骨肉不如君王臉面尊。
|||勤王事命中注定無我份，
|||恨只恨此身錯投帝王門。
|||早知這有才有志遭厄運，
|||又何必三更燈火費苦辛。
|||棟折梁摧氣數盡，
|||一木難回天下春。
甄　宓|"捐軀赴國難，視死忽如歸"，這不是你的詩句嗎？！
曹　植|那是我少年未諳世事之作！
甄　宓|難道如今……
曹　植|如今……（苦笑）哈！
|（隨口吟道）
|||功名不可爲，
|||忠義我所安。
|||誰言捐軀易，
|||殺身誠獨難。
甄　宓|（垂淚）你若不允，我怎回稟於他！無論怎講，你也該爲父王創下的基業着想呀！
曹　植|是他違背父王遺願，不顧統一大計，貿然代漢自立，又失軍心民意。父王創下的基業已經被他付諸東流了！
甄　宓|（制止）子建……

曹　植　即使我能召回青州軍將，他也難容於我。
甄　宓　這……
　　　　（曹丕暗上）
曹　植　（瞥見）前人有言，嫂嫂可知？
甄　宓　甚麼？
曹　植　（聲震屋宇）伴君如伴虎！
甄　宓　（絕望）啊……
曹　丕　（怒不可遏）大膽！
　　　　（唱）孤好意命她來相勸，
　　　　　　　你以怨報德爲哪般？
　　　　武士們！
　　　　（御林軍應聲而上）
曹　丕　（唱）且將曹植推下斬……
御林軍　啊！（上前拿住曹植）
甄　宓　慢！
　　　　（唱）求萬歲赦他活命還！（跪）
曹　丕　（唱）威威皇權不容犯，
曹　植　（唱）我若不死你心難安。
甄　宓　（唱）求萬歲看在妾妃面，
　　　　　　　骨肉同胞莫相殘！
曹　丕　（唱）你寡廉鮮恥失風範，
　　　　　　　有何面目站人前。（踢倒甄宓）
　　　　（靜場）
甄　宓　（唱）這纔是抽刀斷水水難斷，
　　　　　　　負薪救火火更燃。
　　　　　　　人間處處風波險，
　　　　　　　何時纔能不相殘。
　　　　　　　生死愛恨難遂願，
　　　　　　　花愁玉慘徒悲酸。
　　　　　　　清淚一滴捐萬念，
　　　　　　　披髮覆面在殿前。（散其髮，毀其容）
曹　植　（驚呼）嫂嫂……

曹　丕　好惱！

（唱）賤人毀容把情斷，
　　　　休怪孤王把臉翻。
　　　　　三尺白綾扔當面……

（宮人取白綾上）

甄　宓　不消！

（唱）只求葬身洛水間。

曹　丕　（恨恨地）到死都忘不了那個好地方！

（唱）將賤人押至洛水畔……

甄　宓　（唱）多謝你將我來成全！（決然走下）

（御林軍隨下）

曹　植　（掙脫）嫂嫂……（懇求地）萬歲……（跪）萬歲呀！

（曹丕示意內侍取來金縷玉帶枕）

曹　丕　（將枕扔於地上）拿去救人去吧！（狂笑，慘笑）哈哈哈……哈……
（下）

（內侍、宮人隨下）

曹　植　（捧起金縷玉帶枕，茫然呆立，繼而渾身顫慄）嫂嫂……嫂嫂……

（一個聲音在空中響起："我已歸水府……我已歸水府……"）

曹　植　（悲號）嫂嫂！

（幕後合唱聲驟起）

　　　啊啊……
　　　魂已斷，
　　　心已殘，
　　　香消玉殞奈何天。
　　　洛水聲咽東流去，
　　　綿綿長恨，
　　　長恨綿綿……

（合唱聲中場景變換，與開幕時同）

（曹植走至甄宓當年站立之處，將金縷玉帶枕投入洛水之中……）

（驚濤裂岸，烏雲翻滾）

——劇終

校記

[1] 宛如遊龍起波間:"宛",原作"婉",據文意改。
[2] 小將無禮:"禮",原作"札",據文意改。
[3] 稟君侯:"稟",原作"察",據文意改。

洛 神 賦

姚夢松 撰

解 題

  豫劇。姚夢松撰。姚夢松，男，1952年生，河南澠池縣人，1970年參加工作。河南三門峽市藝術研究所一級編劇，三門峽市劇協主席、中國劇協會員、河南省劇協理事，享受政府特殊津貼。著有《潁河人家》《果山戀情》《紅杏村》《天鵝之戀》等戲曲作品，榮獲多種劇作大獎。出版有《姚夢松戲劇選》。《洛神賦》未見著録。劇寫曹植在洛水岸邊遇見避亂洛南的采桑女甄洛，二人一見鍾情，互贈定情之物：曹植贈玉佩，甄洛贈雲簫。突然，曹操與袁紹交戰，曹植與甄洛在亂兵中失散，甄洛被袁軍擄去。曹軍攻佔鄴城，卞氏與曹丕、曹彰、曹植與尚公主在銅雀臺畔，卞氏提及甄洛，曹丕説若能找到，即可與四弟植成婚。灌均來報，説袁氏俘虜中一叫甄洛之女要見曹植。曹丕見甄洛貌美，欲佔爲己有，與曹植推説未見。曹丕騙父母强迫與甄洛成婚。曹植讓兄還甄洛，不做太子。丕母卞氏、弟、妹均責丕欺騙父母，曹彰説丕"欺弟霸妻，禽獸不如"。新婚洞房，甄洛欲自盡，爲曹丕强納。曹操命曹植挂帥伐吴。曹丕設計奪帥印，强迫甄洛爲曹植餞行。甄洛知丕詭計，乃以茶代酒，代植飲酒。後植被丕灌醉，卞氏子女責丕狠毒。曹植因酒醉貽誤軍機，被摘帥冠；立丕爲太子，行丞相之職。繼而，曹丕篡漢自爲皇帝，貶平原侯曹植爲臨淄侯，着萬户爲千户，無事不准進京。黄初三年(222)重陽節，曹丕詔弟妹進京。曹植與曹彰、曹尚、丁儀去龍門山采茱萸獻母親與皇上，灌均誣其欲謀反，曹丕命帶御林軍火速上龍門山。丁儀被殺，曹尚遠嫁匈奴；灌均刺死曹彰。卞氏向曹丕要兒女，曹丕爲滅口，殺了灌均。曹丕得不到甄洛之心，欲殺曹植，逼其七步成詩。詩成仍要殺，其母卞氏跪地向兒求情，甄洛願代植死，自沉洛水。本事出於《三國演義》第七十九回"兄逼弟曹植賦詩"一節。元王實甫雜劇《曹子建七步成章》(劇本佚)、明汪道昆雜劇《陳王洛水生悲》、黄燮清雜劇《凌波影》、清劉百章傳奇《七步吟》(劇本佚)、現代京劇佚名《七步吟》、齊如山《洛神》均演此事，故事情節、人物各有不同。版本見 2006 年第 4 期《劇本》。今據以收錄整理。

第 一 場

（建安九年，即公元 204 年春）
（洛河岸邊，桑林。河霧蒸騰，風動雲飄，亦真亦幻）
（仙樂般如絲如縷的《洛水曲》響起
　　"風兒好，雲兒好，
　　簫聲水上飄。
　　愛我的人兒在身邊，
　　出入慰寂寥。"）
（歌聲裏，甄洛挎籃吹簫與采桑女舞上）
（幕內伴唱：
　　"霧蒙蒙，楊柳岸，
　　水蒙蒙，有白帆。
　　簫管一曲腸欲斷，
　　驚起詩魂洛陽邊。"）
（曹植乘一葉小舟上）

曹　植　洛水，好美的洛水！（詠《離騷》）"吾令豐隆乘雲兮，求宓妃之所在——"
　　　（幕內伴唱：
　　　　"名都出美女，
　　　　京洛出少年。"）

甄　洛　（唱）中山無極有甄洛，
　　　　　　爲避戰亂到洛南。
　　　　　　天生一個弱質女，
　　　　　　姐妹嬉戲在桑園。
　　　　　　風流倜儻曹子建，
　　　　　　隨父征戰在中原。
　　　　　　輕舟漫溯蓮花岸，

洛水忘返進桑園。

（曹植在采桑女中尋找，甄洛迎面飄然來）

曹　植　妙啊！

（唱）邂逅相逢，美哉天仙——

甄　洛　哎呀！

（唱）驀然回首，風流少年。

曹　植　（唱）渴望愛情愛情現，

甄　洛　（唱）嚮往聖潔在身邊。

曹　植　（唱）理想的情懷，

甄　洛　（唱）心儀的浪漫——

曹　植　（唱）似夢似醒真亦幻，

甄　洛　好似尋她（他）幾千年。

曹　植　你是洛神吧？

甄　洛　我不知道洛神是誰。

曹　植　我剛纔看見了，她是上古宓羲氏的女兒宓妃，在這條河裏洗澡淹死了，她是洛水之神！

甄　洛　我不信！

曹　植　真的，我看見了，和你一樣的，一樣的美麗，一樣地手捧雲簫！

甄　洛　我不是洛神。我家在中山無極的漳河岸邊。爹爹死了，我到洛陽來避戰亂。我是采桑女，我叫甄洛。

曹　植　甄洛，你就是這洛河之水，輕盈如受驚的飛鴻，柔軟似天上飛舞的遊龍，豐滿若秋天盛開的山菊，莊嚴像——

甄　洛　像甚麼？

曹　植　像明月，像雪花，像朝霞，像芙蓉——

甄　洛　你像才高八斗的曹子建！

曹　植　在下正是曹子建。

甄　洛　你就是曹植、曹子建啊，我會背你好多詩哩！

曹　植　我要做一個詩人，像屈原那樣一個真正的詩人！

甄　洛　屈原投汨羅江死了，我不要你做詩人。你要做將軍、做太子，統帥千軍萬馬，馳騁疆場，那纔威風哩！

曹　植　我怕血、怕殺人，我只能做詩人。

甄　洛　　大丈夫既要獨步文壇,也要包容天下!
曹　植　　甄姑娘,你真是這樣想的?
甄　洛　　俺爹爹常這樣説。
曹　植　　是的,父親志在千里,壯心不已,我是他的兒子,我要對得起我的血統和身份。大丈夫治國平天下,捨我其誰?子建一定照你的話去做!我要當太子,我一定要當太子……甄姑娘,你説我能嗎?
甄　洛　　能!
曹　植　　我當太子,你當啥?
甄　洛　　甚麼最尊貴?
曹　植　　太子妃最尊貴,皇后最尊貴。
甄　洛　　那我就當太子妃,當皇后!
曹　植　　甄洛,俺當太子,你當太子妃,咱們兩個可成一對了!
甄　洛　　哎喲,俺不和你玩啦!
曹　植　　好,我不説了。你明天還來嗎?
甄　洛　　俺和姐妹們天天在這裏采桑。
曹　植　　你等我,我也天天來……
甄　洛　　我纔不信。
曹　植　　(跪地)我對天盟誓!
甄　洛　　哎喲,你怎麼跪下?那我也跪下啦!
　　　　　(幕内伴唱:
　　　　　　"上邪,我欲與君相知,
　　　　　　長命無絶衰。
　　　　　　山無陵,
　　　　　　江水爲竭,
　　　　　　冬雷震震,
　　　　　　夏雨雪,
　　　　　　天地合,
　　　　　　乃敢與君絶。")
　　　　　(伴唱聲中,曹植解玉佩贈甄洛,甄洛捧雲簫贈曹植。曹植抱起甄洛,走進桑林)
　　　　　(光漸收,轟然而起的戰鼓聲、喊殺聲中,交錯的"曹"字大旗、"袁"字大旗。曹植、甄洛被亂兵衝散,一袁將擄走甄洛)
曹　植　　甄洛——

第 二 場

（切光）

（"曹"字大旗躍然而起，"袁"字大旗驀地折斷。一面特大的"曹"字大旗緩緩降下，蓋去一切）

（字幕："三年後，建安十二年，即公元 207 年秋，曹軍攻克袁紹鄴城。"）

（號角聲中，銅雀臺前起弱光，俘虜們被繩索拴成一串，由兵將押送過場。一束強光下，甄洛也在被押送的人中。行刑人舉刀過場）

（仗劍的曹丕上）

曹　丕　（唱）隨父王血與火馳騁疆場，
　　　　　　　滅袁紹克鄴城戰果輝煌。
　　　　　　　子桓我得重用新封中郎將，
　　　　　　　銅雀臺斬敗將得意洋洋。

（灌均上）

灌　均　稟告二公子，袁紹家眷，三百餘口。綁縛銅雀臺下，等候發落。

曹　丕　祭壇問斬，祭奠陣亡將士！

灌　均　一個不留？

曹　丕　斬草除根，一個不留！

灌　均　是。（下）

（尚公主、曹植扶卞氏上，宮女、曹彰、丁儀隨上。曹丕跪迎卞氏）

卞　氏　孩兒，起來吧！

　　　　（唱）遍覽銅臺好風光，
　　　　　　　良辰美景慶吉祥。
　　　　　　　風雲際會群雄起，
　　　　　　　你的父血泊中挽起社稷救危亡。
　　　　　　　喜看曹家有後人，
　　　　　　　和睦親善在一堂。
　　　　　　　丕兒你俊逸超群好兄長，
　　　　　　　彰兒你沙場驍勇稱豪強。

植兒你春風大雅好文章，
尚女兒文采風華比那男兒強。
孩兒們，看你們相親相愛，我和你父親百年之後，可以瞑目九泉了。

曹　丕
曹　植　謹遵母親教訓。
曹　彰
尚公主

卞　氏　植兒，三年來，爲那采桑姑娘，你日思夜想，娘真替你擔心哪！如今可有下落？

曹　植　謝母親關心！孩兒三年來四處查找，杳無音訊……

曹　丕　一個尋常女子，四弟爲何念念不忘？

曹　植　二哥，小弟所尋，並非尋常女子。

尚公主　娘，四哥新作《美女賦》，娘想聽不想？

卞　氏　想聽，想聽！

尚公主　娘，你聽來——（背誦）"美女……"丁儀，還是你來背誦吧。

丁　儀　（背誦）"美女妖且嫻，
　　　　　采桑歧路間。
　　　　　柔條紛冉冉，
　　　　　落葉何翩翩。
　　　　　攘袖見素手，
　　　　　皓腕約金環。
　　　　　頭上……"

曹　彰　三哥我一介武夫，不通文墨，聽不懂，聽不懂！二哥，四弟這詩怎麼樣？

曹　丕　（不勝神往地）"攘袖見素手，皓腕約金環"……好，好詩！四弟，想必這女子就是那個采桑女吧？

曹　植　二哥，正是。

曹　丕　小弟，愚兒平生沒有福分，還沒見過有這麼姣好的女子。植弟放心，爲兄若尋得你那采桑姑娘，哥哥做媒，一定成全你們的好事。

尚公主　（挽丁儀）二哥，你就記着四哥，把妹妹的事兒都忘了。

曹　丕　丁儀，你是四弟的朋友，也就是我的朋友。到時候，把你們和你四哥的喜事一塊兒辦，好不好？

丁　　儀　謝過二公子！
曹　　丕　不必，理當如此。
卞　　氏　好，好，這纔像個當哥哥的樣子。
曹　　植　謝過二哥，謝過母親。
卞　　氏　（笑）好，老身走了。（被宮女扶下）
尚公主　四哥，咱們還是尋找甄洛姑娘要緊。走，我和三哥一塊兒幫你查找。
曹　　彰　四弟，走，咱們一塊兒找！
　　　　　（曹彰、曹植、尚公主、丁儀下）
　　　　　（灌均上）
灌　　軍　稟告二公子，祭壇之上，有一女子喊屈叫冤，説要面見四公子。
曹　　丕　可問那一女子姓甚名誰，爲何喊冤？
灌　　均　那女子姓甄名洛，中山無極縣人，其父爲上蔡縣令甄逸。父亡之後，她流落洛水河畔，三年前，被袁賊擄去，强逼爲袁賊次子袁熙之婦，可那女子至死不從，已被囚禁三年有餘。
曹　　丕　如此説來，定是四弟所尋的采桑女子無疑了。灌均，速速帶來見我。
灌　　均　是！（欲下）
曹　　丕　慢，還是我親自看來——倘若果是弟媳，定當稟報父王母親，使四弟成就好事，也了我一樁心願。灌均，帶路。
　　　　　（切光）

第 三 場

（光啓。銅雀臺）
（二武士押甄洛上）
甄　　洛　（唱）灰沉沉銅雀祭壇刀箭影[1]，
　　　　　　　黑漆漆血色黄昏哀鴻聲。
　　　　　　　悲慘慘嗚咽濤聲吞薄命，
　　　　　　　路漫漫落日樓頭凄凄風。
　　　　　　　命途多舛疑是夢，
　　　　　　　蘆花飛雪風無情。

　　　　　洛河岸海誓山盟難忘記，
　　　　　一塊玉佩繫心中。
　　　　　袁賊强逼與婚配，
　　　　　甄洛捨命死不從。
　　　　　別院幽禁三年整，
　　　　　望眼欲穿秋和冬。
　　　　　忍聽河聲敲噩夢，
　　　　　懷抱冷月眠五更。
　　　　　玉顏憔悴春秋過，
　　　　　千回死來百回生。
　　　　　夜夜夢裏春風來，
　　　　　對鏡整妝把公子迎。
　　　　　幸喜袁賊新戰死，
　　　　　曹軍一朝克鄴城。
　　　　　誰知道盼來曹軍如虎狼，
　　　　　錯爲戰俘受斬刑。
　　　　　甄洛到死無遺憾，
　　　　　一襲薄命鴻毛輕。
　　　　　只緣未見子建面，
　　　　　不見子建心難平。
　　　　　子建子建你在哪裏，
　　　　　難道説你忘了洛水深情？
二　武　士　時辰已到，行刑！
　　　　　（灌均引曹丕上）
灌　　均　慢！二公子，就是這個女人，口口聲聲要見四公子。
曹　　丕　鬆綁。
甄　　洛　（倒地）水，水……
曹　　丕　端水上來。
　　　　　（一武士下，端水碗復上）
曹　　丕　（接水碗走近甄洛）這一女子，喝水吧！
甄　　洛　謝軍爺！
灌　　均　大膽女囚，看清了，此乃曹丞相之子，中郎將曹公子。

甄　洛	曹公子？（錯認）子建，子建！
曹　丕	我，我不……（驚艷，手裏的水碗落地）
甄　洛	子建，我終於找到你了，我是你的甄洛啊！
灌　均	帶下去！
甄　洛	子建，子建——（被二武士拖下）
曹　丕	（唱）猛然中那光彩天動地震，
	突兀間那風韻叫人眩暈。
	你看她雖是死囚刑將近，
	也難遮她雍容大雅自來新。
	細細看哪，
	她態濃意遠淑且真，
	肌理細膩骨肉勻。
	小風兒吹她裙帶起，
	勾起我心亂紛紛。
	自幼兒子桓隨父在軍陣，
	石火光中刀劍吟。
	風雨塵埃求上進，
	冷月千江爲浮沉。
	終日算計太子位，
	抱膝燈前影伴身。
	今日裏我心猿意馬亂方寸，
	明知道是弟媳我丟魄失魂。
灌　均	請中郎將速求曹丞相成就好事——倘若四公子搶在前邊，事情就不好辦了！
曹　丕	大膽！我與子建乃同胞兄弟，你不是叫我做無義之人嗎？
灌　均	灌均一片忠心！
曹　丕	（稍頃）你，你給我下去吧！
	（灌均唯唯而退）
曹　丕	（唱）天下之大有時小，
	狹路相逢同胞親。
	多年兄弟爭太子，
	今日偏又爭釵裙。

逡巡難捨蝴蝶夢，
輾轉怎棄杜鵑魂。
手足情、人倫義、聖賢教、父母訓，
亂紛紛，揪我心。
一個"人"字只兩筆，
難寫難畫重千斤。
罷罷罷，
明眸皓齒人人愛，
子桓我哪見過這等美人。
當機立斷不猶豫，
錯過時機再難尋。
四弟啊，今日裏這個女人且歸我，
他日裏兄長爲四弟再把那佳麗尋。

（曹彰上）

曹　彰	二哥。
曹　丕	三弟。
曹　彰	祝賀二哥新封中郎將。
曹　丕	（激動地）謝過父王！謝過三弟！不過，三弟也理應受封……
曹　彰	父王封我爲上將，封四弟……
曹　丕	（急切地）封四弟甚麼？
曹　彰	封四弟爲平原侯！
曹　丕	啊？這……（掩飾地）四弟並未親上前綫……
曹　彰	二哥豈不知運籌帷幄、決勝於千里之外的道理。四弟雖未親自帶兵打仗，可他的功勞比你我都大得多，父王都佩服他呢！怎麼，二哥不服氣嗎？
曹　丕	我當然佩服得很！
曹　彰	如此，二哥，咱們同賀，咱們同賀。
曹　丕	咱們弟兄三個同賀了！
曹　彰	二哥，我去告訴四弟。（下）
曹　丕	父王呀父王，你爲甚麼就這麼偏心？不公平，這不公平……

（曹植上）

|曹　植|二哥，甄洛姑娘可有下落？|

曹　丕　（猶豫片刻）没、還没有……
曹　植　剛纔聽小妹言道，有一被俘女子口喊冤枉，要見子建，可有其事？
曹　丕　没、没聽説。
曹　植　二哥，看你心神恍惚，有甚麽事嗎？
曹　丕　（掩飾地）没有，没有！
曹　植　二哥，我再去那邊找找。（欲下）
曹　丕　四弟，（掩飾地）父王召爲兄有軍務相商。四弟再往那邊找找。
　　　　（切光）

校記

［1］灰沉沉銅雀祭壇刀箭影："箭"，原作"劍"，據成語"刀光劍影"改。

第 四 場

（追光裏，急急尋找的曹植——）

曹　植　甄洛——
　　　　（另一束追光裏，絶望等待的甄洛——）
甄　洛　子建——
曹　植　（唱）一聲聲唤甄洛尋找不見，
甄　洛　（唱）一聲聲喊子建望眼欲穿。
曹　植　（唱）爲甚麽我心裏這樣慌亂，
　　　　　　　難道説她就在我的身邊？
甄　洛　（唱）爲甚麽已見他他又不見，
　　　　　　　難道説他視前情如雲烟？
曹　植　（唱）孤雁失伴天際遠，
甄　洛　（唱）哀鴻單飛生存難。
曹　植　（唱）甄洛，你在哪裏？
甄　洛　（唱）子建，你在哪邊？
曹　植　（唱）我這裏生生死死把你念，
甄　洛　（唱）我這裏死死生生斷腸篇。
　　　　子建，我在這裏！
曹　植　我聽到你的聲音了，可我看不見你，我看不見你！（尋下）

（幕内伴唱：
　　"甄洛子建聲聲喚，
　　擦肩而過一瞬間。
　　離恨空隨秋風遠，
　　從此有情兩無緣。"）
（燈復明。灌均上）

灌　均　甄姑娘，你的福氣來了！
甄　洛　將死之人，哪裏有甚麼福氣。
灌　均　曹公子有請！
甄　洛　哪個曹公子？
灌　均　我知道甄姑娘想見的是誰。四公子曹子建，對吧？
甄　洛　我要見子建，快帶我去見四公子！
灌　均　走吧走吧，只要你嫁了曹公子，一輩子就有享不完的榮華富貴！
（引甄洛下）
（尚公主、曹彰急上）

尚公主　四哥——
曹　彰　四弟！
（曹植上）
曹　植　尚妹，三哥——
尚公主　四哥，你那采桑姑娘有下落了！
曹　植　你說的是真的？
曹　彰　恭喜四弟，是真的。
曹　植　（驚喜地）是誰找到的？
尚公主　是二哥替你找到的。
曹　彰　二哥找到了甄姑娘，心裏高興，大赦袁紹三百餘口！
曹　植　她現在哪裏？
曹　彰　灌均帶甄姑娘更衣去了。
曹　植　（無限感激地）二哥，我寬厚仁慈的二哥呀，四弟謝你了！
（唱）三年來，空惆悵，
　　海天愁思兩茫茫。
　　三年難忘桑林會，
　　三年夢裏洛水旁。

三年不知蘭麝貴，
三年常念牡丹香。
只謂今生難相見，
今日如願喜欲狂。
感念兄長成全我，
手足情誼暖心腸。

甄洛，甄洛——你的子建來也！（下）
（在曹植的喊聲中，兩半大紅喜字從兩側慢慢推來、合攏，洞房似囹圄之門，深不見底）
（曹丕拖一大幅紅綢，偕戴紅蓋頭的甄洛上，二武士隨上）

甄　洛　（幸福地）子建，子建，你怎麼不説話？
曹　丕　甄洛，別做夢了，我不是子建。
甄　洛　（拿下紅蓋頭）甚麼？你不是子建，你是誰？
曹　丕　（陰沉地）我是子建的二哥，我叫子桓。
甄　洛　不，我要子建，我要子建！
曹　丕　今日父王賜婚，萬難更改。你要子建，不可能了！
甄　洛　（摘鳳冠，脱霞帔）不，我要我的子建，（喊）子建——（回頭欲奔下，被曹丕拉住）
曹　丕　甄洛，我對你好，我……
甄　洛　不，我要見子建，我要我的子建！
曹　丕　（惱怒地）哼！（轉身走進洞房）
甄　洛　（絕望地）天哪！
（長長的紅綢從天空落下，緊緊纏繞甄洛。甄洛旋轉掙扎）
（悲愴的幕後伴唱聲：

"上邪，我欲與君相知，
長命無絕衰。
山無陵，
江水爲竭，
冬雷震震，
夏雨雪，
天地合，
乃敢與君絶。"）

甄　洛　子建,子建救我! 子建……(被緩緩拖進洞房)
　　　　(幕內傳來傳呼官的聲音:"大漢曹丞相允婚,五官中郎將與上蔡甄逸之女甄洛喜結良緣,衆臣賀喜!")
　　　　(曹植踉蹌上)

曹　植　甄洛,還我甄洛! (欲進洞房,被二武士攔阻)
　　　　(灌均上)

灌　均　四公子,你就別不識趣了。那年甄洛被袁紹擄走,你爲甚麼不去救她? 如今甄洛是刑場囚徒,行將就戮,中郎將力排衆議,刀下留人,正所謂英雄救美,天作之合。四公子一介書生,一無所能,甄洛説了,她心甘情願嫁給中郎將。

曹　植　你胡説,我不信!
　　　　(曹丕上)

曹　丕　四弟。

曹　植　(揪住曹丕)還我甄洛! 還我甄洛!

曹　丕　小弟,如今木已成舟,二哥悔之晚矣! 二哥我胸無大志,願父王把大業傳給小弟。你做太子,爲兄一生輔佐,共興漢室!

曹　植　我不做太子,我就要我的甄洛!

曹　丕　四弟……

曹　植　我不是你的四弟,你也不是我的二哥!
　　　　(尚公主、丁儀扶卞氏上,曹彰隨上)

卞　氏　子桓!

曹　丕　母親。(跪地)

丁　儀　中郎將,你這樣做,害了平原侯!

尚公主　二哥,你怎麼可以這樣?

卞　氏　你、你騙了你父王和我,你這個二哥當得好!

曹　彰　二哥,你欺弟霸妻,禽獸不如!
　　　　(切光)

第　五　場

(光啓。洞房裏,燭光摇曳,一襲紅裝的甄洛,呆望玉佩)
(洞房外,一束追光裏,幾近瘋狂的曹植在吹簫。淒厲的簫聲似在

　　　　　　傾吐痛苦的心聲）
　　　（幕內伴唱：
　　　　　　"玉佩響一陣陣叮咚長鳴，
　　　　　　簫聲咽一聲聲裂雲穿空。
　　　　　　鳳求凰凰求鳳夢幻泡影，
　　　　　　洞房內洞房外雲山萬重。"）

甄　洛　（唱）噩夢醒來是噩夢，
　　　　　　甄洛盼來一場空。
　　　　　　昨爲袁媳心意冷，
　　　　　　今作丕婦暗吞聲。
　　　　　　子建呀，
　　　　　　你我有緣卻無命，
　　　　　　爲何今生偏相逢。
　　　　　　不如一死皆乾淨，
　　　　　　脫了紅裝繫白綾。
　　　（持白綾欲自盡）
　　　（曹丕急上）

曹　丕　甄洛，你若拋下我，我會痛苦一輩子的！
甄　洛　我只願爲子建而活！
曹　丕　你若拋下子建，子建必然隨你而去，你願子建爲你去死嗎？
甄　洛　你……
曹　丕　爲了你的子建，好好活着，做我的新娘吧！（一步步向甄洛逼去）
甄　洛　（驚恐倒退）不，不！（跌倒，痛苦地）子建，子建……
　　　（追光裏，孤零零的曹植，嗚咽的簫聲）

第　六　場

　　　（切光）
　　　（字幕："建安二十二年，即公元 217 年"）
　　　（追光裏，傳呼官上）

傳呼官　（數板）中郎將娶甄洛，
　　　　　　子建有苦無處說。

　　　　　丞相後悔難糾錯，
　　　　　只把儲位重定奪。
　　"大漢丞相手諭：子恒、子文、子建諸兒聽了，爾父年近六旬，痼疾纏身，着令平原侯子建代行統帥之權，即日興兵伐吴！"（下）
（光啓）
（曹丕府邸客廳）
（灌均正與曹丕密謀）

灌　均　四公子今日拜帥了！

曹　丕　多年來，因爲甄洛，我對四弟心懷歉疚。四弟今日登壇拜帥，正是我心中祈盼。

灌　均　中郎將高風亮節，顧念兄弟之情，可四公子他……這麽多年來，他還把你當兄長嗎？

曹　丕　他是該恨我……

灌　均　豈止是恨，只怕你要大禍臨頭了！

曹　丕　此話怎講？

灌　均　平原侯今日挂帥，必然獲勝；獲勝歸來，必當太子；當了太子，必報奪妻之恨！只怕到時候……

曹　丕　你别說了！（無力地）你，下——去！
（灌均下）

曹　丕　（唱）灌均他一聲聲把我規勸，
　　　　　定計謀奪子建元帥兵權。
　　　　　自古來帝王家爭宗謀位，
　　　　　子弑父弟殺兄骨肉相殘。
　　　　　爲儲位我不能優柔寡斷，
　　　　　勝者王敗者寇伺機搶先。
　　　　　子桓我君臨天下今日是關鍵——
（抱酒爵，接唱）
　　　　　酒啊酒，
　　　　　今日裏你幫我成就大事度過這一關。
（切光）

第 七 場

（光啓。深宮）
（甄洛伏几寫詩，棄筆，倚窗獨立）

甄　洛　（唱）梅花落柳絮散又是春盡，
　　　　　一天天一年年忍辱宮門。
　　　　　忽聞報子建他登壇拜印，
　　　　　賦詩章表情懷思念知音。
（取出玉佩，接唱）
　　　　　玉呀玉，
　　　　　你生麗水出崑岡晶瑩溫潤，
　　　　　你金玉質堅且剛天地奇珍。
　　　　　十年來我與你情話陣陣，
　　　　　日聽鳴夜聽吟相伴晨昏。
　　　　　十年來我與你宮門忍淚，
　　　　　共生死不離棄兩相依存。
　　　　　十年來與虎狼同席共枕，
　　　　　寒夜裏等天明只盼陽春。
　　　　　十年來人生路原已走盡，
　　　　　有了你苦命人纔走到如今。
　　　　　玉呀玉，
　　　　　見你如見子建面，
　　　　　見你如聞子建音。
　　　　　今日裏我聽你金鳴玉振，
　　　　　今日裏你讓我思緒紛紛。
　　　　　今日裏你讓我激情難禁，
　　　　　今日裏我看你光可鑒人。
　　　　　幾天來見曹丕輾轉含恨，
　　　　　好似一喪家犬落魄失魂。
　　　　　子建啊你要提防小人莫輕信，
　　　　　要提防那曹丕包藏禍心、嘴甜心苦、暗箭傷人。

　　　　　子建啊,但願得你此一去旗開得勝,
　　　　　祝願你,償夙願、創偉業、雷霆萬鈞建奇勳!
　　（曹丕暗上）
曹　丕　（取几上詩稿,讀）
　　　　　"想見君顏色,
　　　　　感結傷心脾。
　　　　　念君常苦悲,
　　　　　夜夜不能寐……"
　　（惱恨,隨即隱忍地）好,好詩,好詩,夫人好才華!夫人,告訴你個好消息,四弟今日拜帥了。
甄　洛　四弟登壇拜帥,我當然高興。你難道不高興嗎?
曹　丕　高興,當然高興。
甄　洛　高興就好。
曹　丕　（拿過甄洛手中玉佩）夫人,十年來,四弟的玉佩,你一直帶在身上。我知道你想着他,可他想你嗎?妻子是衣裳,兄弟是手足,血濃於水,爲了一個女人,我與四弟的親情可是割不斷。
甄　洛　你也配講兄弟親情?
曹　丕　十年來,四弟對我耿耿於懷……夫人,你不願意爲四弟餞行嗎?
甄　洛　怎麼,你要爲四弟餞行?
曹　丕　四弟請纓伐吳,受命軍前。我這當哥哥的,理應爲他餞行。
甄　洛　理應餞行?
曹　丕　理應餞行。
甄　洛　你難道不知,子建軍務在身不能飲酒嗎?我料他一定不會前來。
曹　丕　只要夫人出面相請,我料四弟一定會來。
甄　洛　你以爲我會請他嗎?
曹　丕　會的,我知道你心裏早想見他。你們已很長時間不見了,你難道沒有思念之情嗎?
甄　洛　是的,我想見他,每一天我都盼着能見他一面……可我知道我不能見他。
曹　丕　對。雖然你不是一個稱職的夫人,可你是一個很稱職的嫂嫂。所以,今天我可以放心地要你見他。
甄　洛　我,不會答應你的。

曹　丕　　我成全你們的相思之情，你爲甚要這樣不領情呢？
甄　洛　　多謝夫君一片苦心！
曹　丕　　（笑）夫人，我今天可是真心實意爲四弟餞行——只請夫人與四弟話別，多喝兩杯。
甄　洛　　讓他多喝兩杯？
曹　丕　　多喝兩杯。
甄　洛　　你不怕把他灌醉了嗎？
曹　丕　　四弟半世豪狂，千杯不醉。三杯兩盞何足道哉？你就放心地讓他喝……
甄　洛　　放心地讓他喝？
曹　丕　　放心地讓他喝。
甄　洛　　你這當哥哥的，可別把事情做絕了。他畢竟是你的骨肉兄弟！
曹　丕　　（惱怒）夫人不請？
甄　洛　　（堅決地）不請！
曹　丕　　執意不請？
甄　洛　　執意不請！
曹　丕　　（冷笑）好一個執意不請！（拿起詩稿與玉佩欲走）那好，我就把這詩稿和玉佩交於父王——這叔嫂偷情，到哪裏也算得上是奇恥大辱。那時候，你和你那子建就誰也救不了啦！
甄　洛　　（氣急）你，好狠毒！（昏暈欲倒）
曹　丕　　（扶住甄洛）這纔是我的好夫人。（對幕内）傳下去，夫人有請四公子！
　　　　　（傳呼官内應："甄夫人有請四公子——"）
　　　　　（切光）

第　八　場

　　　　　（曹植戎裝上）
曹　植　　（唱）點將臺拜了帥校場閱兵，
　　　　　　　　一陣陣鼓角響萬馬奔騰。
　　　　　　　　今日得展鴻鵠志，
　　　　　　　　欲開雲山千萬重。

感念甄洛情誼重,
把酒臨風壯征程。
意懸懸我把她來見,
傾吐十年肺腑情。
（尚公主、丁儀、曹彰急上）

曹　彰　四弟不去爲好！
尚公主　四哥哥，你不能去！
丁　儀　中郎將心懷叵測，其中必然有詐，平原侯千萬不要前往！
曹　植　今日是甄洛相請，曹植一定要去。
曹　彰　校場點兵，時辰將到，你還是不去的好！
尚公主　四哥，你別去見他……
曹　植　如此説來，我今天還偏要會會咱的二哥不可，我看他還能對我怎麽樣！
丁　儀　平原侯！你若不聽忠言，就請從丁儀身上踏過！（跪地，拉住曹植袍帶）
曹　植　讓開！（抽劍斬斷袍帶而去）
尚公主　四哥，千萬不要貪杯！
丁　儀　凶多吉少，萬事休矣！
曹　彰　（頓足）唉！
（切光）

第　九　場

（光啓。曹丕府邸花廳）
（内聲："四公子到——"曹植上）
（甄洛迎上）

甄　洛　子建——
曹　植　甄洛！
（幕内伴唱：
"近在咫尺難携手，
相對無言淚交流。"）
甄　洛　（唱）我的眷戀如初，

　　　　　　　柔腸寸斷情難丟。
曹　植　（唱）我的思念依舊，
　　　　　　　夢裏依然桑園遊。
甄　洛　（唱）看他容顏消瘦，
　　　　　　　一改當年那風流。
曹　植　（唱）看她憔悴模樣，
　　　　　　　一縷幽怨額前愁。
甄　洛　（唱）甄洛已非當年身，
　　　　　　　月殘花凋難挽留。
曹　植　（唱）子建還是那子建，
　　　　　　　山盟海誓在心頭。
甄　洛　（唱）欲説還休難開口，
曹　植　（唱）離腸百結哽咽喉。
甄　洛　（唱）硬下心腸趕他走，
　　　　　　　此地不能漫淹留。
曹　植　（唱）想她盼她十年久，
　　　　　　　今日裏哪怕是天塌地陷我也要把心剖。
　　　　　（激動地）甄洛！
甄　洛　你應該喊我二嫂纔是。
曹　植　不，甄洛……
甄　洛　平原侯軍務在身，非比尋常，稍有閃失，難辭其咎……你該走了！
曹　植　是你爲子建餞行，我纔來的。
甄　洛　叔嫂多有不便，餞行也就免了！
曹　植　你把子建忘了？
甄　洛　我現在是你的嫂子。
曹　植　不，你不是我的嫂子，我甚麼時候也不會把你當成我的嫂子！你是我的……
甄　洛　放肆！
曹　植　甄洛，甚麼時候你都是我的甄洛！（堅定地向甄洛走去）
甄　洛　（倒退）子建！別這樣——（哀求地）你，你快走吧！
曹　植　我不挂帥，我不當太子！
甄　洛　你胡説甚麼，你瘋啦？

曹　植　我没瘋，我清醒得很！
甄　洛　來人！
　　　　（曹丕上，二寵姬隨上）
曹　丕　（對甄洛）夫人，爲四弟餞行，滴酒未沾，怎麼能讓四弟就走呢？
曹　植　二哥，我是該走了。
曹　丕　哎，今日四弟挂帥出征，爲父解憂，爲國解難，爲兄高興得很。你嫂子特意爲你備下薄酒，無論如何是要喝的。四弟，坐，快坐——
曹　植　謝座。
甄　洛　平原侯……
曹　丕　不，叫弟弟。
甄　洛　是，弟……弟……
曹　丕　哈，這就對了。小弟，你們過去神交於洛水，定情於桑林，我何嘗不知？只是陰差陽錯，爲兄萬分自責！今日爲兄補過，把酒餞行，祝兄弟早日蕩平孫吳，凱旋而歸！
　　　　哥哥敬你一杯——
　　　　（二寵姬置酒）
曹　植　且慢，今日是誰爲我餞行？
曹　丕　當然是你嫂嫂。
曹　植　既是嫂嫂爲我餞行，我就只喝嫂嫂的酒。
曹　丕　好！夫人快快敬酒。
甄　洛　（斟茶）喝吧，別辜負了你二哥的好意……
曹　植　好，我喝！（一飲而盡，背唱）
　　　　　　甄洛她以茶代酒把我敬，
　　　　　　心感激無限情意在其中。
甄　洛　（背唱）爲帥冠曹丕他滅絕人性，
　　　　　　親哥哥害兄弟天理不容！
曹　丕　來，咱兄弟共飲一杯！（從甄洛手過"酒"，一飲而盡，皺眉）好酒！
　　　　（唱）多年來與甄洛同床異夢，
　　　　　　實可恨她對子建仍懷舊情。
　　　　（大笑）兄弟半世豪狂，千杯不醉，原來喝這樣的酒！（把杯裏的茶水潑在地上）四弟！
　　　　（接唱）甄夫人以茶代酒把你敬，

　　　　　　可見她還對你一片真情。
　　　　　　十年來常愧疚反躬自省，
　　　　　　今日裏餞行酒全當賠情。

曹　植　哼！

曹　丕　看來你是不原諒二哥了。那……這一杯是爲兄的請罪酒。四弟，請！

甄　洛　植弟，這杯酒，賤妾替你喝了！

曹　丕　好，像個做嫂子的。植弟，你軍務在身，就讓你嫂子替你喝。她願意！

甄　洛　植弟，聽到了吧，你的兄長用心良苦，你該感激纔是！今天你二哥的酒，哪怕是一碗毒酒，我這當嫂嫂的也要替你喝了，這樣纔對得起你的二哥！

曹　丕　既如此，夫人請了。

甄　洛　端酒來！
　　　　（唱）眼見得子建他大夢不醒，
　　　　　　　他怎知喝醉酒萬事成空。

曹　丕　（唱）看起來她今天主意拿定，
　　　　　　　代喝酒要讓我功敗垂成。

曹　植　（唱）甄洛她保護我執意替酒，
　　　　　　　不由我一陣陣熱淚涕零。

曹　丕　（唱）我不如一杯杯把甄洛來灌，
　　　　　　　使計謀灌甄洛讓子建心疼。

曹　丕　（從寵姬手裏接過酒杯）夫人，請——

甄　洛　請！（接杯一飲而盡）

曹　丕　夫人，再請！

甄　洛　再請！（又一飲而盡）

曹　植　嫂子——

甄　洛　別擔心，甄洛今天高興，要一醉方休！這酒好喝得很，有酒只管倒來……

曹　丕　（又遞上一杯）夫人，請！

曹　植　且慢！二哥，你不要再折磨我嫂子了。你就衝我來吧！

曹　丕　夫人，連四弟都心疼你了，你就別喝了。好，四弟，我們喝——

曹　植　喝！（抱過酒罎豪飲）
甄　洛　你別喝，別……
曹　丕　四弟！
　　　　（幕後傳來雄壯的軍樂聲，曹植摔罎。曹丕跌坐於榻）
曹　植　（目迷神昏，站立不穩）啊……（醉步走向甄洛）
甄　洛　（心痛地）子建！（對曹丕）你讓他喝醉了！
曹　丕　能讓你心痛，我很高興！這些年來，你每一天都在折磨我，我的心都快被揉碎了，今天你也好好嘗嘗心痛的滋味！哈哈哈……
甄　洛　這些年來，我念着咱們的夫妻情分，我想要把子建忘了，我想要努力地做好你的妻子，可現在，我明白了……子建，我們走！
曹　植　哈哈，你是洛神！
甄　洛　不，子建，我不是洛神，我是采桑女，我是你的甄洛！
曹　植　對，你是甄洛。走，咱們走……
甄　洛　好，咱們走！
曹　植　咱們往哪裏去？
甄　洛　咱們到洛水，咱們到桑園——
曹　植　走，咱們走……（與甄洛相依相扶跌跌撞撞向前走去）
　　　　（幕内伴唱：
　　　　　　"上邪，我欲與君相知，
　　　　　　長命無絕衰。
　　　　　　山無陵，
　　　　　　江水爲竭，
　　　　　　冬雷震震，
　　　　　　夏雨雪，
　　　　　　天地合，
　　　　　　乃敢與君絕。"）
　　　　（灌均扶卞氏上）
卞　氏　植兒，校場點兵，你怎能醉成這般模樣！
曹　植　母親，我凱旋了，我向父王獻俘……我的部下呢？我的戰馬呢？
　　　　（哼唱）"將軍正年少，雄心思報國……"
卞　氏　丕兒，你，你怎能讓你四弟醉成這般模樣？你讓我怎樣對你父王說？

曹　丕　母親,孩兒知道今天是讓四弟出征的日子,我會讓他喝酒嗎?再說了,今天是夫人爲他餞行,四弟他只喝甄夫人的酒。

甄　洛　我站在清清的洛水岸邊,吹起雲簫。子建,你聽到嗎?我吹的是《洛水曲》。(輕唱)

　　　　　　"風兒好,雲兒好,
　　　　　　　簫聲水上飄。
　　　　　　　愛我的人兒在身邊,
　　　　　　　　出入慰……寂寥……"

曹　植　《洛水曲》,多好聽的《洛水曲》!是誰從洛河岸走來了,從桑林走來了?她在向我笑,她是洛水之神!她是我的洛水之神……
　　　　(曹彰、尚公主、丁儀上)

曹　彰　四弟!

尚公主　四哥!

丁　儀　平原侯!

卞　氏　快與我扶他下去!

曹　彰　二哥,你做的好事!
　　　　(丁儀、曹彰扶曹植下)

甄　洛　婆母!兒媳見過婆母。子建,子建哪裏去了……

卞　氏　賤人,你害了我兒!(狠打甄洛一掌)

甄　洛　(笑)子建喝了我的酒,子建他只喝我的酒!

尚公主　(扶住甄洛)嫂嫂!(忍淚)二哥,你、你做的好事!(扶甄洛下)
　　　　(卞氏氣咻咻急下)

曹　丕　我甚麼也沒有幹,我甚麼也沒有幹!子建,我的好兄弟,原諒我吧!
　　　　(跪地,又急跳起,揮劍亂舞,砍翻高燈)
　　　　(光驟暗,只剩下曹丕的影子)

曹　丕　(仗劍大笑)哈……
　　　　(切光)

第　十　場

(追光裏,傳呼官上)

傳呼官　"大漢丞相手諭:平原侯飲酒失節,貽誤軍機,奪下旌節,除掉帥冠,聽候發落!"

"大漢丞相手諭:立五官中郎將曹丕爲世子[1],行丞相之職。"(下)

(光啓)

(曹丕跪拜,宮女上,爲其換太子衣冠)

(燈暗)

(光復明。太監上,爲曹丕換上皇帝衣冠)

(幕内傳來朝拜聲:"吾皇萬歲! 萬歲! 萬萬歲!")

(傳呼官再上)

傳呼官 (宣旨)"奉天承運大魏皇帝陛下詔曰:察平原侯曹植,放蕩不羈,不自彫勵,着萬户改千户,貶爲臨淄侯,即刻赴任,無事不準還京!"

(切光)

校記

[1] 曹丕爲世子:"世子",原作"太子"。《三國志・魏書・武帝紀》載"天子命公世子丕爲五官中郎將",據改。

第十一場

(字幕:"黃初三年,即公元222年")

(光啓。承明宫)

(曹丕高卧於榻)

曹 丕 (唱)承明宮裏景色秀,
　　　　水殿雲房風滿樓。
　　　　問鼎中原争霸業,
　　　　父王去也江山留。
　　　　漢帝一廢皇冠戴,
　　　　子桓今日强出頭。
　　　　難忘兄弟龍虎鬥,
　　　　一半驚怕一半羞。
　　　　雖貶子建難緘口,
　　　　文章含恨詩藏仇。
　　　　更恨皇后不屬我,

　　　　子建甄洛暗綢繆。

　　　　最怕蕭墻起禍患，

　　　　榻旁臥虎成暗憂。

　　　　食不甘味夜難寐，

　　　　噩夢醒來冷汗流。

　　　　且借重陽把親情敘，

　　　　察言觀色我定去留。

　　有請皇后！

　　（內聲："大魏皇后甄娘娘駕到！"衆宮女擁甄洛上，優伶隨上。曹丕離座相迎）

　　（優伶表演百戲舞）

曹　丕　這些天來，夫人更爲鬱悶。而今寡人愧爲天子，夫人貴爲皇后，天下之大，莫非王土，夫人還有甚麽不滿足嗎？你該高興纔是。

甄　洛　萬歲應以社稷爲重，黎民爲重，勿以甄洛喜樂爲念。

曹　丕　爲能博你一笑，我已把四弟三弟他們召回來了。咱們一家，骨肉團聚，共享天倫，歡度重陽佳節。

甄　洛　謝陛下一片好心！

曹　丕　（對幕內）我的兄弟們到了沒有？

　　（灌均上）

灌　均　禀陛下，任城王曹彰、臨淄侯曹植前日已到京城。

曹　丕　我的妹妹呢？

灌　均　尚公主？當然是和他們在一起。

曹　丕　請他們都到承明宮來。

灌　均　堂堂大魏，如日方昇。陛下不計前嫌，和群臣家人共度重陽佳節，真有古代賢君之風！

　　（內聲："宣任城王、臨淄侯、尚公主進宮！"）

曹　丕　怎麽遲遲不見上殿？灌監國，你去看看！

灌　均　小臣遵命！（去而復返）啓奏萬歲，任城王、臨淄侯、尚公主和丁儀他們一干人等，一大早，往龍門山去了。

曹　丕　（沉吟）往龍門山而去？他們幹甚麽去了？

灌　均　皇上，他們離喧嘩，避耳目，甚麽秘密的事都能在那邊說，甚麽……

曹　丕　你說，他們有甚麽瞞着寡人嗎？

灌　均　没甚麼瞞你,跑那麼遠幹甚麼?臣察任城王回京,與他舊日部將明來暗往,聽説意欲擁戴四公子繼位!陛下,他們可一直是一夥兒哩!

曹　丕　(笑對甄洛)夫人,你説,四弟、三弟他們策劃於密室,圖謀不軌,意欲顛覆社稷,取而代之,該當何罪?

甄　洛　等他們回來問明白,也就是了。

曹　丕　這樣清楚明白之事,還用得着問嗎?三弟他們擁戴四弟繼位,四弟繼位,必報奪妻之恨!奪妻之恨,恨入骨髓,等朕的腦袋搬家的時候,夫人你……願意看到那一幕嗎?

甄　洛　陛下還是不要杯弓蛇影、胡亂猜疑纔是。

曹　丕　寡人猜不透的就是臣子們的狼子野心!骨肉親情難以割捨,皇后替寡人拿個主意吧。

灌　均　當斷不斷,必受其亂!

甄　洛　甄洛願以身家性命擔保,他們萬萬没有犯上作亂之心!

曹　丕　你願以身家性命擔保?

甄　洛　我願以身家性命擔保!

曹　丕　(冷笑)好一個身家性命擔保!
　　　　(氣急敗壞踱步,拔下頭上茱萸,慢慢揉碎,恨恨擲地)

灌　均　皇上?

曹　丕　(扔下尚方寶劍)帶御林軍,火速前往龍門山!

灌　均　微臣明白!
　　　　(切光)

第 十 二 場

(光啓。丁儀一干人等被士兵押上。轎夫抬尚公主上)

尚公主　(哭喊)丁郎,丁郎!這是爲甚麼?

丁　儀　尚公主,尚妹!甚麼也不怨,只因爲你有一個好二哥!

尚公主　二哥要把我遠嫁匈奴!我不嫁匈奴,我不嫁匈奴!

丁　儀　去吧去吧,我也要走了,我要永遠離開這個醜惡的世界了,謝謝你的好二哥,謝謝咱們的好皇上!哈哈……

尚公主　丁郎,我的丁郎——(被强行抬下)

丁　儀　尚妹！（被強行拉下）
　　　　（曹彰仗劍上。灌均暗上）
曹　彰　甚麼陛下，甚麼二哥？無道昏君！
　　　　（唱）重陽節采茱萸龍門山麓，
　　　　　　　猛然間御林軍圍剿剪除。
　　　　　　　尚妹她被遠嫁不知何故，
　　　　　　　丁儀他無緣由慘遭殺戮。
　　　　　　　二哥他手足情全然不顧，
　　　　　　　面上笑心裏苦陰柔惡毒。
　　　　　　　子文我按不住冲天大怒，
　　　　　　　冒忤逆面昏君喊冤叫屈。
灌　均　任城王息怒！
曹　彰　閃開！（揮劍欲刺）
灌　均　任城王饒命！待小臣禀報——（去而復上）御林軍，拿下這個反賊！
　　　　（二武士衝出欲擒曹彰，被曹彰揮劍逼退。灌均在背後猛刺曹彰一刀）
曹　彰　（回頭怒視）是皇上殺了我！是我的二哥殺了我……（聲漸渺然，僵屍倒下）
　　　　（內聲：「皇太后駕到！」宮女扶卞氏上）
卞　氏　（大哭）還我彰兒！還我彰兒啊！
　　　　（曹丕上，逼近灌均）
灌　均　（跪倒，雙手高舉尚方寶劍）陛下，陛下，我是受了聖命的呀！
曹　丕　（抽劍）偽託聖命，殺我賢弟，該當何罪！（一劍刺進灌均胸膛，哭叫）我的三弟！
卞　氏　我的彰兒啊，讓爲娘也隨你去吧！我的植兒呢？植兒，植兒——
　　　　（曹植抱茱萸步履踉蹌上）
曹　植　（喊）妹妹！三哥！你們在哪兒？等等我，你們等等我……
卞　氏　（抱曹植大哭）植兒，你們……
曹　植　我們相約去龍門山采茱萸，我們要把這茱萸獻給母親、獻給皇上，祝母親身體康健，祝我們大魏繁榮昌盛，祝我們一家人摒除前嫌、和和睦睦、消災避邪、平平安安！這一枝是尚妹采的，這一枝是我三哥采的，這一枝是我采的！陛下，都給你——你戴呀，多美的花環！尊貴的陛下，你一定把他們藏起來了！還給我！快把我的尚

妹、我的三哥、我的朋友們還給我！尚妹、三哥……（踉蹌尋下）

卞　氏　兒呀！

（光暗）

（追光裏，曹丕慢慢跪地）

（甄洛上）

曹　丕　（抱住甄洛，痛哭）夫人，我、我沒聽你的，錯殺了丁儀，誤傷了三弟，錯嫁了尚妹……我好悔恨，可這一切都挽不回了！

甄　洛　（鄙夷地）你不是一直都想除掉他們嗎？你終於達到目的了。

曹　丕　你真的以爲我的心是鐵做的嗎？你真的以爲我的心裏不會滴血，我的眼裏不會流淚嗎？不，我痛苦極了，我知道你看不起我，你時時刻刻在詛咒我！在你面前，我沒有驕傲、沒有尊嚴，你的心像石頭一樣冰冷！我想融化它，可我，一切的努力，都沒有用！我明白，只要這世界上有四弟在，我就永遠不能得到你！

甄　洛　你要怎樣？你想斬盡殺絕嗎？你明知錯了，還要一錯到底嗎？

曹　丕　（咬牙切齒地）子建，他也犯了謀反罪，他是主犯，我要國法論處！

甄　洛　你，魔鬼！（暈倒）

（切光）

第 十 三 場

（數日後）

（光啓。黃昏，深宮院）

（曹植獨坐吹簫。甄洛上）

甄　洛　（唱）十月霜風秋聲怨，
　　　　　　　嗚咽簫管斷腸篇。
　　　　　　　尚妹遠嫁千里遠，
　　　　　　　子文丁儀屍未寒。
　　　　　　　子建囚居深宮院，
　　　　　　　手足相殘絕人寰。
　　　　　　　民間有屈官審案，
　　　　　　　皇室無情銜奇冤。
　　　　　　　可憐甄洛弱質女，

難救親朋回人間。

曹　植　（吟誦）高樹多悲風，
　　　　　　　　海水揚其波。
　　　　　　　利劍不在掌，
　　　　　　　　結友何須多！
　　　　（撕碎詩稿，隨風揚去）

甄　洛　子建！
曹　植　甄洛！
甄　洛　是我害了你……
曹　植　不。我是屬災星的，誰和我在一起誰倒霉！
甄　洛　不！你哥哥因爲我，纔想害你，纔想除了你，甄洛對不起你！
曹　植　這麼多年，我知道你苦……你把我忘了吧，把一切都忘了吧。
甄　洛　不，我忘不了，是那美好的回憶，纔使我活到今天！
曹　植　那是一個夢，一個永遠無法實現的夢……
甄　洛　子建，那年在洛河岸邊，我勸你不要做詩人，要你做將軍、做太子，統帥千軍萬馬！我錯了，你做詩人吧，或者甚麼也不做，只做個自由自在的布衣百姓，那該有多好，那該有多好啊！
曹　植　（發泄地）我不是太子，我不是將軍，你却做了皇后！恭喜你，嫂嫂，你們有至高無上的權力，你們想殺誰就殺誰！你們殺了我的三哥，你們遠嫁我的尚妹，你們把我裝在這像籠子一樣的深宮裏，你們殺了我吧，我不想活了！
甄　洛　我知道你有氣，我知道你有恨，你有氣、你有恨，你罵我吧，你打我吧！
曹　植　那我告訴你，我就是恨你！當年你不願意嫁給我，就是看我是一個百無一用的書生！我的玉呢？那年我贈給你的玉呢？拿不出來，送給你的皇上了吧？哈哈……
甄　洛　（取出玉佩）子建，你看，這是你的玉佩，誰也拿不走！
曹　植　快把玉佩還給我——
甄　洛　我知道你是怕連累我！
曹　植　這塊玉，只能帶來厄運，只能帶來毀滅！
甄　洛　子建，你看，它玲瓏剔透、完美無缺，它是一塊吉祥的玉，它是我們的幸福，它是我們的希望！

曹　植　（奪過玉佩）不,是它害了我們,是它害了我的丁儀,是它害了我的妹妹,是它害了我的三哥,是它害了我的一生!
　　　　（將玉佩摔在地上）
甄　洛　（心碎地）子建!
曹　植　（將簫折爲兩截）拿走吧,拿走你的簫!好好做你的皇后!我那親愛的二哥,甚麼都能做出來,甚麼都能做出來!哈……（踉蹌欲下）
甄　洛　（抱住曹植）子建,帶我走吧,咱們順着這條洛河往前走,到天涯,到海角,避深山,藏老林,到誰也找不到的地方,再也不回來!
曹　植　皇后,請你放開手,你和我不一樣。
甄　洛　不!只要跟着你,我甚麼也不怕!
曹　植　甄洛,求你了,把我埋葬在你的心裏吧!（推開甄洛）
甄　洛　（跌倒,抱住曹植的腿）子建,帶我走!
曹　植　我的皇后娘娘!（硬着心腸往前走）
　　　　（甄洛膝行追求……）
　　　　（幕内伴唱）
　　　　　　"上邪,我欲與君相知,
　　　　　　　長命無絶衰。
　　　　　　　山無陵,
　　　　　　　江水爲竭,
　　　　　　　冬雷震震,
　　　　　　　夏雨雪,
　　　　　　　天地合,
　　　　　　　乃敢與君絶。"
曹　植　（激情地）甄洛!
甄　洛　子建!
　　　　（曹植扶起甄洛,凝視片刻,毅然下）
甄　洛　（凄厲地）子建——（撿地上碎玉,唱）
　　　　　　一塊玉一塊玉難拼難整,
　　　　　　甄洛我心如刀絞陣陣痛。
　　　　　　雲簫折斷我的腸也斷,
　　　　　　這斷簫兒難連難合我泣無聲。
　　　　　　曾記得,洛河岸玉佩雲簫兩相贈,

　　　　海誓山盟心相通。
　　　　只盼望琴瑟和諧成佳偶,
　　　　只盼望洛水岸邊結伴行。
　　　　誰知道袁紹擄我三年整,
　　　　囚禁我身難囚情。
　　　　只道是曹軍一到是救星,
　　　　又誰知出了虎口又進牢籠。
　　　　深宮似海凄凄冷,
　　　　子建如火暖寒冰。
　　　　絲絲縷縷難忘記,
　　　　恩恩怨怨兩分明。
　　　　高墻難斷連心路,
　　　　深院相思情更濃。
　　　　夜夜更深尋殘夢,
　　　　秋蟬寒鵲夜夜驚。
　　　　莫道是在宮院前呼後擁權位重,
　　　　可曾見爾虞我詐,手足相殘,黑色漩渦有血腥。
　　　　望洛水霧蒙蒙風平浪靜,
　　　　那篷船悠悠然各自西東。
　　　　采桑女多輕盈再現當年景,
　　　　一陣陣傳過來兒時的笑聲。
　　　　甄洛我即捨青春何惜命,
　　　　可就是欠了子建未了情。
　　　　爲子建生來爲子建死,
　　　　爲子建紅顏薄命鴻毛輕。
　　　　爲子建赴湯蹈火無所懼,
　　　　爲子建忍辱負重,且與虎狼結伴行。
　　(在甄洛手中,碎玉合璧如初,熠熠生輝,斷簫再續,完好無損。甄洛執簫吹之,那斷簫竟奇妙地響起來)
　　(另一光區,顯現曹植凝神諦聽的身影)
曹　植　(唱)嗚咽簫聲秋風送,
　　　　　餘音嫋嫋滿洛城。

　　　　　可憐一曲采桑調,
　　　　　如泣如訴寄幽情。
甄　洛　（唱）君如月亮妾如星,
　　　　　流光輝映在碧空。
　　　　　甄洛身在皇宮院,
　　　　　心似洛水長向東。
曹　植　（唱）簫聲飛入百花影,
　　　　　百花無言心相通。
　　　　　望帝春心托杜鵑,
　　　　　生生死死未了情。
　　（曹植一步步向甄洛走去,二人相擁遠去。曹植吹簫,甄洛與遠山百花共舞……）
　　（仙樂般如絲如縷的《洛水曲》響起
　　　　　"風兒好,雲兒好,
　　　　　簫聲水上飄。
　　　　　愛我的人兒在身邊,
　　　　　出入慰寂寥。"）
　　（燈暗）
　　（燈復明）
　　（甄洛失神地站着,曹丕素衣上）
曹　丕　我料皇后一定在這裏!吹得好,朕好久沒有聽到這麼好的音樂了。
　　　　（拾起地上的斷簫、碎玉）你們……
甄　洛　（恍惚地）是的,我們……
曹　丕　（冷冷地）你們……
甄　洛　今天,是我們的節日。
曹　丕　（不吐不快地）我告訴你,當初,我奪走你,是因爲你的美色,但我不愛你;如今,我愛上你了,我不願意失去你。子建他有甚麼好?他軟弱無能、不識時務、不思進取,他就會做幾首小詩!而我是大魏皇帝,我是九五之尊,天下人朝拜我,對我三拜九叩,我高高在上,我無求於人!今天,我求你了,求你把對子建的愛分給我,哪怕一點點!（跪地）
甄　洛　你是皇帝,我應該服從你;你是我的丈夫,我應該答應你;你是九五之尊，你給你的臣民跪下了，我很感動。可我……我的心已經被子建佔滿了，沒有你的位置了。

曹　丕　（惱怒地）甄洛，一個皇帝能容忍他的皇后對他的不忠嗎？你不愛我，可我讓你知道，我永遠不放棄你，我要讓你們咫尺天涯，我要讓你們望洋興嘆，我要讓你們充滿期盼與無奈，我要像影子一樣跟着你，讓你終生不得安寧！

甄　洛　知道，你還會殺掉我！我盼着這一天。（下）

曹　丕　（絕望地）我不是皇帝，我是可憐的乞丐！你們幫幫我，你們誰能幫幫我？

（一太監引二宮女捧衣冠上）

太　監　陛下，請更衣。

（宮女爲曹丕穿衣、戴皇冠）

曹　丕　帶曹植！

（二武士押曹植上）

曹　丕　賜座！

曹　植　謝座！

曹　丕　四弟，我竊取了本屬於你的皇位，我奪了本屬於你的甄洛，我殺了你的朋友、殺了你的三哥，我把你的妹妹送到人迹罕至的遠方，你恨我嗎？

曹　植　是的，我恨你！

曹　丕　我知道我對不起你。四弟，你把太子位讓給了我，你把帥冠讓給了我，今天，我再求你一次，幫幫我，只有你能幫我，讓我的甄洛回心轉意吧！

曹　植　哈哈……陛下，你也有求人的時候！你爲甚麼這麼貪婪，甚麼都想攫取？我如今只剩下這顆愛甄洛的心了，你奪不去，永遠奪不去！

曹　丕　四弟，咱們自小飽讀詩書，你是文人，我也是文人，自古文人都風流，爲一個女人，四弟不念一點骨肉親情嗎？

曹　植　陛下，你也配講骨肉親情？不錯，你是文人，我原以爲文人一定能够當個賢良的君王，可我錯了。你比所有的君王更壞、更狠毒！

曹　丕　四弟，你說得對。但我會讓史官把我寫成一個最開明、最賢良的君王，而你，只是一個百無一用的書生！（厲聲地）子建，你犯了謀反罪，你認罪嗎？

曹　植　欲加之罪,何患無辭。
曹　丕　小弟,你在臨淄寫了很多詩歌,爲兄都看過了。
曹　植　哦?
曹　丕　哼,宣揚百姓之苦,替罪臣鳴冤叫屈,輕慢天子,濫製詩章,煽動反叛,爲兄都寬恕於你。只是如今宮中,口耳相傳甄皇后《塘上行》一首,爲兄願請教小弟——
曹　植　願聞其詳。
曹　丕　(吟誦)想見君顏色,
　　　　　　　感結傷心脾。
　　　　　　　念君常苦悲,
　　　　　　　夜夜不能寐……
曹　植　(感念地)甄洛——
曹　丕　小弟,他們都說皇后這詩,是想念寡人之作。小弟,你是寫詩行家,你說是嗎?
曹　植　陛下,你真可憐!
曹　丕　有請甄皇后!
　　　　(甄洛上)
曹　丕　夫人,你不是詩寫得很好嗎?你不是愛讀四弟的詩嗎?今天,讓我們共同品評一下四弟的詩才。拿酒來!
　　　　(太監下,隨即一宮女擎酒及酒具上)
曹　丕　夫人,你的曹植如能七步成詩,這酒可以不喝;如七步詩做不出,那就煩娘娘再敬他一次酒了。我知道,他願意喝你的酒!(對曹植)兄弟,這酒,叫丹頂紅,只需你喝上一小口,就能讓你得到永久的解脫!(從宮女手中拿過一豆秧)這棵豆秧權作你的下酒菜吧!
曹　植　好青翠的豆秧!陛下,請命題。
曹　丕　朕命你以《兄弟》爲題,不許有兄弟二字,七步成詩!
曹　植　謝陛下!(高舉豆秧,走向甄洛)
二武士　(喊)一步!
甄　洛　(唱)一步魂魄散。
二武士　(喊)兩步!
甄　洛　(唱)兩步天地旋。
二武士　(喊)三步!

甄　洛　（唱）三步眼發黑。
二武士　（喊）四步！
甄　洛　（唱）四步身如綿。
二武士　（喊）五步！
甄　洛　（唱）五步腸欲斷。
二武士　（喊）六步！
甄　洛　（唱）六步心如煎。
二武士　（喊）七步！
甄　洛　（唱）一聲七步纔喊過，
　　　　　　　撼天動地詩成篇！
　　　　（幕內伴唱：
　　　　　　　"煮豆燃豆萁，
　　　　　　　豆在釜中泣。
　　　　　　　本是同根生，
　　　　　　　相煎何太急！"）
曹　丕　四弟，好詩！
曹　植　它不是詩，它是我心中的血和淚！謝陛下，沒有你的逼迫，我是做不出來的。
曹　丕　四弟，我不如你。你來說說看，我現在該怎麼辦？
曹　植　我早明白，倘我做詩不成，你羞辱我一番，也就罷了；而今我七步詩成，我必死無疑了。
曹　丕　那你為甚麼還要做出來？
曹　植　因為我是曹子建。
曹　丕　皇后，請斟酒！
甄　洛　你，出爾反爾——（眩暈）
　　　　（卞氏急上）
曹　丕　母后！
卞　氏　植兒！
曹　植　母親，與其讓孩兒在君王腳下做一個囚徒，不如到陰曹地府做一個自由的鬼魂！
曹　丕　（冷冷地）來人，宣朕的詔旨！
　　　　（太監手捧黃緞詔綾上）

太　監	（宣旨）"臨淄侯曹植屢違聖意，惑亂欺君，按律當斬，即刻施刑！"
卞　氏	皇上，皇——上，他是你的骨肉兄弟，你只有這一個兄弟了！你不怕上天報應嗎？你，你把我也殺了吧！（跪地）
曹　丕	（跪卞氏前）母后，兒求你寬恕！
卞　氏	不放植兒，我碰死在你面前！
曹　丕	母后！（扶起卞氏）
卞　氏	植兒，你、你就給你二哥說句軟話吧！
曹　植	不，永遠不！
卞　氏	（哭）植兒，我的植兒！你們這是怎麼啦，你們這是怎麼啦？
曹　植	甄洛，把酒給子建端過來吧！
曹　丕	（心情複雜地）四弟，你、你再喊我一聲二哥，你只要喊我一聲二哥，我就饒了你！
曹　植	陛下，端酒來！
曹　丕	好。（厲聲地）皇后，敬酒！
甄　洛	（端酒杯走向曹丕）陛下，賤妾問你，大魏律條，以錢贖死，以死贖死，還不算數了？
曹　丕	律法明章，頒行天下，當然算數！
甄　洛	（摔酒杯於地）請陛下立即赦免臨淄侯死罪，甄洛願代臨淄侯受死。
曹　植	甄洛！不，甄洛，你不能這樣做！
曹　丕	甄洛！你，你這是何苦呢？
甄　洛	這一天終於來了，我終於可以做一件我願意做的事情了！
曹　丕	甄洛，我還可以救你，只要你能夠回心轉意。
甄　洛	要我死，你可以做到；要我的心，你得不到，永遠得不到！
曹　丕	（絕望地）你去死吧！死吧！
卞夫人	我要我的好兒媳，我要我的甄洛！子桓兒，看在娘的份兒上……
甄　洛	娘——（平靜地）子建，給我整妝吧，我要回家了！
曹　丕	甄洛，你為何不跪？
甄　洛	我再也不會對你下跪了！
曹　植	陛下，二哥！
甄　洛	子建，別求他！
曹　丕	夫人，你只要看我一眼，我就赦免你！
甄　洛	陛下，送我到洛河去。

曹　丕　（絕望地）好，成全你！
卞夫人　陛下，你娘我給你跪下了……（跪地）
曹　丕　母后——（扶起卞氏）
卞夫人　我不是你的母后！
曹　丕　你們都拋棄了寡人——娘拋棄了兒子，妻子拋棄了丈夫，兄弟拋棄了兄長！我一生，做了最後悔的一件事，就是娶了甄洛！可我做了一件錯事，你們便再也不原諒我。這都是你們逼的！是你們逼得我一錯再錯！
甄　洛　子建，（神往地）我去的是個乾净的地方……
曹　植　甄洛，你真傻——在這世界上，我救不了你，你也救不了我！
甄　洛　不，子建，今天能爲你死，我真的高興。
甄　洛　子建，你就成全我吧！讓我這輩子也高興一回……爲我送行吧。
曹　丕　（凄厲地）送皇后娘娘上路！
　　　　（光暗）
　　　　（兩束追光分別打在曹丕、曹植身上）
曹　植　（凄厲地）甄洛——
曹　丕　（瘋狂地）我要把我的甄洛殺死了，我要把我心愛的甄洛殺死了！
曹　植　你愛的人你把她殺死了，你恨的人你却讓他活着——你是該好好痛哭一場！哈哈哈……（一路狂笑而去）
曹　丕　四弟，你想要的江山，我得了；我想要的愛情，你得了——咱們扯平了！
　　　　（頭暈，跌倒）
　　　　（切光）

第 十 四 場

　　　　（洛河岸邊）
　　　　（追光裏的甄洛。若隱若現的衆采桑女伴舞）
甄　洛　（唱）蒼天啊，告訴我，
　　　　　　　大地啊，告訴我，
　　　　　　　天地何方有净土，
　　　　　　　甚麼地方收留我？

（幕内伴唱：
　　"采桑女兒何處去，
　　洛河水暖收魂魄。"）
甄　洛　（唱）看秋風瑟瑟雙雁兒過，
　　望洛水渺渺白雲兒多。
　　那岸邊一葉扁舟水上坐，
　　那楊柳溫情依依迎綺羅。
　　夢裏桑林今又見，
　　昔日姐妹笑語多。
　　洛河呀，
　　人生無常運命厄，
　　甄洛一生路坎坷。
　　愁悠悠，怨寞寞，
　　恨幾許，仇幾多。
　　情難棄，愛難捨，
　　身難依，心難托。
　　一個愛字裝心窩，
　　再苦再難也能活。
　　愛是桑園情似火，
　　愛是深宮一片月。
　　愛是心底長折磨，
　　愛是乾涸一道河。
　　愛是玉佩常閃爍，
　　愛是簫管一首歌。
　　愛是洛水多清澈，
　　愛是蘆花一片雪。
　　今日裏洛河有情收留我，
　　抹淚痕洗鉛華還我歡樂。
（幕内伴唱：
　　"人不長久情長久，
　　命運殘缺情不缺。
　　可憐人間盼祥和，

　　　　　　偏是愛少仇恨多。
　　　　　　這是爲甚麼？
　　　　　　這是爲甚麼？"）
　　　（另一表演區，追光裏瘋狂的曹植）
曹　植　（唱）我的甄洛冰雪吞没，
　　　　　　我的甄洛暴風摧折。
甄　洛　（唱）別了長夜我重負卸盡，
　　　　　　別了深宮我苦難解脱。
曹　植　（唱）蒼天啊，告訴我，
　　　　　　大地啊，告訴我，
　　　　　　從此後子建心情怎麼寄托？
　　　　　　從此後子建苦澀向誰訴説？
　　　（追光裏的甄洛）
甄　洛　（唱）子建，甄洛從此屬於你，
　　　　　　陰陽兩界無阻隔。
　　　　　　年年歲歲秋月夜，
　　　　　　明月相邀在洛河。
　　　　　　碧波粼粼那是我，
　　　　　　是我雙眼在閃爍。
　　　　　　清風習習那是我，
　　　　　　是我雙手在撫摸。
　　　　　　桑林沙沙那是我，
　　　　　　是我裙裾響婆娑。
　　　　　　宿鳥啾啾那是我，
　　　　　　那是我夜半無人知心的話説。
　　　（內聲："皇后娘娘昇天了——"）
　　　（甄洛吹簫，平靜地向洛河走去）
　　　（幕內伴唱：
　　　　　　"蓮荷如船女兒坐，
　　　　　　隨波遠去白雲多。
　　　　　　洛水有情洗紅淚，
　　　　　　化作千古風流歌。"）

　　　　（大雪紛紛飄落）
　　　　（仙樂般如絲如縷的《洛水曲》響起——
　　　　　　"風兒好，雲兒好，
　　　　　　簫聲水上飄。
　　　　　　愛我的人兒在身邊，
　　　　　　出入慰寂寥。"）
　　　　（歌聲裏，甄洛挎籃吹簫與衆采桑女上，曹植穿梭追尋……）
曹　植　（一聲又一聲深情的呼喚）甄洛，甄洛……
　　　　（曹植奮筆疾書——天幕顯現狂草：《洛神賦》）

——劇終

初 出 茅 廬

馬少波　范鈞宏　呂瑞明　改編

解　題

　　京劇。馬少波、范鈞宏、呂瑞明改編。馬少波(1918—2009)，原名馬志遠，筆名郊坡、蘇揚、紅石等，山東萊州人。1933年起從事文藝創作，曾任膠東文化協會會長。1949年以後任文化部戲曲改革委員會秘書長、中國戲曲研究院副院長、北京市文化局顧問、戲曲研究所所長等職。1957年曾獲瑞典戲曲家協會授予的功勛獎章。2009年10月12日，獲中國戲劇家協會授予的終身成就獎。編著有新編歷史故事劇《闖王進京》《正氣歌》《寶燭記》《木蘭從軍》《明鏡記》《關羽之死》等。其中《正氣歌》獲1981年北京市劇目創作一等獎、《寶燭記》獲文化部優秀劇作文華獎。曾主編《中國京劇史》，出版有《馬少波劇作選》《戲曲改革論集》《戲曲改革散論》《花雨集》《看戲散記》等戲曲理論著作以及散文集《東行兩月》《在南極邊緣》。

　　范鈞宏(1916—1986)原名學蠡，浙江杭州人，生於北京。自幼酷愛京劇，10歲在堂會客串《空城計》，1934年正式下海。1951年任中國戲曲研究院編輯處京劇組組長，合作整理100餘齣劇目，彙編成《京劇叢刊》。1955年任中國京劇院(今國家京劇院)文學組組長、編劇。中國作家協會會員，中國戲劇家協會常務理事，先後改編、創作有《獵虎記》《三座山》《楊門女將》(合作)、《蝶戀花》(合作)、《調寇審潘》《九江口》《戰渭南》《智斬魯齋郎》《初出茅廬》(合作)、《白毛女》(合作)、《林海雪原》(合作)、《柯山紅日》《洪湖赤衛隊》等。代表作收入《范鈞宏戲曲選》和《范鈞宏呂瑞明戲曲選》。著有《戲曲編劇論集》《戲曲編劇技巧淺論》等。1986年改編的《調寇審潘》曾獲文化部新劇目匯演優秀編劇獎和京劇新劇目獎。

　　呂瑞明，1925年生，原籍山東青島市。學生時期酷愛京劇。1949年在青島組織京劇團，與吳素秋合作編寫歷史故事劇《節烈千秋》。1953年在北京京劇四團編寫了《伊帕爾罕》《寶蓮燈》等劇。1953年調入中國戲曲研究院編輯處，參與《京劇叢刊》的編輯和整理工作。1955年任中國京劇院編劇，創作及與人合作創作、改編、整理劇目《連環計》《蝴蝶杯》《夏完淳》《三盜令》《滿江紅》《南方來信》等30多種。

　　該劇《京劇劇目辭典》著錄，題《初出茅廬》，署范鈞宏、呂瑞明編劇；《中國京劇藝術百科全書》著錄，題《初出茅廬》，署馬少波、范鈞宏改編。該劇以京劇傳統劇目《三顧茅廬》《博望坡》改編。劇寫東漢末，孔明新婚，友人石廣元、崔州平、孟公威與衆鄉鄰同往道賀。席間，賓主縱談天下大勢，孟公威、崔州平、石廣元等對司馬德操與徐庶舉薦孔明出山輔佐劉備，頗不以爲然，勸其不要出山。孔明夫人黃月英乘敬酒之際，對孟等暗加譏諷，極力主張出山，所説正合孔明心意。劉備與關羽、張飛，冒雪來至臥龍崗，訪請孔明，未能會面，歸途中遇見孔明岳父黃承彥，請黃代向孔明致意。次年春，劉、關、張再度前來，孔明出遊，又未得見，兩次徒勞往返，關羽、張飛顯出不耐煩。後得當地老農指引，得見黃月英、孟公威等。孟公威謂孔明無意出山。黃月英則暗示劉備，必須與孔明見面，方知究竟。劉備辭去，黃承彥與孔明先後來到，問知情況。孔明問黃月英劉備臨行時有何言語，黃答稱："劉備曾言'先生不出，如蒼生何！'並説三日之後再來相訪。"孟公威不願讓孔明與劉備相見，故意約孔明三日之後春遊，孔明姑許之。孟公威等走後，孔明引吭高歌，表明有意出山，承彥父女大喜。三日之後，劉備三顧茅廬，來至草堂，孔明午睡未醒。劉備不讓書僮喚醒，耐心等待。孔明醒來知其來意誠懇，深爲感動，即與見面，允諾出山，追隨劉備。孟公威等趕來赴約，見狀大爲驚訝。孔明命僮兒取出畫圖，縱談天下大勢，定三分鼎足之策，劉備深爲敬服，欣幸如魚得水。孟公威勸孔明再三思，孔明意已決。孟公威無奈，明日登程，爲之餞別。次晨，黃月英、黃承彥、孟公威、崔州平、石廣元與衆鄉鄰備酒送行。孔明一一道別，即與劉備、關羽、張飛同往新野。曹操命夏侯惇率兵十萬攻取新野，劉備拜孔明爲軍師。孔明派兵遣將，分頭埋伏，截殺曹兵，自留營中聽候捷音。張飛不服，口出怨言，説諸葛貪生怕死。但曹軍遭受諸葛亮調撥的軍隊伏擊，幾乎全軍覆没，唯有張飛奉命擒拿夏侯惇，竟被其用計逃脱。張飛乃回營負荊請罪，從此心服孔明。本事出於元刊《三國志平話》"諸葛出庵""軍師使計"二節，《三國志·蜀書·諸葛亮傳》載諸葛亮對劉備剖析天下大事預測三分鼎足局面頗詳。《三國演義》第三十七回、第三十八回，寫其事較詳。明傳奇《草廬記》、清傳奇《鼎峙春秋》、清代京劇均寫有三顧茅廬事。該劇1963年由北京出版社出版單行本《三顧茅廬》，該本署范鈞宏、呂瑞明編劇。今據以收錄整理。該劇 1960 年由中國京劇院(今國家京劇院)首演,2002 年重排,2006 年 9 月 9 日紀念范鈞宏誕辰 90 週年京劇演唱會在北京中山公園音樂堂演出。

第 一 場

崔州平
石廣元　（內）請啊！（同上）
孟公威

　　　　（同唱）【吹腔】
　　　　　　高賢淑女喜聯姻，
　　　　　　臥龍崗上賀孔明。
　　　　　　輕登石階穿曲徑——
　　　　（老農上）

老　農　三位先生！
　　　　（接唱）南陽名士聚山林。
　　　　三位先生,敢是去往臥龍崗與諸葛先生賀喜的麼？

崔州平
石廣元　正是。老公公何以知之？
孟公威

老　農　想三位先生與諸葛先生乃是詩文好友,諸葛先生在黃承彥老丈家中招親納采,恰巧三位來到隆中,因此我這一猜就猜着了。

孟公威　如此說來,老公公也是前去賀喜的了。

老　農　咦,先生何以見得？

孟公威　孔明躬耕南陽,山中父老,多有來往。我看你,春風滿面,喜氣盈盈,故而我這麼一猜麼,也猜着了。

老　農　彼此……

崔州平
石廣元　一樣！
孟公威

老　農　一樣！
　　　　（同笑）

老　　農　先生請哪，哈哈哈！
崔州平
石廣元　（同唱）【吹腔】
孟公威

　　　　今朝詩酒當盡興，
　　　　哪管風雪壓乾坤。

（同下）

第　二　場

（諸葛亮、黃月英上）

諸葛亮　（唱）【四平調】
　　　　青山翠崗喜迎人，
黃月英　（接唱）布衣荆釵返柴門，
諸葛亮　（接唱）不甘落寞風塵外，
黃月英　（接唱）豈效纏綿兒女情。
諸葛亮　（接唱）剪寒梅，
黃月英　（接唱）焚寶鼎，
諸葛亮
黃月英　（接唱）窗明几净——

（僮兒上）

僮　　兒　啓先生：賀客到。
諸葛亮
黃月英　（接唱）款步出堂會佳賓。啊，會佳賓！

（胡琴牌子。諸葛亮、黃月英迎出；崔州平、石廣元、孟公威、老農上，同進入。牌子止）

諸葛亮　娘子，此乃博陵崔州平、潁州石廣元、汝南孟公威，皆南陽名士，亮之好友。此位張公公，乃隆中高鄰。
黃月英　諸公請坐，待我拜見。
四賀客　不敢，我等道喜。
老　　農　（念）喜氣盈盈看新人，
崔州平　（念）丰姿飄逸果出塵。
石廣元　（念）羞却三春桃李艷，

孟公威	喏,這叫做:
	(念)素衣淡抹最宜人。
四賀客	(笑)哈哈哈!
諸葛亮	取笑了!
四賀客	(唱)【四平調】
	亂世佳耦,
	一對璧人,
石廣元	(接唱)田園增色,
	草廬生春。
孟公威	(接唱)今日無酒,
	大煞風景,
諸葛亮	(接唱)罈中佳釀,
	盡以奉君。
黃月英	(接唱)叫僮兒取杯盞將酒奉敬——
	(黃月英、僮兒取酒具,讓坐)
四賀客	(笑)哈哈哈……!
四賀客	(接唱)酒香四座,
	談笑風生。
諸葛亮	啊,孟兄,前聞兄等溯江而上,泛舟同遊,一路所見,可得聞否?
孟公威	唉,再休提起!我等原意重遊荊襄,盡賞長江之勝,不想行抵夏口,江邊之上,殺氣森森。有的說孫權欲攻黃祖,有的講黃祖欲犯孫權,鬧得我等惶惶不安,只得中途折回。唉,掃興哪掃興!
諸葛亮	前者徐元直來訪,也曾談及此事。按目下情勢看來,孫權、黃祖,紛擾江東;荊襄劉表,舉足輕重,可惜他受制於人,旦夕難保。如今曹操已破袁紹,必有南下之心,一旦長驅而進,只恐江南危矣!
老　農	哎呀!
	(念)最怕兵荒馬亂,
崔州平 石廣元	(念)安得一時清閒!
黃月英	(念)諸公何不挽狂瀾?
孟公威	(念)大數所定——難辦!
諸葛亮	不然,不然。曹兵南進,必先下荊襄,後取江東,孫權國險民附,江

|崔州平
石廣元| 哦！聽孔明之言，大有出山之意了！

諸葛亮　四海擾攘，生靈塗炭，若得明主匡扶天下，平生之願足矣！

黃月英　大丈夫建功立業，理當如此。

孟公威　只可惜生當亂世，難得明主，依我看哪，還是神仙美眷，高卧林泉了吧！

四賀客　哈哈哈！

　　　　（唱）【四平調】
　　　　　　雄才灼見，勝過了管樂當年，
　　　　　　只可惜管仲無處覓齊桓。
　　　　　　倒不如學一個神仙美眷——

（僮兒上）

僮　兒　水鏡先生送來小柬一封，先生請看。

諸葛亮　哦！待我看來。
　　　　（接唱）水鏡來柬，必非等閒。（看柬）
　　　　（念）曹操練兵玄武湖，
　　　　　　欲吞荊襄并東吳。
　　　　　　徐庶走馬薦賢去，
　　　　　　劉備待君展宏圖。

孟公威　（大笑）哈哈哈！水鏡先生與徐直元真乃謬矣！

|崔州平
石廣元| 怎見得？

孟公威　劉備窮途落魄，依附劉表，孤窮二字，當之無愧。孔明又何必為他人嘔心血呀！

黃月英　孤窮而有天下之志，却也難得。

老　農　是啊，聽說那劉將軍可是位英雄哪！

諸葛亮　久聞劉將軍抱負不凡，若有機緣，必圖一會。

孟公威　嗯？莫非這一封小柬，就打動你出山之念麽？

諸葛亮　求賢不易，擇主亦難。此事麽……言之過早！

老　農　話，雖然早一點，可是先生這麽年紀輕輕，又有這麽大的才學，真要

	是高卧隆中，隱居一輩子⋯⋯唉！可惜呀可惜！
崔州平 石廣元	有道是："獨善其身盡日安，何必千古名不朽。"謹慎哪謹慎！
孟公威	唉！生當亂世，不求聞達。歸隱爲智，出山爲愚；達人知命，不可逆天而行。來來來，請哪！
崔州平 石廣元	飲哪！
孟公威	乾哪！哈哈哈！
	（衆飲酒）
黃月英	呀！

（唱）【二黃原板】

　　在席間聽一番高談闊論，
　　到頭來無非是終老泉林。
　　辨愚智明是非暗自提醒，
　　借杯酒試傳這弦外之音。

待我把敬諸公一杯！

孟公威	不敢哪不敢！
黃月英	（唱）【碰板原板】

　　諸君今日賀新娘，
　　願敬杯酒表寸心。
　　適纔聆妙論，
　　難解個中情。
　　智者泉林長歸隱，
　　愚者出山是逆天行？
　　問君治學何所用，
　　豈爲亂世避囂塵？
　　願諸君，再思忖，
　　智和愚，兩分清。
　　此酒權當甘露飲，
　　也免得，夢昏昏，睡沉沉，長作那酩酊大醉人！

孟公威	（笑）哈哈哈！
石廣元	（唱）【搖板】

　　　　　　　舌底蓮花,鋒芒內蘊,
崔州平　（接唱）心照不宣,語妙絕倫。
老　農　（接唱）聽得明來,看得更準,
孟公威　（接唱）愚乎智乎,大醉酩酊——（醉倒）
崔州平　月上東山,我們要回去了。
老　農　老漢也要告辭了。
崔州平
石廣元　（扶起孟公威）孟兄,我們回去吧。
孟公威　（模糊地）不,不妨事……
崔州平
石廣元　正是：

　　　　（念）踏月同歸去,（眾與諸葛亮同出門）
諸葛亮　（念）風雪將自來。
　眾　　請。（同下）
諸葛亮　請。（進門）
黃月英　啊,先生,今日之會如何？
諸葛亮　聞弦歌而知雅意。亮多謝了！（會心同笑）僮兒,帶了畫卷隨我同
　　　　往後堂。
黃月英　先生後堂展卷,待我與你煮茶。
諸葛亮　有勞了。
　　　　（諸葛亮、黃月英分下）
僮　兒　（拿着畫卷）跟隨先生兩年,就看他東訪西問,畫了兩年,到現在我
　　　　可也不知道畫的這個是甚麼！（下）

第　三　場

劉　備　（內唱）【西皮導板】
　　　　　　　大雪飄飄飛滿天！
　　　　（劉備、關羽、張飛分披風衣,乘馬上）
張　飛　好大雪！
　　　　（三人拂雪,一陣風聲,身段,亮相）
劉　備　（接唱）【原板】

　　　　　朔風凛冽侵征鞍——
　　　　（遠眺，三人身段，亮相）
劉　備　（接唱）彤雲低沉山道遠——
　　　　（登山，三人身段，亮相）
劉　備　（接唱）玉簇寒林漫無邊，
　　　　　　　滿山中白茫茫途徑難辨——
　　　　（老農上）
老　農　（唱）"山歌"
　　　　　春耕秋收不得閑，
　　　　　臘冬梅開踏南山。
　　　　　采樵添薪圍爐暖，
　　　　　喜見瑞雪兆豐年。砍樵喲！砍樵喲！
劉　備　呀！
　　　　（接唱）【搖板】
　　　　　難得風雪有人烟。
　　　　（三人下馬）
劉　備　這位公公請了！
老　農　請了，請了。將軍敢是失迷路途？
劉　備　正是。請問公公：此處可是臥龍崗？
老　農　不錯，正是臥龍崗。
張　飛　（粗聲粗氣地）諸葛亮現在哪裏？
劉　備　（急止）噯！請問公公：諸葛先生茅廬何在？
老　農　哦！將軍要訪諸葛先生？
劉　備　正是。
老　農　將軍你來看——
　　　　（念）山崗起伏奔東南，
　　　　　　一片松林傲霜寒，
　　　　　　斜穿疏林行不遠——喏！
　　　　　　先生茅廬在眼前！
劉　備　（喜，拜）哎呀呀！若非公公指引，只怕難見臥龍矣！——二弟、三弟，快快上馬，拜訪高賢。——請！
　　　　（三人上馬，下）

老　農　（看）看這位將軍，器宇軒昂，儀表不凡，莫非他是劉備前來訪賢不成？……哎呀，慢着！孔明先生前日下山出遊，至今未歸。他等此來，只怕是空走一遭了！（風聲）唉！這樣風雪滿天，前來訪賢，倒也難得，難得的很喏！
　　　　（唱）【西皮搖板】
　　　　　　怕的是劉將軍徒勞往返——（下）
　　　　（張飛、關羽、劉備上）
張　飛　嘿！
劉　備　（接唱）又誰知今日裏未遇高賢。
　　　　　　勒絲繮踟躕回首觀看——
張　飛　（不耐）大哥！
　　　　（接唱）尋不着諸葛亮就該下山！
　　　　大哥！諸葛亮既然不在茅廬，你我兄弟就該速回新野。這小小的臥龍崗還有甚麽好看不成！
劉　備　方纔書僮言道，先生出遊去了。倘若此時歸來，豈不是好！
關　羽　大哥，留下小柬，約他新野相會也就是了。
張　飛　哎，大哥放心，一不用大哥前來，二不用小柬相約；三五日後，待小弟親來一趟，好話多講；他若不來，只消麻繩一根，咱就將他這麽結結實實一捆，捆到縣衙，管保與你個諸葛亮，豈不乾淨絶妙！
劉　備　哼，如此無禮，豈是敬賢之道！
張　飛　甚麽敬賢不敬賢，抓來再説。
劉　備　（申斥地）呔！
張　飛　喳！
關　羽　（不耐）風雪甚大，請兄早回！
張　飛　走！
　　　　（歌聲起。劉備急止張飛，遙望來人）
　　　　（黃承彥執杖騎驢上）
黃承彥　（長吟）一夜北風寒，
　　　　　　　萬里彤雲厚。
　　　　　　　長空雪亂飄，
　　　　　　　改盡江山舊。
　　　　　　　仰面觀太虛，

　　　　　　　疑是玉龍鬥。
　　　　　　紛紛鱗甲飛，
　　　　　　頃刻遍宇宙。
　　　　　　騎驢過小橋，
　　　　　　獨嘆梅花瘦！
　　　　哈哈哈，好大雪！
劉　備　莫非孔明先生冒雪而回？劉備渴望久矣！
黃承彥　（亦覺意外地）哦？將軍是劉豫州？
劉　備　不敢！孔明先生幸會了！
黃承彥　哎，我非孔明……
　　　　（張飛扯劉備）
張　飛　走！（劉備急止）
黃承彥　乃孔明之岳丈黃承彥也。
劉　備　哎呀呀！原來是前輩老先生，失敬了！
黃承彥　豈敢！
劉　備　適纔吟詠之詞，極其高妙！
黃承彥　老夫在小婿家中，觀《梁父吟》，記得這一篇。適纔路過小橋，偶見竹籬之上，梅花鬥雪，感而誦之。見笑啊，見笑！
張　飛　（背白）嗨，這麼酸溜溜的！
劉　備　請問老丈，可見令婿否？
黃承彥　老夫正來看他，尚未相見。（要走）
劉　備　啊，老丈，備與老丈相逢，三生有幸。願在此立談片刻，不知意下如何？
黃承彥　既蒙不棄，這又何妨。——請問將軍，欲見孔明所爲何事？
劉　備　方今天下大亂，四方擾攘，欲見孔明，求定國安邦之策耳！
黃承彥　哈哈哈！將軍以定亂爲主，雖是仁義之心；只是孔明隱居隆中，恐無出山之意。
劉　備　這……
黃承彥　敢問將軍，現轄何處？
劉　備　新野小縣。
黃承彥　領地多少？
劉　備　不過百里。

黄承彦　養兵幾何？

劉　備　不過三千。

黄承彦　那曹操如何？

劉　備　挾天子,令諸侯,兵多將廣,權傾天下。

黄承彦　孫權呢？

劉　備　扼長江,承兄業,國險民附,虎踞江東。

黄承彦　却又來！將軍地少、民貧、兵微、將寡,欲與孫、曹抗衡,平定天下；縱有孔明,亦恐枉費心力耳。

劉　備　(慨然長笑)哈哈哈……老丈之言差矣！

黄承彦　何差？

劉　備　誠如老丈之言。備,地少、民貧、兵微、將寡,權勢不敵曹操,基業難比孫權。但知以仁德自勉,禮賢愛民,從善如流；求勇將,訪奇才,何愁天下不定,基業不成？非是劉備疏狂,只待一朝春雷動,敢笑孫曹不英雄！

張　飛　(伸指)着、着、着！

劉　備　(唱)【快二六板】
　　　　　　非是我劉備發狂論,
　　　　　　縱橫天下有雄心。
　　　　　　雖自興兵遭厄運,
　　　　(轉)【快板】
　　　　　　却喜得壯丁、白叟、樵子、牧童齊歸心。
　　　　　　我二弟千里走單騎,威名天下震,
　　　　　　我三弟虎牢關前顯奇能,
　　　　　　我四弟勇冠三軍贏常勝,
　　　　　　還有那孫乾、簡雍,深通韜略多謀人。
　　　　　　志匡天下心耿耿,
　　　　　　只求濟世與安民。
　　　　　　治亂豈能付天命,
　　　　　　有道是人定勝天,有志必成！

黄承彦　(大笑)哈哈哈！
　　　　(唱)【流水板】
　　　　　　風天雪地展胸襟,

　　　　　　英雄果是劉將軍！
　　　　　　幾番成敗多艱困，
　　　　　　立足新野待飛騰。
　　　　　　管樂當年豈歸隱，
　　　　　　將軍可謂知孔明。
　　　　　　願以天下爲己任，
　　　　　　施仁政、布德聲，行見天下必歸心。
　　　　　　　走上前來把話論——
　　　　　將軍之言，已觀大略。方纔老夫乃以戲言相試耳！
劉　　備　言語疏狂，老丈恕罪！
黃承彥　啊？
劉　　備　啊？
黃承彥　（笑）哈哈哈！
劉　　備　（笑）哈哈哈！
張　　飛　（憨然大笑）哈哈哈！（關羽亦笑）
黃承彥　將軍何不進廬一坐？
劉　　備　孔明先生不在，備先歸去了。
黃承彥　不敬之至。將軍再次來訪，必見孔明。
劉　　備　是。
黃承彥　將軍你要來喲！
　　　　　（接唱）待將軍展宏圖龍虎風雲！
　　　　　後會有期，少陪了！（下）
　　　　　（劉備、關羽、張飛望黃承彥去處）
劉　　備　（唱）【搖板】
　　　　　　慧眼識人多豪放！
關　　羽　（接唱）迎風冒雪徒奔忙。
張　　飛　（接唱）下不爲例休再訪，
劉　　備　（接唱）三番五次也應當！
張　　飛　嘿！走吧！（同上馬）
劉　　備　（接唱）勒馬停鞭回頭望——（三人身段）
　　　　　　卧龍崗上云茫茫！
　　　　　（同下）

第　四　場

（初春，隆中田野）
（黃月英村姑裝上）

黃月英　（唱）【西皮原板】
　　　　　　冰雪融紅梅落殘冬已盡，
　　　　　　隴頭上忙春耕楊柳新青。
　　　　　　實可感劉玄德風雪相請，
　　　　　　願春雷驚夢醒寶劍出塵。
　　　　　　烹甘泉送孔明柳蔭小飲，
　　　　　　看書生友農樵田壠生春。
（石廣元、崔州平、孟公威同上）

石廣元
崔州平　（唱）【西皮搖板】
　　　　　　熙來攘往多碌碌，
孟公威　（接唱）無牽無挂一身輕。
　　　　啊，月英娘子！
黃月英　三位到此，莫非來尋孔明？
孟公威　是啊，欲訪孔明同作春遊。
黃月英　三位來的不湊巧，孔明出遊訪友去了。
孟公威　啊？這些日子，他忙忙碌碌，也不知做些甚麼？
石廣元　聞得人言，劉玄德來訪之後，孔明也曾暗訪新野，莫非他當真動了出山之念？
（孟公威不相信）
孟公威　啊？會有此事？月英娘子，你可曾問過於他？
黃月英　也曾問過。
石廣元　他又作何打算？
黃月英　未加可否。
孟公威　嘿嘿！只要孔明未加可否，那就是"否"，不錯。"否"了，"否"了！哈哈哈……
　　　　（唱）【西皮搖板】

少年人怎虛度良辰美景,

石廣元　（接唱）亂世中誰要那利祿功名。

（馬嘶聲,衆遥望）

孟公威　（接唱）山村中又何來馬嘶陣陣——

（老農、樵夫、牧童上）

老　農　啊,月英娘子,前面那三匹高頭大馬,直奔草廬而去,你可知他們是哪個呀?

黃月英　莫非是桃園弟兄,二次來訪孔明不成?

老　農　正是。

黃月英　唉!偏偏這等不凑巧!

（接唱）有負那劉將軍枉顧之誠!

牧　童　（遥指）嗨,又回來了!

（張飛、關羽、劉備上）

劉　備　唉!

（唱）【快板】

半生戎馬總悾偬,
遠帆萬里待乘風。
誰知寒桐難引鳳,
兩度造訪兩度空。
停鞭駐馬望田壠——

張　飛　大哥,咱説不必再來,大哥偏偏要來。如今村夫不在,叫咱好惱!

關　羽　名士徒有虛名者甚多,大哥以後不必枉顧了。

劉　備　嗯!

關　羽　是!

張　飛　走!（揚鞭欲行）

（老農攔馬,施禮）

老　農　啊,劉將軍!

劉　備　哦!你可是那日風雪相遇的老丈麽?

老　農　正是老漢。

劉　備　（喜）

（接唱）風雪故人喜相逢!（下馬）

關　羽　請問大哥,下馬做甚?

劉　備　難得與老丈相遇,乘此機會,也好打探先生踪迹。
張　飛　行踪不定,歸期不明,那僮兒早已講過,你還問他何來!
劉　備　哎,攀談片刻也是好的。
關　羽　(不耐地)大哥在此攀談,某與三弟前面松林等候。
劉　備　這——也好!
　　　　(關羽、張飛下)
老　農　啊,劉將軍,敢是二次訪賢,又未相遇麼?
劉　備　正是。老丈攔馬相呼,莫非曉得先生踪迹不成?
老　農　將軍不要着急。老漢見將軍求賢心切,故而攔馬相呼,指你一條明路。來來來,待我與你引薦引薦——(劉備轉向黃月英等)孔明先生雖然不在,唔,你看這位——(指黃,方欲講,黃急示意阻之,老農感到冒失,急轉話鋒)哦,這位,這位,還有這位。俱都是先生朝夕相處的近鄰,將軍有話對他們言講,就如同說與孔明先生一樣,唔,差不多,差不多,啊……(解嘲地)哈哈哈……
劉　備　列位鄉鄰,劉備有禮。
衆　　　不敢,我等還禮。
劉　備　請問列位:可知孔明先生離山何往?
孟公威　往來莫測,不知去所。
劉　備　何日歸來?
孟公威　多則三月、五月。
劉　備　(失望)啊!
黃月英　少則即日歸來!
劉　備　哦!前者,備初訪茅廬,先生可知否?
黃月英　將軍冒雪訪賢,先生怎能不知。
劉　備　可曾講些甚麼?
黃月英　曾聞先生言道,將軍乃當代英雄,必圖一會。
劉　備　(喜,期待地)先生可有出山之意?
黃月英　這……
孟公威　未加可否。
劉　備　(悵然地)這……
孟公威　啊,將軍,先生躬耕南陽,高卧隆中,怎能與他人去嘔心血?這出山之事麼……難難難哪!

劉　備　（感慨地）唉！先生若不出山，奈天下蒼生何！
黃月英　敢問將軍，何發此嘆？
劉　備　唉！列位呀！
　　　　（唱）【西皮搖板】
　　　　　　四方云擾天下亂，
　　　　　　烽火千里罩江南。
　　　　　　驚濤駭浪瞬息變，
　　　　　　劉備矢志挽狂瀾。
　　　　（轉）【二六板】
　　　　　　自知德薄才智淺，
　　　　　　因此隆中訪高賢。
　　　　（轉）【快板】
　　　　　　兩度難見先生面，
　　　　　　日夜惶惶不得安。
　　　　　　莫不是莽弟出言不檢點，
　　　　　　莫不是劉備求賢心不虔？
　　　　　　還望鄉親多垂念，
　　　　　　奉懇先生早出山！
　　　　（張飛、關羽上）
張　飛　嗨！
　　　　（接唱）【流水板】
　　　　　　心中悶氣難下嚥，
　　　　　　有勞列位把話傳，
　　　　　　孔明若有英雄膽，
　　　　　　保咱大哥創江山。
　　　　　　倘若他無有英雄膽，
　　　　　　也只好縮頭不出隱居在深山。
　　　　　　再若是躲閃不見面，
　　　　　　怒惱俺張飛——（揮拳）
劉　備　大膽！
張　飛　（接唱）我，我再請高賢！
劉　備　大膽！放肆！還不下站！

張　飛　喳！喳！喳！
劉　備　三弟魯莽，言語冒犯，休得見罪。
黃月英　三將軍真乃快人快語。
劉　備　告辭了！
　　　　（接唱）辭別先生跨征鞍！（上馬）
孟公威　啊，將軍請轉！
劉　備　老丈還有何言相告？
孟公威　（善意地）將軍戎馬倥傯，創業維艱，因此實言相告。那孔明素以淡泊明志，只恐是無意出山，何必往返徒勞！有道是：聞其言而知其志！
劉　備　（悵然地）這——
黃月英　（急啓示）將軍，又道是：知其志須見其人！
孟公威　（詫異）哎！
劉　備　哦……
　　　　（接唱）區區愚衷請代傳，
　　　　　　　　三日後再訪寶山！
　　　　（劉備、關羽、張飛同下）
黃月英　請！（望）呀！
　　　　（唱）【西皮搖板】
　　　　　　駿馬揚塵飛輕烟，
　　　　　　披肝瀝膽訪高賢。
　　　　　　料孔明當不負十年一劍，
　　　　　　從來是英雄兒女志匡河山！
　　　　（黃承彥匆匆走上）
黃承彥　啊，女兒，劉將軍呢？
黃月英　已然去遠了。
黃承彥　可曾見孔明？
黃月英　孔明訪友未歸。
黃承彥　咳！烽火千里，已捲隆中，劉將軍殷勤訪賢，孔明猶自徘徊，好不令人着急！

崔州平
石廣元　啊，黃老先生！
孟公威

黃承彥　哦，三位也來了！

孟公威　適纔聞老先生之言，莫非也欲勸孔明獵取功名麼？

黃承彥　嗳，挽狂瀾，建功業，乃壯士分內之事，怎說獵取二字？

孟公威　這……

牧　童　先生回來了！

（諸葛亮上）

諸葛亮　（唱）【搖板】
　　　　　與水鏡論天下快慰平生。——

　　　　　　　　　　孔明
衆　　　（齊迎上，都欲開言）先生……
　　　　　　　　　　賢婿

黃承彥　嘿！賢婿，遲來一步，交臂失之，可惜呀可惜！

諸葛亮　（環視衆人，悟）
　　　　（接唱）莫不是劉將軍又到隆中！

老　農　對啦。唉，先生你早回來一會兒多好！

孟公威　啊，孔明，我等料你無意出山，只恐劉玄德徒勞往返矣。

諸葛亮　哦！多謝關切。（向黃月英）娘子，劉將軍行前可曾講說甚麼？

黃月英　是他言道，先生不出，奈蒼生何！（諸葛亮一震）三日之後，再來相訪。

諸葛亮　哦，三日後……

孟公威　啊，孔明，看這大好春光，豈可虛度，三日後同作春遊，你看如何？

諸葛亮　哦，三日後……也好。

　　　　（黃承彥、黃月英等一愣，互示意）

孟公威　好，三日後，我等再來。哈哈哈！

石廣元
　　　　列位，告辭了！
崔州平

　　　　（唱）【搖板】
　　　　　看夕陽無限好漫步歸去！（三人同下）

　　　　　　　　　　　　　先生……
衆　　　（切盼，困惑地）
　　　　　　　　　　　　　賢婿

諸葛亮　列位呀！

	（接唱）隆情厚望亮盡知。
老　農	先生當真不出山麼？
諸葛亮	（接唱）且請少安聽一曲……
牧　童	（取笛白）又是"高臥眠不足"吧！
諸葛亮	（昂然白）非也！
	（接唱）抒情懷明心志——入我新詞。
	（牧童吹笛伴奏，諸葛亮仰望長空，引吭高歌）
諸葛亮	（歌）鳳翱翔於千仞兮，非梧不栖。
	士伏處於一方兮，非主不依。
	（衆領首，黃承彥父女互示意）
諸葛亮	（歌）鵬佇足於山林兮，志在千里。
	龍騰驤於雲天兮，但看須臾。
	（黃承彥父女聽到最後一句，大喜）
黃月英	啊，先生，此曲因何而作？
諸葛亮	即興而發。
黃月英	水鏡先生相約何事？
諸葛亮	爲劉將軍之事耳。
黃月英	（益喜）先生作歌何意？
諸葛亮	一則明志，這二麼，（環揖衆人）多謝關情！
黃承彥	哦，如此説來賢婿有意出山了！（見諸葛亮點頭示意，喜呼）女兒，燙酒！燙酒！
衆	哈哈哈！
	（牧童吹笛，衆擁簇諸葛亮下）

第　五　場

（崔州平、石廣元、孟公威上）

孟公威	（唱）【西皮搖板】
	前日裏與孔明詩酒約定，
崔州平 石廣元	（接唱）看今朝共一醉盡興山林。
	（老農興匆匆地跑上）

老　農	哎呀,劉將軍又來了,又來了!
孟公威	啊,老公公,你講説甚麽?
老　農	今日孔明先生在家,劉將軍三次來訪,我説他這一次麽,是來的好,來的巧啊,哈哈哈!
孟公威	(輕嘆)咳!只怕又是往返徒勞!
老　農	(奇異)怎麽?
孟公威	孔明早已與我三人約定,今日春遊飲酒。少時劉將軍到了茅廬,慢説未必相見,即刻見面,講不上三言五語,就要與我等一同下山。劉將軍豈不還是白走一趟麽?
老　農	三位何不慢行幾步,容他二人暢談一時。
孟公威	緩行幾步,又有何益呀!唉,此乃時也!
崔州平	運也!
石廣元	命也!
孟公威崔州平石廣元	(同)數也!(同下)
老　農	嘿,這些書呆子,哪裏來這許多"也"喲!(下)

第 六 場

(茅廬,草堂)

(【水底魚】,張飛、關羽、劉備興匆匆地走上,書僮迎上)

劉　備	書僮請了!
書　僮	劉將軍,這回您可來巧啦……
劉　備	哦,先生現在草堂?
書　僮	不錯,只是午睡未醒。
張　飛	(粗魯地)將他叫了起來!
劉　備	休得胡言!弟等且在門外等候,愚兄先到裏面!
關　羽	遵命。
張　飛	哈哈,今天訪,明天訪,如今纔算訪着。少時咱老張倒要看看這先生到底是甚麽模樣!
劉　備	休得莽撞,還不退下!

（關羽、張飛下）

書　僮　劉將軍請！

（書僮引劉備入內）

書　僮　將軍請少待，待我喚醒先生！（欲行）

劉　備　這……先生方纔睡着，千萬不可驚動，容我在此稍候！

書　僮　先生知道，必要怪罪！（又欲行）

劉　備　（一攔）不妨，有我擔待！（揮手）

書　僮　哦，是，是。（打躬，退下）

（劉備一看，緩緩走近一聽，希望、興奮、擔心交織）

劉　備　三訪隆中，今始得見，但願先生慨允下山，不負所望，風雲變色，只在旦夕也！

（唱）【西皮散板】

輕風習習草堂靜，

相逢反覺心不寧。

頃刻風雲會，

未知賢士心。

猶恐他未必慨然允──（行弦）

（關羽、張飛上）

關　羽　怎麼這般時候還無有動靜？

張　飛　待咱偷覷偷覷！

關　羽　啊！勞大哥階下侍立，好生無禮！

張　飛　（暴怒）哈哈！這個村夫好生無禮！大哥侍立階下，他竟高臥不起。好，待咱去到後面，放起一把火來，看他起是不起！

劉　備　噓！（低斥）三弟！

（接唱）休失禮驚動了臥龍先生。

張　飛　甚麼臥龍，我叫他火龍了！

劉　備　（低斥）呔！大膽！

張　飛　喳！

劉　備　放肆！

張　飛　喳！

劉　備　還不快快出去！

張　飛　喳喳喳！（氣難平復）真真氣壞咱老張──

書　僮　還是待我喚他——（欲行）
劉　備　（一攔）慢來！
張　飛　嗨！（關羽攔阻）氣煞人也！
　　　　（劉備又着急回身攔張）
劉　備　哼，休得驚動先生！
諸葛亮　（內，吟哦聲）
諸葛亮　（唱曲）大夢誰先覺……
　　　　（衆聞聲，各佇足靜聽。關向張示意，張亦聞聲，衆屏息，傾聽）
書　僮　（喜呼）先生醒了！
諸葛亮　（內，曲聲復起）
　　　　　　平生我自知。
　　　　　　草堂春睡足，
　　　　　　窗外日遲遲。
　　　　（書僮奔入。諸葛亮飄然而上，劉備以袖狠狠甩張飛）
書　僮　啟先生：有客到！
諸葛亮　哦，莫非是劉將軍？
劉　備　（急趨前）先生！
關　羽
張　飛　啊！（見孔明年少，甚感意外。比比劃劃，竊竊私議）
諸葛亮　童子無知，勞君相等。惶恐啊惶恐！（拜揖）
劉　備　（急扶）哎呀先生，嚮往久矣！兩次晉謁不得一見，今日相會，真乃快慰平生。
　　　　（諸葛亮連讓，感其至誠）
諸葛亮　不敢，不敢。久聞將軍當世英雄，今承下顧，得睹英姿。幸會呀幸會！
劉　備　（連讓）豈敢哪豈敢……
諸葛亮　啊！
劉　備　啊！
諸葛亮
劉　備　（同笑）哈哈哈！
張　飛　（不覺失笑）哈哈哈！（關羽急暗止）
劉　備　二位賢弟，拜過先生！

(關拉張向前)

關　羽　關羽
張　飛　張飛　有禮！

諸葛亮　哦！二位將軍！還禮，還禮……請到草堂侍茶！

(張飛聞言，坦然直入)

劉　備　(攔阻)賢弟請到外廂等候！

書　僮　隨我奉茶！

(諸葛亮、劉備揖讓進入)

張　飛　(向關羽)嘿！原來是個小小書生！

(關羽、張飛隨書僮下)

諸葛亮　將軍請坐！

劉　備　先生請！

諸葛亮　承將軍茅廬三顧，屢次枉駕，不勝惶愧！

劉　備　(迫不及待[1])豈敢，豈敢！先生乃世之高賢，禮所應當，前者……

(書僮托茶上)

書　僮　請茶！

劉　備　(取杯)哦……

諸葛亮　將軍請茶！

(劉備意未在茶)

劉　備　哦，請──(舉杯又放下)前者也曾留下一書，不知已過目否？

諸葛亮　拜讀留函，足見將軍憂國憂民之心。但恨亮年幼才疏，難孚重望。

劉　備　水鏡之言，元直之語，豈虛譽哉！先生切莫謙辭！

諸葛亮　亮不過南陽一耕夫耳，誠恐二公謬舉矣！

劉　備　這……(急迫而懇求地)唉！先生哪！

(唱)【西皮原板】

漢室傾敗干戈擾攘，
萬民塗炭流離四方。
戎馬半生猶辜負風雲志向，
臨風扼腕徒自淒惶！
望先生休嫌我地少兵微缺良將，
望先生蒼生為念慨然下山崗！

諸葛亮　將軍！

　　　　　　（接唱）【原板】
　　　　　　　　避塵亂居南陽躬耕隱遁，
　　　　　　　　感將軍三顧情惶愧在心。
　　　　　　　　本應當早日裏出山效命，
　　　　　　　　怕的是少才智有誤蒼生。
　　　　　　　　諸葛亮年紀幼怎當重任——
　　　　　　（書僮上）

書　　僮　稟先生：崔、石、孟三位先生到。（向劉備示意）
諸葛亮　（平靜地）哦，知道了！
劉　　備　（急切期望）啊，先生！
諸葛亮　（從容不迫）將軍！
　　　　　　（崔州平、石廣元、孟公威暗上）
諸葛亮　（接唱）【搖板】
　　　　　　　　亮只求獲同心……
　　　　　　（崔、石、孟聞聲走入）
孟公威　是啊，孔明，我等踐約來了！
劉　　備　（不勝焦急）啊，先生！
諸葛亮　將軍！
　　　　　　（接唱）圖報知遇……
劉　　備　（喜）哦！
孟公威
崔州平　（驚）啊？
石廣元
諸葛亮　（接唱）追隨將軍！（拜）
　　　　　　（劉備一把扶住諸葛亮，驚喜交集。崔、石、孟聞言，不禁愕然）
劉　　備　（唱）【西皮小倒板】
　　　　　　　　慷慨一言喜又驚！
　　　　　　（衆同亮相）
劉　　備　（接唱）【快板】
　　　　　　　　躬身下拜謝先生。
　　　　　　　　慨然出山三生幸，
　　　　　　　　頃刻長嘯會風雲。

　　　　　　眼看曹操兵壓境，
　　　　　　患難相共結同心。
　　　　　　區區衷忱難傾盡，
　　　　　　願終身聽明教……
諸葛亮　哎呀怎敢！
劉　備　（接唱）奉爲師尊！
諸葛亮　哎呀，折煞亮也！
崔州平
石廣元　（滿面驚疑）呀！
孟公威
孟公威　（唱）【搖板】
　　　　　　今日之事出意想，
崔州平　（接唱）變幻離合本無常。
石廣元　孔明！
　　　　（接唱）棄樂土踏亂世回天無望——
孟公威　（接唱）去留間見愚智你再作思量。
諸葛亮　（接唱）承諸公意拳拳爲我設想，
　　　　　　僮兒取畫卷過來。（僮兒取畫卷）
　　　　（接唱）展畫卷決天下，共話草堂。
劉　備　啊，先生，此圖何意啊？
諸葛亮　此乃天下大勢圖也。當今群雄擾攘，唯屬孫、曹。曹操挾天子，令諸侯，勢傾天下，目前不可爭鋒。孫權憑長江，繼兄業，虎踞江東，國險而民附，此可用爲援，而不可圖也。
劉　備　大勢若此，備將何以立足？
孟公威　哎呀，哪有立足之地呀！——啊，孔明，你今出山，何以自持？
崔州平　何以自保？
石廣元　你是怎樣斡旋天地？怎樣扭轉乾坤？
孟公威　唉，叫我等替你擔心哪！
諸葛亮　諸兄此言差矣！
　　　　（唱）【二六板】
　　　　　　説甚麽大數定回天無望，
　　　　　　成與敗在人謀何必徬徨。

　　　　　　曹孟德占天時群雄避讓，
　　　　　　孫仲謀據地利虎踞長江。
　　　　　　望將軍取人和恤民爲上，
　　　　　　結孫權、據曹瞞，取荊襄、入西川，
　　　　　　修仁政、聘賢良，養兵聚將，
　　　　　　　一舉而鼎足爭强。
　　　　　　三分基業手中掌，
　　（轉）【快板】
　　　　　　　一統天下待時光。
　　　　　　雄圖萬里把基業創，
　　　　　　待機出川定四方。
　　　　　　但得人心齊歸向，
　　　　　　鴻鵠展翅任飛翔！

劉　　備　哈哈哈！
　　（唱）【搖板】
　　　　　　　一番宏論精神振，
　　　　　　果然是從容談笑定乾坤！
　　　　好策啊，好策！哈哈哈！

孟公威　嘿嘿！
　　（接唱）却原來他高卧隆中早睡醒，

崔州平
石廣元　（接唱）人各有志難同心。

孟公威　啊，孔明，進退之間還望三思！
諸葛亮　亮心已定，諸兄不必多慮了。
崔州平　是啊，人各有志，豈能相强！
孟公威　啊？
諸葛亮
劉　　備　啊？（縱聲大笑）哈哈哈！

崔州平
石廣元　（解嘲地）哈哈哈！

孟公威　（苦笑）哈哈哈！

崔州平
石廣元　孔明出山，何日啓程？

諸葛亮	明早啓程。
孟公威	既然如此,我等明日,山陰道上,斗酒餞別。
諸葛亮	多謝了!
石廣元 崔州平 孟公威	告辭。正是:
崔州平 石廣元	(念)只道踐約遣詩興,
孟公威	(念)誰知明朝送征人。 請了!
劉　備 諸葛亮	請了!
	(孟公威、崔州平、石廣元同下)
諸葛亮	將軍請!
劉　備	哎,先生請!
諸葛亮	將軍請!
劉　備	哎,先生!(挽手注視,不勝欣喜)請——哪!
劉　備 諸葛亮	(同笑)哈哈哈!
	(同下)
僮　兒	哈哈哈!(下)

校記

［1］迫不及待:"及",原作"急",據文意改。

第 七 場

(僮兒背琴劍、捧酒具前導,諸葛亮、劉備、黃月英漫步下山。【啞笛】)

劉　備	啊,先生!
諸葛亮	主公!
劉　備	看,青山翠崗,一抹朝霞,楊柳清風,百花滴露。卧龍崗上,真乃好景色也!

諸葛亮　（微笑）昨日今朝，不過如此。只是⋯⋯
劉　備　不錯，是備來去之間，心事大不相同了！
諸葛亮　此所謂：東風夜放花千樹，
黃月英　（念）今朝花勝昨日紅。
劉　備　哦！今朝花勝昨日紅！啊？
諸葛亮　啊？
　衆　　（同笑）哈哈哈！請！
　　　　（老農、樵夫、牧童等持酒具上。【啞笛】）
老　農　啊孔明先生，我們送行來了！
諸葛亮　哦！有勞各位鄉鄰了！
　　　　（孟公威、石廣元、崔州平持酒具上）
孟公威　啊，孔明，我等與你送行來了。來來來，敬酒一杯！
　　　　（捧酒）
　　　　（念）四方多難，
崔州平　（念）賴君斡旋。
石廣元　（念）功成歸隱，
孟公威　（念）高臥林泉。
老　農　先生是再也不會高臥了！
　衆　　哈哈哈！
　　　　（諸葛亮飲酒）
諸葛亮　已到山下，列位請回！
孟公威　再送一程。
諸葛亮　送君千里終須一別。
黃月英　看酒！
僮　兒　是。
黃月英　先生！
　　　　（唱）【二六板】
　　　　　　從容捧酒壯君行，
　　　　　　英雄兒女總關情。
　　　　　　書生一朝從戎去，
　　　　　　英姿挺挺果不群。
　　　　　　未忘三月新婚盡，

　　　　　　珍重鵬程萬里行。
　　　　　　祝君遠帆風多順,
　　　　　　願君妙手展經綸、息烽火、掃烟塵、經天緯地天下平。
　　　　　　管樂有知當自問,
　　　　　　應道今人勝古人!
諸葛亮　娘子!
　　　　(唱)【流水板】
　　　　　　臨別一語感多情,
　　　　　　書生戎馬踏征塵。
　　　　　　不負隆中三顧請,
　　　　　　殫心竭力盡此生。
　　　　　　楚江飲馬期將盡,
　　　　　　蜀道行軍志必成。
　　　　　　望娘子勤事耕織聽好信,
　　　　　　且看我從容談笑整乾坤,車馬來迎!
黄承彦　(内)賢婿慢走!
　　　　(衆遙望)
　　　　(黄承彦拄杖,負背囊,氣喘咻咻地走上)
黄承彦　(唱)【西皮搖板】
　　　　　　一路行來汗淋淋——
　　　　(劉備、諸葛亮、黄月英等分向黄承彦見禮)
　　　　(黄承彦不及一一還禮,一把抓住諸葛亮)
黄承彦　賢婿啊!(解背囊)
　　　　(接唱)這副背囊你帶在身!
諸葛亮　這是何物啊?
黄承彦　(接唱)【垛板】
　　　　　　小小囊兒莫看輕,
　　　　　　老夫珍藏數十春。
　　　　　　内有奇書兩卷整,
　　　　　　木牛、流馬,巧奪天工,八陣圖形,件件樁樁載得清。
　　　　　　今日里傾囊來相贈,
　　　　　　爲賢婿壯行色略表我心。

諸葛亮　　（急拜）多謝岳父！
黃承彥　　啊！劉將軍！（豪邁地）酒來，酒來！（舉雙杯敬劉備、諸葛亮）
　　　　　（唱）【流水板】
　　　　　　　喜得將軍到來臨，
　　　　　　　有幾句言語要叮嚀。
　　　　　　　孔明他初出茅廬擔重任，
　　　　　　　只恐他年紀輕輕難服人。
　　　　　　　將軍凡事多指引，
　　　　　　　同舟共濟貴在心。
　　　　　　　曹兵若敢把江南進，
　　　　　　　管教他人馬紛紛化灰塵！
劉　備　　好哇！
　　　　　（唱）【望家鄉‧快板】
　　　　　　　風雷鼙鼓天地震，
　　　　　　　英雄志在扭乾坤。
　　　　　　　雖然半生多困頓，
　　　　　　　從來難挫壯士心。
　　　　　　　先生出山三生幸，
　　　　　　　如魚得水慶重生。
　　　　　　　謝老丈，奇書贈，
　　　　　　　一紙能敵百萬兵。
　　　　　　　來日天下三分鼎，
　　　　　　　他年河山一色新。
　　　　　　　同舉杯與先生一飲而盡——
　　　　　（關羽、張飛上）
關　羽
張　飛　　啓大哥：天時不早，就請啓程！
劉　備　　好。（向送行人）備，告辭了！
諸葛亮　　（同時）亮，告辭了！
　　　　　（唱）【散板】
　　　　　　　早晚間傳捷報叱咤風雲！
　　　　　（珍重告別，衆分下）

第 八 場

關羽
張飛　（内）回操！

　　　（四軍士引張飛、關羽乘馬上）

馬　童　（急上）報！啓二爺、三爺：今有夏侯惇率領十萬大軍，殺奔新野而來。主公有令，請二爺、三爺速回轅門！

張　飛　喳喳喳，哇呀呀！

　　　（馬童下）

張　飛　（唱）【西皮散板】

　　　　　夏侯惇膽敢把兵進，

　　　　　圓睜豹眼冒火星。

關　羽　（接唱）三軍隨爺轅門奔——

　　　（【急急風】，圓場。關平、劉封、糜竺、糜芳上）

關　羽　（接唱）揚威奮勇破曹兵。【牌子】，身段）

馬　童　（上）四將軍到！

衆　　　有請。

　　　（【急急風】，趙雲上，下馬，進入）

張飛
關羽　四弟，樊城趕回，鞍馬勞頓，辛苦了！

趙　雲　軍情緊急，怎敢怠慢！

關　羽　好，大家同心協力，奮勇一戰，縱然新野兵微將寡，小小夏侯惇何足懼哉！

張　飛　衆將齊集轅門，爲何不見大哥陞帳？

關平等　主公正與先生議事。

張　飛　哪個先生？

關平等　諸葛先生。

張　飛　嗳，想那諸葛亮初出茅廬，未經戰陣，叫他帳下見識見識也就是了，與他嘮叨甚麼！

趙　雲　主公知人，先生決策，議事之後，定能破敵。

張　飛　嗳，四弟哪裏知道，諸葛亮來到新野，終日出城，今日到博望，明日

		去豫山；游山逛水，舊性不改。與他談論軍情，豈不耽誤大事！
趙　雲	先生遊山玩水，必有所爲。
關　羽	敵兵壓境，不可徒尚空談。你我即速去見大哥！
	（內鼓聲）
衆	（同白）鼓角聲高，主公陞帳來也。
張　飛	嘿！
	（【發點】。馬嘶人喉，殺氣騰騰，衆兩望，整盔勒甲，分下）
	（衆兵士、二旗牌、孫乾——捧劍、簡雍——捧印、諸葛亮、劉備上）
劉　備	（唱）【粉蝶兒】
	得賢能，迎據曹兵，
	三千衆，乘風雲，敢把天擎！
	（吹打。劉備入帳，坐，諸葛亮側坐）
	（關羽、張飛、趙雲、關平、劉封、糜竺、糜芳上）
衆　將	參見主公！
劉　備	站在兩廂。
衆　將	啊！
劉　備	衆位將軍！
衆　將	主公！
劉　備	曹兵南進，直取新野。我軍有三千之衆，迎拒夏侯惇十萬之師。成敗興亡，在此一舉，今拜孔明先生爲軍師……
張　飛 關　羽	（齊震驚）啊！
劉　備	自備以下，悉聽調遣。（鑼）
	（關羽傲視，趙雲領首，衆將凛然）
劉　備	有敢不遵者，按軍令施行！來，拜過劍印！
	（吹打。劉備高位，高舉劍印，諸葛亮叩拜畢。劉與諸葛互拜。諸葛亮凛然受命，捧劍、整冠，飄然入帳，劉備側坐。與此同時，張飛強捺怒火，關羽橫目側視。［吹打］止）
劉　備	衆將見過軍師！
衆　將	參見軍師！（只有關、張傲然）
諸葛亮	諸位將軍少禮！
衆　將	啊！

諸葛亮　亮初出茅廬,遽膺重任,惟願三軍用命,將帥一心,揚威奮勇,令出必行!管教十萬曹兵化爲灰燼也!
　　　　(唱)【風入松】
　　　　　　調兵遣將嚴軍令,
　　　　　　三軍用命破曹兵。
張　飛　軍師,曹兵殺來,不勞多慮。就請穩坐帳中,待老張與咱二哥、四弟等帶領這三千人馬,殺他個落花流水!
諸葛亮　雖然三將盡神勇無敵,只是這三千新募之衆,怎敵夏侯惇十萬久戰之師?如今只宜智取,不可力敵!
關　羽　敢問軍師破敵之策?
諸葛亮　博望舉火,一戰成功!
關　羽　(冷笑)哼哼哼!關某不才,略知兵法。曹兵撲奔新野,平原千里,行軍直進。敢問軍師,如何用火?
張　飛　着着着!此事你瞞得過老張,瞞不過咱的二哥。這千里平原,行軍直進,你是怎樣用火?哎,是怎樣用火?二哥,你問的對,問的好!
關　羽　三弟少安勿躁,且聽軍師賜教。
諸葛亮　二將軍,千里平原,行軍直進,誠難用火;若驅敵兵於狹路叢林之中,則火攻之計,亦如探囊取物耳。
關　羽　這⋯⋯
張　飛　哼!難道夏侯惇是三歲娃娃,就乖乖地聽你擺佈不成?
劉　備　休得多口,軍師自有安排。
諸葛亮　趙四將軍聽令!
趙　雲　在。
諸葛亮　命你帶領一千人馬,前去迎敵;只許敗,不許勝。錦囊一封,博望坡前觀看。
趙　雲　得令。
張　飛　四弟,你去不得!
趙　雲　軍師將令焉有不遵之理!——帶馬!
　　　　(趙雲出帳,上馬,下,四軍士隨下)
　　　　(張飛望,【叫頭】)
張　飛　諸葛亮!想咱四弟乃是一員虎將,你不令他大戰曹兵,反而只許敗不許勝;長他人銳氣,滅自己威風,你這是甚麽用兵之道?啊?你

	這是甚麼用兵之法？
劉　備	三弟休得多口，此乃軍師誘敵之計。
張　飛	（氣哼哼地）哼！咱老張只知殺敵，不曉得甚麼誘敵！
諸葛亮	糜竺、糜芳聽令！
糜　竺 糜　芳	在。
諸葛亮	你等各帶二百人馬埋伏博望坡前，豫山之上，但見曹兵追來，擂鼓吶喊，播土揚灰……
張　飛	啊！
糜　竺 糜　芳	這……
諸葛亮	錦囊一封，照計而行，不得有誤！
糜　竺 糜　芳	得令。（下）
	（張飛一望，【叫頭】）
張　飛	諸葛亮！小孔明！自古"兵來將擋"；兩軍陣前，講的是一刀一槍，勝者就追，敗者就跑。打仗不是兒戲，你播的甚麼土？揚的甚麼灰？
劉　備	休得無禮！
諸葛亮	二將軍聽令！
關　羽	在。
諸葛亮	命你帶領關平、劉封。
關　平 劉　封	在。
諸葛亮	共帶一千人馬，埋伏豫山左右；但見曹兵進入狹路叢林，四面縱火，燒屯搶糧，不得有誤！
關　羽 關　平 劉　封	得令。
張　飛	（急）二哥！
關　羽	（向張飛）且觀後效！
張　飛	（意外）啊！
	（牌子。關羽等出帳，張飛焦躁，身段）

劉　　備　三弟少安勿躁,軍師少時,自有調遣!
張　　飛　嗯。
諸葛亮　主公!
劉　　備　軍師!
　　　　　(張飛注意聽)
諸葛亮　欲煩主公,帶領五百人馬,埋伏博望坡前;但見夏侯惇追趕四將軍,主公抵擋一陣,只敗不勝,以爲誘兵之計。主公意下如何?
劉　　備　就請軍師傳令!
張　　飛　喳喳喳,慢着!諸葛亮!村夫!方纔命咱四弟,頭陣迎敵,只許敗,不許勝;如今又命咱大哥二陣截殺,又是他娘的只許敗,不許勝。想咱大哥身爲主帥,怎能擅離中軍!有咱老張在此,咱大哥就是不能前去!
劉　　備　(厲斥)三弟,住口!
　　　　　(唱)【散板】
　　　　　　　令出如山敢違抗!
張　　飛　(接唱)他胡差亂派太荒唐!
劉　　備　(接唱)先生料敵如指掌,
張　　飛　(接唱)大話蒙不了咱老張!
　　　　　諸葛亮!
　　　　　(唱)要誘敵也不難,
　　　　　　　咱老張前往——
　　　　　這烏騅馬!丈八槍!
　　　　　　　殺他個落花流水,倒海翻江!
劉　　備　嘿!
諸葛亮　哈哈哈!
　　　　　(唱)【搖板】
　　　　　　　將軍果然是英雄將,
張　　飛　(得意,示威地)嗯……
諸葛亮　(接唱)豈容魯莽逞剛強!
張　　飛　喳喳喳,哇呀呀!
　　　　　(唱)【垛板】
　　　　　　　村夫敢把咱小量,

　　　　　活活氣死咱老張。
　　　　　桃園弟兄把業創,
　　　　　全憑着汗馬征鞍刀和槍。
　　　　　往日無有諸葛亮,
　　　　　東擋西殺把威揚;
　　　　　今日有了你諸葛亮,
　　　　　我看稀鬆也平常。
　　　　　紙上談兵狂言講,
　　　　　眼看大事付汪洋。
　　　　　村夫怎坐中軍帳,
　　　　　不如早早回南陽!
劉　備　張飛大膽!
　　　　(諸葛亮坦然微笑)
諸葛亮　(唱)【搖板】
　　　　　凜然受命劍印掌,
　　　　　非比當日臥龍崗;
　　　　　任憑它艱難征途萬頃浪,
　　　　　鞠躬盡瘁不還鄉!
劉　備　(激動地)好軍師!
　　　　(唱)【小倒板】
　　　　　鐵肩任重襟懷朗,
張　飛　大哥!
　　　　(劉備怒視張飛)
劉　備　(接唱)【望家鄉·快板】
　　　　　射日丹心胸内藏。
　　　　　三弟出言太無狀,
　　　　　敢在帳中逞剛強。
　　　　　十萬曹兵來博望,
　　　　　今日一戰決存亡。
　　　　　劍印付與軍師掌,
　　　　　聽候調遣理應當。
　　　　　軍法無情……

張　飛　怎麼樣？
劉　備　（接唱）你休倔强——
張　飛　嘿！
　　　　（接唱）【搖板】
　　　　　　咱老張也只好不開腔。
　　　　（静場片刻）
劉　備　啊，軍師，三弟魯莽，尚有一戰之勇，還望差他一差！
諸葛亮　原有一差，留待三將軍出馬。
張　飛　哼，不用説，又是他娘的只許敗，不許勝！
諸葛亮　只許勝，不許敗！
張　飛　啊？怎麽只許勝，不許敗？
諸葛亮　正是。三將軍去是不去？
張　飛　哎，去，去，哪有不遵將令之理！
諸葛亮　三將軍聽令！
張　飛　在。
諸葛亮　命你帶領一百名長槍手，
張　飛　啊！
諸葛亮　悄悄前往黑松林；輕騎埋伏，捉拿曹營殘兵敗將，不得有誤！
張　飛　喳喳喳，諸葛亮！村夫！只道你差咱大戰夏侯惇；誰知命咱帶領一百名長槍手，捉拿殘兵敗將。慢説無有殘兵敗將，縱然有之，何勞老張動手！要去你去，咱不去！
諸葛亮　雖是殘兵敗將，此人非比尋常。
張　飛　他是哪個？
諸葛亮　就是那曹軍都督夏侯惇！
張　飛　啊？夏侯惇！——我來問你，你敢料就他明日必走黑松林？
諸葛亮　必然敗走。
張　飛　甚麽時候？
諸葛亮　三更時分。
張　飛　共有多少人馬？
諸葛亮　不過數十餘騎。
張　飛　想那夏侯惇，既非三歲孩童，你又不是大羅神仙，你如何知曉？
諸葛亮　四將軍敗陣於先，主公誘敵於後；博望舉火，一戰成功。夏侯惇喪家之犬,必投小路,連夜逃回許昌。三將軍若在黑松林等候,他是怎敢不來!

張　飛　到時不驗,咱老張再與他算賬——咱來問你,我等俱去上陣,你在家作甚?

諸葛亮　靜候捷報……

張　飛　啊?

諸葛亮　備酒賀功!

張　飛　啊?

諸葛亮　三將軍偏勞了!(示意劉備)

（張飛氣惱不得,取令箭）

張　飛　你拿過來吧!——走!(出帳,下)

（劉備同時告別諸葛亮,出帳,率四軍士下）

諸葛亮　簡雍、孫乾二位先生!

簡　雍
孫　乾　軍師!

諸葛亮　安排酒宴,準備賀功。

（二人應）正是:

　　三千壯士齊縱火,

　　灰飛烟滅一笑中。

（諸葛亮下。二旗牌、簡雍、孫乾等隨下）

第 九 場

（四軍士、趙雲上,過場亮相,下）

（四軍士、糜竺、糜芳、劉封、關平上,過場,埋伏分下）

（四軍士、關羽上,過場亮相,下）

夏侯惇　(內唱)【西皮倒導班】

　　十萬雄兵威風凛——

（眾曹兵、韓浩、夏侯蘭、李典、于禁、夏侯惇上）

夏侯惇　(接唱)【散板】

　　鋪天蓋地捲黃塵[1],

　　要把新野踏虀粉。(掃頭)

　　　　　　（四軍士、趙雲上，對陣）

趙　雲　馬前來的敢是夏侯惇？

夏侯惇　然！你乃何人？

趙　雲　常山趙雲！

夏侯惇　放馬過來！

　　　　　　（起打，趙雲敗下，夏侯惇率衆追下）

　　　　　　（趙雲再上，夏侯惇追上，趙再敗下）

　　　　　　（曹兵將上）

夏侯惇　前面甚麼所在？

　衆　　博望坡前，豫山脚下。

　　　　　　（鼓聲，衆遙望）

李　典　啓都督：山頭之上，擂鼓吶喊，塵土飛揚，必有埋伏，不可進兵！

夏侯惇　嘿！分明是諸葛亮膽怯，故設疑兵，不必多慮。——衆將官！乘勝窮追，殺！

　　　　　　（夏侯惇率衆追下）

　　　　　　（四軍士、劉備上，趙雲上報信，劉備揮軍迎敵，趙雲埋伏下）

　　　　　　（夏侯惇率衆將上，對陣）

夏侯惇　馬前來的敢是劉備？

劉　備　夏侯惇！賊子！

夏侯惇　劉備！看爾已如釜底游魚，還不下馬投降！

劉　備　放馬過來！

　　　　　　（起打。劉備略戰即敗下）

李　典　啓禀都督：看前面山高路窄，樹木叢雜，倘有埋伏，我軍首尾不能相顧，都督不可輕進。

夏侯惇　丞相有言，擒得劉備，勝似平定江南。難得此功，豈可錯過。——來，緊緊趕！生擒劉備！

　　　　　　（夏侯惇率衆追下）

　　　　　　（劉備上，過場下）

　　　　　　（夏侯惇率衆追上）

　　　　　　（內鼓架子，火彩）

　衆　　啊！

　　　　　　（糜竺、糜芳、劉封、關平分上，劉備上，混戰下）

（關羽上，戰曹將，曹將敗。曹兵糧車上，關羽揮軍搶糧下）
（趙雲上，大戰，曹將紛紛敗下。趙雲亮相下）

校記

［1］鋪天蓋地捲黃沙："鋪"，原作"撲"，據文意改。

第 十 場

（月色蒙蒙，樹影翳翳）
（【急急風】。四軍士，張飛執矛上）
（張飛率兵士【兩望門】）

眾　　來到黑松林！

張　飛　埋伏了！（亮相，率眾下）

（鼓架子，亂錘。李典、于禁、韓浩、夏侯蘭、夏侯惇狼狽敗上）

夏侯惇　嘿！不想一時大意，中了劉備的詭計，十萬雄兵，一夜之間，只剩得數十名殘兵敗將……事到如今，只好回往許昌，丞相面前請罪。——夏侯蘭！

夏侯蘭　有。

夏侯惇　前面甚麼所在？

夏侯蘭　黑松林。

夏侯惇　這黑松林——且住！看豫山左右火光沖天，不如打從黑松林小路逃奔許昌。眾位將軍，悄悄穿林而過——

張　飛　（內）呔！夏侯惇休走！你張三爺等爾多時了！（隨喊隨率眾上）

夏侯惇　（驚慌）哎呀！

（眾將提槍，架住）

張　飛　來將通名！

李　典　李典！

張　飛　去你娘的！（一槍抽倒）

（于禁逃下）

張　飛　你可是夏侯惇？

夏侯蘭　（顫抖地）俺乃夏侯……

張　飛　（不待說完）咱老子等你多時了哇！

（夏侯惇、韓浩乘機逃下）

（張飛、夏侯蘭交戰，只一合，夏侯蘭被擒）

張　飛　綁了，綁了！哈哈哈！爾口出浪言，踏平新野。今日要叫你曉得你張三爺的厲害！

（一槍刺去，威嚇）

夏侯蘭　（顫抖地）三爺爺，三爺爺，夏侯惇他跑了……

張　飛　啊？你乃何人？

夏侯蘭　我叫夏侯蘭。

（張飛近前，看）

張　飛　哇呀呀——去你娘的！（一槍刺死）來，與咱追！

衆　　　夜霧茫茫，追不及了！

（張飛氣極，想起）

張　飛　啊，我來問你，夏侯惇何時到此？

衆　　　二更已過，三更未到。

張　飛　幾人幾騎？

衆　　　數十餘騎。

張　飛　啊，諸葛亮料的不差？

衆　　　料的不差。

張　飛　料的準？

衆　　　一點也不錯！

張　飛　咦！（驚服，色喜）諸葛亮啊，咱的好先生哪！你好智謀！好計策！一陣烈火只燒得曹兵焦頭爛額！鬼哭神嗥！真不愧三顧茅廬請來的好先生，好先生，好軍師啊！哈哈哈！（猛然想起）哎呀且住！昨日咱小量了軍師，大鬧中軍帳。於今有何面目去見軍師，哎呀這這……哦呵，有了。咱不免身背荊杖，回營請罪。咱大哥有了這樣的好先生，任他打罵，咱老張也是心服口服！——這軍士們！

衆　　　有。

張　飛　收拾兵器，牽了戰馬，

衆　　　啊！

張　飛　隨咱回營……

衆　　　啊！

張　飛　咳，請罪啊！

| 衆 | 嘿！ |

（張飛倒拖着槍，衆同下）

第 十 一 場

（二旗牌、孫乾、簡雍、諸葛亮上）

諸葛亮	（唱）【西皮搖板】
	金鼓聲震山河動，
	（接唱）【流水板】
	遙見烈焰燭長空。
	漫地捲天十萬衆，
	風急火猛冰雪崩。
	安得從容獲全勝，
	兢兢謹慎履薄冰。
	堪笑那夏侯虛狂夸豪勇——
	成全我初出茅廬第一功！
內	（衆將回營）
諸葛亮	出迎！

（吹打。糜竺、糜芳、劉封、關平等歡騰上，見諸葛亮齊驚服，禮拜，吹打不斷）

| 諸葛亮 | 衆位將軍多有辛苦，斗酒奉敬！ |
| 衆 將 | （恭禮）多謝軍師！ |

（衆各瀝酒、進入）

（【急急風】。劉備、關羽、趙雲上，見諸葛亮急下馬。關羽、趙雲趨前深躬禮拜）

（諸葛亮禮迎）

| 諸葛亮 | 主公！ |

（劉備攔住）

劉 備	哎呀先生！一戰成功，真乃妙算！
劉 備 諸葛亮	（同笑）哈哈哈！
諸葛亮	主公、二將軍、四將軍辛苦了！

　　　　　（關羽再拜）
關　　羽　先生奇才，我等拜服！
諸葛亮　豈敢！（扶起）主公請！
　　　　　（同入內，落座，劉備居中，諸葛亮側坐。吹打止）
眾　　將　軍師神機妙算，進殲曹兵，末將交令！
　　　　　（諸葛亮禮讓）
諸葛亮　揚威奮勇，眾位將軍之功也！
　　　　　（報子上）
報　　子　報——三將軍負荊回營！（下）
劉　　備　（愕然）啊？
　　　　　（眾將亦驚疑）
諸葛亮　只怕那夏侯惇逃得活命矣！
　　　　　（劉備益覺惶惶不安）
張　　飛　（內）走啊！（上）嘿！
　　　　　（唱）【流水板】
　　　　　　　身背荊杖到轅門，
　　　　　　　有喜又羞又擔心；
　　　　　　　喜的是咱先生神機妙算好本領，
　　　　　　　羞的是咱張飛有眼無珠我太不知人。
　　　　　　　夏侯惇逃走咱怎交令，
　　　　　　　怕的是先生不容情，
　　　　　　　叫咱老張怎不擔心！
　　　　　　　我只得進轅門——我進，進又不敢進——
　　　　　（張飛向內窺視，恰與劉備目光相對。劉備拂袖，張飛驚慌）
　　　　　（張飛再看關羽，向他招手，關羽出帳）
張　　飛　二哥！
關　　羽　啊！三弟這等模樣，莫非夏侯惇果然逃走不成？
張　　飛　啊？二哥如何知曉？
關　　羽　軍師所講，自無差錯。
張　　飛　怎麼，二哥你也服了軍師了？
關　　羽　軍師運籌決勝，料事如神，怎能不服！
張　　飛　啊，二哥，小弟昨日在帳中得罪了先生；今日又走脫了夏侯惇。少

　　　　時進得帳去，二哥要與我講個人情！
關　羽　此情愚兄難講。
張　飛　却是爲何？
關　羽　這……
張　飛　（背白）是啊，當初他也是不服氣嘛！——啊，二哥，得罪先生，這便如何是好？
關　羽　大丈夫知錯認錯。
張　飛　走！
　　　　（關羽攔阻）
關　羽　報門而進！
張　飛　怎麼，還要報門？
關　羽　唔。
張　飛　噯，報門就報門。——報！張飛告進！
　　　　（關羽、張飛同進帳）
　　　　（張飛跪倒）
張　飛　（接唱）咱老張與軍師賠罪負荆！
　　　　哎呀軍師啊！咱老張有眼無珠，不識賢才；妄自尊大，不遵將令。今在黑松林內，擒住了夏侯蘭，走脫了夏侯惇，有何面目來見軍師！因此身背荆杖，賠禮請罪。今當咱大哥在此，你打，咱也服；罵，咱也服；罰，咱也服；咱是服，服，服。軍師，您就發令啵！
諸葛亮　三將軍！
　　　　（唱）【二六板】
　　　　　　初出茅廬試用兵，
　　　　　　奏凱歌我只是一劍一琴。
　　　　　　一來是遇英主意氣振奮，
　　　　　　二來是衆將士入死出生。
　　　　　　大破曹兵獲全勝，
　　　　　　功勞簿上有將軍。
張　飛　（夾白）哎呀！哎呀！（慚愧）
諸葛亮　（接唱）只可惜魯莽輕敵欠謹慎，
　　　　　　　若不然豈能放過夏侯惇。
張　飛　（夾白）是，是，是。

諸葛亮　（接唱）今日事當長記休多談論——（扶起張飛）
張　飛　怎麼,軍師你不怪罪咱老張？哎呀呀,多謝軍師,多謝軍師……哈哈哈！
劉　備　（突然）嘟！（起立）張飛……
張　飛　喳！
劉　備　大膽！
　　　　（張飛目視劉備,惶恐地緩緩跪下）
劉　備　（唱）【西皮原板】
　　　　　　道聲三弟罪不輕！
　　　　　　雖然軍師免責問,
　　　　　　愚兄怎能徇私情！
　　　　　　你不該咆哮帳中違軍令,
張　飛　哎,唉,小弟認錯,認錯。
劉　備　（接唱）你不該放走夏侯惇！
張　飛　哎,哎,小弟知罪,知罪。
劉　備　（接唱）【搖板】
　　　　　　軍師可是逗兒戲？
張　飛　哎,軍師料事如神,大獲全勝。不是兒戲,不是兒戲！
劉　備　（接唱）軍師可是紙上談兵？
張　飛　嗳！真個是真才實學。哪個再講此話,咱老張就掌他的嘴！
劉　備　（接唱）他可是膽小怕上陣？
張　飛　運籌帷幄,決勝千里,不愧咱三顧茅廬請來的好軍師！
劉　備　（笑）哈哈哈！
張　飛　（不覺大笑）哈哈哈！
劉　備　嘟！
張　飛　喳！
劉　備　（接唱）【快板】
　　　　　　提起三顧氣壞人：
　　　　　　險些將軍師用繩捆,
　　　　　　險些將茅廬舉火焚。
　　　　　　殊不知干將莫邪初試刀,
　　　　　　你舞弄拙斧在班門。

　　　　　　殊不知少年立志有大勇，
　　　　　　你竟敢鬧帳亂紛紛！
　　　　　　只曉恃勇來制勝，
　　　　　　有勇無謀事難成。
　　　　　　爲將不知遵將令，
　　　　　　辜負桃園結義情！
　　　　　　來來來，將張飛責打——四十棍……
張　飛　（跌坐）啊！（咬牙）好，該打，走着！（立起欲行）
諸葛亮　啊，主公，有道是過不憚改……
張　飛　張飛該打！
劉　備　這……
諸葛亮　念系初犯，且觀後效！
張　飛　且觀後效！二哥，這是你的詞兒。
關　羽　慚愧！
劉　備　這——
　　　　（接唱）如不然責罰他插箭游營！
張　飛　（羞）哎呀！喳喳喳！
諸葛亮　啊，主公，三將軍身爲大將，臉面要緊！
張　飛　哎，好軍師，好軍師！
劉　備　（接唱）若不然何以肅軍令？
諸葛亮　（輕聲）主公！
　　　　（接唱）下次再犯決不容情！
劉　備　（向張飛）還不謝過先生！
張　飛　（恭敬地）得令！
　　　　（唱）【流水板】
　　　　　　多謝大哥一番訓，
　　　　　　句句言語記在心。
　　　　　　再與先生把話論，
　　　　　　尊一聲我心服口服的好先生！
　　　　　　從今後只要你一聲令，
　　　　　　咱言必遵來令必行。
　　　　　　統調三軍你心放穩，

　　　　　　咱老張就是你的至恭至敬服服貼貼的先行人。
　　　　　　誰敢不把軍師敬，
　　　　　　怒惱咱老張——
劉　備　啊，怎麼又來了！
張　飛　嗳！
　　　　（接唱）把今朝的事兒……
　　　　　　　咱現身說法——
　　　　　　　就曉諭他聽。
　　（眾大笑）
　　（牌子。劉備挽諸葛亮先下，眾將隨後，張飛贊佩不已，下）
　　（幕落）

　　　　　　　　　　　　　　　　　　　　　　——劇終

赤壁之戰

任桂林　李綸　翁偶虹　阿甲　馬少波　改編

解　題

京劇。任桂林、李綸、翁偶虹、阿甲、馬少波改編。任桂林（1915—1989），原名任桂齡，河北束鹿人。青年時期在山東省立劇院學京劇、昆曲，工小生。1937年在西安創辦華聲戲劇學校（合作），1941年在延安平劇研究院任研究員，1949年後歷任石家莊市文教局副局長、市文藝工作委員會主任、文化部藝術局副局長、中國戲曲研究院副院長、中國京劇院副院長、中國戲曲學院副院長、顧問，著作《即墨之戰》、《秦良玉》、《鄭成功》、《三打祝家莊》（合作）、《彝陵之戰》（合作）等多部劇本。李綸，1916年生，原名李維綸，曾名李倫、艾三、艾玉等，山東泰安人，山東省立第二師範畢業。1937年參加革命，曾任延安魯藝平劇研究團研究科科長、延安平劇研究院研究室代主任、山東平劇實驗團團長、東北人民政府文化部戲曲改進處處長、東北戲曲研究院院長、東北戲曲改進會主席、東北《戲曲新報》總編輯、文化部藝術事業管理局副局長、河北省文化局副局長、中國戲劇家協會常務理事、書記處書記，河北省戲劇家協會主席、《河北戲劇》總編輯，著有戲曲《趙家鎮》、《難民曲》、《自衛軍》、《鄭鐵區自新》、《三打祝家莊》（合作）、《仇深似海》、《明末之戰》、《赤壁之戰》（合作）、《唐太宗》等，均已公演。另有《雜談戲曲改革問題》和《戲曲雜記》評論文集出版。翁偶虹、阿甲見前《鳳凰二喬》解題；馬少波，見前《初出茅廬》解題。該劇《京劇劇目辭典》著錄，題《赤壁之戰》，署任桂林、李綸、翁偶虹、阿甲、馬少波編劇。劇寫曹操率兵八十三萬下江南伐孫權。程昱諫先滅劉備，後取孫權。曹操不納，命荀攸寫檄文給東吳，威逼孫權歸降。東吳以張昭爲首的文官要降，以黃蓋爲首的武將要戰，爭吵不休，孫權降戰難決。魯肅從江夏請來諸葛亮。亮以利害說服孫權，孫願與劉聯合抗曹，但意不堅。周瑜回見孫權，以曹操兵犯四忌，吳兵少而可勝，堅定了孫權抗曹之心，劍砍桌角，以震懾願降之官。孫權任命周瑜爲水軍都督、魯肅爲參軍校尉，曉諭諸葛亮，軍務重任，兩家共擔。蔣幹過江欲說降周瑜。周瑜以禮相待，設宴群英相會，但不准言雙方軍兵之事。周瑜讓魯肅寫假信賺蔣幹。周瑜佯醉，留蔣幹同榻而眠。蔣幹盜走假書，竊聽到黃蓋假報的軍情，黎明逃走。曹操看了蔣幹盜回的假信，盛怒中令斬蔡瑁、張允。忽然醒悟，知中周瑜借刀殺人之計，急令追回，爲時已晚。曹操令蔡中、蔡和詐降東吳，以通消息。周瑜、諸葛亮破曹俱用火攻，英雄所見略同。周瑜委諸葛亮監造十萬狼牙箭，亮立軍令狀，三天造齊。魯肅爲亮擔憂，爲周瑜殺亮以口實。諸葛亮與魯肅乘草船，趁大霧從曹營借來十萬支狼牙箭交令。魯肅嘆服亮之智。周瑜與黃蓋暗定苦肉計，黃蓋以違抗軍令身受重責，詐降曹操，使蔡中、蔡和密報曹操，並使闞澤送黃之降曹信。曹操令人鐵鎖戰船，將士行之，如履平地，甚爲得意。曹操在船上大宴群臣，橫槊賦詩。周瑜因缺東風，難以火攻，憂愁致病。諸葛亮前來探病，謂可醫治，開出"計決火攻，可破曹兵，萬事俱備，只欠東風"十六字藥方，周瑜立刻病愈。但東風怎來？諸葛亮讓在南屏山築壇臺，踏罡步斗，借來三天三夜東風，助周瑜破曹。周瑜拜謝。諸葛亮提出，破曹后荆襄暫借與劉備，待取川後歸還，由魯肅作保。周瑜知諸葛亮足智多謀，爲江東早除後患，令丁奉、徐盛領兵埋伏在南屏山，待東風起，上壇臺殺了諸葛亮，提頭來報功。諸葛亮在南屏山壇臺上焚符祭風，東風已起，乃知大功成就，回轉夏口，丁奉、徐盛追趕不及。黃蓋見東風起，按約定，乘船往江北曹營。曹操見黃蓋船來，聽程昱言，防黃有詐，命文聘去阻，不讓黃蓋船進寨。黃蓋箭射文聘，放火燒船。曹操知中周瑜火攻之計，棄船上岸。曹操則謂：赤壁失算，曹某承擔；重整旗鼓，再下江南。本事出於《三國志》《資治通鑑》《三國演義》。清楚劇《祭風臺》、京劇《赤壁鏖兵》、現代京劇有《群英會》(包括《祭東風》《火燒戰船》《華容道》)均寫此故事。該劇就是在這些流行的傳統劇目基礎上進行改編的，情節、人物、語言均有不同。版本見中國戲劇出版社出版的單行本《赤壁之戰》。今據以收錄整理。該劇1959年曾由中國京劇院和北京京劇團合作演出。

第一場 覷江南

（長江上游江邊。江中舳艫千里，旌旗蔽空。內馬嘶聲）

（四騎將趟馬下，許褚、張遼、李典、樂進、曹洪、夏侯淵、張郃、文聘、

（毛玠、于禁等隨着分別趟馬下）

（龍套、旗手、刀手、荀攸、程昱、蔣幹、劉馥等領上）

（趟馬下的武將又從上場門上，成一條邊，此時曹操馳馬上，後有傘蓋）

曹　操　（馬上念"虎頭引"）

　　　　　殲滅群雄，

　　　　　中原掃蕩，

　　　　　統領雄兵，

　　　　　橫鎖長江。（下馬）

（衆將"合龍口"）

（曹操上高臺。音樂鑼鼓吹打江浪水聲）

曹　操　（念）（詩）八十三萬人馬歡，

　　　　　　　排山倒海下江南。

　　　　　　　白浪萬叠飲戰馬，（水聲）

　　　　啊，哈……

　　　　　　　東吳六郡易甲冠。

　　　老夫，漢大丞相曹。自統大軍，掃蕩中原，諸侯聞風歸順，唯東吳孫權，據有長江天險，不服天命。幸喜荊州投降，荊襄水軍，歸順於我，正好興兵席捲江南，然後統一天下。曾命蔡瑁、張允督練水軍，未見回報。

（蔡瑁、張允上）

蔡　瑁　操習水軍顯奇巧，

張　允　歸降丞相立功勞。——參見丞相！

曹　操　二將少禮。

蔡　瑁
張　允　謝丞相。

曹　操　將操練水軍之事，一一報來！

蔡　瑁
張　允　丞相容禀。

曹　操　講。

蔡　瑁
張　允　（念）荊襄水軍戰法高，

　　　　　　驚濤駭浪任逍遙。

　　　　水上交鋒有奧妙，
　　　　翻騰飛舞如螭蛟。
　　　　逐流而下決一戰，
　　　　管教吳軍覆江潮。（以上做身段）
曹　操　哦……好。就命你二人爲水軍頭領。加緊操練，不得有誤。
蔡　瑁
張　允　得令。
曹　操　衆位將軍：
　衆　　丞相。
曹　操　我軍陸戰，有車馬萬乘；水戰，有艨艟千艘。老夫意欲即刻進兵，席捲江南。
程　昱　且慢。啓禀丞相，依程昱之見，欲取東吳，必須先滅劉備。
曹　操　怎見得？
程　昱　那劉備在襄江與我軍一戰，棄新野，走樊城，敗當陽，奔夏口，疲於奔命，狼狽不堪，丞相急宜乘勝追擊，一鼓殲滅。對於東吳，以禮修好，使其與劉備水火不能相容。不然，孫劉兩家，必將結成同盟，抗拒於我。
曹　操　嗾！仲德此言差矣，想那劉備新敗之後，猶如喪家之犬，勢孤力薄，孫權焉肯與他合謀。如今，老夫大兵壓境，正好修寫檄文，威逼東吳，孫權必然驚疑而降。那時再擒劉備豈不易如反掌。荀攸先生！
荀　攸　在。
曹　操　就命你速寫檄文，遣使去往江東，不得有誤。
荀　攸　遵命。
曹　操　衆將官！
　衆　　有。
曹　操　加緊操練，候命出動，帶馬回營！
　衆　　啊！（合唱）
　　　　百萬雄師浩蕩蕩，
　　　　龍驤虎嘯躍疆場。
　　　　旌旗飄飄遮日月，
　　　　刀槍閃閃耀星光。

　　　　鐵騎十萬飛南岸，

　　　　江東六郡踏平陽。（重句）

（合龍口，衆領起歸一條邊，曹操縱馬馳騁，顧盼兵將面現驕傲之色。衆喝威，蜂擁曹操而下）

第二場　盟　成

（孫權議事廳）

張　昭　（内）走哇！

　　　　（張昭領趙達、步騭、陸績、薛綜【水底魚】上）

張　昭　（念）曹兵百萬施强暴，

黃　蓋　（内）走啊！

　　　　（黃蓋率陸遜、蔣欽、甘寧、太史慈[1]【急急風】上）

黃　蓋　（念）江東六郡挂戰袍。

張　昭　（念）不識時務非俊傑，

黃　蓋　哪個不識時務？

張　昭　你不識時務！

黃　蓋　你不識時務！

張　昭　你不識時務！

黃　蓋　你不識時務！

張　昭　你不識時務！

黃　蓋　唉呀！（念）黃蓋誓死不降曹！

張　昭　嗯！（兩下對逼視）

　　　　（起【川撥棹】，四大鎧執戈，孫權上）

孫　權　（念）【引】承繼霸業，半壁江山；烽烟起，保障東南。

　衆　　參見吳侯。

孫　權　平身！

　　　　（衆分立左右）

孫　權　衆卿！

　衆　　臣。

孫　權　今有曹操檄文到此，威逼東吳，北面降曹，如今大敵壓境，不降則戰。衆卿爲孤決策。

黄　　盖　吴侯哇！吴侯承父兄基業，虎踞江東，執掌六郡八十一州，正好北面抗曹，大展鴻圖，豈可將半壁天下，拱手讓人。

陸　　遜
甘　　寧
太史慈　老將軍之言，乃是正理，當今之計，只有一戰。
蔣　　欽

孫　　權　唔……

步　　騭
陸　　績
趙　　達　不可言戰，只可言和。
薛　　綜

孫　　權　唔……

陸　　遜
甘　　寧
太史慈　不可言和，只可言戰。
蔣　　欽

孫　　權　唔……

步　　騭
陸　　績
趙　　達　只可言和。
薛　　綜

陸　　遜
甘　　寧
太史慈　只可言戰。
蔣　　欽

張　　昭　（將武將喧嘩壓下來）且慢！衆位將軍，老朽有幾句言語，列位請聽：往日曹操不敢南下者，只因我據有長江之險。如今，曹操得了水軍，長江就無險可守，因此百萬大軍，壓江而來，我國兵微將寡，何以爲戰？戰而勝，固然甚好，倘戰而不勝，請問列位，東吳上下身家性命、祖宗墳墓何以自保？江東八十一州生靈，何以自安？事關大局安危，豈可意氣用事？

孫　　權　唔……

步　　騭
陸　　績
趙　　達　是呀，戰則取亡，和則自安。
薛　　綜

陸　遜	
甘　寧	分明是和則取亡，戰則自安。
太史慈	
蔣　欽	
張　昭	我來問你：這戰何以自安？
黃　蓋	戰者必勝。
張　昭	何以必勝？
黃　蓋	啊……這個……
張　昭	你講！
黃　蓋	嗖！張子布！你乃東吳元老，竟不耻屈膝於人。也罷！如今大敵當前，何懼一死，情願披甲戴盔，提刀上馬，與江東八十一州父老兄弟，大戰曹兵，情願在疆場馬革裹屍，豈肯在階下低頭降曹。
甘寧等	（叫頭）吳侯，速速傳令，我等決一死戰。
趙達等	吳侯作主，和爲上策。
甘寧等	決一死戰！
趙達等	和爲上策！
甘寧等	決一死戰！
趙達等	和爲上策！
孫　權	呀！（慢【鳳點頭】，唱）【西皮搖板】
	張子布黃公覆兩下爭論，
	主和主戰理分明；
	戰而不勝遭蹂躪，
	低頭求和是罪人。
	思來想去心不定——
黃　蓋	吳侯哇！
	（唱）【快板】
	江東基業誰擔承？
	事到危急要斷定，
	遲疑不決憂患生。
	爲臣主戰保疆土，
	張昭主和保自身。
	吳侯八十一州郡，

　　　　　　豈可拱手讓敵人！
張　昭　（冷笑）嘿嘿……
　　　　（唱）【倒板】
　　　　　　常言秀才遇着兵，
　　　　（接唱）【原板】
　　　　　　縱然有理說不清。
　　　　　　雖然將軍有血性，
　　　　　　是非利害不知情。
　　　　（轉）【快板】
　　　　　　曹操佔有荊州地，
　　　　　　荊襄降將獻水軍。
　　　　　　以往長江稱天險，
　　　　　　如今東吳失長城，
　　　　　　赳赳武夫血氣盛——
張　昭
黃　蓋　（同冷笑）嚇……
張　昭　（接唱）【快板】
　　　　　　不識時務蒙懂人。
黃　蓋　（接唱）張昭說話是謬論。
張　昭　（接唱）對牛彈琴不知音。
黃　蓋　（接唱）大將個個威風凛，
　　　　　　擦拳磨掌殺氣騰。
張　昭　（接唱）黃蓋蠻橫不聽訓！
黃　蓋　（接唱）老朽無知裝聰明！
　　　　　　他人銳氣信口論，
　　　　　　自己威風一掃平；
　　　　　　江東基業泰山重，
　　　　　　黃蓋捨身鴻毛輕！
孫　權　嗯！
　　　　（唱）【搖板】
　　　　　　二卿休得多爭論，
內　聲　魯大夫回朝。

孫　權　（接唱）魯大夫進見報軍情。
衆　　　魯大夫進見！
（魯肅上）
魯　肅　（唱）【快板】
　　　　　殘暴之師壓北岸，
　　　　　過江決策扁舟還，
　　　　　漫天烽烟民塗炭，
　　　　　孫劉携手挽狂瀾。
　　　　　請來了南陽諸葛把策獻，
　　　　　滿載厚誼回江南。
　　　　　抗拒曹瞞保江漢，
　　　　　天下大局鼎足三。
　　　　參見吳侯。
孫　權　大夫平身。
魯　肅　謝吳侯。
孫　權　曹操大軍南侵，劉備動靜如何？
魯　肅　臣請來一人，他自有高見。
孫　權　哪位高人？
魯　肅　就是那南陽諸葛孔明，
孫　權　哦，諸葛先生到了。快快有請！
張　昭　慢來，慢來！啊吳侯，想那劉備上無片瓦存身，下無立錐之地。今差孔明前來，分明是鷦鷯覓枝，保全自己。——子敬，你將他帶至東吳，是何意也！
魯　肅　這，吳侯作主。
孫　權　衆卿暫退！
張　昭
步　騭
陸　績　吳侯三思。
趙　達
薛　綜
（黃蓋率甘寧等，張昭率趙達等，兩邊分下）
孫　權　有請諸葛先生。
魯　肅　有請諸葛先生。

諸葛亮　（內）嗯嚯！（上念）
　　　　　　鐵肩擔道義，
　　　　　　丹心結同盟。
魯　肅　先生，吳侯有請。
諸葛亮　好，有勞大夫引見。
魯　肅　啊先生，見了吳侯，千萬不要提起曹營兵多將廣啊！
諸葛亮　哦，哦，哦，曉得曉得。諸葛亮參見吳侯千歲。
孫　權　先生少禮，請坐。
諸葛亮　謝座。
孫　權　大夫坐下。
魯　肅　是。
諸葛亮　我主劉豫州囑亮問吳侯金安。
孫　權　多謝皇叔盛情。啊先生，在新野一帶，與曹操決戰，曹兵虛實，先生自然了如指掌，如今曹操馬步三軍，共有多少？
諸葛亮　這……馬步三軍，約有一百餘萬。
孫　權　啊！莫非是詐？
諸葛亮　非詐也。曹操就兗州已有青州軍二十萬，平了袁紹又得五六十萬；中原新招之兵三四十萬；又收荊州之兵二三十萬，以此共計麼，不下一百五十餘萬。亮以百萬言之，恐驚江東之士耳。
孫　權　曹操謀臣戰將，還有多少？
諸葛亮　足智多謀之士，車載斗量；能征慣戰之將，何止一二千員。
孫　權　嗯！先生，那曹操貪而無厭，平了荊州，使劉豫州失去棲身之所，故而困守江夏，偏偏曹兵百萬，又壓在江邊，不知劉豫州何以自處？
諸葛亮　嘿嘿，我主劉豫州乃帝室之冑，率仁義之師。雖然一時挫敗，此乃兵家常事；一朝重整旗鼓，天下莫不景從。依亮看來，江東的安危，令人好不憂慮！
魯　肅　啊吳侯，先生早有高見了哇。——啊先生，請講啊！
諸葛亮　亮有一言，不知當講不當講啊？
魯　肅　先生，請講，請講！
孫　權　是啊，先生請講。
諸葛亮　曹兵指日南下，東吳和戰未決，我看吳侯既不能率吳越之衆，與中原抗衡，倒不如按兵束甲，北面降曹！

孫　權　豈有此理！（拂袖而下）
魯　肅　（向諸葛亮）哎！（【望家鄉】，唱）【快板】
　　　　　　破曹兵不曾發宏論，
　　　　　　孫劉兩家怎結盟？
　　　　　　反而實言曹兵盛，
　　　　　　相勸我主降他人。
　　　　　　囑咐你出言謹慎你偏偏不肯！
諸葛亮　嚇嚇！
　　　　（接唱）【搖板】
　　　　　　這是他無誠意，
　　　　　　你反怪我孔明。
魯　肅　怎見得是我主無有誠意呢？
諸葛亮　我自有破曹之計，孫劉聯盟，吳侯卻是一字不提，我又何必多口？
魯　肅　哦！我明白了。你果有高策，我便請出吳侯。
諸葛亮　但憑，但憑。
魯　肅　有請吳侯。
　　　　（孫權，【五擊頭】上）
孫　權　何事？
魯　肅　孔明先生出言不慎，臣已責問於他，是他言道：破曹之計，胸有成竹，只恐吳侯不能容物，礙難開口。
孫　權　唔呼呀！原來他用言語激動於我。待我再次見他。（向諸葛亮）啊，先生！適纔冒瀆尊顏，先生莫怪。
諸葛亮　哎，亮言語冒昧，吳侯幸勿見罪。
孫　權　豈敢，請坐敘話。
諸葛亮　謝坐。（坐）
孫　權　先生既有良策，何不明言告我？
諸葛亮　破曹之計，只有孫劉兩家，永結盟好，只恐吳侯……
孫　權　哎呀，先生哪！北面抗曹，非劉豫州合謀不可。
魯　肅　是啊！孫劉兩家同心破曹，大功必成。
諸葛亮　不錯。
孫　權　哎，只是劉豫州新敗之後，如何當此重任？
諸葛亮　吳侯放心。我主雖然新敗，關羽率江夏精兵萬人，劉琦撫荊州舊

		將,曹操雖然兵多,却遠道疲憊,且北軍不習水戰,荊州縱有水軍,俱是逼降之將,并非心服,孫劉兩家若能同心破曹,曹操必敗矣。
孫　權	(下位)哎呀先生哪,一席宏論,頓開茅塞,破曹之事,望先生助我一臂之力。	
諸葛亮	當得效勞。	
孫　權	館驛安歇。改日請教。	
諸葛亮	告辭。	
孫　權	代送。	
魯　肅	遵命。先生真宏見。	
諸葛亮	吳侯果英才。請!	
	(諸葛亮下,張昭領趙達等急上)	
張　昭	咳!	
	(唱)【散板】	
	聽說孫劉結盟好,	
	要與曹操動槍刀。	
	你我一同再勸告,	
	吳侯臺前把警鐘敲。	
	啊,吳侯!孫劉兩家,結盟抗曹,可是真的?	
孫　權	自然是真。	
張　昭	哎呀,吳侯哇!想河北袁紹,擁兵百萬,與曹操官渡一戰,全軍覆滅。今日曹操有心議和,子敬等却偏偏主戰,只恐後患無窮,吳侯三思!	
趙達等	是啊,與曹操議和,乃江東之幸也!	
張　昭	是啊!降,則東吳平安,六郡可保。吳侯作主。	
趙達等	吳侯作主。	
孫　權	眾卿暫退,容孤思之。	
	(【五擊頭】,孫權出位)	
魯　肅	吳侯,請過來。	
孫　權	何事?	
魯　肅	吳侯計將安出?	
孫　權	主戰主降,各有利害,卿意如何?	
魯　肅	眾人都可降曹,唯吳侯不可降也。	

孫　權	何以見得？
魯　肅	魯肅若是降曹，少不得一官半職。若是吳侯降曹，車不過一乘，馬不過一匹，從不過數人，只能封官州郡，豈能南面稱孤，如此下場，何以告祖宗先靈，何以對江東父老？衆人之見，非爲東吳，乃是自保，吳侯英睿蓋世，千鈞一髮，當機立斷！

（張昭突然上前）

張　昭	魯肅哇，魯肅！看看江東六郡斷送你手！
魯　肅	張大人，孫劉結盟，事關江東存亡。大人身爲東吳元老，不以國家爲重，好不知自愛！
張　昭	哈哈，小小魯肅，竟敢衝撞老夫！啊主公，臣以東吳基業爲念，孤忠一點，天日可鑒，魯肅如此無理，吳侯作主。
孫　權	這……
内　聲	周將軍回朝。
孫　權	大夫出迎。

（黃蓋、甘寧、蔣欽、太史慈、陸遜上）

（周瑜"急急風"上）

周　瑜	臣周瑜參見吳侯千歲。
孫　權	將軍免禮。
周　瑜	千千歲。瑜在鄱陽湖操練水軍，聞得曹操兵下江南。爲此回轉柴桑，不知我主已決策否？
孫　權	哎呀，將軍哪！曹兵指日南下，孤承父兄基業，執掌八十一州，豈能拱手讓人。只是敵强我弱，難以抵禦。如今子布主和，子敬要戰，將軍到此，正好爲孤一決。
周　瑜	戰必勝，和必亡！
魯　肅	將軍高見。
孫　權	請道其詳。
周　瑜	曹操此來，多犯兵家之忌。
孫　權	何忌之有？
周　瑜	主公容稟；曹操佔據中原，而西凉未平，馬騰、韓遂，患在腋下，此番南征，有後顧之憂，乃一忌也；
孫　權	唔！
周　瑜	北軍不習水戰，捨馬渡舟，水上交鋒。乃二忌也；

孫　權　唔！

周　瑜　時值隆冬，馬無槁草，乃三忌也；

孫　權　唔……

周　瑜　北方之軍，遠涉江湖而來，不服水土，多生疾病，乃四忌也。

孫　權　唔……

周　瑜　曹兵犯此四忌，他軍雖多，何足懼哉。我主與之決戰，必勝曹兵也！

孫　權　嗯！

魯　肅　着哇！何況那曹營多是逼降之將，軍心渙散；孫劉兩家同心合力，曹兵不破，是無天理。

孫　權　好哇！孤今興兵決死戰，不滅曹賊誓不還。

張昭等　（同）吳侯三思。

孫　權　嗟呀！（"五擊頭"，出位，舉劍）吾意已決。從今以後，再有人提起降曹者，咏！（砍去桌案一角）與此案同行！公瑾聽令！

周　瑜　在。

孫　權　命你爲水軍都督。（向魯肅）子敬爲贊軍校尉。速速曉諭諸葛孔明，軍務重任，兩家擔待。此劍，公瑾佩帶，若有人再言降曹者，以此劍誅之！退班。（下）

周　瑜　謝主公啊！

（【急急風】，周瑜、魯肅、張昭等翻到臺口，【四擊頭】亮相。周示威下。魯肅、黄蓋等隨下）

張　昭　唉！眼看江東六郡，斷送爾等之手！

（趙達等擁張昭下）

校記

［１］太史慈："史"，原作"忠"，今據《三國志·吳書·太史慈傳》改。

［２］亮相："相"，原作"像"，據文意改。下同。

第三場　拜　　將

（點將臺）

（幕前，韓當、周泰、丁奉、徐盛集體起霸）

（幕内，點將臺，上設三座。周瑜正座，諸葛亮坐左，魯肅坐右。軍

士、中軍、黃蓋、甘寧、蔣欽、太史慈、陸遜、張昭、步騭、趙達、薛綜、陸績,在將臺下兩旁侍立)

眾　　　(幕內合唱【粉蝶引】,頭一句)
　　　　孫劉聯盟。
(【急急風】,開幕,韓當等武將歸裏面參見周瑜)

韓當等　參見都督。
周　瑜　站立兩廂。
韓當等　啊!(叫起【倒板頭】)
眾　　　(同唱)【粉蝶引】
　　　　跨長江,同列干城。
周　瑜　(念)風雲叱變鬼神驚。
魯　肅　(念)巍巍河岳喜盟成。
諸葛亮　(念)羽扇輕揮長江水,
眾　　　(念)駭浪奔濤捲曹兵。
周　瑜　眾將聽者:如今孫劉聯盟,共破曹兵,文官武將各守其職,軍令無情,各自凜遵。
眾　　　啊。
周　瑜　黃蓋、韓當聽令。
黃　蓋
韓　當　在。
周　瑜　命你二人為前站先行。
黃　蓋
韓　當　得令。
周　瑜　其餘之將隨軍調遣,待命而發。
眾　　　啊。
報　子　(內)報!
　　　　(報子上)
報　子　都督在上,有軍情回稟。
周　瑜　起來講!
報　子　都督容稟:(立起念【西江月】)
　　　　探得曹軍水寨,
　　　　　二十四座水營;

　　　　　　内安青徐馬步兵，
　　　　　　外附荊州之衆。
　　　　　　大船結爲城郭，
　　　　　　小船勢若流星，
　　　　　　旌旗招展蔽長空，
　　　　　　三百里龍蛇飛動。
　　　　那曹營水寨，好不嚴整也。
　　　（【急三槍】牌子）

周　瑜　哦！如此嚴整，必有能人，但不知何人操練，哪個掌管？
報　子　乃荊襄降將蔡瑁、張允。
周　瑜　哦！荊襄降將蔡瑁、張允？
報　子　正是。
周　瑜　再探。
報　子　得令。（下）
周　瑜　嗯！
　　　（唱）【西皮散板】
　　　　　　曹營中有勁敵料難取勝，
　　　　　　我必須想妙計除此二人。
　　　　　　急切間難施展明鋒暗刃，
　　　（行弦，張昭微察周瑜遇到勁敵，心中竊笑，左右暗示衆謀士）
趙　達　都督！
　　　（接唱）進一言請恕我職微言輕。【叫頭】
　　　都督！今日拜賀盛典，本不該多口，怎奈事關成敗，不得不言。那曹軍順流而下，我軍逆流而上，勢同以卵擊石。都督素以江東社稷爲念，勒馬懸崖不爲遲也！
周　瑜　（大怒）嘟！你敢遵抗上旨，亂我軍心——（取劍）太史慈！斬！
衆武將　斬！
太史慈　得令。（接劍，拉趙達下）
　　　（張昭等大驚失色）
　　　（三斬鑼，太史慈上）
太史慈　斬首已畢。（交劍）
周　瑜　（向張昭）張大人，本督斬得可是？

張　昭　（尷尬地）斬得是，是，是。

周　瑜　（冷笑）嚇，嚇，嚇……若再有異言者，與趙達同行！

張　昭　（微微嘆氣）咳！

旗　牌　（內）報！

　　　　（旗牌上）

旗　牌　啓禀都督，蔣幹過江。

周　瑜　哦，蔣幹過江來了！

旗　牌　正是。

周　瑜　（思索）衆將暫退，撤去將臺。

　　　　（［吹打］，衆兩邊下）

　　　　（周瑜、諸葛亮、魯肅同時下將臺）

　　　　（［吹打］住）

周　瑜　（向諸葛亮）先生，瑜故友到了，理當一會。

諸葛亮　山人告退。

周　瑜　改日請教。

諸葛亮　請。——正是。（微笑，念）

　　　　　周郞方苦無妙計，江北客來正其時。

　　　　嘿嘿，蔡瑁、張允的死期到了哇！（笑下）

周　瑜　（三笑）啊哈，哈哈，啊哈哈……

魯　肅　都督爲何發笑？

周　瑜　不除蔡瑁、張允，破曹甚難；我正無計可施，今蔣幹到來，必爲曹氏作說客，我略施小計，管叫那曹操自殺蔡瑁、張允。

魯　肅　都督計將安出？

周　瑜　附耳上來。（耳語）

魯　肅　哦，哦。都督高見。

周　瑜　就煩大夫代書一信，暗放我之帳中，速速去吧！

魯　肅　遵命。（下）

周　瑜　來，大開營門，有請蔣先生。

　衆　　是。——有請蔣先生。

　　　　（［吹打］，蔣幹上）

周　瑜　啊，子翼兄過江來了？久違了啊，啊哈……

蔣　幹　（同時）過江來了，久違了啊哈……

（[吹打]住）

蔣　幹　啊賢弟，別來無恙啊？
周　瑜　啊？子翼良苦，遠涉江湖，敢是與曹操作說客麼？
蔣　幹　啊，不不不，久別足下，特來敘舊，賢弟，何多疑之甚哪！
周　瑜　（冷笑）嘿嘿嘿……弟雖不及師曠之聰，聞弦歌而知雅意。
蔣　幹　哎呀呀呀……閣下待故人如此，我便告辭了。
周　瑜　兄既無此意，何必去心忒急？
蔣　幹　不是喲，賢弟的疑心忒大呀！
周　瑜　弟乃戲言。
蔣　幹　哦，戲言，我倒多疑了。
周　瑜　請入帳講話。
蔣　幹　請。
周　瑜　正是：
　　　　（念）江上思良友。
蔣　幹　（念）軍中會故知。
周　瑜　傳衆將進帳。
中　軍　衆將進帳。
　衆　　（內）來也。
　　　　（黃蓋、甘寧、蔣欽、太史慈、韓當、周泰、丁奉、徐盛同上）
衆　將　參見都督。
周　瑜　見過蔣先生。
衆　將　蔣先生。
蔣　幹　衆位將……
衆　將　呔！客從江北而來，敢是與曹操作說客嗎？
蔣　幹　啊賢弟，喏喏喏……
周　瑜　衆位將軍。
衆　將　都督。
周　瑜　蔣子翼乃本督同窗契友，雖從江北而來，並非曹氏說客，公等不得多疑，帳中陪侍。
衆　將　既是都督同窗契友，末將等侍席把盞。
蔣　幹　不敢不敢。
周　瑜　看酒來。我與子翼兄把盞。

蔣　幹　不敢,擺下就是。
周　瑜　看酒。
　　　　（【傍妝臺】,蔣幹與周瑜入座）
周　瑜　太史慈聽令!
太史慈　在。
周　瑜　公可佩我此劍,以爲監酒令官,今日酒席筵前,但叙朋友交情,有人提起孫曹軍旅之事者,即席斬之!
太史慈　得令。（接劍,三笑）哈哈,哈哈,啊哈哈……嗯……
蔣　幹　（吃驚,呆目而視）……
周　瑜　子翼兄。……喂,子翼兄!
衆　將　喂!
蔣　幹　啊啊……
周　瑜　請。
蔣　幹　請。
周　瑜　（唱）【園林好】
　　　　　　笙歌起同飲佳釀,
　　　　　　我今日營中會同窗。
　　　　　　蒙主恩權衡獨掌,
　　　　　　爲大將恐難當。
蔣　幹　（接唱）拜大將正相當。
周　瑜　子翼兄。
蔣　幹　賢弟。
周　瑜　你看,我營將士,可雄壯否?
蔣　幹　我觀營中之將麼,真個是熊虎之士也。
周　瑜　再看後營糧草,堆積如山,可充足否?
蔣　幹　哎呀呀……真個是兵精糧足,兵精糧足,名不虛傳,名不虛傳!啊,啊,啊,咦,哈哈哈……
周　瑜　子翼兄。
蔣　幹　啊,賢弟。
周　瑜　想你我同窗學業之時,焉能望有今日!
蔣　幹　喲! 賢弟高才,實不爲過呀!
周　瑜　豈敢。子翼兄。想大丈夫處世,遇知己之主,外托君臣之義,內結

　　　　　骨肉之恩，言必行，計必從，禍福共之；假使蘇秦、張儀、陸賈、酈生復出，口似懸河，舌如利刃，安能動我之心哉！呀，哈哈哈……

蔣　幹　（強笑）哈哈哈……

周　瑜　子翼兄。

蔣　幹　賢弟。

周　瑜　你看我帳下之將，皆江東之英傑，今日此宴，可名群英會呀！

蔣　幹　群英會！妙得緊哪！

周　瑜　小弟自領軍以來，滴酒不聞；今遇故友，又無疑忌，當飲一醉方休。

蔣　幹　是要一醉方休呀。

周　瑜　你我小杯不飲，各飲一百觥。

蔣　幹　慢來，慢來。賢弟乃滄海之量，愚兄不過小小溝渠，一百觥不消，喏喏喏，三觥也就够了。

周　瑜　好，看大杯伺候！

中　軍　是。（取大杯斟酒）

周　瑜　（唱）【西皮搖板】

　　　　　　酒逢知己千杯少，

周　瑜
蔣　幹　請。

周　瑜
蔣　幹　乾。

周　瑜　（接唱）眼望中原酒自消。

蔣　幹　啊賢弟，這"北酒"性暴啊！

周　瑜　（冷笑）嘿嘿嘿……

　　　　（接唱）暴酒難逃三江口，

蔣　幹　啊賢弟，順流而下，可是醉得快呀！

周　瑜　（冷笑）哼哼哼……

　　　　（接唱）順流而下東海飄。

周　瑜　佯醉，同出座。

蔣　幹　啊賢弟，莫非醉了？

周　瑜　弟、弟何曾醉啊！

蔣　幹　賢弟高致雅量，愚兄如對春風。（佯醉）我我我……倒醉了！唔唔……

周　瑜	久不與子翼同榻，今宵要抵足而眠。——來。
中　軍	有。
周　瑜	攙扶蔣先生到我帳中安歇。
蔣　幹	賢弟就要來呀！（佯醉。）

（中軍、軍士攙蔣幹下）

太史慈	末將交令。
周　瑜	黃公覆聽令。
黃　蓋	在。
周　瑜	今晚三更時分，到我帳中，密報軍情。
黃　蓋	報甚麼？
周　瑜	附耳上來……
黃　蓋	咋咋咋……得令。（下）
周　瑜	甘興霸聽令。
甘　寧	在。
周　瑜	今晚命你巡營，蔣幹若是逃走，各營頭不許攔阻！
甘　寧	得令。
周　瑜	掩門！

（眾分下）

第四場　盜　　書

（周瑜寢帳）

（【小開門】，魯肅持燈上，藏信，出門望，聞蔣幹聲，悄下）

（一更，中軍持燈，二軍士扶蔣幹上，入寢帳；中軍、軍士下，蔣幹出帳）

蔣　幹	咳！好一個聰明乖巧的小周郎，見我過江，便知來意；先發制人，倒叫我難以開口。（思索）哦嗳！如今來在這寢帳之中，正好傾吐肺腑，有了，我不免躲在帳內，等他到來，見機行事便了。（入帳）

（中軍持燈，二軍士扶周瑜上，扶入帳中，周瑜佯醉。中軍，軍士下）

（二更）

蔣　幹	（裝醒，喚周瑜）賢弟，賢弟！公瑾……哎呀呀！他倒睡着了，只望與他敘敘衷腸，誰想他吃得酩酊大醉，我縱有不爛之舌，也難交談，

哎呀這……案上有書,有了,待我來看書消遣,等他醒來。(看書)兵書戰策,倒要看看。車戰,不好;馬戰,也不好;水戰,噯,周郎慣習水戰,倒要看看。(發現書信)……"周都督開拆"……小束一封,看過了。倒要看看,倒要看看,"荆襄降將蔡瑁、張……"賢弟,公瑾。——睡着了。帳外去看。(執燈出帳,念信)"荆襄降將蔡瑁、張允拜上都督:我等降曹,非圖仕禄,迫於勢耳。今已賺北軍困於寨中,但得其便,即將曹賊之首獻於麾下。早晚人到,便有關報,幸勿見疑,先此敬復。"……哎呀!丞相啊,你你……好險哪!

(唱)【西皮搖板】

  曹丞相在帳中安然穩坐,

  哪曉得二賊子裏應外合!

  無意中得此信急如星火,

  俺蔣幹過江來不枉奔波。

哎呀!怪不得周郎無降曹之意。原來此二賊暗結東吳。這……有了,不免將書信帶回,獻與丞相,滅却内患[1],也算大功一件哪。小心行事便了。(懷書,起立,發覺將燈放錯,移正,入帳)

(三更)

黄　蓋　(上,念)

  鼓打三更盡,風吹刁斗寒。

都督醒來,都督醒來。

周　瑜　(出寢帳)將軍,夜深進帳何事?

黄　蓋　啓稟都督:今有江北蔡……

周　瑜　禁聲!(急吹燈)——子翼兄。(出門)蔡甚麼?

(蔣幹出帳偷聽)

黄　蓋　蔡瑁、張允……着人前來,言道急切不能下手,早晚必有關報。

周　瑜　(假怒)哼!此事本督早已知道,今有外客在此,倘被他聽見,豈不誤了大事!你行軍多年,還是這樣粗魯,還不快快走去!

黄　蓋　咋咋咋……

(周瑜、黄蓋,相視暗笑,黄蓋下)

周　瑜　真乃老邁昏庸!(走回帳口,蔣幹退入帳中)子翼兄。——睡着了。幸喜不曾被他聽見,不免寬衣安睡。(入寢帳)

(四更)

周　瑜　（夢語）子翼兄，
蔣　幹　（夢語）賢弟。
周　瑜　（夢語）三日之內，定取曹操首級。
蔣　幹　（夢語）只怕不得能够。
周　瑜　（夢語）一定哪。
蔣　幹　（夢語）哎呀難啊！
　　　　（五更）
蔣　幹　（出帳）哎呀，嚇煞我也！看天已不早，逃走了吧！
　　　　（唱）【西皮搖板】
　　　　　　夜深沉盼到了五更已過，
　　　　　　到江邊尋小舟急忙逃脫。
　　　　（魯肅反上，與蔣幹相撞）
魯　肅　啊啊……
蔣　幹　大夫。啊啊……請了，請了。（急逃下）
魯　肅　（尋書信，不見，笑）哈哈哈……都督醒來，都督醒來。（大笑）哈哈哈……
周　瑜　（出帳）大夫，爲何如此的大笑哇？
魯　肅　那蔣幹果然盜書逃走了！
周　瑜　真的麼？
魯　肅　都督請看哪。
周　瑜　（尋書信，不見）……啊？
魯　肅　啊？
周　瑜　這……哈哈哈……
魯　肅　哈哈哈……
周　瑜　（唱）【西皮搖板】
　　　　　　蔣子翼盜書信飲鴆解渴，
魯　肅　（接唱）周都督用巧計神鬼難覺！
周　瑜　（接唱）此一計天下人被我瞞過，
魯　肅　啊？
周　瑜　瞞過了。（下）
魯　肅　（接唱）怕只怕瞞不了那南陽諸葛。（尋思）
　　　　嗯！只怕瞞不了他呀！（下）

校記

［１］滅却内患："内",原無,據文意補。

第五場　中　計　斬　將

（曹操大營）
（四大鎧、四軍士、曹操上）

曹　操　（唱）【西皮搖板】
　　　　　　統雄兵踞長江交鋒對壘,
　　　　　　得荆襄和九郡耀武揚威。
　　　　　　笑螻蟻撼泰山何等愚昧,
　　　　　　那江南好一似落日餘暉。

蔣　幹　（内）走啊！
（蔣幹上）

蔣　幹　（唱）【西皮搖板】
　　　　　　在東吴盜書信意外之喜,
　　　　　　回營來見丞相色舞眉飛。
　　　　　　參見丞相。

曹　操　子翼回來了。

蔣　幹　回來了。

曹　操　探聽東吴軍情如何？

蔣　幹　倒也兵精糧足。

曹　操　乞兒炫富,不值一笑。順説周郎,降意如何？

蔣　幹　那周郎麽？……堅如磐石,非言詞所能動也。

曹　操　哼！事又不濟,反被他人耻笑。

蔣　幹　啊丞相,雖然未説周瑜來降,却與丞相尋來一件大事。

曹　操　甚麽大事？

蔣　幹　這個……耳目甚衆。

曹　操　兩厢退下。
（衆兩邊下）

曹　操　甚麽大事？

蔣　幹　這裏有書信一封，丞相請看。
曹　操　待我一觀，看過的了。
蔣　幹　不錯，丞相要仔細觀看。
曹　操　好，待我一觀，(【急三槍】，看信)擊鼓陞帳！
　　　　(四軍士、四大鎧、四刀斧手、毛玠、于禁、許褚、張遼兩邊上)
曹　操　蔡瑁、張允進帳！
軍　士　蔡瑁、張允進帳。
蔡　瑁
張　允　(內)來也。
　　　　(蔡瑁、張允上)
蔡　瑁
張　允　參見丞相，有何將令？
曹　操　老夫意欲進兵，你二人水軍可曾練熟？
蔡　瑁
張　允　水軍不曾練熟，丞相不可心急。
曹　操　咄！等爾水軍練熟，老夫首級，送與周郎之手。——來！綁！斬了。
衆軍士　啊。
蔡　瑁
張　允　嘿！
　　　　(二軍士押蔡瑁、張允下)
曹　操　(看書信，尋思)莫非是計？是計！招回來。
　　　　(二軍士上)
二軍士　斬首已畢。
曹　操　(醒悟，自語)嘿嘿！
　　　　(唱)【西皮散板】
　　　　　　誤中了小周郎借刀之計，
　　　　　　　殺蔡瑁和張允悔之不及。
　　　　毛玠、于禁聽令。
毛　玠
于　禁　在。
曹　操　命你二人，爲水軍頭領。
毛　玠
于　禁　這個？(對視)啓稟丞相，大江之中，潮起潮落，軍士不慣顛簸之苦，多生疾病，難以操演，丞相定奪。

曹　操	這個……（尋思，得計）有了。就命軍中鐵匠，連夜打造連環鐵鎖，將戰船鎖連一處，上鋪闊板，人馬可行，任他風急浪猛，何足爲慮。
毛　玠 于　禁	遵命。
蔣　幹	哎呀呀，妙計！妙計！
曹　操	（又尋思）何不計上加計。來，蔡中、蔡和進帳。
軍　士	蔡中、蔡和進帳。
蔡　中 蔡　和	（內）來也。
	（蔡中、蔡和上）
蔡　中	（念）忽聽丞相喚，
蔡　和	（念）令人心膽寒。
蔡　中 蔡　和	參見丞相。
曹　操	老夫殺你二人兄長，可有怨恨？
蔡　中 蔡　和	違誤軍令，斬之無虧。
曹　操	嗯！足見二位將軍忠心爲國。
蔡　中 蔡　和	丞相誇獎。
曹　操	如今大江南北，難通消息，欲命你二人詐降周郎，可願去否？
蔡　中 蔡　和	情願前往。
曹　操	莫懷二意。
蔡　中 蔡　和	末將不敢。
曹　操	好，二位將軍的寶眷現在荆襄，老夫自當另眼看待，戰功之後，另有陞賞，小心去吧！
蔡　中 蔡　和	遵命。
蔡　中	士爲知己死，
蔡　和	立功正其時。
	（蔡中、蔡和同下）
蔣　幹	啊丞相，若不是蔣幹過江，險些誤了大事啊！

曹　操　啊！
蔣　幹　險些誤了大事啊！
曹　操　呸！
　　　　（唱）【西皮搖板】
　　　　　　你本是書呆子一盆麵漿，
　　　　　　盜書信不酌量作事荒唐，
　　　　　　殺蔡瑁和張允缺少良將，
　　　　掩門！
　　　　（眾軍士分下）
曹　操　（接唱）你就是他二人送命無常！（下）
蔣　幹　咳！
　　　　（唱）【西皮搖板】
　　　　　　這一場大功勞不加陞賞，
　　　　　　平白的把蔣幹羞辱一場。
　　　　　　我這裏低下頭暗暗思想，
　　　　哦哦是了。（接唱）
　　　　　　想必是爲周郎他不肯歸降。
　　　　咳！曹營中的事兒，真是難辦的很喏哦……（下）

第六場　火攻計

（周瑜便帳）
（周瑜上）
周　瑜　（唱）【西皮搖板】
　　　　　　蔣子翼盜去了一封書信，
　　　　　　帷幄中決勝負紙上風雲。
　　　　（魯肅上）
魯　肅　哈哈哈……
　　　　（唱）【西皮搖板】
　　　　　　曹孟德果殺了蔡瑁張允，
　　　　　　隔長江也能夠筆掃千軍。
　　　　參見都督，哈哈哈……

周　瑜　大夫，爲何如此的大笑？
魯　肅　那曹操果中了都督借刀之計，殺了蔡瑁、張允，水軍頭領換了毛玠、于禁了哇！
周　瑜　哦，那曹操果中我之計，殺了蔡瑁、張允，水軍頭領換了毛玠、于禁了？
魯　肅　正是。
周　瑜　哎呀妙哇！吾破曹賊水軍，無憂矣。
魯　肅　無憂矣。
魯　肅
周　瑜　（同笑）哈哈……
周　瑜　我想此事，衆將定然不知，惟有那孔明……
魯　肅　那孔明麼……諒他不知。
周　瑜　嗯！諒他不知。——有請諸葛先生。
魯　肅　有請諸葛先生。
　　　　（諸葛亮上）
諸葛亮　（唱）【西皮搖板】
　　　　　　借蔣幹施妙計早已料定，
　　　　　　曹家客竟作了東吳的功臣。
　　　　（周瑜、魯肅出迎）
周　瑜　先生。
諸葛亮　都督。
周　瑜　請坐。
諸葛亮　有座。恭喜都督，賀喜都督。
周　瑜　啊？喜從何來？
魯　肅　是呀，喜從何來呀？
諸葛亮　那曹操中了都督借刀之計，殺了蔡瑁、張允，豈不是一喜！
魯　肅　嘿嘿，他倒先……
　　　　（周瑜攔魯肅）
魯　肅　（自語）他倒先知道了。
周　瑜　啊，先生，我觀曹軍水寨，十分嚴整有法，故施此計，何足先生挂齒。
諸葛亮　都督高才。
周　瑜　豈敢，啊，先生，今聞曹操自鎖戰船，瑜思得一計破曹，不知可否，請

　　　　　先生爲我一決。
諸葛亮　你我不必明言,各寫一字在手,看看心意可同?
周　瑜　好,各自寫來。先生請。
諸葛亮　都督請。
　　　　（二人同在手上寫字）
諸葛亮
周　瑜　大夫請看。
魯　肅　待我看來,哎呀呀,你二人手上俱是一個"火"字啊!
周　瑜　未必?
魯　肅　看哪。
周　瑜　（看諸葛亮手上的字）火!
諸葛亮　（看周瑜手上的字）火!這?
周　瑜　啊?
魯　肅　啊?
周　瑜　哈哈哈……
諸葛亮　哈哈哈……
魯　肅　哈哈哈……
周　瑜　啊,先生,你我二人所見相同,萬勿泄漏。
諸葛亮　焉有泄漏之理。
周　瑜　請問先生：水面交鋒,何物當先。
諸葛亮　水面交鋒,自然是弓箭當先。
魯　肅　是呀,弓箭是要緊的呀!
周　瑜　唔,先生之言,甚合吾意。只是我軍缺箭,敢煩先生監造十萬枝狼牙,以爲應敵之用,先生此差,萬無推托的了。
諸葛亮　都督委用,敢不效勞,請限日期。
周　瑜　限期……先生,半月可成?
魯　肅　半月,特少了。
諸葛亮　半月,特多了。
魯　肅　先生,半月不多啊!
周　瑜　（攔魯肅）十日可完備否?
諸葛亮　還多!
魯　肅　十日可少了啊。

周　瑜　（攔魯肅）七日如何？

魯　肅　太少了。

諸葛亮　曹兵即日將至，倘若殺來，豈不誤了都督的大事？還多。

魯　肅　七日還多呀？先生，造不齊呀！

周　瑜　（攔魯肅）是啊，請先生自限個日期吧。

諸葛亮　唔，三天足矣。

魯　肅　啊？三天，三天焉能造齊十萬枝狼牙箭哪？

周　瑜　是呀，三日無箭呢？

諸葛亮　甘當軍令。

魯　肅　喂！先生，軍中無有戲言哪？

周　瑜　是呀，軍無戲言哪！

諸葛亮　願立軍令狀。

魯　肅　先生，軍令狀立不得！啊先生……

周　瑜　噯！就依先生纔是。

魯　肅　（攔阻諸葛亮）哎呀完了！

諸葛亮　軍狀呵……（【急三槍】，寫軍狀）都督請看。

周　瑜　大夫好好收起。

魯　肅　怎生得了啊！

諸葛亮　告辭了。

　　　　（唱）【西皮搖板】

　　　　　　大戰前我怎能玩忽軍令；（出帳）
　　　　　　自有個妙法兒去借雕翎。（下）

魯　肅　啊，都督。那孔明自限三日造箭，焉能造齊，莫非有詐？

周　瑜　此乃他自尋其死，隨他去吧！

魯　肅　啊都督，還要從長計議纔是啊。

周　瑜　你可去至館驛，觀其動靜，再作道理。

魯　肅　遵命。（出帳，叫頭）哎呀且住。孔明造箭，好不令人擔心，他的性命事小，傷了孫劉兩家結盟之好，豈不誤了大事。這……只得先到館驛探看動靜，再作道理。孔明哪孔明！

　　　　（念）大局尚未分上下，一子有失滿盤輸。（下）

甘　寧　（內）二位將軍候着。

　　　　（甘寧上）

| 甘　寧 | 啟稟都督。蔡中蔡和轅門投降。
| 周　瑜 | （尋思）細作到了。——傳。
| 甘　寧 | 二位將軍進帳。
| 蔡　中
蔡　和 | （內）來也。

（蔡中、蔡和上）

| 蔡　中 | （念）輕身入重地，
| 蔡　和 | （念）詐降到東吳。
| 蔡　中
蔡　和 | 參見都督。
| 周　瑜 | 二位將軍事曹已久，今背主來降，是何意也？
| 蔡　中
蔡　和 | 只因曹操，殺了我二人兄長，特投都督帳下，借兵報仇，望求收錄。
| 周　瑜 | 好。棄暗投明，真俊傑也。（向甘寧）甘將軍。
| 甘　寧 | 在。
| 周　瑜 | 將他二人交付於你，好生款待，後當重委。

（作手勢）

| 甘　寧 | 遵命。二位將軍隨我來。
| 蔡　中
蔡　和 | 謝都督。

（甘寧領蔡中、蔡和下）

| 黃　蓋 | （內）走！

（黃蓋【五擊頭】，上）

| 黃　蓋 | 參見都督。
| 周　瑜 | 老將軍進帳何事？
| 黃　蓋 | 敵眾我寡，不宜久持，利在速戰。
| 周　瑜 | 速戰不難，必須有計。
| 黃　蓋 | 那曹操自鎖戰船，何不用火！
| 周　瑜 | 禁聲！（急掩黃蓋之口）此計，何人告知老將軍？
| 黃　蓋 | 某出自己意，非他人所告也。
| 周　瑜 | 好！真乃英雄所見略同。我已決定用火攻之計矣。
| 黃　蓋 | 哦！
| 周　瑜 | 但大江相隔，難近敵軍，如何用火？

黄　蓋	蓋已思得一計,必須有人詐降曹瞞,輕舟載火,撞入北軍,燒他個灰飛烟滅!
周　瑜	哦!莫非要用詐降之計,火燒戰船麽?
黄　蓋	正是。
周　瑜	惜乎哇惜乎!我軍無人詐降那曹操,也是枉然!
黄　蓋	(叫頭)都督!黄蓋不才,願詐降曹操!
周　瑜	老將軍願去詐降?
黄　蓋	當報國恩。
周　瑜	嗳——呀!我想詐降,非同小可,若不受些苦刑,怎瞞二蔡之耳目,只是老將軍年邁,如之奈何?
黄　蓋	(叫頭)都督!俺黄蓋受東吳三世厚恩,慢說是受些苦刑,就是粉身碎骨,理所當然!
周　瑜	老將軍是真心?
黄　蓋	是真心。
周　瑜	無假意?
黄　蓋	無假意。
周　瑜	好!真乃社稷之臣也,請上受本督一拜。
黄　蓋	末將也有一拜。
周　瑜	(唱)【西皮散板】
	可敬你報國心一言九鼎,
	大江上決勝負全仗將軍。
黄　蓋	都督!
	(唱)【散板】
	周都督休得要大禮恭敬,
	俺黄蓋受東吳三世厚恩。
	休道俺年紀邁忠心耿耿,
	學一個奇男子詐降曹營。(下)
周　瑜	(唱)【搖板】
	好一個黄公覆慨當此任,
	三世將真不愧國之干城。(下)

第七場　借　箭

（館驛）
（諸葛亮上）

諸葛亮　（唱）【西皮原板】
　　　　造箭令分明是暗藏匕首，
　　　　三日限必笑我自吞釣鈎，
　　　　怎知我測天文早已料就，
　　　　自有那贈箭人一禮全收。（自斟自飲酒）
（魯肅上）

魯　肅　（接唱）【原板】
　　　　限三天造雕翎這般時候！
　　　　咦！
　　　　爲甚麼他那裏無愁無憂！
　　　　唉！
　　　　（唱）【快板】
　　　　昨日裏在帳中誇下海口，
　　　　這樁事好教我替你擔憂。
諸葛亮　啊，大夫。我並無有甚麼要緊的事，你替我擔的是甚麼憂哇？
魯　肅　啊？昨日在帳中誇下海口，三日之內，造齊十萬枝狼牙箭，事到如今，你的箭在哪裏？
諸葛亮　怎麼，還有此事麼？
魯　肅　啊？
諸葛亮　哎呀，我倒忘懷了！
魯　肅　哎呀，他倒忘懷了！
諸葛亮　哎呀呀！大夫，你我算算日期吧。
魯　肅　好，算算日期，算算日期。
諸葛亮　昨日，
魯　肅　一天。
諸葛亮　今日，
魯　肅　兩天。

諸葛亮　明日,
魯　肅　三天。拿來!
諸葛亮　甚麼?
魯　肅　箭哪!
諸葛亮　哎呀呀,我是一枝也無有哇!
魯　肅　啊?一枝也無有,這這……
諸葛亮　啊,大夫你要救我一救啊。
魯　肅　起來起來。先生,我倒有個拙見在此。
諸葛亮　有何高見?
魯　肅　倒不如駕一小舟,你逃回江夏去吧。
諸葛亮　嗳,我奉主之命,過江同心破曹,如今寸功未成,把甚麼言語回復我主。走不得。
魯　肅　走不得?
諸葛亮　走不得。
魯　肅　呵呵,走不得!
諸葛亮　走不得。
魯　肅　哎呀,走又走不得,你只有死路一條了哇。
諸葛亮　大夫哇!
魯　肅　我這個大夫也救不了命了哇!
諸葛亮　(唱)【西皮搖板】
　　　　　　魯大夫平日裏待人寬厚,
魯　肅　(夾白)本來不錯。
諸葛亮　(接唱)你保我過江來無禍無憂。
魯　肅　(夾白)我是言而有信哪。
諸葛亮　(接唱)眼睜睜大禍到你不搭救,
魯　肅　(夾白)這是你自招其禍哇!
諸葛亮　嗳!(接唱)看起來你算不得甚麼好朋友!
魯　肅　嗳!
　　　　(唱)【快板】
　　　　　　這樁事本是你自作自受,
　　　　　　爲甚麼苦苦的埋怨不休?
　　　　啊,我倒不够朋友了,呵呵,真真豈有此理!

諸葛亮　唉！你既救不了我,也不難爲於你,與你借幾樣東西,可有哇?
魯　肅　不用借,早就預備下了。
諸葛亮　啊,預備下甚麼?
魯　肅　壽衣、壽帽,還有大大的棺木一口。
諸葛亮　要它何用?
魯　肅　你死之後,將你盛殮起來,送回江夏。交朋友,也不過如此了吧。
諸葛亮　你怎麼竟要我死啊?
魯　肅　你還想活命哪,呵呵,活不成了!
諸葛亮　不是那樣的東西。
魯　肅　甚麼東西?
諸葛亮　軍中所用的。
魯　肅　軍中所用的,你且講來。
諸葛亮　喏,快船二十隻。
魯　肅　有。
諸葛亮　束草千擔。
魯　肅　有。
諸葛亮　青布帳幔。
魯　肅　有。
諸葛亮　鑼鼓全份。
魯　肅　有。
諸葛亮　每船上三十名水軍。
魯　肅　有。
諸葛亮　備酒一席。
魯　肅　備酒做甚哪?
諸葛亮　少時我到舟中,要飲酒取樂啊。
魯　肅　哎呀呀,看你談笑風生,穩若泰山,我看哪,你又在那裏弄甚麼鬼吧?
諸葛亮　大夫,此事千萬不可叫公瑾得知,他若知道,吾計敗矣。
魯　肅　哦,計將安出?
諸葛亮　少時你自然明白,你去辦哪!
魯　肅　辦哪!

(唱)【西皮搖板】

個中情倒叫我難以解透,

諸葛亮　　到此時我只得順水推舟。(下)
諸葛亮　　哈哈哈……
　　　　　(接唱)幸有這魯子敬暗中援手，
　　　　　　　候大霧到曹營去把箭收。
　　　　　(魯肅上)
魯　肅　　(唱)【快板】
　　　　　　　一樁樁一件件安排已就，
　　　　　　　請先生到江邊即刻登舟。
諸葛亮　　怎麼樣了？
魯　肅　　俱都辦齊了。
諸葛亮　　有勞，有勞。
魯　肅　　豈敢，豈敢。
諸葛亮　　走走走。
魯　肅　　哪裏去呀？
諸葛亮　　你我舟中吃酒去。
魯　肅　　不不，我營中有事啊。
諸葛亮　　有甚麼大不了的事，走哇。(拉魯肅下)
　　　　　(內換江景，擺草船)
　　　　　([吹打]，四水手上，二童引魯肅、諸葛亮上，水手搭跳，上船，[吹打]住，水聲)
水　手　　船往何處而發？
諸葛亮　　船往曹營而發。
水　手　　啊。
魯　肅　　慢來，慢來。啊先生，那曹營焉能去得？
諸葛亮　　去去又待何妨。
魯　肅　　要去你去，我不去，我要下船了。
諸葛亮　　船已開了，你呀，下不去了。來，來，來，你我吃酒呀！
魯　肅　　哎呀呀！事到如今，你還有此雅興吃酒呢？
　　　　　咳！
　　　　　(唱)【西皮原板】
　　　　　　　魯子敬在江中思前想後，
　　　　　　　料定他有妙策未免擔憂。

	這時候哪還有心腸飲酒，
	平空裏十萬箭何處去求？
諸葛亮	大夫！
	（唱）【西皮原板】
	一霎時白茫茫霧迷江口。
	大夫，你來看！（指滿江大霧）
魯　肅	（驚悟）啊？
	（接唱）【西皮原板】
	頃刻間辨不出在岸在舟。
	似這等機關怎能解透，
諸葛亮	大夫哇！
	（接唱）【西皮原板】
	十萬箭要向那曹營去收。
魯　肅	哎呀先生，你怎麼知道今晚有此大霧哇？
諸葛亮	嘿嘿，為謀士者怎能不知天文地理！
魯　肅	諸葛亮啊！
諸葛亮	怎麼樣啊？
魯　肅	你既有此妙算，何不早講？險些把我的膽都嚇破了哇！
諸葛亮	你的膽也特小了！
魯　肅	你的膽也特大了！
諸葛亮	吃酒啊。
魯　肅	好，吃酒。
諸葛亮	大夫啊！
	（唱）【西皮搖板】
	談笑間十萬箭頃刻到手，
	權當作一葉舟垂釣閑遊。
水　手	來到曹營。
諸葛亮	吩咐擂鼓吶喊。
水　手	擂鼓吶喊！
	（毛玠、于禁上水寨）
毛　玠 于　禁	有請丞相。

（曹操、蔣幹上水寨）

曹　操　何事？

毛　玠
于　禁　大霧之中，有人擂鼓吶喊，不知何故？

曹　操　大霧迷江，敵軍驟至，吩咐沿江守禦，切莫妄動。

蔣　幹　何不吩咐眾將，亂箭齊發。

曹　操　好！亂箭齊發。

毛　玠
于　禁　亂箭齊發。

（曹操、蔣幹下。四軍士上，【風入松】，放箭。下）

水　手　箭滿船頭，盛載不起。

諸葛亮　大夫請看哪！（魯肅看船頭之箭）大夫！可以交得令了吧！

魯　肅　交令啊，你不用擔憂，有我。

諸葛亮　交令有你？好。

魯　肅　我實實的服了你了。

諸葛亮　你服我何來，

魯　肅　服你的好智謀啊。

諸葛亮　豈敢，我也多謝大夫。

魯　肅　謝我何來呀？

諸葛亮　謝你替我擔心害怕喲！

魯　肅　又來取笑。

諸葛亮　來！高聲喊叫："孔明先生多謝曹丞相贈箭！"

水　手　是。孔明先生多謝曹丞相贈箭！

曹　操　（內）嘿嘿！

諸葛亮　速速將船調頭，回營。

魯　肅　回營！

諸葛亮
魯　肅　（同笑）哈哈……

（同下）

（曹操、蔣幹上。水寨）

曹　操　啊，原來是孔明借箭。子翼！速速命人駕舟追趕。

蔣　幹　哎呀，順風順水，趕不上了。

曹　操　趕不上了？
蔣　幹　趕不上了。
曹　操　唉！又壞在你的身上！
　　　　（閉幕）

第八場　打　　蓋

（周瑜大帳）

（【急急風】，軍士、牢子手、黃蓋、甘寧、闞澤、蔡中、蔡和、中軍、周瑜上，周瑜入座）

（魯肅上）

魯　肅　參見都督。
周　瑜　罷了。孔明造箭，怎麼樣了？
魯　肅　他呀！造齊了哇！
周　瑜　（大驚）啊！他……是怎樣的造法？
魯　肅　都督容稟。
周　瑜　講。
魯　肅　那孔明領了將令，他是一日也不慌，兩日也不忙，待等三天，也不用我國的工匠，他只用快船二十隻，束草千擔，青布帳幔，鑼鼓全份，每船上三十名水手。四更時分，是滿江大霧，去至曹營，擂鼓吶喊，那曹操只知是都督前去偷營劫寨，就吩咐亂箭齊發，借來十萬鵰翎箭，特來交令。
周　瑜　哎呀！孔明哪！孔明！你真乃神人也。
魯　肅　嗯！稱得起是活神仙。
周　瑜　吩咐軍政司查點數目。有請。
中　軍　是。有請諸葛先生。
　　　　（［吹打］，諸葛亮上）
諸葛亮　（念）一場大霧滿江飛，十萬鵰翎入帳來。
　　　　（周瑜、魯肅出迎）
周　瑜　先生。
諸葛亮　交令。
周　瑜　先生出奇制勝，立此蓋世之功，瑜深敬服。

諸葛亮　些許小計,何足掛齒。
周　瑜　備得有酒,與先生賀功,二位大夫陪宴。
諸葛亮　叨擾了。
周　瑜　酒宴擺下。
　　　　([吹打],入座)
周　瑜　(向孔明)啊,先生。今曹操引百萬之衆,連寨三百餘里,非一朝一夕可破。欲命衆將各帶三月糧草,準備禦敵,先生看是如何?
諸葛亮　這!好,都督高見。
周　瑜　如此,待本督傳令。
黃　蓋　慢着!
　　　　(蔡中、蔡和注視黃蓋行動)
周　瑜　老將軍爲何阻令?
黃　蓋　(【叫頭】)都督!待得曹營水軍練熟,我軍陷於絕境,三月糧草,要它何用?
周　瑜　依你之見?
黃　蓋　曹兵立足未穩,我軍利在速戰,理當一鼓作氣,這月破曹。都督只顧紙上談兵,倘若曹兵殺來,又當如何?
周　瑜　運籌帷幄,非汝所知!
黃　蓋　如此用兵,末將不服!
周　瑜　嘟!你可知不服軍令者立斬之律麼?
　　　　(蔡中、蔡和注視周瑜、黃蓋行動)
黃　蓋　住了!小小年紀,擅作威福,某隨破虜將軍,開基創業以來,歷經三世,哪見有你?
周　瑜　老匹夫!你敢欺我年幼麽?
黃　蓋　哽!……
周　瑜　(冷笑)嚇……今當兩軍相持之際,汝敢不服調度,漫我軍心,不斬汝首,難以服衆——牢子手!
牢子手　有。
周　瑜　斬訖報來。
黃　蓋　走!
　　　　(二牢子手押黃蓋下)
　　　　(蔡中、蔡和注觀衆人行動)

魯　肅　哎呀！（急）
甘　寧　刀下留人——都督，黃蓋乃三世老臣，望都督饒恕。
周　瑜　甘興霸！你敢亂我的法度麼？亂棍打出！
　　　　（【亂錘】，甘寧下。魯肅、闞澤，打躬求免）
　　　　（周瑜暗中窺查二蔡神色）
諸葛亮　啊，都督……
周　瑜　（向魯肅、闞澤拂袖，【亂錘】住）先生，有何見教？
諸葛亮　都督正在用人之際，只可以赦，不可以斬！
周　瑜　這個！召回來！
闞　澤　將黃蓋赦回！
　　　　（諸葛亮飲酒）
　　　　（二牢子手押黃蓋上）
黃　蓋　周郎！斬便斬，好不耐煩！
周　瑜　老匹夫！念在孔明先生與你講情，且免一死。死罪雖免，活罪難容——牢子手！
牢子手　啊！
周　瑜　重責一百軍棍！
　　　　（二牢子手打黃蓋。魯肅、闞澤遮攔求免）
周　瑜　老匹夫！念眾將苦苦求免，暫記五十軍棍，再犯軍令，其罪還在，叱出去！
　　　　（二蔡先下，闞澤攙黃蓋，黃蓋回顧與周瑜對望，闞澤會意）
闞　澤　老將軍隨我來。（攙黃蓋下）
周　瑜　先生！先生！（【亂錘】）掩門！
　　　　（周瑜下，眾軍士分下）
魯　肅　（對孔明不滿意）過來，我呀！不服你了！
諸葛亮　大夫。你怎麼又不服我了？
魯　肅　方纔都督怒責黃公覆，你是這樣飲哪乾哪！難道你沒有吃過酒麼？
諸葛亮　哎呀呀！我講過情了。他二人一個願打，一個願挨，與我甚麼相干哪。
魯　肅　只是你為何不一個人情送到底呢？
諸葛亮　哈哈，我若把人情送到底，你家都督的計就用不成了。
魯　肅　啊！他二人是計？

諸葛亮　是計呀！
魯　肅　哦，哦，哦，是了！
　　　　（唱）【西皮搖板】
　　　　　　他二人定的是苦肉之計？
諸葛亮　不錯。
魯　肅　（唱）賺蔡中與蔡和——
諸葛亮　（唱）暗通消息。
　　　　　　詐降那曹孟德——
魯　肅　（唱）將他蒙蔽，
諸葛亮　（唱）爲火攻，埋伏了——
諸葛亮
魯　肅　（同唱）一個妙算神機。
魯　肅　原來是計啊……（同笑下）

第九場　橫槊賦詩

（幕內擺船）
曹　操　（內）列公請。
衆　　　（內）丞相請。
（"春日景和"，在【牌子】中開幕）
（月明星稀，水光接天。燈火輝煌，旌旗燦爛）
（曹操正面一席。程昱、荀攸、蔣幹、劉馥及衆武將，均列旁席。兩旗牌進酒）
曹　操　（舉酒向衆）乾。你看：月上東山，皎如白晝，赤壁之間，水天茫茫，真乃好景色也！
衆　　　丞相洪福齊天，江山生色。
曹　操　請。（飲）乾。（笑）哈哈……
衆　　　丞相爲何發笑？
曹　操　我笑周瑜、魯肅不識時務，今東吳黃蓋命闞澤暗中下書，約期來降，願爲內應，此乃彼等心腹之患；看來江東六郡，在我掌握之中。待等收復江南，天下無事，那時，與諸公邀遊於湖光山色之間，亦人生之樂事也。

程　昱　丞相慎言,恐有泄漏。
曹　操　嗨！座上諸公,瀝血丹心,言之何礙?
　　　　（風聲）
曹　操　唔呼呀！你看西北風大作,吾船在江,穩如平地。若非老夫施此妙計,將戰船連鎖一處,焉能如此平穩。周郎、孔明！汝等不過是螻蟻之力,欲撼泰山,何其愚也！哈哈哈……
程　昱　啊,丞相,船皆連鎖,固是平穩;但彼軍若用火攻,難以迴避,丞相不可不防。
曹　操　哈哈哈……（笑）
荀　攸　啊丞相,仲德之言甚是,丞相為何發笑呢?
曹　操　豈不知凡用火攻者,必借風力,如今時值隆冬,只有西北風,焉有東南風?我軍現居西北之上,彼軍皆在東南;若用火攻,引火自焚,吾何懼哉！
衆　　　哎呀呀,丞相高見,我等實不及也。
曹　操　啊?
衆　　　啊！
曹　操　哈哈哈……
衆　　　（陪笑）哈哈哈……丞相運籌帷幄之中,決策千里之外,東吳指日必亡。我等敬酒,以為慶賀。
曹　操　看大杯伺候。
　　　　（起【山坡羊】旗牌進酒）
　　　　（烏鴉飛鳴）
曹　操　啊,夜靜更深,烏鴉何故往南飛鳴而去?
程　昱　月明當空,烏鴉疑是天曉,故離樹而鳴。
曹　操　不錯,今,時在建安十二年十一月十五,老夫不覺五十有四矣！來！（持槊）想當年吾持此槊,破黃巾,誅董卓,掃袁術,滅袁紹,深入塞北,直抵遼東,縱橫天下,頗不負大丈夫之志。今對此江景,感慨萬端,吾當作歌,汝等和之。
衆　　　願聞。
　　　　（烏鴉叫）
曹　操　咻！
　　　　（唱）對酒當歌,人生幾何！

　　　　　　譬如朝露，去日苦多。
　　　　　　慨當以慷，憂思難忘，
　　　　酒來！
　　　　　　何以解憂，惟有杜康。
　　　　（烏鴉叫）
曹　操　（接唱）月明星稀，烏鵲南飛，
　　　　　　　繞樹三匝，無枝可依。
　　　　　　　山不厭高，水不厭深，
　　　　　　　周公吐哺，天下歸心，
　衆　　　（合唱）周公吐哺，天下歸心。
曹　操　僥倖喏，僥倖！（笑）哈！
　　　　（旗牌上）
旗　牌　啓禀丞相，蔡中、蔡和有密報到來。
曹　操　呈上來。
旗　牌　啊。（下）
曹　操　（看）"周郎憂慮成病，黃蓋即日來降。"哈……周公吐哺，天下歸心。
　衆　　是啊，天下歸心。
曹　操　啊哈哈哈……
　　　　（【北朝天子】，落幕）

第十場　龍虎風雲

　　　　（幕前）
孫　權　（內唱）【西皮倒板】
　　　　　　聞得公瑾得重病，
　　　　（四大鎧、張昭、孫權各騎馬上）
孫　權　咳！
　　　　（唱）【西皮快板】
　　　　　　思潮起伏動心旌。
　　　　　　莫不是強敵在前難取勝？
　　　　　　莫不是天不佑孤毀長城？
　　　　　　倘若曹兵來壓境，

　　　　三軍無主怎抗衡？
　　　一路上自沉吟我心中煩悶。
（圓場。開二幕。周瑜寢帳，中軍上）

中　軍　迎接主公。
孫　權　（接唱）【搖板】
　　　　快快宣召股肱臣。
（孫權、張昭下馬，四大鎧接馬鞭下）
中　軍　（同時向內）啓稟魯大夫，主公到。
　　　（起【小開門】。魯肅上）
魯　肅　主公。（向張昭）張大人。
張　昭　你辛苦了。
魯　肅　參見主公。
孫　權　罷了。公瑾之病從何而起？
魯　肅　日前江邊瞭敵，偶得風寒，至今尚未痊愈。
孫　權　原來如此。孤特來探望。
魯　肅　待我喚醒。（撩起帳子）都督，主公來了。
孫　權　公瑾。
周　瑜　（在帳中）哎呀！主公殊恩特重了。（欲起立趨前參拜，孫權攔住）咳！（有口難言。）
孫　權　公瑾但放寬心。孤與曹賊，誓不兩立，倘若沉疴纏綿，孤當誓衆，決戰長江！
周　瑜　（聞言精神一振）主公之言，氣壯山河！（忽又想起東風，精神頹靡）只是……咳！
　　　（唱）【散板】
　　　　老天不與人方便！（想起東風，頓覺心痛）
　　　哎呀！
　　　（【掃頭】，中軍攙周瑜入寢帳。魯肅、孫權，頓現焦急之色。張昭微笑，暗寓隱諷）
　　　（旗牌上）
旗　牌　啓稟主公，諸葛先生前來探病。
孫　權　快快有請。
旗　牌　有請。（下）

（諸葛亮上）

諸葛亮　（念）病從心上起，還從心上醫。
　　　　參見吳侯！

孫　權　先生少禮。哎呀先生哪，公瑾病重，乃江東之不幸也。

諸葛亮　吳侯放心，都督之病，山人能治。

魯　肅　啊先生，你還會治病麼？

諸葛亮　雖說妙手回春，比起大夫你麼，我還差的遠呢！

魯　肅　又來取笑了。

諸葛亮　請脉診看。

魯　肅　（向帳中）啊，都督。諸葛先生來了。（扶出周瑜）

周　瑜　有勞先生。

魯　肅　啊都督。先生言道，能治都督之病，請脉診看。

周　瑜　多謝先生。

諸葛亮　豈敢。（與周瑜診脉）啊都督，連日不晤君顏，何期貴體不安！

周　瑜　人有旦夕禍福，豈能自保！

諸葛亮　是啊，天有不測風雲，人又豈能料乎！

周　瑜　啊！（一驚，長嘆）唉……

諸葛亮　都督心中似覺煩積否？

周　瑜　正是。

諸葛亮　必須用涼藥治之。

周　瑜　已服涼藥，全然無效。

諸葛亮　必須先理其氣，氣若順，自然痊可。

周　瑜　欲得氣順，當用何藥？

諸葛亮　亮有一方，藥到病除。

周　瑜　願先生賜教。

諸葛亮　取紙筆一用。

魯　肅　取紙筆過來！

（中軍送過文房）

張　昭　（自語）看看他有甚麼靈符？

諸葛亮　（背身寫方）都督請看。

周　瑜　待我看來："計決火攻，可破曹兵，萬事俱備，只欠東風"——（驚）啊，先生，既知我病源，莫非有藥？

諸葛亮　良藥包在山人的身上。
周　瑜　包在先生的身上？
諸葛亮　是的。管保藥到病除。
周　瑜　啊哈哈……
魯　肅　先生，他怎麼樣了？
諸葛亮　他的病好了。
　　　　（眾均驚異）
魯　肅　好了？你真是神仙一把抓呀！
周　瑜　（唱）【西皮搖板】
　　　　說不盡感激情急忙下拜，
諸葛亮　這就不敢。
孫　權　啊？
　　　　（接唱）【搖板】
　　　　憑數語起沉疴費人疑猜。
　　　　啊公瑾，你二人言來語去，忽驚忽喜，大病霍然痊愈，是何原故？
周　瑜　哎呀主公啊！瑜破曹兵，定下火攻之計，黃公覆身受苦刑，詐降成功，萬事俱備，只欠東風。如今先生相助，瑜無憂矣。
孫　權　哦哦，原來如此。——啊先生，時值隆冬，東風甚少，孔明先生何來東風？
諸葛亮　自有來處。
張　昭　哎呀！這倒奇了。東風在天，飄忽難定，豈人力所能驅使？
魯　肅　是啊，先生，事關重大，不可戲言哪？
諸葛亮　焉有戲言之理。都督若要東風，可於南屏山高設一臺，名曰"七星祭風壇"，用一百二十名軍士，各執旗旛圍繞，待山人披髮仗劍，踏罡步斗，借來三日三夜東風，助都督破曹如何？
　　　　（張昭暗暗搖首，頗有不信之意）
周　瑜　休道三日三夜，只須一夜東風，大事必成。但破曹事急，不知幾時起風？
諸葛亮　這，甲子日起風，丙寅日息止。啊，都督，風起之後，又當如何？
周　瑜　即命黃蓋輕舟載火，火燒赤壁。瑜自驅大軍，隨後掩殺。
諸葛亮　啊都督，曹操敗走之後呢？
周　瑜　收復荊襄。

諸葛亮　這荊襄……

孫　權　這荊襄……

諸葛亮　啊都督，荊襄之衆，昔劉表舊都，我主前往招降，必然來歸。

孫　權　這……

張　昭　如此説來，那荊襄豈不爲皇叔所有了麼？

諸葛亮　暫借荊州屯軍養馬，以防曹操捲土重來。

魯　肅　是啊。荊州之地，理當借與皇叔，北拒曹操。

孫　權　唔……（視周瑜）

諸葛亮　吳侯放心，待等破曹之後，我主取了西川，即還荊襄。

魯　肅　先生要言而有信哪？

諸葛亮　那個自然。

孫　權　好！一言爲定。

諸葛亮　一言爲定。

張　昭　哪一個作保？

魯　肅　魯肅作保。

張　昭　哦，你願保？

周　瑜　大夫，不但保得借，還要保得還哪？

魯　肅　保借保還，魯肅承擔。

張　昭　（背躬）嘿嘿！漁人得利了哇。

周　瑜　如此就請先生祭壇借風，一戰成功。

衆　　　一戰成功。啊，哈哈哈……

孫　權　（唱）【摇板】
　　　　一席話定大勢券操必勝，

諸葛亮　告辭了。
　　　　（接唱）甲子日起東風我早測天文。（下）

張　昭　（唱）【摇板】
　　　　爲甚麼借荊州脫口應允？

孫　權　（接唱）魯大夫願作保必有深心。

周　瑜　（接唱）只怕是那孔明言而無信，
　　　　還荊州要難爲你這作保之人。

魯　肅　（唱）【快二六】
　　　　非是魯肅莽應承，

借還二字休挂心。

今日大勢三分鼎，

我東吳纔能保安寧。

漢室基業難重振，

（轉）【流水】

曹操不能一掃平。

荊襄郡，須防那北軍來啓釁，

借與那劉備與東吳作障屏。

刈除曹瞞再吞併，

大敵當前要結同盟。

（張昭又要說話，被孫權攔住）

孫　權　嗳！

（唱）【搖板】

此時不必多爭論，

且看曹兵化灰塵。

還有一言慰公瑾——

公瑾！病後善自珍攝。孤回朝去了！

（接唱）大江浪吼起了龍虎風雲。

周　瑜
魯　肅　送主公。（四大鎧暗上）

孫　權　免。

（孫權、張昭、四大鎧同下）

周　瑜　魯大夫，快快監造祭風臺，不得有誤！

魯　肅　得令。（下）

周　瑜　（叫頭）且住！孔明足智多謀，若不早除，必爲江東後患。我自有道理。丁奉、徐盛進帳。

丁　奉
徐　盛　（内）來也。

（丁奉、徐盛上）

丁　奉
徐　盛　參見都督，有何將令？

周　瑜　命你二人，埋伏南屏山水旱兩路，只候東風一起，即將孔明首級斬来见我报功，不得有误。

丁奉
徐盛　　得令。（下）

周　瑜　　甘兴霸进帐。

（甘宁上）

甘　宁　　参见都督，有何将令？

周　瑜　　只待东风一起，即将蔡中、蔡和斩首，不得有误。

甘　宁　　遵命。（下）

周　瑜　　阚大夫进帐。

阚　泽　　（内）来也。

（阚泽上）

阚　泽　　参见都督，有何事议？

周　瑜　　速到黄老将军帐中，叫他准备火船，附耳上来。（耳语）

阚　泽　　哦……

周　瑜　　记下了。

（唱）【散板】

速告知老将军把火船整顿，

东风起烧曹兵一战功成。（下）

阚　泽　　得令。

（唱）【散板】

东风一起大局定，

不枉老将受苦刑。（下）

第十一场　借东风

（南屏山，祭风台）

（起【小开门】，两童儿上打扫坛台，下）

诸葛亮　　（内唱）【二黄倒板】

天堑上风云会虎跃龙骧，

（军士、大旗、掌旗童、诸葛亮，上）

诸葛亮　　（唱）【回龙腔】

设坛台祭东风相助周郎。

　　　　（接唱）【原板】
　　　　　　曹孟德佔天時兵多將廣，
　　　　　　領人馬下江南兵紮在長江。
　　　　　　孫仲謀無決策難以抵擋，
　　　　　　東吳的臣武將要戰文官要降，
　　　　　　魯子敬到江夏虛實探望，
　　　　　　搬請我諸葛亮過長江，同心破曹，共作商量。
　　　　　　那曹孟德將戰船自鎖停當，
　　　　　　用火攻少東風急壞了周郎，
　　　　　　我料定了甲子日東風必降，
　　　　　　南屏山設壇臺足踏魁罡，
　　　　　　從此後三分鼎鴻圖展望，
　　　　（走上壇臺，接唱）
　　　　　　諸葛亮上壇臺觀看四方。
　　　　　　望江北鎖戰船橫排江上，
　　　　　　談笑間東風起，百萬雄師，烟火飛騰，紅透長江！
　　　　　　一陣風留下了千古絕唱，
　　　　　　赤壁火爲江水生色增光。
　　　　（焚符，風聲）
諸葛亮　啊！
　　　　（接唱）【散板】
　　　　　　耳聽得風聲起從東而降，
　　　　　　趁此時返夏口再做主張。
　　　且住！看東風已起，大功成就，不免趁此機會，回轉夏口，調動兵將，於中取事，那時節，周郎啊周郎！管教你枉費心機也。——守壇童子何在？
旗　童　在。
諸葛亮　穿我法衣，自有分派。
旗　童　是。（穿法衣）
諸葛亮　爾等俱要閉目躬身，不許偷眼觀覷，交頭接耳，違令者斬。
　衆　　啊。
諸葛亮　待山人踏罡步斗。

（諸葛亮下壇，回顧，暗笑下）
（丁奉，徐盛，上。二人上壇臺抓住旗童）

丁奉
徐盛　諸葛亮看劍！

旗童　得咧，誰是諸葛亮啊？那諸葛亮踏罡步斗，一步一步地早走啦。

丁奉
徐盛　想他走之不遠，緊緊趕上。

（丁奉、徐盛下）
（幕落）

第十二場　壯　行

黃蓋　（內唱）【西皮倒板】
　　　大丈夫能把乾坤變，
（【急急風】，八軍士、黃蓋、各操槳上）

黃蓋　（唱）【散板】
　　　東風初送第一船。
衆將官，東風已起，萬事俱備，你我奮勇當先，一燒成功者！
（望家鄉，唱）【快板】
　　　大江待我添熾炭，
　　　赤壁待我染醉顏。
　　　萬里長流當匹練，
　　　信手舒捲履平川。
　　　東風起，燒戰船，
　　　應笑我白髮蒼蒼着先鞭。
　　　烈火更助英雄膽，
　　　管叫那八十三萬強虜灰飛烟滅火燭天。
　　　收拾起風雷供調遣，
　　　百萬一燒談笑間。
（衆隨黃蓋跑圓場，同下）
（吳方將士在後接應，【急急風】，過場下）

第十三場　火燒赤壁

（開幕。大江空闊,赤壁隱隱,"曹方"軍士武將、程昱、曹操立於船頭）

曹　操　　唔呼呀！看月光照耀江水,翻波戲浪,吾船在江,穩如平地。欣喜黃蓋來降,好不快煞人也！

　　　　　（【泣顏回】一句）

程　昱　　丞相！東風甚緊,黃蓋來降,若有詐謀,不可不防！

曹　操　　哎呀！虧汝提醒,文聘聽令。

文　聘　　在。

曹　操　　黃蓋來船,休得進寨。

文　聘　　得令——搭了扶手。

　　　　　（文聘、水手同下）
　　　　　（閉幕、曹操等暗下）
　　　　　（黃蓋及吳方軍士再上）
　　　　　（文聘、水手上）

文　聘　　呔！丞相有令,南船休往前進！

黃　蓋　　休走！看箭！（射文聘下）放火！

　　　　　（放火彩、起打）
　　　　　（曹操及程昱等撲火上）

曹　操　　哎呀！中了周郎火攻之計,快將戰船疏散。

程　昱　　船皆連鎖,疏散不及。

曹　操　　哎呀！砍斷鐵鎖,砍斷鐵鎖！

衆　　　　砍斷鐵鎖！

　　　　　（吳方將士續上,起打）

曹　操　　哎呀！曹某休矣！

　　　　　（文聘引水手上）

文　聘　　請丞相速登小船。

曹　操　　快快搭了扶手。

　　　　　（曹操等上小船,反圓場,曹洪等反上）

曹　洪　　迎接丞相。

曹　操　　你們都來了！棄舟登岸。

（曹操等上岸）

衆　　嘿！

曹　操　喓呀！

　　　（念）赤壁失算，曹某承擔；

　　　　　　重整旗鼓，再下江南。

（周瑜引吴方兵將上，起打。周瑜刺曹操一槍，曹方將士護着曹操，雙方同時亮相）

（起【尾聲】）

（幕落）

　　　　　　　　　　　　　　　　　　　　——劇終

赤壁周郎

姚金城　王衛國　撰

解　題

婺劇。姚金城、王衛國撰。姚金城，一級編劇，河南省人民政府參事，河南省劇協副主席，享受國務院特殊津貼。著有豫劇《香魂女》《村官李天成》《曹公外傳》，越劇《韓非子》，錫劇《浣紗謠》等。作品曾獲文華劇作獎、中國戲劇獎、中宣部"五一工程"獎、曹禺劇本獎、中國藝術節大獎；河南省政府記大功一次。王衛國，浙江省劇協會員，自由撰稿人，著有8集戲曲電視劇《梁山伯與祝英臺》、新編歷史劇《海峽情緣》、大型木偶劇《雁蕩狗娃》等。作品曾獲江蘇省"五一工程"獎。該劇未見著録。劇寫曹操率師兵抵赤壁，東吳衆臣皆云"降者易安，戰者難保"。是降是戰，等待周瑜回來決策。魯肅請來諸葛亮過江共商破曹大計。周瑜不信魯肅所説諸葛亮有過人奇能，要當面一試。諸葛亮進帳，舌戰群儒，周瑜認爲諸葛亮不過是一説客，賜酒一罈、猪兩口，讓其回夏口。諸葛亮以"二喬"事激瑜，使其與曹勢不兩立，決心抗曹。小喬讀諸葛亮之《卧龍吟》，知其有大才，告周瑜有諸葛亮相助，東吳無憂。周瑜贊小喬説得好。太史慈來報，説蔣幹過江。周瑜用計使蔣幹盜走假書，借曹操手殺了蔡瑁、張允。周瑜本來小視諸葛亮，忽聞諸葛亮已知他的借刀殺人之計，嫉妒之心頓起，欲借造箭事殺了諸葛亮，或羞辱他，放其回夏口，讓其服輸。然而諸葛亮草船借箭成功，周瑜知諸葛亮計謀高己一籌，殺心驟增。周瑜一面讓太史慈設宴爲諸葛亮慶功，一面令徐盛設伏，待破曹之後，將其射殺。在爲諸葛亮慶功宴上，周瑜親自操琴，歌女唱吳歌。諸葛亮稱贊歌音絶妙，但有一詞"共扶明主"的"共"字不妥，應改爲"各扶明主"。周瑜知諸葛亮難以留吳，諸葛亮亦知周瑜志得意滿，成了"君與我同携手"破曹的知音。於是二人各寫破曹之計"火"字於掌中，真是英雄所見略同。然而，"忽來西風驚周瑜"，使其憂慮成病。小喬請諸葛亮相商，告瑜不要忘了"瑜亮聯手，世無敵手"。諸葛亮見周瑜病狀，説其病是"心病"，病因是"缺欠東風"。

周瑜跪請諸葛亮相助，諸葛亮允借三日東南風。但須借瑤琴一用。曹操已連鎖戰船，並知嚴冬無東南風，若東吳用火攻，必是玩火自焚。因而，自信穩操勝券。周瑜設計令黃蓋詐降，火船已備，等待東風起。張昭傳吳主口諭：諸葛亮如不能爲我所用，日後必成大患，務必設計殺之。是殺是放在周瑜心裏爭鬥。東風已起，人報諸葛亮不見了，周瑜立即去南屏山，令徐盛只要諸葛亮小船駛出灘，即令弓弩手，亂箭齊發。這時，突然傳來諸葛亮的琴聲，喚起了周瑜的良知，爲了知音、誠信、君子約，毅然不遵孫權口諭，頂着衆文武要殺的壓力，下令"所有伏兵放下弓弩，禮送諸葛先生"！本事出於《三國志·吳書·周瑜傳》。《三國演義》及此後的戲曲，均寫此故事，但都把赤壁之戰中的周瑜，寫成心胸狹窄、嫉賢妒能的悲劇英雄。該劇則一反小說與戲曲所寫，把周瑜塑造成一位接近歷史的文武兼備、才智超群、恪守誠信、永結盟友的真正英雄。版本見 2011 年第二期《劇本》，今據以收錄整理。該劇曾由浙江義烏婺劇團演出，榮獲 2007 年浙江省第十屆戲劇節劇目大獎，扮演周瑜的演員樓巧珠榮獲 2008 年上海第三屆國際藝術節白玉蘭戲劇表演獎。

第 一 場

（幕啓）
（大江奔流，高岸壁立。峭壁上"烏林"兩個大字蒼勁威嚴）
（號角聲、戰鼓聲、喊殺聲乍然如山崩地裂，"曹"字大旗從天幕前卷過，曹兵如潮水般湧上。東吳兵迎上，一陣廝殺，吳兵死的死，降的降）
（曹操在衆兵將簇擁下，上）

衆兵將　丞相英明，威鎮四方！
張　遼　稟丞相，烏林要塞已被我軍攻下。我軍連營百里，對岸就是江東赤壁。率師渡江，東吳八十一州即可入我囊中。
衆兵將　丞相英明，威鎮四方！
許　攸　丞相，對孫權的檄文已經擬好。
曹　操　速將檄文發往江東。那孫權若識時務便早來投降；若不識時務，定叫他國破家亡！
許　攸　是！

曹　操　哈哈哈——
　　　　（唱）百萬雄師伐荊襄，
　　　　　　嚇死了劉表荊州降。
　　　　　　劉備敗逃奔夏口，
　　　　　　劍指東吳笑周郎！
　　　　哈哈哈……
　　　　（切光）
　　　　（光復明。柴桑，東吳大都督府。東吳文官張昭、虞翻、闞澤、陸績等上）

虞　翻　哎，
　　　　（念）曹軍壓國門，
闞　澤　（念）東吳亂紛紛。
陸　績　（念）諸葛來遊說。
張　昭　（念）拉我與曹拼。
衆文官　哎！哎！
闞　澤　（念）主公不說話，
陸　績　（念）就等一個人來一個人！
　　　　（幕內聲："周都督回來了！"）
　　　　（衆文官迎望）
　　　　（周瑜內唱："一聲鞭響駿馬疾……"揚鞭策馬上，副將太史慈隨上）
周　瑜　（接唱）晨風拂我都督旗。
　　　　　　曹操大兵壓赤壁，
　　　　　　江東河山陷危急。
衆文官　都督！
周　瑜　（唱）主公召我把和戰議，
衆文官　都督！
周　瑜　（接唱）諸葛渡江擺棋局。
　　　　　　朝中大臣多疑慮，
　　　　　　公瑾歸來風雲集！
　　　　（周瑜與衆文官作揖相見）
衆文官　都督回來了！

周　瑜　各位大人。
虞　翻　曹操大軍壓境,都督星夜歸來,不知要向主公獻何良策?
衆文官　是啊!
周　瑜　張大人兩朝老臣,您是何高見啊?
張　昭　曹操擁衆百萬。兵壓赤壁。當今大勢,降者易安,戰者難保!
衆文官　是啊!降者易安,戰者難保啊!
周　瑜　(稍頓)哈哈……張長史,各位大人,是戰是和,待我面見主公再做定論。
衆文官　都督!
　　　　(幕內聲:"子敬先生到!")
周　瑜　請!
　　　　(魯肅上)
魯　肅　哎呀,都督,您可回來了!
周　瑜　子敬,你怎麼如此滿臉沮喪焦慮之色?
魯　肅　唉!請諸葛亮過江來本要共商抗曹大計,可滿朝公卿,一片降曹之聲!江東雄威何在,顏面何存?我能不沮喪焦慮嗎?
周　瑜　噢。那諸葛亮他……敢小看我江東?
魯　肅　唉,士氣如此萎靡,也難怪人家小看我們呀!
周　瑜　哎,子敬何必滅自己威風,只要有我周瑜在,江東必振雄威——抗曹大旗,非我莫屬!那諸葛亮縱是臥龍,有何憑恃敢小看於我?
魯　肅　(興奮,向周瑜伸拇指)哎呀,太好了,全賴都督力挽狂瀾呀!
周　瑜　速去請諸葛先生前來一晤!
魯　肅　好!好!好!我這就去請。(下)
周　瑜　臥龍,臥龍!今天我倒要當面一試,看你有何過人奇能!(率衆人下)
　　　　(幕內聲:"諸葛先生到——")
　　　　(諸葛亮上)
諸葛亮　(念)嘆江東降聲一片,
　　　　　　　盼周郎力挽狂瀾!
　　　　(周瑜內聲:"諸葛先生來了!哈哈哈……"上。衆人隨上)
周　瑜　啊呀呀,久聞臥龍先生大名,今日得見,不勝榮幸。
諸葛亮　周郎奇才,名傾海內,今日得見,三生有幸啊。

周　瑜　諸葛先生，請——
衆　人　諸葛先生，請！
諸葛亮　請。
周　瑜　諸位，曹軍壓境，戰和未定，各位有何高見？望不吝賜教。
張　昭　諸葛先生，如今曹操兵屯百萬，將列千員，龍盤虎踞，平吞江夏，不知先生有何高論？
衆　人　是啊！
諸葛亮　曹操收袁紹、劉表烏合之衆，雖號稱百萬，實不足懼也。
虞　翻　嘿！軍敗於當陽，計窮於夏口，還說不懼，先生可真是大言欺人也。
諸葛亮　我主以數千之師，却敢與百萬曹軍衝撞周旋；今江東兵精糧足，有人却只想勸其主屈膝投降，不怕世人耻笑！由此論之，山人説"不怕"非是大言，實乃大勇也。
張　昭　諸葛先生巧舌如簧，看來是要效仿張儀、蘇秦來遊説東吴，爲劉備火中取栗了？
闞　澤　説千道萬，打仗要靠實力！你們兵没幾個，將没幾員，憑甚麽抗曹？
衆　人　（紛紛附和）是啊！你們兵没幾個，將没幾員，憑甚麽抗曹？先生要做説客，來遊説東吴爲你們火中取栗呀！
　　　　（魯肅不滿、着急，周瑜猛拍桌案，衆皆噤聲）
周　瑜　（停頓，突然轉念，出其不意地）先生果然是來做説客的嗎？
諸葛亮　（意外一愣，以攻爲守地微笑）都督，您——以爲呢？
周　瑜　（左右觀瞧，意味深長地一笑）以瑜觀之，倒有幾分像……
諸葛亮　謝都督抬舉！那山人就做一回説客……
周　瑜　不。先生，曹操不足挂齒！東吴不需要説客！要論嘴上功夫，瑜情願賜先生酒一擔、猪兩頭，先生還是回夏口去與劉使君煮酒論道的好。
　　　　（諸葛亮愕然）
衆文官　（哄笑）對對，先生還是回江北與劉備煮酒論道吧！
諸葛亮　（唱）論和戰周公瑾忽然變臉，
　　　　　　　羞諸葛戲山人口出狂言。
　　　　　　　抗曹軍本是他真實心願，
　　　　　　　却爲何損盟友陰陽兩端？
　　　　　　　看起來他對山人心存忌憚，

　　　　　　未聯手先擺位討價還錢。
　　　　　　臨困局我不可方寸自亂，
　　　　　　沉住氣退爲進巧作轉圜！
　　　　（士兵們抬酒與猪上）

周　　瑜　望先生笑納。

諸葛亮　（突然笑）哈哈哈……謝都督厚賜！這就携這兩頭猪、一擔酒，回夏口也。（欲下）

魯　　肅　（急忙阻攔）哎哎，先生，抗曹大事未定，您怎麼就這樣回夏口去呢？

諸葛亮　子敬不知，周都督有退曹妙計——百萬曹軍，即將卷旗而退矣。山人不回夏口，在此何事？

魯　　肅　先生怎麼説起夢話來了。都督有何妙計，我怎麼不知？

諸葛亮　哎，子敬不必瞞我。都督退曹之計藏在這裏……（取詩卷）

魯　　肅　（接詩卷看）《銅雀賦》？啊，曹操……

諸葛亮　對，這是曹操的《銅雀賦》。你看其中兩句——（念）"攬二喬於東南兮，樂朝夕之與共……"

魯　　肅　（重複）"攬二喬於東南兮，樂朝夕之與共……"（茫然）

諸葛亮　操本好色之徒，久聞江東喬公有女，長曰大喬，次曰小喬。操曾發誓日後得江東二喬，置之銅雀臺，以樂晚年。此句正是老賊心聲。如江東派一小舟送二喬過江，獻於曹操，曹操百萬大軍，必卷旗而退！
　　　　（魯肅驚恐攔阻，諸葛亮故作不知，只管往下説）

周　　瑜　（勃然變色，奪詩卷擲於地，怒指諸葛亮）住口，諸葛……你欺人太甚！
　　　　（魯肅驚惶，離座起身）

衆武將　（拔劍出鞘，怒向諸葛亮）大膽諸葛亮，竟敢辱我東吳國母、主帥夫人！

諸葛亮　（故作吃驚）啊呀，都督，不知您是爲誰發怒啊？

魯　　肅　（責備）你啊，你啊，怎麼能這樣講話？你知道嘛，那小喬就是周都督夫人，而大喬則是開創東吳基業的孫策將軍之妻。

諸葛亮　（故作惶恐）啊呀，山人實在不知，失言，失言！死罪，死罪！

衆　　人　嘿！

魯　　肅　都督，先生失言該罰！然曹賊狼子野心，天下共知，不除曹賊，東吳難安呀！

周　瑜　（一震）不除曹賊，東吳難安！

　　　　（唱）一句話喚醒我抗曹本願，

　　　　　　　諸葛亮用計謀激我開言。

　　　　　　　一言事關降與戰，

　　　　　　　趁勢亮劍在此間！

衆　人　都督！

周　瑜　（態度忽轉）曹賊！我與你不共戴天，誓不兩立！

衆武將　與曹賊不共戴天，誓不兩立！

周　瑜　（唱）罵聲曹賊竊國盜，

　　　　　　　欺君害民罪條條。

　　　　　　　說甚麼百萬大軍到，

　　　　　　　江東豪傑非袁紹。

　　　　　　　孫劉聯盟驅虎豹，

　　　　　　　誓揮長劍斬爾曹！

　　　　（虞翻向張昭使眼色，二人意識到中了諸葛亮的計，慍怒而又無奈）

衆武將　（唱）孫劉聯盟驅虎豹，

　　　　　　　誓揮長劍斬爾曹！

張　昭　都督，魯大夫！……張昭告退！

魯　肅　（假意客氣）哎，張大人——

　　　　（張昭、虞翻怒視魯肅，拂袖而退。魯肅得意，朝其背影亦以袖拂之）

諸葛亮　（伸拇指）佩服，佩服。都督您一言九鼎，力挽狂瀾啊！

周　瑜　（冷笑）嘿，客氣，客氣。先生您爲客失禮，不敢恭維啊！

諸葛亮　啊，啊……山人情願受罰，情願受罰！

周　瑜　你願受何罰？

諸葛亮　曹賊不破，山人不歸，爲都督抗曹大計，效綿薄之力。

魯　肅　（高興拍手）這就對了，這就對了！

周　瑜
諸葛亮　（對視，不同心情）哈哈哈……

　　　　（切光）

第 二 場

（光啟。周瑜府中。室內擺有古雅的案几、書架，一張瑤琴，一柄寶劍）

（小喬秉燭捧讀諸葛亮的《臥龍吟》，如癡如醉）

小　喬　（唱）曹軍百萬壓國境，
　　　　　　　心隨周郎憂軍情。
　　　　　　　諸葛過江朝野動，
　　　　　　　周郎一呼振雄風。
　　　　　　　臥龍文章人傳誦，
　　　　　　　今日捧讀見霓虹。
　　　　　　　抗曹陣中有諸葛，
　　　　　　　不懼曹賊百萬兵。
　　　　　　　願夫君與他同攜手，
　　　　　　　破敵軍保家邦瑤琴歡鳴。

（凝神捧讀）

（周瑜上，輕輕撥琴，小喬竟渾然不覺）

（紫燕上）

紫　燕　夫人……

小　喬　（驚覺）啊？夫君回來了！（連忙起迎）夫君，您雖然回到京口，却依然是日夜忙碌……連爲妻也是空等終日，難得一見啊！

周　瑜　（歉疚地）唉！大戰在即，諸事紛亂……讓夫人操心了。

小　喬　夫君——

周　瑜　夫人你消瘦了。

紫　燕　夫人盼都督回家相聚，夜夜盼得月落星稀。夫人怎麽能不瘦呢！

周　瑜　夫人，你受苦了……

小　喬　紫燕，多嘴。

（紫燕下）

周　瑜　夫人在看甚麽，竟這般如癡如醉？（拿過書卷看）啊，《臥龍吟》……

小　喬　爲妻聽説諸葛亮辯論戰和時曾言語失當，心甚詫異。後來見有好事者傳抄諸葛的文章語錄，就讓紫燕找來一册順便翻閱，不料被其华章妙句吸引，竟不知夫君回府，祈夫君見諒！
周　瑜　啊，這諸葛亮果然了得！連夫人這樣的才女都爲"臥龍之吟"入迷呀！
小　喬　夫君，諸葛先生的確是世之奇才。有諸葛先生相助，夫君如虎添翼，那曹操縱有百萬大軍，我江東無憂矣。
周　瑜　哈哈哈……夫人說得好。瑜亮聯手，世無敵手，定叫那曹賊折戟沉沙！
　　　　（唱）日理萬機贏一笑，
　　　　　　　夫人雅言智慧高。
　　　　　　　但等破曹慶功時，
　　　　　　　高山流水爲卿操。
小　喬　夫君……
　　　　（紫燕上）
紫　燕　姑老爺，太史將軍求見。
周　瑜　有請！
　　　　（太史慈上）
太史慈　禀大都督，有一先生蔣幹，自稱是都督少年同窗，特來看望。
周　瑜　（疑惑）啊？蔣幹？他早已投曹操帳下，爲何此時又來訪我……
太史慈　如將軍不欲相見，且就回了他吧！（欲下）
周　瑜　（忽有所悟）慢！眼下雖然抗曹大局已定，然敵我兵力懸殊。新近曹操又任用荆州降將蔡瑁、張允統領水軍。此二人深通水戰，爲我軍大患……（略思）有了！哈哈哈——
　　　　（唱）船欲行時風來好，
　　　　　　　將計就計過高招。
　　　　　　　面授機宜連環套。
　　　　　　　隔江除患借快刀。
　　　　（周瑜悄秘地向太史慈低語，面授機宜）
周　瑜　（大聲）速備盛大宴席，歡迎蔣幹先生，傳令江東英傑一同出席陪宴！此會就定名——群英會！
太史慈　得令！（下）
周　瑜　（難掩興奮之情）哈哈……
小　喬　夫君如此得意，定有克敵妙計？

周　瑜　哈哈……不錯。這妙計嘛，只怕那諸葛亮，也未必能知其妙！只可惜如此佳肴美酒，公瑾又不能陪夫人了。

小　喬　夫君，國事在身，自去便是。

周　瑜　夫人……

小　喬　夫君多多保重。

周　瑜　多謝夫人。哈哈哈……

（切光）

第　三　場

（追光中，探子甲、乙先後上）

探子甲　報！蔣幹乘都督佯醉熟睡之時，盜了書信，偷偷溜出我水軍大營，乘一葉扁舟，往江北去了！

探子乙　報！曹營內綫來報，曹操見過蔣幹，不知何故，突然命令殺了水軍都督蔡瑁、張允。如今荊州降軍一片恐慌！

（光復明。東吳大營中軍大帳）

周　瑜　（大笑而起）哈哈哈……曹賊！你中了我周郎借刀殺人之計也。哈哈哈……

（二探子下）

魯　肅　（唱）都督妙計斬蔡瑁，

周　瑜　（唱）曹操水軍亂了巢。

魯　肅　（唱）大戰未開先捷報，

周　瑜　（唱）共飲一杯氣自豪。（與魯肅共飲）

魯　肅　（欽佩不已）都督料事如神，成竹在胸，天下無人可及也。

周　瑜　（得意地）哈哈哈……子敬過獎了！

魯　肅　都督不必過謙。如此隨機應變，運籌於帷幄之中，除患於敵軍之營，縱然是孫臏再世，也未必有此妙算呀！您真是太有才了——

周　瑜　哈哈哈……（忽有所思）哎，這些天來，不知諸葛先生在做些甚麼。

魯　肅　哎，也就是讀些閑書，聊些閑天兒，並未見做甚麼事來。

周　瑜　哦？如此看來，諸葛臥龍也不過就是個舌辯之士，真正論起調將用兵，決勝沙場，只怕還算不得高手。

魯　肅　聽說他火燒新野，用水白河，也曾讓曹軍心驚哪！

周　　瑜　哎，人言相傳，多有誇張。子敬，我此次用借刀殺人之計，諸葛能否看破？
魯　　肅　都督之計，神鬼莫測，縱然諸葛聰明，他未必能看破其妙啊！
周　　瑜　請諸葛先生大帳議事。
　　　　　（幕内聲："諸葛先生到——"諸葛亮上）
魯　　肅　不請自來。
諸葛亮　（長揖）啊呀呀，恭喜都督，賀喜都督！
　　　　　（周瑜、魯肅一怔）
魯　　肅　諸葛先生，這軍帳之中哪來的喜事呀？
諸葛亮　子敬，你何必瞞我！
　　　　　（唱）都督妙計斬蔡瑁，
　　　　　　　　曹操水軍亂了巢。
　　　　　　　　大戰未開先捷報，
　　　　　　　　公瑾子敬氣自豪！
魯　　肅　（意外）啊呀都督之計，神鬼莫測，諸葛先生你是如何得知的啊？
諸葛亮　（笑）這個不難。山人不才，與周都督却是心有靈犀一點通啊！群英會上都督伴醉麗歌，山人就知妙計必成矣。
魯　　肅　（欽佩不已）啊呀呀，諸葛先生料事如神，成竹在胸，天下無人可及也！
周　　瑜　（不悦，揶揄）子敬，你说"天下無人可及"的到底有幾個啊？
魯　　肅　（窘笑）哦，我说的"天下無人可及"之人嘛，有……有兩個，一個是周郎，一個是諸葛先生啊！
周　　瑜　啊？
魯　　肅　啊……
諸葛亮　啊！
周　　瑜　（相視、會意，先是掩飾，後是解嘲再至大笑）呵呵……哈哈……哈
魯　　肅　哈……
諸葛亮　哈哈……
周　　瑜　啊呀，本督破曹，可是要大大地借助諸葛先生的"天下無人可及"了！
諸葛亮　哎，有了都督的"天下無人可及"，曹賊自然必敗無疑呀！
周　　瑜　先生取笑了。

(諸葛亮、魯肅和周瑜在虎案兩側相對而坐)

周　　瑜　先生,即日將與曹軍交戰,水上交鋒,當以何兵器爲先?
諸葛亮　都督,大江之上,以弓箭爲先。
周　　瑜　先生高見。只是軍中箭支匱乏。敢請先生監造十萬支狼牙箭,望先生不要推辭。
諸葛亮　(一怔,隨即爽快地)啊,都督差遣,山人義不容辭。敢問都督,這十萬枝狼牙箭需何時完工?
周　　瑜　你問工期嘛……
魯　　肅　十萬雕翎,只怕得一年。
周　　瑜　(使長袖甩魯肅,示意其莫要插嘴)先生,十日之内可否辦妥?
魯　　肅　都督——(在周瑜身後連連向諸葛亮搖手)
周　　瑜　十日如來不及,也可延緩些日子。只是軍中急等着要用!
魯　　肅　都督!
諸葛亮　呵呵呵……兩軍隔江對峙,隨時可能開戰,若要等十日,豈不誤了大事?
周　　瑜　(一怔)那請先生自限工期。
(魯肅急得對着諸葛亮又指又點又搖手)
諸葛亮　(不理會魯肅,用手掐算,一擺羽扇)三日可矣。
魯　　肅　(愕然)啊?三日?
周　　瑜　(疑是聽錯)你是説三日?
諸葛亮　(肯定地)是三日。
周　　瑜　(唱)諸葛他是戲言還是嘲諷,
　　　　　　　爲甚麽語荒誕神色從容?
諸葛亮　(唱)周公瑾顯然要煞我風景,
　　　　　　　暗思量應變局成竹在胸。
周　　瑜　(唱)軍中一言如山重,
　　　　　　　不可戲訑作嘲諷。
諸葛亮　(唱)一諾千鈞立軍令,
　　　　　　　三日之内定完工。
周　　瑜　諸葛先生——
諸葛亮　山人願立軍令狀。
周　　瑜　你真的要立軍令狀?

諸葛亮　軍中無戲言。
周　瑜　若立軍令狀,可是要以性命擔保啊!
諸葛亮　山人願以性命擔保。
周　瑜　那好、好、好!筆硯上來——
　　　　(太史慈應聲取筆墨紙硯上,鋪擺在諸葛亮面前)
魯　肅　(急忙阻攔)啊呀諸葛先生啊——
　　　　(唱)三天期豈能造十萬雕翎?
　　　　　　立軍令到時節要論斬刑!
諸葛亮　子敬兄,你就不必多慮了。
　　　　(周瑜惱怒地回頭瞪魯肅,揚袖拂他,魯肅無奈噤聲)
　　　　(諸葛亮寫好軍令狀,遞給周瑜)
周　瑜　(拔令箭遞給諸葛亮)有勞先生了!
諸葛亮　(接過令箭)三日後聽山人音訊,派人點數搬運箭支。(捧令箭下)
魯　肅　諸葛先生……(無奈搖頭)
周　瑜　(對太史慈)傳令下去,諸葛亮造箭所需人工、材料,不得有任何怠慢,免得給他有推脱的口實!
太史慈　得令!(下)
魯　肅　(擔心地)都督,難道你真的要殺諸葛亮嗎?
周　瑜　他自己立下軍令狀,要以性命擔保,怎能是我要殺他?
魯　肅　三天!三天!十萬雕翎,縱是神仙也造不出來呀!
周　瑜　軍中無戲言,他就是為此事送了性命也怪不得我公瑾。
魯　肅　唉!孫劉聯盟毀矣。
周　瑜　也罷,我就放諸葛亮一條生路。你可去悄悄地私放他出營,讓他回夏口去吧!
魯　肅　唉!(向周瑜一揖,匆忙下)
周　瑜　(冷笑)諸葛亮呀諸葛亮!若你真的逃出營,我就在路口攔住,看你有何面目見我。縱然你巧舌如簧,也不得不向我告饒!
　　　　(切光)
　　　　(幕内伴唱:
　　　　"兩軍聯盟各爭勝,
　　　　瑜亮奇才會雙雄。
　　　　十萬雕翎難諸葛,

草船借箭震江東！")
（三日後清晨）
（光漸明。東吳大營內外。大霧彌漫，周瑜帶衆將戎裝巡行）
（魯肅興奮地上）

魯　肅　周都督！哎呀都督，諸葛先生真是神了，真是神了——
周　瑜　（皺眉）子敬，你少説兩句神字如何？這到底是怎麼回事？快快講來。
魯　肅　都督，諸葛妙計，諸葛妙計呀！哈哈哈——
　　　　（唱）快船之上紮草人，
　　　　　　　密密麻麻稻草兵。
　　　　　　　拂曉時分大霧起，
　　　　　　　乘霧逼近敵營門。
　　　　　　　殺聲陡起曹營震，
　　　　　　　箭如飛蝗射草人！
　　　　　　　滿船草人受萬箭，
　　　　　　　十萬箭來只一瞬，
　　　　　　　您説這諸葛神不神！
周　瑜　啊！原來他是草船借箭……
魯　肅　對——
　　　　（唱）正是草船借箭入化出神！
周　瑜　如此説來，三日前他就已經預知今日有大霧？
魯　肅　正是！諸葛先生通天文，知奇門，智慧超凡，非常人可及也！
周　瑜　（呆住）他、他、他……
魯　肅　不費我東吳一分錢糧，平白得了十萬支雕翎，諸葛先生又立一功啊！
周　瑜　又立一功……（思忖）傳令準備歌舞酒宴，爲諸葛先生慶功。
魯　肅　好、好、好！準備歌舞酒宴，爲諸葛先生慶功！
　　　　（太史慈、魯肅下）
周　瑜　（心潮起伏，難以平静，唱）
　　　　　　　子敬報喜我心震動，
　　　　　　　諸葛亮無愧真卧龍！
　　　　　　　破曹軍添勝算本該喜慶，

為甚麼我心中陣陣澀疼？
憶往昔躍馬擊水三千里，
誰不知周郎智勇冠江東。
本以為世無敵萬里河山任我馳騁，
今方識山外山還有個孔明，
他他他計高一籌佔我上風！
今日破曹結聯盟，
來日相逢爭雌雄！
留得諸葛臥龍在，
東吳周郎難安寧。
欲殺諸葛除後患，
強敵曹操逞狂凶。
手按寶劍心難定，
何時出鞘亮青鋒……

（衆文官上）

張　昭　都督，都督！

周　瑜　哦，張長史，各位大人——

張　昭　奉主公聖諭，張昭與各位大人來陣前參贊軍機。

周　瑜　張長史足智多謀，定有良謀見教。

張　昭　都督，我等是有一策上獻，只是事屬機密……

周　瑜　（屏退左右）張長史請講。

張　昭　請都督立斬諸葛亮！

衆文官　請都督立斬諸葛亮！

周　瑜　（一震）這……

闞　澤　不殺諸葛亮，日後必為江東大患！

陸　績　都督，那諸葛亮單身一人過得江來，憑三寸不爛之舌，就説動我東吳出兵，仿佛江東俊傑都被他玩弄於股掌之上！

虞　翻　都督，諸葛亮草船借箭，足證此人奇才。都督志在奉主公掃平四海，劉備有了諸葛亮，他日必為我東吳大敵，不如今日除之！

衆文官　是啊！

周　瑜　（掃視衆文官）如此親者痛仇者快呀！

衆文官　都督！

周　瑜　（遙指曹營）各位大人，東吳爲何能抗拒百萬曹軍？
　　　　（衆文官遙望着曹營沉吟）
周　瑜　（又遙指上游）夏口那邊是何人的營寨？
闞　澤　劉備的大營。
周　瑜　劉備扼守着大江要道夏口，曹操爲何不先舉兵滅了劉備，再下江東？
衆文官　這個……
周　瑜　（唱）用兵者如下棋全局在胸，
　　　　　　　秤砣小墜千斤不可看輕。
　　　　　　　劉玄德力雖弱民心倚重，
　　　　　　　牽制着曹營中荊州降兵。
　　　　　　　殺諸葛逼劉備投向曹營，
　　　　　　　助曹操滅東吳大禍旋生！
衆文官　都督！
周　瑜　來呀——
　　　　（太史慈上）
太史慈　在！
周　瑜　準備歌舞酒宴，爲諸葛先生慶功。
太史慈　得令。（下）
衆文官　都督！
周　瑜　請——
　　　　（船回吳營。周瑜客氣地送別，衆文官下）
周　瑜　（目送衆文官遠去，略思，突然變臉轉身）徐盛將軍聽令——
　　　　（徐盛上）
徐　盛　在！
周　瑜　速選派得力射手，埋伏在諸葛亮回夏口的必經路口。待破曹軍之後。聽我親令，在他回去之時將他射殺！
徐　盛　得令！（欲下）
周　瑜　慢！記住，必得有我親令，纔可下手！無我親令，只可嚴加看護，不得傷諸葛亮一根毫毛，違令者斬！
徐　盛　得令！（下）
　　　　（切光）

第 四 場

（緊接前場。幕內聲高喊："諸葛先生到！"）
（追光中，諸葛亮上）

諸葛亮　（唱）長江水滾滾來浪叠濤湧，
　　　　　　　聽濤聲感興亡心潮難平。
　　　　　　　漢室衰天下亂董卓竊命，
　　　　　　　諸侯起紛攘攘爭地奪城。
　　　　　　　遭亂世隱南陽隴畝耕種，
　　　　　　　嘆群雄兵戈不息苦蒼生。
　　　　　　　蒙皇叔三顧茅廬情義重，
　　　　　　　算定了三分天下對策隆中。
　　　　　　　曹孟德佔天時南下吞併，
　　　　　　　孫與劉為抗曹結下聯盟。
　　　　　　　過江來說諸公休戚與共，
　　　　　　　賴周郎挺起了東吳雄風！
　　　　　　　怎奈是周郎他心窄嫉重，
　　　　　　　爭高下輸鋒頭難把我容。
　　　　　　　今日裏草船借箭又把他勝……

（光復明。景轉周瑜中軍大帳，布置琴擺香，一片儒雅祥和）
（周瑜率眾出迎）

眾　人　諸葛先生！
周　瑜　諸葛先生。
諸葛亮　眾位將軍，眾位大人。
眾　人　諸葛先生——
張　昭　諸葛先生真乃奇才也！
諸葛亮　張大人過獎了。
周　瑜　哈哈哈……諸葛先生。
諸葛亮　（趨步上前，長揖）啊，都督，山人前來交令，幸不辱使命。
周　瑜　先生神機妙算，瑜不勝敬服！
　　　　（唱）備薄酒賀先生屢建奇功——

衆　人	（接唱）賀先生再建奇功！
諸葛亮	啊呀呀，都督，這不過是戲耍曹阿瞞，挫挫他的銳氣而已，豈敢勞都督和衆位大人慰問。
張　昭	諸葛先生，此乃周都督精心安排，我等豈敢怠慢！
衆　人	是啊！
周　瑜	本督還要向先生請教破曹大計，各位請便——
	（衆人拱手下）
周　瑜	（念）江南美酒醉英雄，
諸葛亮	（念）酒裏看劍自從容。
周　瑜	諸葛先生。
諸葛亮	都督。
周　瑜	請——
諸葛亮	請。
周　瑜	（舉杯相敬）先生有王佐之才，瑜有不情之請。
諸葛亮	（飲酒）都督，請直言。
周　瑜	先生莫急。你多日勞頓，今日瑜特安排了一曲吳地的琴歌。瑜自來操琴，請諸葛先生一娛耳目，你看可好？
諸葛亮	啊呀呀，顧曲周郎，久聞美名。今賞其雅，不勝榮幸！
	（周瑜操琴。歌女上，隨琴歌舞）
歌　女	（唱）江南好，河山如錦繡，
	稻花香透三千里，
	夢遊八十州。
	臨月把酒，此生何求？
	君與我同攜手，
	共扶明主，拾金甌，
	躍馬擊水，鐵筆寫春秋！
周　瑜	先生，此曲可好？
諸葛亮	（笑）真乃絕妙之音矣，但有一字不妥。
周　瑜	哦？不知哪一字不妥。
諸葛亮	"共扶明主"的"共"字！"共"字！（吟誦）"臨月把酒，此生何求？君與我同攜手，各扶明主，拾金甌，躍馬擊水，鐵筆寫春秋！"
周　瑜	哎！既然是"君與我同攜手"，自然該用"共"字。（吟誦）"君與我同

	携手,共扶明主,拾金甌,躍馬擊水,鐵筆寫春秋!"若改爲"各"字,便不通的!
諸葛亮	哎!孫劉兩家聯盟,同擊曹賊,當然是"君與我同携手";然兩家各有明主,君與我各有所忠,自然應改爲"各"字!
周　瑜	今日之前,自然是"各";然今日之後呢,江南錦繡,英雄折腰!瑜出自肺腑之言,先生難道就一點兒也不動心嗎?
諸葛亮	公瑾差矣!劉皇叔之於諸葛,正如孫將軍之於都督,皆是義托君臣,情同手足。亮之不能歸吳,正如公瑾之不能歸劉。都督此論,恐是要驅諸葛回夏口了!
周　瑜	(一怔,又掩飾地大笑)哈哈哈!(一語雙關,隱帶殺機)諸葛先生,我可不能讓您白白地回夏口啊!
諸葛亮	(一怔)都督!你……真的不讓諸葛回夏口了嗎?
周　瑜	啊……(掩飾地大笑)哈哈哈……先生,我們有約在先,曹賊未破,你怎麼能回夏口呢?
諸葛亮	(微笑)哈哈哈……曹賊已破矣!
周　瑜	哦?
諸葛亮	以山人看來,都督的破曹大計已是成竹在胸。
周　瑜	哦?何以見得?
諸葛亮	我聽都督琴中,有志得意滿之聲!
周　瑜	(不無得意)知我者諸葛先生也!
諸葛亮	亮雖不才,也有一計,不知與都督之計相合與否。
周　瑜	哦?何妨各自寫卷上,然後再做比照?(見諸葛亮點頭)好,筆硯上來——
	(太史慈上,捧筆硯先給諸葛亮,再給周瑜。諸葛亮、周瑜分別側身在手心寫字,然後相對攤開手掌)
周　瑜	噢,火……
諸葛亮	噢,火。
周　瑜	英雄所見略同!
諸葛亮	英雄所見略同!(與周瑜對視)哈哈哈……
周　瑜	哈哈哈……(再看諸葛亮手中的字)先生的這個火,爲何是歪斜的?
諸葛亮	哦……山人的火大概被風吹歪了,是不如都督的字俊秀啊!
周　瑜	先生取笑了。

諸葛亮　唉，火真的是被風吹歪了……（稍頓）都督智謀深遠，亮不勝佩服。山人不勝酒力，要告辭了。（下）

周　瑜　先生，請慢走！先生，諸葛先生……
（看着諸葛亮的背影，若有所思，唱）
　　　　諸葛之言費猜詳，
　　　　"火"字歪斜不尋常。
　　　　疑雲難除心惆悵……
（西風忽起，旌旗飄動）

周　瑜　（一震）風？（忽有所悟，如遭雷震）啊？西風……（急步奔出，用手向天試風向，悲呼）西風！西風……
（幕內伴唱：
　　　　"忽來西風驚周郎，驚周郎！"）
（切光）

第　五　場

（光啓。江上，波濤湧流，曹軍中央大戰船駛出。曹操立船頭視察水軍）

于　禁　禀丞相！遵丞相之命，大小船隻，俱已配搭連鎖，四陣呼應，水陸相連。請丞相視察！

張　遼　丞相，各船連鎖後，再不怕風浪顛簸。船上穩如平地，我北軍也能駕船如騎馬了——

曹　操　哈哈哈……鐵鎖連舟，果見妙用！周郎，你死期不遠矣——
（唱）連環船威力大水戰利器，
　　　長江險攔不住百萬雄師。
　　　滅東吳擒周郎期數可指，
　　　統四海稱至尊留名青史！

許　攸　丞相，連環船雖好，可萬一周瑜用火攻，我軍船體相連，無法分散，可就躲無可躲、避無可避了！

曹　操　火攻？哈哈哈……此招早在我的盤算之內。你們看！這隆冬臘月只有西北風，哪來東南風？周瑜要火攻，只能玩火自焚！其奈我何？待我連環船乘西北風順流而下之時，那周郎嘛就只能束手待毙了!

許攸　丞相,那周瑜、諸葛亮皆當世奇才,若二人聯手,只怕有意外奇招,我們不可不防呀!

曹操　哈哈……先生不必過慮!
　　　(唱)孫劉兩家各爭雄,
　　　　　瑜亮才高難相容。
　　　　　明裏聯手暗中擰,
　　　　　殺諸葛東吳已有暗潮湧。
　　　　　我看他同床却異夢,
　　　　　怎擋我百萬雄師滅江東!

衆文官　丞相英明,丞相英明!

曹操　哈哈哈……

　　　(切光)

第 六 場

(光啓。都督大帳。可見瑤琴、書案,旁邊有一煎藥的小炭爐)
(小喬從外歸來)

小喬　(唱)江岸邊觀軍情病倒周郎,
　　　　　飯不食藥不進輾轉愁腸。
　　　　　觀夫君病蹊蹺不同以往,
　　　　　似有那隱情難説肚裏藏。
　　　　　莫不是與諸葛心結瑜亮?
　　　　　莫不是臨大戰難拿主張?
　　　　　憂夫君憂戰局愁壓心上,
　　　　　瞞周郎請諸葛疑難共商!

(周瑜便服鬆散,一臉病容,病懨懨地從内帳走出)

小喬　(連忙上前攙扶)夫君,你剛剛躺下,怎麼又起來了?

周瑜　唉,心中有事,怎麼能躺得住啊!

小喬　夫君……

周瑜　夫人,方纔你哪裏去了?

小喬　我……(欲言又止)

周　瑜　你是不是去見諸葛亮了？

小　喬　是的。爲妻看夫君病情不輕，又不進湯藥，想必是因憂思戰局而起，故而擅自做主，請魯肅大夫與諸葛先生前來相商……

周　瑜　（生氣）咳，你好不懂事！若讓那諸葛亮知道我爲戰局之事愁成這般狼狽模樣，豈不徒惹他嘲笑？

小　喬　夫君，我看諸葛先生不是那種淺薄之人。

周　瑜　你呀你呀，真是婦人之見！我江東周郎蓋世英名，怎麽能……
　　　　（忽又咳嗽嘔血）

小　喬　（慌，急忙爲周瑜撫背，扶其躺下）夫君，不要忘了，"瑜亮聯手，世無敵手"——您和諸葛先生可是這場生死大戰的主心骨呀！

周　瑜　（一愣，怔住，嘆氣，）唉，他説火被風吹歪了，難道他……
　　　　（紫燕上）

紫　燕　夫人，魯大夫和諸葛先生來了。
　　　　（周瑜聽到外邊諸葛亮與魯肅的聲音，急忙起身，又無奈躺下）
　　　　（魯肅與諸葛亮上，進帳。周瑜闔眼伴睡）

魯　肅
諸葛亮　周都督！

周　瑜　（不得不睜開眼來）啊！諸葛先生、子敬，勞煩你們探望，快快請坐……

魯　肅　都督……大戰在即，你可不能真的病倒啊！

周　瑜　唉，子敬。

諸葛亮　（長揖）都督，幾日不見，因何竟病得如此沉重？

周　瑜　唉！人有旦夕禍福，這又如何能料得到呢……唉！

諸葛亮　是啊，人有旦夕禍福，正如天有不測風雲。

周　瑜　（猛地從床上坐了起來，喃喃自語）天有不測風雲？

諸葛亮　都督的病，乃是心病。

魯　肅
小　喬　心病？

周　瑜　……看來先生已知瑜的病因？

諸葛亮　（從袖中取出一折疊的紙條）都督請看，這是否你的病因。

周　瑜　（吟誦出聲）"欲破曹公，宜用火攻，萬事俱備，只缺東風"！（忍不住拍案大叫）是啊，只缺東風，只缺東風啊！

小　　喬　啊！那心藥就是東風了……可這上哪裏去找啊？
周　　瑜　（一把抓住諸葛亮的手）先生，事在危急，請先生務必賜教！
諸葛亮　（背躬）東風之事一旦講破，我命休矣！如若不講，難以破曹……
魯　　肅　隆冬季節只有西北風，開春之後纔會有東南風呀。
周　　瑜　是啊！那天行有常也有變。既然有變，你一定會有辦法的呀！
魯　　肅　啊呀諸葛先生哪，破曹是兩家合力的事，你可不能置身度外呀！
諸葛亮　山人豈能置身度外。
周　　瑜　先生啊！
小　　喬　夫君……
諸葛亮　都督——
周　　瑜　（唱）生死存亡在此戰，
　　　　　　　　天下蒼生君共擔！
　　　　　諸葛先生，諸葛先生——
　　　　　（接唱）英雄相惜憑肝膽，
　　　　　　　　孫劉聯手可回天。
　　　　　　　　願先生借我苦海渡舟帆一片，
　　　　　　　　待來日還君春風一百年！
　　　　　（下跪）先生！先生……
諸葛亮　（唱）周郎跪地深深拜，
　　　　　　　　一聲驚雷震心間。
周　　瑜　諸葛先生！
諸葛亮　（唱）殷殷情懷誠可鑒，
　　　　　　　　英雄相惜同舟船。
　　　　　也罷！
　　　　　（接唱）不避犯忌驚天演，
　　　　　周都督！
　　　　　（接唱）諸葛亮助周郎飛越關山！
周　　瑜　諸葛先生！
諸葛亮　都督一拜，高山動容！山人只好逆天而行，去借東風。
魯　　肅　（驚愕）那東風果能借得？
諸葛亮　果能借得！
周　　瑜　不知先生何時纔能借到東風？

諸葛亮　如能如願,山人從冬至甲子起,給都督借三天三夜東南大風!
周　瑜　(大喜)好!果能如此,先生功莫大焉!先生受瑜一拜——(作揖)
諸葛亮　(扶周瑜)不過,山人尚需借都督一心愛之物,方能保證成功。不知都督能否應允?
周　瑜　只要能破曹賊,瑜不惜一腔熱血,還有甚麼心愛之物不能割捨?先生請講!
諸葛亮　(一笑,走到瑤琴旁邊)都督,山人只借這瑤琴一用。
周　瑜　(捧瑤琴,白)此琴能得先生眷顧,是琴之幸,亦瑜之幸也!(獻瑤琴)
諸葛亮　(接琴)謝都督厚誼!莫忘了那句妙詞——"君與我同携手……"
周　瑜　(吟誦)"各保明主,拾金甌,躍馬擊水,鐵筆寫春秋!"哈哈哈……
諸葛亮　哈哈哈……
　　　　(小喬、魯肅也輕鬆大笑)
　　　　(切光)

第　七　場

　　　　(光漸啓。夜。東吳水軍大營)
　　　　("帥"字旗高懸。衆將士的眼睛齊刷刷地緊盯着旗的飄向)
衆將士　(唱)枕戈待旦,望眼欲穿!
　　　　　　軍機萬重,東風杳然!
　　　　(周瑜上,魯肅、虞翻緊隨着上)
　　　　(周瑜、魯肅、虞翻一齊抬頭望"帥"字旗——依然是西風)
虞　翻　哼,諸葛亮真是荒唐,這明明是西風。隆冬之際,哪裏會有東南風呢!
衆　人　是啊!
虞　翻　風雨豈可借得?
魯　肅　事關存亡,諸葛亮必不會誑言!
虞　翻　可時辰已到,東風何在?
　　　　(周瑜只是盯着飄揚的旗子,不語。張昭上)
張　昭　時辰已過,西風不止。軍內人心浮動,這便如何是好啊?
周　瑜　(嚴厲)都督有令!全軍靜待東風,有散播流言者,嚴懲不貸!

(突然間"帥"字旗停止擺動,少頃向相反方向飄揚起來)

眾　人　(驚呼)東南風起了！東南風起了！

周　瑜　啊！

　　　　(唱)東風吹響進軍號,
　　　　　　數萬精兵士氣高。
　　　　　　快船火箭準備好,
　　　　　　火燒曹賊在今朝。
　　　　太史將軍聽令！

太史慈　在！

周　瑜　命黃蓋老將軍速去和曹操約定,帶運糧船去降曹,引誘他不加防範！

太史慈　得令！

周　瑜　眾位將軍,令兵士飽餐休息,準備火箭船隻,今夜三更火攻破曹！

眾　人　啊！

周　瑜　東風,東風！諸葛亮他真有奪天地造化之法,鬼神不測之術！

張　昭　都督,主公口諭："諸葛亮道術通天,如不能為我所用,日後必成東吳大患。命你務必設計殺死此人,絕不能使其返回夏口！"

眾　人　都督,諸葛亮神機妙算啊！諸葛亮他會呼風喚雨啊！都督,都督！

周　瑜　哎！曹軍未破,諸葛無錯,叫我如何行此背友之事？

張　昭　都督,孫、劉兩家,破曹是友,曹破是敵。東風既起,破曹在即,今夜已是變友為敵,必須即刻除掉諸葛孔明！

　　　　(探子甲急上)

探子甲　都督,南屏山來報,諸葛亮不見了！

周　瑜　(怒)啊！你、你、你們為何竟讓他走失？

探子甲　都督,東風起時,諸葛亮執劍披髮,緩步下山。眾人怕壞了祭風大事,皆未敢造次。誰知他一去未回,不知去向。

周　瑜　隨我速去南屏山！

探子甲　是！

　　　　(收光。馬蹄聲漸遠去,又漸近)
　　　　(光復明。南屏山)
　　　　(周瑜帶眾人急上,徐盛迎上)

周　瑜　徐盛將軍,諸葛先生何在？

徐　盛　諸葛先生已登上山下灘口小船。
周　瑜　你布下的伏兵何在？
徐　盛　已將灘口蘆葦蕩團團圍住。
周　瑜　你待怎講？
徐　盛　已將蘆葦蕩團團圍住！
張　昭　（長舒口氣）好，諸葛亮呀諸葛亮，這一次你總算沒有逃出我的手心！
徐　盛　都督，諸葛亮的船恐怕即刻就要揚帆出蕩！到底是放行，還是射殺，請都督速決。
衆　人　都督！都督！
周　瑜　啊——
　　　　（唱）一句話問得我渾身一顫，
　　　　　　　只覺得心發虛，手發軟，張口好難！
　　　　　　　與諸葛爭高下今該了斷，
　　　　　　　爲甚麼我心中只有羞愧沒有喜歡？
　　　　　　　諸葛他過江來樁樁件件，
　　　　　　　哪一樁哪一件錯犯不端？
　　　　　　　若不是諸葛他共赴危難，
　　　　　　　怎有這破曹軍勝在眼前！
　　　　（追光中，周瑜想象中的曹操形象出現）
曹　操　（唱）昨是友明是敵今日翻臉，
　　　　　　　狡兔死走狗烹無雄不奸。
　　　　　　　奪江山講甚麼情長義短，
　　　　　　　錯時機龍歸海降龍萬難。
　　　　（曹操形象隱去）
衆　人　都督，無毒不丈夫啊！都督，你要當機立斷呀！都督，放虎歸山後患無窮啊！都督，要早日除去東吳大患哪！都督！都督！
周　瑜　（唱）一句句如驚雷震我心坎，
　　　　　　　翻手雲覆手雨何必羞慚！
　　　　　　　諸葛亮智如妖令人嫉羨，
　　　　　　　岜岜者先折損莫怪我奸。
　　　　徐盛將軍！

徐　盛　　在。
周　瑜　　（低聲）諸葛亮的船不動，伏兵也不能動。只要諸葛亮的小船駛出
　　　　　灘口，即命弓弩手……（艱難地）亂箭齊發。
徐　盛　　怎麼？諸葛小船不動……
周　瑜　　（厲聲）伏兵也不動！
徐　盛　　諸葛小船駛出灘口……
周　瑜　　弓弩手……亂箭齊發！
徐　盛　　得令！（急下）
張　昭　　都督！
周　瑜　　張長史，本都想少靜片刻。
張　昭　　都督！
周　瑜　　去吧！（自覺羞愧，蹉步後退，無地自容，扶山石喘息）
　　　　　（該表演區光暗）
　　　　　（另一表演區光啓。小船上，諸葛亮仰觀夜色）
小　童　　先生！東風大起，我們該啓程回夏口了。
諸葛亮　　我看這四周伏兵密布，小船駛出灘口，必遭不測。
小　童　　先生，這等凶險之地，如此等下去怎麼得了？
諸葛亮　　東吳雖有除我之心，但我觀周郎內有孤血英豪之氣，共赴危難，與
　　　　　我也有君子之約。請將周郎之琴架起，待我呼喚於他。
小　童　　（疑惑地）哦……（架琴）
　　　　　（諸葛亮調琴試音，悠然彈起。該表演區燈暗）
　　　　　（另一表演區光啓。徐盛急上）
徐　盛　　都督，諸葛亮的小船紋絲不動，並無駛離的迹象。
周　瑜　　啊？他、他、他紋絲不動，並無駛離的迹象？
徐　盛　　都督，不能再拖延了！亂箭齊發，射死諸葛，就在此刻！
衆　人　　都督！
周　瑜　　（沉默，咬牙）……好！諸葛先生呀，看來今日你難逃此劫，公瑾對
　　　　　不住你了！但願你……來世再稱英豪吧！（向蘆葦蕩深深一拜）
　　　　　（突然傳來一聲銀瓶迸裂般的琴聲）
周　瑜　　（突然挨電擊般一顫）啊！甚麼聲音？
徐　盛　　都督，是那諸葛亮在船上彈琴。
周　瑜　　（震）啊？他他他彈起琴來了！

徐　盛　（催促）都督！趕快下令吧！
周　瑜　（擺手）且慢！（側耳傾聽）
　　　　（另一表演區光啓。小船上，諸葛亮彈琴。琴聲如山間清泉，汩然湧流。琴聲漸大，彌漫於夜空……）
周　瑜　（唱）夜沉沉忽聽琴聲傳江畔，
　　　　　　如清風，如山泉，如月出岫，滿天，
　　　　　　一聲聲喚醒我絲絲心弦。
　　　　　　曾記得與諸葛琴語論劍，
　　　　　　一字差論出了節操磊然。
　　　　　　曾記得借東風病榻視探，
　　　　　　借瑶琴君子約，他他他……纔有了今天。
　　　　　　細思想周郎我好不羞慚，
　　　　　　雖相爭也曾是知音良伴，
　　　　　　同携手勝強敵赤壁奇觀！
　　　　　　驅曹兵退中原賊仍強悍，
　　　　　　殺盟友釀苦果定遭天譴！
　　　　　　我若是下毒手把諸葛暗算，
　　　　　　周公瑾背信義恥辱千年。
　　　　　　公瑾自信英雄漢，
　　　　　　常恨世間多邪奸，
　　　　　　寧做丈夫沙場見，
　　　　　　不做暗賊偷佔先！
　　　　　　明月皎皎世可鑒，
　　　　　　江河滔滔萬古傳。
　　　　　　今日禮送諸葛亮，
　　　　　　周公瑾俯仰無愧天地間！
　　　　（烏雲消散，一輪明月昇在夜空）
　　　　（無歌詞童聲合唱如天籟般湧起，整個世間好像都得到了淨化）
　　　　（琴聲清澈，月色如夢，一片祥和）
　　　　（張昭、虞翻等氣喘吁吁趕上）
周　瑜　徐盛將軍聽令，所有伏兵放下弓弩，禮送諸葛先生歸去——
徐　盛　（意外）啊？都督！

虞　翻	（驚叫）啊？都督！今日不除諸葛，他日必爲東吳之患！
張　昭	都督！來呀，傳主公口諭："諸葛亮小船駛出灘口，弓弩手亂箭射殺！"
衆　人	啊！
周　瑜	慢！主公曾面諭，凡軍陣之事，瑜皆可自决之！徐盛將軍——
徐　盛	在。
周　瑜	傳都督令，放下弓弩，禮送諸葛先生歸去。
徐　盛	得令！
張　昭	（氣急敗壞[1]）主公口諭，難道你竟敢不遵？
周　瑜	主公重托，臨陣自决！我與諸葛亮有君子之約，誰敢傷害諸葛先生，軍法定斬不饒！
徐　盛	（大聲）都督有令，所有伏兵，放下弓弩，禮送諸葛先生歸去——

（音樂大起。兩隊兵士持弓弩從諸葛亮小船兩側走出，然後放下弓弩，向諸葛亮恭敬地單腿下跪，長揖送行）

（諸葛亮小船駛向周瑜）

諸葛亮	（舉琴揖拜）山人向都督還琴來了。
周　瑜	先生……公瑾來爲先生送行！
諸葛亮	周郎春風浩蕩，山人不勝感佩。願以此琴爲證，永記此盟！
周　瑜	先生，琴留東吳，義存天地！願先生一路走好！（接過瑶琴）

（諸葛亮、周瑜互相揖拜）

諸葛亮	公瑾，山人拜別了！

（周瑜撫琴。諸葛亮小船在吳兵禮送隊列中緩緩駛過……）

校記

[1] 氣急敗壞："急"，原作"極"，據文意改。

尾　聲

（東吳火船乘東風向曹營挺進）

（"火燒戰船"舞蹈。曹兵在火陣中抱頭鼠竄，紛紛着火、落水）

（曹操在將士掩護下狼狽奔逃過場）

（大江湧流，戰船駛上。周瑜雄姿英發，立於船頭。風卷戰旗，將士

威武,如同一座氣勢雄渾的英雄雕像)
(幕內合唱:
"大江東去,
浪淘盡,千古風流人物。
故壘西邊,
人道是,三國周郎赤壁……")
(大幕徐徐落下)

——劇終

小 喬 初 嫁

盛和煜 撰

解 題

黃梅戲。盛和煜撰。盛和煜，1948年生，一級編劇，國務院專家特殊津貼獲得者，湖南廣電集團大片辦主任、湖南廣播電視藝術中心藝術總監、劇作家，著有戲劇影視作品《山鬼》《梅蘭芳》《走向共和》《漢武帝》《赤壁》等多種，獲六次全國"五一工程"獎，六次文華獎，曹禺戲劇文學獎。該劇未見著錄。劇寫東漢建安年間，曹操打敗劉備，蔡瑁、張允率二十萬水軍降曹。曹操集八十三萬人馬下江南攻東吳。小喬與周瑜去看鄰居開豆腐店的葉兒與王小六。小喬幫閨蜜葉兒推磨説私房話。程普來報，曹操從江北下了戰書，孫權已率衆文武到都督府商議對策。周瑜和小喬急回。葉兒因王小六賭博輸了買黃豆錢，夫妻鬧了矛盾，到小喬那裏評理，爲小喬勸解和好；大堂裏君臣商議拒曹對策，是戰是和，意見不一。孫權在周瑜激勵下，力主抗曹。小喬送周瑜出征，葉兒送王小六出征，衆多婦女送丈夫出征，高唱送郎調。曹操作《銅雀臺賦》，欲得小喬，隱藏了奸詐的離間計。曹操頭痛，令華佗把脉。曹操言得到小喬即罷兵。華佗不信。曹操令使赴東吳捎信，送小喬與曹操，便可罷兵。周瑜殺了曹使。小喬爲民過江去曹營見曹操。小喬揭穿曹操並不履行退兵諾言的詭計。曹操讓華佗勸其學生小喬歸順，華不允，被責打五十棍，關押後營。曹操威逼小喬，小喬抓起華佗的刮骨療毒的小刀欲自刎，周瑜率戰船千艘，殺過江來。火燒曹船。曹操頭疼病復發，小喬丟下小刀，以銀針救治曹操，曹操感而尊稱小喬夫人。戰後葉兒、王小六送鯽魚給小喬催奶，周瑜讓小六收拾鯽魚，聲稱：曹操八十三萬人馬我都收拾了，還在乎幾條小鯽魚！小喬手搖着搖籃，口哼着搖籃曲。本事出於《三國志》，曹操、周瑜、華佗、小喬史有其人，但該劇的故事情節，純屬虛構。版本見《劇本》2014年第12期。今據以收錄整理。該劇曾由安徽黃梅戲劇團演出。

序

(火光,旌旗)

(廝殺聲漸漸遠去)

(一頂紅羅傘着隱隱飄動,在將領與謀士們的簇擁下,曹操躍馬高坡)

曹　操　(唱)峽谷風吹送着血腥陣陣,
　　　　　　這一仗直殺得日月不明。
　　　　　　劉玄德率殘部狼狽逃命……

(探馬馳上)

探　馬　稟丞相,懾於丞相天威,蔡瑁、張允率二十萬荊州水軍來降!

曹　操　好!
　　　　(唱)從此後荊襄地雲淡風輕。
　　　　　　執太阿登高坡環顧宇内……
　　　　下一個,輪到他了!

衆　人　誰?

曹　操　(緩緩地)孫權!(眼中寒光如劍)告訴他,老夫欲與他會獵東吳!
　　　　(唱)可憐見錦繡江南要化爲烟塵。

(一陣短暫的靜寂,漫山遍野的曹軍將士突然爆發出響徹雲霄的歡呼)

衆將士　丞相萬歲!丞相萬歲!

(伴隨着兵器的撞擊聲,歡呼聲猶如陣陣驚雷,滾滾掠過天際)

第一場　打豆腐

(驚雷般的歡呼化爲市井叫賣聲)

(粉墻黛瓦,一條小巷)

(豆腐坊)

葉　兒　(唱)葉兒我恨不得多生兩隻手,
　　　　　　忙了這頭忙那頭。
　　　　　　紡棉綫喂豬崽,

瞅空上街打醬油。
　　　王小六大早出門買黃豆，
　　　一買買到這時候。
　　　怕的是他又去打牌又喝酒，
　　　正事丟到腦後頭。
　　　今日他若不把黃豆買回來，
　　　晚上休想碰我一指頭。
　　　火塘上邊熏臘肉，
　　　我饞得他貓兒口水流。
　　（小喬與周瑜上，小喬輕叩門）

葉　兒　（抄起一把掃帚，開門就打）你個懶鬼，怎麼纔回來？
小　喬　葉兒姐姐，是我……
葉　兒　小喬……（掃帚落地，眼眶却紅了）你來看我了？
小　喬　一直想着來看姐姐，分不開身……
葉　兒　我曉得，曉得！你嫁了那麼大的一個官，是不容易……哎呀，快進屋，快進屋唦！
小　喬　慢着，那邊還有一個人呢！
葉　兒　還有一個人，哪個？
小　喬　（緋紅了臉）他……
葉　兒　哪個他？
小　喬　他，就是他嘛！
周　瑜　（上前施禮）周瑜見過葉兒姐姐！
葉　兒　（打量着周瑜）你就是周瑜？周、周大都督……（往周瑜身後張望）怎麼就沒個騎馬扛旗、鳴鑼開道的呢？
小　喬　（笑）我來看姐姐，講那些排場做麼事？
葉　兒　那也是……哎呀，民女給大都督磕頭！
小　喬　（一把扯住葉兒）不要唦！
周　瑜　夫人經常提起姐姐，說你們多年鄰里，情逾姐妹。
葉　兒　姐妹歸姐妹，未必連禮性都不講了。
小　喬　若講禮性，他叫你姐姐，你還得叫他妹夫呢！
周　瑜　然也！
葉　兒　麼事叫然也？

周　瑜　就是説夫人説得對。
葉　兒　我不叫你大都督？
周　瑜　不叫。
葉　兒　叫妹夫？
周　瑜　叫妹夫。
葉　兒　妹夫！
周　瑜　周瑜在。
葉　兒　（笑）哈哈……（轉身拭淚）
小　喬　姐姐，你看你……六哥呢？
葉　兒　嗨，説是上街去買黃豆，可是買到這時候還没回來！你看我這屋裏頭，一堆衣服丢在那裏還没洗，黄豆泡在盆裏也還没磨……
小　喬　我來幫你推磨！
葉　兒　你現在是夫人嗻！
小　喬　我還是小喬吵！
葉　兒　那好，我來推磨，你下豆子。
周　瑜　我呢？
葉　兒　你呀……裏屋有一個唱本兒，你看唱本兒去吧！
周　瑜　呵呵，那我就看唱本兒去也！（下）
葉　兒　（感嘆）好老實喲！
小　喬　（笑）姐姐就欺負他！
葉　兒　姐姐想和你説説私房話嘛。
小　喬　我也是。
葉　兒　好哪！
　　　　（唱）一副磨子圓又圓，
小　喬　（唱）姐妹推磨心喜歡。
葉　兒　（唱）豆腐坊裏私房話，
小　喬　（唱）磨子悠悠話綿綿。
葉　兒　（唱）我與小六常叨念，
　　　　　　　妹妹出嫁有幾多天。
　　　　　　　妹夫待你好不好？
　　　　　　　婆家規矩嚴不嚴？
小　喬　（唱）好不好剛纔你看得見，

　　　　　　公婆慈愛小姑賢。
　　　　　　小喬初嫁爲人婦，
　　　　　　上天賜我美姻緣。
葉　兒　（唱）娶親那天我沒趕上，
　　　　　　只聽滿大街在瘋傳。
　　　　　　車如流水馬如龍，
　　　　　　鼓樂排場鬧翻了天。
小　喬　（唱）周郎白馬相隨伴，
　　　　　　一乘花轎四人顛。
　　　　　　鼓樂奏的是《小桃紅》，
　　　　　　春風習習潤心田。
葉　兒　（唱）人説都督開喜筵，
　　　　　　流水席一眼望不到邊。
　　　　　　金盤子裝來銀盤子盛，
　　　　　　桌桌鳳膽與龍肝。
小　喬　（唱）毛豆腐、臭鱖魚，
　　　　　　刀板香炒豆乾。
　　　　　　桌桌徽州八大碗，
　　　　　　哪來的鳳膽與龍肝！
葉　兒　（唱）一根綢帶紅艷艷，
　　　　　　夫妻兩個把手牽。
　　　　　　牽入洞房蠻好玩，
　　　　　　妹妹給我講一遍。
小　喬　（嬌嗔地）姐姐……
葉　兒　（唱）哪個爲你揭蓋頭，
　　　　　　哪個爲你摘鳳冠。
　　　　　　繡鞋可是你自己脱，
　　　　　　哪個輕輕解衣衫……
小　喬　姐姐……
葉　兒　講吵！
小　喬　（唱）一根綢帶紅艷艷，
　　　　　　周郎與我把手牽。

洞房花燭光閃閃，
羞答答低頭不敢言……
周郎爲我揭蓋頭，
周郎爲我摘鳳冠。
輕輕爲我脫繡鞋，
輕輕爲我解衣衫……
（羞得說不下去了）
（伴唱）啊……
忽見枝頭桃花綻，
春風已度玉門關……

葉　兒　（笑）大都督辦事，和王小六也差不多嘛。
　　　　（突然嘔吐）啊……
小　喬　姐姐，你怎麼啦？
葉　兒　我，我有了……
小　喬　啊，六哥曉得啵？
葉　兒　還沒有告訴他。
小　喬　哎呀，我真替姐姐高興！
葉　兒　是呀，我和小六結婚這些年，一直沒有孩子。原來我怪他沒本事，現在看來，他還是有些本事的！
小　喬　（嗔怪地）姐姐……
　　　　（周瑜拿着唱本兒上）
周　瑜　哈哈！有趣！有趣之至……你們聽聽這個——
　　　　（唱）送郎送到墻拐角，
留郎不住跺跺腳。
郎問我跺腳爲甚麼，
我說螞蟻咬我脚。
　　　　哈哈，太有趣了。
葉　兒　這叫"送郎調"，我還會唱哩！
周　瑜　真的？那周瑜乞姐姐唱上一曲如何？
葉　兒　唱就唱！
　　　　（唱）送郎送到墻拐角，
留郎不住……

（程普急上）

程　普　　稟都督，曹操從江北下了戰書過來！
周　瑜　　哦？
程　普　　軍情似火，主公已率文武官員親臨都督官邸，商議對策！
周　瑜　　啊……走！（與程普急下）
小　喬　　姐姐，我們走了啊！（欲隨下）
葉　兒　　哎呀，茶都沒喝一口……（衝着小喬他們的背影）小喬，我要想去看你怎麼辦呢？
小　喬　　你就來吵。
葉　兒　　守門的不得讓進。
小　喬　　你就跟他説，你是王小六的老婆！（邊説邊下，聲音遠去）

（王小六背一個布袋上）

王小六　　王小六的老婆？哪個不曉得你是我的老婆！那是誰啊？
葉　兒　　小喬妹妹。
王小六　　啊！小喬？
葉　兒　　嗯，和妹夫一起來的。
王小六　　妹夫？哪個妹夫？
葉　兒　　周瑜，周大都督唄。
王小六　　（一屁股坐在地上，布袋也跌落一旁）我的個媽呀！你莫嚇我，我經不起嚇……
葉　兒　　看你那點兒出息！（拿過布袋）咦，這是你買的黃豆？
王小六　　對對，金砂豆……
葉　兒　　不對吧……（解開口袋，摸出一把）河沙？！

第二場　勸　　和

（都督府）

（葉兒哭上，徑直往府內闖）

門　官　　嘟，兀那婦人，曉得這是甚麼地方啵？
葉　兒　　曉得啊，都督府。
門　官　　曉得還往裏闖，當是你家菜園子啊？
葉　兒　　我找小喬妹妹！

门　官　你是……
叶　儿　我是王小六他老婆。
门　官　啊，王小六他老婆——请进，请进！
　　　　（王小六追上）
王小六　你莫跑……
门　官　嘟，大胆狂徒，竟敢擅闯都督府？
王小六　我刚看见我老婆进去。
门　官　你老婆是谁？
王小六　我老婆是谁？你把我问到了……哦，别人都叫她王小六的老婆！
门　官　王小六的老婆啊——那是进得的。
王小六　王小六的老婆进得，王小六怎么就进不得呢？
门　官　（想想）也是啊，王小六的老婆进得，王小六怎么就进不得呢？进去吧……
　　　　（小乔绣房）
小　乔　叶儿姐姐，你怎么来了？
叶　儿　（哭）他……打我……
小　乔　哪个打你？
叶　儿　王小六！
小　乔　甚么？六哥打你？搞反了吧？
叶　儿　真的！你看，这是他打的，青红紫绿……
小　乔　哎呀，六哥这次真吃了豹子胆！
　　　　（王小六进屋）
王小六　豹子胆没吃，老酒倒是喝了半斤！
叶　儿　（哭嚷着扑上来）我叫你撒酒疯……
小　乔　莫吵，莫吵！主公和周郎他们在那边商议军国大事哩。
　　　　（帷幄后透出灯光，隐约可见东吴君臣议事的身影）
　　　　（幕后曹操的声音响起：孤近承帝命，奉辞伐罪。旄旌南指，刘备溃逃。更收降蔡瑁、张允水军。今统战舰精骑，大军八十三万，欲与将军会猎于东吴）
程　普　（倏地站起）曹贼欺人太甚，打！
众大臣　（站起）打不得！
　　　　（唱）曹孟德他是名正言顺汉丞相，

挾天子命諸侯執掌朝綱。
滅袁紹征烏丸犁庭掃穴，
把劉備撐得個雞飛狗跳墻。
如今他戰艦精騎八十三萬，
浩浩蕩蕩下長江。
我三萬弱旅怎對抗，
實在是不能打來只能降。

孫　權　嗯……公瑾因何冷笑？

周　瑜　我笑袞袞諸公，端的好見識！
（唱）說甚麼名正言順漢丞相，
曹阿瞞亂臣賊子中山狼。
滅袁紹征烏丸甚囂塵上，
挾天子命諸侯擾亂朝綱。
八十三萬大軍乃是降卒拼湊，
唯本部青州兵戰力稍強。
戰力稍強他只習鞍馬，
怎敵我東吳水軍雲帆千張。
怎敵我三萬健兒追波逐浪，
怎敵我江東子弟保衛家鄉。

（眾人震動）

周　瑜　（唱）更何況父兄百戰創基業，
眾人能降主公不能降。
眾人降了一一得封賞，
主公降了淒惶過長江。
枯藤老鴉夕照裏，
誰識得挽弓射虎的江東孫郎。

（咔嚓！孫權悚然站起，揮劍砍斷一角書案）

孫　權　我心已決，與曹賊拼死一戰！凡東吳文武，有再敢言降者，有同此案！

（滿堂文武噤聲，一片肅然）

孫　權　周瑜！

周　瑜　在！

孫　權　（捧劍在手）今命你爲三軍大都督，程普爲副，率我將士，破擊曹賊！
周　瑜　（跪而受劍，慷慨地）瑜受命！不破曹賊，不返江東！
　　　　（周瑜身後的將官齊刷刷跪倒）
衆將官　（聲震大堂）不破曹賊，不返江東！
　　　　（光暗）
王小六　（傾聽）吵吵！怎麼就不吵了？
葉　兒　（揪住王小六）他不吵了我們吵！
王小六　我跟你講啊，不要以爲在小喬這裏，我就不敢揍你！
小　喬　（拉開葉兒）小六哥，今天你怎麼這樣橫？
王小六　你問她！
葉　兒　問我？
　　　　（唱）未曾開口肺氣炸，
　　　　　　憋不住眼裏的淚花花。
　　　　　　賭博輸掉買豆的錢，
　　　　　　冒充黄豆你背河沙。
　　　　　　又氣又恨纔將你罵……
王小六　（唱）罵得我頭皮直發麻。
　　　　　　以酒壯膽老子就打，
　　　　　　這個屋裏我當家。
　　　　　　要讓你曉得天字出頭夫爲大，
　　　　　　王小六是你的男人不是冬瓜。
小　喬　（忍住笑）
　　　　（唱）六哥我問你一句話，
　　　　　　平日裏姐姐待你差不差。
王小六　還好。
葉　兒　就還好？
小　喬　（唱）不是還好是蠻好，
　　　　　　左鄰右舍誰不誇。
　　　　　　縫補漿洗做鞋襪，
　　　　　　又做飯菜又奉茶。
　　　　　　種菜園喂豬崽，
　　　　　　裏裏外外一把抓。

　　　　　　白天幫你打豆腐，
　　　　　　夜晚燈下紡棉紗。
　　　　　　一份份辛苦換銅板，
　　　　　　你一輸就是一大把。
　　　　　　手摸胸膛想一想，
　　　　　　六哥你敢説對得起她。
　　　（葉兒啜泣）
王小六　（低頭）我……
小　喬　（唱）説甚麽天字出頭夫爲大，
　　　　　　好男兒不在老婆面前把威風耍。
　　　　　　耍耍威風也罷了，
　　　　　　你真的動手打了她。
　　　　　　夫妻們打打罵罵也罷了，
　　　　　　肚裏的寶寶你也敢傷他……
王小六　寶寶，甚麽寶寶？
小　喬　葉兒姐姐有了！
王小六　啊？（衝上去抱住葉兒）我的個親娘哪！你怎麽不早講吵……
　　　（葉兒委屈大哭）
王小六　莫哭，莫哭啊……（抓起葉兒的手打自己的頭）都是王小六不好，我幫你打他，打他……
葉　兒　（破涕爲笑）回去再找你算賬！
小　喬　（笑，唱）也勸姐姐一句話，
　　　　　　六哥其實也不差。
　　　　　　做的豆腐白又嫩，
　　　　　　口碑人緣個個誇。
　　　　　　不要動輒將他罵，
　　　　　　男子漢的面子你要顧全他。
　　　　　　有點小毛病無傷大雅，
　　　　　　比如説喝喝酒來搓搓麻。
　　　　　　從來家和萬事興，
　　　　　　艷陽高照着小巷人家。
葉　兒　小喬，姐姐聽你的……

（周瑜上）

周　瑜　啊,葉兒姐姐來了,這位是?
葉　兒　你姐夫。
周　瑜　姐夫?
王小六　一家人,莫客氣。
周　瑜　哦?哦哦,不客氣……
王小六　妹夫的軍國大事談完了?
葉　兒　（悄悄扯了王小六一下）軍國大事,關你小老百姓麽事?
周　瑜　不,還真關他事。爲抵禦曹操,凡我東吳丁壯,都要徵召入伍,我想姐夫也在徵召之列!
葉　兒
王小六　啊?!

第三場　送　　郎

（琴瑟之聲）

（周瑜、小喬,一琴一瑟）

（那琴聲忽地飛拔而起）

小　喬　（動容）琴聲邈邈乎?周郎憂國!（掌風在瑟上沉沉掠過）
周　瑜　（戚然）瑟音切切乎?夫人憂民!

（琴瑟齊鳴,只聞驚濤駭浪,撲面而來）

（砰,琴弦斷了）

周　瑜　（霍然而起）此番奔赴國難,若能破曹賊,死而無憾!

（小喬一驚,落下淚來）

周　瑜　（心疼地抱緊小喬）只是委屈你了……
小　喬　我的周郎,一身繫江東安危和數百萬百姓的生命!嫁夫若此,我自豪還來不及,有甚麽好委屈的?

（周瑜不再説話,只是更加抱緊了小喬）

（琴瑟和鳴,兒女情長）

（磨子悠悠）

王小六　這恐怕是最後一次推磨了。
葉　兒　莫亂講!

王小六　葉兒!

葉　兒　嗯……

王小六　你罵我兩聲吵!

葉　兒　好好的,我罵你做麽事?

王小六　上了戰場,想聽你罵都聽不到了!

葉　兒　(把豆子一放,哭起來)

　　　　(唱)叫你莫講你偏要講,
　　　　　　戳人心窩絞肝腸。
　　　　　　你是葉兒的男人孩子他爹,
　　　　　　刀劍不敢近身旁。
　　　　　　哪個敢要你的命,
　　　　　　我打進陰曹地府找閻王。

王小六　(唱)上了戰場都不想,
　　　　　　捨不得我的一副磨子兩間房。
　　　　　　捨不得還未出世的小寶寶,
　　　　　　捨不得我的老婆孩子他娘。
　　　　　　捨不得一日三餐白米飯,
　　　　　　捨不得青菜蘿蔔豆腐湯……

　　　　(驀然,鐘聲響了)
　　　　(葉兒、王小六怔住)
　　　　(鐘聲中)

周　瑜　(躍起)我得走了!

小　喬　(取來盔甲,默默爲周瑜穿戴)周郎!

周　瑜　嗯……

小　喬　還記得在葉兒姐姐家,那首"送郎調"嗎?

周　瑜　記得啊……

小　喬　其實我也會唱……(輕輕地唱起來)

　　　　(唱)送郎送到墻拐角,
　　　　　　留郎不住跺跺脚。
　　　　　　郎問我跺脚爲甚麽,
　　　　　　我説螞蟻咬我脚……

　　　　(王小六邊走邊忙亂地穿上號衣,葉兒替他拎着弓箭,跟在後

　　　　　　面……)
葉　兒　(唱)送郎送到巷子口，
　　　　　　巷子口上栽楊柳。
　　　　　　楊柳年年發新芽，
　　　　　　我郎一去不回頭……
　　　　(石拱橋上，被徵召的丁壯與送別他們的女人陸續走過)
女人們　(唱)送郎送到石拱橋，
　　　　　　石拱橋上腳打飄。
　　　　　　我郎走了無依靠，
　　　　　　一腳低來一腳高。
　　　　(田塍上、河汊裏，出現了更多送別的老百姓)
女人們　(唱)送郎送到荷葉灣，
　　　　　　風吹荷葉往上翻。
　　　　　　上一翻、下一翻，
　　　　　　好像刀刀割心肝……
　　　　(小喬、葉兒……送別的人們從四面八方匯聚，"送郎調"如潺潺溪流，從女人們心底流淌出來，匯入江河似雪浪奔湧，化爲白雲在藍天飛翔……)
　　　　　　送郎送到十里亭，
　　　　　　十里亭外人擠人。
　　　　　　一聲號令郎走噠，
　　　　　　只見塵埃不見人……

第四場　作　　賦

(檣櫓如林)
(曹操樓船)
(一個絕色美女的畫像，是小喬)
(曹操握狼毫筆，在畫像上方作賦)
(伴唱)立雙臺於侍從兮，
　　　　有玉龍與金鳳。
　　　　攬二喬於東南兮，

　　　　　　　樂朝夕之與共……

曹　操　"攬二喬於東南兮,樂朝夕之與共"……哎喲!
　　　　（突然把筆一扔,手捂着頭,雙目緊閉,呻吟起來）
　　　　（幕後一片驚慌的呼喊聲:丞相頭風犯了!華大夫!華佗大夫……）
　　　　（華佗拎着藤藥箱上）

曹　操　哎喲……
　　　　（華佗給曹操扎針）

曹　操　（舒緩過來）華佗,你乃當世名醫,我這頭風,總要根治纔好!

華　佗　頭風乃氣血衝動所致,而丞相心思重,又易發怒,誘因太多,要想根治,難。

曹　操　（沉默有頃）我這誘因……你知道大喬和小喬嗎?

華　佗　知道啊!
　　　　（唱）早年行醫到皖城,
　　　　　　　結識喬公在喬家村。
　　　　　　　那時節二喬年幼小,
　　　　　　　天真活潑冰雪聰明。
　　　　　　　最難忘小喬纏着我學醫術,
　　　　　　　說是長大後也要懸壺濟世救蒼生。
　　　　　　　她姐妹今日裏芳名傳天下,
　　　　　　　我却只記得那個小丫頭我的學生。

曹　操　（唱）早年多次到皖城,
　　　　　　　我與喬公交誼深。
　　　　　　　那時節二喬年幼小,
　　　　　　　身前身後歡笑不停。
　　　　　　　真個是女大十八變,
　　　　　　　她姐妹出落成絕代佳人。
　　　　　　　最可恨小喬嫁給了周公瑾,

華　佗　（唱）這纔是天作之合佳偶玉成。

曹　操　不!
　　　　（唱）她歸我纔稱得上天作之合,
　　　　　　　築高臺攬二喬銅雀春深。

　　　　　有句話說出來你信也不信，
　　　　　你可知我此番爲何舉兵。
　　　　　討伐孫劉只是個借口，
　　　　　要得到小喬纔是我的真心。

華　佗　不信。

曹　操　不信？

華　佗　（遞過藥枕）喏。

曹　操　嗯。（讓華佗把脈）

華　佗　（唱）望聞問切八綱辨證，
　　　　　是真是假脈象分明。
　　　　　丞相你的脈象亂，
　　　　　心中有鬼難騙人。

曹　操　（大笑）
　　　　（唱）好一個心中有鬼難騙人，
　　　　　華大夫直言不諱醫術精。
　　　　　奈何你不相信他人信，
　　　　　你把得準脈象看不透人心。
　　　　　且看我略施離間計，
　　　　　管教他東吳亂紛紛。
　　　　　休道是周郎英雄才蓋世，
　　　　　明知是陷阱他也繞不過我這個坑。
　　　　　哈哈哈……
　　　　（周瑜大帳）
　　　　（一聲高呼：曹操使者求見）

周　瑜　傳！

曹　使　見過大都督。

周　瑜　講！

曹　使　（一揖）曹丞相讓我捎話給吳侯、周大都督及各位將軍。

周　瑜　捎話？

曹　使　對，捎話。丞相説了，他要説的話不能形諸文字、留於史籍，那於兩家顏面上都不好看，所以只能捎話。

程　普　有屁就放，囉嗦甚麽？

曹　　使　　好,不囉嗦。丞相説,你們東吴只要將一個美女送給他,他便可以退兵。

程　　普　　哪個美女?

曹　　使　　小喬。

程　　普　　住口!小喬乃周都督夫人!

曹　　使　　那又怎樣?本朝元帝、成帝,還送自家的公主去和親哩!

　　　　　　(唱)你等心裏知道這筆買賣劃得來,

　　　　　　　　　只是面子上一時磨不開。

　　　　　　　　　一個女人換來千百萬性命,

　　　　　　　　　一點點面子又何足道哉。

周　　瑜　　(一脚踢翻了座椅)

　　　　　　(唱)駡一聲曹操老賊市井無賴,

　　　　　　　　　要戰就戰你把那陣仗擺開。

　　　　　　　　　使一些下作伎倆讓人惡心,

　　　　　　　　　是大丈夫你和我五步之内血濺塵埃。

　　　　　　來人!

衛　　士　　在!

周　　瑜　　拖出去,斬了!

程　　普　　都督,兩國交兵,不斬來使!

周　　瑜　　(怒)斬使以示威!

　　　　　　(衛士將曹使拖出帳外)

曹　　使　　(一路狂呼)周瑜,你爲了自己的老婆,竟不顧千百萬人的性命!周瑜……

　　　　　　(被拖下)

　　　　　　(鼕鼕鼕!殺人號炮三響,將曹使的聲音截斷)

　　　　　　(突然一片沉寂)

　　　　　　(只聽見江濤拍岸)

第五場　過　　江

(江濤拍岸)

(周瑜眺望着江北岸)

（夜色中，曹軍戰船、營帳千萬燈火，映亮了江水、夜空）

周　瑜　（唱）觀北岸曹營燈火兵勢強盛，
　　　　　　　耳邊廂大江東去浪驚心。
　　　　　　　思想起前日事猶難平靜，
　　　　　　　咦……
　　　　　　　却怎的燈花爆響劈啪有聲，
　　　　　　　燈花爆，親人到，難道……

（小喬上，一下撲到周瑜懷裏）

周　瑜　真是你？
小　喬　（嬌嗔地）本想給你個驚喜，都怪那燈花，泄露了消息。
周　瑜　戰事這樣緊張，你跑來做甚麼？
小　喬　我做了個夢，夢見曹操用箭射傷了你……（察看周瑜胸口）這裏……啊，沒有……幸好是夢……
周　瑜　（感動）你呀！
（突然帳外傳來一陣喧嚷和紛遝的脚步聲：抓住他！還有一個……）

小　喬　（驚）周郎……
周　瑜　不怕，我去看看。（出帳）
（程普上）

周　瑜　怎麼回事？
程　普　又抓了幾個逃兵。
周　瑜　噢，我東吳從來少有逃兵的啊？！
程　普　帶上來！
（衛士押着幾個逃兵上）

周　瑜　（對面前的逃兵，白）抬起頭來。
王小六　（抬頭）妹夫……
（帳內小喬一驚）

程　普　大膽！
周　瑜　啊，王小六……你怎麼也當了逃兵？
王小六　想你姐姐了……
程　普　一派胡言！
周　瑜　你是說想你老婆了？（問另一逃兵）你呢？

逃兵甲　　想老婆。

周　瑜　　（又問一逃兵）你呢？

逃兵乙　　想回家，守着老婆。

周　瑜　　（生氣）就這個理由？（大聲地）誰無妻子？都學你們，敵人殺來，一切都保不住，還有甚麼老婆可守？你們連這點兒道理都不懂嗎？

逃兵甲　　懂。可是……

周　瑜　　講！

逃兵甲　　可是……

周　瑜　　王小六，你講！

王小六　　我，我講了你不會殺我的頭啵？

周　瑜　　不殺。

王小六　　好，那我就講！

　　　　　（唱）自從曹使來大營，
　　　　　　　兄弟們互相傳紛紛。
　　　　　　　都說是這仗本來可不打，
　　　　　　　都是周大都督有私心。
　　　　　　　他保老婆讓我們賣命，
　　　　　　　難道我們的命就不是命，
　　　　　　　我們的老婆就不是人。

周　瑜　　可惱！

王小六　　不過，我可沒這樣說啊！

　　　　　（唱）我說大都督護老婆一點兒沒有錯，
　　　　　　　何況小喬妹妹的確是一個好女人。
　　　　　　　我說我家葉兒比起她來差得遠，
　　　　　　　但自個兒的老婆我也自個兒疼。
　　　　　　　我還說守着老婆最要緊，
　　　　　　　管他誰打輸來誰打贏。

程　普　　都督……

周　瑜　　你好像也有話說？

程　普　　（唱）他說的句句是實情，
　　　　　　　最難收拾是軍心。
　　　　　　　更有人乘機主公面前把言進，

要另謀和議不讓都督再統兵。

周　瑜　主公怎麼說？

程　普　主公正在猶豫……

周　瑜　（激動了）
　　　　（唱）曹賊的離間計如此拙笨，
　　　　　　　你們怎麼都看不清？

程　普　（唱）他已向天下作保證，
　　　　　　　交出小喬便罷兵。

周　瑜　（唱）這種謊言不用問，
　　　　　　　一戳就穿現原形。

程　普　不！
　　　　（唱）曹操計看似笨拙實毒狠，
　　　　　　　他深知大都督絕不會交出小喬夫人。
　　　　　　　你這裏絕不把小喬交出去，
　　　　　　　他那裏謊言就絕不會現原形。

（周瑜如遭雷擊，怔住了）
（同時，一束光下現出小喬，她一臉蒼白）
（半空中響起曹操的聲音：哈哈哈，周公瑾呀周公瑾！
休道你英雄才蓋世，
明知是陷阱你也繞不過我這個坑！）
（一侍女驚慌地跑上）

侍　女　（將手中羅帕遞給周瑜）都督，不，不好了！夫人她一個人，悄悄過江去了……

周　瑜　（看一眼羅帕，頓覺天旋地轉）啊……

（江濤拍岸）
（周瑜站在江邊，手中攥着那方羅帕，那是小喬留給他的信——）
（幕後小喬的聲音：周郎，我過江去了，去找曹操，請他兌現諾言。你不要替我擔心，江東父老鄉親也不要替我擔心，我是周郎的妻子呀，曉得嗎）
（周瑜仿佛看見，明月照着大江，一葉小舟向江北駛去。小喬站在船頭，神色平靜。江風吹拂着她，裙袂飄飄）
（伴唱）皓月當空夜蒼茫，

　　　　　　　一葉小舟過大江。
周　瑜　（唱）小舟上載的是我的嬌妻小喬女，
　　　　　　　碧波萬頃一紅妝。
小　喬　（唱）江風吹衣玉佩響，
　　　　　　　好像是周郎話語在耳旁。
周　瑜　（唱）小喬呀！
　　　　　　　明知道此去難回返，
　　　　　　　爲何要以身飼虎狼。
小　喬　（唱）莫道是此去難回返，
　　　　　　　莫道是以身飼虎狼。
　　　　　　　此去曹操重然諾，
　　　　　　　換取天下蒼生得安康。
　　　　　　　此去曹操背信義，
　　　　　　　戳穿了他的彌天謊。
　　　　　　　喚起萬衆破强敵，
　　　　　　　小喬含笑在泉壤。
周　瑜　（唱）一句含笑在泉壤，
　　　　　　　男兒熱淚灑大江。
小　喬　（唱）此去心中無牽挂，
　　　　　　　拜托周郎事兩椿。
周　瑜　（唱）含悲忍淚妻請講，
　　　　　　　千件萬件都承當。
小　喬　（唱）第一你要赦免了逃兵和小六哥，
　　　　　　　讓他們戴罪立功在戰場。
周　瑜　（哽咽）嗯……
小　喬　（唱）第二你回去要告訴葉兒姐，
　　　　　　　我給她預備了嬰兒的小衣裳。
　　　　　　　一針一綫是我親手做，
　　　　　　（伴唱）突然間珠淚滾滾觸動衷腸。
小　喬　（唱）周郎呀，你要原諒我赴曹營自作主張，
　　　　　　　你要原諒我新婚別走得匆忙。
　　　　　　　你要原諒我爲人妻尚未盡責，

　　　　　　我我我，我還沒有給你生一個小兒郎哪。
　　　　（伴唱）小兒郎吃糖糖，
　　　　　　　喊一聲爹叫一聲娘。
小　喬　（唱）好想念冬夜圍爐爐火旺，
　　　　　　　好想念西湖采菱菱角香。
　　　　　　　好想看你沙場點兵端坐在虎帳，
　　　　　　　好想聽你月下撫琴再奏一曲"鳳求凰"。
周　瑜　（唱）爐火旺情意融融暖身上，
小　喬　（唱）菱角香恩愛綿綿甜心房。
周　瑜　（唱）沙場點兵風吹帥旗呼啦啦響，
小　喬　（唱）我就是那長風吹得旗飛揚。
周　瑜　（唱）月下撫琴琴聲融入明月光，
小　喬　（唱）月光是小喬琴聲是周郎。
周　瑜　（唱）月光美，
小　喬　（唱）琴悠揚，
周　瑜
小　喬　（同唱）江天寥廓何處寫悲涼。
周　瑜　（唱）一聲呼喚傳天外，
　　　　　　　小喬小喬你要平安回到我身旁。
　　（孫權等衆人上）
　　（忽然，一只手搭上周瑜的肩頭。周瑜一看，竟然是孫權，不知他甚麼時候趕來了。孫權身後，是程普等將領，還有那班主和大臣；許多剛聽到消息的鄉親、部屬正陸續趕來，王小六和那些逃兵們也在其中，淚水已經溢滿眼眶）
　　（所有的人都凝視着江北，所有的人都在呼喚）
　　　　　　　江流峽谷齊回響，
　　　　　　　小喬小喬你要平安返家鄉……

第六場　破　　曹

　　（江面晨霧散開）
　　（在將領和謀士的簇擁下，曹操在樓船上眺望東吳兵營，不時大笑）

曹　操　（唱）探子報東吳兵軍心渙散，
　　　　　　　上上下下亂成了一團。
　　　　　　　孫仲謀生怯意不敢言戰，
　　　　　　　周公瑾大都督他當不了幾天。
　　　　　　　離間計奏奇效志得意滿，
　　　　　　　且看我兵不血刃謀取江南。
　　　　（眾武將與謀士們紛紛奉承）
眾　人　丞相面前，周瑜和孫權小兒，豈是對手？丞相真個是經天緯地之才，神鬼莫測之機！哈哈哈……
　　　　（突然，眾人聽見了甚麼聲音，越來越響，越來越近——）
　　　　（原來是曹軍將士敲擊着兵器，發出的歡呼聲：小喬！小喬……）
　　　　（一名將領驚慌跑上）
將　領　稟丞相，小喬她只身一人，到大營來了！
曹　操　（驚呆了）啊……
　　　　（江面的輕霧剛剛散去，朝陽如潤；在曹營將士的歡呼聲中，小喬披着一抹晨光，娜娜而來）
　　　　（伴唱）紅粉蹈白刃，
　　　　　　　三軍歡呼聲。
　　　　　　　丞相誇謀略，
　　　　　　　不及女兒心。
　　　　（不知是陽光還是小喬的美麗太炫目，曹操不禁眯縫起眼睛）
　　　　（一時沉默）
曹　操　（聲音竟有些顫抖）你比我想象的還要美麗！
小　喬　你也和我想得不一樣。
曹　操　哦？
小　喬　我不曉得你會作詩。
曹　操　作詩？
小　喬　"銅雀臺賦"……還有，個子也不高。
曹　操　（笑了，一下子放鬆下來）你小時候應該見過我呀。
小　喬　記不得了。
曹　操　我却從來沒忘過你。
小　喬　這真的是你攻打東吳的理由嗎？

曹　操　你說呢？
小　喬　我不知道，可是我來了。
曹　操　我沒想到你敢來！
小　喬　開始不敢……因爲周郎，我就敢了。
曹　操　我嫉妒你的周郎！
小　喬　你會兌現你的諾言嗎？
曹　操　甚麼諾言？
小　喬　我來了，你罷兵。
曹　操　哦？呵呵呵……來人呀！
侍　從　在！
曹　操　傳我將令，安排肥牛美酒，全軍將士，開懷痛飲，慶賀小喬來歸……
　　　　（幕内驟然響起曹營將士喝酒猜拳、狂歡喧嚣的聲浪：
　　　　　　一錠金哇，
　　　　　　哥倆好哇，
　　　　　　觀音娘娘是小喬哇。
　　　　　　五魁首哇，
　　　　　　六六順哇，
　　　　　　丞相說的要罷兵哇。
　　　　　　七個巧哇，
　　　　　　八大壽哇，
　　　　　　俺的老家在青州哇……
　　　　（狂歡喧嚣的聲浪漸漸弱了）
　　　　（月亮昇起）
　　　　（一盞紗燈，映出小喬身影）
小　喬　（唱）江風入帷夜氣冷，
　　　　　　巡哨刁斗傳寒聲。
　　　　　　燭光明滅非幻影，
　　　　　　我不在東吳在曹營。
　　　　　　與曹操一見面便知脾性，
　　　　　　笑面孔掩不住狼子野心。
　　　　　　我早已將生死置之度外，
　　　　　　任憑他興風作浪我波瀾不驚。

　　　　　　只盼望雲帆高張東風勁，
　　　　　　我周郎親率貔貅大破曹操百萬兵。
　　　　（不遠處，曹操正凝望着小喬）
曹　操　（唱）曹孟德凝望着麗人身影，
　　　　　　不由得乍喜又驚心。
　　　　　　喜的是神女終入襄王夢，
　　　　　　驚的是她讓我失信天下計難成。
　　　　　　嗨！成大事講甚麼誠與信，
　　　　　　這就叫不可天下人負我，
　　　　　　寧可我負天下人。
　　　　叫華佗來！
　　　　（華佗拎藤藥箱急上）
華　佗　丞相頭風又犯了？
曹　操　頭風未犯，但確實有點兒頭疼。
華　佗　此話怎講？
曹　操　（一指小喬身影）因爲她！
華　佗　（明白過來）噢，她確實讓丞相頭疼。
曹　操　這個頭疼，怕也只有你能治好！
華　佗　哎呀丞相，我只能治好那個頭疼，治不好這個頭疼！
曹　操　你說過，她是你學生？
華　佗　說過。
曹　操　學生最聽老師的話，你去給她說合說合。
華　佗　說合甚麼？
曹　操　讓她依順於我！
華　佗　禀丞相，華佗是大夫，不是媒婆！
曹　操　（隱忍）頂得好！
華　佗　好不好你都把人騙來了。
曹　操　没有到手，不算。
華　佗　人都在這兒了，要到手還不容易？
曹　操　我不用下三濫手段。
華　佗　那你就到不了手。
曹　操　我能征服天下，不信征服不了一個女人。

華　佗　送丞相一句話，天下豪傑的忠貞加起來，也抵不上一個女人的癡情！
曹　操　（冷笑）你就不能順著我說一句嗎？
華　佗　我只知道，扎針要扎在穴位上。
曹　操　（發怒）你存心要羞辱於我嗎？來人！
侍　從　在！
曹　操　把他拖下去，重責五十軍棍！
　　　　（華佗被侍從拖下，幕內響起責打聲）
　　　　（侍從上）
侍　從　禀丞相，華佗昏厥。
曹　操　涼水澆醒，收監看押。
侍　從　是！
曹　操　還有，速速置酒樓船，老夫要與小喬飲酒賞月！
侍　從　是！（下）
　　　　（月挂中天）
　　　　（檀板輕敲，絲竹盈耳）
　　　　（樓船上就曹操與小喬兩個人）
　　　　（響起蒼涼的歌聲）
　　　　　　對酒當歌，
　　　　　　人生幾何。
　　　　　　譬如朝露，
　　　　　　去日苦多……
小　喬　（動容，輕輕重複）對酒當歌，人生幾何……
　　　　（小喬的反應令曹操十分得意，他將杯中酒一飲而盡）
　　　　（歌聲繼續）
　　　　　　山不厭高，
　　　　　　水不厭深。
　　　　　　周公吐哺，
　　　　　　天下歸心。
曹　操　怎麼樣？
小　喬　甚麼怎麼樣？
曹　操　我的詩？

小　　喬　很好,真的很好。
曹　　操　比周瑜如何?
小　　喬　不好比,他從不以周公以及任何先賢自居。
曹　　操　你是說我不配,既不配和周瑜比,更不配和先賢比?
小　　喬　是的。
曹　　操　(不怒反笑)哈哈哈……
　　　　　(唱)且不說先賢怎麼樣,
　　　　　　　只與你論一論這眼前的短與長。
　　　　　　　三分天下我有其二,
　　　　　　　哪一點比不上你的周郎。
小　　喬　(唱)我不比人品和模樣,
　　　　　　　那會讓你把心傷。
　　　　　　　我不比六藝與修養,
　　　　　　　見仁見智不好論短長。
　　　　　　　小喬本是民間女,
　　　　　　　羨的是並蒂蓮花刎頸鴛鴦。
　　　　　　　我只說溫柔體貼情專一,
　　　　　　　天底下誰比得過我的周郎。
曹　　操　(又爆發出一陣大笑)哈哈哈……
　　　　　(唱)幾句話笑得我前俯後仰,
　　　　　　　周公瑾原來是一個脂粉兒郎。
　　　　　　　大丈夫建功立業在疆場,
　　　　　　　豈能夠沉溺在溫柔鄉。
　　　　　　　我知道他高遠志向,
　　　　　　　却一味的兒女情長。
　　　　　　　可憐東吳無男兒,
　　　　　　　盡是些花兒鳥兒與鴛鴦。
小　　喬　(唱)小喬請教曹丞相,
　　　　　　　哪一個堅決不向你投降。
　　　　　　　哪一個踞天險統雄兵與你對抗,
　　　　　　　哪一個不惜馬革裹屍回家鄉。
　　　　　　　說甚麼花兒鳥兒與脂粉,

　　　　　　你內心畏他如虎狼。
　　　　　　說甚麼東吳無男兒,
　　　　　　你睜眼看一看江對岸呼啦啦"周"字
　　　　　　帥旗迎風揚。
曹　操　(唱)嬌妻都落在我手上,
　　　　　　還妄稱甚麼英雄世無雙。
小　喬　(唱)言而無信施伎倆,
　　　　　　我替丞相臊得慌。
曹　操　(將酒盞一摔,逼向小喬)
　　　　　(唱)臊不臊你都逃不出我手掌。
小　喬　(連忙後退,撞落華佗藤藥箱,見裏邊治病的藥品與器械散落一地,
　　　　　一把抓起刮骨療毒的小刀)
　　　　　(唱)周郎呀!
　　　　　　從此天人永隔各一方。
　　　　　(突然傳來一陣陣喧嘩鼓噪聲)
曹　操　(回身喝問)哪一個膽敢吵鬧喧嚷……
　　　　　(侍從驚慌跑上)
侍　從　丞相!眾多將士喧鬧,說是小喬夫人已到曹營,丞相爲何不履行諾
　　　　言,罷兵回鄉?
曹　操　(怒)罷不罷兵,皆在老夫!傳令,再敢鼓噪者,殺無赦!
侍　從　是!
　　　　　(喧嘩聲未息,又傳來鼕鼕鼓聲)
曹　操　(大怒)這又是怎麼回事?
侍　從　丞相呀,周瑜率戰艦千艘,殺過江來了!
曹　操　啊……
　　　　　(唱)只覺得氣血上衝頭痛欲裂命欲喪。
　　　　　　哎喲……
侍　從　(慌忙)華大夫!華佗大夫……(跑下)
　　　　　(戰鼓鼕鼕!無數火箭飛蝗似地射向曹軍船舶、營帳,燃起大火)
曹　操　哎喲……(頭疼得癱倒在椅上)
小　喬　(看着曹操,有點兒不知所措)
　　　　　(唱)你這是頭風發作氣血不暢……

(手中小刀掉地,下意識地捏起一枚銀針,走向曹操)
(曹操驚恐地望着小喬)
(一切好像靜止了)
(小喬輕彈一下銀針,銀針在空氣中發出極輕的顫音……)

小　喬　(唱)這一針扎在天元穴神清氣爽。
　　　　(將銀針刺入曹操穴位,用食指和拇指輕輕撚轉着)
曹　操　(坐起來,虛弱地)小喬夫人……
　　　　(戰鼓聲一陣緊似一陣)
　　　　(月亮照耀着寬闊的江面,東吳水軍的艨艟巨艦,破浪而來!周瑜白袍銀鎧,仗劍屹立船頭。他身後是程普、王小六等將士。江風吹拂着"周"字帥旗,呼呼作響)
　　　　(戰鼓鼕鼕,喊殺聲入雲)
　　　　(小喬靜靜地給曹操進針)
　　　　(火光映紅了江水、夜空也映紅了小喬臉龐)

尾　聲

(都督府)
(隱約有搖籃曲的哼鳴聲)
(葉兒和王小六上)

周　瑜　哎呀,姐姐,姐夫,家來着?
葉　兒　家來着。小喬坐月子,給她弄了點兒鯽魚,煮米湯發奶水。
王小六　(揚了揚手上的一串鯽魚)清一色,二兩一條。
周　瑜　好好,交給廚房。
葉　兒　讓小六去弄,我坐月子,都是他弄的。
周　瑜　他行嗎?
王小六　喊!曹操八十三萬人馬都被我收拾了,幾條鯽魚還奈它不何?
周　瑜　那是,那是。
葉　兒　小喬呢?
周　瑜　正在哄寶寶睡覺。
葉　兒　那就不驚動她,我悄悄看一眼就行了!
周　瑜　好!(輕輕拉開帷幔)

（溫馨的光環裏，小喬一邊搖着搖籃，一邊輕輕哼着搖籃曲）

（小喬的微笑恬靜而幸福）

（搖籃曲不絕如縷）

——劇終

諸葛亮弔孝

閔　彬　張鄉樸　整理

解　題

越調。閔彬、張鄉樸整理。閔彬(1929—2005)，原名蔣興華，筆名閔彬，河南項城人。曾任淮陽專區文工團、商丘專區越調劇團、平頂山越調劇團、社旗縣越調劇團編導，二級編劇，享受國務院特殊津貼。中國劇協會員、社旗縣政協副主席。改編、整理、創作劇本二十多部，導演劇目八十多部，多次獲得國家、省、地市戲曲會演劇本創作一等獎。出版劇本五部，包括《諸葛亮弔孝》(合作)、《李天保弔孝》等，另著有《文藝人才成長之路》。張鄉樸，筆名方展，1930年生，河南唐河人，大學文化。1949年參加革命，歷任河南省文工團美術隊副隊長、河南省文化局文藝處科員、河南省戲改會、省話劇團創作員、河南省文聯劇協幹事、戲劇專刊編輯、周口文化局創作室創作員，中國戲劇家協會會員。著有越調《舌戰群儒》、《諸葛亮弔孝》(合作)、豫劇《西湖公主》、話劇《不能走那條路》(合作)、戲曲《雙鎖櫃》《齊王納諫》《苦菜花》《三顧茅廬》等多種劇本，另有電視劇本《常香玉》(18集)、《曹操》(40集)、《桃花扇》(20集)，均已錄製播放。《不能走那條路》獲文化部演出劇本獎，《諸葛亮弔孝》獲河南省文化廳劇本一等獎，《西湖公主》獲河南省演出獎，《常香玉》獲1992年中宣部"五一工程"獎、廣電部飛天獎。該劇未見著錄。劇寫東漢末年，孫權與劉備結盟，共抗曹操。劉備借東吳之地荆州養息兵馬，周瑜深以爲患，特命魯肅前往討要荆州。魯肅空手而回，説劉備請再寬限幾載，待奪取西川後歸還。周瑜大怒，遂定一計，親率五萬人馬，直奔荆州，名義上是幫劉備奪取西川，實欲暗襲荆州，生擒劉備、諸葛亮。諸葛亮識破周瑜詭計，決定先禮後兵。當周瑜率兵來到荆州城外時，劉備軍隊列隊相迎，諸葛亮親向周瑜敬酒。周瑜擲酒杯於地，命部下捉拿諸葛亮。諸葛亮曉以聯盟抗曹的大義，奉勸周瑜退兵。周瑜不聽，命吳軍圍困荆州。兩軍在城外展開激戰，周瑜大敗，退至蘆花蕩，中張飛埋伏，周瑜馬陷泥潭，向張飛告饒，纔得以活命，落荒逃至巴丘。諸葛亮致書於周瑜，勸周瑜收兵罷戰，孫劉重修舊好，生靈免遭塗炭。周瑜看罷氣昏吐血而亡。周瑜的夫人小喬忽聽到周瑜的死訊，悲痛欲絕。孫權下詔爲周瑜報仇雪恨，小喬與東吳衆將要求火速發兵。唯有魯肅勸大家提防曹操與劉備結盟，發兵之事要三思而行。諸葛亮過江前來弔孝。張昭傳令設伏兵於靈堂四周，以小喬摔杯爲號，擒拿諸葛亮。諸葛亮進入靈堂，知有伏兵，囑趙雲多加提防。他痛哭着跪在周瑜靈牌之前，獻祭文，盛贊周瑜的功勛。小喬幾次欲拿酒杯，都受到趙雲盯視而縮回手來。最後，小喬摔杯，被魯肅用手接住。小喬見諸葛亮哭訴前情，深受感動，對生殺二字難下決斷。趙雲見勢危急，催促軍師告辭，被張昭攔住。諸葛亮對張昭曉以大義，言明曹操欲報赤壁之仇，若孫劉兩家相爭，豈不叫漁翁得利？正值探子忽報，曹操率領數十萬人馬，有犯江東之事。小喬謂軍情緊急爲當下急務，張昭亦向諸葛亮致歉。魯肅請諸葛亮到大廳，雙方共商抗曹之計。本事出於《三國演義》第五十六、第五十七回。明傳奇《草廬記》、清傳奇《鼎峙春秋》、京戲《討荆州》《柴桑口》都寫此故事，情節不盡相同。該本版本今見《河南戲曲名家叢書》（越調卷）申鳳梅演出本、《中國當代百種曲》本。今以《中國當代百種曲》本爲底本，參考《河南戲曲名家叢書》本，校勘整理。

第 一 場

（鄱陽湖畔的柴桑口）
（東吳水軍都督周瑜的帥府裏）
（幕啓：音樂聲中旗牌上。周瑜上）

周　瑜　（念）爲荆州心肝欲碎，
　　　　　　到何時方展愁眉！
　　　　（唱）想當年與曹兵大戰赤壁，
　　　　　　立下了蓋世功威震華夷。
　　　　　　荆州城乃軍家必爭之地，
　　　　　　劉玄德養兵馬他如虎添翼。
　　　　　　與吳侯分憂愁幾番密議，
　　　　　　差魯肅討荆州已去江西。

　　　　　但願得此一行遂我心意，
　　　　　管叫你大耳賊無枝可栖。
　　　　　待時機興大兵把中原奪取，
　　　　　保吳侯定乾坤我位列第一。
　　　（中軍上）
中　軍　稟都督，魯大夫求見。
周　瑜　有請。
中　軍　有請。
　　　（魯肅上）
魯　肅　（唱）奉命過江討荊州，
　　　　　怎奈皇叔苦哀求。
　　　　　寬限幾載難做主，
　　　　　魯子敬進大帳回稟都督。
周　瑜　魯大夫你回來了？
魯　肅　回來了。
周　瑜　魯大夫……
魯　肅　周都督……
周　瑜
魯　肅　哈哈哈哈！請！（進帳）
周　瑜　大夫此行，定是馬到成功？
魯　肅　都督啊！
　　　（唱）吳侯旨都督令怎敢慢怠，
周　瑜　（唱）大夫你秉忠心實有幹才。
魯　肅　（唱）到荊州他君臣置酒款待，
周　瑜　（唱）謝恩情三叩首他也應該。
魯　肅　（唱）提荊州那劉備含淚求拜，
　　　　　念及他急切裏難做安排。
　　　　　盼吳侯念姻親寬限幾載，
　　　　　取西川再奉還貴手高抬。
周　瑜　豈有此理！
　　　（唱）聞此言不由我氣滿胸，
　　　　　國事焉能徇私情？

何道西川未曾取，
分明賴佔荆州城。
怒一怒大帳傳將令，
帶人馬殺他個滿江紅。

魯　肅　都督息怒，容我告禀。

周　瑜　講。

魯　肅　想當年赤壁鏖戰，孫劉兩家存亡與共，如今都督不念舊情，反而發兵攻取荆州，恐天下人道我出師不義呀！

周　瑜　以大夫之見呢？

魯　肅　還是寬限幾載，待他們取來西川……

周　瑜　魯大夫，以你之言，我東吳就任其所爲麼？你可知他們一日不奪西川，一日不還荆州；一載不奪西川，一載不還荆州；十載不奪西川，十載不還荆州。大夫你說什麽他們君臣急切裏難做安排，分明是你把那水陸要道、抗曹前衝、軍家必争之地，白白地送與他人，是也不是？

魯　肅　都督……

周　瑜　大夫，你可知吳侯爲了荆州，日夜憂嘆，寢食不安。倘若知曉此事，且莫説你的高官厚禄，就連你的身家性命，何人擔保？你，你，你，真乃糊塗！

魯　肅　哎呀！
（唱）請都督爲此事且勿見怪，
　　　劉玄德抗曹兵爲作盾牌。
　　　孫與劉結盟好友情尚在，
　　　還望你觀大體另想良策。

周　瑜　這另想良策吆！？嗯，好！本督勞你二次過江……

魯　肅　二次過江？

周　瑜　你去至荆州，對他們君臣言講，就説我東吳念及兩家姻親之好，願幫他們五萬人馬，攻取西川。

魯　肅　攻取西川？哎呀，此事吳侯未必應允吧？

周　瑜　魯大夫，你是聰明一世，糊塗一時啊！想那劉備乃吳侯的妹丈，今日助他君臣奪取西川，既能换來荆襄數郡，又能成全姻親之好，吳侯焉有不允之理？

鲁　肃　既然如此，待我修表啓奏吴侯。
周　瑜　大夫，時間緊迫，你急速過江，本督啓奏便了。
鲁　肃　但不知何人領兵？
周　瑜　本督親自前往。
鲁　肃　啊——！都督，告辭了。
周　瑜　慢！只是一件：當我兵馬路過荆州之時，望他們君臣親自出城，犒賞三軍。
鲁　肃　嗯，那是自然。
周　瑜　如此，你就走？
鲁　肃　我就走。
周　瑜　你就去？
鲁　肃　我就去。
周　瑜　大夫！哈哈哈哈！請！
鲁　肃　都督！
　　　　（唱）周都督掌兵符擅自籌措，
　　　　　　　怕的是友作敵他誤了國策！（下）
周　瑜　哈哈哈哈！
　　　　（唱）憨厚的魯子敬信服於我，
　　　　　　　他怎知本督我另有策略：
　　　　　　　明取川實爲的把荆州攻破，
　　　　　　　"滅虢"計擒劉備手刃諸葛。
　　　　　　　把江東衆文武一齊瞞過，
　　　　　　　待來日凱歌還威震山河。
　　　　（傲岸中下）

第　二　場

（前場十日後）
（荆州城外的官道上）
（劉軍儀仗上。趙雲、黄忠上）

趙　雲　
黄　忠　有請軍師。

(諸葛亮內唱："歷艱辛保皇叔重把業創"。上)

諸葛亮　(接唱)歷艱辛保皇叔重把業創，
　　　　　　三請我，諸葛亮，羽扇綸巾出南陽，
　　　　　　山人我秉忠心爲興漢邦。
　　　　　　周公瑾差子敬二次來訪，
　　　　　　他言道助我君臣取西川路過荆襄。
　　　　　　笑周郎懷叵測天開異想，
　　　　　　怎知我諸葛亮不皺眉頭也知爾心腸。
　　　　　　當對他曉大義把利害陳講，
　　　　　　但願得罷兵戈兩國無傷。
　　　　　　趙將軍，黃老將，
　　　　　　請在官道排儀仗，
　　　　　　羊羔美酒讓客嘗，
　　　　　　咱先禮後兵不用忙，
　　　　　　城門外羽扇輕搖我笑迎周郎。
　　　　　(報子上)

報　子　報！周都督兵馬已到！
諸葛亮　曉得了。
　　　　(報子下)
諸葛亮　列隊相迎。
　　　　(丁奉、徐盛領吳軍上)
　　　　(周瑜上)
周　瑜　我看劉皇叔在哪裏？
諸葛亮　我看周都督在哪裏？
周　瑜　劉……啊！孔明先生？！
諸葛亮　啊！
周　瑜　啊！
諸葛亮
周　瑜　哈哈哈哈！
諸葛亮　周都督，承蒙統帥大軍相助，如此厚誼，多謝呀，多謝！
周　瑜　請問劉皇叔他……
諸葛亮　我主有朝事拖累，未能出城相迎，望都督海涵。來！

糜　竺	在。
諸葛亮	羊羔美酒獻上。
糜　竺	（内白）羊羔美酒犒勞吳軍。（内應："是。"）
周　瑜	謝諸葛先生的……"美意"！
諸葛亮	承蒙周都督的……"好心"！
周　瑜	"美意"！
諸葛亮	"好心"！
周　瑜	啊！
諸葛亮	啊！
周　瑜 諸葛亮	（同笑）嗨嗨嗨嗨！ 哈哈哈哈！
丁　奉 徐　盛	衆將官！
吳　軍	在！
趙　雲	衆三軍！
劉　軍	在。
周　瑜	諸葛先生，這是何意？
諸葛亮	丁、劉二位將軍何意？
周　瑜	這……爲您君臣攻奪西川！
諸葛亮	（指趙雲）願爲周都督前部效命！
周　瑜	精兵五萬，足以馬到成功！
諸葛亮	言之雖是，然孤軍入川，道路險阻，還是二兵合一爲好！
周　瑜	這二兵合一麽……
諸葛亮	周都督可曾記得：孫劉兩家，二兵合一，赤壁之戰，殺得曹兵抱頭鼠竄。如今周都督爲我主攻取西川，還是兩家携手爲好啊！
周　瑜	如此説來，還是二兵合一的好？
諸葛亮	還是孫劉聯合爲好。糜將軍，美酒獻上。
糜　竺	是。（獻酒）
諸葛亮	（舉杯）周都督，願孫劉兩家永世修好，安危與共。
周　瑜	（尷尬地）……多謝孔明先生！（扔杯）拿下了！
	（趙雲前阻，黃忠後護）
諸葛亮	周都督，這是何意？

周　　瑜　諸葛亮，我實討荆州！
趙　　雲　周公瑾，你可知這是什麼地方？
周　　瑜　哈哈！我要馬踏荆州！
諸葛亮　周都督！
　　　　（唱）周都督做事欠思量，
　　　　　　你的來意我早已知詳。
　　　　　　說什麼助我君臣把西川取，
　　　　　　分明是"假途滅虢"奪荆襄。
　　　　　　都督你統三軍廣有聲望，
　　　　　　人道你爲孫劉，功無量，
　　　　　　胸懷韜略，用兵如神，
　　　　　　英雄美名天下揚。
　　　　　　哪料你奪荆州統來兵將，
　　　　　　此一舉友作敵你實在荒唐。
　　　　　　請問你孫劉相爭誰歡暢？
　　　　　　曹孟德虎視眈眈你我須提防。
　　　　　　奉勸都督和爲上，
　　　　　　敬請收兵回柴桑。
周　　瑜　哎呀！
　　　　（唱）諸葛亮把計識破了，
　　　　　　頓時胸中似火燒。
　　　　　　既然本督統兵到，
　　　　　　奪不回荆州不還朝。（諸葛亮下）
　　　　　　衆三軍把城圍困了……
趙　　雲
周　　瑜　衆三軍。
　衆　　　在！
趙　　雲
周　　瑜　殺！（同上馬）
　　　　（吳兵與劉兵對陣）
　　　　（黃忠與丁奉、徐盛邊打邊下）
趙　　雲　（接唱）我猛殺一陣讓爾逃。

（趙雲、周瑜開打）
（周瑜敗下）

趙　雲　衆三軍，回營交令！（下）
（江陵險道）
（周瑜、魏延對上）

周　瑜　來將通名？
魏　延　魏延。
周　瑜　看槍！
魏　延　看鞭！
（開打。魏延把周瑜的帥盔打落）
周　瑜　（大驚）啊！
魏　延　我替你卸了帥盔，回家抱孩子去吧！
（周瑜落荒而逃）
魏　延　小軍們。
　衆　　在。
魏　延　追。
　衆　　殺。
魏　延　且慢。回營交令！交令！（率衆下）
（蘆花蕩口）
（張飛換裝上）
張　飛　俺，張飛。軍師有令，命我埋伏蘆花蕩口，截殺周郎。只許痛擊吳軍，不許傷害周郎的性命。小軍們。
　衆　　在。
張　飛　埋伏蘆花蕩。
　衆　　是。（張飛引軍下）
周　瑜　（內唱）這一陣殺得我心神不寧，（丟盔棄甲上）
（接唱）周公瑾在馬上汗濕前胸。
　　　　想當初戰曹兵山搖地動，
　　　　赤壁戰用火攻一舉成名。
　　　　到今天奪荆州似入陷阱，
　　　　殺一陣敗一陣鬼泣神驚。
　　　　望丁奉找徐盛不見踪影，

　　　　　　　　只落得丢盔卸甲,人困馬乏,難,難,難以支撐!
　　　　（殺聲陣陣。戰鼓鼕鼕。）
周　瑜　（唱）忽聽四面戰鼓響,
　　　　　　　重圍裏兩軍擺戰場。
　　　　　　　催馬闖進蘆花蕩……
　　　　（張飛上）
張　飛　（接唱）小心三老子這一槍!
周　瑜　（唱）我問你是哪員將?
張　飛　（唱）您三老子翼德本姓張。
周　瑜　（唱）手持銀槍拼死闖——看槍!
張　飛　哎喲,我的兒啦!
　　　　（接唱）好一個歹毒之輩小周郎!
　　　　　　　人心不足蛇吞象,
　　　　　　　毒計用盡把俺傷。
　　　　　　　頭一次你擺下同盟筵,
　　　　　　　我二哥保駕在身旁;
　　　　　　　二回你用的美人計,
　　　　　　　我大哥東吳招親娶嬌娘。
　　　　　　　這一回設下"假途滅虢"計,
　　　　　　　今日遇見俺老張……
　　　　　　　若不念俺大嫂的金面在,
　　　　　　　我叫你槍下見老娘。
　　　　（周瑜、張飛再開打。周瑜馬陷泥濘。）
張　飛　哇呀呀呀呀!
周　瑜　張將軍!
　　　　（張飛收矛）
周　瑜　（唱）我切齒痛恨諸葛亮,
　　　　　　　爲什麼他的計謀比我強?
　　　　　　　分兵殺出黃老將,
　　　　　　　江陵又遇魏文長,
　　　　　　　張翼德他埋伏蘆花蕩,
　　　　　　　趙子龍城下更逞強。

　　　　　縱然四面伏兵將，
　　　　　　我捨生忘死戰一場。
　　　　（再開打。周瑜敗走。）
衆　　　周瑜大敗。
張　飛　哈哈，哈哈，哈哈哈哈！小軍們。
衆　　　在。
張　飛　回營交令。（引軍下）

第 三 場

　　　　（緊接前場）
　　　　（二幕前）
　　　　（丁奉、徐盛上）
丁　奉　（念）兵敗幾遭危。
徐　盛　（念）血戰出重圍。
丁　奉
徐　盛　周都督在哪裏？
　　　　（周瑜神志恍惚地上）
丁　奉
徐　盛　周都督！
周　瑜　看槍！
丁　奉
徐　盛　哎呀督都！（招架）
周　瑜　你……
丁　奉　我是丁奉。
周　瑜　你……
徐　盛　我是徐盛。
周　瑜　丁奉，徐盛。
丁　奉
徐　盛　在。
周　瑜　兵撤巴丘。
丁　奉
徐　盛　兵撤巴丘。

（同下）
（二幕啓）（巴丘）
（病體不支的周瑜懊惱地坐在石壁下。衆兵將守護着他）
（糜竺上）

糜　竺　帳下哪位在？
丁　奉　何事？
糜　竺　軍師有書呈上，請周都督親拆。（丁奉接書）告辭了。（下）
丁　奉　稟都督：諸葛亮有書到來。
周　瑜　打了下去。
丁　奉　是。
周　瑜　慢。轉來我看。（拆書信）
　　　　（念）"漢軍師中郎將亮拜書東吳大都督公瑾將軍麾下：嘆今日之戰，深感不安。亮曾開誠相勸，奈君鋌而走險，實爲親者所痛，却爲仇者所快。望期收兵罷戰，孫劉重修舊好，生靈免遭塗炭。切勿一誤再誤，遺爲天下笑談。"……天下笑談！（氣昏）
丁　奉
徐　盛　啊，周都督，周都督！
周　瑜　（唱）不料公瑾遭此境，
　　　　　　　枉自興兵顯才能！
　　　　　　　奪不回荆州成笑柄，
　　　　　　　陣陣熱血往上湧！（吐血）
丁　奉
徐　盛　周都督保重。
周　瑜　（迷茫中四顧）……丁將軍。
丁　奉　周都督。
周　瑜　倘我去世，望……望你代瑜啓奏吳侯，都督之職讓子敬接任。子敬通曉時務，精於戰策，我雖一死，深感爲快……（昏迷中狂呼）天哪！蒼天哪！既生瑜，何生亮？既生亮，何生瑜……（死去）
　　衆　都督——！
　　　　（環跪……）

第 四 場

（前場同時）
（諸葛亮的軍帳裏）
（二書童引諸葛亮上）

諸葛亮　（念）爲保荊州正鏖戰，
　　　　　　　帷幄等待捷報傳。
（趙雲、黃忠、張飛、魏延分上）

張　飛
趙　雲　（同念）周郎敗了陣，

黃　忠
魏　延　（同念）回稟軍師知。

衆　　　參見軍師。

諸葛亮　勝敗如何？

趙　雲
黃　忠　軍師，周郎敗陣，落荒而逃。

張　飛　若非軍師有令，那周郎娃娃他休想逃走。

魏　延　他的帥盔，某替他卸下來了。

衆　　　（同笑）哈哈哈哈！
（糜竺上）

糜　竺　稟軍師！

諸葛亮　講！

糜　竺　周郎敗退巴丘，口吐鮮血而亡。

諸葛亮　啊——！（怔住）

張　飛
魏　延　怎講？那周郎娃娃他死了？

糜　竺　周郎已死。

衆　　　啊，啊，哈哈哈哈！（糜竺暗下）

張　飛　歹毒之輩，今日一死，眞是罪有應得！

魏　延　軍師啊，何不乘周郎已死，點將帶兵，馬踏江東。

| 黄　忠 | 請軍師定奪！ |
| 趙　雲 | |

諸葛亮　衆位將軍哪！

　　　　（唱）今日裏保荆州一場激戰，
　　　　　　　贏得了衆將軍盡皆開顔。
　　　　　　　周瑜死必引起孫劉結怨，
　　　　　　　大報仇動干戈相互摧殘。
　　　　　　　曹孟德若乘機將我侵犯，
　　　　　　　荆州城勢危急如同壘卵。
　　　　　　　此情且莫等閑看，
　　　　　　　燃眉之急在眼前。

　　（糜竺上）

糜　竺　禀軍師。

諸葛亮　講。

糜　竺　探馬從許都傳來諜報，曹操調兵遣將，圖謀南犯。（下）

　衆　　啊——！

諸葛亮　曹操果然是多謀善斷之奇人也！

| 張　飛 | 既然軍情緊急，腹背受敵，就請軍師火速定奪！ |
| 黄　忠 | |

| 趙　雲 | 請軍師早拿主張。 |
| 魏　延 | |

諸葛亮　事已至此，山人只好過江弔孝。

　衆　　啊？！與那周郎弔孝麽？

諸葛亮　與周郎弔孝。

魏　延　世上都是爲親友弔孝，焉有爲仇人弔孝之理？

張　飛　軍師啊！往日你做事千條好，萬條好……如今你爲周郎娃娃弔孝，我，我，我看是去不得呀！

魏　延　去不得！

　衆　　去不得！

諸葛亮　衆位將軍！東聯吳，北拒曹，乃我主立國之本。今曹操乘機南犯，皆因孫劉相争所致。爲免除孫劉結怨，山人定要前往！

黄　忠　軍師請想，周郎爲奪荆州而死，東吳勢必大報冤仇。今去弔孝，豈

	不是自招其禍？
趙　　雲	想那孫權久有滅我之心，周郎早有害你之意，倘若軍師前往，定是凶多吉少。
魏　　延	軍師，去不得呀！
衆	萬萬去不得呀！
諸葛亮	我的主意已定，衆位休再多言！
衆	這……
張　　飛	軍師啊！軍師！爲了興復漢室江山，咱們出生入死，情同手足。數年以來，只要軍師一聲令下，我等雖赴湯蹈火，萬死不辭。今去東吳，倘有什麽不測之事，這重整河山之大事，我荆州之安危……可是離不開軍師你啊！軍師，你你你你你萬萬去不得呀！（跪）
衆	你萬萬去不得呀！（皆跪）
諸葛亮	（面對此情，深爲激動） （唱）衆將軍跪帳下苦苦阻擋， 　　　手足情肺腑言動人心腸。 　　　強忍住眼中淚攙起衆將…… 衆位將軍請起！ （懇切地）軍師——！
諸葛亮	快快請起！（攙。衆仰望着諸葛亮站起。張飛仍跪）翼德將軍請起！（雙手相互扶） （接唱）過江事容山人細説端詳： 　　　倘若是懼刀斧不去弔喪， 　　　怕的是東吳降曹危及荆襄。 　　　爲孫劉修舊好同把曹抗， 　　　此一行係安危豈可彷徨？ 　　　周瑜死魯子敬必然把帥印執掌， 　　　想此人明大義會慮事深長。 　　　只要咱把利害詳説細講， 　　　東吳内也會把輕重掂量。 　　　雖然説到柴桑驚險萬狀， 　　　看起來無非是一場晨霜。 　　　此一行全憑着舌槍打仗，

	衆將軍請放心我有驚無傷。 但願得此一去隨我願望……
衆	既然如此，但不知軍師此行，可帶多少人馬？
諸葛亮	（笑）世間焉有帶兵弔孝之理？
衆	不可不備。
張　飛	軍師啊！當初我大哥東吳招親，是子龍前去保駕；東吳會盟，是某二哥陪同前往。今日軍師過江弔孝，可該俺老張前往了吧？
衆	末將願往！
諸葛亮	張將軍、魏將軍聽令。
張　飛 魏　延	在。
諸葛亮	命你二人帶領三萬人馬，鎮守襄陽，嚴防曹兵來犯。
張　飛 魏　延	這……
諸葛亮	不得有誤！
張　飛 魏　延	遵命。（下）
諸葛亮	黃老將軍聽令。
黃　忠	在。
諸葛亮	命你帶領三萬人馬，沿江佈防，以防東吳有不測之舉。
黃　忠	遵命。（下）
諸葛亮	趙將軍！
趙　雲	在。
諸葛亮	（接唱）趙將軍你隨我弔孝柴桑。
趙　雲	遵命。

第　五　場

（前場數日後）

（柴桑口。周瑜的都督府邸。）

（衆侍女伴小喬上）

| 小　喬 | （唱）九月重陽菊花黃， |

红叶秋色胜春光。
心花常随百花放，
奴夫风华世无双。
都督他——
少年得志把帅印掌，
铁马金戈镇长江。
乘风扶摇青云上，居高官，美名扬，俸厚禄，伴君王，
扶保吴侯万年长。
此一番奴官人统率兵将，
为刘氏夺西川换取荆襄。
但愿他展英才奇功再创，
盼只盼捷报传早到朱堂。

（廊下鹦鹉欢叫："给夫人贺喜。"）

鹦鹉鸟解人意贺喜高唱，
想必是奴官人回师过江。
兰房内早备下珍肴佳酿，
为夫君洗风尘痛饮杜康。

（唤侍女……）

侍　女　在。

小　乔　（接唱）……你领我亭前观望……

（内白："丁、徐二将求见。"）

侍　女　禀夫人：丁、徐二位将军求见。

小　乔　晓得了！

（接唱）定然是奴官人凯歌柴桑。

有请。

侍　女　有请。

（丁奉、徐盛上）

丁　奉
徐　盛　禀夫人：大事不好！

小　乔　何事惊慌？

丁　奉　周督都不幸被孔明暗算。

徐　盛　他他他他他命丧巴丘。

小　　喬　此話當當當當當真？

丁　奉
徐　盛　　靈柩運回。

小　　喬　哎呀……（昏狀）

侍　　女　（忙扶）夫人醒來！夫人醒來！

丁　奉
徐　盛　　夫人醒來！

小　　喬　（悲苦地）都督！官人！

　衆　　　夫人保重！

小　　喬　（唱）聞官人在巴丘不幸夭亡，
　　　　　　　我的官人哪……
　　　　　　　我好似秋海棠遭受寒霜！
　　　　　　　望江西恨孔明妖孽魔障，
　　　　　　　借荆州不歸還反把人傷。
　　　　　　　盼望你凱旋回笙歌同唱，
　　　　　　　着盛裝迎來了靈柩還鄉。
　　　　　　　痛官人命運薄春水一樣，
　　　　　　　苦爲妻正青春寡居寒孀。
　　　　　　　我的官人哪……

　衆　　　夫人保重！

小　　喬　二位將軍，吩咐手下人等，擺設靈堂。

丁　奉
徐　盛　　是。（向幕內）夫人有命，急速擺設靈堂，不得有誤。

　　　　　（內應："是。"）

小　　喬　官人哪……

丁　奉
徐　盛　　唉，都督啊……

　　　　　（家將上）

家　　將　禀夫人：張大人、魯大夫駕到。

小　　喬　有請。

　　　　　（侍女引小喬入內更衣）

家　　將　有請。（下）

　　　　　（魯肅內白："張大人，"）

丁　奉 徐　盛	（張昭內白："魯大夫！"） （魯肅、張昭同白："請！"上） 迎接張大人、魯大夫。
	（小喬更衣上）
小　喬	張大人、魯大夫……
張　昭 魯　肅	周夫人保重。
小　喬	（悲切地）官人哪……
張　昭	聞知都督身遭不幸，我等無不痛哭失聲。因吳侯有朝事在身，不能親自前來理喪作弔，爲此特降詔書，夫人聽讀。

（小喬跪）

（念）驚悉都督亡，
　　　東吳折棟梁。
　　　文武階下哭，
　　　悲憤滿朝堂。
　　　此仇若不報，
　　　遺恨共天長。

小　喬	（唱）聞詔書不由我淚如雨降， 　　　我的官人哪…… 　　　如同烈火燒胸膛。 　　　可恨仇人諸葛亮， 　　　我與你仇深似海洋。 　　　張大人做主點兵將， 張大人！ （唱）您與都督雪冤枉。
丁　奉	張大人！ （唱）都督命喪在巴丘， 　　　將士無不血淚流。
徐　盛	（唱）荆襄落入他人手， 　　　舊仇新恨怎甘休！
丁　奉 徐　盛	（同唱）張大人傳令決死鬥，

魯　肅　（接唱）將軍且慢聽來由：
　　　　張大人，今日周都督新喪，東吳受損，倘再發兵荊州，誠恐於我不利呀！
張　昭　全軍將士爲周都督之死，怒憤滿腔，報仇之心，勢如烈火，我等焉能遲疑不前？
魯　肅　張大人！
　　　　（唱）張大人且息怒容我告禀：
　　　　　　都督死我何不悲憤填胸！
　　　　　　倘若是一怒間興師動衆，
　　　　　　那曹操必乘機發兵南征。
　　　　　　天下勢三鼎足棋局已定，
　　　　　　須提防曹孟德與劉結盟。
　　　　　　魯肅我吐肺腑真誠相奉，
　　　　　　望大人細周詳三思而行。
張　昭　這……
小　喬　張大人……
張　昭　魯大夫之言甚是，若再與劉備刀兵相見，誠恐曹操乘機南下。看來以智取爲上。
徐　盛　末將倒有一計。
張　昭　請速講來。
徐　盛　何不借孫劉姻親之故，差人荊州報喪，想那劉備必差諸葛亮過江弔孝，到那時麼……
丁　奉　何慮冤仇不報。
張　昭　將軍之言差矣！想那諸葛亮智謀過人，明知身入虎口，量他不敢前來。
　　　　（報子上）
報　子　報——諸葛亮過江弔孝來了。
　衆　　（大吃一驚）啊——？！
張　昭　他他他……他可帶多少人馬？
報　子　未帶一兵一卒，唯有趙子龍隨同前來。
張　昭　速探。再報。
報　子　是。（下）

小　喬　張大人，您要與督都報仇啊……
魯　肅　張大人，你看此事？
張　昭　依我之見麼……
　衆　　請張大人傳令。
張　昭　將他暫且迎至館驛，以禮相待。
丁　奉
徐　盛　這個……
魯　肅　可命何人相迎呢？
張　昭　魯大夫現掌帥印，又與那諸葛亮素有交往，還是魯大夫相迎爲好。
魯　肅　遵命。（下）
　衆　　張大人……
張　昭　衆位休再多慮。丁將軍聽令：
丁　奉　在。
張　昭　命你帶領五百名短刀手，埋伏靈堂前後。
丁　奉　遵命。
張　昭　徐將軍聽令：
徐　盛　在。
張　昭　命你帶領五百名長槍手，埋伏靈堂左右。待等諸葛亮靈前弔祭之時，夫人以摔杯爲號，衆人聞聲而出，一齊擒拿，不得有誤。
徐　盛　遵命。（丁奉、徐盛下）
張　昭　（唱）靈前埋伏安排妥，
　　　　　　　好似地網與天羅。
　　　　　　　單等飛蛾來投火……
　　　　（加白）周夫人，速去更衣戴孝。
小　喬　遵命。（下）
張　昭　（接唱）量你插翅難逃脫。（下）

第　六　場

（與前場同時）
（在滾滾東去的長江裏。諸葛亮乘舟出使東吳）
（幕啓：江水滔滔。）

（諸葛亮內唱："長江水萬里長澎湃洶湧"，）
（趙雲引諸葛亮上）

諸葛亮　（接唱）爲破曹聯東吳駕舟江東。
　　　　山人我本不願傷瑜性命，
　　　　哪料他心胸窄羞愧喪生！
　　　　想往日戰曹兵指揮若定，
　　　　赤壁戰曾立下蓋世之功。
　　　　周瑜死乃孫劉兩家不幸，
　　　　怕的是相殘殺有利於曹兵。
　　　　爲此事我不顧身入險境，
　　　　但願得重和好雨過天晴。

（船抵江岸。諸葛亮、趙雲下船）
（魯肅上）

魯　肅　孔明兄！
諸葛亮　子敬兄！
魯　肅　請問孔明兄，你不在荊州納福，到此有何貴幹哪？
諸葛亮　亮未曾問你，你倒先問起亮來了！
魯　肅　問我何事啊？
諸葛亮　周都督不幸仙逝，理當荊州報上一信哪！
魯　肅　啊——？！
諸葛亮　噩耗傳來，山人我過江與周都督弔喪來了。
魯　肅　你、你、你，你過江弔喪來了？
諸葛亮　是啊！
魯　肅　我家都督命喪你手，爲此東吳正要大報冤仇，你你你你還前來弔孝嗎？
諸葛亮　子敬兄二次荊州之行，言講周都督念及孫劉姻親之好，願帶五萬人馬，幫我主攻取西川，此話曾記否？
魯　肅　嗯，話兒是這樣講的。
諸葛亮　當周都督兵臨荊州之時，下令圍城，讓你魯大夫食言，這又當如何解釋呢？
魯　肅　下令圍城乃周都督所爲；周都督喪命恐因你所致！
諸葛亮　子敬兄力主孫劉共存，我荊州仕民有目共睹；而思都督之所爲，想子敬兄自當有論吧？
魯　　肅　你與周都督俱爲莫測之術，肅乃愚魯之人，料它不透啊！
諸葛亮　敢問子敬兄，你是聰明之人哪？還是糊塗之人呢？
魯　　肅　胸無城府，我乃糊塗之人！糊塗之人！
諸葛亮　（笑）哈哈哈哈！
　　　　魯大夫！
　　　　（唱）天下鼎足識三分，
　　　　　　　遠謀雄略是忠臣。
　　　　　　　難得糊塗的魯子敬，
　　　　　　　你是江東第一人！
魯　　肅　不敢！不敢！
諸葛亮　子敬兄，爲了孫劉重修舊好，此番去到靈堂，還要仰仗老兄照料一二！
魯　　肅　如此説來，那就請！
諸葛亮　請！
魯　　肅　請！
　　　　（魯肅隨諸葛亮下）
　　　　（趙雲跟下）

第 七 場

（時間接前場）
（周瑜的靈堂。素幕低垂，莊嚴肅穆）
（幕啓，丁奉、徐盛各帶伏兵上）
丁　　奉　（念）靈堂設埋伏，
徐　　盛　（念）待機報冤仇。
丁　　奉　衆武士聽了：待諸葛亮弔祭之時，夫人以摔杯爲號，爾等聞聲而出，一齊捉拿。
徐　　盛
　衆　　　是。
丁　　奉　埋伏了！（領人分下）
徐　　盛
　　　　（二侍女領小喬上）

小　　喬　（唱）殺夫之仇血海深，
　　　　　　　麻冠素服弔夫君。
　　　　　　　靈堂佈下天羅陣，
　　　　　　　生擒諸葛祭忠魂。
　　　　　　　喚侍女——
　　　　　　　您把供饗進，（跪磋步上）
　　　　　　　官人哪——
　　　　　　　見靈柩哭了聲奴的親人！
侍　　女　夫人保重！（扶起小喬）
　　　　　（家將上）
家　　將　稟夫人：諸葛亮弔祭來了。
小　　喬　有請。
家　　將　有請。（下）
　　　　　（魯肅內白："孔明兄請！"）
　　　　　（諸葛亮內白："子敬兄請！"）
　　　　　（魯肅、諸葛亮同白："請！"上。趙雲隨上）
諸葛亮　（唱）隨大夫來到了靈堂門前，
　　　　　　　見此情不由我暗自心寒。
　　　　　　　四處裏靜悄悄人影不見，
　　　　　　　想必是有埋伏與我爲難。
　　　　　　　我的趙將軍哪——
　　　　　　　千萬要劍不離手，
　　　　　　　你手不要離劍，
　　　　　　　須提防設陷阱巧佈機關。
　　　　　　　進靈堂請大夫步步前站，
　　　　　　　咱二人跟隨他料無事端。
　　　　　　　子敬兄你領我靈堂祭奠……
魯　　肅　漢軍師謁靈弔祭，兩廂動樂。
　　　　　（哀樂起）
魯　　肅　諸葛先生。
諸葛亮　魯大夫。
魯　　肅　請。

諸葛亮　請。
　　　　（進靈堂）
小　喬　諸葛先生……
諸葛亮　周夫人！
小　喬　官人哪……
諸葛亮　賢弟呀……
　　　　（魯肅遞酒。諸葛亮跪靈前祭酒）
諸葛亮　周都督！公瑾！唉！我的賢弟呀！
　　　　（接唱）見靈柩哭了聲都督英賢！
　　　　（哭）哭了一聲周都督，叫一聲我的周賢弟，實指望咱們二人同心携手，共圖大事，不料在曹操猖獗之際，我的賢弟你，你你你就早早地死去了！
　　　　（唱）三獻爵孔明我躬身拜叩，
　　　　　　　想起來前情事痛在心頭！
　　　　　　　自從那孫與劉咱們同心携手，
　　　　　　　破曹兵保東吳振興荆州。
　　　　　　　哪料到賢弟你命不長壽，
　　　　　　　才未盡志未酬一命甘休！
　　　　　　　賢弟死不報喪不知何故？
　　　　　　　難道説人不在情也不留？
　　　　　　　突然間小軍報賢弟終壽，
　　　　　　　聞噩耗事倉促備禮不周。
　　　　　　　爲兄我修祭文敬獻亡友……
　　　　（趙雲、魯肅展祭文）
諸葛亮　（念）嗚呼公瑾，
　　　　　　　不幸命殞！
　　　　　　　將星隕落，
　　　　　　　三十六春。
　　　　　　　壯志未酬，
　　　　　　　豈不痛心！
　　　　　　　魂必有靈，
　　　　　　　受我之音。

哀哉！
弔君英俊，
弱冠統軍。
扶劉安吳，
忠義可欽！
弔君果敢，
雄姿威嚴。
討逆除患，
壯志參天。
赤壁之役，
火燒戰船，
曹操聞風喪膽，
孫劉轉危爲安。
今蓋世之英雄，
不愧千載之英賢！
哭君早逝，
三軍愴然！
主爲哀凄，
友爲淚漣。
浩浩乎望天長恨，
生死永分，
從此天下，
更無知音！
嗚呼哀哉，
伏維尚饗。

（魯肅收祭文）

小　喬　官人哪……
諸葛亮　（接唱）千行字寫不盡你一世功勳！
　　　　我的周都督啊……
小　喬　我的官人哪……
諸葛亮　我的賢弟呀！
　　　　（唱）靈前故友祭忠魂。

　　　　　追思平生痛我心！
　　　　　公瑾你保東吳把心血用盡，
　　　　　柴桑口掌帥印統領三軍。
　　　　　爲破曹魯大夫把我相聘，
　　　　　共商討天下事大破曹軍。
　　　　　我言道心腹患蔡瑁與張允，
　　　　　通水戰識韜略不利我軍。
　　　　　公瑾你喝掌笑情不自禁，
　　　　　定除去賣荊州兩個叛臣。
　　　　　巧的是——
　　　　　曹營內有一人誇口奏本，
　　　　　他管保勸故交——就是都督你呀，
　　　　　棄吳降曹另稱臣。
　　　　　可笑那曹孟德用計不穩，
　　　　　差蔣幹來軍營與你談心。
　　　　　公瑾弟見此人面笑心恨，
　　　　　你暗暗訂一計奧妙如神。
　　　　　公案上你修下離間書信，
　　　　　蔣幹他果中計盜書私奔。
　　　　　曹孟德見書信怒不可忍，
　　　　　隨令人斬了蔡瑁與張允，
　　　　　除了咱的對頭人。
　　　　　借敵殺敵你的計謀準，
　　　　　像你這古往今來有幾人？
　　　　　看起來你比孔明勝三分！
　　　　　天下的奇男子可算是公瑾，
　　　　　我的賢弟呀……
小　　喬　（唱）陣陣怒火燒在心。
　　　　　任你巧言全講盡，
　　　　　靈堂決不饒仇人。
　　　　　我暗暗端起酒一樽……
諸葛亮　（接唱）孔明靈前暗思忖：

　　　　　　　這定是摔杯設下埋伏陣……
魯　肅　啊……夫人?!
　　　　（小喬欲摔杯）
諸葛亮　（接唱）唉唉——我的——（向趙雲）
　　　　　　　你可要小心哪！
　　　　　　　趙將軍你把杯看穩……（走向靈前）
　　　　　　　唉！我的周賢弟呀……
小　喬　我的官人哪……
　　　　（摔杯。魯肅伸手接住）
魯　肅　（接唱）這杯酒接在手重如千鈞。
諸葛亮　（唱）她那裏摔下酒一樽，
魯　肅　（接唱）靈堂裏頓時起風雲。
小　喬　（唱）不殺諸葛我可怎雪恨?!
魯　肅　（接唱）殺國賓結下仇更深！
諸葛亮　（唱）諸葛亮今日來弔孝，
　　　　　　　可真是哭不成來又擔心。
魯　肅　（唱）孔明兄節哀痛貴體要緊……
　　　　（小喬復去案前取杯。趙雲急去案前擊案，小喬縮手）
諸葛亮　（接唱）我今生失去了個知心人。
　　　　　　　我一人破曹怎勝任，
　　　　　　　有道是孤掌難鳴獨樹不成林。
　　　　　　　曾記得三江口你去觀曹陣，
　　　　　　　見戰船一連十，十連百，
　　　　　　　殺氣騰騰愁得賢弟你大病纏身。
　　　　　　　爲兄我忙進帳把病探問，
　　　　　　　未相談就知你的病源起因。
　　　　　　　我言道治你的病須用一個字，
　　　　　　　你說是請來華佗也難除根。
　　　　　　　我說不妨取出筆兩杆，
　　　　　　　試看投心不投心。
　　　　　　　咱二人手掌各寫字，
　　　　　　　轉面一齊把手伸，

　　　　　抬頭看"火","火",
　　　　　字相同來心相印。
　　　　　我說賢弟呀,你的病刮一場東風纔除根。
　　　　　一句話說得你哈哈笑,
　　　　　你說道孔明兄啊,
　　　　　咱弟兄可算是知己知彼的知心人,
　　　　　這一個"火"字就值千金!
　　　　　甲子日春至陽生東風緊,
　　　　　你乘風縱火映紅雲,
　　　　　火借風勢,風助火威漫江滾,
　　　　　咳！燒得那曹營的兵將,八十三萬,
　　　　　一個一個無處奔。
　　　　　曹孟德狼狼敗了陣,
　　　　　孫劉兩家誰敢侵？
　　　　　汗馬功勞講不盡,
　　　　　全憑咱協力與同心。
　　　　　你我弟兄有一比：
　　　　　猶如對面來撫琴,
　　　　　公瑾你手撫瑤琴有神韻,
　　　　　爲兄我高山流水識琴音,
　　　　　到如今——
　　　　　聽琴之人今還在,
　　　　　撫琴之人命歸陰。
　　　　　知情者說咱是知己,
　　　　　不知者說咱是仇人。
　　　　　今日賢弟你一死,
　　　　　這是非黑白可是怎樣分？
小　喬　（唱）他一片深情珠淚滾,
　　　　　　　泣訴往事倍傷神。
　　　　　　　這枉殺至交可怎存信……
魯　肅　夫人……
趙　雲　軍師啊,大禮已畢,告辭了吧。

魯　　肅	孔明兄請!
諸葛亮	周夫人節哀,亮告退!(欲走)

（張昭內白:"哪裏走!"）

（丁奉、徐盛領兵上。張昭隨上）

張　　昭	(接唱)你休想逃出這靈堂門!
	諸葛亮,我東吳念及姻親之好,爲爾等攻取西川,你竟敢暗設伏兵,害周都督一死。爲此俺家正要大報冤仇,不料爾等自投羅網。來!
衆武士	在。
張　　昭	將他二人拿下了。
衆武士	啊!(欲動手)
趙　　雲	呔!俺趙子龍在此,(拔劍,指張昭)爾等膽敢無禮?
魯　　肅	有本督在此,爾等下站!
諸葛亮	哈哈哈哈!趙將軍且慢。張大人揚言周都督爲我攻取西川,我焉能反害周都督一死?
小　　喬	都督既非你害,他是怎樣身死?
諸葛亮	現有衆位將軍在此,周夫人請問。
丁　　奉	我大軍路過荊州之時,你賞軍是假。
徐　　盛	動武是真。
諸葛亮	我羊羔美酒陳設在官道之上,二位將軍爲何反來縱兵攻我?
小　　喬	啊——!
丁　　奉 徐　　盛	你……
諸葛亮	你與周夫人講來。
丁　　奉	分明你佈下陣勢,把我家都督害死。
諸葛亮	你道都督被山人所害,請問他負有刀傷?
丁　　奉	這……
諸葛亮	他身有槍痕?
丁　　奉	這……
諸葛亮	請問:他一無刀傷,二無槍痕,我又是怎樣把他害死呢?
丁　　奉	這這這!
徐　　盛	諸葛亮!你謀害我家都督,乃我親眼所見。你還矇騙哪個?
諸葛亮	請問周都督他命喪何處?

徐　　盛　命喪巴丘。
諸葛亮　着啊！巴丘、荆州有山水阻隔，路途遥遠，周都督爲何未喪荆州，而在巴丘身亡呢？
徐　　盛　這……
丁　　奉　我早知你能言會道！
諸葛亮　哈哈哈哈！張大人！
　　　　（唱）衆將惡言道出口，
　　　　　　　令人可笑又可憂。
　　　　　　　張大人做事不回顧，
　　　　　　　咱孫劉結盟非一秋。
　　　　　　　未想您不分敵和友，
　　　　　　　背信棄義奪荆州。
　　　　　　　不幸都督身亡故，
　　　　　　　我的主並未興兵來犯吳。
　　　　　　　今日我淚灑靈前祭亡友，
　　　　　　　爲的是同鄰同友同相酬。
　　　　　　　如今面臨曹賊寇，
　　　　　　　興兵來報赤壁仇。
　　　　　　　倘若你我再爭鬥，
　　　　　　　豈不是漁人得利兩皆休！
　　　　　　　奉勸大人早回首，
　　　　　　　咱們同心破曹共千秋。
張　　昭　那曹操他……
諸葛亮　亮已獲悉。曹操乘孫劉失和，點動人馬，正欲進犯。
張　　昭　果真如此麼？
魯　　肅　那曹操老謀深慮，焉能坐視不動！
　　　　（報子上）
報　　子　──曹操帶領數十萬人馬，有犯我江東之勢。
　　　　（衆人爲之一驚）
張　　昭　再探。
報　　子　是。（下）
魯　　肅　張大人，軍情急如火，若孫劉兩家相爭，豈不危在旦夕？

張　昭　諸葛先生！
　　　　（唱）曹操重兵出許昌，
　　　　　　　唇亡齒寒須提防。
　　　　　　　咱兩家之事……
小　喬　（接唱）……暫莫講，
　　　　　　　軍情緊急待商量。
魯　肅　（接唱）孔明遠見江東往，
張　昭　諸葛先生！
　　　　（接唱）這也怪老朽我理事無方！
諸葛亮　哪裏！哪裏！
魯　肅　請到大廳議事。
諸葛亮　請！
張　昭　請！
　衆　　請！
　　　　（亮相）

　　　　　　　　　　　　　　　　　——劇終

三國戲曲集成

○ 胡世厚 主編

第八卷 當代卷（下）

○ 校理 胡世厚

復旦大學出版社

元代卷	胡世厚　校理
明代卷	楊　波　校理
清代雜劇傳奇卷（上下）	胡世厚　衛紹生　校理
清代花部卷	衛紹生　楊　波　胡世厚　校理
晚清崑曲京劇卷	胡世厚　校理
現代京劇卷（上中下）	胡世厚　校理
山西地方戲卷	王增斌　田同旭　啜希忱　校理
當代卷（上下）	胡世厚　校理

《三國戲曲集成》編委會

顧　問　劉世德

主　任　胡世厚

副主任　范光耀　關四平　鄭鐵生　衛紹生　張蕊青

委　員　（按姓氏筆畫排列）

　　　　　王增斌　毛小曼　田同旭　啜希忱　康守勤

　　　　　張競雄　楊　波　趙　青　劉永成

主　編　胡世厚

◎劇照　京劇《蔡文姬》◎
李海燕飾蔡文姬（左2）　選自《中國京劇藝術百科全書》

◎劇照 京劇《建安軼事》◎
湖北省京劇院演出

◎劇照　京劇《建安軼事》◎
湖北省京劇院演出

◎劇照 京劇《建安軼事》◎
湖北省京劇院演出

◎劇照　京劇《曹操與楊修》◎
錢自清攝　上海京劇院演出
選自1989年《中國戲曲年鑒》

◎**插圖** 新編歷史劇《曹操與楊修》◎
選自《劇本》1987年第1期

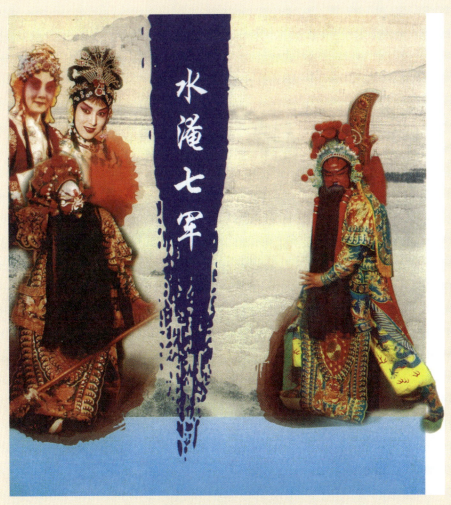

◎劇照　昆曲《水淹七軍》◎
北方昆曲劇院演出　選自CD昆劇《水淹七軍》

◎劇照　昆曲《水淹七軍》◎
選自CD昆劇《水淹七軍》

◎劇照 昆曲《水淹七軍》◎
選自CD昆劇《水淹七軍》

◎劇照　京劇《金殿阻計》◎
周信芳飾喬玄　上海京劇院提供

◎劇照　京劇《金殿阻計》◎
周信芳飾喬玄　上海京劇院提供

◎劇照　京劇《單刀赴會》◎
周信芳飾關羽
上海京劇院提供

◎劇照　京劇《單刀赴會》◎
周信芳飾關羽
上海京劇院提供

◎劇照　川劇《陸遜拜將》◎
秦春言攝　選自1985年《中國戲曲年鑒》

◎劇照　桂劇《七步吟》◎
選自《劇本》2013年第1期

◎劇照　京劇《瀘水彝山》◎
國家京劇院演出　選自DVD京劇《瀘水彝山》

◎劇照 京劇《瀘水彝山》◎
國家京劇院演出 選自DVD京劇《瀘水彝山》

◎劇照　京劇《瀘水彝山》◎
國家京劇院演出　選自《中國京劇藝術百科全書》

◎劇照 川劇《白帝托孤》◎
重慶市川劇院演出

◎劇照 京劇《白帝城》◎
張建國飾劉備 選自《中國京劇藝術百科全書》

◎劇照　潮劇《東吳郡主》◎
選自2014年《中國戲曲年鑒》

◎劇照　潮劇《東吳郡主》◎
選自2014年《中國戲曲年鑒》

◎戲圖 《孫尚香》◎
選自《新劇本》2011年第6期

◎劇照 越調《收姜維》◎
申鳳梅飾諸葛亮　河南省越調劇團演出

◎戲劇海報　越調《收姜維》◎
河南省越調劇團演出

◎劇照　川劇《夕照祁山》◎
四川自貢市川劇院演出

◎劇照　川劇《夕照祁山》◎
四川自貢市川劇院演出

◎劇照　越劇《北地王》◎
鄭國風飾劉諶　杭州越劇院演出　選自"第二十六屆中國戲劇梅花獎大賽"戲報

◎劇照 越劇《北地王》◎
鄭國鳳飾北地王 杭州越劇院演出 選自"第二十六屆中國戲劇梅花獎大賽"戲報

蔡文姬

鄭拾風　改編

解　題

　　昆劇。鄭拾風改編。鄭拾風（1920—1996），四川資中縣人。川南聯合師範肄業。1939年後從事新聞工作，在修水、桂林、重慶、南京、上海等地任記者、編輯、總編輯。新中國成立後在上海《新聞日報》社、《解放日報》社工作。1964年被上海青年京昆劇團聘爲顧問，1976年10月之後任《上海戲劇》編輯部副主任。編著有京劇《海港》（合作），昆曲《蔡文姬》《釵頭鳳》《血手記》《夕鶴》等劇。《蔡文姬》獲文化部創作二等獎，《釵頭鳳》文學劇本畫册獲文化部創作二等獎。該劇《中國昆劇大辭典》著録，題《蔡文姬》、署鄭拾風改編，1978年12月由上海昆劇團演出。劇寫東漢末年，曹操爲整理蔡邕遺著和撰修《續漢書》，特命董祀、周近爲正副使携重金去南匈奴，贖迎流落在那裏十二年的蔡文姬歸漢。蔡文姬已被南匈奴左賢王納爲王妃，生有一雙兒女，如今去住兩難，文姬憂愁難解。趙四娘願留下照看其子女。左賢王憤怒回來，告文姬漢使周近一定要帶一雙兒女回漢，否則兵戎相見。文姬聞言，表示寧死不回漢。蔡文姬見漢正使董祀。董祀乃是文姬的姨表弟。文姬問祀帶來多少兵馬，董祀回答只有三十五人，並無十萬兵馬埋伏邊境，並告：迎接大姐，丞相囑咐由單于、左賢王與文姬決定，子女留匈奴，決不相强。左賢王聞言，進帳大喜，爲了漢、匈奴兩家和好，互贈刀、劍、衣裝。單于設宴爲文姬餞行，派右賢王帶兵護送文姬歸漢。蔡文姬夜宿長安父親蔡邕墓前。夢憶往事，撫琴吟唱十分憂傷。經董祀勸慰，方放下憂傷，決心回朝効力。周近妒賢嫉能，向曹操進讒言，陷害董祀。曹操以暗通關節，行爲不端之罪，令董祀自裁。文姬聞信，急往相府見曹操，在侍琴、侍書幫助下説明真相。曹操辨明了是非，自責自己一時激憤、決斷欠周，以致小人乘隙，君子蒙冤，命將信口胡言、破壞與匈奴和好的周近押付有司，從嚴議處；表彰出使有功的董祀，晉職爲長安典農中郎將。八年之後，文姬整理了父親蔡邕遺稿，撰修成《續漢書》。左賢王戰死，曹操派人迎回文姬子女。其子告母親，爹爹臨終之前交付兩件遺物，一把玉具寶劍，留與孩兒，願兒承遺志，與漢永久和好；一枚媽媽留給爹爹的銅鏡，爹要媽轉送董大叔。曹操依左賢王遺囑，將文姬配與董祀。本事出於《後漢書·董祀妻傳》。《三國演義》、明清雜劇《文姬入塞》、《中郎女》、《弔琵琶》、清傳奇《鼎峙春秋》、京劇《文姬歸漢》，均寫文姬歸漢事，情節有所不同。該劇依郭沫若話劇《蔡文姬》改編。版本見《中國崑曲精選劇目曲譜大成》本。今據以收錄整理。

引　　子

（南匈奴單于駐地——龍城郊外）
（漢兵、漢將、侍書、侍琴引周近、董祀上）

男女聲　（齊唱）【點絳唇】
　　　　漢相傳書，
　　　　迎歸才女。
　　　　關河渡，
　　　　晝夜馳驅，
　　　　踏遍崎嶇路。

周　近　董大人，你看，前面烟塵滾滾，想是匈奴派人來迎，我們也要整頓軍威，策馬向前。

董　祀　龍城已近，不便馳馬，下馬列隊，徒步而行。

周　近　這……

董　祀　去。

周　近　下馬列隊，徒步而行。

（號角。胡兵、胡將引右賢王上）

右賢王　奉單于之命，特來恭迎大漢使臣。

周　近　啊！右賢王一向可好哇！

右賢王　啊呀呀，原來是周司馬駕到，有失遠迎。

周　近　右賢王說哪裏話來，此次周近奉命出使，還請右賢王鼎力相助。

右賢王　那個自然。（指董祀）這……

周　近　呵！這是我朝正使，東師都尉董公胤董大人！

董　祀　董祀初到龍城，不諳匈奴禮儀，右賢王還要多加指點。
右賢王　都尉過謙了。單于渴望會見，請大人上馬，小王在前引路。
董　祀　漢朝、匈奴親如兄弟，你我並轡而行。
周　近　並轡而行？
右賢王　恭敬不如從命，你我並轡而行。
　　　　（鑼鼓略）
　　　　（衆人上馬，並舞下）
　　　　（幕落）

第一場　別　難

（仲春早晨）
（左賢王穹廬外張彩棚）
女　聲　（內齊唱）【胡笳十八拍之十二】
　　　　　　東風應律呵暖氣多，
　　　　　　知是漢家天子呵布陽和。
　　　　　　羌胡蹈舞呵共謳歌，
　　　　　　兩國交歡呵罷兵戈。
　　　　　　忽逢漢使呵稱近詔，
　　　　　　遣千金呵贖妾身。
　　　　　　喜得生還呵逢聖君，
　　　　　　嗟別二子呵嗟別二子呵
　　　　　　會無因。
　　　　　　十有二拍呵哀樂均，
　　　　　　去住兩情呵難具陳。
　　　　（齊唱中，胡婢引文姬上）
蔡文姬　（念）鄉思無限隔沙塵，
　　　　　　豈爲新冢忘舊冢！
　　　　　　鴻雁今朝傳信息，
　　　　　　一腔悲喜唱胡笳。
　　　　（以上念白在音樂中進行）
　　　　（唱）【幺篇】

　　　　多感那快馬傳書丞相賢，
　　　　每念及老父遺篇淚如泉。
　　　　可奈何骨肉情意牽，
　　　　哎我啊，
　　　　我無術分身去留各一半？
　　　　難也難，
　　　　催藏馬不前。
　　（胡婢上）
胡　　婢　啓稟夫人，今午單于爲夫人餞行，請王爺、夫人前往赴宴。
蔡文姬　知道了。一雙兒女去留未定，王爺與我正在躊躇之中，如今行期緊迫，這又如何是好？
胡　　兒　（內）馬來！（胡兒上）
　　　　媽！聽說我們就要回漢朝去了，是真的嗎？
蔡文姬　你也聽說了？
胡　　兒　孩兒我早就聽說了。我要騎上小紅馬，跟隨媽媽的車，走草原，過長城，渡黃河，登泰山。那漢朝的山山水水，兒做夢也在想呵！
蔡文姬　我們走了，你父王呢？
胡　　兒　父王也去唄！
蔡文姬　父王是匈奴人，怎能去呢？
胡　　兒　媽媽不是常說：匈奴、漢朝是一家人。您漢人能來，父王怎麼不能去呀！
蔡文姬　兒呀！你還不明白，你父王不能前去，也捨不得你們兄妹二人，正爲此事找漢使商議去了。
胡　　兒　曹丞相要媽帶我們回去，那我是非去不可的。
蔡文姬　兒啊！
胡　　兒　我一定要跟媽回去！
蔡文姬　這幾天你父王心亂如麻，我的心也碎了！
胡　　兒　媽媽，我一定要跟你回去，我要回漢朝去啊！
蔡文姬　你再也不要哭鬧了。
胡　　兒　媽媽！
　　（蔡文姬抱胡兒同哭）
　　（趙四娘上）

赵四娘　文姬，眼下就要登程，你还如此悲痛，你要临事果断，以大汉事业为重啊。

蔡文姬　四姨娘，我为一双儿女，去留两难。

赵四娘　我再三思量，你归汉抚儿难两全，悲哀无计也枉然，让我代你抚育儿女，留在匈奴。文姬，老身愿挑千斤担，你就一路春风莫挂牵！

蔡文姬　四姨娘，我的亲娘！（拉胡儿跪下）
　　　　（四胡兵引怒气冲冲的左贤王上）

左贤王　啊！这是为何？

蔡文姬　王爷，四姨娘可怜一双儿女孤弱无依，愿留下匈奴，代妾身抚养。

左贤王　只是曹丞相兵强势众，言出法随，由不得你我，你们都得去。

胡　儿　（天真地）曹丞相可真好！

左贤王　（怒）好甚么？

胡　儿　妈回汉朝，我也去啊！

左贤王　我的儿女一个也不能去！

胡　儿　我就是要去！

左贤王　（拔剑）你敢再说声"要去"！

胡　儿　杀了我，我也要去！

左贤王　我要杀人，我要把全家都杀尽。
　　　　（文姬、四娘护胡儿，胡兵、胡婢俯身求情）

左贤王　（怒向胡儿）拉了出去！

蔡文姬　且慢！（看左贤王。左怒转悲怆，挥手）儿啊！你随四姨娘去吧！
　　　　（四姨娘带哭号的胡儿下，胡兵、胡婢同下）

蔡文姬　王爷，汉使到底与你说些甚么？

左贤王　夫人啊！人善被人欺，马善被人骑，强者有公理，人间无是非。你道曹操接你归汉，为了甚么？

蔡文姬　修撰《续汉书》。

左贤王　我也深信此说，纔忍痛割爱，同意你归汉。

蔡文姬　这是王爷为匈奴、汉朝和好，顾全大局。

左贤王　甚么顾全大局？夫人，我等受人愚弄，上了大当了！

　　　　（唱）【混江龙】
　　　　　　曹操他果然来者不善，

遠道迎夫人，
無非是謊言。
滿車的黃金和玉器，
那仁義不值一錢。
周司馬透露個機密事，
十萬軍弓張箭上弦，
說單于不允沙場見，
這叫做"兵不厭詐"，
我小小的匈奴呵——
丞相早垂涎。

蔡文姬　王爺！曹丞相若要吞併匈奴，易如反掌，何必弄此權謀，被人唾罵？
左賢王　好心的夫人啊！他何止要逼走夫人，周近他還言道："春秋戰國，有例可援。"還定要我交出一雙兒女，我若稍有異議，他就師出有名的了！到那時你我夫妻……咳！
蔡文姬　王爺，若是周近的話兒真有其事，
　　　　（唱）【寄生草】
我誓死不回漢，
寧碎不苟全。
一任他干戈斧鉞風波險，
拼捨一身熱血濺，
與王爺肩並肩兒死無憾。
只是周近的話兒……
真假未明，
待觀察，
細心駕馭風雲變。
王爺，曹丞相不是派來兩名使臣麼？
左賢王　我會見的是副使周近，正使董都尉並未在場。
蔡文姬　那正使爲人如何？
左賢王　倒也彬彬有禮，與周近大爲不同。
蔡文姬　適纔單于傳話，少時設宴送行，何不在會宴之前，約那正使前來，待我問個明白。王爺你隱伏幕後，聽他說些甚麼，再作道理，王爺意下如何？

左賢王　隱伏幕後？此計甚好！夫人，照計行事！來人！
　　　　（文姬下）
　　　　（四胡兵上，左賢王示意設下伏兵）
　　　　（幕落）

第二場　盤　使

（左賢王穹廬內，四胡兵隱伏幕後）
（胡兵引左賢王、董祀、侍書、侍琴上）
（胡婢引蔡文姬上）

左賢王　夫人，董都尉來了！
董　祀　陳留董祀，拜見文姬夫人。
蔡文姬　（驚喜）公胤，原來是你呵！
董　祀　董祀奉曹丞相之命，敬候夫人萬福。
蔡文姬　還是照幼年相稱，叫我"大姐"吧！（向左賢王介紹）王爺！董都尉是我姨表兄弟，從小喪母，住在我家，親同骨肉，他還是我爹爹的得意門生哩！
左賢王　表親重逢，難得，難得，你們姐弟二位叙談叙談！待我安排車馬，準備赴宴去。
　　　　（左賢王向蔡文姬示意後下）
董　祀　（念）劫後喜相逢。
蔡文姬　（念）試探肺腑言！
　　　　請坐！（兩人就坐）（以上對白在音樂中進行）
　　　　公胤一路勞累了。
董　祀　身受王命，何敢辭勞。請問大姐，四姨娘與侄兒侄女可好麼？
蔡文姬　敢勞動問，老小均安。一別多年，音信斷絕。公胤，你有幾個兒女了？
董　祀　大姐，小弟尚無家室。
蔡文姬　怎麼？難道還是"小小黃鳥，為何不歸？鳳伴雲侶，不如獨飛"麼？
董　祀　大姐真好記性！小弟當年作的小詩，你還記得一字不差。
蔡文姬　童年歲月，怎能忘懷呵！
　　　　（唱）【小桃紅】

　　　　　　那春回大地好時節，
　　　　　　梨花開，
　　　　　　渾似雪。
　　　　　　短墻外飄來了翩翩飛舞鳳尾蝶。
董　祀　（唱）趁姨父外出作客，
　　　　　　小書齋姐弟們掩書卷，
　　　　　　聽籠鳥如簧舌，
　　　　　　閑坐着把他評說。
蔡文姬（唱）你說是世間已無公冶長，
　　　　　　誰解他的悲和悅？
董　祀　（唱）【下山虎】
　　　　　　你說是鳥兒失伴心摧肝裂，
　　　　　　滿口兒怨和訴，
　　　　　　聲聲泣血。
蔡文姬（唱）你吟成四句小詩淚水盈睫，
　　　　　　猛可兒把籠門打開也。
董　祀　（唱）那黃鳥歌聲歇，
　　　　　　它躊躇跳躍，
　　　　　　似撲似跌，
　　　　　　欲飛却又怯。
蔡文姬（唱）但見它呵撲地騰空起，
董　祀
蔡文姬（同唱）射入藍天影踪滅！
蔡文姬　你還記得，爹爹回來查問此事麽？
董　祀　大姐你要承擔……
蔡文姬　是你搶先認錯，你還說——
董　祀　此生肝膽照人，永絕謊言。
蔡文姬　你還記得？
董　祀　記得。
蔡文姬　好！眼前我有一事，關係生死去留，望公胤推誠相告。
董　祀　大姐垂詢，理當奉告。
蔡文姬　此番你帶來了多少人馬？

董　祀	連同車夫馬卒，隨身侍從三十五人。
蔡文姬	（大聲向幕後）三十五人！公胤，你可要肝膽照人，永絕謊言呵！
董　祀	大姐，這兩句話兒，小弟終身信守，永不敢忘。
蔡文姬	公胤啊！周司馬親口對左賢王言講，十萬漢兵已在邊境埋伏，不應允定遭浩劫，這叫做"先禮而後兵"，全不由我自決。
董　祀	周近竟敢這樣胡言亂語！大姐，小弟願剖心盟誓，絕無此事。
蔡文姬	只是曹丞相善於用兵，兵不厭詐的喲！
董　祀	大姐呀！想丞相起兵陳留，僅一旅之衆，如不屢出奇兵，焉能剪滅群雄，統一中原！我曹丞相雖然用兵如神，但他也曾說過："聖賢之用兵也，戢而時動，不得已而用之。"丞相對匈奴，是真誠修好，對大姐更是求才若渴。大姐，你來看！

（侍書、侍琴捧禮物上）

董　祀	來，拜見文姬夫人！
侍　書 侍　琴	拜見文姬夫人！
董　祀	這是侍書，這是侍琴，是曹丞相和卞夫人特意選來伺候大姐的。請看這兩件禮物呵！

（唱）【五韻美】

　　這漢家新裝呵，

　　歡迎你才女歸來，

　　卞夫人淌盡心血。

蔡文姬	這不是焦尾琴麼？
董　祀	正是照你家名琴仿制的喲！

（唱）曹丞相選桐木，

　　親手炙。

　　他真是求賢似渴也，

　　連夜審音調節。

蔡文姬	丞相如此厚愛，文姬感愧萬分。本應遵丞相之命，携帶兒女一同歸漢，怎奈左賢王年近半百，難捨骨肉之情，這去留兩難，公胤何以教我？
董　祀	此番奉使匈奴，迎接大姐，丞相再三囑咐，應允與否，全憑單于、左賢王與大姐決定。那一雙兒女盡可留在匈奴，決不相強。

蔡文姬　此言當真？
董　祀　哪有戲言！
蔡文姬　人質之說？
董　祀　更無其事。
　　　　（左賢王和胡兵從幕後突然出現）
左賢王　慚愧呀，慚愧！我誤信流言添煩惱，如今迷霧疑雲一旦消。（拔出輕呂刀）這把刀呵，當年匈奴、漢朝結冤仇，它也曾殺人如草，從今後，你我兩家永世和好，董都尉，請收下這輕呂刀。
董　祀　（解下玉具劍）這玉具劍是丞相所賜，董祀愛之勝於性命，今日轉贈王爺，敬請收納。
男女聲　（同唱）【胡笳十八拍之十二】
　　　　　　東風府律呵暖氣多，
　　　　　　知是漢家天子呵布陽和。
　　　　　　羌胡蹈舞呵共謳歌，
　　　　　　兩國交歡呵罷兵戈。
　　　　　　兩國交歡呵罷兵戈。
　　　　（左賢王、董祀互贈刀劍，蔡文姬含笑，感動）
　　　　（幕落）

第三場　　踐　　宴

　　　　（單于大穹廬內，陳設華麗，備宴待客）
　　　　（右賢王陪周近上）
周　近　（念）書生處世太優柔，
　　　　　　烈馬還須重鞭抽。
右賢王　（念）全仗閣下三寸舌，
　　　　　　叫他頑石也點頭。
周　近　那左賢王囂張抗命，倨傲不馴，且目中無有我大漢使臣，實在令人氣惱。方纔我已威嚇於他，如若不允許文姬夫人和兩個孩子回到漢朝，邊境十萬大軍豈能等閒視之！
右賢王　是啊，文姬歸漢，那一雙嬌兒，豈能留在匈奴。兒女隨娘，人之常情。周司馬可做了件大好事。

周　近	（背白）此公之意，無非要我把兩個孩子帶回漢朝，使左賢王繼位無人，日後他晉陞有望，我又何必點破於他。（對右賢王）呀！右賢王，你對周某一番心意我是明白的喲！
右賢王	（似懂非懂）呵！請！

（兩人同下）
（南匈奴儀仗隊在音樂中引單于上）

單　于	（唱）春到冰消，喜結盟永世修好。

（周近、右賢王上）

右賢王 周　近	參見單于！
單　于	少禮！左賢王呢？
右賢王	左賢王約請董都尉，尚未到來。
單　于	如此，稍待片刻。

（以上對白在音樂中進行）

單　于	（向周近）周司馬，去年右賢王出使鄴下，多蒙曹丞相賜予接見，不勝榮幸之至。
右賢王	曹丞相文武齊威，儀表堂堂。小王得見威儀，不禁肅然起敬！
周　近	哈哈哈，右賢王言得極是。曹丞相真是心細如髮，深謀遠慮。運籌帷幄之中，決勝千里之外。手下文臣武將，對曹丞相又是敬愛，又是懼怕。
右賢王	懼怕何來？
周　近	曹丞相恩威並濟，柔中有剛。別的不說，就說他的一雙眼睛炯炯有神，猶如一道閃電透人肝肺。更可怕的是他當機立斷，言出法隨，絕不寬容，就是親生子女觸犯律條，也要繩之以法。曹丞相神武英明，纔能威震八方，蕩平群雄，真乃順之者昌，逆之者亡。大王明智，深識大體，乃南匈奴之大幸也。
單　于	（不悅）周司馬過獎了。
周　近	如今我大漢朝和匈奴修好，已是大勢所趨，只是……有句話不知當講不當講。
單　于	但講無妨！
周　近	那左賢王自命爲"冒頓"，這算何意？
右賢王	"冒頓"單于乃我匈奴祖先，當年曾冒犯大漢高祖，羞辱呂氏太后，

自命"冒頓",其用心不言自明。

周　近　這就是了,他明知單于旨意,送還文姬,偏在這送別宴會之前拉走了董都尉,節外生枝,令人憂慮。

單　于　左賢王來時,我再問個明白。

右賢王　周司馬但放寬心,文姬夫人,定能回去,決不爲難你們。

周　近　(得意)適纔我已與他陳明利害,要他以大漢朝與匈奴和好爲重,不要固執己見,一旦丞相震怒,後果不堪設想。

右賢王　大王,觸犯了曹丞相,一旦漢軍到來,悔之晚矣!

單　于　右賢王,你説些甚麼?曹丞相迎回文姬,出自一片真誠,既然匈奴、漢朝有意修好,説甚麼兵戎相見!

（內：左賢王到）

（左賢王上）

左賢王　(滿面春風)參見單于!列位久候了!

右賢王　董都尉呢?

左賢王　你問那董都尉麽?你來看!(笑吟吟拔出玉具劍)

周　近　啊!這不是董都尉的玉具劍嗎?

右賢王　(驚駭)大王,你看,左賢王到底幹出這等事來了!

單　于　(含怒)來人……與我拿下了!(左賢王、右賢王拔劍相持不下)

（音樂中,改穿漢裝的文姬和身換胡裝的董祀先後上）

董　祀　(見狀大驚)啊!這是爲何?

左賢王　董都尉,有趣得很,他們還以爲我把你給殺了。

周　近　(見董祀身穿胡服,不解)董大人,你這是……

董　祀　哦!我與左賢王互贈袍服,以示和好。

周　近　以示和好?啊!(大家笑,周近憤憤不滿)

單　于　文姬夫人此次歸漢,爲匈奴、漢朝和好鋪架金橋,乃一大喜事,請大家入座,酒宴侍候。

單　于　(舉杯)夫人歸漢以後,煩請代孤多多拜上丞相,説我匈奴深感丞相恩德,定與漢朝世代和好!

蔡文姬　文姬遵命!

單　于　夫人,一雙兒女呢?

蔡文姬　多虧董都尉闡明丞相旨意,一雙兒女可留在匈奴,懇請單于今後賜予關懷!

單　　于　夫人但放寬心,一雙兒女,孤家自當另眼相看。
蔡文姬　單于恩德,文姬永生難忘。
單　　于　右賢王,命你親領騎兵兩百,護送漢使前往鄴下,一路之上,你要好生照料,莫負孤意。
右賢王　遵命!
單　　于　曹丞相賞賜黃金玉器,却之不恭,謹此權領。我匈奴謹備黃羊、胡馬、駱駝等物,敬獻丞相笑納。
董　　祀　謝單于!
蔡文姬　如此,文姬告別了!祝單于長樂永康!
單　　于　夫人一路平安!
蔡文姬　祝匈奴永世蕃昌!
　衆　　　祝文姬夫人一路平安!(行禮)
左賢王　(深情)夫人一路珍重!你我夫妻就此告別。
蔡文姬　(啜泣)這是我家祖傳銅鏡一面,請王爺珍藏!
　　　　(以上對白在音樂中進行)
女　　聲　(內齊唱)【梁州第七】
　　　　　　難!
蔡文姬　(唱)好夫妻,
　　　　　　從今後
　　　　　　南天北地,
　　　　　　十二年恩愛,
　　　　　　文姬我冷暖自知。
　　　　　　感王爺剪私情全大義,
　　　　　　爲民族和睦忍別輕離。
　　　　　　一輪銅鏡,
　　　　　　萬縷相思!
　　　　　　臨別時訴不盡濃情蜜意!
女　　聲　(內齊唱)萬縷相思!
　　　　　　　　　怕回首草原雪舞,
　　　　　　　　　穹廬雲低。
女　　聲　(內齊唱)濃情蜜意!
男女聲　(齊唱)聽!

女　　聲　（獨唱）驪歌起車馬催，不忍聽，嬌兒啼，肝裂腸碎。

女　　聲　（內齊唱）這龍城到處是情切切的繫人柳枝，

男　　聲　（內齊唱）那胡笳聲聲是恨綿綿的離人悲泣，

男女聲　（同唱）遲！遲！四牡騑騑萬擔愁怎可載得起？

女　　聲　（獨唱）且揮鞭！

蔡文姬　（唱）驅那離愁去，

　　　　　　　離愁去，

　　　　　　　願匈奴、漢朝永和怡，

男女聲　（齊唱）親人骨肉會有期。胡漢永和怡，

蔡文姬
男女聲　（齊唱）親人骨肉會有期。

單　　于　吩咐下去，文武百官，黎民百姓，列隊十里，歡送文姬夫人歸漢。
　　　　（樂起，全場向文姬敬禮，侍書、侍琴扶文姬徐徐上前）

女　　聲　（內獨唱）【胡笳十三拍】

　　　　　　　愁為子呵日無光輝，

　　　　　　　焉得羽翼呵將汝歸？

　　　　　　　將汝歸？

　　　　　　　一步一遠呵足難移，

　　　　　　　魂消影絕呵恩愛遺。

　　　　　　　肝腸攪刺呵人莫我知！

　　　　　　　肝腸攪刺呵人莫我知！

　　　　（幕落）

第四場　墓　　夢

（長安郊外蔡邕墓前）

（周近提燈上）

周　　近　（念）墓園夜宿鬼啾啾，膽怕心驚不自由。

　　　　本來今日即可到達長安，誰知文姬夫人偏生要在這墓園露宿。與鬼為鄰，怎不叫人膽怕心驚，心事重重，更難酣然入睡。日前，董祀又責怪於我，不該違背丞相之意，對左賢王信口開河，險些兒釀成大禍，他叫我今後言語還要多加謹慎。只是人心叵測，人口難防，

　　　　　萬一今後他在曹丞相面前透露出此事,這這這⋯⋯連日以來,董祀已是人困馬乏,我不如乘此機會給他⋯⋯我叫他回不了鄴下,見不到丞相。

　　　　　(周近下)

女　聲　(內齊唱)【胡笳十七拍】
　　　　　　　去時懷土呵
　　　　　　　心無緒,
　　　　　　　來時別兒呵思漫漫,
　　　　　　　豈知重得呵入長安,
　　　　　　　嘆息欲絕呵淚闌干,
　　　　　　　淚闌干。
　　　　　(蔡文姬音樂中披風獨上,在蔡邕墓前長嘆)

蔡文姬　(念)冷冷荒郊月,
　　　　　　　耿耿銀河星,
　　　　　　　一腔辛酸語,
　　　　　　　不忍告英靈。
　　　　　爹爹,曹丞相迎我回漢,整理你的遺作,這正是女兒多年的心願,只是兒女私情,夢縈魂牽,爹爹呵!
　　　　　(唱)【牧羊關】
　　　　　　　墳臺寂寂覆衰草,
　　　　　　　孤女淚如潮。
　　　　　　　離龍城也是這彎新月照,
　　　　　　　今晚又斜挂在長安白楊樹梢,
　　　　　　　十二年往事多少!
　　　　　爹爹呀,
　　　　　　　憐女兒心亂如麻繞,
　　　　　　　恨無力舉起斬麻刀,
　　　　　　　斬麻刀。
　　　　　(蔡文姬悲不自勝暈厥,撲倒墓前)
　　　　　(在音樂中入夢。蔡邕教文姬吟詩作賦,突然烟火四起,亂兵焚燒詩稿,父女冒着烟火,搶救殘稿一束,絕望悲泣)

女　聲　(內齊唱)好文章碎紛紛灰飛烟飄,

痛先父苦哀哀心血毀了！
烽火姻緣，
不須煩多情月老。
不須煩多情月老。
雪舞風號。
（夢中。戰亂裏，蔡文姬與左賢王相遇）
（夢中。風雪交加。草原。文姬與趙四娘、胡兒、昭姬慘痛離別）
（唱）又見女哭兒鬧，
沉沉夢霧怨難消，
怨難消。

侍　書
侍　琴　（內喊）文姬夫人，文姬夫人！

（侍書、侍琴上。文姬驚醒）

侍　琴　文姬夫人，夜深寒重，你要多加保重啊！

侍　書　請夫人回帳歇息去吧！

蔡文姬　侍琴，取琴過來！

（侍琴下）

蔡文姬　（念）哀鴻隻影伴孤塋，
殘淚滴滴冷似冰，
輾轉反側難入夢，
誰知入夢更傷情。

（侍琴復上。文姬撫琴）

蔡文姬　（唱）今別子呵歸故鄉，
舊怨平呵新怨長。
泣血仰頭呵訴蒼蒼，
胡爲生我呵獨罹此殃！
胡與漢呵異域殊風，
天與地隔呵子西母東，
苦我怨氣呵浩於長空。
六合雖廣呵受之應不容[1]！

（董祀上，月夜聽琴，琴聲歇）

董　祀　大姐，聽琴聲淒絕，聞者心傷，這一路之上，哪禁得偌大悲哀。大姐，你可要珍重啊！

蔡文姬　只是一雙兒女，我一時一刻也不能忘懷！

董　祀　侄兒侄女有四姨娘照看，定能平安無事。想當初你自長安西去匈奴，今日又從原路東歸，十二年來，兩般景象，難道你就無動於衷麼？

（唱）【沽美酒】

　　痛當年，
　　戰火燒，
　　中原劫，
　　血淚澆。
　　馬邊懸男頭，
　　馬後婦女號，
　　人踪滅，
　　土地焦，
　　只留下白骨黃沙，
　　荒烟衰草。

（唱）【川撥棹】

　　喜沃土今朝壯麥苗，
　　樂耕織，
　　屯田好。
　　是丞相大任承挑。
　　晝夜操勞，
　　平亂鋤豪，
　　德重恩高，
　　爲戰後黎民溫飽，
　　他爲天下憂而憂，
　　心如搗。

蔡文姬　是啊！今昔相比，我怎能無動於衷？只是兒女情深，不能自已。

董　祀　曹丞相期望大姐學班昭，繼承父業，你却寄悲怨於琴弦之上，沉浸在兒女私情之中，似這樣身心交瘁，自我毀傷，怎能完成姨父伯喈先生的遺志，豈不辜負了曹丞相一片厚望，長此下去，大姐你怎不令人失望啊！

蔡文姬　呀！
　　　　（唱）【梅花酒】
　　　　　　金石言，
　　　　　　肝膽照，
　　　　　　謝公胤將我愁雲盡掃。
董　祀　（唱）喜見她英氣上眉梢，
　　　　　　破繭欣看玉宇高。
蔡文姬　（唱）剪斷閑愁報聖朝。
董　祀　（唱）把煩惱盡拋，
蔡文姬　（唱）煩惱盡拋。
　　　　（唱）恰似那出籠黃鳥
董　祀　　　 展翅沖雲霄，
蔡文姬　　　 出籠黃鳥
　　　　　　 展翅沖雲霄。
　　　　（周近潛上，見狀隱下）
侍　書　（念）董都尉語重心長。
侍　琴　（念）曹丞相義重恩高。
侍　書
侍　琴　夫人莫負他一片誠意啊！
蔡文姬　公胤金玉良言，文姬深深記下了。
董　祀　大姐，夜深了，請回帳歇息去吧！
侍　書
侍　琴　請夫人回帳歇息去吧。
　　　　（蔡文姬、侍書、侍琴向董祀致禮，下）
　　　　（幕落）

校記

［１］六合雖廣呵受之應不容："六"，原作"天"，據文意改。

第五場　被　讒

（鄴下曹操書齋。卞夫人、曹丕同觀《胡笳十八拍》）

曹　　操　好詩,好詩啊!
　　　　　　城頭烽火不曾滅,疆場征戰何時歇?
　　　　　　殺氣朝朝衝塞門,胡風夜夜吹邊月。
　　　　　　故鄉隔呵音塵絶,哭無聲呵氣將咽。
　　　　　　一生辛苦緣離別,十拍悲深呵淚成血。
卞夫人　文姬寫的這詩慷慨悲涼,令人泣下。
曹　　操　夫人,這《胡笳十八拍》,真是好詩啊!子桓,你看如何?
曹　　丕　情文並茂,不愧是人間珍品!
曹　　操　如此品評,可謂公允。全詩精華,倒不在纖巧細婉動人,而在敢於破俗見,斥鬼神,氣勢磅礴,蕩地動天!你聽!
（以上對白在上段音樂中進行）
（唱）謂天有眼呵何不見我獨飄流,
　　　謂神有靈呵何事處我天南海北頭?
　　　我不負天呵天何配我殊匹?
　　　我不負神呵神何殄我越荒州?
此女歸來,伯喈猶在,這《續漢書》定能修成了!
（唱）【胡十八】
　　　痛伯喈,
　　　無辜血,
　　　笑王允,
　　　心狹窄,
　　　豚犬輩,
　　　哪識人傑?
　　　有孤女繼絶,
　　　又流落匈奴也!
　　　寫悲憤胡笳聲咽,
　　　好才華忍泯滅,
　　　幸邊塞刀兵歇,
　　　某若任英才埋没,
　　　愧爲丞相也!
（侍者上）
侍　　者　啓稟丞相,南匈奴右賢王送蔡文姬夫人已到鄴下……

曹　操　哦,文姬來了,我要立刻接見。
侍　者　周司馬在府外候見。
曹　操　董祀爲何不來?
侍　者　(呈表文)董都尉表文在此。
曹　丕　董祀在華陰道上,因烈馬狂奔,落馬重傷,現在華陰救治。
曹　操　噯!董祀這個書生,逞甚麽能,坐甚麽烈馬?要他安心養傷。子桓,引周近進見。
卞夫人　慢!丞相一日辛勞,我看明日接見吧!
曹　操　不!不!
　　　　(曹丕下)
卞夫人　你頭風未愈,却日夜操勞,叫人放心不下!
曹　操　夫人,你也不是日夜操勞嗎?
卞夫人　妾身奉命縫補破被。
曹　操　呵!縫補破被。
卞夫人　丞相哪!
　　　　(唱)【慶東原】
　　　　　　丞相你公忠爲國,
　　　　　　日夜嘔盡心血,
　　　　　　分憂無計,
　　　　　　但力微情熱,
　　　　　　小小銀針在,
　　　　　　縫窮補綴敢稍歇!
　　　　(曹操大笑)
卞夫人　丞相爲何發笑?
曹　操　我笑你這雙描龍繡鳳手,倒作了我曹操的縫窮婦。
卞夫人　能爲丞相縫窮,我是引以爲榮。
曹　操　哎!戰禍連年,中原方蘇,要使天下人都能有一床被,還須克勤克儉,獎勵耕織。
　　　　(曹丕上)
曹　丕　爹爹,周近府外候見!
曹　操　傳他進來!
曹　丕　周近進見!

(卞夫人下，周近上)

周　近　（念）相府森嚴寒侵骨，察顔觀色進密言。
　　　　小官周近敬叩丞相萬福，敬候公子起居。

曹　操　一路辛苦，坐下。

周　近　小官不敢領坐。

曹　操　坐下答話。

周　近　多謝丞相。

曹　操　何時到達？

周　近　申時到達。

曹　操　文姬一路可好？

周　近　思念骨肉一路悲啼。

曹　操　哦！莫非她無意歸漢，事出勉強？

周　近　啓稟丞相，此事只因節外生枝，事出蹊蹺。原説是文姬夫人携兒女一同歸漢，右賢王倒竭力贊同，單于也已應允，那左賢王却暴跳如雷，説甚麽他親生骨肉，不能做漢朝的人質。

曹　操　噯！左賢王他大大地誤會了。

周　近　丞相有所不知，那左賢王自命爲"冒頓"，與我漢朝結怨甚深。此次如非丞相聲威遠播，文姬夫人是回不了漢朝的。

曹　操　你同董祀又是怎樣講的？

周　近　啓稟丞相，小官身爲副使，惟董都尉馬首是瞻。而董都尉不自檢點，自行其是，小官看在眼裏，急在心頭。

曹　操　那董祀是怎樣自行其是的？

周　近　啓稟丞相，董都尉明知左賢王爲單于有所不滿，却背着單于，與左賢王私下往來，秘密訂交，把丞相賜他的玉具劍也獻送與左賢王。這且不説，他還換上匈奴服裝，得意忘形，全然不顧大漢威儀。

曹　操　（怒）那董祀竟敢如此有失檢點？

周　近　（繼續煽動）啓稟丞相，董都尉還無視單于好意，附和左賢王把兒女強留匈奴，使文姬夫人思念骨肉，悲痛欲絕，而他又趁此機會，一路之上與文姬夫人深夜長談，密林相會。隨行的匈奴人莫不竊竊私議。

曹　操　講些甚麽？

周　近　他們説（情急編造）"大漢使臣，誘我王妃，寤寐求之，馬失前蹄"！

曹　操　如此説來,那董祀受傷非烈馬之故?
周　近　無非掩飾之詞。
曹　丕　周司馬所言當真?
周　近　句句屬實。
曹　操　膽大的董祀!
　　　　(唱)暗通關節,
　　　　　　行爲不端,
　　　　　　王法如爐,
　　　　　　死有餘辜。
　　　　子桓,給我傳下一道飭令。
曹　丕　爹爹口授。
曹　操　立送華陰,着董祀自裁。
　　　　(曹丕、周近大爲震驚)
曹　丕　(唱)爹爹他令出雷轟電掣,
　　　　　　我將信將疑,
周　近　(唱)丞相他令出雷轟電掣,
　　　　　　我心中暗喜,
曹　操　(唱)我不識僞君子,
　　　　　　深自悔深自責,
曹　丕　(唱)盛怒下難求寬赦,
周　近　(唱)我惶惶只怕機關泄,
曹　操　(唱)這局面怎生收拾?
曹　操　周近!
周　近　小官在!
曹　操　明日辰刻,你陪右賢王前來,關於處置董祀之事,有關與匈奴和好、文姬的聲譽,不可泄露。
周　近　小官遵命。
　　　　(周近下)
曹　丕　爹爹,蔡文姬何日接見?
曹　操　(沉吟)我另定日期。(曹丕欲下)子桓……
曹　丕　爹爹有何吩咐?
　　　　(曹操欲言又止,揮手。曹丕下)

曹　操　唉！平地起波濤，世事果難料！（長嘆）
　　　　（以上對白在音樂中進行）
　　　　（幕落）

第六場　驚　耗

（文姬驛館之一室，侍書、侍琴在室內整理鏡臺、書案）

侍　書
侍　琴　（唱）【紅繡鞋】

　　　　　　捲珠簾，
　　　　　　花香盈袖，
　　　　　　艷陽天，
　　　　　　鶯燕啁啾，
　　　　　　彩霞鋪錦繡，
　　　　　　早來到讀書樓。

侍　琴　姐姐，這鄴下果然風景勝他鄉，春暖夢甜風也香啊！

侍　書　文姬夫人一到鄴下，就如饑似渴，挑燈夜讀，直到深夜，我纔勸她睡下了。她和龍城時候相比，簡直判如兩人了。

侍　琴　多虧得董都尉良言相勸，她纔收起愁容換笑顏。

侍　書　董都尉真稱得上至誠君子，但願他吉人天相，早復康健！奇怪的是周司馬昨晚去見丞相，至今未見回音。

侍　琴　姐姐，周司馬這個人哪……

　　　　（侍者上）

侍　者　公子有令，侍琴立即過府回話。

侍　琴　知道了。姐姐，公子叫我立即過府回話，不知有甚麼事兒？

侍　書　我想……

侍　琴　對，一定是好事。

侍　書　你快去吧！

侍　琴　好事，好事！

　　　　（侍琴下）

　　　　（蔡文姬上）

蔡文姬　（唱）喜夙願今得酬，

　　　　　勤讀忘夜漏，
　　　　　爲漢家把閒愁撇下重抖擻！
　　　　　感丞相恩情厚。
　　（文姬走向書桌坐下，振筆作書）
侍　書　夫人，適纔綰公子派人叫去了侍琴，婢女猜想，丞相要見夫人了。
蔡文姬　（興奮）我早就盼望這一天！歲月如流，轉眼已是十五年了！
侍　書　夫人以前可曾見過丞相？
蔡文姬　見過！記得那一天，秋雨秋風滿洛陽，爹爹喚我到客堂，見來客談笑風生性爽朗，綸巾布履貌尋常。這就是當年的驍騎校尉，今日的曹公丞相。曹公對我爹爹言道："此女才能非凡，當繼父業。"十五年來，世事滄桑，想起當年之事，侍書啊！我是多麼盼望早日見到曹丞相。
侍　書　丞相也一定會急於見你的，請夫人趕快梳妝整容等候佳音吧！
　　（以上對白在上段音樂中進行）
　　（侍琴急上）
侍　琴　文姬夫人，大事不好了，曹公子言道，丞相據報，董都尉暗通關節，行爲不端，大爲惱怒，當即下令華陰，命董都尉服罪自裁！
蔡文姬　竟有此事？
侍　琴　他還說，此事與文姬夫人有關。公子對周近之言也有所懷疑，只是丞相盛怒之下，不敢多說，他暗中叫奴婢前去，也有搭救董都尉之意。
蔡文姬　此事好蹊蹺啊！
　　（以上對白在上段音樂中進行）
蔡文姬　待我即刻求見丞相，闡明真情，搭救董公胤性命。
侍　琴　請夫人速速挽髮整裝。
蔡文姬　顧不得了！
　　（唱）【快活三】
　　　　　遭奇禍，
　　　　　命將休，
　　　　　豈容我對鏡慢梳頭。
　　　　　趨急步，
　　　　　離書樓，

　　　　見丞相，
　　　　苦懇求，
　　　　待寬宥。
（侍書、侍琴隨文姬急下）
（幕落）

第七場　辨　誣

（丞相府松濤館，四侍者侍立）
（曹丕上）

曹　丕　（念）暗遣侍琴傳信息，
　　　　　　爲辨是非巧安排。
　　　　有請爹爹。
（以上念白在上段音樂中進行）
（曹操上）

曹　操　（唱）【端正好】
　　　　　　遠者來人心向，
　　　　　　喜的是遠者來，
　　　　　　貴的是人心向。
　　　　　　振國威，
　　　　　　謹慎多思量。
　　　　　　聯匈奴，
　　　　　　不許奸人謗，
　　　　　　那才女應無恙。

曹　丕　爹爹，南匈奴右賢王在府外候見。
曹　操　請他進來！
曹　丕　有請。
（右賢王、周近上）
右賢王　（施禮）南匈奴使臣叩見大漢丞相，單于敬候丞相金安！
曹　操　右賢王一路辛苦，請坐，請坐！
周　近　小官周近叩見丞相。
曹　操　你也坐下。

周　近　多謝丞相。

右賢王　丞相德被中原、威震遠方，南匈奴深爲敬仰，此番單于命小臣面獻薄禮，（呈上花單）請丞相笑納。

曹　操　曹操敬領了。此次迎回文姬夫人，多承單于、左賢王協助。文姬夫人是我朝貴賓，我曹操決以王妃禮相待，請單于、左賢王盡可放心。

右賢王　可惜左賢王固執己見，不然，文姬夫人帶領一雙兒女同來，豈不更好？未能完成臺命，尚乞丞相寬免。

曹　操　左賢王能以匈奴與漢朝友好爲重，讓文姬歸來，我曹操已十分敬佩。

（侍者上報）

侍　者　啓稟丞相，文姬夫人求見。

曹　操　文姬來了！（考慮片刻，對曹丕）子桓，請你母親接見。

曹　丕　爹爹，孩兒有話稟告。文姬夫人求見，必有要事，爹爹還是賜予接見吧！

曹　操　這……

右賢王　小臣告辭。

曹　操　也好，子桓，代我相送。（曹丕、周近送出，曹操叫住周近）周近，文姬夫人此來，料與董祀有關，正好同她講個明白，你在一旁，好生答對。

周　近　（內心惶懼）小官遵命！

曹　操　有請文姬夫人！

侍　者　是，有請文姬夫人。

蔡文姬　（內唱）【快活三】

　　　　　心如煎，
　　　　　步履忙，
　　　　　爲公胤命
　　　　　如懸絲，
　　　　　那顧得肅儀容整飾衣裳。

（蔡文姬上。侍書、侍琴隨上）

蔡文姬　罪女蔡琰叩見丞相。

曹　操　（離座）哎呀，快快扶起文姬夫人，請坐，請坐。

蔡文姬　罪女不敢領坐。

曹　　操　哎！文姬夫人是遠道的嘉賓，不敢落座，倒是我曹操失禮了。
蔡文姬　謝丞相。
曹　　操　文姬夫人口稱罪女，不知爲何？
蔡文姬　丞相，聞説董生命難全，事與罪女有牽連，有罪我能瞑目死，無辜豈任董生冤？
曹　　操　文姬夫人，此事與你無涉的呀！但恨董祀不自檢點，忘了王法威嚴，文姬夫人深夜彈琴，與他漢使何干？
蔡文姬　這就是"行爲不端"麽？丞相你錯怪他了！

（唱）【滾繡球】

　　怨怨罪女無狀，
　　招來禍殃。
　　那夜晚到長安先父墓前觸景動愁腸。
　　生的離，

（曹操夾白：文姬夫人請坐下，慢慢講來）

　　死的別，
　　身似浮萍飄蕩，
　　迷糊糊入夢鄉，
　　又勾起千般的悵惘。
　　且求助焦尾琴，
　　撫慰我巨痛的創傷。
　　淒惻惻却驚動那董都尉披衣來探望。
　　懇切切他苦勸我莫學那作繭的蠶兒自縛忙，
　　縱放眼看中原好風光。
　　他勸我學班昭志堅如鋼，
　　續漢書奮發激揚，
　　揮筆作濟世文章，
　　莫辜負丞相厚望。
　　我深感丞相送來一盞明燈亮，
　　照前程寬廣輝煌。
　　正收拾苦淚千行，
　　誰料想忠誠人受屈枉。

曹　　操　侍書、侍琴！

侍　書
侍　琴　在。

曹　操　你們也都在場？

侍　書
侍　琴　婢女在場，董都尉勸說文姬夫人，全屬實情。

曹　操　吖！原來如此。只是董祀私會左賢王送刀贈劍，身穿匈奴人的衣裝，却是爲何？

蔡文姬　喔！這就是"私通關節"麼？

周　近　啓禀丞相，小官親眼目睹，董祀身穿匈奴服裝，全然不顧大漢威儀，更不該將丞相賜予他的玉具劍，也獻與了左賢王。

蔡文姬　匈奴人贈刀送袍，以示和好，董都尉以誠相待，回敬以禮！

曹　操　既是光明磊落，何須暗裏相約？

蔡文姬　只因左賢王受人愚弄，事出非常！

曹　操　此話怎講？

曹　丕　侍書、侍琴，爾等從實講來！

侍　書
侍　琴　丞相容禀！

侍　書　(唱)【朝天子】
　　　　都只爲
　　　　一股謠風掀惡浪，
　　　　說甚麼漢兵十萬壓邊疆。

侍　琴　(唱)逼夫人帶子女，
　　　　做人質押抵我方，
　　　　若匈奴敢違抗，
　　　　定落得草原浩劫，
　　　　血漫沙場！

曹　操　這些謠傳從何而起？

侍　書
侍　琴　丞相要問這些謠言麼……

周　近　啓禀丞相，左賢王倨傲不馴，一味阻撓文姬夫人歸漢，小官本意奉勸於他，並無惡意，十萬大軍，乃小官口不擇言；至於人質之說，是左賢王激憤之辭，與小官無涉，還求丞相明察。

蔡文姬　左賢王不識漢朝史書，怎知春秋戰國人質勾當！

曹　　操　文姬夫人，但不知此事與董祀會左賢王有甚麼相干？
蔡文姬　左賢王盛怒之下，罪女勸說無用，請來董祀都尉探明真情！
曹　　操　那董祀是怎樣講的？
侍　　書
侍　　琴　那董都尉麼！
曹　　操　起來講！
侍　　書　（唱）【四邊靜】
　　　　　　他嚴詞駁斥虛妄，
　　　　　　說曹丞相磊落光明人景仰，
　　　　　　對匈奴修好情誼長。
侍　　琴　他說文姬夫人和一雙兒女……
　　　　　（唱）去或留，
　　　　　　不勉強，
　　　　　　留人質，
　　　　　　全屬荒唐，
　　　　　　一句句，
　　　　　　真誠話，
　　　　　　暖人心上。
侍　　書
侍　　琴　（同唱）【幺篇】
　　　　　　帷幕後，
　　　　　　感動了左賢王，
　　　　　　他深感作事欠思量。
侍　　琴　（唱）險成大錯愧難當。
侍　　書　（唱）他與董都尉訂下個生死交誓不相忘。
蔡文姬　（唱）換刀劍，
　　　　　　獻贈衣裝，
　　　　　　但祝願息干戈和平分享！
曹　　操　文姬夫人，昨晚我爲董祀之事，徹夜不眠，我想，從龍城到長安，道路崎嶇，董祀倒平安無事，怎麼到了長安，踏上大道，反而落馬？
侍　　琴　婢女正有一事稟告丞相。
曹　　丕　講！

侍　琴　董都尉落馬以後，一天晚上，婢女見一相識的馬卒，暗裏痛哭，問其原因，他說悔不該聽了周司馬的話，挑了匹烈馬給董都尉，故而傷心。

曹　操　那馬卒呢？

侍　琴　兩天以後，他、他、他犯了甚麼馬踏青苗之罪，被周司馬當場斬首了。

周　近　啓禀丞相，馬卒被斬，確有其事，至於換乘烈馬，小官實實不知，還求丞相明察，小官罪該萬死，罪罪罪該萬死。

曹　操　哼！實實不知，何至萬死？（向文姬）此次有勞文姬夫人了。你本無罪，董祀也無辜。請到後堂梳洗整裝，（向侍書、侍琴）請下夫人好生款待。

蔡文姬　謝丞相！只是董公胤命在旦夕，懇請丞相救他一命。

（曹操心情沉重，手勢請文姬下）

（侍書、侍琴陪文姬下）

曹　操　哼！你信口胡言，破壞與匈奴和好，以致董祀蒙冤，如今罪證確鑿。來人呀！（侍衛上）將周近押付有司，從嚴議處。

周　近　丞相饒命！丞相饒命！

曹　丕　押了下去。

（侍衛持刀押周近下）

曹　丕　爹爹！

曹　操　子桓！爲父的整軍治國，執法如山，信賞明罰，四海臣服，只是一時激憤，決斷欠周，以致小人乘隙，君子蒙冤，事後思之，常多愧疚。爾等要引以爲戒也！

曹　丕　孩兒記下了！爹爹，董祀飭令已發，如何是好？

（以上對白在上段音樂中進行）

曹　操　飭令何時發出？

曹　丕　今晨寅時發出。

曹　操　可追得回？

曹　丕　追得回。

曹　操　好，追回前令！慢！（叫回曹丕）與我另傳一令。

曹　丕　是，爹爹口授。

曹　操　表彰董祀出使匈奴有功，晉職爲長安典農中郎將，傷愈之後立刻上

曹　丕	是。

（幕落）

第八場　鏡　圓

女　聲	（唱）鄴下八年，
	忙不迭歸鴻去燕。
	春華秋實，
	應羨煞天上嬋娟，
	筆兒硯兒長相伴，
	默寫就遺稿四百篇。
	誰賜重生樂？
	一曲頌歌魏王賢，
	魏王賢。
卞夫人	（念）深苑畫堂開盛宴，
	魏王府內秋色妍，
	銅雀臺前翩躚舞，
	寶鏡歸來美姻緣。
侍　琴	啟稟王后，文姬夫人到。
卞夫人	請她進來！
侍　琴	有請文姬夫人。

（蔡文姬上）

（以上對白在上段音樂中進行）

蔡文姬	恭候伯母安康。
卞夫人	文姬請起。南匈奴單于已到鄴下，魏王要宴請於他，請你作陪。
蔡文姬	吁！單于來了！
卞夫人	中郎將董祀也從長安陪單于前來。
蔡文姬	董祀也來了！
卞夫人	你們姐弟一別又是八年，少時好好敘談敘談。魏王對你新作愛不忍釋，只改動幾個字，你看如何？（遞過詩卷）
蔡文姬	（看詩卷）"重睹芳華"……"所幸今日"？魏王斧正，一字千金，只是

（前頁上方："任。快去！"）

"重睹京華"改爲"重睹芳華","但盼有日"改爲"所幸今日",一時不解。想三年前左賢王抗擊鮮卑不幸捐軀,一雙兒女音信全無,我文姬還有甚麼芳華可言?

卞夫人 少時魏王到此,你自會明白。

（內：魏王駕到）

（漢官、漢將引曹操攜胡兒、昭姬在音樂中上）

曹　操 文姬夫人,孤與你帶來一份意想不到的厚禮,請你面收。

（文姬突然看到一雙兒女來到,驚喜萬分）

女　聲 （獨唱）莫非夢,
　　　　　　夢中見?

（胡兒、昭姬夾白：媽媽）

　　　　　　歡喜淚,淚不乾。

蔡文姬 （唱）只道龍城一別再見難,
　　　　　天賜我骨肉又團圓,
　　　　　多謝魏王厚禮重,
　　　　　厚禮重如山。

（董祀上）

曹　操 見過文姬。

董　祀 董祀見過大姐！多謝大姐救命之恩！

文　姬 此乃魏王恩德！

曹　操 哈哈哈！伊屠知牙師你有何話對你母親言講?

胡　兒 爹爹臨終之時,交付孩兒兩件遺物：一把玉具寶劍,留與孩兒,要兒繼承遺志,願匈奴、漢朝永世和好,對內奸外寇要嚴峻無情,孩兒謹遵遺訓,永志不忘。

蔡文姬 你爹爹死也瞑目了。

昭　姬 還有一件,媽留給爹爹的銅鏡,爹要媽轉送董大叔。

曹　操 "寶鏡燦燦,明月皎皎,鏡月長圓,琴瑟永好！"好一個琴瑟永好！文姬,就依左賢王遺囑行事吧！董祀,我爲文姬新作改了幾個字,爲你舊作也改上一改！

董　祀 小官是不會作詩的！

曹　操 孤聽文姬言講,你的"小小黃鳥"作得不壞的喲,今日孤家作主,把它改爲："小小黃鳥,翩然來歸；所配有偶,比翼雙飛。"哈哈哈,今日四喜臨門，可喜可賀。單于來朝，遐邇一體；《胡笳十八拍》後《重睹芳華》；生死鴛鴦，鏡劍配合；乾坤扭轉，骨肉團圓。董公胤未有室家，蔡文姬已無悲憤，此乃是天作之合也，啊夫人，我們兩老來替天行道吧！侍琴，吩咐歌舞上來！
（舞伎上起舞）

女　聲　（齊唱）【重睹芳華】
　　　　　　　妙齡出塞呵淚濕鞍馬，
男　聲　（齊唱）啊哎啊哎氈幕風沙。
女　聲　（齊唱）十有二載呵氈幕風沙。
女　聲
男　聲　（齊唱）巍巍宰輔呵吐哺握髮，
女　聲　（獨唱）金璧贖我呵，
女　聲
男　聲　（齊唱）重睹芳華，重睹芳華，重睹芳華。
女　聲　（齊唱）拋兒別女呵聲咽胡笳，
男　聲
女　聲　（同唱）所幸今日遐邇一家。
女　聲　（齊唱）春蘭秋菊呵競放奇葩，
　　　　　　　薰風永駐呵，
男　聲
女　聲　（同唱）吹綠天涯。

（歌舞隊上場，音樂中舞伎翩翩起舞《重睹芳華》。文姬、董祀新裝後上，在舞者簇擁中含笑相對，行禮）

——劇終

建安軼事

羅懷臻　撰

解　題

　　京劇。羅懷臻撰。羅懷臻，祖籍河南許昌，1956年生於江蘇淮陰，上海戲劇學院戲文系畢業，現爲上海市劇本創作中心一級編劇、上海戲劇學院兼職教授，中國戲劇家協會副主席、上海市戲劇家協會副主席。著有淮劇《金龍與蜉蝣》，京劇《西施歸越》《建安軼事》，昆劇《班昭》，漢劇《柳如是》，越劇《李清照》《梅龍鎮》，甬劇《典妻》，川劇《李亞仙》等劇本，曾多次獲國家級獎勵。該劇未見著錄。劇寫東漢建安年間，曹操以重金贖回蔡文姬歸漢，留住曹府。曹操見文姬歸來三月，未見笑容，乃與卞夫人商議，選小她十二歲的董祀爲配，特意傳他二人相見。二人撫琴吟唱，交談融洽，互稱起鄰家姐姐、鄰家弟弟。後被曹、卞召入書房問話。曹操築建新房，卞夫人備妝奩，爲文姬與董祀舉辦婚禮。洞房花燭夜，文姬喜，董祀不樂。二人交談，方知是曹操有意安排將二人捆綁一起，董已有心儀女孔融之女。文姬要修書給曹操，董祀不允，願棄心儀女，陪伴文姬。忽有一男孩求見，文姬見是左賢王與己之子，甚驚。文姬來看帶子進貢中原的左賢王，因新婚夫妻沒有感情，要跟他與兒子回匈奴。左賢王知文姬已改嫁，自己雖未再婚，但昨天朝堂上曹操已許婚翁主，明日就要帶翁主王妃回匈奴，文姬難回。蔡董結婚半年，姐弟相稱，未成事實夫妻。一日，董祀從孔融嫁女婚宴上飲酒回來，告文姬，孔融羞辱其娶了半老徐娘，我則回他八個字：不敢高攀，不屑高攀。董祀感謝文姬的體貼包容，願與文姬成爲真正夫妻。忽然漢將來抓董祀，罪名：違背禁酒令、藐視丞相。董祀問孔融怎處，漢將言孔融違禁酒令，結黨營私，妄議朝政，全家已處斬。董祀被押走。文姬騎馬冒狂風暴雪急往曹府。孰料馬馳途中腿斷，文姬摔下馬。文姬爬起徒步前往曹府，蓬頭跣足進見曹操、卞夫人，求赦董祀死罪，如不允願與同死。本來，曹操斬董祀原因之一是藐視丞相，其實就是董祀對文姬刻薄寡恩。曹操見此情，令飛騎追回文狀，赦免董祀。董祀放回謝曹操，操讓謝文姬。文姬之心已安定。曹操方言贖回文姬回朝的正事，即續修《後漢記》。文姬答允。董祀辭官相助，曹操贈銀糧，專送伉儷回家。蔡文姬完成使命後，與夫君董祀隱居終南山。本事出於《後漢書‧董祀妻傳》、《三國演義》第七十一回。明陳與郊雜劇《文姬入塞》、清南山逸叟雜劇《中郎女》、清尤侗雜劇《弔琵琶》、《鼎峙春秋》中《鳴笳送馬入西關》《重翻卷葉吹蘆調》二齣、京劇《文姬歸漢》、郭沫若話劇《蔡文姬》等均寫文姬歸漢事，情節各有不同。本劇情節與上述各劇更爲不同。版本見《劇本》2011年第9期。今據以收錄整理。

序　幕

（東漢建安年間，許都）
（城下，冬日雪花，紛紛揚揚）
（漢軍們護衛曹操和卞夫人上，蔡安隨上）

衆漢軍　（唱）遣我漢使兮大漠遠行，
　　　　　　　　金璧贖還兮孤女之身。
（衆隨從護送蔡文姬車馬上）

衆隨從　（唱）每思遠道兮悲己不幸，
　　　　　　　　重返故國兮欲止欲行。
（曹操和卞夫人迎上前）

曹　操　蔡文姬。
蔡文姬　曹丞相。
曹　操　文姬侄女！
蔡文姬　曹世叔！
卞夫人　文姬！
蔡文姬　夫人！
蔡　安　小姐，你還記得我麽，我是府上家人蔡安哪！記得當年逃難之時，是我陪伴小姐躲避戰亂，可奴才卻在兵荒馬亂中把小姐丟了，害得小姐流落匈奴十二年。十二年來，奴才是日日懊悔，夜夜不安，今天總算看到小姐平安歸來了，小姐，奴才對不起你呀！（跪）
蔡文姬　（扶起蔡安，抱頭痛哭）蔡安……

蔡　安　　小姐，長安和洛陽的家都毀了，丞相夫婦把你安頓在許都相府
　　　　　　住下。
曹　操　　文姬，回家吧！
衆　人　　文姬夫人，回家吧！
蔡文姬　　回家……
　　　　　（唱）一聲回家淚難禁，
　　　　　　　　是感恩，是遺恨，
　　　　　　　　是團聚，是離分，
　　　　　　　　一刹時百感交織五味陳……
　　　　（蔡文姬頻頻回首，曹氏夫婦悉心呵護，被漢軍們、衆隨從簇擁
　　　　　着下）
衆　人　　（唱）山不厭高兮水不厭深，
　　　　　　　　周公吐哺兮天下歸心。

第　一　場

　　　　（三月後。曹操府邸中庭。翠竹花草，溪水環流，琴聲幽咽）
　　　　（曹操、卞夫人上）
曹　操　　（念）文姬歸漢三月整，
　　　　　　　　奈何歲已入春，
　　　　　　　　人未入春。
卞夫人　　（念）夜聞悲泣，
　　　　　　　　日見淚痕，
　　　　　　　　琴聲裏分明愁長恨深。
曹　操
卞夫人　　（念）教人不忍聽！
曹　操　　夫人！
　　　　　（唱）莫非我料事差，
　　　　　　　　拆散她一個家——
　　　　　　　　撇下了兩幼小，
　　　　　　　　母與子隔天涯？
卞夫人　　（唱）胡兒總是她生下，

　　　　　　骨肉分離娘痛煞。
　　　　　　可憐中原漢家女，
　　　　　　魂魄繫在匈奴家。
曹　操　（唱）如何使她了牽挂？
卞夫人　（接唱）除非再續一個家。
曹　操　夫人所言極是。
卞夫人　可是……
曹　操　怎麼？
卞夫人　（唱）文姬三十已過五，
　　　　　　不復青春好年華。
曹　操　名門之後，博學多才，你我夫婦皆視若掌上明珠，這樣的女兒還愁嫁不出去？
卞夫人　話不是這樣講。
曹　操　怎樣講？
卞夫人　你想嘛，文姬十六歲時初嫁河東望族衛仲道，不幸那丈夫婚後一年便咳血而死。没入南匈奴，勉爲賢王妃，又生下兩個胡兒，已然算是二嫁。倘若再嫁一回，那蔡文姬豈不就是三嫁之女了？
曹　操　三嫁之女，却又如何？
卞夫人　只恐招致非議。
曹　操　非議甚麼？
卞夫人　其情雖然可憫，節烈畢竟有虧。
曹　操　此話可是從那孔融府中傳出？
卞夫人　聽説正是出自太中大夫孔融之口。
曹　操　腐儒！
　　　　（唱）漢祚衰，狼烟起，
　　　　　　戰亂丢失蔡文姬。
　　　　　　她委身匈奴非願意，
　　　　　　流亡十二載，朝夕盼歸期。
　　　　　　憶當年蔡氏風光誰與比，
　　　　　　伯喈文章最風靡。
　　　　　　我也曾拜在她父盛名下，
　　　　　　詩文唱和亦師亦友樂此不疲！

卞夫人　記得當年在長安,我也曾隨同夫君去過蔡邕的家。
　　　　（唱）那時節文姬年歲尚幼小,
　　　　　　　却已是精篆書通音律咄咄才情把人逼。
　　　　　　　到後來蔡邕冤死門庭盡凋敝,
　　　　　　　怎不教人長嘆息!
　　　　丞相不惜重金玉璧,贖回文姬,且視若親生,呵護有加,也算對得起蔡伯喈在天之靈了。
曹　操　一代名媛,理當回歸故國,傳承文脉。曹某迎回文姬,一則告慰老友在天之靈,二則還有椿使命要賴她完成。
卞夫人　丞相所言之使命,便是蔡邕生前未竟的《後漢記》一書麼?
曹　操　正是。論蔡文姬之才學,當不在班昭之下,奈何自她歸漢以來,心似漂萍,鬱悶傷懷,這般心境,如何承當重任。
卞夫人　蔡文姬的心只帶回來一半,那一半怕是再也帶不回來了。
曹　操　夫人,實話相告,我已在軍中爲文姬擇了一位才俊。
卞夫人　他是何人,年歲幾許?
曹　操　屯田都尉董祀,與文姬同郡,喜音律,擅操琴,頗負才名,只是年僅二十有三,稍顯稚嫩。
卞夫人　相差十二歲,也忒小了些。文姬知道董祀麼?
曹　操　並不相識。
卞夫人　那麼董祀願娶文姬麼?
曹　操　亦未與之明言。
卞夫人　如此,只是你的一廂情願。
曹　操　曹某的一廂情願,自會變成他二人的兩廂情願。家院哪裏?
　　　　（家院上）
家　院　丞相有何吩咐?
曹　操　請文姬中庭相見,就說我要與她切磋音律。
家　院　是。（下）
曹　操　來人,傳屯田都尉董祀晉見。
　　　　（內聲:"屯田都尉董祀晉見!"）
卞夫人　丞相這是何意?
曹　操　夫人且隨我來。（與卞夫人耳語着下）
　　　　（蔡文姬、董祀內唱:"聞聽得一聲喚抱琴晉見——"分別抱琴上,

家院隨蔡文姬上）

蔡文姬
董　祀　（接唱）曹丞相理萬機難得清閑。

蔡文姬　（唱）我這裏掩淚痕蛾眉舒展，
　　　　　　　莫嘆氣免悲傷聊慰慈顏。

董　祀　（唱）我這裏笑盈盈意得志滿，
　　　　　　　與丞相談風雅興味盎然。

家　院　小姐請坐。董都尉請坐。
　　　　（蔡文姬、董祀一邊一座，遙遙相對。家院奉茶如儀）

蔡文姬　（唱）中庭裏如何不見丞相面，

董　祀　（唱）是何人抱綠琴對坐案前。

蔡文姬　家院，如何不見曹丞相？

家　院　丞相請小姐稍候，丞相也請董都尉稍候。小姐，董都尉，你們且用茶。（下）
　　　　（蔡文姬端坐無語）

董　祀　（好奇打量蔡文姬，白）敢問對面端坐之人，可是大名鼎鼎的蔡文姬？

蔡文姬　何以見得？

董　祀　在下聽說文姬夫人歸漢以後，一直住在丞相家中。

蔡文姬　實不相瞞，正是蔡琰。足下是……

董　祀　在下董祀，字公胤，與文姬夫人同郡，陳留人氏，是曹丞相手下的屯田都尉。只因喜愛詩文，略識宮商，今日奉丞相之邀，前來切磋音律，不想竟見到了仰慕已久的蔡文姬，真是三生有幸！

蔡文姬　原來是公胤先生，幸會，幸會！

董　祀　怎麼，文姬夫人也知道下官？

蔡文姬　曾聽丞相說起，軍中有位同郡，喜音律，擅操琴。想必便是足下？

董　祀　正是，正是！

蔡文姬　閑坐無事，先生何妨彈奏一曲？

董　祀　下官正想請教文姬夫人。
　　　　（彈《鳳求凰》，唱）
　　　　　　鳳兮鳳兮歸故鄉，
　　　　　　遨遊四海求其凰。

　　　　　　　時未遇兮無所將，
　　　　　　　何悟今兮升斯堂！
蔡文姬　且慢，且慢。
董　祀　怎麼，彈得不對，唱得不好？
蔡文姬　彈得對，唱得好，只是……
董　祀　但請文姬夫人不吝賜教。
蔡文姬　以公胤先生之氣象，似不應鍾情這輕佻之曲，且在丞相府內，肆意彈唱，公胤先生難道不知，丞相平生最看不起的便是如司馬相如一般的輕薄文人。
董　祀　下官也正納悶兒，丞相今日召下官前來度曲，爲何偏偏要與下官切磋《鳳求凰》？
蔡文姬　既是丞相之意，你我不便妄測。
董　祀　就是，就是。平心而論，下官如今最鍾愛之琴曲，乃是文姬夫人的《胡笳十八拍》。
蔡文姬　先生也知道《胡笳十八拍》？
董　祀　知道，知道，而今中原到處都在傳唱，文姬夫人的《胡笳十八拍》真是聲聲泣淚泣血，拍拍斷腸斷魂呀！只是……
蔡文姬　怎樣？
董　祀　既然文姬夫人已經回歸中原，就該化悲苦爲歡笑，把胡笳作漢歌，如此方纔不負丞相迎歸之意，不負文姬夫人的才華！
蔡文姬　（異樣地打量董祀）"化悲苦爲歡笑，把胡笳作漢歌……"
　　　　（唱）恍若知音從天降，
　　　　　　　寥寥數語暖胸膛。
　　　　　　　胡笳翻成漢歌唱，
　　　　　　　悲苦換作笑聲揚。
　　　　　　　奈何我一味憂傷思過往，
　　　　　　　辜負了丞相迎還熱心腸。
　　　　　　　暗暗將他來打量，
　　　　　　　軍旅中竟有這氣韻生動少年郎。
　　　　公胤先生苦口良言，蔡琰承教，承教！
董　祀　（覷着蔡文姬，忽然失笑）哈哈哈……
蔡文姬　先生因何失笑？

董　祀	不好説，不好説。
蔡文姬	但説無妨。
董　祀	下官心中，蔡文姬乃是一位怨天恨地的悲憤詩人，可眼前的文姬夫人既可敬又可親，仿佛朝夕相見的——
蔡文姬	甚麽？
董　祀	鄰家姐姐！
蔡文姬	鄰家姐姐？公胤先生言語率真，可親可愛，倒真像是一位鄰家小弟！（越看越親）哈哈，哈哈……
董　祀	文姬夫人笑了，蔡文姬笑了！
蔡文姬	文姬自歸漢朝，還是頭一回如此開懷大笑，公胤先生，謝過了！

（家院上）

家　院	曹丞相請董都尉書房相見。
董　祀	哦，曹丞相命我書房相見。
家　院	卞夫人也請文姬小姐去她房中説話。
蔡文姬	哦，卞夫人也喚我去她房中説話。
董　祀	後會有期，鄰家姐姐！
蔡文姬	後會有期，鄰家弟弟！

（蔡文姬與董祀回首一視又一笑，分別抱琴愉悦地下）

第 二 場

（又三月。蔡文姬與董祀新婚寓所）
（蔡安陪卞夫人上）

卞夫人	這便是丞相爲文姬和董祀新造的寓所？
蔡　安	是，夫人，與當年蔡家洛陽大宅相比，絲毫也不差。
卞夫人	好，好！ （唱）起新宅陪妝奩心情舒暢， 　　　好一似嫁閨女喜氣洋洋。 　　　蔡文姬歸漢朝難平舊創， 　　　琴聲裏掩不住無邊蒼茫。 　　　從今後總算她有了依傍， 　　　琴與瑟天作合誰不贊揚。

　　　　　　酒宴上賓客們杯來盞往，
　　　　　　離喧嘩到新房細看端詳。
　　　　　把我送給文姬的妝奩箱籠，都抬進來。
　　　　（二家丁抬箱籠上）
卞夫人　蔡安，丞相派給文姬董祀的家丁婢女，到齊了麽？
蔡　安　回夫人，到齊了。
卞夫人　如此，丞相放心，我也放心了。
蔡　安　夫人，還有一件哪！
卞夫人　哪一件？
蔡　安　丞相剛纔還在宴席上陞了董祀的官，封董祀爲中郎將，這是朝廷送來的印綬。丞相對咱們小姐可真是太好了！
卞夫人　丞相只願文姬的心能早日安定下來。
　　　　（幕內傳來宴席上的喧嘩之聲）
蔡　安　夫人，新郎新娘在宴席上等着呢。
卞夫人　走吧。
　　　　（蔡安陪卞夫人下）
　　　　（蔡文姬幕內唱："事來總覺太匆匆——"盛裝上，婢女陪上，蔡安跟上）
蔡文姬　（接唱）霎時間又披紅恍若置身在夢中。
蔡　安　小姐，這是卞夫人送來的妝奩箱籠，這是朝廷送來的印綬，恭喜新郎陞官了！
蔡文姬　蔡安，我這不是在做夢吧？
蔡　安　小姐不是在做夢。
蔡文姬　（唱）情知非夢還疑夢，
　　　　　　恍惚置身飄渺中。
　　　　　蔡安，你看我……老了沒有？
蔡　安　小姐何談老，小姐不過在那荒原大漠生活了十二載，有些風霜罷了。
蔡文姬　有些風霜，還是老了……（嘆氣）
蔡　安　小姐今天可不能嘆氣，今天乃是小姐的大喜之日，稍時新郎送走丞相夫婦和賓客，就要來入洞房，小姐可要做出歡天喜地的樣子纔是呀！

蔡文姬　　我不嘆氣,我應當歡喜！蔡安,你去迎候中郎將。
蔡　安　　是,小姐。
蔡文姬　　不要再叫小姐了。
蔡　安　　是,夫人！（笑著下）
蔡文姬　　（坐上妝臺,唱）

　　　　　　照菱花,修妝容,
　　　　　　畢竟今昔大不同。
　　　　　　膻肉酪漿飲腥血,
　　　　　　穹廬氈裘呼嘯風。
　　　　　　大漠寒霜十二載,
　　　　　　華年消逝歲月中。
　　　　　　鏡中人沒來由地淚汹湧,
　　　　　　道不清是悲是喜是吉凶。

　　　　（董祀無精打采地上）

蔡文姬　　（笑臉相迎）丞相走了？
董　祀　　走了。
蔡文姬　　賓客散了？
董　祀　　散了。
蔡文姬　　這是卞夫人送來的妝奩,這是朝廷送來的印綬。
董　祀　　知道了。
蔡文姬　　累了吧,文姬爲你沏杯香茶。
董　祀　　勞駕。
蔡文姬　　公胤,不,夫君請用茶。
董　祀　　放下吧。
蔡文姬　　（捧茶到董祀唇邊）應酬一日,夫君辛苦了！
董　祀　　（敏感地）不要靠近我！
蔡文姬　　夫君你……
董　祀　　不要叫我夫君！
蔡文姬　　爲何？
董　祀　　我——不配,不是,不要！
蔡文姬　　你喝醉了？
董　祀　　我——喝醉了,喝醉了！

蔡文姬　既然多飲了幾杯，就請入內歇息吧。
董　祀　我歇息。你呢？
蔡文姬　文姬爲你奉湯送茶。
董　祀　不要。
蔡文姬　文姬理絲桐，奏清音，爲你貪夜彈琴。
董　祀　不要。
蔡文姬　這不要，那不要，你要文姬做甚麽？
董　祀　你……我……蔡文姬呀蔡文姬，董祀我萬萬未曾料到，相府一晤，竟然緣定終身。
蔡文姬　相府一晤，緣定終身，難道不正合你的心意？
董　祀　非也。
蔡文姬　非也，你道非也，這是爲何？
董　祀　唉，這教我從何説起！
蔡文姬　（敏感地）從何説起……啊，公胤你且請坐，待文姬問你幾句話，你可要實説。
董　祀　你問吧，我實説。
蔡文姬　自那日相府內匆匆一晤，直至今日洞房花燭，期間你我再未謀面，先生作做何思，做何想，文姬一概不知。同理，文姬思甚麽，想甚麽，你也未必了然。
董　祀　是。
蔡文姬　卞夫人轉述丞相之言，道你非但慕文姬之才，更憐文姬身世，是你願與文姬分擔憂苦，使文姬早日忘懷過去，是也不是？
董　祀　是。
蔡文姬　卞夫人轉述丞相之言，道你感謝丞相夫婦親自做媒，使你我結爲秦晉，永續百年，是也不是？
董　祀　是。
蔡文姬　卞夫人轉述丞相之言，道你一不嫌棄蔡文姬年長於你，二不嫌棄蔡文姬曾爲胡人之妻，三不嫌棄蔡文姬這三嫁之身，是也不是？
董　祀　是。
蔡文姬　既然卞夫人轉述丞相之言句句鑿實，那麽，公胤在上，請受我三拜。
董　祀　爲何拜我？
蔡文姬　公胤先生！

	（唱）初見你文質彬彬好親近，
	初見你琴瑟相諧有和鳴；
	初見你愁眉舒展笑聲朗，
	初見你可愛可敬又可親。
	第一拜，拜知音，
	感謝你漢歌一曲意蘊深。
	第二拜，拜知己，
	感謝你喚醒我的舊夢沉。
	第三拜，拜夫君，
	感謝你容我殘花敗柳充下陳。
	深深三拜，三拜深深，
	蔡文姬感謝你謙謙君子高潔情。
董　祀	不要拜，不要拜，董祀受之不起。
蔡文姬	爲何受之不起？
董　祀	實話相告，我⋯⋯只是聽從了丞相安排。
蔡文姬	聽從了丞相安排，此話又是何意？
董　祀	文姬夫人！
	（唱）董祀自幼喜六藝，
	心中仰慕蔡文姬。
	只道遙隔千萬里，
	虛無縹緲一傳奇。
	初見你乍驚乍喜，
	初見你話語投機；
	初見你如親如故，
	初見你難捨難離。
	只道知音巧相遇，
	何曾奢望相結縭。
	誰料鄰家姐與弟，
	驀然做了兩夫妻。
蔡文姬	且慢，且慢，我再問你，那日丞相書房召見，對你說了甚麼？
董　祀	丞相說，文姬夫人一見鍾情，非董祀莫嫁。
蔡文姬	我又何曾那樣說？

董　祀　我也問你,那日卞夫人召你去她房中,對你説了甚麼?
蔡文姬　卞夫人説,董都尉愛慕久矣,非蔡文姬莫娶。
董　祀　我又何曾那樣説?
蔡文姬　莫非這都是丞相夫婦的有意安排?
董　祀　是,是。
蔡文姬　我要面見丞相!
董　祀　不能去,你我都不可違拗丞相旨意。
蔡文姬　你害怕?
董　祀　我怕,天下之人,誰敢不怕?莫説一介董祀,就是漢帝劉協在曹丞相面前,也只能察言觀色,唯命是從。否則,非但有殺身之禍,還要株連三族!
蔡文姬　丞相强配婚姻,這是爲了甚麼?
董　祀　丞相他是太寵愛你了。
蔡文姬　丞相寵愛文姬,豈能委屈董祀?
董　祀　文姬夫人呀!
　　　　(唱)請容我還你深深三拜禮,
　　　　　　恕董祀洞房之夜袒心迹。
　　　　　　原諒我高攀梧桐非願意,
　　　　　　原諒我勉從人意把頭低;
　　　　　　原諒我鷓鴣鳳凰難比翼,
　　　　　　原諒我董祀原本心有儀。
　　　　　　你看得見我的流淚眼,
　　　　　　你看不見我的心在泣。
蔡文姬　先生原有心儀之人?
董　祀　太中大夫孔融之女,名唤孔飛燕,能歌善舞,國色天香,二八芳齡,董祀原有求娶之意,可如今……
蔡文姬　先生不必説,不必説!天哪……
　　　　(唱)一席話聽得我渾身抖瑟,
　　　　　　恰好比萬枚針刺進心窩。
　　　　　　原以爲知音翩躚從天降,
　　　　　　却原來勉强人意被撮合。
　　　　　　原以爲悲笳翻作新曲唱,

　　　　　却原來新歌非是我的歌。
　　　　　原以爲安身立命有歸所，
　　　　　却原來病鳳雄鷹難同窠。
　　　　　原以爲孤女從此了寂寞，
　　　　　却原來錯結絲桐與絲蘿。
　　　　　環顧洞房淚滂沱，
　　　　　面對新人羞言説。
　　　　　一場幻夢又是一番痛，
　　　　　天哪天，教我徒然喚奈何！
　　　（迫不及待地）蔡安，蔡安！
蔡　安　夫人有何吩咐？
蔡文姬　拿筆墨來，拿筆墨來！
蔡　安　新婚之夜，夫人要筆墨何用？
蔡文姬　我要連夜上書丞相，還他一個自由之身。
蔡　安　夫人説甚麼？
蔡文姬　不要多問，快去快去！
董　祀　慢。蔡安，你且下去。
蔡　安　是。（退下）
董　祀　文姬夫人，你請稍安。
蔡文姬　公胤先生，對不起，實在對不起！
董　祀　文姬夫人，我且問你，既然丞相做了如此安排，他會輕易收回成命麼？
蔡文姬　丞相當爲你我設想。
董　祀　就算丞相還了我的自由之身，我還敢求娶那孔飛燕麼？
蔡文姬　丞相自會成人之美。
董　祀　棄丞相之愛，娶孔融之女，丞相豈能容我？
蔡文姬　恕我直言，婚姻乃終身大事，先生本不該曲意應承。
董　祀　是，我膽怯，我懦弱，可他是大漢丞相呀，他的話就是聖旨。
蔡文姬　我還是不明白，我要去對卞夫人説。（欲下）
董　祀　回來！
蔡文姬　你？
董　祀　文姬夫人，我再問你，倘若你我匆匆聚合，又匆匆離散，日後，你將何以自處，何以爲人，何以面對士大夫的滔滔衆口？你都想過沒有？

蔡文姬　我……真想一死呀！（頓足）

董　祀　不，董祀我已然想明白了，既然丞相有意將你我捆綁一起，便是你我的前世因緣，董祀我願捨棄心儀之女，陪伴你文姬夫人，吟詩作賦，度曲彈琴，舉案齊眉，相敬如賓。活在丞相治下，我自甘認命！

蔡文姬　不，先生高情大義，文姬感念於心。可是我不能，我可以委屈自己，但不能委屈了你，你還如此年輕呀！好了，天色已晚，先生自去歇息，容蔡琰三思。

董　祀　好吧，你若想撫琴你便撫琴，你若想歌哭你便歌哭，千萬不要壓抑着。

蔡文姬　多謝先生。

（董祀嘆息入内。蔡文姬悲吟《胡笳十八拍》）

蔡文姬　（唱）今別子兮歸故鄉，
　　　　　　舊怨平兮新怨長。
　　　　　　泣血仰頭兮訴蒼蒼，
　　　　　　胡爲生我兮罹此殃……

（琴弦折斷，蔡文姬放聲大慟。蔡安上）

蔡　安　夫人，門外來了個野孩子，哭着鬧着要見你，我看他可憐，就把他領進來了，你看！

（阿迪拐奔上）

阿迪拐　阿媽！

蔡文姬　阿迪拐！

阿迪拐　阿媽！

蔡文姬　我的兒子！

蔡文姬　阿媽！

（蔡文姬張開懷抱，忽然心碎坐地）

阿迪拐　阿媽，阿媽！

蔡　安　夫人！

（董祀聞聲上，見狀愕然）

第 三 場

（次日。館驛。左賢王上）

左賢王 （唱）年年漢朝晉貢品，
　　　　　　今年親往中原行。
　　　　　　帶上長子阿迪拐，
　　　　　　前來探望他娘親。
　　　　　　覲罷漢帝拜曹相，
　　　　　　好言好語慰我心。
　　　　　　感念天朝恩德廣，
　　　　　　胡漢兩家總相親。

（隨行老胡兵上）

老胡兵　王爺回來了。
左賢王　阿迪拐找到没有？
老胡兵　昨夜走失，一直未歸。
左賢王　想是找他阿媽去了。
　　　　（阿迪拐内聲："阿爸！"）
老隨從　阿迪拐回來了！
　　　　（阿迪拐上）
阿迪拐　阿爸！
左賢王　阿迪拐，你到哪裏去了？
阿迪拐　阿爸猜我到哪裏去了。
左賢王　（壓低聲）見到你阿媽没有啊？
阿迪拐　見到了！
左賢王　你阿媽她好嗎？
阿迪拐　阿媽她——早把我們忘了！
左賢王　她把我們忘了？這麼快就忘了？
阿迪拐　哈哈哈，我是騙你的！阿爸，阿媽她來看你了！
左賢王　你說甚麼，你阿媽她來看我，如今她怎麼還會來看我呢？
　　　　（蔡文姬上，左賢王驚得目瞪口呆）
蔡文姬　王爺別來無恙。

左賢王　王妃……哦，聽説王妃剛剛改嫁，不知道該稱呼你甚麽。
蔡文姬　稱我文姬夫人吧。
左賢王　文姬夫人，別來無恙。來呀，給文姬夫人上茶，上中原最好的茶！
蔡文姬　王爺，有羊奶麽。我想喝。
左賢王　有，有，給文姬夫人端奶！
　　　　（老胡兵下，端羊奶復上）
老胡兵　文姬夫人，對不起，我還是習慣稱呼你王妃娘娘。王妃娘娘，這是最新鮮的羊奶，是王爺隨行帶了十隻活羊，剛接下來的。王爺説，萬一在中原見到王妃，萬一王妃還想喝南匈奴的羊奶——你看，果然被王爺想着了。王妃娘娘，你請喝吧。
蔡文姬　謝謝，謝謝！
阿迪拐　阿媽，羊奶好喝嗎？
蔡文姬　好喝，南匈奴的羊奶最好喝。
阿迪拐　好喝阿媽怎麽就喝了一口？
蔡文姬　阿媽喝不下……（抽泣）
阿迪拐　阿媽怎麽又哭了！阿媽不是説從前的哭是因爲思念家鄉，可如今阿媽不是回中原了嘛，怎麽還哭呢？
蔡文姬　阿媽不哭，阿媽不想哭，可阿媽看到你們，眼淚就是止不住呀。
老胡兵　阿迪拐，我們出去玩，讓你阿爸阿媽説話。
阿迪拐　阿媽，就不要再哭了，好嗎？
蔡文姬　阿媽不哭了，你去玩耍吧。
　　　　（阿迪拐、老胡兵下。左賢王、蔡文姬相對局促）
左賢王　文姬夫人，再喝一碗。
蔡文姬　不喝了。
左賢王　我喝。（悶頭喝奶）
蔡文姬　（久久地看着左賢王）王爺，爲何不把王妃也帶到中原，走走看看。
左賢王　王妃，你不就是——哦，沒有，還沒有。
蔡文姬　孩子年幼，王爺單身一人，還是……
左賢王　單于也一直催我，可匈奴的女人我都不喜歡，兩個孩兒也不喜歡。
蔡文姬　王爺爲何不把阿眉拐也帶來？
左賢王　阿眉拐病了。
蔡文姬　阿眉拐病了？我的小兒子病了？他得了甚麽病？是重還是輕？你

　　　　　　出來了誰照應他？可憐的阿眉拐，他還未滿五歲呀！
左賢王　　文姬夫人，你不要着急，阿眉拐他沒病。
蔡文姬　　沒病？
左賢王　　我是擔心阿眉拐太小，一旦見到阿媽，一旦又要分別，我於心不忍呀！
蔡文姬　　可是我想阿眉拐，我想我的小兒子……（大哭）
左賢王　　文姬夫人，你可是答應阿迪拐不哭的，怎麼又哭了？
蔡文姬　　對不起，對不起……
左賢王　　文姬夫人，你好麼？
蔡文姬　　王爺，你也好麼？
左賢王　　我……好。
蔡文姬　　我也……好。
左賢王　　（唱）一聲好，心如搗，
蔡文姬　　（唱）一聲好，淚滔滔。
左賢王　　（唱）一聲好，怎相告，
蔡文姬　　（唱）一聲好，暗悲號。
左賢王　　（唱）多謝夫人來探望，
　　　　　　　　　不忘匈奴舊時交。
蔡文姬　　（唱）多謝王爺一碗奶。
　　　　　　　　　多少關懷上心梢。
左賢王　　（唱）問夫人歸來日月可安好？
蔡文姬　　（唱）問王爺別後怎度暮與朝？
左賢王　　（唱）問夫人再適之人可周到？
蔡文姬　　（唱）問王爺爲何不築新燕巢？
左賢王　　（唱）問夫人是否還把胡笳弄？
蔡文姬　　（唱）問王爺是否仍唱舊歌謠？
左賢王　　（唱）問夫人問夫人萬千話語難言表，
蔡文姬　　（唱）問王爺問王爺一懷愁緒怎畫描。
左賢王　　文姬夫人，我想再問你兩句話，就兩句。
蔡文姬　　王爺請問。
左賢王　　你爲何一定要回中原？
蔡文姬　　我是漢朝女兒，中原是我家鄉。

左賢王　曹丞相爲何不惜重金，一定要把你迎回漢朝？
蔡文姬　丞相憐我身世，惜我才學。
左賢王　不錯，中原是你家鄉，你的滿腹才華在南匈奴是埋没了。當年中原戰亂，你流落異土，也是迫不得已。可是一十二年過去，你已經是南匈奴的女兒、妻子和母親了，那裏的萬千臣民誰不敬重你、愛護你，視你爲骨肉同胞？如今你回來了，父母親人都已不在，你的家鄉又在哪裏呢？難道曹丞相迎你回來，就是爲了讓你嫁一個中原男子？中原男子就一定比匈奴漢子好嗎？何況你還丢下了兩個年幼的孩子！
蔡文姬　王爺不要説了！我……跟你和阿迪拐回去。
左賢王　你説甚麽，你跟我和阿迪拐回去？
蔡文姬　回南匈奴。
左賢王　回南匈奴？文姬夫人，你説的這些話，是真的？
蔡文姬　是真的。
左賢王　不是真的，是夢，是自你走後我和兩個孩子一直在做的夢呀！
蔡文姬　不是夢，王爺！
左賢王　是夢，是一個永遠也回不了頭的夢！夢、夢、夢……（大慟）
蔡文姬　王爺，你怎麽了？
左賢王　對不起，文姬夫人，我不能帶你回去，你也再不能重返南匈奴了。
蔡文姬　爲何？
左賢王　（唱）文姬夫人多抱愧，
　　　　　　恕我不能偕你歸。
　　　　　　你既嫁爲漢朝婦，
　　　　　　豈能再把匈奴回。
　　　　　　適纔在那朝堂上，
　　　　　　曹相許我女娥眉。
　　　　　　青春年少漢翁主，
　　　　　　去做匈奴新王妃。
　　　　　　夫人呀，胡漢聯姻大局係，
　　　　　　於情於理我不便推。
　　　　　　你可知大漠爲你勒石像，
　　　　　　匈奴後代不忘擅弄胡笳的蔡王妃。

(深深一鞠躬)
蔡文姬　(無地自容地)天哪,我在說甚麼,我是怎麼了?
　　　　(唱)悲莫悲兮悲莫悲,
　　　　　　不知鄉關何處兮不知魂魄之所歸。
　　　　　　身還中原兮難捨大漠北,
　　　　　　一把濁淚兮漢胡兩地揮。
　　　　　　請王爺再讓我喝一碗南匈奴的羊奶水,
　　　　　　謝王爺曾與我十二年難忘却的樂與悲;
　　　　　　囑王爺呵護我此一生再難見的兩幼子,
　　　　　　托王爺常去我塑像前把舊時的胡笳吹。
　　　　　　莫念我,我自當平復怨懟,
　　　　　　莫念我,我自當夫唱婦隨;
　　　　　　莫念我,我自當自珍自愛,
　　　　　　莫念我,我自當舒展愁眉。
　　　　　　深深伏地還一拜,
　　　　　　願你父子平安回。
　　　　王爺珍重,我走了。
左賢王　讓我送你一程。
蔡文姬　不要送,不必送。
左賢王　文姬夫人,我也實話相告吧。明日,我就要帶着翁主王妃回匈奴去了,今生今世你我怕是再也不能相見。不過請你放心,阿迪拐和阿眉拐永遠是你親生的孩子,他們也永遠會記住你這個漢人阿媽。好了,中原人禮數多,我就不送你回去了。文姬夫人,珍重!
(阿迪拐上,老胡兵跟上)
阿迪拐　阿媽,你這是要走嗎?
蔡文姬　阿媽要走,阿媽要回到自己的家。
阿迪拐　不,我不讓你走!(死死抱住蔡文姬)
左賢王　(故意高聲地,白)阿迪拐,你怎麼又把衣服扯破了!
阿迪拐　不是早就破了嘛!
左賢王　去,跪到你阿媽面前,讓你阿媽為你縫補好,再為你縫補一回……
(忍泣,下)
(老胡兵遞給蔡文姬針綫,拭淚,下)

阿迪拐　（無比幸福地跪在蔡文姬膝前）阿媽,昨晚你對阿迪拐説,你要跟我和阿爸一起回南匈奴,是真的吧?

蔡文姬　阿媽昨晚是這麽想這麽説的。

蔡文姬　太好了,阿眉拐弟弟若是知道阿媽要回去,不知會高興成甚麽樣兒! 阿媽,我累了,我想抱着阿媽睡一會兒,就一會會兒,好嗎?

蔡文姬　睡吧,阿迪拐,我的兒子!

蔡文姬　阿媽懷裹真香啊! （入睡）

蔡文姬　（爲阿迪拐補衣,唱）

　　　　針兒細,綫兒長,
　　　　阿媽爲兒補衣裳;
　　　　針兒細,綫兒長,
　　　　淚珠滴在兒臉龐;
　　　　針兒細,綫兒長,
　　　　針針扎在媽心上;
　　　　針兒細,綫兒長,
　　　　咬斷針綫别兒郎。

（親吻阿迪拐）阿迪拐,阿媽走了,阿媽再也不能爲兒補衣裳了……
（老胡兵捧奶囊上,蔡文姬雙手接過,一步三回頭下）

第　四　場

（半年後。蔡文姬與董祀居所。蔡安上）

蔡　安　文姬再適中郎將,轉眼婚後已半年。名爲夫妻實爲友,彼此倒也兩相安。這兩個人哪,要説客氣真客氣,要説冷淡真冷淡。不過我還是能看出來,文姬對董祀,愛護在心裹,從來不埋怨。董祀對文姬,大恭敬裹夾着小任性,時不時還惹出一些小麻煩。我看長此下去,早晚會有真正恩愛的那一天。中郎將董祀昨日外出,一夜未歸,不知幹甚麽去了。文姬生怕董祀回來寒冷,一早吩咐我把廳堂裹的炭火燒旺,她呀還真像個寬厚體貼的姐姐!

（撥弄炭火,退下）

（董祀、蔡文姬分别上）

董　祀　（念）醉裹隆冬夜。

蔡文姬　（念）又見雪花飄。
董　祀　（念）誰識少年愁。
蔡文姬　（念）暮暮與朝朝。
董　祀　文姬姐姐,我回來了,外面可真冷呀!
蔡文姬　（爲董祀撣雪）公胤弟弟,你喝酒了?
董　祀　噓,輕點! 丞相剛剛頒布了禁酒令。
蔡文姬　既然知道,還明知故犯。
董　祀　不過這頓夜酒,倒把我喝醒了。
蔡文姬　何意?
董　祀　算了,還是不説了。
蔡文姬　愛説便説,不説便罷。
董　祀　我還是説了吧。你知道,我甚麽事情都不瞞着你的。
蔡文姬　好吧,坐到火盆邊,慢慢説。
董　祀　文姬姐姐,你聽着!
　　　　（唱）太中大夫把女嫁,
　　　　　　　應邀道賀去孔家。
　　　　　　　三杯兩盞喝下肚,
　　　　　　　酸甜苦辣五味雜。
蔡文姬　大概只有一味吧。
董　祀　一味?
蔡文姬　酸味。
董　祀　哎呀,聽我好好跟你説嘛!
蔡文姬　看你,急得脖子都紅了,我不是聽着呢嘛。
董　祀　（唱）這頓酒喝得我臉面羞煞,
　　　　　　　這頓酒喝得我無顔回家。
蔡文姬　無顔回家,那你再回去喝,白天喝到黑夜,婚宴喝到洞房,憑你這一表人才,滿腹才華,新郎雖然没得做,做個伴郎還是綽綽有餘,哈哈,哈哈……
董　祀　你還笑呢,我都懊悔死了。
蔡文姬　這就奇了,人家孔小姐出嫁,你董才子懊悔甚麽? 真是自作多情。
董　祀　你哪裏知道——
　　　　（唱）婚宴上孔融把我來笑話,

　　　　　　　他道我半老徐娘娶回家。
蔡文姬　孔融竟對你説這樣的話？
董　祀　呸，混賬話！羞辱我的夫人，與羞辱董祀何異？
蔡文姬　你待如何回答他？
董　祀　（唱）夫人名譽豈容人糟蹋，
　　　　　　　八個字痛痛快快回敬他。
蔡文姬　八個甚麼字？
董　祀　不敢高攀，不屑高攀！
蔡文姬　你真是這麼説？
董　祀　是的，想我董祀，一向高看了孔融，以爲他是繼令嚴蔡邕先生之後的一代鴻儒，於今看來，一位正人君子，一個促狹小人，二人之別，何異霄壤。
蔡文姬　公胤，你……真好！
　　　　（唱）覷着他猶自憤懣，
　　　　　　　氣咻咻胸臆難平。
　　　　　　　只道他懦弱任性，
　　　　　　　患難中始見真情。
　　　　公胤，來，把手給我。
董　祀　做甚麼？
蔡文姬　看你這雙手，都快凍僵了。（捧起董祀的手，呵氣）
董　祀　文姬，你爲何總是對我這樣好？
蔡文姬　我是你鄰家姐姐，你是我鄰家弟弟。
董　祀　不，你是我妻子，我是你夫君。
蔡文姬　一樣。
董　祀　不一樣。
蔡文姬　不一樣就不一樣。
董　祀　（也捧起蔡文姬的手，呵氣）文姬夫人，你真好！
　　　　（唱）自婚後你對我多有擔待，
　　　　　　　公胤我愧對你諸多不該。
　　　　　　　你把我當弟弟又疼又愛，
　　　　　　　我好比被嬌寵任性男孩。
　　　　　　　想從前那個怨天恨地的悲情婦，

今成了溫柔賢惠的女裙衩。
蔡文姬　公胤先生，還記得你對我說過的話麼？
董　祀　甚麼話？
蔡文姬　既然丞相有意將你我捆綁一起，便是你我的前世姻緣，你願捨棄心儀之女，陪伴我蔡文姬，吟詩作賦，度曲彈琴，舉案齊眉，相敬如賓。
董　祀　我說了，可是沒做到，沒做好。
蔡文姬　有你這份心意，已經足夠。今日聽了你的八字箴言，更是感激於懷，無以言謝。文姬有你這樣一位明事理、重情義的好弟弟，夫復何求？
　　　　（唱）感君一份情意在，
　　　　　　青春逝去不回來。
　　　　　　一日相陪一日愛。
　　　　　　日日珍惜在心懷。
　　　　　　文姬半世遭離亂，
　　　　　　時不濟來運又乖。
　　　　　　身似飄蓬無可奈，
　　　　　　禍福聚散推不開。
　　　　　　載沉載浮十數載，
　　　　　　總算把心安下來。
　　　　　　願君身體永康泰，
　　　　　　願君長把笑口開。
　　　　　　願君平生無災害。
　　　　　　願君得展鴻鵠才。
　　　　　　蔡文姬自從送走賢王後，
　　　　　　便立誓不再淚灑梳妝臺。
　　　　　　就爲你孔府慷慨一番話，
　　　　　　便不枉灑淚別雛歸漢來。
董　祀　文姬夫人，你若願意，我想從頭再來。
蔡文姬　何處是頭，文姬夫人的頭可是太長太長了。
董　祀　就從你我相府相識的那一天，真情相守，真心相愛，好麼？
蔡文姬　真情相守，真心相愛？
董　祀　文姬，夫人！

蔡文姬　是文姬夫人，還是文姬，夫人？
董　祀　是文姬，我的夫人！
蔡文姬　不是鄰家姐姐了？
董　祀　不是！
蔡文姬　（咀嚼着，潸然淚下）姐姐……夫人……
董　祀　夫人，你又哭了？
蔡文姬　不是哭。
董　祀　是喜？
蔡文姬　是喜呀！
董　祀　夫人笑了，蔡文姬笑了！哈哈哈……夫人，我新作了一首詩歌，你願聽麽？
蔡文姬　願聽，願聽！
董　祀　夫人願意爲我撫琴麽？
蔡文姬　願意，願意！
董　祀　夫人撫琴。
蔡文姬　夫君放歌。（怡然撫琴）
　　　　（董祀深情放歌）
董　祀　（唱）隆冬寒氣侵，
　　　　　　　一圍爐炭生。
　　　　　　　向火閑無事，
　　　　　　　四周有餘溫。
　　　　　　　十指撫琴瑟，
　　　　　　　相對兩知音。
　　　　　　　等到雪融盡，
　　　　　　　携手共遊春。
蔡文姬　（念）十指撫琴瑟，
董　祀　（念）相對兩知音。
蔡文姬　（念）等到雪融盡，
董　祀　（念）携手共遊春。
蔡文姬　哈哈。
董　祀　哈哈。
蔡文姬　哈哈哈……

董　祀　哈哈哈……
（蔡安急上。一漢將率數漢兵上）
蔡　安　不好了，丞相派人前來抓捕中郎將！
漢　將　董祀，你可知罪？
董　祀　何罪之有？
漢　將　你在孔融府中宴樂，私自飲酒，違反了朝廷禁酒令，丞相下令將你治罪。
董　祀　將孔融做何處置？
漢　將　孔融召合徒衆，結黨營私，還私自飲酒，謗訕朝廷，分明圖謀不軌，意欲謀反，已被滿門抄斬。
董　祀　啊！
蔡文姬　丞相治我夫君何罪？
漢　將　董祀私自飲酒，本可免於死罪，然藐視丞相，陽奉陰違，罪加一等。着即將董祀押赴許都城外斬首。綁上！
蔡文姬　且慢，請問將軍，丞相所言之藐視，意指何爲？
漢　將　文姬夫人，説白了就是丞相怪董祀待你薄情，辜負了丞相的良苦用心。丞相聽説董祀至今仍與你姐弟相稱，氣得一咬牙，一頓脚，忿然説了一句，得，殺了算了！來呀，把董祀帶走！
董　祀　夫人，董祀辜負丞相，死不足惜。可是，我真的不忍再抛下你，讓你孤身一人面對人世；假如還有來日，董祀一定用心用情用命對你好，我可敬可親可愛可憐的夫人！
蔡文姬　（抱住董祀）夫君，好夫君，文姬這就前往相府，爲你求情，若是求不得生，文姬便求同死！
董　祀　不，我要你活着，你要好好活着！
漢　將　帶走！（下）
（漢兵們綁董祀下）
蔡文姬　蔡安，與我備馬！
蔡　安　外面風大雪大，夫人如何騎得了馬？
蔡文姬　快去！
蔡　安　是，老蔡安爲夫人牽馬墜鐙！（急下）
蔡文姬　（唱）只道苦盡甘來臨，
　　　　　　　誰料平地霹靂驚。

爲救夫君相府進，
文姬策馬風雪行。（急下）

第 五 場

（許都街頭，風狂雪暴）
（蔡文姬內唱："地凍天寒大雪漫——"）
（蔡安引蔡文姬策馬上）

蔡　安　許都好大雪！

蔡文姬　（接唱）蔡文姬久不坐騎，身心倦懶，爲救夫君，我奮不顧身又上
　　　　　　雕鞍！

蔡　安　夫人好騎術！

蔡文姬　（唱）也曾經學得騎術身手健，
　　　　　　也曾經懷抱琵琶馬背彈。

蔡　安　夫人放慢行！

蔡文姬　（唱）也曾經奔突草原逐飛雁，
　　　　　　也曾經躍馬隴岡似平川。

蔡　安　夫人小心哪！

蔡文姬　（唱）恨只恨中原戰馬行走慢，
　　　　　　一顆心急如火燎緊加鞭。

蔡　安　夫人，這馬跑不動了！

蔡文姬　（唱）爲甚麼坐下駕馬氣喘喘，
　　　　　　馬兒呀，你可知董祀性命一綫懸！
　　　　　（跌落馬下）

蔡　安　夫人，馬腿折斷，它站不起來了！

蔡文姬　（唱）馬失前蹄腿折斷，
　　　　　　愈是焦急愈難前。
　　　　　　沒奈何我只得棄馬徒步趕——

蔡　安　夫人，你這是不要命了！

蔡文姬　（唱）風颼颼，雪漫漫，
　　　　　　地凍天寒，道路難辨。
　　　　　　一腳踩出，一聲氣喘。

　　　　　我顧不得髻兒散,髮兒亂,
　　　　　袂兒飛,鞋兒剗,
　　　　　跟跟蹌蹌,顛顛連連,
　　　　　神色倉惶,蓬頭垢面,
　　　　　大步流星,奔仆向前!
蔡　安　夫人!夫人!
　　　　（蔡文姬奔走下,蔡安追趕着下）

第　六　場

（曹操府邸書房。滿屋經卷,滿眼斯文,曹操執卷閱讀。卞夫人上）
卞夫人　文姬來了。
曹　操　文姬來了,她在哪裏?
卞夫人　現在門外等候。
曹　操　外面天寒地凍,趕快喚她進來。
卞夫人　文姬是來替董祀求情的。
曹　操　董祀處死文狀已發,只怕難以收回成命。
卞夫人　看她蓬頭垢面,涕淚交流,實在於心不忍。
曹　操　快喚文姬進來。
卞夫人　文姬,曹世叔喚你進來。
　　　　（蔡文姬幕內顫聲:"來也……"蓬頭跣足上）
蔡文姬　文姬叩見丞相、夫人!
曹　操　哎呀文姬,你爲何蓬頭跣足,如此狼狽,教曹世叔看在眼裏,好不心疼!夫人快取衣巾鞋襪,與我文姬穿戴。還有,温一壺茶,煮一鍋湯,文姬難得回來,我要與她度曲、論詩、説文、辯史。快去!
卞夫人　就去,就去!（下）
　　　　（蔡文姬瑟瑟發抖）
曹　操　文姬,你冷麽?
蔡文姬　冷……
曹　操　坐到曹世叔身邊,一同向火。
蔡文姬　文姬不敢。
曹　操　因何不敢?

蔡文姬　夫君犯法，妻子同罪。
曹　操　赦你無罪。
蔡文姬　謝丞相。
　　　　（卞夫人上，家院、婢女捧茶湯衣物上）
卞夫人　文姬，來，都是我平素穿的衣裳，你且將就着。
　　　　（蔡文姬穿戴整齊，匍匐在地）
蔡文姬　文姬叩請丞相開恩，赦免董祀死罪。
曹　操　文狀已發，恐難更改。
蔡文姬　那就請丞相賜文姬一死。
曹　操　董祀犯法當斬，你何必爲他抵命？
蔡文姬　董祀斃命，文姬生亦無趣。
卞夫人　文姬，我可聽説那董祀婚後待你並無恩愛，他死了，你豈不解脱？
蔡文姬　董祀與文姬，雖不如膠似漆，却也情同姐弟，況且，彼此相知相愛，恰正與日俱增，他若猝然一死，文姬斷無生念。
曹　操　你是真的捨不得董祀？
蔡文姬　捨不得，捨不得，捨不得呀！
曹　操　爲何？
蔡文姬　丞相、夫人容禀！
　　　　（唱）未言淚先淌，
　　　　　　哀哀訴衷腸。
　　　　　　回望過來路，
　　　　　　一步一重傷。
　　　　　　十七唯父母，
　　　　　　嫁與少年郎。
　　　　　　成婚未經歲，
　　　　　　丈夫暴病亡。
　　　　　　新寡遭離亂，
　　　　　　裹挾到北疆。
　　　　　　弱女無所寄，
　　　　　　勉從左賢王。
　　　　　　漫漫十二載，
　　　　　　始得回家鄉。

　　　　　幼子忍離棄，
　　　　　淚濕乾衣裳。
　　　　　欲留欲歸去，
　　　　　左右兩彷徨。
　　　　　又適中郎將，
　　　　　三做新嫁娘。
　　　　　知其不得已，
　　　　　也曾怨上蒼。
　　　　　無奈退路斷，
　　　　　離合惹惆悵。
　　　　　喜他少城府，
　　　　　喜他心善良。
　　　　　喜他知音律，
　　　　　喜他識宮商。
　　　　　但願日長久，
　　　　　終可比鳳凰。
　　　　　誰料中道散，
　　　　　孑孑遺孤孀。

卞夫人　別說了，別說了，聽得人肝腸寸斷！
蔡文姬　丞相，夫人，想我蔡文姬，生逢離亂，命運乖蹇，一嫁死別，二嫁生離，三嫁雖非本意，却也彼此珍惜，倘若就此到頭，難道文姬還真的要四嫁五嫁不成麼……（淚如雨下）
卞夫人　丞相說過，你是我們掌上明珠，何愁無有中意之人。
蔡文姬　不不不，文姬雖然閉塞，可那士林中滔滔謗訕，還是偶有所聞。甚麼才辯可敬，節烈有虧。我一柔弱女子，如何自主沉浮？事到如今，惟求丞相大人顧念先人蔭德，免董祀一死，大恩大德，譬如再生，蔡文姬有生之年，萬死難報！（磕頭如搗）
曹　操　董祀受孔融蠱惑，雖違反禁酒令，却未必存心謀反，世叔所以對他處以極刑，說實話也是怪他待你刻薄寡恩。聽你如此一番傾訴，倒是於心不忍了。可董祀已然綁赴法場，縱然想寬免他，只怕已是晚矣！
蔡文姬　丞相厩馬萬匹，虎士成林，何惜疾足一騎，刀下存命。
曹　操　如此，世叔我便立遣飛騎，追回文狀，赦免董祀。來人，快去！

家　院	是，追回文狀，赦免董祀！（急下）
蔡文姬	啊呀……（心竭倒地）
卞夫人	文姬醒醒，文姬醒醒！
	（卞夫人懷抱蔡文姬，曹操親手爲蔡文姬喂湯）
	（家院帶董祀上，蔡安隨上）
卞夫人	文姬，你睜開眼睛，看看誰來了。
董　祀	（跪在蔡文姬面前）文姬……
蔡文姬	（一把抱緊董祀）公胤……
	（卞夫人抹淚）
曹　操	（嘆氣）唉，原來是一對冤家！
蔡文姬	啊，夫君，快去謝過丞相和夫人！
董　祀	董祀叩謝丞相和夫人救命之恩！
曹　操	（沉下面孔，白）董祀，救爾命者，乃是文姬，要謝去謝你的夫人。
董　祀	叩謝夫人再生之德，董祀萬死難報！
蔡文姬	夫君言重了，夫君快快請起。
曹　操	董祀無罪赦回，遂了文姬心意。文姬，你還有甚麽遺憾之事麽？
蔡文姬	回禀世叔，文姬已然無憾。
曹　操	心也安定了？
蔡文姬	安定了。
曹　操	既然如此，來人，與我添柴、看座、奉茶，我要與文姬夫人展開正題。
	（婢女奉茶如儀，衆人各自入座）
蔡文姬	丞相請示下。
曹　操	我先問你，令嚴生前家藏典籍，如今下落何處？
蔡文姬	家父所藏典籍，不下四千餘卷，無奈盡付戰火。
曹　操	可惜，可惜了！
蔡文姬	文姬不才，尚能默記四百餘篇，丞相不棄，文姬願以真草背錄成書，奉獻世叔。
曹　操	世叔先自謝過。不過，世叔真正要問你的，乃是令嚴繼班固之後續寫的《後漢書》一書，這部未竟書稿，你看過沒有？
蔡文姬	皆可默誦。
曹　操	好！世叔我以漢朝名義，懇請文姬夫人完成此書，你可否答應？
蔡文姬	文姬雖無班昭之才，然禀丞相之命，承先父遺志，默記遺稿，修齊全

曹　操	如此，曹世叔也就不枉接你回漢朝了。文姬侄女！
	（唱）蔡邕當年被殺戮，
	痛失千古一部書。
	那王允惟恐身後惡名著，
	這纔將你生父屠。
	看起來褒貶古今也能把士人性命誤，
	是與非功與過你要直筆春秋莫糊塗。
蔡文姬	世叔放心，丞相放心！
	（唱）不隱惡，不虛美，
	史家直筆功德垂。
	是成敗，是譽毀，
	不避英雄與寇賊。
	但請丞相寬心放，
	蔡文姬承父業不枉迢迢漢朝歸。
曹　操	說得好！曹某精選十名文吏，助你抄錄典籍，修撰《後漢記》。
蔡文姬	文姬一人之力，當可完成使命，文吏盡可免矣。
董　祀	董祀願辭官職，一心輔佐夫人。
曹　操	公胤此言，正合吾意！來呀，賞百兩金，粟二百石，布五十丈，駕馴馬，送董祀文姬伉儷回家！
蔡文姬　董　祀	（下跪）叩謝丞相！
曹　操	哈哈哈，快快請起！
	（蔡文姬、董祀感恩戴德下。卞夫人癡癡地看着曹操）
曹　操	夫人，你看我做甚？
卞夫人	人說曹操亂世奸雄，我看夫君慈眉善目。就說這一個人蔡文姬，一部書《後漢記》，費了曹孟德多少心思？不公，大不公！
曹　操	知我者，夫人也！哈哈哈……

尾　聲

（十數年後。終南山麓，鬱鬱蒼蒼）

（蔡安上）

蔡　安　蔡文姬用了七年光陰，默寫下四百篇珍奇典籍，也修好了《後漢記》。聽説曹操對《後漢記》甚爲滿意，直誇蔡文姬有班昭之才。蔡文姬完成了歸漢使命，便與夫君董祀溯洛水而上，隱居在終南山中。

（蔡文姬、董祀閒步上）

董　祀　（唱）終南山林好歸處，

蔡文姬　（唱）閒看雲卷與雲舒。

（遠山，蔡文姬與董祀對坐撫琴，虛無縹緲，清音悠長）

——劇終

迎 賢 記

蘭天明　撰

解　題

　　漢劇。蘭天明撰。蘭天明,生平里居不詳。該劇未見著録。劇寫東漢建安年間,張遼奉曹操命化裝下江南訪請龐統。孰料,東吳魯肅先到。肅願讓賢,請龐統代他作都督。龐允,往見孫權。張遼悔遲一步,打開錦囊,曹操讓其重金禮聘。孫權見龐統貌醜,心中不快。魯肅力薦,請孫權築壇拜帥,孫權則讓龐統率兵奪取荆州擒劉備、諸葛亮後再拜帥。龐統説他不願作第二個周瑜,説周瑜心胸狹窄、妒賢嫉能,説孫權索荆州起戰端眼光短淺。孫權不快,讓其回館驛歇息。龐統拂袖而去。張遼趕來,送重金禮單,並言曹操不記前仇。統撕禮單。魯肅趕來,滿面羞愧,揮淚送統物二件:新衣一套,薦書一封。龐統謝而辭去。劉備讓孫乾監造迎賢門,關羽備宴,趙雲打掃府邸,準備迎接龐統。惟獨不用張飛,嫌張人粗少斯文。張飛不服,改裝率兵往三十里舖迎接龐統。恰遇一樁偷瓜案,張飛審案,人贓俱在,正欲行刑,一位道人説案子審錯了。他只用三句話,便把案子翻了過來,罪犯無言答對,只好服罪。張問名姓,龐稱陸統。張飛願與其同去荆州薦與劉備。統不願,乃自往。龐統往荆州見劉備,先出一帖,説劉備是篾匠。劉備怒而不用。張飛回問陸統,向劉備述説審瓜之才,請陸出來。劉備讓統作耒陽縣令。張飛不同意,也無可奈何。龐統倒騎毛驢懷揣縣令小印上任。張遼趕來,拿出軍師大印,請去許都。龐統問禰衡、孔融該要哪顆印?龐統走後遼方悟:孔融、禰衡,天下奇才,曹操不容皆殺,他愛才又忌才。曹操二計又落空。劉備聞龐統在耒陽終日飲酒,不理政事,命張飛、孫乾前往查看。劉備接諸葛亮信,要劉備送酒百桶給耒陽縣令並讓其陪飲。劉備不解,但照辦。張飛抬鍘到縣,欲鍘陸統。陸統言其無罪,半日明斷耒陽百姓之案,張飛、孫乾敬服。陸統交縣令印辭官而走。劉備趕來,説統已走,急忙追趕。龐統欲歸故里,江邊遇假扮漁翁的張遼。遼請統上船。統認出遼,拒上,遼命人搶拉統上船。遼打開第三個錦囊，統説不用看已知是一個殺字。張遼開看果是一個殺字，拔劍插劍，再拔再插，説出"丞相用人如用兵，奸猾狡詐手段辣"。張飛、劉備、孫乾追來，打敗張遼，救出龐統，三人一同下拜大賢，向龐統請罪。忽報，諸葛亮給龐統寫來一封信，説欲取西川，問統意如何？統説快快發兵，奪川定三分。劉備請龐統親率大軍，張飛作先鋒，孫乾運糧，即日出征。本事出於《三國演義》與民間傳説。元明間雜劇《走鳳雛龐掠四郡》，京劇《耒陽縣》《張飛審瓜》等劇寫有龐統入荆州事。但該劇情節、人物與上述各劇均不同。版本見1982年湖北省戲劇工作室編印《劇本選刊》本。今據以收錄整理。

第 一 場

張　遼　（内唱）丞相軍令重如山！
　　　　（四軍士、二副將、馬童等引張遼上）
　　　　（接唱）丞相軍令重如山，
　　　　　　　張遼星夜奔江南。
　　　　　　　暫卸征袍巧改扮，
　　　　　　　懷藏錦囊妙計有三。
　　　　　　　馬似飛箭心如電——
副　將　稟將軍，來到長江渡口！
張　遼　（下馬）少歇片刻。
　衆　　將軍！
　　　　（接唱）夜奔江南爲哪般？
張　遼　焦額頭，
軍　甲　有。
張　遼　滿臉疤，
軍　乙　在。
張　遼　你們可曾知道，赤壁大戰，何人殺敗我八十三萬人馬，何人把爾等燒成這般模樣？
副　將　孔明一場風，周瑜一把火，龐統一條連環計。誰人不知，哪個不曉。
張　遼　如此説來，爾等知道龐統其人？

衆　　　豈但知道！
　　　（唱）曹營人一輩子忘不了他，
　　　　　　那龐統人雖醜却有才華。
　　　　　　連環計鎖定了百萬人馬，
　　　　　　只燒得衆將士哭爹喊媽！
　　　　　　到今天回想起還有後怕，
　　　　　　曹丞相提起他瞪眼咬牙！
張　遼　（接唱）倘若是孫仲謀重用龐統……
副　將　哎呀那還了得！
衆　　　一個龐統，要頂十個周郎！
　　　（接唱）好比是龍騰雲虎把翅插！
張　遼　（念）蘆花蕩氣死小周郎，
　　　　　　東吳兵權魯肅掌，
　　　　　　魯肅一心把賢讓，
　　　　　　要請龐統把帥當。
副　將　果真如此？
張　遼　果真如此。
副　將　我等明白了！
張　遼　明白甚麼？
副　將　（念）此番下江南，
軍　士　（念）捉拿龐士元，
副　將　（念）抽筋剝皮用刀剮，
軍　士　（念）除却隱患報仇冤！
張　遼　啊？
衆　　　啊！哈哈哈哈！
張　遼　大膽！
衆　　　啊？
張　遼　爾等膽敢動他一根毫毛，定斬不饒！
衆　　　這是爲何？
張　遼　休得多問！走，偸渡長江去者！
衆　　　遵命！
張　遼　（唱）過長江就到那東吳地面，

　　　　　過江之後，分頭尋找！
　　　　（接唱）但願能奪奇才凱歌而還。
　　　　（張遼率衆下）
　　　　（二幕閉。軍士、中軍引魯肅上）
魯　肅　（唱）周都督氣死在蘆花蕩，
　　　　　　　俺東吳折斷了頂天梁。
　　　　　　　周公瑾臨終時再三言講，
　　　　　　　他要我掌帥印治國安邦。
　　　　　　　魯肅誤蒙周郎薦，
　　　　　　　朽木豈能作大梁！
　　　　　　　我送走弔孝的諸葛亮——
中　軍　禀大人，翻過這道五里崗，前面就是龐先生仙居。
魯　肅　下馬而行。
　衆　　遵命！（魯肅等下馬）
魯　肅　（接唱）心切切意惶惶來請鳳凰。（圓場）
　　　　（二幕開，龐統柴門前）
中　軍　禀大人，這裏就是龐先生高卧之地。
魯　肅　雲鎖深山，柴門半掩，茂林修竹，激流清湍。好一個所在也。（童子上）
童　子　客人來自何方？
魯　肅　東吳魯肅前來拜訪。
童　子　禀大夫，先生江邊去了，要到晚時纔回，請大夫草堂用茶。
魯　肅　謝過仙童。
童　子　請。
　　　　（魯肅等下，軍士甲、乙守在門前）
軍　甲　（念）魯肅真是憨，
軍　乙　（念）一心要讓賢。
軍　甲　（念）元帥他不幹，
軍　乙　（念）送給龐士元。
軍　甲　猜不透，
軍　乙　想不穿！
軍　甲　你是吃飽了脹得慌，
軍　乙　你是鴨棚的老板管蛋（淡）閑！

軍	甲	守門，
軍	乙	站班，
軍	甲	廢話，
軍	乙	少談。
龐	統	(内唱)滄海橫流人爭強！(上)
		諸葛亮施妙計氣死周郎。
		孔明兄明弔喪暗把我訪，
		舟楫中訴心事各叙衷腸。
		他勸我投荆州共扶劉備，
		奮雙翼治亂世振興漢邦。
		投明主定乾坤理當前往，
		爲知音更不辭赴火蹈湯。
		回山莊收拾好琴書劍囊，
		乘長風展宏圖直奔荆襄！
		呃，柴門之外，如何多了兩根木椿？二位醒來！二位醒來！
甲	乙	(醒)呵—嚏！
軍	甲	何方道人，你來作甚？
龐	統	何方客人，你來作甚？
軍	甲	(對乙)兄弟，聽見沒有，他稱我們是"客人"，莫非他就是龐統？
軍	乙	他呀，爛南瓜，黑烏鴉，他是龐統？哈哈哈哈！
龐	統	哈哈哈哈！柴門正是我的家。
童	子	(聞聲出)禀我師，魯大夫前來拜訪，草堂等候多時！
甲	乙	(驚)啊？哎呀我的媽！龐統真是他！
龐	統	子敬來了，待我更衣相見。(欲下)
軍	乙	先生饒命，先生饒命！
龐	統	書童，搬條凳兒來，免得二位站着睡覺。(下)
童	子	是。(拿條凳子)哎！狗眼看人低！坐！(下)
軍	乙	多謝，多謝。
軍	甲	我早看出他就是龐先生。
軍	乙	莫吹牛，咱兩個，一個半斤，一個八兩。
軍	甲	站班守門，廢話少講。(張遼上)
張	遼	(念)喬裝打扮下江南，

張遼直奔隱鳳山。
來到莊前舉目看,
啊!
爲何軍卒立門前?

軍甲　甚麼人?

張遼　軍爺,小人是做生意的。

軍乙　做生意?做生意不到城鎮市井,到山裏來作甚?分明是個奸細!

張遼　小人不賣綾羅綢緞,專賣古文書籍,聽說龐先生……

軍甲　去去,龐先生正在會見魯大夫,沒空見你!

軍乙　快快回避,免得找打!

張遼　哎呀且住!遲來一步,如何是好?

魯肅　(內)龐先生,請!

龐統　(內)子敬兄,請!

（張遼聞聲急藏林中。魯肅、龐統及衆上）

魯肅　(唱)薦龐兄爲主帥我把賢讓,

龐統　(唱)受重托心惶恐容我思量。

魯肅　(唱)你本是擎天柱當仁不讓,
　　　　　助東吳整旗鼓勵志圖強。

龐統　(唱)倘若我把東吳兵權執掌,
　　　　　孫聯劉劉聯孫永結盟邦。

魯肅　(唱)等到那時機熟揮戈北上,
　　　　　孫劉合兵逼許昌。
　　　　　兩支大軍肩並肩,

龐統
魯肅　(同唱)相呼相應勢力強。
　　　　　管教那曹孟德首尾難顧,
　　　　　掃群雄救黎民一統扶桑。

龐統　如此説來,龐統就隨你去。

魯肅　(大喜)謝過先生!馬來!
　　　(唱)魯子敬親牽馬龐兄請上,
　　　（龐統、魯肅上馬）

龐統　(接唱)試一試孫仲謀再作主張。
　　　（龐、魯及衆下。張遼出）

張　遼　（念）哎呀呀大事不好，
　　　　　　　真教人心急火燎！
　　　　　　　猛想起曹公妙計，
　　　　　　　拆錦囊先看一條。
　　　（拆看，大喜）"重金禮聘"，好！有門兒，待我趕上前去！
　　　（張遼下。幕落）

第 二 場

（吳侯府。宮娥、侍從、官員引孫權上）

孫　權　（唱）可恨村夫諸葛亮，
　　　　　　　活活氣死我周郎。
　　　　　　　砍斷孫某一隻膀，
　　　　　　　雄鷹折翅難飛翔。
　　　　　　　哭、哭、哭，
　　　　　　　哭斷腸怨聲大放，
　　　　　　　恨、恨、恨，
　　　　　　　恨不得剎時間馬踏荊襄。
　　　　　　　可恨我無有人領兵率將，
　　　　　　　魯子敬要讓賢舉薦英良。
　　　　　　　他誇那龐鳳雛才華無量，
　　　　　　　比管仲勝孫武人中鳳凰。
　　　　　　　盼只盼九重天吉星早降，
　　　（魯肅、龐統上）
魯　肅　（接唱）請來了龐士元喜氣洋洋。
　　　　龐先生，今日你與孫權初次相見，魯肅冒昧，有一言奉告。
龐　統　正要領教。
魯　肅　周瑜新喪，孫權心情煩躁，相見之時，該講的你就講，不該講的你千
　　　　萬不能講啊！
龐　統　哪些該講，哪些又不該講？
魯　肅　這個……，有了，聽我咳嗽一聲，你就不要講了。
龐　統　也好。

魯　肅　請。
龐　統　請。
魯　肅　哎呀且慢。
龐　統　還有甚麼規矩？
魯　肅　先生，你還是換套衣服爲好。
龐　統　又不是女婿見丈母，何必多此一舉。
魯　肅　也罷。先生稍等，我去稟報。魯肅見過主公。
孫　權　大夫免禮。
魯　肅　恭喜主公，賀喜主公！
孫　權　何喜之有？
魯　肅　鳳雛先生龐統大駕降臨！
孫　權　啊，龐先生來了？
魯　肅　來了！
　衆　　恭喜主公！賀喜主公！
孫　權　哈哈哈哈！
　　　　（唱）九霄飛來金翅鳥，
　　　　　　　吉祥彩雲空中飄。
　　　　　　　東吳興旺仙人降……
　　　　　內侍！
內　侍　在。
孫　權　前廳安排舞樂！
內　侍　遵命！
孫　權　後廳準備筵席！
內　侍　遵命！
孫　權　中堂張燈結彩！
中　軍　遵命！
孫　權　百官隨我出迎！
官　員　遵命！
　　　　（吹打，孫權等出迎）
魯　肅　主公，這位就是鳳雛先生龐統。
龐　統　孫將軍，龐統有禮了！
孫　權　（與龐照面，驚）哎呀！

　　　　　（旁唱）莫非是閻王沒空——小鬼來朝！
　　　　　（眾交頭接耳）
孫　權　（拉魯肅到一旁）魯大夫，他就是龐統？龐統就是他？
魯　肅　正是。
孫　權　不像，怎麼也不像啊！
魯　肅　你們從未見過面……
孫　權　他不應該是這個樣子。
魯　肅　哎呀主公，人不可貌相，海水不可斗量。
孫　權　唉！（歸座）龐先生請坐。
龐　統　不敢，不敢。
魯　肅　請坐請坐。
孫　權　先生大名，如雷貫耳，今得相見，真乃三生有幸哪！
龐　統　將軍過獎了。
內　侍　稟主公，舞樂安排停當。
中　軍　稟主公，筵席齊備。
孫　權　這裏正在商討軍國大事，退下。
內　侍
中　軍　（莫名其妙）遵命。
孫　權　請問公之所學，以何為主？
龐　統　大丈夫靈活機變，不拘一格。
魯　肅　鳳雛先生乃是當今名士，一代俊傑，自幼飽讀詩書……
孫　權　（打斷魯肅）啊，"飽讀詩書"，列位愛卿，聽見沒有？
官　甲　（對官乙）主公的話味……
官　乙　嗯，嘗到了。
官　甲　稟主公，學館缺少教習。
官　乙　後宮無人管賬。
官　甲　教習的好！
官　乙　管賬的好！
魯　肅　（拍案而起）污辱大賢，豈有此理！
孫　權　（佯怒）爾等大膽，快快退下！
官甲乙　是。（下）
孫　權　龐先生恕罪。

龐　統　哼哼,他們本來無罪,何談恕哉?
魯　肅　稟主公,龐先生自幼飽讀詩書,滿腹經綸,暢曉韜略,精通戰策,請主公早日設壇拜帥。
孫　權　登壇拜帥,事關重大,不可玩忽。依我之見,請龐先生率領人馬。攻取荆州,捉拿劉備諸葛亮,大功告成之後,再議拜帥不遲。
魯　肅　這個……
孫　權　先生,你看如何?
龐　統　將軍莫非要讓龐某作第二個周瑜麼?
孫　權　(慢怒)周瑜又待怎樣?
龐　統　周瑜風流,年輕有爲,臨強敵鎮定自若,破曹操威震天下,真乃東吳俊傑也。
魯　肅　正是如此。
孫　權　嗯,不錯。
龐　統　不過此人心胸狹窄,妒賢嫉能……
魯　肅　(見勢不妙,向龐暗示)咳!
龐　統　可嘆他英雄氣短,胸無遠見……
魯　肅　咳!咳!
孫　權　如此說來,我的荆州不該要,仇也不該報了?
龐　統　將軍!
孫　權　你説!
龐　統　將軍!
孫　權　你講!
魯　肅　咳咳咳……咳!
龐　統　將軍哪!
魯　肅　唉!
龐　統　(唱)曹孟德揮大兵氣吞江漢,
　　　　　　你兩家眼看着日落西山。
　　　　　　危難中訂盟約並肩作戰,
　　　　　　方能夠滅強敵共挽狂瀾。
　　　　　　你不該索荆州激起宿怨,
　　　　　　更不該毀盟約又起兵端。
　　　　　　爲只爲將軍你眼光短淺,

　　　　　　害得那小周郎飲恨終天！
孫　權　先生之見，實在高明，高明得很哪！
魯　肅　（信以爲真）是啊，是有道理。
孫　權　魯大夫，先生遠道而來，一路辛苦，你陪先生暫到館驛，好好歇息歇息。
魯　肅　（驚）啊？主公，你？
孫　權　恕不多陪。魯大夫，送客！（拂袖而下）
龐　統　（冷笑）哼，哼，哈哈哈哈！（拂袖而去）
魯　肅　（兩邊作揖）主公……，先生，先生哪！
　　　　（追下）
　　　　（二幕閉，龐統上）
龐　統　（唱）禿嶺栖雀難栖鳳，
　　　　　　　仰天大笑離江東。
　　　　　　　一振雙翼遊萬仞，
　　　　　　　五岳四海尋梧桐。
張　遼　（上）哈哈哈哈！
　　　　（接唱）依計行來見龐統，
　　　　　　　可喜不是在夢中。
　　　　見過先生。
龐　統　你是……，原來是張……
張　遼　噤聲！末將候駕多時了。
龐　統　張遼將軍，找貧道作甚？
張　遼　丞相仰慕先生大才，專派末將前來聘請，以圖大業。
龐　統　唔。
張　遼　這是聘禮禮單，先生請看。
龐　統　珍珠瑪瑙，黃金白銀，呵，禮不輕哪！
張　遼　丞相愛才心切，因而重禮相聘。
龐　統　我二人冤深似海，
張　遼　曹丞相不記前仇。
龐　統　我爲人脾氣古怪，
張　遼　曹丞相偏愛奇才。
龐　統　如此說來，這禮單麽……

張　遼　請收下。
龐　統　將軍，貧道收下了！（一撕兩半）
張　遼　（驚）先生，你！
魯　肅　（內）龐先生慢走！
張　遼　哎呀魯肅來了，先生，後會有期！（急下）
　　　　（魯肅帶二童子上）
魯　肅　龐先生！
龐　統　子敬兄！
齊　　　龐先生！
　　　　子敬兄！
龐　統　謝蒙舉薦。
魯　肅　滿面羞慚。
龐　統　情深似海，
魯　肅　無力補天！（揮淚）
龐　統　子敬兄不必如此。
魯　肅　先生此去，不知何日相見。爲了先生前程，魯肅欲送兩件東西於你，請先生笑納。
龐　統　兩件甚麼？
魯　肅　新衣一套，薦書一封。
龐　統　（接過禮物）這？
　　　　（童子呈禮）
魯　肅　還有兩句肺腑之言。俗話說，鋼刀太硬易折，繩索太直易斷。
龐　統　子敬兄！
　　　　（唱）我本是山野人醜鬼一個，
　　　　　　　出柴門爲的是振興山河。
　　　　　　　穿新衣悅人目難改故我，
　　　　　　　這薦書好比是要飯瓦缽。
　　　　　　　謝子敬一顆心熾熱如火，
　　　　　　　恕鳳雛我不能隨流逐波。
魯　肅　（旁唱）錚錚然大丈夫更令人敬，
　　　　　　　龐先生，千錯萬錯都是我的錯呵！
龐　統　哪裏哪裏，龐統告辭了！

魯　肅　先生哪,他日若遂凌雲志,
龐　統　永保孫劉不相侵!
魯　肅　相識滿天下,
龐　統　知音有幾人。子敬兄請回,你我後會有期。
魯　肅　恕不遠送!
　　　　(龐統下)
魯　肅　(接唱)眼睜睜鳳展翅無可奈何!
　　　　(魯肅目送龐統遠去。幕落)

第　三　場

張　飛　(內)氣死我也!(上)
　　　　(唱)大哥説話令人氣憤,
　　　　　　説我能武不能文。
　　　　　　只能陣前逞凶狠,
　　　　　　不配拱手迎貴賓[1]。
　　　　　　説我不能我不信,
　　　　　　説我不行我偏行。
　　　　軍士們!
　　　　(內:有)
　　　　快隨三爺出城去,
　　　　(內:"啊!"軍士全副武裝,馬童扛蛇矛上)
馬　童　請三爺上馬!
張　飛　咦,誰叫爾等舞刀弄槍?都放下!
軍　士　啊?
張　飛　(接唱)今天爾等要斯文。
　　　　回去,重來!
軍　士　是。
　　　　(張與軍士下)
　　　　(內。張飛:"軍士們!"軍士:"有!"張飛:"收拾好了沒有?"軍士:"收拾好了!")
張　飛　(內)三十里鋪去也!

（軍士引張飛上。軍士手搖紙扇，忍不住笑。張飛文不文，武不武，更令人發笑）

張　飛　（看見軍士這等模樣，忍不住笑）哈哈哈哈！

軍　士　（互看醜態）嘿嘿嘿嘿！

張　飛　不要嘻笑！
（唱）軍師來了一封信，
　　　鳳凰不日要降臨。
　　　大哥一聽心高興，
　　　調兵遣將忙不停。
　　　他派二哥備酒宴，
　　　打掃府邸是趙雲，
　　　黃忠安排儀仗隊，
　　　孫乾監造"迎賢門"。
　　　就我老張沒事幹，

軍　士　這是爲何？

張　飛　（唱）他說我是麻繩繡娃娃——

衆軍士　此話怎講？

張　飛　（接唱）一個粗人哪！（衆笑）

衆軍士　（唱）三爺人粗心眼細，
　　　　肚裏有根繡花針。

張　飛　就是嘛！
（接唱）都爲三爺爭口氣，
（白）只要接着鳳凰，三爺有賞！
（接唱）每人賞給酒半斤。

馬　童　三爺，三十里鋪到了。

張　飛　（接唱）與我擺開"迎賢陣"！

軍　士　"迎賢陣"？啊？
（接唱）這是念的哪本經？
　　　　自從應征隨將軍，
　　　　東征西戰忙不停。
　　　　擺過一字長蛇、二虎、三彪、四蛟、五龍、六合、七星、八卦陣，
　　　　還有九九連環，十面埋伏出奇兵。

　　　　　　　從未擺過"迎賢陣"，
　　　　　　　這好比瞎子掉了棍，哪裏去摸門？
張　飛　嗨！
　　　　（唱）没有多少大學問，
　　　　　　　迎賢全憑心赤誠。
　　　　跟我學來！
軍　士　是！
張　飛　（接唱）整頓衣冠要齊整，
軍　士　（唱）整頓衣冠要齊整，
張　飛　（唱）見了行人笑臉迎，
軍　士　（唱）見了行人笑臉迎，
張　飛　（唱）不管來人美與醜，
軍　士　（唱）不管來人美與醜，
張　飛　（唱）不問人家富與貧，
軍　士　（唱）不問人家富與貧，
張　飛　（唱）見了小孩你莫問，
軍　士　（唱）見了小孩你莫問，
張　飛　（唱）不問女人問男人，
軍　士　（唱）不問女人問男人，
張　飛　（唱）對面來位男子漢，
軍　士　（唱）對面來位男子漢，
張　飛　（唱）迎上前施一禮文質彬彬，
軍　士　（唱）迎上前施一禮文質彬彬，
張　飛　（唱）輕輕言慢慢語不敢動問，
軍　士　（唱）輕輕言慢慢語不敢動問，
張　飛　（唱）莫非是鳳雛先生大駕光臨？
軍　士　（唱）莫非是鳳雛先生大駕光臨？
張　飛　學會没有？
軍　士　學會了！
張　飛　哈哈哈哈！好哇！
　　　　（接唱）這就是俺老張的"迎賢陣"，
　　　　　　　大哥呀大哥呀，

　　　　　　强似你的"迎賢門"。
　　　　　與我擺陣去者!
　　　　(衆軍士分頭下)
軍士甲　(對乙)等了半天,怎麽没人來呀?
軍士乙　是呀,連個影子也没見到。
張　飛　咳!既然是等,就是要耐心!你們看,不是來了一個人麽。
　　　　(一書生上)
張　飛　(迎上)不敢動問,來者莫非是鳳雛先生?
書　生　你待怎講?
張　飛　不敢動問,來者莫非是鳳雛先生?
書　生　非也,非也。(下)
軍士甲　唉!開張不利!
軍士乙　莫急又來了一個。(一樵夫挑柴上)
張　飛　(迎上)不敢動問,來者莫非是鳳雛先生?
樵　夫　(耳聾)啊?
張　飛　不敢動問,來者莫非是鳳雛先生?
樵　夫　啊?
軍士甲　(大聲説)問你是不是龐統?
樵　夫　啊,明白了。我家只有一隻散了箍的破了底的爛水桶,没有甚麽龐桶!唉,這年月,連桶都要!(下)
甲　乙　唉!
張　飛　(唱)紅日偏西近黄昏,
　　　　　　龐統不來急壞人!
　　　　　　莫非孫權又起用?(幕内人聲喧嚷)
　　　　　　人聲喧嚷是何因?
一軍士　(上)稟將軍,那邊有人抓住一個賊婆,請求將軍就地裁决。
張　飛　帶上來!
軍　士　是!(下)
　　　　(西山狼、家奴、蘇小青及百姓上。西山狼扭住蘇小青,蘇懷抱嬰兒,家奴抱兩個大南瓜。龐統隨上和百姓一齊觀看)
西山狼　拜見將軍,小人抓住一個偷瓜的賊婆。
蘇小青　唉!(跪)

張　飛　她如何偷瓜，你且講來。
西山狼　將軍容稟：
　　　　（念）小人名張甲，
　　　　　　山下種南瓜。
　　　　　　南瓜長得好，
　　　　　　人人見了誇。
　　　　　　剛纔到瓜園，
　　　　　　見她在偷瓜。
　　　　　　她抱瓜正要走，
　　　　　　我當場把她抓。
　　　　　　人證物證在，
　　　　　　不怕她耍滑。
　　　　　　有請大將軍，
　　　　　　把她來懲罰。
張　飛　她偷你幾個瓜？
西山狼　兩個瓜。
家　奴　就是這兩個。
張　飛　你願作證麼？
家　奴　小人願意。
張　飛　大膽民婦，姓什名誰，這瓜可是你偷，還不從實講來！
蘇小青　民婦蘇小青，這瓜麼……是，是我……我偷的。
張　飛　這樁案子，也太明白，來呀！
軍　士　有！
張　飛　將這個賊婆拖下去重打四十！
軍　士　走！
　　　　（軍士拖蘇欲下，百姓議論紛紛）
龐　統　是非弄顛倒，案子審錯了！
　　　　（衆震驚）
張　飛　啊！何人大膽，口出狂言！
西山狼　（指龐）就是他！就是他！
龐　統　正是貧道。
張　飛　你這道人，這樁案子，一有人證，二有物證，三有旁證，四有口供，你說我錯在哪裏？說得明白，也還罷了，說不明白……
龐　統　將軍虎威，暫且收起，貧道要與你説個清楚明白。
張　飛　你説！你講！
龐　統　我不多説，只問三句。
張　飛　休得囉嗦，你且問來！
龐　統　張甲，蘇小青偷你幾個南瓜？
西山狼　兩個，怎麽樣？
龐　統　（對家奴）你是證人？
家　奴　是的，怎麽樣？
龐　統　來來來，你把她偷瓜的模樣做給衆人看上一看。
西山狼　你憑甚麽叫我做？
龐　統　將軍……
張　飛　這有何妨，做就做！
西山狼　是，做就做！看清楚，她是這樣偷的。（彎腰去抱南瓜）
龐　統　且慢，蘇小青，把嬰兒給他。
西山狼　這……（蘇把嬰兒給西）
龐　統　（對西）你再把兩個南瓜抱起來！
　　　　（西一手抱嬰兒，一手去抱瓜，抱這個滾那個，抱那個滾這個，狼狽不堪）
　衆　　哈哈哈哈，哈哈哈哈！
張　飛　（驚）啊！
家　奴　（見勢不妙，跪倒）將軍饒命，小人願講實話！
龐　統　（指西）將軍，要他説！
張　飛　講！
西山狼　小人誣陷好人，罪該萬死！
蘇小青　（激動地）青天，青天，青天哪！
張　飛　蘇小青，你没偷瓜，却又承認偷瓜，是何緣故？
蘇小青　我好命苦啊！
　　　　（唱）蘇小青雙膝跪怨聲大放，
　　　　　　尊一聲恩公你細聽端詳。
　　　　　　張甲他不姓張分明説謊，
　　　　　　他本是横行鄉里西山狼！

	我的夫應招募奔赴戰場，
	隨張飛戰武陵死在他鄉。

張　飛　啊！你的夫原來還是我……
蘇小青　莫非你就是張飛張將軍？
張　飛　（難堪地）是我，是我。
蘇小青　（接唱）我的夫跟隨你戰死沙場，
　　　　　　　　孤與寡在家中受欺遭殃。
　　　　　　　　我抱兒去求醫走上山崗，
　　　　　　　　西山狼起淫心逼我進莊。
張　飛　好賊子！
西山狼　將軍饒命！
張　飛　你往下講！
蘇小青　（接唱）拼一死我不從大叫大嚷，
　　　　　　　　引來了衆鄉鄰怒火滿腔。
　　　　　　　　人漸多他只怕衆怒難犯，
　　　　　　　　反咬我是一個偷瓜婆娘。
　　　　　　　　狗家奴充人證爲虎作倀，
　　　　　　　　求將軍懲狂徒除暴安良。
張　飛　哎呀，險些錯怪了好人！來呀，把這個狗才拉下去打！
軍　士　走！（押西、奴下）
張　飛　蘇小青，這是紋銀二十兩，你且收下，快去求醫吧。
蘇小青　謝過將軍。
張　飛　莫謝我，要謝他！
蘇小青　（對龐）謝過恩公。
龐　統　區區小事，何用多謝。
　衆　　我們送你一程。
蘇小青　多謝衆位。
　　　　（蘇與衆鄉鄰下）
龐　統　張將軍，貧道告辭了！（下）
張　飛　我、我、我的媽，你養的兒子真沒出息！
軍士甲　（對乙）那位先生不會是龐統吧？
軍士乙　不是不是。

軍士甲　爲啥?
軍士乙　穿的又破,長的又醜。
軍士甲　將軍不是説,不管長的美醜,不問富貴貧賤麽?
張　飛　好小子!(抓住軍士甲)
軍士甲　(驚)啊?
張　飛　還有點見識!(放鬆,軍士甲跌坐地上)先生慢走!(追下)
軍士乙　(拉甲起來)連我也嚇了一跳。
軍士甲　没事。實話跟你説,天上飛個鳥,我也認得公的母的。
　　　　(張飛,拉龐統上)
龐　統　張將軍,難道你不肯善罷甘休?
張　飛　哪裏哪裏,我看你醜是醜,倒還有兩下子。
軍士甲　了不起!
軍士乙　了不起!
張　飛　和你交個朋友,你看如何?
龐　統　交個朋友?
張　飛　請問先生哪道而去?
龐　統　前往荆州,投奔皇叔。
張　飛　不敢動問,你莫非是鳳雛先生龐統?
龐　統　這個……是龐統怎樣?不是龐統又怎樣?
張　飛　若是龐統,高官任做,駿馬任騎。
龐　統　不是龐統呢?
張　飛　不是龐統也不要緊,説句粗話,不管圓桶扁桶,能盛水裝米就是好桶。
龐　統　可惜,可惜!貧道是既不能盛水又不能裝米的漏桶。
張　飛　陸統?還好,只錯一個字。先生那裏人氏,何爲所學?
龐　統　家住襄陽,自幼貧寒。文韜武略,少有所聞。
張　飛　如此,請!
龐　統　哪道而去?
張　飛　同往荆州,俺大哥面前,替你美言幾句。
龐　統　將軍休怪,我却不願。
張　飛　你不願我願,走!
軍　甲　將軍,那迎接龐統……

張　飛　你看我。也罷,你先走一步,我隨後就來。

龐　統　告辭了!(下)

張　飛　請。哈哈哈哈!

　　　　(唱)俺張飛今日裏時運亨通,
　　　　　　　迎鳳凰意外得了隻大雞公。
　　　　　　　送走了陸統等龐統,
　　　　　　　要爲皇兄立大功!

　　　　(衆擁張飛下)

　　　　(幕落)

校記

[1]不配拱手迎貴賓:"配",原作"佩",據文意改。

第 四 場

(荆州,江邊高聳"迎賢門"。對聯:初定荆襄倚龍舞,席卷六合盼鳳來。軍士、孫乾引劉備上)

劉　備　(唱)白帆點點水連天,
　　　　　　　遥望東吴笑孫權。
　　　　　　　纔爲劉備配親眷,
　　　　　　　又向荆州送大賢。

孫　乾　好一個"又向荆州送大賢"!

劉　備　啊,哈哈哈哈!

孫　乾　禀主公,聽説張將軍帶人到三十里鋪迎接龐統去了。

劉　備　他呀,粗碗泡不了細茶!

一軍士　(上)禀主公,有兩位老僧求見。

劉　備　昨日來了個鐵匠木匠,今日又來了和尚道士,傳我的話:不是龐統,一律免見!

孫　乾　主公,這恐有不妥吧?

劉　備　甚麽不妥,迎賢門上飄彩旗,我要鳳凰不要雞。

老　軍　下面聽着,皇叔有話,不是龐統,一律免見!

龐　統　(内)走哇!

(上唱)千里來到荆州城外"迎賢門"。
　　　　對聯一副字迹新,
　　　　"初定荆襄倚龍舞,席卷六合盼鳳來",
(接唱)難怪孔明常誇獎,
　　　　好一個求賢的劉使君。
(對軍士)請你傳話進去!

老　軍　不是龐統,一律免見!
龐　統　這是爲何?
老　軍　皇叔説了,只要鳳凰不要雞!
龐　統　誰是鳳凰誰是雞。
軍　士　龐統是鳳凰,別人都是雞。
龐　統　如此説來,這迎賢門……
軍　士　一個賢也沒迎着,都走光了!
龐　統　可惜,太可惜了!
　　　　(唱)雖説劉備心意誠,
　　　　　　豈能只爲我一人。
　　　　　　我若報出真名姓,
　　　　　　刹時身價高入雲;
　　　　　　我若不將真名露,
　　　　　　也難跨進這道門。
　　　　　　低下頭來暗思忖……
　　　　有了,
　　　　　　寫張簡帖諷主君。(寫帖)
(對)請你傳進去。
老　軍　(接帖)有請孫大人。
孫　乾　何事?
軍　士　門外有一道人,寫來一張帖子。
孫　乾　(接看,念)
　　　　　　自古寒門出將相,
　　　　　　美玉從來石中藏。
　　　　　　休道有名與無名,
　　　　　　皇叔當年是篾匠。

啊！這人好大膽子！
劉　備　孫參贊,看的甚麼？
孫　乾　一張帖子。
劉　備　拿來我看。
孫　乾　主公,你,你就別看了吧。
劉　備　拿來我看！
　　　　（孫無奈,只好給劉）
劉　備　（看帖氣極）啊！這是何人所寫？
孫　乾　門外一道人所寫。
劉　備　帶進來！
孫　乾　將道人帶進來！
老　軍　（對龐）喂！走哇！
龐　統　哈哈哈哈！（進門）貧道見過皇叔。
劉　備　大膽狂徒,還不快快與我跪下！
龐　統　貧道無罪,爲何下跪。
劉　備　你書寫簡帖,惡語傷人,該當何罪？
龐　統　句句實言,何罪之有？
劉　備　看來你是不打不服,來呀！
軍　士　有！
劉　備　拖下去打！
孫　乾　慢來慢來。（對劉）主公他……,他好像就是龐統啊。
劉　備　你見過龐統？
孫　乾　八年前見過一面。
劉　備　你沒認錯？
孫　乾　好像……,也許……
劉　備　道人,你姓什名誰？
龐　統　（故意）你問我麼……
孫　乾　先生不就是襄陽龐統麼？
龐　統　貧道正是……
劉　備　啊？哎呀先生,劉備有眼無珠,多有得罪,冒犯冒犯……
龐　統　如此說來,那帖子……
劉　備　寫得好,寫得好！

龐　統　哈哈哈哈！我的話沒有說完，貧道是龐統的老鄉陸統。
劉　備　（氣極）啊！
孫　乾　你！……
龐　統　不敢動問，那張簡帖……
劉　備　轟出去！
龐　統　哈哈哈哈！

（龐統欲下，張飛迎面而上）

張　飛　先生哪道而去？
龐　統　皇叔只要龐統，不要陸統，轟出來了！
張　飛　豈有此理！先生稍等，待我進去問他！
龐　統　不可不可，哪能爲小小陸統傷你兄弟情義！
張　飛　親兄弟也要把理講，有道理俺老張誰也不讓。先生不走遠，我去去就來！

（張進"迎賢門"。龐統下）

張　飛　大哥！
劉　備　三弟來了，恭喜啊！
張　飛　何喜之有？
劉　備　賢弟迎來龐統，豈不可喜？
張　飛　小弟並未接到龐統，這是從何說起？
劉　備　沒有接到？哈哈哈哈！孫參贊，我没說錯吧？哈……
張　飛　大哥爲何發笑？
劉　備　賢弟，把你的人馬撤回來吧，我還是那句老話，這事不是你幹的！
張　飛　大哥就這般瞧人不起，莫非你已接到龐統？
劉　備　沒有接到。
張　飛　你也沒有接到，爲何耻笑於我？
劉　備　我還是那句老話，你是麻繩繡娃娃——
張　飛　（氣極）一個粗人！啊呀呀大哥！
　　　　（唱）小弟生來耿直性，
　　　　　　　怪你對我太看輕，
　　　　　　　豹頭陣前應萬變，
　　　　　　　環眼也善識賢能。
孫　乾　好一個"環眼也善識賢能"！

劉　備　"環眼也善識賢能"？何為憑證？

張　飛　三十里鋪，小弟迎接鳳凰，鳳凰未臨，遇到案子一樁。人贓俱在，小弟正欲行刑，只聽得一聲喊："是非顛倒，案子審錯了！"人叢中閃出一位道人。只見他人物猥瑣，面貌醜陋，耳卷鼻塌，眉如豬鬃。頭戴一頂紫竹冠，身穿一件藍道袍，手持拂塵，足登素履。我心中煩惱，高聲責問：你說審錯，錯在哪裏？只見他不亢不卑，不慌不忙，整冠撩袍，走到人前。輕言慢語，只問了三句，便把這樁案子來了個地覆天翻！罪犯無言對答，只好服罪，被告冤屈澄清，直叫"青天"！大哥啊大哥，小弟人粗心不粗，這個人才，我算看準了！

孫　乾　張將軍，此人姓什名誰？

張　飛　就是剛纔被轟出去的陸統！

劉　備　鬧了半天，還是他呀！賢弟，你真是"環眼識英雄"！可惜呀可惜，你大哥不能用他！

張　飛　這是為何？

孫　乾　將軍請看。（將簡帖給張）

張　飛　（看）句句實言，並未寫錯呀！

劉　備　無名鼠輩，狂徒一個！

　　　　（唱）母雞下蛋犬看門，
　　　　　　　無名鼠輩有何能！
　　　　　　　蛤蟆想吃天鵝肉，
　　　　　　　小蝦也想跳龍門。

張　飛　如此說來，你不用他？

劉　備　不用！

張　飛　依我看來，非用不可！

劉　備　非用不可？

張　飛　不用不行！

劉　備　不用不行？我偏不用！

張　飛　你不用他？

劉　備　不用怎樣？

張　飛　你就是看不起俺老張！

劉　備　啊！

張　飛　你也不用我吧！

劉　　備　你！你！
孫　　乾　別吵，別吵，免得傷了你們弟兄和氣。
劉　　備　孫參贊，依你之見……
孫　　乾　這……依我之見麼，此人才華倒是——
張　　飛　（接）有！
孫　　乾　脾氣倒也——
劉　　備　怪！
孫　　乾　還有幾分像龐統，
張　　飛　啊！
孫　　乾　依我之見麼，還是謹慎行事，先試問試問，再試用試用，倒也無妨。
張　　飛　着哇！
劉　　備　你，你怎麼和……唉！
張　　飛　（耐住性子）大哥，你，你呀！
　　　　　（唱）大哥說話欠思量，
　　　　　　　　聽我與你拉家常。
　　　　　　　　想當初三兄弟桃園結義，
　　　　　　　　劉關張有誰人大名遠揚？
　　　　　　　　關二哥殺了人流落江湖上，
　　　　　　　　推車子出氣力他把人幫。
　　　　　　　　小弟我開酒店本小利少，
　　　　　　　　燒滾湯持屠刀殺豬宰羊。
　　　　　　　　大哥你劉門後稍比我好，
　　　　　　　　也不過日編竹席夜編筐。
　　　　　　　　世上人都祇道你是篾匠，
　　　　　　　　又誰料小篾匠入室登堂？
　　　　　　　　又誰料推車漢威震華夏？
　　　　　　　　又誰料殺豬人喝斷當陽？
　　　　　　　　英雄出草莽，
　　　　　　　　深山有棟梁，
　　　　　　　　大名出自無名輩，
　　　　　　　　就好比後有兒子先有娘。
劉　　備　（唱）粗人說話不一樣，

怎能與他論短長，

低下頭來暗思忖——

對，胡亂打發也就是了。

（接唱）免把兄弟和氣傷。

三弟，既然是你看準的人，喚他進來也就是了。

張　飛　真的喚他進來？
劉　備　真的喚他進來。
張　飛　（高興地）得——令！（出門外）陸先生！（龐上）
龐　統　（上）將軍。
張　飛　快快請進，皇叔喚你。
龐　統　皇叔喚我？
張　飛　不不，是請你！
龐　統　"請我"，哈哈，不敢當。（進門）
張　飛　大哥，陸先生來了。
龐　統　皇叔在上，貧道有禮了。
劉　備　算了，免禮。
張　飛　請坐。
劉　備　陸統！
張　飛　大哥，稱先生纔是。
劉　備　（不理）陸統，家住哪裏？
龐　統　襄陽人也。
劉　備　公之所學，以何爲主？
龐　統　大丈夫隨機應變，不拘一格。
劉　備　前來荆州，有何貴幹？
龐　統　仗胸中點墨，前來助皇叔一臂之力。
劉　備　唔，荆襄初定，苦無閒職，離荆州一百三十里，耒陽缺一縣令……
孫　乾　慢來慢來。主公啊，先生既然敢説能助你一臂之力，必有高論妙策，先聽先生講講，再行封賞，你看如何？
張　飛　理應如此！
劉　備　也好。陸統，他們二人要聽你的高論，你就講上一講吧。
龐　統　無名小卒，哪有高論，二位要聽，我獻醜了。

（唱）俺高祖率群英一統扶桑，

　　　　　漢天下四百載堪稱富強。
　　　　　嘆獻帝懦弱無能朝政難掌，
　　　　　群雄起齊割據各霸一方。
　　　　　劉關張桃園結義誓清宇內，
　　　　　無奈何根基薄志難伸張。
　　　　　多虧了諸葛亮出山相助，
　　　　　揮羽扇彈指間笑定荊襄。
　　　　　這荊州雖然是用武之地，
　　　　　無奈何人少地貧又缺糧。
　　　　　馬未啓步出界外，
　　　　　箭未離弦射他鄉。
　　　　　鳥窠兔窟一寸土，
　　　　　又怎能，仗此地，
　　　　　抗曹操，拒孫權，
　　　　　成就霸業掃強梁？
孫　乾　講得好！
張　飛　講的好哇！
孫　乾　請問先生，荊州又該如何？
龐　統　（接唱）當務急攻西川開拓疆土，
　　　　　請看這"收川指掌圖"。
　　　　　（劉備鼾聲如雷，龐統收圖）
張　飛　啊？大哥！
孫　乾　主公醒來！
劉　備　（呵欠）好睡，好睡！
　　　　　（接唱）金鳳凰入夢來盤旋翱翔。
　　　　　他講完沒有？
孫　乾　尚未講完。
張　飛　先生講的好哇！
劉　備　好？好就好。陸統聽封：離荊州一百三十里，有一耒陽縣，缺一縣令，你既然講的好，就委屈你前去就任吧。
張　飛　使不得，使不得！
劉　備　賢弟呀，這塊材料是你推薦來的。若有一差二錯……

張　飛　小弟敢立軍令狀。
劉　備　好,孫參贊,帶他去換衣服吧。
孫　乾　唉!
龐　統　皇叔哇,我這裏謝過你了。
劉　備　不謝不謝,你快去吧。
張　飛　屈居耒陽,休怪老張。
龐　統　哪裏哪裏。
張　飛　先生哪!
　　　　(唱)臨別聽我把話講,
　　　　　　暫當縣令去耒陽。
　　　　　　大菩薩屈居小廟中,
　　　　　　要爭它十爐百爐香!
龐　統　(唱)將軍且把心寬放。
　　　　百日之後,請二位到小衙,一醉方休。
張　飛
孫　乾　一定前往。
龐　統　告辭了!
　　　　(接唱)就爲他也值得走走耒陽!(下)
劉　備　老軍過來。
老　軍　主公有何差遣?
劉　備　命你去往耒陽,暗中察訪陸統行爲,報與我知。
老　軍　遵命。(下)
張　飛　大哥,你⋯⋯
劉　備　他當縣令,我心難放。
張　飛　他若爲官清正?
劉　備　再加俸銀十兩。
孫　乾　他若治理無方?
劉　備　免職趕出耒陽。
張　飛
孫　乾　這⋯⋯
劉　備　不必多言,隨我走吧。
張　飛
孫　乾　哪裏去?

劉　備　迎賢門外去接龐統。
　　　　（唱）迎賢門前旌旗展，
　　　　　　不知龐統在哪邊？
　　　　　　心中只把孔明盼，
　　　　　　離了拐棍我行路難！
　　　　（眾隨劉備下。幕落）

第　五　場

龐　統　（牽驢上）
　　　　（唱）倒騎毛驢輕揮鞭，
　　　　　　悠哉悠哉倒安然。
　　　　　　哎呀，
　　　　　　你爲何大路不走田間竄？
　　　　駕，駕，走好！
　　　　（唱）哎呀呀，
　　　　　　險些掉進臭泥潭。
　　　　　　跳下驢來仔細看……
　　　　（用鞭在驢眼前晃動）哎呀壞了，原來我買的是一頭瞎驢子！
　　　　（唱）這隻眼，青光眼，
　　　　　　有眼有珠看不見，
　　　　　　這隻眼，是昏眼，
　　　　　　只能看到三寸三。
　　　　瞎驢子啊瞎驢子！
　　　　（唱）就憑你這一雙眼，
　　　　　　只配拉磨轉圈圈。
　　　　　　擲鞭棄驢往前趕，（張遼上）
張　遼　（接唱）張遼上前迎大賢。
龐　統　又是你呀，將軍。你又來作甚？
張　遼　聽說先生當了耒陽縣令，特來恭賀。
龐　統　將軍敢是取笑龐某？
張　遼　豈敢豈敢。先生，你到耒陽赴任，想必帶有官印。

龐　統　官印自然是有的。

張　遼　我這裏也有一顆官印。（拿出軍師印）先生，你看上一看，掂上一掂，哪小哪大哪重哪輕？

龐　統　這一顆——

張　遼　又大又重。

龐　統　這一顆——

張　遼　又小又輕。

龐　統　這一顆——

張　遼　軍師寶印。

龐　統　這一顆——

張　遼　小小縣印。

龐　統　孔融啊禰衡[1]，禰衡啊孔融，你們說我該要哪顆印？

張　遼　孔融？禰衡？這兩個都是死人哪！

龐　統　遇事問問死人，不無好處。譬如這兩顆印，若依孔融、禰衡之見，我到底該要哪顆？

張　遼　這個……

龐　統　龐統告辭了！（下）

張　遼　（怔怔地）孔融、禰衡，天下奇才。丞相不容，將他們殺害。（省悟地）啊！難怪龐統避大就小，避重就輕。丞相啊，你不該愛才又忌才。唉，第二條妙計又歸失敗。這便如何是好？嗯。待我趕了前去，見機而行。

（張遼下。幕落）

校記

[1] 禰衡："禰"，原作"彌"，據《後漢書·禰衡傳》改。下同。

第　六　場

（二幕前。老軍跨馬上）

老　軍　（念）奇事見過千千萬，
　　　　　　　怪事見過萬萬千，
　　　　　　　奇怪還數耒陽縣，

　　　　　快去報信緊加鞭。（下）
　　　　（二幕開。劉備、孫乾、中。軍、老軍上）
劉　備　（唱）聽罷老軍報一番，
　　　　　　　陣陣怒氣上眉尖。
　　　　　　　豎儒竟敢把我的法度亂，
　　　　　　傳三將軍進見！
中　軍　遵命。主公有令，三將軍進見！
張　飛　（內）來了！（上）
　　　　（唱）大哥喚我爲哪般？
劉　備　賢弟！
張　飛　大哥！
劉　備　張翼德！
張　飛　啊！
劉　備　你幹的好事，你選的好人！
張　飛　怎麼，陸統他——
劉　備　酒囊、飯袋、草包、狂徒！
張　飛　啊！
孫　乾　老軍，快對將軍如實講來！
老　軍　張將軍，我到耒陽縣走了一趟。
張　飛　究竟如何？
老　軍　將軍哪！
　　　　（念）陸統上任到耒陽，
　　　　　　　衙門添了酒三缸。
　　　　　　　他早上喝——
　　　　　　　一直喝到午時過，
　　　　　　　中午灌——
　　　　　　　灌到太陽落大江。
　　　　　　　到了晚上換大碗，
　　　　　　　吟詩舞劍發癲狂。
　　　　　　　酒氣彌漫三五里，
　　　　　　　多少行人醉路旁！
張　飛　飲酒可誤政事？

老　軍	（念）	上任百日不理事，
		終日沉醉在酒鄉。
		看案頭——
		灰塵積了幾寸厚。
		衙門院——
		院中青草幾尺長。
張　飛		啊！
老　軍	（念）	陸統喝酒還不算，
		更不該，
		官府體統全忘光。
		不穿官服不騎馬，
		常去鄉村不陞堂。
		還邀小民衙中坐，
		喜喜笑笑拉家常。
張　飛		你是胡說！
老　軍		不敢胡說！
張　飛		你是亂講！
老　軍		不敢亂講！
張　飛		啊，孫參贊，你看——
孫　乾		他就是吃了豹子膽，也不敢騙你呀！
張　飛	（氣極）	哇呀呀！
	（唱）	一番話氣得我火冒千丈！
		怪陸統做事太荒唐！
		好心將他來推薦，
		只望他立志圖自強，
		誰知闖下塌天禍，
		我的面子也全丟光。
劉　備	（唱）	解鈴還須繫鈴人，
		你赴耒陽正法綱！
張　飛		得令！
孫　乾		慢來。主公，一面之詞，不可偏信；再說陸統百日不理政事，其中必有原委，還是三思後行的好！

劉　備　也罷！你也一同前往！
孫　乾　遵命。
　　　　（念）奉了皇叔一聲令，
張　飛　（念）怒氣衝衝奔耒陽。（二人下）
　　　　（一副將上）
副　將　稟主公，軍師有書信一封！
劉　備　呈上來。（副將呈信，下）（念）"聽説耒陽縣令，百日飲酒不停，請送美酒百桶，陪他以助雅興。"
　　　　（大疑）這……
老　軍　這悶葫蘆内裝的啥藥？
劉　備　少囉嗦，按照孔明先生的單子抓藥，没錯。
老　軍　是。
　　　　（劉備再看信；沉思）
　　　　（幕落）

第　七　場

（耒陽縣衙。班頭上）
班　頭　（念）老爺闖下塌天禍，
　　　　　　　上天入地跑不脱！
　　　　有請老爺！
龐　統　（上）何事驚慌？
班　頭　哎呀老爺，大事不好！張將軍、孫大人帶着人馬，抬着銅鍘，直奔縣衙來了！
龐　統　果然不出我的所料。來呀，把酒罈酒缸酒壺酒碗都搬出來，老爺我要痛痛快快地喝上一氣！
衆　役　（内）是！
　　　　（搬酒具上。張飛等人上）
張　飛　（唱）人馬闖進縣衙門，
　　　　　　　陣陣酒氣熏死人。
張　飛　（唱）抱罈擁缸縣令醉，
　　　　　　　快快動手，將他捆綁！

孫　　乾　（唱）將軍暫且息雷霆。
龐　　統　（澆酒舞上，舞劍作歌）
　　　　　　　　寶劍帶酒兮射寒光，
　　　　　　　　壯士飲酒兮意氣揚，
　　　　　　　　射寒光兮意氣揚，
　　　　　　　　壯志豪情在遠方！
張　　飛　（大怒）酒鬼，還不快把寶劍收起！
龐　　統　何處狂徒，膽敢闖進衙門，咆哮公堂！
孫　　乾　耒陽縣，你喝了酒，連張將軍也不認得了麼？
龐　　統　（假裝糊塗）哪個張將軍？
張　　飛　長坂坡吼退曹操百萬人馬的張將軍！
龐　　統　啊，想起來了，你就是大鬧長坂坡的張將軍。
張　　飛　哼！
龐　　統　曹操兵退以後，趕緊把小河上爛橋拆毀，防止曹軍進攻的也是將軍你吧？
張　　飛　大膽狂徒，竟敢笑我有勇無謀！
龐　　統　哪裏哪裏，將軍能文能武，智勇足備。你看，小小木橋一拆，曹操百萬大軍怎麼過河呀？啊？哈……
張　　飛　酒鬼呀酒鬼，你死到臨頭，還敢譏笑於我，來呀，裹布開鍘！
　　　　　（孫乾攔不住張飛，軍校將龐統舉起）
張　　飛　陸統，念你我二人結識一場，臨死俺老張給你斟三杯酒，叫你死而無怨。
龐　　統　好，我正想喝酒！
張　　飛　（唱）一杯酒，斟滿盅，
　　　　　　　　咱倆結識在途中。
　　　　　　　　不知你是大酒桶，
　　　　　　　　錯把酒桶當英雄。
龐　　統　謝酒！（一飲而盡）
　　　　　（唱）英雄量大裝四海，
　　　　　　　　腹裝四海方英雄！
張　　飛　（唱）二杯酒，香氣濃，
　　　　　　　　老張薦你落了空，

　　　　　　只道你争氣成龍鳳，
　　　　　　誰知你下賤一條蟲。
龐　統　（一飲而盡）
　　　　（唱）韓信胯下受辱時，
　　　　　　都説他是一條蟲！
張　飛　（唱）三杯酒，親手捧，
　　　　　　老張送你一命終。
　　　　　　到了陰間要學好，
　　　　　　轉世來生再相逢。
龐　統　（唱）轉世來生再相逢，
　　　　　　陸統仍是一醉翁。
　　　　（一飲而盡）
張　飛　送酒已畢，來呀，開——鍘！
龐　統　哈哈哈哈！
張　飛　你笑甚麼？
龐　統　我笑你鍘刀不快，只怕鍘不死我！
張　飛　此話怎講？
龐　統　哼哼！張將軍，國有國法，家有家規，論功行賞，按罪量刑，我犯何罪，你要殺我，你得一二三條，講個清楚明白，衆人口服心服，我纔死而無怨哪！
張　飛　這個……
孫　乾　（乘機）問清楚再殺不遲。
張　飛　也罷！先問後鍘。
龐　統　張將軍，你説，我有何罪呀？
張　飛　滿衙之中，小桶大缸，你身爲縣令，頓頓飲酒，不顧體統，敗壞綱紀，該當何罪？
孫　乾　是啊，這太不像話呀！
龐　統　我聽街上小兒唱道："關羽勇，是真勇，揮動大刀舞東風。張飛勇，是假勇，打仗全憑酒兩桶。"我還是學你的哩。
張　飛　啊呀呀氣死我也！
龐　統　莫氣莫氣，喝酒又不犯王法。
孫　乾　好一張利口！

張　飛　一定是你編的!
龐　統　孫大人,聽說你學富五車,才誇八斗,倘若刀架在你脖子上,你還顧得去編麼?
孫　乾　顧不得,顧不得。
張　飛　我喝酒不誤打仗,你貪杯貽誤公事,該當何罪?
孫　乾　是啊,不該貽誤公事。
龐　統　請問將軍,我誤了哪些公事?
張　飛　這個……
孫　乾　耒陽縣,你庫中現有多少軍糧?
龐　統　一千一百一十一擔。
孫　乾　拿賬來。(班頭把賬本給孫)賬上分明寫道,現有軍糧一千一百一十擔。
張　飛　還有一擔,哪裏去了? 莫非你想貪贓?
孫　乾　不會不會,貪贓一場,一擔糧食,豈不太少?
張　飛　貪贓一兩,也是貪贓!
龐　統　也罷,班頭過來。(龐與班頭細語)
班　頭　是!(欲下)
張　飛　(抓住班頭)講些甚麼,當眾說來!
班　頭　老爺叫我把那擔米挑回庫房。
張　飛　米在哪裏?
班　頭　米在廚房,老爺說張將軍、孫大人,還有這班牽馬的拿槍的、抬鍘的、助威的今天都不在衙中吃飯,米挑回去,賬上就是一千一百一十一擔了。
　　　　(軍士交頭接耳)
孫　乾　何不早說!
龐　統　張將軍,吃到你肚子裏去,該不是我貪污吧? 哈哈哈……
張　飛　酒鬼莫笑,你到任百日,從不陞堂理事,這不是罪麼?
龐　統　山野小縣,哪有大事,小是小非,隨時處置,何必陞堂!
張　飛　胡說! 理事必須陞堂!
龐　統　你實在要我陞堂,我就陞個堂給你看看,衙役們!
張　飛　且慢! 今日陞堂理事,非同一般。你若審得清,倒也罷了,倘若問不明麼……

龐　統　你要怎樣？
張　飛　休怪鍘刀無情！
龐　統　張將軍,今日陞堂理事,確實非同一般。倘若審的不清,問的不明,我情願挨你一刀,倘若審的清楚,問的明白麼……
張　飛　審清問明,咱老張親自與你斟酒。
龐　統　君子一言,
張　飛　駟馬難追！
龐　統　孫大人,
張　飛　孫參贊。你來作證！
孫　乾　這……也罷,我來作證！
張　飛　來呀！
軍　士　有！
張　飛　鍘刀伺候！
軍　士　啊！
　　　　（軍士打開鍘刀）
龐　統　老班頭！
班　頭　有！
龐　統　上街打鑼,曉諭百姓,有事的一起來！
班　頭　是！（下）
龐　統　人來！
衙　役　有！
龐　統　陞堂！
衙　役　啊！
龐　統　（唱）頭懸鍘刀醉陞堂,
衆　　　（唱）頭懸鍘刀醉陞堂！
龐　統　（唱）殺氣衝天驚兩廂,
衆　　　（唱）殺氣衝天驚兩廂！
龐　統　（唱）未上官座先飲酒……
　　　　（龐捧大碗連飲幾回）
　　　　請問二位香不香？
張　飛　（唱）你看他裝出副英雄模樣,
龐　統　（唱）笑孫乾直嚇得臉色焦黃。

孫　乾	（唱）	氣頭上說的話不算也罷， 認個錯賠個禮再作商量。
龐　統	（唱）	我曾經把曹操玩於股掌， 何足道山野縣公案樁樁。
張　飛	（唱）	吹牛皮說大話心虛氣壯， 只怕你難逃脫刀下身亡。
龐　統	（唱）	百日前買毛驢路途之上， 倒騎驢輕揮鞭赴任耒陽。 誰知那毛驢兒大路不走， 胡亂竄險把我顛進池塘。 跳下驢我把它雙眼來看， 左一隻有眼無珠， 右一隻有珠無光。
張　飛		你還敢笑我！
龐　統	（唱）	陸統不是笑將軍。 將軍環眼射光芒。 一代人傑孫曹劉， 難比屠戶翼德張！
班　頭		禀老爺，有人告狀。
龐　統		喚他上堂。
班　頭		告狀人上堂。
龐　統		怎麼回事，從實講來！
甲 乙	（念）	清早我背柴進城去， 這張羊皮是墊肩的。 路上碰到這個背柴/盐的， 邊走邊談挺好的。 大樹底下鋪羊皮， 好心邀他歇口氣。 誰知剛要起身走， 他說羊皮是他的。 一張羊皮是小事，

　　　　　　難出心中這口氣，
　　　　　　還請老爺來作主，
　　　　　　治治這個壞東西！

龐　統　大樹之下，可有第三人在場？

甲乙　沒有別人。

龐　統　羊皮之上，可有記號？

甲乙　沒有記號。

張　飛　(對乾)案子雖小，却也不好斷啦！

孫　乾　嗯，不好斷。

龐　統　兩人爭奪一張羊皮，定有一人耍賴皮！

甲乙　是他是他！

龐　統　有何證據？

甲乙　反正是他！

龐　統　放下羊皮，站立一旁！

甲乙　是！

龐　統　老班頭，羊皮下面墊塊布。

班　頭　是。(墊布)

龐　統　羊皮呀羊皮，他二人爭吵不休，都說你是他們的，你自己說一說，你究竟是那個的？

　　　　(衆莫名其妙，議論紛紛)

張　飛　耒陽縣，羊皮無嘴，怎能講話？

龐　統　無嘴羊皮，我偏要叫它講話！

張　飛　我看你是瞎子點燈——白費蠟！

孫　乾　名堂來了！

龐　統　羊皮，你說啊，你講啊！你不說？你不講？(一拍驚堂木)來呀！

衙　役　有！

龐　統　給我打！(衆愣)

班　頭　(發愣)老爺，你說甚麼？

龐　統　給我拷打羊皮!
班　頭　此話當真?
龐　統　叫打就打,休得囉嗦!
　　　　(衆衙役抿嘴而笑,打羊皮)
龐　統　打,給我使勁打!
班　頭　禀老爺,打了四十。
龐　統　待老爺驗傷。(揭開羊皮,用指頭在布上沾沾,又放嘴裏抿抿)哈哈!誰説羊皮不會講話?
張　飛　它説些甚麼?
龐　統　布上有鹽手指鹹,你説羊皮説了些甚麼?
　　　　(衆悟,贊聲不絶)
乙　　　(撲通跪倒)老爺恕罪!老爺恕罪!
龐　統　(對甲)背鹽的,羊皮是你的,你拿着回去吧!
甲　　　老爺高明,謝過老爺!老爺高明,謝過老爺!(下)
龐　統　(對乙)你爲何混人家一張羊皮?
乙　　　連年戰禍,百姓遭殃,父母雙亡,兄弟戰死,我家妹子,寒冬無衣,她,她她她連大門也出不了哇!(哭)
龐　統　放你回去,下不爲例!
乙　　　多謝老爺!多謝老爺!
孫　乾　(對飛)將軍,没想到吧?
張　飛　還有兩下子!
孫　乾　(捅張)"一言既出,駟馬難追。"
張　飛　好,(斟酒)耒陽縣,這樁案子斷得好,來,滿飲此杯。
龐　統　將軍説話算話,下官斗膽飲酒!(接杯)
張　飛　耒陽縣,下樁案件倘若審得不好,可没有這般舒服了。
龐　統　如此説來,這倒是一杯苦酒!酒啊酒,哪怕你再苦,我也敢把你喝下去!
　　　　(一飲而盡)
班　頭　禀老爺,門口來了一男一女喊冤。
龐　統　叫他們進來!
班　頭　是。來人上堂!
　　　　(船家、商婦上)

船　家　拜見大人。
龐　統　報上姓名。
商　婦　民婦李氏。
船　家　船家王二。
龐　統　有何冤情，慢慢講來！
商　婦　大人哪！
　　　　（唱）我的丈夫他姓張，
　　　　　　小本經紀綢緞商。
　　　　　　前日與他商量好，
　　　　　　坐他船兒去襄陽。
　　　　　　帶着紋銀一百兩。
　　　　　　今晨四更離村莊。
　　　　　　誰知五更天色明，
　　　　　　他來我家直嚷嚷。
　　　　（白）"張大嫂張大嫂，天色已明，怎麼還不見張大哥上船哪？"
　　　　　　一聽船主叫，
　　　　　　我的心發慌，
　　　　（白）哎呀，他早就離家而去了哇！
船　家　（白）一聽這話我吃了一驚！
　　　　（唱）他丈夫人影沒到碼頭上，
　　　　　　胡說八道太荒唐！
　　　　　　找遍大街與小巷，
　　　　　　找遍碼頭與山崗，
　　　　　　無影、無踪、無人、無屍，
　　　　　　大老爺呀，
　　　　　　請你快快作主張。
龐　統　唔。
張　飛　啊呀！（自語）這椿無頭案，審明實在難，若要弄白，不要一年也要半年。
船　家　哎呀，一年半載，我可耽誤不起呀！
商　婦　（哭）我的夫啊！
龐　統　孫大人，你看如何？

孫　乾	生不見人,死不見屍,形影踪迹,全然無有,這案子是不好斷哪!
龐　統	待我試問試問。
	(招呼班頭,俯耳説話,班頭下)
龐　統	船家,五更天色,你等她丈夫不着,便到他家尋找,是也不是?
船　家	正是。
龐　統	他到你家,説些甚麽?
商　婦	尚未進門,他就喊:"張大嫂張大嫂,天色已明,怎麽還不見張大哥上船哪?"
龐　統	此話不假?
船　家	正是如此。
龐　統	張將軍,比如你是船家,我是客商,約好四更開船,可我五更未到,你便來到我家,催促客人上船,來,來呀!
張　飛	哈哈,却有意思。比如我是船家,你是客商,約好四更開船,可你五更未到,我心中焦急,一來就喊:張大哥張大哥,你看天已不早,怎麽還在攤屍,再不起來,我便開船去也!
龐　統	好一個粗魯的船家! 孫大人,也請你試上一試。
孫　乾	好,我也一試。約好四更上船,你五更未到,我心中焦急,一來就喊:張大哥張大哥,快快起來,再不起來,人等你船可就不等你了哇!
龐　統	這就是了! 哈哈! 哈哈! 哈哈哈哈! 船家!
船　家	小人在。
龐　統	你到她家,去做甚麽?
船　家	催促張家大哥早些上船。
龐　統	既然是去催促張大哥早些上船,爲何你不喊張大哥,開口便喊張大嫂?
船　家	這個……
龐　統	這豈不明明擺着,你是已經知道,她丈夫不在家中!
船　家	這個……
	(震驚)
衆　役	(震天動地)講!
船　家	我喊張大哥也好,喊張大嫂也罷! 都是一樣,老爺不能冤枉好人!
龐　統	未做虧心事,何必又驚慌。這自然不足爲憑。你且等一等。

（班頭拿包袱上）

班　頭　稟老爺,船板夾縫搜到一個包袱,內裝紋銀百兩,江中發現男屍一具,屍身捆綁大石,沉在江底。

商　婦　（大哭）這正是我丈夫的包袱啊!

龐　統　大膽船家,你還有啥話可說?

船　家　我招,我招!

龐　統　押進死牢!

（衙役押船家下）

商　婦　我的夫啊!

龐　統　不必啼哭,本縣爲你報仇雪恨也就是了。

商　婦　謝過大人!我的夫啊!（下）

孫　乾　（捅張）將軍……

張　飛　不用你說。（斟酒）耒陽縣,請!

（飛斟酒。衆掩口而笑）

龐　統　謝過將軍!

張　飛　（對校尉）你們還沒站夠哇,下去歇歇!

校　尉　是。（欲下）

張　飛　（指鍘刀）還有那玩藝!

校　尉　（大聲地）是!

（抬鍘刀下,復上）

張　飛　讓你們歇歇,又來作甚?

校　尉　啓稟將軍!陸統審案,實在高明,我們看看,求點學問。

孫　乾　這真是人服真才,虎服好漢!

張　飛　罷。願意站,你們就站吧!

校　尉　謝過將軍!

龐　統　多謝諸位!

衙　役　（和校尉親熱起來,白）多謝哥們!

（內傳堂鼓聲）

班　頭　稟老爺,外邊有一民女擊鼓喊冤!

龐　統　帶她進來!

班　頭　民女上堂!

薛　菊　（內）冤枉!（上）

龐　統　下跪何人？
薛　菊　民女薛菊。
龐　統　有何冤情？
薛　菊　大人哪！
　　　　（唱）未曾開口淚如雨，
　　　　　　　哭一聲我的妹妹你死的屈！
龐　統　你妹何人？
薛　菊　（接唱）我的妹叫薛芳年方十七，
　　　　　　　當丫頭受盡凌逼。
　　　　　　　賊石富戰亂中搶掠暴富，
　　　　　　　宴賓客立下了殺人規矩。
　　　　　　　丫頭去敬酒，
　　　　　　　不准離筵席。
　　　　　　　勸得客人醉，
　　　　　　　賞你布一匹。
　　　　　　　客人若不醉，
　　　　　　　該你命歸西，
　　　　　　　該你命歸西！
衆　　　（驚）啊？！
張　飛　那你的妹妹可將客人勸醉？
薛　菊　（接唱）我的妹忍屈辱強顏勸酒，
　　　　　　　却偏偏那客人不喝一滴！
衆　　　那你的妹妹⋯⋯
薛　菊　（唱）她、她、她活活地被賊掐死！
　　　　　　　求老爺施天恩伸雪冤屈！
衆　　　啊！
龐　統　（接唱）叫衙役快把凶犯拿到！
衙　役　是！（幾個衙役下）
龐　統　薛菊你妹妹的屍首在哪裏？
薛　菊　就在門外。
龐　統　抬進來。
校　尉　讓我們來。

(下,抬上屍首。龐、孫觀察。眾衙役上)

衙　役　　老爺,人犯帶到!
龐　統　　押進來!
衙　役　　走!
石　富　　(大大咧咧地上)耒陽縣,你找我來,有何貴幹哪?
薛　菊　　強盜,還我妹妹的命來!
石　富　　啊,還是你這個賤婢告我哇,看打!
龐　統　　大膽!
張　飛　　跪下!
張　富　　(見張飛)哎呀我的媽!(跪)
張　飛　　(擰住石的耳朵,讓他面向龐統)跪好!
龐　統　　大膽石富,如何殺死薛芳,還不快快招來。
石　富　　是她欠下我的銀兩,無法償還,自焚而死。
薛　菊　　胡說!是你要她勸酒,客人未醉,你要家奴活活勒死。為毀滅罪證,你又將她的屍體拋入火中,燒成焦炭,你、你好狠毒哇!
石　富　　信口雌黃,有何證據?
薛　菊　　你家規矩,誰人不知!
石　富　　證人何在?
薛　菊　　你毒如蛇蝎,凶如虎狼,哪個敢來作證!
石　富　　張將軍,孫大人,這樁案子,一無證人,二無證據,為何一口咬定是我殺人?
張　飛　　這個……
石　富　　請問耒陽縣,誣陷好人,該當何罪?
薛　菊　　(氣昏)你!
石　富　　我怎麼?饒不了你!哈哈哈哈!
龐　統　　石富,你別高興的太早了。(龐與孫耳語,孫點頭)
孫　乾　　好!
龐　統　　石富,你一要證據,二要證人是也不是?
石　富　　正是。
龐　統　　本縣給你證據,孫大人權當證人,你看如何?
石　富　　(滿腹狐疑)這……
張　飛　　(對龐、孫)你們搞的甚麼名堂?

石　富　也罷，我看看你們能拿出甚麼證據來！
龐　統　來呀！
　衆　　有！
龐　統　將石富拖進後園柴房，用火來燒！
　衆　　啊？
石　富　狗官哪狗官，你爲何將我燒死？
張　飛　慢來慢來，審問明白，再殺不遲。
龐　統　衆人來看，薛芳屍體，雖然燒焦可牙關緊閉，口內並無半點烟灰。
衆　人　（七嘴八舌）是啊，口內並無半點烟灰。
孫　乾　倘若是自焚而死，烈火之中，烟隆灰騰，薛芳呼吸困難，必然大張其口，死後口中怎能無灰？
張　飛　對呀！自焚而死，口中怎能無灰？分明是先死後燒的。
石　富　（驚恐）不足爲憑，不足爲憑。
龐　統　你説不足爲憑，你就去試上一試，你死後口中倘若無灰，孫大人作證，本縣由張將軍發落，替你償命。你死後口中倘若有灰，就算你償了薛芳的命，你看如何？
石　富　這……
張　飛　好哇，拖下去燒！
衆　役　走！（拖石富）
石　富　將軍饒命！老爺饒命！石富願招願招哇！那丫頭是我打死的。
龐　統　哼！量你逃不過我手！將軍，此人罪大惡極，你看……
張　飛　殺！
孫　乾　殺！
龐　統　拖下去，斬首示衆！
衆　役　走！（拖石下）
薛　菊　青天哪青天！（磕頭）
龐　統　（扶薛菊）讓你的妹妹親眼去看看強盜的下場吧。
薛　菊　謝過老爺！（抬屍下）
龐　統　還有告狀的没有？
班　頭　没有了。
龐　統　張將軍，案子審完没有？
張　飛　分明是你在審案，爲何問我？

龐　統　我在審案子,你們在審我呀,哈哈哈哈!
張　飛　多有得罪!(欲敬酒)
龐　統　不必了不必了,退堂! 班頭,吩咐後堂擺酒,與二位接風。
　衆　　是。(下)
張　飛　孫大人,今日我們一定要好好敬先生幾杯!
孫　乾　那是自然。
龐　統　那裏那裏,將軍不開鍘殺我,我已感謝不盡,何敢勞將軍敬酒?
孫　乾　不知不怪,不知不怪。
龐　統　(取印在手)二位大人哪!
　　　　(唱)本縣才疏學問淺,
　　　　　　枉吃糧錢一百天,
　　　　　　趁得二位大人在,
張　飛
孫　乾　怎麼?
龐　統　(接唱)交割印綬走天邊。
張　飛
孫　乾　先生不能走,不能走!
龐　統　我意已決,二位不必阻攔。這裏有書信一封,請二位轉皇叔。
張　飛　先生,你還是留下來吧!
龐　統　後會有期,告辭了!(下)
孫　乾　十有八九,就是龐統,這便如何是好?
張　飛　你尾隨先生,小心伺候,我回荆州,稟報皇叔。
孫　乾　好。(追下)
張　飛　來人,帶馬!
馬　童　(上)馬來了!
　　　　(張飛欲上馬,一軍士上)
軍　士　啓稟將軍,主公來了。
張　飛　大哥來此作甚?
劉　備　耒陽縣哪裏去了?
張　飛　我把他殺了!
劉　備　哎呀賢弟,十有八九他就是龐統,你太魯莽了。
張　飛　你怎麼知道他是龐統。

劉　備　你看,這是軍師來信。
張　飛　(看信)"聽說耒陽縣令,百日飲酒不停,請送美酒百桶,陪他以助雅興。切記,切記,諸葛頓首。"如此說來,這個人是殺不得的?
劉　備　殺不得呀!
張　飛　可我已經殺掉,活不了啦!
劉　備　喂呀!(哭)
張　飛　莫嚎喪了,沒殺!
劉　備　沒殺?哪裏去了?
張　飛　他半天理清百日事,留下書信一封,走了!
劉　備　(看信)魯肅薦書!果然是龐統,追!
　　　　(劉、張率衆追下,幕落)

第　八　場

(龐統上)

龐　統　(唱)大步離了耒陽城,
　　　　　　滿懷心事歸山林。
　　　　　　暫封錚錚三尺劍,
　　　　　　泉水滴處白雲深。
(張遼扮漁翁上,假哭)
龐　統　那邊有人啼哭,啊,是一漁翁,待我上前一問。老人家,爲何路旁啼哭?
張　遼　適纔老漢遇到一夥強人,銀錢衣物,俱被搶走,故而啼哭。
龐　統　咳?老人家不必傷心,這裏有紋銀三兩,拿着回家去吧。
張　遼　不可不可,老漢我怎能無功受祿。
龐　統　這"無功受祿"麼……(旁白)這不像漁翁說的話。(打量張)啊,原來是他。老人家,你就不必多禮了。
張　遼　(接過銀子)謝過恩公。請問恩公,意欲何往?
龐　統　暫回故里。
張　遼　請恩公上船,老夫送你一程。
龐　統　這個……
張　遼　(跪下)恩公!

龐　統　也罷。請！
張　遼　謝過恩公。（跳上船，伸過船槳）請！
龐　統　來了。（走近船頭，猛一推船）哈……！
張　遼　啊？
龐　統　張將軍，小小詭計，怎能瞞我！
張　遼　（登岸）左右還不快快動手！（衆軍士擁上劫龐統）快快登上河坡，直奔許昌！（下）
孫　乾　哎呀大事不好！
　　　　（劉備、張飛率軍士上）
張　飛　龐先生何在？
孫　乾　被人劫走！
劉　備　追！
　　　　（劉、張、孫率衆追下，張遼等上）
張　遼　（去僞裝）龐先生，委屈你了。
軍　甲　將軍你看，後有追兵！
張　遼　不必驚慌，還有一個錦囊，待我拆開，定有妙計。
龐　統　哼哼，何用拆開！
張　遼　此話怎講？
龐　統　龐某一猜便準。只有一個字：殺！
張　遼　殺？
龐　統　是啊，（指拆錦囊）殺！
張　遼　（急拆錦囊）啊！
龐　統　他的心思，我早猜透，先用重金收買，再用高官引誘，萬不得已[1]，寧可殺我，也不留給別人。
張　遼　這……
龐　統　追兵將至，將軍快快動手吧。
張　遼　（拔劍插劍，再拔再插）喳喳喳……咳！
　　　　（唱）赫然入目一個"殺"，
　　　　　　　鋼刀難舉手發麻。
　　　　　　　丞相用人如用兵，
　　　　　　　奸猾狡詐手段辣。
　　　　　　　難怪禰衡將他罵，

難怪孔融被他殺。
馬群臥隻斑爛虎……
（張飛舉長矛、劉備舞雙股劍上，張遼抵擋不住，敗下）

張　飛　（接唱）搶回先生我笑哈哈！
龐　統　皇叔、將軍，你們這是何苦！
張　飛　張飛粗魯莽撞，多有得罪。
孫　乾　孫乾平庸昏聵，多有冒犯。
劉　備　劉備有眼無珠，怠慢大賢。
劉　備
張　飛　（一同下拜）先生恕罪！先生恕罪！
孫　乾
龐　統　（躲避不及）快快請起！快快請起！
軍　士　（上）稟主公，軍師給龐先生寫來一封書信。
劉　備　（接過，呈與龐）請！
龐　統　（拆看）"十萬火急！"
　衆　　十萬火急？
龐　統　"川中張松，催我大軍早日出征，他願作內應。君意如何，速告我知！"哎呀孔明，天賜良機，豈能錯過，快快出兵，快快出兵！
劉　備　出兵作甚？
龐　統　奪川定三分！
劉　備　請先生親率大軍，即日出征，你看如何？
龐　統　這個……
張　飛　張飛不才，願作先鋒！
孫　乾　孫乾不才，願送糧草！
龐　統　哦，我明白了。
劉　備
張　飛　明白甚麼？
孫　乾
龐　統　善奪人心哪，孔明！如此，請！（呈上"收川指掌圖"）
劉　備　（驚喜）收川指掌圖！無價之寶，好、好、好！
張　飛　好、好、好！無價之寶，再看它，莫睡覺！
劉　備　莫睡覺？（省悟地）啊！三弟取笑了！
　衆　　哈哈哈哈！請！

（幕落）

——劇終

校記

［1］萬不得已："已",原作"一",據文意改。

曹操舉賢

周竹寒 撰

解 題

　　錫劇。周竹寒撰。周竹寒,生平事迹不詳,僅知其曾在蘇州地區創作室工作。該劇未見著録。劇寫建安年間,許都令滿寵判斬太守之子、曹洪賓客吕翎。太守夫人到刑場阻攔,並拿出曹洪的講情信。滿寵不講情面,按法將吕翎斬首。曹操府外上百人等向丞相保滿寵,並呈上保賢書。曹洪見曹操,告滿寵枉殺他的賓客吕翎。曹操召滿寵來,與曹洪共同審滿寵,並暗傳太守夫人。而後三人共審吕翎一案,結果吕翎結黨反對新令、奸殺民女,人證"萬民狀"、物證殺人凶器俱在,曹洪承認滿寵判得對、殺得公,自己上了不德之人當,拔劍欲殺太守夫人,爲滿寵阻止,曹洪羞愧地將其轟出。吕翎一案審畢,曹操提出由此而生的另一案子,稱曹洪犯下三大罪行:亂留賓客,私藏歹人;爲虎作倀,包庇狂生;誣賢告能,敗壞德性。罪該萬死,推出問斬。滿寵阻攔,説判得不公。曹操謂判得不公,命你秉公而斷。滿寵依情按法,責打四十大板。曹洪挨打敬服,曹操稱贊滿寵爲賢官,並贈條幅"爲國舉賢"。本事出於《三國志·魏書·滿寵傳》。版本見《江蘇戲劇叢刊》1980年第2期。今據以收録整理。

第 一 場[1]

（建安十五年秋）

（許都）

（幕啓:擊樂聲中二差役押犯人過場;許都令滿寵氣宇軒昂坐騎跟下）

太守夫人 （内聲）慢!

　　　　　　（接唱）【導板】
　　　　　　　　實可恨,目中無人小滿寵,
　　　　　（太守夫人乘車上）
太守夫人　（接唱）
　　　　　　　　害得我,顛波奔赴法場中。
　　　　　　　　翎兒是,太守之子世家後,
　　　　　　　　犯律令,區區小事何足重。
　　　　　　　　滿寵他,官小性真殺我子,
　　　　　　　　要逼我,太守夫人晚年瘋。
　　　　　（典型鼓聲起）
　　　　　（差役過場）
太守夫人　（接唱）轉身急忙見都令,
　　　　　　　　世族權勢壓滿寵。
　　　　　（滿寵過場）
太守夫人　（叫）都令大人。
滿　　寵　（下馬）夫人。
太守夫人　聖人講,居官仁慈,愛民如子,爲母疼兒,天下常情。都令大人,你可知,一母失子,如同絞心。
滿　　寵　爲官盡忠,王法無情。尊卑同等,輕重隨刑;養子亂政,父輩德輕;惡者該罰,何以爲憐!
太守夫人　（語塞）……
差　　役　（上報）稟大人,午時已過。
滿　　寵　法場侍候!
太守夫人　（急阻）且慢!
滿　　寵　夫人因何阻路?
太守夫人　我却問你,我兒吕翎,身犯何罪,定要殺頭?
滿　　寵　（對差役）展示萬民狀紙,請夫人一觀。
差　　役　是。（展萬民狀）
太守夫人　（觀萬民狀）
　　　　　　（唱）"衣冠禽獸狗吕翎,
　　　　　　　　貴族依勢欺壓人。
　　　　　　　　悲悲民女他凌辱,

　　　　　年年耕獲他獨吞。
　　　　　太守之子反新令，
　　　　　驃騎賓客狠毒心。
　　　　　驕橫玩術蔑曹公，
　　　　　花酒奸殺民女命。
　　　　　建安新令神威廣，
　　　　　不殺吕翎民難平。
　　　　　曹公刑正人間惡，
　　　　　叩拜父母滿大人。"
　　（白）呀！
　　　　　萬民吐怨亂我魂，
　　（掏箋紙）
　　　　　全憑一紙救兒命。
　　（典型鼓……）

滿　　寵　打道法場！
　　（太守夫人坐攔）
滿　　寵　夫人一再攔阻本都令，是何道理？
太守夫人　（舉箋紙）拿去看來。
滿　　寵　（接，念）……曹洪手書！
太守夫人　哼！（傲立一旁）
滿　　寵　呀！
　　（唱）曹洪手書午時來，
　　　　　猶如飛來一座山。
　　　　　身爲權貴驃騎將，
　　　　　養奸從惡已不該；
　　　　　而今又來求情箋，
　　　　　法規律令全忘懷。
太守夫人　滿大人，你可知道……
滿　　寵　知道甚麼？
太守夫人　當年。曹丞相攻打董卓，是誰讓馬與曹丞相的？
滿　　寵　曹洪將軍。
太守夫人　幾經沙場，是誰救過曹丞相的命？

滿　　　寵　曹洪將軍。

太守夫人　曹相復振軍威,募兵會師丞相的是誰?

滿　　　寵　曹洪將軍。

太守夫人　如此說來,曹洪將軍的功勞大是不大?

滿　　　寵　算得大功!

太守夫人　好。曹洪將軍乃曹丞相之堂弟,宗室之驕貴,當年又立下了偌大功勞,你這小小都令,焉能威懾於他!

滿　　　寵　這……

　　　　　（唱）常言道,爲政巨室不得罪,

　　　　　　　　更何況,相門宦親猶可畏!

差　　　役　（上報）午時三刻已到,許都父老,恭請都令大人監斬!

滿　　　寵　啊!

太守夫人　滿大人,你……你要小心了!

差　　　役　（二次上報）大人,午時三刻已到吓!

滿　　　寵　（唱）忽聽差役連聲報,

　　　　　　　　耳邊傳來萬民哀,

　　　　　　　　滿寵我,身爲許都父母官,

　　　　　　　　豈能够,趨炎附勢屈權貴。

　　　　　　　　我若執法不嚴正,

　　　　　　　　黎民面前心有愧。

　　　　　　　　差役帶馬刑場去——

太守夫人　你……你當真要斬我的兒子?

滿　　　寵　王法無情!

太守夫人　你,你,不怕曹室之中的權勢嗎?

滿　　　寵　（唱）先斬你子——

　　　　　　　　後去拜示曹公臺!

　　　　　（滿寵揚鞭下）

太守夫人　（切齒）滿寵!你……（昏倒）

　　　　　（燈暗）

　　　　　（幕後合唱聲）

　　　　　　　　興國受命求君雄,

　　　　　　　　唯賢是舉法纔重。

廢黜庸人治天下，
大倡新令識曹公。

校記

［1］第一場：原本不分場。今據劇情分爲兩場。

第 二 場

(歌聲中二幕徐徐拉開：丞相府。曹操的書齋。壁上挂有一幅橫軸，上寫"官賢國安"四字。齋内有案几，案頭有文房四寶，書案燭光搖曳)

曹　操　(依燈靜讀)……選用人才，切不可，喜巧言機變而不辨其真僞；切不可，賞虛名空論，而不究其成效。此，於國於民，多害無利。……嗯嗯。
(侍從捧燒熟的山芋上)
侍　從　丞相，雞鳴破曉，天已亮了。
曹　操　啊啊！(吹燈)
侍　從　老夫人命老奴送些蕃芋給丞相早膳。
曹　操　好好好。(依舊觀着手中的書)
(侍從下)
曹　操　……没有功勞而做官，民不服，國必亂。……此乃大理！
(唱)治天下，選任官吏必用能，
　　亂天下，無功得禄害社稷。
　　明智者，勿拘品級盡其才，
　　唯愚人，下謀私寵不審虛。
　　若如此，國破民苦遭侵削，
　　法紀敗壞百姓啼。
(侍從上)
侍　從　啓稟丞相，府門外，集了上百人等，向丞相保賢來了。
曹　操　保的哪個？
侍　從　許都令滿寵。
曹　操　(高興)啊！就是那個山陽郡判押督郵的縣令，滿寵！

侍　　從	正是。保賢書在此。

（內聲：驃騎將軍拜候丞相）

侍　　從　丞相,驃騎將軍來了。
曹　　操　堂弟來了。(略思)請！
侍　　從　有請驃騎將軍！(下)

（曹洪上）

曹　　洪　(唱)惱恨滿寵太鋒芒,
　　　　　　　　求情手書撇一旁。
　　　　　　　　斬我賓客掃我威,
　　　　　　　　不把驃騎放心上。
　　　　　　　　怒氣冲冲書齋進,
　　　　　　　　堂兄面前理論一場。
　　　　　(禮)堂兄請了！
曹　　操　請了！
曹　　洪　嗨！(氣坐一旁)
曹　　操　堂弟因何氣惱？
曹　　洪　許都令滿寵……
曹　　操　滿寵?!
曹　　洪　他他他……欺人太甚！
曹　　操　啊！滿寵得罪了你。
曹　　洪　(怒氣不息)我的賓客,只不過多喝了幾盅酒,多説了幾句話；只不過多玩了幾個通宵,多交了幾個花酒之友；只不過毆打了一個尋常的民女,滿寵他……
曹　　操　怎樣？
曹　　洪　竟將我的賓客問斬了！
曹　　操　啊,殺了你的賓客？
曹　　洪　滿寵他,只不過是個小小的許都令,本將寫了講情書箋一封,他理也不理！不把我曹家的權勢放在眼裏。堂兄呀堂兄,你要為我出氣！
曹　　操　我……是要出氣！
　　　　　(唱)頃接萬民保賢書,
　　　　　　　　轉瞬曹洪斥滿寵。

　　　　　　一邊是民心敬賢能,
　　　　　　一邊是持威保私寵。
　　　　　　是非曲直須卓識,
　　　　　　請來滿寵面曹洪。
　　　　　　孟德試舉在書齋,
　　　　　　巧借書案察英雄。
　　　　(白)曹洪堂弟,出氣不難。不妨將滿寵叫來書齋,你我當面審問,理論一番。滿寵如若擅用我的律令,錯殺了你的賓客,本相就治他一個亂令的罪名。你看如何?

曹　洪　好。
曹　操　萬一滿寵審得在理,又待怎樣?
曹　洪　這……不會在理!
曹　操　哎! 豈能武斷。
曹　洪　審得在理嘛!……
曹　操　怎樣?
曹　洪　治我一個亂令的罪名。
曹　操　啊,治你一個亂令的罪名?
曹　洪　嗯。
曹　操　你是驃騎將軍,我的家寵,小小的許都令,焉能治罪於你!
曹　洪　王子犯法,庶民同罪。
曹　操　如此説來……照計行事!
曹　洪　照計行事。
曹　操　(對侍從)傳令下去,命許都令滿寵,前來見我。
侍　從　是。
曹　操　堂弟,後厢少息。(曹洪下)侍從!
侍　從　在。
曹　操　把呂翎之母,暗暗帶進府中,不可張露。
侍　從　是。(下)
　　　　(曹操入內)
　　　　(少頃。滿寵身着便服上)
滿　寵　(唱)丞相忽傳召見令,
　　　　　　輕步走進相府門。

　　　　　　胸懷曹公治國策，
　　　　　　　書齋察威觀動靜。
　　　　　　（曹操出迎）
滿　　寵　許都令滿寵，遵命前來叩見曹丞相！（跪）
曹　　操　（扶）快快請起。（突然）滿寵！
滿　　寵　下官在。
曹　　操　（指匾）你可知這橫匾上"官賢國安"四字，從何而來？
滿　　寵　下官不敢妄論。
曹　　操　當講無妨！
滿　　寵　是。《孫子兵法》中曾講："知兵之將，民之司命，國家安危之主！"丞相幾經教誨，將賢則國安。官渡一戰至今，轉戰時而為平安之政，故而官賢國安！
曹　　操　（極為高興）說的甚是。
滿　　寵　還望丞相教誨。
曹　　操　滿寵。
滿　　寵　丞相。
曹　　操　老夫召你，可知何事？
滿　　寵　下官不知。
曹　　操　（對侍從）有請驃騎將軍。
侍　　從　（對內）丞相有請驃騎將軍。
　　　　　　（曹洪上）
滿　　寵　拜見驃騎將軍。
曹　　洪　（惱怒地）罷了！
曹　　操　（突然之間異常威嚴地）許都令滿寵！
滿　　寵　（平靜地）下官在。
曹　　操　太守之子，呂翎一案，審得怎樣？
滿　　寵　人證物證俱在，罪犯供認不諱。
曹　　操　你可知道，呂翎乃貴族之後，曹洪將軍的賓客？
滿　　寵　下官知曉。
曹　　洪　哼！
滿　　寵　下官也曾接到驃騎將軍寫來的求情書箋一封。
曹　　操　你就該按照驃騎的信箋辦理。

滿　　寵　下官我………

曹　　操　就該將賓客放了！

滿　　寵　下官依法將他斬了。

曹　　操　（大聲）啊！問斬了！

曹　　洪　擅用王法，可知死罪？

滿　　寵　秉公而斷，何罪之有？

曹　　洪　這……

曹　　操　侍從。

侍　　從　在。

曹　　操　將呂翎之母，帶了上來。

（曹洪與滿寵略驚。曹操微觀，詭譎地一笑，三人歸坐）

（侍從領太守夫人上）

太守夫人　（唱）哭罷翎兒恨未消，

　　　　　　　轉瞬丞相傳書召。

　　　　　　　跌跌衝衝相府進，（見曹洪）

　　　　　　　莫非是曹洪暗把滿寵告？

　　　　　　　看起來，我兒冤可伸，

　　　　　　　殺子之仇定有報。

　　　　　（白）拜見丞相，驃騎將軍。（坐）

　　　　　（書齋內氣氛沉重。太守夫人窺視）

太守夫人　（泣）兒啊！……

曹　　操　（放下狀紙）進得府來，因何啼哭？

太守夫人　許都令滿寵，枉殺我子，望丞相明訓伸冤。

曹　　操　啊，許都令殺了你的兒子？

太守夫人　正是。

曹　　操　（問滿寵）許都令，殺得可對？

滿　　寵　論罪而斬。

曹　　操　殺得可公？

滿　　寵　斷於公論。

曹　　操　（轉問曹洪）驃騎將軍。

曹　　洪　丞相。

曹　　操　依你看來，殺得可對？

曹　　洪　不對！

曹　　操　殺得可公？

曹　　洪　不公！

曹　　操　（大聲）既然不公，命你就案，秉公重審！

曹　　洪　丞相。

曹　　操　請！

　　　　　（曹洪就坐書案）

曹　　洪　（問）呂翎之母，你身在何地？

太守夫人　丞相府中。

曹　　洪　丞相明示，重理你子一案，你要給我從實的講來。

太守夫人　（泣）啊哝，兒啊！……

曹　　洪　休得啼哭，與我講！

太守夫人　驃騎將軍。

　　　　　（唱）我兒是，驃騎門下一賓客，
　　　　　　　　平日裏，行規道矩步不歪。
　　　　　　　近月來：
　　　　　　　只不過，多喝幾盅醉花酒；
　　　　　　　只不過，多說了幾句玩笑話；
　　　　　　　只不過，彈唱了幾宿勸世曲；
　　　　　　　只不過，錯打了民家一女娃。
　　　　　　　區區小事判極刑，
　　　　　　　滿寵擅自亂用法，
　　　　　　　害得我兒刀下死。
　　　　　　　驃騎將軍啊，
　　　　　　　你得幫我主意拿。（哭）

曹　　洪　滿寵。

滿　　寵　驃騎將軍。

曹　　洪　丞相的律令之中，難道寫有多喝了幾盅花酒，多說了幾句玩笑話，多彈唱了幾宿勸世曲子，錯打了一女娃，就要殺頭的條章！

滿　　寵　丞相的律令之中並無此項條章。

曹　　洪　既無條章，你枉自殺人，該當何罪？

曹　　操　對啊！既無條章，枉自殺人，該當何罪？

曹　　洪	哼！
滿　　寵	驃騎將軍，可曾問她，其子多喝了幾盅花酒的情趣，多說了幾句甚麼玩笑話，彈唱了幾宿甚麼勸世的曲子，錯打的民間女娃現在哪裏？
曹　　操	對啊，（對曹洪）你一不問多喝花酒的情趣，二不問多說些甚麼玩笑話，三不問彈唱的甚麼勸世曲子，四不問被打的女娃今在何處……何以論斷！
曹　　洪	這……（復問）呂翎之母，我來問你，你子狂飲花酒時說的甚麼玩笑話？
太守夫人	這……
曹　　洪	彈唱的又是甚麼曲子？被打的女娃今在何處？
太守夫人	這……
曹　　洪	講。
太守夫人	我……全然不知。
滿　　寵	既然太守夫人全然不知，不妨讓下官代訴一番。
曹　　操	好。你就一一訴來。
滿　　寵	是。

　　　　（唱）浮華之輩賊呂翎，
　　　　　　糾集世族結黨行。
　　　　　　花酒席上散狂論，
　　　　　　吟詞唱曲罵新令。
　　　　　　說甚麼，新令逆理反教義；
　　　　　　說甚麼，新令裏縛宦官身；

曹　　操　啊！

滿　　寵　（唱）說甚麼，不破新令不罷休；
　　　　　　說甚麼，集衆反令效古人[1]。

曹　　操　（動怒）嗯嗯！

滿　　寵　（唱）盅盅花酒滴滴怨，
　　　　　　席席酒話句句恨！
　　　　　　曲曲醉音聲聲仇，
　　　　　　夜夜露出鼠輩狂徒反令心！

曹　　操　（抑制不住）啊啊！

滿	寵	（唱）呂翎他，逞豪强兼併民間地；
		虜徭役，擅逼租橫戮衆鄉民。
曹	操	（擊案）好一個刁頑之徒！
滿	寵	（唱）依仗驃騎門下勢，
		任意凌辱女兒身。
		花酒奸污一良秀，
		獸行未遂刀劈女娃命歸陰。
		萬民狀紙雪片飛，
		狀狀告的賊呂翎。
曹	操	嗯嗯嗯！
滿	寵	（唱）驃騎臺前問一聲，
		你可知門客存歹心。
		一紙求情張誰目？
		錯把惡魔當良人。
曹	操	喔！……
滿	寵	（唱）奉行法治殺呂翎，
		建安新令服衆心。
曹	操	好！（轉問曹洪）如此說來，審的可對？
曹	洪	喔！審的對。
曹	操	殺的可公？
曹	洪	殺的公。
曹	操	下站何人？
曹	洪	呂翎之母。
曹	操	你欲做何發落？
曹	洪	這……（厲聲[2]）咄！呂翎之母，你身爲豪門世家，榮居太守夫人。位顯德薄，養了呂翎這個逆種。假借我的門第，朋比結黨，反對曹公的新令，本將差點爲你子張目，上了你這不德女人的圈套。你……可知罪麼？
太守夫人		（傲慢）驃騎將軍，滿寵所言，可有證據？
滿	寵	（取出"萬民狀"和凶器）你來看，這把血迹斑斑的凶器，就是呂翎行凶殺人的鐵證。
太守夫人		何以見得就是我兒子呂翎的凶器？

滿　　寵　（遞過凶器）請驃騎將軍過目。
曹　　洪　（看凶器）呂翎置用，獨殺對頭。……啊！
　　　　　（唱）一見凶器七竅冒火，
　　　　　　　　險些兒誤做無能不德人。
　　　　　　　　手持凶器將你殺——
　　　　　（太守夫人躲，滿寵攔）
滿　　寵　（接唱）望將軍莫憑意氣枉殺人。
曹　　洪　（羞愧）轟了出去！
　　　　　（侍從轟太守夫人下場）
　　　　　（曹操逼視曹洪，曹洪躲退一旁）
曹　　操　（一閉目）
　　　　　（唱）一案理就我心緒沉，
　　　　　　　　厲行法治阻力在權門[3]。
　　　　　　　　五蠹之害常縈懷[4]，
　　　　　　　　浮華之輩裁必依刑。
　　　　　　　　若要行法圖大治，
　　　　　　　　上下官吏選賢能。
　　　　　　　　達官家寵行法若在先，
　　　　　　　　百姓方願歌新令。
　　　　　　　　孟德我，再使一計激滿寵，
　　　　　　　　威殺曹洪舉後生。
　　　　　（歸坐）
曹　　操　（柔聲）驃騎將軍。
曹　　洪　丞相。
曹　　操　太守夫人之子呂翎一案，審理究了？
曹　　洪　審理究了。
曹　　操　那，由此而生的另一案子，你可審理？
曹　　洪　（不解）另一案子？
曹　　操　是啊。
曹　　洪　審的哪個？
曹　　操　審的是——你！
曹　　洪　丞相。

曹　操　大膽！（曹洪跪）

（唱）大膽曹洪忒驕橫，
　　　擅揮曹門威得亂新令。
　　　不問皂白庇歹徒，
　　　私寫求情書箋助鬼神。

曹　洪　丞相。……

曹　操　住口！常言道，官職不在大小，依法公斷便好。官階上下，一視同仁，萬民保賢，譽為上尊。不想你，身為曹室之人，官封驃騎將軍，視新法為兒戲，犯下三大罪行：亂留賓客，私藏歹人；為虎作倀，包庇狂生；誣賢告能，敗壞德性！今日，進得府來，趾高氣揚，目無王法，狂言耍威，大擺權勢！曹洪呀曹洪，你……罪該萬死！

（唱）曹門之中豈容你，
　　　推出府第問斬刑。

（白）來人！把罪犯曹洪，綁出府第，立即問斬。拉了出去！

滿　寵　且慢！

曹　操　因何攔阻？

滿　寵　丞相判得不公！

曹　操　啊，判得不公？

滿　寵　判得不公！

曹　操　（大聲）既然不公，命你就案，秉公而斷！（揚手）請！

滿　寵　遵命！（就案）

曹　操　你要認真地判來。

滿　寵　（肅正）曹洪。

曹　洪　在。

滿　寵　你身居何職？

曹　洪　驃騎將軍。

滿　寵　我來問你，沙場致敵，何以能勝？

曹　洪　將賢兵勇，每戰必勝。

滿　寵　我再問你，小官身臨何位？

曹　洪　許都令。

滿　寵　為政縱惡，何以大治？

曹　洪　這……

滿　寵　抬起頭來,(指區)這橫區上寫的甚麼?
曹　洪　官賢國安。
滿　寵　(擊木)大膽曹洪,身居顯位,貴在曹室。不明大義,盛氣凌人。不思曹丞相治國之苦心,不行曹丞相安邦之良策,居功自傲,目無王法。其罪難赦!
　　　　(唱)聽你言,依佔官大能欺天,
　　　　　　觀你行,依佔權大能壓人,
　　　　　　察你情,依佔勢大無人管,
　　　　　　測你心,依佔功大任意行。
　　　　　　此乃狂徒朽德性,
　　　　　　滿寵側目概不認。
　　　　　　力行曹公《賞罰令》[5],
　　　　　　棒打四十不留情!
　　　　(白)來呀,將曹洪責打四十大板!
　　　　(侍從帶曹洪下)
曹　操　(翹指)是賢官也!
　　　　(唱)案前滿寵多神威,
　　　　　　忽然間,韓非名言躍心田:
　　　　　　"宰相必從民間來,
　　　　　　猛將必出士卒間。"
　　　　(侍從扶曹洪上)
滿　寵　侍從。
侍　從　在。
滿　寵　驃騎將軍乃定國良將,如今犯了丞相的新令,棒責已就,命你把驃騎將軍攙扶進屋,要小心了!
侍　從　是。
曹　操　(幽默地)啊! 堂弟,審得可對?
曹　洪　審得對,喔唷唷……
曹　操　啊,打得可服?
曹　洪　喔,打得服!
曹　操　好。(歸案潑書)
曹　洪　許都令請上受我一拜。

满　　宠　（跪扶）将军请起。
曹　　操　（取出条幅）满宠。
满　　宠　丞相。
曹　　操　老夫赠你条幅一纸。（张开）
曹　　洪　（念）"为国举贤"！
满　　宠　丞相！（惊跪）
曹　　操　（扶）哈哈哈……

——剧终

校记

［1］效古人："古"，原作"右"，据文意改。
［2］厉声："厉"，原作"历"，据文意改。
［3］厉行法治阻力在权门："厉"，原作"历"，据文意改。
［4］五蠹之害常萦怀："蠹"，原作"囊"，据文意改。
［5］力行曹公《赏罚令》："赏"，原作"尝"，据文意改。

曹操與楊修

陳亞先　撰

解　題

　　京劇。陳亞先撰。陳亞先，1948年生，湖南岳陽人，一級編劇，現任岳陽市文聯主席、黨組副書記。著有《曹操與楊修》《無限江山》《武則天》《胡笳》《天下歸心》《宰相劉羅鍋》《市長夫人》等多部劇作及《湖南當代劇作家選集·陳亞先卷》《戲曲編劇叢談》。曾獲全國優秀劇本獎、文化部優秀編劇獎、中國戲曲學會獎、中國京劇程長庚獎、文華新劇目獎、中國藝術節金獎、中宣部"五一工程"獎、田漢戲劇獎、田漢戲劇理論成果獎。《曹操與楊修》等作品被譯成英、法、俄文在國外演出。1989年被湖南省評爲特等模范，1993年被評爲文化部優秀專家。該劇曾由上海京劇院首演。《中國京劇藝術百科辭典》著錄，題《曹操與楊修》，署陳亞先編著。劇寫赤壁之戰曹操兵敗後，欲重整兵馬，滅孫劉一統三國。他不拘一格，廣羅人才，發佈《求賢勿拘品格令》。漢末名士楊修，投效曹操，曹予以重用，授倉曹主簿。曹操缺糧，楊修立下軍令狀，半年備齊。當糧草備齊時，曹操聽信讒言，將籌辦糧草有功的孔聞岱殺死。曹操恐楊修和衆文武官員不能信服，謊稱自己患有"夢幻殺人之疾"，因而誤殺了孔聞岱。設靈堂祭奠，甚至親自守靈。楊修不相信，讓曹夫人在曹操熟睡時觀見。曹操明知是楊修之計，爲使楊修及文武百官信服，將必殺妻子之意告妻，妻拔劍自刎。曹操急呼衆人，並將其女下嫁楊修。從此，曹操與楊修產生隔閡，兩人的矛盾日益加深。曹操與楊修對軍機大事常常有不同意見，然在智謀方面楊修大多高於曹操。在與劉備交戰中，曹操兵困斜谷，進退兩難，頒布口令爲"雞肋"。楊修認爲"雞肋""食之無味，棄之可惜"，說明丞相即將退兵。曹操否認。楊修爲挽救敗局，力諫不從，乃擅作主張，密令許褚、張遼設伏，大敗襲劫糧草的劉軍。終於激怒曹操，處死楊修。本事出於《三國演義》第七十二回"諸葛亮智取漢中，曹阿瞞兵退斜谷"。該劇以此回爲素材，以新的視角，增飾情節，重塑人物。版本今見《劇本》1987

年第 1 期、《後六十種曲》本。今以《劇本》本爲底本,參考《後六十種曲》本校勘整理。該劇 1988 年 11 月由上海京劇院首演,劇目曾獲中國戲曲學會獎、首屆中國京劇藝術節"程長庚金獎"。

第 一 場

（音樂悲壯）
（招賢者上。他正值年少,黑髮無鬚）

招賢者 招賢囉！漢相曹操,兵敗赤壁,招賢納士,重圖大業。（自語）唉！咱們八十三萬人馬,敗於東吳三萬兵將之手！仗打得這麼窩囊,咱們人家少點甚麼？就少了周瑜、諸葛亮那麼幾個人才,所以……
（光滅,隱去）
（二道幕啓。皓月當空,松林,郭嘉墓前。曹操、鹿鳴女、曹洪、夏侯惇、許褚、張遼、李典、樂進、徐晃、張郃、蔣幹、公孫涵等正籌備祭儀）

曹　操 大漢丞相曹操,率領都護將軍曹子廉、陳橋太守夏侯惇、中郎將許褚、晉陽侯張遼、李典、樂進、徐晃、張郃等,中秋月明之夜,祭掃故參軍貞侯郭嘉墓。
（音樂起,曹操慷慨賦詩）
（念）明月之夜兮,短松之崗；
　　　悲歌慷慨兮,悼我郭郎；
　　　天喪奉孝兮,摧我棟梁；

鹿鳴女 （接念）從此天下兮,難覓賢良；

曹　操 （接念）哀哉奉孝兮,伏維尚饗！
你若不死,我焉有赤壁之敗呀……（哭）

衆 丞相保重！

鹿鳴女 父相保重！

公孫涵 丞相如此禮賢下士,天下賢才必然聞風來投哇。

蔣　幹 丞相你要節哀保重！

公孫涵 鹿鳴小姐即興續詩,與你老人家的氣韻意境,真是天衣無縫,中原才女果然名不虛傳。

曹　　操　鹿鳴女兒雖非親生,勝似親生,她的才思不在蔡文姬之下。當年老夫欲將她許配郭嘉,只恨蒼天不佑,郭郎棄我而去了……
招賢者　（上）丞相,果不出您所料,他來了。
楊　　修　（內唱）半壺酒一囊書飄零四方,
　　　　　（曹示意,與眾隱入松林,下）
　　　　　（楊修與書僮上）
楊　　修　（唱）冷眼觀孫曹劉三霸爭強。
　　　　　　　　欲報國無明主心中惆悵,
僮　　兒　相公,到了郭嘉先生的墓臺了!
楊　　修　（接唱）因此上我也來祭奠郭郎。
僮　　兒　相公,郭嘉先生的墓臺,已有人祭掃過了。
楊　　修　哦!
僮　　兒　香爐還是熱的吶。
楊　　修　年年今日,只有我楊修前來祭掃這冷落的墳臺,今年爲何這樣地熱鬧起來了?
　　　　　（僮兒發現曹操所書題款）
僮　　兒　相公,這祭掃人的名字叫曹操。
楊　　修　曹孟德!
　　　　　（唱）曹孟德他也曾南征北剿,
　　　　　　　　得荆襄滅劉表意氣自豪。
　　　　　　　　赤壁之敗如山倒,
　　　　　　　　十萬戰船被火燒。
　　　　　　　　殘兵逃至在華容道,
　　　　　　　　幸遇當年的舊故交。
　　　　　　　　悲悲切切苦哀告,
　　　　　　　　纔得保下了命一條。
　　　　　　　　他若想力挽狂瀾於既倒,
　　　　　　　　就看他求賢的謀略高不高。
曹　　操　（微服上）哈哈哈……說得好,說得好!既知曹操招賢納士,先生何不投在他的麾下,以展濟世之才?
楊　　修　老先生,你曉得我是何人?就叫我去投曹操!
曹　　操　先生乃當今奇才楊德祖,那曹操正愁尋你不着。

僮　兒　你怎麼知道我們相公的名諱呀？

曹　操　方纔先生說過，"年年只有我楊修祭掃這冷落的墳臺"。

僮　兒　哈哈哈……

楊　修　老先生，你當真要我投奔曹操？

曹　操　正是。

楊　修　但不知曹操能封我個甚麼官兒？

曹　操　以先生之才，少不得封你個長史之職。

楊　修　長史之職？忒小了吧。

曹　操　哦，大才小用了。封你爲兵馬大都督！

楊　修　荒唐！

曹　操　怎說是荒唐？

楊　修　楊修豈是披堅執銳之人？

曹　操　但不知怎樣的官兒，才稱先生的心意？

楊　修　我要做他的倉曹主簿官。

曹　操　怎麼，先生願爲曹操掌管軍糧戰馬？

楊　修　掌管軍糧戰馬有何不可？

曹　操　先生，你不嫌棄這倉曹主簿，官卑職小麼？

楊　修　哈哈哈……不要小看這倉曹主簿，如今曹操軍中缺戰馬，倉中少米糧，他的當務之急，就是這國庫空虛！

曹　操　(大喜)哎呀呀，先生確有富國之策，來來來，老朽洗耳恭聽。

楊　修　怎麼，說與你聽？

曹　操　不錯。

楊　修　對牛彈琴，對牛彈琴。

曹　操　實不相瞞，老朽便是曹操。

楊　修　哈哈哈……丞相你到底自報家門了。

曹　操　怎麼，先生早知曹操到此？

楊　修　丞相求賢一片誠，今晚焉能無此行？

曹　操　這……

楊　修　這……

曹　操　啊？哈哈哈……

楊　修　啊！(二人同笑)丞相，幸會，幸會！

　　　　(公孫涵上)

公孫涵　呔！曹丞相在此，還不大禮參拜！
曹　操　休得胡言，快來見過楊德祖先生。
公孫涵　中原公孫涵見過德祖先生。
楊　修　原來是公孫先生，請問……
公孫涵　(打斷楊修)請丞相上馬迴府。
曹　操　今宵月色正好，我要與德祖先生安步當車，列公先行一步。
　　　　(公孫涵揮手，眾下)
　　　　(曹操與楊修登高遠眺，馳目騁懷)
楊　修　(吟誦曹操的舊詩作，念)
　　　　　關東有義士，
　　　　　興兵討群兇……
曹　操　(念)鎧甲生蟣虱，
　　　　　萬姓以死亡……
楊　修　(念)白骨露於野，
曹　操　(念)千里無雞鳴……
楊　修　(念)生民百遺一，
　　　　　念之斷人腸！
曹　操　老夫二十年前所做的小詩，德祖先生你竟還記得一字不差。
楊　修　楊修豈止是愛其詩文，我更敬其人憂國憂民的襟懷如斯也。
曹　操　你我相見恨晚吶！
楊　修　我生也晚吶。(二人同笑)。
曹　操　明日就請先生上任理事如何？
楊　修　楊修敢立下軍令狀，擔保丞相在半年之內，軍糧滿倉，戰馬充廄！
曹　操　怎麼，先生敢立軍令狀，在半年之內軍糧滿倉，戰馬充廄？
楊　修　正是。
曹　操　真乃天下之福也！
楊　修　只是還須一人相助，方能建功立業。
曹　操　先生舉薦何人，你快快講來。
楊　修　就是那北海孔聞岱。
曹　操　怎麼，孔聞岱……
楊　修　正是。
曹　操　他與我有殺父之仇！

楊　修　這個……
　　　（燈暗。玉簫聲起）

第 二 場

（二幕前，鹿鳴女吹玉簫，倩娘手執女紅，丫鬟在煎藥）
倩　娘　（唱）楊修進京兮，已然半載。
　　　　　　　軍糧戰馬兮，何曾籌來？
　　　　　　　夙夜徘徊兮，孟德顏改。
　　　　　　　百轉柔腸兮，難解愁懷！
　　　（丫鬟捧藥待命）
倩　娘　兒啊，快侍候你父相用藥吧。
鹿鳴女　是。
　　　（公孫涵上）。
公孫涵　公孫涵有要事求見丞相。
鹿鳴女　我父相身子不爽。
倩　娘　若無大事，改日再見。
公孫涵　卑職覓得三十年陳釀杜康名酒，與丞相解憂。
倩　娘　嗯！這豈是你謀士幕僚分所當爲？
公孫涵　卑職告退。
曹　操　（內）轉來。
　　　（二幕啓，曹操上）
曹　操　（唱）慨當以慷，憂思難忘，
　　　　　　　何以解憂，唯有杜康。
　　　（將碗中藥湯潑去，斟酒）
公孫涵　丞相……卑職有要事稟報。
　　　（曹操示意，倩娘、鹿鳴女退下）
公孫涵　丞相，有人通敵！
曹　操　哪一個通敵？
公孫涵　就是楊修舉薦來的那個孔聞岱！
曹　操　嗯？爾敢誣陷賢良？
公孫涵　（取出袖折）丞相不信請看，我這裏記載得一清二楚，去年臘月初七,他西出龍門,北轉雁門,進入匈奴地界半月有餘。

曹　　操　匈奴?半月!

公孫涵　今年正月初八,他過長江下洞庭,輾轉東吳七十餘天!

曹　　操　東吳?七十餘天!

公孫涵　三月二十九,楊修與他執手相送。那孔聞岱繞漢中,走棧道到了劉備的成都,如今方纔回到洛陽。

曹　　操　(震怒)楊修、孔聞岱今在哪裏?

公孫涵　孔聞岱正要去見楊修,被我略施小計,誆到轅門,請丞相定奪!

曹　　操　先將孔聞岱拿來見我!

公孫涵　遵命!

曹　　操　(一想)慢!不要驚動楊修,孔聞岱書房敘話。

公孫涵　是!(下)

曹　　操　(唱)當初殺了孔北海,
　　　　　　孔聞岱到今日耿耿於懷!
　　　　　　舉賢良不避仇釀成禍害,
　　　　　　孔門中多反骨他是孽障投胎!
　　　　　　七年前殺孔融舊景猶在。

(燈光凝聚,迴響曹操當年的聲音:"將孔融推出帳外,斬!")
(劊子手架孔融出現,由飾孔聞岱的演員兼飾孔融)

孔　　融　曹操哇,奸賊!
　　　　　(接唱)阿瞞豎子似狼豺!
　　　　　　　　孔融一死有何礙。
　　　　　　　　漢祚豈容你安排,
　　　　　　　　自有我的後來人,

(劊子手大斧落下。從孔融屍體中蛻出孔聞岱)

孔聞岱　(接唱)孔聞岱!

(楊修幻影出現)

楊　　修　(唱)楊修舉薦此賢才。(指孔聞岱)

報子甲
報子乙　(內同喊)報!(上)啟稟丞相,大事不好。

曹　　操　何事驚慌?

報子甲　匈奴騎兵,奪關南下!

報子乙　劉備五虎上將，東出祁山！
曹　操　啊！
報子丙　報！（上）東吳周郎逆江而上。
曹　操　不、不、不、不好了！
　　　　（念）孔聞岱北聯匈奴陰山道，
　　　　　　　西川暗把劉備交。
　　　　　　　江南勾結東吳賊，
　　　　　　　三面夾攻欲滅曹。
　　　　（殺聲震天，匈奴鐵騎突然而至）
　　　　（五虎將出現）
　　　　（吳"水師"殺來）
　　　　（曹操三面受敵，孔聞岱手舉曹操殺孔融的大斧，追殺曹操，衆人刀斧齊舉，向曹操頭上劈來）
曹　操　啊！（燈暗）
　　　　（倩娘、鹿鳴女舉燈奔上）
倩　娘　相爺、相爺……
鹿鳴女　父相，父相你怎麽樣了？
曹　操　唔……（回到現實中來）老夫麽，安然無事。
公孫涵　孔聞岱告進。
曹　操　傳！
　　　　（曹操揮手示意，鹿鳴女、倩娘下）
孔聞岱　（內唱）踏遍了陰山外蜀地吳邦，
　　　　（曹操拔出寶劍。入座）
孔聞岱　（上，唱）爲糧馬孔聞岱四海奔忙。
　　　　　　　苦匆匆，馬乏人又傷，
　　　　　　　餐風宿露襤褸了身上的衣裳回洛陽。
　　　　　　　拼着我七尺之軀報效丞相，
　　　　　　　巧周旋賺來了戰馬與軍糧。
　　　　（公孫涵提示孔聞岱解下腰間劍，孔感激地把劍交公孫涵，而後，近前行參拜禮）
孔聞岱　倉曹主簿從事孔聞岱參見丞相。
曹　操　孔聞岱……

孔聞岱　　在。
曹　操　　我來問你,爾去過匈奴?
孔聞岱　　去過。
曹　操　　去過西蜀?
孔聞岱　　去過西蜀。
曹　操　　也去過東吳?
孔聞岱　　也去過東吳。
曹　操　　是哪一個派你去的?
孔聞岱　　楊主簿與我計議行事。
曹　操　　楊修跟你計議的是甚麼?意欲何爲?
　　　　　(孔聞岱甚感意外,一時回答不出)
曹　操　　自然是籌措軍糧、戰馬,你道是也不是?
孔聞岱　　正是。
曹　操　　哼哼……爾勞苦功高,老夫賜你美酒一甌。
孔聞岱　　謝丞相!(接酒喝)
　　　　　(曹操揮劍刺孔,孔倒地)
招賢者　　(幕內喊)招賢囉!
　　　　　——幕落

第　三　場

　　　　　(二幕前)
招 賢 者　(上)大漢丞相,明察秋毫,獎功罰罪,勝似堯舜。招賢囉!
　　　　　(東吳糧商上)
東吳米商　哎呀,大老倌,請問你一聲訊,孔聞岱先生住在啥場合?
招 賢 者　你說甚麼?
東吳米商　孔聞岱先生住在啥場合?
招 賢 者　請講普通話。
　　　　　(東吳米商說"普通話"……)
招 賢 者　你找孔聞岱幹甚麼?
東吳米商　上一次他到東吳來和我說好了大米生意呀。
招 賢 者　怎麼?孔聞岱到你們那裏,是去做生意?

東吳米商　是呀，是呀，我帶來了江南大米六萬六千六百六十六石。
招賢者　好好好你別找孔聞岱了，我領你去找一個人，管保買下你的大米。
東吳米商　好格，好格。（二人下）
　　　　　（二幕啓，倉曹主簿府後花園）
　　　　　（楊修正在操持公務，小爐上煎着藥）
楊　修　（唱）青天外白雲閒風清日朗，
　　　　　　　洛陽紅繞回欄一陣陣飄香。
　　　　　　　處亂世遇明主欣喜過望，
　　　　　　　酬知己哪顧得夙夜奔忙。
　　　　　　　坐花間藥當酒無事一樣，
　　　　　　　怎知我的胸臆間是沸水揚揚。
　　　　　　　當初我立下了那軍令狀，
　　　　　　　到如今恰正是半載時光。
　　　　　　　孔賢弟無消息叫人懸望，
　　　　　　　爲甚麼無有那戰馬軍糧就來到洛陽？
　　　　　　　難道說穩操的勝券成虛妄？
僮　兒　（內喊）老爺——！（急上）老爺，大喜啦！
楊　修　（唱）莫不是城外邊已到了戰馬軍糧？
僮　兒　一點兒也不錯，數不清的胡馬，一群群地從北邊來，千船米糧順着漢水、黃河，從西南兩路，都快到京城了！
　　　　　（內聲："有客商求見！"）
楊　修　送糧送馬的人兒來了，快快有請。
僮　兒　知道了。
楊　修　（轉而一想）轉來，不見，一概不見。
僮　兒　怎麼不見？
　　　　　（楊修向僮兒示意）
僮　兒　（一笑）明白了。
　　　　　（三位客商上）
僮　兒　主簿老爺酒醉，今兒不見客。
西蜀米商　啥哉？不見！我們有大事相商，不見不得行！
東吳米商　做生意總要碰碰頭，哪好勿見面呢。

匈奴馬商　吃葡萄不吐葡萄皮,不吃葡萄倒吐葡萄皮……
西蜀米商　(對馬商)説漢語,説漢語。(對僮兒)他是匈奴人呐。
匈奴馬商　我們是做買賣的,不能不見。(甩馬鞭)
楊　　修　唔,何人在此喧嘩?
西蜀米商　聽你之言,敢莫就是主簿,楊大人?
楊　　修　正是！三位到此何事?
東吳米商　我侭三個人,全是孔聞岱的好朋友。
楊　　修　怎麼?你們是孔聞岱的好朋友?哎呀呀,失敬了,失敬了！
三　商　人　好説,好説。
西蜀米商　我們是誠心誠意來做生意的。
匈奴馬商　我帶來良馬十萬匹。
東吳米商　我帶來江南大米六萬六千六百六十六石。
西蜀米商　老子帶來天府之國上等大米五千船,順長江繞漢水輾轉到了洛陽。
楊　　修　哎呀,你們來遲了。
三　商　人　甚麼,來遲了?
　　　　　(三商人亂作一團)
楊　　修　三位呀,
　　　　　(唱)做買賣靠的是眼明手快,
　　　　　　　你三人爲甚麼姍姍遲來?
　　　　　　　半年前,我也曾散盡千金把糧馬收買,
　　　　　　　到眼下庫銀短缺愧對三兄臺。
匈奴馬商　不像話！
楊　　修　買賣不成仁義還在呀,大家吃上一杯,來來來。
匈奴馬商　朋友,酒我們不要喝,馬你買不買?
楊　　修　馬匹已充足了。
東吳米商　這許多大米,你也勿要哉?
楊　　修　不是不要,怎奈庫銀短缺了。
西蜀米商　個老子,好一個巧舌如簧的孔聞岱呀,
　　　　　(唱)【川調】
　　　　　　　欺瞞好友太不該。
東吳米商　(唱)【評彈調】

		説甚麼馬到洛陽重金買，
		説甚麼米貴如珠是京街。
匈奴馬商	（唱）	【西北調】
		却原來，盡都是胡言一派，
		你們漢人騙人不應該！不應該！
楊　　修	好了，好了，看在孔賢弟的分上，我就籌些個銀兩，買了戰馬米糧也就是了。	
西蜀米商	大人功德無量，	
匈奴馬商	好！講義氣。	
東吳米商	謝謝，謝謝！	
楊　　修	只是這價錢……	
三　商　人	價錢好商量。	
楊　　修	（故作沉思狀）這樣吧，石米半兩銀，匹馬二錢金。	
西蜀米商	啥子？一石米半兩銀？	
匈奴馬商	馬一匹，金子二錢？	
東吳米商	哦喲大老倌，你比蘇州人煞半價還要結棍嘛！	
西蜀米商	這個生意做不得！	
匈奴馬商	不賣了，運回去！	
東吳米商	勿賣哉！	
（三人下，僮兒追趕）		
僮　　兒	哎，你們別走。別走呀！老爺，你怎麼讓他們走了？	
楊　　修	嘿嘿，他們還是要回來的。	
		（唱）速準備屯糧圈馬莫遲頓，
		（幕内："丞相駕到！"）
僮　　兒	丞相駕到。	
楊　　修	他的消息來得好快呀，僮兒更換官袍。（下）	
		（衛士上，巡視畢）
衆　衛　士	請丞相。	
		（曹操上）
曹　　操	（唱）衝冠一怒殺了人。	
		千思萬慮難安枕，
		歷歷往事好驚心。

在赤壁我錯殺過蔡瑁、張允……

（楊修上）

楊　　修　啊，丞相你這不速之客，敢莫是拿我這倉曹主簿官的弊病來了？

曹　　操　啊，這個……

楊　　修　哈哈哈……

曹　　操　哈哈哈。

（接唱）問聲主簿可安寧。

楊　　修　你看我，坐花間飲美酒，我是何其而不樂呀。

曹　　操　說甚麼花間飲酒，楊主簿終日操勞，以藥當酒，難道老夫不知？

楊　　修　怎麼？楊修終日以藥當酒，丞相盡知？

曹　　操　巧婦難為無米之炊，德祖啊，實實地難為你了。

楊　　修　丞相，你的倉曹主簿實實地難當啊！我們已然到了家無隔宿糧的地步了，不過今日啊……

（僮兒邊喊邊上）

僮　　兒　老爺，老爺，那三個外國人又回來了。

（曹操一怔）

楊　　修　請丞相暫避一時。

曹　　操　怎麼？老夫必須迴避？

楊　　修　丞相這巧取豪奪的壞名聲，只好由我楊修一人承擔。就請丞相暫避一時……

曹　　操　（狐疑地）哦，哦……（隱入假山石後）

（三商人上）

西蜀米商　楊大人。

楊　　修　三位怎麼又回來了？

西蜀米商　（唱）左思右想實無奈，

　　　　　　　且把檀香當爛柴。

匈奴馬商　我情願十萬良馬當騾子賣。

東吳米商　唉！千船米糧當稻草灰。大老倌，您啊好把價錢再……

三 商 人　抬一抬？

楊　　修　方纔言過了，石米半兩銀，匹馬二錢金，這樣的價錢，我已是傾其所有，價錢抬不得了。

西蜀米商　龜兒子，王八吃秤砣。

東吳米商　　鐵子心哉。
匈奴馬商　　不賣了,運回去!
西蜀米商　　運回去。
東吳米商　　勿賣哉,運回去。
　　　　　　(三人欲走)
楊　　修　　且慢!要運回去?運往哪裏去?你的十萬戰馬運往匈奴?你們的千船米糧運往東吳、西蜀?哼!在這大漢京都之地,竟有人將軍糧、戰馬資助敵邦!哎呀呀,這樣的話若被曹丞相聽見,你們的性命不要了?嘿嘿,運回去……
　　　　　　(三商人怔住,東吳米商拽過二商人。曹操踱上)
東吳米商　　二位朋友,你們可曾見過曹操?
二　商　人　　沒有見過。
東吳米商　　我伲東吳人在赤壁之戰的辰光,全見過伊,曹操格老赤佬生得是青面紅髮,鋸齒獠牙,殺起人來是白相相樣。比後面那赤佬還要結棍,我看還是保命要緊,便宜賣把伊算哉吧!
西蜀米商　　對,好漢不吃眼前虧。
匈奴馬商　　我們贊助他們了。
東吳米商　　(對曹操)大老倌,我伲便宜些賣把你,不過,方纔兩句不二不三的閒話你勿要告訴曹操。
楊　　修　　好了,好了,三位一手交錢,一手交貨。僮兒,帶他們到有司交割去吧!
匈奴馬商　　(驚慌地對東吳米商)怎麼,他們要絞割?(比劃自己的脖子)。
東吳米商　　這位外國赤佬"洋攀",交割就是結賬!
匈奴馬商　　哦,給錢?不是殺頭?
　　　　　　(三商人隨僮兒下)
楊　　修　　啊,丞相,我用這點銀兩,辦下這戰馬、軍糧,我這個倉曹主簿官,可以交得軍令狀了吧?
曹　　操　　楊主簿,我來問你,這些客商怎生到此?
楊　　修　　丞相容稟:就是那孔聞岱,他在半年前,是這樣喬裝改扮,單人匹馬,西出龍門,北轉雁門,踏遍了塞外匈奴,歷盡了千辛萬苦,而後又從華容道,東過長江,下洞庭,繞柴桑,入巴蜀,置生死於度外,謀大事於敵邦,纔賺來這十萬戰馬,千船米糧,解了我軍

曹　　操	呀！
	（唱）聞言如聽驚雷炸，
	孟德做事差差差！
	仇者快親者痛，貽笑天下，
	怕只怕招賢的大計流水落花。
楊　　修	丞相爲何背地沉吟？
曹　　操	楊主簿，這軍糧戰馬，解了我軍國大難，真乃不世之功。老夫陞你官階三級，爲丞相主簿。
楊　　修	謝丞相！
曹　　操	來，來，來，這件錦袍隨我櫛風沐雨有年矣，贈與德祖，聊表曹某寸心！（解下錦袍，授予楊）
楊　　修	楊修肝腦塗地，當報知遇之恩。丞相，這軍糧戰馬的首功孔聞岱將是如何地陞賞？
曹　　操	那孔、聞、岱——麼——！老夫素有夜夢殺人之疾。昨晚，孔聞岱回到洛陽，相府稟事，老夫正在書房朦朧困睡之中，不想我這一劍哪……
楊　　修	怎樣？
曹　　操	我將他誤殺了！
楊　　修	曹丞相，你……
	（楊修驚呆！手中錦袍落地）
	（招賢者畫外音："山不厭高，海不厭深，招賢納士，一片誠心。"）
	（曹拾袍，爲楊披上）
	（曹捶胸頓足）
	（招賢者畫外音：招賢哪！）
	——幕落

第　四　場

（二道幕前，招賢者上）

招賢者	大漢丞相曹公，陞賞主簿楊修，大設靈堂祭奠孔聞岱！招，招……咳……

（蔣幹捧寶劍上）

招賢者　蔣先生，（指劍）您這是……？

蔣　幹　唉，丞相夜夢殺人之時，這把寶劍若不在身邊，丞相焉能誤殺孔聞岱，都怪這把寶劍不好，理該將它靈堂示衆，告慰亡靈。（下）

招賢者　蔣幹先生也是好心，可惜……唉……

曹　操　（畫外音）

　　　　　　夢中失手，錯殺無辜，
　　　　　　痛悔何及，淚落如豆！

（二道幕啓，莊嚴肅穆的孔聞岱靈堂）

蔣　幹　千不怪萬不怪，只怪這倚天寶劍罪在不赦啊。

楊　修　（冷笑）呵，呵……

　　　　（背拱唱）

　　　　　　曹孟德大英雄令人欽敬，
　　　　　　有過錯爲甚麼不肯擔承？
　　　　　　夜夢殺人誰能信，
　　　　　　萬馬齊喑實堪驚。
　　　　　　非是我憤世嫉俗甚，
　　　　　　我心頭悲，眼中淚，滿腹疑猜，一腔哀憤，我那苦命的孔賢弟呀！

楊　修　（接唱）楊修我豈能夠忍氣吞聲。

曹　操　人死不能復生，楊主簿，切莫過於悲傷。

楊　修　曹丞相，你的祭禮是如此豐厚，可嘆我却只有一樣。

曹　操　一樣甚麼？

楊　修　一片真心！

曹　操　如此說來，旁人就無有真心了？

楊　修　他們自己心中明白！

曹　操　……老夫要爲聞岱守靈一夜。

楊　修　哦？……少不得由我作陪？

曹　操　正要與先生清夜長談。

楊　修　不可，不可！倘若丞相又要犯那夜夢殺人之疾，那便如何是好哇？

曹　操　呵呵呵呵，楊主簿，你也知道怕死？

楊　修　楊修一死不緊要，丞相你的大業要緊吶！

曹　操　……好,你安寢去吧,安寢去吧。
楊　修　(略一躊躇,計上心來,旁唱)
　　　　　　後堂我把夫人請,
　　　　　　來將丞相的好夢驚。
　　　　　　我看他犯不犯這夜夢殺人的病,
　　　　　　文過飾非怎服人?
　　　　(更鼓三響,楊修下)
　　　　(曹操示意衆退下)
蔣　幹　轉來!丞相徹夜守靈,爾等好生侍衛,不可大意。
　衆　　遵命,參軍放心。
　　　　(衆下)
曹　操　(唱)寂寞三更人去後,
　　　　　　恰便似雪上覆霜愁更愁。
　　　　　　我謊稱在夢中失了手,
　　　　　　楊德祖咄咄逼人不甘休。
　　　　　　求才難哪,才難求,
　　　　　　寒夜漠漠萬重憂。
　　　　(丫環捧錦袍,引倩娘上)
倩　娘　(唱)亂世夫妻多憂患,
　　　　　　禍福相倚共悲歡。
　　　　　　餐風露宿常相伴,
　　　　　　偕卧兵車度關山。
　　　　　　千危萬難終不散,(為曹披衣,曹睁開眼睛)
　　　　　　春宵風清也覺寒。
曹　操　(唱)戎馬倥傯苦征戰,
　　　　　　賢妻伴我十餘年。
　　　　　　老夫今又遇危難,
　　　　　　連累賢妻夜不安。
倩　娘　(唱)相爺你誤殺聞岱非本願,
　　　　　　白髮人徹夜守靈也堪憐。
　　　　　　說甚麼今又遇危難,
　　　　　　得道多助心放寬。

曹　操　（唱）誤殺了孔聞岱我肝腸悔斷，
　　　　　　　設大禮祭亡靈爲把衆人安。
　　　　　　　百般擔憂只一件，
倩　娘　哪一件？
曹　操　那楊修……唉！
倩　娘　那楊修爲相爺的軍國大事，晝夜操勞，就是相爺的起居冷暖，他也常挂在心，適纔，就是他去至後堂，請我爲丞相添衣。
曹　操　（一怔）怎麽？是楊修他，他，他……
　　　　（唱）他請你爲我把衣添！？
倩　娘　正是。
　　　　（曹操看錦袍，赫然發現正是他贈給楊修的那一件，轉看寶劍，看倩娘，大驚）
倩　娘　丞相爲何如此驚慌？
曹　操　唉！
　　　　（唱）馬到臨崖收繮晚，
　　　　　　　進退維谷兩爲難。
倩　娘　相爺你……
曹　操　（唱）牽玉手，睹芳容，
　　　　　　　可憐賢妻懵懂人！
　　　　　　　我在靈堂方入夢，
　　　　　　　你不該把我的好夢驚。
　　　　　　　我在夢中殺了孔聞岱，
　　　　　　　文官武將盡知情。
　　　　　　　便有楊修來作梗，
　　　　　　　逼我在人前認罪名。
　　　　　　　不捨賢妻難服衆，
　　　　　　　欲捨賢妻我怎能？
　　　　　　　事到此間亂方寸，
　　　　　　　楊修陷我兩難人！
倩　娘　（唱）曹丞相握重兵天下縱橫，
　　　　　　　難道說保一親人都不能？
曹　操　（唱）我的賢妻呀！

　　　　　漢祚衰群雄起狼烟滾滾，
　　　　　錦江山飄血腥遍野屍橫。
　　　　　只殺得赤地千里雞犬殆盡，
　　　　　只殺得衆百姓九死一生。
　　　　　獻帝初天下人丁五千萬，
　　　　　殺到今剩下七百萬民。
　　　　　兒郎鎧甲生蟣虱，
　　　　　思之斷腸復斷魂。
　　　　　曹孟德志在安天下，
　　　　　赤壁折了百萬兵！
　　　　　招賢納士重振奮，
　　　　　誤殺了孔聞岱大錯鑄成！
　　　　　怕只怕天下賢士心寒透，
　　　　　我宏圖大業化灰塵！（向倩娘跪拜）
倩　娘　（唱）相爺一拜如山重，
　　　　　拜得倩娘夢魂驚。
　　　　　爲妾一死不要緊，
　　　　　怎忍心白髮人反送了黑髮人的身？
曹　操　（唱）流淚眼觀流淚眼，
倩　娘　（唱）斷腸人對斷腸人！
曹　操　（同唱）賢妻呀！
倩　娘　　　　相爺呀！
曹　操　（唱）有朝一日狼烟盡，
　　　　　我爲你造一座烈女碑亭。
　　　　　夫妻到此悲難忍，
　　　　　英雄淚染透了翠袖紅巾！（倩娘跪下）
倩　娘　（唱）願相爺金戈鐵馬多保重，
　　　　　莫爲我薄命女黯銷魂。
　　　　　待到海晏河清把功慶，
　　　　　到墳前奠半碗剩酒殘羹！
　　　　　（向曹三拜，取劍自刎）
曹　操　（曹操悲痛欲絕。凄厲呼喊）來人哪，來人哪！

（鹿鳴女、楊修、蔣幹、招賢者、丫環、衛士急上，見狀大驚）

鹿鳴女　母親！

楊　修　曹丞相，你……你這夜夢殺人之疾，就如此沉重嗎？

曹　操　楊主簿，你看今日之事，怎樣處置方好？

楊　修　但憑於你！

曹　操　好！老夫作主，將我鹿鳴女兒許配楊主簿爲妻！

楊　修　啊！？

招賢者　丞相千金之女，下嫁主簿楊修，再表求賢之誠。

（幕落）

第　五　場

（二道幕前。招賢者上）

招賢者　招賢囉，招賢囉！大漢兵精糧足，定雪赤壁之辱；大軍進駐斜谷，指日滅蜀吞吳。

（蔣幹手舉一封書信。騎馬上）

招賢者　蔣先生，你回來了？

蔣　幹　回來了，丞相今在哪裏？

招賢者　曹丞相昨晚在中軍寶帳商議軍機大事，天一亮就帶領衆將踏雪巡營去了！

蔣　幹　（喊）丞相！丞……待我迎上前去。

（二道幕啓：風雪彌漫，戰馬齊鳴。中原健兒，金戈鐵馬，意氣昂揚）

蔣　幹　啊，丞相，好興致呀。

曹　操　（躊躇滿志地）罡風卷戰袍，大雪滿弓刀。

（衆馬舞歌）

　　　　罡風卷戰跑，
　　　　大雪滿弓刀。
　　　　看巴山蜀水湧波濤，
　　　　指山河魏侯揮鞭笑。
　　　　滅蜀吳功成在吾曹，
　　　　金戈鐵馬長嘯，

　　　　　中原豪傑，
　　　　　　膽氣直上雲霄！
　　　　（曹操、楊修、公孫涵、曹洪、夏侯惇、許褚、張遼等眾將，策馬走來）
蔣　幹　哎呀呀，金戈鐵馬，踏雪巡營，好一幅英雄圖畫也。
曹　操　看看我軍天下無敵的陣勢，免得長他人威風，滅自家志氣。子翼，戰表可曾下達？
蔣　幹　諸葛亮收了丞相的戰表，不說戰，也不說降，回復了小詩一首，刁鑽古怪，令人費解。
曹　操　眾位將軍。
　眾　　丞相。
曹　操　哪一位解得諸葛亮詩中之意，老夫有賞。
　眾　　但不知上面寫的甚麼？
蔣　幹　喏喏喏，
　　　　（念詩）黃花逐水飄，
　　　　　　　二人過木橋。
　　　　　　　好景無心愛，
　　　　　　　須防歹徒刀。
楊　修　呵呵呵，諸葛亮盼的就是我軍自以為天下無敵。
蔣　幹　哎呀呀，到底是丞相的女婿大官人，聰明過人，想必已然猜出詩中之意了。
曹　操　恐怕未必。列公有何高見？
　眾　　這個……
蔣　幹　公孫兄，你可曾猜出來呀？
公孫涵　（與蔣幹背白）蔣參軍，昨夜在中軍寶帳議論軍機大事，姓楊的那股狂勁兒又來了，丞相正壓着火呢。你小心馬屁拍到馬脚上……
蔣　幹　哦！
許　褚　甚麼鳥詩，待我看來！
公孫涵　蔣先生手捧此詩，在馬背上猜了十里之遙，尚未猜出，許褚將軍你嘛……
許　褚　馬行十里，我若猜出，你便怎樣？
公孫涵　除非有人暗地裏告訴你！
許　褚　你！……

蔣　幹　依我看來,你若猜了出來,楊主簿替你牽馬墜鐙;你若是猜不出來,你與楊主簿牽馬墜鐙。
　　　　(衆大笑)
許　褚　我不猜了,不猜了,丞相你猜。(把詩呈曹操)
　　　　(曹操接過諸葛亮的詩,睨視楊修)
　　　　(楊修微微冷笑)
曹　操　如此說來,馬行十里,我若不能猜出這詩中之意,就要與楊主簿牽馬墜鐙了?
衆　　　啊……不!不!不!(大笑)
曹　操　(背唱)只爲錯殺了孔聞岱,
　　　　　　　　楊德祖到今日不釋於懷。
　　　　　　　　兵出斜谷他再三阻礙,
　　　　　　　　借此詩他又要賣弄高才。
楊　修　(唱)阿諛聲如烈酒把他醉壞,
　　　　　　　全不見危機四伏襲人來!
　　　　　　　我甘願犯虎威將他勸誡,
　　　　丞相,前面絕壁懸崖,無有路了。
　　　　(接唱)勸丞相謹提防馬墜懸崖!
曹　操　待老夫勒轉馬頭。
楊　修　丞相,諸葛亮詩中之意,你已然猜出來了?
曹　操　老夫尚未猜出。
公孫涵　十里未到,十里未到。
衆　　　十里未到。
楊　修　哎!你我從左營來到右營,二十里都過了,就是這胯下的畜牲,它也明白!
曹　操　昨晚吵到今日,你還不甘休麼?
楊　修　丞相……
曹　操　楊主簿!你當真要老夫與你牽馬墜鐙?
曹　洪　丞相帶馬,哪個敢騎?
楊　修　丞相言而有信,楊修不敢不騎!
曹　洪　我把你這狂傲的……
曹　操　嗯!爾等不必多言,楊主簿,你放開繮繩!

（曹下馬，衆皆下馬）
（曹操爲楊修帶馬）

衆　　　（唱）丞相帶馬世少有，
曹　操　（唱）曹孟德南征北戰數十秋，
　　　　　　　今日馬前把人伺候，
　　　　　　　宰相腹内好行舟。
（馬嘶跳，衆擔心）

衆　　　丞相！
曹　操　不妨事。（圓場，曹操踏雪踉蹌）
楊　修　（極爲關切地）丞相，緩緩而行吧……
曹　操　是，緩緩而行。（牽馬下）
蔣　幹　（唱）世間只有牛吃草，
公孫涵　（唱）幾曾見過草吃牛，
蔣　幹　（唱）楊德祖不知天高和地厚，
公孫涵　（唱）他自作自受難回頭。
蔣　幹　哎呀，公孫兄啊，我實實地走不動了。
公孫涵　我也走不動了。
蔣　幹　丞相偌大年紀，焉能經受得起？
公孫涵　你我趕上前去。
蔣　幹　趕上前去。
（二人同上馬）

公孫涵
蔣　幹　丞相慢走！

（曹操牽馬上。步履艱難，跌跌撞撞）
（楊修急下馬，欲扶曹，曹冷冷避開）

楊　修　丞相，你早就猜出來了。
曹　操　不錯，我早就猜出來了。
蔣　幹　丞相既已猜出，何不早說？
曹　操　我若早說，誰與楊主簿牽馬墜鐙！黃花本是一少女，女旁有水，是汝字。
公孫涵　木上二人？
曹　操　是"來"字。

公孫涵　無心之愛？
曹　操　是"受"字！
公孫涵　歹徒之刀？
曹　操　是個"死"字。諸葛亮的詩是"汝來受死"四字！
公孫涵　丞相大智大慧,天下無敵！
　衆　　天下無敵！
曹　操　唉！說甚麼大智大慧、天下無敵？老夫之才,不及楊修三十里！
楊　修　哎呀,丞相啊！說甚麼不及楊修三十里,智者千慮也有一失……
曹　操　不錯！老夫是智者千慮也有一失,楊主簿你呢？
楊　修　這……
曹　操　兵出斜谷,你再三爭論,何以見得錯的是我曹操,對的是你楊修？
楊　修　我……
曹　操　楊主簿,老夫替你牽馬墜鐙,你還不甘休嗎？
楊　修　這……哎呀,丞相啦！這兵駐斜谷,危機四伏,眼看又是一場赤壁之敗呀！
曹　操　住口,兵出斜谷,大計已定,敢再多言,軍法不容！
楊　修　丞相……
曹　操　衆將各歸營壘,待命決戰,帶馬！
　　　　（曹將諸葛亮的"詩"猛擲於地,上馬,下）
　　　　（衆將分下）
　　　　（楊修悵然獨立）
　　　　（二道幕落）
招賢者　許褚、張遼呀,你們跟他是好朋友,勸勸他,再有本事,也別這麼討厭行不行呀？不過,話又說回來了,要是沒有這種討厭的,那就討厭了！（例行公事地呼喊）討厭嘍……不,不不,招賢嘍！

第　六　場

　　　　（二幕啓。楊修軍帳前,僮兒身披小甲,正在昇起帳前紅燈籠）
　　　　（楊憂悶而上）
二士兵　口令？（上）
楊　修　楊修回來了。

（兵士接馬鞭下）

僮　兒　　老爺,今晚軍中的戒嚴口令是(向楊修耳邊,輕聲説)"雞肋"二字。

楊　修　　怎麽,丞相傳下軍中戒嚴口令,乃是"雞肋"二字……?

僮　兒　　嘻嘻哈哈,往後,雞爪子、雞屁股都快出來了。夫人回來了。

（向遠處指,鹿鳴女抱繩袱,侍女捧容器上）

楊　修　　（楊修低聲問僮兒）夫人往哪裏去了?

僮　兒　　夫人去給相爺送雞湯去的。

楊　修　　夫人到中軍帳做甚麽去了?

鹿鳴女　　你在父相面前做的好事。我手捧雞湯替你去賠笑臉。可憐老父相潸然淚下,言道女兒倒有父女之情,女婿却無有半子之義。

楊　修　　你父女議論兵困斜谷之事。丞相舉起一塊雞肋,説道雞肋雞肋棄之可惜,食之無味,言罷就傳下軍中口令"雞肋"二字！你道是也不是?

鹿鳴女　　你料事如神,可惜不懂人情世故……

楊　修　　丞相是要退兵了！

（鹿鳴女制止楊修對衆人説）

鹿鳴女　　爾等歇息去吧。(衆下)説甚麽父相決計要退兵,依我看來,這"雞肋"二字説的是你楊修。

楊　修　　不,不,不,這"雞肋"二字説的不是我楊修。他説的是兵困斜谷,進而無望,退又可惜,這纔是食之無味,棄之可惜。我料他三思之後,決計要退兵了。

鹿鳴女　　若能退兵,乃天下之幸也。

楊　修　　不過,父相他,是萬萬不肯在人前認錯的,這"退兵"二字他已説不出口,此事只好由我楊修,替他周旋……帶馬！

鹿鳴女　　且慢！你要往哪裏去?

楊　修　　我大軍一動,諸葛亮必然要趁火打劫,許褚、張遼兵紮險要之地,我要叫他們早做準備。

鹿鳴女　　父相未曾傳令,你却要擅自調動兵馬?

楊　修　　調動兵馬,挽救三軍,有何不可?

鹿鳴女　　縱然是挽救三軍,也該稟明父相,擅自行事,你也忒膽大妄爲了！

楊　修　　膽大妄爲?

鹿鳴女　　依我看來,你還是先稟明父相的好。

楊　修　父相,父相,口口聲聲都是父相,真不愧是你父相的好女兒,果然是有其父必有其女。

鹿鳴女　你!

（唱）一句話頓叫我心痛碎,
　　　你怎知鹿鳴女千愁萬苦何等傷悲。
　　　成婚來盼的是親如魚水,
　　　相敬愛相體貼比翼雙飛。
　　　誰料想姻緣未解舊怨,
　　　翁婿們屢屢反目意相違。
　　　到如今水火不容鋒芒對,
　　　生叫他牽馬墜鐙踏雪歸,
　　　全不避三軍上下衆目睽睽。
　　　似這等恃才傲主你不思悔,
　　　竟還要擅調兵將犯軍規。
　　　我父縱有滄海量,
　　　滄海也會起風雷。
　　　怕只怕狂瀾未挽身先毀,
　　　空拋了少年頭悔恨難追。

（長跪而泣）

楊　修　（心爲震撼,唱）
　　　只道是夫妻們同床異夢强聚首,
　　　萬不料中原才女情意厚,
　　　竟把我的禍福安危挂心頭。
　　　我的賢夫人哪!（挽扶鹿鳴）
　　　自從我投奔你父後,
　　　事與願違壯志難酬。
　　　到如今你年邁的父相,大小三軍,
　　　兵困絶境,眼見得赤壁悲歌又重奏,
　　　一場敗局無人來收,
　　　我豈能隨波逐流看水流舟?
　　　縱然他,翁婿之情全無有;
　　　縱然他,一腔怒氣衝斗牛;

宏圖大業未成就,
我料定他斷然不敢殺楊修。
帶馬!
(楊修上馬,下。鹿鳴女悵望楊修去向。帳中小兒啼哭聲傳來,鹿鳴女匆匆下)
(二軍士與僮兒小聲議論着下)
(曹操由二侍衛執燈引上)

曹　操　(唱)入川來戰局險峻。
　　　　　　　果然是蜀道難行。
　　　　　　　再不下撤兵將令,
　　　　　　　只恐怕潰不成軍。
二軍士　(上)口令!
二侍衛　雞,
二軍士　肋!過去吧!
軍士甲　……這下兒可好了,咱們可以保住腦袋回洛陽過年去了。
軍士乙　人家楊主簿早就說過,這仗不能這麼打,不能這麼打,可咱們丞相就是不聽,這不,臨了,還得聽人家楊主簿的。
軍士甲　還是楊主簿有見識。
軍士乙　走,收拾行李,回家探母去嘍。
曹　操　轉來。
二軍士　哎喲,曹丞相在此,小人等罪該萬死。(伏跪)
曹　操　我來問你們,是哪一個講的,老夫要退兵?
二軍士　這個……
曹　操　敢有隱瞞,軍法不貸!
二侍衛　講!
軍士甲　楊主簿剛纔在這兒說的。
曹　操　他往哪裏去了?
軍士甲　他說去到許褚、張遼二位將軍的帳中,叫他們早做準備。
曹　操　啊!他竟敢擅傳將令!
楊　修　(內)馬來。(上)
　　　　參見丞相。
曹　操　夜靜更深,你往哪裏去了?

楊　修　軍情緊急，整裝待命。
曹　操　怎麼，你還要上陣廝殺？
楊　修　數十萬大軍尚不能前進一步，我一介書生，上陣廝殺又有何用？
曹　操　如此説來，老夫只有退兵了？
楊　修　丞相已有退兵之意了？
曹　操　哼！我尚未傳令退兵，是哪一個自作聰明，擅傳將令？
楊　修　哎呀！丞相啊，楊修只是體察丞相之意行事呀，我、我、我這是不得已而爲之啊！
曹　操　好一個不得已而爲之，你可知今日三軍統帥還不是你！
楊　修　……楊修我爲天下大業，一片赤誠。
曹　操　好，你對你的天下大業赤誠去吧。
楊　修　丞相！
　　　　（操欲去，楊扯住他，陳述衷情，操戟指怒罵，楊也怒而反責，鹿鳴上推開楊修，跪求父親，曹甩開女兒，拂袖而去）
　　　　（鹿鳴女回首，又跪求楊修；楊修木然，鹿鳴女抱住楊修大哭）
鹿鳴女　我父相屈殺你了！
楊　修　（唱）休流淚，免悲哀，
　　　　　　　百年好也終有一朝分開。
　　　　　　　楊修必死難更改，
　　　　　　　後事拜託，拜託你安排。
　　　　　　　我死不必把孝戴，
　　　　　　　我死不必擺靈臺，
　　　　　　　休將我的死訊傳出外，
　　　　　　　免得那世人笑我，他們笑我呆。
　　　　　　　親朋問我的人何在，
　　　　　　　你就説，我遠遊不歸來，
　　　　　　　屍首運至在皇城外，
　　　　　　　你將那酒醒醐與我同埋，
　　　　　　　我要借酒將愁解，
　　　　　　　做一個忘憂鬼酒醉顏開。
　　　　　　　在生落得個聲名敗，
　　　　　　　到陰曹我再去放浪形骸。

（公孫涵率眾上，拔下楊修帳前標旗）

公孫涵　嗯哼！
楊　修　公孫先生，今日為何陡長了八面的威風！
公孫涵　楊主簿，你擾亂軍心，理當斬首，丞相命我接替主簿之職。您就交印吧！
楊　修　我這顆小小的主簿印信，你對它竟然是垂涎已久哇。
（公孫涵伸手接，楊修又把印縮回來）
楊　修　真是可嘆哪，這世間有多少大事，就壞在這種東西身上啊。
（公孫涵搶回大印，揮手令眾人動手）
公孫涵　伺候了！
（楊修佩劍被繳，自己脫下曹操贈他的錦袍，狠狠摔在地上，被上了手銬）
（鹿鳴女絕望自刎，侍女吃驚癱倒，繈褓幼兒落地，哭聲慘絕）
（招賢者上，鳴鑼。例行公事，高呼）
招賢者　招賢嘍！
（二幕落，劊子手執手諭牌，擋住招賢者）。
劊子手　丞相有令，曉諭三軍！
招賢者　（念牌上字）
　　　　大漢丞相，
　　　　統兵百萬，
　　　　滅蜀吞吳，
　　　　勢如破竹，
　　　　主簿楊修，
　　　　擾亂軍心，
　　　　斬……
劊子手　念。
招賢者　（念）斬首示眾，
　　　　以儆效尤，
　　　　大小三軍，
　　　　校場觀刑啊！
（號角聲悲，眾兵將過場，張遼勒住馬韁，與許褚交頭接耳，毅然勒轉馬頭，與許褚向相反方向下）

第 七 場

（斜谷，刑場）
（冷月如盤，宛如當年曹、楊初會的地方）
（夏侯惇等肅立）

衆　　參見丞相！

曹　操　（念）茫茫風雪兮，天地渺暝，
　　　　（劊子手押楊修上）

曹　操　（念）法無姑寬兮，哀君喪命！
　　　　（報子急上）

報　子　報！中軍探馬，有十萬火急軍情密報！
　　　　（曹示意近前，報子與曹耳語，曹大驚）

楊　修　嘿嘿！諸葛亮已然派出奇兵，要斷我軍糧草，你道是也不是？

曹　操　……

楊　修　不必驚慌，許褚、張遼已然搶先一步了！
　　　　（報子上）

報　子　報！敵軍襲劫我軍糧草，中了許褚、張遼的埋伏，他們大敗而回！

楊　修　（大笑）這就是楊修自作聰明，擅自行事之故耳！
　　　　（三軍議論沸然）

曹　操　呀！
　　　　（唱）楊修智謀實少有，
　　　　　　　料事如神更無儔！
　　　　　　　欲留下這運籌帷幄的擎天手，
　　　　　　　妙筆爲我寫春秋。
　　　　　　　難將這赦免二字說出口，
　　　　　　　列公，
　　　　　　　何人能解我心憂？

公孫涵　丞相，斬殺楊修乃大義滅親，三軍無不佩服，丞相莫憂。

蔣　幹　啊，丞相！楊修雖犯將令，但已將功折罪，丞相若不殺他，乃是仁義之懷，三軍將士無不心悅誠服。

夏侯惇　着哇！若非楊主簿足智多謀，大軍危矣，末將夏侯惇願保楊修不

死。（跪）
曹　洪　末將曹洪也願作保！（跪）
徐　晃　徐晃願保！（跪）
李　典　李典願保！（跪）
　衆　　我等願保！（跪）
曹　操　（大驚）呀！
　　　　（唱）平日裏一片頌揚對曹某，
　　　　　　　却原來衆望所歸是楊修！
楊　修　列公啊，你們都幫了倒忙了！
曹　操　老夫有話與楊主簿言講，列公各歸隊伍。
　　　　（衆下）
楊　修　曹丞相，你今日險些兒又失算了吧！
曹　操　楊修哇楊修，你不要聰明反被聰明誤哇。坐下來，我們談談心！
楊　修　我乃是臨死之人了，你還怕我高你一頭麼？
　　　　（曹拾級而上，與楊修同坐）
曹　操　楊主簿，事到如今，你也該聽老夫說幾句知心的話了。
楊　修　只怕你那真心的話兒，是不敢對人言講啊。
曹　操　唉！老夫實實再三的不想殺你。
楊　修　你是再三要殺楊修！
曹　操　請問這一？
楊　修　當初，你殺孔聞岱時，就有意要殺我，此乃一也！
曹　操　二呢？
楊　修　你謊稱夢中殺人，被我點破，此乃二也！
曹　操　這三？
楊　修　踏雪巡營，你爲我牽馬墜鐙，此乃三也！
曹　操　楊主簿啊！三次要殺你的是曹操；三次不殺你的，也是曹操，我已費盡了苦心。今日，我也實實再三不想殺你，却又實實在在不得不殺！
楊　修　敢問丞相，你那心底深處，是爲何不得不殺我？
曹　操　……你當初對我發下誓言，肝腦塗地，以報知遇之恩，此心此意，如今安在？
楊　修　當初，大漢天下五千萬人，被那群雄混戰，殺得只剩下七百餘萬口，那時丞相"念之斷腸"的襟懷,如今還在也不在?
曹　操　初衷不改,天地可鑒!
楊　修　我更是初衷不改,天地可鑒!
曹　操　可惜呀可惜,可惜你不明白!
楊　修　可惜呀可惜,可惜這不明白的是你呀!
曹　操　啊?
楊　修　啊!
曹　操　哼哼哼哼!
楊　修　嘿嘿嘿嘿!
　　　　(二人由笑,變爲痛哭失聲)
　　　　(招賢者上)
招賢者　他們兩邊都不明白。這不是明明白白的嗎?(戰鼓聲起,下)
　　　　(衆將士齊上)
夏侯惇　(上)丞相,諸葛亮大軍猶如神兵天降,五虎上將從四面殺來了!
楊　修　丞相,快快撤兵,免得全軍覆沒哇!
衆　將　丞相!丞相!丞相!
曹　操　大敵當前,敢有擾亂軍心者,以楊修爲戒!
　衆　　丞相!
曹　操　斬!
　　　　(劊子手斧落。燈滅)
招賢者　(内聲)大漢丞相,斜谷慘敗!(追光引招賢者上。他已鬚髮盡白,步履蹣跚)招賢納士,再圖大業——招賢嘍!
　　　　(舞臺復明)
　　　　(在現代歌曲《讓世界充滿愛》的歡快旋律中,"曹操"與"楊修"握手)
　　　　(謝幕)

　　　　　　　　　　　　　　　　　　　　　　　　　——劇終

關公斬子

胡文龍 改編

解 題

  秦腔。胡文龍改編。胡文龍，筆名雁南飛，1931年生，山西臨猗縣人，畢業於西北人民革命大學，曾任陝西省軍區五一劇團（後移交西安市）專職編劇。長期從事戲劇創作和書畫研究。該劇未見著錄。劇寫荊州王關雲長之子關興，郊外練馬，馬驚誤傷人命。苦主王媽媽將關興認作關平，告到縣衙。知縣羅正畏懼關府權勢，勸苦主撤訴。王媽媽告狀無門，無比悲憤，欲在柳林自盡，恰被出城遛馬的關府馬官關彪相救，並引她直接到關府壽堂鳴冤。關雲長聞情大怒，將義子關平交羅正押回縣衙，按律從嚴審處。關平爲保關興，隱瞞真情，代弟頂罪。關夫人向羅正贈扇求情，關羽聞知怒斥夫人，關夫人勸夫寬容關平，寧願以親子關興代兄抵命。關羽動情熱淚盈眸，爲維護國法綱紀，堅決判斬關平。張苞訪王媽媽説明真情，並以親孫子之名爲王奶奶養老送終。真情感動了王媽媽。王媽媽不忍傷害有功漢室的棟梁，甘願撤訴。問斬之時，關興不忍兄長替己受死，毅然出面自首説明真相。關羽始知傷人者不是義子關平，遂將嫡子關興上綁問斬。千鈞一髮之際，苦主王媽媽趕到刑場，出面求情。在苦主再三要求下，關羽免去關興死罪，判處重責八十棍、羈押三年。時逢江夏叛亂，關羽命關興戴罪出征，立功贖罪。本事史傳不載。元明間無名氏據民間傳説創作雜劇有《壽亭侯怒斬關平》，情節、人物與此劇不同。該劇據2010年尚羨智《關羽斬子》連環畫改編，由西安市五一劇團演出。版本見《西安秦腔劇本精編》本。今據以收錄整理。

第一場 誤傷人命

（陽春三月的一個上午）

（荆州郊外）

（幕启：春光明媚，绿柳摇曳，桃杏绽红，蜂忙蝶舞）

關　興　（內唱）郊野揚鞭把馬練，

（馬童裝扮的張千前導，關興策馬上）

（接唱）何懼千辛與萬難。

　　　　父輩俱是英雄漢，

　　　　我定要青出於藍勝於藍。

（關興揚鞭，烈馬受驚衝下，張千追下）

（王鵬偕王媽媽興致勃勃上）

王媽媽　（唱）和孫兒步香塵春風陣陣，

　　　　一路上觀不盡宜人景色[1]。

　　　　喜孫兒得名師諄諄教誨，

　　　　但願他肯發奮早些成人。

王　鵬　奶奶，你日紡夜織，育我成人，孫兒終生難忘。

王媽媽　可憐你父母早年亡故，我婆孫相依爲命，願孫兒勤奮讀書，將來報效國家。

王　鵬　奶奶勖勉，孫兒牢記心頭。

王媽媽　鵬兒，可喜你拜得名師，我有心去廟中進香還願，你意下如何？

王　鵬　謹遵祖命。

王媽媽　哈哈哈！

　　　　（唱）鵬兒年幼雄心壯，

　　　　誓爲社稷做棟梁。

　　　　婆孫進香廟堂往。

（關興內喊："馬來了！"馬嘶聲、嘈雜聲）

王媽媽　（接唱）陣陣喧嚷爲那樁？

王　鵬　奶奶，有一匹烈馬，朝這邊狂奔而來，咱們快快躲開纔是。

王媽媽　啊！（王媽媽跌倒在地，王鵬急扶）

（關興急上，烈馬奔騰）

（王鵬扶起王媽媽。烈馬躍過王家婆孫。張千上，攔馬。馬騰躍，一蹄將王鵬踏死。關興跌落馬下，起身急扶王媽媽。王媽媽見鵬斃命，悲痛不已）

王媽媽　王鵬！孫兒！

	（唱）見孫兒馬蹄之下把命殞，
	好似那亂箭穿透我的心。
	氣憤不平把理論，
	你……你縱馬傷人何原因？
關　興	（唱）老奶奶且息怒莫要悲憤，
	小兄弟遭非命我也傷心。
	皆因爲馬受驚急馳狂奔，
	並非是我有意傷害良民。
王媽媽	明明是你將人踩死，還想推脱不成！
張　千	（解釋地）我家少爺在郊外練馬，烈馬受驚，闖下這禍，並非有意，老人家，你應寬恕纔是。
王媽媽	踏死我孫兒，難道白白罷了不成？
關　興	老奶奶息怒，這是幾兩紋銀，你先收下，買口棺木，先行埋葬，再做道理！
	（王媽媽將銀兩打落，怒視關興）
王媽媽	誰要你的銀子，我要與你到官府辯理！
	（王媽媽上前打關興，關興一閃，王媽媽摔倒。張千急忙扶起）
關　興	老奶奶，你要告狀也行，待我稟明雙親，再隨你公堂聽審。
王媽媽	（攔住）你是哪家的小畜生，可敢留下姓名？
關　興	我乃荆州王之子關……
	（張千示意莫講）
王媽媽	關……莫非你是荆州王之子關平麽？
張　千	啊！
關　興	不，我不是關平啊！
王媽媽	你，你還想抵賴，我去縣衙告發，你，你要小心了！
	（急下）
關　興	張千，我們先把小兄弟屍體收殮一旁。
	（二人抬王鵬屍體下）

校記

［1］一路上觀不盡宜人景色："色"，失韻。疑爲"新"字之誤，待考。

第二場　投衙告狀

（接前場）
（荊州縣衙）
（二幕前：王媽媽急上）

王媽媽　（唱）恨關平仗父勢縱馬亂闖，
　　　　　　可憐我小孫兒死得冤枉。
　　　　　　拼老命奔縣衙擊鼓告狀，
　　　　　　但願得遇廉吏制服豪強。

（二幕啓：荊州縣大堂。羅正內白："衙役們！陞堂理事嘍！"）
（四衙役引羅正手托金印上）

羅　正　（念）大堂之上明鏡懸，
　　　　　　三班衙役站兩邊。
　　　　　　一顆金印懷中抱，
　　　　　　兩袖清風七品官。
　　　　（唱）人人都説當官好，
　　　　　　當官也有當官的難。
　　　　　　不怕百姓告百姓，
　　　　　　就怕百姓告官員。
　　　　　　若是碰上扎手案，
　　　　　　還要那個八面玲瓏巧周旋。

（擊鼓聲響，衙役喊堂威）

羅　正　老爺還未坐穩，你們喊叫甚麼？
衙　役　有人擊鼓鳴冤。
羅　正　噢！有告狀的。傳擊鼓人上堂！
衙　役　擊鼓人上堂！
王媽媽　（上白）叩見太爺！
羅　正　（唱）白髮老人跪當面，
　　　　　　羅正心中好不安。
　　　　　　離坐陪跪莫怠慢，
　　　　　　老太太你有甚麼冤？

（羅正與王媽媽並排跪下）

衙　役　（拉羅正）太爺，她是民，你爲官；她告狀，你斷案；她下跪，爲伸冤；你下跪，爲哪般？

羅　正　你是只知其一，不知其二。你瞧，她這麼大歲數，比我媽還大，比你奶也小不了幾歲。常言說，人之父母，己之父母，這個理，不能失。再說，黎民百姓，是咱的衣食父母，人家來告狀，先得叫人家高興高興，就是官司辦不成，也不會罵咱們有官架子！（轉身扶王媽媽）老太太，您起來，來！看座！（分坐兩側）老太太，您可有訴狀？

王媽媽　訴狀在此，太爺明察。

（羅正接過狀紙，放在一旁）

羅　正　我這眼有點毛病，看，不如聽。你就來個老虎吃豆腐——口素（訴）吧！

王媽媽　太爺容禀！

（唱）未曾開言珠淚淌，
　　　尊聲太爺聽端詳。
　　　我家住荆州城外二賢莊，
　　　王門世代務農桑；
　　　兒子媳婦把命喪，
　　　丟下孫兒相依傍，
　　　含辛茹苦度時光；
　　　爲將孫兒王鵬來撫養，
　　　老身我日紡夜織四季忙。
　　　爲孫兒早成材名登金榜，
　　　我和他上廟堂前去進香。
　　　不料晴空霹靂降，
　　　中途路上遭禍殃；
　　　狂徒縱馬亂奔闖，
　　　我孫兒被踩一命亡。
　　　明鏡高懸公堂上，
　　　求太爺與民伸冤枉。

羅　正　（唱）聽罷原委氣滿腔，
　　　狂徒大膽喪天良。

　　　　　縱馬傷人胡亂闖，
　　　　　這樁案件非尋常！
　　　來，速去將那縱馬傷人的狂徒緝拿歸案。
衙　役　太爺，我們不知姓名，該去拿誰？
羅　正　是呀！老太太，那一狂徒姓甚名誰，家住哪裏，你快講來，我好派人去抓他！
王媽媽　那一狂徒就是荊州王之子關平！
羅　正　甚麼？是荊州王之子關平？
王媽媽　是荊州王之子關平！
羅　正　呀！
　　　（唱）聽說關平傷人命，
　　　　　一股冷氣心頭衝。
　　　　　荊州王權高勢壓衆，
　　　　　好比頭上天一層。
　　　　　這真是怕的下雨偏下雨，
　　　　　言怕颳風偏颳風。
　　　　　左思右想心不定，
　　　　　心敲小鼓叮叮咚，咚咚叮叮，心敲小鼓響叮咚。
　　　老太太，聽了你的申訴，真使人從心眼裏難受！我對那縱馬傷人的狂徒，咬牙切齒，恨之入骨！
王媽媽　就該將那狂徒緝拿歸案纔是！
羅　正　哎呀老太太！我不說你不清楚，我一說你就不糊塗啦！這打狼，要有打狼的漢子；打虎，要有打虎的英雄。我滿心眼想攬你打爛了的磁罐，可我沒有這金剛鑽！這真是心有餘而力不足呀！
王媽媽　噢！聽你之言莫非怕那荊州王不成？
羅　正　哎！怕倒是不怕，就是這玩意（指帽翅）小了點。
王媽媽　難道就罷了不成？
羅　正　我不明白的老太太呀！
　　　（念）人常說有理不如有錢，
　　　　　有錢不如有權。
　　　　　有錢能使鬼推磨，
　　　　　有權能叫神下凡。

依我看——
王媽媽　怎麼樣？
羅　正　（唱）你孫兒已經把命斷，
　　　　　　　心上插刀——忍自安！
王媽媽　哼！你身爲七品縣令，怎不知王子犯法，與民同罪？
羅　正　你說的是手背這面兒，可手心這面兒哪？我告訴你，國法本是皇家定，自古刑不上大夫！
王媽媽　（氣憤地）我定要上告！
羅　正　你是越告越倒霉！
王媽媽　拿來！
羅　正　甚麼？
王媽媽　我的訴狀！
羅　正　物歸原主。（將狀紙交還王媽媽）
王媽媽　哼哼，你呀！
　　　　（唱）可嘆堂堂七品官，
羅　正　比針尖兒大不了多少。
王媽媽　（唱）懼怕豪門且偷安。
羅　正　官大一級壓死人！
王媽媽　（唱）民有冤屈你不管，
羅　正　無能爲力！
王媽媽　（唱）血染官衣黑心肝。
羅　正　罵得可夠狠的啦！
　　　　（王媽媽冷笑下）
羅　正　老太太，你慢點兒走！哎呀，這老太太罵的話兒可真是入木三分！咳！當官哪能怕挨罵啊！
　　　　（唱）本縣並非糊塗蛋！
　　　　　　　心中早把輕重掂。
　　　　來，退堂！
　　　　（衆衙役下。羅正欲下，又轉身抱起金印，彈印上的灰塵，洋洋自得地下）

第三場　絕路逢生

（前場次日）
（荆州郊外柳林河畔）
（二幕前：關彪乘赤兔馬上）

關　彪　（唱）君侯今朝慶壽辰，
　　　　　　　荆州文武將來臨。
　　　　　　　宴罷賓客要擺陣，
　　　　　　　校場測試後來人。
　　　　　　　爲洗戰馬河邊奔，
　　　　　　　馬蹄生風如騰雲。（急馳下）

（二幕啓：柳林河畔）

王媽媽　（内唱）一腔怒火滿腹怨，
（王媽媽面色憔悴，胸前背後，書有"冤"字，手執狀紙，踉蹌而上）

王媽媽　（接唱）含冤泣血呼蒼天。
　　　　　　　大小衙門都跑遍，
　　　　　　　民告官真比登天難。
　　　　　　　有權人對此案推諉不管，
　　　　　　　同情人想幫襯手中無權。
　　　　　　　慘死的小孫兒你可看見，
　　　　　　　奶奶我走投無路陷深淵。

（滾白）我叫叫一聲王鵬啊！可憐的小孫兒。奶奶我手執冤狀，到處投衙，實指望告倒縱馬狂徒，替你伸冤雪恨，不料那狂徒就是荆州王之子，無人敢收此狀。看來這不白之冤，永遠難伸了！

（唱）冤和恨化烈火周身翻滾，
　　　　嘆黎民身卑賤不值分文。
　　　　民有冤爲官者不敢過問，
　　　　民告官官不允有冤難伸。
　　　　荆州王榮華富貴享不盡，
　　　　我銜冤被逼自盡在柳林。
　　　　問蒼天睜着眼於心何忍？

　　　　　問大地人世間公理何存？

　　　　　王法條條似利刃，

　　　　　爲何偏偏殺黎民？

　　　　　越思越想心欲碎，

　　　　　解下腰巾繫樹身。

　　　　　柳林之中尋自盡，

　　　　　王鵬啊，小孫兒——

　　　　　咱婆孫九泉下冤魂相伴不離分。

　　　（王媽媽正欲自盡，關彪躍馬衝上，揮劍砍斷腰巾）

關　彪　老媽媽，因何要尋自盡？有何冤屈儘管說來，我好替你設法。

王媽媽　（唱）你既要把詳情問，

　　　　　聽我從頭說原因。

　　　　　我和孫兒上香把廟進，

　　　　　中途路上禍臨身。

　　　　　關平仗勢縱馬奔，

　　　　　橫衝直撞踩行人。

　　　　　可憐孫兒把命殞，

　　　　　我滿腹含冤進衙門。

　　　　　到處告狀官不准，

　　　　　無奈來把自盡尋。

關　彪　老媽媽有所不知，我家二君侯教子有方，我家小將豈敢做出這等傷天害理之事？

王媽媽　聽你之言，你莫非是關府之人？

關　彪　不瞞老媽媽，我乃君侯拉馬墜鐙之人。

王媽媽　啊！你是關府之人，難怪你護着他們！你走你的，我不要你管。

關　彪　老媽媽莫可多心，我雖關府之人，絕不替關府護短。我且問你，那縱馬傷人的小將，怎樣的打扮？

王媽媽　他頭戴英雄巾，身穿錦戰袍，足踏花皂靴，腰中挎龍泉，坐下一匹白龍馬。他濃眉大眼，儀表軒昂。誰知他卻是一個人面獸心的豺狼！

關　彪　（唱）仔細盤查真相明，

　　　　　闖禍人果真是關平。

　　　　　只說他少年剛強性穩重，

　　　　　　原來纔是僞裝成。
　　　　　　縱馬衝闖傷人命，
　　　　　　天理王法豈能容；
　　　　　　更惱縣衙不公正，
　　　　　　老媽媽含冤不能明。
　　　　　　倘若她再喪了命，
　　　　　　二君侯英名灰塵蒙。
　　　　　　老媽媽！
　　　　　　二君侯赤膽忠心性直耿，
　　　　　　正氣凜然貫長虹；
　　　　　　嫉惡如仇秉公正，
　　　　　　執法森嚴不徇情。
　　　　　　你隨我面見君侯把冤情稟，
　　　　　　他定會明察秋毫按律行！
王媽媽　怎麼？你叫我向荊州王告他的兒子？
關　彪　正是的。
王媽媽　我去得？
關　彪　去得。
王媽媽　告得準？
關　彪　告得準。
王媽媽　如此，我先謝過客官！（欲跪）
關　彪　（急扶）老媽媽不必如此，請來上馬同行！（拉馬）
王媽媽　（膽怯地）……
關　彪　老媽媽，不必膽怕！
王媽媽　好哇！（上馬）
　　　　（唱）只說雪冤成泡影，
　　　　　　誰料絕路又逢生。
　　　　　　但願此行不是夢，
關　彪　（唱）我保你告倒小關平！
　　　　（關彪牽馬引王媽媽下）

第四場　壽堂鳴冤

（緊接前場）

（荆州王府）

（二幕啓：關府壽堂。關平英姿勃勃地上）

關　平　（唱）府門外車水馬龍聲喧鬧，
　　　　　　　壽堂內松柏結彩馨香飄。
　　　　　　　為父帥慶壽辰肝膽相照，
　　　　　　　學忠義保漢室不辭辛勞。

（張千急上）

張　千　稟少將軍，大事不好！

關　平　（一驚）何事驚慌？

張　千　少將軍！關興乘馬郊外練武，烈馬受驚，急奔狂馳，踏死一名幼童，闖下大禍，未講真名，都說是你致傷人命，少時苦主要來告狀，少將軍你……你要速作準備。

關　平　啊！

　　　　（唱）聽說二弟傷人命，
　　　　　　　冷水澆頭吃一驚。
　　　　　　　人命關天事嚴重，
　　　　　　　怎讓百姓把冤蒙。
　　　　　　　叫張千，
　　　　　　　隨我去對父帥稟。
　　　　　　　且慢，
　　　　　　　此事還需三思行。

　　　　張千，此事非同小可，不要聲張，我自會安排。

張　千　記下了。

關　平　快去對二公子叮嚀，叫他要守口如瓶。

張　千　是！（下）

關　平　哎呀，且住！父帥暴烈，執法森嚴，若知此事，必然嚴懲二弟。我若不說真情，定然拿我問罪。這，這，這便如何是好？

　　　　（唱）關興弟年幼多傲性，

　　　　良言規勸他不聽。
　　　　到如今闖禍傷人命，
　　　　苦主投狀告關平。
　　　　真情若對父帥稟，
　　　　又恐怕爹爹動酷刑。
　　　　可憐二弟尚年幼，
　　　　弟受折磨我心疼。
　　　　我若不把真情稟，
　　　　苦主告我怎擔承？
　　　　爲愛弟我去把苦主擋定，
　　　　不可！
　　　　仗權勢壓原告天理難容。
　　　　自古道傷人一命還一命，
　　　　王子犯法與民同。
　　　　此事欲稟不敢稟，
　　　　此案欲壓壓不成。
　　　　進退維谷心不定，（思索）
　　　　罷！
　　　　爲關興擔責見機而行！
　　（中軍上）
中　軍　啓稟少將軍，拜壽時刻已到。
關　平　知道了。關平兒，恭請爹娘駕臨壽堂。
　　　　（中軍下。打擊樂起）
　　　　（校尉、侍女、關興、張苞、關夫人、關雲長上）
關雲長　【引】笙歌頌德風送爽，
　　　　　　思桃園情深意長。
　　　　（念）爲漢室馳騁疆場，
　　　　　　建奇功英名遠揚。
　　　　　　勤政事輔佐兄長，
　　　　　　愛黎民譽滿荆襄。
關　平　兒關平。
關　興　關興。

張　苞	張苞。
衆	祝願 爹爹／伯父 萬壽無疆！（跪拜後，分列兩側）
關雲長	哈，哈，哈！ （唱）這纔是長江後浪催前浪，
關夫人	（唱）喜今朝一門忠義聚壽堂。
關雲長	（唱）願兒們懷壯志自強向上，
關夫人	（唱）學父輩獻丹心立業興邦。
關雲長	（唱）看江山戰機伏江夏動蕩， 　　　且莫忘居安思危禦強梁。 　　　宴罷後隨爲父校場同往， 　　　布兵陣決雌雄比試刀槍。
關　興	爹爹！校場比武，兒要力奪魁元。
關雲長	嗯！小小年紀，口出狂言，豈不知驕兵必敗，兒要多多求教你衆位兄長。
關　興	是。 （關雲長發現關平獨立一旁）
關雲長	關平兒！ （關平頓然警覺）
關　平	爹爹！
關雲長	我兒默默不樂，莫非有甚麼心事不成？
關　平	兒無有心事。
關夫人	我兒莫非身體不爽？
關　平	兒身強體壯，母親不必挂念。
張　苞	我家關平哥哥，爲伯父壽辰，日夜辛勞，大概身體疲憊了。
關雲長	下面歇息去吧！
關　平	兒遵命！ （中軍上）
中　軍	啓禀君侯，荆州縣令羅正前來拜壽。
關雲長	有請！（示意夫人、侍女下）
中　軍	有請羅大人。 （羅正上）

羅　　正　　下官羅正,與君侯拜壽。
關雲長　　關某實不敢當。
羅　　正　　祝君侯萬壽無疆!(拜)
關雲長　　關興。
關　　興　　在。
關雲長　　前廳設宴,請羅大人與衆賓朋痛飲。
關　　興　　兒遵命!(下)
關雲長　　羅大人請!
羅　　正　　請!(下)
　　　　　　(關雲長欲下時,關彪急上)
關　　彪　　啟稟君侯,我去河畔洗馬,遇一老婦含冤難明,要見君侯鳴冤!
關雲長　　荊州王府不理民訟。命她縣衙去告。
關　　彪　　她狀告豪門,荊州官員無人敢管。
關雲長　　噢!喚那老婦來見!
關　　彪　　遵命。君侯有命,老婦進見!
　　　　　　(王媽媽上)
王媽媽　　(唱)耳聽一聲將我喚,
　　　　　　　　顫顫嗦嗦走上前。
　　　　　　　　進得壽堂忙跪見,
　　　　　　　　求君侯與我伸屈冤。
　　　　　　(關雲長蹉步攙扶)
關雲長　　老人家請起。
王媽媽　　求君侯與小民作主。
關雲長　　老媽媽,有何冤情,你且講來!
王媽媽　　這是訴狀,君侯請看。(遞狀紙)
　　　　　　(關雲長閱狀,驚怒,頓起)
關雲長　　怪不得關平適才變顏失色,原來他、他、他觸犯律條。容某查明案情,再行發落。
王媽媽　　望君侯明察。
關雲長　　關彪,吩咐下邊,賞老媽媽紋銀十兩,暫度日月,護送出府,聽候傳訊。
王媽媽　　謝君侯!

關　彪　　老媽媽，隨我來！（同王媽媽下）
關雲長　　好氣也！
　　　　　（唱）觀罷老婦訴冤狀，
　　　　　　　　怒火陣陣燒胸膛。
　　　　　　　　關平奴才太放蕩，
　　　　　　　　竟敢縱馬將人傷。
　　　　　　　　壞我軍紀負衆望，
　　　　　　　　遭人唾罵理應當。
　　　　　　　　法不徇私樹榜樣，
　　　　　　　　懲逆子某要把正氣伸張。
　　　　　中軍！
　　　　　（中軍上）
中　軍　　在。
關雲長　　傳某口諭，罷宴停觴！
中　軍　　是。下面聽着！君侯有令，罷宴停觴！
關雲長　　關平進見！
中　軍　　關平進見！
　　　　　（關平上）
關　平　　（唱）父帥他傳口諭罷宴停觴，
　　　　　　　　霎時間關府中雨暴風狂。
　　　　　　　　爲保護小兄弟安然無恙，
　　　　　　　　天大罪我關平一人承當。
　　　　　兒，關平，拜見爹爹！
關雲長　　兒是關平？
關　平　　父帥。
關雲長　　你可知有人將你告下？
關　平　　兒知罪。
關雲長　　既知罪，爲何不對爲父言講？
關　平　　誠恐氣壞爹爹！
關雲長　　如此説來，你匿罪不報還是爲着爲父？
關　平　　這……
關雲長　　你你你進前講話！

關　平　（向前）爹爹！
關雲長　奴才！（擊平一掌）嗯！
　　　　（唱）小奴才做此事實在可恨，
　　　　　　　你竟敢縱烈馬傷害黎民。
　　　　　　　叫中軍看法索速將兒捆，（中軍縛關平）
　　　　有請羅大人！
中　軍　有請羅大人！
　　　　（羅正上）
羅　正　君侯！
關雲長　大人！（交狀紙）
　　　　（唱）父母官應爲民早把冤伸。
　　　　　　　將關平交於你按律勘審，
　　　　　　　秉公斷莫徇私情莫偏心。
　　　　　　　關某我急民苦親疏不論，
　　　　　　　三日後我定要核批回文。（下）
羅　正　哎呀！麻煩了！
　　　　（唱）君侯要我審此案，
　　　　　　　左右進退都作難。
　　　　　　　這案究竟該怎辦？
　　　　　　　且回縣衙再周旋。
　　　　來呀！
　　　　（衙役上）
衙　役　伺候太爺！
羅　正　將關平押回縣衙！
衙　役　是！（欲押關平走時，關興內喊"慢走"）
　　　　（關興上）
　　　　（關興撲向關平）
關　興　哥哥！
關　平　兄弟呀！
　　　　（唱）我今闖禍觸法網，
　　　　　　　身受縲絏理應當。
　　　　　　　前車之覆後車鑒，

		願弟奮發圖自強。
		叮嚀之言記心上，
關　興	（唱）	爲弟累你身遭殃。
		眼含熱淚叫兄長，
		且聽爲弟説端詳。
		都怪我行不檢點性放蕩，
		縱馬闖下禍一場。
		你爲救我陷羅網，
		俯首甘作替罪羊。
		將心比心都一樣，
		小弟怎能喪天良。
		我今要把真情講，
		好漢做事好漢當。
關　平	兄弟！你好糊塗，這人命大事，豈是兒戲？你休得胡言！
關　興	羅大人，縱馬傷人乃我所爲，請你放了我哥哥，拿我問罪。
羅　正	這……
關　平	羅大人，吾弟素重義氣，欲代我罪，急不擇言，大人莫可輕信。
羅　正	罕見，罕見，争當罪犯。我説二公子，你哥哥認罪在前，你爸爸要我三天結案，你要頂替罪犯，這偷天換日之事，下官實在不敢。
關　興	我是真犯，他是假犯，你真假不辨，真是個糊塗官！
羅　正	我一點也不糊塗。我勸你莫要無事生非，自討苦吃！
關　興	啊！（呆立一旁）
羅　正	將關平押上走！（下）
	（内喊："我兒慢走！"關夫人急上，張苞隨上）
關夫人	兒啊！
關　平	母親！
關夫人	（唱）一見嬌兒被索綁，
		不由叫人痛斷腸。
		誰料大禍從天降，
		兒啊！
關　平	（唱）娘莫爲兒把心傷。
張　苞	兄長，哥哥！

關　平　　兄弟！
　　　　　（唱）爲兄失足落法網，
　　　　　　　　鑄成大錯悔難當。
　　　　　　　　願你自惜多向上，
　　　　　　　　耿耿丹心保漢邦。
　　　　　（衙役押關平欲走）
關夫人　　關平！
關　平　　母親！
張　苞　　兄長！
關　平　　賢弟！
　　　　　（衙役押關平下）
關　興　　（急高呼）哥哥——
關夫人　　你兄長，他他他去遠了。
　　　　　（關興撲向關夫人，痛哭）
關　興　　母親！
張　苞　　伯母！設法搭救兄長纔是！
關　興　　（跪下白）母親！我……我，我求母親搭救哥哥！
　　　　　（音樂驟起）
　　　　　（關夫人含淚凝思）

第五場　贈扇求情

　　　　　（前場次日）
　　　　　（荊州縣衙二堂）
　　　　　（二幕前：羅正心緒不安地上）
羅　正　　（唱）怕麻煩，偏麻煩，
　　　　　　　　麻煩的事兒把我纏。
　　　　　　　　老太太那天把冤喊，

（唱）熱淚滾滾送兄長，
　　　心思如潮涌胸膛。
　　　再難並肩把陣上，
　　　怎忍從此各一方。

　　　　　　我把分量掂又掂。
　　　　　　以下犯上太危險，
　　　　　　無奈順水推了船。
　　　　　　只説此案無人管，
　　　　　　誰料君侯把案翻。
　　　　　　命我把關平來審判，
　　　　　　真是叫我來作難。
　　　　　　執法無私按律典，
　　　　　　量刑需防情理偏。
衙　役　稟太爺，君侯差人前來下書，太爺請看！
　　　　（羅正拆書）
羅　正　（念）"小柬一封寄大人，
　　　　　　揮毫倍覺重千斤。
　　　　　　關平縱馬傷人命，
　　　　　　家出逆子寒透心。
　　　　　　以儆效尤從嚴論，
　　　　　　開刀問斬慰民心。
　　　　　　如若有人徇私求情，
　　　　　　尚方寶劍，格殺勿論。"
　　　　（倒吸一口冷氣）
　　　　開刀問斬！
　　　　（唱）我還是莫違君侯命，
　　　　　　從嚴判處斬關平。
　　　　哎呀，不能，
　　　　（唱）關平雖然致人命，
　　　　　　乃是誤傷宜從輕。
　　　　　　爲官若不主公正，
　　　　　　天理國法都不容。
　　　　　　從寬從嚴須慎重，
　　　　　　我可不當糊塗蟲！
衙　役　稟太爺，關夫人差人送來垂金扇一把。
羅　正　（接扇唱）

夫人爲何送金扇？
必有奧妙在其間。
打開扇兒仔細看：
（念）"盼顧湖山繪丹青，
求花吐艷待春風。
從戎志在山河壯，
寬襟暢飲慶太平。"
盼求從寬，盼求從寬！
（唱）原是要我量刑寬。
君侯他送書來怒衝霄漢，
關夫人贈金扇語言纏綿。
哪個真哪個假如何判斷，
真令人費疑猜左右爲難。
有了，我不免携帶案卷，面見君侯，陳述己見，再好了却此案。
（唱）不下河怎知水深淺，
欲擒猛虎入深山。
接下這樁扎手案，
關係重大非一般。
拜會君侯陳己見，
唉！
爲官者也並非諸事安然。（下）

第六場　豪氣凜然

（前場當晚）
（荆州王府）
（二幕啓：關雲長在燈下觀書。風起雲涌）

關雲長　（唱）晚風起烏雲涌星月暗淡，
氣難消恨難平鬱悶愁煩。
燭燈下某強把《春秋》觀看，
歷代的興與衰映現眼前。
順民心操勝券千古明鑒，

違民意江山傾歷代皆然。（合卷而起）
看今朝鼎足勢瞬息千變，
展宏圖還必須以民當先。
恨逆子荼百姓妄爲鐵漢，
傷黎民壞軍紀膽大包天。
老婦人呈訴狀來把冤喊，
我豈能徇私情姑息兒男。
命知縣將關平從嚴懲辦，
慰民心正軍紀執法如山。

（中軍上）

中　軍　稟君侯，羅知縣求見。
關雲長　有請。
中　軍　羅知縣進見！（下）

（羅正上）

羅　正　（唱）手捧案卷拜君侯，
　　　　　　只爲消除兩家愁。
　　　　拜見君侯。
關雲長　免禮，落坐。
羅　正　謝君侯。
關雲長　關平一案，審訊如何？
羅　正　勘審已畢，回復君侯。
關雲長　關平可有招？
羅　正　苦主所告屬實，關平俱都招認。
關雲長　如何發落？
羅　正　苦主年老無靠，贍養送終；關平重責八十，羈押三載。
關雲長　哼！某之手諭，可曾看過？
羅　正　句句拜讀。
關雲長　有何高見，望乞賜教。
羅　正　下官才疏學淺，怎敢冒瀆君侯。
關雲長　話講當面，某願聆聽。
羅　正　縱馬傷人，理應判處。量刑之時，尤須審慎。若將關平處以極刑，委實過重。

關雲長　害民匿罪，敗我威名，若不重處，豈能服衆？殺一儆百，怎言過重。
羅　正　君侯忠烈剛直，執法如山，伸張正氣，大義滅親，吏之表率，萬民敬仰。只是……
關雲長　甚麼？
羅　正　哎呀，君侯，這殺頭可不是割韭菜，人頭落地，再難復生。君侯威怒之下，將關平處斬，荆州失一良將，國家失一棟梁，恐日後追悔莫及，還望君侯明察。
關雲長　嚴懲逆子，爲民除害，何悔之有？
羅　正　這……
關雲長　重罪輕刑，莫非有人講情不成？
羅　正　這……
關雲長　你得了多少金銀珠寶？講！
羅　正　哎呀，君侯，下官怎敢受賄，只有夫人過衙送來一把垂金扇。
關雲長　交某來看！
羅　正　君侯！請來觀看！（交扇）
　　　　（關雲長觀扇）
關雲長　好惱！
　　　　（唱）夫人處事真大膽，
　　　　　　　借扇講情理不端。
　　　　　　　案卷交與某觀看，
　　　　（羅正遞案卷）
羅　正　君侯請看！
　　　　（關雲長執筆批示）
關雲長　（接唱）秋後處斬不容寬！
　　　　（羅正接案卷）
羅　正　啊！
　　　　（唱）秋後要把關平斬，
　　　　　　　君侯之命大如天。
　　　　　　　手捧案卷回衙轉，
　　　　　　　有心無力也枉然。（下）
關雲長　內廳傳話，夫人來見！
　　　　（關夫人上）

關夫人　（唱）忽聽傳喚神色變，
　　　　　　　惴惴不安到堂前。
　　　　　　　莫非隱情露破綻，
　　　　（關雲長見夫人，拔劍追殺。夫人左推右擋，跪倒在地）
關夫人　（接唱）你你你追殺爲妻爲哪般？
　　　　君侯哇！你將爲妻喚到堂前，一言不發，掌劍便殺，這，這，這是爲了何事？
關雲長　罪證在此，你且看來！（擲扇於地）
關夫人　哎呀，果然被他知道了！
關雲長　違某意願，過衙求情，如何容得！（揮劍又刺）
關夫人　君侯呀，容妻把話講完，再殺不遲！
關雲長　講！
關夫人　君侯哇！
　　　　（唱）望君侯息雷霆且先住手，
　　　　　　　容爲妻訴一訴滿腹苦衷。
　　　　　　　關平兒馬脫繮誤傷人命，
　　　　　　　犯軍紀觸法網理應嚴懲。
　　　　　　　君侯你不徇私令人崇敬，
　　　　　　　我怎敢違夫命去徇私情。
　　　　　　　倘若是小關興把刑律觸動，
　　　　　　　任你殺，任你剮，千刀萬剮妻順從。
　　　　　　　那關平並非是你我親生，
　　　　　　　還望你量刑時三思而行。
　　　　　　　你念他平素間恭順孝敬，
　　　　　　　你念他失檢點尚且年輕；
　　　　　　　你念他爲江山忠心耿耿，
　　　　　　　你念他鞍前馬後有戰功；
　　　　　　　你念他生身父母年邁沒有人照應，
　　　　　　　你念他能伏法將兒寬容。
　　　　　　　如不然叫關興代兄抵命，
　　　　　　　也免得局外人說西道東。
　　　　　　　求君侯這一次收回成命，

給爲妻賞薄面饒恕關平。

關雲長　（激動地）噢！

　　　　（唱）聽罷夫人肺腑言，
　　　　　　深情脉脉意綿綿。
　　　　　　熱淚湧出丹鳳眼，
　　　　　　卧蠶眉兒凝成團。
　　　　　　心如火焚思緒亂，
　　　　　　漣漣淚水如湧泉。
　　　　　　豪傑並非無情漢，
　　　　　　我關某豈是那鐵石心肝。
　　　　　　罷！罷！罷！收回成命把死刑免，

　　　　不能！

　　　　（唱）縱子違法罵名傳。

　　　　夫人哪！

　　　　（唱）血染征衣爲扶漢，
　　　　　　興業莫忘創業難。
　　　　　　江山一統未實現，
　　　　　　百廢待舉民求安。
　　　　　　關平犯罪觸律典，
　　　　　　執法量刑應從嚴。
　　　　　　爲官不把私情念，
　　　　　　耿耿此心可對天。
　　　　　　斬關平用鮮血標立典範，
　　　　　　教兒孫感皇恩除邪念奉公守法保江山！

關夫人　君侯，你，你，你執意要斬？
關雲長　夫人，你，你，你也要體諒關某的苦衷。
關夫人　喂呀！

　　　　（關興、張苞上）

關　興　孩兒　　父帥
張　苞　侄兒　懇求　伯父　寬恕關平哥哥！（跪）

關雲長　兒們聽了！

　　　　（唱）立國法整綱紀以民爲本，

　　　　父豈能護一子捨棄萬民。
　　　　閃閃青鋒驚雷霆，
　　（揮劍，入鞘，亮相）
　　　　執法人不執法何以服人。
　　（關雲長威風凜凜，揮手拒絕）
　　（眾驚服）

第七場　苦　主　允　情

（數月後）
（王媽媽家中）
（二幕前：張苞急上）

張　苞　（唱）空中烏雲凝成片，
　　　　　　北風呼嘯旋成團。
　　　　　　伯父要把哥哥斬，
　　　　　　王府上下心痛酸。
　　　　　　三番五次求赦免，
　　　　　　伯父執法不容寬。
　　　　　　無奈去把苦主見，
　　　　　　搭救哥哥走一番。（下）

（二幕啓：王媽媽家中，桌上放着王鵬靈牌。王媽媽手端飯碗，悲痛地上）

王媽媽　（唱）春去秋臨落葉卷，
　　　　　　風聲淒淒好慘然。
　　　　　　小孫兒王鵬把命斷，
　　　　　　雪上加霜愁萬千。
　　　　　　孫兒亡故七期滿，
　　　　　　手捧湯飯送靈前。（入內）
　　　　　　見靈牌忙把亡孫喊，
　　　　　　王鵬，小孫兒！
　　　　　　奶奶我來到了你的靈前。
　　　　　　實指望你長大肩挑重擔，

　　　　誰料想蒼天爺不遂人願，
　　　　偏偏地把大禍降到身邊。
　　　　黃葉尚未遭風險，
　　　　霜殺嫩苗連根剡。
　　　　奶奶未亡孫命斷，
　　　　王門從此斷香煙。
　　　　可憐我前路茫茫誰照管，
　　　　白髮蒼蒼倍孤單。
　　　　哭孫兒哭得我聲嘶力減，
　　　　好似孤雁落沙灘。
　　　　哭孫兒哭得我裂肝碎膽，
　　　　好似萬箭心頭穿！
　　　　年邁人直哭得魂飛魄散，
　　　　是何人能替我消愁解煩。
　　（張苞上）

張　　苞　老奶奶！
王媽媽　　噢，你是何人，喚我奶奶！
張　　苞　我乃閬中王之子張苞，前來看望奶奶。
王媽媽　　（驚喜地）你就是那三聲喝退曹兵的張將軍之子？
張　　苞　正是的。老奶奶你如何得知我父喝退曹兵之事？
王媽媽　　哎呀，小將軍！是你不知，那年兵荒馬亂，我背井離鄉逃難，路遇曹兵緊追不放，行至當陽橋前，眼看大難臨頭，危急萬分。這時，你父揚鞭躍馬，衝上橋頭，連喝三聲震斷了橋梁，嚇得曹兵望風而逃，我纔轉危為安。這些年來常把你父思念，今日能見你面如見你父一般。小將軍，你到此有得何事？
張　　苞　老奶奶！
　　　　（唱）小兄弟被馬踩死得傷慘，
　　　　荆州城老和少聞知心酸。
　　　　為此事我伯父定要把關平兄斬，
　　　　求奶奶施恩典救他一番。
王媽媽　　這個……
張　　苞　老奶奶，王鵬小兄弟無辜身亡，令人心酸，留下你孤身一人，身世可憐。從今往後,我就是你的親孫兒,你就是我的親奶奶,我一定侍奉你歡度晚年。今天我家伯父就要處決我那關平哥哥,危在旦夕,孫兒求奶奶前去搭救他一條活命。

(唱)關平兄平素間待人和善,
　　　他本是奇男子戰將一員。
　　　爲江山他不惜流血淌汗,
　　　多年來隨伯父馬後鞍前。
　　　疆場上遇强敵英勇奮戰,
　　　保漢室和黎民功非一般。
　　　倘若還今日裏他被問斬,
　　　遇强敵來侵擾黎民難安。
　　　小兄弟遭非命雖然傷慘,
　　　這件事並非他鬧的禍端!

王媽媽　怎麼傷人命的不是關平?

張　苞　(接唱)關平兄替關興挺身出面,
　　　　　全忠義把罪責一身承擔。
　　　　　老奶奶我求你大開恩典,
　　　　　你念他爲愛弟負屈蒙冤。
　　　　　老奶奶我求你將他憐念,
　　　　　他一雙親爹娘風燭殘年。
　　　　　小兄弟已亡故再難生返,
　　　　　我給你當孫兒侍奉百年。

王媽媽　(唱)小張苞一席話沁肺瀝膽,
　　　　　不由我年邁人暗自盤算。
　　　　　爲國家他求我講情出面,
　　　　　這件事倒叫我左右爲難。
　　　　　我有心收訴狀此案罷免,
　　　　　可憐我小孫兒負屈含冤。
　　　　　二君侯斬關平我若不管,
　　　　　豈不讓後世人怨恨千年。
　　　　　關平他重義氣實在罕見,
　　　　　我怎能忍着心讓他蒙冤。

　　　　好心應把好心換，
　　　　逢春暖來臨冬寒。
　　　　老關公爲國家忠心赤膽，
　　　　扶漢室愛黎民心血勞乾。
　　　　整軍紀不徇私秉公而斷，
　　　　無愧是英雄漢浩氣凜然。
　　　　一樁樁一件件擺在當面，
　　　　哪個輕哪個重一掂再掂。
　　　　罷罷罷收訴狀了結此案，
　　　　爲漢室我也要忍痛割肝。
　　　　小張苞快起來莫可久站，
　　　　扶奶奶見君侯把義成全。
　　張苞，隨奶奶走！
　　（張苞高興地扶王媽媽下）

第八場　戴罪出征

　　（緊接前場）
　　（開場）
　　（二幕前：內刀斧手喝吼："走！"）
關　平　（內唱）刀斧手一聲吼天搖地陷，
　　　　（刀斧手押關平上）
關　平　（接唱）兄爲弟赴刑場命喪九泉。
　　　　想當年隨父帥沙場征戰，
　　　　雄赳赳抖威風豪氣凜然。
　　　　今日裏赴法場邁步艱難，
　　　　有千言和萬語隱藏胸間。
　　　　不能講，不能喊，
　　　　忍辱負屈難開言。
　　　　爲全忠義把頭斷，
　　　　待看萬木早參天。
　　　　鬼頭刀出鞘寒光閃，

午時三刻離人間。
我雖喪身心無怨,
但願漢室捷報傳!

(二幕啓:刑場、監斬臺,勁松參天,烏雲翻滾。侍女托酒、飯,引關夫人上。刀斧手下)

關夫人 關平兒!

關　平 母親!

關夫人 兒呀!

(唱)塵沙遮臉容顏變,
熱淚如雨灑胸前。
從今後,再不能教兒讀書卷,
從今後,再不能聽兒捷報傳。
兒死後莫要把你父帥埋怨,
揮淚斬子爲的是漢室江山。
兒死後娘歲歲插柳把兒看,
送衣送飯到墳前。

兒啊!
你吃下這碗長休飯,
免得忍饑赴黃泉。
再喝這杯永別酒,
醉意朦朧得長眠。
我的兒睜開眼把爲娘再看一看,
你,你,你,有何遺願對娘言。(哭泣)

關　平 娘啊!

(唱)母親莫痛擦淚眼,
且聽孩兒臨終言。
兒雖非娘親骨肉,
娘待兒恩深似海重如山。
兒原想敬奉爹娘百年滿,
披麻戴孝送墳前。
誰知蒼天違人願[1],
兒赴泉臺竟在先。

　　　　　　孩兒雖死無遺憾，
　　　　　　尚有那三件事請娘成全。
關夫人　這第一件？
關　平　（唱）我父帥秉性烈忠心赤膽，
　　　　　　爲漢室一生戎馬不下鞍。
　　　　　　如今他年高邁須人照管，
　　　　　　娘勸他多保重貴體長安。
　　　　　　他若有不周之處娘莫怨，
　　　　　　望母親看兒面容他二三。
關夫人　（悲傷地）爲娘依從就是。這第二件？
關　平　（唱）關定莊我生身父母將兒盼，
　　　　　　教兒永保漢江山。
　　　　　　兒死後，請娘另眼看，
　　　　　　勸慰他們度晚年。
關夫人　爲娘對你的生身父母定會另眼相待。這第三件？
關　平　這第三件麽……兒有幾句言語，求母親轉告關興小弟。
關夫人　你且講來！
關　平　母親！
　　　　（唱）願小弟自強不息圖上進，
　　　　　　子承父業秉忠心。
　　　　　　來日他青煙閣上名威震[2]，
　　　　　　莫忘化紙慰孤魂。
　　　　（中軍抱劍上。刀斧手上）
中　軍　下面聽着，君侯刑場監斬，閑雜人等速快躲開。請夫人迴避！
關　平　請母親回府歇息！
　　　　（內喊："君侯到！"）
　　　　（關夫人哭泣下）
　　　　（校尉、羅正急上）
　　　　（關彪牽馬引關雲長上）
關雲長　（唱）天網恢恢法森嚴，
　　　　　　怒斬關平心亦酸。
　　　　　　父子之情今朝斷，

　　　　　　强忍悲傷淚偷彈。
中　軍　啓禀君侯，午時三刻已到。
關雲長　刀斧手！開——刀！
關　興　（內喊）刀下留人！
　　　　（關興手執自首書，邊喊邊上）
　　　　（關夫人隨後跟上）
關　興　爹爹！馬踏人命一事，乃孩兒所爲，與關平哥哥一字無關，現有自首書，請爹爹觀看。（跪下）
　　　　（關雲長看罷自首書，走下監斬臺）
關雲長　這馬踏人命一事，是兒所幹？
關　興　是兒所幹。
關雲長　是兒所爲？
關　興　是兒所爲。
關雲長　好氣也！（一脚將關興踢翻，伏地）
　　　　（唱）小奴才你縱馬傷害百姓，
　　　　　　　竟匿罪不禀報又害其兄。
　　　　　　　叫人來速快將關興綁定——
　　　　（校尉綁關興）
關夫人
羅　正　（同時地）君侯！
關雲長　（唱）我豈能顧親生饒恕畜牲！
　　　　刀斧手！
　　　　（刀斧手應聲上。關雲長歸監斬臺）
　　　　將關平赦回，將關興推出斬！斬！斬！
　　　　（四刀斧手押解關興。關平上）
關　平　爹爹！且慢！兒有話講！
關雲長　關平，你欺瞞爲父，袒護關興，還有何話講？
關　平　兒爲關興替罪，一爲報答父帥之恩，二爲使小弟上進！請爹爹容兒講來。
羅　正
關夫人　請君侯容他一講。
關雲長　講！

關　平　爹爹容禀！

　　　　（唱）想當年拜義父如魚得水，
　　　　　　　傳文韜授武略育我成人。
　　　　　　　學爹爹保漢室赤膽忠心，
　　　　　　　學爹爹大義凜凜爲黎民。
　　　　　　　兒今日自願把碧血流盡，
　　　　　　　只緣愛弟情意眞。
　　　　　　　一則是促弟成材圖上進，
　　　　　　　二則是血染霜刀報父恩。
　　　　爹爹呀！
　　　　　　　關興弟刑場自首把罪認，
　　　　　　　你就該成全他改過自新。
　　　　爹爹，孩兒話已講明，如若不赦關興，就仍將孩兒斬首！（跪下）
關　興　爹爹，一人犯罪一人當，請爹爹叫孩兒赴死抵命！（跪下）
羅　正　下官未能及時善理民訟，願受重責，求君侯從輕發落小將軍！（跪下）
關夫人　君侯呀！關興犯罪，爲妻有責，求君侯處我一死，願與關興同赴九泉！（跪下）
關雲長　（唱）衆人求情跪當面，
　　　　　　　只覺地轉天又旋。
　　　　　　　若將逆子來赦免，
　　　　　　　苦主負屈心怎安。
　　　　　　　左思右想存心亂，
　　　　　　　斬字出口更改難。
　　　　斬令已出，再難收回。
關　興　容兒面對爹娘，拜上三拜，以謝二老養育之恩。
關雲長　來！架起刀來，容他拜來！
關　興　謝爹爹！
　　　　（關平扶起關夫人）
　　　　（關興整容理衣，跪拜）
　　　　（關雲長、夫人等掩面悲傷）
　　　　（行刑鼓響）

關雲長　刀斧手！將關興推出……斬！
　　　　（刀斧手架起關興下）
　　　　（二通鼓響）
關夫人　兒呀！（暈厥，關平急扶）
　　　　（一刀斧手上）
刀斧手　啓稟君侯，苦主護守關興，難以行刑。
關雲長　啊！
　　　　（張苞扶王媽媽急上）
關雲長　老媽媽，關某處斬逆子，替你孫兒抵命，爲何攔擋？
王媽媽　（唱）君侯斬子雪冤案，
　　　　　　　大義滅親可對天。
　　　　　　　人非草木心相換，
　　　　　　　公理昭昭在人間。
　　　　　　　爲官能把民憐念，
　　　　　　　黎民怎能不爲官。
　　　　　　　我孫兒已死難生還，
　　　　　　　怎忍你絕後斷香煙。
　　　　　　　關興未把斬罪犯，
　　　　　　　按情發落宜從寬。
關雲長　家出逆子，甚是羞愧，今日問斬，以正威名。
王媽媽　君侯執法無情，感人肺腑。小將軍縱馬闖禍，並非蓄意謀殺。老身只恨那些官員，竟不敢受理此案。
羅　正　老媽媽所言極是，下官膽小怕事，有負黎民，願聞教訓。
王媽媽　只要官清法正，百姓也就心滿意足了。
羅　正　君侯，關興已經自首認錯，苦主又來講情，就該另行……
王媽媽　君侯如不重新發落，我便討回訴狀息訟不告了！
關雲長　這個……
王媽媽　哎呀君侯，小孫已死再難復生，豈能再傷一命。老身苦苦求情，你就該收回成命，如若不然，就連老身一同處斬了！
關雲長　（唱）老媽媽求情動肝膽，
　　　　　　　不由豪傑作了難。
　　　　　　　爲漢室保皇兄東征西戰，

多少個忠良將血染征鞍。
脫戎裝勤政事荊襄地面,
全憑着軍紀明執法森嚴。
親生子傷人命徇情不斬,
怎能叫秉公斷執法如山。
常言道法不嚴由上所亂,
我豈能對親生忘却誓言。
若寬容不肖子善惡不辨,
壞軍紀亂律條黎民怎安?
我若執意把兒斬,
苦主再三來阻攔。罷、罷、罷,
不看僧面看佛面,
念苦主把逆子發落從寬。
死罪赦了活難免[3],
重責八十羈三年。
老媽媽孤孀香煙斷,
即日進府度晚年。

報旨官 (內)聖旨下。
中　軍 禀君侯,聖旨下。
關雲長 接旨。
　　　　(關平、張苞等下)
　　　　(報旨官上)
報旨官 荊州王關雲長聽詔:江夏逆臣張龍、張虎謀反作亂,諸葛丞相奏請朕准,命關平挂帥,提調關興、張苞等小將,即刻披挂出征,功成之日,再行封賞。傳詔已畢,君侯接旨。
關雲長 謹遵兄王詔命!中軍,引差官回府安歇!
報旨官 謝君侯!
　　　　(中軍、報旨官下。中軍復上)
羅　正 君侯,依下官之見,叫關興披挂出征,以功贖罪,如何?
王媽媽 羅知縣所言極是,望君侯應允。
關雲長 中軍!衆位小將披挂進見!
中　軍 君侯有令,衆位小將進見!

（關平、關興、張苞等上）

衆　　參見 爹爹／伯父！

關雲長　站立兩廂，聽父一令！

（唱）關平挂帥赴邊關，

關興立功曠罪愆。

征途莫把秋毫犯，

齊心合力把敵殲。

衆　　（唱）馬離江夏敲金鐙，

人望荆州奏凱旋。

（馬童上，衆小將上馬，關雲長等相送）

——劇終

校記

［1］誰知蒼天違人願："願"，原作"怨"，據文意改。

［2］來日他青煙閣上名威震："青煙閣"，似爲"凌煙閣"之誤。漢時並無凌煙閣，但戲曲衹取習言。若必以時代衡量，則宜改爲"麒麟閣"，存疑待考。

［3］死罪赦了活難免："活"，意不明。據文意，疑爲"刑"或"活罪"，待考。

金殿阻計・單刀赴會

周信芳　整理

解　題

　　京劇。周信芳整理。周信芳（1895—1975），原名周士楚，字信芳，藝名麒麟童。祖籍浙江慈溪，生於江蘇清江浦（今淮安市）。父周慰堂、母徐桂仙，均爲春仙班演員。1900 年隨父旅居杭州，開始練功學戲，1901 年在杭州首次登臺，取藝名七齡童；1906 年參加王鴻壽滿春班，開始演正戲；1907 年在上海演戲改藝名爲麒麟童。老生麒派創始演員。歷任中國戲曲研究院副院長、華東戲曲研究院院長、上海京劇院院長、中國戲劇家協會副主席、上海戲劇家協會主席等職。著有《周信芳演出劇本選集》（1955 年）、《周信芳演出劇本新編》（1961 年）、《周信芳戲劇散論》（1960 年）、《周信芳全集》（2014 年）。該劇未見著録。劇寫劉備取得西川，三國成鼎足之勢。孫權命新任都督魯肅設法索還借與劉備養軍的荆州。東吳元老喬玄認爲此舉必使孫、劉失和，予曹操以可乘之機，金殿之上苦苦勸諫。孫權討要荆州心切，不納喬玄之諫，使魯肅設宴，以邀請關羽過江赴席爲名，暗伏刀兵，擒殺脅迫。關羽明知有詐，並不畏怯，携周倉一人，單刀赴會。筵間，魯肅婉言索取荆州，關羽佯作酒醉，一手持刀，一手挾魯肅退席。東吳伏兵不敢輕舉妄動，關羽安然返回荆州。本事出於《三國志・吳書・吳主權傳》及《魯肅傳》與裴注引《吳書》。元關漢卿雜劇《關大王單刀會》、元刊《三國志平話》、《三國演義》、清傳奇《鼎峙春秋》、現代京劇，都寫有關羽單刀赴會事，情節不盡相同。該劇係依元關漢卿《關大王單刀會》改編。上海京劇院演出，周信芳前演喬玄，後飾關羽。版本見《周信芳全集》本。今據以收録整理。

第 一 場

（四太監引孫權上）

孫　權　（念）【引】中原大勢三分鼎，
　　　　　　　　　霸主江東萬代馨。
　　　　（念）（詩）赤壁鏖兵餘火殘，
　　　　　　　　　孫劉聯合拒曹瞞。
　　　　　　　　　樓桑大耳真無信，
　　　　　　　　　借去荊州久不還。
　　　　孤，孫權。只因赤壁鏖兵，我東吳費了兵馬錢糧，劉備坐收漁人之利，佔據荊州，久借不還。今劉備取得西川，曾命諸葛瑾前去索討，劉備允許暫還三郡，可恨關羽不允。今調魯肅回朝，共同商議。還未到來？
（大太監上）

大太監　啟奏千歲，魯都督回朝。

孫　權　宣他上殿。

大太監　千歲有旨，魯都督上殿。

魯　肅　（內）領旨！（上，念）
　　　　　　劉備全無信，
　　　　　　孔明弄巧心。
　　　　　　荊州久不返，
　　　　　　魯肅作難人。
　　　　臣魯肅見駕，吳侯千歲。

孫　權　平身。

魯　肅　千千歲。

孫　權　賜座。

魯　肅　謝座。宣臣回朝，莫非為了荊州之事？

孫　權　諸葛瑾入川，劉備允許暫還長沙、零陵、桂陽三郡。可恨關羽執意不還，反將諸葛瑾羞辱一場。你道惱是不惱？

魯　肅　哦！
　　　　（唱）【散板】
　　　　　　那劉備做事無信義，

　　　　　　　我魯肅無才惹是非。

孫　權　當初劉備借荊州,可是你作的保?

魯　肅　是魯肅作的保。

孫　權　他不還荊州,你這保人又待怎樣?

魯　肅　千歲。

　　　　（唱）【搖板】

　　　　　　　魯肅作保要保到底,

孫　權　荊州一日不還,你這保人就難脫關係。

魯　肅　千歲呀!

　　　　（唱）【散板】

　　　　　　　爲此事晝夜費心機。

　　　　　　　今日定下了三條計,

　　　　　　　他不還荊州定不依。

孫　權　但不知哪三條計?這一?

魯　肅　第一條計,就以慶賀劉備進位漢中王爲由,修下書信一封,命人下到荊州,請那關雲長過江赴宴。

孫　權　哦,請那關雲長過江赴宴! 你料他來是不來?

魯　肅　他若不來,便是懼怕我東吳。料那關雲長性情高傲,他必然前來! 酒席筵前,還了荊州,萬事全休。

孫　權　若是不還?

魯　肅　在衣壁之中,暗藏甲士,擊杯爲號,伏兵齊起,擒着關羽囚於江東。

孫　權　第二計呢?

魯　肅　我將一應戰船,盡行拘收,不放雲長回去。拘囚日久,他自然悔懼,那時不怕他不還。

孫　權　想雲長英勇過人,他若恃武不還,你又待怎樣?

魯　肅　還有這第三條哇!

　　　　（唱）【搖板】

　　　　　　　關雲長是劉備股肱臣宰,

　　　　　　　他焉能作癡聾把手足情乖!

　　　　　　　那時節我君臣安坐而待,

　　　　　　　管教他奉荊州雙手送來。

孫　權　哦!

(唱)三條計頓教我愁眉盡解，
　　　討荊州一任你妙計安排。
(小太監上)

小太監　啓奏千歲，喬國老有本啓奏！
孫　權　喬國老久不上朝，今日前來，定有大事。宣國老上殿。
小太監　千歲有旨，喬國老上殿！
喬　玄　(內)領旨。(上，唱)
　　　　赤壁鏖兵曹兵敗，
　　　　曹瞞此仇記心懷。
　　　　孫劉聯合力量在，
　　　　曹操不敢捲土來。
　　　　孫劉聯合遭破壞，
　　　　只怕荊州是禍胎。
　　　　老臣見駕，吳侯千歲。
孫　權　國老不要多禮，請坐。
喬　玄　謝座。
魯　肅　國老請坐。(讓上座)
喬　玄　魯都督請坐。
孫　權　國老今日上殿，有何大事？
喬　玄　諸葛瑾空手而回，調回魯都督，莫非爲討荊州？
孫　權　劉備倒有還三郡之意，可恨關羽執意不允，令人可惱。
喬　玄　屢討荊州，一事無成，今番又恐畫虎不成，反被恥笑。
孫　權　魯都督定下三條妙計：第一，請他赴宴，當宴索討；這二，他若不允，拘留江東；第三，劉備聞知，必定獻城贖將，荊州可得。
喬　玄　這三計不成，必然引起爭戰。曹操虎視眈眈，必然乘機殺來，報赤壁之仇。不如相安一時，再等時機。
孫　權　我意已決，不必多言。
喬　玄　千歲！
　　　　(唱)【原板】
　　　　漢高祖在咸陽登了大寶，
　　　　四百年至桓靈八方蕭條。
　　　　董卓賊霸朝綱豺狼當道，

　　　　　衆諸侯興義兵大戰虎牢。
　　　　　王司徒獻連環董卓誅了，
　　　　　曹孟德挾天子又霸漢朝。
　　　　　劉皇叔居西川狼烟盡掃，
　　　　　我東吳承父兄列土分茅。
　　　　　這纔是既得隴又望蜀道。
　　　　　怕的是，螳螂捕蟬，黄雀在後，
　　　　　那曹操乘隙而攻，自取火燒。
孫　權　（唱）漢光武滅王莽漢室暫保，
　　　　　傳至在桓靈帝瓦解冰消。
　　　　　孤承受父兄業國安民好，
　　　　　恨曹瞞領人馬威嚇我朝。
　　　　　戰赤壁費盡了兵馬糧草，
　　　　　劉玄德在夏口有何功勞？
喬　玄　（唱）曾記得曹操打戰表，
　　　　　他要把東吳一筆銷。
　　　　　文班中準備寫降表，
　　　（轉唱）【二六】
　　　　　武將士不敢動槍刀。
　　　　　我國中若不是周郎好，
　　　　　江南九郡盡歸曹。
　　　　　老黄蓋苦肉計獻糧草，
　　　　　龐士元連環計謀高，
　　　　　若不虧南陽諸葛東風祭得妙，
　　　　　這東吳焉有半分毫！
　　　　　孫劉和好纔能共拒曹操，
　　　　　須念着秦晉之好，唇齒之交。
　　　　　孫劉若是失和好，
　　　　　鷸蚌相爭自把禍招。
魯　肅　國老吓！
　　　（唱）【流水】
　　　　　國老把話講差了，

　　　　　　魯肅言來聽根苗。
　　　　　　諸葛瑾曾把荊州討，
　　　　　　那劉備允還三郡歸我朝。
　　　　　　可恨那關羽性高傲，
　　　　　　寸土不還恨難消。
　　　　　　蜀中大將年紀老，
　　　　　　何懼他將老兵又驕。
喬　玄　（唱）休道蜀中兵將老，
　　　　　　現有五虎將英豪。
　　　　　　關雲長，謀略好，
　　　　　　全憑青龍偃月刀。
　　　　　　張翼德，情性躁，
　　　　　　大吼一聲斷了灞陵橋。
　　　　　　趙子龍，膽量好，
　　　　　　曹兵一見魂魄銷。
　　　　　　馬孟起，似虎豹，
　　　　　　只殺得曹操割鬚棄了袍。
　　　　　　黃漢昇八十不服老，
　　　　　　百步穿楊射得高。
　　　　　　五虎將，我不表，
　　　　　　還有那諸葛孔明他的智謀高。
孫　權　（唱）休道蜀中兵將好，
　　　　　　東吳也有將英豪。
　　　　　　丁奉徐盛韜略好，
　　　　　　蔣欽周泰智謀高。
　　　　　　甘寧韓當賽虎豹，
　　　　　　程普潘璋似龍蛟。
　　　　　　一心要把荊州討，
　　　　　　何惜一戰動槍刀。
魯　肅　國老！
　　　　（唱）【散板】
　　　　　　昔借荊州我為保，

　　　　　　久借不還我常把心操。
　　　　　　故此定下三條計，
　　　　　　宴請關羽去相邀。
　　　　　　席前便把荆州討，
　　　　　　管教他束手被擒無處逃。
喬　玄　哈哈哈！
　　　　（唱）休道你三條計真巧妙，
　　　　　　休道你三條計定難逃。
　　　　　　你頭次曾把荆州討，
　　　　　　未曾取得半分毫。
　　　　　　二次定下美人套，
　　　　　　以假成真在甘露寺把親招。
　　　　　　美人計曾把郡主陪送掉，
　　　　　　賠了夫人又折兵這話柄被人笑嘲。
　　　　　　三次又把荆州討，
　　　　　　中了孔明計籠牢。
　　　　　　損兵折將事非小，
　　　　　　可嘆我小婿周瑜命喪巴丘赴陰曹。
　　　　　　前車之鑒你忘懷了，
　　　　　　看起來你智窮力竭把舊文章抄，不妙不妙，看來計不高。
孫　權　住了！
　　　　（唱）不提甘露寺還罷了，
　　　　　　提起此事怒眉梢。
　　　　　　周公瑾定下牢籠套，
　　　　　　金鈎準備釣海鰲。
　　　　　　被你洩露母后知曉，
　　　　　　以假成真無下梢。
　　　　　　今日又來多阻拗，
　　　　　　請太尉再休要讕言絮叨。
　　　　　　下殿去吧！
喬　玄　（唱）他君臣必要行此道，
　　　　　　好似沙中把金淘。

　　　　　話不投機良言少，
　　咳！
　　（唱）我不願袖手旁觀再去絮叨。

孫　權　國老，你爲何去而復返？
喬　玄　我總覺得三計不妙。這一封小簡，焉能會來；縱然來了，焉能一席小宴，就退回荊州？你要擒他，難道他就一無準備不成？何況那關羽他那樣英雄、那樣的神威。
孫　權　他只要肯來，四方都是我國兵將，他縱然是一隻猛虎，也飛不過江去，他還有甚麼威風，還稱甚麼英雄？
喬　玄　千歲！
孫　權　你又來了！
喬　玄　（唱）【小導板】
　　　　　他上陣風擺美髯飄又飄，
孫　權　他鬍子長得好，又有甚麼了不得？
魯　肅　鬍子，哈哈，我也有鬍子吓！
喬　玄　你呀！差得多。
　　（唱）【流水】
　　　　　雄赳赳一丈虎軀搖。
　　　　　恰便似六丁六甲活神道，
　　　　　敵人見了就魂銷。
　　　　　他誅文醜，逞粗躁，
　　　　　他刺顏良，顯英豪。
　　　　　戰虎牢曾把華雄斬了，
　　　　　百萬軍中曾把上將首級輕輕地梟。
　　　　　曹孟德灞橋餞行只落得一場談笑，
　　　　　青龍刀挑起了大紅袍。
　　　　　赤兔馬飛過了灞陵橋，
　　　　　過五關斬將如同削草。
　　　　　怎擋他千里追風駒，
　　　　　閃不過青龍偃月刀。
　　　　　你討荊州好有一比，
　　　　　好比那水中撈月……

　　　　　　吳侯，魯都督！
　　　　（唱）……月難撈。
孫　權　（唱）【散板】
　　　　　　你將雲長誇大了，
　　　　　　孤家看來等鴻毛。
　　　　　　魯都督安排三條計，
　　　　　　準備孫劉動槍刀。
　　　　　　退班。
　　　　（孫權下，四太監隨孫權下）
喬　玄　（唱）他君臣不聽良言告，
　　　　　　唇破舌焦枉徒勞。
　　　　　　關雲長恩怨分明又高又傲，（向魯肅）
　　　　　　怎肯一席將荊州交！
　　　　　　莫道他武將粗魯你文官狡，
　　　　　　我好怕呀！
魯　肅　你怕甚麼？
喬　玄　（唱）怕只怕，
　　　　　　扯住你的帶，
　　　　　　抓住你的袍，
　　　　　　就是一刀，
　　　　　　死也不饒。（下）
魯　肅　（唱）只說他上殿有高教，
　　　　　　當面奚落我心內焦。
　　　　　　雖定下三條計成敗難料，
　　　　　　爲國家討荊州職責難逃！
　　　　（魯肅下）

第　二　場

　　　　（發點上。四飛虎、四軍校，伊藉、馬良、王甫、趙累、關羽上）
關　羽　（念）【引】想當年弟在范陽，
　　　　　　兄在樓桑，

（【急急風】。關平、周倉上）

關　羽　（念）【引】俺關某在蒲州解良。
　　　　　　　　諸葛在南陽，
　　　　　　　　英雄聚四方，
　　　　　　　　結義桃園皇叔關張。
　　　　（念）（詩）曹操脅主佔中原，
　　　　　　　　孫氏東吳已數傳。
　　　　　　　　天下三分成鼎足，
　　　　　　　　大哥仁義坐西川。
　　　　某，漢室關羽。奉大哥之命，鎮守荊州，東扼下游，北拒鄖襄。聞得大哥領西川，進位漢中，也曾奉表申賀。前者諸葛瑾入川催討荊州，大哥願將長沙三郡交還東吳，俺想漢朝疆土，豈肯讓人，被某拒絕。量孫權必不干休，須要提防。左右，伺候了。

眾　　　喳！
　　　　（旗牌上）

旗　牌　（念）龍虎臺前出入，
　　　　　　　貔貅帳下傳宣。
　　　　啟稟君侯，今有東吳魯子敬差人前來下書。

關　羽　下書人何在？

旗　牌　現在轅門以外。
　　　　（黃文暗上）

關　羽　周將。

周　倉　有。

關　羽　搜檢明白，叫他報門而進。

周　倉　喳、喳、喳！（急搜黃文）呔，父王傳你，你要打點了，你要（亮相）小心了。報門而進！

黃　文　（懼怕地）報！東吳下書人黃文告進！
　　　　（眾喝威）

黃　文　（顫抖地跪見）下書人叩見君侯。

關　羽　那一下書人，奉何人所差？

黃　文　東吳魯大夫所差。

關　羽　你叫甚麼名字？

黃　文　小將名叫大膽黃文。
關　羽　大膽黃文！你的膽有多大？
黃　文　有巴斗大。
關　羽　周將。
周　倉　有。
關　羽　剖開看來。
周　倉　喳！（舉刀）
黃　文　（唬倒）哎吓，哎吓！不要剖開，我的膽兒只有芥菜子那樣小。
關　羽　哈哈哈哈！周將，命他將書呈上。
周　倉　將書呈上。
　　　　（黃文呈書。周倉將書交關羽）
關　羽　待某拆開一觀。
　　　　（牌子。關羽看信。兩絲邊。關羽考慮）
關　羽　黃文！
黃　文　在。
關　羽　本月十三日，某親來赴會。修書不及，回話去吧！
周　倉　去吧。
黃　文　是是是。（出門，回頭偷看，念）
　　　　　　出得門來看雲長，
　　　　　　蠶眉鳳目髯飄蕩。
　　　　　　面如重棗一般同，
　　　　　　青龍刀舉誰能擋！
　　　　魯子敬吓，魯子敬，此番我倒替你擔憂呢！（下）
關　平　敢問父王，東吳來信，寫些甚麼？
關　羽　那魯子敬相請爲父，過江赴宴，必爲討荊州之事。
關　平　父帥去是不去？
關　羽　他既相請，焉有不去之理。我若不去，豈不被東吳耻笑？
關　平　啓稟父帥，皇伯將荊州幾郡托與父帥掌管，倚若泰山。身臨險地，倘席間有差，如何是好？
關　羽　嗯！孺子竟敢多言！爲父馳騁在萬馬軍中，尚且視同兒戲，東吳縱有奸謀，爲父又何懼哉！
　　　　（唱）【二六】

　　　　兩朝相隔漢陽江，
　　　　魯子敬排宴不尋常。
　　　　哪裏有傾杯葡萄釀，
　　　　分明是巴豆和砒霜。
　　　　玳筵前擺的英雄將，
　　　　休想是畫堂別樣好風光。
　　　　他準備着天羅與地網，
（轉唱）【流水】
　　　　他準備着殺人好戰場。
　　　　既相請我當親身往，
　　　　猛虎何懼犬和羊！

馬　良　想那魯子敬足智多謀，東吳兵多將廣，只怕此去，落在他圈套之中。君侯不可不防。
關　羽　某自有安排。周倉聽令。
周　倉　在。
關　羽　準備大船一隻，挑選關西大漢二十名，隨某單刀赴會。
周　倉　得令。（下）
關　羽　關平聽令。
關　平　在。
關　羽　準備戰船二十隻，軍卒三千名，埋伏陸口對岸江上，見紅旗一擺，即來迎接爲父。
關　平　得令。（下）
關　羽　馬良、伊藉鎮守荆州，諸將各守汛地，嚴加防守。正是：
　　　（念）雲長親赴單刀會，
　　　　　磊落行藏萬古傳。
（關羽下。衆隨下）

第 三 場

（衆過場。牌子）
（黃文上）
黃　文　（念）江邊延上客，

席上動刀兵。

某，東吳大將黃文奉了魯都督之命，江邊探望荆州船隻。衆將官，江邊去者！

（四文堂引黃文同下）

第 四 場

（周倉單起霸上）

周　倉　（念）志氣凌雲貫九霄，
　　　　　　　周倉隨駕顯英豪。
　　　　　　　今日江東去赴會，
　　　　　　　全仗青龍偃月刀。

今日東吳魯大夫請俺父帥赴宴，爲此駕舟前往。一言未了，只見父帥來也。

（衆兵引關羽上。吹打。船夫上，衆登舟。關平送行即下）

關　羽　可曾齊備？
周　倉　俱已齊備。
關　羽　吩咐開船。
周　倉　喳！呔，開船哪！（開船）
關　羽　周倉。吩咐風帆不用扯滿，把船緩緩而行，某家好觀看江景。
周　倉　吓！嘚，水手們聽着。
　衆　　（應）吓！
周　倉　父帥有令：風帆不要扯滿，把船緩緩而行。
　衆　　（應）吓！

（關羽、周倉亮相）

關　羽　（念）波濤滾滾渡江東，
　　　　　　　獨赴單刀孰與同。
　　　　　　　片帆瞬息西風力，
　　　　　　　要向東吳一逞雄。

好一派江景也！

（唱）【上字調新水令】
　　　　大江東去浪千叠，

　　　　趁西風駕着這小舟一葉。
　　　　又不比九重龍鳳闕，
　　　　早來探千丈虎狼穴。
　　　　大丈夫性烈，
　　　　大丈夫性烈，
　　　　覷着那單刀會賽村社。
　　（水聲。周倉出艙看）

周　倉　好水。
關　羽　前面是何處？
周　倉　前面乃是赤壁。
關　羽　待我看來，（出艙）哦呵呀，看這邊厢山連着水，那邊厢山連着山，俺想二十年前隔江鬥智，曹兵八十三萬人馬屯在這赤壁之間，也是這般山水，到今日……（亮相）
　　（唱）【駐馬聽】
　　　　依舊的水湧山叠，
　　　　依舊的水湧山叠，
　　　　好一個年少周郎恁在何處也？
　　　　不覺地灰飛烟滅。
　　　　可憐黃蓋暗傷嗟，
　　　　破曹檣櫓却又早一時絕。
　　　　只這鏖兵江水猶然熱，
　　　　好教俺心慘切。
周　倉　嗐，呀呀，好水吓，好水！
　　（水聲）
關　羽　周倉。
周　倉　有。
關　羽　（唱）這是二十年流不盡英雄血。
　　（水手催舟。關羽率衆下）

第　五　場

（四文堂引魯肅上）

魯　肅　（念）水軍當大任，
　　　　　　　爲國秉忠誠。
　　　　（黃文上）
黃　文　啓都督，關羽船將臨江邊。
魯　肅　傳令擺隊相迎。
黃　文　擺隊相迎。
　　　　（衆同下）

第　六　場

（吹打。四蜀兵上場門斜門，吳兵下場門斜門。黃文、周倉上）

周　倉　君侯到。
黃　文　請少待。有請魯大夫。
　　　　（魯肅上）
魯　肅　何事？
黃　文　君侯駕到。
魯　肅　待我登舟相迎。
黃　文　魯都督來迎。
周　倉　有請父帥。
　　　　（關羽上。船夫搭扶手，魯肅下船相迎）
魯　肅　吓，君侯。
關　羽　大夫。
魯　肅　君侯請。
關　羽　大夫請。
魯　肅　還是君侯請。
關　羽　還是大夫請。
關　羽
魯　肅　（同）你我携手而行。
　　　　（魯肅、關羽携手同下船。周倉隨侍下船，下）

第 七 場

（魯肅、關羽、周倉、黃文上）

魯　肅　君侯遠道而來，肅未曾遠迎，接待不周，望乞恕罪。
關　羽　大夫，想某有何德能，敢勞大夫酒筵相迎。
魯　肅　酒非洞府之長春，肴乃人間之菲儀。君侯降臨，實乃東吳之萬幸也。
關　羽　賤脚踹貴地。
魯　肅　豈敢。貴脚踏賤地。
關　羽　豈敢。
魯　肅　江路寒冷，請君侯先飲三杯禦寒。
關　羽　使得。
魯　肅　看酒。
　　　　（侍者應）
魯　肅　君侯請。
關　羽　大夫，可知主不飲……
魯　肅　客不寧。
周　倉　照杯。
魯　肅　乾！君侯請。
關　羽　酒不飲單。
魯　肅　色不浸二。（與關羽同笑）
關　羽　請。
周　倉　照杯。
魯　肅　乾！君侯請。
關　羽　大夫，可知某的刀也會飲酒？
魯　肅　名將寶刀，當非凡比。
關　羽　看刀！
　　　　（周倉應）
關　羽　刀吓，刀！想你在百萬軍中，取上將首級如探囊取物，今日蒙東吳魯大夫請某飲宴，你也得痛飲一杯！
周　倉　嗯，呀呀。

魯　肅　要敬君侯，酒都是下官飲了。
關　羽　少間席上多飲幾杯。
　　　　（[吹打]）
魯　肅　來！看酒，待我把盞。
關　羽　這却不敢！
　　　　（[吹打]。魯肅定席，關羽亦把盞。魯肅謙，與關羽同入席）
黃　文　上酒！請周將軍用飯。
周　倉　不用。（搜門，亮相）
關　羽　大夫請。
魯　肅　吓吓吓，君侯請。
　　　　（【牌子】。關羽、魯肅共飲）
魯　肅　君侯，我們在哪一别，直到如今？
關　羽　當陽。
魯　肅　是啊。想光陰似駿馬加鞭，人事如落花流水，去得好疾也。
關　羽　果然好疾也！唔。
　　　　（唱）【胡十八】
　　　　　　想古今立勳業，
　　　　　　哪裏有舜五人，漢三傑？
　　　　　　兩朝相隔，
　　　　　　只這數年别，
　　　　　　不復能够會也，
　　　　　　恰又早這般老也。
魯　肅　君侯不老，下官倒蒼然了。
關　羽　皆然。
魯　肅　請君侯暢飲幾杯。
關　羽　請。
　　　　（唱）開懷來飲數杯，
魯　肅　君侯。
　　　　（唱）請開懷飲數杯。
關　羽　大夫！
　　　　（唱）某只待要盡興兒，
　　　　　　可便醉也。

魯　肅	（同笑）請！
關　羽	
魯　肅	聞得君侯，在曹營之中，斬顏良，誅文醜，殺退河北之衆，威名遠震。肅只是耳聞，未曾目睹，今日請君侯言講一番，肅洗耳恭聽。
關　羽	大夫提起此事，説來十分平常，聽來倒也驚人。大夫若不嫌絮煩，待某出席，試説與大夫聽。
魯　肅	願聞。
關　羽	大夫聽道：漢室傾頹，國運衰微，十常侍亂於宮中，衆諸侯紛爭邊外。董卓專權，欺君罔上，關某在汜水關下斬了華雄，虎牢關前三戰呂布。平滅董卓之後，我大哥原是帝冑，被當今天子封爲宜城侯。誰想又遭曹操之亂，我弟兄逃出許昌，賺城斬了車冑，佔了徐州，招軍買馬，準備重整漢基。那曹操親領人馬，前來攻打。我大哥鎮守徐州，三弟鎮守小沛，關某保定二嫂分鎮下邳，以爲犄角之勢。那日探馬報導：徐州、小沛相繼失守，關某中了夏侯惇誘敵之計，被圍土山之上。遠望下邳火起，只道二嫂遇害，欲待拔劍自刎，山下來了張遼順説關某。某也曾約過三事：第一件，只降漢，不降曹操；第二件，我二位嫂嫂要食皇叔的俸祿，上下人等，不准到門；第三件，若知我兄下落，不拘千里萬里，水火之中，定當辭去。自進曹營以來，那曹操十分厚待於某。三日一小宴，五日一大宴，上馬獻金，下馬贈銀。到後來，河北袁紹差大將顏良攻取白馬坡，曹營諸將不是顏良對手，關某匹馬單刀，我就衝下山去，見了顏良，我勒馬提刀——
魯　肅	君侯可慌？
關　羽	不慌。
魯　肅	可忙？
關　羽	一些兒不忙。關某的青龍刀下，就斬了顏良，延津渡口又誅了文醜。表封漢壽亭侯。
魯　肅	君侯蓋世之功，使賊聞名喪膽，令人欽佩。
關　羽	些須微事，何勞大夫謬贊耳！
魯　肅	（同笑）啊，哈哈哈……
關　羽	

（關羽返席）

鲁　肃　君侯马到成功,肃当敬一大杯。

　　　　(【节节高】。鲁肃奉酒,关羽接饮。鲁肃、关羽入座)

　　　　(【急急风】。吕蒙率众上,见鲁肃举杯,欲入杀,鲁肃急止)

鲁　肃　还早。

　　　　(吕蒙等下。鲁肃返席。周仓两望门)

周　仓　启禀君侯,东吴有诈。

关　羽　嗯！关某出世以来,未遇过三合之战将,纵然有诈,关某何惧？

鲁　肃　(微惊略转)啊,君侯！曹操既待君侯不薄,为何封金挂印,斩关杀将？

关　羽　大夫提起此事,待关某卸去袍服,手舞足蹈,讲与大夫听。

鲁　肃　愿闻。

关　羽　周将。

周　仓　(应)喳。

关　羽　宽袍！(下位,卸袍)

鲁　肃　君侯请讲。

关　羽　大夫听了！曹操虽然待我恩厚,只因关某有言在先,若知我兄下落,不拘千里万里,赴汤蹈火,定当辞去。确知我家大哥现在河北袁绍军中,关某肝肠寸断,即往相府辞曹。谁知曹操故意挂出迴避牌,张辽又托病不出,关某只得封金挂印,写束辞曹。行至灞陵桥,"哗喇喇"人声呐喊,曹操带领众将前来送行,赠某美酒红袍。这酒,祭了青龙刀；这刀,刀挑大红袍。保定二位皇嫂,闯过了灞陵桥。曹操不与我文凭路引,关关都有阻拦。关某情急无奈,只得斩关杀将,在黄河渡口斩了秦琪,不分昼夜,行至古城。

鲁　肃　古城乃是令兄、令弟所居之处,自然相会了。

关　羽　这说弟兄相会,谁知三弟在敌楼之上言道：红脸的,你既降曹,又来则甚？

鲁　肃　那时君侯如何？

关　羽　大夫啊！

　　　　(唱)【胡十八】

　　　　　　啊呀,大夫！

　　　　　　好教俺浑身是口,

　　　　　　怎的样分说？

　　　　　腦背後將軍猛烈，
　　　　　那素白旗上，
　　　　　他就明明的這標寫。
魯　肅　標寫甚麼？
關　羽　追趕前來者，乃是蔡陽。
魯　肅　蔡陽與君無仇，爲何追趕？
關　羽　這因黃河渡口，斬了他外甥秦琪，因此前來與他外甥報仇。我三弟不知，以爲我帶領曹兵裏應外合。是某再三分辯，他執意不肯開城，倒也粗中有細，念在桃園之義，助俺三通戰鼓，十面小旗。這一通鼓，飽餐戰飯；二通鼓，催馬陣前；三通鼓，立斬蔡陽。
　　（唱）【前腔】
　　　　　只聽得撲通通鼓聲耳未絕，
　　　　　嘩喇喇征鞍上驟也。
　　　　　卒律律刀過處似雪，
　　　　　叱咤人頭落也。
魯　肅　斬了蔡陽，令兄令弟自然相會了。
關　羽　大夫啊！
　　（唱）纔能够兄弟哥哥每歡悅。
　　（周倉故意彈刀作聲）
魯　肅　甚麼響？
關　羽　某的青龍刀嘯。
魯　肅　刀響主何吉凶？
關　羽　還不是要取上將的人頭落地！
魯　肅　刀響過幾次？
關　羽　響過三次。
魯　肅　第一次？
關　羽　温酒斬華雄。
魯　肅　第二次？
關　羽　斬顏良，誅文醜。
魯　肅　這第三次？
關　羽　這三，（笑介）啊啊啊！莫非要應在大夫身上了！
魯　肅　（驚懼介）君侯，你言重了。

關　羽　言重了,哈哈哈……
魯　肅　(賠笑,假笑)哈哈哈……
　　　　(關羽、魯肅同歸座介)
魯　肅　請問君侯,這件事叫做甚麼?
關　羽　叫做:以德報德,以直報怨。
魯　肅　好一個以德報德,以直報怨。我想君侯借物不還,謂之怨也。想君侯熟讀《春秋》,通曉兵書,匡扶社稷,濟困扶危,謂之仁也。待玄德公如骨肉,視曹操如寇仇,謂之義也。辭曹歸漢,封金挂印,五關斬將,千里獨行,謂之禮也。斬顏良、誅文醜,謂之智也。想君侯仁、義、禮、智俱全。咳,嘿嘿,惜乎吓,惜乎,却缺少一個信字。
關　羽　嗯……
魯　肅　君侯是不會失信於人的,但是令兄玄德公曾失信於魯肅。
關　羽　某大哥,乃仁德之君,豈能失信於你?
魯　肅　昔日賢昆仲,兵敗當陽,身無所歸,那時孔明兄與肅求見吾主,即日興師,破曹操於赤壁之間。東吳費有巨萬之資,又折了大將黃蓋。只因賢昆仲無尺寸之地,故而暫借荆州,以爲養軍之地。那時玄德公言道:得了西川,交還荆州;如今東西兩川已得,玄德公願將長沙、零陵、桂陽三郡交還東吳,惟君侯不允,這信字安在?
關　羽　啊!今日請某飲宴,就是爲了索取荆州麼?
魯　肅　這酒是要飲,荆州也要還。
周　倉　住口!
關　羽　嗯!大夫!
　　　　(唱)【慶東原】
　　　　　　我把你真心兒待,
　　　　　　恁將那筵席來設。
　　　　　　攀今弔古,分甚麼枝葉?
　　　　　　俺跟前使不得之乎者也、詩云子曰。
魯　肅　荆州原是吳地。
關　羽　住口!
周　倉　住口!
關　羽　(唱)但開言,只叫恁剜口絕舌。
魯　肅　孫劉聯親,原爲兩邦和好。

關　　羽　恰又來！
　　　　　（唱）有意孫劉，目下反成吳越。
周　　倉　（【叫頭】）呔！荊州乃是漢家基業，豈能與你？
關　　羽　嗯！我與大夫談論國家大事，何用你來多口！站下。
魯　　肅　（【叫頭】）君侯，我勸你寫下退還文約，如若不然，我……
　　　　　（關羽出位，魯肅亦出位）
關　　羽　你便怎麼樣？
魯　　肅　我，我，我……哎呀，我魯肅為難吶！
關　　羽　魯大夫！
　　　　　（念）青龍偃月不可擋，
　　　　　　　　萬馬軍中非尋常。
　　　　　　　　筵前再提荊州事，
　　　　　　　　子敬難免刀下亡。
　　　　　（唱）【雁兒落帶得勝令】
　　　　　　　　憑着恁三寸不爛舌，
　　　　　　　　休惱俺三尺無情鐵。
　　　　　　　　這刀饑餐了上將頭，
　　　　　　　　渴飲了仇人血。
　　　　　　　　這的是龍在鞘中蟄，
　　　　　　　　虎向座間歇。
　　　　　　　　今日個故友重相見，
　　　　　　　　休教俺弟兄們相間別。
　　　　　魯子敬聽者！
　　　　　　　　心下休驚怯，
　　　　　　　　好日已西斜。
　　　　　周將！
周　　倉　（應）有。
關　　羽　（唱）吾當醉也。
魯　　肅　君侯！你不還荊州，你來看……這沿江一帶，俱是我東吳人馬，漫說你是一人，就是一隻猛虎，也難闖過江去。
　　　　　（魯肅抓杯，準備擊杯為號）
　　　　　（關羽抓魯肅袍帶。後臺喊聲。呂蒙等四將上）

關　羽　你可有埋伏？
魯　肅　無有埋伏。
關　羽　你可有詐？
魯　肅　無有詐。
關　羽　魯大夫！
　　　　（唱）【攪箏琶】
　　　　　　恰怎生鬧吵吵三軍列？
　　　　　　有誰人把誰擋攔者？
　　　　　　擋着俺啊，只教你劍下身亡，目前見血。
　　　　　　恁便有張儀口，蒯通舌，哪裏去閃遮。
魯　肅　無有詐。
關　羽　（唱）你且來來來，
　　　　　　好生送某到船上，
　　　　　　和你慢慢地分別。（抓魯肅）
　　　　　　（連場。衆蜀兵上）
關　羽　請大夫過船謝宴。
魯　肅　我不過船了。
周　倉　諒你也不敢。
關　羽　大夫，受驚了。
　　　　（唱）【煞尾】
　　　　　　承款待，多稱謝。
　　　　　　只這兩句話兒，
　　　　　　恁可也牢牢記者。
　　　　　　百忙裏你不得老兄心，
　　　　　　急切裏奪不得漢家業。（跳上船）
周　倉　（刀斬船纜）開船？
關　羽　請！（率衆下）
魯　肅　慚愧！
　　　　（魯肅下。衆隨下）

第 八 場

（二船夫、四馬夫、關平迎上）
（關羽乘船上，上大船）
（關羽、關平、周倉亮相下。衆隨下）

——劇終

水淹七軍

王亘 陳奔 編劇

解題

　　昆劇。王亘、陳奔編劇。王亘，原名王寶亘，1939年生，河北省雄縣人，北方昆曲劇院一級編劇。著有昆曲《師生之間》（合作）、《血濺美人圖》（合作）、《水淹七軍》（合作）等多種劇本。陳奔，1930年生，河北省霸縣（今霸州市）人。1947年參加部隊文工團。1959年考入北京師範學院中文系，後任中學教師。1979年調入北方昆曲劇院任編劇，現爲一級編劇。著有昆曲《師生之間》（合作）、昆曲《血濺美人圖》（合作）、昆曲《水淹七軍》（合作）、京劇《雪映古城》、河北梆子《湘水緣》、木偶劇《紅孩兒》、電影《關鍵時刻》、電視劇《范旭東》、中篇小說集《斷案奇觀》等。該劇《中國昆劇大辭典》著錄。劇寫東漢建安二十四年(219)，曹、孫聯手，夾攻荆州。關羽以攻爲守率軍攻佔襄陽，圍攻樊城。曹操聞報大驚。命于禁爲帥、龐德爲先鋒，率七路大軍往援樊城。龐德原是馬超部將，負傷降曹。爲報曹操之恩，抬棺與關羽死戰。龐德扮下戰書人去劉營偵探。關羽識其是龐德，勸其歸降，遭拒。關羽欲擒故縱，放其回營。關羽與龐德交戰，羽見其英勇欲收降他，刀下留情，反而被龐德打下馬。于禁恐龐德奪頭功，鳴金收兵。關羽挂免戰牌，尋思破強敵之策。軍心動蕩，傳言撤回荆州。爲穩軍心，關羽命人回荆州接夫人。關平聞知寫信命馬童回荆州，告兵敗真情，不讓義母前來。關夫人接關羽信，同兒子關興、外甥女桂英往前綫軍營，路遇馬童。關夫人見關平之信，知去軍營爲穩軍心。關夫人催車快行。關羽愁思破敵之策，夜觀《春秋》。關夫人送來襄江之魚，引發關羽破敵之策，以襄江水淹曹七軍。關羽、關夫人帶周倉冒雨觀察地形。關羽立即決定命人築壩、移兵高處，留空營麻痹曹軍。龐德屢諫于禁，于禁不聽。龐德知關羽移兵，欲率本部人馬拔寨移兵，于禁大怒，責其違令。突然襄江決堤水聲大作，移兵已來不及，于禁逃走被擒，乞降被押解荆州，水戰中桂英被刺傷，龐德被擒，七路人馬全被水淹。龐德被擒，欲推出轅門斬首,關羽叫刀下留人。關羽識才,欲收降龐德,桂英帶傷亦來助姨夫關羽勸降龐德,説"傷我仇一筆勾,不計前嫌"。龐德至死不降。桂英倒地而亡。關平、關興要關羽殺死龐德爲桂英報仇,關羽則給龐德指三條路:歸順、逃生、撞刀自刎。龐德毅然撞刀而死。關羽將斗篷蓋在龐德屍體上,傳令兵發樊城。本事出於《三國志》中《關羽傳》《于禁傳》及《三國演義》第七十四回。清傳奇《鼎峙春秋》寫有此事,現代京劇有《水淹七軍》。但故事情節、人物不同。版本今見《中國昆曲精選劇目曲譜大成》本。另有1995年中國音像出版社錄製的北方昆曲劇院《水淹七軍》珍藏版的文字本(簡稱"珍本")。今依該本爲底本,參考他本校勘整理。

第一場　發　兵

（東漢建安二十四年,公元219年）

（曹營點兵場上）

男　聲　　（齊唱）【折桂令】
女　聲

　　　　啊！風吼（也那）雲飛天欲傾,

　　　　三國裂土起紛争；

　　　　志在金甌掌中握,

　　　　魏王校場大點兵。

（啟幕。兵士旋風招展,衆將排列兩廂,曹操坐高臺）

曹　操　真個是——

　　（唱）戰將勇,

　　　　兵卒如虎,

　　　　（且喜得,）

　　　　魏吳合孫權臣服。

　　　　（破西蜀,）

　　　　先打開荆州門户,

　　　　再謀劃,

　　　　三國地,

　　　　圖併一幅。

探　　馬　（內）報！
　　　　　（探馬上）
探　　馬　啟稟魏王，襄陽失守。
曹　　操　你待怎講？
探　　馬　蜀將關羽，前來攻城，銳不可擋，我軍將士，潰不成軍，只得放棄襄陽，退守樊城。
曹　　操　再探。
　　　　　（探馬下）
另一探馬　（內）報！
　　　　　（另一探馬上）
另一探馬　啟稟魏王，樊城已被關羽團團圍住，危在旦夕。
曹　　操　再探。（另一探馬下）
　　　　　關羽呀關羽，你欺我忒甚，于禁聽令！
于　　禁　在。
曹　　操　孤令你為帥領兵出征，去解樊城之圍。
于　　禁　得令，魏王英明，自是曉得那關羽智勇兼備，威猛過人，等閑之輩與其交鋒，只能是枉自送命，這先鋒官由何人擔任，請魏王欽點。
曹　　操　嗯，言之有理，不知哪位將軍願領先鋒之重任？（眾將無語）
　　　　　（龐德上）
龐　　德　龐德願往，龐德參見魏王。
曹　　操　龐德？
于　　禁　他就是在東川張魯之處，身染重病，蒙魏王收留醫治，現任我軍偏將的龐令明。
曹　　操　無令因何擅闖校場？
龐　　德　魏王，胸懷大志比天高，鯤鵬展翅衝九霄。魏王如日中天照，建功立業在今朝。
曹　　操　你莫非來爭先鋒大印？
龐　　德　正是。
曹　　操　以你自量，可是那關羽對手？
龐　　德　魏王，昔日關羽，刀劈華雄，斬顏良，誅文醜，過五關，斬六將，不愧為華夏第一上將。今日龐德與他交戰，某有三勝，彼有三敗。
曹　　操　你且講來。

龐	德	魏王容稟。古人云：強弩之末，不穿魯縞。關羽縱然刀馬嫻熟，武藝高強，可年已花甲，終是老邁力衰，而龐德正當壯年，精力旺盛，先已勝他一籌，此乃一也。
曹	操	其二。
龐	德	關羽屢屢獲勝，志驕意滿，正犯"驕兵必敗"之大忌。而龐德自蒙魏王收錄，寸功未進，此次出戰，敢不兢兢業業？正可謂哀兵對驕兵，勝在意料中。
曹	操	我來問你，這三。
龐	德	魏王，有吳將呂蒙屯兵陸口[1]，虎視荊州。那關羽有後顧之憂，必分心旁騖。龐德有魏王大軍為我後盾，使龐德心無二用，一往無前。此乃關羽三敗，某之三勝也。
曹	操	（笑）智勇的龐德，來看印。
曹	操	龐德。
龐	德	在。
曹	操	就拜你為征南都先鋒，今日起程。
龐	德	遵命！

（龐德下）

曹	操	咦？文澤，如今你有了這忠勇先鋒，為何悶悶不樂？
于	禁	豈止悶悶不樂，而是憂心忡忡。
曹	操	莫非嫌他武藝不精，刀馬不熟？
于	禁	非也。
曹	操	怕他桀驁不馴，難以駕馭？
于	禁	亦非如此。
曹	操	所為何來？
于	禁	魏王有所不知，龐德原是馬超部下，如今，其故主在蜀漢位列五虎上將，如今令他去解襄陽之圍，猶如潑油救火也。
曹	操	言之有理，中軍，速將先鋒大印追回。
中	軍	得令。

（中軍下）

| 曹 | 操 | 文澤，方纔為何不講？ |
| 于 | 禁 | 魏王得此忠勇之將，滿心歡喜，于禁唯恐多言，掃了魏王之興，反落得妒賢嫉能耳。 |

曹　　操　哈哈……
　　　　　（中軍上）
中　　軍　先鋒大印追回。
曹　　操　號令。孤王另選別將。
于　　禁　魏王英明。
曹　　操　眾位將軍！
衆　　　　魏王。
曹　　操　哪位將軍願領先鋒大印，同于禁去解樊城之圍？
龐　　德　（內）且慢。（龐德上）
　　　　　龐德二次求見魏王。
曹　　操　啊？你……
龐　　德　魏王，剛剛授職賜印，旋即收回，不知為何？
曹　　操　我就對你實說了吧！你那故主馬超，現在西蜀輔佐劉備，即使孤王不疑，也難以堵塞眾人之口！
龐　　德　魏王，那馬超剛愎自用，盛氣凌人，終至兵敗。如今各事其主，舊恩早已蕩然無存[2]，魏王明察。
　　　　　（唱）【集賢賓】
　　　　　　魏王收錄恩深，
　　　　　　龐德欲報無門。
　　　　　　不惜肝腦塗地，
　　　　　　豈能暗藏二心。
曹　　操　（唱）看他披肝瀝膽，
　　　　　　情切意懇，
　　　　　　不畏強敵實可敬。
　　　　　　孤欲重授印，（且慢）
　　　　　　怎斷定是假還是真？
龐　　德　抬上來。（四士兵抬棺木上）
　　　　　魏王請看。龐德打造一棺槨，關羽不死殮我身[3]！
龐夫人　　（內）夫啊！
　　　　　（龐夫人上）
　　　　　（唱）【紅衫兒】
　　　　　　夫君蓋世忠藎，

浩氣冲乾坤。

將軍不論生與死，

妾身都是你龐家人。

龐　德　多謝娘子。

曹　操　壯哉呀，壯哉！為嘉獎龐德忠勇，現加封征南大將軍，子嗣世襲榮封，代代相傳。

龐　德
龐夫人　謝魏王。

曹　操　夫人回府，龐德接印。

龐　德　得令。

曹　操　再有異議上言者及先鋒麾下不聽軍令者，斬！

衆將
于禁　我等不敢。

曹　操　于禁聽令。

于　禁　在。

曹　操　孤王現將青州、平城、兖州、魯陽、雍州、冀州、北地羌胡七路大軍撥汝調遣，包抄並進，叫關羽首尾難顧。

于　禁　得令。

曹　操　正是：

（念）指日得荆州九郡，

諒關羽……

衆　　（同念）怎擋七軍！

（幕落）

校記

[1] 有吳將呂蒙屯兵陸口："陸"，原作"陵"，據珍本改。

[2] 舊恩早已蕩然無存："舊"，原作"歸"，據文意改。

[3] 關羽不死殮我身："殮"，原作"驗"，據珍本改。

第二場　探　營

（蜀兵上，關羽隨後上）。

關　羽　（念）赤面長鬚，
　　　　（唱）黃金甲，
　　　　（周倉、關平上）

周　倉
關　平　參見父王。

關　羽　站下。
　　　　（唱）寶馬青龍震華夏。
　　　　　　　赤兔馬追風似電，
　　　　　　　偃月刀遮日光寒。
　　　　　　　取襄陽曹軍喪膽，
　　　　　　　攻樊城威懾江南。
　　　　某，漢室關。

老　軍　（內）報！（老軍上）
　　　　啓稟二君侯，曹營派人來下戰書。

關　羽　傳。
關　平　下書人進見。
老　軍　下書人進見。（老軍下）
龐　德　（內）來也。（龐德上）
　　　　（唱）爲探軍情闖敵陣，
　　　　　　　先鋒扮作下書人。
　　　　　　　虎穴之中細察訪，
　　　　　　　知己知彼建奇勳。
　　　　戰書呈上。

關　羽　抬起面來。
　　　　（唱）【吹腔】
　　　　　　　下書人，
　　　　　　　意態間不卑不亢，
　　　　　　　一小校怎如此氣宇軒昂。

龐　德　（唱）關雲長年雖邁老當益壯，
　　　　　　　暗覷他丹鳳眼微露疑光。

關　羽　（唱）戰書上已指定明日對仗，
龐　德　（唱）我回稟龐將軍兩軍爭強。

關　羽　照書行事。
龐　德　告辭。
關　羽　且慢。
　　　　（唱）且莫走，
　　　　　　　我與你還有話講。
龐　德　關將軍有訓示？
　　　　（唱）請道其詳。
關　羽　（唱）關某我震華夏曹軍膽喪，
　　　　　　　唯有那龐令明敢露鋒芒。
　　　　　　　恰似我斬華雄當年模樣，
　　　　　　　膽與識堪稱是英勇非常。
龐　德　多謝將軍誇獎，龐德自認剛強。三勝在握來較量，三敗之將必亡！
關　羽　（唱）果然是先鋒官喬裝暗訪，
　　　　　　　幾句話暴露了他的行藏。
　　　　　　　關雲長具慧眼識人無妄，
　　　　　　　愛英雄某有意將他收降。
　　　　　　　龐德。
龐　德　（脫口而出）在，在……在營中等待復命。
關　羽　（會意笑介）下書人，你家先鋒龐德——
　　　　（唱）降曹前他本是馬超部將，
　　　　　　　念舊情投故主理之綱常。
　　　　　　　歸桃園定排在衆將之上，
　　　　　　　扶漢室圖大業展翅高翔。
龐　德　小人看來，只怕難、難、難喏！
關　羽　怎講？
龐　德　魏王恩高龐德，士爲知己者亡。抬棺搦戰上疆場，收復樊城襄陽。
周　倉　好惱！
關　平
　　　　（唱）太張狂，
　　　　　　　小子不識相，
　　　　　　　氣得我怒火起灼烤胸膛。
周　倉　看刀！

众　　　殺！！！
關　羽　嗯！自古兩國交鋒,不斬來使,何况他是一下書之人,送他出營。
周　倉　出去！
龐　德　告辭。
關　羽　老軍。
　　　　（老軍上）
老　軍　在。
關　羽　不要徑直送出轅門,要在營中繞行一周,教他仔細觀看我軍糧草設防,免得他空來空回。
老　軍　遵命,隨我來。
關　平　父王。（被關羽攔住）
龐　德　後會有期。
　　　　（龐德、老軍下）
周　倉　父王,我看此人就是龐德,爲何將他放走？
關　羽　爲父早已認出此人。
關　平　父王,爲何放虎歸山？
關　羽　那龐德實爲難得將才,故而欲擒故縱。
關　平　孩兒願聞。
關　羽　那龐德不畏强敵,争做先鋒,是其勇也。抬棺搦戰,是其爲忠。若今日强留,他安能心悦誠服？只待明日戰場之上,將其戰敗俘獲,纔能使他歸附於我。
關　平　欲擒故縱,收良將。
周　倉　忠勇將軍指日降。
關　羽　關平、周倉。
關　平
周　倉　在。
關　羽　巡營瞭哨。
關　平　須要謹防。
關　羽　五鼓天明。
周　倉　軍號聲響。
關　羽　齊跨雕鞍,同赴殺場。

第三場　初　　戰

（兵引于禁、董超、董衡上）

于　禁　展開旗門,擂鼓助陣者!

衆　　　啊!

（兵引衆將下）

（雙方交戰,兵引龐德、周倉、關平上）

周　倉　下書的?

龐　德　然也。

關　平　有請父王。

（關羽上）

關　羽　龐先鋒,某看你文韜武略,實是將才,爲何帶棺櫬交戰抱必死之決心?

龐　德　某今日帶棺櫬交戰,爲報魏王治愈之恩。不似關雲長,當年寫柬辭曹,今日又帶兵奪取襄陽樊城,忘却魏王厚待之恩,非英雄也。

關　羽　龐德,你乃西凉勇將,爲何有始無終,背主降曹,你忠義安在乎?

龐　德　狂言你休逞,放馬决雌雄。

關　羽　看刀。

（關羽、龐德對刀）

男聲
女聲　（齊唱）【沽美酒】

　　　　　塵埃滾滾旌旗揚,
　　　　　刀光閃軍威壯。

關　羽　（唱）那龐德勇貫西凉刀法强。

龐　德　（唱）抖雄威似金剛,
　　　　　拼死戰關雲長。

男聲
女聲　（唱）强存弱亡,
　　　　　强存弱亡。

關　羽　（唱）爲大哥收得良將,
　　　　　保炎漢永世遐昌。

男聲
女聲　（齊唱）俺呵!

龐　德　（唱）俺好似虎下山崗，
　　　　　　　　殺關羽報效魏王。
關　羽　（唱）哎呀！
男　聲
女　聲　（齊唱）兩交鋒將勇兵強。
　　　　（拖刀計關羽落馬，關平、周倉救關羽起，于禁方面鳴金）
　　　　（董衡上，立於高臺）
董　衡　龐德回營。
關　平　你家元帥，鳴金收兵，明日再戰。
龐　德　不擒關羽，誓不回營。
　　　　（周倉欲再戰龐德）
關　羽　嗯！
董　衡　龐德速速回營！
　　　　（董衡下）
關　平　（念）收兵偃旗鼓，
　　　　（關羽及兵、將下）
龐　德　（念）鳴金氣難平。
　　　　（白）回營。
　　　　（龐德下）
　　　　（于禁、董超、董衡上）
于　禁　（唱）【哭相思】
　　　　　　七路大軍我統領，
　　　　　　龐德探營自逞能。
董　超　（唱）眼看龐德要取勝，
董　衡　（唱）豈能叫他立頭功。
于　禁　鳴金……
董　超
董　衡　收兵！（三人對視笑）
　　　　（龐德上）
龐　德　元帥，眼看勝券在握，爲何鳴金收兵？
于　禁　這……關羽久經沙場，足智多謀，本帥恐你中他詐敗之計。
龐　德　前功盡棄，嘿！（龐德下）

董　衡		再圖良謀。
于　禁		看秋風陣陣，天氣漸冷。
董　超		就該尋一避風處安營紮寨。
于　禁		隘口右側有一罾口川，三面環山，腹地低窪，正好屯兵，就命龐德深處紮營，免得他自主逞强。
董　衡		元帥高明。
于　禁		傳令，移營。
		（切光）

第四場　營　困

（前場三天後）

（關羽大營。營寨壁壘，免戰牌高懸）

董　超
董　衡　（内）荆州軍卒聽着，烏龜縮頭不出戰，兔兒膽小守窩邊，叫我等好笑啊！哈哈……

（老軍、四兵上）

兵　甲　（唱）【撲燈蛾】

　　　　挂免戰，

　　　　挂免戰，

　　　　敵兵罵陣七八遍。

兵　乙　（唱）【撲燈蛾】

　　　　挂免戰，

　　　　挂免戰，

　　　　實難咽，

　　　　實惡氣惡氣難咽。

兵　甲　不如拼了吧。

兵　乙　拼了吧！

老　軍　無令出營是要犯軍規的。

兵　丙　拼？就算咱們一個頂十個，全賠進去，也拼不過人家七軍人馬呀。

兵　乙　這口惡氣實難咽，拼了吧！

兵　丁　左營紛紛議論，咱們不久就要退回荆州了。

兵　甲　回荆州？

兵丙	如今,七軍來解樊城之圍,前進不得,如果退軍,恐怕曹軍背後追擊,進退兩難哪!
兵甲	荊州兵
兵乙	個個英勇。
兵丙	戰不勝
兵丁	何必逞能!
老軍	挂免戰,挂免戰,就怕引起軍心亂。
董超董衡	(內)烏龜縮頭不出戰,兔兒膽小守窩邊,叫我等好笑啊!哈哈……
兵甲	拼死戰進帳請命,
老軍	可不能出營拼命。
兵丙	七軍勇樊城難攻,
兵丁	難取勝不如撤兵。

(關平暗上)

關平	爾等胡言亂語,擾亂軍心,看劍!

(關羽上)

關羽	且慢,某看他們言辭之間,並無惡意,只是不知某暫避鋒芒之策,只待上了戰場,依然是英勇殺敵,戰不旋踵,回營去吧!
四兵	謝君侯。

(四兵下)

關平	父王,只是眼下營中,士氣不振,應當嚴肅軍律纔是。
關羽	責罰軍士,無濟於事,只有戰敗曹軍,纔能士氣大振。
關平	只是營中紛紛猜測父帥不日即將撤兵,退回荊州,故而軍心不穩。
關羽	某已有破敵妙計,你傳下話去,破曹軍指日可待。
關平	這個……
關羽	快去。

(關平下)

關羽	(念)將是兵中骨,
	帥是將中魂。
	接得家眷至,
	以表必勝心。
	老軍,溶墨伺候。

(接念)爲求軍心穩,不顧至親人。

（關羽寫信）

關　羽　命你速去荆州,將夫人接來。

老　軍　這……使不得,使不得呀！

關　羽　營中實情,不可與夫人透露,如若不然,軍法從事,速去速回。

（關羽下）

（關平暗上）

老　軍　眼前情况去接家眷,這不是把夫人往火坑裏推嗎？別説,別説,這可不能透露真情喲！

（老軍下）

關　平　且住,聽老軍之言,要去荆州接義母前來,營中危在旦夕,怎能讓她身入險地,這……有了,待我修書,報知軍情。正是：

（念）我軍敗,事態危急,勸義母,莫來營中。

（關平下）

第五場　赴　　險

（桂英、關興騎馬舞蹈上）。

關　興
桂　英　（同唱）【上板粉蝶兒】

　　　秋高氣爽,
　　　心花怒放。
　　　一路風光收眼底,
　　　欣喜,興奮,
　　　大好時光。
　　　恰似那鳥兒出籠,
　　　魚兒入海洋,
　　　恨不得一步到營房,
　　　恨不得一步到營房。

關　興　（唱）到營房向爹爹請纓,
　　　披挂上疆場擒幾名敵將。
　　　方顯得上將後代世無雙。

　　　　　　　剛強，
　　　　　　我抖一抖威風，
桂　英　我也去。
關　興　你呀，去找我關平哥——
　　　　（唱）幽會情郎。
　　　　是不是呀？
桂　英　我給你告姨媽去。
關夫人　（內唱）【賞花時】
　　　　　　日昇月降，
　　　　（老軍拉車關夫人上。桂英、關興、丫環待兩旁）
關夫人　（唱）日昇月降，
　　　　　　車輦披霞光，
　　　　　　心有疑慮費猜想。
　　　　　　行色匆匆恨路長，
　　　　　　猛可的那烽烟未定，
　　　　　　接眷爲哪樁？
　　　　　　説甚麽合家團聚把天倫叙，
　　　　　　此舉此意難思量。
老　軍　喲，碰我脚了，痛死我了。
關　興
桂　英　怎麽樣了？
老　軍　没事兒，歇會兒就行了。
關夫人　老軍，
老　軍　夫人，
關夫人　我來問你，關將軍究係何故要接我等前去？
老　軍　夫人您看，這裏景致有多美，紅的是楓葉，黄的是菊花，正好有這麽一個機會，好好觀賞觀賞。
關夫人　老軍，我再來問你，關將軍究係何故要我等前去？
老　軍　夫人，我本想把實情原原本本地告訴您……
關夫人　講！
老　軍　我怎麽説出來了。（打自己耳光）
關夫人　講啊！

老　軍	是……講……
丫　環	說呀！
老　軍	……說，對，關將軍不是在信上說得清清楚楚，明明白白的嗎，就是一連打了幾個勝仗，想合家團聚。
關　興	對呀，是爹爹想念咱們了。
老　軍	得，他給我圓上了。（背拱）
關夫人	平日裏，你爹爹常因軍務繁忙，多日不回府邸，如今怎會想起合家團聚？
關　興 桂　英	這個……噢，我知道了，我先說……（二人爭着先說）
桂　英	依我看，必是姨丈擔心興弟在家貪玩懶惰，不用心讀書，不刻苦習武，故而特地將他叫到身邊，以便嚴加管教。
關　興	不對！依我看來，此信乃是關平哥哥鼓動父親所寫，他見父親連打勝仗，十分高興，正好趁此機會，請求父親爲他早日完婚，是不是……我先叫你聲嫂子吧！
桂　英	姨媽，您不管他。
老　軍	看他娘仨這麼高興，我真想哭！
關夫人	老軍，我們走吧！
老　軍	緩緩而行。
女　聲	（齊唱）【前腔】

　　　　菊黃楓紅，
　　　　雁陣成行。
　　　　夫妻父子相聚首，
　　　　歡暢。
　　　　該多少歡樂時光，
　　　　該多少歡樂時光。

老　軍	關將軍，您家人招誰惹誰了，這不是把他們往火坑裏推嗎？我磨磨蹭蹭，晚到一會兒是一會兒。

（以上念白在齊唱中進行）

（馬僮上）

馬　僮	參見夫人。
關夫人	到此何事？

馬　僮　奉少將軍之命,送來緊急家書一封。(遞信)
關夫人　(閱信)我軍勢態危急,接母前來只是穩定軍心。(驚)
關　興　這麼說,爹爹他打了敗仗?
關夫人　老軍,可是實情?
老　軍　回稟夫人,少帥信中所講,句句實情,請夫人莫入險境,我還是趕緊送您回去吧?
關夫人　不,重任在我身,速去穩軍心,明知山有虎,偏向虎山行!
老　軍　好大的風呀!
關夫人　(唱)【冒字頭】
　　　　　　塵沙飛揚,
　　　　　　風飄羅裳,
　　　　　　豪情湧,
　　　　　　意氣激昂。
　　　　　　似聽到,
　　　　　　殺聲嘶嚷,
　　　　　　金戈鏗鏘,
　　　　　　英雄敢赴生死場,
　　　　　　願同將士共存亡!
　　　　　　縈鬟助丈夫,
　　　　　　金釵刺天狼。
關　興　帶路。
桂　英　帶馬。
關夫人　(唱)論忠論勇,
　　　　　　亦勇亦忠。
　　　　　　明知山有虎,
　　　　　　偏向虎山行,
　　　　　　無心賞景,
　　　　　　車輦如風,
　　　　　　爭一個一門忠烈老少英雄!
　　　　　　老少英雄!
　　　　(切光)

第六場　決　　策

（接上場）

（關羽大帳）

（星斗滿天。關羽夜讀《春秋》，關平、周倉侍立兩旁。一更）

女　聲　（齊唱）【油葫蘆】

　　　《春秋》一卷，

　　　挑燈讀夜半，

　　　苦思良策千百遍，

　　　依然是無計破敵頑。

　　　不覺中又撚斷，

　　　撚斷多少，

　　　多少長髯。

關　羽　呀！

　　　（唱）【幺篇】

　　　星移斗轉，

　　　已是二更天。

　　　曹兵七軍強悍，

　　　欺我勢孤力單。

　　　若無天兵相助，

　　　若無天兵相助，

　　　怎個掃蕩烽烟，

　　　怎個掃蕩烽烟。

　　　想關某一生征戰，

　　　虎威八面。

　　　令多少敵將聞風喪膽，

　　　從來與敗字無緣。

　　　却不料那一戰爲收活龐德，

　　　俺的刀、俺的刀、俺的刀難下砍。

　　　嘆只嘆反被他打下打下雕鞍。

　　　所喜尋得個英雄漢，

　　　　　交手方知青出藍，
　　　　　青出藍。
　　　　　英才難求，
　　　　　英才難求，
　　　　　不收龐德心不甘，
　　　　　心不甘，
　　　　　心不甘。
　　　（關興、桂英、關平上）

關　興　（念）請戰殺敵去虎帳，
桂　英　（念）正巧隨去見平郎。
關　興　拜見爹爹。（見桂英注視關平）哎，要拜的人在這兒哪！
桂　英　桂英拜見姨丈。
關　羽　起來，二更已過，爲何還不去安歇？
關　興　來到大營看甚麼都新鮮，睡不着啊！
桂　英　知道您還沒歇息。
關興
桂英　我們是來請戰的，我們也要在戰場上抖抖威風！
關　羽　好，有勇氣。
關　平　（將關興、桂英叫至身邊，低聲地）父王正在苦思破敵之策，你們休要打擾，還不退下。
關　興　剛見上一面，也不正經看人家一眼，就轟我們走，是吧？桂英姐。
關　羽　桂英，你與平兒自幼青梅竹馬，情投意合，只待戰勝曹軍之後，姨丈作主，你與平兒喜結良緣如何？
關　平　謝父王。
關　興　又沒跟你説，你搭甚麼喳兒？
桂　英　（唱）【朝元歌】
　　　　　聞喜訊，
　　　　　面生紅暈，
　　　　　温馨也醉人。
　　　　　只覺得，
　　　　　熱血升温，
　　　　　心鹿狂奔。

盼只盼，
早日勝曹軍，
早日勝曹軍。

關　興　　多謝姨丈大人賜婚！
關　羽　　哈哈哈……
　　　　　（關夫人上）
關夫人　（唱）【泣顏回】
今晨到營盤，
夫妻相見熱淚漣。
多少次，
迎送夫君，
暫別又相見；
多少次，
凱旋榮歸，
合家喜團圓。
唯有今日不一般，
不一般，
往日勝利我分享，
今日受挫我理應承擔。
關　興　　娘，您給爹爹做甚麽好吃的了？
桂　英　　魚。
關　興　　還有酒呢。
桂　英　　姨丈您瞧，這條魚多大個兒呀！姨娘説了，曹軍那邊的元帥不是姓于嘛，今兒個讓您把它全都吃到肚子裏去，給他來個全軍覆没！
關　興　　好！
關　羽　　這魚……
關夫人　　此乃九曲襄江之魚。
關　羽　　（突然得到啓示）襄江……
　　　　　（唱）【寄生草】
襄江九曲水流急，
兩岸河谷地勢低。
突發奇想生妙計，

　　　　　　何不蓄水再決堤。
　　　　　　淹没七軍收良將，
　　　　　　于禁好似水中魚。
　　　　　　夫人請上受一禮。
關夫人　不敢，妾身碌碌有何德能，敢受夫君大禮。
關　羽　夫人哪！
　　　　（唱）不畏艱險來到營地，
　　　　　　軍心穩定功勞第一。
　　　　　　照料軍士如同兒女，
　　　　　　你送夜膳我受啓迪。
　　　　　　克敵制勝終有妙計，
　　　　　　以水代兵修壩築堤。
關夫人　（唱）水淹七軍大破强敵。
關　羽　這一樁樁，一件件，關某怎不謝夫人你——
　　　　（唱）世上交口談關羽，
　　　　　　却不知關某身後有賢妻。
關　平　父王，水淹之策甚妙，但不知在何處築壩，於何時防水？
關　羽　需要實地勘察。
　　　　（雨聲）
關　興　下雨了。
關夫人　趁天光未曉，細雨濛濛，我陪將軍勘察水情如何？
關　興　帶我去。
桂　英　我也去。
關　羽　人多不宜，周將跟隨，你二人隨同關平留守大營。
　　　　（關平、關興、桂英下）
關　羽　正是：
　　　　（念）探山水，實地勘察握勝券。
關夫人　（念）共甘苦，夫妻同行雨夜天。
　　　　我去更衣。
　　　　（關夫人下）
　　　　（切光。啓光後馬僮爲關羽，關夫人牽馬，周倉執傘上）
關　羽　（唱）【徽漢調】

　　　　　　　細雨如麻，
　　　　　　　坡陡路滑、
　　　　　　　坡陡路滑秋風颯颯。
關夫人　（唱）越溝塹，走山窪。
關　羽　（唱）放眼望，細觀察。
關夫人　（唱）實地驗證免池差，免池差。
關　羽　（唱）這邊高，
關　羽　（唱）兩山之間築堤壩，
　　　　　　　那邊低，
關夫人　（唱）馬嘶人咋鬧喧嘩。
周　倉　父王請看，山下谷口是罾口川。
關夫人　（唱）曹軍駐紮在低窪處，
　　　　　　　正宜水攻伐。
關　羽　周將。
周　倉　在。
關　羽　速速派人築壩截水，暗備船隻，移兵高處。
關夫人　留下空營，麻痹曹軍。
　　　　（雨聲）
關　羽　（唱）觀氣象定有雷電交加，
　　　　　　　速準備船隻木筏[1]，
　　　　　　　只待暴雨從天灑，
　　　　　　　定叫他，
　　　　　　　定叫他七軍變魚蝦。
　　　　（造型、切光）

校記

［1］速準備船隻木筏："筏"，原作"伐"，據文意改。

第七場　水　　淹

　　　　（接前場。于禁大帳外）
　　　　（于禁打哈欠上。董衡隨上）

董　超　（内）元帥！
　　　　（董超上）
董　超　大事不好了！
于　禁　你身爲副將，爲何這等驚慌？
董　超　那龐德他，正集合將士，拔營起寨。
于　禁　啊！那龐德自做主張，難道反了不成。
　　　　（内喊）龐將軍到！
　　　　（龐德上）
于　禁　你來作甚？
龐　德　龐德屢進忠言，元帥不聽，某家只好率本部人馬，拔營起寨，移兵去了。
于　禁　難道不知我軍法厲害？
龐　德　元帥，我軍屯於谷口，地勢低窪，連日陰雲密布，大雨將至，關羽一旦決堤放水，我七軍將士皆成魚鱉。
于　禁　哈哈……敵軍一旦決堤放水，敵我俱被水淹，難道關羽甘願與吾等同爲魚鱉不成？
董　衡　龐先鋒，我軍元帥隨魏王征戰數十載，經歷大小戰事不下百次，你那些主意，他老人家早就謀劃在胸了。
龐　德　呸！適纔探子來報，關羽已將營寨移至高處，留下乃是一座空營！
　　　　（突然決堤水聲大作。傳來"決堤放水"的命令）
于　禁　移營高處！（亂作一團，慌忙而逃）
董超
董衡　速找船隻……
　　　　（董超、董衡隨于禁逃下。龐德下）
　　　　（水戰，桂英被刺，龐德被擒）
　　　　（幕落）

第八場　雙　　雄

　　　　（兵押于禁上）
于　禁　（念）戰敗皆因妒賢能，乞降被解荆州城。
　兵　　走！（押于禁下）

周　倉　（內）劊子手,將龐德推出轅門！
　　　　（劊子手押龐德上。周倉上）
周　倉　龐德！我家元帥看你是個人才,勸你歸降。你却出言不遜,惡語傷人,該殺呀,該殺！
龐　德　求速死,有意將關羽笑罵,赴泉臺,對魏王以死報答。
周　倉　這……劊子手！與我斬、斬、斬！！！
關　羽　（內）刀下留人。
　　　　（關羽上。關平隨上。周倉下）
關　羽　（唱）【端正好】
　　　　　　斬令方下猛醒悟,
　　　　　　伯樂怎將良將誅？
　　　　　　爲主帥生殺豈可憑喜怒,
　　　　　　收棟梁學兄王三顧茅廬。
　　　　龐將軍,受驚了,來,佳釀伺候。（關平遞酒）自古道,英雄相惜,這杯酒爲龐將軍壓驚。
關　興　（內）爹爹,爹,爹！
　　　　（關興上）
關　興　爹爹,桂英姐不顧傷勢嚴重,非要來見龐德,您看她來了。
　　　　（丫環扶桂英上。關夫人隨上）
桂　英　（唱）【叨叨令】
　　　　　　盡孝心助姨丈把龐德收降,
　　　　　　忍傷疼顧不得氣息奄奄。
　　　　　　叫龐德你如若歸順蜀漢,
　　　　　　傷我仇一筆勾,不計前嫌。
龐　德　不降,至死不降。
　　　　（桂英倒地而亡）
關夫人　英兒！
關　興　爹爹,桂英姐金瘡迸裂,氣絕身亡了！桂英姐！！（與關平一同撲向桂英）
關夫人　（唱）【脫布衫】
　　　　　　心悲痛,淚盈盈,
　　　　　　十七載骨肉親情,

　　　　　　一場空，一場空。
　　　　　　花未開，已凋零，
　　　　　　相見只求在夢中。
關　興　（唱）仇報仇，命抵命，
　　　　　　不殺龐德氣難平。
　　　　（關興刺向龐德）
關　羽　住手！
關　平　父王，您要給孩兒做主。
關　羽　（唱）面對着此情此景，
　　　　　　年邁人閱歷廣，
　　　　　　歷經滄桑，
　　　　　　也不能無動於衷。
　　　　　　忘不掉小桂英對我孝敬，
　　　　　　再無人喚姨丈，
　　　　　　脆脆生生。
　　　　　　空允諾戰敗曹軍結鸞鳳，
　　　　　　不料想婚事不成，
　　　　　　喪事成。
　　　　　　我本當殺了龐德報仇索命，
　　　　　　憐惜他是一位好漢，
　　　　　　忠義英雄。
　　　　　　龐德他是好漢，
　　　　　　忠義英雄。
關　平
關　興　父王，殺了龐德爲桂英姐姐報仇啊！
關　羽　刀來！
　　　　（周倉執刀上）
關　羽　龐德，某有三條出路任你選擇。
龐　德　我來問你，這一，
關　羽　歸順。
龐　德　二。
關　羽　二，逃生。

龐　德　這三。
關　羽　這三麼，撞刀自刎！
龐　德　魏王，知遇之恩重泰山，丈夫忠義薄雲天。多謝雲長公成全。龐德去也！
　　　　（撞刀）
　　　　（關羽將斗篷蓋於龐德屍體上，衆兵將屍抬下）
關　羽　兵貴神速，兵發樊城！
　衆　　兵發樊城！
　　　　（集體造型，閉幕）

——劇終

陸遜拜將

劉鳴泰　陳澤愷　撰

解　題

　　川劇。劉鳴泰、陳澤愷撰。劉鳴泰，1947年生，湖南江永人。一級作家，中國作家協會會員、中國戲劇家協會會員、中國戲曲協會理事、中國莎士比亞研究會理事、湖南省書法協會顧問。歷任湖南湘劇院院長，湖南省文化廳藝術處處長，瀟湘電影制片廠文學廠長，湖南省文聯黨組副書記、主席團成員，湖南省委宣傳部副部長，湖南省新聞出版局黨組書記、局長。著有《李白戲權貴》、《張騫西行》、《陸游拜將》（合作）、《郭亮》、《野花情》、《巧斷人肉案》等十餘部戲劇作品及論文六十多篇。陳澤愷，1943年生，籍貫湖北隨州。一級編劇，享受國務院特殊津貼。中國戲劇家協會會員。1987年7月畢業於中國藝術研究院戲曲理論研究班。歷任貴陽市文化局創作研究室主任，《貴陽文化》主編，貴陽市戲劇家協會副主席、名譽主席，貴陽市政協委員。著有《范仲淹》、《龍岡悟道》、《巾幗紅玉》、《陸遜拜將》（合作）、《嬌紅記》、《布依女》等大型歷史劇和現代戲曲十餘部。曾獲中宣部"五一工程"獎、文化部第九屆和第十一屆"文華新劇目獎""文華劇作獎"、第三屆中國戲劇節"編劇獎"、文化部第三屆中國京劇藝術節"優秀獎"、"國家舞臺藝術精品工程入圍獎"，廣播劇《虎嘯玄天洞》獲國家廣電局評委會金獎。出版有《陳澤愷戲劇選》《藝苑憑欄》。該劇未見著録。劇寫孫權用呂蒙計，遣諸葛瑾赴荊州爲其子求關羽女爲婚，以固孫劉聯盟，共拒曹操。關羽不允，辱罵虎女豈配犬郎，將瑾逐出。關羽率師攻襄陽，沿江築烽火臺以防吳。呂蒙聞此情，心痛病發。參軍陸遜自薦可代呂蒙。孫權以其狂傲，削職爲民。呂蒙之病，醫生查不出病因難治。孫權命張昭、孫彪代呂蒙爲正副都督，命呂蒙回建業休養。陸遜假扮郎中爲呂蒙看病，查出病因是風（烽）火攻心並告以治病之方。呂蒙知其才智高，抗命從孫彪手中奪回都督印信，交陸遜執掌。衆將不服，呂蒙授上方劍以鎮衆將。孫策女如玉鍾情於陸遜，以金鞭暗示孫權夫婦。張昭、孫彪回建業，將呂蒙抗命之情奏知孫權。孫權大怒，欲傳呂蒙，呂蒙却進宮請罪，向孫權説明抗命之因。孫權轉怒爲喜，命陸遜暫代其職，但不甚放心，命孫彪爲監軍。陸遜用驕兵之計示弱於敵，刀槍入庫，馬放南山，致書送禮賀關羽水淹七軍之勝利。大將潘璋不滿，與孫監軍前來問罪，被陸遜責打四十棍。孫權微服私訪，知陸遜才智，予以支持。呂蒙趕來軍中保護。孫權准許陸遜在軍中與如玉成婚。新婚之夜，陸遜假扮客商，駕小舟去荆州烽火臺探刺軍情，並繪製了沿江烽火臺圖。如玉進宮，告孫權夫婦陸遜逃婚，疑其投蜀。忽報陸遜叩宮，孫權怒欲縛之。陸遜説明情況，關羽已中其計，撤走荆州精兵攻樊城。如今荆州空虛，取荆州垂手可得。孫權佩服，命高築將臺，效漢高祖築臺拜將故事，親拜陸遜爲將。陸遜率領三軍，起程奪取荆州。本事出於《三國志演義》，人物情節多有增飾。版本見《鳴泰劇作選》本（湖南文藝出版社 2006 年）、《陳澤愷戲劇選》本。今以《鳴泰劇作選》本爲底録收録整理。該本劇尾署與陳澤愷合作；《陳澤愷戲劇選》本，則署自撰。二本劇情同，曲白場景稍異。該劇 1982 年曾由貴陽市川劇團排練赴北京演出，陳澤愷本當是該劇團的演出本。今據以收録整理。

第 一 場

（三國時期）
（長江岸邊，東吳陸口水寨。江上驚濤千叠，空中"吳"字大旗飄揚）
（幕啟）

潘　璋　（内唱）急催舟衝破了千頃巨浪——
　　　　（潘璋急上）

潘　璋　（接唱）與關羽去提親作事荒唐。
　　　　　　　　看起來復荆州此生無望，
　　　　（朱然急上）

朱　然　（接唱）周公瑾魯子敬遺願難償。

潘　璋　朱將軍，匆匆忙忙，爲着何來？

朱　然　潘將軍，大事不好！

潘　璋　莫非爲吳王聘關羽之女，與殿下孫登爲婚之事？

朱　然　怎麽，潘將軍你已然知道了？

潘　璋　某適纔江上巡哨，正遇諸葛大夫前往荆州提親。朱將軍，此事呂都督可曾知曉？

朱　然　吳王與關羽聯姻之事，正是呂都督的主意。

潘　璋　哦，此乃呂都督的主意？

朱　然　你看——都督親自押送吳王的聘禮來了。

潘　璋　（打望）哇呀呀呀……朱將軍，事關重大，你我速速擋道勸阻，縱然瀝血刀下，也要請都督收回成命！

朱　然　好！
　　　　（念）馬前阻軍令，

潘　璋　（念）國重頭顱輕！
　　　　（內聲："呂都督到！"眾謀士、將士押聘禮引呂蒙上）

呂　蒙　（唱）獻策聯姻起物議，
　　　　　　　社稷老臣豈畏譏。
　　　　　　　西山漸卸殘陽去，
　　　　　　　托志乏人嘗唏噓。
　　　　（潘璋、朱然擋道，軍士喧嘩……）

潘　璋
朱　然　都督住馬！都督住馬！

呂　蒙　何人擋道？

眾校尉　潘、朱二位將軍擋道。

呂　蒙　啊……二位將軍爲何擋道？

潘　璋　哎呀都督哇！那劉備借我荆州，十有餘載，反反復復，拒不歸還，周公瑾含恨而喪，魯子敬積鬱身亡。都督不思繼承遺志，收復荆州，反勸吳王與關羽聯親，豈非喪權辱國，將我東吳疆土拱手讓與他人？

朱　然　某等今日寧可含笑試法，不願忍辱蒙羞，使周、魯二位都督寒心九泉！

潘　璋
朱　然　都督三思！都督三——思！

呂　蒙　（唱）將士們抗軍令直言衝撞，
　　　　　　　一個個既忠且犟，
　　　　　　　理壯詞強，激揚鏗鏘，

　　　　　復荆襄欲試鋒芒。
　　　　　壯士情憂國心你我一樣。
　　如今曹操命曹仁屯重兵於樊城,伺機而動。孫劉兩家雖存芥蒂,但尚未反目成仇。當今之勢,莫若與關羽聯姻,孫劉盟好,使曹賊無機可乘,以保三國鼎足之勢。豈能爲一城一池之爭,危及國家存亡大計!
　　(唱)度情勢定方略還需要遠矚高瞻,
　　　　　周公瑾魯子敬遺願未忘,
　　　　　忍屈伸圖良謀繼業興邦!
　　(衆欣然爲吕蒙所服)

|潘　璋|原來如此。|
|朱　然||

衆將士　都督高見。
　　(諸葛瑾内喊:"子明兄!")
　　(諸葛瑾狼狽不堪地上)

諸葛瑾　子明兄!
吕　蒙　啊,子瑜過江提親,爲何落得這般光景?
諸葛瑾　唉,一言難盡。
吕　蒙　莫非親事不成?
諸葛瑾　親事不成倒也罷了,可恨關羽他……
吕　蒙　關羽他怎樣?
諸葛瑾　他他他……
　　(唱)關羽老兒忒狂妄,
　　　　　藐視東吳辱我王[1]。
　　　　　他説道——
　　　　　"蛤蟆也將天鵝想,
　　　　　虎女豈能配犬郎!"
　　(衆聞言大怒)
諸葛瑾　好了,好了,我還要回轉建業,報與吴王知道。
　　(急下)
吕　蒙　(念)聞言怒衝冠,
　　　　　低頭看"龍泉"。
　衆　　(念)操戈列戰艦,

　　　　　　　請令挂征帆！
呂　蒙　（念）本當決一戰，
　衆　　請都督下令！
呂　蒙　慢、慢、慢！
　　　　（念）還須慎於前。
　　　　　　　荆州地勢險，
　　　　　　　關羽非等閒。
　衆　　我等赴湯蹈火，萬死不辭！
呂　蒙　……
　　　　（哨軍急上）
哨　軍　禀都督，曹操命于禁、龐德統帥七軍，與關羽會戰襄陽！
呂　蒙　啊？再報一遍！
哨　軍　曹操命于禁、龐德統帥七軍，與關羽會戰襄陽！
呂　蒙　再探！
　　　　（哨軍下）
呂　蒙　此乃天賜良機也。衆將聽令！
　　　　（念）關羽戰七軍，
　　　　　　　荆州留空城。
　　　　　　　百舸齊揚帆，
　　　　　　　揮戈指荆門！
　衆　　得令！
　　　　（呂蒙率隊出兵，突然對岸烽火四起，濃烟滾滾……）
　　　　（呂蒙大驚）
呂　蒙　啊！烽火臺……烽火臺……烽火臺……
潘　璋　都督怎麽樣了？
呂　蒙　（聲音微弱）收兵！收……兵……
　　　　（呂蒙心痛如絞，突然捧心倒地不起）
衆將士　（大驚）都——督……
　　　　（幕落）

校記

［1］藐視東吳辱我王："藐"，原作"渺"，據文意改。

第 二 場

（暮春時節）
（建業郊外，紅杏似火）
（如玉策馬上）

如　　玉　（唱）揮金鞭催駿馬馳入畫境——（向內高喊）叔王、嬸母，快來呀！
　　　　　（太監、宮女上。孫權與步夫人並轡上）
孫　　權　（唱）遠絲竹離案牘耳聰目新。
如　　玉　（唱）深宮中哪有這天然勝景，
步夫人　（唱）看彩蝶逐飛花笑賞殘春。
如　　玉　（唱）竹籬上出紅杏獨佔風韻，
孫　　權　（唱）近山野羨漁樵駐馬動情。
步夫人　（唱）嘆只嘆爭逐鹿三國分鼎，
如　　玉　（唱）空負了春與秋水秀山青。
孫　　權　（唱）且候那諸葛瑾回稟佳訊，
　　　　　　　　吳蜀盟鼎足穩桑梓承平。
　　　　　（燕語呢喃）
如　　玉　啊！
　　　　　（唱）恨燕兒欺人甚污我衣錦！
　　　　　（如玉揮鞭策馬，追打飛燕下）
步夫人　我兒轉來！我兒轉來！
孫　　權　夫人，就由她去吧。
步夫人　唉！此兒如此任性，多是千歲寵愛之故。
孫　　權　啊，這寵愛之責任在於孤？哎呀呀夫人，你倒推得個乾淨哪！
步夫人　妾對此兒，雖然也有姑息之過，皆因念在兄嫂臨終托孤之情。
孫　　權　既然夫人念在托孤之情，孤王又豈無惜孤之意麼？
步夫人　這！（語塞）
孫　　權　哈哈哈……夫人，天色尚早，你我再遊一程如何？
步夫人　就依陛下。
孫　　權　（接唱）且向山徑把勝尋。
　　　　　（太監、宮女隨孫權、步夫人下）

（四龍套、書僮擔書劍上。車夫推身着文職官服的陸遜上）

陸　遜　（唱）撫冠安民回朝廊，
　　　　　　　驛路落紅塵也香。
　　　　　　　賦得新詩低聲唱——
　　　　（如玉乘馬撲打飛燕，衝散龍套、撞落書擔，將陸遜撞倒在地。如玉掩口大笑，陸遜坐在地上，癡呆呆地看着如玉）

陸　遜　呵！
　　　　（接唱）花解人意撲陸郎。
如　玉　你是何人，竟敢擋我去路？
　　　　（陸遜不答，環繞如玉上下打量）
如　玉　狂生無禮！
陸　遜　既知無禮，早該下得馬來，與老爺賠上一禮纔是。
如　玉　口稱老爺，你是何人？
陸　遜　參軍老爺陸遜，字伯言。
如　玉　哼哼，我當是哪位將相公卿，原來是個無名之輩。
陸　遜　將相公卿有何難哉？只待風雲際會耳。
如　玉　口出大言，你可知我是何人？
陸　遜　金鞭玉彎，駿馬繡鞍，其富貴可知，豈待人言。
如　玉　既然如此，爾尚敢狂傲。
陸　遜　這？
如　玉　甚麼？
陸　遜　哼！丈夫狂傲可恕，女子刁悍難容！
如　玉　怎麼講？
陸　遜　丈夫狂傲可恕，女子刁悍難容！
如　玉　可惱！（鞭抽陸遜）
　　　　（唱）天生鳳質誰不敬，
　　　　　　　狂生竟敢卑犯尊。
　　　　　　　桀驁烈馬當鞭馴——
　　　　（太監、宮女、孫權、步夫人上）

孫　權　住手！
陸　遜　吳王、夫人千歲！
如　玉　叔王、嬸母啊！（哭）

（書僮、龍套見狀溜下）

孫　權　（接唱）郊野相爭爲何情？
如　玉　啓禀叔王，只因我追打飛燕，不慎……
孫　權　怎麼樣？
如　玉　這……（自知理屈）
步夫人　兒啊，莫非你忘却家訓，在此以勢欺人不成？
如　玉　這……
陸　遜　禀夫人，郡主她……並未欺凌微臣。
孫　權　既然如此，因何爭吵？
陸　遜　這……只因那可惱的燕兒，將臣驚下車來，郡主殷勤動問，並未欺臣，臣也不曾冒犯郡主，我們並未爭吵。

（撫鞭傷處）

步夫人　你何來傷痛？
陸　遜　被那燕兒啄了一口，無妨！無妨！
步夫人　如此說來，郡主她……
陸　遜　郡主賢德之至。（撫鞭傷）
步夫人　陸參軍他……
如　玉　參軍恭謹之極。
孫　權　夫人，他們既然言道不曾爭吵，你我又何苦庸人自擾。兒啊，遊玩去吧。
如　玉　是。
陸　遜　送郡主。
如　玉　哼，便宜你了。

（宮女、如玉下。諸葛瑾急上）

諸葛瑾　參見吳王、夫人。
孫　權　大夫回來了，荆州提親，一路辛苦。待到太子大喜之日，孤親自把盞，以謝大媒。
諸葛瑾　這謝媒的喜酒，臣是吃不成了。
孫　權　啊，聽你之言，莫非關羽不允親事？
諸葛瑾　婚事不允倒也罷了，可恨關羽他……
孫　權　他怎麼樣？
諸葛瑾　他！

孫　　權　他到底怎麼樣？
諸葛瑾　他言道虎女不嫁犬子！
孫　　權　關羽呀關羽，你欺孤忒甚也！
　　　　（唱）誠心聯姻捐前怨，
　　　　　　　孫劉結盟拒曹瞞。
　　　　　　　又誰知關雲長驕橫狂妄，
　　　　　　　他竟敢辱孤王口出狂言！
　　　　　　　誓復荊州免後患——
　　（張昭、孫彪急上）
張　　昭　啓禀千歲，大事不好了！
孫　　權　二卿慌慌張張尋至郊外，爲了何事？
孫　　彪　都督呂蒙身患重病，上表告病乞休。
孫　　權　唉！……
張　　昭　（呈表章）呂蒙都督告病乞休。
孫　　權　啊！
　　　　（唱）軍無良將國不安。
　　　　　　衆卿呀！關羽雄踞荊州，曹仁屯兵樊城，皆有窺視江東之意。偏偏此時都督身患重病，東吳危矣！
陸　　遜　哈哈哈哈！……（大笑）
孫　　權　啊，國事緊急，爾不思替孤分憂，反在一旁大笑，是何意也。
陸　　遜　禀千歲。呂都督究竟身患何病？病從何來？其情未明，臣正不知是憂是喜。
孫　　權　這……
陸　　遜　況且，老將呂蒙繼任都督，已歷數載，而荊州依舊。如今稱病離職，依臣看來，若是所任得人，荊州可圖也。
張　　昭　陛下，呂都督既然告病，就該速速遣人代任，不可貽誤軍機。
孫　　權　但不知何人可代都督之職？
諸葛瑾　潘璋勇猛善戰，可代都督之職。
孫　　彪　潘璋有匹夫之勇，無大將之才，難當此任。
諸葛瑾　老臣顧雍德高望重，可代都督之職。
張　　昭　顧大人廉潔方正，但不諳軍事，只可爲官治民，不可爲將治軍。
孫　　權　唉！這都督重任，真乃擇人不易也。

陸　遜	罷了哇罷了！我東吳人傑地靈，不料在諸位將相公卿看來，竟連一個代任都督也無處可尋。如此目中無人，怎不令有志之士寒心。
孫　權	（慍怒）嗯。
	（陸遜唯唯身退）
孫　彪	啓奏大王，婁侯張昭老謀深算，可以軍事相托。
諸葛瑾	着啊！少將軍所薦得人，婁侯若能受命，乃東吳之幸也。
孫　權	只是軍務繁忙，未知子布可願屈就否？
張　昭	臣受東吳厚恩，千歲若不嫌張昭駑鈍，臣當受命就職。
	（孫彪扯張昭衣襟，求其推薦同往）
張　昭	只是臣年過七旬，諸事力不從心。臣請任少將軍爲副都督，助臣一臂之力。
諸葛瑾	婁侯老謀深算，少將軍英武超人，一同治軍，定然戰無不勝。
孫　權	如此張昭、孫彪聽旨！
陸　遜	千歲，不可呀，不可！
孫　權	參軍爲何阻旨？
陸　遜	如此用人，東吳將亡矣！
孫　權	（不悦）何出此言？
陸　遜	婁侯老而無謀，少將軍好大喜功，若用他二人爲將，荆州不可圖，陸口不可守，東吳不可安。陸遜直言奉上，千歲三思！
	（眾愕然）
張　昭	如此説來，這都督之職，非足下而莫屬的了？
陸　遜	若蒙千歲見信，陸遜當仁不讓。
孫　彪	聽足下之言，莫非有自薦之意？
陸　遜	量力而行，不避笑罵。
張　昭	乳臭小兒，志大才疏，口出狂言！
陸　遜	大丈夫出則爲將，入則爲相，既立其志，必備其才。豈可以年紀而論高下？治軍之要，某視如這手中綺紈，開合把玩，盡在掌股之中。若得兵權在手，某收復荆州，如拾芥耳。
	（眾不滿陸遜之言，嘖嘖有聲）
張　昭	好好好，足下有經天緯地之才，定國安邦之策。老朽老而無謀，不願尸位素餐，阻塞賢路。請千歲准臣骸骨還鄉，老死故里。（脱冠）
孫　彪	足下雄才大略，乃將相之才。孫某好大喜功，乃匹夫之輩。請叔王

　　　　　准臣棄職解甲，匿迹江湖！（脱冠）
孫　權　這！……大膽陸遜，爾年少職微，不思恭謙上進，幾次三番越級言事，目無尊長，辱謾大臣，悖狂以極。來，將他革去官階，貶爲庶民！
　　　　　（陸遜苦笑地脱冠，張昭、孫彪冷笑地彈冠戴於頭上）
陸　遜　（唱）人説吳王重才賢，
　　　　　　　　不識真才也枉然。
　　　　　　　　金劍沉埋鋒未顯，
　　　　　　　　大鵬遭困騰空難。
　　　　　　　　紗帽官衣等閑看，
　　　　　　　　報國無門淚暗彈。
　　　　　（如玉上，見狀生憐）
如　玉　叔王，這……
孫　權　我兒休管此事。
陸　遜　（接唱）自信讀書破萬卷，
　　　　　　　　青雲有路當登攀。
陸　遜　（狂笑）哈哈哈！……（下）
　　　　　（張昭等得意地大笑，擁孫權下）
　　　　　（如玉目送陸遜遠去，若呆若癡，恍然若失）
　　　　　（幕落）

第　三　場

　　　　　（陸口，吕蒙寢帳）
　　　　　（幃幔低垂，兵符與尚方劍高置於醒目處）
　　　　　（潘璋注目帳内，焦急不安）
潘　璋　（唱）都督無端把病患，
　　　　　　　　出師不成心悵然。
　　　　　　　　壯志未酬氣難咽，
　　　　　　　　不復荆州枕不安。
　　　　　（朱然與郎中自帳内上）
潘　璋　朱將軍，都督病情如何？
朱　然　依然是雙目緊閉，口不能言。

潘　璋	啊！雙目緊閉，口不能言……（向郎中）先生，都督病從何來？
郎　中	唉，不得而知。
潘　璋	都督所患何病？
郎　中	不可名狀。
潘　璋	你可有去病的良方？
郎　中	唉！無能爲力。
潘　璋	你身爲郎中，一不知病從何來，二不知所患何病，三無去病良方，似你這等庸醫，留爾何用！（拔劍）
朱　然	都督的病，確實奇怪，非只他一人無能，連日來，良醫請盡，也都查不出個原因啊！
潘　璋	滾！
郎　中	是是是！（倉皇地下）

（内聲："婁侯與少將軍到！"）

潘　璋 朱　然	有請！

（四校尉、孫彪、張昭上）

潘　璋 朱　然 孫　彪	末將參見婁侯、少將軍。
張　昭	二位將軍少禮。
張　昭	但不知吕都督病體如何？
朱　然	卧床不起，口不能言。
張　昭	等老夫榻前探望。
朱　然	是。

（朱然啓開帷幔，吕蒙閉目斜倚於榻上）

張　昭	子明兄！
孫　彪	吕都督！

（吕蒙微睜雙目）

張　昭	子明病體如何？

（吕蒙搖頭不語）

張　昭	吴王聞子明病重，甚是憂慮，特命老朽與少將軍榻前侍疾。

（吕蒙頷首致謝）

張　昭　你告病乞休已蒙恩准,少時即可回轉建業調治病體。
　　　　（呂蒙閉目低首）
孫　彪　都督寬心養病,軍中之事,有末侯與小將掌管,萬無一失。
　　　　（呂蒙聞言驟然抬頭睜目,懷疑地打量張昭與孫彪）
張　昭　老朽與少將軍受吳王之命,爲正副都督之職,前來代回子明。現有吳王手敕,子明請看。（將手敕交呂蒙）
　　　　（呂蒙看罷手敕大失所望,頹然仰面倒於榻上,手敕飄然落地,衆愕然）
張　昭　子明兄!
潘　璋
朱　然　都督!
孫　彪　軍中不可一日無將,請都督下令,交割印符。
　　　　（呂蒙僵臥不動）
孫　彪　請都督下令,交割印符!
　　　　（呂蒙仍不動）
孫　彪　（向張昭）這……
張　昭　（再示手敕）子明兄,現有吳王之命,請下令交割印符。
　　　　（呂蒙無奈,示意潘璋、朱然取過兵符,呂蒙以手撫摩有頃,再度疑慮重重地打量張昭與孫彪。張昭再次以手敕相催,呂蒙揮手命交出兵符,倒榻不起）
張　昭　校尉們!
衆校尉　有!
張　昭　速速備船,護送呂都督回轉建業。
　　　　（謀士甲上）
謀士甲　（向呂蒙）禀都督……
張　昭　何事?
謀士甲　啊!（向張昭）禀都督,江上來了一名少年郎中,言道可治呂都督之病。
張　昭　子明之病,待等回轉建業,自有太醫調治。免!
謀士甲　是。（下）
　　　　（謀士乙上）
謀士乙　（向呂蒙）禀都督……

（孫彪儼然以主將自視）

孫　彪　　何事？

謀士乙　　啊,啊!（向孫彪）稟都督,那位少年郎中言道,若得一見都督,定能妙手回春,藥到病除。

孫　彪　　江湖庸醫,巧言行騙。免!

謀士乙　　是!（下）

（謀士甲、謀士乙同上）

二謀士　　（向呂蒙）稟……（改向張、孫）稟二位都督,那少年郎中言道,若不能治得呂都督之病,情願受斧鉞之刑。

張　昭　　小小郎中,大言欺人。與我亂棒打了出去!

（呂蒙以手制止,示意召見郎中）

二謀士　　（無所適從地）這……

張　昭　　（無可奈何）傳!

二謀士　　是。都督有令,郎中進見!

（內聲:"來也!"陸遜扮郎中上）

陸　遜　　（唱）扁舟一葉泛江心,
　　　　　　　　盡得老將難言情。
　　　　　　　　眼中局勢胸中策,
　　　　　　　　掬浪洗手待長纓。
　　　　　　　　翩翩然然把帳進——
　　　　　　妻侯、少將軍,別來無恙否?

張　昭　　原來是你?

孫　彪　　狂生,你來作甚?

陸　遜　　（接唱）自有妙方能回春。

張　昭　　狂生,你也會治病?

陸　遜　　不得爲良將,但得爲良醫。雖無權救國家於危難,但求能脫病人於苦海。

孫　彪　　此乃軍中重地,不是賣弄癲狂之所,我勸你速速離去。

陸　遜　　既來之,則安之。若不能治得都督之病,情願葬身斧鉞。我是不走的了。

張　昭　　軍中講話,非同兒戲。

陸　遜　　丈夫出言,駟馬難追。

張　昭　既然如此，上前問診。

陸　遜　（唱）陸遜看病非等閒，
　　　　　　　何須要效常醫切、問、望、聞。

張　昭　（唱）須防牛皮吹破了眼，

孫　彪　（唱）看不出病情你難逃生！

陸　遜　（唱）心有靈犀通一點，
　　　　　　　我這裏未見其人早已知病根。

潘　璋
朱　然　（唱）呂都督究竟犯的甚麼病？

陸　遜　哈哈哈……
　　　　（唱）分明是憂慮成疾風（烽）火攻心。
　　　　（呂蒙聞言突然坐起，驚異地望着陸遜……）

呂　蒙　你爲何知道我患的風（烽）火攻心？

陸　遜　都督！
　　　　（唱）都督有意復荆州，
　　　　　　　烽火臺連綿對岸志難酬；
　　　　　　　力不從心難籌謀，
　　　　　　　你假裝患病臥床頭。
　　　　（呂蒙突然離榻，抓住陸遜，衆人大惑不解）

呂　蒙　先生，你既知吾病，可有良方？

陸　遜　這個？……唉！
　　　　（唱）雖有良方除風（烽）火，
　　　　　　　難顯身手豈奈何。
　　　　　　　架頭蒼鷹天邊膽，
　　　　　　　只嘆無人解絲索。
　　　　　　　藥方一付且獻過，
　　　　　　　懇請都督細斟酌。
　　　　（陸遜獻上藥方，呂蒙看罷激動不已，老淚縱橫，一把抱住陸遜……）

呂　蒙　長者不可踞，後生不可欺，陸遜哪，陸遜，真良醫、良材、良將也！
　　　　（唱）小陸遜張慧眼察我肝膽，
　　　　　　　幾句話中病根道破疑難。

　　　　　　真良醫使老朽去病脫險，
　　　　　　真奇才識風雲指掌之間。
　　　　　　真大將帷幄中手操勝算，
　　　　　　懷金玉却落得短褐布衫。
　　　　　　老朽我年衰邁來日苦短，
　　　　　　常懷着身後憂爲國求賢。
　　　　　　思賢才對佳餚難以下嚥，
　　　　　　思賢才終日裏鬱鬱寡歡。
　　　　　　思賢才眼欲穿欄杆拍遍，
　　　　　　思賢才對大江老淚偸彈。
　　　　　　今日裏遇知音相見恨晚——
陸　遜　（接唱）老元戎披肝膽動人心弦。
　　　　（以手暗指孫彪手中兵符，接唱）
　　　　　　嘆只嘆知音相遇果然已晚，
　　　　　　天生我才也枉然。
呂　蒙　這，這，這這這……罷！
　　　　（唱）得人不易休怠慢，
　　　　　　豈能誤國保自安？
　　　　　　顧不得王命在前要干犯，
　　　　　　顧不得同僚之情把臉翻。
　　　　　　奪回兵符交陸遜——
　　　　（呂蒙毅然從孫彪手中奪回兵符。衆驚呆）
呂　蒙　老朽之志，非君難托；東吳安危，唯君是倚；三軍司命，捨君其誰！
　　　　（唱）兵符雖小重如山。
　　　　（呂蒙交兵符與陸遜，陸坦然受之）
陸　遜　（唱）當仁不讓冒越僭，謹受老將一寸丹。此物爲輕你的情無限——
呂　蒙　（唱）願君展翅早衝天！
　　　　（衆嘩然。張昭、孫彪大怒）
張　昭　呂蒙，你竟敢重狂生、侮大臣，私托都督大任！
呂　蒙　將相無種，唯才是舉。子布兄，國家大事，恕呂蒙不能顧及私交之誼了。

孙　彪　你可知抗拒君命,该当何罪?
吕　蒙　老夫愿随少将军回转建业,面君廷辩,不惜以全家老小的性命,保荐陆逊!
陆　逊　老元戎!(无言欲泪)
潘　璋　都督!我等老将,跟随吴王东讨西杀,戎马半生,焉能受这乳臭小儿的调遣!
谋士甲　是呀!黄口孺子,乳臭未乾,岂可为三军司命?我等不服!
谋士乙　我等不服!
　众　　我等不服!
　　　　(众哗然抗命,唯有朱然沉吟不语)
吕　蒙　啊!这真是:
　　　　(念)群径折车轴,
　　　　　　众口铄黄金。
　　　　　　始信古贤者,
　　　　　　蒿莱度余生。(取下尚方剑)
　　　　陆逊,这有钦赐尚方剑,军中敢有不遵调遣者,先斩后奏!
陆　逊　遵命!(接剑、挑剑出鞘)
　　　　(众悚然禁声)
　　　　(落幕)

第 四 场

　　　　(建业,吴宫)
　　　　(帷幔重叠,锦屏生辉)
　　　　(如玉手握马鞭,凝眸陈思)
如　玉　(唱)风卷落花似血乱,
　　　　　　青杏如豆藏叶间。
　　　　　　芳心暗结果一点,
　　　　　　独自偷尝苦和酸。
　　　　　　那生一去江湖远,
　　　　　　若有所失心茫然。
　　　　　　他机智精明善言辩,

　　　　　倜儻俊逸惹人憐。
　　　　　罷官遠走箏斷綫，
　　　　　滿腹心事不敢言。
　　　　　凝眸金鞭情難按……
　　（孫權、步夫人上）
步夫人　玉兒！
如　玉　拜見叔王、嬸母。
孫　權　罷了。兒呀！
　　（接唱）莫負三春艷陽天。
　　兒呀，今日風和日麗，正當遊玩，你獨自在此，莫非有甚麼不快之事？
如　玉　叔王與嬸母百般疼愛，孩兒哪來不快之事。
步夫人　那日我兒郊遊歸來，終日悶悶不樂，莫非有甚麼心事？
如　玉　這……
　　（唱）叔王嬸母細動問，
　　　　　女兒春愁怎出唇？
　　　　　欲求召回小陸遜，
　　　　　王命如山難更改。（見馬鞭）
　　　　　以鞭代訴難言隱，
　　　　　叔王、嬸母啊！
　　（接唱）以鞭暗寄女兒心。
　　（如玉投鞭與孫權，羞澀地下）
孫　權　夫人，玉兒竟與我們打起了啞謎來了。
步夫人　妾倒明白了。
孫　權　夫人明白甚麼？
步夫人　玉兒自郊遊歸來，至今悶悶不樂，可是實情？
孫　權　不錯，正是實情。
步夫人　千歲可曾記得，那日郊遊，玉兒用此鞭做了甚麼？
孫　權　哦哦哦，我想起來了，她用此鞭追打過燕兒。可對麼？
步夫人　呀，千歲你好糊塗啊！
孫　權　呀，你怎麼也與我打起啞謎來了。
　　（太監急上）

太　　監　　啓奏千歲，婁侯與少將軍叩見。

孫　　權　　啊！孤命他二人鎮守陸口，爲何去而復返？

步夫人　　必有變故。

孫　　權　　宣。

太　　監　　千歲有旨，婁侯與少將軍進宮。

（張昭、孫彪急上）

張　　昭　　參見千歲、夫人。

孫　　彪　　參見叔王、嬸母。

孫　　權　　你二人因何去而復返？

張　　昭　　只因呂蒙他！他他他……

孫　　彪　　叔王啊！呂蒙老兒專橫已極，抗拒君命，私讓兵符，竟將都督之職，鎮守陸口之事，托與狂生陸遜去了！

孫　　權　　怎麼？呂蒙竟做出這等事來？

張　　昭　　堂堂三世老臣，赫赫王族貴胄，反不如一個乳臭小兒。叫老朽有何面目列朝奉君！

孫　　權　　可惱啊，可惱！國家大事，豈同兒戲！呂蒙老邁昏聵，剛愎自專；陸遜僭越將位，無視尊卑。孤豈能容得，張昭、孫彪聽旨！

張　　昭
孫　　彪　　臣在。

孫　　權　　速帶御林軍再赴陸口，將呂蒙、陸遜拿回建業問罪！

張　　昭
孫　　彪　　領旨！

（呂蒙內白："不須勞駕，老臣來也！"呂蒙白髮蒼蒼，捧冠急上）

呂　　蒙　　（唱）免冠待罪回帝京，
　　　　　　　　捨命保薦棟梁臣。
　　　　　　　　有理不妨與君論，
　　　　　　　　社稷爲重頭顧輕。
　　　　　　老臣見駕，吳王、夫人千歲。

孫　　權　　呂蒙，你可知罪？

呂　　蒙　　身爲大臣，怎不知國家法度，臣正是面君待罪而來。

孫　　權　　知罪就好。來，將呂蒙下獄，速拿陸遜問罪。

呂　　蒙　　且慢！臣啓千歲，東吳可以無呂蒙，但不可少陸遜。臣抗旨理應下獄,陸遜有奇才須當大用。

孫　權　哼!

呂　蒙　千歲啊!

　　　　(唱)非是老臣輕權柄,
　　　　　　非是老臣瞶且昏。
　　　　　　蕭何曾把胯夫薦,
　　　　　　老臣不避保狂生。

張　昭　那陸遜悖狂無狀,豈能大用。

呂　蒙　(唱)自古聖賢誰無過,
　　　　　　水太清澈魚不生。
　　　　　　若拘一格求良駿,
　　　　　　你我焉能為公卿。

張　昭　這個……

孫　彪　陸遜年少職微,不孚眾望,有傷國體。

呂　蒙　(唱)有才何愁孚眾望,
　　　　　　王侯將相賢者居。
　　　　　　先主也從一郡起,
　　　　　　開創江東鼎足立。

孫　彪　這個……

張　昭　陸遜的伯父陸康,曾與大將軍孫策為敵,陸遜乃仇敵之後,縱然有才,也不能重用!

孫　彪　着啊!

呂　蒙　(唱)昔日齊國霸諸侯,
　　　　　　全憑管仲運機謀。
　　　　　　小白不計一箭怨,
　　　　　　英主求賢豈避仇?

張　昭　這……

孫　權　你私讓將位,對抗君命,難道就無罪嗎?

呂　蒙　請問千歲,臣為國讓賢何言私托?君命有差不妨一抗。

孫　權　你大膽!

呂　蒙　(無比激動地)千歲呀!
　　　　(唱)君命法度臣知曉,

　　　　　　世故人情臣明了。
　　　　　　老臣若是行乖巧，
　　　　　　將位躬身讓孫彪。
　　　　　　老臣若是念舊好，
　　　　　　兵符拱手付張昭。
　　　　　　臣若邀寵國難保，
　　　　　　因此上，
　　　　　　排衆議，罪同僚，
　　　　　　抗君命，干律條，
　　　　　　寧犯君王受斧鉞，
　　　　　　爲國家怕甚麼暴雨狂飆。
　　　　　　老臣我擲頭顱提擢英豪！
孫　權　（唱）忠言烈語肝膽照，
　　　　　　股肱賢臣品格高。
步夫人　（唱）心憂社稷不自保，
　　　　　　有功無過請恕饒。
孫　權　（唱）忙下位扶起了忠直的元老，
　　　　　　難得你年邁抱病，犯顏諫君，爲國操勞。
　　　　（孫權攙起吕蒙。吕蒙久跪，膝痛不支）
步夫人　都督身帶重病，速請太醫診治。
孫　權　內侍，速請太醫前來。
吕　蒙　且慢！臣之病乃是謊情。
　　　　（衆愕然）
孫　權　却是爲何？
吕　蒙　只因關羽率領人馬，大戰曹操七軍，臣有意趁虛而入，偷襲荆州。怎知關羽早有提防，沿江設下烽火臺，若有軍情，烽烟相傳，關羽必然望烽而回，荆州難下。臣苦於無奈，故爾稱病籌策。
孫　權　原來如此。
吕　蒙　那陸遜初訪陸口，便洞悉肺腑之隱。胸藏韜略，智謀深遠，能運籌於帷幄之中，決勝於千里之外。其才出臣之上，請千歲降旨，速封陸遜爲將！
孫　權　子明既然無恙，何須另用陸遜？

吕　蒙　千歲請看！（托鬚）臣日暮蒼山，豈能久侍君側？有生之年，若不見後繼之人，怎能瞑目九泉之下。

　　　　（唱）壯年蹉跎霜壓鬢，

　　　　　　　丹楓雖紅不是春。

　　　　　　　請將兵符托陸遜——

張　昭
孫　彪　（同）此事萬萬不可！

孫　權　這……

吕　蒙　（接唱）臣全家性命來擔承。

孫　權　卿真乃忠耿執拗，孤權且納你之言，命陸遜暫且代卿之職，鎮守陸口。

吕　蒙　謝千歲！

孫　權　孫彪聽旨！

孫　彪　在。

孫　權　命你速往陸口監軍。

孫　彪　遵旨！

吕　蒙　（意料之外）這……

　　　　（張昭與孫彪會心暗喜）

　　　　（幕落）

第　五　場

（陸口，水軍大帳）

（兵械森嚴排列，巨匾高懸，上書"三軍司令"）

（在雄壯的吹奏中，眾軍士、眾謀士，朱然及眾將列隊而上，氣象肅穆）

（有頃，陸遜着儒巾春衫、搖紈扇、觀兵書，一唱三嘆風流瀟灑地上。書僮捧兵符及上方劍隨上，眾虎威，陸遜擺手制止。眾將相顧，掩面而笑）

陸　遜　（唱）【點絳唇】

　　　　　　儒巾春衫，

　　　　　　握卷揮扇。

|陸　遜|吾治軍，
最喜悠閒。
何須擺威嚴。|
|---|---|
|眾　將|參見都督！|
|陸　遜|免。眾位將軍，本都督初踐將位，今日陞帳議事，有何軍事，速速稟報。（仍目不離卷）|

（眾不予理睬）

（潘璋急上）

潘　璋	（傲慢地）小都督請了！
陸　遜	啊！哦！……大將軍請了。大將軍不在江上巡哨，進帳何事？
潘　璋	有軍事稟報，怎的不來。
陸　遜	有何軍情，大將軍請講。
潘　璋	小都督聽了！關羽水淹曹營七軍，斬龐統、擒于禁，威振華夏！
陸　遜	啊……
潘　璋	關羽水淹七軍，威震華夏！
陸　遜	（大笑）哈哈哈……好哇！

（眾不解）

|陸　遜|（唱）關羽威名震華夏，
不由本督喜盈盈。
投薪烈火增其焰，
謙卑示弱驕敵心。|
|---|---|
||濃墨侍候。待本督修書一封，恭賀關羽水淹七軍，威震華夏。|

（眾大嘩）

潘　璋	哇呀呀！關羽老兒佔我荊州，辱我君王，你却奴顏屈膝，修書恭賀，豈有此理！豈有此理！
眾將士	我等不服！
眾將士	我等不服！
陸　遜	休得囉唣。來，將尚方劍帳中高懸！

（書僮舉尚方劍，眾敢怒而不敢言，陸遜揮毫修書）

|陸　遜|（唱）東吳都督小陸遜，
拜上雄傑關美髯：
水淹七軍敵喪膽，|
|---|---|

　　　　　　威震華夏驚曹瞞。
　　　　　　荊州陸口隔一塹，
　　　　　　賴公拒曹東吳安。
　　　　　　晚生陸遜年弱冠，
　　　　　　初踐將位心惶然。
　　　　　　還望君侯多指點，
　　　　　　仰仗君侯爲屏藩。
　　　　　　君侯若不棄微賤，
　　　　　　早晚差人問金安。
　　　　　　獻上良馬和錦緞，
　　　　　　明珠白璧供賞玩。
　　　　　　薄禮難表心一片，
　　　　　　願公長壽萬斯年。（止筆）
　　　　　　顯弱藏形鋒芒隱——
　　　　　朱將軍！
朱　　然　在。
陸　　遜　命你備辦厚禮，即刻送往荊州。
朱　　然　這……
陸　　遜　嗯。
朱　　然　是。（無奈地捧信下）
潘　　璋　（急極）嘿！
陸　　遜　（接唱）要調猛虎離深山！
　　　　　陞帳！
　　　　　（吹奏，陸遜重登將位）
陸　　遜　列位將軍，本督治軍與衆不同，最喜以逸待勞，養浩然之氣。所出
　　　　　將令，若有干犯者，殺無赦。來！
書　　童　有。
陸　　遜　擊鼓聽遣！
　　　　　（鼓聲。衆將屛息待命）
陸　　遜　步軍都尉！
將士甲　　在。
陸　　遜　刀槍入庫！

将士甲　这？
陆　逊　骑军都尉！
将士乙　在。
陆　逊　马放南山！
将士乙　这？
陆　逊　水军都尉！
潘　璋　在。
陆　逊　锁舟落帆！
潘　璋　这这这！……
陆　逊　撤去兵械！军士撤去帐中排列的兵器。
潘　璋　（咆哮地）喳喳喳！陆逊，小孺子！你一介书生，不习军务，窃踞将位，乱施号令，卑躬屈膝，谄媚关羽。难道说你想乱我三军，卖我东吴不成！
陆　逊　潘璋，你可知抗拒将令，该当何罪？
潘　璋　某厮杀半生，出生入死，何惧小儿！
陆　逊　武夫猖狂，岂能容得，来！
众军士　有。
陆　逊　乱棒齐下，赶出帐去！
　　　　（众军士打潘璋出帐）
潘　璋　乱了哇！乱了！（愤然下）
陆　逊　列位将军！从今往后，尔等暂罢军务，悉心攻读诗书。须知，读诗书则礼义兴，礼义兴则万邦和。如此方能烽烟不举，国泰民安。
　　　　（众面面相觑，莫名其妙）
陆　逊　本督年方弱冠，得践将位，主治军务，真可谓少年得志，大快平生之意。今天特备酒宴，与列位将军痛饮一场，如何？
　　　　（尴尬有顷）
将士甲　（赌气地）喝！
将士乙　喝！
二谋士　喝！
陆　逊　好，酒宴摆下！军士设案摆宴。众入席。
陆　逊　列位请！（一饮而尽）乾！
　　　　（众人或赌气狂饮，或忧郁停杯不举。陆逊视而不见，怡然自得）

（一軍士上）

軍　士　　禀都督，拿獲荆州奸細一名，請令發落。
陸　遜　　啊，因何得知他是荆州奸細呢？
軍　士　　此人外罩表服，内裹戎裝，口稱荆州客商，前來刺探軍情的奸細。
陸　遜　　（喜形於色）妙哉呀妙哉！哈哈哈！……帶上來！
軍　士　　是，帶奸細！

（另一軍士押假扮客商的蜀軍甲上）

蜀軍甲　　小人拜見都督。
陸　遜　　你是何人，到我軍中做甚？
蜀軍甲　　小人乃是江上過往客商，只因風急浪大，停泊此間，還望都督開恩。
陸　遜　　你打從哪道而來？
蜀軍甲　　小人打從荆州而來。
陸　遜　　怎麽，你打荆州而來？快快鬆綁。

（軍士爲蜀軍甲鬆綁）

陸　遜　　但不知你是哪裏人氏？
蜀軍甲　　小人乃是荆州人氏。
陸　遜　　怎麽，你還是荆州人氏？哎呀呀，多有冒犯，快快起來。
蜀軍甲　　謝都督。

（衆人茫然不解其意）

陸　遜　　（對軍士）嘟！爾等擅拿荆州客商，險些鑄成大錯，真正豈有此理！
二軍士　　這……
陸　遜　　當今天下英雄莫過關羽，曹兵勢大，非君侯而不敵；東吴虚弱，賴君侯而得安。就是本督，也對君侯敬之以師禮，不敢稍息。荆州乃君侯雄踞之地，此位乃君侯治下百姓，理應以賓客相待，豈能行此無禮之事。
二軍士　　是。
陸　遜　　念你二人初犯，權且饒過。從今往後，凡荆州客商，必須以禮相待，若有怠慢，軍法從事。
二軍士　　是。
陸　遜　　治下無禮，多有得罪，望貴商原諒。
蜀軍甲　　小人不敢。
陸　遜　　海涵。

蜀軍甲　小人不敢。
陸　遜　哈哈哈……來，贈貴商白銀五十兩，送出水寨。
蜀軍甲　小人拜謝都督厚贈。
　　　　（書僮交銀，二軍士帶蜀軍甲下）
將士甲　都督，末將有事不明，還望賜教。
將士乙　末將也有事不明，要向都督請教。
陸　遜　（佯醉）本都督初會衆將，大快平生，喜慶有加，今日酒席宴上，只談風月，不談風雲。如有犯者，罰酒三大斛。
　　　　（將士甲、乙無奈歸坐）
陸　遜　列位請。啊，列位停杯不舉，却是爲何？哦哦是了，想是軍中無樂，寡酒難飲。也罷，人生苦短，高會難得，待本督清歌一曲，舞劍一番，與衆將共圖一醉。
　　　　（唱）大快生平設高會，
　　　　　　　軍中無樂難舉杯。
　　　　　　　且將輕狂圖一醉——（掃頭）
　　　　（伴唱聲中，陸遜醉步蹣跚，唱曲牌，舞醉劍）
伴　唱　（唱）都督年少本輕狂，
　　　　　　　舞"青霜"、勸流觴，
　　　　　　　振喉歌華章。
　　　　　　　古來英雄三五人，
　　　　　　　今安在？空留名，
　　　　　　　且醉杯莫停。
　　　　　　　舉赤壁懷公瑾，
　　　　　　　故壘西，苦鏖兵，
　　　　　　　遺恨對荆門。
　　　　　　　眼望荆州意馳騁，
　　　　　　　下眉頭，又上心，
　　　　　　　誰解個中情？
陸　遜　啊，哈哈哈……
　　　　（潘璋引孫彪急上）
　　　　（孫彪怒目相向，陸遜醉眼相覷，二人對視良久）
陸　遜　啊，少將軍來了，好好好，來者是客，請來上座請來上座。

孫　彪　陸遜，爾亂我三軍，該當何罪？
陸　遜　本督兵符在手，令出必行，吳王不究，何人敢管？本督見你遠道而來，賜了你一個座位，爾却無視本督，干我軍務，真乃不識抬舉！
孫　彪　住口！我奉叔王之命，監軍到此。爾軍中之事，我不當管，何人當管？
陸　遜　啊！
孫　彪　陸遜啊陸遜！你一介狂生，不知軍務，既靠搖唇鼓舌，騙取將位，就該謹言慎行。不想你却亂施號令，諂媚關羽，縱酒行樂，荒唐無度。眼見我東吳三世基業，將被你這狂生斷送。我怎的不管？怎的不管？
潘　璋　俺也當管！俺也當管！
　　　　（孫彪與潘璋將宴席掀翻）。
陸　遜　哼哼！
　　　　（念）【撲燈蛾】
　　　　　　軍中只識都督印，
　　　　　　不知監軍何許人。
　　　　　　你氣焰衝天犯吾禁，
　　　　來，將他二人綁了！
孫　彪　誰敢！誰敢！
潘　璋　我看你們哪一個敢！
陸　遜　哼哼！
　　　　（陸遜儼然拔出尚方劍，孫、潘悚然後退）
陸　遜　綁了！
　　　　（衆軍士拿住孫、潘）
陸　遜　（接念）軍法不認王者親。
　　　　來呀！
衆軍士　有！
陸　遜　（接唱）二人各打四十棍，
衆　將　末將等求情，望都督寬恕。
陸　遜　（接念）要懲王親儆三軍。
　　　　打！
　　　　（軍士押孫彪、潘璋下）

（衆將求情，陸遜低頭讀書，視而不見）
（孫權執如玉的馬鞭，與張昭微服上）

孫　權　（唱）微服出巡到轅門，
張　昭　（唱）但聞帳內吵嚷聲。
孫　權　速進大帳看究竟——
（孫權、張昭進帳，陸遜見狀，佯作沉醉，擲書扶頭而臥。衆見孫權，如見救星）
衆　將　啓稟千歲，少將軍與潘將軍觸犯都督，被扯下去軍棍拷打。
張　昭　這還了得，（向內）且慢施刑！
孫　權　他二人身犯何罪？
衆　將　這……（斜視陸遜，惶恐不言）
張　昭　衆位將軍！
（接唱）千歲在此怕何人！
（衆紛紛彈劾陸遜）
　衆　　都督他刀槍入庫，馬放南山！他趨奉關羽，奴顏卑膝！他縱酒行樂，荒唐無狀！
張　昭　唉，狂生治軍，我東吳安得不亂！
孫　權　啊！
（唱）呂蒙苦苦薦狂生，
　　　玉兒以鞭訴隱情。
　　　怎奈孺子太劣性，
　　　將士一片彈劾聲。
　　　若不速速罷陸遜，
　　　三世基業一旦傾。
　　　親自上前摘帥印——
（孫權至案前伸手取兵符，見翻開的《孫子兵法》，遂持書朗讀）
孫　權　（讀）"微乎微乎，至於無形；神乎神乎，至於無聲"……
（接唱）細讀兵書暗動心。
　　　莫不是他形似荒唐把志隱？
　　　示弱以人韜略深。
　　　自古用兵不厭詐，
　　　莫非他袖內有乾坤？

　　　　　罷罷罷，
　　　　　暫且釋疑施寵信，
　　　　　切莫輕率誤後生。
　　　　（呂蒙急上，在帳外竊聽）
張　昭　千歲，快摘去兵符，將陸遜治罪呀！
孫　權　陸都督何罪之有？
張　昭　適纔衆將所奏，難道……
孫　權　事出有因，也未可知。
張　昭　那少將軍與潘將軍之事……
孫　權　國家有律條，軍中有法度，治軍之事自有都督做主。孤雖爲一國之君，也不能越人之權喲。
　　　　（衆將茫然）
張　昭　這……千歲！
孫　權　軍令如山，法不徇私，遵命而行。（向內）打！
　　　　（陸遜拍案而起，與呂蒙同聲）
陸　遜
呂　蒙　有道的明君！
　　　　（陸遜下位，呂蒙進帳，張昭等怏怏地下）
陸　遜　參見千歲！
呂　蒙　參見千歲！
孫　權　二卿請起。
陸　遜　老元戎。（施禮）
呂　蒙　伯言少禮。
孫　權　子明，你也來了。
呂　蒙　老臣聞聽千歲微服出巡，料知必到陸口，臣放心不下，故爾匆匆趕來。
孫　權　卿重人、薦人、護人，真用心良苦也。
呂　蒙　此乃臣感東吳三世厚恩，略盡寸心耳。
孫　權　陸卿！
陸　遜　臣。
孫　權　只是你過於縱酒放蕩，今後當有所檢點纔是。
陸　遜　這……（微笑不答）

吕　蒙　（會意地）千歲，伯言無妻，軍中寂寞。這縱酒放蕩之事，只恐今後也在所難免。

孫　權　陸卿，（出示如玉之金鞭）你可認識此物麼？

陸　遜　哦……（下意識以手撫肩）此乃如玉郡主之金鞭呀！

孫　權　郡主有意相贈於你，不知你意下如何？

陸　遜　（大喜）臣謝恩！（長跪接鞭）

孫　權　待卿收復荆州，孤擇日爲你與郡主完婚。

（陸遜突然得計）

陸　遜　千歲，收復荆州爲時太晚，既蒙賜婚，臣請與郡主立刻軍中完婚！

孫　權　唉？……立刻就要在軍中完婚？你爲何如此急不可待呀？

吕　蒙　（會意、促成）哈哈哈，千歲，陸都督正當青春，其情可諒。早完婚，晚完婚，總歸要完婚，不如准其所奏，趁熱打鐵。老臣我也急着想喝杯喜酒咧！

孫　權　……也罷，准卿所奏，孤明日即催人將郡主送來軍中，與陸卿完婚。

陸　遜　謝千歲！

（三人同時大笑）

（幕落）

第　六　場

（新婚之夜）

（陸遜寢帳，紅燭輝映，彩燈高挂，喜氣盈庭。如玉的金鞭顯目地插在案上）

（吹打聲中衆宮娥携宮燈擁如玉上。如玉環視新房，面呈嬌羞、喜悦。衆宮女下）

如　玉　（唱）笙歌千曲喜氣洋，

　　　　　　　紅燭一雙照洞房。（見鞭，聯想）

　　　　　　　猶記春郊柳堤上，

　　　　　　　金鞭高舉打陸郎。

　　　　　　　又誰知這一鞭將我的春心打亂，

　　　　　　　惹出我閑愁千萬種、情絲百里長……

　　　　　　　且喜今宵共羅帳，

真個是不是冤家不成雙。
且頂上蓋頭紅裝模作樣，
待檀郎揭彩頭同效鴛鴦。
（如玉頂上蓋頭紅靜等，晚風吹來，窗幔翻卷……）

如　玉　（唱）忽覺帷幔輕搖蕩，
定是陸郎來洞房。
噫！
他爲何氣不哼來聲不響？
（揭蓋頭紅、怯望……）
唉！
（接唱）却原來晚風陣陣襲紗窗。
（復將蓋頭紅頂上，少頃，聞聲響）
（接唱）又聽得脚步聲聲兒沙沙響，
（起身查看……）
咳！
這該死的老鼠也來逗新娘。
等一場、又一場，
郡馬不來爲那樁？
莫非他還記得那一鞭的賬？
有意怠慢耍輕狂。
不由怒火燒心上，
且看我再揮鞭抽他的脊梁。
（宮女引陸遜上）

陸　遜　哈哈哈……
（唱）喜宴大開人喧嚷，
絲竹高奏鳳求凰。
好一派鬧洋洋慶婚景象，
有誰知我暗藏韜略另有文章。
假作酒醉進洞房，（宮女下）
錦帳剪燭看新娘。
郡主，本督有禮了。
（如玉揮鞭而起，怒視陸遜）

如　玉　狂生看鞭！

陸　遜　啊呀呀！

（唱）只見她眉似青山豎，
　　　　眼若秋水橫；
　　　　熱血漲紅桃花面，
　　　　舉鞭怒氣生。
　　　　我只得乖言好語將她敬，
　　　　惹惱了郡主我的大計難成。

（笑臉相前）

本督來遲，請郡主恕罪。

如　玉　哼，狂生呀狂生！

（唱）我門戶之見全不念，
　　　　委身下嫁事郎君。
　　　　誰知你竟如此悖狂任性，
　　　　竟不把郡主放在心。
　　　　害得我獨坐洞房空久等，
　　　　今夜裏金鞭打你這無情人！

（如玉揮鞭欲打，陸遜故意跌倒；如玉忙扶陸，陸竊笑，如玉羞怒交加）

如　玉　看鞭！

（陸遜半跪架鞭）

陸　遜　郡主慢來！

（唱）郡主休氣憤，
　　　　住鞭且細聽。
　　　　方纔間喜慶宴上酬佳賓，
　　　　將士們一個個道賀連聲，
　　　　都說我如周郎得配天仙有福分，
　　　　我道是郡主你比那小喬強十分；
　　　　小喬只有姿容美，
　　　　郡主你才貌兼備，文武盡皆能。
　　　　說得我飄飄然心中高興，
　　　　止不住忘懷盡情舉杯頻頻。
　　　　這個勸、那個敬，

		左一杯、右一樽，
		一勸、一敬、一杯、一樽，
		喝得我東倒西歪醉醺醺。
		因此上誤時光勞郡主久等，
		實痛心夫人你獨坐洞房冷清清。
		一片誠心天可鑒，
		郡主鞭下且留情。

如　玉　（唱）一番話將我胸中氣消盡，
　　　　　郡馬原是有情人。
　　　　　忙丟鞭扶起我的小陸遜——
陸　遜
如　玉　（合唱）夫妻合巹共舉樽。
　　　　（陸遜、如玉深情地舉杯）
陸　遜
如　玉　（同唱）但願此情得長遠，
　　　　　海枯石爛不變心。
　　　　（陸遜、如玉親暱相依。內響二更。陸聞更躊躇……）
陸　遜　（旁唱）忽聽營外響二更，
　　　　　不由本督急在心。
　　　　　休因恩愛誤國事，
　　　　　此情此境我怎脫身？……
如　玉　（唱）郡馬爲何心不定，
　　　　　神情恍惚是何因？
陸　遜　（唱）欲說還休須謹慎，
　　　　　軍機事又豈能走漏風聲。
如　玉　陸郎，看你神情恍惚，欲言又止，莫非有難言之事？
陸　遜　郡主之言差矣，想我如今手握兵符，又得配郡主，真可謂春風得意，躊躇滿志，哪裏還有甚麼難言之事。
如　玉　（似信非信）這……
陸　遜　啊，只因適纔飲酒過量，略感不適。天色又晚，郡主先去安息，待我稍坐片刻，便來陪伴於你。
如　玉　唉，既然陸郎飲酒過量，身體不爽，我就該在此陪伴於你纔是。
陸　遜　哎呀呀，飲酒過量，乃是常情。清净片刻，頤養精神，便可無恙，何勞郡主陪伴。還是先去安息,我少時就來。

如　玉　這……

陸　遜　郡主請。

如　玉　這……郡馬,你可要快來呀!

陸　遜　少時便來!少時便來!

如　玉　你一定要快來!……

陸　遜　就來,就來!

如　玉　(唱)君快來休叫奴懸望久等——

　　　　(如玉含情而下)

陸　遜　(接唱)嘆今宵鴛鴦帳新娘獨眠。

如　玉　(內白)郡馬快來!

陸　遜　來了!來了!(竊笑,往反方向溜下)

　　　　(響三更。如玉上。不見陸遜,大驚)

如　玉　陸郎,陸郎!宮娥快來。

　　　　(衆宮娥上)

陸　遜　都督帶酒不知去向,速速尋找!

　　　　(衆宮娥分下,復上)

宮　娥　不見都督踪影。

如　玉　(氣極)狂生負我!狂生負我!宮娥們!

衆宮娥　是。

如　玉　慢!休爲滿營將士知曉。

衆宮娥　是。(下)

如　玉　羞煞人也!(如玉掩面大哭)

　　　　(幕落)

第　七　場

　　　　(長江上,烽火臺旁)

　　　　(月明星稀,江天一色,扁舟夜渡)

陸　遜　(內唱)乘長風駕扁舟逆流直上——

　　　　(書僮握槳操舟,與喬扮商客的陸遜上)

陸　遜　(接唱)堪笑我,近荒唐,

新婚夜，暗逃亡，
　　　白衣小帽，偷探敵防，
　　　扣舷長嘯豪興揚。
　　　對大江嘆公瑾中年早喪，
　　　美人計弄假成真遺恨綿長。
　　　魯子敬統三軍有負衆望，
　　　單刀會弄巧成拙貽笑大方。
　　　呂子明任都督謹慎爲上，
　　　復荆州無良謀愁臥病床。
　　　關雲長烽火臺設防沿岸，
　　　自以爲有險可恃、烽烟可望、固若金湯。
　　　數日來施巧計播虛稱謊，
　　　隱韜略懷兵甲頭角深藏。
　　　示弱形勞苦心人不可諒，
　　　反落得，朝廊上，
　　　軍營中，巷閭旁，
　　　君王、將相、士卒、農商，
　　　沸沸揚揚笑罵輕狂。
　　　回頭望陸口寨十里彩燈照天亮，
　　　又誰知洞房中失却了新郎。
　　　可憐郡主獨倚帳，
　　　新婚之夜守空房。
　　　都只爲要將烟墩訪，
　　　出敵不意瞞雲長。
　　　待明朝雪國恥倒挽天河浪，
　　　擊楫中流慨而慷！

書　僮　都督，前面有一座烽火臺，咱們繞過去吧。
陸　遜　船靠烽火臺。
書　僮　唉，那不是找死嗎？
陸　遜　休得驚慌，催舟前往！
　　　　（唱）大膽催舟且前往——
　　　　（內聲："甚麽人？"）

書　僮	都督,蜀軍出來了,咱們趕快掉轉船頭,回去吧!
陸　遜	(接唱)周旋一番又何妨。
	(蜀軍甲,乙上)
二蜀軍	把船划過來!
陸　遜	是是是。(向書僮)不可慌張,照計而行。
蜀軍甲	快上來!
陸　遜	來了。
	(船抵岸,陸遜與書僮上岸)
蜀軍甲	大膽的東吳奸細竟敢窺視烽火臺!
	(以刀架陸遜頸)
書　僮	哎呀,都(自覺失)
蜀軍甲	都甚麼?
陸　遜	唉呀,我們都是好人哪!
蜀軍甲	好人? 好人能在這半夜三更地把船往這兒划嗎?
陸　遜	軍爺息怒,小人實實不知這是甚麼所在。
蜀軍甲	你少裝糊塗! 誰不知道東吳總想討回荊州? 這沿江一帶的烽臺,就是我們關老爺專爲提防東吳而設的。最近我們關老爺經常和曹兵打仗,怕東吳趁虛而入,有了這烽火臺;若遇軍情,我們就燃起烽烟,關老爺也就望烽而回,保住荊州。這烽火臺乃是軍機要地,你不是奸細,到這兒幹甚麼?
陸　遜	小人無知,誤入軍機要地,還望軍爺饒命哪!
蜀軍甲	你們是幹甚麼的?
陸　遜	小人乃是東吳商客,只因江上風急浪大,停泊此間,還望軍爺開恩。
蜀軍甲	甚麼,你也是商客? 哎呀,別跟我上回一樣吧。
陸　遜	怎麼,軍爺你也行過商?(端詳蜀軍,似曾相識)
蜀軍甲	我那次是奉命假扮商客,到東吳刺探軍情,跟你不一樣。
陸　遜	原來如此。(認出蜀軍甲)
蜀軍甲	(警覺地)咦,聽你的聲音,怎麼這樣熟悉?(打量陸遜與書僮)你這模樣,也好像在哪兒見過。
陸　遜	啊,是呀,這位軍爺好生面熟,我怎麼也想不起來了?
蜀軍甲	不對,你不是商客,是東吳奸細!
陸　遜	哈哈哈,軍爺請看,隔岸張燈結彩,鼓樂喧天,那是作甚?

蜀軍甲	誰不知道,今晚陸遜和郡主完婚,滿營將士正喝喜酒呢。
陸　遜	着啊!我等若是東吳軍中之人,豈有放着喜酒不飲,反而到此受苦之理?
蜀軍甲	唔,此話也對!要是我也不會這麼傻呀!你們真是東吳的商客?
陸　遜	小人怎敢說謊。
蜀軍甲	這……
陸　遜	(取出銀子)這有白銀五十兩,不成敬意,望軍爺笑納。
蜀軍甲	(接銀子)哈哈哈……上回假扮商客得了五十兩,今天逮住商客,又得了五十兩。你們東吳人,真夠大方的。
陸　遜	聽軍爺之言,你去過東吳?
蜀軍甲	去過。只要想去,可以隨便去。
書　僮	可曾見過我國都督?
蜀軍甲	見過。陸遜是個小毛孩子,(指書僮)只有他這麼大。也不知道你們吳王和他是甚麼親戚,竟把兵權交給一個娃娃。
陸　遜	(不服地)你!
蜀軍甲	甚麼?你別不服氣,我親自見過陸遜。你見過?別看你們是東吳人,我知道的事,你們還不知道呢。
陸　遜	軍爺都知道些甚麼?
蜀軍甲	你是東吳人,我要是說出來,你可別更我翻臉哪。
陸　遜	我乃商客,他陸遜之事,與我何干?
蜀軍甲	這就對了。我告訴你,你們那個娃娃都督,最怕我們關老爺。他一上任,就給關老爺又是寫信,又是送禮。那回我假扮商客去刺探軍情,被他拿住,押回大寨,陸遜那個娃娃都督,聽說我是荆州人,嚇得他只想哭,就像剛纔你一樣。
陸　遜	啊!
蜀軍甲	瞧,說到你國都督,受不了了不是?得,咱們不說了,不說了!
陸　遜	啊,不是呀,我恨那陸遜無知,見了軍爺,就該速速看賞纔是呀。
蜀軍甲	對囉!陸遜就是照你這樣做的,馬上給我拿出了五十兩銀子。那個娃娃都督還親自下位,給我敬酒呢。
書　僮	(不服)沒有敬過酒!
蜀軍甲	你看見了?
書　僮	我……

（陸遜急制止書僮）

蜀軍甲 哼！你又不在場，亂插嘴！
陸　遜 軍爺往下講。
蜀軍甲 陸遜雙手捧着酒，恭恭敬敬地遞給我。我接過酒，拍着那個娃娃都督的肩膀，安慰了他幾句。
陸　遜 軍爺講了些甚麼？
蜀軍甲 我說陸遜哪，別害怕，我回去在關老爺面前，多給你說幾句好話就是了。
陸　遜 你說了好話無有？
蜀軍甲 說了。使人錢財，替人消災嘛。
陸　遜 軍爺真乃講義氣，夠朋友！（又取銀子放在蜀軍手中）
蜀軍甲 嘿，你們東吳人，真夠意思！
陸　遜 那關老爺如今對陸遜作何看待？
蜀軍甲 那陸遜是個書呆子，根本不懂軍務，成天只知道讀書喝酒，把個軍隊搞得亂七八糟，一塌糊塗。我們關老爺，早就不把那個娃娃都督當回事了！咱們不是外人，我跟你說吧，關老爺過幾天就要盡調荊州的精銳，去樊城打曹仁去了。
陸　遜 啊！
蜀軍甲 喂，你可別回去亂說呀。
陸　遜 我一人知道，也就夠了。
蜀軍甲 對，只要你知道就行了。以後，你們東吳商客只管到荊州去做買賣。
陸　遜 只是這烽火臺……
蜀軍甲 我保你暢行無阻，絕不為難。
陸　遜 難得軍爺如此盛情，我等改日一定登臺拜訪。
蜀軍甲 沒錯，你儘管來吧。
陸　遜 看風浪初定，天色微明，我等要告辭了。
蜀軍甲 怎麼，這就走？
陸　遜 行商之人，趕路要緊。得識軍爺，不虛今夜之行也。
蜀軍甲 往後一定要來呀！
陸　遜 定要前來拜訪。
蜀軍甲 一言為定！

陸　遜	決不食言。
	（二人各有所圖，相顧大笑）
陸　遜	（唱）聽罷言來暗紓憂，
蜀軍甲	放心了吧？
陸　遜	（唱）不負我春宵泛孤舟。
蜀軍甲	往後只管來吧！
陸　遜	（唱）軍爺真乃够朋友，
	告辭了！
	（陸遜與書僮登舟）
蜀軍甲	你可一定要來呀！
陸　遜	要來的哟！
	（唱）來日驅艚下荆州。
	（幕落）

第　八　場

（建業，吳宮）

如　玉	（內唱）畫船難載羞和恨——
	（衆宮娥擁如玉急上）
如　玉	（唱）一進宮門淚如傾。
	多情却被無情損，
	（哭）叔王、嬸母啊！……
	（孫權與步夫人上）
孫　權 步夫人	（同唱）回宮啼哭爲何情？
如　玉	叔王、嬸母啊！
	（唱）叔王主婚嫁陸遜，
	笙簫一路到軍營。
	拜罷天地他不把洞房進，
	扶醉歸來已初更。
	及至舉杯同合卺，
	他又聞更鑼心不寧。

　　　　　　言說獨坐待酒醒，
　　　　　　兒鴛帳寂寞對孤燈。
　　　　　　三更已過兒的心不定，
　　　　　　幾番呼喚無回聲。
　　　　　　四處尋找失踪影，
　　　　　　新婚夜他無端逃離愧煞人。
　　　　　　這等羞辱怎能忍，
　　　　　　今生誓不見狂生！

孫　權　啊！
　　　　（唱）新婚之夜忽逃遁，
　　　　　　事出蹊蹺是何因？
　　　　　　實實叫人猜不定……
　　　　想是他軍中有事，不及相告，也未可知。

步夫人　是呀。

如　玉　這……

孫　權　兒呀，倘若如此，你貿然回來，豈不失之輕率。
　　　　（孫彪、張昭、諸葛瑾急上）

張　昭
孫　彪　啓禀千歲，大事不好！

諸葛瑾
孫　權　爲何驚慌？

孫　彪　陸遜他、他、他棄官逃走！

孫　權　此話當眞？

孫　彪　滿營之中，俱無踪影。小校報道：陸遜白衣小帽，駕舟往荆州方向而逃。

張　昭　哎呀，那定然是逃奔關羽去了。

如　玉　喂呀！……（放聲痛哭）

張　昭　陸遜盡悉軍情，今反吳投蜀，東吳大禍不遠矣！

孫　權　（氣極）嗨！呂蒙誤我！狂生誤我！……
　　　　（唱）狂生誤國禍不輕！
　　　　（太監急上）

太　監　啓禀千歲，陸遜叩宮！

　衆　　啊？！……（大惑）

孫　權　哦？……（思索）這狂生回來了？……（厲聲地）御林軍走上！
太　監　御林軍走上。
　　　　（御林軍分上。步夫人攜如玉、孫彪避入屏風內）
孫　權　宣陸遜。
太　監　陸遜進宮啊！
　　　　（陸遜仍著商客裝急上）
陸　遜　（唱）探罷烽臺回軍中，
　　　　　　　郡主氣走錦帳空。
　　　　　　　風塵僕僕急追趕，
　　　　　　　輕舟似箭一路風。
　　　　臣陸遜見駕，吳王千歲！
　　　　（孫權拍案而起）
孫　權　來呀，將陸遜綁了！
　　　　（御林軍應聲，欲綁陸遜）
陸　遜　（從容地）慢來，慢來！千歲呀千歲，想俺陸遜一不違法，二不亂紀，有功無過，平白無故，綁臣作甚？
孫　權　好一個有功無過！孤倒要先聽聽你功在哪裏？
陸　遜　臣治軍以來，有三大功勞。
孫　權　這一：
陸　遜　趨奉關羽。
孫　權　二：
陸　遜　解除武備。
張　昭
孫　彪　三：
諸葛瑾
陸　遜　輕狂放縱。
孫　權　哼哼，這分明是過，何言是功？
陸　遜　千歲只知其然，而不知其所以然也。豈不聞水無常勢，軍無常態，虛虛實實，兵不厭詐？分明千歲失察，反而責臣以過，依臣看來，千歲倒有三大過錯。
　　　　（眾驚嘩）
孫　權　（怒目圓睜）哇呀呀，孤有哪三大過錯？你與我講！講！講！

陸　遜	千歲以行為取人,不能識才,此過之一也。
孫　權	唉?
陸　遜	惑於眾議,不能用才,此過二也。
孫　權	啊!
陸　遜	用而不信,實乃毀才,此過三也。
孫　權	這……這……這……(無言以對)
張　昭	咄!大膽陸遜,犯君傲上,罪在不赦!
陸　遜	哼哼!我今得配郡主,與千歲已成翁婿。翁婿之爭,乃家事也,妻侯又何須多管閒事,自討無趣呢?
張　昭	這……
孫　彪 諸葛瑾	你辱慢郡主,又當何說?
陸　遜	洞房風波,夫妻私情。大夫、少將軍是不是管得太寬了?
孫　權	好,這且不說。孤來問你,昨晚更深,你身為主將,私出軍營,擅離職守,該當何罪?
張　昭 諸葛瑾	軍法如山,罪當問斬!
孫　彪	御林軍!將陸遜推了出去!
御林軍	是!(上前架住陸遜)
陸　遜	(大笑)哈哈哈……
	(唱)宮中下了斬臣令,
	不由陸遜笑連聲。
	將功當罪(你們)糊塗甚,
	千歲賞罰太不明。
御林軍	(齊喊)走!
孫　權	慢!你還有何辯?
陸　遜	千歲可知臣昨晚哪裏去了?
孫　權	從實招來!
陸　遜	(唱)昨夜軍中慶新婚,
	鼓樂喧天迷敵軍。
	洞房新郎變商賈,
	強捨新婚燕婉情。

駕扁舟，探烟墩，
入虎穴，察敵情，
畫就敵防圖一卷，
籌成長策破敵兵。
雖負郡主情一片，
欲慰君王憂國心。

（陸從懷中取出圖卷，展開）

（接唱）千歲展目且細認——（獻圖）
　　　　取荆州操勝券一舉成功。

（孫權看圖，漸漸轉怒爲喜）

（呂蒙欣喜地急上）

呂　蒙　恭喜千歲！賀喜千歲！哈哈哈……
孫　權　啊，呂卿又報何喜？
呂　蒙　千歲呀，陸遜治軍以來，用驕兵之計，示弱於敵，關羽不再後顧東吳，如今已盡捲精銳，赴樊城大戰曹仁，荆州空虛，唾手可得，豈不是大喜。

（孫權百感交集，急忙下位，抱住陸遜；如玉、步夫人自屏後奔上）

孫　權　（激動地）都——督！
步夫人　郡——馬！
如　玉　夫——君！
孫　權　（唱）一張圖一番話啓孤視聽，
孫　權
步夫人　（同唱）真不愧　東吳棟梁臣！
如　玉　　　　　　　奴的如意君！
如　玉　（唱）你新婚逃遁奴不怨，
陸　遜　（唱）還須求郡主你鞭下留情。

（衆大笑，張昭、孫彪、諸葛瑾面有愧色）

孫　權　（對呂蒙）呂卿提擢英才，獨具慧眼，孤自愧不如也。
呂　蒙　國出英才，乃是千歲之福，國家之幸！
孫　權　孫彪聽令。
孫　彪　在。
孫　權　今命你監工，高築將臺，孤當效漢高祖登臺拜將之舉，親拜陸遜爲將！
孫 彪　是！
衆　　千歲聖明！
（幕落）

尾　聲

（將臺高築，旗幡招展，將士肅立，氣象森嚴）
（孫權立在將臺上，太監捧兵符、寶劍在側。衆文武分列臺下）
（陸遜全身披挂，英氣勃勃地與呂蒙上。孫彪、潘璋、朱然隨上）
（陸遜向孫權跪拜，然後登將臺。孫權向陸遜交兵符、寶劍，下將臺）
（孫權率衆文武向將臺行大禮，陸遜欠身高舉兵符）
（禮成）

陸　遜　衆三軍！
衆　　有！
陸　遜　收復荆州。
（衆將士應聲雷動，向荆州進軍）
（幕落）

——劇終

鼓 滾 劉 封

楊　明　整理

解　題

　　滇劇。楊明整理。楊明，1919年生，雲南大理人，白族。曾任雲南省文化局、省戲劇家協會領導。著有《牛皋扯旨》《鼓滾劉封》《京娘送兄》《望夫雲》等多種劇本。該劇未見著錄。劇寫三國時關羽戰死麥城，廖化往閬中向張飛報喪。張飛悲痛，責問爲何不去上庸搬兵。廖化恨告劉封拒不發兵。張飛大怒，欲發兵上庸。廖化謂"上庸有精兵二十萬，閬中只有三千五百人馬，不能發兵，只能計殺劉封"。二人苦於無計。張飛令廖化去成都報信，他自率兵去上庸。張飛兵至上庸，劉封出迎，然設伏欲殺張飛。張飛看破劉封詭計，拉住劉封，携手進城，伏兵不敢出。張飛告劉封關羽戰死麥城，詎稱劉備不發兵相救，向劉封借兵殺上成都，找劉備算賬，詐出劉封早有反意、欲當皇帝。張飛假意保劉封承嗣帝位，劉封許封張飛爲一字並肩王。如何進成都？張飛見鼓計生，哄劉封持短刀鑽進鼓裏，到成都見到劉備，破鼓而出，殺死劉備，我張飛立傳老王晏駕，保你登基。劉封果然中計，鑽進鼓裏。張飛命人抬至高山陡壁將鼓滾下去，摔死劉封。本事不見史傳。現代京劇有《滾鼓山》。該劇係據京劇《滾鼓山》改編整理。版本見《雲南十年戲劇劇目選·滇劇集》(雲南人民出版社1959年版)。今據以收錄整理。

第 一 場

（四軍校引中軍、張飛上）

張　飛　（坐場詩）

　　　　　桃園三結義，

　　　　　　威名鎮蜀川，

　　　　　嚇死孫仲謀，
　　　　　氣壞曹阿瞞。
　　（白）燕人張飛，大哥蜀川立帝，二哥荊襄爲王，俺老張鎮守閬中，防禦孫曹，今乃三六九操演之期，不免校場操兵演馬。中軍聽令！

中　軍　有！

張　飛　傳老張大令，將人馬帶至校場操演。
　　　　（中軍接令，出帳）

中　軍　三千歲大令下，人馬帶至校場操演！
　　　　（探子甲上）

探子甲　報！廖化老將軍慌慌張張直奔寶帳而來！
　　　　（探子甲下）

中　軍　禀三千歲，廖化老將軍慌慌張張直奔寶帳而來！

張　飛　這個……廖化慌忙投奔閬中，其中必有原故，中軍傳令，人馬撤回，改日操演。

中　軍　衆將聽着：三千歲傳令，人馬撤回，改日操演，傳令已畢！

張　飛　快請廖老將軍！
　　　　（廖化衝上，氣急敗壞地）

廖　化　三……
　　　　（廖化跌馬，張飛急扶起，對視無言，張飛扶廖化進帳中坐，廖化昏倒）

張　飛　老將軍醒來！

廖　化　（唱）【三板】
　　　　　耳邊廂又聽得人聲在喊！

張　飛　老將軍，醒來了，醒來了！

廖　化　（接唱）又只見三千歲站在面前。

張　飛　老將軍爲何這等模樣？

廖　化　啊呀，三千歲！惱恨東吳呂蒙，白衣渡江，二君侯，他……

張　飛　他！怎麽樣？

廖　化　他……他在麥城戰死了！

張　飛　你待怎講？

廖　化　在麥城戰死了！

張　飛　二哥，二哥呀！唉呀！

（悲痛昏倒）

廖　化　三千歲醒來！

張　飛　（唱）【導板】

聽説是某二哥麥城遭難，

（【叫頭】）二哥！二哥呀！

（哀子）啊！……啊……某的好二哥啊！

（唱）【苦皮二流】

好一似晴天霹靂震耳邊。

弟兄們在桃園結爲患難，

不同生願同死同告蒼天。

弟兄們也曾在徐州失散，

我二哥千里路尋訪桃園。

過五關斬六將單騎出險，

古城邊斬蔡陽又得團圓。

誰料想蒼天爺不從人願，

我二哥在麥城一命歸天。

張翼德只哭得咽喉哽咽——（放腔）

（見小軍，誤以爲是關羽）

（白）啊！二哥，你來了！老張哪日不思，哪日不想，來來來，你我弟兄後帳飲酒，划上幾拳！

小　軍　三千歲，我是小軍。

張　飛　你是小軍嗎？

小　軍　我是小軍。

張　飛　二千歲呢？

小　軍　麥城昇天了！

張　飛　二哥！你就死了！啊！啊！啊！

（接唱）【二流】

把小軍當做了二哥容顏。

從今後弟兄們永難見面，

要相逢除非是夢裏團圓。

恨東吳滿腔怒氣衝霄漢——（放腔）

（又把小軍當做呂蒙，上前一把抓住）

小　　軍	（白）啊哈，好呂蒙，你害了我家二哥，我要了你的狗命！
小　　軍	三千歲，我是小軍！
張　　飛	你是小軍嗎？
小　　軍	我是小軍。
張　　飛	孫權，呂蒙呢？
小　　軍	在東吳。
張　　飛	孫權，呂蒙，殺不死的賊呀！

（接唱）【二流】

　　　手指東吳罵孫權，
　　　荊州本屬我漢疆界，
　　　一心謀奪心太貪！
　　　你不該派呂蒙僥倖行險，
　　　用詭計害二哥麥城歸天。
　　　有朝老張把兵點，
　　　仇報仇來冤報冤！
　　　轉面我把廖化來埋怨，
　　　軍師早有言在先，
　　　上庸城路途不遠，
　　　怎不到上庸把兵搬？

廖　　化　啊呀，三千歲呀！

（接唱）不提劉封還則罷，
　　　　提起劉封咬牙關！
　　　　幾次搬兵他不管，
　　　　雞毛火箭也枉然！

張　　飛　（接唱）【二流】

　　　聽你言來氣破膽，
　　　氣得老張怒衝冠！
　　　在寶帳我把大令來招展，
　　　立刻發兵上庸關！（中軍接令欲出）

廖　　化　且慢！

（接唱）

　　　急忙忙且把大令來追轉，（奪回將令）

千歲發兵爲哪般？

（白）三千歲傳令發兵何處？

張　飛　兵發上庸關，活捉劉封算賬！

廖　化　東吳呂蒙大兵現在荆襄。千歲此去，劉封束手就縛還則罷了；如若不然，我軍自相殘殺，呂蒙乘機而來，如何是好？還是等待數日，從長計議纔是。

張　飛　老將軍啊！

（唱）【二流】

　　劉封賊做下了虧心事件，

　　做賊心虛不自安。

　　去遲一步要生變，

　　我怕他投降東吳賣蜀川。

廖　化　千歲，你料得就！

張　飛　劉封這個娃娃，做下了虧心之事，狗吃饅頭，他心中有數，定然提心弔膽，疑神疑鬼，他哪裏還做得出好事！去遲一步，恐怕他就要投降東吳了。

廖　化　只是千歲本部有多少人馬？

張　飛　馬步三千，弓弩手五百。

廖　化　千歲可知上庸有多少人馬？

張　飛　他有多少人馬？

廖　化　二十萬鐵甲雄兵。

張　飛　啊呀，大哥呀！劉封這個娃娃你賜他二十萬鐵甲雄兵！俺老張鎮守閬中，只有三千人馬，慢道說與他交鋒，就是墊馬蹄也還不够。這……這又如何是好？……老將軍，大家想計來。

（二人同想計）

張　飛　老將軍，有計無計？

廖　化　無計。三千歲有計無計？

張　飛　我也無計。

（二人又想）

廖　化　我倒有一計了。

張　飛　有何妙計？

廖　化　三千歲急修書一封，老將我回到成都，見了諸葛軍師，請軍師定一妙計，又來施行，你看好不好？
張　飛　此去成都，要得幾日？
廖　化　來回十日。
張　飛　太遲了！你等得，劉封等不得了！老將軍不必再想，老張我自有主意了。老張去到上庸，那劉封定要出城迎接，我就乘他不防，這樣一槍！豈不就完事了！還想甚麼計，這難道不是計？
廖　化　啊呀，三千歲，猶恐忙中有錯呀！
張　飛　錯了嗎，重另來嘛！有勞老將軍回轉成都稟報兄長得知！
廖　化　既然如此，老將遵命。
張　飛　眾將官，兵發上庸！
　　　　（脫袍、執矛、上馬、拱別、分下）

第 二 場

（探子乙衝頭上，下馬擊鼓。四龍套、四將校分頭衝上）
（劉封引中軍急急上，坐中堂）
劉　封　何人擊鼓？
探子乙　報子求見。
劉　封　傳！
探子乙　報！報子告進。上是千歲，報子叩頭。
劉　封　有何軍情？火速報來。
探子乙　千歲容稟。
　　　　（念）【撲燈蛾】
　　　　　　探子報，千歲聽，
　　　　　　探子報，千歲聽！
　　　　　　小人奉命探軍情，
　　　　　　忽然間滿天灰塵旌旗整！
劉　封　哪裏人馬？
探子乙　（接念）【撲燈蛾】
　　　　　　來勢洶洶不及問，
　　　　　　看看要到上庸城，上庸城！
劉　封　（緊張地）可是實報？

探子乙	不敢虛報。
劉　封	再探！
探子乙	遵命。（急下）
劉　封	啊呀！自從二叔麥城殞命，本御終日提心弔膽，就怕父王興師前來問罪，這人馬莫非就是父王大兵來到？這這這……我又拿來怎處哇？……有了。來者不善，善者不來，我就做一個一不做二不休，點動鐵甲雄兵，與他翻臉爲敵，勝了便罷，如若不勝，我就投順東吳，永保富貴，就是這個道理！
探子乙	（急上）報！三千歲兵抵上庸。
劉　封	啊呀！原來是這老頭，性情不好，這……又如何是好？（想）咳咦，常言道得好：先下手爲强，後下手的遭殃。我有二十萬鐵甲雄兵，怕他何來！中軍傳令，你們與我弓不離手！手不離刀！但等三千歲來時，聽我拂袖爲號，說綁就綁，說殺就殺，叫他做一個來者容易，去者爲難！
	（中軍照傳）
劉　封	轉來！
中　軍	何事？
劉　封	我倒是告訴你，這個老頭有點性情不好噢。不要怕，有我，我倒不怕！
中　軍	知道。
劉　封	更衣出迎。（膽戰心驚地更衣，戴錯帽子，又重戴）還是帶把劍纔好，看劍來！（佩劍）帶馬！（戰戰兢兢地上馬，失足，重上）啊呀，但願平安無事就好了！（同下）

第 三 場

（吹【排子】）

（張飛帶軍校趟馬過場下）

（中軍引劉封帶軍校由下場口上迎接，張飛帶軍校復上）

（張飛見封，舉矛便刺，劉封拔劍架矛，衆軍吶喊）

劉　封	三叔！爲何見兒提槍便刺？
張　飛	這個……（四下一看，見劉封有備，不能下手，又看劉封身上，見劍，

　　　　　找到推脱的藉口）娃娃，你出城迎接，爲何隨身佩劍？
劉　封　這個……？侄兒身爲武將，隨身佩劍，不過是擺擺威風，三叔不要多心！
張　飛　好威風。
劉　封　不要多心！
張　飛　嗯？
劉　封　唉？
張　飛　（大笑）哈哈哈！
劉　封　（乾笑）咳咳咳！
　　　　（張飛下馬交矛，劉封劍入鞘）
劉　封　請三叔進城！
　　　　（張飛要舉步入城，劉封在後面漸漸舉起袖子，劉封的軍校暗抽刀。張飛一足舉起，四面一看，心中起疑，又慢慢轉回身，劉封也暗暗放下手）
張　飛　啊，侄兒！今日有何軍情？
劉　封　並無軍情。
張　飛　並無軍情，爲何衆軍弓不離手，手不離刀？
劉　封　這個？與三叔壯壯威風。
張　飛　好威風！
劉　封　不要多心。
張　飛　嗯？
劉　封　唉？
張　飛　（冷笑）嘿嘿嘿！
劉　封　（苦笑）嗨嗨嗨！
　　　　（張飛又舉步欲走，走了一二步。劉封袖已舉起，劉封兵校抽刀躍躍欲上，張的軍校也看出情勢，抽刀作勢防禦。張飛見狀，突然轉身，一把抓住劉封的手，二目圓睜，直逼劉封，劉封矮身發抖）
張　飛　劉封，娃娃！
　　　　（劉示意兵校不能動，衆兵收刀）
劉　封　三……三，三，三叔。
　　　　（張飛見衆兵校已收刀，就順嘴改口）
張　飛　我的好侄兒喲！

劉　　封　　我的好三叔！
張　　飛　　你我叔侄多年不見，今日來到上庸，不如攜手而行，也好親熱親熱！
劉　　封　　親熱親熱。
張　　飛　　敘談敘談。
劉　　封　　敘談敘談。
張　　飛　　（笑）哈哈哈！
劉　　封　　（笑）哼哼哼！
　　　　　　（張飛一面笑，一面拉着劉封入城，中軍乙暗暗從後拉劉衣，劉以足踢之）
　　　　　　（中軍乙隨後張望，張飛軍校排成平整的隊形跟着入城。中軍乙轉身，把手一攤，表示糟糕，恰與張飛軍校對面，趕忙讓開，張飛軍校入城）
中　　軍　　好厲害！（對軍校）來，趕快跑回廳堂埋伏，一計不成，又等二計。（同下）

第　四　場

（中軍引軍校上。張飛拉劉封上。張飛無拘無束滿不在乎，故意昂然而進，興高采烈。劉封心懷鬼胎，尷尬而又膽怯，兩人完全對比的表情、身段、步法）

（二人攜手進至中軍帳，對視，左右三拉；張飛作臥龍式坐中坐，劉封相應的配較矮的式口，在一旁拱立）

劉　　封　　上是三叔，孩兒劉封大禮參拜。
張　　飛　　不拜也罷。
劉　　封　　一定要拜。
張　　飛　　如此，你就與我拜！拜！拜！（抖袖。三揖，作身段）
　　　　　　（劉封跪拜，然後旁坐）
劉　　封　　請問三叔，我家父王龍體可好？
張　　飛　　你那父王麼？好！
劉　　封　　三叔鈞駕可安？
張　　飛　　三老子吃得飯，喝得酒，怎麼不好！
　　　　　　（劉觀察張飛神色，然後又問）

劉　　封　請問三叔,我那二叔可好?
　　　　　(張飛一躍而起,拉住劉封玉帶)
張　　飛　你待怎講?
劉　　封　二叔可好?
張　　飛　咋!(鬚眉舉豎,直視劉封。劉封發抖不已。軍校抽刀吶喊,張飛見勢,強自抑制了自己的衝動,改變口吻)娃娃,你是不知而問,還是明知故問?
劉　　封　啊……侄兒乃是不知而問啊!
張　　飛　(就勢轉彎)劉封,我的好侄兒呀!(真哭)啊!啊!啊!
　　　　　(唱)【二流】
　　　　　　　劉封兒你且聽我講,
　　　　　　　細聽為叔說衷腸:
　　　　　　　恨東吳與我國隔江相望,
　　　　　　　呂蒙賊行詭計奪取荊襄。
　　　　　　　你二叔守荊襄疏於防範,
　　　　　　　中了計敗了陣退出荊襄。
　　　　　　　恨東吳隨後追兵多將廣,
　　　　　　　可憐他,他!他!
　　　　　　　蓋世英雄喪疆場!
劉　　封　(假意地)三叔,你待怎講?
張　　飛　你二叔麥城昇天了!啊!啊!啊!
劉　　封　(假哭)二叔,二叔呀!
　　　　　(唱)【二流】
　　　　　　　聽罷言假意兒悲聲大放。(以唾沫塗目作流淚狀)
　　　　　(哀子)
　　　　　　　啊……啊!二叔啊!(偷眼看張飛)啊!……
　　　　　　　學一個貓哭老鼠假悲傷。(轉面對張飛)
　　　　　　　二叔父天生成一員虎將,
　　　　　　　為然何自疏防範一命亡?
　　　　　　　早知道我一定要興兵將,
　　　　　　　救二叔殺呂蒙奪回荊襄。
　　　　　(白)三叔,二叔兵敗麥城,為何不派人搬兵求救?

張 飛	娃娃，你不提搬兵還則罷了，提起搬兵，我纔好恨，好惱哇！
劉 封	（又有點緊張，以手握劍）三叔恨的是誰來，惱的又是誰來？
張 飛	我麼？我恨的就是你……
劉 封	（暗暗抽劍，以目視軍校，軍校抽刀）你待怎講？
張 飛	我恨的就是你那父王！惱的也就是你那父王！
劉 封	（抽一口冷氣，纔放了心）恨我父王何來？惱我父王何事？
張 飛	娃娃，我的好侄兒，為叔心直口快說將出來，你不要多心！
劉 封	侄兒不敢。
張 飛	你聽了！你那父王自從正位蜀川，終日貪戀榮華，他心中只知道一個諸葛孔明；桃園義氣，他早忘得一乾二淨，你二叔有難，他見死不救，你說我恨是不恨？惱是不惱哇？
劉 封	這個！（暗暗點頭微笑）
張 飛	你為何不說？為何不講？
劉 封	啊……子不言父過，臣不道君非。
張 飛	哪裏是子不言父過，臣不道君非，明明是兒子向着老子，你心中就沒有你三叔我呀！
劉 封	三叔話說哪達去了！（迅速地）侄兒與父王不過是假父假子，三叔與父王也不過是義兄義弟，要好時，你好我好，大家都好，不好麼……
張 飛	不好便怎樣？
劉 封	不好就隨時拉倒！
張 飛	說得好，說得好！娃娃，你這句話，比人說話都還說得好！（背白）噫！這個娃娃，說來說去，說出真話來了，老子自有道理。（向劉封）娃娃，既然如此，老張與你商量一件事情，不知你答應不答應？
劉 封	三叔請講。
張 飛	老張有心調動人馬，殺回成都，找你父王算賬，我的本部人馬太少，把你上庸人馬借與為叔，你看如何？
劉 封	（一聽，先喜，後假意蒙着兩耳）啊唷唷，你老人家要造反！我不敢照閑，不敢照閑！
張 飛	我還說約你共圖大事，原來你是如此無用之輩，三叔錯看了你了！（假意）三軍們，帶馬！帶馬！
劉 封	三叔你為何去性太急？

張　飛　約你造反,你不幹,老子在此何用?帶馬,帶馬!
劉　封　三叔,容姪兒思之。
張　飛　好哇,你想想看,快一點!
劉　封　三叔,你是真心,還是假意?
張　飛　這樣多疑,焉能成其大事!你幫爲叔的忙,爲叔麼,也不叫你吃虧。我來問你,你那父王,年紀又大,身體又衰,早就難於料理朝政,此一番你我反回成都,就叫他把這個皇帝讓出來。你說,這個皇帝該誰做哇?
劉　封　父王讓位,自然是三叔登基。
張　飛　自古以來,哪有弟承兄位之理!
劉　封　那麼,阿斗兄弟來吧!
張　飛　乳臭小兒,做甚麼皇帝!
劉　封　那麼,還有關興、張苞。
張　飛　爲叔都不合做,哪裏輪得着他們兩個!
劉　封　哎呀!難道沒有一個人合做皇帝了嗎?
張　飛　說甚麼沒有,眼前就有一個人。
劉　封　又是何人?
張　飛　娃娃,這個皇帝,除你之外,沒有人合做了。
劉　封　你老人家取笑了,姪兒哪裏有這樣的福氣。
張　飛　依我看來,你就是有福氣。
劉　封　沒有福氣。
張　飛　有福氣!
劉　封　怕沒有噢!
張　飛　娃娃,你有,你有,你有福氣呀!
　　　　(手扶劉肩)(唱)【二流】
　　　　　　爲叔看兒有福氣,
　　　　　　兩耳垂肩手過膝,
　　　　　　虎背熊腰帝王體,
　　　　　　龍眉鳳目相貌奇。
　　　　　　論相貌你早就該做皇帝,
　　　　　　今日裏有爲叔保你登基。
　　　　(劉封聽一句,做一個醜態,得意忘形,醜態畢露)

劉　　封　（接唱）好三叔句句話兒合我意，
　　　　　　　　　說得我周身舒服又安逸。
　　　　　（白）三叔，你老人家説的可是當眞話噢？
張　　飛　哪個騙你！
劉　　封　（深深一揖，唱）
　　　　　　　　　上前來對三叔一躬到地，
　　　　　　　　　眞人面前我不會説假的。
　　　　　　　　　做皇帝侄兒早有此意，
　　　　　　　　　還望三叔來提攜。
　　　　　（白）哈，哈！三叔，不瞞你老人家説，侄兒是早有此心了。
　　　　　（張飛聞言，止不住心中憤怒，抓住劉封）
張　　飛　（大吼）哇！……呀！
劉　　封　（嚇得幾乎跪下）三叔，三叔，哎喲哎喲，你老人家是咋個了？
　　　　　（張飛發覺自己急躁，又轉怒爲假意的笑）
張　　飛　啊！哈哈哈！（一鬆手，劉封倒地，張飛扶起）你這個娃娃，爲叔一時高興，你太膽小了。
劉　　封　啊呀呀，原來是高興，幾乎嚇死人了！三叔，你我殺回成都，倘若戰而不勝，又怎麽辦呢？
張　　飛　娃娃，你有二十萬鐵甲雄兵，又有老張保你，焉有不勝之理！
劉　　封　諸葛亮足智多謀，我怕打不過。
張　　飛　是也倒是，力敵不如智取，必須想一妙計，一不損兵，二不折將，又要十拿九穩把皇帝拿過來，你有沒有妙計？
劉　　封　侄兒忙中無計，還是請三叔想來！
　　　　　（互相想，張飛眞的沒有主意，非常着急。突然見鼓，有計）
張　　飛　這是何物？
劉　　封　催軍鼓。
張　　飛　好哇！有鼓就有計，娃娃，你的狗命就應在這鼓上了。
劉　　封　甚麽狗命？
張　　飛　天命，爲叔説你的天命就應在這個鼓上了。
劉　　封　快快講與侄兒聽聽！
張　　飛　我兒聽道：把此鼓更名爲日月龍鳳花框鼓，我兒手執短刀藏於鼓內，爲叔將此鼓運回蜀川，抬進内宮。那時爲三叔奏上一本，假意说，此鼓乃是寶鼓，不敲自響，這時我兒在鼓内，這樣"鼕！鼕！"的擂上一通，等你父王近前觀鼓之時，你手持短刀，來一個破鼓而出，三老子在一旁抓住你的父王，這時我兒只管看準你父王的咽喉，就是這樣一刀，將他刺死。我立刻傳揚出去，就言老王晏駕，朝中不可一日無主，爲三叔就保你殿上登基，你看好是不好？

劉　　封　　好倒是好，就恐文武不服。

張　　飛　　這有何難，若有人不服，俺老張就這樣殺！殺！殺！殺上幾個，作一個殺一儆百，何愁他們不服！待我兒登基之後，整頓人馬，名正言順，兵伐東吴，豈不兩全其美？

劉　　封　　是啊！三叔王此計甚妙，三軍們！快快將鼓取了下來。

　　　　　　（龍套作抬鼓狀）

張　　飛　　把鼓皮取了！

　　　　　　（中軍作起鼓皮狀）

劉　　封　　三叔王，就這樣鑽進去嗎？

張　　飛　　是啊。

劉　　封　　鑽進鼓去，再釘上鼓皮，豈不將兒悶壞了？

張　　飛　　爲叔會在鼓皮之上，替你放上兩個氣眼。

劉　　封　　這倒使得。好，兒的大事就全仗三叔王擔承了！

張　　飛　　那是自然，那麽我兒登基之後，封爲叔甚麽？

劉　　封　　兒登了基，封你老人家一字並肩王。

張　　飛　　你要牢牢謹記啊[1]！

劉　　封　　兒記下了。

張　　飛　　事不宜遲，我兒趕快換上輕便衣服，帶上短刀速速進鼓。爲三叔即刻發兵。

劉　　封　　待我更衣進鼓。（脱衣）

張　　飛　　三軍們，將鼓抬下帳去！（軍校抬鼓於下場口等候）

劉　　封　　事事仰仗三叔王[2]，兒進鼓去了。（作進鼓狀下）

張　　飛　　三軍們，將鼓皮釘上。（配樂，釘鼓皮狀）劉封兒登基後到底封爲三叔甚麽？

　　　　　　（劉封在幕後答應，"封你爲一字並肩王"）

張　　飛　　（背白）你娘的並肩王！三老子是取命的活閻王！三軍們——

中　　軍　　有！

張　飛　將鼓抬至高山陡壁滾了下去！
中　軍　遵命！（軍校作抬鼓狀）
張　飛　今日誅却劉封賊子，除了俺心頭之恨，三軍們，殺猪宰羊犒賞衆軍，三日之後與二將軍報仇！
　　　　（齊下，尾聲）

——劇終

校記

［1］你要牢牢謹記："謹"，原作"緊"，據文意改。
［2］事事仰仗三叔王："仰"，原作"抑"，據文意改。

御前侍醫

吳金泰 撰

解 題

閩劇。吳金泰撰。吳金泰，1938年生，福建平潭人。1962年畢業於復旦大學中文系，歷任平潭縣文化館館長、縣文化局局長、縣政協辦公室主任、縣文聯主席。福建省戲劇家協會會員。著有閩劇《柴娘婚》（合作）、《中秋淚》、《漢宮夢》、《御前侍醫》等多種劇本。該劇未見著錄。劇寫東漢建安二十五年（延康元年），漢獻帝患病，皇后曹節憂心如焚。曹節兄魏王曹丕欲奪帝位，與幕僚華歆、太醫李贊欲假借治病害死獻帝。朝中衆多太醫知獻帝病是傷寒，却不敢言，任曹丕、李贊等以霍亂治，藥不對症，生命垂危。皇后無奈，詔告天下，張榜求醫。南陽名醫張仲景携《傷寒論》手稿十六卷到許都，揭榜進宮。仲景診斷病是傷寒，恩師房晉、師妹淇卿怕其招禍，讓其説是霍亂。仲景在曹丕、華歆威嚇下，説是霍亂，然開藥方是治傷寒。曹丕要逐張仲景，曹皇后則讓按張方撮藥。獻帝服張方藥後，病情好轉，曹節令開第二付藥方。淇卿見仲景著《傷寒論》，要拜仲景爲師，仲景謂從不收徒。房晉勸仲景速速離京免禍。仲景初拒後走而復轉。曹丕命人取走第二付藥方，並召仲景携帶《傷寒論》手稿進見。曹丕撕毀第二付藥方，要走《傷寒論》手稿。華歆逼張改藥方，張拒。曹丕逼改。張在威逼下改文字不改方。曹丕怒而欲撕，曹節令人取走第二付藥方。張要醫書，曹丕推出火盆，一焚而盡，張撲向火盆灰燼。宮女義珠急告，皇上病情突變，聖命垂危，張驚倒。張仲景被囚禁曹操殺華佗的敬賢樓。李贊送來並未燒毀的醫書，讓張去洛陽，否則焚樓。張因皇上病未愈，不願走。淇卿願陪張去洛陽，但言恐未到洛陽，曹皇后也會殺張。忽然皇后傳旨，將仲景鎖拿進宮，問罪開斬。仲景被抓進宮，曹后求爲皇上治病。張查對藥方及藥渣，發現藥物劑量被改。曹丕誣陷煎藥的義珠。曹后跪求仲景治病，張仲景本着醫生救傷扶危之心，開方施治，並親嘗湯藥。皇上病愈，房晉送行，並將其女淇卿托付於張。曹丕趕來餞行,欲用藥酒鴆殺張仲景。曹后趕來,留張在崇賢樓,封爲太醫令丞、御前侍醫。曹丕假意祝賀張仲景留京榮陞,逼仲景飲酒。張欲飲,房晉奪杯代飲,淇卿又從父手奪杯代飲,曹丕奪杯給張。張仲景舉杯酹酒於地,大笑,曹丕、華歆毒計未逞愕然。本事未見史傳。版本見《新時期福建戲劇文學大系(2)》,今據以收錄整理。

第 一 場

　　(皇帝寢宮一角)
　　(曹皇后率衆焚香跪禱)
　　(幕後歌聲)
　　　　秋降許都風雨多,
　　　　那堪風雨似哀歌。
　　　　天子一病不能起。
　　　　徒教閭宮嘆奈何……
曹　節　(傷心地)皇上呀!
　　(唱)你那裏染病臥床症勢危,
　　　　我這裏欲哭無淚肝腸摧!
　　　　恨只恨扁鵲良方無人送,
　　　　到頭來巍巍漢鼎續有誰……
　　(曹丕、華歆上)
曹　丕
華　歆　叩見娘娘千歲!
曹　節　免禮!
曹　丕　妹妹,皇上症勢可有好轉?
曹　節　連日來又吐又瀉,湯藥不進。
曹　丕　(伴驚)哎呀,皇上他症勢如此沉重,妹妹,你太過大意了。
華　歆　常言道病來如山倒,千萬大意不得。
　　(曹節掩泣)
曹　丕　(唱)見此情不得已人前效啼鴉,(伴哭)
　　　　誰知我此一時悲喜交加。

　　　　悲的是漢鼎已失舊顏色，
　　　　喜的是殘日命懸一縷霞！
　　　　單等那雲板報喪聲過後，
　　　　且看這巍巍漢鼎屬誰家！
　　　　妹妹呀，
　　　　有道是真命天子命本大，
　　　　聖壽綿長自無涯。
　　　　況且早將皇榜發，
　　　　定有名醫高手來祛邪。
　　　　妹妹呀，且放寬懷莫焦慮，
　　　　春回待看滿樹花！
　　（李贊上）

李　贊　娘娘，大王！皇上他
眾　人　皇上怎樣？
李　贊　神情恍惚，痛楚莫名，正在連聲呼喚娘娘哩。
曹　節　（大驚）啊！皇上！（急下）
曹　丕　李贊。
李　贊　卑職在。
曹　丕　皇上病況究竟如何？
李　贊　大王容稟：
　　　　（唱）皇上他僵臥御榻手足涼，
　　　　　　湯水不進臉如霜。
　　　　　　想來是藥力不濟難救治，
　　　　　　李贊我——（神秘地察看）
　　　　　　有心看戲等開場。
　　　　　　只要是無人來送續命湯，
　　　　　　我料他——不出三日命定亡！
曹　丕　皇上吉人天相，英歲壯年，豈能爲區區微患而損盡龍馬精神！
李　贊　難道大王不希望皇上早日賓天？
曹　丕　（佯怒）胡說！
華　歆　李太醫，你太過放肆了！
李　贊　卑職不敢，卑職不敢！

華　歆　皇上得的是何病症？
李　贊　誰也不敢確診。
華　歆　看來真的是疑難之症。
李　贊　連日來皆以霍亂用藥，毫無起色。
華　歆　那你以爲是何病症？
李　贊　八成是傷寒。
曹　丕　傷寒？
李　贊　當初，楊老太醫和房太醫令都疑是傷寒之症。依我之見，如果繼續按霍亂施治，非誤大事不可；如果按傷寒去治，可能有救！
曹　丕　（一怔）這可能有救麽……
李　贊　（低聲）大王，好在楊、房二人皆在家養病……
　　　　（曹節上，內侍隨上）
曹　節　（喃喃自語）都是庸醫，庸醫！
曹　丕　妹妹，這也怪不得太醫呀！
曹　節　快快傳旨，把太醫令房晉召來！
李　贊　娘娘，房太醫令告病在家。
曹　節　皇上的性命要緊，還是他的性命要緊。內侍，快去召他進宮。走不了就派人抬他進宮！
內　侍　是。（下）
　　　　（內聲："傳太醫令房晉進宮！"）
　　　　（房晉內聲："臣，領旨！"淇卿扶房晉上）
房　晉　（唱）聖躬違和曠日久，
　　　　　　　症勢轉危我心焦。
　　　　　　　許都風雲多變幻。
　　　　　　　我有心施救藥怎調？
　　　　　　　不得已托病權回避，
　　　　　　　誰料想內侍傳旨把我召。
　　　　微臣房晉叩見娘娘千歲、魏王千歲！
曹　節　皇上病勢危急，衆太醫憂心如焚，你却心安理得在家安神養息。
房　晉　臣不敢。
曹　丕　你身爲太醫令丞，有負皇恩吶。
淇　卿　娘娘千歲！

(唱)家父他舊病復發臥在床,
　　　連日來嘔血不止苦難當。
　　　因此上有心進宮難移步,
　　　當知他抱病依然念皇上[1]。

曹　節　不必多言!
華　歆　房先生,皇上久治不愈,你可有靈丹妙藥?
房　晉　症狀不明,難以用藥,容微臣御前診視,再作道理。(下)
曹　丕　妹妹,有房太醫令御前侍醫,皇上痼疾必定可治。
華　歆　(附和他,白)是呀,皇上定能遇難呈祥,娘娘大可放心寬懷。
　　　　(曹節、曹丕、李贊下)
　　　　(房晉上)
房　晉　(嘆氣)咳……
華　歆　房先生,何以連連嘆氣?
房　晉　數日不見,想不到皇上病勢更加沉重。
華　歆　何以日日服藥,總不見效呢?
房　晉　藥不對症,如何見效?
華　歆　那房先生以為皇上是何病症?
房　晉　我早說過是傷寒。
華　歆　傷寒?可是眾太醫都說是霍亂。房先生,你任御前侍醫幾十載了,當知法不責眾的道理。你若是按傷寒去治,倘有所誤,皇上救不了,你也難辭其咎了!
房　晉　這——
　　　　(曹節、曹丕及眾太醫上)
曹　丕　房太醫令,皇上久治不愈,到底是何病症?
房　晉　傷——(忽有所悟,突然改口)想——想來各位太醫早有所斷……
曹　丕　(緊截)既是眾太醫皆認為是霍亂,看來——
杜太醫　不,老臣以為皇上患的是傷寒之症。
曹　丕　傷寒之症?你有何根據?你能否對症用藥?你既斷為傷寒,何以遲遲不說?
杜太醫　(一時語塞)這、這——
曹　丕　你是一向糊塗,今日卻聰明起來。好,皇上就由你一人來治,若有閃失,唯你是問!

杜太醫	（驚恐地）老臣……老臣只怕力不從心啊！
曹　丕	（冷笑）嘿嘿，我料你老朽無能。娘娘，此等庸醫，何堪留用！
曹　節	來呀！趕他出宮！
杜太醫	（求饒地）娘娘恕罪！大王恕罪……（被武士拖下）
曹　節	房太醫令！（不見反應，大聲地）房太醫令！
房　晉	（警醒地）臣在。
曹　節	快快開方用藥哪！
房　晉	微臣不才，實感難以用藥。
曹　節	堂堂太醫令講甚麼難以用藥，你在推卸責任！
房　晉	我、我愧對娘娘，愧對皇上！（痛呼而跪）皇上……
衆太醫	（跪介）皇上！
曹　節	難道眼睜睜看着皇上他……（稍頃）你等留之何用！
衆太醫	娘娘恕罪！娘娘恕罪！
	（內侍上）
內　侍	啓奏娘娘，宮外有人揭榜求見。
曹　節	快宣！
曹　丕	且慢！來者可曾通報姓名？
內　侍	自報姓張名機字仲景。
衆　人	張仲景？
淇　卿	爹，是師兄他——
曹　節	宣張仲景進宮！
內　侍	領旨。宣張仲景進宮！
	（幕後傳呼聲不絕）
曹　丕	衆侍衛，持戟戒備！
	（衆武士持戟過場）
	（張仲景戴斗笠、挎包袱上）
張仲景	（唱）急匆匆櫛風沐雨入宮闈！
	都只爲揭榜探病拯垂危。
	但見得個個臉似秋霜冷，
	莫不是病入膏肓難挽回？
	喂，病人在哪裏？病人在哪裏？（無人理睬）怎麼，都是啞巴？
房　晉	仲景！

張仲景　哎喲,原來是房老師在此。這位是——

淇　卿　師兄!

張仲景　淇卿十年不見,差點認不出了。

房　晉　快快叩見娘娘千歲、魏王千歲。(一一指示)

張仲景　唔唔。小民張機叩見娘娘千歲!魏王千歲!

曹　節
曹　丕　免禮!

張仲景　謝千歲!

李　贊　張先生,你可知道,今日患病者爲誰?

張仲景　(掏出皇榜)這榜文上寫得明白,病者乃是皇家親眷。

曹　節　不,是皇上龍體染疾欠安。

張仲景　(一驚)甚麼,是皇上得病?

房　晉　(點點頭)……

張仲景　皇上得病非同小可,我——(欲走)

房　晉　既揭皇榜,豈能兒戲。

華　歆　張先生,你既敢揭榜進宫,請先爲我華歆號脉。(捋袖伸臂)

張仲景　據張某所察,華大人,你氣色不佳!

華　歆　氣色不佳?

張仲景　約在七日前,你發過一場大病,至今下泄不止。

華　歆　(擊中要害)哦哦——

曹　節　華卿家,張先生所言是否屬實?

華　歆　吔,屬實屬實。

李　贊　前兩天還是我給華大夫撮藥止瀉哩。

曹　丕　張先生,何不也爲孤王診視診視呢?

張仲景　(觀察良久)大王近來心情舒暢,放歌縱酒,精神亢奮,睡眠不穩,晨起頭暈眼花,飲食伴有嘔吐之感。在下所言不知對也不對?

曹　丕　吔吔——,宫苑禁地,豈可信口開河!

張仲景　恕罪恕罪!(四下尋找着)

曹　節　張先生,你找甚麼?

張仲景　找椅子。

衆　人　(發笑)找椅子?

張仲景　娘娘啊!

　　　　（唱）張機我顧不得秋雨濕單衣，
　　　　　　一口氣七十里我疾步如飛。
　　　　　　只爲來治疑難症。
　　　　　　猶恐施診誤了時。
　　　　　　誰料想，人到城門，
　　　　　　百般刁難事出奇。
　　　　　　娘娘吶，進得皇宮實不易，
　　　　　　我這裏口渴難當腿難提！

曹　節　（頗受感動地）看座賜茶！
　　　　（內侍設座，宮婢供茶）
　　　　（義珠急上）
義　珠　娘娘，皇上他神色失常，又吐瀉不止！
曹　節　張先生，請！
　　　　（張仲景下，曹節、曹丕及衆太醫隨下）
　　　　（須臾，張仲景上）
淇　卿　師兄！
張仲景　淇卿，皇上此病實屬罕見。
淇　卿　據師兄所斷，當是何病？
張仲景　傷寒！
淇　卿　（一驚）你也斷爲傷寒？
張仲景　確係傷寒無疑。
淇　卿　你就當它是霍亂吧。
張仲景　傷寒當霍亂，那腹脹也可當作水腫？
淇　卿　師兄，這裏是許都，不是鄉下！
張仲景　許都怎樣？鄉下又怎樣？是甚麼病就是甚麼病，頭痛川芎，腰痛杜仲，葱補丹田麥補脾，對症纔好下藥。
淇　卿　你、你——（着急地）反正你就當它是霍亂，不然，你將自找麻煩！
張仲景　（一笑）簡直莫名其妙！
　　　　（曹節、曹丕等上）
曹　丕　張先生，據你適纔診視，皇上他是何病因？
淇　卿　皇上他——
房　晉　你也斷爲霍亂麼？（暗示着）

張仲景　是……是霍亂嗎？
曹　丕　既然張先生也確診爲霍亂，可謂英雄所見略同。張先生，那就快快開方用藥。
張仲景　遵命。
曹　丕　內侍，看文房四寶！
　　　　（內侍捧文房四寶上，張仲景揮筆疾書）
衆太醫　（一觀驚訝）四逆人參湯……
李　贊　張先生，你開的是治傷寒之藥啊！
曹　丕　（驚異）噢？
曹　節　張先生，你敢戲弄哀家？
張仲景　娘娘吶！
　　　　（唱）非是小民頭燒昏，
　　　　　　　膽敢在此耍癲狂。
　　　　　　　皇上他並非罹霍亂，
　　　　　　　對症下藥是此湯。
曹　節　你是說皇上得的是傷寒之症？
張仲景　是傷寒！
曹　丕　（憤然揪住張仲景的衣襟）你？哪來的江湖刁民，膽敢在宮苑禁地胡作非爲！
張仲景　大王，小民是據實而斷，決無半句虛言。皇上他頭痛發熱惡寒，吐瀉頻作，初者似與霍亂無異，其實，霍亂脉弦而實，其吐瀉初病即可發現；而傷寒吐瀉必在轉變之後，且脉沉而虛。娘娘，皇上此病已由太陽病轉爲少陽病，又由少陽轉爲少陰。常言道，太陽轉少陽，滿唇摸沒門；少陽轉少陰，命仔像燈芯。如果再繼續誤治，轉變爲厥陰則欲救不能了。
曹　節　（將信將疑）噢？
華　歆　江湖郎中，信口雌黃，不可輕信。
張仲景　娘娘，聖命關天，不可再耽誤了！
曹　丕　衆侍衛，將這個刁民趕出皇宮！
衆武士　是！
曹　節　且慢，傳旨下去，按方撮藥，及時煎服，不得有誤。
　　　　（將處方進給內侍）

內　侍　遵旨！（下）
曹　節　張先生，倘有所誤，你休怨國法無情了！
張仲景　（旁白）聽天由命吧！
　　　　（燈暗）

校記

［1］當知他抱病依然念皇上："上"，原作"恩"，失韻，據曲韻改。

第 二 場

（傍晚）
（張仲景在房府書房內揮筆著書，困極而寐）
（淇卿捧茶點上）

淇　卿　師兄！師兄！（一看）睡了。（放下茶點。發現案頭書稿，取過，念）"……延康元年九月，皇上爲傷寒所困，吐瀉不止，服四逆人參湯一劑……"
　　　　（唱）仲景他用心施治不知疲，
　　　　　　怎曉得許都處處伏殺機！
　　　　　　怕只怕湯藥服罷難如願，
　　　　　　到頭來大禍降臨悔也遲！
　　　　（薛仁率衆家將上）
薛　仁　張仲景在哪裏？張仲景在哪裏？
淇　卿　（一驚）你等到此何幹？
薛　仁　薛某奉大王之命，一旦皇上不測，便立即鎖拿張仲景進宮問罪！
淇　卿　（大驚）啊？薛將軍，張先生疲憊不堪，正睡着哩。你等既要抓人，請守候於門外，他是飛不出大門的。
薛　仁　要是逃了，便拿你是問！（一揮手）走！（率衆下）
淇　卿　（坐立不安地）這、這如何是好？（搖動張仲景）師兄，師兄！（不見反應）嗻，他倒睡得安穩……
　　　　（義珠喜孜孜上）
義　珠　張先生！張先生！
淇　卿　義珠大姐，何事如此——

義　珠　喜事！喜事呀！

曹　卿　喜從何來？

義　珠　皇上服了四逆人參湯，你猜怎樣？病情好轉，嘔吐初止，心情也分外舒暢，命奴婢前來禀報喜訊，並請張先生立即進宮再議用藥。

淇　卿　好好。

義　珠　（呼喚）張先生！

張仲景　（醒來）哦，是義珠、淇卿在此。甚麼事？

義　珠　是——

淇　卿　（緊截，白）皇上服下四逆人參湯，非但不見好轉，而且人事不省。師兄，你罪責難逃了！

張仲景　（大笑）哈哈，哈哈！

　　　　（白）淇卿，你説錯了！應該是"病情好轉，嘔吐初止，心情分外舒暢——"

淇　卿　（微嗔）你在裝睡！你——

張仲景　我是一半睡來一半醒。

淇　卿　騙人！

張仲景　豈敢豈敢。義珠，請你帶路。

義　珠　走吧。淇卿小姐，告辭了。（引張仲景下）

淇　卿　（自言自語，白）如此我也放心了……（移燈看書）……《傷寒雜病論》一十六卷！這要耗費多少心血呵！（翻開扉頁，念）"醫者當以濟世活人爲立身之本。"

　　　　（復誦，深有感觸地）

　　　　（唱）捧醫著似見他握筆凝思，
　　　　　　忘晨昏廢寢食如醉如癡。
　　　　　　孤身闖江湖，
　　　　　　矢志在行醫。
　　　　　　寒暑忙中過，
　　　　　　冷暖只自知。
　　　　　　幾多風霜染雙鬢，
　　　　　　幾多往事嘆依稀！
　　　　　　十載睽違無消息，
　　　　　　誰料道相逢却有期！

    漫說今日喜相會，

    偏教人爲他擔驚爲他受怕，

    惹出是是非非……

  （張仲景喜形於色上）

張仲景 哈哈！

淇　卿 師兄！看你這般歡喜，莫非皇上大加封賞於你？

張仲景 封賞？高官厚禄，聲名地位，都是身外之物。我張機只求從中探究病源，積累醫案，豐富這一十六卷傷寒論的内容。

淇　卿 師兄不瞞你說，我爹他也爲你提心弔膽哩。爹爹以爲四逆人參湯乃虎狼之藥，皇上他龍體虛弱，如何經得起——

張仲景 不錯，四逆人參湯乃一劑猛藥。不過，乾薑溫中散寒，附子溫腎回陽，甘草、人參調中補虛，非如此不能讓皇上轉危爲安。

淇　卿 師兄真乃神醫妙手！

張仲景 區區之勞，何足挂齒。眼下尚須伸發陽氣，表散寒邪。

淇　卿 那師兄的第二劑處方，免不了要以大熱之劑求得復陽固本。

張仲景 （喜出望外）哎呀淇卿，想不到你對醫理也如此通達，難怪人講，名師門下出高徒。

淇　卿 笑話，笑話！在先生面前哪敢班門弄斧，不過是猴學爬樹，上不上，下不下。

張仲景 我記得你自幼對醫藥就十分嗜好！

淇　卿 若是能精於醫道，何至落到今日這地步！（傷心地）中年居孀，有苦難言！

張仲景 聽說你的夫君也是爲傷寒所害。

淇　卿 （唱）往事如夢總難忘，

    憶起當年摧肝腸。

    那一年大疫橫行千里地，

    我夫君不幸罹禍殃。

    爹爹他身在内宫難馳救，

    我束手無策心自傷。

    我也曾請醫來診治，

    到頭來，到頭來藥症不對一命亡！

張仲景 你夫君患的是何種病症？

淇　卿　傷寒。

張仲景　傷寒？（急忙提筆）那藥方可曾經留下？

淇　卿　不曾留下。

張仲景　可否記得當時所服之藥？

淇　卿　記不清楚。

張仲景　藥渣可否留着？

淇　卿　早就倒了。

張仲景　可惜，可惜……

淇　卿　可惜甚麼？你呀——

張仲景　傷寒疫病不知奪去了多少人的性命，我一門九族二百餘口也是命喪於傷寒大疫。荒野多屍骨，誰個不痛心。正因此，張機我不避艱難，不辭辛苦，爲天下傷寒患者送醫送藥，並希望留下醫著，爲後來者提供借鑒。

淇　卿　（感動地）師兄，你德業雙馨堪爲人師，你就收我爲徒吧！（跪介）

張仲景　哎呀，莫開玩笑，莫開玩笑！（扶起淇卿）你要學醫，你爹就是一位名師嘛。

淇　卿　他哪肯讓我學醫呢！

張仲景　反正我從不收徒，你不可難爲我呀！

淇　卿　哎呀，師兄哪！

　　　　（唱）今日我拜師出真情，
　　　　　　感師兄才學品藻世人欽。
　　　　　　倘能從師有所得，
　　　　　　強勝這虛擲時光度此生！

張仲景　（唱）張機我聽罷此言愧在心，
　　　　　　我本是漏底孤舟擱淺汀！
　　　　　　一笠風雨自承受，
　　　　　　何忍再累他人歷艱辛。

淇　卿　（唱）浮萍一葉最堪憐，
　　　　　　風雨愁煞孤身人。
　　　　　　忙時誰做你幫手？
　　　　　　悶時誰伴你散心？
　　　　　　病時誰來侍湯藥？

　　　　　冷時誰會送溫馨？
　　　　　師兄呐，慢説孤舟擱淺汀，
　　　　　伴隨風雨有淇卿。
　　　　　但得懸壺同濟世，
　　　　　淇卿我也有一顆知仁知義能忍能耐醫者的心！
　　　　師兄，不管你願不願收我爲徒，我決意跟你走南闖北，行醫救人。
張仲景　淇卿，我再重復一句，我從不收徒，你不可難爲於我。
淇　卿　（生氣地）你——（欲跪下，正撞着房晉）爹——
房　晉　你呀！當今之世，不曾見過女醫生哩。
張仲景　先生！
房　晉　仲景，第二劑處方可否開好？
張仲景　處方在此，（遞上）請先生多加指教。
房　晉　（一看）唔，好好。這處方交給我，你即刻收拾行李，離開許都！
張仲景　（一怔）收拾行李，離開許都？
淇　卿　爹爹，這——
房　晉　不必多問！仲景，快去收拾行李，馬上離開許都！
張仲景　皇上他尚未完全康復，我怎能撒手不管？
房　晉　你不管，自有人管！太醫院内多的是太醫！
張仲景　我是醫生，不是遊客，怎能説走便走？
房　晉　（不悦）你這鐵打的頭腦，教我怎麽講你纔會領會？仲景呐！
　　　　（唱）我心有隱衷吐也難，
　　　　　勸君遠去免愁煩。
　　　　　你此時一心只盼龍體愈，
　　　　　怎知得五月薰風裏秋寒。
　　　　　天下無人來揭榜，
　　　　　你作繭自縛爲哪般？
　　　　　仲景哪，莫到撞墻纔回首，
　　　　　得轉彎時早轉彎！
張仲景　皇上病體纔有轉機，你就要我離開此地，哪有這樣當醫生？先生，你難道忘了當年教誨學生，醫者當以濟世活人爲立身之本嗎？
房　晉　（一笑）甚麽立身之本？我早就没有這些講究了，你又何必奉若神明？

張仲景　我擔心皇上他病情反覆,險象又生。
房　晉　仲景,你以爲皇上必定有救麼?
張仲景　只要能够對症用藥,頑疾可以治愈。
房　晉　可笑呀,可笑!
淇　卿　爹,你是講——
房　晉　淇卿兒呀!
　　　　（唱）我禁苑侍醫三十載。
　　　　　　舌頭嘗盡薑桂辛。
　　　　　　眼前事,自分明,
　　　　　　冰與炭,難容情。
　　　　　　漫說頑疾猶可救,
　　　　　　只恐你我枉費心。
　　　　　　仲景吶,我欲避不能猶悔恨,
　　　　　　你、你何苦自陷羅網自多情!
淇　卿　師兄,爹爹他言之有理,你若治好了皇上的頑疾,便得罪魏王千歲;你若不能拯救皇上於垂危,一旦不測,娘娘她也不會輕饒於你。
張仲景　他們兄妹二人何以形同水火,我真不明白。
房　晉　等你明白就遲了。仲景,收拾行裝去吧。
張仲景　（遲疑不決地）我、我——
房　晉　你若不走,我就下令逐客了!
淇　卿　師兄,走吧,走吧!（推張仲景下）
　　　　（李贊上）
李　贊　房先生,娘娘有旨,命我前來索取第二劑處方。
房　晉　處方在此。請按方撮藥,及時煎服。
李　贊　（一看）附子並配人參爲主藥……
房　晉　附子人參有助溫經扶陽,健脾除濕。
李　贊　妙,妙方!
房　晉　妙就妙在此方用一枚附子於正是適量,多用則不宜。
李　贊　張先生呢?
　　　　（張仲景拎着斗笠、包袱上）
張仲景　李先生,找我有事?
李　贊　你這是——

張仲景　有事請直言。
李　贊　魏王有請張先生過府叙談。
張仲景　過府叙談？
房　晉　（一驚）過府叙談？
　　　　（淇卿上）
李　贊　對，過府叙談。隨帶你的十六卷醫著，魏王他要拜讀先生的大作。請！請！
　　　　（張仲景抱書隨李贊下）
淇　卿　師兄！師兄！
房　晉　只怕是凶多吉少！
淇　卿　（痛心地）爹！
　　　　（燈暗）

第 三 場

（夜深沉）
（魏王府内廳）
（曹丕耍"五禽戲"）
（李贊上）

李　贊　大王，你這套"五禽戲"，可謂出神入化，揮灑自如。
曹　丕　（繼續耍練）張仲景呢？
李　贊　已在外廂房候宣，他的第二帖處方在此。
曹　丕　（漫不經心地）又是甚麽湯？
李　贊　附子人參湯。
曹　丕　附子人參湯？李贊，你以為此方開得如何？
李　贊　妙方一劑，一劑妙方！
曹　丕　妙在哪裏？
李　贊　對症用藥，藥量適中。
曹　丕　皇上服罷，必然見效？
李　贊　對對！皇上服罷此藥必定大見好轉。
曹　丕　（取過處方一看）附子一枚，人參三錢……（感慨地）莫非是華佗來到許都？

李　贊　大王,華佗已經死了十幾年。

曹　丕　(不悅地)你懂得甚麼?

李　贊　皇上縱使一時會有好轉,但是天意難違!

曹　丕　甚麼"天意"?

李　贊　大王!

　　　　(唱)東郊人見飛鳳凰,
　　　　　　北郭爭看黃龍翔。
　　　　　　太史丞前夜觀星象。
　　　　　　一道紫氣繞城墻。
　　　　　　晨起常見喜鵲叫,
　　　　　　入夜猶聞韶樂揚。
　　　　　　大王吶,天意終將隨人願。
　　　　　　曹魏當興漢當亡!
　　　　　　待等皇上賓天後,
　　　　　　我山呼萬歲拜大王!

　　　　(侍女捧茶上)

曹　丕　(佯怒拍案)放肆!放肆!我曹家數代忠於漢室,功在朝廷,容不得你在此搖唇鼓舌胡言亂語,來呀!將這個大逆不道的小人拖下去割了舌頭!

　　　　(侍女大驚,茶具掉地,拾起急下)

　　　　(眾侍衛上。華歆上)

眾侍衛　遵命!(挾住李贊)

李　贊　(大駭)大王恕罪!我該死!我不該胡説八道!

華　歆　李太醫,你何至如此?

李　贊　華大人,救救我吧!我不過講了幾句不該講的閒話。

華　歆　咳,有道是病從口入,禍從口出。大王,你就高抬貴手。寬恕一回吧。(扶李贊)起來吧,看你一頭大汗,還不謝過大王!

李　贊　謝大王,謝大王!

華　歆　李贊,大王十分關心皇上安危,希望你常來稟報宮中消息。

李　贊　是是。華大人,用得着我李贊時,盡管吩咐,盡管吩咐。

華　歆　好,你且回家去吧!

李　贊　大王,告辭了。(旁白)好險哪!(擦把冷汗下)

（曹丕、華歆相視一笑）

華　歆　大王，這一盤好棋却讓張仲景攪亂了。

曹　丕　（徘徊不語）……

華　歆　看來我們要走一步險棋！

曹　丕　説！

華　歆　劍拔弩張，逼宫禪讓！

曹　丕　你是説，糾集人馬，持械入宫，逼着皇上交出御璽，讓出御座？

華　歆　對對對！

曹　丕　一步死棋！

華　歆　死棋？

曹　丕　我等若是逼宫禪讓廢漢奪位，劉備必定聯合東吴，以討逆爲名，共同舉兵，與我逐鹿於中原。而眼下朝綱不振，民心厭戰，一旦强兵壓境，必置我於死地無疑。

華　歆　那乾脆——（示意殺人）

曹　丕　殺一個張仲景易如反掌，可是他療疾如神，實乃醫林高手。得一奇才難吶！（喊）來呀，有請張先生進來！
（内傳呼："有請張先生！"）
（曹丕將處方撕成兩半，交與華歆）
（張仲景捧醫著上）

張仲景　參見魏王千歲！

曹　丕　（熱情地）啊，張先生！孤王漏夜請你進府叙談，不會介意吧。

張仲景　小民不才，敢蒙大王垂顧，實乃愧不敢當。

曹　丕　錦墩賜坐！
（侍婢搬座）

張仲景　大王，我坐慣了墻頭地角、石椅木凳，這錦墩乾乾净净，我就坐在地上吧！

曹　丕　不不，你是孤王請來的上賓，豈能席地而坐？請坐，請坐！

張仲景　（就座，白）謝大王！

曹　丕　上酒！

張仲景　大王，我早戒酒了。

曹　丕　敬茶！

張仲景　大王，我口不渴。

曹　丕　　張先生，你那十六卷醫著可否帶來？

張仲景　（呈書）請大王多加指教。

曹　丕　　（翻閱）字字珠璣，篇篇錦繡，傳之於世，必當名播千秋啊！

張仲景　拙著粗淺，大王謬獎了。

曹　丕　　華歆，你看此書上記載病例何等詳實，所開處方何等精當，足見張先生回春妙手，濟世丹心。

華　歆　　是呀。是呀！皇上頑疾能得到張先生治療，豈有不愈之理？

張仲景　只是由於誤治已久，病情多有反復。張某以爲皇上服下第二劑藥肯定大有好轉。

曹　丕　　看來張先生成竹在胸。

張仲景　不妨等待宮中消息。

華　歆　　你道皇上必定好轉？

張仲景　必定好轉！

華　歆　　你有十分把握？

張仲景　不錯，不錯！（一笑）

華　歆　　張先生，第二劑處方尚在這裏，皇上他哪能不吃藥，就大有好轉呢？

張仲景　（一怔，白）哎呀華大人，皇上那裏急着用藥，這處方早該送出，何以又撕了？

華　歆　　這方大有出入。

張仲景　大有出入？

曹　丕　　是有出入！

張仲景　大王，此話怎講！

曹　丕　　皇上分明不是傷寒，你偏按傷寒用藥，南轅北轍，怎說沒有出入？

張仲景　皇上傷寒已成確診，並且服了四逆人參湯，症勢好轉，正表明我所斷不誤，怎說不是傷寒呢？

華　歆　　病人吃藥，時好時壞，這是常見之事，臨死之人，還會回光返照哩。

曹　丕　　張先生，另開一貼處方吧。

張仲景　你教我怎麼開？

曹　丕　　你心中有數嘛。

張仲景　（旁白）真是莫名其妙！

　　　　　（薛仁捧珠上）

薛　仁　　啓禀大王，城門都尉今日在掘地墨基之時，於地下三尺發現一顆夜

明珠,適纔特地送來,獻給大王。(呈上,退下)
曹　丕　(看珠)光彩奪目,倒也罕見。
華　歆　稀世奇珍,貴重無比哪!
曹　丕　張先生!
　　　　(唱)難得晤對在此時,
　　　　　　人生相處貴相知。
　　　　　　你濟世丹心誰不贊,
　　　　　　你回春妙手人稱奇。
　　　　　　今日相見猶恨晚,
　　　　　　有心關照總嫌遲。
　　　　　　一顆明珠聊相贈,
　　　　　　望先生攀枝折花惜春時!
　　　　(白)張先生,寶珠收下。這十六卷醫著借孤拜讀拜讀。
　　　　(拿書下)
張仲景　大王,你這──,我要這寶珠幹甚麼?放在衣袋裏不小心就丟失了,藏在枕頭下又怕賊仔偷去,拿去變賣嘛,誰不懷疑我來路不正?(還珠)華大人,我受之有愧啊!
華　歆　你却之不恭了!當今天下誰不知道醫生與乞丐、巫師、娼妓者同流,大王他貴爲王公,權傾朝野,却一向禮賢下士,視你爲友,敬若上賓。真正愛才惜才者,當今之世,九州之大,唯魏王一人也。可是,張先生有奇才,並無奇識呀!
張仲景　奇才不敢當,這"奇識"麼,倒要領教領教。
華　歆　有道是,才爲明主者用,士爲知己者死。明主者,魏王也!順之者昌,逆之者亡!
張仲景　華大人,我總算聽明白你的意思。就是要我開一貼假方,給一把假藥,讓皇上去吃,死活不管啦!
華　歆　張先生,能明白就好,能明白就好!
張仲景　(嚴肅地)這是缺德啊!
華　歆　(氣惱)你!張先生,你我都是人生路上奔波之徒。生命猶如藥草,人用之爲藥,人棄之爲草。好比這顆夜明珠,藏在錦匣之內是寶,埋在泥土之中是石,識寶者謂你價值連城,不識寶者當你頑石一塊!

張仲景　（大笑）頑石一塊，頑石一塊！
華　歆　張先生，我實話告訴你，你若不改方，我敢斷定你那十六卷醫書必在你的眼前化爲灰燼！
張仲景　（大驚）甚麼，要燒我的書！
華　歆　張先生，請好自爲之！（下）
張仲景　（滿腔激憤）
　　　　（唱）似一把火燒我心！
　　　　　　可惱！可恨！可恨！可惱！
　　　　　　偏遇着鬼迷心竅這兩個人！
　　　　　　我捧藥只望病者愈，
　　　　　　行醫羞問富與貧。
　　　　　　我著書只求傳後世，
　　　　　　辯得病症少誤診。
　　　　　　我俯仰無愧平生志，
　　　　　　救死扶危憑直誠。
　　　　　　胡亂用藥良心昧，
　　　　　　要我改方萬不能！
　　　　　　怕只是一生心血成灰燼——（徘徊不定，苦苦思索）
　　　　　　這二帖處方怎寫成？
　　　　（張仲景凝思片刻，提筆疾書）
　　　　（曹丕、華歆上）
曹　丕　張先生，處方可否改過？
張仲景　遵大王旨意，已經改了。
曹　丕　改了就好。讓孤王一觀吧。
　　　　（張仲景遞上處方）
曹　丕　（將兩張處方對照觀看，臉色突變）張先生，你耍的甚麼把戲呀？
華　歆　（接過兩張處方一看，念）附子一枚……附子兩枚減半……人參三錢……人參二錢添……
曹　丕　（強按怒火）好，好呀……皇上服了你的藥必定會好，必定會好！
　　　　（欲撕）
張仲景　大王——
　　　　（幕後聲："內侍黃公公到！"）

（内侍上）

内　　侍　啓察大王，小侍奉過娘娘之命，特來索取第二劑處方。
曹　　丕　處方在此。你即刻回宮，按方撮藥，及時煎服，不得有誤！
張仲景　須溫火煎熬，分數次飲服。
内　　侍　知道了。大王，小侍告辭。（下）
張仲景　大王，時已不早，小民告辭了。
曹　　丕　不送了。
張仲景　我的醫書——
曹　　丕　醫書？（揮手，二侍婢抬火盆上）張先生，你那十六卷都在這裏。
張仲景　（大驚失色）甚麼，你將我那十六卷醫著燒了？（瘋狂地撲向火盆抓起灰燼）我的醫著！我的醫著！……天呐！
　　　　　（刹時燈光驟變，曹丕、華歆隱下。歌聲起）
　　　　　　　啊……
　　　　　　　一霎起風濤，
　　　　　　　仰天嘆奈何！
　　　　　　　怎訴心頭怨，
　　　　　　　誰作不平歌……
　　　　　（義珠急上）
義　　珠　張先生，不好了！不好了！
張仲景　怎樣？
義　　珠　適纔皇上服下第二劑藥，病情突變，險象環生，聖命垂危！
張仲景　你說甚麼！
義　　珠　病情突變，險象環生，聖命垂危！
張仲景　（驚倒）啊？
　　　　　（燈暗）

第　四　場

（破損的敬賢樓）
（二武士將張仲景推進樓内）
（張仲景僕地，掙扎而起）

張仲景　（唱）神惚惚，只覺得天旋地轉，

　　　　　意昏昏，似聞那鬼哭狼嚎！
　　　　　果然禁苑是非地，
　　　　　稍生不測罪難逃。
　　　　　細想起二劑藥方多斟酌，
　　　　　却爲何皇上他症勢急轉險象多？
　　　　　偏是不容我再診視，
　　　　　我欲救不能奈它何！
　　　　　更可恨一十六卷化灰燼，
　　　　　錐心之痛怎消磨……
　　　　（幕後伴唱）
　　　　　此一時呀心如搗，
　　　　　撼窗秋風爲誰歌，
　　　　　爲誰歌……

張仲景　（大聲疾呼）讓我出去！讓我出去！
　　　　（兩武士上前阻止。李贊上）
李　贊　張先生！張先生！
張仲景　哦，是李太醫駕到。
李　贊　張先生，你可知此處是何所在？
張仲景　是何所在？
李　贊　敬賢樓！
張仲景　敬賢樓？
李　贊　當年曹丞相爲治頭風痼疾，特地請來華佗先生，此樓就是爲華佗所建。你看匾額之上"敬賢"二字還是曹丞相親筆所題。
張仲景　聽說後來他自刎身亡也就在這裏。
李　贊　不錯，就在此樓！
張仲景　如此看來，張某也要步華佗的後塵了。
李　贊　咂，你想到哪裏去了。今非昔比，事在人爲。何况張先生自有吉星高照。
張仲景　吉星高照？哼！
李　贊　對，吉星高照！
　　　　（李贊招手。一差役捧醫書上）
李　贊　張先生，你看——

張仲景　（從差役手中接過醫書）我的十六卷傷寒論著？（驚喜地）啊！沒有燒掉！
　　　　（差役下）
李　贊　魏王他也是通情達理之人，他惜才愛書，有口皆碑，怎麼會忍心燒了你辛辛苦苦寫出的醫著呢？今日皇上病情惡化。他怕你成了娘娘刀下冤鬼，纔想方設法將你秘藏在此。爲了讓你早日脫離困境，他想出一個兩全之策。
張仲景　兩全之策？
李　贊　（故作神秘地）讓你暗離許都，前往洛陽！
張仲景　暗離許都，前住洛陽？
李　贊　是呀。洛陽一帶風光甚好，張先生到了那裏，食宿不愁，可以安下心來著書立說，也好留名千古。
張仲景　魏王他如此安排，可謂費盡心機。
李　贊　張先生，你吃虧就吃在"認真"二字了，天下之大並無人揭榜，就你一個進宮探病，"認真"了不是？太醫們皆斷皇上爲霍亂之症，就你一個死死認定是傷寒？"認真"了不是？魏王他好言相勸，讓你改方，偏你不領這個情，"認真"了不是？眼下魏王精心爲你謀劃，望先生不可再"認真"下去了。張先生吶！
　　　　（唱）你不是纔出娘胎，
　　　　　　也不是三歲小孩。
　　　　　　這人世果真有百味，
　　　　　　李贊我品出一個"假"字來！
　　　　　　戴假面的登高臺，
　　　　　　說假話的稱俊才，
　　　　　　傳假旨的得了勢，
　　　　　　販假貨的發了財。
　　　　　　真個是，假亦真來真亦假，
　　　　　　無須深究無須猜！
張仲景　假亦真來真亦假，無須深究無須猜……
李　贊　張先生，可否明白此中真意？
張仲景　我是鴨仔聽雷轟，實在不會意！（一笑）
李　贊　（一笑）張先生，今日午時將有專人備好車護送先生前去洛陽。

張仲景　我若不去呢？
李　贊　（一怔）你又認真了不是？
張仲景　我不能離開許都。
李　贊　你不能違背大王旨意！
張仲景　違背了又怎樣？
李　贊　請看！
　　　　（衆武士手執火把過場）
李　贊　一把大火，你與此樓同歸於盡！
張仲景　（驚呆）啊？
李　贊　何去何從，自當三思三思。（拂袖下）
　　　　（強烈音樂起）
張仲景　讓我離開許都去洛陽，豈不是要我放棄治療，讓皇上無救而亡，這這，於心何忍，對得起天地良心麼？你燒吧，燒吧！將這敬賢樓燒個精光，燒個痛快吧！（拿起醫書）難道這一十六卷也要隨我化爲灰燼麼？……也許我太過認真，品不了人生百味，愚蠢，愚蠢吶！張機呀張機！你揭榜進宮爲着何來？你廢寢忘食搜集醫案撰寫醫著又爲着何來？求封賞麼？求揚名麼？我何苦來哉，何苦來哉！既然生命不保，我留着醫書何用！（撕書）
　　　　（空間回蕩着巨響："住手！住手！"）
　　　　（刹時燈光驟變）
張仲景　（驚異地）你是甚麼人？你是甚麼人？
　　　　（華佗的幻影出現）
華　佗　我是甚麼人，這無關緊要。
張仲景　那你要幹甚麼？
華　佗　我要告訴你，當年華佗雖以自刎明志，但是，也留下了遺恨，醫書不能傳世，麻藥無有傳人。張先生，人事亦如醫理，不參不透。志業不可棄，醫著不可毀，醫者貴的是濟世丹心，切記！切記！（隱去）
張仲景　志業不可棄，醫著不可毀，醫者貴的是濟世丹心……你是華佗先生？
　　　　（淇卿上）
張仲景　（處於幻覺之中，緊抓住淇卿的手）你是華佗先生！是華佗先生……

淇　　卿　師兄,我是淇卿哪!
張仲景　你是淇卿!
淇　　卿　師兄,你在作夢吧。
張仲景　似夢非夢,我見到華佗了。
淇　　卿　師兄,車馬已經備好,即刻動身吧。
張仲景　走了也好,免得心煩。(見淇卿在哭泣)淇卿,你我還有重逢的時候。
淇　　卿　只怕是無緣再見了。
張仲景　(一怔,)此話怎説?
淇　　卿　師兄吶!
　　　　　(唱)你徒有真誠一片,
　　　　　　　怎敵它風雨無情!
　　　　　　　魏王他費盡心思巧設計,
　　　　　　　誰識他別有用心!
　　　　　　　你一走,皇上便無救,
　　　　　　　到頭來,讓你擔罪名。
　　　　　　　一紙追捕令,
　　　　　　　縲絏羈你身。
　　　　　　　怕只是車馬未進洛陽城,
　　　　　　　驟落災星!
張仲景　那我就不走了!
淇　　卿　(接唱)怎免得樓毀人亡厄運臨!
張仲景　真個是菩薩面目,蛇蝎肚腸!
　　　　　(唱)爲人難,爲醫難,積德也難。
　　　　　　　我何苦自投羅網,自尋愁煩?
　　　　　　　爲拯垂危許都進,
　　　　　　　誰料如闖虎狼關。
　　　　　　　我、我、我未治傷寒心先寒,
　　　　　(幕後伴唱)
　　　　　　　未治傷寒心先寒!
張仲景　(接唱)且將生死二字等閑看,
　　　　　　　無愧無悔自坦然。
　　　　　淇卿吶!

(唱)多謝你真情有似三春暖，
　　　難得是同病相憐知苦甘。
　　　我縱然一死無牽挂，
　　　唯望你帶出醫著傳世間。
　　　皇上病變未詳究，
　　　我縱能瞑目心難安。
　　　須知病例屬罕見，
　　　但願能查找根源，詳情記載，
　　　爲後人留得醫案治傷寒，
　　（幕後伴唱）
　　　爲後人留得醫案治傷寒！

淇　卿　（感動地）仲景……（相抱而泣）
　　　　（李贊上，衆武士執火把上）
李　贊　車馬備便，何以不走？
張仲景　請你轉告大王，張機我無意去洛陽！
李　贊　好好，既是無意去洛陽，那就去陰曹地府吧！淇卿小姐請便。
　　　　（淇卿坐着不走）
李　贊　（一怔）你——
張仲景　淇卿，你走吧，走吧。我求求你了！
淇　卿　仲景，讓我伴你同行吧！
張仲景　淇卿，你不能——
李　贊　來呀，點火燒樓！
　　　　（薛仁引內侍捧旨上）
內　侍　懿旨下！將張仲景鎖拿進宮，問罪開斬！
　　　　（張仲景大笑不止）
薛　仁　帶走！
　　　　（燈暗）

第 五 場

（寢宮。景同第二場）
（曹節焦急地徘徊着）

（遠處傳來鐘聲）

曹　節　（唱）驀然鐘聲傳，
　　　　　　　聲聲起彷徨。
　　　　　　　細想起改換年號祈瑞泰，
　　　　　　　龍體康健壽無疆。
　　　　　　　誰料今日百願違，
　　　　　　　怕只怕欲救不能罹禍殃。
　　　　　　　急煎煎錐刺肝腸，
　　　　　　　心懸懸亂了主張。
　　　　　　　恨王兄他心術不正圖不軌，
　　　　　　　他秘藏仲景爲哪樁？爲哪樁？
　　　　　　　可嘆我心力交瘁，
　　　　　　　如何撐扶這欲倒的墻……

（內侍上）

內　侍　啓奏娘娘——
曹　節　（急切地）張仲景抓到了嗎？
內　侍　抓到了。
曹　節　快快帶他進來！
內　侍　是。帶張仲景進來！

（衆武士抬張仲景上，置於地上）

曹　節　（見狀一怔）怎麼抬個死屍上來？
內　侍　娘娘，他沒死，還活着哩。
曹　節　那他何至如此？
內　侍　一來魏王一班人要燒死他，二來娘娘來拿他開刀問斬，他哪能不驚個半死？
曹　節　快快救醒他！
內　侍　（搖喚）張先生！張先生！醒來，醒來！
張仲景　（似醒非醒地）這是陰曹地府嗎？
內　侍　胡說！此地乃是萬歲爺的寢宮！
張仲景　（環顧四下）對，我來過，我來過。娘娘，你不是要拿我問罪斬首麼？反正命只一條，火燒也罷，刀砍也罷，生是七尺之軀，死留一棺之土。

曹　節　張先生,你受驚了。來呀,看座賜茶!
　　　　（宮女設座、捧茶上。張仲景不坐亦不接茶）
曹　節　張先生!
　　　　（唱）難爲你受怕擔驚,
張仲景　（接唱）入許都如困牢城!
曹　節　（唱）都只爲此番變故,
張仲景　（接唱）偏教我擔戴罪名!
曹　節　（唱）感先生赤誠一片,
張仲景　（接唱）却招來風雨無情!
曹　節　（唱）勞大駕御前再侍,
張仲景　（接唱）望娘娘另請高明!
　　　　對不起,告辭了!（欲下）
曹　節　（着急地）先生留步!先生留步!（見張仲景不予理睬,大聲呼喚）
　　　　攔住他!攔住他!
　　　　（衆武士攔住張仲景）
　　　　（曹丕、華歆及衆太醫上）
曹　節　張仲景!你一個小小的草醫居然膽敢抗旨!皇上即將賓天,哀家先拿你開刀致祭!
張仲景　（大笑）哈哈!
　　　　娘娘,殺我可以,但要讓我將話講完。
曹　節　講!
張仲景　張機我自揭榜進宮以來,一心一意爲皇上治疾消災,雖病情反復,亦在意料之中。原想能臨床觀察,找查根源,却不料鎖困敬賢樓,幾遭焚身。今日又拿我刀口致祭,請問,我何罪之有?長此之後,天下誰敢行醫?（對房晉）房老師,學生與你拜別了!
房　晉　仲景……（掩泣）娘娘千歲,仲景他積怨在心,死難瞑目,何不取出他所開的處方和皇上服過的藥渣,讓他查驗。
曹　節　義珠,取來!
義　珠　遵命!（取出處方及藥渣）
　　　　（李贊緊張地與曹丕、華歆互遞眼色）
　　　　（張仲景認真地查對處方與藥渣）
張仲景　哎呀,不對,不對!附子過量!附子過量!

衆　人	附子過量？
張仲景	一枚變三枚！
衆　人	一枚變三枚？
張仲景	娘娘，二貼處方上只開一枚附子，可是藥渣却是三枚，附子乃有毒之藥，附子過量必致熱火攻心，孤陽離决，豈有不危之理？
曹　節	這是誰在作祟？（環視左右）
曹　丕	誰在作祟？
華　歆 李　贊	（異口同聲，）誰在作祟？
曹　丕	義珠，娘娘命你責守御藥房，爲何附子多了兩枚？分明是你有意加害皇上，孤王豈能饒你！
義　珠	奴婢冤枉啊！
曹　丕	來呀！
曹　節	且慢！義珠，你且從實説來。
義　珠	娘娘，奴婢隨侍左右，深蒙厚愛，怎能加害皇上，附子過量分明是有人從中作梗。
曹　節	哼，哀家命你親自守爐煎藥，你却説別人從中作梗！
義　珠	娘娘，奴婢煎藥之時，因娘娘呼喚稍離片刻，待奴婢返回煎藥房時，看見……（欲言又止）
華　歆	莫非是見鬼了吧。
曹　節	（弦外有音地）是呀！近來若非鬼怪作祟，皇上哪能一病不起？
曹　丕	即是官中有鬼作祟，看來重建皇宮不失爲明智之舉。
曹　節	王兄，你想得太離奇了。張先生，皇上病情急劇惡化，還望先生御前施診。
張仲景	娘娘，我冤情已白，可以走了。（欲走）
曹　節	慢！張先生忠心耿耿，天日可鑒。哀家與皇上自然明白，望先生妙手回春，治愈皇上之病。高官、厚祿、良田、美女，哀家都能答應。哀家求求你了！（跪介）
張仲景	我一不求封，二不求賞，要我再爲皇上治療，只有一個祈求。
曹　節	説來。
張仲景	皇上病愈之後，讓我平平安安離開許都。
曹　節	這有何難！哀家自當伴隨皇上，帶上文武百官，擊動鼓樂，送出城

　　　　　　門，讓你榮歸故里。
張仲景　娘娘，我張機給人騙得寒心了。
曹　節　先生盡可放心。請，請！
　　　　（張仲景入內，復出。眾太醫急切圍上）
眾太醫　皇上有救麼？皇上有救麼？
張仲景　有救！
房　晉　仲景，皇上他真的有救？
張仲景　有救！有救！
曹　節　謝天謝地！
眾　人　謝天謝地！（跪禱）
房　晉　仲景，當出何藥？
張仲景　（一字一頓）白通湯！
眾　人　白通湯？
華　歆　（一笑）白通者，不通也！娘娘，此藥名犯忌，用它不得！
曹　節　先用再說，事後再來改名！義珠，傳令御藥房速煎白通湯！
義　珠　是！（下）
張仲景　娘娘，僅有白通湯尚難生效，必須加上一劑藥引。
曹　節　是何藥引？
張仲景　人中黃！
眾　人　人中黃！
華　歆　張先生，這人中黃不就是人尿嗎？
張仲景　對，是人尿。
高太醫　人尿可以入藥，老朽聞也未聞。
張仲景　張某已試過多次，人尿入藥能使熱藥不致為陰寒所格拒，有助於回陽救逆。
高太醫　先生所言可能在理，不過，讓九五至尊吞飲這不潔之物……
華　歆　有辱聖尊，臣子不為！
曹　丕　難道非要人中黃不可？
張仲景　捨此無他，非用不可！
曹　丕　皇上乃萬民之主，天下至尊！
張仲景　在張某眼中他只是病人！
曹　丕　辱名大罪，九族當誅！

張仲景　爲救治病者，死而無怨！
曹　丕　你在戲弄皇家！
張仲景　我是精心施治！
曹　丕　你必須放棄藥引！
張仲景　不能放棄！
曹　丕　孤王要你身首異處！
張仲景　這也不難。
曹　丕　來呀！
曹　節　王兄，何必操之過急呢？內侍，捧上白通湯，備就人中黃！
內　侍　領旨。娘娘有旨，捧上白通湯，備就人中黃！
　　　　（宮女捧湯、尿上）
曹　節　請先生御前侍藥！
　　　　（張仲景接過湯藥，一一品嘗）
張仲景　（跪介）蒼天在上，憫我皇君，服罷此藥，去疾消災，則我張機雖九死而無憾！（立起，入內）
曹　丕　衆侍衛，刀斧侍候！
　　　　（強烈的音樂起）
　　　　（燈漸暗）

第 六 場

　　　　（許都城門下）
　　　　（華歆率衆武士上）
華　歆　封鎖路口，不得有誤！
衆武士　是！（分散下）
　　　　（淇卿喜氣洋洋上）
淇　卿　（唱）驅除病邪聖躬安，
　　　　　　　皇宮內外正騰歡。
　　　　　　　仲景他一十六卷終完稿，
　　　　　　　一展雙眉見笑顏。
　　　　　　　昨夜擺酒設宴喜相慶，
　　　　　　　我懷抱琵琶唱又彈。

　　　　　爹爹他滿懷心事少言語，
　　　　　只嘆從此相見難。
　　　　　今日呀，熟土難離情難捨，
　　　　　上路偏覺心不安……
　　　　（張仲景拎斗笠、包袱上，房晉送上）
房　　晉　仲景，一路多加小心。
張仲景　老師所言，學生銘記。
房　　晉　淇卿她年歲漸長，總不能跟我苦守寒門。仲景，我將她託付於你，也就放心了。淇卿！
淇　　卿　爹！
房　　晉　女兒呀，此別容易相見難吶！
淇　　卿　你一人留在許都，女兒哪能放心得下，爹，一同走吧！
房　　晉　為父身不由己啊！你二人快快上路去吧！
張仲景　學生拜別了！
淇　　卿　爹……（泣介）
房　　晉　走吧！走吧！
　　　　（曹丕等上，張仲景、淇卿被華歆、曹丕等攔住）
華　　歆　張先生，大王他敬重於你，視你為奇才。今日得知你要離開許都，回轉南陽，特備下酒宴為你餞行！
曹　　丕　張先生，請，請！
　　　　（內聲："娘娘駕到！"）
　　　　（曹丕、華歆怔住。曹節率內侍、官女等上）
張仲景
淇　　卿　叩見娘娘千歲！
房　　晉
曹　　節　免禮！王兄，你也來為張先生送行，難得，難得！
曹　　丕　娘娘難道不為送行而來？
曹　　節　皇上他十分敬重張先生，特在崇賢閣備下酒宴為張先生踐行。
張仲景　（一笑）哈哈！二位千歲，我是一身難應兩家請啊！張某何德何能，敢蒙聖上、大王垂顧！盛情雅意，我受之有愧了。
淇　　卿　望二位千歲，恕仲景不恭之罪，就此拜辭了！
張仲景　拜辭了！

曹　丕　　且慢！張先生，你不能走！
張仲景
淇　卿　　（一驚）不能走？
房　晉
張仲景　　娘娘，是你親口許諾，待皇上痊愈，便讓我離開許都。
曹　節　　張先生，皇上他體弱多病，雖説治愈了傷寒頑疾，誰保日後不會頭痛發熱，因此上，他要留你在皇宮，常侍左右。
張仲景　　這——
曹　節　　張先生，皇上即將降旨，封你爲太醫令丞。
張仲景　　封我爲太醫令丞？
曹　節　　房先生，你年事已高，可以回去頤養天年了。
房　晉　　（一驚）讓我回去頤養天年麽⋯⋯
曹　節　　張先生，請呀！
張仲景　　（感慨地）看來君有戲言哪！
曹　丕　　張先生榮遷大喜，孤王衷心爲你祝賀！捧上酒來！
　　　　　（家將斟酒上）
曹　丕　　張先生，請乾上一杯！
張仲景　　（接杯）大王如此厚愛，張機我没齒不忘！（舉杯欲飲）
房　晉　　（急於奪杯）仲景，你早已戒酒，還是讓老夫代飲了吧。
淇　卿　　（緊張地）爹，你大病初愈，不宜飲酒，還是讓女兒代飲了吧！
　　　　　（奪杯）
曹　丕　　（奪杯）不，此乃孤王敬張先生的，無須他人代勞。張先生，請乾了此杯。
張仲景　　（接杯）謝大王千歲！
淇　卿
房　晉　　（緊張地）仲景⋯⋯
張仲景　　（高舉酒杯並酹酒於地，大笑不止）哈哈！哈哈！
　　　　　（曹丕、華歆愕然無語）
　　　　　（音樂激昂、强烈）
　　　　　（燈漸暗）

　　　　　　　　　　　　　　　　　　　　　　　　　　——劇終

七　步　吟

呂育忠　撰

解　題

　　桂劇。呂育忠撰。呂育忠，1991年畢業於中國戲曲學院戲劇文學系，現爲文化部藝術司副司長。著有京劇《將軍道》（合作），獲第六届中國京劇藝術節劇目一等獎、第四届中國戲劇獎、曹禺劇本獎；越劇《李慧娘》，獲第二届中國越劇藝術節劇目一等獎；桂劇《七步吟》。該劇未見著録。劇寫漢魏之際曹丕、曹植奉父召入宫。曹丕誆騙曹植，先闖入宫，遵誰先進宫誰嗣位的遺命，嗣位魏王，貶曹植爲安鄉侯，命速往封邑。曹植心不甘。曹植離京，被曹丕從曹植心中搶走的甄逸女，爲植送行，互訴心曲。曹丕趕來，見狀，心懷妒恨，讓逸女撫琴，如泣如訴。曹丕欲斷琴弦，讓植斷情速走。曹植思念逸女，作《洛神賦》。曹丕看賦知其意，欲試逸女之心，讓其看賦，逸女推説不解詩意。曹丕點明，曹植將逸女比作神女，逼逸女發誓：今生今世，不見子建。逸女允諾。曹植在封地與友人飲酒賦詩，議論朝政。曹丕突來，告曹植逸女有今生不見子建的誓言及僞作的斷情詩。曹植説，你可嗣王位、强得逸女，但得不到她的心。曹丕命吴質賜酒毒殺植友丁儀。曹丕自代漢帝，舉行登基大典。曹植孝服上殿爲被毒殺的丁儀討公道。曹植斥責曹丕爲奪王位，不擇手段，心狠手辣，喪盡天良，横刀奪美。兄弟終於撕開情面。曹丕逼植七部成詩。成，則免死，不成，則飲下毒酒。曹植聲淚俱下，七步内果然作出"煮豆燃豆萁，豆在釜中泣。本是同根生，相煎何太急"之詩。丕説你的詩可傳千秋萬代，却感動不了爲兄的心。又枉説八步成詩，逼植飲下毒酒。逸女突然出現，願替曹植飲毒酒而死，但願兄弟盡釋前嫌不相殘。遂飲酒而死。曹丕、曹植扭打一團，互相斥責害死了逸女。曹丕明白了逸女之死的殷切之心，曹植則怨天道不公。本事出於曹植之詩《七步吟》、《三國演義》第七十九回"兄逼弟曹植賦詩"。現代京劇有《七步吟》。該本的故事情節、語言、人物，均有創新。版本見《劇本》2013年第1期。今據以收録整理。該劇原本題"戲曲,新編歷史劇《七步吟》",未標明是何劇種,廣西戲劇院桂劇團排練,參加第七屆中國戲曲藝術節演出。

第 一 場

(光啓。建安二十五年正月)

(洛陽)

(曹操畫外音:"曹某我縱橫四海三十餘載,掃蕩群雄,天下歸心,孤今病危,誰來嗣位,特下遺令……")

(曹丕、曹植內唱:"聞急報催駿馬翻山越水——")

(曹丕、吳質、曹植、丁儀及隨從等分別上)

曹　丕　(唱)西風烈、心如錐,

曹　植　(唱)情念父王病垂危。

曹　丕　(唱)緊揮鞭踏塵烟馬蹄聲碎,

曹　植　(唱)穿桑林過洛水速奔宮闈。

　　　　(曹丕、曹植來到宮門前)

曹　植　兄長!

曹　丕　三弟!

曹　植　兄長,父王患病,也召你來見?

曹　丕　正是!你我速進宮去!

曹　植　臨淄侯曹植
曹　丕　五官將曹丕,求見父王!

將士甲　魏王有令,任何人不得進入宮內!

曹　植
曹　丕　我等奉詔而來,誰敢阻攔!閃開了!

　　　　(闖宮,來到第二道宮門前)

將士乙　(阻攔)魏王有令,嚴禁入宮!

曹　植
曹　丕　閃開了!(闖入第二道宮門,來到第三道宮門前)

將士丙　擅闖宮門者,斬!

曹　植　啊!

曹　　丕	（唱）父王病篤心如搗，
曹　　丕	（唱）召之拒之好蹊蹺。
	冒死闖宮爲奉詔，
曹　　植	（唱）進退維谷苦煎熬。
曹　　丕	啊呀，三弟啊！
曹　　植	兄長！
曹　　丕	看宮中危機四狀，你不免一旁等候。
曹　　植	還是由小弟前往看個明白。
曹　　丕	不，風險自該由爲兄承擔。
曹　　植	那……弟告退。（下）
丁　　儀	臨淄侯，你好糊塗啊！（追下）
吳　　質	子桓？
曹　　丕	季重，魏王病篤，召我兄弟來見。如今又拒我兄弟於宮門之外，這其中必有蹊蹺，我甘願冒死一見！
將士丁	擅闖宮門者，斬！
曹　　丕	擋曹丕者，殺！（帶吳質等人殺進宮門）父王，孩兒奉詔來了，奉詔來了！

（曹操靈堂，白紗低垂，黑幔高懸，香火繚繞，一片肅穆）

曹　　丕	父王……父王……
大　　臣	先王染疾不起，今晨駕崩。遺令"五官將、臨淄侯二人，誰先闖進宮內，即可承繼父業"！
衆大臣 衆將士	（跪）臣等參見魏王！

（曹操畫外音："先入宮門者，可繼我業、可繼我業……"）

曹　　丕	（震驚、欣喜又止，悲慟地）啊？先王，我的父王啊！
	（唱）一聲哀號腸寸斷，
	頓覺得星慘淡、月黯然、風雲變、地覆天翻！
	先王我的父啊，
	你一生爲社稷孜孜不倦，
	宵披衣夜秉燭廢寢忘餐；
	立大業酬壯志滿腹宏願，
	拼性命染征程揮戈邊關。

> 眼看一統酬壯志，
> 你却溘然入黃泉。
> 我可憐的父啊！

衆將士　魏王節哀，以安天下！

吳　質　先王駕崩，天下惶懼，我主繼位，任重道遠。值此非常之時，爲臣願冒死一諫。

曹　丕　季重，有話請講。

吳　質　臨淄侯生性自大、目中無人，爲防有變，須將他關押囚禁。

（衆人面面相覷）

曹　丕　（察覺）不，我與子建一母同胞，血脉相連。

吳　質　魏王！

曹　丕　我自有道理。宣臨淄侯曹植進見！

吳　質　魏王有令，臨淄侯曹植速速進宮！

（曹植內應："臨淄侯參見父王——"上）

曹　丕　三弟，父王仙逝，爲兄已然嗣位！

曹　植　（見靈堂）父王！

曹　丕　三弟，此乃父王遺詔。

曹　植　父王——孩兒又一次讓你失望傷心了！兄長，這就是你說的先行闖宮一步嗎？

曹　丕　倘若先行闖宮殺頭呢？

曹　植　我，我，我又一次上了你的當。

曹　丕　三弟，你從小就總輸我一步。

曹　植　是啊，孩提時，你便拿我的詩賦向父王邀功請賞。想當年，我與逸女相見於洛水，定情於桑林，你却先我一步，橫刀奪愛；如今我又晚你一步，曹植我一輸再輸無地自容。

曹　丕　差一步，失百步，此乃天意。

曹　植　不……不，我心不甘！

曹　丕　三弟，我知你不甘！曹植聽封：自即日起，封你爲安鄉侯。

曹　植　你！

曹　丕　你生性懦弱，遠離權力中心，遠離你心中的伊人，是爲兄對你的一片深情，你就好自爲之吧！來人，送安鄉侯啓程封邑！

（曹丕隨衆人隱去）

曹　植　（唱）是貶逐是封賞誰解其中昧？
　　　　　　　　思父王悲父王點點珠淚垂。
　　　　　　　　此一去雲山阻隔曉夢碎，
　　　　　　　　與伊人再難相見訴心扉。
　　　　（切光）

第 二 場

（光啓，北風呼嘯，大雪紛飛）
（洛水之畔，衆衛士押送曹植上）
（幕後伴唱：
　　　"路漫漫兮無限悲悵，
　　　情淒淒兮背井離鄉。"）
曹　植　（唱）我多想繼父王恢宏大業，
　　　　　　　　開疆土興農商造福家邦。
　　　　　　　　都只爲一念之差沒把宮來闖，
　　　　　　　　兄長他得王位趾高氣揚。
　　　　　　　　仰首對天悲聲放，
　　　　　　　　曹植我壯志難伸憤滿腔。
　　　　　　　　望洛水不由得意馳神往，
　　　　　　　　踏故地思伊人江水悠悠此恨長……
　　　逸女、逸女……我曹植千般榮華，盡皆捨得，唯有你——我心目中的洛神，叫我怎生割捨。所謂伊人，在水一方！洛神、洛神……
　　　（甄氏內喊："三弟——"冒着風雪上）
甄　氏　三弟！
曹　植　逸女……（忙改口）嫂嫂！北風呼嘯、大雪紛飛，你到此做甚？
甄　氏　三弟，聞得你今日遠離京都，奔赴窮鄉僻壤，我特來相送。
曹　植　我去的地方是如此遙遠，你徒然望穿秋水，從今往後，你我斷難相見了。
甄　氏　三弟，如今你我叔嫂名分已定，你的所爲不但會給你帶來性命之危，而且會給時局亂上添亂……
曹　植　（難遏衷情）逸女！

甄　氏　三弟，男兒志存高遠，你休要懷悲……
曹　植　不，你休喚我"三弟"！我是你的"子建"，是你的"子建公子"啊！你可還記得當年，也是這洛水之畔、桑林之內，你婉轉絲弦，彈唱《七哀》？
甄　氏　我……不記得，我不該記得！
曹　植　不，你一定記得，一定記得！
　　　　（遠處縹緲地傳來甄氏的彈唱之聲）
　　　　　　"明月照高樓，
　　　　　　　流光正徘徊。
　　　　　　　上有愁思婦，
　　　　　　　悲嘆有餘哀。
　　　　　　　……"
　　　　（時空閃回）
曹　植　（吟唱）願爲西南風，
　　　　　　　長逝入君懷。
　　　　　　　君懷時不開，
　　　　　　　妾心當何依。
甄　氏　你是何人？竟也會吟唱建安才子曹植的詩？
曹　植　在下正是曹植。
甄　氏　曹子建風流俊逸，怎會似你這般醉意矇矓？
曹　植　錦心繡口，皆在醉中！
甄　氏　公子既然自稱曹植，可知其名詩《白馬篇》？
曹　植　（吟唱）棄身鋒刃端，
　　　　　　　性命安可懷。
　　　　　　　捐軀赴國難，
甄　氏　（吟唱）視死忽如歸！
　　　　（動容而拜）得遇子建公子，妾身之幸也。
曹　植　你是何人？我好像見過你的芳容。
甄　氏　你在哪裏見過我？
曹　植　就在這洛水之濱！美麗的洛水之神我是親眼得見。
甄　氏　洛神只不過是傳說中的女神，你又怎能與她相見？
曹　植　你就是傳說中的神祇，是我心目中的洛神！我要爲你作一首《洛神賦》。快告訴我吧,你姓甚名誰,待我稟報父王,曹植要娶你爲妻。

甄　氏　妾身姓甄,叫我逸女就是。

曹　植　逸女!

甄　氏　子建!

　　　　（幕後伴唱《關雎》）

　　　　　　"關關雎鳩,
　　　　　　　在河之洲。
　　　　　　　窈窕淑女,
　　　　　　　君子好逑。"

　　　　（曹丕率衆人在另一表演區出現）

曹　丕　哈哈哈,美人,宛若天仙的美人!

吳　質　子桓,她是……

曹　丕　甚麼她是那是,先下手爲强,搶!

　　　　（衆人强行搶走甄氏）

　　　　（暗轉,回到現實）

曹　植　往事不堪回首,此去千里,今生再難聚首了。

甄　氏　三弟……如今你行將去遠,尚望多自珍重!

曹　植　逸女,你隨我走吧,到兄長找不到我們的地方去!

甄　氏　不不不。落花流水,物是人非,天大地大,斷無你我立錐之地!

曹　植　逸女啊,我的……

甄　氏　三弟,時辰不早,你該登程了。

　　　　（曹丕悄然而上）

曹　丕　哈哈哈……好一個難捨難離啊!

甄　氏　大王,你也來了?

曹　丕　（蓦然大笑）我正定定心心地在宮中飲酒,我的馬突然無緣無故地狂奔起來,這纔想起子建將離京赴任,便急忙越荆棘而來,誰想還是被夫人搶先。

甄　氏　怕你的三弟,你的一母同胞此去難歸,今世再難相見!

曹　丕　那你爲何不告我一聲?你我夫妻也好一同相送啊!

甄　氏　告你一聲?你把三弟貶謫安鄉,告訴過我嗎?我若不前來相送,豈不要再一次遺憾!

曹　丕　再一次遺憾?人生苦短,遺憾甚多啊。夫人,相送子建自在情理之中！看來你們已盡分別之情！三弟,你我兄弟別離在即,也應叙叙這手足之情啊!
曹　植　好一個手足之情,父王屍骨未寒,兄長即貶謫曹植。
曹　丕　哈哈哈……我何曾捨得子建離我而去。我與你血脉相連,兄弟情深。這不,今日三弟遠去,我還要送給你平生最愛吃的黃豆!
曹　植　(不屑地)哼,我自有黃豆,孩提時父王常賜我黃豆。
曹　丕　孩提時,父王長年征戰在外,我和你白日裏抓雀捕魚捉迷藏,月光下同舞刀劍志凌雲。
曹　植　只可嘆星移斗轉夕陽盡,兄弟間鬼使神差鴻溝分。
曹　丕　哈哈……看來三弟對我充滿怨恨。啊夫人,你何不操琴一曲,以抒三弟愁懷,以叙離情別緒?(揮手示意)
　　　　(二衛士抬琴上)
甄　氏　臣妾遵命。若有不當,請大王指點。
　　　　(彈撥琴弦)
　　　　(琴聲凄婉哀絶,如泣如訴)
　　　　(唱)愁雲慘兮冰霜厲,
　　　　　　凄風苦雨透羅衣。
　　　　　　路迢迢兮千百里,
　　　　　　送君一曲惜別離。
曹　植　(唱)瑟瑟琴聲和淚泣,
　　　　　　撥動心弦情還癡。
曹　丕　(唱)彈琴送別非本意,
　　　　　　一箭雙雕出難題。
甄　氏　(唱)千言萬語欲説還休心如劍刺,
曹　植　(唱)辛酸苦辣五味俱集耳聞鶯啼。
曹　丕　(唱)一個是珠淚垂,
　　　　　　一個是眼迷離。
　　　　　　我縱然居王位依然孤寂,
　　　　　　難獲得美人心此恨誰知。
　　　　　　若不念一母同胞親兄弟,
　　　　　　刀斬亂麻志不移。
　　　　夕陽下山了!

甄　氏　（唱）夕陽墜山別在即，
曹　植　　　　離愁無涯聚無期。
曹　丕　（以劍斷琴弦，唱）
　　　　　　　弦斷情須斷，
　　　　　　　上路莫遲疑。
曹　丕　灌均，送安鄉侯上路！
　　　（灌均、丁儀上）
灌　均　安鄉侯，請。
曹　植　後會……
丁　儀　安鄉侯，該啓程了！
曹　植　後會無期！（下）
　　　（丁儀、灌均隨曹植下。甄氏目送曹植的背影）
曹　丕　夫人，你莫非想去伴隨三弟？
甄　氏　（輕輕一笑）不，一曲既終，嫂叔間送別情意已盡。
曹　丕　是麽？只怕春暖乍寒時，情懷萬種！
　　　（甄氏看了曹丕一眼，自尊地離去）
曹　丕　父王啊父王！適纔三弟與逸女難分難解之情，實實令孩兒心酸。父王，孩兒也是血肉之軀，只是礙於初登大寶，爲父王未竟大業着想，只得一再退讓，倘若一而再再而三，孩兒就斷難姑息！三弟啊，似此藕斷絲連，但願你是最後一次。
　　　（切光）

第 三 場

　　　（光啓。建安二十五年九月）
　　　（洛陽）
　　　（甄氏卧於榻上）
甄　氏　（唱）昏沉沉頭暈目眩珠淚淌，
　　　　　　　病懨懨惡夢縈繞揪愁腸。
　　　　　　　忘不了與子建相戀情狀，
　　　　　　　可憐他孤凄凄獨守安鄉。
　　　　　　　忘不了與子桓已婚境況，

却奈何難消停心意彷徨。
既然是做夫妻理當依傍，
就應該讓往事隨雲飄散、似水漂流去遠方。
却爲何難抹去那人身影，
白日裏不思量，到夜晚翩翩才子入夢鄉。
自怨自悔自責自惆悵，
世上的苦藥怎及我心中苦，
怎治我心病入膏肓……
（曹丕持《洛神賦》上）

曹　丕　（唱）見佳人容光漸失可憐樣，
我這裏心疼之餘自感傷。
深知她思子建愁眉暗鎖舊情難忘，
深知她相伴我賢良溫順笑臉強裝。
恨子建揮毫潑墨添煩亂，
新寫下《洛神賦》辭美意深好華章。
叫她看怕她更是心隨神往，
不讓看又豈能瞞得住日久天長。
不如我以此賦將她一試，
望她能自我了斷孽債一場。
啊，夫人。

甄　氏　大王。
曹　丕　近日玉體可還安康？
甄　氏　有勞大王費神。
曹　丕　夫人，我這裏有一首《洛神賦》，你要看看嗎？
甄　氏　《洛神賦》？
曹　丕　此乃子建所做！
甄　氏　安鄉侯！安鄉侯人在哪裏？
曹　丕　安鄉侯並未返京，此賦是灌均送來的。（放下詩文，下）
甄　氏　（捧起詩文，掩飾不住地激動）《洛神賦》。
（曹植畫外音："你就是傳說中的神祇，是我心目中的洛神！我要爲你寫一首《洛神賦》。"）
甄　氏　（打開《洛神賦》，誦）

　　　　"余朝京師,今濟洛川。古人有言,斯水之神,名曰宓妃……"
　　（思緒飛向洛水畔,唱）
　　　　恨人神之道殊兮,
　　　　怨盛年之莫當。
　　　　抗羅袂以掩涕兮,
　　　　淚流襟之浪浪。
　　　　悼良會之永絕兮,
　　　　哀一逝而異鄉。
　　子建,子建!
　　（接唱）《洛神賦》力透紙背含幽憤,
　　　　字字句句撼我心。
　　　　子建他飽蘸深情抒胸臆,
　　　　深情將我喻洛神。
　　　　怕只怕子桓難容有禍孕,
　　　　求蒼天護佑他,
　　　　彌創痕,揚征程,
　　　　似鯤鵬展翅入青雲。
　　（曹丕暗上）
曹　丕　夫人,看罷《洛神賦》,你有何所思,何所感?
甄　氏　臣妾既無所思,也無所感。
曹　丕　是真無所思、真無所感?
甄　氏　大王,臣妾天資愚鈍,難解賦中之意。
曹　丕　你今生今世,你是一句真話也不給孤王言講了。
甄　氏　臣妾不解大王之意。
曹　丕　那好,孤王就講與你聽!這《洛神賦》乃是子建的性情之作。他寫的是途經洛水,與神女宓妃不期而遇,一見鍾情,互訴衷腸,然囿於人神有別,不得不灑淚分離!
甄　氏　這是一曲少男少女的戀情之賦。
曹　丕　夫人一向聰明伶俐,此刻却只説了其一,而未説其二。
甄　氏　願聞其二。
曹　丕　這其二麽,夫人豈不知,文人作詩寫賦,無不有所寄托,三弟更是文才富艷,思若有神。賦中之神女,不就是夫人你麽!

甄　氏　臣妾一介凡人,豈敢與神女相比。
曹　丕　想當年你與子建神交於洛水,定情於桑林,而今你却成了孤的王妃。
甄　氏　時過境遷,臣妾早已淡漠。
曹　丕　恐怕是身在魏宫、心往安鄉吧?
甄　氏　大王,那日三弟離京,我出宫相送,大王難道還耿耿於懷?
曹　丕　今非昔比,孤王即將代漢稱帝,你身爲王妃,一舉一動,事關寡人顔面!
甄　氏　這朝野內外,誰不知甄氏身受隆恩。
曹　丕　孤王要的是你的心!
甄　氏　這心麽——
曹　丕　抬頭,看着我!你像看着子建那樣看着我!
甄　氏　大王,你我姻緣已定,妾絕不背君。三弟是你一母同胞,你何必因妾之故,銜怨在心,不得釋懷?
曹　丕　夫人,孤命他安鄉赴任,就是要讓他離開權力中心,就是要讓他離開你啊!你知其就裏,自當收斂三分。若再風起雲湧,後果難堪啊!
甄　氏　他不是放棄權位之争了麽?
曹　丕　可他何曾放棄過你?夫人呀!
　　　　（唱）夫人你思一思來想一想。
　　　　　　人世間天命難違意味長。
　　　　　　沉浮起落皆天意,
　　　　　　心强怎敵命更强。
　　　　　　爲甚麼你與子建難成雙?
　　　　　　爲甚麼你與曹丕拜花堂?
　　　　　　爲甚麼他先到宫門不敢闖?
　　　　　　爲甚麼我不遵宫規反封王?
甄　氏　（唱）他腸中百轉少決策,
　　　　　　你當斷則斷意氣揚,
　　　　　　你比他有膽更有量,
　　　　　　他風流盡皆在詩章。
曹　丕　（唱）我也曾寫詩作賦傳絕響,

　　　　　更不忘江山社稷胸中裝。
　　　　　昔日裏偶得夫人天賜享，
　　　　　今日裏再繼王位謝上蒼。
　　　　　是天意是緣分世人難抗——
　　　　夫人哪！
　　　　（接唱）曹丕我纔是你命中鸞凰。
甄　氏　天意乎？緣分乎？
曹　丕　夫人，爲子建計，爲你我計，你須應承孤王一事——孤要你指日而誓，今生今世，不見子建！你立下此誓，孤與子建手足之情，亦得保全。
甄　氏　（痛苦、決絕地）子建與我叔嫂情分已定，爲子建計，爲家國計，臣妾今生今世再不見子建，天地可鑒！
曹　丕　（擁住甄氏）子建雖然詩才敏捷，但他只不過是一個遇事優柔寡斷的文人而已。可你心屬子建而不屬君……夫人！我多想你能像呼喚子建那樣叫我一聲子桓呀！
甄　氏　（伏地）大王……
　　　　（光暗。一束追光打在曹丕的臉上。甄氏隱下。吳質暗上。）
曹　丕　（痛苦地）王權，文章，美人！哈哈哈……
吳　質　魏王莫非又在爲安鄉侯煩惱？
曹　丕　《洛神賦》出，孤於夫人之氣可解，於子建之恨難消。孤王代漢稱帝在即，真不知那個安鄉侯又會惹出甚麼事端！
吳　質　據報，安鄉侯每日裏飲酒作詩，爛醉如泥！只是……
曹　丕　只是甚麼？
吳　質　那丁儀慫恿一批文人整天追隨安鄉侯左右，泄不滿之詞，圖不謀之軌！
曹　丕　建安文學如火如荼，文人學士，聚集高呼，關乎風向！長此以往，總是我心頭之患！
吳　質　請大王決斷！
曹　丕　子建他本無治國安邦之才，都爲他人操縱左右。（切齒地）好個丁儀！
　　　　（切光）

第 四 場

（光啓。曹植封地安鄉）
（郊外，亭榭前，緑樹下）
（黄昏，曹植面對鐵鍋，燃着豆萁，煮着黄豆，思緒萬千）
（幕後伴唱）

  "燃豆萁兮爐火旺，
  煮黄豆兮溢清香。
  遥對洛水兮心惆悵，
  洛神宛在兮水中央。"

（衆文人兩邊分上，面對獨自發愣的曹植）

曹　植　（心情鬱悒，念）
  南國有佳人，
  容華若桃李。
  朝遊北海岸，
  夕宿瀟湘沚。
  時俗薄朱顔。
  誰爲發皓齒？
  俯仰歲將暮，
  榮耀難久恃。

文人甲　好詩，好詩！安鄉侯佳人自比，感嘆年華空逝，懷才不遇，雖有一腔熱血滿腹經綸，却白白地蹉跎時光！

曹　植　（念）閑居非吾志，
  甘心赴國憂！
　　　　曹植我的夙願未遂，却也是襟懷爽朗，飲酒賦詩，戮力上國，流惠下民，建永世勳業，流金石之功！

文人乙　安鄉侯難得雅致，大文人竟煮起黄豆湯來了。

丁　儀　安鄉侯自小就喜歡吃黄豆，一旦他煮起黄豆，詩興必發！

曹　植　列位，請！黄豆湯就杜康，暢述情懷。

衆文人　請，請，請！
（曹植與衆文人同飲）

文人甲　酒好,詩好,人好,黃豆湯也好,可好人不得好報啊!
丁　儀　當初那個做哥哥的嗣魏王,就把弟弟貶到安鄉;如今那個做哥哥的即將代漢稱帝了,不知將如何對待這個弟弟呢!
曹　植　丁先生,休要口無遮攔。免得受我連累。來來來,對酒當歌,暢述胸懷!
　　　　(衆人狂飲)
丁　儀　(念)恨時王之謬聽,受奸妄之虛詞!
衆文人　(附和)恨時王之謬聽,受奸妄之虛詞!
丁　儀　(念)民生期於必死,何自苦以終身!
衆文人　(附和)民生期於必死,何自苦以終身!
　　　　(文人丙上)
文人丙　安鄉侯,亭榭之外,來了一個大文人,說是要與安鄉侯比詩論賦。
曹　植　竟有人要與我比詩論賦?
衆文人　還有甚麽人比得了我們安鄉侯?關公面前耍大刀,飯館門前開粥攤!
曹　植　我倒要見識見識!慢,不見也罷。我不見蠻漢!
　　　　(曹丕幕內大笑:"哈哈哈!我是不請自來了!"身披斗篷率吳質等人上)
文人甲　你是甚麽人?敢到安鄉撒野!
吳　質　(爲曹丕脱去斗篷)爾等大膽!還不趕快參見魏王。
曹　植　我道是哪位蠻漢,原來是王兄。
衆文人　(大驚)參見魏王!(面面相覷)我等告退。
曹　丕　慢!
曹　植　兄長從天而降,真乃神不知鬼不覺啊!
曹　丕　哈哈哈!
　　　　(唱)聞知你酒聚人氣好自在,
　　　　　　爲兄我閒暇逍遥來同飲。
　　　　諸位,請!
　　　　(接唱)再吟詩賦把酒盏——
衆文人　(急)我等不敢!
曹　丕　住口!
　　　　(接唱)我也有名篇佳作在文壇。

你等不肯與孤吟詩作賦,難道説孤的文采不如你等,不如子建?來來來,黄豆湯就杜康,我等比試比試!

曹　植　王兄,你喝你的王八湯,我們喝我們的黄豆湯,何必攪在一起!
曹　丕　都是文人,説甚麽攪在一起?聽爲兄誦來——(吟)
　　　　　秋風蕭瑟天氣凉,
　　　　　草木摇落露爲霜。
　　　　　群燕辭歸雁南翔,
　　　　　念君客遊思斷腸!
曹　植　常言文如其人,可嘆呀,人不及文!
曹　丕　此言差矣。三弟之詩,天才流麗,名冠千古,却才太高,醉太華。爲兄之詩,詩如人,撼人心,也就是説,更具文人氣質!
曹　植　哈哈哈……(對衆文人)依你等之見呢?
衆文人　這個,那個……我等不敢遑論。
曹　丕　不敢遑論!那比起"恨時王之謬聽,受奸妄之虚詞。""民生期於必死,何自苦以終身"的詩句呢?
衆文人　這個,那個……
曹　丕　哼!你等終日飲酒,妄議朝政,蠱惑人心,將我三弟拉入歧途,該當何罪?身爲文人,就該以國事爲重,文只可幫政,絶不能亂政。本王既從政,也善文,今日暫且饒恕爾等!(揮手示意)
　　　　(衆文人下)
曹　植　兄長此來,就是爲了訓教我們這些無權無勢的文人?
曹　丕　非也,是提醒。
曹　植　文人飲酒賦詩,吐胸中塊壘,抒心中情懷,難道這也犯上?
曹　丕　文人者涵容!
曹　植　爲政者尚寬!
曹　丕　爲兄深知,文者不吐不快,可也要些分寸!
曹　植　文者自抒其懷,你何必對號入座!
曹　丕　(盯着曹植)三弟,你消瘦了許多。
曹　植　兄長之意我該大腹便便?
曹　丕　三弟是爲伊消得人憔悴啊!
曹　植　你?
曹　丕　三弟,爲兄即將代漢稱帝,可你的一些詩賦文章——

曹　植　不知我又犯了哪條王法？

曹　丕　不僅犯上，還事關爲兄的顔面！甚麽"凌波微步，羅襪生塵"，"翩若驚鴻，婉若遊龍"，你既知人神有別，你就該釋懷！

曹　植　你！

曹　丕　實話告訴你，你心中的洛神已經對我立下誓言：今生今世，不見子建，天地可鑒！

曹　植　不，你永遠得不到她的心！

曹　丕　心？冰冷的心可以化，火熱的心可以冷却！你有你的情之賦，她有她的絕情詩，你且看來！（遞給曹植一詩）

曹　植　（急念）"縱歌朱弦裂，
　　　　　　凝妝明鏡缺。
　　　　　　河洛東西流，
　　　　　　與君長訣絶。"

　　　　啊！
　　　　（唱）一詩在手心驚顫，
　　　　　　好似亂箭把心穿！

曹　丕　（唱）打蛇七寸中要害，
　　　　　　潰其神心斷癡頑。

曹　植　（唱）日月昭昭天地可鑒，
　　　　　　有緣無分心却相連。

曹　丕　（唱）叔嫂情分別存他念，
　　　　　　敢越雷池決不容寬！

曹　植　（爆發地）不可能，絶無可能！

曹　丕　爲兄即將代漢稱帝，治國平天下，自齊家始！世上萬物，不可能，能成爲可能；可能，也可成爲不可能！尚望三弟好自爲之！（給吴質遞眼色。下）

曹　植　你、你、你逼人太甚！

丁　儀　（急勸）安鄉侯，人爲刀俎，我爲魚肉，當心禍從口出！

吴　質　丁先生，你這話是甚麽意思？

丁　儀　路人皆知，何必問我！

吴　質　好個丁正禮，大王登基在即，你却從中作梗。

丁　儀　你！

吳 質	間離大王兄弟之情,煽動文人追隨安鄉侯。與魏王分庭抗禮,該當何罪!來人!

（招手）

（衛士捧酒上）

曹 植	（震驚）正禮他一向效忠王室,何罪之有!
吳 質	丁先生輔佐安鄉侯辛苦了,踢他美酒一杯!
曹 植	（阻止）正禮,此酒不能喝!
吳 質	這是魏王所賜!
丁 儀	你!
吳 質	來呀!
曹 植	你們欺人太甚!正禮……
丁 儀	子建。
曹 植	此酒萬萬不能喝!

（衛士上前遞酒）

丁 儀	（接酒向天）魏王,正禮死不足畏,望你厚待安鄉侯!（飲下毒酒）
曹 植	正禮!
丁 儀	（感情復雜地）子建,若有來世,我仍隨你左右,出力盡忠!（倒地而亡）
曹 植	正禮!

（吳質及衛士下。雷鳴電閃）

曹 植	（憤怒地）

　　　　高樹多悲風,
　　　　海水揚其波[1]。
　　　　利劍不在掌,
　　　　結友何須多!

曹丕,你步步領先,爲何還對我苦苦相逼!丁正禮,我要到朝堂替你討回公道,討回公道!

（切光）

校記

[1] 海水揚其波:"波",原作"濤"。曹植《野田黃雀行》作"波",與下句"多"押韻,據改。

第 五 場

（光啓。魏文帝黃初元年十月）
（魏都洛陽,洛水之畔陵雲臺）
（畫外音:"公元220年,漢獻帝禪位,曹丕稱帝,爲魏文帝。"）
（曹丕在文武百官的擁簇下,立於高平臺上）

曹　丕　列位文武,朕上應天命,下承民意,代漢稱帝,舉國歡慶!

衆大臣　萬歲,萬歲萬萬歲!

（幕內聲:"啓奏陛下,安鄉侯求見"）

曹　丕　哦,難得子建一片忠心,前來祝賀。宣!

（幕內聲:"陛下有旨,安鄉侯進見"）
（曹植內唱:"洛水畔陵雲臺旌旗蕩──"素服打扮上）

曹　植　（接唱）一身素服上朝堂。
　　　　　恨兄長殺丁儀仰首悲放,
　　　　　張正義也爲安慰泉下忠良。
曹植見過兄長。

吳　質　見了陛下還不快快下跪。

曹　丕　（制止吳質,白）三弟,今乃爲兄登基,是我曹氏家族大喜之日,你爲何匆匆來見?

曹　植　丁正禮一生蕩然,你却令吳質一杯毒酒將他殺害!小弟此來,一則爲正禮不平,爲他悼喪,二則請兄長爲他正名,免叫正禮含冤泉壤。

曹　丕　丁儀慫恿文人屢屢犯上,煽動離間,侮辱朕躬。其罪本該誅滅九族,一杯酒實實便宜了他。

曹　植　正禮效忠漢室,怎說犯上?

曹　丕　三弟,你心中不平,形諸筆墨、藏於書閣也就罷了。若留丁儀,朕只怕他播散你不臣之心,鼓動你不軌之念,貽害於你啊!

曹　植　殺雞儆猴!你明殺丁儀,暗在恐嚇!

曹　丕　不,是袒護!

曹　植　哈哈哈……去我臂膀,折我股肱,還說是袒護!這彌天大謊,豈能瞞得過天下!

曹　丕　難道朕冤枉了你不成?

曹　　植　你說我懷不臣之心，藏不軌之念，有何憑據？
曹　　丕　（誦）"恨時王之謬聽，
　　　　　　　　　受奸枉之虛辭。"
　　　　　"民生期於必死，
　　　　　　　　　何自苦以終身……"
　　　　　此等詩章，流落民間，你覺妥與不妥？
曹　　植　文者直抒胸襟，未必寫的就是你呀！
曹　　丕　那醉酒悖慢，劫脅使者？
曹　　植　是你親眼所見？這世道以訛傳訛，應有盡有！
吳　　質　陛下！
曹　　丕　哈哈哈……難得呀難得，三弟你一向標高脫俗，自命清高。怎麼也要起了下三濫文人的伎倆！
曹　　植　嘿嘿嘿……你道貌岸然，自命不凡，却幹些蠅蠅苟且之事，做些暗室欺心之舉，誰人不知，誰人不曉！
曹　　丕　你！
曹　　植　想當年，父王深愛曹植，欲立我爲嗣，可是你不擇手段，從中作梗，從中漁利！我依稀記得，那一年父王命我帶兵出征，你却暗施計謀，把我灌醉；父王病危，留下遺詔，是你詭騙於我纔先我入宮一步。你表裏不一，心狠手辣，不僅剝奪了曹植生存於世間立七尺之軀、提三尺之劍、建不世之功的權利，而且喪盡天良，橫刀奪美！我與逸女相見於洛水，定情於桑林，你、你、你——殘忍無道，天理不容！
曹　　丕　（神經質地笑起來）哈哈哈……朕是一張帛，你是一團火！朕多想用帛包住火，可帛終將包不住火。既然包不住，朕也只得以水滅火了！（顯露殺機）來人，將安鄉侯——
灌　　均　（急勸）陛下，登基之日，殺生不利！
衆大臣　殺生不利！
曹　　丕　朕自有道理！
　　　　　（衆大臣隱下）
曹　　丕　三弟，天下皆說你文思敏捷，出口成章，朕命你以我兄弟爲題，不許犯有兄弟二字，在朕七步之內成詩。成，則免你一死；不成則飲下這杯毒酒。

（高臺上光束下，現一杯毒酒）

曹　植　兄長七步，子建吟詩？

曹　丕　依你才情，當不致令朕失望吧？

（死一樣的沉寂）

（童年曹植畫外音："子桓哥，適纔小弟賦詩一首，請兄長過目。"）

（童年曹丕畫外音："好，好，三弟之詩，妙不可言，將來定有作爲。"）

（童年曹植畫外音："多謝兄長誇獎。"）

（曹丕一步一步走下高臺，曹植吃起黃豆，脚步聲和着曹植嚼豆的脆響，曹丕正走至七步）

曹　植　（聲淚俱下，脱口而出）

　　　　煮豆燃豆萁，
　　　　豆在釜中泣。
　　　　本是同根生，
　　　　相煎何太急！

（幕後伴唱）

　　　　"本是同根生，
　　　　相煎何太急！"

曹　丕　（被撼動）相煎何太急……哈哈哈，好個相煎何太急！（慘然，不能自已）三弟啊三弟，文章乃經國之大業，不朽之盛事，你這七步之詩，可留千秋之名，供萬代傳吟。可事到如今，你的詩只能像一塊碎石，在江河中泛起一陣漪漣，震動一下爲兄，却感動不了爲兄之心！可惜呀可惜，爲兄已走了八步！

曹　植　分明七步！

曹　丕　朕説八步就是八步！

曹　植　（慘然大笑）哈哈哈……君要臣死，臣不敢不死，兄要弟亡，弟不得不亡！只是你這殺弟惡名，將隨七步詩流傳後世。

曹　丕　（色厲内荏地）不怕，我不怕！

曹　植　那好！（取過毒酒，欲飲）

（甄氏内聲："且慢——"上）

曹　植　嫂嫂！

曹　丕　夫人！

甄　氏　陛下……臣妾願替安鄉侯飲下這杯酒！

曹　植　　逸女，曹植多謝你深情一片！
曹　丕　　哈哈哈！寡人要看的就是第八步。夫人啊，你答應過朕甚麼？
甄　氏　　臣妾有言在先，今生今世，不見曹植！
曹　丕　　今日你既違誓，休怪朕無情！
曹　植　　兄長你雖有龍泉之劍，如何斬斷手足之情？兄長滿盤皆贏，只這一件輸了、輸了……輸得一敗塗地！還編甚麼絕情詩！哈哈哈……
曹　丕　　你與我住口！（緩了緩，柔聲地）夫人，我知你是一時情急，恕你無罪，你且退下。
甄　氏　　不，陛下。臣妾請飲此酒！
曹　丕　　（怒）甄氏！
甄　氏　　陛下！你與子建一母同胞、血脉相連，子建縱有千錯萬錯，也不致以毒酒相逼。事到如今，妾身倒是明白了，你與三弟，你們却不明白……陛下，三弟呀！

　　（唱）甄氏女有幸得遇曹門親兄弟，
　　　　　是命數是緣分皆歸於天。
　　　　　三弟他難繼位安鄉遭貶，
　　　　　潑翰墨揮詩文萬古名傳。
　　　　　陛下你登龍庭偉業成就，
　　　　　掌社稷安黎民穩坐江山。
　　　　　你兄弟原本是骨肉親善，
　　　　　爲甚麼今日裏手足相殘？
　　　　　爲甚麼似仇讎張弩拔劍？
　　　　　爲甚麼竟不能相扶相安？
　　　　　甄逸女含珠淚端起杯盞……

曹　丕
曹　植　　喝不得！
甄　氏　　（接唱）這杯酒以明我心意拳拳。
　　　　　　　　　飲此酒非關那私情繾綣，
　　　　　　　　　但願得兄弟間盡釋前嫌！
　　　　　　　　　同根生彌創痕月明星燦，
　　　　　　　　　同根生心相印地闊天寬。

　　（飲酒，接唱）

　　　　　耳邊廂聽聞得東風舒卷，
　　　　　遙憶起洛河水碧波流連。
曹　丕　夫人！
曹　植　逸女！
甄　氏　子桓，子建！
　　　（唱）我只想將我葬在洛水河畔，
　　　　　休爲我懷悲戚涕淚潸然。
　　　　　倘若是你二人同吟澤岸，
　　　　　那潮聲便是我低語輕喃。
　　　（幕後伴唱）
　　　　　"洛水無情花有意，
　　　　　斜暉脉脉恨綿綿。"
　　　（甄氏緩緩隱去）
　　　（切光）

第　六　場

　　　（光啓，緊接前場）
曹　植　逸女！
曹　丕　夫人！
曹　植　是你害死了她！
曹　丕　是你害死了她！
曹　植　你！
曹　丕　你！（與曹植扭打一團）
　　　（曹植、曹丕扭打得精疲力盡，跌坐於地）
曹　丕　三弟！方纔你的詩盡管感動不了爲兄，可逸女之死，却實實打動了爲兄！逸女爲換得你我兄弟的眞明白，她、她、她……不惜一死！你我……總該明白了。
曹　植　我對她一往情深，却與她有緣無分；你與她得成連理，却讓她紅顏薄命！我有五車之才，却無衝天之力；你無仁愛之心，却能呼風喚雨！天理何在？天道不公啊！
曹　丕　這叫天意難違！

(唱)人世間桑滄事欲說難盡,
是與非曲與直斷難分明,
自古來假假真真邪邪正正。
從來是計謀膽略論浮沉。
尚望你與兄長同舟共濟,
莫辜負逸女她殷切之心。
曹丕我開新朝青史彪炳,
曹植你翰墨間千秋留名。

曹　植　(慘然狂飲)哈哈哈!
(唱)好一個開新朝青史彪炳。
好一個翰墨間千秋留名。
罷罷罷,一聲嘆兩行淚沉浮天定,
去去去,詩作舟酒爲伴哭笑殘生。

(無字歌聲中,一輪耀眼又仿佛刻滿滄桑紋路的圓月冉冉昇起,甄氏出現在圓月中)

(圓月下,曹丕與曹植遙相對視)

——劇終

彝陵之戰

任桂林 樊放 編劇

解題

京劇。任桂林、樊放撰。任桂林，見前《赤壁之戰》解題。樊放（1919—1982），曾用名樊子齊，北京人。早年參與梨園、票友活動，並登臺演出。1950年任文化部戲曲改進局京劇研究院實驗團導演，1951年任中國戲曲研究院實驗工作第二團導演，1955年任中國京劇院（現國家京劇院）總導演室導演組導演。曾自編自導《打金枝》，改編《彝陵之戰》（合作），導演或參與導演劇目有《江漢漁歌》《三打祝家莊》《獵虎記》《木蘭從軍》《智斬魯齋郎》《生死牌》《孫安動本》《闖王旗》等。該劇《京劇劇目辭典》著錄，題《彝陵之戰》，署中國京劇院二團演出本，任桂林、樊放編劇。劇寫劉備成都稱帝，廖化、馬良來報荊州失守，關興來報關羽陣亡，劉備悲痛興兵爲關羽報仇。張飛接廖化所傳關羽死信，來成都，請速出兵，相約三日後在江州會合。張飛回閬中令部將范疆、張達趕製白盔白甲，因監製不力被鞭打。范、張二人乘夜刺死張飛，割其頭逃往東吳。劉備聞張苞報，憤怒之極，不等諸葛亮回來，不聽趙雲勸阻，率傾國之兵，御駕親征。蜀軍水陸並進，兵至彝陵。孫權大驚，命諸葛瑾解送范疆、張達及張飛首級，並許歸還荊州，送回夫人求和，劉備拒絕，聲稱定要滅吳殺權。孫權任陸遜爲帥，吳將不服，以上方劍鎮之。兵至猇亭，堅守不出。蜀軍罵陣，吳將欲出戰，被陸遜阻止。陸遜謂以吳軍五萬硬拼難敵蜀軍七十五萬，蜀軍雖衆但有三不利：遠征不能久戰、運糧難、輕敵妄進驕傲自滿，只能待機而破。衆將賓服。兩軍相持半年有餘，大暑天熱，蜀兵多病，劉備命移營茂林深處，連營七百里，馬良諫阻，劉備不聽，但命馬良畫圖送諸葛亮。亮見圖，大驚，説犯了兵家大忌，大勢去矣，命馬良速去江州調趙雲同去救駕。陸遜知劉備移到茂林深處，天又刮東南風，用火攻，一路攻燒水寨，一路攻燒連營，一路去彝陵解孫桓之圍，然後合兵截殺。陸遜一舉火燒連營七百里，趙雲趕來救駕。馬良保劉備逃走，途中中毒箭而亡。

趙雲趕來保駕,兵撤白帝城。劉備悔恨自己不聽良言勸阻,一意孤行,是西蜀罪人,氣而吐血。陸遜知窮寇不追,收兵。本事出於《三國志》《三國演義》。清傳奇《鼎峙春秋》有二齣寫火燒連營事。京劇《連營寨》詳寫此事。該劇係依京劇《連營寨》改編。版本見1993年花山出版社出版《任桂林劇作選》本。今據以收錄整理。

第 一 場

(開幕,蜀宮)
(鐘鼓齊鳴,曲牌聲中朝臣許靖、劉豹、譙周、秦宓等相繼上)

衆朝臣 (吟)【西江月】
　　　漢王新登帝位,
　　　澤沛四海蒼生。
　　　天下三分猶未興,
　　　且喜西蜀初平定。(內傳鐘聲)
　　景陽鐘響,聖駕臨朝,你我殿前侍候。
衆朝臣 請。
(曲牌變換,衆朝臣分別退下,御林軍、四太監站門上,大太監引劉備上)
劉　備 (念)【大引子】
　　　戎馬此生,
　　　興漢祚,歷盡風塵。
　　　兩鬢如霜六十春,
　　　纔掙得,半壁乾坤!
(劉備入座,衆朝臣分上)
衆朝臣 臣等參拜聖駕,吾皇萬歲!
劉　備 衆卿免禮平身。
衆朝臣 萬萬歲。(分立兩側)
劉　備 (念)(詩)世亂英雄志未申,
　　　　　東吳北魏各為尊。
　　　　　雄據西蜀登帝位,

　　　　　　　枉承一脉愧先人。

　　　　孤,玄德劉備。可恨曹丕謀篡,漢祚衰危,群雄四起,衆卿扶孤正位,以續大統。雖已登基,改元彰武,只是天下猶未平定,依然鼎足三分。大任當前,國運待興,孤才微德薄,謀慮有所不及,全賴衆卿輔佐之力。

衆朝臣　臣等瀝膽披肝,誓死效命。

劉　備　好,今後權衡朝政軍務,若有不逮之處,還望衆卿相諫,孤必然言聽計從,不違衆意。

　　　　（內傳點聲）

衆朝臣　萬歲肯納衷言,臣等自當效命。

大太監　何事傳點?

內　傳　荊州部將馬良、廖化來朝。

劉　備　唔!馬良、廖化來朝?快宣他們晉見!

大太監　馬良、廖化晉見哪!

馬　良
廖　化　（內）領旨。（同上）

馬　良　（唱）吕蒙襲取荊州郡,

廖　化　（唱）二君侯失計走麥城。

馬　良
廖　化　（接唱）同登金殿報音訊——（上殿）

馬　良　臣,馬良——

廖　化　臣,廖化——

馬　良
廖　化　（接唱）奉命來四川覲見君。（同跪）

劉　備　平身!你二人回朝作甚?

馬　良　二君侯有文書三道——

廖　化　微臣有表本一道——

馬　良
廖　化　萬歲請看。

劉　備　快快呈上來!

　　　　（大太監轉呈書及表章,劉備接表急閱）

　　　　（讀信）襄樊失利,誤中毒箭!荊州失守,回救不及。

　　　　（讀本）糜芳、傅士仁降吳,公安南郡棄守,劉封、孟達不肯發兵,臨危不救!

哎呀！（氣急交加）

（唱）聞報猶如霹靂震！
　　　荆襄失利心內驚。
　　　情急勢危須救應，
　　　孤王即刻點雄兵。

關　興　（內）走哇！（戴孝急上闖進殿內）皇伯。
　　　（關興撲地哭倒，眾見狀大驚）

劉　備　（目瞪口呆，驚視，半晌）關興，你，你……

關　興　哎呀伯父哇！呂蒙奪了荆州，我父麥城被困，盼援不到，兵盡糧絕，雪夜突圍，敗於臨沮，被東吳賊兵潘璋、馬然等團團圍住，我父誤墮陷阱，陣前遇害。關平、趙累他他他等俱都戰死軍前！

劉　備　怎麼講？

關　興　爹爹兄長，俱都戰死了……（痛哭）

劉　備　哎呀！（昏厥）

　眾　　（急忙呼叫）萬歲！

關　興　皇伯——

劉　備　（唱）聽說二弟喪了命。

　眾　　萬歲！

劉　備　（唱）連遭逆浪恨難平！
　　　　弟兄們結義盟手足情重！【哭頭】
　　　二弟呀——

　眾　　（接唱）【哭頭】……君侯哇！

劉　備　（接唱）啊……孤的好兄弟呀！

　眾　　（同唱）……二君侯哇！

劉　備　（接唱）二弟慘死孤豈能獨生。
　　　　三川將士齊待命，
　　　　孤王御駕親出征。

關　興　皇伯快快發兵與爹爹報仇雪恨哪。

廖　化　荆州失守關係甚重，就該與東吳決戰。

劉　備　孤自有主張。
　　　（唱）誓滅東吳雪此恨！

　　　　　不惜釜破與舟沉。
　　　　廖化！即刻趕奔閬中與孤王三弟張飛報信,請他前來,我弟兄一同出兵。
許　靖　萬歲,西蜀方興,民心未定,陛下新登帝位,不宜御駕親征。
秦　宓　這興兵伐吳之事,可待諸葛丞相回朝再議！
劉　備　秦宓傳孤旨意,命人去往西平關召回諸葛丞相。
秦　宓
廖　化　遵命。(分下)
劉　備　唉！
　　　　(唱)想當年在桃園結義起首,
　　　　　　數十年共患難同喜同憂,
　　　　　　到如今與二弟死別分手,
　　　　　　伐東吳滅孫權方肯罷休。
　　　　(劉備挽關興下,太監隨下。衆朝臣出門分下。閉二幕)

第　二　場

(開幕,閬中,車騎將相張飛帳内。四兵卒,范疆、張達上,張飛上)
張　飛　(念)北戰南征數十年,
　　　　　　鐵甲長矛闢江山,
　　　　　　且喜大哥登龍位,
　　　　　　不負桃園祭地天。
衆　　　參見三千歲。
張　飛　站下,某,車騎將軍,領司隸校尉[1],兼受閬中牧,西鄉侯翼德張飛。自與大哥二哥桃園結拜以來,弟兄三人,轉戰九州。劉之基業,三十餘載,雖未能一統天下,却爭得鼎足三分,如今咱大哥西蜀稱帝,咱二哥虎踞荆襄,俺老張鎮守川北閬中一帶,以擋曹魏。看——春回大地,日麗風清,正好馳騁郊原,操練人馬。范疆、張達,吩咐各部軍卒,整裝備馬,各帶弓箭,郊原操練去者！
范　疆
張　達　遵命！
張　苞　(内)走哇！(上,進帳)啓稟爹爹！廖將軍到了。

張　飛　廖化——想那廖化乃是荊州二哥帳下之將,他因何至此?是了。想是咱那二哥,思念咱老張,特地命他看望於我。吩咐大開轅門有請。

張　苞　遵命!(傳令)吩咐大開轅門,有請廖將軍。
　　　　(嗩吶牌子,張飛出迎,廖化上)

廖　化　三千歲。

張　飛　(親切地)廖將軍,隨我營內敘話,哈哈哈……
　　　　(張飛挽廖化,進入讓坐)

張　飛　廖將軍可是從荊州而來?

廖　化　哎!先別荊州,再離成都,末將是奉了萬歲的旨意前來。

張　飛　哦!如此說來,你是奉了咱大哥的聖旨,二弟的將令,探望咱老張來了!咱大哥他可好?

廖　化　龍駕安泰。

張　飛　咱那二哥呢?

廖　化　二君侯——

張　飛　他可好哇?

廖　化　這個……

張　飛　哪個?快些講啊!

廖　化　(起立)【叫頭】三千歲,二君侯誤中毒箭,襄荊失利,東吳呂蒙,命人白衣渡江,荊州失守……

張　飛　怎麼,襄荊失利,荊州失守了?

廖　化　正是,我軍首尾難以兼顧,腹背俱是強敵。

張　飛　廖將軍,我二哥他……他怎麼樣了?

廖　化　二君侯萬般無奈,退走麥城,率領殘部,雪夜突圍,殺一陣,敗一陣,敗在那臨沮小道,又被東吳兵將團團圍困,墮落陷阱,與關平、周倉、趙累等俱都戰死了!

張　飛　喳,喳,喳怎麼講?

廖　化　(拭淚)二君侯,他,他陣亡了。

張　飛　啊——(瘁然撲倒)

張　苞　爹爹。

衆　　　三千歲。
　　　　(嗩吶牌子,張飛蘇醒,推開廖化,張苞)

張　飛　二哥,他,他,他死了麼?

廖　化　(拭淚)……

張　飛　二哥兄長,二哥呀——(痛哭失聲)

　　　　(接嗩吶牌子,【叫頭】)

　　　　孫權哪,呂蒙,我不殺你,誓不再生!

廖　化　三千歲保重了。

張　苞　爹爹保重了。

張　飛　廖將軍,我大哥他怎樣言講?

廖　化　萬歲特命末將前來,請三千歲速往成都一聚。

張　飛　好,就命廖將軍留守閬中,代掌軍務,張苞偕同防守,范疆、張達操練人馬,準備東征。待我星夜趕赴成都,面見大哥。帶馬,帶馬,二哥,我定要與你報仇哇!

衆　將　三千歲保重了!

張　飛　走!

　　　　(衆將送張飛出帳,上馬分下,閉二幕)

校記

[1] 領司隸校尉:"隸",原作"棣",據文意改。

第　三　場

　　　　(開幕,蜀宮)

大太監　(內白)聖駕回宮啊!

　　　　(扶劉備上)

劉　備　(唱)失荊州損良將此恨難遣,

　　　　　　　折一臂叫孤王怎不心酸,

　　　　　　　弟兄們創基業南征北戰,

　　　　　　　入西川纔定下這半壁河山。

　　　　　　　全恩義錦江山有何留戀,

　　　　　　　此仇不報孤寢食不安。

　　　　(關興急上,進宮)

關　興　啟稟皇伯,三叔父到了。

劉　備　怎麼，孤的三弟到了，待我出迎。
　　　　（劉備出迎，張飛急上，驟然相見，莫知所措，對視半晌，張飛疾趨前拜謁）
張　飛　大哥！
劉　備　三弟！
張　飛　大哥哇……（嗩吶牌子）
　　　　大哥，你都老了。
劉　備　三弟，你也老了。
張　飛　我那二哥他——
劉　備　二弟他—哎，他死得早了！
張　飛　二哥哇……（二人抱頭痛哭，嗩吶牌子，劉備挽飛入內）
　　　　大哥請上，受小弟一拜。
劉　備　三弟，一路鞍馬疲勞，不必拜了。
張　飛　（固執地）如今桃園弟兄，只剩你我兩個，今日小弟呀——我是一定要拜。
　　　　（嗩吶牌子，張飛泣涕出聲，扶劉備入座，跪拜後，【叫頭】）
張　飛　大哥，如今二哥死在東吳鼠輩之手，你為何不發兵，與他報仇雪恨哪！
劉　備　三弟，兄正在思慮呀！（下意識）待等諸葛丞相回朝再議出兵之事。
張　飛　（激怒）啊，事到如今，還等的甚麼？議着何來？
劉　備　滿朝文武，勸孤以社稷為重，不可御駕親征！
張　飛　說甚麼社稷為重，不可御駕親征，難道大哥忘了桃園結義之時，對天盟誓，不能同日生，但願同日死，這患難同當、富貴與共麼？哦，哦，我明白了，如今大哥作了皇帝，這富貴已然到手，就忘了桃園兄弟之情。
劉　備　三弟！你……你在講說甚麼！
張　飛　哎！
　　　　（唱）萬歲爺休把三弟喚，
　　　　　　　咱與你君臣有別莫相攀。
　　　　　　　結盟只能共患難，
　　　　　　　同生同死是戲言。
　　　　　　　你如今駕坐西宮院，

　　　　　忘了桃園之義祭地天。
　　　　　二哥之仇我赴難，
　　　　　你只管享清福守你的江山。
劉　備　三弟。
　　　　（唱）愚兄我若負義必遭天譴[1]。
　　　　　三弟，備若有此心，人神共誅，天覆地滅。（跪）
張　飛　我昏了啊……
　　　　（唱）只怪我情急意亂不擇言，
　　　　　恕小弟性魯莽大哥莫怨。
劉　備　三弟。
　　　　（唱）誓拚一死赴軍前，
　　　　　不待諸葛丞相轉，
　　　　　即日興兵報仇冤，
　　　　　同生死共患難，雪弟仇，
　　　　　可惜這錦繡江山。
張　飛　怎麼，大哥御駕親征，你我在哪裏會師？
劉　備　江州會師，合兵東進！
張　飛　統領多少人馬？
劉　備　傾國之師，大舉伐吳。
張　飛　好哇，待我先轉閬中，調動兵馬，江州會師便了！
　　　　（唱）辭別大哥出宮院，（馬夫牽馬上）（馬嘶鬧，張飛怒鞭馬夫）
劉　備　三弟。
　　　　（唱）臨別愚兄贈一言，
　　　　　鞭笞士卒易招怨。
　　　　上馬去吧！
張　飛　小弟知道了，帶馬，（上馬）大哥，小弟命人趕造白盔白甲，全軍挂孝，三日之後，江州會師，大哥你要保重了。（下）
　　　　（劉備回宮）
劉　備　關興，即刻傳旨，調集三州守將，星夜趕至成都，聽孤號令。
關　興　遵命。（欲下，趙雲上）
趙　雲　（唱）莫不是奉軍令把兵將調遣，
關　興　正是，萬歲有旨，調集三州各部守將，即刻趕到成都，聽候驅遣，與我家爹爹報仇雪恨。
趙　雲　（唱）看來親征如箭在弦，
　　　　　　　失荊州理當決一戰，
　　　　　　　俺趙雲請命赴軍前。
　　　　　參見萬歲。
劉　備　子龍平身。
趙　雲　謝萬歲。
劉　備　四弟進宮何事？
趙　雲　趙雲請命征伐東吳奪回荊州與二君侯報仇。
劉　備　啊！四弟，你來得正好，隨御駕親征。
趙　雲　怎麼萬歲要御駕親征？
劉　備　誓雪弟仇以全桃園之義。
趙　雲　伐吳雪恨何勞萬歲御駕親征，末將統領一旅之師奪回荊州，教那孫權俯首來降。
劉　備　（不滿地）唉！一旅之師豈能剿滅東吳？
趙　雲　依萬歲之意興動多少人馬？
劉　備　三川全力，一起出戰。
趙　雲　萬歲差矣。
　　　　（唱）西蜀精銳俱出戰，
　　　　　　　曹魏虎視在中原。
　　　　　　　伐吳還須防後患，
　　　　　　　當存餘力鎮三川。
劉　備　我西蜀精銳共有多少？
趙　雲　百萬有餘。
劉　備　着哇！
　　　　（唱）孤且統兵七十萬，
　　　　　　　勢衆方能滅孫權。
　　　　　　　尚餘精兵三十萬，
　　　　　　　留與丞相守西川。
趙　雲　還望萬歲三思。
劉　備　難道此仇此恨就不報了麼？！
趙　雲　非也，東吳奪我荊州，損我兵將，此仇焉能不雪？只是此舉關係社稷安危大局,不可不慮呀!

劉 備　依你之見?

趙 雲　依爲臣之見,這一,萬歲不宜御駕親征。這二,不可傾西蜀全力出戰。這三,出兵之事待丞相還朝好自安排,方保無慮。

劉 備　哎呀,軍家以優勢取勝,不傾全力,豈能剿滅東吳,孤已與三弟約定三日後江州會師,一同出戰,豈能自食其言。若不出戰,豈不被天下人罵孤不義了嗎?

趙 雲　兄弟私情乃小義也,萬歲應以軍國大事爲重。

劉 備　哼!你口口聲聲道孤以私情爲重,子龍你……不是孤的好四弟。

趙 雲　臣一片忠忱對天可表。(跪介)

劉 備　你這一片忠忱孤王心領而已,孤意已決不必多奏。

趙 雲　萬歲……(關興上)

關 興　兵將已然調齊,請皇伯定奪。

劉 備　好,命你爲前戰先行,趙雲留守川中以爲後應。吩咐各營兵將三日後出兵伐吳。(下)

　　　　(關興隨下)

趙 雲　唉!(下)

校記

[1]愚兄我若負義必遭天譴:"譴",原作"遣",據文意改。

第 四 場

(開幕,四蜀將上,關興上亮相)

劉 備　(内唱)大江東去翻怒浪,

　　　　(白文堂,八蜀兵、劉備、馬良、大太監上)

　　　　　　十里征塵蔽日光。

　　　　　　氣吞山河軍威壯,

　　　　　　縱馬揚鞭斷長江。

　　　　(朝官上,旗牌捧酒)

許 靖　萬歲兵伐東吳,臣等備得水酒,願我主旗開得勝。

　衆　　馬到成功。

劉　備	（接酒介）二弟雲長，孤此番出兵，不滅東吳誓不回朝。
內　白	諸葛丞相還朝。
	（趙雲、秦宓、車夫、諸葛亮上）
諸葛亮	（唱）送駕來遲我主鑒諒。
劉　備	（唱）孤滿腔哀情……
諸葛亮	臣盡知其詳。
	（唱）失荊州損良將孰能忍讓，
	伐東吳勢必行有恨須償。
	發兵事主公已然運籌停當，
	恕爲臣匆匆回朝未參其詳。
	慮的是萬歲年高難把心放，
	慮的是西川無主掌朝綱。
	臣請命替主出征統兵前往，
	望萬歲多珍重回馬收繮。
	既然龍心已定，臣謹遵聖諭。只是此番出兵，長途跋涉，曠日持久，且西蜀方興，民心未定，北有曹魏，南有蠻夷，大局不可不慮，望萬歲但能奪回荊州手雪仇冤，即可見機而退。若有緊急軍情，望能早諭下。
劉　備	丞相。
	（唱）孤興兵原有意等候丞相，
	仇不雪心不安難耐時光。
	履義盟與三弟必須同往，
	托丞相守西川把大位承當。
	暫別衆卿把馬上，
	（張苞內白：皇伯。着孝服上）
張　苞	皇伯，我家爹爹被人刺死了。
劉　備	哎呀！（昏介）
	（唱）何來人聲蕩耳邊，
	兩眼迷離天旋地轉。
	兒啊！你爹爹是怎樣死的？
張　苞	哎呀皇伯呀！我爹爹回至閬中，命部將范疆、張達監造白袍，他二人監工不嚴，怒惱我家爹爹，將他二人每人重責五十皮鞭；不料兩

個賊子懷恨在心,夜入帳中,將我爹爹刺死,首級割下逃往東吳去了。

劉　備　又是那東吳。

(唱)舊仇未報新仇又添,

萬丈怒濤衝霄漢。

不滅東吳不回還,

義氣昭然見肝膽。

關興、張苞,命你二人爲前戰先鋒,就此兵伐東吳。

(衆下,劉備下。諸葛亮、趙雲、衆卿送介,面面相視而下)

第　五　場

(開幕,宜都附近,蜀、吳交界地區)

(嗩吶牌子。四吳兵、吳將李異、譚雄暨孫桓上)

孫　桓　(念)安東中郎將,

少小入戰場,

扼守西陵峽,

獨當百萬郎。

俺,吳王殿下武衛都尉安東將軍孫桓。聞得西蜀劉備,欲報荆州之仇,親率西川七十五萬兵將,傾巢來犯,水旱兩路,已過秭歸、巫口,情勢緊急。吳王命我與右軍都督朱然各領本部軍卒,水陸兩營分紮宜都界口,嚴加防範[1]。軍士們,你等必須各遵將令奮勇爭先,以一當十,以百當千,協力應戰,捍衛河山!

(衆應聲。嗩吶牌子)

(八蜀兵,蜀將馮習、張南暨關興衝上。一蜀兵掌白色纛旗隨上。關興持刀猛砍,孫桓抵住)

關　興　呔!膽大吳狗,殺死我父,奪了荆州,如今大兵壓境,還不馬前受死!

孫　桓　住了。你父雖驍勇善戰,尚且亡命軍前,今日孺子前來,孫桓何懼。

關　興　看刀!

(雙方交戰,吳兵將敗下,蜀兵將迫下,孫桓力戰不支,敗下,關興追下)

（蜀兵搖槳，張苞乘船上。一蜀兵掌黑色纛旗隨上）

張　苞　軍士們！催舟。

（嗩吶牌子。行船）

（吳兵搖槳，朱然搭舟上，兩軍相遇）

張　苞　吳寇通名受死。
朱　然　東吳右都督朱然。
張　苞　看槍！（挺槍猛刺）

（眾吶喊，張苞與朱然展開水戰，朱然等敗下）

張　苞　順流追趕！（率眾追下）

（馮習、張南與譚雄、李異上交戰，關興續上，殺死李異。譚雄敗下，眾追下）

（孫桓率吳兵敗上，二吳兵搖櫓，朱然乘船上，棄舟登岸）

孫　桓　朱將軍，莫非水寨失守？
朱　然　蜀兵勢大，難以抵擋。

（譚雄急上）

譚　雄　李異落馬而死！
孫　桓
朱　然　哎呀……（嗩吶牌子）

孫　桓　朱將軍，蜀兵勢大，宜都界口失守，你我分兵東撤，急速報與吳王知道。

（內殺聲四起，張苞、關興兩路衝上會戰，孫桓、朱然大敗）

孫　桓　兵撤彝陵。

（張苞刺死譚雄，吳兵敗下，馮習、張南續上，會戰，朱然、孫桓分路敗下）

張　苞
關　興　二位將軍，率領大軍團困彝陵，莫放孫桓逃走！

馮　習
張　南　得令。（下）

張　苞
關　興　軍士們，兵發猇亭！

（關興、張苞同下）

（閉幕）

校記

［１］嚴加防範："範"，原作"犯"，據文意改。

第 六 場

   （關興、張苞上）

關　興　（念）出西川孫權喪膽，取荊州旦夕之間。
   （馬良上）
馬　良　少將軍，萬歲可在帳中？
關　興　現在帳中。
馬　良　待我晉見。
張　苞　參謀爲何這等匆忙？
馬　良　東吳派諸葛瑾前來求見萬歲。
關　興　東吳諸葛瑾到此做甚？
張　苞　哼！東吳此時派他前來，定有奸謀，待咱張苞打發他回去！
馬　良　少將軍不可魯莽，容他見過我家主公。
張　苞　嘿！（衆進帳）
馬　良　有請萬歲！
   （劉備上）
劉　備　（念）夢寐猶自恨吳寇，不殺孫權誓不休。（入座）
馬　良　啓稟萬歲，東吳派諸葛瑾前來求見。
劉　備　東吳懼我兵威，故爾派他前來試探於我。
張　苞　就該打發他回去！
馬　良　且慢！念他與諸葛丞相有手足之情，容他一見。
劉　備　好！召他晉見。
馬　良　有請諸葛瑾先生。
諸葛瑾　來也。（上）
   （唱）奉君命説劉備罷兵息戰，
     此來肩擔社稷憂。
     暫緩危機權俯首，
     恨天砥柱當激流。

　　　　　進御營見機再開口，
　　　　　陳説利害釋怨仇。
　　　　皇叔在上，瑾大禮參拜！
劉　備　罷了，一旁坐下。
諸葛瑾　皇叔駕前，哪有外臣的座位。
劉　備　遠來是客，哪有不坐之理。
諸葛瑾　謝坐。
劉　備　子瑜此來，莫非與東吳作説客麽？
諸葛瑾　皇叔明鑒，臣弟久事陛下，瑾不避斧鉞前來，正是奉了吳侯之命前來罷兵言和。
劉　備　你東吳不仁，害孤二弟，還講甚麽罷兵言和！
諸葛瑾　皇叔既然提起二君侯之事，容外臣一奏。
劉　備　講！
諸葛瑾　前者二君侯虎踞荆州，吳侯屢次求見，二千歲不允。二千歲奪取襄陽之時，那曹操也曾致書吳侯，使襲荆州，吳侯並未應允。不想吕蒙與二千歲不睦，擅自興兵，鑄成大錯。此乃吕蒙之罪，非吳侯之過也。今吕蒙已死，怨仇已息，正好言和罷兵，共拒曹魏。
關　興　吕蒙襲取荆州，我父麥城被害，孫權豈能不知，分明是一派謊言，誰能憑信！
諸葛瑾　少將軍，豈不聞將在外軍命有所不受。
張　苞　那范疆、張達殺了咱家爹爹，將首級獻與孫權，難道説他也不知麽？
張　苞
關　興　你還有何話講？
劉　備　着哇！
諸葛瑾　二位少將軍，皇叔請息怒。我主滿懷至誠之心，特命外臣將范疆、張達並三千歲的首級解到。
劉　備　你道范疆、張達押送前來，這荆州之仇就罷了不成？
諸葛瑾　皇叔，吳侯爲釋前嫌，情願退回荆州，送還夫人。
劉　備　哈哈……你道我興動傾國之師，是爲了荆州與孤的夫人麽？
諸葛瑾　皇叔若是即日罷兵，吳侯定不食言。
劉　備　哎呀！孤王重義輕天下，豈爲荆州與夫人。不滅東吳難消恨，不殺孫權不罷兵！

諸葛瑾　皇叔錯矣！於今曹丕篡漢，陛下乃大漢皇叔，不圖重整山河，光復社稷，置曹魏於不問，反欲伐吳，此乃捨大義而就小義也！

劉　備　撤座。

張　苞
關　興　撤座。

劉　備　不看孤家丞相之面，定斬汝頭，可將范疆、張達留下，回去曉諭孫權，教他洗頸待戮，你出帳去罷！

張　苞
關　興　出去！

諸葛瑾　（出門）哎呀！
　　　　（唱）劉玄德仗兵強不肯和解，
　　　　　　　回東吳報我主早作安排。

劉　備　關興、張苞。

關　興
張　苞　在！

劉　備　傳諭眾將，齊穿孝服，在軍中設置靈堂，將范疆、張達一干人犯，押在靈前，你等隨爲伯一同祭奠。

關　興
張　苞　遵命。
　　　　（同下）

馬　良　唉！（下）

第　七　場

（開幕，蜀營內設關羽、張飛靈堂）
（傅彤、張翼、四蜀兵綁范疆、張達過場下）
（關興、張苞音樂牌子上）

劉　備　（內唱）【西皮導板】
　　　　　　　白盔白甲白旗號，
　　　　（四太監提燈，大太監引劉備上）

劉　備　（唱）【哭頭】
　　　　　　　二弟呀……

　　　　　三弟呀……啊……

（轉）【回龍腔】

　　　　　孤的好兄弟呀……

（轉）【原板】

　　　　　孤王心慟哭嚎啕，
　　　　　決意興兵把仇報，
　　　　　掃平了東吳恨方消，
　　　　　請過靈牌懷中抱——

（關興捧關羽靈牌奉劉備，悲泣）

劉　備　（接唱）【西皮二六板】

　　　　　點點珠淚往下拋。
　　　　　當年桃園結義好，
　　　　　勝似那骨肉親同胞。
　　　　　不幸今朝分別了，
　　　　　眼望黃泉去路遙，
　　　　　徐州遭離亂愚兄我暫栖河北投袁紹，
　　　　　你身在曹營念故交。
　　　　　上馬金下馬銀富貴你不要，
　　　　　挂印封金辭奸曹，
　　　　　匹馬單刀保皇嫂，
　　　　　過五關斬六將擂鼓三通把蔡陽的首級梟，
　　　　　可算得蓋世英豪。
　　　　　威震華夏你把荊襄保，
　　　　　百戰疆場你的功勳高。
　　　　　惱恨東吳行奸巧，
　　　　　害孤的二弟歸天曹。
　　　　　此仇此恨怎能夠不報，怎能不報……二弟呀！

（接唱）【搖板】

　　　　　踏平東吳恨方消！

關　興　伯父呀！

　　　　　（接唱）伯父不必痛哀悼，
　　　　　　　　　珍重龍體你的春秋高。

劉　備　（接唱）【搖板】
　　　　非是為伯痛哀悼，
　　　　孤與你父生死交。
　　　　哭罷了二弟把三弟叫，
　　【哭頭】翼德呀！
　　　　　三弟呀……啊……
　　　　　難相見的好兄弟呀……
（張苞取張飛靈牌奉予劉備，劉備抱靈牌哭泣）
（唱）【西皮二六板】
　　　　哭聲三弟淚灑白袍，
　　　　當年同把董卓討，
　　　　弟兄們陣前顯英豪。
　　　　虎牢關曾把那呂布的髮冠挑，
　　　　長坂坡前喝斷了當陽橋。
　　　　夜戰馬超膽氣好，
　　　　義收嚴顏頗有略韜。
　　　　惱恨那范疆、張達賊強盜，
　　　　害孤的三弟二賊逃，
（轉）【反西皮流水板】
　　　　如今仇人俱解到，
　　　　縱然我手刃狂徒也難把恨消。
（轉）【快板】
　　　　越思越想心頭惱，
　　　　這血海的仇——東吳是根苗。
　　　　今日裏興兵把讐報；
　　　　不殺孫權不還朝。
（轉）【搖板】
　　　　一點忠誠……天可表……
　　　　二弟、三弟……（接唱）【哭頭】
　　　　好兄弟呀……
（接唱）【散板】
　　　　全恩義拚一個海沸山搖！

關 興 張 苞	兒臣等代祭。

（音樂牌子，劉備祭酒，關興、張苞同拜）

劉 備	關興、張苞！將一干人犯拿去開刀。

（眾應聲下，斬訖，傅彤、張翼同上）

傅 彤 張 翼	斬首已畢。
劉 備	正是：

（念）滿腔怒氣衝霄漢，要把東吳踏平川！

兄弟呀！

（眾同下，閉幕）

第 八 場

（韓當、周泰、丁奉、徐盛同上）

四 將	西蜀傾巢來犯，我軍激蕩不安。
韓 當	眾位將軍，西蜀傾巢犯境，聖上命諸葛瑾前去求和，不想劉備更加囂張，不肯罷兵，如今聖上挂陸遜為帥，真真令人不解。
周 泰	想那陸遜乃是個年幼的書生，不知兵法，却來督軍破蜀，看來我東吳休矣。
丁 奉 徐 盛	聖上之命，不可不遵，少時陸帳，看他是怎樣行事。
韓 當 周 泰	好，大開轅門。

（紅文堂，吳兵、中軍引陸遜上）

陸 遜	（念）【點絳唇】

　　握兵符，

　　身當重任，

　　奉君命統三軍，

　　不圖封侯權拜印。

眾 將	參見元帥。
陸 遜	眾位將軍少禮。

（念）未展平生志，

常懷報國心。
今日挂帥印，
叱咤走風雲。
本帥姓陸名遜字伯言，奉吳侯之命督兵破蜀，此番交戰，敗則下郡難保。衆位將軍。

衆　將　元帥！
陸　遜　此番交戰關係江東安危，我等必須協力同心，方能取勝。
韓當
周泰　請問元帥破蜀有何良策？
陸　遜　這良策麼！目前只宜緊把關防牢守隘口，不可出戰。
韓　當　元帥，主上命公爲帥，就該調撥軍馬，破蜀當在其初，爲何堅守不戰。
周　泰　我等跟隨孫將軍平定江南，身經百戰，何懼那大耳劉備。
陸　遜　劉備東征聲勢浩大，且城高守險，難以攻下，攻之縱下，尤難克盡，損我事大，非小故也。
（唱）保江東守宜都關係非淺，
　　　　破强敵蓄兵力以百當千。
　　　　待時機觀其變手操勝算，
　　　　戰必勝攻必克一鼓而殲。
（朱然急上）

朱　然　參見元帥。
陸　遜　將軍少禮。
朱　然　元帥，今有孫桓將軍被困彝陵，是我殺出重圍，特此前來搬兵求救。
陸　遜　我素知孫桓將軍深得軍心，必能堅守，待我破蜀之後彼自得救。
周　泰　元帥，孫桓將軍被困彝陵，就該發兵相救。
韓　當　元帥，那孫桓將軍乃是主上侄兒，難道你見死不救嗎？
丁奉
徐盛　我等情願與蜀軍决一死戰。
衆　將　决一死戰。
陸　遜　呔，衆將軍，僕雖一介書生，蒙主上托以重任，自有破敵之策，你等莫生疑慮。主上賜我上方寶劍以振綱紀，且望諸公各自尊重，休干軍令。各自回營去吧！掩門。（衆分下）
朱　然　（與衆將出門）可嘆這六郡八十一州，斷送在這書生之手。

| 衆　將 | 嘿。（下） |

第　九　場

（三幕外，四蜀兵、關興、張苞上）

關　興 張　苞	軍士們！
關　興	孫權無謀，陸遜爲帥。
張　苞	怯懦書生，不敢出戰。
關　興	萬歲命我弟兄率領你等前去討戰。
張　苞	東吳再不出兵，你等一齊叫罵。
關　興 張　苞	軍士們！你們罵！（衆同聲呐喊下）

（擂鼓，內呐喊。開幕，韓當、周泰率衆急上）

韓　當	關興、張苞前來挑戰，辱罵東吳，真真氣煞人也。
周　泰	你我抖擻精神殺他一陣。
韓　當	（唱）身經百戰東吳將，
周　泰	（唱）豈容孺子來逞強。
韓　當	（唱）不待軍令把敵抗——馬來！
周　泰	馬來！

（韓當周泰上馬欲下，陸遜急上）

陸　遜	老將軍請轉！ （唱）老將軍跨馬提槍征戰何方？ 請問二位將軍，今欲何往？
韓　當 周　泰	與蜀軍交戰。
陸　遜	可有軍令？
韓　當 周　泰	這……
陸　遜	嗯！無有軍令怎能擅自出戰？
周　泰	蜀軍罵陣，欺我東吳。
陸　遜	任他叫罵，掩耳不聽！
韓　當	大敵當前，書生怯戰！

陆　逊　一触即跳,乃是匹夫之勇。
韩　当　俺情愿战死阵前,也不能受此耻辱。
陆　逊　请问老将军那刘备有多少人马?
韩　当　七十余万。
陆　逊　我东吴呢?
周　泰　五万之众。
陆　逊　着吓,敌众我寡,怎能决战?
韩　当　有道是一人拚命,万夫难挡,俺情愿战死沙场。军士们!马来!马来!
陆　逊　唉!你可知道军法无情!韩将军,蜀军骂阵,此乃刘备的诡计,我若应战,正中其计,望将军三思。
　　　　(唱)西蜀大军锐气盛,
　　　　　　刘备猾虏善用兵。
　　　　　　凭坚守险观其变,
　　　　　　暂不交战避其锋。
　　　　　　将军报国忠且勇,
　　　　　　自有一天决输赢。
　　　　　　两军对峙争主动,
　　　　　　且待良机破骄兵。
　　　　二位将军,蜀军此番交战他却有三不利。
韩　当　哦!他有三不利?请问元帅这第一。
陆　逊　(唱)那刘备远离故国难以久战。
韩　当
周　泰　第二?
陆　逊　(唱)千里迢迢粮运艰难。
韩　当
周　泰　这第三?
陆　逊　(唱)他轻敌妄进骄傲自满。
周　泰　元帅言之有理。
陆　逊　那刘备有此三不利,蜀军必败,我军必胜。
韩　当
周　泰　哦!元帅深谋远虑,我等鲁莽了。

陸遜	豈敢,目下雖不交戰,却不可懈怠,必須操練軍馬,獎勵士卒。不戰便罷。
韓當周泰	若交戰呢?
陸遜	要戰麽, (唱)管叫他全軍覆没,片甲不還。
韓當周泰	元帥高才!
陸遜	你等準備去吧!
韓當周泰	遵命!(同下)

第 十 場

(劉備、馬良、大太監上)

劉備	(唱)小陸遜守窟穴不敢臨陣, 　　　離西川半載整欲戰不能。 　　　溽暑天越教孤心中煩悶——
馬良	萬歲,天氣炎熱,陸遜堅守不出,如之奈何?
劉備	咳! (唱)擁雄師難用武壯懷難伸。

(傅彤、張翼上)

傅彤張翼	啓禀萬歲,近日天氣炎熱,三軍水土不服,多生疾病,伏乞聖裁。
馬良	啊萬歲,我軍屯於灶火之中,將士多生疾病,且遠離故國,糧運艱難,三師疲憊,况萬歲春秋已高,不宜鞍馬勞頓。如今之計,不如早日回師,治理國政要緊。
劉備	哎!孤以傾國之師大舉伐吳,怎能半途而退啊!
馬良	如今吕蒙已死,范疆、張達就戮,大仇已報。那東吴情願獻出荆州,送回夫人,陛下就該見機而退。
劉備	哎呀!吴兵勢弱,旦夕可破,既然天氣炎熱,我軍多病,可將人馬移在茂林深處,紮下七百里連營大寨,待到夏末秋初再與那黄口孺子決一死戰。
馬良	這,林木深處連營紮寨!乃兵家之忌呀!

劉　　備　孤戎馬一生用兵老矣！你何必多慮呀！
馬　　良　萬歲若執意移營，何不將陣式畫成圖本，問過諸葛丞相。
劉　　備　些許小事何必去問過丞相啊！
馬　　良　萬歲，自古道兼聽則明，偏聽則蔽，還望陛下思之。
劉　　備　好好好，可將營盤陣式畫一圖本，送與丞相觀看。衆將。
衆　　將　在！
劉　　備　準備移營者。
衆　　將　遵旨！（衆隨劉備下）
馬　　良　（念）萬歲決策多不利，
　　　　　　　一錯再錯後悔遲。（下）

第 十 一 場

（琴童、諸葛亮上）
諸葛亮　（念）心在彝陵難安枕，矚目夔關盼軍情。
琴　　童　（上報）啓禀丞相，馬良將軍求見。
諸葛亮　速速有請。
琴　　童　有請馬良將軍。（馬良上）
馬　　良　參見丞相。
諸葛亮　馬良將軍，彝陵軍情如何？
馬　　良　那陸遜堅不出戰，天氣炎熱，將士多生疾病，萬歲將人馬移在茂林深處，縱深七百里，連紮四十寨。現有圖本丞相請看。
諸葛亮　速速展開。（看圖吹牌子）啊！何人教主公在此紮營，此人當斬！
馬　　良　此乃萬歲自為，非衆將之意也！
諸葛亮　大局危矣！依垣隰險阻而結營，乃兵家之大忌。這連營七百里，焉能拒敵，倘被吳兵用火攻之計，如何解救啊？
馬　　良　待我回去奏明主公，速速移改，以防不測！
諸葛亮　來不及了。馬良將軍，速往江州調趙四將軍前去救駕，主公的性命就在你二人的身上，快去快去。
馬　　良　遵命！（急下）
諸葛亮　（【叫頭】）天哪天，看來我西蜀大勢去矣！
　　　　　（唱）在荊州失去雄兵三十萬，

在彝陵怕只怕大軍化灰烟。
棋錯一着全局亂，
想百計收拾這半壁河山。（下）

第 十 二 場

陸　遜　（上唱）八個月我堅守按兵不動，
　　　　　　　　形勢變蜀軍疲決戰在彝陵。
朱　然　（上報）啓禀元帥，劉備移營。
陸　遜　哦！劉備移營，移往何處？
朱　然　移往密林深處，紮下連營七百餘里。
陸　遜　哦！他、他移往茂林深處，連營紮寨七百餘里？此寇自取滅亡。吩咐陞帳。
朱　然　衆將進帳。
　　　　（陸遜陞帳。韓當、周泰、丁奉、徐盛等同上）
衆　將　參見元帥！
陸　遜　衆位將軍少禮。
衆　將　啊。
陸　遜　衆位將軍，想那劉備深入我地五六百里，相持七八個月。適纔軍報他又移營茂林深處，紮下連營七百餘里，此乃軍家之大忌。衆位將軍抬頭觀看！
衆　將　看甚麼？
陸　遜　甚麼風起？
衆　將　東南風起。
陸　遜　着吓，我在東南，他在西北，我用火攻之計，便燒他個乾乾净净。
韓　當　又是一個火攻之計。
陸　遜　朱然聽令。
朱　然　在。
陸　遜　今晚東南風大作，命你駕一小舟，滿載茅草，內藏硫磺焰硝，焚其舟船，毁其水寨，不得有誤！
朱　然　得令！（下）
陸　遜　丁奉、徐盛聽令。

丁 奉 徐 盛	在！
陸 遜	命你二人沿長江南北，追擊敵寇，燒他連營。
丁 奉 徐 盛	得令。（下）
陸 遜	韓當、周泰聽令。
韓 當 周 泰	在！
陸 遜	命你二人帶領人馬，殺奔彝陵，解救孫桓出圍合兵一處，阻擊蜀兵退路，不得有誤！
韓 當 周 泰	得令！（下）
陸 遜	衆將官，起兵前往！
衆 將	啊。（同下）

第 十 三 場

（劉備上）

劉 備 （念）明月當空照，旌旗迎風飄。

（飛鳥齊鳴。效果）

劉 備 啊！黑夜間鵲鳥驚飛，其中定有緣故！

報 子 （內，報。急上）

東吳人馬陸續而來。

劉 備 再探。

報 子 遵命。（下）

劉 備 啊！東吳陸遜，數月不戰，今日人馬爲何陸續而來！

傅 彤
張 翼 （急上）前營失火。

劉 備 速速救火。

傅 彤
張 翼 得令！（下）

劉 備 轉至御營！（見火光反身退下）

（二吳將率吳兵上、放火，關興、張苞率蜀兵將上，開打，關興等敗

下,吳將追下)

(火光中劉備撲火,關興、傅彤、張翼等扶劉備上馬下,吳兵將追下)

(韓當、周泰率吳兵上,蜀兵及馮習、張南等迎上,開打,馮習、張南戰死,蜀兵敗下。孫桓率吳兵突圍與韓當、周泰會合同下)

(張苞率蜀兵將敗上,丁奉、徐盛率吳兵將追上,開打,蜀方敗下,吳兵追下,傅彤等戰死)

(戰鼓聲中,馬童引趙雲、馬良上,孫桓追劉備上,馬良救劉備下,孫桓與趙雲開打,孫桓敗下,四吳將朱然等續上與趙雲激戰,趙雲下,吳將朱然等追下)

第十四場

(戰地山野中)

劉　備　(內唱)彝陵兵敗如山倒。

(劉備上,勒馬。馬良率二蜀兵上,四吳兵追上,吳蜀兵交戰分下)

劉　備　(唱)野火頻燒草木焦,

　　　　　屍骸遍野血染蜀道。

(孫桓持弓箭催馬趕上,馬良掩護劉備敗走,馬良中箭,趙雲急上,擊敗孫桓,趙雲趕孫桓下)

馬　良　萬歲,保重要緊。

劉　備　哎呀!

　　　　(唱)見馬良鮮血淋淋透征袍,

　　　　　我君臣敗北西歸相依靠。

　　　　　你你你是我肱股之臣莫把孤拋。

馬　良　萬歲,陛下,臣身中毒箭,不能保駕西行。望萬歲珍重龍體,一柱擎天,西蜀可保,漢室復興有日,爲臣縱死亦含笑九泉。

(馬良死)

劉　備　馬良,季常,哎呀!

　　　　(唱)一見馬良喪了命,

　　　　　呼天號地痛煞人。

　　　　　你本是當世英才一代豪俊,

　　　　　隨孤王轉戰沙場,累建功勳。

【哭頭】馬季常,馬將軍啊！啊！
　　　　都是我只念桃園兄弟義氣報仇雪恨,
　　　　都是我不納忠諫一意孤行。
　　　　悔不該大舉伐吳輕敵冒進,
　　　　悔不該茂林深處紮連營。
　　　　七十萬精兵俱喪盡,
　　　　悔恨交加痛煞我的心。
　　　　彝陵一戰大勢去,
　　　　到如今強敵在,益州貧,損兵折將,大廈將傾,
　　　　我是個西蜀的罪人。
　　　　孤零零在山野何處投奔？
　　（趙雲率蜀兵急上）

趙　雲　主公,趙雲護駕在此。
劉　備　四弟呀：
　　　　（唱）快把馬良葬山林。
　　（趙雲示意眾將馬掩埋介下）
劉　備　若非四弟趕來,我命休矣！
趙　雲　主公且免悲慟,敵軍未退,請速上馬,趕路要緊。
劉　備　前面甚麼所在？
趙　雲　白帝城。
劉　備　哦,白帝城,唉！兵撤白帝城,四弟帶馬。
趙　雲　遵旨。
劉　備　（唱）大江滔滔白浪滾,
　　　　　　　流走了西蜀百萬兵,
　　　　　　　千仇萬恨心血上湧,（吐血介）
趙　雲　主公多多保重。
劉　備　（唱）不料想今朝兵敗在白帝城。
　　（趙雲、劉備、蜀兵下。陸遜率吳兵、吳將追上）
眾　將　劉備兵敗白帝城。
陸　遜　劉備敗走白帝城,必然傷痛而亡。窮兵不可追趕,收兵哪。
　　（閉幕）

————劇終

白帝托孤

張廷秀 整理

解 題

　　川劇·胡琴。張廷秀整理。張廷秀,生平里籍不詳。該劇未見著錄。劇寫劉備病臥白帝城,自料難以再起,差人至成都,宣諸葛亮到此,親受托孤之詔。諸葛亮至,劉備將親書遺詔交給諸葛亮,讓其帶詔回成都,交劉禪。而後又説:"朕觀卿才,十倍曹丕,必能轉弱爲强,終成大業,倘寡人死後,太子禪可輔則輔;若其不然,也罷,卿可自立爲成都之主罷了。"諸葛亮聞此言嚇得渾身是汗,立即表示嘔盡心血,輔助劉禪。劉備讓劉永、劉理出拜相父,又托付趙雲,輔助孤兒,言罷而死。本事出於《三國志·蜀書·先主傳》。《三國志平話》《三國演義》均寫此事。清傳奇《鼎峙春秋》有《托孤遺詔輔取兩全》。京劇有《白帝城》。該劇版本見《附譜川劇》本(1983年四川人民出版社),該本首頁署劉光烈演唱本,係張廷秀據四川人民廣播電臺錄音記譜整理。今據以收錄整理。

　　　(劉備上)
劉　備　(唱)【二簧二流】
　　　　　白帝城頭竪旌旗,
　　　　　永安宫殿漢皇居。
　　　(韻白)連營偶犯兵家忌,
　　　　　暫將館驛駐六騑。
　　　　　論夔門豈是興王地,
　　　　　怎奈英雄病已危。
　　　　　朕差使臣晝夜奔赴成都去,
　　　　　詔丞相到此把孤兒立。

（白）數十餘載苦戰爭，兵敗聊居白帝城。虢亭失利身先死，伊周事業托先生啊！朕，大漢皇帝劉！悔不納丞相之諫，興兵東下，與二弟復仇。不料火焚連營，竟爲孺子陸遜所敗，因此羞憤成疾，退居白帝城中，將館驛改爲永安宮殿。連日以來，夢魂顛倒，朕料此病萬難再起，只得差官星夜奔赴成都，宣丞相到此，親受托孤之詔。使臣去了許久，想必早晚必至。宮婢。

太　監　啓奏萬歲。

劉　備　前去看來，外面當今甚麽時節了！

太　監　是。啓奏萬歲，章武三年夏四月矣。

劉　備　朕恐效晉景公之故，不能食新麥呀！

（唱）（襄陽梆子）【導板】
夜來恍惚見關張，
二弟三弟呀！
朕的好兄弟，
身影搖搖避燈光。
朕只説二弟三弟在世上，
醒來南柯夢一場。
朕躬已得不治恙，
和緩難調續命湯。
朕只得高臥龍榻候丞相，
見內侍捲珠簾跪奏孤王。

太　監　啓奏萬歲，諸葛丞相已到宮門。

劉　備　丞相到了嗎？

太　監　是。

劉　備　如此，傳朕口詔，宣諸葛丞相進宮。

太　監　是。萬歲口詔下，諸葛丞相進宮朝參。

諸葛亮　領詔！（起曲牌【漢東山】）（以下講白在音樂中進行）
（念）巴人怕聽猿聲啼，蜀客遠從馬道來。
臣諸葛亮見駕！

劉　備　愛卿平身，宮婢與丞相看座。

諸葛亮　謝坐！（音樂在此止）

劉　備　丞相，朕與卿幾乎不能相見了。

(唱)【二簧導板】
　　　見丞相掉下了痛淚兩行，
丞相啊(【陰奪子】轉【一字】)
戰兢兢搖衰鬢手指穹蒼。
朕本是販履人出身草莽，
掃狼烟伸大義四海名揚。
想當初到隆中已着三訪，
蒙丞相不棄朕奮翼高翔。
朕得卿好似那魚得水樣，
掌軍機全仗卿妙計錦囊。
得西川朕纔把王業草創，
劉玄德方能够繼統高光。
破東吳朕把卿金石言相抗，
因此上懷羞憤病入膏肓。
朕今朝歸黃壤死復何望，
只是那小孺子常挂心房。
到今朝祖宗事尚未了當，
東有吳北有魏跋扈非常。
孫仲謀與曹丕兵強力壯，
兩川地怎能敵左虎右狼。
千斤擔挑在了丞相身上，
化偏安爲正統萬古流芳。
把劉禪權當卿子侄一樣，
早晚間勤教誨教以綱常。
朕只説與衆卿把群雄掃蕩，
萬不想劉玄德這樣下場。
哎呀丞相，
劉玄德只哭得愁雲暗蕩(【陰黃豆曲】)愁雲暗蕩，
猛抬頭見馬謖侍立榻(陰調齊腔)旁。

劉　備	卿是馬謖嗎？	
馬　謖	臣是馬謖。	
劉　備	朕與丞相有軍國大事相商，卿且暫退。	

馬　謖　領詔！
劉　備　丞相。
諸葛亮　臣在。
劉　備　卿觀馬謖之才如何？
諸葛亮　乃當今之英才也！
劉　備　朕意不然！朕觀此人言過其實，不堪重用，如今後有軍國大事，望卿當深察之！
諸葛亮　陛下雅善知人，臣萬不及也。馬謖之言臣當書紳不忘。
劉　備　官婢！
太　監　在。
劉　備　宣文武進宮，看文房四寶。
太　監　是！文房四寶端正。
劉　備　待朕親書遺詔——詔曰：朕初得疾，但下痢耳，後轉爲雜症，殆不自忌。朕聞人言，五十不爲夭壽。朕六十有餘，死復何恨，汝兄弟爲念耳，勉之勉之。勿以善小而不爲，勿以惡小而爲之。惟善惟德方可服人，汝父德薄，不堪效也。朕今托孤於丞相，爾弟兄當事之如父，早晚更求聞達，勿怠勿忘，至囑！至囑！丞相。
諸葛亮　在。
劉　備　煩卿將此遺詔，帶至成都，太子禪見詔，如見朕也！

（唱）【二簧平起一字】
　　　　悔恨當年少讀書，
　　　　初知大義創宏圖。
　　　　曾記孔門留二語，
　　　　名賢曾子世楷模。
　　　　鳥之將死鳴凄楚，
　　　　人到垂危善言出。
　　　　事臨中道身先殂，
　　　　未與諸卿破魏吳，
　　　　煩丞相將詔書帶回成都府，
　　　　叫劉禪早（轉【二簧二流】）晚聽約束。
　　　　還望丞相善輔助。

諸葛亮　陛下！

(唱)臣如違旨罪該誅。

劉　備　丞相。
諸葛亮　臣在。
劉　備　將手伸過來,朕有心腹之話相告。
諸葛亮　陛下有何金石良言,臣當恭聽。
劉　備　丞相,朕觀卿才,十倍曹丕,必能轉弱爲強,終成大業。倘寡人死後,太子禪可輔則輔,若其不然,也罷,卿可自立爲成都之主罷了!
諸葛亮　哎呀!陛下之言嚇煞臣也。

(唱)【二簧幺板】
　　聞此言嚇得臣渾身是汗,
　　諸葛亮敢存狗肺狼肝。

(白)陛下。(轉【二簧一字】)
　　臣布衣耕南陽無心仕宦,
　　蒙陛下三顧恩一旦幡然。
　　感知遇出茅廬任君派遣,
　　不執槍不跨馬謬掌兵權。
　　蒙陛下無一事把臣輕慢,
　　敢不效犬馬之勞思報湧泉。

(封板【一字】)
　　待數年兵糧足可以乘便,
　　提大兵先平魏後去江南。
　　萬一是日沉西天不佑漢,
　　有爲臣領文武保定全川。
　　臣縱然嘔盡心血出盡汗,
　　也要保二十四帝駐返長安。
　　諸葛亮顯赤誠神天可鑒,

劉　備　(白)好啊!

(接唱)【一字】
　　不枉孤費跋涉三顧茅庵。

劉　備　丞相如此忠義,朕死復何恨。劉永、劉理過來,上前參見相父。
劉　永
劉　理　相父在上,受過弟兄一拜。

諸葛亮　二位殿下快快請起。
劉　備　衆卿。
　衆　　臣。
劉　備　朕今已托孤丞相,望卿等善待之,勿負朕意。
衆　卿　領詔!
劉　備　呵!卿是子龍嗎?
趙子龍　是臣。
劉　備　朕的四弟呀!
　　　（唱）【西皮導板】
　　　　　一把手挽着子龍淚長傾,
　　　（白）老將軍!四弟!
　　　（接唱）朕與卿患難相逢共死生。
　　　　　在河北借得英雄真僥倖,
　　　　　卧牛山半身辛苦到而今。
　　　　　長坂坡百萬軍中揚名,
　　　（轉唱）【西皮二流】
　　　　　解甲絛懷藏孤兒戰曹兵。
　　　　　孫夫人暗携阿斗回吳郡,
　　　　　蒙將軍截江奪回小主人。
　　　　　論將軍大小戰場會過數百陣,
　　　　　記勞績豐功偉業難記清。
　　　　　朕把卿封公封王報不盡,
　　　　　朕只説内連骨肉外君臣。
　　　　　桃園時若與將軍早相認,
　　　　　卿便是關張隊中第四人。
　　　　　朕今朝捨棄山河都不吝,
　　　　　意念中難割難捨難割難捨朕的老將軍。
　　　　　還望卿輔助孤兒如似朕,
　　　　　九泉下嘻嘻含笑死猶生。
劉　備　内侍攙朕下榻,我劉備無有寸階尺土,得有今日,竟爲孺子所敗,孤怎能不氣!我怎的不氣呀!（死去）（緊接曲牌【哭皇天】）（胡琴）
諸葛亮　公衆,陛下駕崩,還須扶櫬回川,命太子禪龍飛鳳舞可。

（唱）【三板】
　　　先主白帝把駕崩，
　　　準備櫬宮怎留停。
　　　文武扶櫬回川省，
（轉唱）【二流】
　　　李嚴鎮守白帝城。
　　　未到綿竹先報信，
　　　太子劉禪出郊迎。
　　　哀聲遍野天地震，
（韻白）軍民人等！共傷情。

——劇終

東吳郡主

范莎俠　撰

解　題

　　潮劇。范莎俠撰。范莎俠，女，1955年生，廣東汕頭市潮陽區人。曾任縣劇團演奏員、文化館戲劇創作幹部，現爲廣東潮劇院一級編劇，享受國務院政府特殊津貼。著有《葫蘆廟》《狄青出使》《東吳郡主》《忠義雙夫人》《洗馬橋》等戲曲作品。劇作大部搬上舞臺演出。《葫蘆廟》獲2000年中國曹禺戲劇獎劇本獎、第七屆中國戲劇節優秀編劇獎、第七屆廣東省魯迅文藝獎；《東吳郡主》獲第九屆廣東藝術節編劇一等獎、首屆中國戲劇獎曹禺劇本獎。該劇未見著錄。劇寫東漢末年，群雄割據，黎民飽受戰亂之苦。東吳郡主孫尚香，志存高遠，希望嫁一個扶危平亂、振興漢室的天下英雄。吳侯孫權爲了奪取被劉備佔據的荊州，以孫尚香爲釣餌設下聯姻騙局。孫尚香深明大義，慧眼識英雄，堅定地追隨劉備，助劉備逃離東吳。三年後，孫權假稱母病，誆在荊州的孫尚香回東吳，不放回蜀。十幾年後，當劉備以報弟仇爲由大舉出兵欲掃滅東吳時，孫尚香爲了江南百姓，秉大義闖蜀營諫夫阻戰。然而，劉備霸心難阻，吳蜀大戰以劉備的慘敗告終。孫尚香追求的理想破滅，帶着綿綿長恨，悲烈投江。本事出於《三國演義》第八十四回。清傳奇《鼎峙春秋》有《自沉江浦欲全名》一齣；清代京劇有《祭長江》、現代京劇有《別宮·祭江》，情節各有不同。本劇版本見《國家舞臺藝術精品工程劇本集》之《地方戲卷》本。今據以收錄整理。

（序曲）

　　　　滾滾長江東逝水，
　　　　浪花淘盡英雄。
　　　　是非成敗轉頭空。

青山依舊在,
幾度夕陽紅。
白髮漁樵江渚上,
慣看秋月春風。
一壺濁酒喜相逢。
古今多少事,
都付笑談中。

第 一 場

(滾滾長江,赤壁戰場,一塊顯著的岩石刻着"赤壁")
("孫""劉"大纛迎風翻揚。鼓角聲震天動地,孫權、劉備兩陣營合兵衝殺上,揮刀張弓向曹營……硝烟滾滾,火光映紅天際……)
(戰聲遠去,漁翁悠然踏歌上)

漁 翁　(吟唱)看慣興亡天下事,
　　　　　　唱盡玉帛與干戈。

漢室傾頹,天下動盪,群雄並起,干戈紛擾。去年吳侯孫權與皇叔劉備聯手,在赤壁大破曹操雄兵八十萬!那一場大火啊,燒得水沸山崩!這江水至今還發熱呢!一轉眼,吳侯爲奪取荊州,却用妹妹設下美人計,誆騙劉備過江聯姻。哎,沒想到劉皇叔真有本事,竟然將計就計,弄假成真當上東吳女婿!哈哈哈……(隱下)

(東吳宮殿,喜樂大作,闔宮歡慶)
(幕後合唱)
　　　春風拂羅衫,
　　　紅燭映洞房。
　　　東吳孫郡主,
　　　喜配英雄郎。

(劍奴與衆宮女歡快地上)

劍　奴　衆姐妹,郡主閨中有誓:非天下英雄不嫁。如今國太做主,嫁與大英雄劉備劉皇叔,我等該向郡主賀喜啊!

衆宮女　(向內)恭喜郡主,賀喜郡主,佳配英雄,好合百年!

(孫尚香着喜服款款上,羞喜受賀)

孫尚香　（唱）聲聲賀語耳邊漾，
　　　　　　　陣陣春潮湧心田。
　　　　　　　孫尚香待字閨中有誓願，
　　　　　　　慰平生當嫁蓋世英雄郎。
　　　　　　　劉皇叔英名傳海內，
　　　　　　　樁樁佳話銘心間。
　　　　　　　芳心長慕英雄漢，
　　　　　　　喜今朝與意中人兒配成雙。
　　　　　　　叫侍女列刀槍我要試試英雄膽，
　　　　　　　讓夫君知我非是尋常女紅妝。
劍　奴　列刀槍！
　　　　（衆侍女內應："是！"環列刀槍上）
　　　　（內聲："貴人，這裏來！"兩行紅炬引劉備上）
劉　備　（唱）冒險過江聯姻緣，
　　　　　　　刀斧叢中巧周旋。
　　　　　　　甘露寺相親化凶險，
　　　　　　　劉玄德吳宮當新郎。
　　　　　　　雖然是鸞鳳乘龍今宵定，
　　　　　　　花燭夜也須將不測防。
　　　　（見衆侍女懸刀佩劍，驚）
　　　　　　　驟然間只覺得殺氣蕩漾，
　　　　　　　甚緣由閃閃刀槍列兩旁？
　　　　（孫尚香偷窺劉備）
孫尚香　（唱）南征北戰劉皇叔，
　　　　　　　見兵器因何神露慌張？
劉　備　（唱）花燭夜設刀槍是何用意，
　　　　　　　是耀武是威嚇須探其詳。
孫尚香　（唱）暗觀他意躊躇欲行又止，
　　　　　　　是膽怯是心憂頗費思量。
劉　備　（唱）防不測"聞雷失箸"重演故技——驚煞我也！
孫尚香　（唱）叫劍奴撤下刀與槍。
劍　奴　（上前）皇叔何故驚慌？

劉　備	洞房因何排列兵器？
劍　奴	皇叔有所不知，我家郡主自幼好觀武事，時常與宮婢擊劍爲樂，房中列兵器，乃是常事。（笑）難道大英雄還怕兵器？
劉　備	原來如此……郡主真巾幗丈夫也！
劍　奴	撤去刀槍！
	（衆侍女下）
劍　奴	貴人，請進房吧！
	（劉備遲疑地挪步）
	（劍奴持喜竿遞與劉備，示意揭孫尚香蓋頭）
	（劉備小心翼翼上前，揭開紅蓋頭，孫尚香的美貌使他不由自主呆住）
	（幕後伴唱）
	好一個美紅顏，
	天人降塵凡。
	半生戎馬苦征戰，
	今宵神女會襄王。
	（劍奴推劉備上前，悄下）
劉　備	（施禮）劉備得配夫人，三生有幸。
孫尚香	（嬌羞還禮）皇叔……請坐。
	（劉備坐下，欲言又止）
孫尚香	（見劉備神情仍不安）皇叔，適纔房中列兵器，莫非皇叔心有忌憚？
劉　備	夫人，今宵乃你我花燭之喜，洞房刀劍森列，確是令人不安。
孫尚香	（不解）皇叔廝殺半生，還怕兵器麼？
劉　備	劉備自來東吳，一見兵器便心寒。
孫尚香	（更不解）却是何故？
劉　備	這……夫人，劉備身處險境，唯請夫人庇護！（跪）
孫尚香	（驚）皇叔快快請起！皇叔有何危難，快對尚香直說。
劉　備	夫人可知吳侯邀我聯姻之真意？
孫尚香	（茫然）真意？兄長邀你過江，成就你我姻緣，這就是真意啊！
劉　備	非也！夫人啊，吳侯邀我過江，實非爲你我百年計，乃是爲謀取荆州啊！
孫尚香	謀取荆州？不！你我婚姻，乃兄長遣媒，母后做主，國老主婚，何況

尚香我——我是真心實意的啊！
劉　備　夫人，劉備也是真心實意的啊！如今你我已成大禮，這聯姻的原委，是該說與夫人知道的了。夫人啊！
（唱）嘆劉備根基淺戎馬飄蕩，
　　　戰赤壁聯東吳暫借荊襄。
　　　你兄長屢次催討未到手，
　　　邀我過江把姻聯。
　　　這是那周瑜的計策軍師料定，
　　　誆騙我虎入牢籠魚落網，
　　　以人易地奪荊襄！
孫尚香　此事當真？
劉　備　夫人啊夫人，劉備此番過江，若非喬國老顧全江南大局鼎力相助，若非國太爲保夫人名節力主婚姻，劉備已死於甘露寺伏兵之中了！
孫尚香　啊？！
劉　備　那日甘露寺相親，廊下伏兵三百，幸虧隨行愛將覺察，稟知國太，劉備纔免於一死！如今，吳侯雖迫於母命讓你我成婚，劉備仍心有餘悸啊！
孫尚香　（唱）聽言來羞憤填膺，
　　　　恨兄長用奸計謀奪州城！
　　　　堂堂郡主爲釣餌，
　　　　辱我名節，又損江東威名。
　　　　何況是皇叔仁德播海內，
　　　　更何況孫劉抗曹是同盟。
　　　　怒從心起氣難抑——
劉　備　（暗喜，急攔）夫人哪裏去？
孫尚香　（接唱）定叫那周瑜與兄長，
　　　　　宗廟謝罪、君前負荊！
劉　備　夫人不可！不可！
孫尚香　因何不可？
劉　備　國太沒將真相告知夫人，爲的是顧全江東體面，顧全你兄妹之情，夫人要體諒國太苦心啊！再者，如今你我已成大禮，吳侯便是我舅兄；若再明究此事，劉備何以在江東立足？望夫人三思！

孫尚香　這……
劉　　備　爲今之計，唯願夫人與劉備同心同德，釋怨化險，孫劉永結盟好，共匡漢室！
孫尚香　（敬服）皇叔慮事周全，尚香魯莽了。只是——尚香不解，皇叔既知招親是計，爲何還要過江來呀？
劉　　備　夫人聽道！
　　　　　（唱）劉備本無非分念，
　　　　　　　　只爲漢室心憂懸。
　　　　　　　　孫劉若真結秦晉，
　　　　　　　　合力抗曹盟約堅。
　　　　　　　　因此上不避斧鉞到江左，
　　　　　　　　實指望假能成真共回天。
　　　　　　　　又聞道吳侯之妹志高遠，
　　　　　　　　巾幗豪傑美名揚。
　　　　　　　　倘若有幸成婚配，
　　　　　　　　我何懼虎穴龍潭刀與槍！
　　　　　　　　郡主，我的夫人啊，
　　　　　　　　劉備過江捨生死，
　　　　　　　　爲功業，也爲東吳女英賢。
　　　　　　　　但願夫人明我志，
　　　　　　　　共匡漢室日月長！
孫尚香　（深深感動，唱）
　　　　　　　　一番話震心弦，
　　　　　　　　好一似春雷滾滾貫長天！
　　　　　　　　却原來冒險過江深謀慮，
　　　　　　　　天下風雲在胸間。
　　　　　　　　萬丈豪情誰能似？
　　　　　　　　不愧蓋世英名揚！
　　　　　　　　更難得求凰情深摯，
　　　　　　　　捨生死也爲孫尚香！
　　　　　（幕後伴唱）
　　　　　　　　甘飴潤得芳心醉，

芳心醉，表衷腸。
孫尚香　皇叔，夫君啊！
　　　　（接唱）尚香早將英雄仰，
　　　　　　　　明原委更添敬愛在心間。
　　　　　　　　笑兄長拙計成佳配，
　　　　　　　　謝蒼天作成好鴛鴦。
　　　　　　　　夫君啊！從此後，
　　　　　　　　君難即我難，
　　　　　　　　君危我亦危，
　　　　　　　　松柏傲霜不改志，
　　　　　　　　追隨夫君到百年！
劉　備　夫人！（擁住孫尚香）
孫尚香　夫君……
　　　　（收光）
　　　　（追光。孫權神情沮喪）
孫　權　唉！（焦煩地）闔宮燈彩，燎得我心煩意亂；繞梁喜樂，震碎我的心肝！
　　　　（唱）吳宮連日擺婚宴，
　　　　　　　弄假成真實在冤。
　　　　　　　荊州未得賠親妹，
　　　　　　　心中惱恨臉羞慚。
　　　　　　　呂範報信柴桑往，
　　　　　　　看起來回天還得靠周郎。
　　　　（內聲："呂大夫進宮！"）
　　　　（呂範上）
呂　範　呂範參見主公！
孫　權　（急不可待）子衡，柴桑之行，可有所獲？
呂　範　有有有！臣帶回來一根看不見、摸不着的縛虎之繩！
孫　權　此話怎講？
呂　範　（掏信）此是都督密信，主公一看就明白！（呈信）
孫　權　（拆看，喜）好計，好計！
呂　範　都督叮囑，此計須瞞着國太、郡主。

孫　權　那是自然。劉備呀大耳賊！我要你在溫柔鄉中樂而忘返，我要讓你在酒中醉死、花中香死、歌中閑死、舞中狂死，喪心喪志，雖生猶死！

（收光）

（追光：醉態的劉備）

劉　備　死？死生有命，富貴在天，樂哉優哉，哈哈哈……

第 二 場

（宮廷小宴，歌舞正酣，劉備、孫尚香筵前聽歌觀舞）

衆舞女　（唱）烟柳深如海，
　　　　　　　歌管繞樓臺。
　　　　　　　簪花醉臥黃金屋，
　　　　　　　吳宮勝蓬萊。

劉　備　（唱）漫道吳宮勝蓬萊，
　　　　　　　劉玄德心中自有明鏡臺。
　　　　　　　華宮麗室留嬌客，
　　　　　　　其中機玄誰能猜？

孫尚香　（唱）數月恩愛情似海，
　　　　　　　真情消解險與災。
　　　　　　　兄長殷勤待妹婿，
　　　　　　　劉郎享樂醉瑤臺。
　　　　　　　眼見得笙歌美酒日復日，
　　　　　　　倒教我隱隱憂慮在心懷。

劉　備　（唱）都只爲未有機便離江左，
　　　　　　　鼎峙心且作醉形骸。

（劍奴斟酒，劉備飲）

劉　備　哈哈，好酒，好酒……

孫尚香　（唱）怕只怕，錦衣玉食消豪氣，
　　　　　　　烟柳粉黛把壯心埋。

劉　備　（唱）溫柔鄉一解平生累，
　　　　　　　晚來的情愛醉心懷。

孫尚香　（唱）本想勸夫離江左，
　　　　　　　不諳君意口難開。
劉　備　（唱）爲功業，我須及早荆州返，
　　　　　　　怎能得夫妻同走兩相偕？
孫尚香　（唱）爲夫計，我須阻他行樂勸他走，
　　　　　　　且借優戲探情懷。
　　　　　夫君，笙歌女樂，你我聽多了，尚香想觀看優戲，夫君可有興致？
劉　備　優戲？好啊，劉備雖喜歌舞百戲，可惜戎馬倥傯，少得觀賞，快傳上來！
孫尚香　劍奴，傳俳優上來。（示意）
劍　奴　（會意）曉得。（對內）俳優上來！
　　　　　（眾俳優內應"來"！踏歌上）
眾俳優　（唱）美酒華燈，
　　　　　　　散樂歌笙。
　　　　　　　敷戲悅人主，
　　　　　　　諷諫上華庭。
劍　奴　各位優人，可有新戲出？
俳優甲　有一齣《勸夫》。
劍　奴　說的是甚麼？
俳優甲　說的是一對新婚夫妻，丈夫沉戀閨闈，妻勸夫遠行求仕。
劉　備　哦？有意思。
劍　奴　就演這一齣。
俳優甲　（對眾俳優）演起來！
　　　　　（俳優甲扮男主角，俳優乙扮女主角，演出載歌載舞）
俳優甲　（唱）庭前花似錦，
眾俳優　（唱）花呀花似錦。
俳優甲　（唱）陌上柳色新，
眾俳優　（唱）柳呀柳色新。
俳優甲　（唱）結縭已數月，
　　　　　　　魚水恩愛深。
眾俳優　（唱）嚄了嚄，恩愛深。
　　　　　（眾俳優表演夫妻恩愛情態）

劉　　備　（興致勃勃）夫人,這些優人演得真好。這夫妻恩愛,也似你我啊!
孫尚香　　夫君再觀賞。
俳優乙　　（唱）君戀奴,意深深,
　　　　　　　　奴爲君,慮沉沉。
俳優甲　　（唱）風光旖旎人恩愛[1],
　　　　　　　　何來慮沉沉?
俳優乙　　（唱）君有鯤鵬志,
　　　　　　　　今作花月吟。
　　　　　　　　歡娛時日短,
　　　　　　　　行樂消壯心。
俳優甲　　娘子多慮了!
　　　　　（唱）得樂須盡樂,
　　　　　　　　何致消壯心?
俳優乙　　哎,夫君!
　　　　　（唱）荏苒春光臨,
　　　　　　　　求仕當動身。
　　　　　　　　若在閨闈久沉溺,
　　　　　　　　奴也成了不賢之人。
衆俳優　　（唱）噯了噯,不賢人。
　　　　　（劉備醉態端酒杯下看臺。）
劉　　備　演得好,賞酒一杯!
　　　　　（劉備對俳優甲耳語,俳優甲點頭,飲酒還杯,優戲繼續）
俳優甲　　娘子!
　　　　　（唱）非是我,甘淹留,
　　　　　　　　實難捨夫妻兩抛丟。
　　　　　　　　若得與卿相偕去。
　　　　　　　　天涯海角不回頭。
　　　　　（俳優乙不知作何答,孫尚香亦端杯下看臺）
孫尚香　　唱得好,我也賞酒一杯!
　　　　　（孫尚香賞酒與俳優乙,向其耳語,俳優乙點頭,飲酒還杯,優戲繼續）
俳優乙　　夫君!

　　　　　　（唱）君莫憂。
　　　　　　　　奴配夫，
　　　　　　　　從君休。
　　　　　　　　大鵬展翅，
　　　　　　　　同作逍遙遊！
衆俳優　（唱）嚶了嚶，逍遙遊！
劉　備　好哇！大鵬展翅飛──
孫尚香　同作逍遙遊！
劉　備　同作逍遙遊！夫人，玄德明白了！
孫尚香　夫君，尚香也明白了！
劉　備　夫人！
孫尚香　夫君！
　　　　（劉備、孫尚香會心相擁，衆俳優下）
　　　　（劍奴急上）
劍　奴　郡主，皇叔！趙雲將軍闖宮告急，曹操引兵南下，直逼荊州！
劉　備　啊？！夫人，荊州告急，如何是好？
孫尚香　夫君忘了大鵬展翅飛，同作逍遙遊麼？
劉　備　謝夫人！只是，吳侯和周瑜豈會讓我輕易脫身？
孫尚香　待我稟明母后，求母后做主！
劉　備　千萬不可！國太疼愛夫人至深，怎捨得你遠離？萬一走漏消息，劉備危矣！
孫尚香　這……有了，明日是元旦，兄長照例大宴群臣，你我可先進宮向母后拜年，然後佯稱江邊祭祖，悄悄出城！
劉　備　此計最妙！
孫尚香　母后啊，兒就要瞞你遠行了，恕兒不孝，恕兒不孝啊……
　　　　（收光）

校記

［1］風光旖旎人恩愛："旖"，原作"綺"，據文意改。

第 三 場

（吳國太寢宮，喜樂陣陣）
（二宮女扶吳國太上）

衆宮女 （拜賀行禮）國太千歲！千千歲！
吳國太 哈哈哈……
　　　（唱）天增歲月開新元，
　　　　　　傲雪梅花報春光。
　　　　　　王兒坐得江山穩，
　　　　　　女兒配得好姻緣。
　　　　　　喜樂融融吳宮苑，
　　　　　　怡享天倫闔家歡。
　　　（內聲："郡主姑爺進宮拜年！"）
吳國太 啊，尚香夫妻給我拜年來了！（對宮女）快快迎接！
　　　（衆宮女趨前迎接）
　　　（孫尚香、劉備上）
孫尚香 （念）別親賀歲瞞真相，
劉　備 （念）遮人耳目好出關。
孫尚香
劉　備　願母后福如東海，歲歲吉祥！
吳國太 好好好，快起來！
孫尚香
劉　備　謝母后！
吳國太 賢婿，你夫妻成婚後，日子過得可好？
劉　備 母后，郡主賢德，吳侯厚待，日子過得稱心如意。
吳國太 可吃得慣江東的飯？喝得慣江東的水？
孫尚香 母后，夫君走南闖北多年，四海爲家，豈會不慣？
吳國太 哎呀呀，成親不久，我兒就學會替夫君打圓場了，哈哈哈！
劉　備 郡主善解人意，小婿不及。
吳國太 好好好，別誇她了。（對孫尚香）兒啊，待字閨中，你是乖女兒；如今爲人婦，體諒夫君，婦隨夫唱，正是本分。

孫尚香　謹遵母后教誨。
吳國太　兒啊,自你成婚,母女相聚甚少,今逢歲旦,你夫妻就留在我身邊歡敘一日吧。
孫尚香　(一驚)這……
吳國太　怎麼,你夫妻有何不便麼?
孫尚香　母后,只因年終歲旦,夫君想起祖宗墳墓無人祭掃,晝夜傷感,今日孩兒一來與母后拜年,二來告稟母后,隨夫前往江邊,望北遙祭,望母后恩准。
吳國太　此乃孝道之事,理應前去。
劉　備　謝母后。
吳國太　時已近午,莫誤祭拜時辰,你們快走吧。爲娘這裏,改日再來。
孫尚香　改日再來……(悲愴頓起)母后……
劉　備　(示意孫尚香)走吧。
孫尚香　走……
吳國太　去吧。
　　　　(孫尚香、劉備與吳國太行禮拜別,孫尚香戀戀難行)
孫尚香　請劉郎宮外稍候。
　　　　(劉備退下)
孫尚香　母后——
吳國太　兒啊,還有何事?
孫尚香　我——
吳國太　你怎麼啦?
孫尚香　(依戀地)母后,孩兒此時突然想起幼年逢歲旦,曾在母后鬢上插花,今日,孩兒也想爲母后插上一朵鮮花。
吳國太　哈哈,兒啊,爲娘如今老了,白髮蒼蒼,還插甚麼花啊?
孫尚香　母后白髮蒼蒼,兒更要爲母后簪花。
吳國太　既是我兒喜歡,就依我兒吧。
　　　　(宮女捧上花匣子,孫尚香忍淚爲吳國太簪花)
　　　　(幕後伴唱)
　　　　　　離別難説離別的話,
　　　　　　滿懷心事托春花。
　　　　　　心兒顫來花兒抖,

　　　　　　母后啊，
　　　　　　　你可知,孩兒就要遠離家。
　　　　（孫尚香偷偷拭淚,吳國太察覺）
吳國太　啊？
　　　　（旁唱）尚香兒簪花淚暗彈,
　　　　　　　年邁人心中起疑團。
　　　　　　　我的兒素來性豪爽,
　　　　　　　今日裏因何柔情款款神悽惶？
　　　　　　　莫不是夫妻有了爲難事？
　　　　　　　莫不是江邊祭祖另有因端？
　　　　（劉備內聲："夫人,時已不早,拜辭母后出宮吧。"）
吳國太　我明白了！
　　　　（接唱）劉備非是池中物,
　　　　　　　定然是安排巧計轉回還。
　　　　　　　江邊祭祖備車馬,
　　　　　　　夫妻相偕要奔遠方！
　　　　　　　今朝拜賀是生離別,
　　　　　　　可憐兒,強掩淚痕不敢言。
　　　　兒啊,來,坐在娘身邊。適纔兒爲娘插花,娘也想起兒幼時最愛聽故事,今日,娘也要給兒講一個故事。
孫尚香　（不解）母后？
吳國太　我兒可知道戰國時趙國的趙太后？
孫尚香　知道,那是一個賢明的太后。
吳國太　趙太后有個女兒遠嫁燕國爲后,出嫁那天,趙太后哭送幾十里,扶車牽衣,難分難捨。過後,她常登上城樓,遙望燕國方向,思念女兒。可是,每逢宗廟祭祀,她却又祈求祖宗神靈,保佑女兒不要回來……
孫尚香　這是何故呀？
吳國太　趙太后疼愛女兒,爲了女兒,不得不讓女兒遠嫁；思念女兒,却又怕女兒回來,便是希望女兒在燕國生根開花,家國長盛不衰啊！兒啊,你明白做母親的這片苦心麽？
孫尚香　（泣）孩兒明白！

吴國太　明白就好。兒啊！
　　　　（唱）丈夫雄才治國邦，
　　　　　　　女子賢德助夫郎。
　　　　　　　立世當爲蒼生念，
　　　　　　　留得美名千古傳。
　　　　（站起）兒啊，娘的話說完了，我兒你、你就速速出宫，隨你的夫婿走吧！

孫尚香　母后，我——
吴國太　（止住）兒啊，不要說了，去吧，去吧！（轉身拭淚，徑進内室）
孫尚香　母后……（跪地長拜）
　　　　（劍奴上，扶起孫尚香出宫，劉備迎上，孫尚香無力地倚靠劉備）
　　　　（一宫女捧劍出宫）
宫　女　郡主留步！（上前遞劍）這是先王寶劍，國太囑咐郡主帶上，路上若有人阻攔，可先斬後奏！
孫尚香　（震顫）母后！（捧劍欲奔進宫）
宫　女　（攔住）郡主，國太說，不再見你了，叫你快走！
孫尚香　（爆發地哭倒）母后！娘親！我那知兒疼兒的娘親啊……
劉　備　（接過寶劍）天助我也！
　　　　（收光）
　　　　（追光現出漁翁）
漁　翁　好讓人心酸的别宫啊！（夸張地拭淚）我們的東吴郡主，就這樣隨劉備走了，帶着國太的先王寶劍，叱退追兵，衝關過嶺，助劉備逃回荆州。轉眼間，三年過去了，劉備出兵西川，吴侯欲趁此機攻取荆州，奈何國太以郡主在彼爲由力阻戰事。東吴君臣，又想出一計……

第　四　場

（吕範與兵士喬裝商人上）
吕　範　（念）昔日周郎計不靈，
　　　　　　　賠了夫人又折兵。
　　　　　　　今番吕範受王命，

誆回郡主奪州城。
（東吳兵士跪展寫有"國太病危"字樣的"手諭"）

眾兵士　國太病危！
呂　範　國太病危，郡主裁奪！
（孫尚香幕內悲呼："母后啊……"）
（收光）
（孫尚香內唱："母后病危揪心胸……"乘車上，呂範、劍奴、兵士等隨行）

孫尚香　（接唱）急惶惶回吳淚飄零。
　　　　　　　舟行恨遲車嫌慢，
　　　　　　　換乘飛騎奔吳宮！
（眾騎馬圓場）

呂　範
劍　奴　吳宮到了！

孫尚香　到了，到了！一別就是整整三年啊！
　　　　（接唱）近家情突怯，
　　　　　　　心思驟轉騰。
　　　　　　　可嘆我，思親想親難回轉，
　　　　　　　母病危時纔歸寧。
　　　　　　　骨肉相聚已在即，
　　　　　　　怕只怕，病榻前，
　　　　　　　母后難經這悲喜情。
　　　　　　　又想起，我叛兄助夫荊州去，
　　　　　　　兄長的惱恨定未消停。
　　　　　　　孫劉兩家生怨隙，
　　　　　　　見了兄長我怎開聲？
　　　　　　　唯願兄長諒我志，
　　　　　　　當賠情時我賠情。
（內聲："郡主歸寧，主公出迎！"）

孫尚香　啊，兄長出宮來了！
（孫權上）

孫尚香　兄長！

孫　　權　妹妹……

孫尚香　（歉疚）兄長，尚香脾性不好，往昔之事，還請兄長宥諒。

孫　　權　（有些慌）啊，妹妹，昔日之事，不要提了，如今你回來就好，回來就好……

孫尚香　兄長，快帶我去見母后吧！

孫　　權　妹妹，不用急，母后她……

孫尚香　母后怎麼了？

孫　　權　母后她，她……

孫尚香　（急）兄長，你快說啊！啊？莫非——我來遲了？！

孫　　權　不不不，妹妹，母后她……她還康健！

孫尚香　（愣住）康健？（指呂範）他不是奉你之命，說母后病重，要接我回來麼？

孫　　權　這……呃……呂範，你說吧！

呂　　範　（有準備地上前）郡主，如今你已回到東吳，呂範也就實話實說了：只因劉備據佔荊州不還，主公與眾臣商定，發兵攻打荊州，是國太以你在荊州為由力阻，故此主公只好假託國太病重，接你歸吳！

孫　　權　為奪回荊州，掃去後顧之憂！

孫尚香　啊？！（驚住）

（幕後伴唱）

　　　人驚怔，

　　　心發麻。

　　　恨他君臣行詐，

　　　恨我思量差！

（孫尚香氣噎發抖）

劍　　奴　郡主，郡主……

孫　　權　妹妹，妹妹……

呂　　範　郡主保重，保重……

孫尚香　你們為甚麼騙我？為甚麼騙我啊！

　　　（唱）這一騙，陷我不賢不義；

　　　這一騙，使我夫妻疏離；

　　　這一騙，孫劉聯盟大勢去；

　　　這一騙，江南難保太平年！

(夾白)快快快！
　　　　快快引我入宮去，
　　　　母后面前辯非是！

孫　　權　（急攔）妹妹，就怕你驟然進宮，母后受不了，為兄纔與你先講清楚。妹妹，望你以東吳大局為重，平下心氣，往後長住東吳，承歡母后膝下……

孫尚香　甚麼？你要我長留東吳？

孫　　權　正是。不為此，為兄怎會……騙你回來？妹妹，你聽為兄一句話，劉備乃當世梟雄。如今你已歸來，我和劉備無親了！為了東吳基業，我要奪回荊州！我是不會讓你回去的了！

孫尚香　你、你……母后啊……
（孫尚香哭着欲衝進宮，呂範攔）

呂　　範　郡主，主公此為也是不得已，請郡主以東吳大局為重！

孫　　權　妹妹，你要顧念東吳的基業大局啊！
（宮女擁吳國太悄然上）

孫尚香　基業？大局？你們口口聲聲基業大局，我也不得不說了。當初赤壁大戰，荊州落入曹操之手，是劉備浴血奪得城關！如今劉備據守荊州，與東吳遙相呼應，共保江南安寧。你們為了荊州，不惜把堂堂郡主當作誘殺劉備的香餌！不惜謊報母病詐我不辭夫君急歸！昧心之舉，必致孫劉成仇；攻打荊州，定招東吳戰患！赤壁戰後江南之安寧也將毀於一旦！你們為的是哪家的基業？顧的是哪家的大局！？

吳國太　（大呼）說得好！

孫尚香　母后！（撲上）母后啊……（哭）

吳國太　我兒不要哭，為娘都知道了！

孫　　權　（膽怯上前）母后……

呂　　範　叩見國太！

吳國太　跪下！
（孫權、呂範應聲而跪）

吳國太　（怒斥）小小荊州，就當是你妹的陪嫁，也毫不為過啊！誰知你，不顧大局，不念親情，竟以為娘之名詐妹回歸，使她夫妻疏離！你妹今後如何回去？如何熬度餘生？

孫　權　母后息怒，孩兒下次不敢了！
吳國太　下次？還有下次？逆子你、你害了你妹妹了……
　　　　（孫權不敢言語）
吳國太　（怒猶不息）你以母行詐，就是不孝；毀妹終生，就是不義！你這不孝不義之子，何堪爲君？何堪爲君……
　　　　（吳國太恨恨不已，孫尚香、劍奴攙吳國太下，衆宮女隨下）
　　　　（少頃，呂範扶起孫權）
呂　範　主公，國太進去了，快起來。
孫　權　（站起，長嘆）唉！子衡，我妹妹向着劉備也罷了，怎麽我母后也倒在他邊？
呂　範　丈母娘疼女婿，也是人之常情。
孫　權　不，都是劉備這大耳賊太奸詐了！佔我城池，拐我親妹，都被他佔盡便宜！我就是咽不下這口氣！
呂　範　主公，咽不下氣事小，東吳基業事大，劉備屯兵荆州，其意何止荆州！若是他再擁有兩川之地，東吳危矣！
孫　權　（切齒）孤誓必奪回荆州！
　　　　（內侍高喊："主公……"奔上）
內　侍　主公……主公！國太昏過去了……
孫　權　（大驚）母后……（急下）

第　五　場

　　　　（更顯蒼老的漁翁上）
漁　翁　（唱）悠悠歲月又十秋，
　　　　　　　虎鬥龍爭總不休。
　　　　國太駕鶴西歸，郡主滯留東吳，孫劉兩家的怨隙加深了。十年過去了，如今，劉備已是西蜀皇帝，義弟關羽駐守荆州。吳侯用了陸遜白衣渡江之計，襲取荆州，殺了關羽。這一下呀，惹來了大禍！劉備興師報仇，親統七十萬大軍，討伐東吳——（江流滾滾，戰鼓鼜鼜，畫角悲鳴，一面大旗上書"爲弟報仇，誓滅東吳"）
　　　　（白盔白甲的蜀軍行陣……）
　　　　（"報仇！報仇……"呼聲不斷）

漁　翁　鼓聲動地，殺氣衝天，江南不太平了！
　　　　（追光：孫權焦急不安）
孫　權　（唱）孫仲謀幼承基業膺大任，
　　　　　　　坐鎮東南戰未休。
　　　　　　　恨劉備賴佔荊州圖王霸，
　　　　　　　十幾載恩恩怨怨成寇仇。
　　　　　　　襲荊州殺關羽揚眉吐氣，
　　　　　　　不承想大耳賊統兵出巴丘。
　　　　　　　蜀軍壓境七十萬，
　　　　　　　敵強我弱勢堪憂。
　　　　　　　眾大臣議諫紛紛和與戰，
　　　　　　　爲君主權衡難決費謀籌。
　　　　　　　欲戰無勝算，
　　　　　　　欲和臉面丟。
　　　　　　　悔不該不聽母訓妹諍諫，
　　　　　　　弄得今朝國難當頭。
　　　　（呂範與一班文臣武將擁上）
二文臣　主公，蜀強吳弱，議和爲上，議和爲上啊！
二武將　和即是降，吳豈能降？願乞死戰！
二文臣　議和！議和！……
二武將　決戰！決戰！……
孫　權　孤也想戰！可是，周瑜死了，魯肅也死了，誰來統兵？誰來挂帥？
二武將　可啓用陸遜統兵！
二文臣　太年輕了，太年輕了啊！
孫　權　這……這叫孤如何決斷，如何決斷啊！（向呂範）子衡，依你之見？
呂　範　主公，微臣是主和又主戰！
孫　權　此話怎講？
呂　範　主公可一面啓用陸遜主軍，一面求和探訊，劉備若肯議和罷戰，國之幸事，若不允和，便拼死決戰！
孫　權　只能如此了。誰能前往蜀營？
呂　範　主公，前往蜀營，有一人最合適。
孫　權　是誰？

| 呂 範 | 主公之妹，劉備之妻！
| 孫 權 | 這……
| 呂 範 | 主公，郡主一向思歸。有郡主歸蜀調解，並交與荊州，上表求和，共圖伐魏，劉備不會不允。
| 孫 權 | （長嘆）我害苦了妹妹，我不敢去見她！
| 呂 範 | 兄妹情深，主公，去吧……
（收光）
（昇光）
（東吳一處幽僻宮室）
（孫尚香憑窗撫琴，其音鬱怨悲涼）
（幕後女聲獨唱）

　　身在東吳心在漢，
　　十年悲怨與誰傳？
　　思親淚落吳江冷，
　　望帝魂歸蜀道難。

（劍奴捧藥湯上，不敢驚擾）
（琴聲轉急，悲切蒼越，嘣然弦斷）
| 劍 奴 | （小心地）郡主，藥湯涼了，快喝吧！
| 孫尚香 | 劍奴，我這心病，非是藥石能奏效的啊！
| 劍 奴 | 郡主，你要把心放寬，保重身體，若能歸蜀與皇叔團聚。好日子還長呢！
| 孫尚香 | （幽幽地）劍奴，你說我還能歸蜀麼？
| 劍 奴 | 能！皇叔如今當了西蜀皇帝，說不定突然給人個驚喜，派人來接夫人！
| 孫尚香 | （苦笑）劍奴，這個夢，我做了十年了！（喃喃追思）當年夫君遠征入川，我受騙急返東吳，無法告知夫君，軍師和叔叔也未及知會。夫君那邊，不知我苦衷委屈，定怨我不告而歸。此後，侍候母病，滯留東吳，無從互通款曲。我盼着夫君向東吳索妻接妻，誰知十年來夫君不聞不問，我是有國難投，有家難歸啊！
| 劍 奴 | 郡主……（欲慰無詞）
| 孫尚香 | 劍奴，你可知道，如今我最憂心的是甚麼？
| 劍 奴 | 劍奴不知。

孫尚香	自從東吳襲荊州，殺關羽，我就整日提心弔膽，怕只怕東吳西蜀要大動干戈了！
劍　奴	（遲疑一下）郡主，果真被你料到了！
孫尚香	此話怎講？
劍　奴	宮中傳聞，蜀王劉備親統七十萬雄兵討伐東吳，江南百姓紛紛逃難，聽說蜀軍已連破東吳數城了！
孫尚香	（雖有預料，還是震驚）啊？！

（內聲："主公駕到！"）

（孫權、呂範上）

孫　權	（上前）妹妹……
孫尚香	（冷冷地）大兵壓境，你不去統軍厮殺，來此何干？
孫　權	（尷尬）呃……妹妹，你知道了，爲兄也就直説了：劉備舉兵伐吳，其勢難擋，爲解東吳危急，有一事特來與妹妹商量。
孫尚香	商量？你不遵母后訓誨，不從尚香苦諫，荆州到手了，還斬殺關羽！如今劉備殺來了，你正好去和他殺個痛快，有何事用得着與我商量？

（孫權語塞，呂範上前）

呂　範	郡主息怒。主公此來，乃想與郡主消解怨隙，送郡主歸蜀，夫妻團聚。
孫尚香	送我歸蜀？
孫　權	正是。妹妹，爲兄要送你歸蜀，夫妻團聚。
孫尚香	夫妻團聚？（冷笑）我被騙回吳，十餘年來形同軟禁，你從不提歸蜀二字，今日兩家爲仇，大兵壓境，你却要冒着烽烟送我歸蜀，我歸得了麽？
孫　權	這個──
呂　範	郡主是明白人，歸蜀者，求和罷兵也！
孫尚香	哼！殺了劉備的結義兄弟，劉備豈會輕易允和？
孫　權	正慮及此，爲兄要割讓荆州，縛還降將，送你歸蜀……
呂　範	有郡主歸蜀，從中調解，吳蜀纔有望和解息戰。
孫尚香	從中調解？（向孫權）母后調解過，你可聽了？（向呂範）尚香調解過，你們可聽了？如今釀成血仇，却妄談調解，遲了，遲了！
孫　權	妹妹，難道你不思歸，不想見劉備麽？

孙尚香　（积怨迸发）想！我想了十年了！
　　　　（唱）十年来想夫君魂牵梦绕，
　　　　　　　望西蜀云雾锁悲泪长抛。
　　　　　　　数载夫妻情义厚，
　　　　　　　一生寄望早系牢。
　　　　　　　盼夫君香车宝马接妻返，
　　　　　　　只可叹柔肠盼断苦煎熬。
　　　　　　　都是你骗我归吴增怨隙，
　　　　　　　害得我欲归难归无下梢。
　　　　　　　到如今大兵压境遣我返，
　　　　　　　犹似人质营中招！
　　　　　　　郡主尊严你全不顾，
　　　　　　　流血的心上再添一刀！
　　　　　　　你酿战求和愧不愧？
　　　　　　　孙尚香怎愿忍辱走此遭？
孙　权　（愧赧）妹妹，我的好妹妹啊——
　　　　（唱）劝妹妹且收怒与悲，
　　　　　　　为兄赔罪敞心扉。
　　　　　　　都怪我当年错用计，
　　　　　　　误你一生恨难追。
　　　　　　　自从诓你回江左，
　　　　　　　本想为你另觅才俊比翼飞。
　　　　　　　谁知你追随刘备坚心志，
　　　　　　　为兄束手难作为。
　　　　　　　如今是蜀欲灭吴情势急，
　　　　　　　怕只怕东吴基业一旦摧。
　　　　　　　调解息战和为上，
　　　　　　　劝刘备，不靠妹妹又靠谁？
　　　　　　　妹妹呀！
　　　　　　　你怨兄恨兄兄领罪。
　　　　　　　唯求你为国为民凤驾归。
　　　　妹妹，你能因为兄之过而置家国大难于不顾么？看在东吴宗庙社稷份上，你就歸蜀調解吧！

（孫尚香背身無語）

呂　範　（旁白）郡主心思轉了，我也來幾句。郡主啊！

（唱）西蜀起兵報弟仇，

　　　天下大勢實堪憂。

　　　曹丕篡位移漢祚，

　　　蜀王他，本應討賊向帝州。

　　　誰知他虧負天下望，

　　　報私仇欲把江南收。

　　　東吳也非不能戰，

　　　怕的是鏖戰江南陷民水火地慘天愁！

　　　郡主是江東豪烈女，

　　　家國難豈能不爲家國憂？

　　　你若能調和吳蜀同伐魏，

　　　護國的功勞千千秋！

郡主啊郡主，篡漢的曹賊無時不在窺視戰局，無時不想報赤壁之仇。爲吳爲蜀，爲民爲夫，你都該爲挽危局而歸蜀調解啊……

孫　權　妹妹……

呂　範　郡主……

（孫尚香心潮鼎沸）

（一大臣內呼："主公……"急上）

大　臣　主公，前方又傳急報，蜀軍長驅直入，已破了彝陵！

呂　範　主公，情勢已急，速讓陸遜主軍！

孫　權　（決然）好，築壇拜將！（對孫尚香）妹妹，你好自爲之吧。

（孫權、呂範、大臣急下）

（低沉的鼓聲，低沉的呼吼："報仇！報仇……"）

（隱隱傳來百姓哭喊聲："蜀軍殺來了，逃命啊！""快逃啊……"）

孫尚香　（唱）腥風掀起長江浪，

　　　江南大地戰雲高！

　　　劉王啊，我的夫君，

　　　吳蜀相殘曹魏得利，

　　　你怎可執意向江南揮戰刀！

難道説，弟仇迷失英雄志，
德義仁心化戈矛？
難道説，一朝稱帝登王位，
倒把匡濟大業拋？
東吳郡主蜀王婦，
怎忍見吳蜀相殘血滔滔！
罷！罷！罷！
榮辱悲怨且拋撇，
闖營諫夫拼一遭！

劍奴，爲我更素服，備快馬！

（收光）

第 六 場

（東吳猇亭地界，蜀軍營寨連綿，旌旗蔽日，號角哀鳴）
（劉備御營，旗幡挂孝）
（兵士執長矛巡行）
（侍衛擁劉備上）

劉 備　（唱）統雄兵出西川聲威浩蕩，
　　　　　　伐東吳報血仇勢壓江南。
　　　　　　想劉備一生戎馬多跌宕，
　　　　　　好容易三分天下擁兩川。
　　　　　　長恨江山未一統，
　　　　　　人生苦短鬢已蒼。
　　　　　　孫仲謀襲奪荆州殺關羽，
　　　　　　十數載舊怨新仇鑄戰端。
　　　　　　成王霸滅吳再伐魏，
　　　　　　旗旌捲處改河山。
　　　　　　時不我待戰機緊，
　　　　　　召衆臣、布方略，長驅滅吳指日間！
　　　　　來！傳各路文臣武將御帳議事！

傳令官　領旨！（下）

　　　　　（劉備與侍衛進御帳）
　　　　　（孫尚香內唱："風蕭蕭路漫漫日色昏暝……"與劍奴策馬上）
孫尚香　（接唱）赴蜀營諫夫主策馬疾行。
　　　　　　　　一路來盡遇那倉皇逃難哀哀百姓，
　　　　　　　　山山水水傳悲聲。
　　　　　　　　孫尚香載馳載奔憂思重，
　　　　　　　　但願得諫夫阻戰功能成。
劍　奴　郡主，前面就是蜀營了！
孫尚香　（接唱）望蜀營綿延接天外，
　　　　　　　　鞭戟連雲畫角鳴。
　　　　　　　　人近營門心顫沸，
　　　　　　　　我、我、我，我怎理得這十年阻隔、戰地驟逢、榮辱生死、愛
　　　　　　　　怨恩仇萬般情！（心情激動，難以自持）
劍　奴　郡主，你怎麼了？
孫尚香　（強抑心緒）上前叩營！
　　　　　（孫尚香、劍奴下）
　　　　　（內傳呼："東吳孫尚香，叩營見駕！"）
　　　　　（劉備上）
劉　備　（一震）孫尚香？夫人啊夫人，你終於投歸劉備來了！來，迎——，
　　　　　且慢，夫人此來，莫不是爲東吳求和說項……來，祭靈！
　　　　　（內應旨。轉眼靈幡飄動，關羽靈位赫然）
劉　備　傳令：哀樂齊鳴，迎賓祭靈！
　　　　　（幕後呼應："哀樂齊鳴，迎賓祭靈！"）
　　　　　（哀樂中，蜀兵執挑有白綾的長矛上）
衆兵士　（佇列跪呼）請！
　　　　　（孫尚香白披風帽上，劍奴亦着白衣，捧祭品隨行）
　　　　　（劉備垂首坐於靈前）
　　　　　（孫尚香三拜伏地……）
　　　　　（內聲："主公答禮！"）
　　　　　（劉備下位，揮退軍士與劍奴）
劉　備　（近前輕聲）夫人……
　　　　　（孫尚香慢慢抬頭，驟見蒼老的劉備，震顫倒地，劉備扶起）

劉　　備　夫人！

孫尚香　夫——啊，東吳孫尚香，參見蜀王陛下。

劉　　備　夫人何須如此！（傷情）夫人啊夫人，你我夫妻，分離已是十年了啊！（泣）

孫尚香　（不由情動於衷）夫君！劉郎啊……（哭撲向劉備）

劉　　備　夫人。愛卿！

　　　　　（幕後伴唱）

　　　　　　　十年悲與怨，

　　　　　　　頓作淚千行！

孫尚香　劉郎！

　　　　　（唱）尚香被騙回江左，

　　　　　　　望斷蜀山苦恨長。

　　　　　　　歲歲思君君無訊，

　　　　　　　莫不是，夫君已忘了孫尚香？

劉　　備　（唱）愛卿情義常思憶，

　　　　　　　劉備怎能忘妻房？

　　　　　　　奈何是卿向東吳我入蜀，

　　　　　　　國事隔阻兩茫茫。

孫尚香　（唱）兩茫茫，

　　　　　　　歷滄桑。

　　　　　　　聚首硝烟裏，

　　　　　　　劉郎啊，

　　　　　　　你鬢已蒼！

劉　　備　（唱）鬢已蒼，

　　　　　　　喜卿還！

　　　　　　　從此長相伴，

　　　　　　　忘却舊時光。

　　　　　夫人啊夫人，本想滅吳後接你歸蜀，且喜卿已來投，你就隨營伴駕，陪我掃滅江南吧！

孫尚香　掃滅江南?！不！夫君，尚香不信你要滅江南，你也不能滅江南啊！夫君！

　　　　　（唱）孫尚香江東生來江東長，

　　　　　　身雖爲蜀婦，
　　　　　　根在好江南。
　　　　　　怎忍見戰火燃故土，
　　　　　　百姓逃兵荒；
　　　　　　怎忍見宗廟被毀，
　　　　　　親人刀下亡！
　　　　　　望劉郎，多體諒，
　　　　　　體諒我這兩地心、兩地情、兩地牽挂的九轉回腸！
劉　　備　（唱）夫人重情我重義，
　　　　　　桃園之盟不敢忘。
孫尚香　（唱）桃園之盟不能忘，
　　　　　　漢室天下更相關。
劉　　備　（唱）你兄長殺我二弟把州城奪，
　　　　　　血仇不報枉爲王！
孫尚香　（唱）我兄長割讓州城求和解，
　　　　　　望夫君允和罷戰安江南。
劉　　備　（唱）復仇之師無反顧，
　　　　　　欲求和解難上難！
孫尚香　（唱）莫爲私仇起兵燹，
　　　　　　乞爲蒼生息戰端！
劉　　備　（唱）婦人之見不足取，
孫尚香　（唱）天下大義莫丟一旁！
劉　　備　（唱）誓滅江南把仇報，
孫尚香　（唱）一意孤行怎爲王？
劉　　備　（唱）你、你、你，
　　　　　　傳令一聲快陞帳——
　　　　　　（鼓聲起，軍士呼吼執矛上）
劉　　備　（接唱）"息戰"二字莫再談！
　　　　　　誰再阻戰言和，就是陷劉備於不義！
　　　　　　（哭向靈位）二弟，二弟啊……
　　　　　　（蜀軍呼吼："報仇，報仇……"）
　　　　　　（孫尚香在呼吼聲中有些昏眩）

孫尚香　（唱）夫君哭靈聲聲哀，
　　　　　　　周遭怒吼震心懷。
　　　　　　　蜀營仇焰熾，
　　　　　　　阻戰口難開。
　　　　想不到我孫尚香叩營阻戰，倒成了陷夫於不義？非也！
　　　　（唱）一個"義"字貫天下，
　　　　　　　孫尚香正是爲義諫夫來！
劉　備　（哭）二弟呀……
孫尚香　（泣伏於地）二叔啊二叔！你爲漢室戎馬一生，功昭日月，却被我東吳殺害，尚香抱愧！二叔在天之靈，當鑒尚香今日此來，不止是爲故土消災，更是爲蜀之前程。如今曹魏篡漢，安坐龍位，吳蜀相殘，漢賊得利！叔叔忠肝義膽，豈容興漢大業毀於一旦？望叔叔在天之靈，捨仇取義，助大君顧大局，明大義，息戰聯吳共討國賊！尚香與你叩頭了……
劉　備　（唱）孫尚香叩靈情哀慟，
　　　　　　　聲聲叩動我心懷。
　　　　　　　豪烈女襟胸實堪敬，
　　　　　　　怎奈我千秋功業有安排。
　　　　　　　滅吳江山已半壁，
　　　　　　　再向中原統宇內。
　　　　　　　何況是，桃園仁義口碑在，
　　　　　　　順理伐吳正應該。
　　　　　　　狠心來下逐客令——
　　　　送客！
衆軍士　送夫人！
孫尚香　你？！
劉　備　（接唱）不滅東吳我出師爲何來？！
孫尚香　不！夫君！夫君啊——（撲跪）
　　　　（唱）英靈有知應有悲憫懷，
　　　　　　　夫君明智莫降滅頂災。
　　　　　　　戰釁一開兩傷敗，
　　　　　　　烽烟卷處生民哀。

　　　　　　我爲蒼生叩首拜——
　　　　　　劉王夫啊,
　　　　　　莫使那腥風血雨動地來!
劉　　備　夫人,你這是婦人之仁,劉備怎能因婦人之仁而棄手足之義?
孫尚香　手足之義?請問夫君,這手足之義與天下大義,孰輕孰重?!
　　　　（劉備語塞）
孫尚香　夫君,我的劉郎啊!
　　　　（唱）你是大漢英雄天下仰,
　　　　　　你手握雄兵擁兩川。
　　　　　　普天下皆望蜀王申大義,
　　　　　　普天下皆望蜀王安國邦。
　　　　　　孰料你不剿國賊安天下,
　　　　　　却爲私仇滅江南。
　　　　　　劉郎啊!
　　　　　　莫讓仇恨迷心志,
　　　　　　英雄當把大義擔。
　　　　　　尚香諫夫傾淚血,
　　　　　　求夫君全大義、棄私仇、聯吳伐魏、匡濟天下、不負民望、不負漢家邦!
劉　　備　（不免長嘆）夫人啊夫人,東吳何以出你這大義女子啊!
孫尚香　（期冀）夫君可從我所諫?
劉　　備　夫人苦諫,劉備銘感,劉備也不負漢室家邦。只是……征伐有急緩,小義須先全!
孫尚香　怎說?
劉　　備　雄兵出川,方略已定,伐魏在後,滅吳在先!
孫尚香　滅吳在先?!（絶望）蜀王陛下,你是借私仇而滅我東吳啊!
劉　　備　丈夫治世,自有經略。不瞞夫人,我已傳命分兵八路,水陸並進,直搗東吳都城!
　　　　（孫尚香癱倒）
孫尚香　我孫尚香無力回天了……（挣扎站起）蜀王陛下,尚香臨别,尚有一言。
劉　　備　請講。

孫尚香　東吳據地利已歷三世，蜀有滅吳之師，吳有禦敵之策，戰事一開，勝負難測，望陛下……

劉　備　（止住）夫人苦心，孤已盡知，夫人無需多言了。是留是走，自作主裁！

孫尚香　尚香雖爲蜀婦，然心存故土，江東危難，願與江東百姓共存亡！拜辭了！

劉　備　你……你果真不願留下？

孫尚香　（慘然淚下）蜀王陛下，你已非昔日尚香仰慕的天下英雄，尚香却仍是昔日之尚香啊……拜辭！

　　　　（孫尚香與劉備三拜後決然離去……）

　　　　（幕後伴唱）

　　　　　　十載苦相思，

　　　　　　相逢不相知，

　　　　　　言盡夢已醒，

　　　　　　去時又淒淒。

　　　　（劉備悵然……）

　　　　（軍士跺矛低呼："報仇！報仇……"）

劉　備　（驚回，拔劍）殺！

衆軍士　殺！

　　　　（劉備與衆軍士隱）

　　　　（漁翁上）

漁　翁　（吟唱）英雄霸心鑄長恨，

　　　　　　　春秋筆下留遺痕！

　　　　郡主阻戰不成，失望而歸，吳蜀交兵大戰——

　　　　（硝烟滾滾，烈焰騰空，鼓角驚天動地，厮殺聲、呼救聲不絕……蜀軍掙扎呼喊，倒地……）

　　　　（戰聲漸息）

漁　翁　又是一場大戰！又是一場大火！東吳陸遜，火燒連營七百里，大破蜀軍七十萬！劉備慘敗，逃奔白帝城，托孤晏駕。唉！英雄失吞吳，巾幗悲長夢。就在這孫劉聯手破曹的赤壁古渡，我們的東吳郡主，祭江來了……

　　　　（孫尚香素衣與祭靈儀仗緩上）

孫尚香　（夢幻般地）蜀王,我的夫君,你在哪裏,你在哪裏啊……
　　　　（唱）魂斷夢殘,
　　　　　　憑江弔夫王。
　　　　　　江流爲我咽,
　　　　　　悲風爲我旋。
　　　　　　夫君啊,你魂歸何方?
　　　　　　想當年,你過江聯姻豪情萬丈,
　　　　　　不避斧鉞鳳求凰。
　　　　　　我敬你胸懷社稷仁德廣;
　　　　　　我愛你蓋世英雄韜略藏;
　　　　　　我憐你半生戎馬長飄蕩;
　　　　　　我與你假姻緣翻作美姻緣。
　　　　　　嫁英雄尚香遂了閨中願,
　　　　　　托終生矢志追隨英雄郎。
　　　　　　助夫歸,我叛兄別母荆州去,
　　　　　　困東吳,我十年望蜀歸夢難。
　　　　　　實指望,金戈鐵馬傳佳報,
　　　　　　夫君重振漢江山;
　　　　　　實指望,蜀山吳水春風化雨,
　　　　　　孫劉仇解夫妻團圓。
　　　　　　那時節,
　　　　　　我一手拉着我兄長,
　　　　　　一手牽着我劉郎,
　　　　　　同遊赤壁温舊夢,
　　　　　　共用太平好時光。
　　　　　　有誰知,千般寄望萬般盼,
　　　　　　盼來了揮師滅吳的蜀劉王!
　　　　　　鼙鼓驚破女兒夢,
　　　　　　諫夫難阻霸心狂!
　　　　　　戰烟未滅心已殆,
　　　　　　大江東去水茫茫。
　　　　　　孫尚香祭夫也自祭,

　　　　殉夢也殉郎！
　　　　淚愁盡付東流水，
　　　　此恨綿綿天地間！
　　（幕後伴唱）
　　　　淚愁盡付東流水，
　　　　此恨綿綿天地間！
　　（孫尚香身赴江流……）
衆侍女　（悲呼）郡主……
　　（結束曲）
　　　　青史春夢去悠悠，
　　　　幾多長恨逐水流。
　　　　英雄功業女兒淚，
　　　　留與後人唱不休。

　　　　　　　　　　　　——劇終

孫 尚 香

高文瀾　編劇

解　題

　　河北梆子。高文瀾編劇。高文瀾，劇作家，北京人，中國京劇院編劇。著有《尉遲恭辭朝》《寶蓮燈》《孫尚香》。該劇未見著録。劇寫三國時吳將陸遜自幼生長吳宫，孫尚香曾教其兵書，傳其劍法，情同母子，因而孫權命陸遜赴荆州，以吳國太病危賺孫尚香回吳。劉備稱王，志得意滿，聞報孫夫人回吳甚怒，斥孫尚香專權荆襄，擅自過江，"不回宫早請罪休再見孤王"。孫尚香被騙至黄鶴樓，孫權告母病已愈。孫尚香聽此欲急返荆州，孫權拒絶，並讓其以東吳社稷爲重，讓其登樓看關羽被殺之頭。孫尚香驚痛，責孫權使陰謀伎倆，不顧孫劉聯盟唇亡齒寒，不顧兵丁死百姓之苦難。孫權欲留妹江東自選郡馬。孫權給孫尚香看劉備聖旨，尚香自感"私返江東，行爲荒唐，負了劉備"。不顧吳國太勸慰，急轉西蜀。時劉備不聽諸葛亮勸阻，爲關羽報仇興師伐吳，吳兵敗退，收回荆襄大部疆土。孫尚香執劍躍馬回西蜀，路遇黄承彦説"這息兵重任，非夫人莫屬"。尚香認爲自己今日"西蜀有家家難奔，東吳故國國難投"。黄承彦讓其爲"這一方生靈百姓着想"勸雙方息兵。爲此孫尚香捨辱忍羞見劉備。劉備擺隊以禮相迎，問兩國交兵，過營何事？孫尚香答曰事有三件：擅離荆州，致使雄關失守，二弟捐軀，奉旨前來請罪；荆襄九郡，屍横遍野，血染溝渠，請劉備愛民息兵，"懸崖快勒馬，收拾人心"；進連營已知犯了兵家之忌，脚踏深淵，謹防火焚滅頂之禍。孫尚香知劉備絶情，誓不罷兵，掩面痛哭而走。劉備痛悔，讓關興追趕已來不及。孫尚香聞劉備在亂軍之中吐血身亡，在八方險陣中，身着白衣孝服，槍挑陸遜落馬，駡其爲"狠心負義之徒"。並言我着白衣孝服非爲劉備，而是哀悼刀兵火海喪生的兵民亡靈，勸陸遜即刻退兵，陸遜感動退兵。張苞、關興見孫尚香，告知劉備衝出重圍，回轉永安宫，跪"請伯母隨侄兒回去"。孫尚香拒絶，投江而死。劉備娶孫尚香事，見《三國志》、元雜劇《兩軍師隔江鬥智》與小説《三國演義》。後世以此爲題材編寫的戲曲很多,但故事情節、人物形象大不相同。該劇塑造的是一個嶄新的孫尚香藝術形象。版本見1991年第3期《新劇本》和1996年自印出版的《高文瀾創作及評論論文選集》本。今以《新劇本》本爲底本,參考他本校勘整理。該劇曾由北京市河北梆子劇團于1992年7月首演。

（音樂聲緩起）
（歌聲:"長江滾滾……"）
（大幕拉開,天幕上一望無際的浩淼長江）
（歌聲:"長江滾滾幾千秋,
　　　　數不盡,倒卷、回騰、狂吼,
　　　　裂岸沉舟,天地難拗,
　　　　終不改波平紋靜向東流,
　　　　空餘長恨悠悠,悠悠!"）
（歌聲止,光暗。刹時極靜）

第一場　武昌江頭定計

（金鼓聲起,光明）
（一吳將高揮令旗。一隊吳兵沿江飛舟疾駛上,躍上江岸,攻殺操練）
（吳將令旗一搖,金鼓操練頓止）

吳　將　有請吳侯千歲!
（一隊護衛引孫權上,打馬巡視）

孫　權　（唱）立馬觀操長江上,
　　　　　堅甲利兵克金湯。
　　　　　關雲長戰曹兵大軍北上,
　　　　　難擋孤趁虛取荆襄。

太　監　（上）啓禀千歲,陸遜出使西蜀還朝。

孫尚香　好!就命他快到江邊見駕。（下馬）

太　監　千歲有旨,陸大夫江邊見駕。

陸　　遜　（內）領旨！

　　　　　（上唱）訪西蜀，虛實動靜明如指掌，
　　　　　　　　　止不住，憂喜交集亂在衷腸。

　　　　　臣陸遜見駕大王千歲！

孫　　權　陸伯言平身免禮。這番出使西蜀，劉備君臣可有還我荊州之意？
陸　　遜　一味巧言推托，全無還我荊州之意。
孫　　權　哼！倒在孤意料之中。（語轉機密）這荊州的虛實如何？
陸　　遜　大軍隨關羽北上，江防空虛。
孫　　權　好！（低聲）那劉備可存有防我之心？
陸　　遜　只因關羽連連得勝，劉備連日在永安宮裏擺酒賀功，這防我之心麼……淡矣！
孫　　權　好！好！……（關注地）那諸葛亮呢？
陸　　遜　那劉備志驕意滿，諸葛縱有主張，他也未必聽從！
孫　　權　好！好！好！孤即刻傳旨，白衣渡江，奪取荊州！
陸　　遜　這個麼——
孫　　權　咦？難道還有不妥之處？
陸　　遜　爲臣慮的是我家郡主——孫夫人。
孫　　權　我妹尚香！
陸　　遜　千歲呀！那荊襄九郡雖在劉備之手，但自他帶兵入川以來，只留下關羽一支精兵。我家郡主雖然無官無職，但身聯孫劉兩家，一呼百應，威行數百里，以安定江南山河爲己任。爲臣此番入川，路過荊州之時，她還有兩句言語！
孫　　權　說些甚麼？
陸　　遜　"孫劉既結秦晉好，莫忘吳蜀是一家"！
孫　　權　這吳蜀一家麼……早已是當年舊話了！
陸　　遜　千歲……
孫　　權　（一搖手止住陸遜）陸伯言！你連夜趕赴荊州，面見郡主，就說國太病危，要她速返江東，見上一面！
陸　　遜　這——千歲要我把郡主騙離荊州？
孫　　權　這正是爲她終身着想。
陸　　遜　哎呀！千歲！陸遜自幼生長吳宮，郡主教我兵書，傳我劍法，情同母子一般，我又怎能够——

孙　权　正爲如此，纔定要你前往，換了旁人，她不肯相信，豈不誤了孤的大事！

陸　遜　這——

孫　權　爲了東吳的千秋大業，你斷斷不得推辭。

陸　遜　這！也罷！
　　　　（唱）爲江山忍心負義誑彩鳳——（下）

孫　權　（向吳將接唱）
　　　　　　着白衣扮商賈悄悄西征。
　　　　　　待郡主離荊州大軍雷動——
　　　　（吳將應聲領旨，令旗一揮，率兵翻身入船，疾駛下）

孫　權　（見吳兵遠去）唉！賢妹呀！
　　　　（接唱）爲社稷實難顧骨肉之情。
　　　　（燈光暗）

第二場　長江上述懷

（音樂轉換，燈光復明。仍是一片浩淼長江）

孫尚香　（內唱）傳驚噩返江東歸舟似箭——
　　　　（兩隊女兵划槳，一艘大船疾馳而上）
　　　　（孫尚香立船頭。紫電、青霜各捧一支寶劍立身後。陸遜旁立。舟行似箭。孫尚香穩立船頭）

孫尚香　（接唱）天連水水連天茫茫江天。
　　　　　　立船頭思母后心似浪卷，——
　　　　（風急浪卷，船身顛簸）

陸　遜　江濤凶險，請郡主艙内安歇。

孫尚香　（一搖手接唱）
　　　　　　險風波能養我正氣浩然。
　　　　（遠處群鳥驚飛）

孫尚香　（警覺地注視）陸伯言！你來看，大江南岸爲何群鳥驚飛，暗藏殺氣？

陸　遜　（一直緊張地隨孫尚香的目光注視着，一聞發問，立即躬身應對）啓稟郡主，驚濤裂岸，聲似雷吼，驚起群鳥驚飛也是有的。郡主多

孫尚香　（一笑）連日以來，爲了荆州之事，孫劉兩家往返糾纏，真令我心難安泰！

陸　遜　這——皇姑一身重如泰山，居中調和，定能相安無事。

孫尚香　噢！我真個重如泰山？

陸　遜　重如泰山。

孫尚香　有我居中調和，定能相安無事？

陸　遜　那是一定的！

孫尚香　嗯！（面帶笑意，緊緊盯住陸遜。見陸遜目光躲閃，暗暗一點頭）伯言呀！
　　　　（唱）問伯言我待你恩德深淺？

陸　遜　（一聽來頭，急急躬身接唱）
　　　　　　教兵書傳劍法恩重如山。

孫尚香　（接唱）論軍機你可敢坦誠相見？

陸　遜　（一震，硬着頭皮接唱）
　　　　　　軍國事怎敢對郡主隱瞞。

孫尚香　（接唱）你君臣對荆州作何打算——
　　　　（在音樂中，連近兩步逼問）

陸　遜　（連退兩步，決意正面回答。接唱）
　　　　　　形勢地劉皇叔必當歸還。

孫尚香　（目含譏誚地接唱）
　　　　　　説此話不信我居中籌算，——
　　　　（故作愠怒，拂袖、轉身）

陸　遜　這——（接唱）
　　　　　　怕的是龍爭虎鬥總難相安。

孫尚香　（一聲長笑）哈哈……！（口氣一變）陸伯言！

陸　遜　小侄在！

孫尚香　你可認得這支寶劍？
　　　　（一揮手，青霜近前，拔出鞘中的寶劍，寒光閃閃）

陸　遜　（見劍一驚）呀！小侄從未見過這支寶劍。

孫尚香　諒你也未曾見過。此劍乃是漢室安國之寶！當今皇帝親手贈與皇叔。凡劉氏子孫不以江山百姓爲重者，仗劍誅之。劉皇叔帶兵入川之時，將此劍交我佩帶，有此劍在手，慢說荊州文武不敢任意而爲，就是關羽張飛，也要謹慎三分。

陸　遜　是！是！

孫尚香　你再來看！

（揮手青霜退後，紫電上前拔劍）

陸　遜　（見劍一驚）呀?！此乃我岳父伯符將軍生前佩劍，不知何時落入郡主之手？

孫尚香　大千歲臨終之時，把這支吳侯寶劍交付與我。孫氏後代，有不以江山百姓爲重者，仗劍誅之。伯言呀！伯言！東吳文武敢來荊州亂我法度麽？

陸　遜　無有！無有！

孫尚香　伯言呀！

（唱）休欺我久在深宮見識淺，
　　也知道安天下仁德爲本禮義當先。
　　荊襄自古雄關地，
　　一家獨佔鄰邦枕難安。
　　雙雄狹路難相見，
　　天作之合，我敢挑日月挺雙肩。
　　居中運籌有雙劍，
　　調和孫劉大江安。
　　今番探病江東返，
　　吳侯駕前慷慨直言：
　　千里江南風光好，
　　莫讓白骨蔽中原。
　　蒼天既賦巾幗膽，
　　我一身安兩家砥柱南天。

陸　遜　哎呀呀！

（接唱）薄命人偏有這雄劍膽，
　　　　刹時間夢斷魂驚更堪憐。

（躲一旁，不禁淚下）

孫尚香　呀！（見狀生疑）伯言！你爲何流淚！

陸　遜　這、這！……江風刺目淚漣漣！

(閃過遠處拭淚)

孫尚香　哦——？(緊盯陸遜打量)
紫　電　啓稟郡主,飛舟已離荆襄地界。
孫尚香　啊——(看江面)嗯——(看陸遜)哼哼哈哈……(冷笑接唱)

荆襄遠,舟如箭,言詞閃,疑雲亂,
莫非他君臣有機關?
叫紫電捧過了吳侯劍——

(抱劍接唱)

叫江東見一見鐵骨紅顏。

(舟行如箭,疾駛而下)
(靜場刹那,起冷峭音樂)
(樂聲中,一隊吳兵身披白衣沿江飛舟過場,燈光漸暗)
(歌聲:風雲起,驚雷動,
　　　　蜀宮還在醉夢中。)

第三場　永安宮裏宏圖

(音樂轉換,燈光復明,金碧輝煌的永安宮,宮外遠處仍是汩汩長江)

劉　備　(内)擺駕!
(太監、護衛、關興、張苞引劉備金扇黄袍志得意滿上)

劉　備　(唱)永安新宮典新主,
漢中王今日裏鼎足稱孤。(對關興)
你父帥破曹兵勢如猛虎,(對張苞)
你父帥坐閫中千里機樞。
孤這裏戲孫權兵機巧握,
且待那取襄樊勢如破竹,
麾兵東下,一舉吞吳,
半壁江南入我宏圖。

關　興　
張　苞　伯父稱王,漢室當興。

劉　備　哈哈……

（内："諸葛丞相到"）

劉　備　有請。

（太監設座。諸葛亮上）

諸葛亮　（念）西歸巴蜀任在肩，
　　　　　　　東顧荊襄意難安。

　　　　臣諸葛亮見駕，吾王千歲。

劉　備　平身。

諸葛亮　千千歲！（歸座）

劉　備　東吳使臣陸遜已返江東，不知丞相何時回轉益州料理軍國大事？

諸葛亮　見駕之後，老臣就要回轉益州。只不過，看那陸遜言詞過份謙卑。倒令臣對荊州之事有些放心不下。

劉　備　哈哈哈！孤北破曹兵，威震華夏，東吳君臣，豈能不怕？陸遜言詞謙卑，全在情理之中，丞相又何必多慮。

諸葛亮　這——？

太　監　（上）啓禀千歲，孫夫人自荊州快馬送來書信一封。（呈信）

劉　備　（看信，念出）："江東急報，國太病危，連夜過江，探病即歸。"

諸葛亮　（猛一驚）啊！

劉　備　（勃然大怒）她好大膽！

　　　　（唱）孫尚香專權荊襄久難忍讓，
　　　　　　　今日裏未經准奏擅自過江。
　　　　　　　一道旨申斥她狂妄無狀，——

　　　　（提筆草旨，交太監）

　　　　　　　不回宮早請罪休再見孤王。

諸葛亮　千歲且慢——

劉　備　（打斷）噯！往日皆因聽了丞相之言，過份放縱了她，這一次斷難容過。（轉對太監）就是追到江東，也要叫她即刻回宮請罪。快去！快去！

（太監急下）

諸葛亮　哎呀！千歲！想那孫權早有吞併荊州、獨霸長江之意，幸虧孫夫人居中坐鎮，調和左右，纔得相安無事。如今，雲長大軍北上，孫夫人又離了荊州，只怕禍在眉睫。更何況東吳國太，素日身康體健，豈有陡然病危之理，這其中定然有詐！

劉　備	（猛省）哎呀！若非丞相提醒，險些誤了大事！關興、張苞，火速傳令裏樊軍前，命二君侯抽調精兵猛將，回防荊州不得有誤！
關　興 張　苞	得令！（急下）
諸葛亮	只怕荊州已然有事了！

（燈光暗，金鼓聲漸起、漸急，燈光復明）

（一隊吳兵在緊鑼密鼓中急上。蜀兵急迎上。象徵激戰的舞蹈中，蜀兵大敗）

（漸收光，最後一簇追光照耀下，一面"關"字大纛落地）

（起歌聲："荊襄九郡風雲湧，
　　　　　　雄關易主殞將星。"）

第四場　黃鶴樓驚變

（輕悄打擊樂中，燈光復明。黃鶴樓內，氣氛靜謐神秘。樓外長江暗暗流過）

（二太監一個手執拂塵，一個捧大錦匣鬼鬼祟祟上）

太監甲	（念）郡主過江把病探，
	千歲爺黃鶴樓裏邀相見。
太監乙	（念）可是，封了個錦匣叫咱樓上擺，
	這裏邊——
太監甲	少廢話，叫幹就幹。
太監乙	（無可奈何地）幹！

（二人一前一後捧匣上樓，相互一端詳）

太監乙	（一點脖子，念）
	今個兒這事兒透着"玄"！

（內，陸遜："郡主請！"）

太監甲	來啦！我得接駕。

（急把錦匣推給太監乙。太監乙手忙腳亂入內。太監甲跌躍撞撞下樓匍匐在地）

（陸遜引孫尚香抱吳侯劍上）

陸　遜	小侄護駕到此，郡主請！

太監甲	奴婢接駕,郡主千歲!(陸遜溜下)
孫尚香	罷了!(一打量)啊!伯言!國太病危為何不帶我進宮探病,竟來到這黃鶴樓——(見無人應,回身一看陸遜行踪已杳[1])啊!?
太監甲	(急接過)啟稟郡主,千歲爺正在裡邊候着您哪!
孫尚香	噢!

(絲竹聲立起。一隊宮娥在樂聲中列隊迎上。孫權在宮娥後閃出)

孫　權	啊!賢妹!愚兄在此候駕多時了!
孫尚香	啊!二兄王!快快帶我見過母后!
孫　權	哎呀!賢妹!母后偶感風寒,病勢兇猛,——連服兩劑湯藥,已然回復如初,倒讓賢妹你——受驚了!(一躬)
孫尚香	原來如此——(已估透有詐,故作聲勢)來!
宮　娥	在!
孫尚香	傳話紫電青霜即刻揚帆啓錨,本宮連夜返回荊州!(背轉身不再看孫權)
孫　權	這——慢來!(盯住孫尚香背影冷冷發問)賢妹!難道你就片刻也難離荊州?
孫尚香	(微微一笑、不應聲)
孫　權	(近前,低聲但語氣嚴峻地)難道荊襄九郡,大過我東吳的江山社稷?
孫尚香	(聞言一震,猛轉身盯住孫權)
孫　權	(在盯視下口氣又一緩)賢妹呀!賢妹!定要以東吳的社稷為重喲!
孫尚香	(盯住孫權、片刻停頓,緩緩發出一聲輕嘆)唉!兄王呀!就怕你在荊襄九郡上棋錯一招,誤了我東吳的千秋大業!
孫　權	這——你此言何意?
孫尚香	兄王!難道當今天下,要爭奪荊州的,只有孫劉兩家?
孫　權	還有哪個?
孫尚香	曹操!
孫　權	嘻嘻!那老賊連遭慘敗,一時之間麼,——他無力再下江南了!
孫尚香	好短見!

　　(念)爭荊州,郎舅兩敗俱傷後,
　　　　到他年,孫劉同作階下囚。(孫權一震)

　　　　　　千秋大事當料透——
　　　　　　哥哥！妥爲東吳社稷謀。
　　　　告辭了！（舉步欲行）
孫　權　賢妹！（一攔）只怕你，你回不得荆州了。（語帶哽咽）
孫尚香　（聞言止步）啊！難道你還敢把我扣留在江東!?
孫　權　不！不！愚兄絕無此意……也罷！你執意要回荆州，就請先到樓上，看過一樁機密。（一指樓上）
　　　　（樓上太監乙，急捧錦匣安頓案上，又溜入內）
宮　娥　千歲請！
孫尚香　（用眼一瞟樓上，又一看孫權，冷笑）哼！哈哈！我就看上一看！
　　　　（音樂起。孫尚香提袍，抱劍，挺身登樓）
　　　　（孫權見孫尚香步步上樓，緩緩一步步退下）
　　　　（衆宮娥隨之退下）
孫尚香　（上樓一望，頓覺氣氛非常）呀！這黃鶴樓上，爲何一片陰森？（警惕地一巡）偌大一座黃鶴樓竟然空無一物——（目光集中在錦匣上）單單擺了這隻錦匣。（警惕地一步一步走向錦匣）啊！還有箋帖一張。（入目一驚，抓緊箋帖，連眨眼後圓睜雙目，盯視，念出）"吳侯孫權敬上漢丞相曹……"啊！（聲音頓抖復念）"吳、吳侯孫、孫權敬上漢、漢丞相曹"……呀！（撒手、箋帖落地、全身顫抖）兄、兄、兄長啊！孫、孫權！萬不曾想到，你竟然明聯西蜀，暗通哇——曹操！（怒急，拔劍，劈開錦匣。一看，大驚）是、是、是一、一顆人、人頭！他、他又是哪個?!（近前俯身細看，一聲絕叫）關羽！二弟！
　　　　（唱）見二弟，鎖蠶眉睁鳳眼把我怒望，
　　　　　　二弟！雲長哇！
　　　　　　你怨我，背信義、離荆襄，
　　　　　　害得你兵危路斷一命亡！
　　　　　　真叫我渾身是口也難張。
　　　　　　刹時間愧恨交攻心血上撞——（掃）
　　　　（頭暈目眩，一路踉蹌，倒提寶劍撞下樓來）
　　　　（孫權急上，護衛兩側上）
孫　權　賢妹你——
孫尚香　孫權！

　　　　　（念）你好陰謀，好伎倆，
孫　權　（念）千秋功罪，來日再評量。
孫尚香　（念）唇亡齒寒全不想，
　　　　　　　你、你害胞妹誤社稷是何心腸？！
　　　　　（立劍刺來。眾護衛一齊舉刀架住，下跪齊聲："郡主息怒！"）
　　　　　（內："國太到！"）
吳國太　（內唱）郎舅爭鋒人倫敗——
　　　　　（孫尚香拄劍，孫權一旁恐惶無措，護衛撤離）
　　　　　（紫電、青霜前導，眾宮娥扶吳國太上）
孫　權　（迎上）母后千歲！
吳國太　（怒冲冲甩開孫權，直奔孫尚香。接唱）
　　　　　　　親仇顛倒橫禍來。
　　　　　　　仝怨他（指孫權）掠地奪城多狡獪，
　　　　　　　也怨那劉備他不把荊州還回來。
　　　　　　　千怨！萬怨！怨哀家錯許姻緣將兒害，
　　　　　　　到如今骨肉鬩墻起禍災。
　　　　　　　我那苦命的嬌兒啊！
孫尚香　（垂涕扶國太坐好）母后！
　　　　　（唱）將門家不作尋常兒女態，
　　　　　　　這姻緣兒情願別有襟懷。
　　　　　　　挺一身安兩家巾幗氣概，
　　　　　　　誰料想一片雄心，兩家親靄，
　　　　　　　萬戶安寧，九州風采，頃刻化塵埃；
　　　　　　　纔令兒心靈碎盡太可哀。
吳國太　（接唱）着你妹愛民安邦好神采，
孫　權　（接唱）從今後兒定要從頭學來。
孫尚香　（接唱）說此話人馬先撤荊襄外，
吳國太　（接唱）早罷干戈重修姻好也應該。
孫　權　（接唱）怨兒臣爭來的山河難割愛，（低聲對國太）
　　　　　　　撕碎了龍鳳帖再難縫起來。
吳國太　（接唱）那劉備不罷休定把戰場擺，
孫　權　（接唱）乘勝揚威怕他何來。

孫尚香　（接唱）你不怕孫劉相殘大業壞？
孫　權　（接唱）開基創業我自安排。
孫尚香　（接唱）你不怕荊襄化火海，
　　　　　　　　百姓流離苦難捱？
孫　權　（接唱）兵凶戰危難例外，
孫尚香　（接唱）惜兵愛民纔是帝王懷。
孫　權　（接唱）論人才遠勝過織席販履一無賴，──
孫尚香　你、你──
吳國太　（接唱）你要把她終身挂胸懷。
孫　權　（接唱）江東再選新郡馬──
孫尚香　住口！
　　　　（接唱）與劉郎結同心生死相依不分開。
太　監　（急上）啓稟千歲，荊襄路上截殺西蜀太監一名，搜出劉備給郡主的聖旨一道。
孫　權　（接過，讀出）
　　　　"行事荒唐孫尚香，
　　　　私返江東亂綱常。
　　　　不到駕前早請罪，
　　　　今生休再見孤王。"這──
孫尚香　呀！（急奪過聖旨一看）"……今生休再見孤王！"
　　　　（全身顫抖，緊抱聖旨，跌坐，如癡如呆）
吳國太　兒啊！兒啊！（怒對孫權）都是你辦的好事！
孫　權　唉！賢妹！（近前）休再悲痛，且在江東安居下來，再緩緩商量。
孫尚香　（雙目直鈎，展開聖旨盯視）
吳國太　就讓你兄長保你個荊襄郡主，助他治理軍國大事，也不埋沒你這個女中豪傑。
孫　權　孩兒全依母后。
　　　　（母子二人齊注視孫尚香動靜）
孫尚香　（對勸説全無反應，直對着聖旨，斷斷續續地）……行事荒唐……私返江東……行事荒唐，……私返江東。
吳國太　唉！這劉備也忒意地絕情了。
孫尚香　不！（顫抖着搖搖手緩緩立起唱）

　　　　　他怨我行事太荒唐，
　　　　　私返江東負了劉郎。
　　　　　吳宮片刻尊榮享，
　　　　　千古唾罵孫尚香。
　　　　　惜的是吳侯寶劍神威喪。——
　　　（依依不捨地提起吳侯劍細看，顫抖地向孫權推出寶劍）
孫　權　（悵然接過寶劍）這——
　　　（音樂全止。孫尚香木然轉身）
孫　權　你，你哪裏去——
孫尚香　（在伴樂全無中接唱）
　　　　　看看我殘山剩水——
　　　（一步步向外走去）
吳國太　（高呼）我兒——
孫尚香　（絕叫）母后！（返身撲回拜倒在國太面前行大禮後，毅然立起大步走下）
　　　（音樂聲起）
　　　（伴唱："不彈別淚返荊襄。"）
吳國太　（跟蹌地追過兩步）我兒！我兒！（轉身怒斥孫權）你還不追她回來！
孫　權　唉！賢妹她……豈是追得回來的！也罷！傳旨荊襄九郡，皇姑人馬所到之處不得攔阻！
　　　（太監領旨急下）
陸　遜　（另側急上）千歲！劉備為報關羽之仇，起動兩川人馬，出巫峽，奪監利，圍夾道直撲猇亭，東吳各路人馬抵擋不住，荊襄要地，大半得而復失了！
孫　權　啊！
吳國太　這這都是你闖下的大禍。（欲暈倒）
　　　（孫權急扶。收光）
　　　（燈光全暗後，金鼓聲大作）
　　　（燈光再明。西蜀人馬蜂湧而來，關興一馬當先，斬將奪旗。吳兵吳將難以抵擋狼狽逃竄）
　　　（收光）

校記

[1] 回身一看陸遜行踪已杳："行"，原作"形"，據文意改。

第五場　八陣圖前話玄機

（燈光明，滾滾長江的背景前，幾堆石壘有規則地散布江邊，氣象蕭森）

孫尚香　（內唱）戰火揚烽烟起不堪回首——
　　　　（女兵、紫電、青霜引孫尚香上。青霜身背漢王劍。孫尚香催馬）
孫尚香　（接唱）楚山明，漢水秀，一夜之間刀兵驟，
　　　　　　　　屍橫遍野、血染江流，
　　　　　　　　吳兒蜀子暴骨沙丘。
　　　　（遠處殺聲起。孫尚香勒馬，突見江邊石壘間雲騰霧繞，猛警覺）
孫尚香　呀！（接唱）
　　　　　　　　又只見殺氣布滿沿江口！——
　　　　紫電、青霜！
紫　電
青　霜　在！
孫尚香　看江邊殺氣陣陣逼人，不知又是哪路人馬，快快看來！
　　　　（紫電、青霜應聲，縱橫交叉搜索，三個往返，相對攤手）
紫　電
青　霜　回稟郡主，並無一人一馬，只有八堆石頭。
孫尚香　這——待我親自看來！
　　　　（孫尚香下馬。紫電、青霜、女兵下。孫尚香舉步迂回巡視，細細觀察）
孫尚香　呀！
　　　　（接唱）沿江岸何人壘八堆石頭？
　　　　（遠處山歌聲起。黃承彥斗笠布衣自雲霧石壘中吟哦而上）
黃承彥　（山歌）江雲低、江風吼，
　　　　　　　　又一番龍爭虎鬥。
　　　　　　　　漢水呻吟楚山瘦，
　　　　　　　　倩誰與爾解煩愁。

孫尚香　（聞言一驚）！——（遥遥招呼）老丈！
黃承彥　（緩緩回身）呀！原來是孫夫人到了。小老兒有禮。
孫尚香　豈敢！請問尊姓大名？
黃承彥　（拈鬚微笑）黃承彥。
孫尚香　原來是諸葛丞相的岳丈。失敬！失敬！
黃承彥　不敢當呀！不敢當！不知夫人因何到此？
孫尚香　唉！一言難盡！
黃承彥　哦，明白了！
　　　　（念）身聯吳蜀苦運籌，
　　　　　　　手擎南天立荊州。
　　　　　　　雄心壯志成空後，——
孫尚香　呀！（無聲一震）
黃承彥　（吟唱）還有那江水遶石流。
孫尚香　啊！老丈機鋒敏銳，道盡孫尚香的一生一世。但不知這一灣江水，八堆石壘，又與我何干？
黃承彥　這——
孫尚香　它又爲何暗藏無窮殺氣？
黃承彥　噢！
孫尚香　難道其中有甚麼玄機天理？
黃承彥　哎呀！夫人！小老兒一個山民，說甚麼機鋒敏銳，又懂甚麼玄機天理？提起這八堆石壘，倒還略知一二。
孫尚香　正要領教、領教！
黃承彥　豈敢！這八堆石壘，乃小婿諸葛孔明三年之前布下的一個陣法，名爲八陣圖。
孫尚香　啊！八陣圖！
黃承彥　夫人休小看這八堆石壘，按此方位排兵布陣，只消一千人馬，可擋住十萬追兵。
孫尚香　哦！難怪它暗藏殺氣……老丈，但不知諸葛丞相爲何布下此陣？
黃承彥　是他言道：龍虎相鬥，變化無常，吳蜀一旦失和，吳兵殺了過來，此陣尚可臨危抵擋。
孫尚香　哎呀！諸葛丞相真有先見之明。只可惜，此陣用不著了！
黃承彥　夫人何出此言？

孫尚香　今日一戰，蜀勝吳敗，不是吳兵殺過來，而是蜀兵殺過去，這攔吳八陣：豈不是用不着了。

黃承彥　夫人差矣！

（念）兵家勝敗本無常，

劉郎危機勝中藏。

吳兒蜀子少喪命——

孫尚香　噢——

黃承彥　（接念）釜底抽薪安兩邦。

孫尚香　這釜底抽薪安兩邦——聽老丈之言，有意叫吳蜀兩家罷戰言和。

黃承彥　只有如此，纔能少一些孤兒寡婦，讓荆襄九郡早日重現水色山光。

孫尚香　哎呀呀，老丈真有仁者之心，孫尚香就此多多拜托了！

黃承彥　哎呀呀！小老兒乃世外之人，豈敢當夫人重托！

孫尚香　噯！一代荆州名士，又是諸葛丞相的岳父，若不能擔此重任，還有何人敢來擔當！

黃承彥　要問此人麽……就在小老兒眼前。

孫尚香　啊——？！老丈説的是我。

黃承彥　這息兵重任，非夫人莫屬。

孫尚香　哎——！孫尚香今日，西蜀有家家難奔，東吳故國國難投，呼天天不應，喚地地不靈……實實地無能爲力了！

黃承彥　夫人呀！夫人！今日之事，你一不爲東吳？！

孫尚香　我實難再爲東吳！

黃承彥　二不爲西蜀？！

孫尚香　也難再爲西蜀！

黃承彥　你要全爲這一方生靈着想。

孫尚香　全爲這一方生靈着想——！

黃承彥　夫人！你就勉爲其難了吧！

孫尚香　呀！

（唱）口聲聲爲一方生靈着想，

激起我一腔熱血再飛揚。

荆襄主爲荆襄當仁不讓——

（紫電、青霜、女兵上）

孫尚香　也罷！帶馬！（上馬。接唱）

忍辱含羞再見劉郎。

（馬上拱手，催馬率女兵下）

黃承彥　（看孫夫人背影，點點頭、嘆口氣唱山歌）

江東侯門女，
梟雄殿上人。
作繭成絲後，
青蛾何處尋。

（遠處金鼓殺聲又起。黃承彥遠眺風雲，一聲長嘆。收光）

第六場　訣別中軍帳

（軍中鼓樂聲中燈光明。中軍帳內旌旗環列，遠遠可見一綫江天）
（劉備戎裝佩劍、意氣飛揚上）

劉　備　（唱）七百里連營寨佔盡天險，
得勝鼓震顫了楚地吳天。
失荊州喪關羽刺我肝膽，
掀起了長江浪氣吞江南。

（關興暗上。意氣飛揚的劉備一見關興淚即湧出）

劉　備　孤的二弟呀！（痛哭不止）

關　興　（拭淚、近前撫慰劉備）伯父休得過分悲傷。血戰猇亭，侄兒已刀劈殺父仇人。荊襄險要，大半失而復得，眼見深仇得報，伯父要多多保重。

劉　備　（狠一搖手）不！非踏平東吳六郡，難消我心頭之恨。

張　苞　（急上）啟稟伯父，孫家伯母過營求見。

劉　備　啊！她來此做甚？

張　苞　定是充當東吳說客。

劉　備　（搖手止住）……她帶來多少人馬？

張　苞　單人獨馬。

劉　備　這——（背供）想是她難忘舊情。唉！兩國交戰已成仇，海誓山盟付東流。好呀！好！多此一舉了！

張　苞　無情無義之人，就該轟了出去！

劉　備　不！見她一面正好了斷前緣！關興！代孤傳旨，護衛列隊，鼓樂齊

張　苞	嘿！
關　興	護衛列隊，鼓樂齊鳴，山呼千歲，大禮迎接東吳郡主！

鳴，山呼千歲，大禮迎接東吳郡主！（下）

張　苞　嘿！

關　興　護衛列隊，鼓樂齊鳴，山呼千歲，大禮迎接東吳郡主！

（迎賓樂起。護衛列隊。孫尚香上）

護　衛　（山呼）東吳郡主千歲！千千歲！

孫尚香　呀！

（唱）鳴鼓樂把主婦當貴賓來敬——

護　衛　（山呼）東吳郡主千歲！千千歲！

孫尚香　（接唱）呼千歲迎郡主冷若寒冰。

　　　　　　　禮讓間運心機劉郎本領，

　　　　　　　忍羞慚強歡笑鎮静從容。

（劉備王服出迎。孫尚香滿面春風上前）

孫尚香　啊！——劉——

劉　備　（不容劉郎的"郎"字出口搶先打斷）孫郡主！

孫尚香　（被噎住）這！劉、劉皇叔！

劉　備　郡主請——

孫尚香　皇叔請——

劉　備　請啊！

孫尚香　這！（眼波一閃，搶先一步直奔自己慣坐的下首座位）

劉　備　（更快一步攔住）郡主是客，請來上座。

孫尚香　唉！（目露凄惋，無聲一嘆）多謝了！（歸上座）

劉　備　（歸下座）兩國交兵之中，郡主過營，定有見教。

孫尚香　（鎮静下來，從容地）只不過為了三件大事。

劉　備　備洗耳恭聽。先請教這一。

孫尚香　尚香擅離荆州，致使雄關失守，二弟捐軀，——（劉備一震）自當奉旨前來請罪。（急起身，欲行大禮）

劉　備　這——（由一時震憤中猛醒、急急躲閃一旁）使不得呀！使不得！備傳旨請罪，乃當時之事，今非昔比。不敢當呀！不敢當！（連連施禮）

孫尚香　（又被噎住，苦笑難言）這——

劉　備　（不容拖延）請說這二！

孫尚香　這二麼——（目光一閃，决意單刀直入）皇叔你，近日心中安寧否？

劉　　備　旗開得勝,失地收復,猇亭一戰,斬了仇人,我這心中安寧得多了!
孫尚香　眼見荆裏九郡,屍橫遍野,血染溝渠,皇叔就無動於衷麽?
劉　　備　(被擊中一震又強自鎮定)兵凶戰危,古來如此!
孫尚香　這兵凶戰危,古來如此麽……(微笑)真是巧得很!
劉　　備　巧在哪裏?
孫尚香　不久以前,也有人説過這樣的言語!
劉　　備　他是哪一個?
孫尚香　孫權!
劉　　備　啊!(又被擊中、急遮掩)哈!這纔叫英雄所見略同耳。
孫尚香　(猛變色)這就不對了!皇叔也曾多次講過,孫權生長權門,只有縱橫捭闔之心,偏少安邦愛民之意!你則不然,自幼貧窮,久歷民間疾苦,深知只有安撫一方百姓,纔能爭得天下民心,這正是你縱然兵微將寡,也能與孫曹兩家鼎足三分的一點根本:難道皇叔你,就忘懷了?!
劉　　備　這——(被擊中,強掩飾)劉備鮮仁而寡德,郡主過獎了!
孫尚香　(乘勝追擊)越發的不對了!當年棄當陽,奔夏口之時,前有大江,後有追兵,已是死裏逃生,你却偏偏要扶老攜幼,日行不過三十里,這所爲何來?
劉　　備　這——
孫尚香　你帶兵入川,托我鎮撫荆州之時,口口聲聲,對孫劉兩家親疏厚薄,全聽我一人作主;但若有分毫虧了黎民百姓,你是斷斷不依!這,又是爲了甚麽?
劉　　備　這——
孫尚香　(連擊得手,目光閃動,決定發出最溫柔也是最猛烈的一擊)你——可曾記得,你我洞房花燭之夜,又講了些甚麽!
劉　　備　(大震動)這個麽——
孫尚香　(抑之既久,噴口而出)劉郎呀!(劉備又一震)
　　　　　(唱)鴛帳裏紅燭閃雙心相印,
　　　　　　　情切切意綿綿如醉甘醇。
　　　　　　　你有意送溫存口拙舌笨,
　　　　　　　我有心叙柔腸羞啓朱唇。
　　　　　　　終歸是風雲兒女難安龍鳳枕,

　　　　　最難忘擁翠被縱論乾坤。
　　　　　將門女含笑聽君侃侃論，
　　　　　只有那兩句話打動芳心，
　　　　　愛臣民也要愛敵國百姓，
　　　　　爭天下先要爭天下民心。
　　　　　到如今興大兵征伐雪恨，
　　　　　得勝後不收兵難欺天下人。
　　　　　三分雪弟恨，七分吞吳心；
　　　　　荊襄遍地血，萬民怨霸君；
　　　　　志士搖頭嘆，曹賊笑吟吟；
　　　　　兩敗俱傷後，孫劉一鼓擒。
　　　　　重話當年事，念你舊，惜你今，敬你志，恨你昏，酸甜苦辣都說盡，
　　　　　不怕你明迎暗拒冷如冰。
　　　　　今日裏奇羞大辱為你忍，
　　　　　劉郎呀！
　　　　　臨懸崖快勒馬收拾人心。
劉　　備　哎呀！
　　　　（唱）一番話如針砭冷汗淋淋，
　　　　　糜氏女甘夫人誰比她能動我心。
　　　　　看起來大舉興兵危途近——
　　　　（滿懷深情地轉視孫尚香）
孫尚香　（滿懷期望地）劉郎！
張　　苞　（急上）我大軍水陸並進，破三屯搗六寨，眼見就要殺到東吳本土。
劉　　備　呀！（揮手令張苞下，心態猛變，接唱）
　　　　　好江山唾手得豈可早鳴金。
　　　　　臨大機運權謀何妨暫時離根本——
孫尚香　（抱著極大期望，充滿深情地）劉郎！我在等你說話呀！
劉　　備　（聞言又一震，急閃一旁接唱）
　　　　　決大計先擋她亂我心旌。
　　　　　狠心腸說出絕情的話——
　　　　　孫郡主！

孫尚香　（突受打擊）啊！？
劉　備　（接唱）孤明日新封王妃吳夫人，
　　　　　　　　請郡主來飲我喜酒一樽。
　　　　（言畢，強力控制內心矛盾衝擊，轉身不敢正視孫尚香）
孫尚香　（受到致命一擊，心靈欲碎。接唱）
　　　　　　　　聽一言手足如冰心頭噤——
　　　　（痛苦異常）
　　　　　　　　他全不顧我對他萬縷深情。
　　　　　　　　咬牙恨，狠心人——
　　　　（怒視劉備，忽發現劉備正在偷偷拭淚）
　　　　　　　　呀！
　　　　　　　——他、他、他把那傷心淚搵。
　　　　（連退幾步盯視，猛省）
　　　　（接唱）他怕聽良言狠心斷情根。
　　　　　　　　深情難挽梟雄性，
　　　　　　　　他自抿良知把孤注拚。
　　　　　　　　我妄借舊情息烽火，
　　　　　　　　他忍斷深思播戰雲。
　　　　　　　　蜀營再無容身地，
　　　　　　　　只剩下一句忠言謝故人。
　　　　　　　劉皇叔！（高聲）劉皇叔！
劉　備　（恍惚中）啊！郡主！郡主！
孫尚香　我還有那第三件大事。
劉　備　請講請講！
孫尚香　聽了！
　　　　（念）進你連營看得準，
　　　　　　　　得失利害一目分。
　　　　　　　　腳踏深淵防滅頂——
　　　　（劉備大驚，孫夫人近前低聲地：七百里連營寨——）
　　　　（轉唱）——一火可焚！
　　　　　　　　牢記我訣別一語重萬鈞。
　　　　（再難忍住，掩面痛哭，下。關興張苞上）

| 劉 備 | （攔阻不住向背影高呼）夫人！夫人！……
（急對關興）你快快追她回來！
（關興急下） |
|---|---|
| 張 苞 | 伯父！休聽她胡言亂語，擾我軍心。 |
| 劉 備 | 呸！她排兵布陣，比………（咽住一個"我"字，口氣一轉）比你們強得多啊！ |
| 關 興 | （急上）郡主快馬如飛走得遠了。現有諸葛丞相送來緊急公文！
（呈公文） |
| 劉 備 | （接過公文念出）
　　"旗開雖得勝，
　　大功未必成。
　　連營七百里，
　　謹防遭火攻。"
這！這！連營七百里，謹防遭火攻！（全身顫抖）快、快傳令拔營收兵！
（一言纔畢，四處炮響、火光衝天，照耀江天，延燒中軍大帳。劉備君臣亂成一團。收光） |

第七場　魂歸大江

（金鼓喊殺聲大作。燈光復明。長江翻騰滾動，八堆石壘間風雲漫卷）

（蜀兵、蜀將狼狽竄逃過場）

（劉備焦頭爛額逃竄上，連連口吐鮮血，暈倒在地。關興張苞率蜀兵上，急急救起。扶劉備下）

（金鼓聲中，吳兵吳將追殺上。關興、張苞復上，迎戰後，敗下。吳兵吳將追下）

| 陸 遜 | （內唱）火燒連營險中勝！
（眾吳兵引陸遜上） |
|---|---|
| 吳 兵 | （報上）報——劉備在亂軍之中吐血身亡。 |
| 陸 遜 | 再探！
（接唱）不踏平西蜀恨難平。 |

狠鞭烏騅入蜀境——

（麾兵，圓場。燈光變暗。在八堆石壘間，雲騰霧起，殺氣頓增）

陸　遜　（馬上觀察）呀！

（接唱）八方險陣如降天兵。

（麾兵闖上。眾女兵白衣白甲高舉白色大旗自八堆石壘湧出，縱橫穿插衝散吳兵）

（大旗開闔，孫尚香白衣孝服上，槍挑陸遜落馬，大旗下）

陸　遜　（被孫尚香執槍逼住，抬頭一看）啊！郡主是你——

孫尚香　你這個狠心負義之徒！看槍！

（一槍刺過，陸遜抓住槍頭）

陸　遜　郡主！小侄負義。誆你過江，是殺是剮，罪容後領，先讓我追殺西蜀人馬要緊！

孫尚香　住口！當初教導於你，仁者用兵，以不戰為上。似你這般黷武嗜殺之輩，留你何用！

（抽槍，再刺。陸遜又躲過，抓住槍頭）

陸　遜　哎呀！郡主！劉備血戰荊裏，殺我東吳多少兒郎。今日你、你竟為他穿白戴孝，布下險陣，攔我追兵，這、這、這又是何道理！

孫尚香　陸伯言，你聽了！

（唱）白衫非悼劉皇帝，

　　　悼的我——

　　　心破碎志凋零無國無家孑然一身。

　　　安邦志成泡影此身無用，

　　　還有那三寸氣，

　　　也難忍刀兵火海塗炭生靈。

　　　你君臣歷存亡也該猛省，

　　　休得要傷人害己再誤乾坤。

　　　熄烽火攔追兵不惜我殘生一命——

陸　遜　哎呀！郡主！聆聽教訓，愧殺我東吳君臣。侄兒我即刻退兵就是。

孫尚香　此話當真？

陸　遜　吳侯降罪我一人承擔。

孫尚香　好伯言！（翻身下馬，攙起陸遜）但願你君臣作個荊山楚水的好主人，你、你就快快傳令退兵去吧！

陸　　遜	遵命！（躬身一禮，向遠處走去。數步後，又一回顧）
孫尚香	（滿面含笑地）去吧！（微微揚手）
	（陸遜轉身下）
孫尚香	（遙望陸遜去路，輕緩地接唱）

　　　　此一去帶走我依依故園心。
　　（樂止，極靜。江水拍岸聲斷斷續續）

孫尚香	（一巡）統統去了！……只剩下這支難還故主的漢王寶劍——（拔劍）真個是寒光閃閃……唉！空有乾坤志，難整舊江山。
關　興 張　苞	伯母！（人隨聲出，自石壘後躍出撲過，欲抓孫尚香執劍之手）
孫尚香	（斷喝）甚麼人！（一揮劍，關興、張苞閃躲，跌坐在地。）呀！原來是兩位賢侄，快快請起！
張　苞	（一打量孫尚香一身孝服）哎呀！伯母！休聽軍中傳言，我家伯父已經衝出重圍，回轉永安宮了！
孫尚香	哦！當真如此？
關　興	千真萬確。請伯母隨侄兒回去吧！
	（孫尚香苦笑搖頭）
張　苞	伯母定是怨恨小侄多有不敬，我、我我就跪死在這裏了！
孫尚香	快快起來！願你伯父把西蜀江山好好整頓。漢王劍還故主寄我餘情。
關　興	（拒劍）伯母回去吧！
張　苞	（拒劍）伯母回去吧！
孫尚香	（高舉寶劍）違令者斬！（喝住關、張，又輕輕一聲）回去吧！（劍往張苞懷中一納，隨即背過身去）
張　苞	喳！喳！喳！伯母！
關　興	（情知勢在難挽）唉！（頓足，拭淚，抓住張苞下）
張　苞	（一路遠去，還在高呼）伯母！（人去已遠，聲聲不斷）
	（全場靜止。江水拍岸聲斷斷續續。孫尚香最後舉目巡視一次荊山楚水）
孫尚香	（在輕輕奏起的樂聲中，緩緩念出）

　　　　江漢該是美風光，
　　　　回天無力哀尚香。
　　　　龍鳳呈祥祥何在？

留得浩氣伴長江！
（一步一步向江心走去，直到江水把她淹沒）
（樂止。收光。）

——劇終

祭 長 江

佚 名 改編

解 題

　　漢劇。佚名改編,陳伯華演出。陳伯華(1919—2015),女,湖北武漢人,漢劇一級演員,享受國務院特殊津貼。第三、五屆全國政協委員。歷任武漢漢劇院長,湖北省劇協副主席、中國劇協理事。曾獲"漢劇藝術大師"稱號。著有《陳伯華唱腔選》《陳伯華的舞臺藝術》《陳伯華回憶錄》。該劇未見著錄。劇寫孫尚香悶坐吳宮,思念劉備。忽然聽到劉備宴駕白帝城的消息,立即進宮請示母后,討下祭禮,身穿素服去至江邊祭奠。因思自己獨守東吳無益,遂投江自盡而亡。本事出於元刊《三國志平話》、《三國演義》。清傳奇《鼎峙春秋》有《自沈江浦欲全名》一齣,晚清京劇《繪圖京都三慶班真正京調全集》有《別宮祭江》,現代京劇亦有臧嵐光藏本。版本見《湖北地方戲曲叢刊》(湖北人民出版社1959年版),該本係依傳統同名京劇改編。今據以收錄整理。

第 一 場

（二宮娥引尚香上）

孫尚香　【引】悶坐宮幃,思劉主,不展愁眉。
　　　　（詩）別君容易見君難,
　　　　　　猶如隔住萬重山。
　　　　　　宮中冷落誰爲伴,
　　　　　　夢魂飛越到西川。
　　　　本宮、孫尚香。自嫁到荆州,三年未滿,可恨兄王差周善誆我回還。今日悶坐宮闈,思想劉主,好不憂悶人也！

（唱）【慢西皮轉垛子】
　　孫尚香坐宮幃愁眉雙鎖，
　　思一思想一想奴命太薄。
　　遭不幸老父皇把駕宴過，
　　丟下了兄仲謀執掌山河。
　　坐江南據九郡有何不可，
　　平白的爲荆州屢動干戈。
　　頭一次討荆州惹下大禍，
　　二次裏美人計反結絲蘿。
　　我好比中秋月烏雲遮過，
　　又好似織女星隔斷銀河。
　　我好比花正開無有結果，
　　又好似船行半江陡遇風波。
　　我母后自幼兒疼愛於我，
　　又誰知女孩兒受盡冷落。
　　恨兄王把我的銀牙咬銼，（哭）
我的父皇啊……
（宮娥內白："走啊！"）

孫尚香　（唱）那一廂又來了報事宮娥。
（二宮娥上）

二宮娥　打聽劉主事，報與郡主知。啓稟郡主：大事不好了！

孫尚香　爲何這等模樣？

二宮娥　哎呀！郡主啊！聽說劉主宴駕白帝城。

孫尚香　哎呀！
（唱）【西皮導板轉散西皮】
　　聽說是夫皇龍駕亡過，
　　好一似刀割肉箭穿心窩。
　　可嘆你爲江山如此結果，（哭）
我的夫皇啊……
（唱）到今日只落得命歸碧落。
少待！夫皇一死，我不免換了孝衣，進得宮去，奏明母后，討下祭禮，去到江邊一祭，以表夫妻之情。宮娥！

二宮娥 有。

孫尚香 擺駕！

（唱）【散西皮】

可憐主創基業辛勤太過，
東西征南北勦屢動干戈。
到今日只落得如此結果，
夫宴駕妻要學孝女曹娥。

（四宮娥、孫尚香同下）

第 二 場

（吳國太內白："夫皇啊！"上）

吳國太 （唱）【散西皮】

養老院常把國事嘆，
愛國愛民哪得安然！
遭不幸夫皇把駕宴，
江南九郡付孫權。
朝也殺來暮也戰，
只爲荊州奪不還。
小曹丕他把中原佔，
稱孤道寡坐江山。
吾婿劉備重興漢，
他本漢室一脈傳。
但願得老天隨人願，
各保疆土樂安然。

（四宮娥、孫尚香同上）

孫尚香 （唱）【西皮垛子】

宮中常把夫皇嘆，
可憐主東蕩西除南征北勦數十年，
到今日白帝城把駕宴，
好叫奴時時刻刻刻刻時時常挂在心間。
此一番進宮去將我的母后來見，

　　　　　討下了祭禮頃刻到江邊。
　　　　　宮娥女擺駕進宮院，
　　　　　搵乾了淚痕見慈顏。
　　　　兒臣見駕，母后千歲！

吳國太　皇兒平身、賜座。

孫尚香　兒臣謝座。罷了啊……（哭）

吳國太　啊！兒的鳳冠不戴，鳳衣不穿，身穿重孝，爲了何事？

孫尚香　劉主命喪白帝城。

吳國太　真乃可嘆！我兒進宮何事？

孫尚香　你兒進宮非爲別事，想在母后面前討下祭禮，去到江邊一祭，以表我夫妻之情。

吳國太　皇兒此言差矣！劉備在成都稱帝，並未封兒一官。今劉備一死，披麻戴孝，也就足矣；江邊祭奠，斷然不可。

孫尚香　母后啊！

　　　（唱）【慢西皮】
　　　　　老母后駕坐養老院，
　　　　　兒臣有本向娘言：
　　　　　男大當婚古常見，
　　　　　女大須嫁禮當然。
　　　　　兒嫁劉備娘心願，
　　　　　夫妻們恩愛重如山。
　　　　　嫁到荊州三年滿，
　　　　　又差周善誆兒還。
　　　　　兒好比棒打鴛鴦散，
　　　　　活活拆散了兒的並蒂蓮。

吳國太　兒呀！

　　　（唱）【慢西皮跺子】
　　　　　尚香不要將娘怨，
　　　　　細聽爲娘表前言：
　　　　　美人計本是周郎獻，
　　　　　嫁去荊州有三年。
　　　　　兒配劉備娘心願，

　　　　　　　夫妻恩愛重如山。
　　　　　　　他今在白帝城把駕宴，
　　　　　　　披麻戴孝理當然。
　　　　　　　江邊祭奠空祭奠，
　　　　　　　一滴何曾到九泉！
孫尚香　（唱）【西皮一字板】
　　　　　　　母后説話言語偏，
　　　　　　　往日賢來今不賢。
　　　　　　　講甚麼祭奠空祭奠，
　　　　　　　講甚麼不能到九泉。
　　　　　　　兒在東吳他在漢，
　　　　　　　千里姻緣一綫牽。
　　　　　　　母后不許兒祭奠，
　　　　　　　當初何必結良緣？
吳國太　（接唱）尚香説話好大膽，
　　　　　　　開口就道娘不賢。
　　　　　　　你兒王他把大業管，
　　　　　　　娘面前不敢亂胡言。
　　　　　　　怒冲冲打坐養老院，
　　　　　　　哪個大膽到江邊！
孫尚香　（接唱）母后不許兒祭奠，
　　　　　　　有輩古人向娘言：
　　　　　　　昔日杞良大交戰，
　　　　　　　戰死沙場屍不全。
　　　　　　　孟姜痛哭長城斷，
　　　　　　　至今美名萬古傳。
　　　　　　　你兒難把古人比，
　　　　　　　一片癡心效聖賢。
吳國太　（接唱）爲娘不許兒祭奠，
　　　　　　　比甚麼古來道甚麼賢。
孫尚香　（接唱）我要祭要祭偏要祭！
吳國太　（接唱）爲娘阻攔阻攔定阻難。

孫尚香　（接唱）母后不准兒祭奠，
　　　　　　也罷！
　　　　　　　　倒不如碰死娘的面前！
吳國太　（接唱）尚香不要尋短見，
　　　　　　　　爲娘陪兒到江邊。
　　　　　尚香不要如此，爲娘陪兒去到江邊一祭就是。
孫尚香　現有宮娥彩女，何勞母后的大駕！
吳國太　既然如此，宮娥陪伴郡主去到江邊祭奠，必須要早去早歸。
孫尚香　母后請上，待兒拜別了！
吳國太　呀……江邊祭奠，片刻之間，何言拜別二字！
孫尚香　母后呀！雖然片刻離宮院，爲人須當孝爲先哪！
　　　　（唱）【慢西皮垛子】
　　　　　　雖然片刻出宮院，
　　　　　　人生須當孝爲先。
　　　　　　去了愁眉換笑臉，
　　　　　　雙膝跌跪娘的面前。
　　　　　　惟願母后身康健，
　　　　　　惟願娘親福壽綿。
　　　　　　宮娥擺駕出宮院！
　　　　　哎呀……我那難……
吳國太　呀……兒難些甚麼？
孫尚香　（哭）我那難得見的劉先主，我的夫皇呀……！
　　　　（接唱）生離死別不好明言。
　　　　　　　　此地好比陰陽界，
　　　　　　　　要相逢除非是鬼門關前。
　　　　　哎哎哎……我那難……
吳國太　呀……常常難些甚麼？
孫尚香　我那難得見的劉先主，哎呀……我的娘呀！
　　　　（四宮娥同下）
吳國太　（唱）【西皮搖板】
　　　　　　尚香出宮顏色變，
　　　　　　怕他學了古聖賢。

　　　　將身且坐養老院，
　　　　日落西山望兒還。
（下）

第 三 場

孫尚香 （內唱）【西皮導板】
　　　　龍車鳳輦出宮墻，
（太監、宮娥引孫尚香上）
　　　　養老院拜別了老親娘！
（唱）【反西皮】
　　　　心中惱恨我兄長，
　　　　屢次的討荊州苦害劉王。
　　　　我的夫皇白帝城把命喪，
　　　　吳宮內哭壞了孫氏尚香。
　　　　鑾駕擺在江岸上；
　　　　擺下祭禮奠夫皇！

宮　娥 稟郡主：來到江邊。

孫尚香 祭禮擺下！
（太監下）

孫尚香 （哭頭）夫皇……先主……罷了……
（唱）【二黃導板轉二流】
　　　　在江邊擺祭禮紙灰飄蕩。
　　　夫皇……先主……罷了！
（唱）哭一聲劉先主奴的夫皇！
　　　　滿斗金滿斗銀喬府一往，
　　　　喬國丈把巧言誆我的親娘。
　　　　那一日去至在甘露寺面相，
　　　　我的母后將夫皇帶回宮墻。
　　　　回荊州行至在蘇州界上，
　　　　諸葛亮駕小舟迎接我的夫皇。
　　　　三將軍埋伏在三江口上，

　　　　　二君侯黃州地擺下戰場。
　　　　　宮娥報夫宴駕白帝城上,
　　　　　吳宮中哭壞了孫氏尚香。
　　　　　在江邊只哭得淚似雨降……淚似雨降!
　　　　我的夫皇呀……
　　　　(唱)但願得夫魂靈早歸天堂。
宮　娥　天色不早,請郡主回宮!
孫尚香　天色還早,你等去到江邊遊玩一時。退下!(宮娥下)這正是:
　　　　　思君淚落吳江冷,
　　　　　望帝魂歸蜀道難。
　　　　(唱)【反二黃】
　　　　　適纔間奠過了御宴瓊漿,
　　　　　桌案上供上了一瓣心香。
　　　　　奴夫皇住涿州大樹樹上,
　　　　　祭白馬宴桃園結義開張。
　　　　　奴夫皇爲江山東流西蕩,
　　　　　可憐他爲社稷晝夜奔忙,
　　　　　可憐他爲孔明冒雪三訪,
　　　　　可憐他棄新野兵敗當陽,
　　　　　可憐他臨江會險入羅網,
　　　　　可憐他爲荊州晝夜彷徨。
　　　　　妻爲你每日間茶飯不想,
　　　　　妻爲你只哭得血淚盈眶。
　　　　　實指望配劉主婦隨夫唱,
　　　　　要學那水面上美麗的鴛鴦。
　　　　　白日間並翅飛水面飄蕩,
　　　　　到晚來交頸眠對對成雙。
　　　　　嘆人生在世間癡心妄想,
　　　　　看起來不如那水面鴛鴦。
　　　　少待!夫皇已死,我在東吳守節,也是無益,不免拜別母后養育之恩,投江一死呀!
　　　　(唱)【二黃搖板】

遙望吳宮悲聲放，
　　拜別了母后老親娘。
　　素鞋脫一只在江岸上。（脫鞋介）
哎喲！
　　留下一物見我的老萱堂。
　　眼望着長江滾波浪。
我的娘呀……也罷！（扎下句，投江下）
（宮娥上。尋找尚香不見，拾素鞋悲嘆下）

——劇終

瀘水彝山

吳　江　呂慧軍　高牧坤　編劇

解　題

　　京劇。吳江、呂慧軍、高牧坤編劇。吳江，1949年生於北京，祖籍遼寧，漢族。一級編劇。畢業於北京戲曲專科學校、北京大學中文系、中國藝術研究院研究生院。歷任北京戲曲學校常務副校長、北京市文化局藝術處處長、局長助理、副局長、中國京劇院院長。無黨派，北京市政協常委，全國政協常委。獨著或合著京劇《管仲拜相》《八珍湯》《仇女傳》《忠烈千秋》《瀘水彝山》《圖蘭朵公主》等十幾種劇本。呂慧軍，二級編劇，中國戲劇家協會會員。畢業於中國戲曲學院戲文系，在職研究生學歷。歷任國家京劇院藝術室編劇、副主任，二團副團長兼黨支部書記、國家京劇院藝術創作研究部（藝術指導委員會辦公室）主任。參與改編創作京劇《花木蘭》《瀘水彝山》《瘦馬御史》《張協狀元》《烏紗記》《梁祝》等多種劇本。高牧坤，男，一級演員、導演，享受國務院特殊津貼。1956年考入中國戲曲學校，專工武生，1965年分配到中國京劇院（今國家京劇院）工作至今。執導的《瀘水彝山》獲第四屆中國京劇節金獎和優秀導演獎。該劇《中國京劇藝術百科全書》著錄，題《瀘水彝山》，署吳江、呂慧軍、高牧坤改編。劇寫三國時期，諸葛亮率師南征，四擒彝王孟獲。祝融爲救夫敲響銅鑼，欲發兵相救。孟獲阿姐孟齊勸阻。孟獲被放回寨，提出誘蜀兵飲毒泉之計，孟齊勸阻，孟獲不聽，孟齊憤而離去。諸葛亮率師渡江至莊王廟。祝融弟祝來執行孟獲毒計，爲誘蜀兵，自飲毒泉，使其與關索及衆蜀軍毒發。諸葛亮將僅有的一瓶解毒靈藥給祝來服用，深深地感動了喬裝的孟齊。她挺身而出，帶領諸葛亮前往後山尋找解毒的清泉、草藥，解救衆人。諸葛亮同時設伏，五擒孟獲。孟獲仍不服，又生一計，讓祝融假裝議和，刺殺諸葛亮，火燒糧草，自己率軍偷襲。諸葛亮識破其計，擒獲祝融，六擒孟獲。諸葛亮親送孟獲夫婦回山。祝融深受感動，勸孟獲息兵。孟獲不聽，反而提出邀藤甲軍助戰。祝融堅決反對，孟獲竟以死要挾，搶走調兵信物寶弓。孟齊見狀,毅然前往陣前退兵。藤甲兵凶猛,蜀軍難敵敗退。眾將懇請諸葛亮以火攻,破藤甲兵。諸葛亮不忍燒死眾多生靈,不肯發令。藤甲兵攻至轅門,危急時刻,孟齊趕來,勸孟獲撤兵。突然間孟齊被藤甲兵亂箭射死。諸葛亮心痛無奈,火燒藤甲兵,孟獲七次被擒。瀘江邊,關索憤怒地鞭打孟獲。諸葛亮聞訊趕來,怒斥關索。面對此情,孟獲心感愧疚。眼望血染的瀘江,諸葛亮爲不能阻止戰爭而自責,祈求蒼天降罪於己,並親自祭奠漢彝戰死將士的亡魂。這些肺腑之言和虔誠的行動,令孟獲猛醒。他折箭盟誓"心悅誠服你漢丞相,從今後漢彝和好再不動刀槍"。本事出於《三國志·蜀書·諸葛亮傳》及裴松之注引《漢晉春秋》。元刊《三國志平話》、《三國志演義》、明傳奇《七勝記》、清傳奇《鼎峙春秋》、《平蠻圖》、近現代京劇及許多地方戲《七擒孟獲》,都寫諸葛亮南征七擒孟獲事,情節、人物各有不同。版本見國家京劇院演出本,係據河南越調《七擒孟獲》改編。今據以收錄整理。該劇曾由國家京劇院演出,獲第四屆中國京劇藝術節金獎。

第 一 場

(前奏曲後銅鼓聲頻響,一束追光射在鼓中央,祝融擂鼓)

(眾洞主從四面急上。情緒舞蹈)

眾洞主 參見夫人!

祝　融 列位洞主!

(唱)擊動銅鼓情勢緊,
　　　萬洞千山求救兵。
　　　漢劉備白帝兵敗晏了駕,
　　　建寧太守叛漢君。
　　　那雍闓欺彝人虎狼成性,
　　　橫征暴斂幾十春。
　　　先送來金銀求助陣,
　　　後允功成裂蜀而君。
　　　孟大王欲趁他蕭墻內亂立彝鼎,
　　　錯運計謀發了兵,出師未捷四遭擒。
　　　諸葛亮縱有菩薩性,

    三縱再擒難放生。
    銅鼓聚兵報仇恨，
    漢軍頭祭大王在天之靈。

祝　來　夫人擂鼓快傳令，報仇雪耻逐漢軍。

衆　人　報仇雪耻逐漢軍。

   （老洞主孟齊内阻："列位且慢——"孟齊鶴髮童顔拄杖上場）

祝　融　阿姐——（哭）

孟　齊　阿妹、列位洞主！危難之際大家協力同心，老身甚是感念。孟獲小弟是我含辛茹苦將他撫養成人，他今被擒你等心焦，我更是心急如焚。只是這樣貿然發兵，只恐于事無補，反倒害了大王性命！列位洞主、阿妹呀！

   （唱）祝融夫人小阿妹，
    銅鼓慢擊淚莫垂。
    諸葛亮三擒不殺以柔挫銳，
    我料他定有那四番放回。
    且放寬心我的小阿妹，
    風搖鸞鈴人欲歸。

洞主甲　大王回來了。

   （孟獲上場）

衆　人　大王！

孟　獲　夫人、阿姐。

祝　來　你可回來了。

孟　齊　定是那諸葛亮又放你回歸。

孟　獲　孟獲略施小計，就騙那諸葛亮酒宴踐行，禮送出營。你等又何必耽驚害怕。

祝　融　大王用何妙計哄騙孔明虎口逃生？

孟　獲　夫人、列位洞主聽某道來：彝山雄鷹膽氣豪，俯仰天地有略韜；諸葛縱然多奸巧，略施小計破籠牢！

祝　來　大王可真是智勇雙全！

祝　融　那諸葛亮怎能輕信於你？

孟　獲　諸葛興兵到此，爲的是平定南疆，威服彝山，剪除後顧之患，好與魏吴爭霸中原。他要某心悅誠服，纔施懷柔之策，四擒四縱，放某生還。

孟　齊　蜀漢軍強，不戰也好。

孟　獲　天賜彝山好機緣，某豈能遂他所願。

孟　齊　莫非你還要再戰？

孟　獲　對，我就是要殺得那諸葛亮片甲不還！
　　　　（唱）諸葛亮雖然是老謀深算，
　　　　　　　四擒四縱反叫某將他看穿。
　　　　　　　蜀漢遠征多憂患，
　　　　　　　兵多路遙他運糧難；
　　　　　　　南地烟瘴困北雁，
　　　　　　　久戰兵卒生厭煩。

祝　融　大王，如今該如何行事？

孟　獲　（接唱）引蜀軍渡瀘水登上南岸，
　　　　　　　　暑氣蒸行路難巧誘蜀軍飲毒泉。
　　　　　　　　飲毒泉，兵將殘，軍心散，
　　　　　　　　趁機出兵把蜀軍殲。

孟　齊　怎麼，你要引誘蜀軍飲用毒泉之水？

孟　獲　正是。

孟　齊　想那毒泉，人若飲了不出三個時辰就要斃命。諸葛亮四擒四縱寬厚待你，你何苦施此毒計啊！

孟　獲　兩者交戰只爲制勝，哪有許多寬厚可講。爲保彝山不受漢人的欺壓，只有施此毒泉之計纔能成功！

孟　齊　阿弟此言差矣。此計若成，又有多少蜀軍兒郎枉死異鄉。如今諸葛丞相放你回，你却要把丞相傷，阿弟呀！你我父母早亡，是爲姐呵護你長大成人，指望你封爲彝王，造福彝山。不想此番數次交戰，眼見得多少彝家兒郎戰死沙場，又有多少親人痛斷肝腸。爲姐心如針扎的一樣。有道是冤家宜解不宜結，不要再擺戰場兩傷亡。

孟　獲　我意已決，莫再言講！

孟　齊　呀！（背躬唱）
　　　　　　孟獲他剛愎自用不聽勸，
　　　　　　以卵擊石愚又頑。
　　　　　　我只得瀘水邊靜觀其變，

　　　　　（白）阿弟呀！
　　　　　（唱）勸你要權衡利弊思再三。
　　　　　（孟齊拂袖下）
祝　來　大王，祝來願前往蜀地，誘引蜀軍飲用毒泉之水。
孟　獲　祝來，只怕此去凶多吉少，有去無還。你乃夫人的手足，還是不去的好。
祝　融　大王說哪裏話來，爲我彝山永固，就是祝融自身也在所不計。
祝　來　祝來萬死不辭！
孟　獲　請受孟獲一拜！
孟　獲　（唱）饑渴之旅飲毒泉，
　　　　　　　　十萬蜀兵難生還。
　　　　　　　　從此南疆歸一統，
　　　　　　　　不叫漢馬渡彝山！
　　　　　（衆同歸起樂切光）

第　二　場

（氣勢渾厚的渡江音樂中關索帶衆蜀兵渡江。舞蹈造型）
（古琴聲伴着晨鍾，諸葛亮剪影）
（光亮，諸葛亮與衆將掌燈進入莊王廟中）
諸葛亮　（唱）十萬軍夜渡瀘水南天未曉，
　　　　　　　　莊王廟叩罷先賢晨鐘纔敲。
　　　　　　　　整漢室定中原先帝遺詔，
　　　　　　　　誰料想這南疆那孟獲陡起波濤。
　　　　　　　　我也曾四擒四縱把誠心表，
　　　　　　　　怕的是彝漢兩家積怨難消。
　　　　　　　　數月南征愁腸繞，
　　　　　　　　南疆未靖怎拒孫曹。
　　　　　　　　祈禱上蒼暗祝告，
　　　　　　　　助孔明兵不血刃早還朝。
　　　　　（趙雲、孟齊上）
趙　雲　啓稟丞相，三軍渡河之後俱已然安營紮寨。

孟　齊	丞相用茶。
諸葛亮	啊老人家,老人家你何時來到這莊王廟。
孟　齊	數載有餘。
諸葛亮	請問老人家這瀘水南岸因何霧氣昭昭,烟瘴如此之重啊?
孟　齊	此地常年烟雨蒙蒙、人烟稀少故而如此。
諸葛亮	趙老將軍,此地潮濕,烟瘴甚重,傳令三軍謹慎用水。
趙　雲	遵命!(出廟門,諸葛亮與眾將隨下)
孟　齊	丞相請後面用飯。
諸葛亮	請。
	(祝來提水筒上,二軍士上)
軍　士	壯士請轉。
祝　來	有事兒嗎?
軍　士	請問壯士身背何物?
祝　來	甘泉之水。
軍　士	可否與我二人一飲?
祝　來	唉,這可不行,此水要背回家去為家人所用。
軍　士	天氣炎熱饑渴難忍。
祝　來	饑渴難忍?得,我就先給你們喝了,我再去背。
二軍士	多謝了!
祝　來	不用客氣。
二軍士	丞相有令謹慎用水。
祝　來	唉,我一片好心反倒被他們猜疑。用你們漢人一句話:這叫好心當成驢肝肺。得,我先喝給你們看。(喝水)怎麼樣?
二軍士	果然是甘泉。(軍士欲飲)
祝　來	那就喝吧。
二軍士	多謝了!
關　索	(幕內念)且慢——飲水。(上) 我來問你,那泉水無毒能飲可是實情?
祝　來	我們常年喝的就是這泉水啊。
關　索	為何眾將士飲用之後腹痛難忍?
祝　來	哎,這就是你的不對了,剛纔也是你看見我先喝的呀。(肚痛)
關　索	你還有何話講?

祝　來　我實話跟你們説了吧！你們喝的都是毒泉之水，三個時辰之內連你在內可就都沒命了。

關　索　你好狠毒。（小開打，擒住祝來）

有請丞相。啓禀丞相，我等中了他的詭計，衆將士腹痛難忍。（肚痛）

諸葛亮　料那孟獲必趁我軍之危偷襲大營，馬岱、趙老將軍聽令：

馬　岱　在。

諸葛亮　命你二人列陣擺隊，四面埋伏，五擒孟獲！

（諸葛亮示意二軍士扶關索下）

馬　岱　遵命。

諸葛亮　幼常——

馬　謖　在！

諸葛亮　快將後主御賜的七寶化毒散與這漢子灌下，將他救活！

馬　謖　遵命！

魏　延　丞相！（背躬唱）眼見得關索小侄命將殞，

諸葛亮　（背躬唱）諸葛亮只得靈藥醫仇人。

孟　齊　（背躬唱）他爲何反將靈藥醫仇人？

魏　延　（背躬唱）你不懼雲長九泉遭怨恨？

孟　齊　（背躬唱）他不怕蜀漢兵將生怨恨？

諸葛亮　（背躬唱）到此時解鈴還須繫鈴人。

（二軍士扶祝來上場）

馬　謖　啓禀丞相，彝家漢子服過七寶化毒散，已然化毒無礙了。

魏　延　將他綁了！

祝　來　諸葛亮孔明，你中了我家大王毒泉之計，衆多蜀軍將士三個時辰之內都要斃命，我祝來死而無憾。

孟　齊　祝來，住口！諸葛丞相不怪你誘引蜀軍飲用毒泉之罪，置蜀軍中毒將士於不顧，反將僅有的救命靈藥與你服用。你不思反悔，還口出狂言，你、你、你良心何在？

馬　岱　啓禀丞相，彝兵偷襲大營，孟獲五番被擒。

諸葛亮　被擒兵將全數放回，請孟大王營中飲宴禮送出營。

馬　岱　遵命！

諸葛亮　壯士啊！你爲彝家捨身成仁令人欽佩，只是我軍並無傷害彝人之意，吞彝之心，天地可鑒，你回山去吧！

趙　雲	啓禀丞相，關索將軍與千餘將士毒性發作，危在旦夕。
孟　齊	丞相啊，速速搭救衆人性命要緊。
諸葛亮	就請老人家你指點迷津！
孟　齊	丞相，我乃孟獲之姐——孟齊。丞相此番對孟獲數次擒縱，老身感恩不盡，就請丞相速速差人隨我去往後山，那裏有一股清泉，還有解毒靈草。採集草藥熬水服用，可解毒化險。
諸葛亮	亮此生難忘恩德，願親隨老人家一同前往！
孟　齊	丞相，此行山深林密，荆棘叢生，坡陡路滑，車馬難以行走，丞相還是不去的好。
諸葛亮	（叫頭）老人家，關索小將乃關雲長之子，我與雲長生死之交。如今，關索命懸一綫，千餘將士危在旦夕。你偌大年紀爲救我蜀軍的性命，甘冒風險，亮豈能坐等其變。魏將軍！
魏　延	在。
諸葛亮	速命一將士緊隨其後，汲水取藥[1]，就地煎湯熬藥，以解衆毒。
魏　延	得令。
諸葛亮	（唱）深謝你危難時迷津指點，
魏　延	丞相小心了。
諸葛亮	（唱）禁不住熱淚灑胸前。
孟　齊	（唱）聖賢與奸賊同是漢，
	鵾鳥與寒鴉不一般。
諸葛亮	（唱）攻心自古勝攻戰，
	同船共渡化仇冤。
孟　齊	（唱）他胸似大海多浩瀚，
	孟獲有知應汗顔。
諸葛亮	（唱）怕甚麼山高路又險，
孟　齊	（唱）怕甚麼氣喘吁吁腰腿酸。
諸葛亮	（唱）顧不得山路崎嶇荆棘亂，
孟　齊	（唱）顧不得大汗淋漓濕布衫。
諸葛亮	（唱）爲救我蜀軍將士解危難，
諸葛亮 孟　齊	（唱）兩家的汗水灑一山。
衆　人	（唱）兩家的汗水灑一山。

孟　齊　（驚喜地）丞相，那清泉旁就是解毒的靈草——
　　　　（眾將士上山背水、採草藥）
　　　　（女聲伴唱）
　　　　　　　飛瀑百丈落深潭，
　　　　　　　鷹飛草綠夕照間。
　　　　（眾人重唱）
　　　　（採藥舞蹈，造型切光）

校記

［1］汲水取藥："汲"，原作"涉"，據文意改。

第 三 場

祝　融　（內唱）夫妻們洞府內定下巧計，
　　　　（祝融夫人策馬上）
　　　　（接唱）詐盟好假意兒摧眉屈膝。
　　　　　　　這厚禮進後營衝天火起，
　　　　　　　彝裙內藏利刃我要血濺宴席。
　　　　（吹打聲起，眾將簇擁諸葛亮出迎，祝融下馬）
諸葛亮　夫人。
祝　融　丞相。
諸葛亮　不知祝融夫人遠路而來，亮未曾遠迎，當面賠罪。
祝　融　豈敢，祝融深感丞相五擒五縱的大恩大德，孟獲他無顏前來相見，我代拙夫請罪求和。（欲跪，諸葛亮急扶）
諸葛亮　這就不敢，祝融夫人請。
祝　融　丞相請。
祝　融　祝融帶來黃金美玉、犀角象牙，不成敬意，望丞相笑納。
諸葛亮　夫人禮特重了。
祝　融　莫非嫌輕不成？
諸葛亮　這却之不恭，受之有愧。來，將禮品收下。
魏　延　是。隨我來。（拿禮品下）
　　　　（馬岱引四男洞兵推禮品車下場。諸葛亮與祝融進帳落座）

諸葛亮　　祝融夫人到此，亮備得薄酒與夫人同飲。（進門之後兩人碰杯飲酒）
祝　融　　多謝丞相。
諸葛亮　　看酒。
　　　　　（唱）推杯換盞把酒飲，
諸、祝　　飲——，乾——
　　　　　（唱）願奏一曲獻夫人。
祝　融　　丞相有此雅興，祝融願洗耳恭聽。
諸葛亮　　（飲酒、彈琴）
祝　融　　（唱）諸葛亮飲酒撫琴從容鎮定，
　　　　　　　　我却是箸落杯倒難穩心神。
　　　　　　　　強顏歡笑回身稟——（丞相）
　　　　　　　　願酬雅奏舞彝裙。
　　　　　（祝融舞，衆舞）
　　　　　（接唱）口弦彈起君且飲，
　　　　　　　　　夷歌蠻舞助酒興。
　　　　　　　　　百鳥爭鳴迎貴客，
　　　　　　　　　孔雀開屏迎賢人。
　　　　　　　　　心想刀劍亂舞影，
　　　　　　　　　情在殺戮錯五音。
　　　　　　　　　酒宴闌珊現利刃——
　　　　　（衆舞女隨之起舞，祝融示意，畢露殺機，從蘆笙中取出兵刃行刺）
　　　　　（關索、趙雲衆將拔劍擒住）
諸葛亮　　呵呵呵呵。
　　　　　（接唱）小計謀怎瞞得諸葛孔明。
　　　　　（馬岱、魏延報上）
馬　岱　　啓稟丞相，禮品車內藏有硝烟火炮。
魏　延　　藤甲兵蠢蠢欲動，妄圖燒我糧草。
諸葛亮　　趙老將軍聽令：傳我將令，後營舉火，四面埋伏，將計就計，誘那彝王前來劫營，六擒孟獲！且慢，千萬不可傷害大王的性命，違令者斬。

趙　雲　得令！（眾將領命下）
諸葛亮　祝融夫人，你夫妻二人定下裏應外合之計，一來燒我糧草，二來刺殺山人，這三麼——待等大營火光一起，他便帶領人馬殺將過來，一舉破我中軍重地。這樁樁件件，件件樁樁，豈能瞞得過山人。
趙　雲　啟稟丞相，孟獲六番被擒！
諸葛亮　將孟獲押入後帳，聽候山人發落。
趙　雲　將孟獲押入後帳，聽候發落。
　　　　（孟獲被擒，押過場，祝融望門）
祝　融　（唱）見孟獲又被擒心頭一震，
　　　　　　　難道說上蒼偏不助彝人？
　　　　　　　未料到弄巧成拙作繭自縛，
　　　　　　　蒙羞辱何如一死殉夫君。
　　　　（祝融抽關索劍欲死，被關索止住）
諸葛亮　祝融夫人！
　　　　（唱）你輕生死重情義令人可敬，
　　　　　　　勿焦躁，山人言來你細聽。
　　　　　　　你夫妻裏應外合把巧計定，
　　　　　　　那本是兵不厭詐你先禮後兵。
　　　　　　　明知你今日來禮是假舞凶狠，
　　　　　　　我正好會一會你這萬洞千山
　　　　　　　孟月夏神祝融夫人。
　　　　　　　我出征為的是南疆安定，
　　　　　　　若殺人又何必五縱六擒？
　　　　　　　請夫人勸孟獲莫再任性，
　　　　　　　彝漢和造福眾生莫再交兵。
　　　　　　　今日裏肝膽相照話說盡，
　　　　　　　開轅門傳將令，禮送她夫妻回大營。
魏　延　打開轅門，禮送孟獲大王與祝融夫人。
眾　人　丞相。
　　　　（音樂不斷，魏延押孟獲上為其鬆綁，祝融拉孟叩謝，孟甩手下場，孔明大度還劍送祝融下場）
　　　　（收光）

第 四 場

（洞主甲上場）

洞主甲　（白）這怪人怪事古今中外哪兒都有。你瞧，我們大王爺都被諸葛亮擒了六回了，還不服那。就這麼着屢戰屢敗，屢敗屢戰，到甚麼是個頭哇？你瞧，這不又讓人家放回來了，整天的不吃飯盡喝酒。我看他這是作孽那，早晚酒精中毒哇！不行，我得找夫人商量商量，得拿個主意呀。

（洞主甲下。光漸亮，孟獲洞府中，石案上擺有燭臺[1]、貢品、弓箭、獸皮挂於石壁上）

（音樂中孟獲持杯醉飲）

一洞主　大王這酒你喝了不少了，你別再喝了。

孟　獲　（唱）見寶貝往事歷歷涌心上，

　　　　　　　孟獲我枉爲男兒愧對先王。

　　　　　　　六擒的羞辱蒙心上，

　　　　　　　愁極酒猛月昏黃。（狂飲）

（祝融掌燈上場）

祝　融　（唱）夜風起萬籟俱寂添惆悵，

　　　　　　　鷓鴣鳴心頭無計勸大王。

（爲孟獲蓋衣遮凉，孟獲醒）

孟　獲　（唱）只想着與漢軍再拼沙場，

祝　融　（唱）夫鬱悶借酒消愁情更傷。

孟　獲　（唱）咱彝家世世代代受欺壓[2]，我是怎能忘。

祝　融　（唱）漢丞相以德報怨，

　　　　　　　幾擒幾縱感人心房。

孟　獲　（唱）只恨我戰不能勝，

　　　　　　　火氣賭氣在那心口上。

孟　獲　（唱）只覺得左右爲難，心意彷徨。

　　　　　　　你快把那銅鼓銀鑼再敲響，

　　　　　　　若不然男兒無顏稱彝王。

祝　融　大王！

　　　　　（唱）老爹爹當初將王位禪讓，
　　　　　　　　他要你愛百姓造福彝疆。
　　　　　　　　幾月來多少兒郎把命喪，
　　　　　　　　誤農時多少田畝未插秧。
　　　　　　　　妻感念仁義的諸葛丞相，
　　　　　　　　你何必與漢軍鬥勝爭強。
　　　　　　　　結盟好彝歌唱起人丁旺，
　　　　　　　　無戰事萬洞千山謝大王。
孟　獲　（唱）講和罷戰是妄想，
　　　　　　　　漢人哪個是好心腸？
祝　融　（唱）結盟好止干戈把生息休養，
　　　　　　　　爲黎民退一步臉面何傷？
孟　獲　（唱）千言萬語莫要講，
　　　　　　　　不敗漢軍我臉無光。
祝　融　（唱）一人榮歸萬骨愴，
　　　　　　　　不可沽名學項王。
孟　獲　（唱）男兒活在世間上，
　　　　　　　　摧眉折腰不如亡。
祝　融　（唱）六縱之恩不能忘，
　　　　　　　　以怨報德理不當；
孟　獲　（唱）夫人銅鼓聚兵將，
　　　　　　　　不敗漢軍不還鄉。
祝　融　（唱）屢戰屢敗折兵將，
孟　獲　（唱）兵家勝敗乃平常。
祝　融　（唱）一意孤行你太魯莽，
孟　獲　（唱）爲彝家粉身碎骨有何妨。
孟　獲　　　夫人，難道你忘懷了嗎？
祝　融　　　忘懷甚麼？
孟　獲　　　在東南百里之外的禿龍山上還有三萬藤甲兵。
祝　融　　　敢莫是那烏禿骨的藤甲兵麼？
孟　獲　　　正是這三萬藤甲兵個個身穿藤甲，刀槍不入，渡水不沉；人人武藝高強，英勇善戰，所向披靡。只要夫人將岳父的寶弓借某一用，這

祝　融	禿龍山藤甲雄兵如同猛虎下山一般，十萬漢軍將死無葬身之地也！大王不可，萬萬使不得！這藤甲兵若是一動，無數生靈慘遭塗炭，血流漂杵，數萬漢軍化爲白骨。到那時爲妻愧對諸葛丞相六擒六縱的大恩大德，無顏立足於天地之間！
孟　獲	你只知愧對諸葛，孟獲更是愧對瀘水彝山，愧對彝家，愧對先王。你若不肯將岳父的寶弓交某調兵，孟獲就用夫人這把寶劍割去人頭，以報先王！
祝　融	大王不可、不可——（上前奪孟獲手中劍，二人爭搶）大王是我傷了你的心麼？你怎忍心置數載恩愛夫妻而不顧，在這內外紛亂之際棄我而去，祝融與大王生死相依，永不分離，大王你你你千萬不可如此。
孟　獲	不用你管！（拿弓急下）多謝夫人。
祝　融	大王——
孟　齊	（上）祝融，那孟獲手持寶弓他往哪裏去了？
祝　融	孟獲他前往烏禿骨調那藤甲兵去了。
孟　齊	呀！
	（唱）寶弓一舉腥風捲，
	藤甲兵發草木寒。
	十萬蜀兵歸途斷，
	百萬孤寡淚成川。
	水仇山恨春不暖，
	冤怨相報年復年。
	瀘水從此如河漢，
	彝漢參商絕情緣。
	思前想後下決斷，
	罷！
	拼一死也要把孟獲阻攔。
祝　融	不可，阿姐——
洞主甲	阿婆，兩軍陣前刀槍不長眼，阿婆啊你此去必是凶多吉少哇！大王啊大王，別人的話你可以不聽，你阿姐的勸告你怎麼也當成了耳旁風啊。阿婆她説的都是咱彝民心裏頭想的呀，誰不願意過安穩的日子，誰願意打仗，誰又願意流血犧牲啊。再説了人家對你是幾次

抓幾次放,救祝來、赦夫人,又送衣服又送糧,你就該給人一個臺階,給自己留個臺階。給臺階有臺階,不給臺階沒臺階,大家一起下臺階。罷戰和好,有了臺階,老百姓的日子好了纔能上臺階。你說是這個理不是啊?

校記

[1] 石案上擺有燭臺:"案",原作"安",據文意改。
[2] 咱彝家世世代代受欺壓:"欺",原作"氣",據文意改。

第 五 場

(雄渾的音樂聲中藤甲兵列陣舞蹈。天幕前藤甲兵造型)
(孟獲內:"生擒諸葛亮、攻打蜀軍大營、殺")

趙　雲　啟稟丞相,那孟獲帶領三萬藤甲兵將圍攻大營。
魏　延　那烏禿骨的藤甲兵個個身穿藤甲,渡水不沉,刀槍不入,箭射不穿。
馬　岱　我軍無有制勝之策,將士傷亡甚重。
諸葛亮　山人用兵多年還不曾見過如此凶猛的藤甲兵。馬岱!
馬　岱　在。
諸葛亮　傳令三軍只可緊守不可戀戰。
馬　岱　遵命。
馬　謖　啟稟丞相,聖上差人送來十萬火急軍情戰報,曹魏孫吳聞聽丞相出兵南下,趁蜀中空虛,兩路發兵要奪西蜀。聖上命丞相速速回軍。
諸葛亮　噢,那孫曹兩路發兵來奪西蜀?
魏　延　丞相,藤甲兵剽悍兇猛[1],西蜀又有吳魏來犯,我軍腹背受敵如何是好?
趙　雲　丞相可還記得,博望坡、赤壁制勝之策麼?
魏　延　着啊,丞相若破藤甲兵何不用火攻之計?
關　索　是啊,硫磺飛濺硝烟火炮,一起動手。
衆　人　哪怕藤甲兵不滅。
諸葛亮　(驚嘆)衆位將軍,稍安勿躁。想山人自出隆中以來最善用者就是這火攻之計,我豈不知火燒藤甲兵易如反掌,只是兒等可知倘若火炮一響,藤甲兵陣火海一片,那時他欲降不可,我是欲救不能;若用火攻,我又何必禮待孟獲,六擒六縱,等到如今?若要火攻,瀘水彝山結下深仇大恨,百代難平;想這火攻之計諸葛心中是不願,不肯,不能,不忍,不可為這一戰之勝遺害蒼生,殃及後人,辜負先帝三顧之恩,托孤之情,落個不仁、不義、不義、不仁的千古罵名!

魏　延　丞相,如今成都被困,聖上盼等救兵。十萬蜀軍難破藤甲,不用火攻,重則全軍覆没,輕則折將損兵。到那時既未平定南疆,又未一統中原,丞相你悔之晚矣!

(行弦,諸葛亮焦急地踱步。一軍士報上)

軍　士　報!稟丞相,藤甲兵甚是嚚勇,我軍節節潰敗,傷亡慘重,眼看敵軍就要攻入大營。

關　索　再探!

諸葛亮　(唱)晴天霹靂炸耳畔,

衆　人　丞相!

　　　　(唱)未料到晴空萬里,
　　　　　　霎時間墨雲翻捲雨猛風寒。

關索 魏延 趙雲 馬謖　燒哇!

關索 魏延 趙雲 馬謖　燒哇!

關索 魏延 趙雲 馬謖　丞相。

關索 魏延 趙雲 馬謖　丞相。

　　　　(唱)實指望永靖南疆戰後無患,
　　　　　　實指望扶漢室一統江山。
　　　　　　不料想藤甲兵甚是凶悍,
　　　　　　不料想那彝王積怨深恨在心間。
　　　　　　彝王未服執意戰[2],
　　　　　　成都又將烽火燃。
　　　　　　幼主快馬催軍返,

馬　謖　(報上)丞相——成都快馬又傳聖上旨意,要丞相火速回兵!

諸葛亮　趙老將軍聽令,命你帶領三萬人馬速回成都,老夫帶軍隨後就到。快去快去!

　　　　　（接唱）眼見得六擒六縱苦心毀一旦，
　　　　　　　　　功敗垂成在眼前。
　　　　　　　　　並非諸葛才竭寡斷，
　　　　　　　　　制勝藤兵談笑間。
　　　　　　　　　初出茅廬一把火，
　　　　　　　　　博望坡燒出了鼎足天。
　　　　　　　　　赤壁長江火一燃，
　　　　　　　　　曹兵百萬難生還。
　　　　　　　　　舉火不難難在後患，
　　　　　　　　　諸葛亮進退維谷間。
　　　　　（衆內："殺"！上，開打）
馬　岱　啓稟丞相，趙老將軍已然殺出重圍。
魏　延　藤甲兵攻勢凶猛，我軍難以阻擋。
馬　岱　敵軍已攻至轅門。
魏　延　請丞相令，火燒藤甲兵！
馬　岱　火燒藤甲兵！
衆　人　火燒藤甲兵！
諸葛亮　（接唱）衆將異口同吶喊，
　　　　　　　　　催我快把那火燒令傳。
　　　　　　　　　火攻藤甲操勝券，
　　　　　　　　　霎時火起化塵烟。
　　　　　　　　　從此南疆常動亂，
　　　　　　　　　今日我瀘水邊進難，退難，我難難難！
　　　　　（在諸葛亮唱的過門中，舞臺表現兩個空間：帳內與戰場。蜀兵與藤甲兵厮殺和格鬥造型）
　　　　　（孟獲與木鹿大王率藤甲兵上衝上轅門。衆："殺"，"放箭"）
孟　齊　住手！
　　　　　（孟齊出現在轅門前。衆藤甲兵見孟齊後退）
孟　齊　孟獲，爲姐今日冒死前來爲的是將你相勸，勸你罷兵和好不要再戰，不要再讓彝漢兩家兒郎血灑彝山。和則兩益，戰則兩傷。你身爲彝王不要執迷不悟，一錯再錯！阿弟呀，此番諸葛丞相六擒六縱寬仁厚德亘古未見。你就該知恩報德罷兵和好，造福彝家，共享昇平。你可知諸葛丞相並非無計可施，懼怕你這藤甲兵將。當年赤壁曹操兵馬八十三萬，諸葛丞相在那南屛山前、七星臺上借來東風火燒戰船，霎時滿江烈焰衝天，風助火力，火借風威，萬千戰船檣燃櫓斷，百萬雄師折戟沉沙。這八十三萬精兵虎將尚且如此，何況你這區區藤甲三萬。

孟齊　阿弟呀！

（唱）千鈞一髮當決斷，

　　　情勢緊急似火燃，

　　　決不讓鮮血把彝山染。

（木鹿大王內："放箭"）

孟獲　不要放箭，不要放箭。

（孟齊中箭，孟獲托孟齊緩緩走下，邁着沉重的腳步走向臺口。伏屍大哭。）

姐姐，阿姐——

（諸葛亮內：燒……燒……燒！）

（火燒藤甲兵）

校記

［1］剽悍兇猛："剽"，原作"驃"，據文意改。

［2］彝王未服執意戰："服"，原作"扶"，據文意改。

第 六 場

（定點光，顯出諸葛亮與二漢將）

魏延　啓稟丞相，藤甲兵潰不成軍。孟獲七次被擒！

馬岱　孟齊阿婆中箭身亡慘死疆場。

諸葛亮　阿婆你高風亮節，爲我蜀漢求和之大業，捨生忘死，臨陣捐軀，亮代數萬將士拜謝你了。

魏延　丞相啊，孟獲叛漢反覆無常，不殺此人衆將難服，邊陲難靖，蜀漢江山永無寧日。

馬岱　殺孟獲。

魏延　殺孟獲。

眾　　人　殺孟獲。

馬　　謖　（報上）丞相——啓稟丞相，關索將軍將孟獲綁在瀘江岸邊大樹之上要鞭打示眾。末將再三阻攔，他執意不聽，特來稟告丞相。

諸葛亮　（氣急）關索！你你你壞我大事也！
　　　　（瀘水聲、回聲響徹天空。光區擴大，顯出關索與綁着的孟獲及眾漢軍）

諸葛亮　關索！你大膽！何人命你鞭打孟大王？

關　　索　丞相！孟獲七番被擒不思悔改，反將末將送去的酒飯打翻在地，辱罵我等，若不懲治於他，難消眾將心頭之恨！

諸葛亮　你敢違我軍紀麼？

關　　索　末將不敢。

諸葛亮　快與孟大王鬆綁。

馬　　謖　遵命！
　　　　（馬謖與孟獲鬆綁，孟獲驚異，關索等不解）
　　　　（關索不服氣地跪下）

諸葛亮　（取過關索手中的皮鞭，走向孟獲，起【叫頭】）大王！諸葛治軍不嚴，關索違犯軍令冒犯大王，今皮鞭在此交付大王，關索就跪在此地，任憑大王發落！
　　　　（孟獲震驚，慢慢接過皮鞭，看看孔明，再看關索，再看手中的皮鞭，雙手顫抖又是感動又是愧疚）

孟　　獲　丞相啊丞相，你不計前嫌，大仁大義，七番放我而歸，今日之事怎怪小將，是我打翻酒飯、出言不遜所致。丞相你一片赤心對我彝家，都怪孟獲一錯再錯有負丞相。這皮鞭在此，望丞相你打也打得，罵也罵得，孟獲我罪當受責！
　　　　（諸葛亮走到孟獲跟前）

諸葛亮　人非聖賢孰能無過，大王你看——！（音樂起）這波濤滾滾的瀘江，幾經血戰死了多少無辜的彝漢兒。男屍骨橫漂，血染江水，你我身爲主帥，若早日和睦友鄰，豈有昨日的慘狀啊。酒來。（孟獲掩面而泣，眾人皆爲之動容。）死難烈士的英靈啊，諸葛無才，不能制止這場爭戰，亮與你們告罪了。

諸葛亮　（唱）瀘水滔滔波浪滾，
　　　　（音樂聲中，蜀軍擺設祭品。諸葛亮與眾人跪拜）

孟　獲　孟獲有罪呀！丞相！
諸葛亮　（接唱）祭一祭死去的彝漢亡靈。
　　　　　　　含熱淚身顫抖悲痛難忍，
　　　　　　　放哀號聲哽咽五內如焚。
　　　　　　　一杯酒悼彝家鐵血男兒把命殞，
　　　　　　　二杯酒悼漢軍血染沙場葬青春，
　　　　　　　三杯酒哀悼孟齊好阿姐，
　　　　　　　但願你九泉之下得安寧。
　　　　　　　千百年彝漢兩家結仇恨，
　　　　　　　我雖然七擒七縱也難服大王你啊，
　　　　　　　難服大王你的心！
　　　　　　　實可嘆戰場上多少家園化灰燼，
　　　　　　　多少長夜悲聲吟。
　　　　　　　多少江河被血染，
　　　　　　　多少土地未耕耘。
　　　　　　　多少妻子守了寡，
　　　　　　　多少父母失親生。
　　　　　　　多少兒女喪了父，
　　　　　　　多少原野添新墳。
　　　　　　　多少莊稼遭蹂躪，
　　　　　　　多少冤魂泣聲吟！
　　　　　　　只怨我諸葛無能阻刀兵。
　　　　　　　只怨我諸葛無德安百姓，
　　　　　　　只怨我諸葛無智救蒼生。
　　　　　　　空負先帝托重任，
　　　　　　　空懷鞠躬盡瘁心，
　　　　　　　生靈塗炭禍百姓——
　　　　（白）蒼天啊！（跪倒在地）
　　　　　　　若要責若要懲就對我諸葛孔明！
　　　　（泣不成聲，跪伏在地）
孟　獲　（深深被打動，跪倒在地，哽咽地）丞相……丞相！
孟　獲　（唱）丞相他滿懷深情一番言講，

　　　　　　孟獲我又悔又恨羞愧滿胸膛。
　　　　　　七擒七縱感念你寬洪海量，
　　　　　　只怪我善惡不辨、親仇不分、一意孤行、
　　　　　　以怨報德，我的罪難當！
孟　獲　箭來。（接唱）
　　　　　　心悅誠服你漢丞相，
　　　　　　從今後漢彝和好再不動刀槍。
　　　　（折箭盟誓）
諸葛亮　好啊！
　　　　（唱）彝山高，瀘水長，
　　　　　　　終可化冰霜。
　　　　　　　情相依，心共往，
　　　　　　　彝漢兩家同炎黃。
眾　人　（唱）情相依，心共往，
　　　　　　　彝漢兩家同炎黃。
孟　獲　（唱）感天動地漢丞相，
眾　人　（唱）感天動地漢丞相，
祝　融　（唱）真情美德萬古揚！
眾　人　（合唱）真情美德萬古揚！
孟　獲　丞相！（跪拜）
　　　　（燈光大變，彩霞滿天。漢彝兩家融匯在一起，簇擁着諸葛亮。諸葛亮拉着孟獲與祝融向臺前走去，謝幕）

　　　　　　　　　　　　　　　　　　——劇終

收 姜 維

李 蘇 改編

解 題

　　越調。李蘇改編，申鳳梅演出。李蘇，越調編導，生平里居不詳。申鳳梅（1928—1995），河南臨潁人，我國越調大師。11歲開始學藝，14歲搭班。1947年同戲班參加解放軍二野二縱隊勝利劇團，曾任河南省越調劇團團長、名譽團長，中國戲劇家協會理事，河南省戲劇家協會副主席、主席，中國共產黨第十三屆、第十四屆黨代表。一生演出了200多個劇目，扮演過生、旦、淨、末、醜各行當的脚色，在《諸葛亮出山》《舌戰群儒》《斬關羽》《諸葛亮弔考》《七擒孟獲》《收姜維》中扮演了從小生到老生不同時期6個諸葛亮藝術形象，享有"活諸葛亮"的美譽。另有7部13集越調電視系列藝術片《諸葛亮》。該劇未見著錄。劇寫蜀軍進伐中原，趙雲被魏將姜維戰敗於天水關。諸葛亮慕姜維之才，決計收其歸蜀漢。先劫姜母至蜀營，以誘姜維前來救母，再遣魏延假扮姜維攻打天水關，使魏天水關太守馬遵懷疑姜維降蜀。姜維救母未成，戰敗歸來，而馬遵閉門不納，並以亂箭射之。姜維進退無路。諸葛亮借機曉之以理，姜維遂降蜀漢。本事出於《三國演義》第九十三回。河南越調有傳統劇目《收姜維》，又名《天水關》《三傳令》《智收姜維》。清代花部、現代京劇都有《天水關》。本劇根據傳統折子戲《遣將》《勸降》增飾改編。版本有《河南戲曲名家叢書》（越調）申鳳梅演出本、《河南新文學大系·戲劇卷》本。今以《河南戲曲名家叢書》（越調）申鳳梅演出本爲底本，校勘整理。該劇1956年由項城越調劇團首演，申鳳梅飾諸葛亮，獲河南省首屆戲曲觀摩演出大會劇本二等獎，申鳳梅因演此劇贏得"活諸葛"美稱。1981年珠江電影製片廠拍攝爲戲曲藝術片。

第一場 姜維阻令

（馬遵上）

馬　遵　（對）駙馬書信到，危急在眉梢。
俺，天水關太守馬遵，因西蜀諸葛亮侵犯中原，鳳鳴山前打了一仗，趙子龍槍挑韓德父子五人落馬。如今夏侯駙馬南安被圍，裴緒將軍前來下書，命我與安定太守二兵合一南安救援。有心發兵前往，惟恐天水有失，如何是好？

（報子上）

報　子　安定兵馬已去，請太守火速發兵前去會合。
馬　遵　再探！
報　子　是！（下場）
馬　遵　（唱）探馬不住連聲報，
　　　　　　　如同霹靂響雲霄。
　　　　　　　我若發兵南安去，
　　　　　　　天水有失自難保。
　　　　　　　我若坐視不救援，
　　　　　　　魏王怪罪命難逃。
　　　　（白）中軍！
中　軍　在。
馬　遵　傳我一枝將令，吩咐全營將士速忙披挂，南安救援去者！
中　軍　得令。下邊聽了，太守有令，吩咐全營將士速忙披挂，南安救援去者。
姜　維　且慢！
馬　遵　何人阻令？
中　軍　中郎將姜維阻令。
馬　遵　傳姜維進帳。
中　軍　姜維進帳。
姜　維　來也！
　　　　（對）烏雲遮月難出現，胸懷大志也枉然。
　　　　（白）末將姜伯約告進！參見太守！

馬　遵　哇，你好大膽的姜伯約，本督正在興兵，你為何阻令？
姜　維　太守，你中了諸葛亮之計？
馬　遵　怎見得？
姜　維　太守請想，如今諸葛亮殺敗夏侯駙馬，駙馬困於南安，水泄不通，安得有人殺出重圍前來求救？
馬　遵　現有裴緒將軍前來下書。
姜　維　哼！那裴緒將軍乃是無名之輩，焉能殺出重圍？
馬　遵　這……
姜　維　請問太守，安定報馬可有公文？
馬　遵　這……
姜　維　以末將看來，分明是諸葛亮用的奸詐之計，騙得你我出城，蜀兵趁虛而入天水也！
馬　遵　啊呀！若不是伯約將軍將我提醒，險些中了諸葛亮之計。伯約將軍，如今南安危在旦夕，如何是好？
姜　維　末將倒有一計，可以生擒諸葛亮以解南安之圍。
馬　遵　有何妙計？快快獻上。
姜　維　太守，我願領精兵三千，埋伏要道，然後太守帶兵出城。蜀兵見此情景，必然趁虛而入，那時我軍以火光為號，前後夾攻，可獲全勝。如諸葛亮親自帶兵前來，諒他嘛……哈……休想逃走！
馬　遵　真乃妙計。伯約將軍聽令，賜你精兵三千，城外埋伏去者！
姜　維　得令！
馬　遵　中軍！
中　軍　在！
馬　遵　帶馬校場去者！（下）

第二場　孔明坐帳

（幕啓，在音樂聲中諸葛亮領二書僮上）

諸葛亮　【引子】羽扇綸巾，保漢家兩代賢臣。
　　　　（詩）山人奉旨出西川，
　　　　　　　率領人馬取中原。
　　　　　　　但願天下歸一統，

重整萬里好河山。

山人複姓諸葛,名亮,字孔明,道號卧龍。自從進伐中原以來,攻無不克,戰無不勝,趙子龍槍挑韓德父子五人落馬,不愧爲常勝將軍也!哈……

(唱)想起來當年征渭南,
　　　旗開得勝班師還。
　　　手捧表章上金殿,
　　　又奉旨興師取中原。
　　　四千歲果真有肝膽,
　　　親討馬前先行官。
　　　鳳鳴山前打一仗,
　　　槍挑那韓德父子落馬前。
　　　七十三歲打勝仗,
　　　不愧長勝將一員。
　　　乘勝智取天水郡,
　　　單等着四王千歲凱歌還。

報　子　禀丞相!
諸葛亮　講!
報　子　四王千歲在天水關前被圍!
諸葛亮　啊!速速再探!
報　子　得令!
諸葛亮　來!
書　僮　有!
諸葛亮　速傳關興、張苞進帳!
書　僮　關興、張苞進帳!
關　興
張　苞　(合)啊!參見丞相!
諸葛亮　罷了。適纔探馬報導,四千歲在天水關前被圍!
關　興
張　苞　(合)啊!
諸葛亮　命你二人各帶五百精兵,分爲兩路,速速去天水關解救四王千歲,不得有誤!

關 興 張 苞	（合）得令！
諸葛亮	啊呀！是何人識破我計，戰勝四王千歲！速傳馬岱進賬！
書 僮	馬岱進賬。
馬 岱	來也！參見丞相！
諸葛亮	罷了，適纔探馬報導，四王千歲在天水關被圍！
馬 岱	啊！
諸葛亮	命你速到陣前探聽是何人兵馬？
馬 岱	遵命！（下）
諸葛亮	（思考，唱）

　　　　探馬報老將軍打回敗仗，
　　　　情不禁心腹事湧上胸膛。
　　　　想當初隱南陽臥龍崗上，
　　　　習兵書學陣法韜略無疆。
　　　　自那年劉先主冒雪親訪，
　　　　三請我出茅廬輔佐漢邦。
　　　　燒博望焚新野赤壁大戰，
　　　　燒藤甲擒孟獲平定了南方。
　　　　創大業全憑着五虎上將，
　　　　望江山歸一統扶保漢王。
　　　　實不幸二千歲駕薨在玉泉山上，
　　　　三千歲急兄仇他被刺身亡。
　　　　征東關戰死了黃忠老將，
　　　　馬超死去山人我一只臂膀。
　　　　撇趙雲七十三髮如霜降，
　　　　怎怨他陷重圍銳氣挫傷。
　　　　怨只怨我把這天水低估量，
　　　　虎符計被識破事非尋常。
　　　　到如今我年邁命將凋喪，
　　　　待何人繼承我大任擔當？

馬 岱	稟丞相。
諸葛亮	講。

馬　　岱　末將探得天水關敵陣，乃是姜維的人馬。姜維所布此陣，乃吳子兵法一字長蛇陣，此人殺法驍勇，血氣方剛，真乃是一員戰將！末將並撿來狼牙箭一枝，丞相請看！

諸葛亮　姜維？馬將軍你可探聽此人家住何處？

馬　　岱　末將聽南安土人言講，姜維乃是冀城人氏，家有老母。此人不但才學志廣，而且很孝順母親。人人稱贊他是能攻善守、智勇雙全，當世的英雄！

諸葛亮　難怪此戰失利，乃是兵不在廣，而在運用之妙也！馬將軍，下邊歇息去吧！

馬　　岱　遵命！（下）

諸葛亮　（思考，唱）

　　　　　　離茅廬以來我曾把賢訪，
　　　　　　到如今纔遇着個英雄兒郎。
　　　　　　由山人重定計部署戰場，
　　　　　　要收那姜伯約降順漢王。

諸葛亮　來！

書　　僮　有！

諸葛亮　筆墨侍候！

書　　僮　是。

諸葛亮　（修書）來！

書　　僮　有。

諸葛亮　吩咐陞帳！

書　　僮　是！陞帳！

第三場　智傳三令

（魏延、馬岱同上，起幕）

馬　　岱　俺馬岱！

魏　　延　俺魏延！

馬　　岱　丞相陞帳，命你我兩廂侍候！請了！

魏　　延　請了！

（陞帳，八龍套，二書僮，諸葛亮隨上）

諸葛亮	（對）山人點兵將，要收忠孝郎！
馬　岱 魏　延	（合）參見丞相！
諸葛亮	罷了！
關　興 張　苞	（上場）（合）稟丞相。
諸葛亮	講！
關　興 張　苞	（合）我家四皇叔回營來了！
諸葛亮	快快請進帳來！
關　興 張　苞	（合）是！有請四皇叔！
趙　雲	來也！（上場） （對）軍陣失兵計，回稟丞相知。 參見丞相！
諸葛亮	四千歲，你回營來了？
趙　雲	回營來了。
魏　延	老將軍勝敗如何？
趙　雲	我敗陣下來！
魏　延	四千歲年邁了，怎比當年的威風？
趙　雲 馬　岱 關　興 張　苞	（合）啊！
諸葛亮	哼！
趙　雲	（唱）老趙雲七十三打了敗仗， 　　　回營來被魏延耍笑一場。 　　　緊一緊鎖子甲重把陣上， 　　　戰不敗姜伯約我不回營房。 （白）與我帶馬！
諸葛亮	且慢！ （唱）四千歲你莫要羞愧難當， 　　　聽山人把情由細説端詳。

想當年長坂坡你有名上將，
一桿槍戰曹兵無人阻擋。
如今你年紀邁髮如霜降，
怎比那姜伯約血氣方剛。
雖說你今一天打回敗仗，
怨山人我用兵不到，你莫放在心上。
這書信你牢牢帶在身上，
四更天奪天水，
三路佯攻，一路智取，
馬遵他難防。
攻破城立刻就把姜母去訪，
一定要保護他合府安康。
見姜母交書信把好言多講，
你就說山人我敬慕非常。
把姜母請回營安然無恙，
那姜維無後顧他纔放心來降。

趙　雲　（唱）實服了漢丞相才學智廣，
強似我跨戰馬重赴戰場。
在大帳施一禮辭別丞相，
冀城縣我去搬姜維的老娘！

馬　岱　丞相，大戰那姜維該用何策當先？
魏　延　丞相啊！丞相賜末將一枝將令，待末將出得城去大戰姜維！
關　興
張　苞　（合）正合我意！
諸葛亮　眾位將軍。
眾　將　在！
諸葛亮　不必忙迫，且聽山人傳令。
　　　　（唱）一枝將令往下傳，
馬岱將軍你進前。
你叔父馬騰是好漢，
鎮守西涼半個天。
你叔父不幸被曹斬，

　　　　你們弟兄大反西涼報仇冤。
　　　　與曹操潼關排開戰，
　　　　殺得他割鬚換袍心膽寒。
　　　　自從你們弟兄歸了漢，
　　　　隨定山人許多年。
　　　　馬超為國把命斷，
　　　　單撇將軍保河山。
　　　　山人領兵取中原，
　　　　天水此戰你領先。
　　　　四千歲去搬姜維母，
　　　　姜維知必然去救援。
　　　　你冀城路上去接戰，
　　　　戰姜維只戰到紅日滾滾墜西山。
　　　　莫讓他救援冀城縣，
　　　　莫讓他轉回天水關。

馬　岱　　得令！
諸葛亮　　關興、張苞聽令！
關　興
張　苞　　（合）在！

　　　　（唱）二枝將令往下傳，
　　　　關興張苞你進前。
　　　　父保先君把業建，
　　　　你們子承父業保河山。
　　　　父元勳，兒好漢，
　　　　隨定山人取中原。
　　　　日落西山去接戰，
　　　　你們大戰姜維臨陣前。
　　　　你三人扣定連環戰。
　　　　戰姜維只戰到，
　　　　一更、二更、三更天，
　　　　三更時候停住戰，
　　　　讓姜維轉回天水關。

　　　　　　此時此刻兵南轉，
　　　　　　讓人埋伏到鳳鳴山。
馬　岱
關　興　（合）得令！
張　苞
魏　延　丞相，為何不差俺魏延生擒那姜維？
諸葛亮　魏將軍不必忙迫，且聽山人傳令！
　　　　（唱）三枝將令往下傳，
　　　　　　叫了聲鎮北的將軍名魏延。
　　　　　　自從你長沙歸了漢，
　　　　　　隨定山人許多年。
　　　　　　南的殺，北的戰，逢山開路，遇水造橋，
　　　　　　陣陣全是你的先行官。
　　　　　　今日戰比不得往日戰，
　　　　　　戰姜維比不得當年你大戰渭南。
　　　　　　五百匹馬隊屬你管，
　　　　　　再賜你鐵騎藤牌兵三千。
　　　　　　初更時用戰飯，
　　　　　　行兵時到一更天黑三更天。
　　　　　　你假扮姜維關前站，
　　　　　　口口聲聲吐反言。
　　　　　　你就說你是姜維降了漢，
　　　　　　率領人馬來奪關。
　　　　　　這是姜維的狼牙箭，
　　　　　　射傷他城頭將一員。
　　　　　　那姜維三更時必然往回返，
　　　　　　將人馬你埋伏到城外邊。
　　　　　　姜維若與你排開戰，
　　　　　　只許你敗，不許你勝，
　　　　　　誘戰姜維向東南。
　　　　　　東南有個高崗岩，
　　　　　　過去高崗是平川。

　　　　　　你耳聽戰鼓兒冬的隆冬三聲響，
　　　　　　山人領兵到陣前。
　　　　　　縱然他插翅也難展，
　　　　　　收姜維就在鳳鳴山。
魏　延　（扎口）呀！呀……
諸葛亮　違令者斬！
魏　延　得令！（下）
報　子　報！那姜維帶領三千人馬直奔冀城而去了。
諸葛亮　再探！
報　子　得令！
諸葛亮　（唱）姜伯約果真是忠孝雙全英雄將，
　　　　　　勝似當年的馬超郎。
　　　　　　但願得納虎將遂我願望，
　　　　　　得此人取天水易如反掌。

第四場　車輪大戰

姜　維　（內唱）率人馬出天水浩浩蕩蕩，
　　　　　　威風凛凛志氣昂。
　　　　　　諸葛亮用巧計枉費心腸，
　　　　　　我擺下長蛇陣大戰一場。
　　　　　　昨日裏戰敗了趙雲上將，
　　　　　　回營去馬太守與我增光。
　　　　　　探馬報到大軍帳，
　　　　　　趙雲要奪冀城堂。
　　　　　　太守賜我兵和將，
　　　　　　截趙雲援冀城保我的老娘。
　　　　　　眾將官催馬往前闖，
馬　岱　（唱）閃出馬岱站道旁。
　　　　（白）來將通名！
姜　維　來將姜伯約！大膽蜀將竟敢攔住去徑，休走看槍！

姜　維
馬　岱　（合）殺！

（馬岱假敗下，姜維率兵追下）（關興、張苞、馬岱三人連環戰。三人假敗下，姜維隨兵追下）

魏　延　（唱）耳聽更鼓響三點，
　　　　　　　魏延跨馬到陣前。
　　　　　　　領了丞相一令箭，
　　　　　　　我假扮姜維去罵關。
　　　　　　　催馬來在城根站，
　　　　　　　城頭小軍聽我言，
　　　　　　　稟馬遵就說姜維降了漢，
　　　　　　　率領人馬來奪關！
　　　　　　　叫馬遵快把城池獻，
　　　　　　　若不肯管叫他屍骨不全！
　　　　　　　照準小軍放一箭，
　　　　　　　管叫他難解巧機關。
　　　　（白）啊哈且住，那邊隱隱約約來了一支人馬，想必是姜維人馬轉回天水，眾將官！

眾蜀兵　有！
魏　延　一邊埋伏，見機行事便了！
眾蜀兵　是！

（魏延領軍下。姜維領兵上。馬遵登城）

姜　維　太守。
馬　遵　叛臣！
　　　　（唱）喝住姜維太膽大，
　　　　　　　你投漢反來把我伐！
姜　維　（唱）問太守為何講此話？
馬　遵　（唱）你不該把我的小軍殺！
姜　維　（唱）末將中途把仗打，
　　　　　　　是何人詐關把小軍殺？
馬　遵　（唱）你休要強辯來做詐，
　　　　　　　現有你姜維的箭狼牙。

　　　　　　　衆將官開弓齊射他，
　　　　　　　滾木礌石往下砸！（下）
　　　　　（衆兵被礌石砸下，姜維擋箭"絆馬"）
姜　維　（唱）亂箭射，礌石砸，
　　　　　　　氣得末將兩眼花。
　　　　　（白）這……這是哪裏說起呀，這？
　　　　　（姜維聞鼓聲下）
魏　延　（唱）伏兵突起殺聲喊，
　　　　　　　魏延催馬到陣前。
姜　維　（唱）開口罵聲賊魏延，
　　　　　　　是螻蟻你敢拱泰山！
　　　　　（白）我問你可敢殺？
魏　延　你可敢戰？
姜　維　看槍！
魏　延　看刀！
姜　維　（唱）敢殺敢戰管叫你命喪黃泉。（魏假敗下）
　　　　　　　戰敗那魏延賊我不必追趕！
馬　岱　（內喊）哪裏走？
　　　　　（上唱）挺槍躍馬把路攔。
姜　維　（唱）手執銀槍劈心點。
馬　岱　（唱）銀槍架開把話言，
　　　　　　　口叫姜維快降漢。
姜　維　（唱）你這無能匹夫發狂言。
　　　　　（二人開打，馬岱假敗下）
姜　維　（唱）久聞馬岱英雄漢，
　　　　　　　今日不戰爲哪般？
　　　　　　　這定是諸葛亮佈下的連環戰，
　　　　　　　我要想取勝難上難。
　　　　　　　四面殺聲齊吶喊，
　　　　　　　殺出重圍奔長安。
關　興　（合）（內喊）哪裏走？
張　苞

张　苞　（唱）跨一匹乌骓马追风似电。
关　兴　（唱）手执着青龙刀保定河山。
姜　维　（唱）这小将头戴盔明光亮闪，
　　　　　　　这小将手执着青龙刀甚是威严。
张　苞　（唱）骂声姜维好大胆。
姜　维　休发恶言，到此何干？
关　兴
张　苞　（合）劝你降汉！看刀鞭！
姜　维　（唱）要降汉除非是日出西山！
　　　　（三人开打，关兴、张苞败下）
　　　　（四面杀声，鼓声大作。魏延、马岱领兵过场）
　　　　（姜维四望，亮枪）
姜　维　（唱）马到悬崖收缰晚，
　　　　　　　中了诸葛亮计连环。
　　　　　　　奉将令领雄兵冀城接战，
　　　　　　　不料被困入龙潭。
　　　　　　　眼望冀城把老娘盼，
　　　　　　　母亲，老娘，啊，母亲
　　　　　　　臣不能保主，子不能救母，
　　　　　　　思想起来我心似箭穿！
　　　　　　　俺今日与诸葛决一死战！
　　　　（姜维力战关兴、张苞、马岱、魏延。车轮大战。姜维败下，四将追下）

第五场　征服姜维

　　　　（众兵护卫，诸葛亮坐四轮辇上）
诸葛亮　（唱）四处摆下天罗网，
　　　　　　　要收姜维把汉降。
　　　　　　　下四轮我把高岗上，
　　　　　　　观看两家排战场。
　　　　（姜维在紧急的喊杀声中上）

姜　　維　（唱）號炮不住連天響，
　　　　　　　　鳳鳴山前起火光。
　　　　　　　　四下俱是漢兵將，
　　　　　　　　把姜維圍困正中央。
　　　　　　　　看他好像諸葛亮，
　　　　　　　　氣的豪傑怒滿腔，
　　　　　　　　手執銀槍往上闖——
　　　　　　（開打亮相）
諸葛亮　（唱）姜將軍你不必逞剛強，
　　　　　　　　四下裏我埋伏俱是將，
　　　　　　　　爲只爲要收將軍共保漢王。
姜　　維　（唱）耳聽諸葛把話講，
　　　　　　　　只見他不慌不忙甚安詳。
　　　　　　　　連勝數陣今敗仗，
　　　　　　　　諸葛亮用計他比我強。
諸葛亮　（唱）魏延陣前休魯莽，
　　　　　　　　姜將軍：聽山人我對你說端詳，
　　　　　　　　出茅廬我把帥印執掌，
　　　　　　　　南征北戰訪忠良。
　　　　　　　　姜將軍你本是英明將，
　　　　　　　　理應棄曹保漢王。
姜　　維　（唱）諸葛亮言語非尋常，
　　　　　　　　姜維馬上細思量。
　　　　　　　　回想起老母對我講，
　　　　　　　　西蜀漢王世無雙。
　　　　　　　　今日一見果不錯，
　　　　　　　　降戰二字我無有主張。
馬　岱
關　興　（合）啊，將軍，還是降漢者好呀！
姜　　維　降漢者好？
馬　岱
關　興　（合）降漢者好！

姜　　維　降漢者好？

魏　延
張　苞　（合）啊，將軍，還是降漢者好呀！

姜　　維　降漢者好？

魏　延
張　苞　（合）降漢者好！

姜　　維　哎呀！（唱）
　　　　　　　銀槍插在馬鞍上，
　　　　　　　說與四將聽衷腸。
　　　　　　　你速速稟於漢丞相，
　　　　　　　或殺或放這有何妨？

諸葛亮　（唱）遠觀東方天將亮。

關　興
張　苞
馬　岱　（合）丞相，姜維不戰！
魏　延

諸葛亮　啊！

關　興
張　苞
馬　岱　（合）姜維不戰！
魏　延

諸葛亮　山人曉得了！
　　　　（唱）姜伯約他不戰我另有主張，
　　　　　　　眾將官權且把狂弓放。

關　興
張　苞
馬　岱　（合）啊！
魏　延

諸葛亮　（唱）姜將軍可是一位英雄兒郎！
　　　　　　　山人撩衣邁步一步一步下土崗，
　　　　　　　可喜將軍把漢降。
　　　　　　　久聞你的全才武藝廣，
　　　　　　　爲甚麼你保那曹魏王。

姜　　維　（唱）久聞丞相待將廣。

諸葛亮　此乃外揚虛名呀！
姜　維　（唱）末將早有意把漢降。
　　　　　　家撇老母高堂在，
　　　　　　因此事錯保那曹魏王。
諸葛亮　啊！姜將軍果真是忠孝雙全哪！
姜　維　（接唱）丞相開籠把鳥放。
諸葛亮　啊！將軍你哪裏去呀？
姜　維　（接唱）冀城縣探罷母再把漢降！
諸葛亮　（唱）差趙雲已搬來你母，
姜　維　（唱）打敗仗羞得我滿臉無光！
諸葛亮　（唱）說甚麼打了敗仗臉無光，
　　　　　　兩軍陣上一敗一勝，一勝一敗，古之平常。
　　　　　　姜將軍你且把寬心放，
　　　　　　聽山人把心腹言說端詳。
　　　　　　劉先主出世來把業創，
　　　　　　桃園結義劉關張。
　　　　　　水鏡元直推薦先帝把我訪，
　　　　　　他們弟兄三請山人到臥龍崗。
　　　　　　離茅廬頭一陣火燒博望，
　　　　　　只燒得夏侯惇十萬人馬上天無路，
　　　　　　入地無門他無處躲藏。
　　　　　　那曹操在許昌統來兵將，
　　　　　　他要把孫劉兩家一馬平蹚。
　　　　　　我也曾新野縣安排停當，
　　　　　　傳一令：棄新野，奔樊城，走當陽，收夏口，
　　　　　　路過那長坂坡前大戰一場。
　　　　　　有常山趙子龍白袍少將，
　　　　　　抱幼主戰曹兵銳不可擋。
　　　　　　張翼德埋伏在當陽橋上，
　　　　　　大吼三聲嚇退了曹營的兵將，
　　　　　　一個一個人踩人死，他馬踏馬亡。
　　　　　　曹孟德又點起水軍兵將，

連環戰船鎖長江。
那孫權差魯肅過江來訪,
他請我諸葛亮同心破曹共商量。
我也曾借東風從天所降,
火燒戰船大戰赤壁,
燒得那曹操的兵將只剩下一十八名老弱殘回許昌。
笑周郎他無有容人之量,
他不該借端行事把我傷。
我與他將計就計七星臺上[1],
東風起駕孤舟我已在大江。
差丁奉和徐盛把我來趕上,
多虧了戰將子龍射斷風篷繩索他嚇退兒郎[2]。
張翼德也曾大戰蘆花蕩,
吳兵喪膽氣壞了周郎。
還望將軍想一想,
無大將我怎能虎躍龍驤。
過巴州收來嚴顏將,
關雲長取長沙,
又收來黃忠黃老將,
能射百步箭穿楊。
還有個鎮北的將軍魏文長。
西涼收來馬超將,
又收來馬岱保漢王。
孟獲不服戰表上,
被山人七擒七縱、七縱七擒,
他心悅誠服他守邊疆。
再望將軍你想一想,
輔漢室怎少得這些擎天玉柱架海梁。
往南裏殺來北裏闖,
我的主纔稱漢中王。
白帝城托孤他臨終講,
囑咐我諸葛亮統一漢室錦家邦。

幼主登基把旨降,
他命我率領人馬北伐中原曹魏王。
趙子龍出營打了一仗,
被將軍你殺得他一人一馬含羞帶愧回營房。
這是我計不周用兵不當,
也是將軍你用兵法智勝孫龐。
老將軍回營他對我講,
姜將軍你又有忠,你又有孝,你有又剛,你有又強,
忠孝剛強文武全才世無雙。
離茅廬以來我就把賢訪,
到如今纔遇伯約將孝郎。
因此事山人發兵將,
兵紮祁山收忠良,
渴望將軍歸我邦。
你是將,我是相,
有甚麼軍情大事同坐大帳共商量。
我教你天文地理和星象,
再教你兵書妙法五門八卦並陰陽。
肺腑之言你再三想,
還望你一樁樁、一件件、一件件、一樁樁,
樁樁件件、件件樁樁你要細思量。

（手拉着姜伯約,四輪輦上）

眾　人　（唱）咱同心協力保漢王。

——劇終

校記

[1] 我與他將計就計七星臺上:"將",原無,據文意補。
[2] 多虧了戰將子龍射斷風篷繩索他嚇退兒郎:"篷",原作"蓬",據文意改。

孫權與張昭

周祥先　吳永藝　撰

解　題

　　閩劇。周祥先、吳永藝編劇。周祥先，生平事歷不詳。吴永藝，福建實驗閩劇院編導主任，一級編劇，中國戲劇家協會會員。著有《丹青魂》（合作）、《孫權與張昭》（合作）等劇作。該劇未見著錄。劇寫東吳孫權稱帝，行加冕禮。孫權封張昭爲婁侯，食邑萬户。張昭不受食邑萬户之封。遼東公孫淵棄魏降吳，孫權不聽張昭反對受降之諫，執意差人去遼東宣達賜命。張昭呈《明君十鑒》，孫權不看交皇后，張昭生氣暈倒。孫權知責張昭言重，皇后以其醉酒掩飾。皇后譜曲。孫登拉妻張婕遊園。張婕婉拒，言祖父因諫一言而病重於家。皇后聞信知是因國是傷心，乃唱所譜之曲。孫權聽了贊揚曲好。皇后告孫權，曲詞爲張昭的《明君十鑒》。孫權驚悟，錯待老臣。皇后讓孫權去爲張昭祝賀七十大壽，孫權顧顏面擬於壽前一日去。張昭家設靈堂祭心，心已死可祭，夫人不允，張昭堅持，告孫權之言。夫人取錦盒（内存藥方）欲進宫，張拒。孫權到張府見此情、看祭文，大怒，讓張昭在家反省，不許出户。張夫人讓孫權帶回錦盒，孫權令封張門。孫權回宫怒極，欲燒錦盒藥方斷情，皇后阻之。廬江三萬兵叛，丞相顧雍諫言宜招安，不能出兵平叛，而招安唯有張昭可行。然張昭已入佛堂。孫權命張承帶兵五萬平叛，讓顧雍派兵馬打探遼東船隊情況。皇后讓顧雍去説張昭，顧提意讓張婕同往。張昭佛堂念經，心難專一。張婕唱《明君十鑒》，張昭有所感。顧雍來，告廬江兵叛，昭説只可招安，不能出兵。顧雍請張昭前往招安，張昭云君封門不敢出。廬江叛兵勾結蜀軍，五萬吳軍被圍求救兵；出使遼東的萬人船隊被毁，二將殉國；魏五十萬大軍寇關脅降。形勢危急。孫權問計於衆文武，無人發言。孫權知過，堵了言路。孫權聽顧雍諫，命人拆墻請張昭。孫權、張昭各自反省自責，均爲東吳大業，二人言歸於好。本事出於《三國志》，人物、情節多是虛構。版本見1995年第10期《劇本》本。今據以收錄整理。該劇曾由福建閩劇院一團演出,參加 1993 年海峽(閩臺)福建十九屆戲劇會演,獲劇目獎。

第 一 場

(吳黃龍元年,西元 229 年)
(武昌南郊王宮)
(伴唱聲起)龍爭虎鬥三國事,
　　　　　風流物事春秋圖。
　　　　　是非功過浪淘盡,
　　　　　閑磕餘猶夢東吳。
(幕內傳來:"良辰吉時已到,恭迎皇上登基!"的聲音)
(幕啟:莊嚴肅穆的王宮,登基大典之所需一應俱全。文武大臣等跪伏恭迎)

文武大臣 恭迎皇上登基!
(禮炮轟鳴,樂聲雷動。張昭莊重地捧著九龍冠前導,後隨躊躇滿志的孫權、皇后)

司禮監 拜祭列祖列宗!

孫　權 (上香施禮)列祖列宗!
(唱)應天命承遺願喜登大寶,
　　　興東吳平亂世劬勞爲民。
　　　光先耀後豐碑樹,
　　　登壇綜祭慰英靈。

司禮監 輔吳將軍張昭代天授冠!
(張昭捧九龍冠參拜天地祖先)

張　昭 拜上先王、先太后——
(唱)奉遺詔輔幼主幸未辱命,
　　　喜今朝遂宏願大業初成。
　　　明君可期平天下,
　　　鞠躬盡瘁老臣心。
(爲孫權戴上九龍冠)

（孫權莊嚴地登上寶座，文武大臣三叩九拜）

文武大臣 萬歲，萬歲，萬萬歲！

孫　權 衆愛卿平身！

文武大臣 謝萬歲！

孫　權 朕以不德，肇受元命，思平亂世，救濟黎庶，上答神祇，下慰民望。今特頒旨：大赦天下，省徭役、減征賦，將吏皆晉爵加賞。

文武大臣 謝主隆恩！

孫　權 張公德高望重，功蓋朝班，賜封婁侯，食邑萬戶！

張　昭 哎呀萬歲，老臣今已衣食無憂，而社稷並未富足，戰禍無日不存，食邑萬戶之旨，臣請免去！

孫　權 張公？

張　昭 （毅然堅持地）皇上！

孫　權 公真乃朝野之楷模也！就依公之請。看御酒！

太　監 看御酒！

（衆宮女端壼、觥上，爲衆人斟酒）

孫　權 衆愛卿，吳國得以雄據江東，與魏蜀鼎足而立，全賴衆愛卿忠心輔助，孤敬衆愛卿一杯！

顧　雍 此乃皇上天聰聖明，誠招賢能，廣開言路所至，臣等理應先敬皇上！

大臣甲 是呀，皇上洪福齊天，英明果斷，火燒赤壁，大破曹軍八十萬，曹操喪膽；秭歸之戰，大敗漢兵七百里連營，劉備氣死白帝城，方纔奠定鼎立之局。臣等理應先敬皇上！

衆大臣 對對，理應先敬皇上！

孫　權 好好，同乾！（與衆人同飲）

（太監上）

太　監 啓奏萬歲，遼東太守公孫淵派人送來降書！（呈上降書）

孫　權 哦？（喜形於色）顧愛卿，快將降書念來！

顧　雍 遵旨！（接降書，念）"罪將公孫淵三世事魏，鎮守遼東；然魏主昏庸，常存猜忌。吳主以德治國，君臣同心，普天共仰。願棄暗投明，稱臣於吳。伏乞不計前嫌，笑納罪臣！獻上稀世之寶貂馬及古玩珍奇，以表誠意！"

孫　權 （大喜，瞥見衆大臣欲言之狀，抑制不宣）衆愛卿，此事有何良策？

（面向顧雍）

顧　　雍　呃呃，諸位大人有何高見？

大臣甲　啓奏萬歲，公孫淵棄魏降吳，實爲吳國强盛而來，乃是應天順人，大勢所趨。

大臣乙　非也！公孫淵歷來反覆無常，如今與魏主不和，事急來降，未可輕信！

大臣丙　不對！赤壁慘敗，魏國元氣大傷；秭歸濺血，蜀軍盛勢難再。公孫淵不來投吳，却去投誰？

大臣丁　遼東來投，恰好與西南蜀國構成三面包圍之勢，魏國指日可滅。切莫坐失良機！

衆大臣　是啊，萬歲，切莫坐失良機！

孫　　權　衆卿所議，正和孤意。哈哈哈……天助吾也！天助吾也！

（唱）纔喜大典天威隆，

又獲北國來投鴻。

三國鼎立幾多載，

肇成帝業坐江東。

一統雄心常鼓蕩，

未逢機緣願成空。

天遣遼東爲羽翼，

抓住良機建奇功！

傳旨……

張　　昭　且慢！皇上，老臣以爲，收降公孫淵有三不妥。

孫　　權　哦？哪三不妥？

張　　昭　公孫淵害叔之命，奪叔之位，爲人素乏仁義之心，且有虎狼之性。收降此人，養虎爲患，此一不妥也！

孫　　權　其二呢？

張　　昭　遼東與我相隔千山萬水，鞭長莫及，三國易勢之日，其心必變，屆時無以制約，徒落笑柄，此二不妥也！

孫　　權　（臉上掠過一絲憂慮，但很快消失）其三？

張　　昭　一紙降書，豈可爲憑？若是詐降，我使不返，豈不貽笑天下？

孫　　權　張公所言，孤皆已想過。公孫淵性雖陰險，但此人領兵有方，智勇雙全，乃是難得之將才，可助孤早成一統大業！况且，他與孤

		早有往來，此次棄魏降吳，並非一時之念，而是孤早已佈下的一着棋！
張	昭	皇上……
孫	權	孤意已決，張公不用多言了！太常張彌、將軍賀達聽旨！
張 彌 賀 達		（跪）萬歲！
孫	權	命二位愛卿爲欽差使臣，率萬人船隊，携珠寶珍貨，宣達賜命！
張 彌 賀 達		臣領旨！
張	昭	哎呀皇上，遣使已然失策，如又派上萬人船隊，此舉凶多吉少，萬望收回成命！
孫	權	你道怎講？
張	昭	請皇上收回成命！
孫	權	張公，今日是孤登基大典之日，遣使遼東是孤第一道聖旨，你……你當知自重！
張	昭	這……
張	承	（輕聲）爹爹，皇上已然動怒！
張	婕	（拉住張昭）祖父，不可再奏！
張	昭	事關社稷安危之大計，豈能不奏！（推開張承與張婕）皇上，老臣昨日奉上之《明君十鑒》可曾御覽？
孫	權	（想不起）《明君十鑒》？（回顧皇后）
皇	后	皇上昨日繁忙之際交於臣妾了。
孫	權	啊，回宮再看吧！
皇	后	（小聲）皇上，張公所著《明君十鑒》之第二鑒……
孫	權	好了好了，回宮再説吧！
張	昭	（聞言極爲不滿）皇上啊，昔日皇上跣足荷鋤、親躬耕種，視賢如寶，從諫如流，舉國臣民感戴於心。因此，群賢畢集，競相獻策，東吳方有今日。而今你……
孫	權	（急了）張公！
張	昭	皇上，良藥苦口，忠言逆耳……
孫	權	（厲聲）張卿家！
張	昭	（一震）張卿家？皇上在呼老臣嗎？

孫	權	正是！
張	昭	老臣明白了！
孫	權	明白何來？
張	昭	明白了皇上是君，老臣是臣，君爲臣綱，不可逾越！（見孫權默然，更惱）錯矣！爲臣者據理苦諫，並非越禮！以此封臣之口，日後還有誰敢進諫？如此不聽忠諫，怎成大業？
孫	權	（惱羞成怒）你你你……
		（唱）他他他如訓兒孫聲色俱厲，
		全不念登基伊始孤之苦衷。
		龍顏蒙羞怒火驟升難抑制，
		須教他明臣節執禮謙恭！
		（欲斥責，頓止）
		（唱）忽見他鶴髮銀鬚如風前燭，
		倒叫孤欲責之言卡喉中。
		（遷怒於張彌、賀達）
		爾等還不去宣旨籌備！
張　彌 賀　達		臣、臣遵旨！（下）
張	昭	哎呀皇上，老臣昔日如何教你——爲人君者，遇大事理當審慎，不可……
孫	權	（怒不可遏，摔碎酒杯）昔日！昔日孤若如公之計，早已寄人籬下，乞食他邦了！
張	昭	（激震）你，你道怎講？
大臣甲		（醉眼惺忪地）皇上之意是，若是聽公之言，早已當乞丐去了！
張	昭	啊！
		（靜場，衆大臣呆立。畫外音："昔日孤若如公之計，早已寄人籬下，乞食他邦了！"重復數次，音量遞增，音色漸厲）
		（張昭渾身顫栗，冷汗淋淋，傷心痛苦、悲憤絕望又無法抗拒之情，令其精神全綫崩潰，雙膝一軟，跪倒在地）
張	昭	罪臣、罪臣告退了！（強撐着欲立起，但力不從心、又癱倒）
		（幾個大臣欲上前攙扶張昭，又踟躕不前）
		（孫權自知言重了，但覆水難收，無計可施）

皇　　后　皇上,你醉了?
孫　　權　(立悟皇后用意,佯醉)唉,區區幾杯酒,豈能醉孤?來來來,孤與梓童再飲三杯!
皇　　后　(扶住孫權)來人哪!皇上醉了!
張　　昭　(顫巍巍地撐起)[1]該走啦!東吳再無張昭立足之地了!(丟魂失魄地踉蹌下)
　　　　　(文武大臣皆有兔死狐悲之色,紛紛告退)
　　　　　(孫權望着寶座,淒然苦笑)
　　　　　(幕落)

校記

[1] 顫巍巍地撐起:"巍巍",原作"微微",據文意改。

第 二 場

　　　　　(數日後)
　　　　　(幕啓:後宮,皇后伏案譜曲)
皇　　后　(唱)風皺平湖愁霧濃,
　　　　　　　天子罪臣開硬弓。
　　　　　　　大堤裂縫禍胎種,
　　　　　　　防患消災巧用工。
　　　　　(孫登拉着懊惱的張婕上)
孫　　登　愛妃,來來來,本官帶你遊覽御園十大奇景,保你煩愁盡消,芳心愉悅!
　　　　　(張婕甩開孫登,回身欲下)
孫　　登　(拉住張婕)哎呀愛妃,你我新婚不久,正是盡歡之時。如此不言不語,你就不怕急死本官嗎,愛妃?
張　　婕　愛妃愛妃!我的祖父被你的父皇一言打發回府,鬧得全府上下不得安寧,你身爲東宮太子,何以不言不語?
孫　　登　噢,原來爲了此事。愛妃呀,父皇與岳祖父鬥氣,本官插得上嘴嗎?
張　　婕　插不上嘴便走開!無用東西!

孫	登	哎呀！哼，若是急死本宫，你也……
張	婕	我也怎樣？說，說呀！
孫	登	你也……你也不合算！
張	婕	（一愣）不合算？
孫	登	急死本宫，你去守寡！到那時，檐前愁觀燕爾巢，空房獨守惱人春，何等寂寞！
張	婕	你？叫你油嘴滑舌！（追打）
孫	登	哎哎，救命哪——（避之）
皇	后	何人喧嘩？
孫	登	臣兒見過母后！（拉張婕過去見禮）
		（張婕不理孫登）
皇	后	登兒，是你欺侮婕兒嗎？
孫	登	母后，是她、她……
皇	后	婕兒，過來！（拉張婕於懷中）告訴母后，出了何事？
張	婕	母后，我……
皇	后	說吧，母后自當替你作主！
張	婕	母后，自從父皇登基後，祖父他他……
皇	后	他怎樣？
張	婕	只怕要出大事了？
皇	后	啊？快說，他怎樣了？
張	婕	母后啊，祖父他他他……

  （唱）垂眉孤坐如僧入定，
    水米不沾夜不眠。
    性如烈馬難相近，
    任誰規勸皆不聽。
    鐵鑄之人也難熬，
    何況祖父已高齡。
    婕兒心焦火燎急，
    合府爲之不得寧。
    萬望母后籌良策，
    救我祖父脫危境！

皇	后	婕兒莫急，此事關係重大。看似慪氣[1]，實爲朝政國策，不可等

		閑視之。哀家正在籌思良策。
張	婕	當真？
皇	后	哀家幾曾戲言？放心吧！來來來，聽聽哀家此曲作得如何。
張	婕	是母后所作之曲？
皇	后	嗯！你是宫中之"百靈"，不想聽聽嗎？
張	婕	謹請母后賜教！
皇	后	聽了！

  （唱）"親賢遠奸兮耳聰目明，
    力戒輕士辱臣，
    以期英才廣聚，
    百廢俱興。
    從諫如流兮去劣擇優，
    力戒獨斷寡謀，
    以期善議博采，
    勝策運籌。"

  （張婕捧起曲譜）
    "禮樂教化兮身體力行，
    力戒暴虐荒淫，
    以期天下悦服，

皇　后
張　婕　（唱）萬衆一心。
    賞罰分明兮一視同仁，
    力戒舞弊徇情，
    以期揚善懲惡，
    法嚴道清。"

  （孫權尋聲上）
    "勤政愛民兮持儉興邦，

皇　后
張　婕　（唱）力戒奢侈鋪張，
    以期倡廉正風，
    國富民强。"

孫	權	哈哈哈……只道是月中嫦娥親率樂班降臨後宫，却原來是梓童、婕兒在此歌吟。

皇　后		
張　婕		叩見皇上！
孫　登		

孫　權　後宮之中，不必多禮。來，讓孤看看！

張　婕　（呈樂譜）父皇請看！婕兒告退了。

　　　　（下）

　　　　（皇后示意讓孫登跟下，孫登下）

孫　權　（觀樂譜，輕哼）嗯，好，好！曲作得好，詞寫得更好。娓娓動聽，循循善誘。梓童真乃孤之賢后也！

皇　后　皇上謬獎了！

孫　權　不過……

皇　后　請皇上賜教！

孫　權　只因此詞皆乃爲君者治國安邦之道，故此曲略嫌有些脂粉之氣。理應多些凝重、沉穩、令人深思、激人昂奮！

皇　后　（喜）皇上所評，入木三分。臣妾明知少了甚麼，就是作不出。還請皇上御筆批點。

　　　　（呈筆）

孫　權　好好！（坐下批改，自哼自唱）

　　　　（唱）"親賢遠奸兮耳聰目明，

　　　　　　　力戒輕士辱臣，

　　　　　　　以期英才廣聚，

　　　　　　　百廢俱興。"

皇　后　改得妙，妙啊！

孫　權　命翰林院抄寫工整，懸挂於御書房，孤要晨昏吟唱！

皇　后　皇上，此曲方作一半哩。

孫　權　哦？尚有一半的詞呢？

皇　后　詞？詞可不是臣妾所寫。

孫　權　哦？未知是何朝何代之聖賢所著？

皇　后　是當朝當代之聖賢所著！

孫　權　他是何人？

皇　后　是……

孫　權　（迫不及待地）是誰？孤要請他入朝，重賞於他！

皇　　后	（喜）皇上此言當真？
孫　　權	唉，君無戲言嘛！快說，是誰？
皇　　后	是張公所呈之《明君十鑒》。
孫　　權	啊，這這這……
皇　　后	皇上，（呈"十鑒"）這《明君十鑒》，句句金玉良言啊！
孫　　權	（旁唱）觀"十鑒"情潮涌往事紛呈，
	張公他無愧爲良輔賢臣。
	歷三朝爲國奔波不辭勞苦，
	數十載爲孤操勞竭盡忠忱。
	少時孤常住張府體弱多病，
	他夫婦精心照料更勝親生。
	朝野敬服他德昭望重，
	於民於孤他功高恩深。
	皆是孤酒後失智天威妄逞，
	厲言挫傷國柱之心。
	覆水難收孤悔之已晚，
	何以釋怨孤自沉吟。
皇　　后	皇上啊，張公如今傷心至極，寢食俱廢……
孫　　權	（大驚）啊？這這……可還安康？
皇　　后	詳情不明。
孫　　權	哎呀，你何不問個清楚？
皇　　后	對了，後天便是張公七十壽辰，皇上何不備下重禮，親率文武百官前往賀壽？
孫　　權	親率文武百官前往？不可不可！
皇　　后	有何不可？
孫　　權	這豈不是讓孤公然向他……
皇　　后	張公若有三長兩短，皇上於心何安？朝野又將如何議論皇上呢？
孫　　權	這個嘛……（爲難，苦思）有了！
皇　　后	有何良策？
孫　　權	孤明日前往！
皇　　后	明日？
孫　　權	對，明日！後天是張公的壽辰，孤明日前去賀壽，一可表示誠意，

這二嘛……
皇　　后　這二嘛，可不使你當衆没面子——我猜得是也不是？
（孫權哈哈大笑）
（幕落）

校記

［1］看似慍氣："慍"，原作"嘔"，據文意改。

第 三 場

（翌日）
（幕啓：張府大廳，張婕拉着捧個"奠"字、神態爲難的孫登上）

張　　婕　走啊，走啊！
孫　　登　愛妃，明日是岳祖父千秋壽誕，這"奠"字……
張　　婕　唉，祖父大人如此佈置，自有道理。
孫　　登　這……（欲挂又回頭）我覺得此事不妥！
張　　婕　可是，祖父大人心情極其不好，如再違逆他的意思，氣壞了他可怎麽辦呢？
（不禁潸然淚下）
孫　　登　好，我挂，挂！
（周瑩内聲"且慢！"周瑩與捧着金色"壽"字的張承上）
孫　　登　岳父，岳母！
周　　瑩　殿下免禮！婕兒，你在做甚？
張　　婕　祖父大人叫我來佈靈堂！
張　　承　靈堂？明日是你祖父大壽的喜慶日子，佈甚麽靈堂？退下退下！
張　　婕　爹爹，此事……
（老夫人氣呼呼地上，邊走邊嘮叨）
老夫人　世上還有你這種人，吃的太飽了，挖空心思來作踐自己！承兒，佈壽堂！
（張昭内聲："你敢！"他抱着靈牌、步履沉重地上）
老夫人　老爺啊，你自己不怕晦氣，也得爲文武百官、親朋好友着想呀！明天他們前來祝壽，却走進靈堂，那有多麽難堪、多尷尬呀！

張　　昭　（將靈牌鄭重地擺於案上）不會來了，一個也不會來了！
老夫人　爲何？
張　　昭　因爲老夫已死了！
老夫人　呸呸呸！我可告訴你，今天若不說出一二三來，我、我就……（抓起靈牌欲砸）
張　　昭　（厲聲）放下！
老夫人　（一驚，下意識地欲放下，忽又毅然舉起靈牌）說是不說？
張　　昭　你！
老夫人　數日來，爲了你全府上下不得安寧，苦苦相勸，你當做耳邊風；端水送飯，你視而不見——死人也會被你急得暴跳三丈！今日若再不說，休怪妾身發脾氣了！
張　　昭　一定要說？
老夫人　非說不可！
張　　昭　說？
老夫人　說！
張　　昭　好，我先問你：是誰幫着先王打下揚州、收降廬江、奪取江東的？
老夫人　是你！
張　　昭　先王駕崩，那時你纔十五歲，是誰幫你聚賢安民抗外侮，保住東吳之基業？
老夫人　（總算明白）是你！
張　　昭　數十春秋，是誰含辛茹苦把你扶育成人？是誰苦口婆心教你文韜武略？又是誰嘔心瀝血幫你治理國家的？
老夫人　是你，都是你！
張　　昭　既知是我，何以胡言："孤若如公之計，早已寄人籬下，乞食他邦了！"
老夫人　此言是皇上說的？
張　　婕　是皇上親口所言！
老夫人　登基大典之上、當衆說的？
張　　昭　想我一生，竭盡愚忠，他竟以此回報！
老夫人　這不是將你一生的功績一筆勾銷了嗎？
張　　昭　何止如此，等於說我乃是亡國之人，戴罪之身[1]，無權參政！
孫　　登　哎呀岳祖父，父皇決無此意！

張　　昭　決無此意,却是何意?
孫　　登　父皇定是指赤壁之戰而言。當年若依岳祖父之計,引曹操入吳,豈不……
張　　昭　(激動地)你可知當年老夫主和爲了何故?爲了東吳免遭鐵蹄踩躪、生靈塗炭之災!欲以東吳之力與曹操八十萬大軍抗衡,豈非以卵擊石?赤壁一戰能勝,也是僥天之倖!若是敗了,可知東吳將成何等模樣嗎?
孫　　登　這……可是……
張　　昭　況且,他並不言及赤壁,其用心便也昭然若揭了!
老夫人　如此說來,他已將你……
張　　昭　老朽無用啦!
老夫人　豈有此理!來人,將床頭的錦盒取來!
衆　　人　(不解地)錦盒?
　　　　　(婢女托錦盒上)
老夫人　備轎進宮!
張　　昭　進宮做甚?
老夫人　不用你管!(欲行)
張　　昭　慢!這錦盒之中所盛何物?
老夫人　藥方。
張　　昭　藥方?誰的藥方?
老夫人　還能是誰?想當年,他年少多病,我將他接到府中,待他更勝親生!多少回通宵達旦不曾合眼,守候床前,寸步不離;多少次將他從鬼門關裏拉了回來,流過多少傷心之淚!(越說越氣,開盒取出一大疊藥單子)這,這許多藥,是我親手一壺一壺熬出來,一匙一匙餵他喝的!如今他竟然如此……
張　　昭　再說這些,毫無意義!
老夫人　沒意義,也解氣。走!
張　　昭　回來!去向他討債啊?求他收留我嗎?
老夫人　這……
張　　昭　告訴你,就是他登門相請我也不去了!事到如今,還有何顏立於朝班?
老夫人　啊,就這麼算啦?

張　　昭　又待如何？如今他乃當今皇上！婕兒，佈靈堂！

老夫人　慢！這靈堂佈不得！

張　　昭　怎麼？張府之中，我也做不得主嗎？

老夫人　你且先說，佈靈堂是何用意？

張　　昭　吾心已死，萬念俱灰，今設靈堂，悼祭亡心！

衆　　人　悼祭亡心？

張　　昭　哀莫大於心死，安能不祭？佈！

老夫人　佈不得哪！

張　　昭　佈！

張　　婕　祖父祖母，婕兒倒有一個兩全之策！

周　　瑩　婕兒，有何良策，快快說來！

張　　婕　今日讓祖父佈靈堂祭心，明天依祖母改壽堂慶壽！豈不兩全其美？

老夫人　這這這……

張　　婕　祖父？怎樣？

張　　昭　也罷！佈上靈堂，焚香開祭！

　　　　　（孫登挂上"奠"字）

　　　　　（僕人、婢女上，焚香斟酒）

　　　　　（張昭取出祭文）

張　　昭　（念）"嗚乎子布張昭，
　　　　　　　一生勞碌，瀝血嘔心，
　　　　　　　今日心已死，從此得安寧。
　　　　　　想爾少壯，勃勃雄心；
　　　　　　輔佐先王，赤膽忠心；
　　　　　　建功立業，一片丹心；
　　　　　　受詔顧命，從無二心；
　　　　　　教導幼主，苦口婆心；
　　　　　　日理萬機，巨細操心；
　　　　　　捫心問心，無愧身心；
　　　　　　丙申扶君正尊號，君登大寶起異心；
　　　　　　蒼生禍福置腦後，唯將尊字繫龍心；
　　　　　　一意孤行拒忠諫，出言如劍穿赤心；

　　　　　　未死沙場亡一語，
　　　　　　悲哉此心！哀哉此心！（灑酒）
　　　　　　杯酒祭亡心，願爾能長眠；
　　　　　　心亡身解脫，樂成無心人！
　　　　　　嗚乎哀哉！"
　　　　（幕後聲："皇上駕到！"眾人驚顧張昭）

老 夫 人　啊？老爺，皇上他、他來了，接駕不接？
張　　承　（同時）爹爹！
張　　婕　　　　　祖父！
周　　瑩　公公！
孫　　登　岳祖父！
張　　昭　（深感意外，急思，左右爲難）哦……
　　　　（孫權上，二侍衛抬壽禮隨後上）
侍 衛 甲　（見靈堂）不好，張公出事了！
孫　　權　（猛地一震）你道怎說？
侍 衛 甲　皇上請看！
孫　　權　啊，張公！（悲由衷生，失了常態，欲衝進靈堂）
張　　昭　（率眷跪迎）罪臣接駕，吾皇萬歲！
孫　　權　（大喜過望）張公你……（欲攙扶，猛地縮手）啊，平身，平身！
張　　昭　謝萬歲，萬萬歲！
孫　　權　張公，府上何人……
張　　昭　是罪臣在痛祭亡心！
孫　　權　所祭何來？
張　　昭　祭心！
孫　　權　你！（觀靈牌與祭文，頓感受戲弄，不禁惱羞成怒）氣煞孤也！
　　　　（旁唱）倔老頭無風掀起滔天大浪，
　　　　　　　　設靈堂斷孤門楣立其豐碑。
　　　　　　　　酒後一言他恨深如此，
　　　　　　　　公然抗君他肆意妄爲！
　　　　　　　　初即位百廢待舉天威圖樹，
　　　　　　　　豈容他如此戲弄無事生非！
　　　　　來呀！

　　　　　　（御林軍上，眾人大驚失色）
孫　　權　擺開壽禮，權當祭禮，孤亦來祭一祭張公之心。
　　　　　　（眾人面面相覷。二侍衛擺開壽禮）
孫　　權　（端酒，對着靈牌）嗚乎，輔吳將軍子布張昭！
　　　　　　（唱）你曾輔先尊王兄功不可没，
　　　　　　　　　曾助孤招賢安民定國安邦。
　　　　　　　　　孤也曾敬你寵你信你捧你，
　　　　　　　　　致令你權傾朝野望重如山。
　　　　　　　　　誰知你居功自傲目無君上，
　　　　　　　　　屢悖逆損天威令孤難堪。
　　　　　　　　　你不該倚老賣老占勢壓主，
　　　　　　　　　你不該以死相抗欺君再三。
　　　　　　　　　而今你功難抵過罪不可赦，
　　　　　　　　　爲儆效尤孤揮淚甘毀瑯玕。
張　　昭　（直氣得吹鬍子瞪眼睛）你、你、你……
孫　　權　張昭聽旨！
老　夫　人　且慢。請皇上一觀此物！
孫　　權　何物？
老　夫　人　一看便知。（從婢女手中拿過錦盒，呈上）
孫　　權　（開盒，見藥方，心動，爲難地）老夫人，張府對孤之恩，孤銘刻於心，何曾忘懷？故有年年率百官親臨拜壽之舉。普天之下，除了天地祖先之外，唯有張公是孤拜過之人。至於戲君欺君之罪……
張　　昭　（泰然地）不必多說，下旨吧！
孫　　權　也罷！令你居家反省，從此足不出戶！
老　夫　人　啊？你……
張　　昭　如此說來，這張府便是張昭之墓了？好，好！既是如此，張府之門開着何用！速速封了大門，不准閒雜人等出入！
老　夫　人　量必此後皇上不會再度光臨，這盒中之物，留着何用？你且帶回，請便吧！
孫　　權　你、你！姑念你等有功於國，有恩於孤，從輕發落。你倒因此肆無忌憚，封門逐君……你欺孤太甚！既是如此，孤便成全於你。

来呀,速命工匠,封了府門! 回宮!(拂袖下)

張　　昭　(怒極反笑)哈哈哈……曠古奇聞哪! 定能載入史冊、彪炳千古哪! 哈……

　　　　　(衆人木然呆立)

　　　　　(幕落)

校記

[1] 戴罪之身:"戴",原作"待",據文意改。

第　四　場

　　　　　(幕啓。後宮)

孫　　權　(內聲)氣煞孤也!

　　　　　(內唱)怒冲冲頂風冒雨回皇宮——

　　　　　(上。太監捧錦盒隨上)

孫　　權　(接唱)豈容得乾坤顛倒臣逐君!

　　　　　御酒侍候!

　　　　　(宮女端酒上)

孫　　權　(連飲數杯)

　　　　　(唱)君臨天下孤爲尊,

　　　　　　　此風不禁何稱君?

　　　　　張昭啊張昭,數十年來,孤待你不薄,你却恃寵欺孤,當衆拆孤之臺,令孤折盡龍顏。孤、孤豈能與你干休!

　　　　　(皇后上)

皇　　后　(唱)驚聞壽堂風波起,

　　　　　　　憂心如焚勸君來!(欲進門)

太　　監　啓奏皇上,這錦盒何處安置?

孫　　權　這錦盒嘛……

　　　　　(伴唱聲起)

　　　　　　　"可惱這絲絲舊情義,

　　　　　　　　如影隨形擾君心。"

孫　　權　(旁唱)爲君者豈能一步三回頭,

揮利劍斬斷困君世俗情！

　　　　　燒了它！

太　監　是！

皇　后　（進門）燒不得啊！

孫　權　梓童？爲何燒不得？

皇　后　此錦盒乃是母后臨終之時賜予張老夫人之遺物；這藥方是臣妾讓張老夫人保存的。

孫　權　是你？留它何用？

皇　后　若是龍體違和，可供御醫參詳。

孫　權　這……

皇　后　皇上，這錦盒盛着孫張兩家數十載的情和誼，豈能燒毀！

孫　權　哼！存下昔日情，留待辱君用！如此情誼，何堪留戀！

皇　后　皇上你……

孫　權　他既絕情，孤何眷念。燒了它！

皇　后　這……（奪過錦盒）皇上若要燒它，便連臣妾也……

孫　權　梓童你……

　　　　　（鼓聲大作。孫權、皇后爲之震驚。太監下）

孫　權　何人擂動龍鳳殿鼓？

　　　　　（太監上）

太　監　啓奏皇上，是張承將軍有緊急軍情上奏！

孫　權　張承？快宣！

太　監　張將軍進宮見駕！

　　　　　（張承急上。太監下）

張　承　臣張承叩見萬歲、娘娘千歲！

孫　權　張愛卿平身！

皇　后　親家，有何緊急軍情，快快說來！

張　承　哎呀萬歲、娘娘千歲！頃接邊關快報，廬江守軍三萬餘衆、舉旗反叛，攻關奪城，氣焰囂張，請旨定奪！

孫　權　逆賊敢爾！速派五萬大軍，剿滅叛賊！

張　承　這……皇上，依臣之見，廬江叛逆，只宜招安，不可興師討伐！

孫　權　爲何？

張　承　魏蜀覬覦已久，若是內燃戰火，必然趁虛而入，形成內外夾攻之

孫　　權　哦？
皇　　后　親家，此事可曾告知親家公？
張　　承　封門後，家嚴一氣之下，潛入佛堂，吃齋念經，性情愈加暴躁。臣欲試圖稟告，未及開言，便被斥走。
皇　　后　令尊吃齋念經？（不禁失笑）身體可還康健？
張　　承　福體虛弱不堪，數日間鬚髮皆白。
孫　　權　（聞言不安地徘徊，旁白）何以心如針扎，焦慮不安？
　　　　　（太監上）
太　　監　啟奏皇上，顧丞相求見！
孫　　權　宣！
　　　　　（顧雍上）
顧　　雍　臣叩見萬歲、娘娘千歲！
孫　　權　愛卿平身！
顧　　雍　謝萬歲、娘娘千歲！
孫　　權　顧愛卿進宮，有何要事？
顧　　雍　適聞廬江叛亂，特來聽旨！
孫　　權　愛卿有何良策？
顧　　雍　臣請召集文武大臣殿議！
孫　　權　顧愛卿難道不曾目睹，自孤登基以來，滿朝文武皆成了唯唯諾諾之庸才，見詢便垂首，遇事無良策。孤一開言，無論對錯，百官同聲：「皇上英明！」嗻！殿議何用？免了吧。
皇　　后　昔日從未如此呀！
孫　　權　遼東方面可有訊息？
顧　　雍　石沉大海，渺無音訊！
孫　　權　這……
皇　　后　皇上啊，臣妾細細想來，朝綱不振、百官緘口、廬江叛亂，種種事端，皆與張公有關！
孫　　權　何以見得？
皇　　后　皇上啊！
　　　　　（唱）長堤裂縫水自侵，
　　　　　　　　小隙招蟲蛀大梁。

　　　　　酒後一言傷國柱，
　　　　　朝野震驚人惶惶。
　　　　　豐碑尚且毀一旦，
　　　　　何況街巷小牌坊？
　　　　　百官因之求自保，
　　　　　不願委心事君王。
　　　　　小人冷眼求漁利，
　　　　　異己趁機逞猖狂。
　　　　皇上啊！
　　　　（唱）堵漏平亂須立斷，
　　　　　萬望皇上細思量。
顧　雍　皇上，娘娘千歲所言極是啊！
　　　　（唱）張公本是君臣首，
　　　　　性雖倔犟見忠腸。
　　　　　自從張公不上殿，
　　　　　滿朝文武鎖智囊。
　　　　　無人犯顏直諫，
　　　　　不聞逆耳忠言。
　　　　　人心原是國之本，
　　　　　股肱向背國衰亡。
　　　　皇上啊！
　　　　（唱）封了張公門，
　　　　　寒了諸賢良。
　　　　　堵了眾人口，
　　　　　國運安得昌？
　　　　　挽回人心不容緩，
　　　　　東吳急待重振朝綱！
孫　權　梓童與顧愛卿之意是……
皇　后
顧　雍　請出張公，重振朝綱！
孫　權　你道怎說？
皇　后
顧　雍　（對視一眼，堅定地）請出張公，重振朝綱！

孫　　權　這……（焦躁地徘徊）
皇　　后　哎呀皇上，母后曾有遺詔："內事問張昭，外事問周瑜。"如今周將軍已作古，廬江與遼東如此兩件大事，豈能不請出張公共議對策？再則，廬江乃當年先王兄與張公率軍收降的，廬江衆將畏之甚者，張公也！若要招安，非張公出馬不可！
孫　　權　請請請——叫孤如何去請？孤曾聽你之言，登門拜壽，他却擺好靈堂來戲弄於孤——借祭心爲名辱罵於孤！莫説孤乃九五至尊，便是平民百信也無法忍受！不錯，孤曾酒後失言誤傷其心；然而，孤以一國之尊親往拜壽，難道還彌補不了一言之失嗎？孤一忍再忍，他却得寸進尺，公然封門相逐，他、他、他欺孤太甚！
　　　　　（唱）談何親躬張公請，
　　　　　　　　孤乃堂堂一君王。
　　　　　　　　倘若百官皆效仿，
　　　　　　　　豈不是逼孤日日上臣門？
　　　　　　　　至尊作何解？
　　　　　　　　臣節又何存？
　　　　　　　　如此臣道，
　　　　　　　　豈能褒揚？
張　　承　（惶恐地跪倒）臣願代父請罪！
孫　　權　不關愛卿之事，你且起來聽旨：速速回去，點齊五萬兵馬，前往廬江剿滅叛軍！
張　　承　這……（回顧皇后與顧雍）
孫　　權　哼！
張　　承　臣領旨！（下）
孫　　權　顧愛卿，多派出人馬，打探遼東船隊近況，每日一報！（下）
顧　　雍　遵旨！
皇　　后　顧愛卿，這可如何是好？
顧　　雍　廬江平叛之事，唯有張公出來方能阻之！
皇　　后　可是張公他他他……
顧　　雍　待臣前往張府一試！
皇　　后　速去速回！慢，愛卿何不與太子妃一道前往？

顾　雍　對呀！一物降一物，對付張公，太子妃是最佳人選，還是娘娘想得周到。

皇　后　速宣太子妃！

太　監　領懿旨！（下）

（幕落）

第　五　場

（木魚聲中幕啓：張府佛堂，香烟繚繞，燭光昏黄。張昭端坐蒲團，身前攤着一本厚厚的經書，垂眉閉目，敲擊着木魚，口中念念有詞，木魚錘不時敲到自己手上）

（張婕躡手躡脚地上，隱於窗外窺視）

（大概上篇經文不合口味，張昭揭下頁，摇頭；揭下頁，再揭下頁，復摇頭嘆氣；連揭數頁，點頭，敲響木魚）

張　昭　（念）"南無阿彌陀佛，
　　　　　　　樂在西天净土。
　　　　　　　脱離紅塵苦海，
　　　　　　　抛棄功名利禄。
　　　　　　　人生萬事皆空，
　　　　　　　何必忙忙碌碌。
　　　　　　　富貴貧賤生死，
　　　　　　　皆乃冥冥定數。
　　　　　　　悟空皈依空門，
　　　　　　　佛祖衆生普渡。"

張　婕　（故意大聲地唱）
　　　　　　"親賢遠奸兮耳聰目明……"

張　昭　婕兒？哎，莫來煩我，出去出去！

張　婕　祖父呀，每次回府，都是這聲音——"南無阿彌陀佛！"你聽聽婕兒此曲，包你百聽不厭！

張　昭　當真？

張　婕　不信你聽！（攤開曲譜）
　　　　（唱）"親賢遠奸兮耳聰目明，

　　　　　　力戒輕士辱臣，
　　　　　　以期英才廣聚，
　　　　　　百廢俱興。
　　　　　　從諫如流兮去劣擇優，
　　　　　　力戒獨斷寡謀，
　　　　　　以期善議博采，
　　　　　　勝策運籌。"

張　昭　（越聽越激動）停，停！婕兒，此詞，此詞……
張　婕　聽說乃是《明君十鑒》
張　昭　（十分激動地）果然是祖父我所著《明君十鑒》？
張　婕　比起"阿彌陀佛"如何？
張　昭　嗯，好、好聽！誰作之曲？
張　婕　祖父你猜！
張　昭　快，告訴祖父，是何人所作？
張　婕　料你也猜不着！
張　昭　是誰？
張　婕　是皇上所作！
張　昭　誰？
張　婕　皇上！
張　昭　（略頓）給我，快給我！快！（一把奪過曲譜，雙手顫抖地捧着）皇上？皇上！
　　　　（唱）淚眼模糊觀聖曲，
　　　　（伴唱聲起）
　　　　　　"觀聖曲，
　　　　　　堅冰化作淚水流。"
張　昭　（接唱）淚難住，
　　　　　　　且用心來讀。
　　　　（伴唱聲起）
　　　　　　"用心讀，
　　　　　　心血佳釀醉方休，
　　　　　　樂以淚水洗憂怨，
　　　　　　人到此境復何求？

　　　　　　　　皇上啊——
　　　　　　　　願君長吟'十鑒'曲!"
張　婕　(唱)"十鑒"難釋眼前憂,
　　　　　　　　"十鑒"難息內亂外患,
　　　　　　　　"十鑒"難將眾賢留。
張　昭　皇上啊!
　　　　(唱)速來啟封接臣去,
　　　　　　　　與君共策定鴻猷。
張　婕　(喜)還啟甚麼封?走,進宮!(拉張昭出門)
　　　　(張昭前腳踏出,又觸電般縮回)
張　昭　出不得!
張　婕　為何?
張　昭　大門被封,旨令"從此足不出戶"。祖父倘若出去,便是欺君之罪啊!
張　婕　這這這……(向幕後打手勢後,對張昭)既是如此,婕兒回宮去了!(下)
　　　　(顧雍躡手躡腳地上,進了佛堂,坐於張昭身後,也敲起木魚。張昭敲顧雍亦敲,張昭停顧雍亦停)
　　　　(張昭納悶,觀木魚)
張　昭　何以變成重音了?
顧　雍　哈哈哈……
張　昭　(嚇了一跳)啊?原來是你在搗鬼啊!
顧　雍　數日不見,倒成了真真正正的鐵羅漢了!
張　昭　鐵羅漢?誰是鐵羅漢?
顧　雍　怎麼?此美稱已有數十年歷史了,老大人尚不知曉?
張　昭　數十年美稱?老朽——鐵羅漢?
顧　雍　是呀。老大人日日早朝,皆第一人上殿,端坐如塑,從未見你笑過,也未見你哭過,故稱鐵羅漢也!還有許多帶鐵之美稱,老大人均未耳聞!
張　昭　哦?皆道來聽聽!
顧　雍　據不完全統計,共有如下幾個:(扳着指頭)鐵算盤、鐵公雞、鐵心、鐵面、鐵嘴、鐵眼……

張　　昭　够了够了！如許美稱，皆是何意？
顧　　雍　不用擔心，皆有注解。國計民生，一子兒不漏，謂之鐵算盤也；掌管國庫，一毛不拔，鐵公雞也；執法斷案，一律無私，鐵面也；責人之過，一概無情，鐵嘴也；雙目如炬，一視同仁，鐵眼也！
張　　昭　(愈聽愈開心)謬獎謬獎也！哎，顧大人光臨，有何見教？
顧　　雍　不瞞老大人，寒舍也設了佛堂，只是尚缺幾篇經文。今日，一來拜師學藝，二來告借經文。
張　　昭　你？人稱顧前顧後、顧上顧下、顧左顧右的顧丞相，去拜佛求經？
顧　　雍　效仿賢達嘛！
張　　昭　效仿老夫？你算了吧，有何要事，謹請直言吧！
顧　　雍　這……老大人果然是雙目如炬，洞察入微哪。既是如此……
張　　昭　快說，是否遼東有變？
顧　　雍　遼東使臣，一去數月，音訊皆無。已派數起探馬，前往打探！
張　　昭　只怕是凶多吉少啊！
顧　　雍　如今當務之急，尚非遼東！
張　　昭　哦？
顧　　雍　據令郎張將軍所報：盧江守軍三萬餘衆，舉旗反叛、攻關奪城，氣焰囂張至極！
張　　昭　盧江？哼，盧江幾個將領能成何氣候！皇上做何對策？
顧　　雍　皇上令派五萬大軍，剿滅叛軍！
張　　昭　啊！(驚立)大軍可曾派出？
顧　　雍　有何不對嗎？
張　　昭　大軍一動，魏蜀豈能坐視？只怕內亂未平，外患已至，危矣危矣！
顧　　雍　依老大人之見？
張　　昭　盧江衆人，決非圖大之才，只要曉以利害，重賞厚封，便可招安。你，你何不諫阻？
顧　　雍　諫了，阻了，可是皇上不聽忠諫，奈何？
張　　昭　不聽？不聽你便作罷？
顧　　雍　不作罷又待怎樣？
張　　昭　你，你身爲當朝丞相，肩負着國家安危，社稷興衰之重任，輔助君王，籌劃良策是丞相之天職，君王失策之處，理當以死相諫，豈能畏事退縮！盧江叛亂，收降遼東，事關東吳興亡，你知道嗎？豈可如此輕描淡寫一奏了之？你可知此乃誤國誤民之行爲嗎？你拜甚麼佛？念甚麼經？快快回宮去！

顧　雍　回宮去，叫我單槍匹馬回宮去？

張　昭　何言單槍匹馬？還有滿朝文武嘛！

顧　雍　哎呀老大人！（像念經似的）
（唱）如今人心不古，
　　　誰願效忠吾皇？
　　　登基三月未滿，
　　　朝野綱紀未全。
　　　只因一言不慎，
　　　致使散盡棟梁：
　　　有的告老還鄉，
　　　有的稱病不出，
　　　有的棄政從商，
　　　該走的皆不走，
　　　該留的皆走光。
　　　誰願鼎立輔佐，
　　　你還蒙在佛堂！

張　昭　這這這……這是爲何？

顧　雍　爲何？還是那句話，效仿賢達！

張　昭　效仿老夫？如此說來，這內亂外患皆因老朽而起？

顧　雍　準確地說：是因公與皇上而起！你二人功蓋吳國，亦將毀了吳國！

張　昭　這毀了吳國嘛，這……
（旁唱）似聞戰鼓如雷震五腑，
　　　　似聞殺聲漫空溢血腥。
　　　　東吳果然有劫難，
　　　　豈能坐視成罪人？
　　　　先王太后顧命重托猶在耳，
　　　　安人心挽狂瀾再進宮廷！
（踏出佛堂，又縮回）不可呀！
（唱）一言判定終身過，

>封門泥漿猶未凝。
>滿朝同僚如相問，
>遮羞紗綢何處尋？
>便有安邦治國策，
>奈何身爲禁中人！

嘻！管他天崩地裂，我自阿彌陀佛！
（敲起木魚，節奏紊亂）

顧　雍　老大人……

張　昭　顧大人，老夫燈枯油乾，力不從心，另請高明去吧！

顧　雍　這、這就下逐客令了？

張　昭　不錯，佛堂聖地，清靜爲要。你請吧！

顧　雍　老大人！

張　昭　（閉上眼睛，敲起木魚）"南無阿彌陀佛"……

顧　雍　好，我走！不過，下官還望老大人三思，這吳國之基業，傾注了老大人一生心血，難道你忍心拱手送人嗎？（欲出門，又回首）吳國若有三長兩短，你也難逃千古罵名！（出門）

張　昭　這這……（呆坐）
（幕落）

第 六 場

（幕啓：夜，望江樓。孫權漫步上）

孫　權　（唱）夜登江樓遣鬱悶，
　　　　　　沐月落風洗烟塵。
　　　　　　忽聞江上漁夫號，
　　　　　　疑是遼東凱旋臣！

（伴唱聲起）

>"出使數月渺無訊，
>憔悴此心訴何人[1]？
>不勝寒生至高處，
>始悟君何稱寡人。"

孫　權　（唱）想當年滿朝同心賢共策，

敵國欲圖夢難成。
燒赤壁曹操喪膽成亡命，
戰秭歸劉備氣死白帝城。
看如今噤若寒蟬衆文武，
戀煞昔日足膝情。
可惱張昭朝綱攪亂，
致使衆賢皆惜惜。
尋契機重整旗鼓人心聚，
但等那遼東使臣報佳音！
（張承内聲："報！"他身負重傷，跌跌撞撞地上）

張　承　皇、皇上啊！
孫　權　（大驚失色）張愛卿……
張　承　廬江叛黨勾結蜀國，將我五萬大軍圍困於天絕山谷，傷亡慘重，請旨定奪！
孫　權　你、你是……
張　承　臣單槍匹馬，殺出重圍……望、望皇上速發援兵，大軍危在旦夕！
（倒地）
孫　權　愛卿！愛卿！
張　承　快！救兵，救兵！
（武將内聲："報！"急上）
武　將　啓奏皇上：司馬懿率五十萬魏軍，寇關脅降！
孫　權　多少魏軍？
武　將　五十萬！
（孫登内聲："父皇——"扶着氣喘噓噓的顧雍急上）
孫　登　父皇，大事不好！
孫　權　何事驚慌？
顧　雍　遼、遼東公孫淵變卦，設下埋伏，我萬人船隊，全軍覆没！
孫　權　你道怎説？
顧　雍　萬人船隊、全軍覆没！
孫　權　張彌與賀達二位愛卿？
顧　雍　戰死沙場，爲國捐軀！
孫　權　啊——

（唱）巨雷轟金星冒怒火滿腔，
　　　公孫淵果然是心如虎狼。
　　　我東吳揚名立世船爲本，
　　　毀船隊如折翼元氣大傷。
　　　更那堪損英名愛將遭害，
　　　頃刻間一統藍圖烟滅灰揚！
（伴唱聲起）
　　　"啊——
　　　巨變突起，
　　　山洪海嘯摧君心！
　　　百感驟襲！"
（孫權吐血）

衆　　人　啊！血！
（伴唱聲起）
　　　"天旋地轉魂飄零。"
（孫權暈倒）

顧　　雍　皇上！（扶住孫權）
張　　承

孫　　登　來人哪！
（皇后、張婕與宮女等急上）
（皇后撲向孫權）

皇　　后　皇上！皇上！

張　　婕　父皇！（見張承）啊？爹爹！

孫　　權　（漸醒）快，召文武百官前來！
（太監內聲："皇上有旨，文武百官速來見駕！"文武大臣內應："臣領旨！"文武大臣上）

文武大臣　叩見吾皇萬歲！

孫　　權　衆卿家，萬人船隊毀於遼東，五萬兵馬被困廬江，司馬懿五十萬大軍寇關脅降，衆卿家有何良策？
（文武大臣你看我，我看你，競相退縮）

孫　　權　（憤怒地）自古道：養兵千日，用在一時。今日國難當頭，衆卿家爲何還畏縮緘口？

（文武大臣依舊低頭不語。有幾人欲言又止，垂首縮回）

孫　　權　（欲斥責，忽有所感，嘆口氣，揮手）去吧！都回去吧！
（文武大臣有的如獲大赦，有的面帶愧色，下）

皇　　后　皇上，強敵壓境，危機四伏，何不請出張公，共商對策？

顧　　雍　是呀皇上，請出張公，刻不容緩！

孫　　權　這……

張　　婕　哎呀父皇，臣兒有幾句話，未知當奏不當奏？

孫　　權　你？

皇　　后　婕兒？
（孫登急扯張婕，張婕將其推開）

張　　婕　若有不當之處，請父皇賜我一劍！

孫　　權　說吧！

張　　婕　父皇哪，祖父他爲國爲民爲父皇，操勞一生，含辛茹苦，不曾怨嘆，毫無私念。如今年登古稀，却因忠言苦諫，被封禁在家……他，終日裏愁眉緊鎖，鬱鬱寡歡，茶不思、飯不想，一氣之下，躲進佛堂，不願見人。父皇呀，祖父他是吃齋念佛之人嗎？他他他……滿心都是國憂民憂啊！聽説遣使遼東，發兵平叛，他心急如焚，恨不得飛到父皇身邊，力諫阻止！然而府門被封，禁旨未除，他只能望門却步。他焦急、痛苦，他仰望蒼天，欲哭無淚，他他他……他還是心系社稷啊父皇！父皇——
（唱）數十載來榮辱與共，
　　　難道你不知祖父爲人？
　　　難道您不知祖父爲人？
　　　他一生爲您不遺餘力，
　　　因何生出厭棄之情？
　　　從前恩怨您可不念，
　　　該念他年逾古稀垂暮人。
　　　爲何您視同陌路？
　　　爲何您如此狠心？
　　　言罷噙淚雙膝下，（跪下）
　　　請賜一劍斬了冒犯人！

孫　　權　婕兒！（扶住張婕）

（唱）她她她聲聲如刀剜我心，
　　　不由我悔恨交加如負荊。
　　　數十載不曾彈過英雄淚，
　　　今日裏淚雨滂沱灑埃塵！
（伴唱聲起）
　　　"恨難泯、悔已晚，
　　　滔天大禍已釀成！"

顧　雍　皇上，臣以爲張公與皇上既是兒女親家，拆了墻是一家，不拆墻也是一家。依臣看，墻就拆了吧！

孫　權　就依卿所言。
（顧雍示意張婕及武士依旨行事）

張　昭　（現身）皇上！
（除孫權外，其他人隱去）
（隨着張昭出現，舞臺中間，打出一道光墻）

孫　權　啊，張公！

張　昭　皇上、皇上！
（唱）釀成危局難辭其咎，
　　　佛堂反省內疚至深。
　　　數十載皇家對臣恩寵格外，
　　　滿朝班更有何人勝似老臣！
　　　是老臣恃寵托大言行失慎，
　　　無忌憚不究場境厲言鯁陳。
　　　良藥並非皆苦口，
　　　忠言順耳方高人。
　　　好心致錯尋常事，
　　　皆因言辭欠寬仁。
　　　如今吳國風雨驟，
　　　心切回朝難脫身！

孫　權　（唱）錯錯錯！
　　　錯將棟梁當朽木，
　　　錯將豺狼當知音，
　　　錯將忠言當羞辱，

　　　　　龍眼無珠眼欠明！
　　　　　到如今難以補前過，
　　　　　空留下一段悔恨情！
　　　　張公啊！
　　　　（唱）請公莫再生悲怨，
　　　　　孤已知過盼公臨。
　　　　　苦口良藥公盡情熬。
　　　　　利國利民孤皆暢飲！
孫　權　張公！（欲相近，被光墙擋住）火已燃眉，爲何還不進宮來！
張　昭　皇上！　　　　　　　　　　　　　　　　　　　　　接臣
孫　權　張公啊，孤賴你相輔，治國安邦創大業；自從你離去之後，孤常覺六神無主，遇事難以靜心處之，終日裏心煩意亂，焦躁不安！
張　昭　皇上啊，老臣屢受聖恩，難以爲報。閉門之後，臣如坐針氈，口念經文心念君，無日得以安寧。
孫　權　孤欲不想公，公却總是在眼前。
張　昭　臣欲不念君，纔下眉頭却上心頭。
孫　權　張公可曾記得，孤幼時常吵着要與你同床共寢，常於你睡熟之時，在你臉上畫上刀槍劍戟，花鳥魚蟲……
張　昭　我醒來之後，尚不知情，趕往早朝，滿朝文武見我，皆捧腹大笑！
孫　權　母后聞知，要重責於我，你却趕來護駕，説是孤王丹青出神入化，只是畫的不是地方，難以保存，逗得母后笑彎了腰。
張　昭　數十年來，臣與皇上榮辱與共！
孫　權　孤先嚴早逝，將你視爲生身之父！
張　昭　臣愛你才華，將你當成親生骨肉！
孫　權　孤若頭痛腦熱，你就寢食難安，不離左右！
張　昭　臣有風寒鼻塞，你總要親自喂湯喂藥！
孫　權　任憑風雲變幻，你我從未分開！
張　昭　縱然天塌地陷，總是生死相依！
孫　權　誰知、誰知今日孤已登上寶座，不但未能賜福與你，反而如此對你，孤真後悔！
張　昭　不！皇上隆恩浩蕩，臣難報萬一。可是，臣却屢教皇上難堪，臣太不該了！

孫　　權	那日，公之所諫皆乃耿耿忠言，是孤一時樂極智昏，未能明察，便厲言相加，孤與你賠禮了！
張　　昭	不不，那日是臣情太偏激，不顧君臣大節，持理力争，致令龍顏蒙羞，臣請皇上恕罪！
孫　　權	張公！
張　　昭	皇上！
	（孫權與張昭兩人雙手緊握，淚眼相對）
	（顧雍、皇后、張婕、孫登、張承、老夫人，周瑩及文武大臣等現身，驚喜出地望着孫權與張昭。光墻漸漸隱去）
張　　婕	（欣喜地拉着孫登的手）門墻已經拆了，已經拆啦！
顧　　雍	該拆啦！
皇　　后	早該拆啦！
文武大臣	對對！早該拆啦！
孫　　權	孤對不起你！
張　　昭	臣罪該萬死！
	（静場，孫權與張昭皆泣）
孫　　權	張公呀！
	（唱）原諒孤龍冠壓頂神智失常，
張　　昭	皇上啊！
	（接唱）恕老臣言不得法太過逞强。
孫　　權	（唱）孤不該唯念至尊雷霆妄動，
張　　昭	（接唱）臣不該君師自居舌劍唇槍。
孫　　權	（唱）倘若孤平心静氣納忠諫，
張　　昭	（接唱）臣如果設身處地爲君想，
孫　　權	（接唱）你我一心掌朝政，
張　　昭	（接唱）衆賢安能意惶惶？
孫　　權	（接唱）遼東、廬江豈能逞猖獗？
張　　昭	（接唱）魏蜀焉能動刀槍？
	（伴唱聲起）
	"亡羊補牢未爲晚，
	重整旗鼓共匡襄！"
孫　　權	擊響龍鳳殿鼓，連夜陞殿議事！

太　　監	遵旨！（下）
	（鼓聲漸起）
孫　　權	衆卿家，隨孤上殿！
文武大臣	（踴躍，欣慰地）臣領旨！
孫　　權	（携張昭之手）張公，走！
張　　昭	皇上請！

（鼓聲雷動，衆人歡騰，造型）

（伴唱聲起）

　　"一言風波成佳話，

　　　君鑒臣鑒千古經。

　　　人間處處和爲貴，

　　　天下難得是人心！"

（幕落）

——劇終

校記

［1］憔悴此心訴何人："悴"，原作"憔"，據文意改。

夕照祁山
——諸葛亮與魏延的傳奇

魏明倫　撰

解　題

　　川劇。魏明倫撰。魏明倫，1941年生，四川自貢人。一級編劇。歷任四川省自貢市川劇團演員、編劇、全國政協委員，中國劇協副主席，四川省作協副主席。著有《易大膽》《潘金蓮》《四姑娘》《夕照祁山》《中國公主杜蘭朵》《變臉》《巴山秀才》等多部劇作及雜文集《巴山鬼話》、電影文學劇本《四川好人》。《夕照祁山》曾獲第六屆振興川劇調演優秀劇本獎，名列第一。《易大膽》《潘金蓮》《巴山秀才》等劇獲多種大獎。該劇未見著錄。劇寫蜀漢建興十二年(234)諸葛亮召集衆將議六出祁山伐魏事。魏延提出"車馬並用"兩路分兵之策，諸葛亮又未採納。楊儀進讒言，誣魏延長有反骨，諸葛亮不信。魏延愛妾魅娘傳童謠，挑動魏延反，魏延則說此乃魏國童謠，不信。時諸葛亮到魏延府上，聽魏延說阿斗無能，看到童謠，始信楊儀之言。諸葛亮認爲魏延有大功於蜀漢，爲保全其晚節，含淚設計，欲在葫蘆谷將魏延與司馬懿燒死。魏延遭受火傷而未喪命。蜀魏兩軍再次對陣，司馬懿當着衆軍，點破諸葛亮"葫蘆詭火計"，策動魏延降魏，氣得諸葛亮口吐鮮血，暈倒在地。魏延燒傷初愈，祭奠被燒死的虬龍馬。諸葛亮卧床不起，派旗牌（實爲内奸、魏國奸細）前來傳令，安慰魏延。旗牌傳送司馬懿的招降信，並與魅娘密商。魏延欲帶旗牌見諸葛丞相，魅娘殺死旗牌滅口。魅娘說出自己是黄巾張角後代，鼓動魏延"揭竿"謀反。魏延不從，魅娘劍刺魏延未遂，高喊魏延造反。魏延怒殺魅娘。諸葛亮病危，聞知魏延殺死旗牌，到五丈原求見。諸葛亮認爲魏延"反骨暴露"，拒不接見，傳馬岱交代後事及殺魏延手令。諸葛亮彌留之際，幻覺中喚來蜀中阿醜。夫妻二人談感情說家事探國是。阿醜知諸葛亮下了殺魏延的密令，跪請諸葛亮"召回馬岱，改寫手令"，以免冤殺忠臣。可是，爲時已晚，諸葛亮已口不能言、手不能寫，只得冤殺魏延，遺恨九泉。諸葛亮死後，楊儀命魏延隨其撤回蜀川；魏延伏地哀悼請戰，戴孝討賊；馬岱奉丞相手令,殺死魏延。血泊裏,秋風蕭瑟,魏延死不甘心,爬進車轅,手搖諸葛亮偶像說:"請問老人家,我的反骨在哪?"殘陽如血,夕照祁山!本事出於《三國演義》第一百四回、一百五回。情節與本劇大不相同。版本見1992年《中國作家》本、2009年《紀念改革開放三十週年四川戲劇選》本、2010年第10期《劇本》本。今以《紀念改革開放三十週年四川戲劇選》本爲底本,參考他本校勘整理。

說不盡的三國,唱不完的諸葛……

《三國志》是晉代史學家言;《三國演義》是明代小説家言;《夕照祁山》是當代戲劇家言。

羅貫中尊劉抑曹,敢於突破陳壽史册準繩,創造出與歷史人物不盡相同的藝術形象諸葛亮。流傳幾百年,家喻户曉,奉若神明。

然而魯迅謂之美中不足:"狀諸葛亮之多智而近妖!"

我們何妨大膽創造。試將諸葛亮請下神壇,撥去妖霧,揮筆寫人,頌其美德,揭其弊病,哀其苦衷,展示一代賢相暮年晚景的複雜性格的悲劇成因。

當代人回首看《夕照祁山》——春郊的野馬,别墅的黄花,釣魚臺的流水,葫蘆谷的大火,五丈原的秋風,改朝换代的鐘聲……能給人以文學陶冶,美學享受!能否使人從戲劇波瀾裏引出更深、更廣的沉思遐想?

卧 龍 相 馬

(沉重的歷史鐘聲回蕩、回蕩……)
(鼓書老嫗登上臺口,擊節報幕,吟哦開篇。那旋律,那韻味,古樸,蒼勁。一聲興亡嘆,滿座黍離悲)

　　話説三國混戰,
　　誰正統,
　　誰反叛,
　　奸雄梟雄皆阿瞞。
　　帝王求將相,
　　龍虎雇鷹犬。
　　將相忠心鷹犬勇,
　　分三足寶鼎,

搶一統江山。

唉！
發一聲興亡嘆。
看神化孔明垂青史，
聽妖化臥龍傳民間。
唱一曲非神非妖的諸葛亮，
演義新編。
俊傑暮年，
當代人回首看夕照祁山。
（鼓書老嫗隱退）
（天幕映現諸葛亮焚香彈琴的巨大剪影：一弄《高山》，二弄《流水》，三弄《平沙落雁》……）
（時值蜀漢建興十二年暮春，錦官城，琴臺下。夜深沉，影朦朧。遠看稻草人，細看矮老兵，蜀字型大小衣，八字白鬚，打着盹兒，啄着頭兒）
（高老兵提燈籠，一悠一閃，蹣跚而來）

高老兵　夥計，換哨……（人聲）莫打瞌睡，換哨嘍。
矮老兵　（睜眼）我沒睡，我在專心聽琴。你聽——丞相半夜彈琴叮咚咚。
高老兵　嗯，聽說丞相上了《後出師表》，飛調魏延將軍回成都議事，大軍又要六出祁山嘍。
矮老兵　唉，年年出祁山，年年回蜀川，老是打不進中原，取不了長安。夥計，今夜這琴聲淒涼，兆頭不好啊。
高老兵　瞎說，你我兩個巡夜老兵，一字認扁擔，二字認筷子，懂得啥子琴聲高雅喲。
矮老兵　你莫小看我，前年空城計，丞相彈琴退司馬，我就在城門口喝燒酒。老弟，哥哥我跟隨丞相幾十年，也就懂得二分琴味兒嘍。你聽：一弄山高高，二弄水嘩嘩，三弄……
高老兵　三弄劈劈啪啪！
矮老兵　不好，雁兒嘎嘎落平沙……
　　　　（琴弦戛然而斷，老兵倒抽一口冷氣）
矮老兵　弦斷了！

高老兵　斷弦了！
矮老兵　五虎上將都死了！
高老兵　只剩一個魏延了！
　　　　（燈光大明，古成都迎賓送客之地——駟馬橋）
　　　　（春郊碧野，落日金暉。儀仗隊從城中魚貫而出。文官楊儀，武將馬岱，衣冠楚楚，氣派昂昂。琴劍二童手捧接風杯盤，引四輪車徐徐到橋頭。車簾掀起，諸葛亮飄然下輦）
　　　　（漢丞相兩鬢秋霜，依然羽扇綸巾；雙眉鬱結，不失大度雍容）
諸葛亮　（唱）兩呈出師表，
　　　　　　　千憶隆中對。
　　　　　　　酬三顧，
　　　　　　　九死不改先帝規。
　　　　　　　縱祁山百折，
　　　　　　　百折不回。
　　　　　　　此橋風雲會，
　　　　　　　又見柳絲垂。
　　　　　　　知音鳳雛今何在，
　　　　　　　衝鋒五虎骨成灰。
　　　　　　　人才啊！
　　　　　　　人才遠比黃金貴。
　　　　　　　盼魏延，
　　　　　　　飛馬歸。
　　　　（旗牌上——其人貌似"龍套"，跑腿傳令，並不引人注目）
旗　牌　稟丞相，征西大將軍魏延奉命從漢中趕回成都，已到駟馬橋。
諸葛亮　接風酒伺候。有請。
旗　牌　有請。
魏　延　（內唱）欲獻奇謀先獻馬；
　　　　（猛將軍風塵僕僕，大步走來。虬髯美，黑氅飄，快人快語，眉宇時露傲氣，行為不拘小節）
魏　延　（施禮）敢勞丞相遠迎，折煞老魏了！
諸葛亮　魏大將軍一路辛苦，看接風酒來。
　　　　（二童呈上大杯，魏延仰脖喝酒，將相把手連袂，橋頭小憩）

魏　　延　（接唱）接羽書，
　　　　　　　催征人意氣風發。
　　　　　　　恨無雙飛翼，
　　　　　　　幸有千里馬。
　　　　　　　一鞭敲殘漢中月，
　　　　　　　二鞭驚散秦嶺鴉。
　　　　　　　三鞭撥開劍門霧，
　　　　　　　四鞭抖落錦城花。
　　　　　　　駐馬聽，
　　　　　　　晚鐘未打，
　　　　　　　滿天彩霞。
諸葛亮　（被魏豪情感染）朝發劍門，夕到成都，真有如此好馬嗎？我亮意欲開開眼界？
魏　　延　請丞相慧眼相馬。牽馬來。
　　　　　（馬童牽馬上，孔明相馬）
諸葛亮　好馬呀，好馬！
　　　　　（唱）烏驪紅鬃，
　　　　　　　巨眼重瞳。
　　　　　　　瘦骨傲群駑，
　　　　　　　奇技越險峰。
　　　　　　　火性不思水，
　　　　　　　渴飲酒千盅。
　　　　　　　不善馭者畏如虎，
　　　　　　　善馭之人駕如龍。
　　　　　　　故名曰：
　　　　　　　虯龍烈馬，
　　　　　　　烈馬虯龍。
楊　　儀　丞相真伯樂也！
魏　　延　伯樂相馬，馬歸伯樂，理應獻與丞相。
楊　　儀　丞相有車，要馬何用？
馬　　岱　是啊，眾所周知，丞相坐的四輪車。
魏　　延　車有所長，也有所短。若從容穩妥，馬不如車；若隨機應變，車不如

　　　　馬。當用車時用車,當用馬時用馬,望丞相車馬並用。
諸葛亮　車馬並用!(會意)明白了,你以車馬喻戰,欲獻奇謀先獻馬?
魏　延　(點頭憨笑)嘿嘿!
諸葛亮　(默契回笑)哈哈……春郊正好試馬,我陪將軍馬上談兵!
魏　延　我替丞相牽馬執鐙。
諸葛亮　有勞了。
楊　儀　丞相請慢!馬上若有閃失,誰人擔待得起?
諸葛亮　我有將軍保駕,楊儀不用操心。(振作精神)帶馬來!
　　　　(諸葛亮上鞍,魏延牽馬執鐙。眾人擔心,尾隨擁下)
楊　儀　哼!
　　　　(唱)莽魏延馬到成功,
　　　　　　將相和,
　　　　　　水乳融。
　　　　　　老糊塗倚重急先鋒,
　　　　　　楊儀恐失寵。
　　　　　　妒火燒,
　　　　　　冷眼紅。
旗　牌　(暗上)回稟楊大人。
楊　儀　(密問)旗牌官,命你打聽之事如何?
旗　牌　(密報)魏大將軍在成都郊外確有一座秘密別墅!
楊　儀　別墅?
旗　牌　別墅附近,傳出怪異童謠!
楊　儀　童謠?
　　　　(馬嘶,楊儀與旗牌密語急下)
　　　　(魏延引諸葛亮策馬上。始舒緩,繼強烈,魏延保駕撲滾,諸葛亮馭馬翻騰……馬馴,諸葛亮穩如泰山,一掃暮氣)
魏　延　(喝彩)丞相,原來你是馴馬老手!
諸葛亮　(談笑自若)當年躬耕南陽,彈琴讀書之餘,也曾偶爾陪伴吾妻乘馬郊遊,追逐爲戲。我亮秘而不宣……
魏　延　所以世人不知道!
諸葛亮　(嘆息)唉。我亮也是凡人,怎不知春遊之趣、騎射之美?奈何國家多事,負重如牛,故而淡泊明志,寧靜修身。老了,不中用了。

魏　延　丞相不老,今日一試,頓顯龍馬精神,年輕了,年輕了!
諸葛亮　哈哈……(一派生活情趣)
　　　　(唱)韶華又茂,
　　　　　　仿佛隆中,
　　　　　　馳雙馬臥龍追鳳。
　　　　　　回首笑牛牿,
　　　　　　指鞭問牧童。
魏　延　(唱)老牛慢,
　　　　　　駿馬匆匆。
　　　　　　果真是,
　　　　　　不善馭者畏如虎,
　　　　　　善馭之人駕如龍。
諸葛亮　(唱)多謝良朋獻良驥,
　　　　　　暮年復我晨曦紅。
魏　延　(唱)乘興再獻征西策,
　　　　　　飛兵出動,
　　　　　　烈馬騰空。
諸葛亮　將軍又有新招,我亮洗耳恭聽。
魏　延　請求丞相恩准,讓魏延自帶精兵五千,從子午道出發,奇襲長安!
　　　　(諸葛亮一聽,沉下臉來,徐徐下馬。少頃,月出於橋頭之上,影弄於柳蔭之間)
諸葛亮　八年之前,出祁山之時,將軍獻過此策,奇則奇矣,太危太險。我亮並未採納,今日你又重彈舊調。
魏　延　末將這回親自查看了子午道,繪下地形圖,證明此路雖險,確比祁山捷近十倍。
諸葛亮　(苦笑)將軍啊,我亮六出祁山,乃是虛張聲勢,以攻為守。
魏　延　丞相啊,老一套不頂用了。何不改一改?
諸葛亮　怎樣改?
魏　延　祁山如車,子午道如馬,望丞相車馬並用。
諸葛亮　萬一子午道"落馬"?
魏　延　也不要緊啊。我老魏縱然全軍覆沒,不過五千人而已,無損祁山十

　　　　　萬大軍。"馬"丟了，"車"還在！
諸葛亮　（心動）嗯，有理有理……
魏　延　（直率）有理就該採納！
諸葛亮　容我三思……
魏　延　快快決策。
諸葛亮　地圖？（索圖）
魏　延　請看——（獻圖）
諸葛亮　好好好！（欣然接圖）將軍隨我亮回府，挑燈夜談子午道。帶馬來……（烈馬脫韁）
魏　延　烈馬脫韁而逃，待我追轉。（急下）
楊　儀　（柳蔭閃出）天夜已晚，請丞相登車回府。
諸葛亮　（興致勃勃）楊儀，今日不用車，我亮想騎馬。
楊　儀　馬——
　　　　（唱）烈馬無拘束，
　　　　　　野性難馴服。
　　　　　　人才貴在忠於主。
　　　　　　馬蹄驕，
　　　　　　有反骨。
諸葛亮　（斥責）魏延確是人才，人才多有傲骨；但傲骨不等於反骨，楊儀休得猜疑功臣。
楊　儀　（急跪）楊儀怎敢信口開河？我有三分憑據。
諸葛亮　憑據？
楊　儀　魏延私設秘密別墅！
諸葛亮　別墅？
楊　儀　別墅附近傳出怪異童謠！
諸葛亮　童謠？
楊　儀　一半委，一半鬼，委鬼合成魏！
諸葛亮　魏？
楊　儀　土埋下，一橫上，一土並成王！
諸葛亮　王？
楊　儀　魏——王！
諸葛亮　魏——王！

(二字千鈞,擊中諸葛亮晚年之大忌!)

魏　延　(牽馬上)馬來了,請丞相上馬。

(諸葛亮負手柳陰,只見手中地圖顫動)

楊　儀　(若無其事,謙謙君子語)魏將軍牽馬來了,請丞相上馬。

(丞相猛然轉身,觀馬視人,半晌無語……)

(魏延蒙在鼓裏,楊儀期待丞相怒發雷霆;而丞相畢竟是諸葛亮。稍皺眉頭,旋即恢復雍容大度,笑語辭謝)

諸葛亮　哈哈。此馬太烈,實難駕馭。我亮一生唯謹慎,還是坐我的四輪車穩妥。

楊　儀　(向內)推車來。

魏　延　(急問)子午道……

諸葛亮　(退還地圖)改天說!

(諸葛亮乘車慢悠而去,楊儀未忘禮節,回頭向將軍致以微笑。剩下將軍牽馬獨立,牢騷油然而生)

魏　延　哼,我以為伯樂相馬,原來是葉公好龍!

(鼓書老嫗太息歌)

　　　　車轔轔,
　　　　慢悠悠,
　　　　依舊往祁山老路走。
　　　　走到死,
　　　　不回頭。

宰相求醫

(數日後,成都遠郊,魏延外室別墅,小巧玲瓏,裝飾黃花,略有迷宮感)

眾侍婢　(擺宴,恭請)有請魅夫人。

(魅娘艷妝上,妖冶中半含英武氣)

魅　娘　(唱)金屋深深藏嬌魅,
　　　　紅袖遙遙控邊陲。
　　　　馴馬橋冷落驍騎魏,
　　　　溫柔鄉暖風枕邊吹。

神龍不見尾，
黃花夢縈回。
逝者如斯水水水，
英靈隨雁飛飛飛。
韜光養晦，
韞血淚。
誰人知我，
我是誰。

（親兵引魏延便服玩扇上，大將亦爾雅。豪爽風流集於一身。魅娘含笑相迎，攜手入席。侍婢垂下珠簾，與親兵退下）

魅　娘　將軍後日遠征祁山，魅娘爲君餞行，一面欣賞黃花，一面品評下里巴人的童謠……

魏　延　今日無心品評甚麼童謠，喝酒吧，一醉方休。乾杯！
（唱）扇拂塵烟，
　　　匣掩龍泉。
　　　斑騅暫繫垂楊岸。
　　　征袍換，
　　　酒灑春衫。

　　　前夜車馬不歡散，
　　　大將枉呈金石言。
　　　苦笑，
　　　長嘆。
　　　笑宰相腹內未撐船，
　　　依然是軲轆軲轆車輪慢。
　　　北伐無效，
　　　西望長安。

　　　勇哉千里馬，
　　　不值五銖錢。
　　　錦城芳草地，
　　　蜀中奈何天。

     有酒有花反冷淡，
     不風不雨倍愴然。
魅　娘　（唱）纖手撫虯髯，
     桃腮貼醉顏。
     偏愛將軍陽剛美，
     嬌娃戀。
     懷中談情，
     心中論戰。
     唇裏纏綿，
     眼裏江山。

     天下英雄知多少，
     誰家統一鼎足三。
     爲誰流血汗，
     爲誰進諍言：
     鹿死誰人手，
     龍蟄何處眠？
     將軍啊！
     牢騷莫向虛空怨，
     靈犀何不多根弦。
魏　延　（漫不經心）我老魏直來直去，有牢騷就發，發了就沒事。
魅　娘　將軍有膽有識，有功有才；就是（指心）這裏太直，（指口）這裏太快，會打仗，不會打"肚皮官司"！
魏　延　我老魏的毛病還多哩！好鬥，好酒，又好……（調侃）
魅　娘　（嬌嗔）又好啥？
魏　延　正如齊桓公所說——"寡人好色"！
魅　娘　有氣魄，稱得好，你這"寡人"稱得好！
魏　延　（制止）你吃醉了嗎？那"寡人"稱號，不是我老魏的話，是齊桓公所說，史書上所寫。
魅　娘　史書太正，不如童謠有味，你看——（呈上黃絹謠單）
魏　延　甚麼謠單？（看）
魅　娘　一半委，一半鬼；

魏　延　委鬼合成魏！
魅　娘　土埋下，一橫上；
魏　延　一土並成王！
魅　娘　（點撥）魏——王！
魏　延　魏——王！
魅　娘　（試探）你明白啦？
魏　延　這有甚麼不明白？是魏國的童謠！
魅　娘　這……
魏　延　魏王就是曹操嘛！
魅　娘　曹操！（失望，跺脚衝到一旁）
魏　延　漢高祖遺訓：非劉氏而王者，天下共誅之。曹操父子篡位，稱王稱帝，我蜀漢與它誓不兩立！
魅　娘　哎，請問你貴姓啰？
魏　延　（愣住）我貴姓？
魅　娘　噫，你姓啥子都搞忘了！
魏　延　（撲哧一笑，醉意迷糊，指酒杯）我只要一喝這個，一看你那個（指魅娘秋波），我就把甚麼都忘記了！（隨手將童謠黃絹塞進衣袖，摟抱魅娘）
　　　　（唱）報國鍾情兩悠悠，
　　　　　　百煉鋼化繞指柔。
　　　　　　此去祁山久，
　　　　　　沙場春復秋。
　　　　　　伊人愁，
　　　　　　征人憂。
　　　　　　馬後桃花馬前雪，
　　　　　　叫人怎得不回頭。
魅　娘　你捨不得我嗎，我就跟你走嘛。
魏　延　跟我走？
魅　娘　我隨你一道出征。
魏　延　不行，不行，丞相有令，嚴禁携帶女眷。
魅　娘　（詛咒）哼，這老頭用人求全，管得太寬了。
魏　延　丞相廉潔奉公，確有美德，我老魏自愧不如，心裏佩服他老人家。

魅　　娘　不說你的丞相,且看魅娘我……(甩去外衫,仿男人步伐)小校參見大將軍。

魏　　延　你在做啥喲?

魅　　娘　我就女扮男裝,隨你出征。神不知,鬼不覺,只要你不說,丞相他就管不着!

魏　　延　(大喜)哈哈,鬼妹子,你的鬼點子多哩……(說着摟抱魅娘)

(幕內呼:"丞相駕到!")

(魅娘、魏延同驚,驀回首——琴劍二童雙挑珠簾,諸葛亮飄然出現!)

魅　　娘　(唱)人說是諸葛亮二分仙氣,

諸葛亮　(唱)如迅雷從空至,

魏　　延
魅　　娘　(合唱)掩耳不及。

(魏延暗示魅娘迴避,魅娘自顧半裸,倉猝間不及向魏索回謠單,避下)

(魏延醉步迎接,賓主同坐,隨從退下)

魏　　延　(醉眼惺忪)丞相,你怎麼知道這個地方?

諸葛亮　將軍秘而不宣,我亮心誠,則無所不知,無所不到啊。

魏　　延　你老人家前知五百年,後知五百年,就是不曉得自家有病!

諸葛亮　人吃五穀生百病,怎奈青囊絕迹,世無華佗?

魏　　延　遠在天邊,近在眼前。

諸葛亮　啊,將軍多才多藝,還會岐黃之術嗎?

魏　　延　學過兩手,不信,讓我望聞問切……

諸葛亮　慢來、慢來,我亮本想求醫,不巧,你今天已有幾分醉意。

魏　　延　我沒醉,我沒醉,清清醒醒。嘻嘻,丞相,你纔有點醉了。

諸葛亮　我醉了!(順其酒興,佯作醉態)對,"山人"二分醉,喜歡這一杯。

魏　　延　說起酒——

諸葛亮　好朋友!

魏　　延　心印心!

諸葛亮　手挽手!

魏　　延　嘿嘿!

諸葛亮　哈哈!

　　　　　　（將相醉步舞蹈，妙在真醉、佯醉之別）
諸葛亮　（唱）仿，
　　　　　　青梅煮酒。
　　　　　　裝，
　　　　　　醉翁登樓。
　　　　　　求，
　　　　　　岐黃國手。
　　　　　　探，
　　　　　　腹裏春秋。
魏　延　（唱）瘦，
　　　　　　病人消瘦。
　　　　　　憂，
　　　　　　旁觀擔憂。
　　　　　　將軍清醒宰相醉，
　　　　　　醉似浮萍漂漂流。
諸葛亮　（唱）流，
　　　　　　流霞嫣紅亦醉酒，
　　　　　　晚霞應知孔明愁。
　　　　　　野馬肥，
魏　延　（唱）臥龍瘦。
諸葛亮　（唱）別墅奇，
魏　延　（唱）金屋幽。
諸葛亮　（唱）幽境好治病，
魏　延　（唱）雙影對案頭。
諸葛亮　（唱）燕子穿簾成三友，
魏　延　（唱）笑看武將醫武侯。
　　　　　　（燕語呢喃，魏延望聞問切……）
諸葛亮　脉象如何？請直言[1]。
魏　延　脉象不佳，有怪病。脾虛過甚，怕出汗，所以你不分春夏秋冬老搖鵝毛扇子！
諸葛亮　切中了！我亮手不離扇，世人以爲瀟灑，怎知另有苦衷啊！
魏　延　（再切）脉宏大，主胃病，吃不得，睡不得，大事小事一把抓，勞累過

	度,飲食無味,危險嘍!
諸葛亮	又中了!我亮食少事煩,自己也知危險,實在是莫奈何了。怎及將軍心寬體胖胃口好啊。
魏　延	我老魏一頓要吃幾斗碗……一挨枕頭扯撲鼾,長命百歲。你呢?你有風濕,經絡滯,關節酸,最怕顛簸,所以你只坐車不騎馬……
諸葛亮	馬!
魏　延	(牢騷爆發)"馬"是好"馬"喲!你若車馬並用,八年前早就取下長安了。
諸葛亮	(故作醉語挑之)長安不是你荷包裏的小錢,隨便取。"先生"在吹牛。牛皮匠!
魏　延	(勃然)吹牛?
諸葛亮	(俚詞順流而下)不要緊,吹牛不犯罪,再吹,再吹。
魏　延	我是吹牛皮,牛皮匠嗎?不——(衝口而出)俗話説,三個牛皮匠,頂個諸葛亮! (住口,憨態)我説漏嘴了,一家之言,一家之言。
諸葛亮	(微笑掩飾激動)好啊,我亮正是博采儒家、法家、道家、兵家諸家之長而自成雜家。廣開言路,百家爭鳴嘛!説下去。
魏　延	説啥?説恭維話,還是説老實話?
諸葛亮	(誘發)請説老實話,言者無罪,聞者足戒。
魏　延	(大開話匣)你病在葉公好龍!招賢著作一大堆,蜀中人才沒幾個。萬一你老人家有個三長兩短,阿斗他……
諸葛亮	阿斗怎樣?説。
魏　延	(直言不諱)丞相,你是天下第一聰明人,保的却是天下第一大草包!(拂袖,謠單落地)
諸葛亮	(震動,跌坐)説得"好"啊…… (諸葛亮回視魏延,此公已昏昏伏案,囈語不清了。諸葛亮發現謠單,拾起細看)
諸葛亮	一半委,一半鬼,委鬼合成魏;土埋下。一橫下,一土並成王!(證實)童謠根源,果然在這裏呀! (唱)欺君犯上, 　　　暗稱魏王。 　　　不料一先帝干城將,

　　　　　醉後流露野心腸。
　　　　　燕子飛不見，
　　　　　蝙蝠鬧東窗。
　　　　　窗搖户動天魔舞，
　　　　　鬼影幢幢，
　　　　　裸妖晃晃，
　　　　　亂臣淫娃反三綱。
　　（燈光迷離，諸葛亮産生幻覺——）
　　（魅娘披長髮，張雙角，率衆裸女吶喊舞上，如原始人，帶圖騰氣，傳唱童謠）
　　（魅娘替魏延插上雉尾，魏延挽翎，作王者登基狀）
　　（阿斗上，隨衆女匍匐山呼萬歲）

諸葛亮　（驚問）你、你是何人？
魏　延　他便是你鞠躬盡瘁保的阿斗！
諸葛亮　哎呀，天子——（扶起阿斗）陛下乃是真龍天子，竟向魏延匍匐山呼。你、你爲何如此不爭氣呀？
阿　斗　哎呀。丞相——我阿斗不是創業治國的材料，只想吃一碗安樂茶飯。魏延才人功高性情野，我哪有能力駕馭他喲？也罷——與其今後被魏延取而代之，不如趁早把皇帝寶座送給你！
諸葛亮　（一怔）我？
阿　斗　讓你兒子諸葛瞻取代我吧。
諸葛亮　（汗流浹背）陛下折煞臣也——（伏地泣訴）漢高祖遺訓：非劉氏而王者，天下共誅之。臣受先帝三顧之恩，托孤之重，鞠躬盡力，死而後已。嚴教子孫後代，永保劉家江山。（拜）
阿　斗　（唱）你朝着阿斗鞠躬拜，
　　　　　千拜萬拜爲何來？
　　　　　是拜我創業治國有能耐，
　　　　　是拜我拔山舉鼎勝旗開。
　　　　　是拜我血緣好劉家崽崽，
　　　　　是拜我投準了皇帝娘娘胎。
魏　延　哈哈！
　　（唱）智囊拜窩囊，

　　　　　雄才保蠢材。
裸　女　（唱）智囊朝拜窩囊廢，
　　　　　雄才保個大蠢材。
（阿斗龜縮於丞相庇蔭之下，丞相愁看後主窩囊相。不禁仰天長嘆）
諸葛亮　蒼天，我是知其不可爲而爲之啊！
阿　斗　唉，丞相明知我糊塗，偏要保糊塗，豈不是比我更糊塗？糊塗人不説你糊塗，只説我糊塗，豈不是大家都糊塗？神糊塗，鬼糊塗，一塌糊塗……
（糊塗聲中，阿斗及裸女不翼而飛。將軍依然伏案，鼾聲如雷——反骨圖王乃丞相自家"意識流"也！）
（丞相拭目，審視將軍，於晚霞影裏、燕子聲中，透露一絲殺機）
諸葛亮　我亮自信料事如神，魏延果然心中有鬼！
（切光。鼓書老嫗太息歌曰）
　　　　你非神，
　　　　他非鬼，
　　　　疑神疑鬼。
　　　　此是非，
　　　　彼是非，
　　　　似是而非。

校記

［1］請直言："言"，原作"占"，據《劇本》本改。

漁翁垂釣

（祁山，爽夏，古戰場，兵車行）
（魏兵魏將簇擁司馬懿、司馬師上）
司馬懿　（唱）六月行兵蒿里走，
　　　　　沉沉鐵甲冑，
　　　　　炎炎毒日頭。
　　　　　高唱燕歌行，

　　　　　低詠古涼州。

　　　　　用兵從政皆詭鬥，
　　　　　司馬卧龍戰未休。
　　　　　老夫大智若愚昧，
　　　　　誆肥鹿，
　　　　　奪金甌。

司馬師　哎呀，帥父——我軍祁山迎敵，倘若蜀軍改從子午道奇襲，長安豈不危矣？

司馬懿　爲父料定孔明不改舊規，怎會採納魏延子午道奇謀？我軍後顧長安無憂，吾兒免慮。

司馬師　智者千慮。恐有一失！

司馬懿　知己知彼，百戰不殆。我一知孔明用人求全，二知魏延直言犯上，三嘛——（耳語）

司馬師　啊，蜀中早有坐探？

司馬懿　（詭笑）一枚小小釘子打進去了！

司馬師　"釘子"是誰？

司馬懿　休問"釘子"是誰，且說魏延處境：這個人才，孔明不愛司馬愛。

司馬師　（密語）帥父意欲生擒魏延，化勁敵爲手下良將，替我司馬氏圖王創業？

司馬懿　（拍兒肩）孺子可教也！大令下——生擒活捉魏延者，賞千金，記頭功。

　　　　（魏兵吶喊衝下，司馬懿忽然猶豫不前）

司馬師　帥父爲何勒馬不走？

司馬懿　此時此刻，諸葛亮正在作何安排？

司馬師　必然嚴陣以待，將臺調兵……

　　　　（探子上）

探　子　報——啓稟都督，"釘子"送來口訊，諸葛亮按兵不動，正在溪邊釣魚！

司馬師　釣魚？

司馬懿　大兵壓境，他還有閑心釣魚呀？……

　　　　（司馬父子勒繮沉思……）

（溪邊，諸葛亮竹笠遮陽，悠然垂釣。童子挎笆簍，搖羽扇，助漁夫撒餌，看魚兒戲水）

諸葛亮　（唱）金戈鐵馬敵軍猛，
　　　　　　　小溪流水雅興濃。
　　　　　　　碧波白浪照吾影，
　　　　　　　綠蓑青笠老漁翁。
琴　童　（唱）釣魚竅門你不懂，
　　　　　　　日上三竿笆簍空。
劍　童　（唱）童兒戲水浪花弄，
　　　　　　　笑你無賴老頑童。
諸葛亮　（唱）老夫聊做童年夢，
　　　　　　　長綫釣魚談笑中。

（諸葛亮面向臺口釣魚，凝神觀察水面）
（魏延戎裝急上，楊儀、馬岱隨後）

魏　延　敵軍潮湧而來，丞相怎麼還不調兵遣將？
楊　儀　（搭訕）丞相胸有成竹，魏大將軍稍安勿躁。
魏　延　司馬師挑戰，聲言要我魏延出陣。請丞相傳令讓我與司馬師決一死戰。
諸葛亮　（回答不回頭）正要仰仗魏將軍大力，就怕你殺得興起，不聽我亮安排。
魏　延　末將謹遵臺命，請開金口。
諸葛亮　命你率領本部人馬，首戰司馬師，務必引出敵軍主帥司馬懿。
魏　延　得令……
諸葛亮　慢來、慢來，此戰非同尋常，不准勝，只准敗！
魏　延　只准敗！這、這是何意？
諸葛亮　誘敵深入，引進葫蘆谷，山人自有神機妙算。
魏　延　甚麼妙算？魏延可否略知一二？
諸葛亮　天機不可洩漏，將軍若是爲難，我亮只好另請高明。
魏　延　這……好嘛，魏延遵命，看丞相的高招。（揮手）帶虯龍馬。（急下）
諸葛亮　馬岱聽令。
馬　岱　候令。
諸葛亮　前日交代，可曾辦妥？

馬　岱　引火之物齊備，丞相放心。

諸葛亮　速去葫蘆谷外埋伏，只待魏延引司馬進谷，你便前後放火，斷絕出路。

馬　岱　得令……（猛覺）哎呀，丞相——前後放火，斷絕出路，豈不把魏大將軍一起燒死？

楊　儀　（斥）當問則問，不當問則止。

馬　岱　這……

諸葛亮　（厲聲）洩密者斬！

馬　岱　末將不敢，遵命照辦。（嘆）魏大將軍，這把火怪不得馬岱了！（下）

楊　儀　（奉承）燒死司馬，除去外患；燒死魏延，除去內患。一舉兩得，丞相高、高！

諸葛亮　（不悅）哼，你是以小人之心，度君子之腹啊！

（諸葛亮放下釣竿，起身踱步。楊儀碰了一鼻子灰，惶恐窺視"漁翁"心理）

諸葛亮　楊儀，只圖以公報私，怎知我亮忍痛割愛，用心良苦。魏大將軍乃先帝功臣，南征北戰，立下多少汗馬功勞。萬不料他竟生反骨，暗藏野心。我若養癰遺患，有朝一日魏延欺主，勢必顛覆蜀漢江山，他自己也要落個叛逆罵名！我亮當機立斷，讓他今日死於葫蘆谷，這便是爲國捐軀，爲主盡忠；保住他的晚節，使他流芳百代。楊儀，你是打着哈哈除掉他，我是含着淚水成全他呵！

楊　儀　這……

旗　牌　（上）報——兩軍對壘，魏將軍力戰司馬師，引出敵軍主帥司馬懿。

諸葛亮　楊儀督陣，促令魏延誘敵深入。

楊　儀　得令。（與旗牌下）

（戰鼓連天，殺聲震地，諸葛亮內心複雜，蘊藏大千世界[1]）

諸葛亮　（唱）釣魚臺聽戰鼓鏗鏗敲，
　　　　　　　想前哨刀對槍，
　　　　　　　槍對刀。
　　　　　　　我心中矛攻盾，
　　　　　　　盾攻矛。
　　　　　　　盾牌矛鋒自鬥鏖。

爲甚麼反骨不生驢頭腦？

爲甚麼駿馬偏長刺鬃毛？

平庸的驢兒不欺主，

猖狂的馬兒攪亂槽。

隱患若不早除掉，

劉家江山必動搖。

天啦天，

無奈了。

兩全計，

一火燒。

先鋒先戰死，

後主後患消。

寧可負大將，

不可負王朝。

（釣臺隱沒，前綫兩軍交鋒）

（魏延挫敗司馬師。司馬師率兵圍攻。魏延勇不可擋，刀劈群敵，勒馬揚威）

楊　　儀　（急上促進）丞相二次傳令，魏延只准敗，不准勝！

魏　　延　啊，啊，看丞相的神機妙算！

（魏延誘出司馬懿，虛晃一刀敗下）

司馬懿　活捉魏延！

（司馬懿率隊追去[2]。軍中閃出司馬懿替身！真假難辨，偷梁換柱，真司馬懿隱退，替身追下[3]）

（馬岱、楊儀分頭帶兵執火把繞場）

（魏延引"司馬"進入葫蘆谷，前後起火，斷絕出路）

（魏延撲火，滾鞍落地，戰馬燒死）

（"司馬"與魏延奔竄相遇）

"司　馬"[4]　（悲鳴）魏將軍，不料你我都成了替死鬼喲……

魏　　延　（怒斥）司馬懿，漢賊不兩立，看打！

（魏延扭打"司馬"，火勢更猛，"司馬"葬身火海）

（魏延走投無路掙扎，如火龍攪柱，氣絕，倒斃）

馬　　岱　（急上，向內）[5]魏大將軍爲國捐軀！

（雷鳴電閃，暴雨傾盆，楊儀引諸葛亮乘四輪車冒雨趕來）

諸葛亮　魏將軍！

（雷悲雨悼，諸葛亮長跪撫屍，一時百感交集）

（唱）雷悲雨悼，
　　　雷雨把魂招。
　　　似聽見凱歌伴隨挽歌起，
　　　似望見捷報匯同紙錢飄。
　　　魏將軍啊，
　　　塑成你沙場喋血國殤貌，
　　　斷絕你暗室欺君禍根苗。
　　　回憶你幾十年南征北討，
　　　禁不住動真情痛哭嚎啕。
　　　我定會撫恤你妻兒老小，
　　　妻封蔭子簪纓榮冠群僚。
　　　全軍戴素孝，
　　　滿朝換白袍。
　　　宰相扶靈柩，
　　　皇上折聖腰，
　　　忠烈陵園松柏繞。
　　　哀樂裏，
　　　功臣豐碑立南郊。

（雨聲嘩嘩，"屍體"忽然蠕動）

馬　岱　（發現）丞相，魏將軍沒有死！

楊　儀　啊呀，他沒有死！

諸葛亮　（大出意料，不知所云）啊！將軍，你、你大難不死！

馬　岱　（驚喜）老天爺不要命，一場大雨把他淋醒了！

魏　延　（喘息）丞相，你、你、你怎麼連我一起燒？

諸葛亮　（語塞）這個……

魏　延　別這個那個[6]！我的馬呢？虬龍馬，我的好馬呀！（起身[7]，跟蹌尋馬下）

楊　儀　（低語）丞相，你為山九仞，功虧一簣！

諸葛亮　（長嘆）謀事在人，成事在天！

（旗牌上）

旗　牌　　報——司馬懿神兵從空飛降！

諸葛亮　　司馬懿他、他不是燒死了嗎？

旗　牌　　司馬懿老奸巨猾，燒死的是那個替死鬼[8]！

（形勢陡轉，司馬神兵鋪天蓋地湧來。蜀軍倉皇招架，保護諸葛亮退到一隅。司馬父子居高臨下，嬉笑怒罵）

司馬懿　　諸葛亮哇，老匹夫：本帥早就識破葫蘆詭計，被你燒死的"司馬"是個偏將！

司馬師　　被你燒傷的魏延，倒是個帥才！

司馬懿　　可笑你隻手扶漢，後繼無人。只剩下一個帥才魏延[9]，你也容他不下！

諸葛亮　　（強作鎮靜）住口！我蜀漢人才濟濟，君臣義，將相和，豈怕你挑撥離間！

司馬師　　哈哈，分明是自相殘殺，你還打腫臉充胖子。魏延回營，必要問你個豈有此理！"老漁翁"呃，看你怎樣下臺喲？

司馬懿　　兩軍雙方聽着：當年諸葛亮三氣周瑜，如今一報還一報，我司馬要活活氣死諸葛亮！

（魏軍狂笑，"漁翁"慘敗，經受不起沉重打擊）

（歷史螺旋式轉出似曾相識的情景——談笑司馬宛如青春孔明，而黃昏卧龍却轉化爲狹隘周郎矣！）

諸葛亮　　既生卧龍，何生司馬啊！[10]

（諸葛亮嘔吐鮮血！）

（雨絲垂幕。掩去戰場……）

校記

［1］諸葛亮內心複雜，蘊藏大千世界：此兩句，《劇本》本删作"內心複雜"。

［2］司馬懿率隊追去："司馬懿"，《劇本》本删。

［3］真假難辨，偷梁換柱，真司馬懿隱退，替身追下：此四句，《劇本》本作"偏將，真司馬懿隱退，偏將追下"。

［4］"司馬"：《劇本》本作"偏將"。下同。

［5］馬岱（急上，向內）：此六字，《劇本》本作"（探子急上）探子"。

［6］別這個那個："別"，原無，據《劇本》本補。

[7] 起身：此二字，原無。今據《劇本》本補。
[8] 司馬懿老奸巨猾，燒死的是那個替死鬼："司馬懿""燒死的"，原無，據《劇本》本補。"是那個"，原作"那是他的"，據《劇本》本改。
[9] 只剩下一個帥才魏延："一"，原作"……"，據《劇本》本改。
[10] 既生臥龍，何生司馬啊：此九字，《劇本》作"蒼天，你不助臥龍助司馬啊"。

千古隱秘

鼓書老嫗歌曰：
    葫蘆無情火，
    蒼天有情降滂沱。
    滂沱淚雨落，
    祁山路坎坷。
    烏夜啼，
    鵲晨歌，
    將軍意如何！

    招降人來也，
    策反人來也，
    一波未平起二波。
  （落花時節，魏延營帳。旗牌官揮舞令旗而來，到營門傳令）

旗 牌 丞相口諭，魏大將軍聽令！
  （魅娘應聲出，小校打扮，英姿颯爽）
魅 娘 魏大將軍燒傷初愈，懷念虬龍馬，正在後營畫馬致哀，旗牌所傳何令，我等轉達。
旗 牌 魏大將軍負傷，丞相本欲前來撫慰，怎奈嘔血患病，臥床不起，日常軍務由楊儀代管。請魏將軍安心養傷，原地待命，有事先呈楊儀，不得擅入中軍帳。
魅 娘 哼，糊裏糊塗把人燒了，還不讓人當面問個所以然嗎？
旗 牌 答話者何人？
魅 娘 魏將軍馬前小校。
旗 牌 （注視）姓甚名誰？

魅　娘　我姓黃！（注視）轉問旗牌官尊姓大名，仙鄉何處，幾時高陞中軍帳？
旗　牌　喲，反倒盤問起我來了！哈哈，中軍帳幾十名旗牌，我只是其中一個跑腿的無名小卒，何足道哉？
魅　娘　（旁敲側擊）旗牌雖小，進去自如，內外貫通，妙就妙在無名。眾人等閑視之，我却刮目相待。
旗　牌　（默契）嘿嘿……
魅　娘　哈哈……
旗　牌　你我都是無名小卒，正好交個朋友。若不嫌棄，我有密言相告。
魅　娘　好，後營慢敘，請。（帶旗牌下）
　　　　（哀樂起，親兵上，擺香案，高懸烈馬圖，墨迹猶新，題詞兩行："不善馭者畏如虎，善馭之人駕如龍。"）
親　兵　（向內）請將軍祭馬。
魏　延　（上，抬頭望圖，傷心疾呼）虬龍馬，我的老夥計喲！
　　　　（唱）揮大筆，
　　　　　　　淚水墨水傾盆潑。
　　　　　　丹青高懸，
　　　　　　黃花飄落。
　　　　　　驊騮猶似生前貌，
　　　　　　依依不捨我，
　　　　　　呼之欲應諾。
　　　　　　破壁飛出踏雲朵，
　　　　　　東臨滄海萬頃波。
　　　　　　鐵蹄橫掃銅雀伎，
　　　　　　馬魂隨我過漳河。

　　　　　　壯志未酬，
　　　　　　死於葫蘆火。
　　　　　　老夥計，
　　　　　　秋風爲你唱挽歌。
　　　　（親兵上）
親　兵　稟事：剛纔旗牌到此傳令。

魏　延　甚麼令？
親　兵　丞相臥床不起，楊儀代管軍務，請魏大將軍安心養傷，原地待命，有事先呈楊大人，不得擅入中軍帳。（退下）
魏　延　哼，糊裏糊塗把我燒了，還不讓我當面問個爲甚麼？烈馬、烈馬，你死得不明不白喲！
　　　　（唱）奇火，
　　　　　　　詭火，
　　　　　　　燒敵又燒我，
　　　　　　　餛飩煮一鍋。
　　　　　　　是有心策劃，
　　　　　　　是無意失着。
　　　　　　　猛將軍胸無城府，
　　　　　　　悶葫蘆難以捉摸。
　　　　（魅娘托盤送藥上）
魅　娘　（背唱）烏夜啼，
　　　　　　　鵲晨歇，
　　　　　　　將軍意如何？
　　　　　　　負傷仍想朝天子，
　　　　　　　治病還須女華佗。
　　　　　　　張家祖傳散，
　　　　　　　草莽秘製藥。
　　　　　　　盼寂寞黃花重開朵，
　　　　　　　落英復活。
魏　延　唉……
魅　娘　（溫柔安慰）將軍不要再爲烈馬傷心了，自家身子要緊。有傷必有寒，快來吃藥。
魏　延　拿開，藥太苦，我酒癮發了，換酒來。
魅　娘　虧你還學過岐黃術，反倒像個三歲娃娃，吃藥還要"乳娘"喂。（魅笑）好嘛，我親口"度"給你吃！（啜了一口藥，度向情人唇邊）
　　　　（魏延唇接，又止）
魏　延　我的"乳娘"，莫忘了你這一身男裝。親兵看見成何體統？罷了，我自己喝。

　　　　　（一飲而盡）
魅　娘　（打量）將軍手臂傷勢好轉，臉上也結疤了。
魏　延　快拿鏡子來，我要照照臉。
魅　娘　護心鏡代替菱花鏡。來，就在"乳娘"心前照！（挺起護心鏡）
魏　延　（俯身照鏡）僥倖保全虬髯，可這黑臉多添一道傷疤，我老魏更加討人嫌了。
魅　娘　哪個討厭你？孔明眼中刺，魅娘心上人。他不疼你，我疼你——
　　　　　（抓起魏延手臂，深情吮傷）
魏　延　（感激涕零）鬼妹子……
魅　娘　鬼哥哥……
　　　　　（魏延如孩子般投入魅娘懷抱）
魏　延　（唱）琴心貼劍膽，
魅　娘　（唱）櫻唇吮傷瘢。
魏　延　（唱）情火狂勝葫蘆火，
魅　娘　（唱）淚水飛化霖雨綿。
　　　　　　　嘆王朝權謀比山險。
　　　　　　　悲勇夫未悟，
　　　　　　　癡夢猶酣。
　　　　　　　君不見，
　　　　　　　爭帝嗣殺劉封，
　　　　　　　爲妻眷誅劉琰。
　　　　　　　誹朝政彭羕滿門斬[1]，
　　　　　　　失街亭馬謖首罪擔。
魏　延　（唱）都說是死而無怨，
魅　娘　（唱）細分辯有屈有冤。
魏　延　（唱）漢丞相治蜀功成七八九，
魅　娘　（唱）掩蓋着冤獄錯案一二三。
魏　延　（唱）區區甲乙丙，
魅　娘　（唱）丁是你魏延，
　　　　　　　葫蘆詭火逼你反。
魏　延　（驚回首）反？
魅　娘　（高唱）逼你反！

魏　延　啊！（失色）

　　　　（唱）策反人竟在我身邊。

魅　娘　策反人不止是魅娘，還有司馬給你的招降信，將軍請看——

魏　延　招降信！（按劍怒視）原來你是司馬打進來的"釘子"？

魅　娘　哈哈，"釘子"倒有一個，我已替你接待了。（向內）請！

　　　　（親兵引旗牌昂然上）

魏　延　（大出意料）旗牌官！

魅　娘　不要小視無名旗牌，全靠他上躥下跳，爲司馬通風報信。

旗　牌　哈哈，魏將軍想不到吧？我國司馬大都督愛你如寶，好意全在信中寫明。魏延投魏國，雙魏相印合，你再不受諸葛亮的氣了。

魏　延　（轉怒爲笑）哈哈……你來得好！

旗　牌　好！

魏　延　來得巧！

旗　牌　巧！

魏　延　我正好帶你去見丞相。

旗　牌　見丞相？

魏　延　丞相疑我有鬼，不料鬼就在他自己身邊！

旗　牌　這……

魏　延　這甚麽？通上姓名，交個朋友啊。

旗　牌　你若投魏，我便報名；你不投魏，我死也埋名……

　　　　（魅娘突然拔劍殺死旗牌）

魅　娘　成全你，當個無名英雄！

　　　　（親兵拖"無名英雄"屍體下）

　　　　（魏延還沒回過神來，魅娘撕毀招降信）

魏　延　哎呀，冒失的鬼妹子——你殺死旗牌，滅去活口，叫我怎樣向丞相交代？

魅　娘　就是要你説不清，道不明，無路可走，非反不可。

魏　延　（按劍追問）你、你究竟是甚麽人？

魅　娘　（神秘地）你猜我是誰？

魏　延　你，你是哪一家屈死功臣之後？

魅　娘　（大笑）哈哈……

　　　　蜀漢功臣，三國帝王，皆我仇敵也！（低聲）我是黃巾！

魏　延　（沒聽清）甚麼、甚麼？
魅　娘　（高聲）我是黃巾張角後代！
　　　　（音樂大作，魅娘掏出黃巾揮舞，魏延恍然大悟）
魅　娘　（唱）蒼天當死，
　　　　　　　黃天當立。
　　　　　　　本該黃巾當皇帝，
　　　　　　　三國割據分社稷。

　　　　　　　看使君與操皆狐狸，
　　　　　　　笑臥龍司馬鬥公雞。
　　　　　　　問劉備，
　　　　　　　問劉備家業從何起？
　　　　　　　以黃巾屍體做人梯。
　　　　　　　倒下去的張角有孫女，
　　　　　　　殺不完的黃巾傳後裔。
　　　　　　　潛伏真龍女，
　　　　　　　龍女擇龍婿。
　　　　　　　看中你，
　　　　　　　等時機，
　　　　　　　等到諸葛亮病危急。
　　　　　　　等到各路逼你反，
　　　　　　　插反旗，
　　　　　　　稱一對龍鳳夫妻。

　　　　　　　呼甚麼反骨冤，
　　　　　　　叫甚麼反骨屈。
　　　　　　　通通眼界低，
　　　　　　　萬歲也從草澤起。
　　　　　　　一登龍椅，
　　　　　　　青史由你重新題。
魏　延　（唱）黃巾一舞亂天理，
　　　　　　　洪水猛獸衝帝基。

　　　　魏延有傲骨，
　　　　敢破規矩，
　　　　敢走崎嶇，
　　　　怎敢反蜀漢先帝。
　　　　敢貪花柳，
　　　　敢戀枕席，
　　　　怎敢戀賊女賊妻。

　　　　情欲，
　　　　天理。
　　　　何從，
　　　　何去？
　　　　振臂問天天悲啼。

魅　娘　諸葛亮燒你逼你，魅娘愛你疼你。誰是親人？誰是仇人？你還不醒悟嗎？

魏　延　呸！雖然丞相薄待魏延，俗話説得好："肉爛了在鍋頭，腦殼打爛了也鑲得起。"而你我之間，漢賊不兩立，我、我要殺你！
　　　　（魏延揮劍刺去，魅娘拔劍自衛，幾個回合，魏延刺傷魅娘手臂）

魅　娘　（悲憤已極）你、你忍心殺我？我替你枕邊喂藥，我替你親口吮傷！（伸出手臂）我帶傷了，流血了，該你來吮了！

魏　延　（手軟劍落，心疼淚下，撫魅娘傷臂狂吮）鬼妹子，你這柔情玉手，怎麼竟是黄巾賊子啊？

魅　娘　誰是賊子？成爲王，敗爲賊！（仇恨地）劉備名爲帝王，實爲大賊！諸葛亮名爲賢相，實爲幫凶！

魏　延　（氣急敗壞，白）你敢侮我先帝，辱我丞相，看打——

魅　娘　（撒嬌）你打嘛，打嘛……（撲進魏延懷中泣訴）鬼哥哥啊，你先帝留下一個阿斗，你丞相保着一個草包，你爲啥還不取而代之？

魏　延　（傾訴苦衷）我的鬼妹子，我老魏何嘗不知阿斗是個草包啊？怎奈先帝待我恩重如山，我只能追隨丞相，盡力保住先帝龍子龍孫……

魅　娘　不，我黄巾纔是龍！

魏　延　不，蜀漢纔是龍！

魅　娘　我張家是真龍天子！

魏　延　劉家是真龍天子！
　　　　（争執不休，一串"龍"聲震耳欲聾！）
魅　娘　我張家是真龍後裔，救百姓出水火……
魏　延　救百姓？説得好聽——（自有襃貶）請看我家丞相，扶龍保龍而自己不登龍位，可貴在此。黄巾張角之流，打着救民旗號，夢想爬上皇帝龍椅寶座，你們有誰能及諸葛亮無私美德？
魅　娘　住口——（野性大發）諸葛亮爲阿斗盡愚忠，你魏延爲諸葛亮盡愚義，我魅娘……死也不會爲你盡愚節！
　　　　（魅娘拾劍猛刺魏延，魏延奪劍，魅娘死死扭住）
親　兵　（急上，埋頭稟事）中軍帳傳來消息，丞相病情危急，正在安排後事……
魅　娘　（搶呼）回禀丞相，魏延窩藏黄巾，插旗造反！
魏　延　（急捂魅娘口）住口……
魅　娘　（狂呼）魏延造反……
　　　　（魏延殺機頓起，狠毒殺死魅娘）
親　兵　（大驚）這是怎麽一回事？
魏　延　（逼視）你都看見了？
親　兵　（恐懼）我没看見，我不説出去……
　　　　（魏延殘酷殺親兵滅口，回視血泊愛妾，痛心慘呼）
魏　延　鬼妹子……
　　　　（魏延俯向屍體，正欲嚎哭，忽警覺四顧，掩嘴低低飲泣……）
　　　　（鼓書老嫗於臺口太息歌曰）
　　　　　　千古謎無名黄花埋草莽，
　　　　　　五丈原大名丞相卧病床。
　　　　　　蒼天不許壽無疆，
　　　　　　縱是巨傑也淒凉。

校記

［1］誹朝政彭羕滿門斬："羕"，原作"羑"，據《三國志・蜀書・彭羕傳》改。

五丈秋原

（秋風悲號，吹開帷帳，"蜀"字大旗孤零，一代巨傑——諸葛亮病榻昏迷[1]，醫藥罔效）

楊　儀　啓稟丞相：旗牌過營傳令，魏延一怒之下殺了旗牌，氣勢洶洶，闖到五丈原求見丞相。

琴　童　（阻止）楊大人，丞相病成這個樣子，別再驚動他老人家了。

楊　儀　這事我不得不稟！（附耳大聲）魏延殺了旗牌，吵着要見丞相。

諸葛亮　（霍然掙起）他殺得好啊！（低沉地）反骨暴露，足見我亮料事如神。（揮手）我不見他，傳馬岱見我。

楊　儀　（向外）謝絕魏延，傳馬岱。

（諸葛亮屏退左右，馬岱暗上）

馬　岱　參見丞相。

諸葛亮　人之將死，萬事俱休，只有一件隱憂，要向你囑託……（戒備兩廂）楊儀退下了嗎？

馬　岱　楊大人不在。

諸葛亮　（攤出底牌）魏延不可靠，楊儀也未必可靠！兵權交他代管，暫時過渡罷了。我軍撤軍蜀川之後，就請楊大人下臺。

馬　岱　楊儀下臺，誰人掌兵？誰人執政？

諸葛亮　我已表奏皇上，兵權交姜維，内政托蔣琬。

馬　岱　蔣琬之後呢？

諸葛亮　費禕。

馬　岱　費禕之後呢？

諸葛亮　唉，後繼無人了……馬岱忠厚誠實，可惜沒有帥才；魏延雖有帥才，却又暗藏異志。人才，難以十全十美啊。

馬　岱　（替魏求情）魏大將軍追隨先帝身經百戰，確有統帥才能，請丞相慎思。

諸葛亮　正因他才大功高性情野，我亮一死，皇上哪有能力駕馭呀？

馬　岱　丞相意圖……

諸葛亮　我亮意圖，你要好生領會。見——機——行——事！（作殺狀）

馬　岱　殺！

	（背唱）慈不掌兵，
	縱是賢相也無情。
	庸不欺君，
	幸喜我無帥才能。
	大才招大禍，
	中庸可保身。
	單憑口授密殺令，
	跳進黃河洗不清。
	跪請手令，
	白紙黑字照令行。
諸葛亮	手令！我病得提不起羊毫了。你還忍心逼我寫嗎？
馬　岱	馬岱不敢！（叩頭陳述）前次葫蘆谷，你老人家幾句我糊裏糊塗就放火，無憑無據，馬岱至今說不清楚，怎敢再次輕舉妄動。丞相有何意圖，請寫手令。
諸葛亮	（苦笑）你也學老練了，要摸着石頭過河了！好，拿筆來！
	（鑼鼓陰沉，馬岱呈筆，張開白絹）
諸葛亮	天啦、蒼天——我亮此舉，不爲私仇，不圖私利，全是爲保住劉家江山啊！
	（鑼鼓強烈，諸葛亮舉筆顫抖，矛盾再三，終於落筆）
諸葛亮	魏延必反，馬岱快斬！
馬　岱	（密藏手令）馬岱遵照丞相手令，相機行事。告辭。
諸葛亮	（淒然）馬將軍，你我共事多年，就此一別，後會無期了！
馬　岱	丞相……
	（馬岱灑淚拜別，琴劍二童暗上，依依不捨主人）
諸葛亮	琴劍二童留在病榻無用，換主人了，快去聽楊儀差遣。
二　童	（哭）我們不離開你老人家。
諸葛亮	瓜娃子，我要駕鶴西遊了，難道能帶你們到天上去伺候我嗎？該分手了，該告別了。（悲從中來）娃娃，我晚年脾氣不好，平日難免高言低語。我對不起兩個娃娃喲。你們該會諒解我這老頭子啊？
琴　童	丞相走到哪裏，
劍　童	我們跟到哪裏。
琴　童	丞相昇天，

剑　　童　　我們殉葬。
二　　童　　我們自願陪你老人家殉葬啊……
諸葛亮　　（哽咽）瓜娃子盡説瓜話，我諸葛亮不是帝王萬歲，要甚麼殉葬人嘍？（辛酸）一生淡泊，成都只有桑樹八百株，薄田十五頃。兩個娃娃若是念舊，去替我守桑園，種莊稼吧。（超然一笑）哈哈，它年我亮枯骨零散，魂返成都，琴劍二童已成桑田二翁矣！哈哈……
二　　童　　笑？你老人家還在笑呵！（泣不成聲）
諸葛亮　　（笑含淚，淚含笑）老了，老還小，又哭又笑，黃狗漂尿！快去吧，讓我老頭子獨自清閒。
　　　　　（二童去，四處空，一時萬籟無聲）
諸葛亮　　龍爭虎鬥，勞累一生，只有這最後一刻，好清静，好清閒……
　　　　　（天外傳來牧歌小放牛）
　　　　　　　要吃好酒，
　　　　　　　隨着我來，
　　　　　　　楊柳樹下挂招牌……
　　　　　（相爺不禁隨聲哼起小調）
諸葛亮　　楊柳樹下挂招牌……哈哈，我本是卧龍崗散淡的人啦……
　　　　　（風吹燈晃，相爺悚然四顧）
諸葛亮　　啊！這裏不是卧龍崗，是五丈原！我回不了故鄉，也回不了蜀川！
　　　　　（張望）蜀川命運如何？（撕心裂肺一聲長嘯）蜀川啦——
　　　　　（唱）炎炎華夏金甌缺，
　　　　　　　誓不偏安容漢賊。
　　　　　　　六出師，
　　　　　　　師未捷。
　　　　　　　天不假我壽，
　　　　　　　病魔催魂魄。
　　　　　　　死不瞑目仰天嘯，
　　　　　　　回光返射。
　　　　　　　赤橙黄緑青藍白，
　　　　　　　關羽紅，
　　　　　　　張飛黑，
　　　　　　　馬超錦，

趙雲白，
黃忠橙甲彎弓射，
五虎上將五彩色。
星拱月，
擁冕旒王者，
先帝昭烈。

鼎盛春秋飛旋去，
挽啊，
挽不回黃金時節。
去也，
全去也。
剩熒熒燈影，
蕭蕭落葉。
落葉歸根歸不得，
集酸甜苦辣憶蜀國。
都江堰水灌田野，
蜀錦織女搖紡車。
井鹽軲轆轉日夜，
僰人懸棺暮雲遮。
川酒醇，
川椒烈。
川肴美，
川味絕。
川語如橄欖，
川歌似甘蔗。
川人盡桃李，
川情賽松柏。
拜別，
訣別。
黃泉無限川江戀，
來生再作蜀川客。

阿　醜　（内呼）阿亮，蜀川客送你來了！
　　　　（雲霧繚繞，進入幻覺：阿醜撥雲穿霧降臨，夫妻抱頭纏綿）
諸葛亮　夫人，我的阿醜！
　　　　（唱）憂國憂民憂寒舍，
　　　　　　　夢故園妻子。
　　　　　　　枕邊蝴蝶。
阿　醜　（唱）錦城月，
　　　　　　　祁山夜，
　　　　　　　夢裏相逢夢裏別。
　　　　　　　柔情繾綣呼阿亮，
　　　　　　　悲歌慷慨送相爺。
　　　　　　　生爲國，
　　　　　　　死爲國。
　　　　　　　兩袖清風去，
　　　　　　　一生留淡泊。
　　　　　　　臨終戀阿醜，
　　　　　　　至死不納妾。
　　　　　　　我家子弟無紈綺，
　　　　　　　同僚兒女爭豪奢。

　　　　　　　好阿亮，
　　　　　　　我的窮相爺。
　　　　　　　生廉潔，
　　　　　　　死廉潔。
　　　　　　　羽扇綸巾你帶走，
　　　　　　　帶不走半生相隨的四輪車。
　　　　　　　話到此，
　　　　　　　聲哽咽，
　　　　　　　漫道説黃昏臥龍是老者。
　　　　　　　最痛心啊，
　　　　　　　你五十三歲就夭折。
諸葛亮　（唱）蒼天不許無疆壽，

　　　　　　早遲難逃這一劫。
　　　　　　望吾妻吾兒自珍重,
　　　　　　願吾土吾民保王業。
　　　　　　臣盡忠,
阿　　醜　(唱)妻守節。
諸葛亮　(唱)子盡孝,
阿　　醜　(唱)奴守德。
二　　人　(唱)萬民守法法如鐵。
諸葛亮　(唱)君賢明,
阿　　醜　(唱)官清白。
諸葛亮　(唱)男勤勞,
阿　　醜　(唱)女貞烈。
二　　人　(唱)鞠躬盡瘁灑心血。
諸葛亮　(唱)文獻策,
阿　　醜　(唱)武討賊。
諸葛亮　(唱)百姓無反骨,
阿　　醜　(唱)代代思無邪。
諸葛亮　(唱)促三分天下歸一統,
　　　　　　建三綱五常君子國。
　　(蜀兵上)
蜀　　兵　報——司馬懿打聽丞相生死,揮兵欲動。楊大人請示丞相,發不發喪?
諸葛亮　哼,內外催命,他們都等不得了!(揮斥蜀兵下)
阿　　醜　哎呀,相爺——君子國美景遠在天邊,蜀漢命運迫在眉睫,相爺怎樣安排後事?
諸葛亮　楊儀過渡,兵權交姜維,內政托蔣琬。
阿　　醜　蔣琬之後?
諸葛亮　費禕。
阿　　醜　費禕之後?
諸葛亮　唉,無人了⋯⋯
阿　　醜　魏延呢?
諸葛亮　魏延反骨畢露,我已下了密殺令。

阿　醜　密殺令？
諸葛亮　魏延必反，馬岱快斬！
阿　醜　（疾呼）相爺，萬萬不可——我蜀川大半河山，乃是魏延和黃忠兩位先鋒打出來的。所謂"反骨"，是你疑神疑鬼。雖然事出有因，却又查無實據。密殺令一下，倘若造成冤案。相爺一生白璧豈不添上幾絲瑕疵？你、你、你，九泉後悔，千秋遺憾！
諸葛亮　（震動）這……
阿　醜　（再促）人非聖賢，孰能無過。過而能改，善莫大焉。望相爺及時召回馬岱，改寫手令。我、我、我替魏大將軍求情了！（下跪）
諸葛亮　（大悟）哎呀，夫人！（跪扶阿醜）
　　　　（唱）一席話石破天驚，
　　　　　　我不及巾幗胸懷。
　　　　　　改改改，
　　　　　　另安排。
　　　　　　快快快，
　　　　　　招馬岱。
　　　　　　招招招，
　　　　　　招轉來。
（諸葛亮夫妻急步繞場，阿醜隱沒……）
（幻覺回到現實，諸葛亮僵卧，部屬正在佈置靈堂，二童戴孝肅立飲泣……）
（諸葛亮忽然挣扎半起！全場驚叫，隨即目瞪口呆，鴉雀無聲）
（諸葛亮目尋馬岱，嘴唇嚅動，說不出話）
（馬岱自知隱情，以爲丞相放心不下連忙點頭表態）
馬　岱　丞相，馬岱記下了，你老人家放心去吧！
（諸葛亮目光尋索筆墨，握筆手僵，筆落人倒，遺憾九泉）
幫　腔　（唱）説不出隻言片語，
　　　　　　提不起狼毫朱筆。
　　　　　　悔之晚矣，
　　　　　　九泉嘆息。
（魏延一身縞素衝上，伏地哀悼。追光直射魏延，後景衆人隱没）
魏　延　（唱）人死仇散矣，

太息掩涕兮。
我是你門前桃李,
桃李難免雜刺藜。
你本是崑山白玉,
白玉難免有瑕疵。
你瑕不掩瑜,
最可貴效忠於劉家社稷。
魏延學你八個字,
鞠躬盡力,
死而後已。

(燈光大明……祁山戰場,楊儀、馬岱帶蜀軍圍上)

楊　儀　魏延聽我號令,隨我撤回蜀川。

魏　延　丞相雖死,魏延健在,豈可因一人死而廢天下事。不應撤退,隨我戴孝討賊,哀兵必勝!

楊　儀　魏延果然謀反,亂臣賊子,人人得而誅之。

魏　延　住口——魏延忠於蜀漢,蒼天知我,誰敢殺我?

馬　岱　(突然襲擊)丞相手令,我敢殺你!

(馬岱刺魏,舉示手令,魏延撫胸仰視)

魏　延　魏延必反……

馬　岱　馬岱快斬!(殺死魏延)

楊　儀　(得意忘形)滅他九族,權歸楊儀!

馬　岱　(背白)小人轉瞬下臺!

蜀　軍　司馬大軍追來了。

楊　儀　照丞相遺囑,撤!(撤下)

(司馬懿率大軍追上)

司馬懿　諸葛亮已死,我軍長驅直入,殺!

(司馬師失魂落魄上)

司馬師　帥父中計,諸葛亮沒有死!

司馬懿　沒死?

司馬師　四輪車上。諸葛亮來了!

司馬懿　快撤!

(死諸葛亮嚇走生仲達!)

　　　　　（燈光迷離，四輪車推出，停於魏延血泊前）
　　　　　（諸葛亮偶像，儼若生前，只是紋絲不動）
　　　　　（魏延死不甘心，爬近車轅，手搖偶像）
魏　　延　請問老人家，我的反骨在哪裏？（撕下護心鏡，細照容顏）我的反骨在哪裏啊？……
　　　　　（鏡落人僵，死不瞑目！）
　　　　　（鼓書老嫗悲聲傳來）
　　　　　　　從此蜀中無大將，
　　　　　　　廖化作先鋒。
　　　　　　　蜀漢江山夕陽紅，
　　　　　　　野史敲晚鐘。
　　　　　（夕陽如血，殘照滿目憂患、巋然不動的諸葛亮偶像……）
　　　　　（物轉星移，依然是兩個老兵換哨，白鬚長袍，龍鍾不堪）
高老兵　夥計，換哨了。
矮老兵　換吧，換朝代了！
　　　　　（老兵的燈籠和號衣上已換成醒目的"晉"字……）
　　　　　　　　　　　　　　　　　　　　——劇終

校記

［1］一代巨傑——諸葛亮病榻昏迷："諸葛亮"，原無，今據《劇本》本補。

北 地 王

莊　志　編劇　　張　勇　整理

解　題

　　越劇。莊志編劇，張勇整理。莊志、張勇生平事歷不詳。此本未見著錄。劇寫三國蜀漢炎興元年（263），魏國興兵伐蜀，鄧艾偷渡陰平，江油守將馬邈降魏，兵抵綿竹，成都危急。劉備之孫、劉禪之第五子劉諶聞郤正夜報，憂心如焚，夜闖宮門叩見劉禪。是時，劉禪正沉迷陶醉在夜宴歌舞歡樂中。劉禪聞劉諶、郤正所報軍情大驚，接受郤正建議，命諸葛瞻速往綿竹迎敵。劉諶要殺專權誤國的宦官黃皓，劉禪不允。光祿大夫譙周進宮，稟告劉禪，諸葛瞻父子綿竹戰死，魏軍兵臨城下，力勸劉禪降魏，黃皓贊同，竭力鼓動。郤正勸劉禪不能降魏。劉禪不聽，欲傳旨向魏投降，劉諶和李和闖進皇宮，斥責譙周，諫稱：魏軍孤軍深入難以持久，姜維全師在劍州，聞情定會速來救援，南中七郡可以退守，成都尚有精兵數萬，願誓死抗敵。劉禪不得已下旨命劉諶、李和、郤正率兵出戰。劉諶與李和商定破敵之策，正待整裝發兵之時，郤正報來劉禪決意降魏，嚴懲抗旨的消息。突然，皇宮傳來廝殺聲，原來城內兵士不肯降魏，實行兵諫，和皇宮衛士混戰。魏兵趁機將成都團團圍住，劉諶難以出城，搬兵無望。在這種情況下，劉諶與懷孕的妻子崔氏都不願降魏，寧願一死見先王。崔氏要丈夫先殺她，劉諶不忍，但崔氏還是飲劍殉國。然後，劉諶仗劍進祖廟，向祖父劉備及開創蜀漢基業的將相哭訴拜祭。李和負傷進廟，告劉諶"黃皓二次奉旨前來，強令將士解甲放矛"。李和倒地而死。劉諶伏李和屍首痛哭，自刎而死。本事出於《三國志·蜀書·後主傳》及裴松之注引《後晉春秋》、《三國演義》第一一八回"哭祖廟一王死孝"。清末民初汪笑儂編著有京劇《哭祖廟》。版本今見莊志編劇、張勇編修的杭州越劇院演出本，今據以收錄整理。該劇曾由杭州越劇院演出，獲2013年第二十六屆戲劇梅花獎。

第一場 驚　　夢

（古琴聲起）
（光啓　天幕上隱隱約約出現一幅西川山水的水墨圖，蜿蜒連綿的山脉，山水含韻，碧玉成溪，美不勝收）
（劉諶幕內唱：蜀國的山河啊——）
（翻江倒海，氣勢磅礴的音樂起）
（急促的鑼鼓聲、戰馬長嘶聲、金戈鏗鏘聲，馬蹄聲混響在一起）
（白色的帷幕內，一根微弱的燭火閃爍着。夢境中的李氏上，她一身素白，手持燭火，臉色慘白地出現在帷幕中央）
（劉諶在榻前側卧）

李　氏　（分開帷幕，沉重地）是降？還是不降？
劉　諶　（聞聲驚起）誰？（夢境中看不見李氏）
李　氏　生存？還是滅亡？
劉　諶　（倏然站立，傾聽）
李　氏　（激昂地）是降？還是不降？是生存？還是滅亡？是做苟活的螻蟻？還是贏千秋的悲壯！
（崔氏扮演的李氏做萬箭穿心狀。雷聲轟響）
（燈亮。北地王寢宮。夢境消逝，崔氏恢復常態）
崔　氏　殿下！殿下——你怎麼了？
劉　諶　（猛醒，一身冷汗）夫人。夫人是你？
崔　氏　殿下，你又做夢了？
劉　諶　我，我又做夢了。夢見李氏夫人，她，她……她來了。
崔　氏　魏國大軍進犯蜀國。江油關守將馬邈不戰而降！可他的夫人李氏却有一腔愛國之血，不肯做亡國之奴！誓死不降！被魏軍殺死於陣前。真是個烈性女子啊！
劉　諶　（唱）是降還是不降？
　　　　　　　求生還是殉國亡？
崔　氏　（唱）是降還是不降？
　　　　　　　求生還是殉國亡？
劉　諶　（唱）一寸丹心報河山，

　　　　　千山風雪透悲涼。
　　　　　美人自刎烏江岸，
　　　　　漁火西東照斜陽。
　　　　　是苟活爲奴做螻蟻？
　　　　　還是劍花寒夜、忠貞無雙、誓死不降，贏得千秋悲壯！！
崔、劉　（叠唱）贏得千秋悲壯！！
　　　　（古琴聲似大河奔流而來）
劉　諶　一片丹心天地明，忠義名標千古重啊。
崔　氏　江翻海沸天地動，漢室宗支盼崢嶸！
劉　諶　（長嘆）國事不堪啊！
崔　氏　殿下。
劉　諶　（唱）恨魏國，大舉興兵來入寇，
　　　　　江油關，馬邈降魏陷敵手。
　　　　　父皇他，沉迷享樂信譙周，
　　　　　他怎知，百尺危樓寸寸愁。
　　　　　父皇他，任由黃皓專權勢，
　　　　　他只知，蜀宮夜宴醉美酒。
　　　　　想蜀中立國非容易，
　　　　　怕只怕，四百年漢室一旦休！
崔　氏　不！殿下！
　　　　（唱）朔風緊，蜀國正值危亡秋，
　　　　　殿下你，千斤重擔在肩頭。
　　　　　雖則是，岷山雪松根已朽，
　　　　　渺渺愁雲水東流！
　　　　　殿下啊，此刻不是悲傷時，
　　　　　須用良策把計謀。
　　　　　魏軍糧草原不濟，
　　　　　孤軍深入難持久。
　　　　　我軍以逸來待勞，
　　　　　用計鋪謀滅窮寇。
　　　　　殿下啊，一把屠龍劍在手，
　　　　　錦江放下釣鰲鈎。

　　　　　管教他，無糧缺草不堪憂，
　　　　　不戰自亂掉轉頭。
劉　諶　夫人！
崔　氏　（唱）殿下啊，漢室荒基衰草落，
　　　　　　要靠你！赤心虎膽把國救！
劉　諶　夫人，（握住崔氏的手）啊，夫人，你雙手冰涼，快快坐下。你如今腹中有孕，不該如此操勞。
崔　氏　噯，這孩子來的真不是時候——
劉　諶　（勸慰）夫人切莫憂慮，保重身體，眼下的形勢，我想父皇絕不會置之不理……
門　官　啓禀殿下，郤正大人求見。
劉　諶　快請！
門　官　諾。有請郤大人。
　　　　（郤正上）
郤　正　殿下、叩見殿下！
劉　諶　郤正先生，黉夜進宮[1]，莫非有何緊急大事？
郤　正　殿下，大事不好了！
　　　　（唱）鄧艾用計襲江油，
　　　　　　姜維人馬退劍州。
　　　　　　沿途關隘無險守，
　　　　　　眼看指日要下益州。
崔　氏　（吃驚地）啊？來的這樣快？！
劉　諶　陰平自古隸屬險要之境、兵家必爭之地，豈可無人把守？
郤　正　當年諸葛丞相在世之日，曾發二千兵將固守陰平要塞。誰知丞相去世之後，陛下聽信奸賊黃皓之言，撤去守軍，以至於敵兵長驅直入，綿竹告急，迫在眉睫！
劉　諶　黃皓啊奸賊！！你迷惑父皇，陷害忠良，失蜀道陰平天險，殘蜀國半壁河山，心如曲珠，意有百幸，欺父皇懦弱無能，毀諸葛妙算神機。劉諶熱血男兒，一腔正氣，焉容你這奸賊覆我朝廷！（拔劍）
　　　　（唱）令史隨我進宮去，
　　　　　　啓奏父皇擋敵寇！
郤　正　可是——此刻已經宮門禁閉！

劉　　諶　（冷笑）哼，哼，哼！漫道宮門禁閉，就是單刀獨闖，劉諶我也要闖進宮廷！

（一道閃電。三人造型）

（燈暗）

校記

［1］贪夜進宮："贪"，原作"寅"，據文意改。下同。

第二場　蜀宮夜宴

（天幕上出現一盞精緻的走馬燈，燈光柔美，呈現出蜀宮夜宴的美景）

（數丈開闊的琉璃鑲嵌的水晶宮殿，夜明珠照明，爍爍生輝，殿閣中縈繞着縷縷香烟……）

（幽雅的琴聲中，幾名舞姬猶如白玉雕塑，造型優美，引人入勝。後主劉禪以雙手扶妃子甲的香肩，太子劉睿[1]、黃皓侍立在側，陳平把守宮門。妃子乙領舞，衆舞姬伴舞。後主劉禪陶醉在歌舞中）

衆歌女　（唱）出西門，步念之，
　　　　　　　今日不作樂，
　　　　　　　當待何時？
　　　　　　　夫爲樂，爲樂當及時。
　　　　　　　夫爲樂，爲樂當及時。

劉　　禪　哈哈！唱的好，舞的好，好啊，好！（哼唱）夫爲樂，爲樂當及時。愛妃，你也來唱一曲吧。

妃子甲　陛下，她唱的好，還是讓她唱吧。

妃子乙　要不要我陪着姐姐一起唱呢。

劉　　禪　那自然是好極了，好極了。

妃子甲　我哪裏有你那樣的好嗓子，陛下，還是讓她一個人唱吧。

劉　　禪　嗳，就照剛剛的曲子，加上一點酸味，就更好聽了。（笑）

妃子甲
妃子乙　臣妾領旨。

(黄皓示意，琴聲起)

妃子甲
妃子乙 （唱）人生不滿百，
　　　　　　常懷千歲憂。
　　　　　　晝短而夜長，
　　　　　　何不秉燭遊。

劉　禪 （撫掌而樂）人生不滿百，常懷千歲憂。這是何苦呢？

劉　睿 父皇説得好極了。

(歌女們下)

黄　皓 陛下，剛纔的歌舞，實在是凌亂，是奴婢調度無方，死罪啊死罪。

劉　禪 很好很好，真是難爲你了。

黄　皓 奴婢自當盡心盡力，鞠躬盡瘁、死而後已。

劉　禪 好一個鞠躬盡瘁、死而後已。(若有所思)咦？這句話好像是諸葛丞相説的，你倒還記得清楚。

黄　皓 別的全不記得了，只記得這一句。

劉　禪 你要是不提來，孤連這一句也不記得了。你這樣一提，倒使孤想起諸葛瞻來了，可不知道這幾日戰事如何？

黄　皓 （極力掩飾）請陛下寬心，成都乃天府之國，自有神靈保佑，萬無一失。而且，諸葛將軍已差人來報告。

陳　平 近日來還接連打了好幾個大勝仗呢。(向妃子甲、乙遞眼色)

妃子甲 諸葛將軍打了大勝仗，陛下還着甚麼急啊。

妃子乙 是啊是啊，陛下着甚麼急啊。

妃子甲 陛下呀！
　　　　（唱）琉璃殿上羅綺香，
　　　　　　　彩雲深燈月交光。

妃子乙 （唱）都説人生不滿百，
　　　　　　　何不逍遥圖歡暢。

妃子甲 （唱）璀璨蜀宮夜宴長，

妃子乙 （唱）萬紫千紅競爭放。

妃子甲
妃子乙 （合唱）陛下啊，國事興亡有臣管，
　　　　　　　我與君啊，鴛鴦枕上秀鴛鴦。

劉　禪 哈哈哈！
　　　　（唱）好一個，鴛鴦枕上秀鴛鴦，

孤與卿，恩愛纏綿情意長。
都說人生不滿百，
及時行樂及時享。
奏笙簧，按宮商，
美女如雲列成行。
朝中事自有文臣與武將，
孤樂得清閑、做一個自由自在王。

劉禪　愛妃，隨孤後宮賞月去也。
妃子甲
妃子乙　遵旨。
劉禪　哈！（劉禪與妃子等人下）
黃皓　陳平。
陳平　在。
黃皓　你在此把守宮門，無論何人未奉宣召，不得見駕！特別是——（伸開手指，示意五）
陳平　五殿下？北地王！

（燈暗）

（三更鼓響。內宮）

（劉諶內唱："披星戴月宮門闖——"劉諶、郤正同上）

劉諶　（接唱）軍情急，綿竹危，事關蜀國危亡！！
陳平　是誰擅闖宮門？
劉諶　北地王劉諶。
陳平　陳平參見殿下。
劉諶　免！（欲入宮門，被陳平攔住）
陳平　（諂笑）請殿下止步！請殿下止步！
　　　陛下在此夜遊宴樂，適纔傳下旨意，不奉宣召不准入內！
郤正　大膽奴才！軍情緊急，怎敢阻攔殿下！
陳平　奴才不敢！呵呵，這是陛下的旨意！
郤正　報殿下候駕！
陳平　是。
妃子　陛下，今晚的月色多美呀！是啊，陛下！
劉諶　（擺手）唉，父皇，父皇啊！

（唱）如今是鐵騎已過漢中地，
　　　　　　國事蜩螗無人理。
　　　　　　你只知擊鼜鼓、品鸞簫[2]，
　　　　　　輕歌曼唱金縷衣，
　　　　　　飲瓊漿、灌玉液，
　　　　　　你夜夜春宵神智迷。
　　　　　　你不思，迷戀酒色要喪大志，
　　　　　　寵信黃皓會社稷廢，
　　　　　　你不思，拒納忠諫聽讒言，
　　　　　　滿朝忠良皆遠離。
　　　　　　最可嘆，君臣父子難見面，
　　　　　　咫尺之間隔千里！
　　　　　　你不思，當年先帝創業艱，
　　　　　　三分天下非容易。
　　　　　　你不思，重興漢室千秋業，
　　　　　　你理該，做一個百姓敬仰、千古不朽、萬世流芳的聖明帝。
　　　（陳平復上）
陳　平　陛下駕到！（劉禪上，黃皓陪伴在側）
劉　禪　（唱）宿酒未醒今又醉，
劉　諶　兒臣叩見父皇。
郤　正　臣郤正叩見陛下。
劉　禪　（唱）貪夜進宮爲何來？
郤　正　啓奏陛下，鄧艾派兵暗渡陰平，江油失守，馬邈降魏，綿竹告急，還請陛下早作定奪！
劉　禪　你説甚麼？
劉　諶　父皇，馬邈降魏，綿竹告急，成都危在頃刻，請父皇早作定奪啊！
劉　禪　馬邈降魏，綿竹告急？（酒醒了一半）你們爲何不在上朝時啓奏啊？
劉　諶　父皇，你已有兩月不上朝了！綿竹飛書告急，兒臣只得冒死闖宮了！奏章在此，還請父皇御目觀覽！（劉禪接奏章，觀覽，大驚）
郤　正　陛下。
劉　禪　果有這等之事？竟有這等之事？（慌亂地）黃皓，黃皓，你看如何是好？

黃　皓　陛下,想陰平一帶都是高山峻嶺,連綿七百餘里,飛鳥尚且難過,鄧艾兵馬怎會到此?

劉　禪　是啊,鄧艾兵馬怎會從天而降?孤憂心何許啊?

劉　諶　父皇!鄧艾若不暗渡陰平,江油哪會失守?江油不失,綿竹又怎會告急?還請父皇你要三思啊!

郤　正　陛下,綿竹離成都只有一百餘里!

劉　禪　(大驚)如此說來,成都豈非危也?

劉　睿　父皇你要早作定奪啊!

郤　正　啟奏陛下,臣願保舉一人前去退敵!

劉　禪　卿保何人?

郤　正　諸葛丞相之子諸葛瞻!

劉　禪　諸葛瞻?

劉　睿　諸葛瞻智勇雙全,若能領兵前去,必定反敗為勝!還請父皇及早下旨纔是!

劉　禪　郤正聽旨!

郤　正　臣在。

劉　禪　你與孤金牌宣、銀牌召,命諸葛瞻多帶人馬火速趕往綿竹!

郤　正　臣領旨!(急下)

　　　　(妃子乙暗上,窺視)

劉　禪　馬邈若不降魏,哪有今日之禍啊!

黃　皓　是啊,是啊!

劉　諶　若非黃皓誤國,哪有今日之禍!

　　　　(妃子乙心驚,黃皓使眼色,暗示甚麼,妃子乙速下)

劉　禪　啊?皇兒,今日之事與黃皓何干?

劉　諶　父皇啊!

　　　　(唱)黃皓專權人切齒,
　　　　　　陰平撤兵誤國事!
　　　　　　結黨營私亂朝政,
　　　　　　陰謀陷害忠良死。
　　　　　　若再留得黃皓在,
　　　　　　蜀漢江山難久持。

劉　禪　皇兒啊!

　　　　　（唱）陰平撤兵孤出旨，
　　　　　　　　難道聖躬罪該死?!
　　　　　　　　黃皓區區一近侍，
　　　　　　　　何能專權誤國事。
黃　皓　（跪下叩頭）
　　　　　（唱）啊呀，陛下啊！
　　　　　　　　如今殿下不相容，
　　　　　　　　小臣遲早難免死。
　　　　　　　　乞歸田里留殘生，
　　　　　　　　我願將家財助軍資。
劉　諶　（唱）想當初，諸葛丞相立法嚴，
　　　　　　　　宦奸參政立當誅。
　　　　　　　　願父皇，重振綱紀清內廷，
　　　　　　　　速速把那黃皓除。
　　　　　還望父皇，拿出鐵血手段，重整綱紀、肅清內廷，殺黃皓！清君側！
　　　　　震奸佞！保社稷啊！
黃　皓　陛下救命！
　　　　　（妃子乙跑上。妃子甲換了一身巫婆裝飄上）
妃子乙　陛下，陛下，姐姐她神婆附體了，神婆附體了。
妃子甲　（唱）天靈靈地靈靈啊！
　　　　　　　　天靈靈地靈靈啊！
　　　　　　　　來無影、去無踪、
　　　　　　　　千里迢迢非爲供！
　　　　　　　　吾乃西川土地神。
黃　皓　陛下，神仙已經下凡，請陛下快快禱告。
劉　諶　（怒）裝神弄鬼！（欲阻攔，驚見劉禪跪地，倒吸一口涼氣，倒退數步）
劉　禪　（跪拜）孤，大漢天子劉禪，只因魏兵犯蜀，求神下降，請問吉凶，還望預示天機。
妃子甲　（唱）啊——呀——啊陛下，
　　　　　　　　陛下乃上界紫微星，
　　　　　　　　百事自有天照應。

魏兵犯蜀小事情，

陛下神威，不戰而屈人之兵！

（大聲）魏兵自會不戰自退，數年之後，天下盡歸陛下，陛下不必擔憂，吾神去也。

（話未説完，人已昏厥於地，半晌方醒[3]）叩見陛下。

劉　禪	（大笑）哈哈哈哈哈哈哈！神仙言道：魏兵自會不戰自退！好，好。
黄　皓	是啊！陛下。神仙還講到，數年之後，天下盡歸陛下！
妃子甲 妃子乙	（跪拜）恭喜陛下，賀喜陛下，天下盡歸陛下！（所有内監、宫女一片恭喜"陛下"之聲，劉禪樂不可支，極具諷刺性的畫面）
劉　諶	（忍無可忍，上前一脚踢翻黄皓，欲拔劍，發現没有佩劍，從内監手上奪過拂塵，打黄皓）都是你們這一群諂媚小人，妄言鬼神欺天欺君！
黄　皓	陛下，救命！
劉　禪	大膽！！
劉　睿	皇弟！（示意退下）
劉　禪	皇兒！

（唱）愛之欲其生，

　　　惡之欲其死。

　　　皇兒何無容人量，

　　　君父面前你太放肆。

　　　從今後，你休在孤前提此事，

　　　孤皇是，上界紫微自有天護持。

劉　諶	父皇！
劉　禪	（白）擺駕！（内監、宫女等應聲）
劉　諶	皇兄，父皇偏護黄皓，皇兄你不該袖手旁觀。理應立諫父皇啊！
劉　睿	（嘆氣）皇弟。

（唱）父皇年邁享樂貪，

　　　黄皓勢焰可熏天。

　　　你今若將黄皓斬，

　　　怕朝廷風波千丈掀。

|劉　諶|（唱）弟忠心一片天可鑒，|
|劉　睿|（唱）天意也要隨父皇轉。|

劉　諶　（唱）皇兄啊，當爭不爭社稷廢，
劉　睿　（唱）氣壞了父皇誰承擔？
劉　諶　（唱）皇兄啊！
劉　睿　（唱）小不忍則亂大謀，
　　　　　　　　父皇顏面須顧全。
劉　諶　（怒極反笑）可笑，可悲。可嘆哪！父皇啊父皇，孩兒一片忠誠之心，赤子之情，天可鑒！我愛你敬你，盼你奮身努力，盼着漢室中興，可你，聽信奸賊讒言，輕信巫婆鬼話，好叫孩兒失望啊！父皇啊父皇，你醒醒吧！（仰望蒼天）

　　　　（燈暗）

校記

[１] 太子劉睿："劉"，原作"李"，據文意改。
[２] 品鸞簫："簫"，原作"肖"，據文意改。
[３] 半晌方醒："晌"，原作"响"，據文意改。

第三場　降　旨

（蜀宮內殿）

[字幕："炎興元年（西元263年）十二月一日"]

（幕啓。黃皓候駕，內監乙上）

內監乙　光祿大夫譙周請求皇上賜見。
黃　皓　（正色地）叫他進來。
內監乙　是。（退下）

（譙周跑上。他跑的太急，險些跌倒）

譙　周　陛下——陛—黃公公。哎呀黃公公啊！
　　　　（唱）大事不好了！
黃　皓　（搶白）出了甚麼事？
譙　周　（接唱）諸葛瞻父子戰死了，
　　　　　　　　魏軍金鼓震天敲。
　　　　　　　　綿竹已破大勢去，
　　　　　　　　眼見成都已不保。

黃　皓　（不相信地，唱）
　　　　　譙周你切不可信謠傳謠，
譙　周　（肯定地，唱）
　　　　　千真萬確危在朝。
　　　　　魏兵離城四十里，
　　　　　旌旗漫捲遍林梢。
黃　皓　（着急地，唱）
　　　　　兵臨城下如何是好？
譙　周　（接唱）也只有降魏路一條！
黃　皓　（聽到投降，正中下懷，唱）
　　　　　好！降魏好！
　　　　　只有降魏路一條，
　　　　　免得頸上去餐刀。（摸脖子）
　　　　　榮華富貴亦可保，
譙　周　着啊！
　　　　（唱）臣僚依舊是臣僚。
黃　皓　（明白了，大笑）哈！（突然收聲）不過，別人都不要緊，怕就怕這個人！（伸五指）
譙　周　北地王。
妃子甲　陛下，花園裏梅花開的好漂亮啊。
黃　皓　（點頭，忽然聽到妃子的嘻笑聲，示意）他們來了。這消息只當我還不知道。
　　　　（幕啓。後主劉禪與妃子甲、乙，眾大臣、內監等人上）
妃子乙　陛下，這梅漂亮極了！
劉　禪　呵呵，梅花再美，哪裏美得過愛妃啊，哈哈哈！
黃　皓　啟奏陛下，光禄大夫譙周在這裏候駕。
譙　周　（撲跪）陛下！陛下，大事不好啊陛下。（跪伏）諸葛瞻父子俱已陣亡，魏兵得了綿竹，直奔成都而來了。
劉　禪　（大驚失色）啊！怎麼講？
譙　周　魏兵直奔成都來了。
劉　禪　竟會有這等事來？
黃　皓　譙大夫，昨日還接到諸葛將軍捷報，怎麼今日綿竹就失陷了？

劉　　禪　是啊，昨日還有捷報，怎麼今日綿竹就失陷了？
譙　　周　陛下，適纔飛馬哨報，諸葛瞻父子今日與魏兵交戰，誤中埋伏，雙雙死於陣中。
劉　　禪　這、這便如何是好？
　　　　　（唱）孤貪看蜂蝶戀花梢，
　　　　　　　　不料魏兵竟來到。
譙　　周　（唱）兵臨城下殺聲高，
劉　　禪　（唱）哭皇天無計把國保。（潸然淚下）
黃　　皓　（暗示妃子甲，唱）
　　　　　　　　且把那，兒女悲情盡力攪，
妃子甲　　（會意，唱）
　　　　　　　　陛下啊，牽龍衣珠淚灑龍袍。（哭，妃子乙隨哭）
劉　　禪　（唱）俱可憐，姊妹花變作寄生草，
　　　　　（突然想起，夾白）愛妃，快！
　　　　　（接唱）快請神仙附體下九霄！
妃子甲　　（花容失色，唱）
　　　　　　　　陛下叫神仙下九霄，
　　　　　　　　戰戰兢兢看黃皓。
黃　　皓　（唱）娘娘她服侍陛下日已久，（提示）
妃子乙　　（唱）神仙戒律功破掉。
妃子甲　　（哭泣）陛下，臣妾因爲伺候陛下日久，早已破了神仙的戒，神仙已經棄我而去了，陛下！
劉　　禪　（嘆氣，唱）唉，神仙居然不來了！
譙　　周　陛下，事已緊急，還請陛下早作定奪。
劉　　禪　啊！……這不是要活活急煞孤王了。
黃　　皓　陛下要珍重龍體啊！
劉　　睿　父皇，你要保重龍體啊。
　　　　　（衆人附和，"陛下要保重龍體啊"）
劉　　禪　（唱）恨魏國起兵犯我朝，
　　　　　　　　嘆諸葛丞相去世早。
　　　　　　　　神仙居然也請不到，
　　　　　　　　退兵計何處去請教？

譙　周　（唱）陛下啊，成都將寡兵也少，
　　　　　　　　無人領軍把敵掃。
劉　睿　（唱）大將還有猛姜維，
　　　　　　　　快快叫他分兵救駕保漢朝。
譙　周　（唱）姜維敗退困劍州，
　　　　　　　　自身難把自身保。
黃　皓　（唱）況遠水也難解近渴——
劉　禪　啊呀，這……這也不能，那也不可，
　　　　（接唱）難道把江山白白送魏朝！
譙　周　陛下之言，正合天意。
劉　禪　此話怎講？
譙　周　陛下，臣夜看天象，見魏國上空，星光明如皓月，乃是帝王之象，陛下只有……
劉　禪　只有甚麼？
譙　周　只有……只有順天應命，降魏！
眾　人　（愕然）降魏？……
劉　睿　譙大夫，你怎能勸父皇降魏？！
黃　皓　是啊，你怎麼能勸陛下降魏啊！
譙　周　此乃天命，非人力所能挽回的了啊。
內監甲　啟奏陛下，郤令史求見！
劉　禪　快宣。
內監甲　陛下有旨，郤令史上殿見駕！（郤正內應"遵旨"急上）
郤　正　陛下，諸葛瞻父子俱已陣亡，綿竹失陷！
劉　禪　（無奈地說）早就知道了！
郤　正　如今事已緊急，還請陛下早作定奪！
劉　禪　怎麼？你也來勸孤降魏的嗎？
郤　正　（大驚）降魏？誰勸皇上降魏？！
黃　皓　郤令史若有退兵之計，陛下絕不降魏！
郤　正　陛下。
　　　　（唱）魏兵是遠道而來急於戰，
　　　　　　　臣料他隨軍糧草半月間，
　　　　　　　堅守成都錦江岸，

　　　　　以逸待勞殲敵頑。
　　　　　有道是，人有願天心必應，
　　　　　天心應人願何難？
　　　　　陛下你，天心堅自然軍心堅，
　　　　　管教那，魏軍糧盡兵退散。
譙　周　鄧令史此言差矣！
　　　　（唱）魏兵奪了江油縣，
　　　　　攻陷綿竹一瞬間。
　　　　　兵精糧足士氣銳，
　　　　　成都已在囊中探。
　　　　　有道是，人心要把天心看，
　　　　　家國之禍意在天！
　　　　　堅守成都有何意？
　　　　　城破之日命難全。
　　　　　陛下是心懷蒼生纔有降魏願，
　　　　　免得腥風血雨漫天捲。
劉　禪　這個……（回顧黃皓）
黃　皓　陛下，堅守成都，此計不妙啊。
劉　禪　是啊，堅守成都，此計不妙啊。
劉　睿　父皇，依兒臣之見，即使成都不保，可退守南中七郡，其地險要，可以自守，一面借南蠻之兵，再來克服成都。
譙　周　哎呀陛下，南中七郡久已屬於南蠻，想昔日諸葛丞相七擒七縱，尚難收服孟獲的野心，如今陛下反而前去投奔，這豈不是羊入虎口、必遭大禍啊！
劉　禪　這個……（回顧黃皓）
黃　皓　陛下，退守南中七郡，此計不妥啊。
劉　禪　（鸚鵡學舌）退守南中七郡，此計不妥。
劉　睿　父皇，兒臣有一策！
劉　禪　你講！
劉　睿　蜀吳乃是同盟之國，如今事已危急，父皇可以投奔東吳。
劉　禪　投奔東吳？
黃　皓　投奔東吳？自古以來，哪有寄他國爲天子的？

譙　周　是啊，黃公公言之有理！陛下，依臣所料，魏能吞吳，吳不能滅魏，陛下若是投奔東吳，豈不是先受一番耻辱，若是東吳一旦被魏國併吞了，等到那時候，陛下還是要向魏國請降，與其如此，不如早降魏國，免受兩番苦啊！

黃　皓　對呀對呀，陛下，譙大夫言之有理，陛下你遲早要降，何必受兩番耻辱呢？

陳　平　是啊是啊，陛下，何必受兩番耻辱呢！

妃　子　是啊，陛下。

劉　禪　（痛苦）哎呀，說來說去，還是要孤降魏！

郤　正　陛下，臣以爲，投奔東吳乃是暫時之計，日後設法收復成都、重新殺回，如果向魏作降，豈不是江山從此休矣！

譙　周　這也未必！陛下，眼下若是降魏，魏國一定能分茅裂土、封贈陛下，上則能自守祖廟，下則可以保安黎民，陛下，你要三思啊。

劉　禪　這個……黃皓，你看如何是好啊？

黃　皓　譙大夫，除了降魏還有何退兵之計？

譙　周　別無他計，如今是降則得安，戰則難保，若再猶豫不決，只恐到那城破之日，玉石俱焚，悔之晚矣呀。

郤　正　你一派胡言！

武　士　報！啓奏陛下，魏兵距離成都只有三十餘里！

劉　禪　你待怎講？

武　士　魏兵距離成都只有三十餘里！

劉　禪　（驚慌失措）哎呀！

劉　睿　再探！

黃　皓　陛下，照此看來，也只有降魏纔是萬全之策。

郤　正　陛下，你千萬不能降魏、自取滅亡啊！（眾人争先恐後呼"陛下"，等待劉禪定奪）

劉　禪　這這……

眾大臣　陛下……

劉　禪　（痛苦、絶望）譙周聽旨。

譙　周　臣在。

內　監　殿下到！

　　　　（劉禪正欲傳旨，劉諶佩劍、李和闖上）

劉　　諶　參見父皇。

李　　和　臣李和叩見陛下。

郤　　正　殿下，陛下他、他他他準備向魏作降。

劉　　諶　（顧左右）這是誰的主張？這是誰的主張？

黃　　皓　（畏縮地）是，是陛下的主張。

郤　　正　乃是譙大夫的主張！

劉　　諶　譙周！大敵當前，你不奮力抗擊，却勸父皇不戰而降，你——

劉　　禪　你仗甚麼血氣之勇？不降，難道要使滿城流血麼？

劉　　諶　父皇，你憂懼固守破城之日，滿城血流成河，百姓生靈塗炭，實乃父皇慈悲之懷，愛民之心。可是，父皇啊父皇，不戰而降，國破家亡，人為刀俎，我為魚肉，到那時，莫說你保不住這滿城的百姓，就是父皇你、你也會遭敵欺凌，被敵侮辱。父皇，如今只要我等萬衆一心，必將戰勝魏軍。請父皇即刻下旨，誓死抗敵。寧為玉碎，不為瓦全！

譙　　周　殿、殿、殿下，此乃是天命也。

劉　　諶　譙周，你可知道人力也可以挽回天命麼？

　　　　　（唱）魏兵是孤軍深入難持久，
　　　　　　　　固守城池第一籌。
　　　　　　　　姜維大軍在劍州，
　　　　　　　　聞訊一定回兵救，
　　　　　　　　內外夾擊獲大功，
　　　　　　　　管叫魏兵盡退走。

劉　　禪　皇兒啊。

　　　　　（唱）姜維兵敗難抵敵，
　　　　　　　　鍾會人馬圍劍州，
　　　　　　　　遠水怎把近火救，
　　　　　　　　怕只怕成都早落敵人手。

劉　　諶　（唱）父皇莫用心擔憂，
　　　　　　　　還有那南中七郡可退守，
　　　　　　　　借得南蠻援兵來，
　　　　　　　　再克成都滅敵寇。

劉　　禪　（唱）南蠻久已有反心，

劉　　諶	（唱）如何借得援兵救，
	此番倉促去投奔，
	好似綿羊落虎口。
劉　　諶	（唱）南中七郡難退守，
	何不早棄成都走。
	蜀吳同盟情深厚，
	暫且可往東吳投。
劉　　禪	皇兒此計不妥！
劉　　諶	哎呀，為何不妥？
劉　　禪	這……譙卿，你再說給他聽聽。
劉　　諶	父皇。
譙　　周	是！殿下啊。
	（唱）自古以來歷朝王，
	從無有寄居他國做皇上。
	依臣看東吳勢弱魏國強，
	強魏定能滅吳亡。
	陛下若投東吳去，
	東吳若亡呢？陛下豈非又遭殃。
	如今是兵臨城下別無路，
	只有向魏去請降。
劉　　諶	譙周！你這個貪生腐儒的老匹夫！你不念先帝恩澤，不念蜀中將士前仆後繼，罔顧我蜀漢江山，竟敢亂言進讒，蠱惑君王！自從盤古開天，女媧補石，三皇五帝，哪一個天子肯屈膝做降！！
譙　　周	陛下，哎呀，陛下啊。陛下若是降了魏國，魏國見陛下如此知機應變，一定會分疆裂土封贈陛下！在上可以保全宗廟，對下則不致生靈塗炭，可保百姓安樂！此一舉兩得之事，陛下何樂而不為？
李　　和	（大怒）譙周！你是奉了魏國的使命來勸降的嗎？十足的詩書敗類！
譙　　周	如今兵臨城下！魏國大兵壓境！陛下若不降，城破之日，豈非性命不保！（劉禪嚇得一抖）陛下啊！（跪）微臣一片愛護陛下之心，不忍將陛下推到死路上去啊！陛下——（劉諶揮劍欲殺譙周）

劉　諶　譙周！你這亂臣賊子，看劍！
譙　周　（慌忙躲閃）殿下、陛下！
劉　禪　皇兒！
劉　諶　父皇，想昔日先帝在世，從不召譙周商議國事，如今他假託天命，妄議國政，似這等臨陣退縮、貪生怕死之人，就當立斬宮門！
郤　正　陛下。
　　　　（唱）譙周怕死保自身，
　　　　　　　力主降意勸主降。
　　　　　　　陛下應聽殿下言，
　　　　　　　是戰是守要定主張！
李　和　陛下
　　　　（唱）養兵千日用一朝，
　　　　　　　兵來理應將去擋。
　　　　　　　爲國效忠沙場死，
　　　　　　　將軍安肯馬前降！
劉　禪　（猶豫）這……（衆人"父皇""陛下"叫個不停，等待定奪）
劉　禪　怎奈如今降則不安、戰則難保啊！
劉　諶　啊呀，父皇啊。
　　　　（唱）想先帝赤手空拳闖天下，
　　　　　　　初破黃巾威名揚。
　　　　　　　虎牢關大戰呂溫侯[1]，
　　　　　　　陶恭祖三把徐州讓。
　　　　　　　君臣聚義古城會，
　　　　　　　重整軍馬攻許昌。
　　　　　　　敗退荆州投劉表，
　　　　　　　南陽三請諸葛亮。
　　　　　　　博望新野用火攻，
　　　　　　　殺得曹兵心膽慌。
　　　　　　　棄守樊城取江陵，
　　　　　　　携民渡江戰當陽[2]。
　　　　　　　聯吳攻曹燒赤壁，
　　　　　　　三氣周瑜定荆襄。

　　　　　　張松獻圖入西川，
　　　　　　纔得進位漢中王。
　　　　　　鼎足三分天下定，
　　　　　　有多少先輩死沙場？
　　　　　　父皇啊，你應念先帝創業艱，
　　　　　　豈能把這錦繡乾坤、萬里河山、漢室天下付汪洋？
劉　禪　　社稷大事，孤豈能不知？
劉　睿　　皇弟，不要意氣用事，有話好好說。
劉　諶　　父皇。
劉　禪　　不用多言，小兒不知天旨，與我轟了出去！
劉　諶　　父皇！（跪）你貴為一國之君，萬民敬仰，一旦屈膝降魏，猶如魚入羅網，難回淵浪，亡國之君，有何面目再見廟堂？於今成都之兵，尚有數萬；姜維全師，劍閣在旁，魏兵犯闕，必來救應，內外攻擊，取勝可望。豈可聽奸賊之言，輕廢先帝之基業，蜀國之家邦！
劉　禪　　勝敗豈能預料，萬一敗了呢？萬一敗了呢？
妃子甲　　要，要死的啊！
妃子乙　　是啊，活不長啦！
劉　禪　　（摸脖子）死？
劉　諶　　縱然一死，也要背城一戰，破釜沉舟，與國共存亡！鄧艾兵臨城下，請父皇速速降旨，讓兒臣親身領兵迎敵！
郤　正
李　和　　（躬身）臣等願隨殿下迎敵。
劉　禪　　這個……
黃　皓　　陛下，事關重大，你要三思啊！
譙　周　　是啊，陛下！
劉　諶　　黃皓，你這個狗奴才，你真是死有餘辜！
黃　皓　　殿下，（劉諶揮劍欲殺黃皓）哎呀，陛下救命啊！
　　　　　（眾人亂作一團，郤正連忙攔住盛怒的劉諶）
李　和[3]　殿下，你不能驚擾聖駕呀，殿下！
劉　睿　　父皇，皇弟既願領兵迎敵，或能得勝，也未可知啊。
劉　禪　　那麼……（哆哆嗦嗦說）好，那麼就命你三人率領全城兵馬，前去迎敵。

劉諶 郤正 李和	領旨！（三人下）
陳平	哎呀陛下，想殿下從未上過陣，接過仗啊！
黃皓	是啊，是啊，單憑血氣之勇，豈是敵人對手；若有不測，豈非宗廟不保，生靈塗炭，玉石俱焚了？（竟慟哭起來）
劉禪	那你們剛纔爲何不奏啊！
黃皓	剛纔殿下聲勢洶洶要臣的性命，臣哪敢直言哦！
譙周	陛下，趁殿下還未起兵迎敵，請陛下快快降旨請降。
妃子甲 妃子乙	請陛下快快降旨請降。以保性命，喂呀！（哭泣）
黃皓 譙周 陳平	陛下！
劉禪	（氣餒地）哎！也顧不得許多了……那就降吧，降！活着總比死了的好啊。
妃子甲 妃子乙	活着好，活着好！陛下聖明，真理萬歲。
劉禪	呸！甚麽真理，是迫不得已喲！（妃子掩面） （內心無比痛苦地抱住妃子甲）唉！ （燈暗）

校記

[1] 虎牢關大戰呂溫侯："侯"，原作"候"，據文意改。
[2] 携民渡江戰當陽："當"，原作"高"，據文意改。
[3] 李和：原作"劉和"，據文意改。

第四場 殺宮

（北地王寢宮）

（珠簾半捲，殘月猶明）

（崔氏正在燈下縫製戰袍）

崔氏	（唱）銀漢沉沉殘月照，

露寒波冷落葉飄。
静掩宮門等郎歸,
飛針走綫繡戰袍。
披甲輕舞心神往,
壯心欲賦千年調。
嘆只嘆淡烟衰草蜀王城,
西風落日皇祖廟。
盼只盼郎君出征劍氣豪,
要把那魏國强敵從風掃。
巴山遠,蜀水遥,
咫尺宮樓天樣高。
恨不能化作霓虹隨軍去,
與郎君馳騁沙場,安邦定國青史標。
（劉諶上）

劉　　諶　夫人!
崔　　氏　殿下,你回來了。
劉　　諶　軍情緊急,我即刻就要陞帳點兵,領兵迎敵!
崔　　氏　祝殿下此去奮身努力,爲國建功!
劉　　諶　多謝夫人!
（内監戊上）
内監戊　稟殿下,李和將軍在外候見。
劉　　諶　快請。（崔氏迴避下）
内監戊　（向内）有請李和將軍。（李和上,内監戊下）
李　　和　參見殿下。
劉　　諶　免禮,兵馬可曾調齊?
李　　和　兵馬俱已調齊。
劉　　諶　士氣如何?
李　　和　適纔將士們聞聽陛下降旨迎敵,士氣大振,都願决一死戰。
劉　　諶　將士們能如此用命,何愁敵兵不破,將軍可有退兵之策?
李　　和　殿下,你看,末將願領精兵三千,從小道抄到敵兵背後,斷其歸路,然後兩下夾擊,可一舉成功。
劉　　諶　此計正合我意。好!

(郤正上)[1]

郤　正　殿下,陛下已然決定降魏了!

劉　諶　(如雷擊頂)你說甚麼?

郤　正　陛下貪生怕死,已經決定降魏了!

劉　諶　不,不不——絕不!

(內報:"皇上有旨,命各宮妃嬪,各位王爺眷屬,一律改換平民服制。"劉諶難以置信的表情,崔氏聞訊上)

崔　氏　殿下!

(劉諶呆如木雞)

劉　諶　(爆發地)我要面見父皇!

(內報:"皇上有旨,命各宮妃嬪,各位王爺眷屬,一律改換平民服制,準備出城向魏國作降,如有抗旨者,立斬不赦!如有抗旨者,立斬不赦!")

劉　諶　(呆,唱)蜀國——蜀國的山河啊!(大哭)

崔　氏　(大哭)殿下!

郤　正　殿下、夫人,於今不是悲傷的時候,陛下定於明日降魏,不知殿下,你作何打算?

劉　諶　爲臣盡忠,爲子盡孝,不妨各行其志。

郤　正　如此說來,殿下也降魏了?

劉　諶　劉諶誓死不降!

郤　正　既然如此,復國重任,全仗殿下!

劉　諶　郤令史定有高見,請道其詳。

郤　正　依臣之見,殿下速奔劍閣。

崔　氏　到劍閣去?

郤　正　到劍閣去!姜維全軍皆在劍閣,只要殿下及時趕去,姜維一定回師救應,聖朝復興便有望了。

崔　氏　郤令史言之有理,殿下,只要能搬兵圍住成都,敵兵哪敢奈何陛下?

李　和　是啊,殿下。

劉　諶　內侍,備馬[2]。(內監戌應聲下)

李　和　殿下,你莫非決定奔往劍閣?

劉　諶　正是!

郤　正　下官願追隨左右,萬死不辭!

崔　氏　殿下此去，一路小心了。
劉　諶　（對崔氏）夫人，你有孕在身，你要保重了。
崔　氏　殿下。
　　　　（唱）殿下你不用心牽挂，
　　　　　　　速往劍閣調人馬。
　　　　　　　復國重任全仗你，
　　　　　　　你不能顧家把大事壞！
　　　　　　　但願你，早日搬得勤王師，
　　　　　　　奮勇殺敵來救駕！
劉　諶　（唱）我去之後你自保重，
　　　　　　　待我掃蕩敵寇把圍解！（內監戊上）
崔　氏　殿下保重！
郤　正　殿下，事不宜遲，趕快走吧！
劉　諶　走！（宮外人聲突然鼎沸，雜以奔跑聲，內監丁上）
內監丁　報！啟稟殿下，皇宮那邊，火光一片，殺喊連聲。
劉　諶　啊？再探！（內監丁應聲下）
崔　氏　莫非是魏兵已殺進城來？
郤　正　天還未明，決非魏兵殺進城來，我去看看！（邊說邊下）
內監戊　報！殿下，大事不好！
劉　諶　快講！
內監戊　城內兵士，因陛下降魏，實行兵諫，如今正和皇宮衛士混戰。
劉　諶　你講甚麼？
內監戊　城內兵士，不肯降魏，實行兵諫抗命，如今正和皇宮衛士混戰。
劉　諶　竟有這等事？再探！
郤　正　殿下，城內兵士，不肯降魏，自相混戰，魏兵趁此把成都團團圍住，眼看已無路可走。
劉　諶　（仰天長嘆）大勢去矣。郤令史，如今父皇降魏，爲子的不能再侍奉左右，一切拜託郤令史。（劉諶欲跪下，郤正急忙扶住）
郤　正　殿下！復國已是無望，伴駕隨王自當保持臣節。殿下！
　　　　（劉諶直立不動，郤正一面拭淚，一面三躬其身而退）
劉　諶　（唱）劍閣搬兵已無望，
　　　　　　　蜀國江山從此亡。

|　　　　|　　我寧爲玉碎毋瓦全，|
|　　　　|　　我寧願一死見先王。|

崔　氏　（唱）好一個寧爲玉碎毋瓦全，
　　　　　　　求殿下你先讓臣妾一命喪。
劉　諶　夫人！
崔　氏　殿下啊！
劉　諶　啊！
崔　氏　（唱）殿下你，獨木難把大厦撑，
　　　　　　　一片丹心付長江。
　　　　　　　明日敵兵進城來，
　　　　　　　君臣屈膝家國亡。
　　　　　　　臣妾素來明大義，
　　　　　　　豈肯受辱去請降。
　　　　　　　欲得清白免遭污，
　　　　　　　請殿下一劍送我赴泉鄉。
劉　諶　夫人。
　　　　（唱）生離死別傷懷抱，
　　　　　　　倒叫劉諶痛斷腸，
　　　　　　　我枉爲七尺奇男子，
　　　　　　　上不能，安國定邦報家鄉。
　　　　　　　中不能，保護妻子盡夫職，
　　　　　　　下不能，顧全兒郎免遭殃。
　　　　　　　國不能保家也亡，
　　　　　　　我怎能自下絕情把妻傷。
　　　　　　　夫人啊，夫妻本是同林鳥，
　　　　　　　大難到來各一方。
崔　氏　（唱）說甚麼夫妻好似同林鳥，
　　　　　　　你要知各人自有各志向。
　　　　　　　我願和你同生死，
　　　　　　　我願與國共存亡。
　　　　　　　今日盡忠爲國死，
　　　　　　　也不枉你我夫妻做一場。

劉　　諶　（唱）夫人説話人敬仰，
　　　　　　　　上得青史美名揚，
　　　　　　　　夫人啊，自古只有夫救妻，
　　　　　　　　哪有丈夫殺妻房，
　　　　　　　　夫妻總有夫妻情，
　　　　　　　　更何況你腹中還有小兒郎。
崔　　氏　（唱）殿下你，你不能再彷徨了，
　　　　　　　　事已緊急非往常，
　　　　　　　　城破之日要遭殃。
　　　　　　　　人生自古誰無死，
　　　　　　　　請殿下當機立斷作主張。
劉　　諶　（唱）我手拿了三尺龍泉千斤重，
　　　　　（思想鬥爭、進退兩難、傷心欲絕）
崔　　氏　殿下。
　　　　　（唱）難道你要我與孩兒死在魏國疆土上？
劉　　諶　（如夢初醒，跪向前）啊，夫人，夫人啊。
　　　　　（向崔氏施禮）
　　　　　（燈暗）

校記

［１］邰正上：此三字，原無。據文意補。
［２］備馬：原作"佩馬"，據文意改。

第五場　哭　祖　廟

　　　　　（緊接上場）
　　　　　（昭烈帝廟）
劉　　諶　（内唱）【倒板】呼天痛號進祖廟。（劉諶仗劍上，見劉備神像跪拜）
　　　　　（白）先帝啊！
　　　　　（唱）未見先帝血淚拋，
　　　　　　　　一見先帝心如絞。
　　　　　　　　皇祖開國創業艱，

　　　　赤手空拳興皇朝。
　　　　實指望江山一統萬萬年，
　　　　誰料社稷會頃刻倒。
　　　　老譙周妄談天象惑父皇，
　　　　賊黃皓專權誤國施奸巧。
　　　　郤正獨力難回天，
　　　　姜維出師未在朝。
　　　　皇兄懦弱盡愚孝，
　　　　孫兒我也無能把國保。
　　　　羞見江山改別姓，
　　　　妻兒殉國登泉道。
　　　　孫將一命報祖先，
　　　　先帝你在天之靈可知道。
　　　　如今父皇向魏降，
　　　　把先帝東蕩西掃、南征北剿、衣不卸甲、馬不停蹄，
　　　　掙來的三分天下、蜀漢江山白白斷送在今朝。
　（見關羽張飛像）
　（白）二皇祖，三皇祖啊！
　（唱）桃園結拜情義重，
　　　　出生入死建奇功。
　　　　扶助先帝登皇基，
　　　　鐵打江山誰敢動！
　　　　怎奈是後輩不強枉費功，
　　　　把先輩心血付東風。
　（見諸葛亮像）
　（白）丞相，諸葛丞相啊！
　（唱）你神機妙算定漢中，
　　　　不忘先帝託孤重。
　　　　鞠躬盡瘁保父皇，
　　　　你六出祁山把魏攻。
　　　　可恨天不假人壽，
　　　　出師未捷一命終。

　　　　　你若在世把兵統，
　　　　　魏國焉敢犯蜀中。
　　　　　啊呀，丞相啊！
　（見趙雲神像）
　（白）四皇祖啊！
　（唱）你長坂坡逞威風，
　　　　　一人獨擋百萬衆。
　　　　　懷抱幼主出重圍，
　　　　　那時我父皇睡正濃。
　　　　　可嘆他一睡睡了數十年，
　　　　　至今他還在睡夢中。
　（四顧衆先輩神像，唱）
　　　　　這一旁蔣琬、費褘與董允，
　　　　　燮理陰陽比周公。
　　　　　那一旁張嶷、馬超、老黃忠，
　　　　　一個要比一個勇。
　　　　　眼前若有先輩在，
　　　　　江山那會就此終。
　（無力癱倒在地，看見一抹月光照進祖廟，緩慢起身）
　（白）月兒啊月兒，從明天起，你再也照不到，我蜀國的山河了！
　（唱）夜沉沉風瀟瀟滿地銀霜，
　　　　　月朦朦雲迷迷越覺悲傷。
　　　　　悲切切恨綿綿國破家亡，
　　　　　淚汪汪心蕩蕩妻死兒喪。
　　　　　怪父皇少主張懦弱無剛，
　　　　　大勢去又可比病入膏肓。
　　　　　山河破社稷倒一場惡夢，
　　　　　到今日哭祖廟我淚灑胸膛。
　（李和負傷上）

劉　諶　（驚覺）是誰？
李　和　（細看劉諶）哦……（哭拜）殿下。
劉　諶　（扶住）李和。

李　和　殿下啊。皇上下旨降魏，衆將寧死不降，黃皓二次奉旨前來，强令將士解甲放矛。末將不幸受傷，路過祖廟，我死前要把先帝叩拜，想不到在此遇見殿下。殿下大勢去也，恕末將不能再爲國效力了……（李和倒地死去）

劉　諶　啊，將軍，將軍啊！（伏李和屍首痛哭，屋外傳來五更雞鳴）
　　　　（悲壯的"啊"聲起）

劉　諶　（唱）衆將士，寧願死戰不願降，
　　　　　　　深明大義可同仇。
　　　　　　　嘆父皇你枉爲一國君，
　　　　　　　甘心屈膝不知羞。
　　　　　　　孫兒不願辱祖先，
　　　　　　　一死殉國盡忠孝。

劉　諶　先帝，孫兒我隨你來也！（自刎）
　　　　（古琴聲似大河奔流而來）
　　　　（幕後合唱）
　　　　　　　君臣甘屈膝，
　　　　　　　一子獨悲傷。
　　　　　　　去矣四川事，
　　　　　　　雄哉北地王！
　　　　　　　捐身酬烈祖，
　　　　　　　搔首泣穹蒼。
　　　　　　　凛凛人如在，
　　　　　　　誰云漢已亡？
　　　　（古琴弦斷聲，所有音樂戛然而止）

　　　　　　　　　　　　　　　　　　——劇終

《三國戲曲集成》戲圖目錄

胡世厚　趙青　編選

第一卷　元代卷

畫像：元代戲曲作家關漢卿（《關漢卿戲曲集》）

書影：《元刊雜劇三十種·古杭新刊關大王單刀會》

書影：覆元槧古今雜劇刻本《關張雙赴西蜀夢》

書影：明刊《古今名劇酹江集·兩軍師隔江鬥智》

書影：〔明〕脉望館抄本《壽亭侯怒斬關平》

插圖：〔明〕臧懋循《元曲選·兩軍師隔江鬥智》

插圖：〔明〕臧懋循《元曲選·醉思鄉王粲登樓》

插圖：〔明〕臧懋循《元曲選·錦雲堂暗獻連環記》

插圖：明崇禎六年《古今名劇合選·酹江集·隔江鬥智》

插圖：明崇禎六年《古今名劇合選·酹江集·王粲登樓》

插圖：明崇禎年間《三國演義·莽張飛怒鞭督郵》

版畫：明建安《虎牢關三戰呂布》

插圖：明崇禎年間《三國演義·雲長三鼓斬蔡陽》

版畫：明建安《曹操大宴銅雀臺》

版畫：明建安《三顧茅廬》

版畫：明建安《關雲長單刀赴會》

插圖：明刊《三國演義·孔明上出師表》

插圖：明刊《三國演義·孔明智退司馬懿》

楊柳青年畫：清刻《取桂陽》

楊柳青年畫：清刻《讓成都》

楊柳青年畫：清刻《讓成都》（局部）

山東平度年畫：《華容道》（湖北美術出版社《中國最美年畫》）

陝西鳳翔年畫：《回荊州》（湖北美術出版社《中國最美年畫》）

書影：元刊《三國志平話》（1294年）

書影：元刊《三分事略》
書影：元刊《三國志平話》
書影：元刊《三國志平話·漢獻帝賞春》

第二卷　明代卷

畫像：明雜劇《狂鼓史》作者徐渭
插圖：明徐渭雜劇《四聲猿》之一《狂鼓史漁陽三弄》
清楊柳青年畫戲曲：《三顧茅廬》
清楊柳青年畫戲曲：《長坂坡》
插圖：明刊《古城記》第三齣《興師》
插圖：明刊《古城記》第十一齣《秉燭》
插圖：明刊《古城記》第十四齣《投紹》
插圖：明刊《古城記》第十六齣《斬將》
插圖：明刊《古城記》第二十四齣《救羽》
插圖：明刊《古城記》第二十八齣《助鼓》
插圖：明刊《草廬記》第二折
插圖：明刊《草廬記》第三折
插圖：明刊《草廬記》第六折
插圖：明刊《草廬記》第十二折
插圖：明刊《草廬記》第十五折
插圖：明刊《草廬記》第十七折
插圖：明刊《草廬記》第十九折
插圖：明刊《草廬記》第二十二折
插圖：明刊《草廬記》第二十三折
插圖：明刊《草廬記》第二十八折
插圖：明刊《草廬記》第三十折
插圖：明刊《草廬記》第三十一折
插圖：明刊《草廬記》第三十四折
插圖：明刊《草廬記》第三十六折
插圖：明刊《草廬記》第三十九折
插圖：明刊《草廬記》第四十三折
插圖：明刊《草廬記》第四十四折

插圖：明刊《草廬記》第四十六折
插圖：明刊《草廬記》第四十八折
插圖：明刊《草廬記》第四十九折
插圖：明刊傳奇《七勝記》第二齣《慶賞端陽》
插圖：明刊傳奇《七勝記》第六齣《鄧芝躍鼎》
插圖：明刊傳奇《七勝記》第十二齣《妻妾問數》
插圖：明刊傳奇《七勝記》第十六齣《孟獲舞劍》
插圖：明刊傳奇《七勝記》第二十一齣《楊鋒捕賊》
插圖：明刊傳奇《七勝記》第二十六齣《花亭拜月》
插圖：明刊傳奇《七勝記》第三十二齣《海島驕兵》
插圖：明刊傳奇《七勝記》第三十六齣《孟獲進寶》
書影：明刊《連環記》
書影：明萬曆間刻《玉谷調簧》之《三國記·河梁》
書影：明刊《樂府萬象新》之《青梅記》
書影：明刊《大明天下春》之《三國志》

第三卷　清代雜劇傳奇卷（上）

書影：嵇永仁雜劇《憤司馬夢裏罵閻羅》（清刻本《續離騷》）
書影：曹寅傳奇《續琵琶》抄本（《古本戲曲叢刊五集》）
書影：無名氏傳奇《錦繡圖》抄本（中國國家圖書館藏）
書影：無名氏傳奇《平蠻圖》抄本（《綏中吳氏藏鈔本戲曲叢刊》）
書影：無名氏傳奇《平蠻圖》抄本（中國國家圖書館藏）
書影：維安居士《三國志傳奇》抄本（《傅惜華藏古典戲曲珍本叢刊》）
石刻像：清雜劇《弔琵琶》作者尤侗（廖奔、劉彥君《中國戲曲發展史》）
戲畫：曹寅傳奇《續琵琶》扉頁插圖（《古本戲曲叢刊五集》）
戲畫：清宮戲曲人物扮像諸葛亮（《清宮昇平署戲裝扮像譜》）
戲圖：《清宮昇平署戲畫·陽平關》
戲圖：《清宮昇平署戲畫·空城計》
戲圖：《清宮昇平署戲畫·西川圖》
插圖：鄭瑜雜劇《鸚鵡洲》（上海辭書出版社《元明清戲曲故事集》）
插圖：尤侗《弔琵琶》（上海辭書出版社《元明清戲曲故事集》）
插圖：周樂清雜劇《定中原·禪諶》（清刻周樂清《補天石傳奇》之一）

插圖：周樂清雜劇《定中原·歸廬》（清刻周樂清《補天石傳奇》之一）

清代年畫：《劉玄德南漳逢隱淪》（清刻《天津楊柳青木版年畫》）

清代年畫：《當陽長坂坡》（清刻《天津楊柳青木版年畫》）

清代年畫：《東吳招親》（清刻《天津楊柳青木版年畫》）

陝西鳳翔年畫：《回荊州》（湖北美術出版社《中國最美·年畫》）

清代年畫：《讓成都》（《天津楊柳青木版年畫》）

民國年畫：《七擒孟獲》（《天津楊柳青木版年畫》）

清代楊柳青年畫：《竹林七賢》（湖北美術出版社《中國最美·年畫》）

清代年畫：《長坂坡》（《朱仙鎮年畫》）

現代年畫：戲曲《貂蟬拜月》（《綿竹年畫精品集》）

現代年畫：戲曲人物黃忠、姜維（《綿竹年畫精品集》）

現代無錫泥塑：五虎將之黃忠、關羽（湖北美術出版社《中國最美·泥塑》）

現代無錫泥塑：五虎將之張飛（湖北美術出版社《中國最美·泥塑》）

現代無錫泥塑：五虎將之趙雲、馬超（湖北美術出版社《中國最美·泥塑》）

清代陝西皮影：《三顧茅廬》（湖北美術出版社《中國最美·皮影》）

河北趙景安剪紙：《截江奪斗》（湖北美術出版社《中國最美·剪紙》）

河北王老賞剪紙：《劉皇叔與孫尚香》（湖北美術出版社《中國最美·剪紙》）

第三卷　清代雜劇傳奇卷（下）

清戲畫：《捉放》（《中國戲劇圖史》）

清宮戲畫：《轅門射戟》（《中國戲劇圖史》）

清宮戲畫：《白門樓》（《中國戲劇圖史》）

清宮戲畫：《黃河樓》（《中國戲劇圖史》）

清宮戲畫：《過巴州》（《中國戲劇圖史》）

清宮戲畫：《陽平關》（《中國戲劇圖史》）

清宮戲畫：《鳳鳴關》（《中國戲劇圖史》）

清宮戲畫：《罵曹》（《中國戲劇圖史》）

清宮戲畫：《讓成都》（《中國戲劇圖史》）

清宮戲畫：《戰北原》（《中國戲劇圖史》）

戲圖：《定軍山・劉備》(《清昇平署戲裝扮像譜》)
戲圖：《定軍山・劉封》(《清昇平署戲裝扮像譜》)
戲圖：《定軍山・諸葛亮》(《清昇平署戲裝扮像譜》)
戲圖：《定軍山・黃忠》(《清昇平署戲裝扮像譜》)
戲圖：《定軍山・嚴顏》(《清昇平署戲裝扮像譜》)
戲圖：《定軍山・夏侯尚》(《清昇平署戲裝扮像譜》)
戲圖：《定軍山・張郃》(《清昇平署戲裝扮像譜》)
戲圖：《定軍山・夏侯淵》(《清昇平署戲裝扮像譜》)
近代戲畫：《古城會・關雲長》(河南朱仙鎮年畫)
近代戲畫：《古城會・蔡陽》(河南朱仙鎮年畫)
近代戲畫：《古城會・張飛》(河南朱仙鎮年畫)
清戲畫：《長坂坡》(河南朱仙鎮年畫)
書影：乾隆本《鼎峙春秋》
書影：嘉慶本《鼎峙春秋》
書影：嘉慶本《鼎峙春秋》昆曲演唱
書影：嘉慶本《鼎峙春秋》弋陽腔演唱
書影：嘉慶本《鼎峙春秋》曲譜(《故宮珍本叢刊》)
書影：嘉慶本《鼎峙春秋》提綱(《故宮珍本叢刊》)

第四卷　清代花部卷

清戲畫：《捉放曹》(《中國戲劇圖史》)
清木雕：《連環記》(《中國戲劇圖史》)
清戲畫：《借趙雲》(《中國戲劇圖史》)
清戲畫：《舌戰群儒》(《中國戲劇圖史》)
清戲畫：《進營》(《中國戲劇圖史》)
清戲畫：《群英會》(《中國戲劇圖史》)
清戲畫：《盜書》(《中國戲劇圖史》)
清戲畫：《定計》(《中國戲劇圖史》)
清戲畫：《蘆花蕩》(《中國戲劇圖史》)
清戲畫：《取南郡》(《中國戲劇圖史》)
清戲畫：《戰長沙》(《中國戲劇圖史》)
清戲畫：《西川圖》(《中國戲劇圖史》)

清戲畫：《截江》(《中國戲劇圖史》)
清戲畫：《百壽圖》(《中國戲劇圖史》)
清戲畫：《陽平關》(《中國戲劇圖史》)
清戲畫：《七星燈》(《中國戲劇圖史》)
清戲畫：《磐河戰》(《中國京劇藝術百科全書》)
戲圖：《鳳鳴關·趙雲》(《清昇平署戲裝扮像譜》)
戲圖：《鳳鳴關·諸葛亮》(《清昇平署戲裝扮像譜》)
戲圖：《鳳鳴關·鄧芝》(《清昇平署戲裝扮像譜》)
戲圖：《鳳鳴關·韓德》(《清昇平署戲裝扮像譜》)
戲圖：《鳳鳴關·韓龍》(《清昇平署戲裝扮像譜》)
戲圖：《鳳鳴關·韓虎》(《清昇平署戲裝扮像譜》)
清戲畫：《祭江》(《中國戲劇圖史》)
清宮戲畫：《天水關》(《中國戲劇圖史》)
清宮戲畫：《夜戰》(《中國戲劇圖史》)
清宮戲畫：《定軍山》(《中國戲劇圖史》)
書影：《戰宛城》(《故宮珍本叢刊》)
書影：《三國志》九本《三顧茅廬》(《清車王府藏曲本》)
書影：花部皮黃《溫明園》(中國國家圖書館藏《清宮昇平署檔案集成》)
書影：楚曲《祭風臺》(《續修四庫全書·戲曲集》)

第五卷 晚清昆曲京劇卷

戲圖：清同光名伶十三絕寫真圖，清沈容圃繪(《中國京劇藝術百科全書》)
戲圖：清程長庚、盧勝奎、徐小香《群英會》寫真圖(《中國京劇藝術百科全書》)
清惠山泥塑：《鳳儀亭》(《中國戲劇圖史》)
戲畫：清李涌繪昆曲《連環記》(蘇州昆曲博物館藏，《中國戲曲發展史》)
戲圖：昆曲《連環記》之《賜環》《拜月》(《昆曲大全》)
戲圖：昆曲《連環記》之《梳妝》《擲戟》(《昆曲大全》)
戲圖：清代蘇州戲文絹衣人《長坂坡》(《中國戲曲發展史》)
楊柳青年畫：清戲曲《三顧茅廬》(《中國戲劇圖史》)

楊柳青年畫：清戲曲《甘露寺》(《中國戲劇圖史》)
戲畫：清戲曲《西川圖》之嚴顏、張飛(《中國戲劇圖史》)
楊柳青年畫：清戲曲《趙雲截江奪阿斗》(《中國戲劇圖史》)
畫像：汪笑儂(《汪笑儂戲曲集》)
戲圖：清京劇《捉放曹》(《繪圖京都三慶班京調全集》)
戲圖：清京劇《捉放落店》(《繪圖京都三慶班京調全集》)
戲圖：清京劇《濮陽城》(《繪圖京都三慶班京調全集》)
戲圖：清京劇《打鼓罵曹》(《繪圖京都三慶班京調全集》)
戲圖：清京劇《薦諸葛》(《繪圖京都三慶班京調全集》)
戲圖：清京劇《長坂救主》(《繪圖京都三慶班京調全集》)
戲圖：清京劇《黃鶴樓》(《繪圖京都三慶班京調全集》)
戲圖：清京劇《三氣周瑜》(《繪圖京都三慶班京調全集》)
戲圖：清京劇《柴桑口》(《繪圖京都三慶班京調全集》)
戲圖：清京劇《取成都》(《繪圖京都三慶班京調全集》)
戲圖：清京劇《定軍山》(《繪圖京都三慶班京調全集》)
戲圖：清京劇《陽平關》(《繪圖京都三慶班京調全集》)
戲圖：清京劇《別宮祭江》(《繪圖京都三慶班京調全集》)
戲圖：清京劇《天水關》(《繪圖京都三慶班京調全集》)
戲圖：清京劇《失街亭》(《繪圖京都三慶班京調全集》)
戲圖：清京劇《空城計》(《繪圖京都三慶班京調全集》)
戲圖：清京劇《七星燈》(《繪圖京都三慶班京調全集》)
書影：《繪圖京都三慶班京調末集》
書影：《梨園集成》之《罵曹》(《續修四庫全書·戲曲集》)
書影：《取成都》(《繪圖京都三慶班京調全集》)

第六卷　現代京劇卷(上)

戲畫：《捉放曹》之譚鑫培(《民國戲劇人物畫》)
劇照：《捉放曹》譚富英飾陳宮(左)，劉硯亭飾曹操(中)，哈寶山飾呂伯奢(《中國京劇藝術百科全書》)
戲畫：《捉放曹》(戴一光《戲畫京劇百圖》)
現代泥塑：《三英戰呂布》(《中國最美·泥塑》)
現代戲畫：《連環記》(《綿竹年畫精品集》)

戲畫：呂布戲貂蟬（《粉墨梨園——張忠安戲畫集》）

劇照：《春閨夢》程硯秋飾張氏，俞振飛飾王恢（《程硯秋演出劇本選集》）

戲畫：《春閨夢》（戴一光《戲畫京劇百圖》）

劇照：《借趙雲》馬連良飾劉備（《中國戲曲發展史》）

劇照：《借趙雲》姜妙香飾趙雲，王少亭飾劉備（《中國京劇藝術發展史》）

戲畫：《借趙雲》（鄧元昌《京劇名劇名家240齣·戲畫白描》）

民國戲畫：《轅門射戟》（《中國戲劇圖史》）

劇照：《戰宛城》侯喜瑞飾曹操（《京劇大戲考》）

戲畫：《戰宛城》之曹操（《戴敦邦畫譜·中國戲曲畫》）

戲畫：《戰宛城》之張繡嬸鄒氏（《戴敦邦畫譜·中國戲曲畫》）

戲畫：《白門樓》（鄧元昌《京劇名劇名家240齣·戲畫白描》）

劇照：《青梅煮酒論英雄》郝壽臣飾曹操（《郝壽臣戲曲演出劇本選集》）

戲畫：《擊鼓罵曹》（戴一光《戲畫京劇百圖》）

民國泥塑：《擊鼓罵曹》（《中國京劇藝術百科全書》）

戲畫：《白馬坡》（鄧元昌《京劇名劇名家240齣·戲畫白描》）

民國戲畫：《古城會》（《天津楊柳青木版年畫》）

劇照：關羽（《關羽戲集》）

劇照：《古城會》唐韻笙飾關羽（《中國京劇藝術百科全書》）

劇照：《文姬歸漢》程硯秋飾蔡文姬，吳富琴飾侍女（《京劇老照片》）

戲圖：木刻戲人曹操（《中國最美·木偶》）

戲圖：木刻戲人關羽（《中國最美·木偶》）

民國烟畫：《三國志演義》（上海圖書館藏）

第六卷　現代京劇卷（中）

戲圖：三國故事畫《三顧茅廬》（《綿竹年畫精品集》）

劇照：《長坂坡》程繼仙飾趙雲，徐碧雲飾糜夫人（《京劇老照片》）

劇照：《長坂坡》李萬春飾趙雲（《中國京劇百科藝術全書》）

民國年畫：《長坂坡》（《天津楊柳青木版年畫》）

民國戲畫：《赤壁鏖兵》（《中國戲劇圖史》）

劇照：《群英會》言菊朋飾魯肅（《中國京劇百科藝術全書》）

劇照：《群英會》葉盛蘭飾周瑜(《中國京劇百科藝術全書》)
劇照：《群英會》肖長華飾蔣幹(《老照片》)
戲畫：《群英會》(戴一光《戲畫京劇百圖》)
民國戲畫：《草船借箭》(《天津楊柳青木版年畫》)
民國戲畫：《苦肉計》(《天津楊柳青木版年畫》)
戲畫：《橫槊賦詩》(《粉墨梨園——張忠安戲畫集》)
劇照：《借東風》孫毓堃飾趙雲、馬連良飾諸葛亮(《京劇老照片》)
戲畫：《借東風》(《粉墨梨園——張忠安戲畫集》)
劇照：《借東風》譚富英飾諸葛亮(《中國京劇藝術百科全書》)
民國年畫：《箭射篷索》(《天津楊柳青木版年畫》)
劇照：《華容道》高盛麟飾關羽(《京劇大戲考》)
民國戲畫：《華容道》(《天津楊柳青木版年畫》)
戲畫：《龍鳳呈祥》(《粉墨梨園——張忠安戲畫集》)
民國戲畫：《回荊州》(《天津楊柳青木版年畫》)
戲畫：《回荊州》(戴一光《戲畫京劇百圖》)
戲圖：《黃鶴樓》之朱素雲(《民國戲劇人物畫》)
戲圖：《三氣周瑜蘆花蕩》之和昌(九歲)與弟榮昌(八歲)(《民國戲劇人物畫》)
戲畫：《蘆花蕩》張飛(《戴敦邦畫譜·中國戲曲畫》)
戲畫：《臥龍弔孝》(鄧元昌《京劇名劇名家240齣·戲畫白描》)
民國戲畫：《反西涼》(《天津楊柳青木版年畫》)
戲畫：夏月潤飾馬超,李連仲飾曹操(《民國戲劇人物畫》)
劇照：《截江奪斗》楊小樓飾趙雲,梅蘭芳飾孫尚香(《京劇老照片》)
民國戲畫：《長江奪阿斗》(《天津楊柳青木版年畫》)
戲畫：《讓成都》(戴一光《戲畫京劇百圖》)
戲畫：《戰冀州》(鄧元昌《京劇名劇名家240齣·戲畫白描》)
劇照：京劇《單刀會》李洪春飾關羽(《關羽戲集》)
戲畫：潘月樵飾魯肅,楊小樓飾關平(《民國戲劇人物畫》)
戲畫：《刀會》之三麻子(《民國戲劇人物畫》)
戲畫：《逍遙津》(《民國戲劇人物畫》)
戲畫：《逍遥津》(鄧元昌《京劇名劇名家240齣·戲畫白描》)
戲畫：《甘寧百騎劫魏營》(《戴敦邦畫譜·中國戲曲畫》)

現代年畫：三國人物諸葛亮(《綿竹年畫精品集》)

第六卷　現代京劇卷(下)

戲畫：《趙顏求壽》(鄧元昌《京劇名劇名家240齣‧戲畫白描》)

戲畫：《定軍山》中小楊月樓(《民國戲劇人物畫》)

劇照：《定軍山》余叔巖飾黃忠(《中國京劇藝術百科全書》)

劇照：《定軍山》譚鑫培飾黃忠(《京劇老照片》)

戲畫：《定軍山》(《粉墨梨園——張忠安戲畫集》)

劇照：《水淹七軍》李洪春(左)飾關羽(《中國戲劇圖史》)

戲畫：《水淹七軍》(《戴敦邦畫譜‧中國戲曲畫》)

戲畫：《走麥城》(鄧元昌《京劇名劇名家240齣‧戲畫白描》)

劇照：《連營寨》王又宸飾劉備(《中國京劇藝術百科全書》)

戲畫：《連營寨》(鄧元昌《京劇名劇名家240齣‧戲畫白描》)

戲畫：《別宮祭江》(戴一光《戲畫京劇百圖》)

民國戲畫：《祭江》(《中國戲劇圖史》)

劇照：《洛神》梅蘭芳飾洛神(《京劇老照片》)

戲畫：《洛神》(戴一光《戲畫京劇百圖》)

清戲畫：《天水關》(《中國戲劇圖史》)

戲畫：《空城計》劉鴻聲飾諸葛亮，小楊月樓飾孔明(《民國戲劇人物畫》)

劇照：《空城計》高慶奎飾諸葛亮(《中國戲曲發展史》)

劇照：《空城計》孟小冬飾諸葛亮(《中國京劇藝術百科全書》)

民國戲畫：《空城計》(《中國戲劇圖史》)

劇照：劉連榮飾鄭文(左)，馬連良飾諸葛亮(《中國京劇藝術百科全書》)

清戲畫：《戰北原》(《中國戲劇圖史》)

戲畫：《戰北原》(戴一光《戲畫京劇百圖》)

劇照：《脂粉計》李和曾飾諸葛亮(《中國京劇藝術百科全書》)

清戲畫：《七星燈》(《中國戲劇圖史》)

戲畫：《七星燈》(鄧元昌《京劇名劇名家240齣‧戲畫白描》)

戲畫：《紅逼宮》(鄧元昌《京劇名劇名家240齣‧戲畫白描》)

戲畫：《亡蜀鑒》(戴一光《戲畫京劇百圖》)

劇照：《哭祖廟》何玉蓉飾劉諶(右)，鄧薇薇飾崔氏(《中國京劇藝術百

科全書》）

　　戲畫：《哭祖廟》(鄧元昌《京劇名劇名家 240 齣・戲畫白描》)
　　現代年畫：三國人物黃忠、姜維(《綿竹年畫精品集》)

第七卷　山西地方戲卷

　　書影：晉劇《魯肅求計》
　　書影：蒲劇《反西凉》)
　　書影：蒲劇《取桂陽》)
　　現代戲畫：《文姬歸漢》(《天津楊柳青木板年畫》)
　　清戲畫：《長坂坡》(《中國戲劇圖史》)
　　現代戲畫：《打黃蓋》《借東風》(《天津楊柳青木板年畫》)
　　現代戲畫：《回荊州》(《天津楊柳青木板年畫》)
　　現代戲畫：《截江奪斗》(《天津楊柳青木板年畫》)
　　清戲畫：《空城計》(《中國戲劇圖史》)
　　現代戲畫：《姜維兵敗牛頭山》(《天津楊柳青木板年畫》)
　　現代戲畫：《姜維劫糧》(《天津楊柳青木板年畫》)
　　清戲畫：瓷瓶《劉備招親》(《中國戲劇圖史》)
　　清戲畫：三國故事彩瓶(《中國戲劇圖史》)
　　民國泥塑：天津泥人張張景祜《擊鼓罵曹》(《中國戲曲發展史》)
　　清代磚雕：山西壺關白雲寺《蔣幹盜書》(《中國戲曲發展史》)
　　清惠山泥塑：劉備(《中國戲劇圖史》)
　　戲畫：民國剪紙《三結義》(《中國戲劇圖史》)
　　戲畫：現代剪紙《三結義》(《中國戲劇圖史》)
　　山西新絳剪紙：《連環記》(《剪紙》湖北美術出版社)
　　現代剪紙：《鳳儀亭》(《中國戲劇圖史》)
　　現代剪紙：《鳳儀亭》(《中國戲劇圖史》)
　　現代蔚縣剪紙：《曹操》(《中國戲劇圖史》)
　　清年畫：晉南戲曲《回荊州》局部(《中國戲劇圖史》)
　　清戲畫：《轅門射戟》(《中國晉南戲曲版畫》)
　　清戲畫：《空城計》《挑袍》(《中國晉南戲曲版畫》)
　　清戲畫：《連環計》《戰宛城》(《中國晉南戲曲版畫》)
　　清戲畫：《火攻計》(《中國晉南戲曲版畫》)

劇照：蒲劇《反西涼》(《蒲劇輝煌五十年》)
畫像：清蒲劇戲曲人物劉備(《蒲劇輝煌五十年》)
畫像：清蒲劇戲曲人物姜維(《蒲劇輝煌五十年》)
畫像：清蒲劇戲曲人物司馬師(《蒲劇輝煌五十年》)
劇照：晉劇《華容道》(《山西晉劇院建院(團)五十周年》)
劇照：晉劇《空城計》(《山西晉劇院建院(團)五十周年》)
劇照：晉劇《黃鶴樓》(《山西晉劇院建院(團)五十周年》)

第八卷　當代卷(上)

戲圖：《連環計》(趙夢林《中國京戲人物》)
劇照：昆曲《連環計》(《中國昆曲精選劇目曲譜大成》)
劇照：潮劇《曹營戀歌》(潮州市潮劇團演出)
戲單：京劇《廉吏風》(《菊苑留痕——首都圖書館藏北京各京劇院團老戲單(1951—1966)》)
劇照：京劇《鳳凰二喬》(《中國京劇藝術百科全書》)
劇照：徽劇《曹操·關羽·貂蟬》(安徽省徽劇院演出)
劇照：京劇《曹操父子》(《中國京劇藝術百科全書》)
劇照：秦腔《三曹父子》中曹植(西安秦腔劇院演出)
劇照：京劇《洛神》(《中國京劇藝術百科全書》)
戲圖：《洛神》宓妃(趙夢林《中國京劇人物》)
劇照：京劇《初出茅廬》(《中國京劇藝術百科全書》)
劇照：京劇《赤壁之戰》(《中國京劇藝術百科全書》)
劇照：《赤壁之戰》(《中國京劇史》)
劇照：婺劇《赤壁周郎》(浙江義烏婺劇團演出)
劇照：黃梅戲《小喬初嫁》(安徽省黃梅戲劇院演出)
劇照：越調《諸葛亮弔孝》(河南省越調劇團演出)
戲單：京劇《初出茅廬》(《菊苑留痕——首都圖書館藏北京各京劇院團老戲單(1951—1966)》)
戲單：京劇《赤壁之戰》(《菊苑留痕——首都圖書館藏北京各京劇院團老戲單(1951—1966)》)
戲單：京劇《討荊州》《單刀會》《戰合肥》《逍遙津》(《菊苑留痕——首都圖書館藏北京各京劇院團老戲單(1951—1966)》)

第八卷　當代卷（下）

劇照：京劇《蔡文姬》（《中國京劇藝術百科全書》）
劇照：京劇《建安軼事》（湖北省京劇院演出）
劇照：京劇《曹操與楊修》（錢自清攝，上海京劇院演出，1989年《中國戲曲年鑒》）
插圖：新編歷史劇《曹操與楊修》（《劇本》1987年第1期）
劇照：昆曲《水淹七軍》（CD昆劇《水淹七軍》）
劇照：京劇《金殿阻計》（上海京劇院提供）
劇照：京劇《單刀赴會》（上海京劇院提供）
劇照：川劇《陸遜拜將》（常春言攝，1985年《中國戲曲年鑒》）
劇照：桂劇《七步吟》（《劇本》2013年第1期）
劇照：京劇《瀘水彝山》（DVD京劇《瀘水彝山》）
劇照：京劇《瀘水彝山》（《中國京劇藝術百科全書》）
劇照：川劇《白帝托孤》（重慶市川劇院演出）
劇照：京劇《白帝城》（《中國京劇藝術百科全書》）
劇照：潮劇《東吳郡主》（2014年《中國戲曲年鑒》）
戲圖：《孫尚香》（《新劇本》2011年第6期）
劇照：越調《收姜維》（河南省越調劇團演出）
戲劇海報：越調《收姜維》（河南省越調劇團演出）
劇照：川劇《夕照祁山》（四川省自貢市川劇院演出）
劇照：越劇《北地王》（"第二十六屆中國戲劇梅花獎大賽"戲報）

主要參考文獻

史籍類

〔南朝·宋〕范曄《後漢書》，中華書局 1964 年版。
〔晉〕陳壽撰、〔南朝·宋〕裴松之注《三國志》，中華書局 1964 年版。
〔宋〕司馬光《資治通鑑》，中華書局 1956 年版。
〔宋〕朱熹《資治通鑑綱目》，北京圖書館出版社 2005 年版。

筆記、話本小說類

〔東晉〕裴啓《裴子語林》，文化藝術出版社 1988 年版。
〔東晉〕干寶《搜神記》，中華書局 1979 年版。
〔南朝·宋〕劉義慶撰、徐震堮校箋《世說新語校箋》，中華書局 1984 年版。
〔南朝·梁〕殷芸《殷芸小說》，上海古籍出版社 1984 年版。
〔元〕陶宗儀《南村輟耕錄》，中華書局 1959 年版。
元刊本《三國志平話》，《古本小說集成》本，上海古籍出版社 1994 年版。
〔明〕羅貫中撰、章培恒整理《三國志通俗演義》，上海古籍出版社 1980 年版。
〔清〕毛宗崗本《三國演義》，人民文學出版社 1973 年第三版。

戲曲目錄類

吳平、回達強主編《歷代戲曲目錄叢刊》，廣陵書社 2009 年版。
〔元〕鍾嗣成《錄鬼簿》，中國戲曲研究院編《中國古典戲曲編著集成》（二），中國戲劇出版社 1959 年版。
〔明〕賈仲明《錄鬼簿續編》，中國戲曲研究院編《中國古典戲曲編著集成》（二），中國戲劇出版社 1959 年版。
〔明〕朱權《太和正音譜》，中國戲曲研究院編《中國古典戲曲編著集成》（三），中國戲劇出版社 1959 年版。
〔明〕徐渭《南詞叙錄》，中國戲曲研究院編《中國古典戲曲編著集成》（三），中國戲劇出版社 1959 年版。

〔明〕李開先《詞謔》,中國戲曲研究院編《中國古典戲曲編著集成》(三),中國戲劇出版社1959年版。
〔明〕祁彪佳《遠山堂曲品》,中國戲曲研究院編《中國古典戲曲編著集成》,中國戲劇出版社1959年版。
〔清〕無名氏《傳奇匯考標目》,中國戲曲研究院編《中國古典戲曲編著集成》(七),中國戲劇出版社1959年版。
〔清〕笠閣漁翁《笠閣批評舊戲目》,中國戲曲研究院編《中國古典戲曲編著集成》(七),中國戲劇出版社1959年版。
〔清〕黃文暘《重訂曲海總目》,中國戲曲研究院編《中國古典戲曲編著集成》(七),中國戲劇出版社1959年版。
〔清〕黃丕烈《也是園藏書古今雜劇目錄》,中國戲曲研究院編《中國古典戲曲編著集成》(七),中國戲劇出版社1959年版。
〔清〕姚燮《今樂考證》,中國戲曲研究院編《中國古典戲曲編著集成》(十),中國戲劇出版社1959年版。
王國維《曲錄》,臺灣藝文印刷館1971年版。
邵曾祺《元明北雜劇總目考略》,中州古籍出版社1985年版。
傅惜華《元代雜劇全目》,作家出版社1957年版。
傅惜華《明代雜劇全目》,作家出版社1958年版。
傅惜華《明代傳奇全目》,人民文學出版社1959年版。
傅惜華《清代雜劇全目》,人民文學出版社1981年版。
莊一拂《古典戲曲存目匯考》,上海古籍出版社1982年版。
董康《曲海總目提要》,天津古籍出版社1992年版。
鄧紹基主編《中國古代戲曲文學辭典》,人民文學出版社2004年版。
李修生主編《古本戲曲劇目提要》,文化藝術出版社1997年版。
王文章編《傅惜華藏古典戲曲珍本叢刊提要》,學苑出版社2010年版。
郭精銳等《車王府曲本提要》,中山大學出版社1989年版。
吳同賓、周亞勛主編《京劇知識詞典》,天津人民出版社1990年版。
王文章主編《中國京劇藝術百科全書》,中國編譯出版社2011年版。
吳新雷主編《中國昆劇大辭典》,南京大學出版社2002年版。
《中國大百科全書·戲曲曲藝》,中國大百科全書出版社1983年版。
吳敢《中國古代戲曲選本·劇本選集》敘錄,《徐州教育學院學報》1999年第2—3期。

王森然《中國劇目辭典》,河北教育出版社1997年版。
王芷章編《北平圖書館藏昇平署曲本目錄》,中華書局1936年版。
齊森華等主編《中國曲學大辭典》,浙江教育出版社1997年版。
沈伯俊、譚良嘯編著《三國演義大辭典》,中華書局2007年版。
陶君起《京劇劇目初探》,中華書局2008年版。
曾白融《京劇劇目辭典》,中國戲劇出版社1989年版。
陳翔華《先明三國戲考略》,《文獻》1990年第2期。
陳翔華《明清三國戲考略》,《文獻》1991年第1期。

戲曲作品類

〔明〕臧懋循《元曲選》,中華書局1958年版。
隋樹森編《元曲選外編》,中華書局1959年版。
〔明〕趙琦善藏《脉望館抄校古今雜劇》,收入《古本戲曲叢刊四集》,王季烈校勘民國涵芬樓刊本《孤本元明雜劇》,中國戲劇出版社1958年版。
〔明〕沈泰編《盛明雜劇》,中國戲劇出版社據誦芬室本影印1958年版。
〔明〕無名氏輯《雜劇十段錦》,誦芬室影印本1913年版。
〔清〕鄒式金編《雜劇三集》,清誦芬室重校本。
錢德昌編《綴白裘》,《續修四庫全書·集部·戲曲類》,上海古籍出版社2002年版。
鄭振鐸編《清人雜劇初集》,長樂鄭氏印1931年版。
鄭振鐸編《清人雜劇二集》,1934年長樂鄭氏刊本。
〔明〕毛晉編《六十種曲》,中華書局1982年版。
〔明〕無名氏編,孫崇濤、黃仕忠箋校《風月錦囊箋校》,中華書局2000年版。
〔明〕徐石麟《坦庵詞曲六種》,清順治年間南湖亭出堂刻。
〔明〕來集之《秋風三叠》,清初倘湖小築原刻本。
〔明〕胡文煥編選《群音類選》,中華書局1980年版。
李福清、李平《海外孤本晚明戲劇選集三種》,上海古籍出版社1993年版。
〔明〕秦淮墨客選輯《樂府紅珊》,唐振武刊行,《善本戲曲叢刊》據嘉慶本影印。
〔明〕張禄編《詞林摘艷》,明嘉慶年間張氏原刊本。
〔清〕楊潮觀《吟風閣雜劇》,乾隆甲申(1764)恰好處刊本。
〔清〕黃燮清《倚晴樓七種曲》,同治年間覆刻本。

〔清〕唐英《古柏堂傳奇》,周育德點校本《古柏堂戲曲集》,上海古籍出版社 1987 年版。
〔清〕吳震生《太平樂府十三種》,乾隆年間刻本。
〔清〕尤侗《西堂樂府》,康熙年間刊本,收入《清人雜劇初集》。
〔清〕夏綸《惺齋新曲六種》,乾隆十七年(1752)世光堂刻本。
〔清〕周樂清《補天石傳奇》,道光年間靜遠堂刻本。
〔清〕殷溎深《六也曲譜》,上海朝記書莊 1922 年版。
國家圖書館藏《清宮昇平署檔案集成》,中華書局 2011 年版。
故宮博物院編《故宮珍本叢刊·清代南府與昇平署劇本與檔案》,海南出版社 2001 年版。
王文典主編《傅惜華藏古典戲曲珍本叢刊》,學苑出版社 2010 年。
北京大學圖書館編《不登大雅文庫珍本戲曲叢刊》,學苑出版社 2003 年版。
吳書蔭主編《綏中吳氏抄本稿本戲曲叢刊》,學苑出版社 2004 年版。
《昆曲抄本一百種》,廣陵書社 2009 年版。
《續修四庫全書·集部·戲曲類》,上海古籍出版社 2002 年版。
《續修四庫全書·集部·曲類》,上海古籍出版社 2002 年版。
《京劇彙編》,北京出版社 1959 年版。
《京劇傳統劇本彙編》,北京出版社 2009 年版。
《續修四庫全書·集部·新鐫楚曲十種》,上海古籍出版社 2002 年版。
《古本戲曲叢刊》初、二集,上海商務印書館 1954、1955 年版。
《古本戲曲叢刊》三集,文學古籍刊行社 1957 年版。
《古本戲曲叢刊》四集,上海商務印書館 1958 年版。
《古本戲曲叢刊》五集,上海古籍出版社 1986 年版。
《古本戲曲叢刊》九集,中華書局 1964 年版。
王桂秋主編《善本戲曲叢刊》,臺北學生書局 1984 年版。
首都圖書館編《清車王府藏曲本》,學苑出版社 2001 年版。
王季思主編《全元戲曲》,人民文學出版社 1990 年版。
錢南揚輯錄《宋元戲文輯佚》,古典文學出版社 1956 年版。
趙景深《元人雜劇鈎沉》,古典文學出版社 1956 年版。
《蕭長華演出劇本選集》,中國戲劇出版社 1958 年版。
汪笑儂《汪笑儂戲曲集》,中國戲劇出版社 1982 年版。
趙景深藏,流花叟主訂,清京劇《綴白裘》《醉白集》,今藏復旦大學圖書館。

王大錯《戲考》，上海中華圖書館編輯部 1915—1928 年版。
羅駕新《戲學指南》，大東書局 1933 年版。
《戲典》，第一文化社 1948 年版。
《京調大全》，世界書局 1947 年版。
北京寶文堂書店編輯部編輯《京劇大觀》，北京寶文堂 1958 年版。
柴俊爲《京劇大戲考》，學林出版社 2004 年版。
潘俠風主編《舊劇集成》，寶文堂書店 1953 年版。
《馬少波劇作選》，山東人民出版社 1980 年版。
中國戲劇家協會編《馬連良演出劇本選集》，中國戲劇出版社 1963 年版。
中國戲曲研究院編《程硯秋演出劇本選集》，中國戲劇出版社 1958 年版。
北京市戲曲學校編《郝壽臣演出劇本選集》，北京出版社 1962 年版。
歐陽予倩《歐陽予倩戲曲選》，湖南人民出版社 1982 年版。
中國戲曲藝術研究所《京劇叢刊》，新文藝出版社 1953—1959 年版。
北京戲曲藝術研究所《京劇彙編》，北京出版社 1957 年版。
北京戲曲藝術研究所《京劇傳統劇本彙編》，北京出版社 2009 年版。
上海市《傳統劇目彙編》，《京劇集》，上海文藝出版社 1959 年版。
《山西地方戲曲彙編》，山西人民出版社 1984 年版。
徐沁君校《元刊雜劇三十種曲》，中華書局 1980 年版。
寧希元校《元刊雜劇三十種新校》，蘭州大學出版社 1988 年版。
李世忠《梨園集成》，光緒六年（1880）竹友齋刻本
《繪圖京都三慶班真正京調全集》，鑄記書局 1906 年石印版。
《真正京調四十二種》，清刊本。
《關羽戲集・李洪春演出本》，上海文藝出版社 1962 年版。
中國戲劇家協會主編《中國地方戲曲集成》（北京市卷、上海市卷、山西省卷、湖南省卷、陝西省卷、四川省卷、廣東省卷、福建省卷、河南省卷、河北省卷、浙江省卷、江蘇省卷、江西省卷、安徽省卷），中國戲劇出版社 1959—1982 年版。
《中國京戲考》，上海書店 1989 年重印本。
余懋盛《連環記》（崑劇），《中國崑曲精選劇目曲譜大成》，上海音樂出版社 2004 年版。
郭克貴等《曹營戀歌》（潮劇），《劇本》2008 年第 2 期。
戴德源《火燒濮陽》（川劇），《紀念改革開放三十年四川戲劇選》，巴蜀書社

2009 年版。

阿甲、翁偶虹《鳳凰二喬》（京劇），北京出版社 1962 年版。

周德平《曹操・關羽・貂蟬》（徽劇），《安徽優秀劇作選》，中國戲劇出版社 2005 年版。

方同德《曹操與關羽》（戲曲），《新劇本》2007 年第 6 期。

王昌言《關羽》（京劇），《王昌言劇作選》，花山文藝出版社 1994 年版。

孫承佩《官渡之戰》（京劇），北京出版社 1963 年版。

賈璐《曹操父子》（京劇），《賈璐劇作選》，中國戲劇出版社 2002 年版。

蔡立人《三曹父子》（秦腔），《西安秦腔劇本精編》，西安出版社 2012 年版。

呂育德《七步吟》（桂劇），《劇本》2013 年第 1 期。

姚夢松《洛神賦》（豫劇），《劇本》2006 年第 4 期。

馬少波、范鈞宏、呂瑞明《初出茅廬》（京劇），北京出版社 1963 年版。

任桂林、李綸、馬少波等《赤壁之戰》（京劇），中國戲劇出版社 1960 年版。

姚金城、王衛國《赤壁周郎》（婺劇），《劇本》2011 年第 2 期。

盛和煜《小喬初嫁》（黃梅戲），《劇本》2014 年第 12 期。

閔彬、張鄉樸《諸葛亮弔孝》（越調），《中國當代百種曲》，江蘇美術出版社 2007 年版。

鄭拾風《蔡文姬》（昆劇），《中國昆曲精選劇目曲譜大成》，上海音樂出版社 2009 年版。

羅懷臻《建安軼事》（京劇），《劇本》2011 年第 9 期。

蘭天明《迎賢記》（漢劇），《劇本選刊》，湖北省戲劇工作室編 1982 年。

陳亞光《曹操與楊修》（京劇），《劇本》1987 年第 1 期。

胡文龍《關公斬子》（秦腔），《西安秦腔劇本精編》，西安出版社 2012 年版。

周信芳《金殿阻計・單刀赴會》（京劇），《周信芳全集》，上海文化出版社 2014 年版。

周竹寒《曹操舉賢》（錫劇），《江蘇戲劇叢刊》1980 年第 2 期。

陳奔、王亘《水淹七軍》（昆劇），《中國昆曲精選劇目曲譜大成》，上海音樂出版社 2009 年版。

陳澤愷《陸遜拜將》（川劇），《陳澤愷戲劇選》，貴州民族出版社 1999 年版。

楊明《鼓滾劉封》（滇劇），《雲南十年戲劇劇目選》，雲南人民出版社 1959 年版。

任桂林、樊放《彞陵之戰》（京劇），《任桂林劇作選》，花山文藝出版社 1993

年版。

吴金泰《御前侍臣》(閩劇),《新時期福建戲劇文學大系(2)》,中國戲劇出版社1999年版。

劉光烈《白帝托孤》(川劇),《附譜川劇》,四川人民出版社1983年版。

范莎俠《東吳郡主》(潮劇),《國家舞台藝術精品工程劇本集》(地方戲卷),文化藝術出版社2007年版。

高文瀾《孫尚香》(河北梆子),《新劇本》1991年版。

陳伯華《祭長江》(漢劇),《湖南地方戲曲叢刊》1969年版。

李蘇《收姜維》(越調),《河南戲曲名家叢書》,河南文藝出版社2004年版。

魏明倫《夕照祁山——諸葛亮與魏延的傳奇》(川劇),《中國作家》1992年第4期。

方山《廉吏風》(單行本)(京劇),上海雜誌公司1951年版。

周祥先、吳永藝《孫權與張昭》(閩劇),《劇本》1995年第10期。

吳江、呂慧軍、高牧坤《瀘水彝山》(京劇),國家京劇院演出本2008年版。

莊志、張勇《北地王》(越劇),杭州越劇院演出本。

〔明〕徐渭《南詞叙錄》,中國藝術研究院編《中國古典戲曲論著集成》(三),中國戲劇出版社1959年版。

〔清〕李斗《揚州畫舫錄》,中華書局1960年版。

論著類

鄧紹基主編《元代文學史》(中國文學通史系列),人民文學出版社1991年版。

章培恒、駱玉明主編《中國文學史》,復旦大學出版社2004年版。

張庚、郭漢城主編《中國戲曲通史》,中國戲劇出版社1980年版。

周貽白《中國戲劇史長編》,上海書店2004年版。

紐驃《中國戲曲史教程》,文化藝術出版社2004年版。

廖奔、劉彥君《中國戲曲發展史》,中國戲劇出版社2013年版。

薛瑞兆《宋金戲曲史稿》,三聯書店2005年版。

楊鐮《元代文學編年史》,山西教育出版社2005年版。

王永寬、王剛《中國戲曲史編年(元代卷)》,中州古籍出版社1994年版。

阿英《元人雜劇史》,香港文星圖書有限公司2004年版。

青木正兒《元人雜劇概說》,中國戲劇出版社1957年版。

王利器《元明清三代禁毀小說戲曲史料》，上海古籍出版社 1981 年版。
葉德均《戲曲小說叢考》，中華書局 2004 年版。
陳翔華《〈三國演義〉縱論》，臺灣文津出版社 2006 年版。
商韜《論元明雜劇》，齊魯書社 1986 年版。
李春祥《元雜劇史稿》，河南大學出版社 1989 年版。
盧前《明清戲曲史》，岳麓書社 2011 年版。
徐子方《明雜劇史》，中華書局 2003 年版。
郭德英《明清傳奇史》，人民文學出版社 2012 年版。
王漢民、劉奇玉《清代戲曲編年史》，巴蜀書社 2008 年版。
王政堯《清代戲劇文化史論》，北京大學出版社 2005 年版。
周妙中《清代戲曲史》，中州古籍出版社 1987 年版。
顏全毅《清代京劇文學史》，北京出版社 2005 年版。
賈志剛主編《中國近代戲曲史》，文化藝術出版社 2008 年版。
趙山林《中國近代戲曲編年》，華東師範大學出版社 2008 年版。
朱家溍、丁汝芹《清代內廷演劇始末考》，中國書店 2007 年版。
曾凡安《晚清演劇研究》，中山大學出版社 2010 年版。
王芷章編《清昇平署志略》，商務印書館 1937 年版。
王芷章《清代伶官傳》，商務印書館 2014 年版。
王芷章《中國京劇編年史》，中國戲劇出版社 2003 年版。
王文章、吳江主編《中國京劇藝術百科全書》，中央編譯出版社 2011 年版。
北京市藝術研究所、上海藝術研究所組織編著《中國京劇史》，中國戲劇出版社 1999 年版。
胡忌、劉致中《昆劇發展史》，中華書局 2012 年版。
陸萼庭《昆劇演出史稿》，上海教育出版社 2006 年版。
顧篤璜《昆曲史補論》，江蘇古籍出版社 1987 年版。
張明亮《晉劇研究百年》，三晉出版社 2009 年版。
關四平《〈三國演義〉源流研究》，黑龍江教育出版社 2009 年版。
張紅波《明清三國戲曲研究》，北京大學 2011 年博士學位論文。
徐大軍《元雜劇與小說關係研究》，河南人民出版社 2006 年版。
涂秀紅《元明小說戲曲關係研究》，上海三聯書店 2004 年版。
陳翔華《諸葛亮形象史研究》，浙江古籍出版社 1990 年版。
劉海燕《從民間到經典：關羽形象與關羽崇拜的生成與演變史論》，上海三聯書店 2004 年版。
金登才《清代花部戲研究》,中國戲劇出版社 2006 年版。
謝柏梁《中國當代戲曲文學史》,高等教育出版社 2006 年版。
孫崇濤《戲曲文獻學》,山西教育出版社 2008 年版。
中國戲曲研究院《中國古典戲曲論著集成》,中國戲劇出版社 1959 年版。
白壽彝《中國通史》,上海人民出版社 1999 年版。
張大可《三國史研究》,甘肅人民出版社 1988 年版。

工具書

《辭源》,商務印書館 1983 年版。
《辭海》,上海辭書出版社 1999 年版。
《中華大字典》,中華書局 1979 年版。
《古代漢語詞典》,商務印書館 2002 年版。
《現代漢語詞典》(第六版),商務印書館 2013 年版。
〔元〕周德清《中原音韻》,《中國古典戲曲論著集成》(一),中國戲劇出版社 1959 年版。
〔明〕王驥德《曲律》,《中國古典戲曲論著集成》(四),中國戲劇出版社 1959 年版。
《漢語典故大辭典》,上海辭書出版社 2007 年版。
《漢語大辭典》,漢語大辭典出版社 2011 年版。
《漢語大字典》,四川辭書出版社、湖北崇文書局 1990 年版。
龍潛庵編著《宋元語詞典》,上海辭書出版社 1985 年版。
高文達主編《新編聯綿詞典》,河南人民出版社 2001 年版。
陸澹安《戲曲辭語匯釋》,上海錦繡文藝出版社 2009 年版。
呂薇芬著《金元散曲典故辭典》,湖北辭書出版社 1985 年版。
蓋國梁主編《中華韻典》,上海古籍出版社 2004 年版。
顧學頡、王學奇《元曲釋詞》,中國社會科學出版社 1983 年版。
王學奇、王靜竹《宋金元明清曲辭通釋》,語文出版社 2002 年版。
方齡貴著《元明戲曲中的蒙古語》,漢語大詞典出版社 1991 年版。
朱一玄、劉毓忱《三國演義資料彙編》,南開大學出版社 2003 年版。
中國戲曲志編輯委員會編纂《中國戲曲志》(上海卷、北京卷、河南卷、安徽卷、浙江卷、山西卷、陝西卷、江蘇卷、山東卷、福建卷、廣東卷、湖北卷、湖南卷),中國 ISBN 中心 1992—2000 年版。

戲畫類
《元明清戲曲故事集》古本插圖四册,上海古籍出版社 2003 年版。
廖奔《中國戲劇圖史》,河南教育出版社 1996 年。
李偉實、張淑蓉《三國演義人物畫傳》,吉林人民出版社 2007 年版。
趙成偉《三國演義人物百圖》,天津楊柳青畫社 2014 年版。
趙夢林《中國京劇人物》,朝華出版社 2015 年版。
沈泊塵繪《民國京劇人物圖》,齊魯書社 2012 年版。
張忠安《粉墨梨園——張忠安戲畫集》,廣西人民出版社 2014 年版。
鄧元昌《京劇名劇名家 240 齣·戲畫白描》,中國戲劇出版社 2006 年版。
周傳家《中國京劇圖史》,北京十月出版社 2013 年版。
王文章主編《清昇平署戲裝扮像譜》,學苑出版社 2008 年版。
王樹林編著《河南朱仙鎮年畫》,黑龍江美術出版社 2001 年版。
綿竹年畫博物館編《傳統綿竹年畫精品集》,四川美術出版社 2005 年版。
白慶芳著《天津楊柳青木版年畫》,天津人民美術出版社 2014 年版。
《蒲劇輝煌五十年(1959—2009)》,臨汾蒲劇院 2009 年印。
戴敦邦《戴敦邦畫譜·中國戲曲畫》,上海辭書出版社 2014 年版。
任桂林《京劇老照片》,學苑出版社 2013 年版。
戴一光《戲畫京劇百圖》,遼寧美術出版社 2007 年版。
王永豪編《中國晉南戲曲版畫》,山西人民出版社 1989 年版。
邰高娣編著《中國最美·年畫》,湖北美術出版社 2013 年版。
關紅編著《中國最美·皮影》,湖北美術出版社 2013 年版。
趙文成編著《中國最美·泥塑》,湖北美術出版社 2013 年版。
陳曉萍編著《中國最美·木偶》,湖北美術出版社 2013 年版。
周佳編著《中國最美·剪紙》,湖北美術出版社 2013 年版。
倪曉建主編《菊苑留痕——首都圖書館藏北京各京劇院團老戲單(1951—1966)》,學苑出版社 2012 年版。

跋

胡世厚

当我把《三國戲曲集成》八卷中最後的《當代卷》書稿清樣送給復旦大學出版社後，肩上的一塊千斤重石放下了，身心爲之一輕。回顧校理"集成"走過的艱難曲折歷程，付出的心血汗水，既有苦澀，又有欣慰。

2003年10月，我赴武漢參加"全國第十六届《三國演義》學術討論會"。會議期間，劉世德先生與我談起編輯整理《羅貫中全集》和三國故事戲之事，我們認爲這是研究羅貫中及《三國演義》等著作、三國戲曲文化的一項基礎工作，工程浩繁，難度很大。回鄭州後，曾將這一課題説給一位相識的出版社編輯，她讓我寫個具體意見向社領導彙報。過些日子，這位編輯跟我說：社領導認爲項目好，但投資大，印數有限，難有經濟效益，不好承擔。於是這件事就擱置下來了。八年後，2011年我忝任副主編的《羅貫中全集》由山西清徐羅貫中研究會資助、三晉出版社出版面世，這又引發了我整理三國戲的欲望。經過三思，與學界同仁商討，得到他們的支持，但我已離休近二十年，無法申報課題。無奈我只好與清徐羅貫中研究會會長范光耀商量，希望他們給予資助。范光耀會長欣然同意資助整理三國戲曲這個項目。有了他的支持，加上手頭上的事情也告一段落，我便開始運作起來。

這個項目屬於古籍整理範圍，我們計劃主要整理元明清雜劇、傳奇及清花部的三國戲。由於山西平陽（今臨汾）是元代戲曲活動的中心，其盛況可與大都（今北京）比肩，留存三國戲劇本豐富，因而商定編一卷山西的三國地方戲，由范光耀會長牽頭，組織山西的專家編選校勘整理。

20世紀90年代，我曾寫過論文《〈三國演義〉與三國戲》，了解三國歷史故事是金元以降戲曲作家創作的熱門題材，創作了許許多多的三國戲，存本甚多。爲了進一步弄清歷代三國戲劇目的存佚情況，我走訪多地圖書館，查閱當今能見的戲曲目錄和研究三國戲的論著，經過梳理考證，整理出元代、明代、清代三國戲劇目。我將整理三國戲的信息與《三國戲曲集編目（上）》刊發在2012年10月出版的《羅學》創刊號上徵求意見，很快得到學界同仁關注，聊城大學文學院古今教授寫了專論《關於〈中國三國戲曲集編目（上）

的幾點思考》，對《三國戲曲集》的整理提出了很好的增删調整以及編排意見。我們將該文刊發在 2013 年 8 月出版的《羅學》第 2 輯，同輯還刊發了《三國戲曲集編目（中）》。

有了劇目，就好順藤摸瓜，尋找劇本。這是一個艱難繁雜而精細的工作。我多次到上海圖書館、上海戲劇學院圖書館、上海戲劇學院戲曲學院圖書館、河南省社科院圖書館、河南省藝術研究院資料室、河南省圖書館、復旦大學圖書館、南京圖書館、南京師範大學圖書館等尋找劇本及其各種版本與資料。我幾上北京，到中國國家圖書館、首都圖書館、中國戲曲學院圖書館、故宫博物院圖書館尋找劇本和有關資料。特別是去故宫博物院圖書館查閲資料尤爲困難。2013 年 5 月，我持公函去的，院方讓我等待准閲通知，直到 2013 年 9 月纔得到故宫博物院通知我進其圖書館查閲資料。我在中國國家圖書館、首都圖書館、上海圖書館找到一些善本、孤本的劇本。此外，我還通過書信聯繫，得到浙江省圖書館無償寄來的孤本清傳奇《樊榭記》的電子光盤、杭州越劇院寄來的越劇劇本《北地王》、國家京劇院寄來的京劇劇本《瀘水彝山》。

現存元明清三國戲的文本十分複雜。元代雜劇前人整理過，且版本、整理本頗多；明代雜劇和傳奇大多是刊印本、抄本，未經整理；清代雜劇、傳奇、花部大多是手抄本、轉録本，多未標點，未經整理。我已年過八十，精力有限，特請河南省社科院文學所所長衛紹生、副所長楊波參與，組成小團隊，分工校理。老朽不會使用電腦，承擔的校勘整理任務須在底本上進行，校理後請人打印成書稿，而市面上打字社的年輕人不識繁體字，打出來的稿子錯誤百出。爲了少出差錯，我在底本上標出簡體，甚至抄成簡體字稿再打印，這樣仍然錯誤很多。每種劇本我都要校對三四遍，還是有錯，傷透了腦筋，工作費時、費工、費神、費眼、費錢。後來，小女幫我請了文化較高、識繁體字的朋友張競雄女士、趙青先生幫我輸録，作我的助手。

2013 年，我將正在校理《三國戲曲集》之事告知當時在上海文化出版社工作的毛小曼博士，希望能出版。毛小曼博士看上這個項目，經與總編輯王剛商量，同意出版這套書，並申報了 2014 年國家古籍整理基金資助，但未能獲准。就是在這個時候，我的學界朋友、復旦大學出版社的張蕊青教授得知這一情況，接手改由復旦大學出版社出版，將《三國戲曲集》改名爲《三國戲曲集成》，並增加《現代京劇卷》和《當代卷》兩卷。《當代卷》我們收録了 39 種改編和新創的三國戲，由於種種原因未能聯繫到部分劇本作者，深感抱歉（請這一部分作者及其後人知情後，與我們聯繫，我們將予以酬謝）。

2014年8月我們與復旦大學出版社簽訂了出版合同。復旦大學出版社將《三國戲曲集成》這個項目申報2015年度國家出版基金資助，獲得批准。

2015年，復旦大學出版社建議《三國戲曲集成》改出繁體字版。這樣我們必須將已送給出版社的《元代卷》、《明代卷》、《清代雜劇傳奇卷》（上、下冊）的書稿和正做的書稿，由簡體字轉換成繁體字。但没料到簡换繁會出這麽多的差錯，需要對照底本重新校對。出版社就書稿提出了不少意見，有些與我們的看法不盡一致。爲了整理編審好"集成"，出版社與我們多次開會交換意見，修訂"凡例"。爲此，我們對照底本重新校改書稿，作爲修訂稿，再送出版社編輯審閱，這樣就大大增加了工作量。2016年8月31日，我把《三國戲曲集成》八卷書稿送交復旦大學出版社，出版社六位責任編輯審改書稿后，還要請社外專家二審、三審。從2016年冬到2017年7月，我又審閱了八卷三審專家審改的書稿。我以爲這樣就可以卸下擔子了，誰知出版社還讓我再看一遍責編修改後的清樣，待我簽字付印。

如今我已八十有六，患有腦血栓、心臟病，開始承擔這個課題時，我的家人和一些朋友都不贊成。我既然接受這個任務，就要承擔起責任，不能中途而廢。在家人理解、支持關懷下，我終於熬過了2 000多個日日夜夜，校理審改了八卷600多萬字的書稿，并遴選了300多幅戲畫，送給復旦大學出版社，我終於卸下了擔子，了結了一樁心願。

借《三國戲曲集成》即將問世之際，我代表編委會向獲得國家出版基金資助的推薦專家劉世德教授、寧宗一教授；向支持校理出版"集成"的中共太原市委宣傳部、清徐羅貫中研究會及姚巨貨、張欽、武瑞生、賈永明、武春信、賈保明、吳長友先生；向提供劇本和戲畫資料的中國國家圖書館、首都圖書館、故宮博物院圖書館、中國戲曲學院圖書館、上海圖書館、上海戲劇學院圖書館、上海戲劇學院戲曲學院圖書館、浙江省圖書館、河南社科院圖書館、杭州越劇院、國家京劇院；向幫助尋找劇本、複印劇本資料的湖北大學文學院朱偉明教授、中國社科院文學所夏薇副研究員；向幫助輸錄校對劇本統一體例的趙青先生、輸錄劇本的張競雄女士；向時任上海文化出版社總編助理毛小曼女士；向復旦大學出版社董事長嚴峰、總編輯王衛東以及前任領導賀聖遂、王德耀、孫晶；向項目負責人張蕊青編審以及責任編輯宋文濤、胡春麗、杜怡順、吳湛、王汝娟以及外審專家金登才、葉長海、王永寬、李夢生、史良昭、鍾明奇、甄煒旎、楊月英、孟昕表示衷心的感謝！

2017 年 10 月 12 日於上海

圖書在版編目(CIP)數據

三國戲曲集成·當代卷:全2冊/胡世厚主編;胡世厚校理.—上海:
復旦大學出版社,2018.6
ISBN 978-7-309-13350-9

Ⅰ.三… Ⅱ.胡… Ⅲ.戲曲文學-劇本-作品綜合集-中國-當代 Ⅳ.I230

中國版本圖書館CIP數據核字(2017)第264485號

三國戲曲集成·當代卷:全2冊
胡世厚　主編　胡世厚　校理
總　策　劃/張蕊青
責任編輯/張蕊青
裝幀設計/馬曉霞

復旦大學出版社有限公司出版發行
上海市國權路579號　郵編:200433
網址:fupnet@fudanpress.com　http://www.fudanpress.com
門市零售:86-21-65642857　團體訂購:86-21-65118853
外埠郵購:86-21-65109143　出版部電話:86-21-65642845
浙江新華數碼印務有限公司

開本787×1092　1/16　印張81.25　字數1264千
2018年6月第1版第1次印刷

ISBN 978-7-309-13350-9/I·1082
定價:360.00元

如有印裝質量問題,請向復旦大學出版社有限公司出版部調換。
版權所有　侵權必究